Der Insel Verlag [illegible] und Franz Kuhn [illegible] Weisheit [illegible] Insel [illegible].

[illegible] von [illegible] als unmittelbare [illegible] Kin Ping Meh [illegible] hierte sich der [illegible] Kultur [illegible] Handlung seiner [illegible] beider fremden [illegible] Übertragung.

Ein ganzes [illegible] von Gestalten aus dem Kin Ping Meh bevölkert diesen Roman, [illegible] historischen Hintergrund der [illegible] wurde [illegible] Handlung [illegible] werden. [illegible]

[illegible]

Der Insel Verlag bringt anläßlich des 100. Geburtstags von Franz Kuhn am 10. März 1984 ein weiteres Meisterwerk chinesischer Epik als insel taschenbuch.

Ursprünglich von Wang Schi Tschong (1526-1593) als unmittelbare Fortsetzung des *Kin Ping Meh* (it 253) konzipiert, bietet sich der *Blumenschatten* als gewichtiges Dokument chinesischer Literatur und Kulturgeschichte dar. Mit seiner weitgefächerten, turbulenten Handlung, seiner bildhaft-vitalen Sprache und seinen, das Sittenleben beleuchtenden Streiflichtern, lädt es zu kurzweilig-amüsanter Lektüre ein.

Ein ganzes Arsenal von Gestalten aus dem *Kin Ping Meh* bevölkert diesen Roman, der vor dem historischen Hintergrund der Tatareninvasion im 12. Jahrhundert spielt, durch die ja das Reich der Mitte in tiefste Erniedrigung gestürzt wurde. Da erscheint die Figur des Shnsi Min, die hier im buddhistisch-taoistischen Sinne als blinder Knabe wiedergeboren wird, oder der berüchtigte Schnorrer Ying oder die in Gestalt der Kurtisane Silbervase auftretende Frau Ping. So wie der Mondfrau ergeht es auch allen anderen Personen des Romans, getreu der fernöstlichen Lehre von der Vergeltung: Ihnen wird, je nach ihrem Handeln in einer früheren oder der gegenwärtigen Existenz, verdienter Lohn oder empfindliche Strafe zuteil.

Die dem Band beigegebenen Holzschnitte entstammen einer alten chinesischen Ausgabe des *Blumenschattens*.

insel taschenbuch 744

Blumenschatten hinter dem Vorhang

Darstellung der Vergeltung der menschlichen Taten
in der Seelenwanderung

BLUMENSCHATTEN HINTER DEM VORHANG

Von Ting Yao Kang (1607-1678)

Aus dem Chinesischen von Franz Kuhn

Mit achtzehn Holzschnitten

Insel Verlag

insel taschenbuch 744
Erste Auflage 1983

Vertrieb durch den Suhrkamp Taschenbuch Verlag
Umschlag nach Entwürfen von Willy Fleckhaus
Satz: LibroSatz, Kriftel
Druck: Nomos Verlagsgesellschaft, Baden-Baden
Printed in Germany

1 2 3 4 5 6 – 88 87 86 85 84 83

Menschen gestern, Menschen morgen –
Wer steht fest, vor Sturz geborgen!
Ewig gleich nur thront der Himmel
Über allem Erdgewimmel!

In der Zone ewiger Klarheit,
Im Bezirke lichter Wahrheit,
Unberührt von Rauch und Schall
Wacht ein Richter überm All.

Mag der Schelm es schlau erreichen,
Ird'sche Satzung zu umschleichen,
Mag er auch zu Lebenszeiten
Seiner Mitwelt Spruch vermeiden –

Einmal doch im künftigen Leben
Macht Vergeltung ihn erbeben,
Und der Richter, der dann spricht,
Unbestechlich hält Gericht!

ERSTES KAPITEL

Für seine Sünden läßt ein reicher Wüstling
Weib und Kind nach seinem Tode büßen

In den Tagen, da die Herrschaft der Nördlichen Sung-Dynastie[1] sich ihrem Ende zuneigte, lebte in der Kreisstadt Tsing ho hsiän, die zur Präfektur Tung ping fu in der Provinz Schantung gehört, ein reicher Wüstling namens Hsi Men, mit dem Beinamen Tsing, der Glückliche.

Er stammte aus gewöhnlichen Markt- und Händlerkreisen und hatte es unter Ausnutzung einer günstigen Zeitlage und dank emsiger Vetternwirtschaft verstanden hochzukommen, wobei er sich einbildete, daß sein Reichtum und sein Ansehen lediglich seiner persönlichen Tüchtigkeit zu danken wären. Statt sich mit dem ihm vom Schicksal zugeteilten Platz zu bescheiden, trieb ihn Großmannssucht, sich in die gewagtesten Geschäfte einzulassen, wobei er nicht nach Recht und Unrecht fragte. Dabei hatte er bei allen seinen Geschäften ein unheimliches Glück; was immer er auch unternahm, es warf ihm stets eine erkleckliche Verzinsung ab.

Dadurch schwoll sein keckes Selbstvertrauen noch höher, und als er im Laufe der Zeit zu Ruf und Ansehen gelangte, ließ er seine Macht bis in die höchsten Amtsstellen hinein spielen und benutzte sie, um aus krumm gerade und aus gerade krumm zu machen und ohne Gewissensskrupel das Recht zu biegen. Allmählich begann er seinen Mitbürgern unheimlich zu werden, und als er gewahrte, daß man ihn fürchtete, begann er sich seinerseits vor Rache und Nachstellung zu fürchten. Um sich zu sichern, kaufte er sich für einen gehörigen Batzen Geld ein Landratsamt, das ihm gestattete, sich eine bewaffnete Leibgarde zu halten. Dergestalt durch Amtswürde und Leibwache gegen

1. 960-1127.

feindliche Anschläge und Nachstellungen gefeit, konnte er die ehrenwerten Gilden und Mitbürger seiner Gegend genügend einschüchtern und in Schach halten und sein hemmungsloses Treiben ungestört fortsetzen.

Bei all seiner Minderwertigkeit und Skrupellosigkeit mußte man ihm gerechterweise einen guten Charakterzug zubilligen: Er war nicht kleinlich und geizig, sondern hatte für Arme und Notleidende stets ein Herz und eine offene Hand, zumal wenn man ihm recht hofierte und liebedienerte. Das tat ihm wohl. Diese seine Großzügigkeit und Freigebigkeit brachten es mit sich, daß eine Rotte wüster Schmarotzer sich als ›Freunde‹ an ihn heftete und ständig bei ihm herumschnorrte, wobei sie ihm in den Hintern krochen und ihn mit Schmeicheleien so lange umbuhlten, bis er selber daran glaubte, daß er ein Kerl sei und den Namen Hsi Men, der Glückliche zu Recht verdiente.

Also von Schmeichlern und Speichelleckern betört und eingelullt, ließ er sich erst recht mit vollen Segeln vom Winde seiner Lüste treiben und fuhr munter fort, himmlisches und irdisches Gesetz zu verletzen, ohne daß er sich dessen überhaupt noch recht bewußt war.

Bei all diesen Rechtsbrüchen hielt er sich immerhin noch innerhalb gewisser Grenzen; ohne Maß und mit wahrer Todesverachtung dagegen sündigte er darauflos, wenn es sich um die Befriedigung seiner Wollust handelte.

Er besaß in zweiter Ehe eine rechtmäßige Hauptgattin namens Mondfrau aus der Sippe Wu, die zwar nicht zu zehn Zehnteln als Schönheit anzusprechen, aber doch mit genügend Reizen ausgestattet war, um einen verständigen Mann an ihre Person allein zu fesseln, überdies eine gute, tugendsame, ehrbare Frau. Hätte Hsi Men ein wenig Vernunft und Selbstbeherrschung besessen, so würde er sich sein Leben lang mit dieser einen rechtmäßigen Gattin begnügt haben und hätte deshalb noch lange nicht über ein freudloses Lager zu klagen brauchen.

Aber in seiner maßlosen Begehrlichkeit genügte Hsi Men die rosa Pflaumenblüte nicht, die er eben noch angeschmachtet hatte; schon fand er die weiße Birnenblüte weit schöner, und so trieb ihn seine Gier, bald nach Ost zu tändeln, bald nach West anzubändeln, und so heiratete er noch fünf weitere Frauen hinzu. Goldlotos und die Dame Ping, seine beiden Favoritinnen, ferner die frühere Kurtisane Li Kiao'rl sowie Mong Yü Loh und die ehemalige Küchenmagd Sun Hsüe O. Und nicht genug damit, mußte auch die hübsche Zofe Lenzpflaume dazu herhalten, seinen unersättlichen Appetit zu stillen.

Nun wäre immerhin nichts dagegen einzuwenden, und man könnte ihm zwar Großmannssucht, aber nicht gut Auflehnung gegen himmlische Vernunft zum Vorwurf machen, wenn ein reicher Kerl wie er, der es sich leisten kann, auf ehrbare, gut bürgerliche Art, das heißt unter vorheriger Zusendung der herkömmlichen Verlobungsgeschenke und unter Beauftragung einer öffentlich anerkannten Heiratsmaklerin, seinem Hause nach und nach sechs Gattinnen, eine Hauptgattin und fünf Nebenfrauen, zuführt. Das ist durchaus einwandfrei.

Wie aber hatte es Hsi Men gehalten: wie ein Straßenköter, der dreist in fremde Hundehütten kriecht. Gestohlen und erschlichen hatte er sich seine Lüste. Mit Geld, Gewalt und hundert Listen hatte er seine Liebchen und ihre Habe an sich gebracht! Und nicht genug damit, war er nicht davor zurückgeschreckt, über die Leichen der bestohlenen und betrogenen Ehehälften zum Ziel zu gelangen!

Ist solch schändliches Treiben nicht freche Auflehnung gegen alle himmlischen Gebote? – Darüber besteht kein Zweifel. Aber der Himmel ließ seiner nicht spotten! Nur bis zum dreiunddreißigsten Lebensjahr vergönnte er dem Wüstling zu leben. Da wurde er durch ein grausames Leiden dahingerafft. Doch mit seinem frühen Tode waren seine Missetaten noch längst nicht bezahlt. Ein höchster Richter sorgt für genaue Begleichung der irdischen Rechnung. Was von der Sündenschuld des Missetäters bei seinem Tode unbeglichen bleibt, das muß eben von Kindern und Kindeskindern oder von ihm selber in einem späteren Leben nachträglich abgetragen werden, bis die Rechnung glatt ist. Das ist der Sinn des ernsten Wortes: Sühne bis ins dritte Glied! Erfolgt die Abrechnung noch vor dem Tode des Sünders oder der Sünderin und unter den Augen der Mitwelt, dann spricht man schadenfroh von ›Vergeltung bei Lebzeiten‹. Im anderen Fall büßen Kinder und Kindeskinder, oder Sünder und Sünderinnen müssen in einem späteren Leben selber Schlimmes erdulden, und dann gibt es den einen oder anderen wissenden Zeitgenossen, der rückschauend zu erklären vermag, warum solches geschieht.

So entstand dieses Buch aus den Aufzeichnungen eines Mannes, der das Geschehen in aller Muße gewissermaßen durchs Fenster beobachtete und mit Bedacht und Sorgfalt alle die Tatsachen und Einzelheiten herauslas und aufzeichnete, die geeignet waren, Licht auf die Vergeltung zu werfen, wie sie einerseits Hsi Men selber und gewisse andere Personen in einem späteren Leben, andererseits Weib und Kind nach seinem Tode traf. Der Verfasser möchte die geschätzte Leserschaft einladen, nach der Abendmahlzeit oder vor dem Einschlafen gelegentlich einen Blick in das Buch zu tun und darüber nachzudenken, ob nicht etwas Wahres an dem Satz ist:

Alle Schuld rächt sich auf Erden
Und das Gute findet seinen Lohn.

Das ist offenkundig himmlische Logik und Vernunft.

Welcher Art Hsi Mens Missetaten waren, für deren ausführliche Schilderung in diesem Buche kein Platz ist, war bereits angedeutet worden. Er war, kurz gesagt, der Erzhalunke, der skrupellose Frauenjäger seiner Stadt.

Das Vermögen, das er während seines halben Lebens in bedenkenloser händlerischer Geschäftigkeit zusammengerafft hatte, türmte sich bergehoch. Die Pracht seines Anwesens erweckte Vorstellungen von einem Feenpalast. Fast hundert Köpfe zählte die Dienerschaft, die ihm und seinen sechs Frauen zu Gebote stand. Doch ach! Gar bald sollte das Wort erfüllt werden:

Wenn Glück den Höhepunkt erklimmt,
Das Unglück seinen Anfang nimmt.

Ein, zwei Jahre bereits nach seinem vorzeitigen Tode, den er durch sein Lasterleben verschuldet hatte, ging es mit der einstigen Herrlichkeit zu Ende. Da waren Frauen und Kebsen bereits auf und davon oder von anderen Männern entführt worden. Und die gekauften ›guten Freunde‹ von ehedem hatten sich verflüchtigt und sich an andere Wohltäter herangemacht. Die Dienerschaft war auseinandergelaufen, nicht ohne von den Schätzen des Hauses zu stehlen, was zu stehlen war. Die mannigfachen Betriebe und Geschäftsunternehmen, die zu Hsi Mens Lebzeiten einen üppigen, nie versiegenden Zinsstrom eingebracht hatten, begannen in den Händen ungetreuer Geschäftsführer gar rasch herunterzukommen, und der ehemals kräftige Geldstrom wurde allmählich dünner und zum kläglich versickernden und versiegenden Rinnsal, bis schließlich überhaupt kein Tropfen mehr in die Hauskasse floß. Wie dürres Herbstlaub blätterte die ganze, einst im Handumdrehen erraffte Herrlichkeit ab, wie Märzschnee in der Sonne schmolz sie elendiglich dahin. Und schon war es aus mit der einstigen Achtung und dem früheren Ansehen. Die Mitwelt begann hämisch zu grinsen und boshafte Glossen zu machen.

Nur dank der braven Mondfrau konnte sich der verfallende Haushalt überhaupt noch einigermaßen halten. Sie gab sich redliche Mühe, für Hsi Mens Erben, das vierjährige Söhnchen Hsiao Ko, aus den Trümmern zu retten, was zu retten war. In alter Treue stand ihr dabei Diener Tai A'rl mit seiner jungen Frau, Zofe Juwelchen, hilfreich zur Seite. Diese zwei waren die einzigen Überbleibsel der hundertköpfigen Dienerschaft, die bei der alten Herrschaft aushielten. Die andere Bande hatte sich gleich Sperlingen, unbekannt wohin, verflüchtigt.

Es war im zwanzigsten Jahr der Regierung des Kaisers Hui Tsung,[1] als die Horden der Kin-Tataren wiederum einen räube-

1. Im Jahre 1120.

rischen Einfall in das Reich der Mitte unternahmen und die Hauptstadt Kai fong fu bedrohten. Das Land nördlich vom Gelben Fluß wurde schwer von Brandschatzung und Plünderung heimgesucht, Gold und Silber in Haufen und junge Mädchen und Frauen ohne Zahl wurden von den räuberischen Horden verschleppt.

Auch nach der Provinz Schantung, in die Gegend der Kreisstadt Tsing ho hsiän, drang die Schreckensnachricht vom Anrücken der Tataren. Schon sei die Provinzstadt Tsi nan fu in die Hand des Feindes gefallen, bald würde auch die hiesige Gegend an die Reihe kommen, so erzählten sich bleich und angstvoll auf Straßen und Gassen die Bewohner des friedlichen Landstädtchens. Nicht umsonst stand ja die volkreiche Kreisstadt Tsing ho hsiän seit langem im Geruch blühenden Wohlstands, und diesen Geruch würden die Nasen der beutelüsternen Barbaren zweifellos wittern und sich von ihm anlocken lassen.

Noch wußte man nicht genau, wo die Tataren zur Zeit standen, doch schon tauchten allerorten einheimische Räuberbanden auf, die sich die beginnende Panik der Bevölkerung zunutze machten und unter der Maske von Tataren nach Herzenslust ihrerseits zu sengen und zu plündern anhuben.

Die Vorsichtigen und Ängstlichen unter den Bewohnern von Tsing ho hsiän begannen bereits ihre Habe zu verstecken und in die Dörfer und Wälder der Umgebung zu flüchten. Auch Mondfrau sah sich vor die Frage gestellt zu flüchten. Sie zauderte lange, denn wem sollte sie das große Anwesen in der Zwischenzeit anvertrauen? Eigentlich wäre sie lieber in der Stadt geblieben. Aber dann setzte sie sich der Gefahr aus, das schmähliche Schicksal so vieler anderer Frauen und Mädchen zu teilen, von den Barbaren als Beute verschleppt zu werden. Nein, lieber freiwillig sterben! Aber was würde dann aus dem hilflosen Kind, dem einzigen Erben ihres Gatten, werden? Konnte sie zulassen, daß es elend umkam, Hsi Mens Stamm damit abgeschnitten war und künftig niemand mehr vor seinen Ahnentafeln opfern würde? Um ihres Mannes und Kindes willen entschloß sie sich zur Flucht. Einen Tag noch benutzte sie, um Schmuck, Wertsachen und Kleidung zu verpacken, zu vergraben und beiseite zu schaffen, um Kammern und Gemächer, Schränke und Truhen sorgfältig abzuschließen, dann machte sie sich auf die Wanderschaft. Diener Tai A'rl mußte die Reisekasse und ein wenig Handgepäck mit dem Notwendigsten schleppen, Zofe Juwelchen das Kind im Arm tragen. Ach, wie anders war es in früheren Zeiten gewesen, wenn Mondfrau ihren Fuß vor die Schwelle des Hauses setzte. Dann hatte sie eine schöne bequeme Sänfte bestiegen, und zwei Leibdiener bildeten das Gefolge. Heute mußte sie sich bequemen, zu Fuß zu gehen. Sie war so gar nicht daran gewöhnt, und zunächst konnte sie mit ihren Trippelschritten kaum vorwärts kommen, auch wußte sie nicht recht, wie sie sich im Straßengetümmel verhalten sollte. Aus anerzogener Scheu schreckte sie anfangs ängstlich zurück, wenn sie fremden Männern begegnete, und machte zeitraubende Umwege. Aber allmählich sah sie ein, daß in der drängenden Not der Stunde solch übertriebene Rücksichtnahme auf herkömmliche Schicklichkeitsgebote unangebracht und lächerlich sei, und schritt tapfer darauflos. Als dann der Schreckensruf ›Tataren hinter uns!‹ durch die Gassen hallte, da schloß sie sich willig dem allgemeinen Menschenstrom an und nahm ohne Murren das lästige Drängen und Schubsen und Toben in der Enge des Stadttores in Kauf.

Endlich durften sie aufatmen, man war draußen im Freien. Aber o weh, als sie sich umblickte, da fehlte Tai A'rl. Im Gedränge hatte sie ihn aus den Augen verloren.

Allein mit Kind und Zofe, schritt sie nun weiter über Felder und Äcker und gelangte nach drei Meilen Wegs zu einem großen Buddhatempel. Pu fu sse, Tempel der Weltbeglückung, so hieß er. Sie fand ihn bereits dicht von Flüchtlingen besetzt und umlagert, die hier teils rasten, teils Zuflucht suchen wollten. Ein wenig unentschlossen betrat sie das Innere. Ein Glück für sie, daß die Tempelpriester früher einmal von Hsi Men mit einer großzügigen Bauspende in Höhe von fünfzig Batzen bedacht worden waren. Als sie jetzt sahen, daß sie die Witwe ihres ehemaligen Patrons vor sich hatten, erinnerten sie sich der empfangenen Wohltat und behandelten Mondfrau unterwürfig ergeben, wobei allerdings wohl auch ein wenig Berechnung mitspielte. Sie sahen in ihr die reiche Witwe und rechneten damit, ihre heutige Dienstbeflissenheit durch künftige Wohltaten vergolten zu sehen. Jedenfalls kam Mondfrau zu einer guten Mahlzeit und einer freundlichen, ruhigen Gastzelle, wo sie sich hinlegen und von den Mühsalen des Fußmarsches ausruhen konnte.

Zwei Tage lang genoß sie Ruhe und Tempelfrieden, dann wurden die Tempelinsassen von der Schreckenskunde ›Die Tataren im Anzug!‹ aufgescheucht. Obzwar die Buddhapriester der Welt und weltlichen Gütern entsagt hatten, mochten sie doch die Schätze, die sie im Laufe der Jahre angesammelt hatten, nicht den tatarischen Räubern preisgeben, kurz, ohne sich weiter um Mondfrau und die Ihren zu kümmern, stahlen sie sich in der dritten Nacht heimlich davon, um ihren Besitz nach einem weiter abgelegenen, verlassenen Bergtempel zu bringen.

Am dritten Morgen sah Mondfrau den Tempel zwar voll von neuen Flüchtlingen, aber von den Priestern war keiner zu entdecken.

»Wo werden wir unsere tägliche Mahlzeit hernehmen?« wandte sie sich besorgt an Zofe Juwelchen.

»Keine Sorge. Vorhin, als ich Waschwasser holen ging, habe ich unweit der Räucherkammer, im Dickicht versteckt, einen großen, irdenen Krug voll Reis entdeckt; davon wollen wir uns bei der Gerätekammer unsere Mahlzeit kochen. In diesem abgelegenen Winkel werden uns keine Barbaren stören.«

»Gut, da wir Reisvorrat haben, können wir hier weiter verweilen.«

Über Tag getrauten sich die beiden Frauen nicht aus ihrer Kammer heraus, aber in der Stille der Nacht zündeten sie an der ewigen Lampe vor der Buddhastatue ein Scheit Holz an und kochten sich im hintersten Tempelwinkel ihre Reismahlzeit.

Einen Tag und eine Nacht verbrachten sie so recht und schlecht in Unruhe und ständiger Angst.

Der nächste Tag graute gerade, da traf eine neue Flutwelle von Flüchtlingen im Tempel ein. Die Tataren seien sengend und mordend und plündernd in die Stadt eingedrungen, die in hellen Flammen stünde, vernahmen die beiden Frauen schaudernd. Nun schien es ernst zu werden. Der Tempel war vermutlich das nächste Ziel der wilden Horden. Mondfrau blickte verstört drein, und ihre Angst steckte Juwelchen an, die laut zu weinen anfing. Was sollte geschehen? Der Tempel lag in nächster Nähe der Stadt, hier war man nicht sicher, in kürzester Frist konnten die Tataren dasein. Schon war die letzte Welle der Flüchtlinge weitergeströmt. Sollte man es den anderen gleichtun und weiterwandern? Aber wohin? Und wie sollten sich die beiden wegunkundigen Frauen ohne den braven Burschen Tai A'rl und ohne Reisekasse weiterhelfen?

»Der Tempel ist völlig verlassen. Alles ist geflüchtet. Es wird uns nichts anderes übrigbleiben, als uns gleichfalls nach einer neuen Zufluchtsstätte umzusehen«, meinte Mondfrau zu Juwelchen.

Juwelchen gab ihr recht, hob das Kind auf den Arm und ging an ihrer Seite dem Tempelausgang zu. Während sie so dahinschritten, hörten sie im Vorübergehen aus der Hauptandachtshalle Gebetsgemurmel. Vorsichtig spähten sie hinein. Da sahen sie im Schein der gläsernen Lampe vor der Buddhastatue einen alten Priester mit untergeschlagenen Füßen auf dem Andachtspolster hocken und beten. Als er die beiden Frauen im Halleneingang gewahrte, unterbrach er seine fromme Andacht und rief ihnen mit lauter Stimme zu:

»Gute Schwestern in Buddha, eilet nicht von dannen! Der Ort, wo ihr weilt, gewährt euch Schutz und Frieden.«

Mondfrau, die anfangs nur flüchtig hineingesehen hatte und schon ungeduldig weitereilen wollte, machte, als sie die Stimme in ihrem Rücken hörte, wieder kehrt und beschaute sich den seltsamen Alten auf dem Andachtspolster näher. Merkwürdig genug sah er aus mit seinen langen, dichten Brauen, die förmlich wie ein Bart über die Augen hingen, mit seinem dürren fleischlosen Körper, der wie ein Totengerippe in der Kutte stak, mit seinem wahren Hügel von Buckel, mit seiner schiefen, zum Bogen gekrümmten Hüfte, mit dem weißen Haarschopf, der seinen Schädel wie eine Kappe aus Schnee bedeckte, mit den bloßen, knochigen Füßen, die aus den abgetretenen, derben, viel zu weiten Wanderschuhen spießten. Mondfrau konnte nicht umhin, ihre Knie vor der wunderlichen Erscheinung zu beugen.

»Die Unglückliche, die Ihr vor Euch seht, ist Mondfrau, eine Witwe, die Mutter des armen Waisenknaben dort. Sie ist im Elend und auf der Flucht und weiß keine Pforte, wo sie geborgen ist. Seid barmherzig, alter Buddha, und weist ihr den rechten Weg«, so sprach sie demütig zu ihm.

»Leben und Sterben, beides hat vorbestimmte Ziele. Auch daß du und dein Kind flüchten mußtet, ist euch vorbestimmt. Eine lange Wanderschaft steht euch bevor, und das Ziel eures Weges liegt in weiter Ferne. Einstweilen aber ist euch dieser Tempel als sichere Zufluchtsstätte bestimmt.«

»Wenn dem so ist, warum haben die anderen Frauen und Mädchen den Tempel wieder verlassen?«

»Weil sie kein Schicksalsfaden an diese Stätte bindet. Die Schicksale der Menschen sind nicht nach ein und demselben Muster geknüpft.«

»Vielen Dank, alter Buddha, für Euren Fingerzeig. Er hilft mir aus der Irre. Darf ich auch künftig auf Euren barmherzigen Beistand hoffen?« sprach Mondfrau, sich tief verneigend. Dann suchte sie mit Juwelchen und dem Kind von neuem die frühere Wohnzelle auf. Zwei Tage und zwei Nächte hielt sie sich, dem Rat des Alten folgend, in der traurigen Einsamkeit des verlassenen Tempels, in der öden Enge einer kahlen Mönchszelle verborgen. Einmal wurde ihr so bänglich zumute, daß sie sich zur Haupthalle aufmachte, um den alten Priester zu befragen, ob sie sich nicht lieber doch auf den Weg machen solle. Aber der Alte war spurlos verschwunden. Sie beschloß, gehorsam weiter auszuharren, und ihr Gehorsam ward belohnt. Sie blieb von aller Belästigung verschont, kein Feindesroß kam dem Tempel zu nahe. Endlich am dritten Tag kamen wieder Flüchtlinge und brachten die freudige Kunde mit, die Tataren seien abgezogen und die Masse der Einwohner ströme bereits in die Stadt zurück.

Da hielt es Mondfrau auch nicht länger, und sie machte sich auf den Rückmarsch. Gerade als sie aus der Tempelpforte ins Freie trat, lief ihr der vermißte Bursche Tai A'rl in den Weg. Er hatte die ganze Zeit vergeblich nach seiner Herrin gesucht. Es gab ein frohes Wiedersehen, und zu viert machte man sich leichteren Herzens auf den Heimweg. Aber auf diese Heimkehr traf das Wort zu:

Kaum kehrt die aufgescheuchte Elster
Beruhigten Flügelschlags nach Haus,
Da heckt, im Dunkel heimlich lauernd,
Schon Wolfsbrut neue Tücke aus.

ZWEITES KAPITEL

Eine verlassene Witwe sucht vor den Feindeshorden Zuflucht auf dem Lande. Ein ungetreuer Diener macht mit Raubgesindel gemeinsame Sache gegen seine Herrin

Frohen Herzens hatte sich Mondfrau mit den Ihren auf den Nachhauseweg gemacht. Aber welch schreckliche Veränderungen im Stadtbild mußte sie bei der Rückkehr nach Tsing ho hsiän gewahren! Das Stadttor ein rauchender Trümmerhaufen! Geborstene Zinnen, eingeebnete Schießscharten! In den Straßen zu Haufen verwesende Leichen, bleichende Knochen! Von zehn Anwesen neun öde und verlassen! Kein Hundegekläff, kein freundliches Hühnergackern, kein traulicher Lampenschein! Statt rotlackierter Hauspforten gähnende Höhlungen zwischen Mauerschutt, geborstene Hallen, ausgebrannte Schlafkammern, verkohlte Bettgestelle, die Wandschirme verschwunden! Im Gemüsegarten zwischen Kohlköpfen abgehackte Menschenköpfe! Vor dem Küchenherd Haufen von Pferdemist!

Beklommen blickte Mondfrau nach Ost und West, nach den Spuren grausiger Verwüstung in der Nachbarschaft. Als sie dann ihr eigenes Anwesen betrat, da konnte sie es kaum wiedererkennen: das Hauptportal ein Raub der Flammen, ein Haufen Schutt und Asche, das Dach der großen Gasthalle eingestürzt, zwischen Gebälk und Mauertrümmern hier und da ein zerbrochener Stuhl, ein halb verkohlter Tisch, hinter der Innenpforte zwar keine Brandspuren mehr, aber zerbrochene Fenster, schief in den Angeln hängende Türen.

Wunden Herzens besah sich Mondfrau die Verwüstung. Ihrer Brust wollte sich gerade ein Ausruf der Klage entringen, als sie aus dem Pavillon, den ehemals Goldlotos, Hsi Mens Fünfte, bewohnt hatte, ein altes Mütterchen von verwahrlostem Äußerem – schmuddeliges Kopftuch um den unfrisierten Haarschopf, über dem dunkelblauen, wattierten Hosenwams nicht einmal den üblichen kurzen Kittel aus billigem Kattun – herauskommen sah. Die Alte schrak beim Anblick von Mondfrau sichtlich zusammen, als ob sie sich bei irgendeinem Unrecht ertappt sähe, dann nahm sie sich zusammen und schlurfte in unterwürfiger Haltung näher.

»Wer bist du und was treibst du hier?« fragte Mondfrau streng. Statt zu antworten, begann die Alte jämmerlich zu heulen. Jetzt entsann sich Mondfrau ihrer – es war die Schließerin, die früher bei Frau Ping, Hsi Mens Sechster, Dienst getan hatte.

Sie hatte sich gesagt, daß in dem verlassenen Anwesen des reichen Hsi Men trotz allen neuerlichen Verfalls immer noch etwas zu holen sein müsse, und so hatte sie sich die Abwesenheit ihrer Herrin zunutze gemacht und während der letzten Tage an den ihr wohlbekannten Stätten eifrig nach Schätzen herumgeschnüffelt. Nun sah sie sich bei ihrem heimlichen Treiben auf einmal von der Hausfrau überrascht.

»Beste Nai nai, wo habt Ihr denn die ganzen letzten Tage

gesteckt? Ich habe vergeblich nach Euch gesucht!« heuchelte sie möglichst bieder. Und dann auf das Kind im Arm der Zofe deutend: »Das ist wohl der Sprößling unseres guten verstorbenen Herrn Hsi Men? Ja, ein guter Herr war er zu Lebzeiten, und seinen gehäuften guten Werken zuliebe hat der Himmel seinen Sprößling am Leben erhalten. Du meine Güte, wieviel Söhne und Töchter aus anderen guten Familien sind in diesen Tagen verdorben und gestorben und abhanden gekommen! Da könnt Ihr, gute Dame, noch von Glück reden! Aber Ihr habt es ja auch wahrlich verdient, eine so brave Frau, die zeitlebens nur Gutes gewirkt und nie die himmlischen Satzungen verletzt hat!«

Also schmeichelte sie und nahm dabei das Kind aus den Armen der Zofe und drückte es an sich. Das Kind begann jämmerlich zu plärren. Es hatte seit Stunden nichts mehr zu essen und zu trinken bekommen und verlangte nach Nahrung.

Aber wo etwas Eßbares hernehmen? In der ganzen Küche war kein heiler Kochtopf, kein Körnchen Reis mehr aufzutreiben. Die Alte wußte Rat und kramte aus ihrem schmutzigen Wams einen verschrumpften rußgeschwärzten Pfannkuchen hervor. Das Kind biß zu, und sein Geplärr verstummte.

»Der letzte Brocken von dem bißchen Eßvorrat, den ich in der Nachbarschaft auftreiben konnte!« betonte die Alte.

Mondfrau, vom weiten Weg müde, ließ sich auf der untersten Stufe einer Steinterrasse nieder, winkte der Alten freundlich, neben ihr Platz zu nehmen, und fragte sie nach den Schicksalen in der Bekanntschaft und Nachbarschaft aus. Ach, welche traurigen Dinge bekam sie da zu hören!

»Mit eigenen Augen habe ich gesehen, wie Euer großer Bruder im Hof des städtischen Asyls von den Tataren niedergemacht wurde – ein Glück nur, daß es der feindliche Feldherr mit dem Weitermarsch eilig hatte, so blieben der Horde, die hier eingefallen war, nur drei Tage Zeit zum Plündern, und sie konnten sich nicht mit der Suche nach Flüchtlingen aufhalten. Auch waren die Brände in der Stadt nicht das Werk der Feinde, sondern wurden erst nach deren Abzug von einheimischem Raubgesindel angelegt. Übrigens habe ich Tatarenkrieger davon reden hören, daß sie nach der Einnahme der Östlichen Hauptstadt zurückkommen und Besatzungen in unsere Gegend legen wollen. Also, auf die Dauer werdet Ihr, fürchte ich, hier nicht in Sicherheit sein . . .«, berichtete die Alte.

Schreckensblaß wandte sich Mondfrau an ihren braven Tai A'rl: »In diesen Ruinen werden wir sowieso nicht gut hausen können. Wäre es nicht am besten, wenn wir einstweilen auf unser Gut draußen vor der Stadt ziehen würden, das unser alter Diener Ping An jetzt in Pacht hat? Diese eine Nacht werden wir dort schon recht und schlecht unterkommen, morgen wollen wir dann weiter Rat schaffen.«

»Ihr habt recht. Und wir wollen hier gar nicht erst lange säumen«, stimmte Tai A'rl bei.

»Du bist hier ohne Anhang und Stütze. Wenn du willst, kannst du dich uns anschließen und dich wieder wie in früheren Tagen ein wenig bei mir nützlich machen«, lud die gutmütige Mondfrau die Alte ein.

»Zu gütig, beste Nai Nai. Obdachlos, wie ich bin – mein kleines Häuschen haben sie auch abgebrannt, die Strolche –, nehme ich Eure Einladung dankend an. Für mich seid Ihr noch immer meine alte Herrin, und wenn ich mich Euch mit irgendwelchen Dienstleistungen nützlich machen kann – vielleicht könnte ich Euch etwas Gepäckschlepperei abnehmen?«

Also zog man wieder zur Stadt hinaus. Es war Spätherbst, wo die Tage kürzer werden, und so langte man auf dem Landgut an, als sich die Sonne gerade hinter den Westbergen verkroch.

Das Pächterehepaar hieß die frühere Herrin diensteifrig willkommen und führte sie in den Räumlichkeiten herum. Mondfrau wählte sich als Quartier eine schlichte strohgedeckte Kammer, die nur über eine einflügelige Tür verfügte. Das irdene Ofenbett an der Wand gegenüber der Tür diente gleichzeitig als Kochherd.

Vom Hauptraum führten zwei verschlossene Türen in zwei Seitenkammern, in denen Brennholzbündel und Strohhaufen aufgeschichtet lagen. Zofe Juwelchen konnte es sich nicht versagen, vom Hof aus einen neugierigen Blick durch die Fenster dieser Seitenkammern zu tun. Zu ihrem Erstaunen sah sie zwischen den Holz- und Strohhaufen verstreut große, dicke Kleiderbündel herumliegen. Aber sie behielt ihre Wahrnehmung törichterweise für sich.

Inzwischen war es dunkel geworden, und da im Hause kein Lampenöl aufzutreiben war, löffelte man seine dünne Reissuppe beim flackernden Schein des Herdfeuers und legte sich dann beizeiten schlafen. Mondfrau bettete ihr Kind neben sich auf das harte Ofenbett, zum Zudecken mußte sie sich mit einem dünnen Leinenlaken begnügen. Zofe Juwelchen und die Alte nahmen mit einer Matte auf dem Fußboden vor dem Ofenbett vorlieb. Bursche Tai A'rl nächtigte beim Pächter Ping An im anstoßenden Wohnraum.

Dieser Ping An war von klein auf Diener und Pförtner und zuletzt gleichzeitig Geschäftsführer der Pfandleihe im Hause Hsi Mens gewesen. Nie hatten moralische Bedenken sein Gewissen belastet, und als er bei Hsi Mens Tode mit ansah, wie zwei andere Geschäftsführer einen Teil der ihrem Herrn gehörenden Schiffsladung Seide beiseite brachten und sich mit dem Erlös aus dem Staube machten, da wollte er es ihnen gleichtun und eignete sich fremde Wertsachen aus Hsi Mens Pfandleihe an. Mondfrau hatte ihn deswegen zwar aus dem Hause gejagt, ihn aber in ihrer Gutmütigkeit als Pächter auf ihrem kleinen Landgut belassen.

Als er nun die frühere Herrin in ihrer Not bei sich Zuflucht nehmen sah, da regten sich wiederum seine bösen Triebe, und er beschloß, die Gelegenheit zu einer gehörigen Bereicherung zu benutzen. Im Augenblick konnte er allerdings nichts unternehmen, da ja Mondfrau mit völlig leeren Händen, ohne jedes Gepäck, hergekommen war. Die Kleiderbündel, die Juwelchen in den verschlossenen Seitenkammern erspäht hatte, stammten, wie die geneigte Leserschaft erraten haben wird, auch aus dem Haushalt Hsi Mens. Als die Tataren in der Stadt hausten, hatte Ping An bereits das allgemeine Durcheinander zu einem heimlichen Beutezug benutzt und Kästen und Behälter im Hause der früheren Herrschaft nach Kleidung und Schmuck durchschnüffelt. Bloß Bargold und -silber hatte er nicht auffinden können, obwohl er an verschiedenen Stellen des weitläufigen Anwesens das ganze Erdreich aufgewühlt und im Schweiße seines Angesichts ganze Gruben ausgeschaufelt hatte. Von listigen Hintergedanken bewegt, sprach er nun in dieser Nacht vor dem Einschlafen zu seinem Zimmergenossen Tai A'rl:

»In der Stadt kann deine Herrin nicht gut wohnen bleiben. Wovon will sie aber draußen leben? Kommt hierher ohne Geld und Gepäck und überläßt es uns armen Teufeln, für sie zu sorgen. Ihr verstorbener Mann muß ihr doch beträchtliche Werte hinterlassen haben. Will sie untätig zusehen, wie fremde Leute sich hinter ihrem Rücken all des schönen Besitzes bemächtigen? Es muß doch über und unter der Erde noch einiges von Hsi Mens Schätzen vorhanden sein. Deine Herrin ist eine gute, aber weltfremde Frau, du solltest offen mit ihr sprechen und ihr klarmachen, daß sie an die Sicherung ihrer Zukunft denken muß. Die Tatarenhorden können jeden Tag zurückkommen. Sie wäre doch schön dumm, wenn sie sich all ihren Besitz wegplündern ließe.«

Der arglose Tai A'rl nahm seine Einflüsterung für bare Münze und veranlaßte am nächsten Morgen Juwelchen, mit Mondfrau Rücksprache zu halten. Mondfrau sah auch ein, daß es töricht wäre, sich ohne Mittel einer ungewissen Zukunft auszusetzen, und machte sich in Begleitung von Juwelchen und Tai A'rl abermals zur Stadt auf. In ihrer Einfalt nahm sie auch den spitzbübischen Ping An mit.

Am zeitigen Vormittag traf man in der Stadt ein und ging, mit Spaten, Hacke und einem leeren Lederkoffer ausgerüstet, sogleich ans Werk. Mondfrau bezeichnete zunächst eine Stelle unter der Stiege, die hinter ihrem Bett zum Oberstock führte. Dort hatte sie Kleidung und Schmuck vergraben. Aber, o weh, zu ihrem Leidwesen gähnte ihr an der bezeichneten Stelle des Fußbodens eine große Höhlung entgegen, und die Höhlung war leer! Also waren ihr bereits Diebe zuvorgekommen. Ping An beobachtete von der Seite her ihre Enttäuschung mit kaltem Grinsen.

Hierauf führte sie ihre Leute neben die Grotte am Fuße des Osthügels beim Schildpattkiosk. Dort am Seeufer zeigte sie ihnen einen mächtigen Felsen, den die beiden Leute mit vereinten Kräften ausgraben und beiseite wälzen mußten. Darunter kam ein dickbauchiger Porzellankübel zum Vorschein. Er war mit einer schweren eisernen Platte bedeckt. Als man die Platte abhob, glänzte und gleißte es drinnen rot, gelb und weiß: Gold und Silber in Barren! Barren im Gewicht von tausend Unzen, die Mondfrau herausnehmen und von den beiden Männern in Taschen, Koffer und Ranzen stopfen und verstauen ließ.

»Dies Geld hat euer verstorbener Herr damals als Amtmann geschenkt erhalten, als er eine gewisse Klagesache niederschlagen half. Er hat es vorsorglich für Zeiten der Not hier vergraben lassen«, bemerkte sie.

Mit frohem Eifer regten die beiden Mannsleute Hände und Füße, und als sie ihre gewichtige Last wohlverpackt hatten, machten sie sich hurtig auf den Weg. Mondfrau wollte mit Juwelchen etwas später nachkommen.

Sie ging in den Haustempel, öffnete ein geheimes Fach im Sockel unter dem Bronzebuddha und entnahm ihm einen Rosenkranz von hundertacht wunderschönen großen Kantonperlen. Auch diesen Schatz hatte Hsi Men einst in seiner Eigenschaft als Amtmann zu Bestechungszwecken erhalten, auch dieser Schatz war also unrechtes Gut, genau wie die Gold- und Silberbarren im Porzellankübel draußen im Park. Daß an beiden Schätzen ein Fluch haftete, der nach dem Willen höherer Gerechtigkeit für seine Besitzer Unheil wirken würde, das bedachte Mondfrau im Augenblick der Not freilich nicht. Sie nähte die Perlen sorgsam in das Futter ihrer Gewandung ein, dann machte sie sich mit Juwelchen gemächlich auf den Rückweg und traf gegen Abend wieder auf dem Landgut ein.

Inzwischen hatte der Schurke Ping An die Gelegenheit seines

Alleinseins mit dem braven Tai A'rl benutzt, um seine Einflüsterung fortzusetzen.

»Nach einem umlaufenden Gassenorakel gehören Hsi Mens Schätze uns. Wir sollten unsere Beute von Rechts wegen unter uns teilen«, so sprach er auf dem Heimweg zu seinem Begleiter. »Es genügt vollauf, wenn wir deiner Herrin ein wenig davon abgeben. Denn wie will sie als alleinstehende Witwe einen solchen Schatz hüten? Wenn sie ihn auf den Landstraßen mit sich herumschleppt, wird er ihr eines Tages von Räubern abgenommen werden, und sie wird noch von Glück reden können, wenn sie und ihr Kind dabei ihr nacktes Leben retten. Wir wären schön dumm, wenn wir uns diesen fetten Bissen von fremden Leuten wegschnappen ließen.«

Tai A'rl hörte sich seine Rede an, hüllte sich aber in Schweigen. Unterwegs hielt man am Wegrande gerade eine kleine Rast, als man von einem Mann eingeholt und angerufen wurde, der den gleichen Weg hatte wie die beiden und sich ihnen anschließen wollte. Es war ein alter Bekannter, ein gewisser Li, der zur Zeit als Bogenschütze bei der Stadtpolizei Dienst tat. Man beglückwünschte sich gegenseitig, daß man die letzten Schrekkenstage heil überstanden hatte, und setzte gemeinsam den Weg fort. Es fiel Li auf, daß die beiden anderen einen schwer bepackten Karren schoben und es anscheinend recht eilig hatten. Er dachte sich sein Teil und fragte:

»Was habt ihr denn da in Koffern und Ranzen?«

»Etwas alten Kram aus dem Hause meiner Herrschaft, ein paar Kleider und schlechtes zinnernes Eßgerät. Viel ist an dem Zeug nicht. Nach dem Abzug der Tataren haben ja einheimische Plünderbanden unser Anwesen gründlich heimgesucht und sogar das Erdreich aufgegraben und durchwühlt«, beeilte sich Tai A'rl seine begehrliche Neugier zu enttäuschen.

Nach einer Meile Wegs verabschiedete sich Li, um in einen Gabelweg einzubiegen, der nach dem Westdorf führte. Da nahm ihn Ping An beiseite und flüsterte ihm irgend etwas ins Ohr – das Flüstern währte eine geraume Weile –, worauf der andere verständnisinnig nickte und grinste. Tai A'rl hatte es wohl bemerkt, fragte aber nicht danach, was es noch zu flüstern und zu tuscheln gäbe.

Es fiel ihm weiter auf, daß es Ping An auf einmal gar nicht mehr eilig hatte. Er schützte beständig müde Füße und einen lahmen Buckel vor, um von Zeit zu Zeit längere Rastpausen einzulegen. So war es bereits Abend geworden, und Mondfrau war längst wieder zurück, als man endlich auf dem Gutshof anlangte. Ping Ans Berechnung, Mondfrau würde sich bereits schlafen gelegt haben, traf allerdings nicht zu. Sie war aus Unruhe über das lange Ausbleiben der beiden aufgeblieben, und zu Ping Ans Leidwesen bestand Tai A'rl darauf, daß die inhaltsschweren Lasten, Koffer und Ranzen in den von Mondfrau bewohnten Raum gebracht wurden, der kostbare Inhalt in ein paar alte Töpfe geschüttet und unter einer alten Strohmatte hinter dem Ofenbett versteckt wurde. Ping An hätte den Schatz gar zu gern in seinem eigenen Wohnraum untergebracht. Nun trugen aber die beiden Mannsleute immer noch Gold und Silber im Gewicht von etwa zweihundert Unzen in ihren Gürteltaschen bei sich. Großzügig wie sie war, beließ ihnen Mondfrau diesen Teil des Schatzes.

»Das sollt ihr behalten, damit ihr auch euren Anteil an dem Segen habt, den euer vestorbener Herr zu Lebzeiten in vorsorglicher Güte beiseite geschafft hat«, so sprach sie zu ihnen mit von Bewegung erstickter Stimme.

An diesem Abend gab es Lampenöl im Hause, auch hatte die Pächtersfrau für ein Suppenhuhn gesorgt. Der Pächter lief schnell noch einmal ins Dorf, schleppte einen Krug Wein herbei und verleitete Tai A'rl mit Fleiß dazu, sich ein Räuschlein anzutrinken. Es währte auch keine Doppelstunde, da spürte der des Trinkens ungewohnte Tai A'rl eine gewaltige Müdigkeit, und lange vor der gewohnten Schlafenszeit waren ihm die Augenlider zugeklappt.

Nun steckte der Pächter ein langes Messer zu sich und stahl sich leise aus dem Hause, um nach dem Westdorf zu eilen. Dort erwartete ihn bereits bei der Lampe und einem Humpen Wein sein Kumpan Li. Das nächtliche Zusammentreffen war bei der kurzen Flüsterunterhaltung am Nachmittag auf der Landstraße verabredet worden.

Ping An berichtete von dem Versteck des Gold- und Silberschatzes in seinem Hause. »Es ist sowieso unrechtes Gut. Wir brauchen also keine Gewissensbedenken zu haben. Leicht genug ist es wegzuholen, die günstige Gelegenheit sollten wir uns nicht entgehen lassen«, redete er auf seinen Kumpan ein.

Nun, Li hatte sich nicht umsonst bei seinem jahrelangen Yamendienst als gefräßiges Reptil betätigt und mit den üblichen Künsten mühelosen Geldabquetschens vertraut gemacht. In dieser Beziehung kannte er keine Skrupel und besaß eine Gesichtshaut von unempfindlichem Leder, er hatte nach dem Abzug der Tatarenhorden sogar mit dem einheimischen Raubgesindel gemeinsame Sache gemacht. Er ging also mit Freuden auf das verlockende Plänchen ein.

»Fragt sich nur, nach welcher Methode wir dabei zu Werke gehen, nach der sanften oder nach der rauhen«, rief er, vor Aufregung hochspringend.

»Was meinst du damit? Sanfte oder rauhe Methode?« fragte der andere.

»Laß dir erklären. Die rauhe Methode wäre folgende: Wir würden uns das gegenwärtige Durcheinander, den Zustand der Gesetzlosigkeit zunutze machen, eine Bande von kräftigen Kerlen um uns scharen und ganz einfach mit Brandfackeln und Knüppeln über das Haus herfallen, deine Herrin und ihren Burschen totschlagen, ihre Dienerin auf dem Sklavenmarkt verkaufen und den Schatz unter uns verteilen. Geschehen könnte uns nichts weiter, da Hsi Men seinerzeit von auswärts zugezogen ist und hier keine Sippenmitglieder in der Nähe sind, die Rache üben und ein Gerichtsverfahren betreiben könnten. Der Nachteil dabei wäre bloß, wir müßten die Beute unter so viele Köpfe verteilen, daß wir beide ziemlich kurz dabei wegkämen, auch wenn wir einen etwas höheren Anteil für uns durchsetzen würden.

Da erscheint mir die sanfte Methode weit vorteilhafter. In diesem Falle müßten wir lediglich meinen Sohn hinzuziehen, so daß wir also nur drei wären. Wir brauchten auch nur eine Fackel mitzunehmen, würden noch heute so um Mitternacht herum losziehen – die heutige Mondfinsternis ist unserem Unternehmen günstig –, wenn wir zum Schein nur ein Stück Dachrand anzünden und du zum Schein nur ›Hilfe! Räuber!‹ schreist, so genügt das vollauf, um die ganze Gesellschaft so zu erschrecken, daß sie schleunigst davonrennt und ihren Schatz im Stich läßt. Der junge Bursche Tai A'rl ist kein Held, von dem haben wir keinen Widerstand zu befürchten. Noch ein bißchen Gebrüll und ein paar Steinwürfe hinter den Flüchtenden her, dann wären wir sie los und könnten uns in aller Ruhe den Schatz teilen. In diesem Falle würden wir ehrlich halbpart machen. Überdies könntest du deiner Herrin gegenüber hinterher den Unschuldigen spielen und dein Gesicht wahren. Die sanfte Methode hätte also einen doppelten Vorteil. Was meinst du?«

Ping An besann sich nicht einen Augenblick, tat einen Freudensatz und entschied sich für die sanfte Methode. Man beschloß, sofort ans Werk zu gehen und das Unternehmen um Mitternacht auszuführen. Ping An war einverstanden, daß die Beute nach getaner Arbeit in Lis Behausung gebracht werden sollte. Er selbst wollte am nächsten Morgen mit seiner Frau und seinem ganzen Krempel ins Dorf zu ihm ziehen. Also wurde der jüngere Li, ein kräftiger Schlaks von dreißig Jahren, seines Zeichens ein Spieler und Taschendieb, in die Beratungskammer gerufen und eingeweiht, dann zog man zu dritt, für alle Fälle mit kurzen Messern bewehrt und mit einer Brandfackel ausgerüstet, los. Vorher hatte man das Unternehmen noch mit etlichen Schalen heißen Punsches ausgiebig begossen.

Genau um Mitternacht trafen sie am Pächterhaus ein, steckten vor der Mauer einen Reisighaufen in Brand, überkletterten sie, zündeten den vorspringenden Dachrand des Hintergebäudes an, und dann schrie der Pächter ein paarmal mit gellender Stimme »Feuer! Räuber!« in die Stille der Nacht hinaus.

Erschrocken fuhr Tai A'rl von seiner Lagerstatt auf und in die Kleider hinein. Aber in der Aufregung fand er nicht den richtigen Weg ins Hosenbein, also rannte er ohne Hose hinaus, klopfte an die Tür der Nachbarkammer und hieß die Frauen sich schleunigst anziehen und ins Freie flüchten.

Was blieb den zagen Frauen anders übrig? Stolpernd rannten sie zum Tor hinaus und suchten möglichst rasch aus dem Bereich des Brandes in ihrem Rücken zu gelangen. Erschöpft und außer Atem ließen sie sich nach einer kurzen Strecke Rennens in einer flachen Kiesgrube nieder, wo sie sich sicher wähnten. Aber nachgeschleuderte Steine und Drohrufe scheuchten sie wieder auf und trieben sie zu weiterer Flucht. Mondfrau nahm sich nicht einmal Zeit, eine blutende Stirnwunde zu verbinden, die ihr Kind von einem nachgeworfenen Stein davongetragen hatte. Erst in weiter Entfernung vom Hof, in einem Wäldchen am Rand eines Baches, wagte man sich eine neue Rast zu gönnen. Da hockte man im Gebüsch zusammen und wartete klappernd und frierend den neuen Morgen ab. Erst jetzt fand Mondfrau Zeit, die Wunde ihres wimmernden Kindes mit klarem Bachwasser auszuwaschen und mit einem Stück Seidenfutter ihres Rocks zu verbinden. Sie vergaß aber auch nicht, ihren Ärmel fest über den Mund des Kleinen zu pressen, damit sein Geschrei nicht ihr Versteck verriet.

Merkwürdig, der Feuerschein in der Ferne nahm nicht zu, sondern verschwand nach kurzer Zeit, auch verstummten die drohenden Zurufe, die sie erst so erschreckt hatten, und als der Morgen heraufdämmerte, vernahmen sie sogar das gewohnte Gebell des Hofhundes. Trotzdem wagten sie sich vorläufig nicht zurück.

Während sie gerade berieten, wohin sie sich wenden sollten, tauchte auf einmal im Morgennebel der Pächter Ping An vor ihrem Versteck auf. Er tat völlig bestürzt, warf sich Mondfrau zu Füßen und begann zu jammern:

»Ich armer Mann! Alle meine Kleider und all das bißchen, was ich mir im Laufe der Jahre zusammengespart hatte, haben sie mir gestohlen und weggeschleppt! Ich armer, gestrafter Mann!«

Der Heuchler! In der Verwirrung der mitternächtlichen Stunde hatte er den Gold- und Silberschatz mitsamt den früher zusammengestohlenen Kleiderbündeln im Verein mit den beiden Li zum Dorf in deren Behausung gebracht. Dann hatte er sich auf die Suche nach den Flüchtlingen gemacht, und nun spielte er vor Mondfrau den Unschuldigen!

Mondfrau und auch Tai A'rl ließen sich von seinem wehleidigen Getue auch wirklich täuschen, sprachen ihm ihr Mitgefühl aus und folgten ihm zum Gutshof zurück.

Sie fanden ihn in ganz leidlichem Zustand vor, nur das eine Hintergebäude war zur Hälfte abgebrannt. Freilich, von dem Gold- und Silberschatz war keine Spur mehr vorhanden. Was sollte nun aus ihnen werden? fragte sich Mondfrau seufzend, und ihre Sorge wuchs noch, als die Pächtersfrau erschien und mit dürren Worten erklärte, die Ehre des Hauses sei durch den Diebstahl des anvertrauten Gutes besudelt, und in solchem verruchten Hause könnten sie unmöglich länger wohnen bleiben, noch zur gleichen Stunde werde sie mit ihrem Manne ihre Sachen packen und ins Dorf ziehen.

Betrübt schaute Mondfrau zu, wie die beiden Pächtersleute ihr bißchen Kram, geflickte Kessel, altes Geschirr, hölzerne Schöpfkellen, schmutzige Bastmatten, zusammenpackten und an den Enden einer Tragstange befestigten und wie dann ihr ehemaliger Diener mit der Tragstange über dem Buckel und der Frau zur Seite abzog und das Weite suchte.

Was sollte sie noch in diesen kahlen, verlassenen Wänden? Wo würde sie die nächste Nacht verbringen? Solcherlei bange Fragen gingen Mondfrau im Kopfe herum, als die Alte, sie sie zur Begleitung mitgenommen hatte, den Mund auftat und zu ihr sprach:

»Mir fällt da ein Platz ein, wo Ihr einstweilen ein sicheres Obdach finden und die Wiederkehr von Ruhe und Ordnung abwarten könntet.«

Welchen Platz die Alte meinte, werdet ihr, geschätzte Leser, im nächsten Kapitel erfahren.

DRITTES KAPITEL

Durch einen bösen Traum erschreckt, opfert Mondfrau ihre Perlen. Äbtissin Pi hält mit einem Mönch in Schwesterntracht buhlerische Andacht

»Herrin, erinnert Ihr Euch noch der Äbtissin Pi vom Tempel der Gnadengöttin Kwan Yin?« sprach die Alte zu Mondfrau. »Sie mußte damals wegen ihres Rechtshandels mit der Äbtissin Wang vom Tempel des Gottes der Unterwelt die Stadt verlassen und ließ sich hier auf dem Lande nieder. Gar nicht weit weg von hier, höchstens fünf Li[1] östlich von Eurem Gut entfernt, hat sie sich einen neuen Tempel bauen lassen. Er ist der dreiäugigen, achtzehnarmigen Gnadenmutter Kwan Yin geweiht. Ei, was für ein prächtiges Tempelchen ist das geworden! Aus teuerstem Sandelholz ist das Buddhabildnis in der Andachtshalle geschnitzt. Mit eigenen Augen habe ich es bewundern dürfen, als es feierlich eingeholt und aufgestellt wurde. Dort sollten wir hingehen und Zuflucht suchen. Sie wird Euch als ehemalige fromme Patronin und Almosenspenderin sicherlich mit offenen Armen aufnehmen. Da wäret Ihr im Notfall unter dem Schutz der Kutte geborgen.«

Mondfrau nickte zustimmend, und so machte man sich auf den Weg zur Klause der Äbtissin Pi. Die Alte und der Bursche Tai A'rl übernahmen die Führung. Bald sah man das Tempelchen aus tiefem Waldesgrün hervorlugen. Ein Seitenpfad schlängelte sich zu ihm hin. Auf einer kleinen Brücke ging es über einen munter rieselnden Bach, dann stand man vor der geschlossenen Tempelpforte. Davor, weithin sichtbar, ein Wimpel mit der Aufschrift:

›Unsere Tempelpforte bleibt nachts von Mondaufgang an geschlossen. Die ehrwürdigen Wandermönche werden ersucht, nicht mitten in der Nacht an die Pforte zu poltern, um etwa noch Kutten bei Lampenschein auszubessern. Dieses Verbot ergeht mit Rücksicht auf die seltenen Vögel, die um diese späte Stunde

1. Kleine Meile = ½ km.

am Rande unseres Tempelteichs paarweise zu schlummern pflegen und nicht in ihrer Nachtruhe gestört werden sollen!‹

Mondfrau setzte sich auf die Steinbank unter dem vorspringenden Tordach nieder und überließ sich für ein Weilchen dem Eindruck der Umgebung. Es war ein idyllisches, weltabgeschiedenes Fleckchen Erde, so recht geschaffen als Wohnstätte für Buddha und seine frommen Diener. Vor jeder der sieben zierlichen Nonnenklausen eine ernste Zypresse, die Tempelhalle überdacht von den Wipfeln hochragender Kiefern. Jenseits der Brücke, vom Bach bespült, eine Hecke rings um die Tempelanlage. Bisweilen trug ein Luftzug würzigen Weihrauchduft herüber. In einem lichten Hain am Bachufer tummelte sich ein Schwarm Wildenten. Hoch in den Lüften zog ein Pärchen zahmer Tempeltauben seine Bahn und ließ dabei einen süßen, singenden Doppelton aus den in das Schwanzgefieder gefügten Windflöten quellen. Aber jetzt wurde das Klingen in den Lüften von zornigem Hundegekläff übertönt. Der Köter, der hier das Pförtneramt versah, meldete die Ankunft der fremden Besucher. Äbtissin Pi hatte vor Jahren in ihrem Stadtkloster buhlerisches Treiben geduldet und dadurch einen öffentlichen Skandal heraufbeschworen. Sie hatte die peinliche Folter der Fingerpresse über sich ergehen lassen müssen, war des Verstoßes gegen die Klostergesetze überführt worden und hatte die Stadt, in der sie ihr Gesicht verloren hatte, verlassen. Eine Zeitlang hatte sie sich verborgen gehalten, dann aber war sie von anhänglichen Patronen und Patroninnen eingeladen worden, sich in dem hiesigen, seit langem verlassenen und verwahrlosten Waldtempel niederzulassen.

Es währte nicht lange, da erhielt sie neuen Zulauf aus den Kreisen abergläubischer Bäuerinnen, die begierig an ihren Andachten teilnahmen und sich gern von ihr die heiligen Sutren erklären ließen. Dabei flossen die Spenden so reichlich, daß sie sich innerhalb eines Jahres eine neue, aus drei Räumen bestehende schmucke Einsiedklerklause erstellen und eine stattliche dreiteilige Andachtshalle mit zwei grimmigen Tempelwächtern vor dem Eingang bauen lassen konnte. Den ganzen Tag über strömten die Gläubigen ihrer ländlichen Gemeinde nur so herbei und füllten ihre Schatz- und Vorratskammern mit Geld- und Sachspenden aller Art.

In den letzten Tagen allerdings war es wegen der Kriegswirren ganz still geworden. Die Bevölkerung getraute sich nicht aus ihren Schlupfwinkeln heraus, und so blieb das Tempeltor auch tagsüber geschlossen.

Äbtissin Pi hatte zwei junge Gehilfinnen namens Wunderbild und Zauberklang zur Seite, die ihr bei allen geistlichen und häuslichen Verrichtungen beistanden. Als sie jetzt das Gekläff des Tempelköters vernahm, entsandte sie Zauberklang, um den Ankömmlingen das Tor zu öffnen. Zauberklang kannte Mondfrau von der Stadt her als angesehene und überdies wohltätige, reiche Bürgersfrau und beeilte sich daher, sie mit ausgesuchter Höflichkeit zum Nähertreten einzuladen. Mondfrau suchte zunächst die Hauptandachtshalle auf und verrichtete vor dem Standbild der Gnadenmutter Kwan Yin eine kurze Andacht, wobei Zauberklang mit geübter Hand die Klingsteine am Altar anschlug und die Begleitmusik dazu machte.

Dann kam Äbtissin Pi zum Vorschein und begrüßte, ein freundliches Grinsen über das Gesicht schiebend, des reichen Hsi Men erste Gattin, die stadtbekannte Wohltäterin von ehedem:

»Beste Nai nai, wo habt Ihr denn im Trubel dieser Tage gesteckt? Von allen meinen anderen Patronen und Patroninnen habe ich nichts mehr zu sehen und zu hören bekommen. – Ei, wie groß das Bübchen geworden ist! – Und seit wann ist denn Juwelchen verheiratet? Ach, es ist ja schon ein paar Jahre her, daß ich zum letzten Male in Eurem Hause weilte – nein, wie die Zeit vergeht!« sprudelte sie hervor, und dann schickte sie die eine Gehilfin in die Badestube und ließ sie heißes Wasser und den Badezuber für Mondfrau bereiten und auch frische Unterwäsche und einen bequemen Hausrock zurechtlegen, die andere Gehilfin mußte in die Küche eilen und bei der Köchin ein leckeres

Mahl bestellen. Was für gute Dinge ihre Küche hergab! Das war nicht bloß die übliche matte Gemüsekost, wie sie die Klosterregel vorschreibt, da gab es, abgesehen von der landesüblichen Reisschüssel und viererlei Gemüsen, gleich acht Gerichte mit Gesottenem und Gebratenem, dazu die in Tempeln eigentlich verpönten Zutaten an Gewürzen, Knoblauch und Zwiebeln, und als Nachtisch – zur besonderen Freude von Mondfraus Kleinem – außer einheimischem Obst auch noch Datteln und in Öl gebackene delikate Reiskeulchen und süße Mehlfladen. Und nach dem Essen wurden – ganz wie zu Friedenszeiten in feinen Häusern – Schalen mit bitterem Tee zum Mundausspülen gereicht. Für die Nacht aber stellte Äbtissin Pi ihrem Besuch einen sauberen, wohnlichen Raum ihrer eigenen Klause zur Verfügung. Er war halb Gastzelle, halb Andachtsraum, denn die Äbtissin pflegte hier ihre Sutra-Vorlesungen abzuhalten. Von dieser geistlichen Bestimmung zeugten das Andachtspolster, die Weihrauchkessel, die Wandgestelle mit den Sutrenrollen, das Wandgemälde mit dem Patriarchen Bodhidharma, wie er auf einer Schilfmatte trockenen Fußes den Strom überschreitet. Kurz, Mondfrau fühlte sich wohl und geborgen und war ganz gerührt ob soviel Nächstenliebe, die sie in der Einfalt ihres Herzens für aufrichtig und selbstlos hielt. Irrtümlich vermeinte sie, daß sich hier wieder einmal der Satz bewahrheite ›In der Not erkennt man seine wahren Freunde‹, und hielt die Äbtissin für eine wahre Freundin.

In Wirklichkeit war es kalte Berechnung, was die Äbtissin Pi bewog, ihren Besuch so aufmerksam zu behandeln. Sie hielt Mondfrau noch immer für eine reiche Witwe und zahlungsfähige Wohltäterin und rechnete damit, daß sich ihre ›Nächstenliebe‹ reichlich verzinsen würde. Sie glich in dieser Beziehung einem nach außen harmlosen Klapperstorch, der über ein Bein mit einer Kranichklaue verfügt, dieses eine Bein aber wohlweislich hochgezogen hält, so daß die Raubvogelkralle einstweilen verborgen bleibt.

Ein Zuwachs von fünf hungrigen Mäulern bedeutete ja

schließlich keine Kleinigkeit für ihr bescheidenes Tempelchen. Als vier, fünf Tage verstrichen, ohne daß Mondfrau Anstalten zur Abreise machte, da begann sie sachte das eine Storchenbein mit der Raubvogelkralle zu lüften. Um den ›Atem‹ ihrer Gäste zu erkunden, hieß sie ihre Gehilfin Zauberklang die Zofe Juwelchen beiseite nehmen und also auf sie einreden:

»Unser Tempelchen ist eine junge Gründung und verfügt weder über einen Tempelschatz noch über üppige Vorratskammern. Der kürzliche Neubau der dreiteiligen Andachtshalle hat eine Menge Geld verschlungen. Die Figuren der beiden Tempelwächter konnten noch nicht vergoldet werden, weil es an Geld fehlte. Auch das Buddhastandbild aus Sandelholz steht noch roh geschnitzt da und harrt der Vergoldung. Die Stellen, wo Buddhas Herz und seine fünf Eingeweide hinkommen sollen, sind einstweilen noch leere Löcher, es fehlt noch an dem Gold, an den Juwelen und Perlen, an dem roten Ambra, kurz, an den Kostbarkeiten, die dahinein gehören, ferner an den fünffarbigen Seidenknäueln zum Ausfüllen der Bauchwände. Das alles ist ein Gegenstand von mindestens drei-, vierhundert Batzen Silber. Woher das Geld nehmen? Wenn eine so reiche Wohltäterin wie eure Nai nai an dem guten Werke mithelfen und etwas spenden wollte, dann würde unsere Meisterin gewiß gern für euch und eures Kindes Heil fromme Andachten und Fürbitten halten, dank deren ihr alle Nöte und Gefahren dieser schlimmen Kriegszeiten mit Buddhas gnädigem Beistand glücklich überstehen könntet.«

Juwelchen klärte die andre daraufhin über die peinliche Notlage auf, in der sich ihre Herrin augenblicklich befinde, und schilderte ihr, wie während ihrer Abwesenheit das Haus geplündert und die versteckten Kleider und Schmucksachen geraubt worden seien, wie dann das bißchen Gold und Silber, das sie glücklich noch gerettet und mit aufs Land genommen hätte, bei dem neulichen nächtlichen Überfall in die Hände von Räubern geraten, wie sogar des Kindes Leben durch einen Steinwurf gefährdet worden sei und wie sie dann aller Mittel, sogar der notwendigsten Kleidung und Wäsche bar und bloß als elende Flüchtlinge hier angelangt wären. Zauberklang berichtete wieder das Gehörte der Äbtissin Pi. In ihren Hoffnungen und Berechnungen betrogen, begann diese nun erst richtig ihre Raubvogelklaue zu zeigen.

Ihre Miene wurde nach und nach kühler und unfreundlicher, ihre Behandlung der Gäste immer nachlässiger. Speise und Trank, die sie ihnen vorsetzte, wurden von Mal zu Mal kärglicher und knapper. Sie ließ Juwelchen von jetzt an nur noch spärliche Überreste aus dem allgemeinen Kochtopf herauskratzen, ach, es war so wenig, daß es gerade eben zu einem Napf dünnen Reisschleims reichte, dazu einem Schälchen gesalzenen Gemüses oder etwas billigem Bohnenquark für jedes der fünf hungrigen Mäuler. Von leckeren Nachspeisen wie Reiskeulchen oder Mehlspeisen war keine Rede mehr. Mitunter gab es tageweise überhaupt kein Essen.

Äbtissin Pi zeigte auf einmal ein gereiztes Wesen, zankte mit ihren Gehilfinnen herum, schalt die Köchin aus und gönnte Mondfrau kein gutes Wort, keine freundliche Miene. Mondfrau war sich über die Ursache ihres veränderten Wesens durchaus im klaren und sagte sich, daß sie allen Glanz einbüßen müsse, wenn sie auf die Dauer ohne Gegenleistung die Gastfreundschaft der Äbtissin in Anspruch nehme. Aber es fiel ihr nichts ein, wie sie sich erkenntlich zeigen könnte, bis ihr ein Traum endlich Erleuchtung brachte.

Sie hatte eines Tages an einer anstrengenden Abendandacht teilgenommen und war, von dem langen Knien und dem starken Weihrauch benommen, todmüde aufs Lager gesunken und in einen unruhigen Schlaf gefallen. Da erschien ihr nun im Traum eine alte Hexe, die sie um ihre Perlenkette anbettelte. Mondfrau aber mochte sich nicht von den wertvollen Perlen trennen, die sie für ihren Lebensunterhalt zu verwerten gedachte, so lange, bis ihr Söhnchen herangewachsen sein würde. Während sie noch zögerte und schwankte, erschien vor ihrem Auge auf einmal die Perlenkette, und die einhundertacht Perlen wuchsen und schwollen plötzlich an und wurden zu einhundertacht abgehackten bluttriefenden Menschenköpfen, die sämtlich die wohlbekannten Gesichtszüge ihres verstorbenen Gatten Hsi Men trugen. Mit einem Angstschrei fuhr Mondfrau aus dem Schlafe, weckte Zofe Juwelchen und erzählte ihr, was sie soeben Schreckliches geträumt habe. Ihr Entschluß stand nunmehr fest. Sie trennte die eingenähte Perlenkette aus ihrem Kleiderfutter heraus und hängte sie am nächsten Morgen beim Frühgebet als Tempelspende am rechten Zeigefinger der dreiäugigen Gnadenmutter auf.

Als Äbtissin Pi die kostbare Spende gewahrte, deren Wert sie auf wenigstens fünfhundert Silberbatzen schätzte, wandelte sich sogleich ihre Miene und Haltung, und sie war wieder ganz Freundlichkeit und Nächstenliebe wie zuvor.

Einen Monat lang hatte Mondfrau so ihre Ruhe und Bequemlichkeit, dann trennte sich die Alte von ihr, um in ihr Heimatdorf zurückzukehren. Bursche Tai A'rl aber machte sich in die Stadt auf, um Neuigkeiten von der Verwandtschaft seiner Herrin einzuholen. Er erfuhr, daß die verwitwete ältere Schwägerin mit dem jüngeren Bruder von Mondfrau die Stadt verlassen und daß beide in einem entfernten Dorf bei armen Verwandten Zuflucht gefunden hatten.

Man befand sich damals im zehnten Monat, und der Fünfzehnte, das Winteranfangsfest, stand vor der Tür. Auch im Tempelchen der Äbtissin Pi ging es bei dieser Gelegenheit hoch her. Schon am Vortage wurden bunte Wimpel mit Glückssprüchen am Tempeleingang und in den Vorhöfen und Hallen ausgehängt, und am Abend wurde ein feierlicher Gottesdienst gehalten. Anschließend daran gab es den üblichen Freitisch, zu dem etliche Nonnen sowie wohltätige Dörfler und Dörflerinnen aus der Umgebung geladen waren, die aus diesem Anlaß ganze Schüsseln mit bestem Reis neuer Ernte als Beitrag zum Festschmaus mitzubringen pflegten.

Als Nachzügler trafen in der Abenddämmerung des Fünfzehnten drei fremde Nonnen ein. Die erste, sie mochte so um dreißig herum sein, war auffallend groß und beleibt und zeigte merkwürdig unweibliche, grobe Züge und eine tiefbraune Gesichtsfarbe. Die zweite, sie mochte um vierzig herum sein, war von kleiner, zarter Gestalt und blaßgelber Haut. Die dritte, sie mochte höchstens Mitte Zwanzig sein, fiel durch ihre frischroten Lippen und Wangen auf und machte den Eindruck, als ob sie erst ganz kürzlich der Welt entsagt hätte. Mit ihren Gebetsrollen und Andachtsmatten und blechernen Almosenschalen auf dem Rücken fanden sich die drei fremden Nonnen ein, um an den Freuden des gastlichen Freitischs teilzunehmen und im Tempel zu nächtigen. Zauberklang, die sie an der Tempelpforte begrüßte, schien sie zu kennen und über ihr Kommen geradezu beglückt zu sein, denn sie war ganz zappelig vor freudiger Erregung, als sie ihrer Äbtissin die Ankunft der neuen Gäste meldete. Man nahm den Ankömmlingen ihre Tragbürde ab, stärkte sie mit Speise und Trank und räumte ihnen Ruheplätzchen in jener abgesonderten Studierklause ein, in der während dieser Tage auch die Äbtissin Pi nächtigte.

Mondfrau hätte die drei Ankömmlinge gern nach ihrem Wer und Woher gefragt, aber in ihrer gewohnten Scheu und Zurückhaltung öffnete sie den Mund nicht zu neugierigen Fragen und kümmerte sich nicht weiter um sie. Während die übrigen Gäste und Besucherinnen sich bald nach dem Fest wieder in alle Windrichtungen zerstreuten, blieben jene drei letzten Ankömmlinge volle drei Tage im Tempel wohnen.

Jeden Morgen beobachtete Mondfrau, wie die Jüngste und die kleine Blasse zusammen aus der Studierklause zum Vorschein kamen, um sich in der Tempelanlage zu ergehen, während die große Dicke auf ihrer harten Gesetzespritsche liegenblieb und, das Gesicht der Wand zugekehrt, in ihre Decke gemummelt, weiterschlief. Sie wird wohl unpäßlich sein, mutmaßte die arglose Mondfrau und machte sich weiter keine Gedanken.

Wie neckisch doch bisweilen der Zufall in menschliches Geschehen eingreift! Juwelchen pflegte allmorgendlich den hinter dem Gemüsegarten gelegenen Hof aufzusuchen, um dort ihre

Bequemlichkeit zu verrichten. Am Morgen des vierten Tages war sie früher als sonst munter geworden, und es mochte eben erst um die fünfte Tagesstunde sein, als sie ihren gewohnten Morgenweg unternahm. Ihr Weg führte an einem zweiräumigen Schuppen im Gemüsegarten vorbei, der zur Aufbewahrung von Brennholz und Kohle diente. Die hölzerne Eingangstür war von innen verriegelt.

Die im übrigen fensterlose Wand wies eine Stelle auf, wo ein Lehmziegel herausgebrochen und so ein Auge in der Wand entstanden war. Zufällig machte Juwelchen gerade an dieser Stelle halt, um sich hier von einem gewissen Druck zu befreien. Sie war noch dabei, ihr Unterzeug zu lüften, als auf einmal von drinnen aus dem kleinen Fensterloch zu ihren Häupten ein sonderbares Geräusch an ihre Ohrmuschel drang. Es hörte sich an wie das taktmäßige Ächzen und Knarren einer Bettstelle; dazu gesellten sich jene Lustlaute und jenes Wonnestöhnen, welche die untrügliche Begleitmusik bilden, wenn sich zwei in Wollust vereinen. Erschrocken fuhr Juwelchen aus ihrer Kauerstellung hoch und verschob einstweilen ihr Geschäft. Sie konnte es sich nicht versagen, durch die kleine Wandlücke neugierig nach drinnen zu spähen. Und was mußte sie zu ihrer Überraschung entdecken? Äbtissin Pi vergnügte sich drin auf einer Lagerstatt mit einem Kerl! Der Kerl war niemand anderer als jene große, robuste Person in Nonnenkutte!

Aus Angst, von dem Pärchen bemerkt zu werden, zog Juwelchen ihren Kopf geschwind wieder von der Wandlücke zurück, blieb aber gleichwohl dicht daneben und spitzte ihre Ohren. Ganz deutlich konnte die Lauscherin jetzt einzelne Sätze verstehen:

»Treuloser kahler Esel, warum hast du dich ein halbes Jahr lang nicht mehr bei deinem Frauchen blicken lassen? Du Schuft hast dein Herz gewiß an jene rotbäckige Kleine verschenkt! Wo hast du sie eigentlich aufgetrieben?«

»Aber Frauchen, wie kannst du nur denken, daß ich dich jemals aus dem Sinn verloren hätte! Gar manches Mal habe ich

Mondfrau opfert ihre Perlenkette

deinen Tempel umschlichen und mir die Augen nach dir ausgeguckt! Endlich kam mir der Einfall, in Nonnentracht bei dir einzudringen. Ich sagte mir, daß ich in dem lebhaften Festtrubel dieser Tage nicht weiter auffallen würde. Die kleine Rotbäckige ist eine frühere Schülerin von mir, ich kenne sie von klein auf, von meiner Hausmagisterzeit her. Ihr Mann ist bei den kürzlichen Wirren von den Tataren erschlagen worden. Da hat sie der Welt entsagt und sich mir als Wandernönnchen angeschlossen. Die ältere Blasse ist auch ein verkappter Mönch, ein lustiger Geselle mit viel geistlicher und weltlicher Erfahrung, er bringt der Kleinen die Anfangsgründe der Klosterbräuche bei.«

Juwelchen hatte genug gehört. Sie zog ihr Ohr von der Mauerlücke zurück, verrichtete ihre kleine Bequemlichkeit und eilte pochenden Herzens zu ihrer Lagerstatt am Küchenherd zurück. Unterwegs prallte sie an einer Wegbiegung mit Nönnchen Zauberklang zusammen, die sie mißtrauisch fragte, was sie zu so früher Stunde im Gemüsegarten zu schaffen habe. Juwelchen stotterte etwas von ›Bequemlichkeit verrichten‹, worauf jene sichtlich beruhigt ihren Weg fortsetzte. Juwelchen warf noch einen Blick zurück und konnte beobachten, wie Zauberklang gleichfalls in jenem Liebesschuppen verschwand. Als sie zwei Stunden später in der Küche erschien und sich einen Krug Waschwasser holte, wollte es Juwelchen bedünken, daß ihre Wange recht lenzlich gerötet war und ihr Auge vor Lebenslust nur so blitzte, als ob sie leicht berauscht wäre.

Juwelchen fand erst gegen Abend Gelegenheit, unbelauscht zu Mondfrau zu sprechen und sich der Last der Neuigkeit, die sie nun schon einen ganzen Tag mit sich herumschleppte, zu entledigen. Die brave Mondfrau erschrak nicht wenig, als ihr klar wurde, in welche Lasterhöhle sie geraten war, in der Lustteufel und Raubgesindel unter frommen Kutten ihr schändliches Spiel trieben.

An solcher Stätte konnte natürlich ihres Bleibens nicht länger sein. Womöglich würde es jener Fremde eines Tages auf sie selber absehen. In diesen rechtlosen Zeiten würde sie sich schwerlich seiner erwehren können und vergebens Geschrei erheben. Und so teilte sie am nächsten Tage, nachdem sie eine Nacht lang alles überdacht hatte, der Äbtissin ihren Entschluß mit, zur Stadt zurückzukehren. Äbtissin Pi suchte sie mit heuchlerischer Freundlichkeit noch ein paar Tage zu halten, war aber im Grunde froh, daß Mondfrau fest blieb und dabei beharrte, sie müsse sich nach ihrem Haus und ihrer verwitweten Schwägerin umsehen und am Begräbnis ihres großen Bruders teilnehmen. So wurde sie eine lästige Aufpasserin los und konnte ungestört ihr Spiel mit dem Lustteufel in der Kutte fortsetzen.

Und so nahm man unter den üblichen Höflichkeits- und Dankesfloskeln Abschied, und Mondfrau befand sich mit den Ihren wieder einmal auf der staubigen Landstraße, eine Schwalbe ohne Nest, die suchend leeres Dachgebälk umflattert und auf und davon schwirrt. Wohin sie ihren Fuß setzte, wird die geschätzte Leserschaft im nächsten Kapitel erfahren.

VIERTES KAPITEL

Des Himmels Rache schreitet schnell: Noch vor dem Genuß des geraubten Schatzes muß der eine Räuber sein Leben lassen

Pächter Ping An und Frau waren, wie vorher vereinbart, nach dem geglückten nächtlichen Raubüberfall von ihrem Pachtgut weggezogen und hatten im Westdorf dicht neben der Wohnung ihres Spießgesellen Li ein neues Quartier gefunden. Es bestand aus drei Wohnräumen, einer Küche und einem kleinen Hof mit Brunnen und stieß unmittelbar an die Mauer des Lischen Anwesens.

Nun saßen die beiden Eheleute in ihren neuen Räumen und grübelten darüber nach, wie sie den geraubten Schatz, der einstweilen in Lis Behausung verborgen war, am vorteilhaftesten mit diesem teilen könnten, denn ehrlich halbpart machen wollten sie auf keinen Fall. Allenfalls drei Zehntel gedachten sie ihm zuzugestehen. Sie überdachten im Geiste den Inhalt der gestohlenen großen Lederkoffer: es waren persönliche Kleidungs- und Schmuckstücke wie Goldagraffen, Haarpfeile, Ringe, Armbänder, Perlenhauben ihrer Herrin Mondfrau und außerdem einige hinterlassene Kleidungs- und Schmuckstücke der Damen Goldlotos und Ping, alles zusammen gering gerechnet Gegenstände im Werte von sechs- bis siebenhundert Silberbatzen. Dazu kamen noch die gestohlenen Bündel mit Amtsroben, Zobelpelzen, einem goldenen Trinkbechertablett und etlichen seidenen Zierdecken aus dem Besitz des verstorbenen Hsi Men. Und nun besprachen die Eheleute, wie sie Stück für Stück des wertvollen Inhalts nach und nach zur Pfandleihe tragen und versilbern wollten, um davon ein herrliches, bequemes Leben zu führen und ihre kahle Wohnung aufs behaglichste einzurichten.

»Wir sollten gleich die heutige mondlose Nacht benutzen, um etwas herüberzuschaffen«, trieb die Pächtersfrau ihren Mann an. »Es ist doch keine Unfreundlichkeit, wenn wir unsere Ansprüche geltend machen. Oder haben die Leute etwa bloß Abfall von Nadelkuppen und Fadenenden für uns in Verwahrung? Dürften wir über das dicke Haupt- und Mittelstück etwa nicht mitreden?« Der Mann suchte ihre Ungeduld zu dämpfen:

»Dieser Li hat früher auch bei unserem verstorbenen Herrn Hsi Men während seiner Amtmannszeit Dienst getan und bewahrt ihm noch ein gut Teil Anhänglichkeit. Er hält sich schon für sehr pietätlos, daß er den gestohlenen Schatz überhaupt in Verwahrung genommen hat, und uns dazu, die wir ihm das zugemutet haben. Wenn wir jetzt mit so übereilten Wünschen kommen, dann würde er uns für kleinlich halten und verachten. Nein, wir müssen großzügiger vorgehen. Ich will doch später mit ihm als Teilhaber ein Geschäft aufmachen und ihm vorher Brüderschaft anbieten, das ist für unsere Zukunft viel wichtiger.«

Seine Frau hüllte sich in Schweigen.

Auch bei Nachbar Li wurde die Teilung des Raubes eifrig besprochen. Schon in der Nacht begannen die Pläne zu reifen.

Ratte und Fuchs vereint – solch Partnerschaft nicht lange dauert;
Eisvogel kaum die Auster schnappt – auf beide schon der Fischer lauert.
Du wähnst es ganz besonders schlau zu machen –
Ein andrer, schlauer noch, wird deiner lachen.

»Diesen Schatz hat uns der Himmel geradezu vor die Türschwelle gelegt, ohne daß wir unsere Arme und Beine sonderlich zu bemühen brauchten und ohne daß wir Augenzeugen zu befürchten haben«, hatte Li auf dem nächtlichen Nachhauseweg schmunzelnd zu seinem Sohn geäußert.

Im ersten Morgengrauen war dann der Schatz heimlich verscharrt worden. Im Gemüsegarten gab es eine Vorratsgrube, in der Gurken, Kürbisse und Rüben eingelagert waren. Dort brachte man zunächst die gestohlenen gold- und silbergefüllten Töpfe unter, schüttete die Grube mit Erde zu und deckte Gras darüber. Dann packte man den Inhalt der von Nachbar Ping An zur Aufbewahrung überlassenen Lederkoffer und Kleidersäcke aus und stopfte ihn in zwei große Porzellankübel. Was dabei für Herrlichkeiten zum Vorschein kamen! Prunkstücke unter der Garderobe waren ein kostbarer Zobelpelzmantel sowie eine schlangengemusterte Amtsrobe aus knisterndem Seidenbrokat. Im übrigen purzelten nur so schimmernde Perlen und goldene Ringe und Armreifen und Haarspangen heraus. Wie da die Augen vor Lust und Habgier glänzten! Und man begann zu bedauern, daß man sich in diese Herrlichkeiten mit Nachbar Ping An teilen sollte.

»Er hat zu seinem Teil mitgeholfen, ein wenig wirst du ihm wohl abgeben müssen, um des lieben Friedens und der guten Nachbarschaft willen«, bemerkte Frau Li zu ihrem Mann.

»Ach was, wozu sollen wir von der schönen Beute, die uns nun einmal in den Schoß gefallen ist, auch noch etwas abgeben! Das ist sowieso alles unrechtes Gut, das sich unser früherer Herr unter Amtsmißbrauch zusammengestohlen hat. Und wenn uns der Ping An etwa wegen Diebstahls anzeigen wollte, dann würde er ja selber als Mittäter Gefahr laufen, mit verurteilt zu werden. Nein, behalten wir den Ramsch für uns!« widersprach der Sohn.

Man stritt eine Weile hin und her, ob man teilen oder nicht teilen solle. Li nahm schließlich einen Kleidersack beiseite, der zwei Amtsroben des Hsi Men sowie einen runden, himmelblauen Schulterkragen aus Yünnan-Atlasseide und etliche Frauengewänder, desgleichen ein Paar goldene Kopfreifen und ein paar silberne Ohrgehänge enthielt. Diesen Sack sonderte er für Nachbar Ping An ab. Als er noch ein paar andere Stücke dazulegen wollte, erhob sein Sohn Einspruch:

»Genug, genug! Hat der Ping An etwa mit seinem Schweiß und Blut diesen fremden Reichtum ehrlich mit erarbeiten helfen? War er etwa Hsi Mens Teilhaber? Ein ganz geringer Hausssklave war er! Und die Herrin hat ihn obendrein davongejagt! Nachdem er sie jetzt bestohlen hat, wird er sich hüten, Geschrei zu erheben. Er soll froh sein, wenn wir ihm diesen Kleidersack überlassen. Wenn er aber etwa maulen und frech werden sollte, dann machen wir einfach kurzen Prozeß mit ihm und stechen ihn aus dem Sattel. Dann locken wir ihn in eine einsame Gegend und machen ihn für immer stumm. Heutzutage, wo es drunter und drüber geht, fällt so etwas nicht weiter auf. Und was haben wir groß von seiner Alten zu befürchten? Was kann sie uns anhaben, wenn ihr Mann eines Tages verschwindet?«

Damit hatte Lis Sohn zum erstenmal den Gedanken an Mord entzündet. Jeder dachte sich sein Teil, bewahrte es aber einstweilen im Busen.

Eines Tages kaufte Li in der Stadt eine Ochsenlende ein, dazu eine Mulde voll Leber, Lunge und anderem Gekröse sowie zwei Pinten Schnaps, schlachtete auch ein Huhn, setzte den Punschkessel auf und lud Nachbar Ping An zu sich auf den warmen Kang.

Sein Sohn lief zwischen Kammer und Küche hin und her, lud Speisen und Teller auf dem niedrigen Tisch ab, schenkte Punsch ein und quetschte sich schließlich auf ein noch freies Plätzchen am Kachelbankrand. Dann begann die große Beratung.

»Das Silber läßt sich leicht zu Kleingeld machen«, hub Li an, »aber das Gold am hiesigen Platz verkaufen, möchte ich denn doch nicht wagen. Dafür käme entweder Lin tsing oder besser gleich die Östliche Hauptstadt in Betracht. Die dreihundert Unzen Gold werden beim Umwechseln gering gerechnet dreitausend Silberbatzen ergeben, davon könnten wir Ware kaufen und in Lin tsing einen Tuchladen aufmachen. Einer von uns müßte zum Wareneinkauf nach dem Süden reisen, der andere den Laden hüten. Auf diese Weise könnten wir innerhalb von zwei Jahren das Geschäftskapital verdreifachen, denn Tuchware ist hier sehr gesucht, sie wird nur in großen Posten gekauft; um unverkäufliche Reste brauchten wir nicht besorgt zu sein.«

Ping An nickte beifällig.

»Richtig, Tuchhandel bringt noch etwas ein! Hsi Men hat seinerzeit außer mit Drogen auch damit angefangen. Unter allen Gewerben in Lin tsing floriert der Tuchhandel am meisten. Die größten Posten, gleichviel ob tausend oder zehntausend Ballen, verkaufen sich spielend innerhalb eines Tages. Die Einkäufer sind alle Großhändler aus den beiden Hauptstädten und von den drei Grenzen. Sie kaufen hier im großen ein und setzen ihre Ware mit Riesengewinn an den verschiedenen Grenzpässen ab. Ein glattes, müheloses Geschäft.«

An dieser Stelle machte Ping An eine Pause, trank seine Punschtasse leer und fuhr fort:

»Da wir gerade von Tuch sprechen, die Witterung wird jetzt empfindlich kühl, und ich wollte mir und meiner Frau gern ein paar Ballen warmen Tuches kaufen, habe aber nicht das nötige Kleingeld dazu. Wie wäre es, wenn wir einmal in unseren Kleidersäcken nachsehen würden? Vielleicht findet sich darin etwas Passendes zum Anziehen.«

Nachbar Li schlürfte seinen Punsch weiter und ging auf die Anzapfung nicht weiter ein. Sein Sohn schenkte dem Gast eine neue Tasse voll, worauf dieser fortfuhr:

»In dem einen Kleidersack ist ein Beutel mit Bruchsilber. Ich möchte ihn mir herausholen und etwas Reis und andere Lebensmittel davon kaufen, damit wir übers Neujahrsfest zu leben haben. Auf den einen Beutel kommt es ja nicht an; wenn wir erst unseren Goldschatz verkauft und unseren Tuchladen aufgemacht haben, dann dürften wir beide ausgesorgt haben.«

Wieder blieb Nachbar Li stumm.

Ping An begann verstimmt und unruhig zu werden.

Als ihm der junge Li von neuem aus der Punschkanne eingießen wollte, wehrte er ihm mit einer Handbewegung und dankte in gereiztem Ton:

»Nein, keinen Punsch mehr! Wir sollten lieber die heutige dunkle Nacht, während alles schläft, wahrnehmen und die Kleidersäcke und Geldranzen hervorholen und durchsehen. Versteht mich recht, Bruder Li! Ihr sollt die Schätze weiter in Gewahrsam behalten, meine enge Wohnung bietet keinen Platz dafür. Aber ein paar alte Sachen oder den Beutel mit Bruchsilber könntet Ihr mir getrost mitgeben. Meine Alte könnte einen warmen, wattierten Oberrock gebrauchen!«

Nachbar Li stellte sich trunken, verdrehte die Augen und lallte:

»Bloß nicht jetzt mitten in der Nacht! Ich bin so müde und hätte gar nicht die Kraft, das Zeug heranzuschleppen. Und mein Junge könnte es allein auch nicht schaffen. Unser Haus ist doch auch klein, da mußten wir das Zeug erst mal gut verstecken. Denn wenn jemand dahinterkäme, so wäre das doch kein Kinderspiel. Wir tragen beide auf unserm Buckel eine böse Last, die uns den Kopf kosten kann. Auf den Rat von dem da . . .« – er zeigte auf seinen Sohn – »haben wir heimlich nachts in unserem Gemüsegarten eine fünf Fuß tiefe Grube ausgehoben und den ganzen Krempel darin verscharrt. Da liegt er sicher, da kann keine Fliege Euer Eigentum anbeißen. Ihr habt es so eilig! Habt wohl Angst, wir könnten Euch betrügen? Wie kann man nur so mißtrauisch sein! Wir meinen es bloß gut. Das wäre noch schöner, wenn wir nicht weiter und bis ans Ende Teilhaber an dem

Geschäft blieben. Hört meinen Vorschlag: Wir gehen morgen, wenn wir wieder nüchtern sind, zusammen in unseren Dorftempel, opfern etwas Räucherwerk und tun vor dem Altar unseres Schutzgottes Kwan Ti einen feierlichen Schwur des Inhalts, daß wir uns von jetzt an und in alle Zukunft als Blutsbrüder ansehen und behandeln wollen und daß es uns schlecht gehen soll, wenn wir den Schwur je brechen. Wenn wir dann wieder zu Hause sind, verriegeln wir unsere Hauspforte, damit wir von keinen Besuchern gestört werden, öffnen gemeinsam die Schatzgrube und holen das Gewünschte heraus. Im übrigen bleibt es bei der alten Abmachung: Ich beanspruche bloß ein Drittel des Inhalts, die beiden anderen Drittel könnt Ihr mitnehmen. Was meint Ihr, werter Bruder, zu meinem Vorschlag?«

Nun, Ping An schmunzelte befriedigt, goß noch einige Tassen hinunter und empfahl sich schwankend.

Daheim berichtete er seiner Frau, was verabredet worden war, daß man morgen feierlich Brüderschaft schließen und am Abend die Schatzgrube öffnen und zunächst den Inhalt des einen Kleidersacks verteilen wolle, wobei ihm, Ping An, sieben Zehntel zufallen sollten, die er gleich mit sich hinübernehmen würde. Seine Frau hörte ihn an und war ganz seiner Meinung, daß Nachbar Li ein höchst anständiger Kerl sei. Und beruhigt legte man sich schlafen.

Am nächsten Morgen kramte Li aus einem der versteckten Porzellankübel einen feinen Zobelpelzumhang hervor und trug ihn in die Stadt zu der neu eröffneten Pfandleihe des Tschao. Er gab vor, es handle sich um das Eigentum eines reisenden Kaufmanns von außerhalb, der vorübergehend bei ihm abgestiegen war und ihn wegen augenblicklicher Geldknappheit beauftragt hätte, den Umhang zu versetzen. Er beanspruchte und erhielt zehn Silberbatzen für sein Pfand.

Nun war dort ein Gehilfe namens Tong angestellt, der früher in Hsi Mens Pfandleihe als Geschäftsführer tätig gewesen war. Nach Hsi Mens Ableben war das Unternehmen geschlossen worden, und so hatte Tong seine Stellung wechseln müssen und war als Gehilfe in das neue Geschäft des Tschao eingetreten. Von früher her erkannte er in dem Kunden den ehemaligen Leibdiener des verstorbenen Hsi Men wieder, und auch der Pfandgegenstand, den er vorlegte, kam ihm bekannt vor. Er betrachtete ihn nachdenklich, dann wog er Li die gewünschten zehn Silberbatzen ab. Hinterher, als Li gegangen war, dachte er bei sich: ›Das sieht doch ganz aus wie der Pelzumhang, den immer Hsi Mens Erste getragen hat! Wie kommt der Umhang in die Hände dieses Li?‹ Aber in diesen unruhigen Kriegszeiten, wo es drunter und drüber ging, war es ja nicht ungewöhnlich, daß manch wertvolles Stück seinen Besitzer wechselte, und so machte er sich weiter keine Gedanken.

Am Vormittag des gleichen Tages klopfte Ping An an die Tür des Nachbarhauses, um Li wie verabredet zum Gang in den Dorftempel abzuholen und anschließend mit ihm an die Öffnung der Schatzgrube zu gehen. Wider Erwarten wurde ihm auf sein Pochen nicht von Li, sondern von dessen Frau geöffnet. Sie erklärte ihm, ihr Mann sei in Begleitung des Sohnes zu irgendeiner Verabredung ausgegangen.

Von Zweifeln und Argwohn gequält, wartete Ping An die Abenddämmerung ab, dann ging er wieder hinüber und pochte abermals an. Auf seine ungeduldige Frage, ob Nachbar Li denn noch nicht zurück sei, antwortete ihm die Nachbarin in patzigem Tone, ihr Mann hätte an irgendeiner Trauerfeier in der Bekanntschaft teilnehmen müssen, zum Vergnügen oder etwa um jemandem einen selbsterlegten Hasen ins Haus zu bringen, sei er bestimmt nicht ausgegangen.

»Danach sieht er auch nicht aus«, gab Ping An friedlich zu und kehrte, innerlich nicht recht überzeugt, in seine Wohnung zurück.

Um ganz sicherzugehen, schickte er aber nun seine Frau hinüber, damit sie gesprächsweise erprobe, wie der Atem beim Nachbar wehe.

Seine Frau streifte also einen sauberen Kattunrock über und ging nebenan. Um einen Vorwand für ihr Kommen zu haben, erbat sie sich von der Nachbarin eine Schaufel Glut für den Küchenherd. Dann hub sie an:

»Es wird kalt, und ich laufe immer noch ohne Watterock herum. Könntet Ihr mir nicht aus den Kleidersäcken, die Euch mein Mann zur Aufbewahrung gegeben hat, ein paar alte warme Sachen heraussuchen? Ich möchte sie beizeiten gründlich waschen und stärken.«

Nun war diese Frau Li eine ganz schlimme, streitlustige Kampfhenne und wechselte jäh ihre Miene.

»Was ist das für eine ungebührliche, rüde Tonart! Hat man je einen so ranzigen, dreckigen, stinkenden Auswurf von gemeiner Rede erlebt!« keifte sie los. »Sind wir etwa eure Hausknechte, weil wir zufällig einmal für euch irgendwelchen Plunder aufbewahren? Was ist das für eine Art, so mitten in der Nacht hereinzuplatzen und mich alte Frau kein Auge zutun zu lassen! Was geht das alles überhaupt mich an! Was weiß ich von euren Geschäften mit meinem Mann und meinem Sohn? Was weiß ich denn von den angeblichen Kleidersäcken? Da könnte jeder daherkommen und mir etwas vorerzählen! Hat man schon so etwas erlebt?«

Wachsgelb vor Aufregung suchte Frau Ping An die erboste Nachbarin zu beschwichtigen:

»Frau Gevatterin, nicht gleich so hitzig! Warten wir ab, bis Euer Mann nach Hause kommt, dann wollen wir ihn zur Rede stellen. Er hat ausdrücklich versprochen, daß er heute den bewußten Kleidersack hervorholen wollte. Er wird doch inzwischen nicht verschwunden sein! Ihr solltet die Sache wirklich etwas gutwilliger und vernünftiger . . .«

»Kommt mir ja nicht mit Vernunft und gutem Willen! Denn dann hättet Ihr eine solche anrüchige Geschichte überhaupt nicht anzetteln sollen!« fuhr ihr die Nachbarin über den Mund und setzte damit die andere in arge Verlegenheit. Die wußte nicht mehr aus und ein, getraute sich auch nicht, einen lauten Streit anzufangen, aus Angst, man könnte es in der Nachbarschaft hören. Nur gut, daß ihr Mann nebenan, durch den Krakeel beunruhigt, sie eilends ins Haus zurückrief und ihr so einen beschleunigten Rückzug ermöglichte.

»Keine Überstürzung! Du bist zu hastig und zu kleinlich! Nachbar Li und ich sind gute Freunde und werden uns schon über die Teilung verständigen«, beschwichtigte er sie.

Spät in der Nacht kehrten Li Vater und Sohn heim. Sie hatten einen gehörigen Rausch. Frau Li erzählte ihnen von den verschiedenen nachbarlichen Besuchen und berichtete stolz, wie sie Frau Ping abgefertigt und mundtot gemacht hatte.

Anderntags wiederholte Ping An seinen Besuch. Er spielte den Großmütigen und tat so, als ob er wegen der Kleinlichkeit seiner Frau, die beinahe zu einer Balgerei geführt hätte, Abbitte leisten müsse. Seine versöhnlichen Worte bewirkten, daß der Streit vom Abend vorher unter allgemeinem Gelächter begraben wurde.

Nachbar Li entschuldigte sich seinerseits und bequemte sich endlich zu einem Geständnis:

»Ich habe einen von den Kleidersäcken bereits herausgesucht. Heute nacht lasse ich ihn Euch über die Mauer hinüber. Seinen Inhalt könnt Ihr für Euch verwenden. Morgen abend wollen wir alsdann gemeinsam an die Öffnung der Schatzgrube gehen und uns den Schatz des Näheren betrachten. Werter Freund, seht die Sache ja nicht als Kinderspiel an! Ihr habt drüben in Eurer engen Wohnung kein geeignetes Versteck, am besten dürfte es sein, ich bewahre den Schatz weiter für uns auf.«

»Schon gut, er mag vorläufig weiter unter Eurer Obhut bleiben. Was ist schon dabei?« gestand ihm der arglose Ping An zu.

An diesem Abend buckelte Li Sohn einen Kleidersack und ließ ihn über die Mauer in den Nachbarhof hinab. Erfreut faßten Ping An und Frau zu und stellten fest, daß Nachbar Li doch ein anständiger Kerl sei.

Aber als man den Sack öffnete, machte man enttäuschte Gesichter, denn er enthielt nur ein paar silberne Haarspangen und drei alte, kurze Röcke von grober Seide sowie einige völlig nutzlose Halskoller, wie sie Amtspersonen tragen, alles in allem Gegenstände im Schätzungswert von höchstens zwölf Silberbatzen.

»Eine recht schäbige Abschlagszahlung. Er wird uns doch nicht etwa um unseren Anteil an der Hauptsache, an den schönen Gold- und Silberbarren im Werte vieler Tausende, prellen wollen?« meinte Ping An bedenklich zu seiner Frau und fuhr in Gedanken fort:

»Er hat entschieden gegen neulich das Gesicht gewechselt. Aber andererseits kann ich ihn nicht gut gerichtlich belangen, wenn er wortbrüchig wird. Am klügsten wird es sein, ihm meinen Anteil mit List abzulocken. Mag dann jeder über seinen Teil verfügen, wie es ihm paßt.«

Er hielt vorläufig den Mund und ließ erst das Neujahrsfest vorübergehen.

Am Fünfzehnten des ersten Monats kaufte er dann Räucherwerk, papiernes Opfergeld und dreierlei Opferfleisch und lud Nachbar Li in den Dorftempel ein, um dort, wie verabredet, Schwurbrüderschaft zu schließen.

Nachbar Li war einverstanden, zog sich eine neue blaue Tempelkutte an und begab sich mit Ping An in den Tempel. Man opferte, gelobte sich Brüderschaft und tat den feierlichen Schwur, daß derjenige, der die Treue breche, vor dem anderen eines frühen Todes sterben solle. Da Li fünf Jahre älter war als Ping An, galt er von jetzt an als großer Bruder. Die Feierlichkeit fand daheim ihren Abschluß damit, daß der junge Li dem neuen Onkel und der neuen Tante die vorgeschriebene Ehrung mit dreifachem Stirnaufschlag erweisen mußte.

Dann wurde wieder eine Weile über die Teilung geschwiegen.

Nun fiel es Ping An auf, daß sein Nachbar täglich Wein und Fleisch einholte und das Geld mit vollen Händen ausgab. Da wurmte es ihn begreiflicherweise, daß er selber nicht einmal Kleingeld hatte. Denn die paar alten Amtsroben, die in seinem Besitz waren, hatte er sich nicht zu versetzen getraut. Endlich ertrug er es nicht länger, seinen Unmut und Groll schweigend hinunterzuschlucken, und dachte sich ein Plänchen aus, um zu seinem Recht zu gelangen.

»Ich werde einstweilen mit ihm bloß von dem geplanten Tuchladen sprechen, den wir gemeinsam betreiben wollen«, sprach er zu seiner Frau. »Ich werde so lange drängen, bis er in Lin tsing einen Posten Tuch, sagen wir ein paar hundert Ballen, gegen Gold kauft. Tuch braucht man nicht zu verstecken. Sollte er wortbrüchig werden und mich nicht als Teilhaber an dem Tuchgeschäft zulassen, dann werde ich ihn einfach verklagen. Wenn es sich um Tuch handelt, brauche ich die Öffentlichkeit nicht zu scheuen. Das ist etwas ganz anderes als bei Gold, durch dessen Besitz man sich verdächtig macht und von dem man lieber nicht spricht.«

So wurde es beschlossen, und am nächsten Tag ging Ping An zu Nachbar Li und machte ihm den Vorschlag, er möchte nun endlich einen Teil des Goldschatzes hervorholen und dafür in Lin tsing Tuch einkaufen. Nachbar Li war gleich dabei.

»Dein Vorschlag zeugt von hoher Einsicht, werter Bruder. Bisher hatte ich dich für einen leidigen Quengler gehalten, der mich mit seinen dauernden absonderlichen Teilungswünschen zur Verzweiflung brachte. Ich durfte doch den Krempel nicht so leichthin ans Tageslicht fördern. Unser beider Leben stand auf dem Spiele, wenn etwas davon ruchbar würde. Aber jetzt ist es etwas anderes. Wir wollen nun gleich einen günstigen Reisetag aus dem Kalender aussuchen. Dann werden wir uns heimlich und unbemerkt von Menschen und Geistern auf den Weg machen. Wir werden uns als Amtskuriere verkleiden und so tun, als ob wir in unseren Tragranzen im Auftrage des Präfekten von Yen tschou dicke Aktenbündel nach Lin tsing schleppten. In Lin tsing werden wir dann gleich nach dem Verkauf des Goldes unseren Tuchladen eröffnen, und zwei Monate später mieten wir zwei bequeme Reisekarren und lassen unsere Frauen von Wu tschong aus im Wagen nach Lin tsing nachkommen. Na, was meinst du?«

»Ich habe dich immer für einen anständigen Kerl gehalten,

großer Bruder«, versicherte Ping An eifrig. »Meine Frau hatte dich völlig verkannt. Sie hat mir die Ohrmuscheln fast taub geblasen mit ihrer einfältigen Rederei wegen des lächerlichen Kleidersacks, den du angeblich aus bösem Willen nicht herausrücken wolltest. Nun, da wäre ja alles in schönster Ordnung.«

Li Sohn wurde ausgeschickt, um einen Kalender zu holen, dann wählte man gemeinsam den achtundzwanzigsten Tag des ersten Monats als glücklichen Reisetag aus. Ping An ahnte freilich nicht, daß der Kalender trügen und die Reise ihm zum Verhängnis werden sollte.

An besagtem Glückstag machte sich also Ping An schon in aller Frühe fertig und begab sich zu Nachbar Li. Der erwartete ihn bereits vor der offenen Haustür und hieß ihn mit freundlichem Grinsen willkommen. Er war auch schon reisefertig und stak in einem alten dunkelblauen Reitkittel, wie ihn reitende Yamenboten zu tragen pflegen. Einen Kittel gleicher Art hatte er für Ping An bereitliegen.

In einer abgelegenen kleinen Kammer brachte er die beiden Ranzen zum Vorschein, in denen Ping An damals mit Tai A'rl die Goldbarren aus der Stadt hergeschleppt hatte, und hieß Ping An den Inhalt nachprüfen. Wirklich, es fehlte kein einziger Barren, und kein einziger Verschlußstreifen war angetastet, wie sich Ping An zu seiner Genugtuung überzeugen konnte. Dann wurde der Inhalt in zwei gleiche Haufen geteilt, jeder Haufen zu fünfzehn Barren, jeder Barren im Gewicht von zehn Unzen. Hierauf packte jeder seinen Anteil in kleine Beutel, die man sich am Körper unter der Kleidung festband, und zwar unter den Achselhöhlen und an den Lenden, damit sie möglichst wenig auffallen sollten.

Schließlich buckelte jeder noch einen leeren gelben Ranzen auf, wie man ihn für die Beförderung von Akten verwendet, um so den Anschein von reisenden Amtsboten zu erwecken. Bloß die üblichen Knüppel und Dolche, die Kuriere zu tragen pflegen, wagte man nicht mitzunehmen.

Nach kurzem Abschied von den beiden Frauen und ohne sich

noch lange mit einem Reisetrunk aufzuhalten, machten sie sich vergnügt und guter Dinge auf den Weg.

Am zweiten Reisetag kehrten sie gegen Mittag in einem Rasthaus ein und wärmten die durchfrorenen Glieder mit heißem Punsch auf. Etwas weinmüde setzten sie dann den Marsch wieder fort.

Es fiel Ping An auf, daß der junge Li, der den Wegführer machte, hinter dem Rasthaus von der Landstraße in einen kleinen, ihm unbekannten Seitenpfad einbog, der sich an einem Flußlauf entlangzog. Überdies schlug er eine merkwürdig rasche Gangart ein, so daß er bald aus dem Gesichtskreis entschwunden war. Nach zehn Li Marsches wurde es ihm allmählich bänglich, denn wohin sein Auge blickte, sah er nur wilde Flußlandschaft und sumpfiges Ufergestrüpp und keine Spur von menschlichen Ansiedlungen oder irgendwelchem Reiseverkehr. Man befand sich in einer trostlosen Gegend.

»Sollten wir uns nicht verlaufen haben? Als ich seinerzeit mit Herrn Hsi Men zum Empfang des Provinzialrichters nach Lin tsing reiste, da sind wir doch nicht durch diese öde, einsame Gegend gekommen«, wandte er sich verzagt an seinen Begleiter.

»Mag sein, aber dieser kleine Seitenpfad bedeutet eine Abkürzung von zwanzig Li. Auch hat er den Vorteil, daß wir hier keinem Menschen begegnen. Das ist in Anbetracht unseres wertvollen Gepäcks besser, als wenn wir auf der üblichen Landstraße wanderten. Wir sind hier vor Räubern und Banditen sicherer«, beruhigte ihn Li und ließ sich schnaufend auf einem Felsblock am Wegrande nieder. Er fühle seine Glieder von dem starken Punsch etwas schwer und wolle ein wenig rasten, schützte er vor. Der arglose Ping An dachte sich nichts weiter dabei und ließ sich an seiner Seite nieder.

Die Sonne verkroch sich gerade hinter den Wipfeln eines nahen Gehölzes, weit und breit war es still und menschenleer.

Auf einmal tauchte aus dem Gehölz vor ihnen ein Kerl auf. Er war mit einem Dolch und einem derben Knotenstock bewaffnet und sah mit seinem ruß- und teerbeschmierten und zur Unkenntlichkeit entstellten Gesicht wie ein Sendbote der Unterwelt, wie ein garstiger Teufel aus, den der Höllenfürst Yen Loh Wang auf Seelenfang ausgesandt hat. Mit wenigen Sätzen war er bei dem Raststein, auf dem die beiden Wanderer saßen. Ping An stieß einen Schreckensruf aus und wollte, da er unbewaffnet war, davonlaufen. Aber Li hielt ihn fest, und im nächsten Augenblick sauste ein wuchtiger Schlag auf seinen Kopf, der ihm die Besinnung raubte. Ein Dolchstich ins Herz machte seinem Leben ein Ende.

O wunderbares und gerechtes Spiel des Schicksals, das den Dieb durch den Dieb, den Räuber durch den Räuber umkommen ließ! O wunderbares Netz des Himmels, das keinen Bösewicht durch seine Maschen schlüpfen läßt!

Um die Spuren des Verbrechens zu verwischen, schleppten Li Vater und Sohn – der Wegelagerer war kein anderer als sein Sohn, der vorausgeeilt war – den Toten in dichtes Uferschilf. Den Kopf hackten sie ihm ab und verscharrten ihn in dem nahen Gehölz. Nachdem sie das Loch im Waldboden wieder zugeworfen hatten, wälzten sie vorsichtshalber noch einen bemoosten Felsblock darüber. Die Beute mit den fünfzehn Goldbarren, die der Tote bei sich gehabt hatte, nahm Li Sohn an sich und versteckte sie unter seinem Wams. In einem Bach wusch er den Ruß und Teer von seinem Gesicht wieder ab. Dann zog man eilig seines Weges weiter. Unterwegs wurde beraten, wohin man sich wenden solle.

»Natürlich nach Lin tsing, da gibt es doch gar keine Bedenken«, sagte der Sohn. »Dort verkaufen wir unseren Goldschatz, machen den Tuchladen auf und führen fortan ein Herrenleben. Der Ping An wird uns nicht mehr dazwischenpfuschen können.« Sein Vater gab ihm recht.

Und so ließen sie den Flußpfad und das Gehölz hinter sich und strebten guten Mutes wieder der Landstraße zu. Die Dämmerung war inzwischen herabgesunken, und es blieb ihnen nichts anderes übrig, als auf freiem Felde zu übernachten. Früh am anderen Morgen setzten sie den Marsch nach der Landstraße fort. Sie befanden sich auf der Strecke zwischen Lin tsing und Ho Kou, wo in gewöhnlichen Zeiten ein außerordentlich starker Verkehr von reisenden Würdenträgern und Kaufleuten zu herrschen pflegt. Jetzt lag die große Straße infolge der Kriegswirren völlig einsam und menschenleer. Wie sie nun so in der Morgendämmerung auf schmalem Feldweg dahinschritten, gewahrten sie auf einmal vor sich in der Ferne eine sich gen Norden hin wälzende Staubwolke. Als dann ein jäher Windstoß die Wolke zerriß und wegwehte, kam – o Schreck! – ein Trupp von etwa dreißig Reitern zum Vorschein. Sie trugen sämtlich rote Kopftücher um die Stirn geschlungen, untrügliches Kennzeichen einheimischer Freischärler. Jetzt hatten sie die beiden einsamen Wanderer entdeckt. Ein schriller Pfiff ertönte, der Trupp hielt an. Dann kam ein Pfeil angeschwirrt. Er traf den jungen Li ins linke Bein, so daß er strauchelte und umfiel. Der alte Li hatte inzwischen geistesgegenwärtig den einen seiner drei Goldbeutel, den er um die Lende geschnallt trug, losgemacht, an den Wegrand zu Boden geworfen und mit dem Fuß Erde darübergescharrt. Die anderen beiden Beutel hervorzukramen, loszubinden und wegzuwerfen, hatte er keine Zeit mehr gefunden.

Jetzt war der Trupp herangekommen und hatte die beiden Wanderer umstellt.

»Her mit dem Gepäck! Dann wollen wir euch euer Hundeleben schenken!« wurden sie von dem Anführer angedonnert.

Sie knieten demütig nieder und beteuerten eifrig: »Wir sind Amtsboten und führen bloß Akten, aber nichts von Geldwert in unseren Ranzen.«

Der Anführer schenkte ihnen Glauben und wollte sie schon laufenlassen, als einer seiner Leute mit den Worten: »Na, Kleider haben auch Geldwert«, auf sie zutrat und ihnen die Kleidung Stück für Stück herunterriß, bis sie nichts mehr am Leibe hatten. Da kamen nun die schweren Beutel unter ihren Achseln und an den Lenden des Jüngeren zum Vorschein, und als man die Beutel öffnete, siehe da, da enthielten sie eitel Gold. Man machte eilig dem Anführer, der schon ein Stück vorangeritten war, Meldung. Er kehrte wieder zurück und überzeugte sich mit eigenen Augen von der wertvollen Beute.

»Wo habt ihr das Geld her?« wollte er wissen.

»Vom Präfekten von Yen tschou. Wir sollten es seinem Vorgesetzten in Lin tsing überbringen. Er will sich damit seine Beförderung erkaufen«, log Li. Das klang glaubhaft. Und frohlockend zogen die Räuber mit dem Gold ab.

Eine Weile schauten ihnen die Ausgeplünderten verdutzt nach, dann zog sich der junge Li die abgebrochene Pfeilspitze aus dem Schenkel und verband sich notdürftig die Wunde. Schließlich kleideten sie sich wieder an.

Sie humpelten ein Stück Wegs weiter, bis der Reitertrupp aus dem Gesichtsfeld verschwunden war. Dann machte Li halt, nahm den Jüngeren verschmitzt lächelnd am Arm und führte ihn zu der Stelle im Felde zurück, wo er vorsorglich den einen Beutel verscharrt hatte. Man grub ihn aus und tröstete sich am Anblick der darin enthaltenen fünf schönen Goldbarren. Li gürtete sich den Rest des Schatzes wieder um die Lenden und rechnete seinem Sohn vor:

»Immerhin fünfzig Unzen Gold, die uns geblieben sind. Davon werden wir mehr als vierhundert Batzen Silber erzielen. Weitere fünfhundert Silberbatzen haben wir noch daheim in bar. Wenn wir den Schmuck und die wertvollen Kleidungsstücke dazurechnen, so ist uns wenigstens ein Schatz im Wert von mehr als zweitausend Batzen verblieben. Davon können wir immer noch ein ganz anständiges Herrenleben führen. Fragt sich nur, was wir daheim dem Weib des Ping An vorerzählen und wie wir es anstellen, daß die Geschichte nicht ruchbar wird.«

Unter solchen Gesprächen trat man recht betreten und niedergeschlagen den Nachhauseweg an.

Würden die beiden sich lange am Genuß des restlichen Schatzes erfreuen dürfen?

Würde der Tod des Ping An verborgen bleiben oder eines Tages ruchbar werden?

Darüber wird das nächste Kapitel Auskunft erteilen.

FÜNFTES KAPITEL

Groll würgend steckt das verärgerte Weib des Diebes den Kopf in die Öffentlichkeit und verrät dem Richter das Diebesversteck der feindlichen Nachbarn. Ein habgieriger Richter erweist sich als treulos und unterwirft die Witwe seines Wohltäters einem peinlichen Verhör

Nach einer Weile tiefen Nachdenkens sprach Li unterwegs zu seinem Sohn:

»Wie sollen wir die Frau des Ping An abfertigen, wenn sie bei unserer Rückkehr nach ihrem Manne fragt?«

»Sehr einfach. Wenn wir zu zweit ohne Ping An zurückkämen, würden wir natürlich ihren Verdacht erregen. Deshalb wollen wir uns trennen; ich werde nach Tung tschang fu gehen und einige Zeit bei unserem Bekannten Wang unterkriechen, du kehre allein zurück, und wenn sie dich fragt, dann sage einfach, ihr Mann wäre mit mir nach der Östlichen Hauptstadt gereist, wo wir das Gold verkaufen wollten. Der Geldmarkt von Lin tsing ist sowieso beschränkt, ich will lieber von Tung tschang fu aus nach der Östlichen Hauptstadt weiterreisen und mich dort nach einer vorteilhaften Verkaufsmöglichkeit umsehen. Dann werde ich dich verständigen.«

Li billigte seinen Plan und ging mit ihm in ein Gehölz abseits von der Landstraße. Dort händigte er ihm einen der restlichen Goldbarren und etwas Bruchsilber als Reisegeld aus. Dann trennte man sich.

In der Abenddämmerung kehrte Li so leise und unauffällig als möglich in sein Heim im Westdorf zurück.

»Wo sind denn die beiden anderen geblieben?« wollte sein Weib wissen.

»Lin tsing ist als Goldmarkt zu klein, man kann dort keine vorteilhaften Preise für Gold erzielen. Deshalb sind die beiden anderen nach Kai fong fu weitergereist. Ich konnte mich ihnen nicht gut anschließen, weil ich durch meinen Dienst gebunden und behindert bin. Wir haben seit kurzem einen neuen Amtmann, und ich fürchte, er würde mich entlassen, wenn ich dem Dienst zu lange fernbliebe. Das würde meinem Ruf abträglich sein«, lautete seine Ausrede. Und sein Weib beschied sich damit.

Die Nachbarin hatte seit dem Weggang ihres Mannes in beständiger Unruhe gelebt, sie fühlte förmlich ihr Fleisch hüpfen und ihr Herz flattern vor Angst. Eines Nachts hatte sie einen bösen Alptraum: Ihr Mann war ihr erschienen, er war über und über mit Blut bespritzt und hatte ihr geklagt, man habe ihn ermordet, und wann sie denn endlich vor Gericht Sühne für die an ihm begangene Missetat fordern werde. In kalten Schweiß gebadet, war sie erwacht.

An diesem Morgen hörte sie nebenan die wohlbekannte Stimme von Nachbar Li. Also war er zurückgekehrt! In Eile kleidete sie sich an und ging hinüber. Auf ihre Frage nach dem Verbleib ihres Mannes gab ihr Li zur Antwort:

»Er ist mit meinem Sohn nach der Östlichen Hauptstadt weitergereist, um dort das Gold vorteilhaft zu verkaufen. Ich selbst konnte meines Dienstes wegen nicht mitgehen. Ich mochte nicht so lange unentschuldigt beim Dienstappell fehlen. Wenn sie von Kai fong fu zurück sind, dann wollen wir den geplanten Tuchladen in Lin tsing aufmachen.«

Sie war von seiner Auskunft nur halb überzeugt und wurde auch weiterhin ihre innere Unruhe nicht los. Und ihre Unruhe wuchs, als ihr ein ziehender Wahrsager, den sie nach dem Schicksal ihres auf der Reise befindlichen Mannes befragte, einen düsteren Orakelspruch von weißem Tiger und weißer Trauerkleidung mitteilte.

Es kamen die häufigen kleinen Gehässigkeiten hinzu, die sie von der zänkischen Nachbarin zu erdulden hatte und die ihren Groll ständig nährten. Und warum wurde ihr beharrlich der weitere Inhalt jener Koffer und Kleidersäcke vorenthalten, die doch von Rechts wegen ihr und ihrem Manne gehörten und Nachbar Li nur zur Aufbewahrung übergeben worden waren? Das alles fraß an ihrer Leber, und mehr als einmal juckte es sie, in die Stadt zu laufen und vor dem Richter Geschrei wider die bösen Nachbarn zu erheben. Aber durfte sie das wagen, während ihr Mann noch auf der Reise war? Ohne ihn würde ihre Aussage lahm und unvollständig sein. Das hieße ja, sich zunächst selber zu ertränken und ihren Mann nachträglich mit ins Wasser zu ziehen. Also schluckte sie einstweilen ihren Groll hinunter und hielt ihren Mund.

Ein halber Monat voll Zweifel und Ungewißheit war so dahingegangen, da fügte es die Vorsehung, daß sie eines Abends, als sie auf dem schmalen Gartenstreifen hinter dem Hause Kohlstecklinge pflanzte, hinter der Mauer vom Nachbargrundstück her ein verdächtiges Geräusch hörte. Es klang, als würde der Erdboden mit einer eisernen Hacke und Schaufel aufgewühlt und ausgeschaufelt.

Sie trat leise an einen Mauerspalt und spähte hindurch. Wirklich, da sah sie Nachbar Li abwechselnd mit einer Hacke und einer Schaufel hantieren und eine Erdgrube in seinem Garten freilegen. Und dann sah sie, wie er ihre Lederkoffer und Kleidersäcke aus der Höhlung hervorzog und öffnete und zusammen mit seiner Frau den Inhalt besichtigte. Anscheinend schätzten sie den Wert der einzelnen Gegenstände ab.

Jetzt hörte sie die Frau zu ihm sagen:

»Laß doch das Zeug lieber weiter in seinem Versteck liegen! Wenn das Weib nebenan dahinterkommt, daß du so viel von ihrem Zeug versilbert hast, dann wird sie mir täglich die Ohren vollkrakeelen. Die ganze letzte Zeit war sie schon immer übel gelaunt wegen des Krams. Sowie ihr Mann zurück ist, würde sie ihn bestimmt aufhetzen, uns zu verklagen. Dann käme die Sache in die Öffentlichkeit, und das könnte uns doch Ungelegenheiten schaffen.«

Ihr Mann lachte trocken auf.

»Da kann sie lange warten, bis ihr Mann zurückkommt! Da müßte sie schon warten, bis er in einer neuen Existenz wiedergeboren wird! Höre, wäre es nicht das beste, wenn wir das tückische Weib auch um die Ecke brächten und damit den Keim der Gefahr mit der Wurzel ausrissen?«

Die Lauscherin an der Mauer fuhr erschrocken zurück. Da kam es ja an den Tag: Ihren Mann hatten sie bereits umgebracht, und jetzt sollte es ihr selber ans Leben gehen! Den Schatz aber wollten sie für sich selber behalten! Sie hatte genug erfahren. Nun gab es kein Halten mehr. Am nächsten Morgen band sie sich ihr Kopftuch um und lief in die Stadt stracks zum Kreisamt. Die beiden Amtsröcke, die ihnen Nachbar Li gnädigst überlassen hatte und die zu versetzen sie sich bisher nicht getraut hatten, nahm sie, in ein Umschlagtuch verpackt, als Beweisstücke mit.

Der Posten des Kreisamtmannes von Tsing ho hsiän war damals vakant. Ein gewisser Wu Tiän En führte einstweilen als kommissarischer Stellvertreter die Amtsgeschäfte. Dieser Wu, von Haus aus ein Mensch ohne höhere Bildung, hatte früher zu Hsi Mens engerem Freundeskreis gehört, er war einer seiner neun Schwurbrüder und Zechkumpane gewesen und hatte lediglich dank Hsi Mens Protektion Zutritt zu den Ämtern erlangt.

Als er jetzt die Frau des Ping An unter anderen Klägern vor seinem Richtertisch erscheinen sah, erinnerte er sich ihrer sogleich von früher her und lieh ihr vor den anderen Parteien bereitwillig sein Ohr.

»Worum handelt es sich bei deiner Klage?«

»Um Diebstahl. Aus Gründen der Verschwiegenheit getraute ich mich nicht, von einem Fremden eine förmliche Anklageschrift aufsetzen zu lassen.«

Das klang reichlich geheimnisvoll und vielversprechend. Wu witterte sogleich einen persönlichen Vorteil. Er winkte die Frau dicht an seinen Richtertisch. Gleichzeitig gab er dem Türhüter, der sie hergeleitet hatte, und seinen herumstehenden Schreibern einen Wink, daß sie verschwinden sollten. Dann hieß er in gedämpftem Tone die Klägerin, ihren Fall vom Kopf bis zum Schwanze genau vorzutragen.

Sie färbte ihre Darstellung ein bißchen, indem sie Nachbar Li als Anstifter und Hauptschuldigen ausgab, der ihren Mann im

Rausche beschwatzt und zum Mittun verleitet hätte. Als sie den Wert des Diebesgutes andeutete und Ziffern nannte: dreihundert Unzen Gold, eintausend Unzen Silber, acht Lederkoffer und vier Säcke voll Kleidung und Schmuck, da fühlte Wu den Speichel nur so im Munde zusammenlaufen. Sie schloß ihre Anklage mit dem Hinweis auf die Gefahr der Ermordung, die ihr selber drohe, nachdem man ihren Mann bereits um die Ecke gebracht habe.

»Ist das Diebesgut tatsächlich vorhanden, oder hast du es nur zusammengeflunkert?« wollte Wu vor allem wissen.

»Und ob es vorhanden ist! Es liegt in einer Grube im Garten von Nachbar Li verscharrt. Ihr braucht die Frau nur ein wenig die Fingerpresse spüren zu lassen, dann wird sie schon gestehen«, versicherte die Klägerin und weidete sich schon im voraus an den Folterqualen des zänkischen Weibes. Welche Genugtuung wäre das für die schmähliche Behandlung, die sie wochenlang seitens der Nachbarin hatte erdulden müssen!

»Im übrigen sind hier zwei sichtbare Beweisstücke, die einzigen, die Li uns von dem Schatz übriggelassen hat«, fuhr sie fort und brachte aus einem blauen Umschlagtuch die beiden Amtsroben zum Vorschein, die ehemals Hsi Men gehört hatten.

Nun war Wu überzeugt. Und er frohlockte heimlich über den Goldsegen, der ihm da geradezu vom Himmel in den Schoß zu fallen schien. Nun hieß es handeln und rasch zupacken.

In Eile ließ er seine Leibwächter, Amtsschergen und Häscher antreten, schwang sich aufs Roß und zog mit seiner Streitmacht hinaus vor die Stadt zum Westdorf. Das übliche Foltergerät vergaß er nicht mitzunehmen.

Li beriet sich gerade mit seiner Frau darüber, ob es nicht ratsam sei, jetzt zu Beginn der warmen Jahreszeit etwas von der gestohlenen Wintergarderobe, ein paar Zobelfellmützen und Pelzröcke auf die Pfandleihe zu tragen und zu versilbern, als plötzlich unter Anführung des Dorfschulzen und des Büttels ein Schwarm bewaffneter Amtsschergen in sein Haus eindrang. Im nächsten Augenblick sah er sich mitsamt seiner Frau gefesselt und geknebelt und ohne Umstände zum Dorftempel abgeführt. Dort hielt hoch zu Roß der stellvertretende Kreisamtmann Wu, und auf dessen Geheiß wurden die beiden Häftlinge in die Mitte genommen und mit zum Kreisyamen in die Stadt geschleppt. Eine Menge Dörfler schlossen sich, unterwegs zwei Hände voll Angstschweiß auswringend, dem Zuge an. Das Haus Li blieb unter amtlicher Bewachung und für jeden Zutritt gesperrt.

In der Gerichtshalle des Kreisyamen sahen sich die beiden Häftlinge auf einmal ihrer Nachbarin, dem Weibe des Ping An, gegenüber. Sie hielt zwei wohlbekannte Kleidungsstücke über dem Arm und begrüßte die Ankömmlinge ohne Unterlaß mit wüsten Schmährufen wie »Diebe!« – »Gauner!« – »Mörder!«

Nun war ihnen klar, wem sie ihre plötzliche Verhaftung zu verdanken hatten. Sie senkten die Köpfe und ließen die Schmähungen wortlos über sich ergehen. Herr Wu bestieg seinen Amtssessel und eröffnete die Sitzung. Die beiden Häftlinge mußten vor dem Richtertisch niederknien, und dann begann das Verhör.

Li, selber Polizeibüttel und auf Grund langjähriger Erfahrung mit Amtspraktiken hinreichend vertraut, verlegte sich anfangs aufs Leugnen. Der Diebstahl gehe ausschließlich zu Lasten des Ehepaars Ping An, er selber habe das Diebesgut aus bloßer Gefälligkeit und bloß zeitweilig in Obhut genommen. Es handle sich lediglich um zwei Kleiderbündel, und die habe er dem Ping An bereits zurückgegeben. Die Anklage sei eine gemeine Verleumdung der gehässigen Nachbarin, die immer nur Zank und Streit gesucht habe.

Als auch die Fußknöchelpresse und dreißig Streiche mit dem leichten Bambusprügel ihm kein Geständnis entlocken konnten, hetzte die Klägerin, die seitlich kniete, Herrn Wu auf, die Fingerpresse einmal bei Frau Li anzuwenden.

»Ich habe genau gesehen, wie sie an jenem Abend die Grube aufgegraben, den Schatz herausgeholt und dann in der Dunkelheit wieder verscharrt haben. Die Frau war dabei, und die Fingerpresse wird sie schon zum Reden bringen!« zeterte sie.

Herr Wu folgte ihrer Einflüsterung und ließ der Angeklagten die Fingerpresse anlegen.

Nun hatte Frau Li noch nie in ihrem Leben eine solche Folterbehandlung durchgemacht. Sie war dem Schmerz nicht gewachsen. Und so legte sie ein Geständnis ab und bekannte, wie Ping An eines Abends zu ihnen gekommen und den nächtlichen Raubüberfall mit ihrem Manne und Sohn verabredet hätte. Das Diebesgut wäre, abgesehen von einem versetzten Pelzumhang und den beiden Amtsroben, die man Ping An überlassen habe, noch vollständig vorhanden und läge in ihrem Garten verscharrt.

Befriedigt ließ Herr Wu ihr das Foltergerät abnehmen, brach die Sitzung ab, schwang sich wieder aufs Roß und ritt in Begleitung der Klägerin und der Frau des Angeklagten abermals ins Westdorf zum Hause Li. Diesmal nahm er nur wenige Leute mit. Er wollte bei der Schatzhebung nicht allzu viele Zeugen dabeihaben.

Das Weib des Ping An zeigte ihm die Stelle im Garten, wo nach ihrer Erinnerung der Schatz vergraben liegen mußte.

Herr Wu ließ an der bezeichneten Stelle nachgraben und wirklich, da kamen verschlossene Lederkoffer, Kleidersäcke und zwei schwer gefüllte Porzellankübel zum Vorschein. Als es an die Öffnung gehen sollte, ließ Herr Wu zunächst die neugierigen Gaffer, die sich in Menge angesammelt hatten, auf die Straße jagen. Dann mußte Frau Li die Schlüssel holen und die einzelnen Koffer aufmachen.

Herr Wu brannte vor allem darauf, Gold zu sehen. Da erlebte er nun eine Enttäuschung. Silber kam zwar zum Vorschein, zehn schwere Barren im Wert von fünfhundert Batzen. Aber wo steckte das Gold? Wiederum ließ er der Angeklagten die Fingerpresse anlegen, und wieder mußte sie sich zu einem Geständnis bequemen: Die vier Goldbarren, die ihr Mann damals von der Reise zurückgebracht hatte, waren nicht wieder in der Grube verscharrt, sondern in der Hauswand eingemauert worden. Li hatte sie damals in eine alte Mütze gewickelt und in die Höhlung eines ›Mauerauges‹ geschoben, die er dann mit Lehm und Mörtel zugeschmiert hatte.

Frau Li gab die Stelle an, man brach sie auf und wirklich, die Mütze mit dem Goldschatz kam zum Vorschein.

Aber die vier Barren stellten doch nur einen Teil des Goldschatzes dar. Wo waren die anderen sechsundzwanzig Barren geblieben? wollte Herr Wu wissen und ordnete zum drittenmal die Anwendung der Fingerpresse an. Aber trotz aller Schmerzen konnte Frau Li kein weiteres Geständnis machen, sie wußte nichts von dem Verbleib des restlichen Goldschatzes. Ihr Mann hatte ihr bisher die Einzelheiten seiner damaligen Reiseerlebnisse verschwiegen.

Herr Wu ließ seine Leute die Koffer, Kleidersäcke und Porzellankübel an Tragstangen befestigen und zum Kreisamt schaffen. Die Mütze mit den Goldbarren steckte er vorsorglich in seine eigene Satteltasche. Frau Li und die Klägerin mußten erneut den Marsch nach der Stadt antreten. Li wurde in den Kerker für Hinrichtungskandidaten, seine Frau in den Frauenkerker gebracht. Die Klägerin durfte sich in der Stadt nach Bürgen umsehen und auf freiem Fuße die nächste Verhandlung abwarten.

Herr Wu aber ließ Koffer, Kleidersäcke und Schatzkübel in seine Schlafkammer bringen und benutzte den Abend und die halbe Nacht dazu, um den Inhalt Stück für Stück mit aller Muße und Ungestörtheit auszupacken, zu besichtigen und abzuschätzen.

Oh, wie das vor seinen Augen glänzte und gleißte! Da kamen, abgesehen von den Gold- und Silberbarren, schimmernde Perlenhauben und ganze Haufen von einzelnen Perlen zum Vorschein. Da gab es juwelenbesetzte Golddiademe, Haarspangen und Armreifen, herrliche Stirnperlenschnüre, edelsteinfunkelnde Emaillehaarpfeile mit Perlentropfen, merkwürdige Kostbarkeiten wie Handgongs aus Goldblech, einen Wandschirm mit einem kunstvollen, aus bunten Edelsteinen gefügten Mosaik, das neun Phönixe auf einer Blumenwiese darstellte. Mit gierigen

Fingerspitzen betastete er einen Kristallspiegel in Form einer von zwei Drachen umringelten Sonne, dann die Nachbildung eines Weberschiffchens aus purem Golde, einen beweglichen, als Kinderschreck gedachten Tiger aus Goldblech und mit goldenen und silbernen Schellen besetzte hauchdünne Gazeröcke für Tänzerinnen, einen Glasschnürenvorhang, dessen Muster Goldfische zwischen Lotosblumen schwimmend zeigte, weiter kunstvoll gewirkte Damengürtel mit Taschen, die alles Zubehör zur Schönheitspflege bargen, dazu wertvolle Hermelin- und Luchspelze aus den Steppen des Nordens, Trinkhörner aus Goldambra und seltene aus duftendem Zedernholz gefertigte Gürtel. Das waren nur die besonders seltenen und wertvollen Stücke. Dazu kamen noch die vielen Prachtgewänder und Zierdecken von herrlichster gestickter Damast-, Atlas- und Brokatseide.

Nun, Herr Wu stammte aus einfachen Verhältnissen, er war von Haus aus das, was man einen ›Blankknüppel‹ zu nennen pflegte, und er hatte es bisher nur zu bescheidenen Amtsposten gebracht. Kurz, in seinem ganzen Leben hatte er noch nie soviel Glanz und Pracht unter dem eigenen Dach beisammen gesehen.

Aus seinen Augen loderte das Feuer der Begehrlichkeit, in seinem Munde lief ihm der Speichel beim Anblick all der schönen Dinge zusammen.

Nachdem er sich weidlich satt gesehen hatte, setzte er sich an den Schreibtisch und verfaßte auf Grund der Ergebnisse der bisherigen Untersuchung und Verhandlung einen Bericht an seinen Vorgesetzten, den Präfekten. Allerdings nahm er es dabei mit der Wahrheit nicht allzu genau. Das Vorhandensein der vier Goldbarren unterschlug er gänzlich, und aus den zehn Silberbarren machte er einen. Und was das übrige wertvolle Diebesgut betraf, so sprach er nur von einigen alten, beschädigten Kleidungsstücken. Alles andere nahm er stillschweigend als sein Eigentum in Besitz. Wer wollte ihm etwas nachweisen? Wer außer ihm hatte das Diebesgut nachgeprüft? Aber damit war er keineswegs zufrieden. Die Klägerin hatte doch von dreißig Goldbarren gesprochen. Vier hatte er glücklich noch ergattert.

Wo steckten die restlichen sechsundzwanzig? Der Gedanke ließ ihm keine Ruhe.

Am nächsten Tag begab er sich in die Gerichtshalle und ließ sich den Häftling Li aus dem Kerker vorführen. Er befragte ihn nach dem Verbleib des restlichen Goldes, und als Li beharrlich schwieg, ließ er ihm die eiserne Kopfpresse anlegen und die Hirnschale so eng zusammenquetschen, daß seine Augen wohl zwei Zoll aus ihren Höhlen hervorquollen. Trotzdem blieb Li stumm.

Nun ließ er ihm die Fußknöchel quetschen, und als das auch nichts fruchtete, ordnete er eine Bastonade von hundert Streichen mit dem schweren Bambusprügel an. Da endlich konnte es der Gemarterte, dem das Rückenfleisch bis auf die Knochen in Fetzen hing, vor Schmerz nicht länger aushalten, und er gestand, das Gold sei ihm auf der Reise nach Lin tsing unterwegs von Banditen geraubt worden.

Aber Herr Wu gab sich damit nicht zufrieden.

»Soso, Banditen haben es gestohlen? Wie kommt es dann, daß sie die vier Barren nicht mitgestohlen haben, die wir in der Wand deines Hauses entdeckt haben? Offenbar willst du nur mit der halben Wahrheit herausrücken!« schnauzte er und ordnete von neuem die Anwendung der Knöchelpresse an. Worauf sich Li zu einem neuen Teilgeständnis bequemte:

»Einen Barren habe ich damals meinem Sohn auf den Weg nach Tung tschang fu mitgegeben.«

Mehr war aus ihm nicht herauszuholen. Um ihn nicht vollends umzubringen und damit das wertvolle Zeugnis eines lebenden Mundes zu verlieren, sah Herr Wu von weiterer Folter ab und schickte ihn in den Kerker zurück. Im übrigen erließ er einen Haftbefehl gegen Li Sohn und verständigte durch Eilboten die Ortsbehörde von Tung tschang fu.

Wieder einmal sollte sich der Satz bewahrheiten:

Ohne Zufall und Ungefähr
Gibt es keine rechte Mär.

Als Hsi Men damals seine Buhlschaft mit der Dame Ping unterhielt, hatte sie, wie erinnerlich, aus Ärger darüber, daß er sie eine Zeitlang vernachlässigte, ihren Hausarzt, das drollige Männchen Doktor Bambushügel, geheiratet. Es war nur die oberflächliche Verstrickung von Gurken- und Bohnenranken, kein richtiges Liebesverhältnis gewesen. Hsi Men wieder hatte aus Ärger darüber dem Doktor Bambushügel von den beiden gedungenen Ganoven Grasschlange und Wegratte eine gehörige Abreibung verabreichen und ihm seine Apotheke in der Löwenstraße entzweischlagen lassen. Mit dieser Blamage hatte der Doktor sein Gesicht in der Stadt verloren und war in einen anderen Landbezirk verzogen. Nach zehnjähriger Abwesenheit war er jedoch wieder nach Tsing ho hsiän zurückgekehrt. Die großen Umwälzungen und Unruhen, die der Einfall der Tataren mit sich brachte, hatten ja solche kleinen Stadtklatschgeschichten in Vergessenheit geraten lassen.

Just gegenüber dem Kreisyamen hatte Doktor Bambushügel nun eine neue kleine Apotheke aufgemacht und stand in regem Verkehr mit den Angehörigen des Yamen, besonders mit dem stellvertretenden Amtmann Wu, mit dem er noch von früher her befreundet war. Er half ihm auch häufig aus Geldverlegenheiten und leckte ihm mit Fleiß die Schuhsohlen.

Eines Tages weilte er wieder einmal im Yamen, um Herrn Wu wegen eines durch die ›Weiden- und Pflaumenseuche‹[1] verursachten Hautausschlags zu behandeln. Dabei brachte Herr Wu das Gespräch auf die das Haus Hsi Men betreffende Diebstahlsangelegenheit.

Bei Nennung des Namens Hsi Men wurde in des Doktors Busen sogleich der alte Groll wegen der ihm vor zehn Jahren angetanen Schmach wieder wach. Der verhaßte Name des Nebenbuhlers von ehedem wirkte wie Wind auf die Flamme, und er beschloß, jetzt seinerseits den Brand der gerichtlichen Angelegenheit anzufachen und ein wenig Vergeltung zu üben.

»Hm, Hsi Men – das war der reichste Kerl in der ganzen Stadt;

1. Lustseuche.

sollte von seinem Reichtum nicht noch viel mehr übrig sein?« sprach er nachdenklich zu Herrn Wu. »Übrigens reden die Leute davon, der Ping An und der Tai A'rl, beide aus Hsi Mens Haushalt, sollen bei dem Diebstahl selber mitgetan haben, und Mondfrau soll den Diebstahl deshalb vertuscht haben, weil sie mit Tai A'rl heimlich Buhlschaft treibe. Man sollte sie jetzt eigentlich anläßlich dieser Diebstahlsgeschichte vorladen und wegen ihrer Buhlschaft zur Rechenschaft ziehen. Dabei könnte man vielleicht noch allerlei Schätze aus ihr herauslocken. Das bißchen Zeug, was Ihr bei dem Li gefunden habt, kann doch nur ein lächerlicher Bruchteil ihres Erbes sein.«

Der Wind, den er also säte, schlug in Herrn Wu den Brand der Begehrlichkeit klafterhoch. Und er erließ sogleich eine amtliche Vorladung an Mondfrau und ihren angeblichen Buhlen Tai A'rl, um sie zu befragen, warum sie den Diebstahl vertuscht hätten.

In so schmählicher Weise – was anderes wäre von Pack und Gesindel auch zu erwarten? – vergaß der Emporkömmling den Dank, den er dem Hause seines ehemaligen Wohltäters schuldete, und warf bedenkenlos alle Treue und Anhänglichkeit ins Ostmeer, wo es am tiefsten ist.

Das flattert hin, wo gerade Macht,
So wie die Motte nach dem Licht.
Doch wenn es kalt wird um die alte Pracht –
Was Treue! – anderswo wärmt andres Licht. –

Mondfrau hatte nach ihrer Rückkehr in die Stadt den ehemals von Goldlotos bewohnten Pavillon als Behausung gewählt, da er unter den Gebäuden des Anwesens verhältnismäßig am wenigsten durch Brand und Zerstörung gelitten hatte. Tai A'rl mußte beschädigte Fensterrahmen, Türen, Stühle und Bänke zu Brennholz kleinschlagen und von dem wenigen Bruchsilber, das er noch bei sich trug, Reis und Gemüse kaufen. Auch erzielte man durch Verkauf von alten Bettgestellen, zersprungenen Porzellankübeln, angekohlten Holzpfeilern noch etwas Bargeld, von dem man sich wieder warme getragene Wintergarderobe kaufen konnte. Und so kam man leidlich über die kalte Jahreszeit und die ärgste Not hinweg.

Trotz ihrer bescheidenen eigenen Mittel hatte die gutherzige Mondfrau noch ihre Schwägerin, die Witwe ihres großen Bruders, als Gast bei sich aufgenommen. So brauchten die beiden unglücklichen Frauen wenigstens nicht unter Einsamkeit zu leiden und konnten sich durch gegenseitigen Zuspruch ein wenig über ihr gegenwärtiges Elend hinwegtrösten. Ein weiterer Trost für Mondfrau war es, daß es noch immer anhängliche Menschen aus den alten, besseren Zeiten gab. Eines Tages begegnete Tai A'rl in der Stadt jenem schon erwähnten Tong, der einstmals in Hsi Mens Pfandleihe tätig gewesen und jetzt Gehilfe in der Pfandleihe des Tschao war. Tong erkundigte sich teilnehmend nach dem Befinden seiner einstigen Herrin, und als er von ihrer ärmlichen Lage hörte, schickte er seine Frau mit einem großen Eßkorb zu ihr. Mondfrau war tief gerührt über seine Aufmerksamkeit. Die guten Dinge, die der Eßkorb enthielt, eine saftige Schweinslende, ein paar Kalbshaxen, zwei Brathühner, eine Schüssel frische Datteln, ein Krug gelben Weins, hatte sie schon lange nicht mehr auf ihrer bescheidenen Tafel gesehen.

Man vergoß gemeinsam Tränen des Wiedersehens und der wehmütigen Erinnerung und erzählte sich gegenseitig sein Schicksal. Mondfrau sprach seufzend:

»Seit ich das Kloster der Nonne Pi verlassen habe, lebe ich selber wie eine Nonne; Reis und Gemüse sind meine einzige Nahrung, das Fleischessen habe ich mir ganz abgewöhnt, denn mein einziges, wertvolles Besitzstück, eine schöne Perlenkette, die ich glücklich gerettet hatte, mußte ich anstandshalber der Nonne Pi überlassen. Und merkwürdig, mein Kind macht sich von klein auf auch nichts aus Fleischkost, es ist, als ob es vom Schicksal für künftiges Klosterleben und klösterliche Ernährungsweise berufen sei. Die herrlichen Braten und Fleischgerichte, die Ihr mitgebracht habt, werden sich aber meine Schwägerin und mein braver Tai A'rl und meine Zofe Juwelchen um so mehr schmecken lassen.«

Und wirklich, als später das Kind hereingeholt wurde und an der Tafel teilnehmen sollte, rührte es von all den appetitlich duftenden Speisen bloß den Teller mit den Datteln an.

Es war am Tsing-ming-Fest im dritten Monat, dem Tag der Lichten Klarheit, an dem man die Gräber der Angehörigen zu besuchen und das Andenken lieber Verstorbener zu ehren pflegt. Mondfrau war gerade mit ihrem Kind und Juwelchen vom Besuch der verschiedenen Familiengräber nach Hause gekommen. Tai A'rl saß wie gewöhnlich unter dem verfallenen Außenportal bei seiner vegetarischen Garküche, die er dort betrieb, um sich nebenher ein paar Kupferlinge zu verdienen. Da sah er Vorübergehende mit Blicken und Fingern auf Hsi Mens Anwesen deuten und schnappte Bemerkungen von ›Diebstahl‹ und ›Untersuchung‹ auf und daß Amtmann Wu draußen im Westdorf das Diebesgut aufgestöbert und beschlagnahmt habe.

Tai A'rl sprang von seinem Holzschemel auf, lief zu den Leuten hin und erkundigte sich des näheren. Da erfuhr er nun von der Verhaftung des Li und seines Weibes und von der Anklage der Frau des Ping An. Er lief schleunigst ins Haus hinein und erstattete Mondfrau Bericht.

»Unser stellvertretender Amtmann, Herr Wu, hat seinerzeit viel Güte und Freundschaft seitens des Herrn Hsi Men genossen. Daß er Zutritt zu den Ämtern erlangen konnte, hat er lediglich seiner Förderung zu verdanken. Herr Hsi Men hat sich damals persönlich für ihn beim Provinzstatthalter und später in der Hauptstadt bei Herrn Ti, dem Intendanten des Kanzlers Tsai King, verwandt. Gewiß wird sich Herr Wu jetzt dankbar erweisen und dafür sorgen, daß Ihr Euer Eigentum wenn nicht ganz, so doch zur Hälfte – immer noch besser als nichts – zurückerhaltet«, urteilte der brave Tai A'rl in vorschneller Zuversicht.

»Ich würde mich auch mit einem kleinen Teil zufriedengeben. Aber wer vermag der Menschen Herzen zu durchschauen? Gold und Silber pflegen Begehrlichkeit zu erwecken. Hoffentlich erwachsen uns nicht noch Unannehmlichkeiten!« meinte die ahnungsvolle Mondfrau weniger zuversichtlich.

Sie hatte kaum ausgesprochen, als man in der Parkpforte einen Fremden auftauchen sah. Er schob den Kopf wie spähend vor und war gleich wieder verschwunden.

Tai A'rl lief ihm geschwind nach und befragte ihn nach dem Zweck seines Kommens. Es war ein Yamendiener. Er brachte ein Amtsschreiben zum Vorschein und hielt es Tai A'rl zum Lesen hin. Tai A'rl bekam einen schönen Schreck, als er auf dem Schriftstück seinen und seiner Herrin Namen mit Zinnobertusche geschrieben las. Eine amtliche Vorladung vor Gericht! Bestürzt fragte er, was das zu bedeuten habe.

»Was wird es schon sein? Deine Herrin soll vermutlich ihr gestohlenes Eigentum wieder in Empfang nehmen.«

Das klang beruhigend.

Tai A'rl eilte mit beflügeltem Schritt wieder hinein und teilte Mondfrau die Neuigkeit mit.

»Dazu brauche ich doch nicht vor Gericht zu erscheinen, um gestohlenes Gut in Empfang zu nehmen. Ich bin Witwe, und es ziemt mir nicht, in der Öffentlichkeit aufzutreten. Gehe du allein«, erklärte Mondfrau.

Doch schon fand sich der Gerichtsbote von vorhin in Begleitung von vier Amtsbütteln bei ihr ein und forderte sie höflich zum Mitkommen auf. Tai A'rl versuchte Widerspruch zu erheben, aber da wurde ihm barsch bedeutet, er solle sich nur ja nicht so großspurig gehaben, er sei doch nur ein Haussklave, und die Lust, den großen Herrn zu spielen, würde ihm vor Gericht schon vergehen. Und kurzerhand wurde er in Fesseln gelegt.

Mondfrau blieb nichts anders übrig, als sich der Gewalt zu fügen. Wieder band sie sich ihr altes Kopftuch um und folgte den Bütteln zum Yamen. Unterwegs mußte sie es hinnehmen, daß die Leute auf der Straße stehenblieben und sie, die Witwe des ehemals hochmögenden, stadtbekannten Herrn Hsi Men, mit schadenfrohen Blicken begafften.

Auf die Meldung vo ihrem Erscheinen bestieg Herr Wu wieder seinen Richtersitz und eröffnete unter feierlichen Paukenschlägen die Sitzung.

Zuerst nahm er sich Tai A'rl vor und fragte ihn nach dem Hergang des Diebstahls.

»Ping An hatte mit Li den nächtlichen Raub verabredet. Ich wußte nichts von ihrem Plan«, gab Tai A'rl an.

»So, du leugnest also, elender Sklave! Bestreitest frech, daß du an dem Diebstahl mitbeteiligt warst. Warum hat ihn dann deine Herrin nicht zur Anzeige gebracht? Doch nur, um dich, ihren Buhlen, zu schonen! Na warte, ich werde dich gleich zum Reden bringen!« herrschte ihn Herr Wu zornig an und ließ ihm zwanzig Streiche mit dem schweren Prügel überzählen.

Aber obwohl Tai A'rl vor Schmerz heulte, blieb er fest und bestritt weiter, an dem Diebstahl beteiligt gewesen zu sein oder gar mit seiner Herrin Buhlschaft getrieben zu haben.

Herr Wu ließ ihm die Knöchelpresse anlegen, und da hielt es Tai A'rl, der noch niemals mit solchen Foltergeräten Bekanntschaft gemacht hatte, vor Schmerzen nicht mehr aus. Und wider besseres Wissen bekannte er sich schuldig.

Nun ließ Herr Wu seine Herrin vorführen und vor dem Richtertisch niederknien. Mondfrau war vor Verwirrung und Bestürzung über das erpreßte Geständnis ihres braven Burschen unfähig, ein Wort herauszubringen.

»Es ist gerichts- und ortskundig, daß Ihr mit Tai A'rl heimlich Buhlschaft getrieben habt. Andernfalls würdet Ihr den Diebstahl zur Anzeige gebracht haben. Es hilft nichts, ich muß unparteiisch und ohne Ansehen der Person richten. Wollt Ihr nicht ein rasches, offenes Geständnis ablegen? Dann kommt Ihr glimpflich davon«, redete er mit geheuchelter Freundlichkeit auf sie ein.

Der in ihrer Ehre aufs tiefste verletzten Mondfrau aber stieg eine Feuerlohe zorniger Entrüstung ins Gesicht. Sie richtete sich stolz in die Höhe und fand auf einmal die Sprache wieder:

»Spielt Euch als Richter auf, soviel Ihr wollt, ich erkenne Euch nicht als Richter an! Wollte ich Euch als Richter und Mann von Ehre anerkennen, dann wäre ich keinen Groschen wert! Wegen des Diebstahls habe ich deshalb keine Anzeige erstattet, weil ich Geld und Besitz verachte! Eure Anklage wegen heimlicher Buhlschaft mit meinem Diener aber ist eine gemeine Verleumdung und Erpressung! Geld wollt Ihr von mir erpressen! Wo sind die Zeugen, die mir die Buhlschaft nachweisen können? Das Geständnis, das Ihr meinem Burschen durch Folter abgepreßt habt, zählt nicht vor dem Antlitz des gerechten Himmels!«

Ihre freimütige Sprache versetzte Herrn Wu in solchen Grimm, daß er die Maske der Freundlichkeit fallen und ihr die Fingerpresse anlegen ließ. An zwanzigmal mußte sie sich ihre zarten Finger quetschen und pressen lassen, bis sie sich vor Schmerz laut schreiend am Boden wälzte. Aber sie blieb tapfer, ein Geständnis ließ sie sich nicht abpressen.

Herr Wu kam nicht weiter. Er brach die Sitzung ab, schickte Tai A'rl in den Kerker und ließ Mondfrau einstweilen in den öffentlichen Kornspeicher beim Yamen bringen. Dort ließ er ihr durch seinen Geheimschreiber weiter zusetzen und ihr zu verstehen geben, daß sie sich durch Geld loskaufen könne.

Würde der Fluch ererbten Goldes weiterhin eine Unschuldige treffen? Würde ein guter Mensch weiterhin für die Sünden anderer büßen müssen?

Das werdet ihr im nächsten Kapitel erfahren.

SECHSTES KAPITEL

Mit weißem Augapfel übersieht man das verlassene Knäblein, und niemand erbarmt sich seiner. Die Sucht nach gelbem Gold fordert, ach, vier Menschenleben

Der Geheimschreiber des Herrn Wu, der Mondfrau in ihrer Haftzelle in der Kornkammer aufsuchte, sprach zu ihr:

»Er verlangt tausend Batzen für Eure Freilassung. Andernfalls werdet Ihr schwerlich mit dem Leben davonkommen.«

Wo sollte die arme Mondfrau, die außer ihrem zerstörten und

ausgeplünderten Anwesen in der Stadt und ihrem verwahrlosten Landgut nicht einen einzigen Kupferling besaß, eine solche Summe auftreiben?

Inzwischen saß Zofe Juwelchen mit dem fünfjährigen Knäblein ihrer Herrin einsam und verlassen in dem großen, öden Anwesen. Schwägerin Wu und die Alte, die bis dahin von Mondfrau mit durchgefüttert worden waren, hatten sich auf die Kunde von ihrer Verhaftung wie ein Rauch verflüchtigt. Sie hatten Angst, in die peinliche Diebstahlsgeschichte mit hineingezogen zu werden.

Obwohl selber nur aufs knappste mit Lebensmitteln versorgt, konnte Juwelchen den Gedanken nicht ertragen, daß Mondfrau in ihrer Haft womöglich hungern und darben müsse. Und so füllte sie am nächsten Tag einen Eßnapf für ihre Herrin und ihren Mann und machte sich, das Kind an der Hand mit sich ziehend, zitternd auf den Weg zum Yamen. Aber weiter als bis vor das Yamentor getraute sie sich nicht und blieb verzagt und weinend draußen stehen.

Zum Glück gab es unter den Türhütern einen, der ein gutes Herz hatte.

»Deiner Herrin ist Unrecht geschehen. Komm mit, ich will dich zu ihr führen«, sprach er zu ihr und brachte sie in den Vorhof der Kornkammer, wo die Häftlinge ihre Angehörigen sehen und Essen von ihnen in Empfang nehmen dürfen. Da gab es nun ein tränenreiches Wiedersehen zwischen Herrin und Zofe, Mutter und Kind, und auch die Umstehenden, die der Szene beiwohnten, konnten sich der Tränen nicht erwehren.

»Die Dame hat gar nichts verbrochen, nun muß sie, abgesehen davon, daß man ihr Haus ausgeplündert hat, falsche Anklage erdulden!« sagten die einen.

»Dieser Hsi Men hat wider alle himmlische Vernunft gelebt. Einst hat er anderer Leuten Frauen und Töchter verführt, jetzt geschieht seiner eigenen Gattin Unrecht. Einst hat er anderen Leuten ihr Eigentum abgegaunert, jetzt hat man seine Witwe um ihr Erbe betrogen. Das ist der gerechte Kreislauf himmlischer

Vernunft! Der Missetäter muß mit gleicher Münze zurückzahlen!« urteilten die anderen.

Mondfrau aber wischte sich die Tränen ab und sprach zu Juwelchen:

»Ich bin verloren. Denn wo soll ich so viel Lösegeld auftreiben? Nimm du dich hinfort des Kindes an. Sein Vater hat die himmlischen Gebote verletzt, darum bringt das Geld, das er hinterlassen hat, seinen Erben nicht Segen, sondern Fluch. Wenn du künftig wieder Essen übrighaben solltest, dann bringe es nicht mir, sondern deinem Tai A'rl. Auf mich nimm keine Rücksicht, ich kann kaum zwei Schälchen Reis täglich bewältigen. Aber wenn du noch einen letzten Versuch zur Rettung unternehmen willst: Von all meinem Vermögen sind jetzt nur noch zwei Grundstücke übrig, das verfallene Anwesen in der Stadt und das kleine Landgut draußen. Wozu ist mir solcher Grundbesitz noch nütze? Du könntest Onkel Tong in seiner Pfandleihe aufsuchen und ihn bitten, einen Käufer für die beiden Grundstücke zu suchen. Tong ist eine brave Seele und der einzige, der uns die Treue bewahrt hat.«

Und still weinend ging sie in ihre Haftzelle im Kornspeicher zurück. Die Frauen, die in der Kornkammer beschäftigt waren, kamen mitleidig herbei und mahnten sie:

»Ihr dürft Euch vor Eurem Kind nicht so Eurem Gram hingeben. Wenn es nun darüber krank wird und stirbt, wer wird dann der Trost Eures Alters sein?«

Zu Juwelchen aber sprachen sie:

»Du brauchst kein Essen mehr herzubringen. Wir werden hier schon noch die zwei Reisnäpfe täglich für deine Herrin erübrigen.«

Juwelchen machte sich also zu dem Kerker auf, wo Tai A'rl gefangensaß, und brachte ihm das von Mondfrau verschmähte Essen. Er trug ihr auf, sich an Hsi Mens alte Freunde wegen eines Käufers für die beiden Grundstücke zu wenden. Vielleicht würde der eine oder der andere aus alter Anhänglichkeit auf Mittel und Wege der Rettung sinnen.

Statt den vernünftigen Rat der Herrin zu befolgen, hörte Juwelchen auf den einfältigen Rat des lebensunkundigen Tai A'rl und machte sich stracks zur Löwenstraße auf, zur Wohnung von Schnorrer Ying, der Hsi Men unter allen seinen Freunden ehemals am nächsten gestanden und ihn weidlich ausgenutzt hatte. Dieser Schnorrer Ying hatte sich nach Hsi Mens Tode bei dem neuerdings zu Reichtum gelangten Akademiker Tschang, dem zweiten Sohn des ehemaligen Provinzstatthalters, angebiedert und sich an dessen Tafel weitergemästet. Zunächst wußte er sich ihm nützlich zu erweisen, indem er ihm Hsi Mens Zweite, die ehemalige Kurtisane Li Kiao'rl, als Nebenfrau zuführte. Sodann betätigte er sich für ihn als Agent im Salzhandel und bei allerlei Gelegenheitsgeschäften und verstand dabei, gehörig seinen Schnitt zu machen und nach alter bewährter Art durch sein Ölmaul und seine Honigzunge das Vertrauen des neuen Brotherrn zu gewinnen. Dies nebenbei.

Als Schnorrer Ying neuerdings erfuhr, daß Mondfrau vor Gericht gestellt und in arge Bedrängnis geraten sei, witterte er sogleich eine günstige Gelegenheit, wiederum einen fetten Maklerlohn zu verdienen. Und er redete Herrn Tschang zu, die seiner Meinung nach schwerreiche Witwe gleichfalls als Nebenfrau in seinen Haushalt aufzunehmen. Das sei doch eine glänzende Partie, sie müsse doch ein gewaltiges und dank ihrer Sparsamkeit kaum angetastetes Vermögen von Hsi Men geerbt haben, so redete er ihm ein. Nun, zum Glück verfügte Herr Tschang als ehemaliger Zögling der kaiserlichen Prinzenschule, der vornehmsten Schule im ganzen Reich, und als Doktor ersten Grades über akademische Bildung und hatte ein Gefühl für Ehre und Anstand. Er lehnte strikt ab. Die Erste eines Mannes, mit dessen Haus er zu seinen Lebzeiten streng korrekten, gesellschaftlichen Verkehr gepflogen habe, jetzt zur Nebenfrau zu erniedrigen, das brächte er nicht fertig, das wäre im höchsten Grade taktlos, also ließ er Schnorrer Ying abfahren. Der hatte die Abfuhr schweigend eingesteckt und es für ratsam gehalten, dieses Heiratsthema nicht wieder zur Sprache zu bringen.

Der fünfjährige Sohn des Hsi Men bettelt bei Schnorrer Ying

Da sah er nun eines Tages Juwelchen, die langjährige Leibzofe von Mondfrau, mit einem kleinen Knäblein an der Hand vor seiner Haustür stehen. Sie sah verhärmt aus, ihre Augen waren tränenfeucht. Er tat zunächst, als ob er sie gar nicht kenne.

»Wer ist deine Dienstherrschaft?« fragte er barsch.

»Aber Onkel Ying! Solltet Ihr mich wirklich nicht mehr kennen? Ich bin Juwelchen, die Zofe aus dem Hause Hsi Men! Von klein auf war ich dort in Diensten! Wie oft habe ich Euch bei der Tafel aufgewartet! Ihr wart doch so oft bei Herrn Hsi Men zu Gast!« stammelte Juwelchen bestürzt und tat demütig einen Kniefall mit Stirnaufschlag. Dann begann sie zu heulen.

»Ach, das ist schon so lange her. Wie kann ich dich da noch in Erinnerung haben!« bemerkte Schnorrer Ying, indem er sich die Augen rieb und so tat, als ob es ihm Mühe kostete, sich ihrer zu erinnern. Sein prüfender Blick schweifte über das ärmlich gekleidete, verwahrlost aussehende Kind an ihrer Hand; zerrissene Höschen unter kurzem Kittel, beides von billigem blauen Kattun, alte durchgelaufene Pantoffeln an den bloßen, strumpflosen Füßchen, dazu ein schmuddeliges Gesicht, das offenbar seit Tagen nicht gewaschen war, und ein bloßer, ungekämmter Schopf. Das alles sah nach Armut aus.

Obwohl Schnorrer Ying genau wußte, daß dieses unansehnliche Kind Hsi Mens Sohn und Erbe war, stellte er sich unwissend und fragte:

»Das ist wohl dein Sprößling? Seit wann bist du denn verheiratet?«

»Nicht doch, das ist das kleine Herrchen, das Söhnchen meiner Herrin Mondfrau.«

Schnorrer Ying nickte nachdenklich und fuhr fort:

»Was hast du mir eigentlich auszurichten? Kann sich deine Herrin etwa mit ihrem Witwendasein nicht abfinden, oder sucht sie Schutz gegen Nachstellungen? Wenn ich ihr raten soll: Sie braucht einen Vater für ihren kleinen Bengel, sie soll sich schleunigst wieder verheiraten. Hat sie es überhaupt nötig, sich mit solchem Armeleutegeruch zu umgeben?«

»Nein, nein, Ihr versteht mich falsch. Unserem Haus ist Unglück widerfahren! Meine Herrin und mein Mann, ihr Diener Tai A'rl, sind beide verhaftet . . .«, und sie berichtete in Hast von dem Geschehen der letzten Tage. »Meine Herrin schickte mich in ihrer Not zu Euch. Um Herrn Hsi Mens Gesichtes willen beschwört sie Euch, ihr beim Verkauf der beiden Grundstücke behilflich zu sein. Ganz gleich, welchen Preis Ihr erzielt, wenn es nur so viel ist, daß sie und mein Mann aus dem Kerker herauskönnen. Sie würde es Euch reichlich lohnen!« schloß sie ihren Bericht.

Schnorrer Ying dachte eine Weile nach. »Da muß sie mir schon etwas Zeit lassen«, sagte er endlich.

Die ganze Unterredung fand vor der Haustür statt. Er hielt es nicht für nötig, Juwelchen hereinzubitten. Auch das klägliche Wimmern des hungrigen Knäbleins, das um ein Stück Kuchen bat, rührte ihn nicht. Er schüttelte zum Schein seine Ärmel und bemerkte frostig: »Ich habe zufällig nicht einen einzigen Kupferling bei mir. Geh jetzt nach Hause und warte ab, bis ich einen Käufer gefunden habe, dann werde ich dich rufen lassen. Nun geh schon!« Juwelchen zog betreten ab und begab sich zum Haus von Hsi Mens ehemaligem Geschäftsführer Pen Se. Der war zwar daheim, aber er ließ sich verleugnen.

Enttäuscht und mit leeren Händen machte sich Juwelchen auf den Heimweg. Denn wo die anderen Geschäftsführer und Kumpane aus Hsi Mens ehemaligem Freundeskreis zur Zeit hausten, war ihr unbekannt.

Den müden und hungrigen Kleinen auf den Schultern tragend, bog sie gerade von der Hauptstraße in eine kleine Seitengasse ein, als ihr auf einmal eine feingekleidete maskierte Reiterin im Maultiersattel den Weg sperrte. Die schmucke Reiterin blickte Juwelchen groß an, grüßte freundlich, hielt an und stieg aus dem Sattel.

»Sieh da, Schwester Juwelchen! Wohin des Wegs? Ist das Hsi Mens Kleiner, den du da auf dem Rücken trägst? Wie geht es Mondfrau?« fragte sie teilnehmend.

Es war Zimmetblüte aus dem Blumenhof von Mutter Li. Sie hatte einst hoch in Hsi Mens Gunst gestanden, und Juwelchen gedachte wehmütig der alten Zeit, da sie mit ihren jugendlichen Reizen Hsi Mens Tafel geziert und mit ihren Künsten die ganze Gesellschaft unterhalten hatte. In Kürze berichtete sie von all dem Unglück, das über ihre Herrin hereingebrochen war. Ergriffen hörte Zimmetblüte zu. Ein über das andere Mal mußte sie sich die Augen wischen. Dann riß sie sich eine silberne Agraffe aus dem Haar und reichte sie Juwelchen.

»Hier, verkaufe sie und kaufe dem Kleinen dafür ein Nudelgericht«, sagte sie, während ihr aus beiden Augen Tränen des Mitleids über die Wangen kollerten. Dann schwang sie sich wieder in den Sattel ihres Maultiers und trabte weiter.

»Traurig! traurig!« seufzte sie vor sich hin.

Brokat mit Blumenstickerei geziert –
Alltäglich.
Schneefall mit Kohlenstaub meliert? –
Kaum möglich.
Von einer, die in Opiumqualm zu Haus
Und Blumengassen,
Muß sich an Herz ein Lump von gutem altem Freund
Beschämen lassen.

In der Stadt hatte es sich bald herumgesprochen, daß Mondfrau eingekerkert sei und Herr Wu ein schweres Lösegeld verlange und obendrein den Hauptteil des beschlagnahmten Diebesguts seiner vorgesetzten Behörde gar nicht gemeldet habe. Wie es gewöhnlich bei solchen Stadtgerüchten zu gehen pflegt, wurde dabei stark übertrieben und das verheimlichte Diebesgut gleich um etliche tausend Goldbatzen höher beziffert. Die allgemeine Stimmung war für Mondfrau und gegen Herrn Wu, man verübelte ihm sein rücksichtsloses Vorgehen gegen die Witwe seines einstigen Freundes und Wohltäters und zieh ihn des Undanks und der Pietätlosigkeit.

Die Stimmung des Unwillens herrschte vor allem in den

Kreisen der akademischen Jugend. Da war es nun ein gewisser Hsiu tsai, ein junger Doktor ersten Grades namens Liu, der sich zum Wortführer der Volksmeinung und zum Vorkämpfer für Recht und Gerechtigkeit aufschwang.

Hsi Men hatte seinem Vater einst fünfzig Silberbatzen geliehen, die er bei seinem ersten Amtsantritt benötigte, und hatte weder Zinsen verlangt noch jemals wegen Rückzahlung gedrängt. Darum stand Hsi Mens Name in der Familie Liu hoch in Ehren.

Es kam hinzu, daß über Herrn Wu allgemein gemunkelt wurde, er habe sich in sein derzeitiges Amt eingeschlichen und habe eigentlich gar kein Recht, sich als stellvertretender Kreisamtmann aufzuspielen. Kurz, der junge Liu tat sich mit einem Magister zusammen, der früher bei Hsi Men als Sekretär tätig gewesen war und daher über seine Familienverhältnisse Bescheid wußte, und setzte mit dessen Beistand eine formgerechte Beschwerdeschrift auf, gerichtet gegen Herrn Wu wegen Amtsanmaßung und Erpressung.

Die Eingabe wurde mit den anderen jungen Akademikern der Stadt besprochen, und es wurde beschlossen, sie dem Bezirksrichter von Tung tschang fu bei seiner bevorstehenden Visitationsreise gemeinsam zu überreichen.

Es traf sich nämlich, daß damals in der Hauptstadt gerade ein neuer Oberrichter für die Provinz Schantung ernannt worden war. Er hatte gleich nach seiner Ernennung eine Weisung an die einzelnen Bezirksrichter seiner Provinz ergehen lassen des Inhalts, daß sie in ihren Amtssprengeln beizeiten nach dem Rechten sehen und gründlich Untersuchung halten sollten. Er wollte bei seinem Eintreffen genaue Berichte über die Rechtslage in seiner Provinz vorfinden und dann persönlich Nachprüfung halten. Denn infolge der Kriegswirren und der Bandenunruhen war allenthalben im Lande die Ordnung aus den Fugen geraten, und es war zu vielen Unregelmäßigkeiten gekommen. Besonders Raub und Diebstahl hatten überhandgenommen, und mit dieser Landplage sollte jetzt gründlich aufgeräumt werden.

Auch der Bezirksrichter der Präfektur Tung tschang fu, zu dessen Amtsbereich die Kreisstadt Tsing ho hsiän gehörte, hatte entsprechende Weisung erhalten. Herr Tan, das war der Name dieses Richters, gehörte zu jener Sorte von Beamten, deren Charakter einer im Winde hin und her schwankenden biegsamen Weidenrute gleicht.

Im vierten Monat also traf besagter Bezirksrichter auf seiner Inspektionsfahrt in Tsing ho hsiän ein. Herr Wu war ihm zur Begrüßung bis an die Grenze seines Amtssprengels entgegengeritten und hatte ihn feierlich eingeholt. Am Tage nach der Ankunft unternahm Herr Tan eine Besichtigungsrunde durch die Stadt. Er durchschnüffelte die Schatz- und Kornkammern und überzeugte sich vom Zustand der Stadtwälle. Alsdann war die Begrüßung der Jungakademikerschaft, verbunden mit einer öffentlichen Feier im Tempel des Kung fu tse, vorgesehen.

Fast zweihundert Studenten und Jungakademiker hatten mit Weihrauchstäbchen in der Hand vor dem Tempeleingang in zwei Reihen Aufstellung genommen. Durch das Spalier ihrer gekrümmten Buckel begab sich der Bezirksrichter in Begleitung des Herrn Wu in die Tempelhalle, um nun eine Ansprache und Vorlesung über ein Thema aus den konfuzianischen Schriften zu halten. Nach der Vorlesung und Verteilung der übrigen Belobigungsscheine knieten auf einmal die versammelten Studenten wie auf Kommando nieder und erbaten wie aus einem Munde Gehör. Ihr Wortführer, der junge Liu, trat vor und überreichte dem Bezirksrichter eine Beschwerdeeingabe.

Da las nun Herr Tan von erstaunlichen Anklagen gegen den kommissarischen Amtmann Wu:

› – hat Zeugnisse gefälscht – Amt erschlichen – Siegel mißbraucht – Diebesgut unterschlagen – ist für die Bevölkerung ein gefräßiger Holzwurm und Schädling – hat sich an unterschlagenem Diebesgut gemästet – gegen die ehrbare Witwe Mondfrau fälschlich Anklage wegen Buhlerei erhoben, um tausend Batzen von ihr zu erpressen – hat sie wider alles himmlische und irdische Recht foltern und einkerkern lassen –

Schandfleck der Justiz muß getilgt werden, damit das Land keinen Schaden erleide – ‹

Der Eingabe war ein genaues Verzeichnis des ursprünglichen Diebesguts beigefügt. Es zählte auf: dreißig Goldbarren, hundert Silberbarren, acht große Lederkoffer mit Schmuck und Kunstgegenständen, acht große Kleiderbündel.

Herr Tan setzte eine strenge Amtsmiene auf, machte den Hörsaal zum Gerichtssaal und prüfte zunächst einmal anhand des amtlichen Registers die Personalien des beschuldigen Kollegen nach. Im Register war angegeben, er stamme aus Kai fong fu und hätte dort in dem und dem Jahre auf Grund der vorgeschriebenen Staatsprüfung die Zulassung zu den Ämtern erlangt.

Als Herr Tan den Angeklagten fragte, ob das seine Richtigkeit habe, widersprachen die versammelten Jungakademiker einstimmig, und ihr Wortführer erklärte:

»Weinkneipenbesitzer ist er von Haus aus! Seine Kneipe befindet sich auf der Westseite der Hauptstraße in dem Grundstück, das er von dem Doktor zweiten Grades, Yang, erworben hat. Er hat niemals eine Staatsprüfung abgelegt! Als infolge der Kriegswirren der hiesige Amtmannsposten vakant wurde, da hat er das allgemeine Durcheinander benutzt, um sich die Amtssiegel anzueignen und sich selber zum kommissarischen Amtmann zu machen!«

Nun, wenn es noch einer Überführung bedurft hätte, so war es Wus vor Schreck erdfahl gewordene Miene, die seine Schuld deutlich verriet. Herr Tan verhängte über den beschuldigten Kollegen einstweilen Hausarrest. Dann nahm er die Amtssiegel an sich, versiegelte das Kreisyamen und die Schatzkammer und bestellte einige zuverlässige Jungakademiker zu kommissarischen Hütern von Recht und Ordnung in der Stadt. Er wollte inzwischen Instruktionen vom Provinzrichter einholen.

Das war alles soweit ganz gut, aber wie schon bemerkt, glich Herrn Tans Charakter einer schwankenden Weidenrute. Die stattliche Liste des Diebesguts hatte auch seine Begehrlichkeit geweckt, und er hoffte im stillen, daß der angeklagte Kollege gutwillig etwas von dem Schatz an ihn abtreten würde. Danach wollte er seine Behandlung richten, je nachdem scharf zupacken oder milde vertuschen.

Wirklich, noch am selben Abend in der Dunkelheit meldete sich heimlich und leise ein Bote im Quartier des Bezirksrichters und überbrachte im Auftrag des Herrn Wu eine Geschenkliste! Auf der Liste stand harmlos zu lesen: ›Einhundert Scheffel weißer Reis, zehn Scheffel gelbe Hirse‹. Aber anstatt des Karrens, der nötig gewesen wäre, um eine so stattliche Last zu befördern, übergab der Bote lediglich ein kleines, wenn auch gewichtiges Paket.

Als nun Herr Tan das Paket unter der Lampe öffnete, siehe, da blinkte es ihm zwar auch weißlich und gelblich entgegen, aber nicht von Reis oder Hirse, sondern es kamen zwei Silberbarren im Gewicht von je fünfzig Unzen und ein Goldbarren im Gewicht von zehn Unzen zum Vorschein!

Herrn Tans Augen gleißten vor Freude mit dem blanken Metall um die Wette, aber gleichzeitig stieg ihm von der Galle her eine Blase gelben Ärgers hoch. Er sagte sich:

»So ein Gauner! So ein schofler Filz! Von den dreißig Goldbarren, die er unterschlagen, hat er bloß einen für mich übrig!! Soll ich mich mit so einem kümmerlichen Happen abspeisen lassen, während er die Hauptmahlzeit in seinen eigenen Bauch hinunterschlingt? Nein, mein Freundchen, so billig bin ich nicht zu kaufen!«

Und er grübelte eine halbe Nacht lang nach, wie er sich seinen Anteil an der Hauptmahlzeit sichern könne.

Am nächsten Tag nahm er sich Wu zu einer Geheimaussprache hinter verschlossenen Türen vor.

»Wenn Ihr auch noch die restlichen neunundzwanzig Goldbarren herausrückt, dann will ich Nachsicht üben und das weitere Verfahren gegen Euch niederschlagen. Es soll mir dann gleichgültig sein, was Ihr als Diebesgut angegeben oder nicht angegeben habt.«

Also lautete sein Angebot. Leider konnte Wu darauf nicht eingehen, denn er hatte ja selber nur noch drei Goldbarren, und die wollte er unter allen Umständen für sich retten.

»Ich hatte nur diesen einen Goldbarren!« beteuerte er, mit der Stirn auf den Fußboden klopfend.

Nun wurde Herr Tan ganz kalt und amtlich. Er bestieg den Richterstuhl, ließ Wu zwanzig Stockhiebe überziehen und ihn in den Kerker werfen, in den gleichen Kerker, in dem bereits Li Vater und Tai A'rl saßen.

Inzwischen war das Weib des Ping An nicht müßig gewesen. Es verdroß sie, daß Amtmann Wu nichts in der Mordsache ihres Mannes unternommen und ihr auch nicht das geringste von dem aufgefundenen Diebesgut zurückerstattet hatte. Also ging sie zu einem schreibkundigen Magister und ließ von ihm eine förmliche Anklageschrift aufsetzen, in der auch der Name des Amtmanns Wu vorkam, der darin eine recht zweifelhafte Rolle spielte. Die Ziffern des Diebesgutes, die sie angab, stimmten mit den Ziffern der studentischen Anklageschrift überein.

Herr Tan schickte einen seiner Vertrauten in den Kerker und versuchte erneut, von Wu die fehlenden Goldbarren herauszuquetschen. Aber Wu leugnete abermals mit hundert Mündern.

Nun verlor Herr Tan die Geduld und beschloß, von weiterer Vertuschung abzusehen und dem ordentlichen Verfahren seinen Lauf zu lassen. Er packte die beiden Anklageschriften zu einer Aktenrolle zusammen und sandte sie mitsamt seinem Bericht an den Provinzialrichter. Der Provinzialrichter gehörte auch zu jenen Leuten, die durch eine Wand hindurch den Bratenduft im Nachbarhause riechen, und es gelüstete ihn, von dem fetten Braten nicht nur eine halbe Scheibe mitzuessen, sondern ihn womöglich im Ganzen für sich zu schnappen.

Er schrieb also mit roter Tusche eine Verfügung, wonach Herr Tan die Untersuchung mit aller Strenge fortführen und das Diebesgut ungekürzt an ihn abliefern solle. Es solle angeblich zugunsten des damals gerade angeordneten Grenzhilfefonds beschlagnahmt werden. Gleichzeitig sorgte er dafür, daß der Präfekt von Tung tschang fu unter seinen Beamten einen geeigneten Mann für den vakanten Amtmannsposten in Tsing ho hsiän bestellte. Der Betreffende sollte persönlich vermögend und auf Geld erpicht sein, so daß er sich einen Amtssprengel, in dem es einen Goldschatz zu holen gab, etwas kosten lassen würde. In dem Präfekturrat Wang fand sich der geeignete Mann. Er war in der Lage, für sein neues Patent sofort dreihundert Silberlinge zu zahlen. Dieser neue Herr sollte nun an Stelle des Bezirksrichters Tan die bewußte Diebstahlsangelegenheit weiter untersuchen und zur Erledigung bringen.

Als Wu im Kerker erfuhr, daß eine verschärfte Untersuchung bevorstünde, begann er ernstlich um die drei Goldbarren zu zittern, die er bisher glücklich verheimlicht hatte. Wenn Li im Verhör schwatzen würde, dann war sein schöner Schatz verloren, und er würde strenge Bestrafung wegen Amtsunterschlagung zu gewärtigen haben. Also mußte dieser unbequeme Zeuge aus dem Weg geräumt werden. Er setzte sich heimlich mit seinen Kerkerwärtern in Verbindung und bot ihnen fünfzig Silberlinge, wenn sie Li unauffällig um die Ecke bringen würden. Die beiden Wärter nahmen das Angebot an, und in der gleichen Nacht hauchte Li auf der Folterpritsche den kümmerlichen Rest seines Lebens aus, ohne den geringsten Nutzen von dem geraubten Gold gehabt zu haben. Er wurde das zweite Opfer des fluchbeladenen Goldes aus dem Haus Hsi Men!

Der neue Amtmann Wang hatte sich gerade mit den Akten der Diebstahlsangelegenheit Li und Genossen vertraut gemacht und wollte nun zu einer neuen Verhandlung schreiten, als ihm gemeldet wurde, daß Li im Kerker verstorben sei, angeblich infolge der durch die Folterungen erlittenen Verletzungen.

Herr Wang war wütend. Damit fiel ja der Hauptzeuge weg. Wie sollte nun das noch fehlende Diebesgut ans Licht zu bringen sein? Die beiden verantwortlichen Kerkerwächter erhielten dreißig Stockschläge übergezählt und mußten zehn Tage brummen.

Li Sohn, der sich vorläufig nicht in sein Westdorf zurückwagte, hatte inzwischen, wie vereinbart, bei einem Bekannten in

Tung tschang fu Unterschlupf gesucht. Der Bekannte war Besitzer einer kleinen Spelunke und Spielhölle. Der junge Li wurde bereitwillig aufgenommen, da er reichlich mit Bruchsilber um sich warf. Den Goldbarren, den er in der Gürteltasche bei sich trug, verschwieg er vorläufig.

Der Spielteufel trieb ihn, seine müßige Zeit am Spieltisch seines Herbergsvaters totzuschlagen. Anfangs hatte er Glück, aber nachdem er einen halben Monat lang leidlich gewonnen hatte, begann er plötzlich zu verlieren, und eines Tages war er mitten beim Spiel völlig blank. Mag es nun sein, daß rächende Geister ihm die Hand führten, oder mag es sein, daß der zu reichlich genossene Schnaps ihm die klare Überlegung raubte, kurz, in der Verlegenheit nestelte er an seiner inneren Gürteltasche, brachte einen gewichtigen Barren gelben Goldes zum Vorschein und legte ihn als Einsatz auf den Tisch. Seine Mitspieler, die ihn bisher nur als armen Schlucker und Blankknüppel gekannt hatten, wären vor Staunen beinahe umgefallen. Alle setzten wie wild, denn jeder schleckte danach, einen so kostbaren Einsatz zu gewinnen. Da war nun auch so ein armer Teufel namens Schaumlöffel dabei, der auch gern mitspielen wollte, aber keinen einzigen Kupferling zum Setzen hatte. Er bat, einstweilen auf Kredit mit Spielmarken weiterspielen zu dürfen. Aber das verweigerte man ihm, und als er zu brummen anfing, schob man ihn kurzerhand zur Tür hinaus.

In seiner Wut und Enttäuschung lief Schaumlöffel stracks zur Polizei und zeigte den jungen Li wegen verdächtigen Goldbesitzes an. Nun waren damals Raub und Diebstahl zur wahren Landplage geworden, und die Ortsbehörden hatten Anweisung, scharf zuzupacken. Kurz, der junge Li wurde vom Spieltisch weggeholt und eingelocht. Als man ihn nach Namen und Herkunft befragte, stellte sich heraus, daß gegen ihn bereits ein Haftbefehl in der Diebstahlsangelegenheit vorlag, die in Tsing ho hsiän schwebte. Der Bezirksrichter, der ihn verhörte und der ja über die Diebstahlsangelegenheit genau unterrichtet war, betrachtete ihn als guten Fang und hoffte, von ihm endlich den

Verbleib des restlichen Goldschatzes zu erfahren. Aber trotz Fingerpresse und Bastonade war aus dem verstockten Burschen kein Geständnis herauszupressen. Sein Vater hätte ihm in Anbetracht seiner Jugend nichts Näheres mitgeteilt, behauptete er trotzig.

Dann traf der Bericht des Amtmannes Wang ein, daß der Hauptzeuge Li Vater inzwischen gestorben sei. Der Bezirksrichter ließ nun die beiden noch vorhandenen Zeuginnen, das Weib des Ping An und das Weib des verstorbenen Li, nach Tung tschang fu bringen und stellte sie dem jungen Li gegenüber. Nach einer empfindlichen Bastonade bequemte sich Frau Li zu dem Geständnis, daß ihr verstorbener Mann tatsächlich dreißig Goldbarren im Hause gehabt und dann mit auf die Reise genommen hätte.

Auf diese Weise erfuhr der junge Li vom Tod seines Vaters. Es war ihm klar, daß Amtmann Wu an dem Tode schuldig war und sich einen unbequemen Zeugen vom Halse schaffen wollte.

Um seinen Vater zu rächen, sagte er nun aus, sein Vater habe damals sämtliche dreißig Goldbarren an Herrn Wu heimlich abgeliefert, wenn also jetzt von dem Diebesgut noch etwas fehle, so könne es nur von Wu unterschlagen sein. Was konnte Wu dagegen beweisen? Der Bezirksrichter ließ ihn gleichfalls nach Tung tschang fu bringen, verhörte ihn nochmals vergeblich und warf ihn nach schwerer Bastonade erneut in den Kerker. Aller Schein sprach gegen ihn, denn die Yamendiener, die Herrn Wu damals bei der Haussuchung im Westdorf begleitet hatten, sagten aus, daß er alle gefundenen Gegenstände, Koffer, Kleiderbündel, Goldvasen, ungeöffnet in seine Wohnung gebracht habe.

Mondfrau wunderte sich nicht wenig, daß man sie auf einmal ungeschoren ließ, während die anderen Beteiligten zur weiteren Verhandlung nach der Präfekturhauptstadt gebracht worden waren. Das hatte seinen guten Grund. Herr Wang hatte seine dreihundert Silberlinge in der Hoffnung springenlassen, einen Goldschatz heben und sich daran reichlich schadlos halten zu können. Nun war die bewußte Diebstahlsangelegenheit aber seinen Fingern entglitten und wieder in die Hände des Bezirksrichters gelangt. Bei der verarmten Mondfrau und ihrem Burschen Tai A'rl waren keine Reichtümer herauszuholen, da lohnte sich kein Amtseifer. Und genau so dachte der Bezirksrichter. Also kümmerte man sich nicht mehr um diese beiden Häftlinge.

Inzwischen war auch Freund Ying nicht faul gewesen. So frostig und abweisend er Juwelchen gegenüber getan hatte, so lichterloh brannte er darauf, das gewünschte Grundstücksgeschäft zustande zu bringen. Er witterte einen fetten Maklerlohn dabei, und nun begann ein listiges Doppelspiel. Juwelchen gegenüber zeigte er seine besorgte Miene und erklärte seufzend:

»Schlechte Zeiten! Schlechte Zeiten! Wer wird denn heutzutage, bei diesen unsicheren Verhältnissen, sein Geld in solchen verwahrlosten, wertlosen Grundstücken anlegen wollen? Deine Herrin kann froh sein, wenn sie hundert Batzen erzielt!«

Dem reichen Herrn Tschang dagegen, den er als Käufer ausersehen hatte, redete er also zu:

»Zugreifen! Zugreifen! Fünftausend Batzen hat Hsi Men seinerzeit bloß in die Baulichkeit hineingesteckt! Ich weiß Bescheid, denn die ganzen Bauarbeiten gingen damals durch meine Hand. Für ein Zehntel der Bausumme könnt Ihr heute das ganze Stadtgrundstück haben! Das ist ein Angebot! Bedenkt, bloß fünfhundert Batzen! Das hat ja damals allein die große Gasthalle gekostet. Auch über das Landgrundstück weiß ich Bescheid, ich habe damals die Kaufverhandlungen geführt. Für zweitausend Batzen hat Hsi Men das Gut damals von Herrn Liu, dem Schwager des Kaisers, erworben. Für dreihundert könnt Ihr es heute haben.«

Und es gelang ihm, beide Grundstücke an den reichen Tschang für zusammen siebenhundert Silberbatzen loszuschlagen. Nachdem er das schöne Geld glücklich in seine Tasche gespielt hatte, bestellte er Juwelchen zu sich und sprach zu ihr:

»Herr Tschang hat dreihundert Batzen als Kaufpreis gezahlt. Nun will ich versuchen, damit die Freilassung deiner Herrin und deines Mann zu erkaufen. Vielleicht gelingt es mir, noch einen kleinen Überschuß für deine Herrin zu retten. Sie soll ihn ungekürzt erhalten.«

Hinter ihrem Rücken aber ging er zu dem jungen Liu, dem Wortführer der Studenten und Jungakademiker, und redete also auf ihn ein:

»Die akademische Ehre heischt, daß der mutigen und gerechten Eingabe, die Ihr neulich zusammen mit Euren Kommilitonen dem Bezirksrichter unterbreitet habt, auch voll und wirksam Genüge geschieht und daß sie nicht wie eine Schaumblase zerplatzt. Ihr solltet daher mit Euren Kommilitonen erneut beim Amtmann vorstellig werden und die Freilassung der unschuldigen Mondfrau fordern. Bisher hat sich der neue Amtmann bloß eine leere Träne des Mitleids abgequetscht. Damit ist der akademischen Ehre und der Sache der Gerechtigkeit nicht Genüge getan. Es wäre ein verdienstliches Werk, wenn Ihr die Freilassung der Bedauernswerten durchsetzen könntet.«

Dieser Appell an die akademische Ehre verfehlte bei dem jungen Liu seine Wirkung nicht. Er tat sich wiederum mit seinen Kommilitonen zusammen, zog mit ihnen am nächsten Tage zum Yamen des Amtmanns und erklärte ihm als Wortführer der akademischen Jugend:

»Wir, die künftigen Pfeiler des Staats, die berufenen Sprecher des Volks, bürgen dafür, daß sich die verhaftete Dame Mondfrau während ihrer Witwenschaft stets untadelig aufgeführt und die gebotene Ehrbarkeit streng gewahrt hat. Der Holzwurm und Schädling Wu hat sie unter falscher Bezichtigung lediglich deshalb eingekerkert, um sie zu erpressen. In der ganzen Bevölkerung ist niemand, der einen Tadel gegen sie erhöbe. Darum bitten wir Euch, o Stammvater und Stammutter der Gerechtigkeit: Laßt sie frei! Sollte unsere Bitte kein Gehör finden, dann müßten wir uns beim Präfekten beschweren.«

»Wie aber, wenn sie später als Zeugin gebraucht wird?« gab der Stammvater und die Stammutter der Gerechtigkeit zu bedenken.

»Wir bürgen dafür, daß sie, wenn nötig, jederzeit an Gerichtsstatt erscheinen würde.«

Nunmehr konnte Herr Wang nicht umhin, die sofortige Freilassung von Mondfrau und Tai A'rl zu verfügen.

Mondfrau in ihrer Weltfremdheit wähnte, daß sie ihre Freilassung der Tüchtigkeit des guten Freundes Ying und der Wunderkraft ihres Geldes zu verdanken habe. Wie konnte sie ahnen, daß die Freilassung dem tapferen Auftreten junger Studenten zu danken war und keinen roten Kupferling gekostet hatte?

Schnorrer Ying log ihr frech vor, von dem erzielten Kaufgeld in Höhe von dreihundert Batzen habe er zweihundertfünfzig an den Amtmann Wang opfern müssen, um sie freizubekommen. Und großmütig und ehrlich händigte er ihr die angeblich verbleibenden fünfzig Batzen aus.

Mondfrau dankte gerührt für seinen Edelmut und bestand darauf, daß er wenigstens zehn Batzen als wohlverdienten Maklerlohn behalte. Wenn sie geahnt hätte, daß er bereits sechshundertfünfzig Batzen ihres Geldes in seine eigene Tasche geschmuggelt hatte! Was wußte sie von solchen Gauner- und Taschenspielerkunststückchen!

Es bleibt nachzutragen, daß der Provinzialrichter die Geduld verlor, als der Braten, dessen Duft er durch die Wand des Nachbarhauses gewittert hatte, gar nicht zum Vorschein kam. Er nahm die Sache persönlich in die Hand und setzte dem Amtsschleicher Wu so lange mit Bastonade und Knöchelpresse zu, bis er gestand, daß er drei weitere Goldbarren bei sich zu Hause versteckt habe. Kurz danach starben Wu und der junge Li an den durch die Folter erlittenen Verletzungen im Kerker. Sie waren das dritte und vierte Todesopfer fluchbeladenen Goldes! Der Bezirksrichter Tan und der Amtmann Wang aber verloren beide ihre Ämter, weil sie sich von dem Verdacht nicht reinwaschen konnten, daß sie ihrerseits die noch fehlenden Goldbarren unterschlagen hätten. Somit bekamen auch sie den Fluch sündigen Goldes am eigenen Leib zu spüren.

SIEBENTES KAPITEL

Als blinder Bettelknabe muß Hsi Men büßen und hat nichts von den vergrabenen väterlichen Schätzen. Als Kurtisane kehrt Frau Ping wieder und muß mit Leid für frühere Sünden bezahlen

Damals lebte in der Hauptstadt Kai fong fu ein reicher Mann namens Ku Jen. Sein Vater hatte bei Hofe den ertragreichen Posten eines Oberaufsehers der Seidentribute und Kleiderkammern innegehabt und zu den einfluß- und verbindungsreichsten Persönlichkeiten der Hauptstadt gehört.

Sein Sohn und Amtsnachfolger übertrumpfte ihn womöglich noch an Schläue und gesellschaftlichem Einfluß. Mit allen hohen Würdenträgern, ganz gleich ob Minister oder Provinzstatthalter, Obereunuchen, Hofschranzen oder Aufsehern kaiserlicher Schatzkammern und Werkstätten, war er gut Freund. Der wichtige Herr Ti, Intendant beider Kanzlerpaläste, hatte ihn der Brüderschaft gewürdigt, der Günstling des Kaisers, der Meister der schwarzen Kunst Lin Ling Su, hatte ihn zum Adoptivsohn gemacht, und die Favoritin des Kaisers, die Dame Li, die berühmteste Kurtisane des Reichs, die den Titel Schi schi, Großmeisterin des Tao,[1] führte, war seine ›trockene‹ große Schwester.

In Gelddingen war Ku Jen als Wucherer berüchtigt. Eigene Schulden pflegte er grundsätzlich zu ›vergessen‹, Gelder aber, die er selber ausgeliehen hatte, wußte er von seinen Schuldnern gleich doppelt und dreifach zurückzufordern, wobei er die erste Rückzahlung grundsätzlich ›vergaß‹. Wer hätte gewagt, einem so hohen, einflußreichen Herrn das bißchen ›Vergeßlichkeit‹ zu verargen?

Seine Familie war ursprünglich in der bescheidenen Baumwollgasse ansässig gewesen, später hatte sich dann sein Vater in der vornehmen Throneidamstraße angekauft. Das weitläufige Anwesen, das Ku Jen hier bewohnte, war mit wahrhaft fürstlicher Pracht angelegt. Der ausgedehnte Park mit seinen Teichen

1. Richtiger: der Liebeskünste.

und künstlichen Gebirgen, Hainen und seltenen Sträuchern, Aussichtstürmen und Felsengrotten, Lauben, Kiosken und Mondscheinterrassen hätte auch einem Kaiserpalast zur Zierde gereichen können.

Im Geschäftsviertel der Stadt besaß Herr Ku Jen fast dreißig gutgehende Pfandleihen und Läden des Alltagsbedarfs wie Salz, Seide, Wachskerzen, Räucherwerk und ähnlichem. Seine Angestelltenschaft ging in die Hunderte.

Bei allem Überfluß fehlte ihm doch eines: leibliche Nachkommenschaft. Er war schon Sechziger und hatte im Laufe der Jahre so und so viele Nebenfrauen in seine Seitengemächer aufgenommen. Aber bisher war er kinderlos geblieben. Seine Hauptfrau war unfruchtbar, und sooft in seinem Seitengemach ein Kindlein zur Welt kam, war es gleich nach der Geburt verstorben. Da hatte er nun das Haus voll Weibsvolk; aber es war anscheinend nur dazu da, um sich an seiner Tafel zu mästen, stellte er ingrimmig fest.

Im gewöhnlichen Leben war er, wie gesagt, ein Geizhals und konnte sich nur schwer von einem Kupferling trennen, nicht einmal zu den schäbigsten Geschenken, wie sie im Freundschaftsverkehr hin und her zu gehen pflegen, langte es bei ihm. Wenn er gab, dann pflegte er dafür zu nehmen, und zwar mit Wucherzinsen. So waren damals Ziersteine für Zwecke der Parkverschönerung große Mode. Der junge Kaiser Kin Tsung[1] und auch sein abgedankter kaiserlicher Vater Hui Tsung[2] hatten große Vorliebe dafür. Herr Ku Jen wußte sofort Kapital daraus zu schlagen. Er eröffnete einen schwunghaften Handel mit Ziersteinen. In Su tschou und Hang tschou, wo damals die Ziergartenkunst in hoher Blüte stand, kaufte er seine Ware, Ziersteine und Zierpflanzen, billig ein, um sie in seinem hauptstädtischen Laden auf der hinteren Bergstraße mit Vorteil loszuschlagen. Nachdem erst einmal beide Kaiser seine wohlgeneigten Kunden und Abnehmer geworden waren, drängten sich die hohen Würdenträger nur so, die Mode mitzumachen. Bei solcher Nachfrage

1. 1126 bis 1127. – 2. 1100 bis 1126.

war es ihm ein leichtes, die Preise hochzutreiben. Für einen Satz immergrüne ›Tigerborsten‹-Kakteen wurden ihm bis zu dreihundert Silberbatzen gezahlt! Als die Horden der Kin-Tataren bereits den Gelben Fluß überschritten, da saß er noch immer an der Geldwaage und wog das Geld seiner vornehmen Kunden ab und ließ auch die Arbeiten an der Verschönerung seines eigenen Anwesens ruhig weitergehen.

Seinem Besitztum gegenüber, in der gleichen Throneidamstraße, wohnte sein um zehn Jahre jüngerer Schwager Fang, der Aufseher der kaiserlichen Hofkarossen. Dieses Hofamt war in der Familie Fang seit Generationen erblich gewesen. Der Fünfziger besaß ein zehnjähriges Töchterchen namens Silbervase.

Ein allerliebstes Geschöpf von unwiderstehlich schelmischem Liebreiz. Sie war sein einziges Kind und daher der verhätschelte Liebling der ganzen Familie und Verwandtschaft. Alles drehte sich um Kuniang, das gnädige Fräulein, nicht nur hüben, sondern auch drüben im Hause Ku, wo sie ständig zum Spielen aus und ein ging und häufig tagelang als verwöhnter Gast dabehalten und umhegt und ummuttert wurde. Mit ihrem wohlgeformten, knospenfrischen Körper, ihren zierlichen Füßen, dem niedlichen Mündchen, das so klug und neckisch plappern konnte, den feinen Brauen über den wunderschönen sprechenden Augen, der ungebändigten Fülle ihres lose und kindlich geknoteten Haarschopfes glich sie einem von Künstlerhand geschnitzten kostbaren Elfenbeinfigürchen. Wen hätte sie nicht bezaubert? Überdies konnte sie singen, Schriftzeichen malen, Domino spielen und ähnliches mehr. Alle Künste, die man sie lehrte, begriff und beherrschte sie im Nu. Die verschiedenen jungen Nebenfrauen im Haushalt Ku wetteiferten, sich mit ihr abzugeben und ihre Gunst als Spielgefährtin zu gewinnen. Dabei spielte auch die heimliche Berechnung mit, daß Silbervase wohl früher oder später einmal von dem sohnlosen Hausherrn adoptiert werden würde, daß man sich also beizeiten die Gunst der künftigen reichen Erbin sichern müsse. Und so überhäufte man die Kleine mit Geschenken, Kleidern, Spielzeug und Schmuck und behandelte sie, als ob sie die leibliche Tochter des reichen Ku Jen wäre.

Inzwischen wurde die Lage in der Hauptstadt infolge des raschen Vormarsches der Kin-Tataren von Tag zu Tag bedrohlicher und verworrener. Herr Ku begann um seine Schätze zu zittern. In seinem ausgedehnten Park ließ er an zehn verschiedenen Stellen unter Lauben, Grotten und Buschwerk fast zwei Klafter tiefe Gruben ausheben, und dahinein verscharrte er seine Gold- und Silberschätze. Die Gruben ließ er mit mehreren Schichten von Mauerwerk sorgfältig zumauern und wieder mit Erdreich, Steinen oder Buschwerk bedecken, so daß sie nach außen unkenntlich waren. Wer wollte in einem so ausgedehnten Parkgelände gerade an den richtigen Stellen nach Schätzen graben? Da würde man lange suchen müssen. ›Sehr schlau ausgedacht!‹ wird die geschätzte Leserschaft denken, und auch Herr Ku dachte es besonders schlau angestellt zu haben. Er gedachte, seine aus Raffgier zusammengescharrten Schätze in späteren besseren Zeiten wieder ans Tageslicht zu fördern und sich in aller Behaglichkeit weiter an ihrem Genuß zu erfreuen. Aber der Himmel hatte es anders gedacht! –

Silbervase war gerade elf Jahre alt geworden, als sie plötzlich von seltsamen Zuständen befallen wurde. Sie spürte heftiges Kopfweh und begann zu fiebern. Mehrere Tage lang konnte sie keine Nahrung zu sich nehmen und lag leise wimmernd in einem unruhigen Halbschlummer darnieder. Und dann eines Nachts fuhr sie mit einem Male von ihrem Lager an der Seite der Mutter in die Höhe, rollte die Augen und begann laut zu phantasieren:

»Was kann ich dafür, daß du deinen Mann dem anderen zuliebe bestohlen und hintergangen hast? Bin ich es gewesen, die den anderen über die Mauer steigen ließ, mit ihm Buhlschaft getrieben und ihn später geheiratet hat? . . .«

Mit einem Aufschrei fiel sie vom Bettrand herab und wälzte sich am Boden, als ob sie ausgepeitscht würde. Ihr Körper zeigte hier blaue, dort rote Stellen wie Spuren von Striemen. Eine Weile lag sie schluchzend da und wand sich in Zuckungen, dann verstummte ihr Mund, ihre Augen schlossen sich, und ihr Körper streckte sich lang und lag starr und steif wie eine Statue. Nur um die Herzgrube hob und senkte sich der Leib in unregelmäßigem Auf und Nieder. Mit Schrecken verfolgten ihre Eltern den seltsamen Anfall. Sie waren ratlos. Vergeblich riefen sie ihr Kind bei Namen. Keine Antwort. Vergeblich bemühten sie sich, den dunklen Sinn der Sätze, die den Lippen der Kranken entschlüpft waren, zu ergründen. Was konnten sie auch von den Liebesbeziehungen wissen, die sich zwischen dem Wüstling Hsi Men und seiner schönen Nachbarin Frau Ping irgendwo im fernen Tsing ho hsiän abgespielt hatten?

In ihrer Ratlosigkeit schickten sie noch in der Nacht nach der alten Liu, einer weisen Frau, die im Rufe stand, zaubern und böse Geister bannen zu können. Die weise Frau wohnte beim vorderen Stadttor und war auch bald zur Stelle. Sie erklärte das junge Mädchen für behext und versuchte es mit den üblichen Beschwörungsmitteln: Besprengen mit Weihwasser, Bestreichen mit einem Pfirsichzweig, Abbrennen von Papiergeld und Zauberformeln, Ausschneiden einer Papierfigur, die sie an die östliche Kammerwand klebte und in die der böse Geist aus dem Körper der Kranken fahren und entweichen sollte. Aber all ihre Zauberkunst erwies sich als vergeblich. Der Morgen kam, und das junge Mädchen war noch immer nicht aus seinem totenähnlichen Starrkrampf erwacht.

Aus dem Nachbarhaus eilten voller Bestürzung alle Frauen von Onkel Ku herbei. Weinend und schnatternd umstanden sie das Lager ihrer jugendlichen Spielgefährtin und ergingen sich in wehklagenden Ausrufen: »Unser armer kleiner Liebling! – unser Herz! unsere Leber!«

Man versuchte ihr heiße Ingwersuppe in den Mund zu flößen, aber die Zähne des Lieblings blieben so fest aufeinandergepreßt, daß kein Tropfen eindringen konnte.

Nun hielt man die Kleine für tot, und man ging unter Tränen und Seufzern voreilig daran, sie für den Sarg zurechtzumachen und einzukleiden. Man suchte als Sterbegewand die hübschesten

Sachen aus, die die Kleine am liebsten getragen hatte, das Hemdchen von rotem Seidenkrepp, das weiße geblümte Atlasleibchen, das gelbe geblümte Taffetröckchen. Und man hängte ihr das Lieblingsohrgehänge aus goldgefaßten Rubinen an die Öhrchen, kämmte und steckte ihr das Haar zu einer kunstgerechten, wohlgeölten, mit roter Schnur durchflochtenen Festfrisur und zog ihr die Lieblingspantöffelchen von rotem Atlas über die Füßchen. Nachdem man so die vermeintliche Tote aufs schönste herausstaffiert und wohlgebettet hatte, stellte man sich im Kreis um das vermeintliche Sterbelager und stimmte aus vereinten Kehlen eine gellende Totenklage an, wie es sich nach altem Brauch und Herkommen geziemt.

Das Wehgeschrei der Weiber lockte Herrn Ku herbei. Beim Anblick seiner wie tot daliegenden, von Klageweibern umringten wunderholden Nichte krampfte sich ihm das Herz zusammen, als ob es in Essig getaucht wäre. So hoffnungslos wie seine Weiber vermochte er die Sache freilich nicht anzusehen, und während der betrübte Vater des Mädchens bereits zum Sargschreiner schickte und einen Sarg aus bestem, dauerhaftem Fichtenholz bestellte, sandte Herr Ku zu dem berühmten alten Hofarzt Huang und ließ ihn zu schleuniger Konsultation bitten. Auf alle Fälle möchte er Drachenpillen mitbringen, ließ er ihm sagen.

Unter den jungen Dingern, die seine Seitengemächer füllten, war eine mit mehr als durchschnittlichem Witz und Verstand begabt. Es war seine Fünfte, aus einem Blumenhof herausgepflückt. Sie konnte es nicht länger ansehen, wie sich die unglückliche Mutter des Mädchens am Boden wälzte, die Haare raufte und sich vor Schmerz wie halb von Sinnen gebärdete, und rief auf einmal aus:

»Haltet ein! Eure Kleine war nie eigentlich krank und hat nie einen Unfall gehabt. Wer sagt denn, daß sie überhaupt tot ist?«

Und sie legte ihre Hand auf die Herzgrube des Mädchens und überzeugte sich, daß das Herz noch schlug, wenn auch schwach und unregelmäßig.

»Frau Schwägerin! Hört auf zu jammern! Euer Kind lebt!

Wenn Ihr es nicht glaubt, überzeugt Euch selbst und legt Eure Hand auf sein Herz, dann werdet Ihr fühlen, wie es noch schlägt, auch wenn der Atem nicht geht.«

Die Mutter des Mädchens beruhigte sich etwas und richtete sich seufzend in die Höhe. Gerade wollte sie die Hand auf die Brust ihres Töchterchens legen, als der Hausherr in Begleitung seines Schwagers und des berühmten Hofarztes eintrat und den Damen bedeutete, sie möchten sich zurückziehen und dem Arzt das Feld überlassen.

Der alte Doktor Huang, kaiserlicher Leibarzt, war berühmt für seine Erfahrung und Treffsicherheit in Pulsdiagnosen. Seine erste Frage galt dem Alter des Mädchens.

»Mit elf Jahren ist der Blutkreislauf noch nicht voll entwickelt«, urteilte er. Dann legte er seinen Finger nacheinander auf drei Stellen des linken Pulses des Mädchenarms, einen Zoll, einen Fuß und einen halben Fuß entfernt vom Handgelenk. Hierauf wiederholte er das gleiche am rechten Arm, und schließlich befühlte er noch Herz und Leber. Sein Gesicht zeigte ein zufriedenes Schmunzeln.

»Das Mädchen ist noch am Leben! In drei bis fünf Tagen wird es die Besinnung zurückerlangt haben. Irgendeine arme sündige Seele ist auf Geheiß des Höllenfürsten Yen Loh Wang in seinen Leib gefahren. Es wird für fremde Sünden büßen müssen. Wenn es erwacht, soll es diese Drachenpillen, in heiße Ingwersuppe aufgelöst, einnehmen. Das genügt, um ihre frühere Lebenskraft völlig wiederherzustellen. Anderweitiger Arzneien bedarf es nicht. Dagegen wäre es angebracht, hier im Zimmer ein Reuegebet zu sprechen, Räucherwerk abbrennen, Buddha anrufen und ein paar Abschnitte aus den heiligen Sutren vorlesen zu lassen. Die Genesung wird sich durch allmähliche Erwärmung in der Herzgegend anzeigen.«

Also lautete der ärztliche Befund. Und er erwies sich als richtig. Die beiden Silberbatzen, die der Vater des Mädchens dem berühmten Arzt als Honorar spendierte, waren kein hinausgeworfenes Geld.

Zwar ging es den vielen Weiblichkeiten, die Tag und Nacht nicht mehr vom Lager des Mädchens wichen und abwechselnd seinen Leib in der Herzgegend unermüdlich massierten, nicht rasch genug. Aber am fünften Tage, als gerade alles im Verein mit den sechs Nonnen aus dem Kloster der ›Gelbblumen‹ (Jungfrauen) bei feierlicher Reueandacht niederkniete und zu Buddha betete, da tat das Mädchen Silbervase einen leichten Schrei, und dann begann es zu atmen und schlug erstaunt die Augen auf, als ob es eben aus einem Traum erwacht sei. Auf die von allen Seiten einstürmenden Fragen, wie und wo es sich in der Zwischenzeit befunden habe, vermochte es keine Antwort zu geben. Es konnte sich auf nichts Besonderes besinnen. Von Stund an war Silbervase genesen. Sie gewann ihre Knospenfrische zurück und entfaltete sich weiter zur herrlichen, köstlichen Blume.

Das Wunder ihrer Auferstehung nach fünftägigem Scheintod aber bildete noch lange Zeit das allgemeine Stadtgespräch. Wie erwähnt, hatte Herr Ku seine Schätze beizeiten wohlverscharrt und vergraben. In dieser Hinsicht konnte er ruhig schlafen. Nun aber fraß an seinen Eingeweiden noch immer der Verdruß über seine Kinderlosigkeit. Da hatte er nun in seinen Seitengemächern ein Dutzend bildhübscher Dinger sitzen und dazu fast dreißig auch nicht zu verachtende junge Sklavinnen, alle aus der südlichen Gegend von Nanking und Hang tschou stammend, wo Frauenanmut besonders gut gedeiht, alle in den Künsten der Musik, des Tanzes und sonstiger Unterhaltung wohlgeübt. Aber bei keiner einzigen nahm er eine Leibesschwellung wahr, sie blieben sämtlich unfruchtbar, er fütterte sie völlig nutzlos durch. Ihre Kammern blieben öde und leer, nirgends tönte lustiges Kinderplärren.

Da ereignete sich nun eines Tages etwas ganz Merkwürdiges. Eine gewöhnliche Magd seines Haushalts, die er bisher völlig übersehen hatte, es war die Köchin Zwiebelduft, erschien bei ihm und meldete ihm den Besuch irgendeines Schuldners, der seine Schuld zurückzuzahlen gekommen war. Diese Zwiebelduft verstand sich zwar ganz hervorragend auf hochherrschaftliche Feinküche, sie war ob ihrer Kochkunst stadtbekannt und genoß einen hohen Ruf, als ob sie die erste Gehilfin des Küchengotts persönlich wäre, aber was ihr Äußeres betraf, so war sie nichts weniger als schön und ansehnlich, vielmehr groß, plump, von groben, geradezu häßlichen Gesichtszügen. Sei es, wie ihm sei – sie sehen, begehren und nehmen war für ihn eins. Und, o Wunder! Knapp einen Monat später meldete sie ihm, daß sie sich guter Hoffnung fühle!

Herr Ku geriet außer sich vor Stolz und Glück und beeilte sich, allenthalben vor Freunden und Bekannten schmunzelnde Andeutungen von einem freudigen Ereignis zu machen, das seinem Hause bevorstünde.

Es war kurz vor Ablauf der Schwangerschaftszeit, da hatte Herr Ku einen seltsamen Traum. Ein fremder Mann schritt vom Westtor[1] her in sein Anwesen und trat vor ihn hin. Er hielt einen vergoldeten Dachziegel in der Hand und erklärte, er sei gekommen, um eine alte Schuld abzuzahlen. Obwohl Herr Ku sich nicht entsinnen konnte, dem Fremdling jemals etwas geliehen zu haben, regte sich sogleich seine Habgier, und mit beiden Händen griff er nach dem vergoldeten Dachziegel. Er hielt ihn für massives Gold. Der Fremdling wehrte ihm und sprach: »Du mißverstehst mich.« Herr Ku aber wollte nicht loslassen, und es entstand ein Ringen zwischen beiden um den Besitz des Dachziegels.

Darüber wachte Herr Ku mit einem lauten Schrei auf.

Es war genau um Mitternacht. An seinem Lager stand eine Dienerin und meldete ihm:

»Köchin Zwiebelduft ist eines Knäbleins genesen!«

Herr Ku fuhr geschwind vom Lager hoch und in die Kleider, wusch und säuberte sich, eilte in die Ahnenhalle, zündete Räucherkerzen an, neigte sich mit Stirnaufschlag dankend vor Himmel, Erde und Ahnen und sprach selbstgefällig zu sich und den Geistertafeln seiner Ahnen:

»Ich, Ku Jen, habe zeitlebens die Gebote des Himmels geach-

1. Gemeint ist Hsi Men.

tet und befolgt, darum hat mich der Himmel gesegnet und mir in Gnaden gewährt, daß mein Stamm erhalten bleibe.«

Am nächsten Tage wurde die gesamte Verwandt- und Bekanntschaft von dem frohen Ereignis verständigt, und vom dritten Tage an fanden sich alle nach und nach ein und brachten ihre Glückwünsche und Gaben dar. In Anbetracht des Reichtums und der einflußreichen geachteten Stellung des Vaters durfte man sich nicht lumpen lassen, und so konnte nach Ablauf eines Monats Herr Ku mit Genugtuung errechnen, daß ihm seine Gratulanten allein an Goldschmuck, Silberschmuck, Perlen, Juwelen und Bargeld Geschenke im Gesamtwert von tausend Silberbatzen ins Haus gebracht hatten.

Herr Ku rieb sich die Hände und meinte, ein Kind, das gleich bei der Geburt so viel Geld ins Haus bringt, müsse es im späteren Leben bestimmt zu großem Reichtum bringen. Und er gab seinem vielversprechenden Sprößling den Namen Kin Ko'rl, das bedeutet Goldbrüderchen.

Aber da war ein Umstand, der seine Vaterfreude trübte. Das Kind, obwohl sonst rund und gesund und normal entwickelt und im Besitz von großen Ohren, die ihm bis auf die Schulter herabhingen, war mit einem betrüblichen Leiden behaftet, es konnte die Augen nicht öffnen, und beständig sickerten zwischen den geschlossenen Lidern blutige Tränen hervor. Die Kinderärztin, die man zu Rate zog, meinte, das sei eine vom Mutterleib mitgebrachte Entzündung, die nach hundert Tagen von selbst behoben sein würde.

Herr Ku beruhigte sich dabei, bestellte dem Kind gleich zwei Ammen, die abwechselnd Milch spenden mußten, und veranstaltete nach Ablauf von hundert Tagen mit großem Gepränge den herkömmlichen Kinderschmaus für die Verwandt- und Bekanntschaft, die an nicht weniger als vierzig Tischen abgefüttert wurde.

Und dann kam der große Augenblick, da der Stolz des Hauses vor den Gästen herumgezeigt wurde. Goldbrüderchen war ganz in Gold gekleidet: die Füßchen staken in Goldpantöffelchen, deren Spitzen in Froschköpfe ausliefen, und das Köpfchen zierte eine mit Goldglöckchen behangene rote Kappe, in die mit goldener Seide groß das Schriftzeichen Schou, langes Leben, eingestickt war.

Das rote Brokaträckchen zeigte vorn auf der Brust eingestickt ein goldenes Einhorn, an den Handgelenken klirrten und klimperten goldene Spangen. Es war wie eine reingoldene Nippfigur, die der stolze Vater da seinen Gästen herumreichen ließ, und die bewundernden ›Ahs!‹ und ›Ohs!‹ unter den Gästen wollten kein Ende nehmen. Eines freilich dämpfte heimlich den Stolz des Vaters und die Bewunderung der Gäste: Die kindliche Nippfigur hielt die Augen beharrlich wie schlafend geschlossen!

Silbervase war nun dreizehn Jahre alt geworden. Sie hatte sich zu einer vollendeten Schönheit entwickelt. Mit ihren vielfältigen Liebreizen glich sie einer sprechenden Blume, einem duftenden Edelstein. Sie beherrschte jetzt alle Schwierigkeiten der Schrift, kannte die wichtigste Literatur und konnte Gedichte aus dem Kopf hersagen, Arien und Lieder auswendig singen. Solcherlei Künste waren ihr im ständigen Umgang mit dem jungen Volk im Nachbarhaus – es waren etliche berühmte literatur- und sangeskundige Kurtisanen aus dem Süden darunter – förmlich angeflogen, ohne daß sie besonderen Unterricht zu nehmen brauchte. Noch immer ging sie im Nachbarhaus aus und ein und vergnügte sich gern mit Goldbrüderchen.

Am fünften Tag des dritten Monats, am Tag der Lichten Klarheit, am lieblichen Allerseelenfest, hatte man sie zur Teilnahme an lustigem Schaukelspiel in den Park von Onkel Ku geladen. Im hintersten Parkwinkel, zwischen dem Geäst zweier Trauerweiden, hatten die Tanten eine von Blütenzweigen und Blumen umwundene luftige Schaukel anbringen lassen, und da ergötzten sich nun die Damen abwechselnd daran, teils paarweise, teils einzeln das Schaukelbrett zu besteigen und sich um die Wette in die Lüfte zu schwingen. Von weitem gesehen, bot es einen Anblick, als ob schillernde Phönixe oder Phönixpärchen auf und nieder flatterten. Auch Silbervase mußte das Schaukelbrett besteigen, und keine der Tanten konnte es ihr an Schwung und Grazie gleichtun. Wie ein funkelnder Kolibri schwirrte sie auf und nieder, hoch über den Rand der Parkmauer.

Daß Silbervase sich im Nachbargarten am Schaukeln ergötzte, wäre an sich nicht wichtig und erwähnenswert. Nun traf es sich aber, daß die hintere Parkmauer an ein Gelände grenzte, das zum Blumenhof der Dame Li, der Großmeisterin aller Liebeskünste, gehörte. Es war die Gegend am Westufer des Piän-Flusses, das privilegierte Blumenhofviertel. Den größten und schönsten Blumenhof aber besaß die Dame Li.

Farbenfroh leuchtende Lauben und Kioske mit zierlich geschwungenen, gleichsam fliegenden Dächern und Giebeln, verschlungene, wohlgepflegte Pfade inmitten von Weidengrün, anmutig gewundene Wandelgänge mit entzückenden Aussichten auf kleine Seen und künstliche Felsenhügel, das leuchtende Rot der Umfassungsmauer, all das verlieh diesem Blumenhof ein ungewöhnliches Gepräge, stempelte ihn zu einem förmlichen Freudenpalast.

Das entsprach auch ganz der herausgehobenen Sonderstellung, die die Dame Li unter den Kurtisanen jener Tage einnahm. Sie durfte sich nun einmal rühmen, daß der Himmelssohn sie nicht nur einmal, sondern des öfteren beglückt und seiner Gunst gewürdigt hatte und sie fast als kaiserliche Nebenfrau behandelte. Von ihrem Grundstück führte sogar ein unterirdischer Geheimgang zum kaiserlichen Palastbereich, und diesen Zugang pflegte der Himmelssohn häufig zu benutzen! Ihr Blumenhof war mehr als ein gewöhnlicher Blumenhof, er glich fast einem Palastanhängsel, einem kaiserlichen Lustschlößchen! Wer hätte gewagt, der Blumenkönigin Li anders als mit Respekt zu begegnen?

Nur dank seiner vielfachen Beziehungen und insbesondere dank seines wahlverwandtschaftlichen Verhältnisses zur Dame Li, seiner Adoptivschwester, hatte sich Herr Ku überhaupt in so unmittelbarer Nachbarschaft ihres Blumenhofes anbauen dürfen.

An besagtem Tag hatte, dem allgemeinen Brauch folgend, der Himmelssohn vormittags die kaiserlichen Ahnengräber am Stadtberg besucht. Am Nachmittag tauchte er dann plötzlich von seinem unterirdischen Geheimgang her im Anwesen der Großmeisterin Li auf. Es gelüstete ihn, ein Stündchen mit ihr zu pokulieren und das festtägliche Leben und Treiben am Flußufer zu beobachten. Das Tsing-ming-Fest, der Tag der Lichten Klarheit, ist ja für die Stadtbevölkerung auch ein beliebter Ausflugstag. Familienweise pflegte man da zu den Gräbern vor der Stadt zu pilgern und sich anschließend im Freien zu tummeln und sich an der in frischem Lenzgrün prangenden Natur zu ergötzen. Das ist eine treffliche Gelegenheit, gar manche Schönheit zu Gesicht zu bekommen, die sonst das ganze Jahr über den Fuß nicht außer Hauses setzen darf.

Nahe der Parkmauer, in vornehmer Distanz von den Baulichkeiten, stand ein besonders schöner Pavillon, den die Dame Li ausschließlich für ihren kaiserlichen Besucher reserviert hielt. ›Willkommen, o kaiserliche Glöckchenkarosse!‹ stand groß über dem Eingang geschrieben. Am fraglichen Nachmittag also saß der Himmelssohn mit seiner Gastgeberin dort auf luftiger Aussichtsveranda beim Weinbecher und betrachtete mit Behagen die geputzten Bürgerfrauen und Stadtdämchen, die in Scharen am nahen Flußufer entlang flanierten. Auf einmal schweifte die Blickrichtung seines Drachenauges seitlich ab zum Nachbargrundstück hinüber, zu der lieblichen Mädchengestalt, die da graziös auf dem Schaukelbrett hin- und herschwang und mit flatternder Schärpe hoch über Gebüsch und Gezweig, einem funkelnden Kolibri gleich, durch die Lüfte schwirrte. Von da an galt seine Aufmerksamkeit nicht mehr den geputzten Stadtdämchen drunten am Flußufer, sondern ausschließlich nur noch dem funkelnden Kolibri im Nachbargarten.

Die Großmeisterin der Liebe verstand sich meisterlich darauf, auch ohne Worte in der Drachenmiene ihres hohen Gönners zu lesen, und als er sich empfohlen hatte, kam ihr ein verwegener Entschluß. Zunächst schickte sie am nächsten Tag zu ihrem

Nachbar und Adoptivbruder hinüber und erkundigte sich nach dem Wer und Woher des schönen jungen Mädchens auf der Schaukel von gestern. Da erfuhr sie nun, daß es Herrn Kus Nichte Silbervase sei, das einzige Kind des Herrn Fang, Aufsehers des kaiserlichen Wagenparks.

Um ganz sicherzugehen, erkundigte sie sich weiter bei der stadtbekannten Heiratsmaklerin Wang. Frau Wang bestätigte ihr die erste Auskunft und ergänzte sie dahin, daß Silbervase jetzt dreizehn Jahre zähle und unbedingt das schönste Mädchen in der ganzen Stadt sei. Dank des Unterrichts, den sie bei Herrn Kus Dritter, jener aus dem lebensfrohen, weltstädtischen Yang tschou gebürtigen unfruchtbaren Magerstute genossen habe, sei sie überdies mit allen üblichen Künsten der Unterhaltung bestens vertraut, sie könne Domino und Schach spielen, rezitieren und singen, malen und Laute schlagen. Bei ihrer raschen Auffassungsgabe sei das Lernen für sie das reine Kinderspiel.

Mit Genugtuung nahm die Dame Li diese Auskunft zur Kenntnis. Es war ihr, als sei ein köstliches Kleinod geradewegs vom Himmel herab in ihren Schoß gefallen. Und sie schickte wieder zu ihrem Nachbar und Adoptivbruder und ließ ihm sagen:

»Der Himmelssohn hat gestern von meinem Garten aus deine Nichte beim Schaukeln betrachtet und hat Wohlgefallen an ihr gefunden. Er wünscht, sie als Kebse dritten Ranges in seine Seitengemächer aufzunehmen. Wenn sie Glück hat, wird sie ihm einen Prinzen und Thronerben schenken, und dann ist gar nicht auszudenken, welche Fülle von Macht und Ansehen sich über sie ergießen wird.«

Ihre Botschaft kam Herrn Ku höchst gelegen. In diesen Tagen hatten nämlich die Kin-Tataren erneut auf Zahlung ihres Tributs gedrängt. Da die Reichskassen erschöpft waren, sollten die Tributgelder durch eine hohe Vermögensabgabe der Großen und Reichen in der Hauptstadt aufgebracht werden. Auch Herr Ku war mit veranlagt worden, er sollte zehntausend Silberbatzen opfern. Während der ganzen Tage hatte er vergeblich sein Hirn zermartert, wie er diese empfindliche Schröpfung vermeiden könne. Als er nun die Botschaft seiner Adoptivschwester vernahm, da hellte sich seine Miene auf, und er sprach frohlockend zu sich: ›Da habe ich endlich die gesuchte Handhabe, um mich um diese lästige Grenzabgabe zu drücken!‹

Und sofort machte er sich zu seinem Schwager Fang auf. »Ein himmlisches Glück ist deinem Haus beschieden! Und ich komme, um dir als erster die Freudenbotschaft zu verkünden!« begrüßte er ihn schmunzelnd. Und dann berichtete er dem erstaunten Schwager:

»Der Himmelssohn selber hat die Wahl getroffen! Welche Ehre für deinen befehlenden Liebling! Der kaiserliche Wille duldet natürlich keinen Widerspruch. Du hast dich einfach zu fügen. Ein entsprechender förmlicher Erlaß wird dir noch zugehen. Ein Obereunuch wird dir die üblichen Brautgeschenke, einen Hammel, kaiserlichen Tischwein, Gold und Seide ins Haus bringen. Dann wirst du deinem befehlenden Liebling passende Hofkleider machen lassen und ihn mit einer standesgemäßen Ausstattung in den Palast schicken. Denn wenn eine Haustochter einmal für die kaiserlichen Seitengemächer auserwählt worden ist, dann wäre es unziemlich, sie noch länger im Elternhaus zu belassen, ganz gleich, wie jung sie ist.«

Während seiner Rede war die Mutter des Mädchens eingetreten. Mit Tränen im Auge fiel sie ihm ins Wort:

»Unser einziges bißchen Glück, unser einziges Kind sollen wir hergeben? Und so etwas nennst du Freudenbotschaft? Nein, eine schlimmere Trauerbotschaft hättest du uns nicht bringen können!«

Schluchzend lief sie hinaus, um die Tochter herbeizuholen. Von den Tränen der Gattin und Tochter angesteckt, setzte nun auch Herr Fang eine bekümmerte Miene auf. Inmitten der allgemeinen Trauer bemühte sich Herr Ku nach Kräften, die Sache von einer heiteren, philosophischen Seite her zu beleuchten:

»Einmal wird sie doch von euch gehen und heiraten. Das ist früher oder später ihre Bestimmung. Oder wollt ihr sie zeitlebens bei euch einsperren und zur alten Jungfer werden lassen? Andere Familien gäben sonst was darum, würden Reichtümer opfern, wenn sie ihren Töchtern Eingang in den Palast verschaffen könnten. Unsere derzeitige Kaiserin, die geborene Mong, hat Unsummen ausgegeben, um in den Palast zu kommen. Und ihr heult und flennt! Das ist doch ganz unvernünftig! Welcher vernünftige Mensch ist so vermessen, kaiserlichem Willen ein Nein entgegenzusetzen? Das hieße ja, sich mitsamt der ganzen Familie in die Grube des Verderbens zu stürzen! Besprecht die Sache in aller Ruhe und dann gebt mir Bescheid. Diese Großmeisterin Li besitzt nun einmal in den inneren Palastangelegenheiten das Ohr des Kaisers, sie ist so etwas wie ein Oberprüfungskommissar bei der Auswahl der Anwärterinnen auf die kaiserlichen Seitengemächer. Ein Wort, auf dem Kopfkissen dem Kaiser ins Ohr geflüstert, gilt erfahrungsgemäß mehr als ganze Vorträge von Ministern und Großsekretären. Ihr werdet doch eine so wichtige Dame nicht verärgern wollen!« Nun, Schwager Fang war nicht eben eine Leuchte und von nachgiebigem Charakter. Und so erwiderte er:

»Schwestermann, ich füge mich deiner höheren Einsicht. Obwohl ich ein erbliches Amt bekleide, gebricht es mir doch an der nötigen Erfahrung und Kenntnis der Verhältnisse bei Hofe. Überdies hast du dich meines Kindes ja stets wie eines eigenen angenommen, also steht dir auch genausogut wie mir väterliche Verfügungsgewalt zu.«

Damit war die Sache in Herrn Kus Sinne entschieden, und man beruhigte sich allgemach.

Geschätzte Leser, die Dame Li dachte in erster Linie daran, die liebreizende Silbervase als begehrenswerten Köder an der Angelrute ihres Blumenhofs zu befestigen, nach dem der fetteste Fisch ihrer Kundschaft, der Kaiser, schnappen sollte. Sie verhehlte sich keineswegs, daß ihre eigenen Reize im Verwelken begriffen waren und daß die seltener werdenden Besuche, deren ihr hoher Gönner sie ab und zu würdigte, nur noch matte Höflichkeitsformeln waren. Die jungen Dinger, die ihr Blumenhof beherbergte, waren auch nichts Besseres als Durchschnitt. Kurz, ihr Stern war im Verblassen. Da sagte sie sich nun, daß ein so ungewöhnlich liebreicher Köder wie Silbervase an ihrer Angelrute den Fischteich ihrer Kundschaft in gewaltigen Aufruhr versetzen und ihrem Unternehmen zu neuem Glanz verhelfen würde. Um nun Silbervase mit Anstand für ihren Blumenhof zu gewinnen, erfand sie das Märchen, das wiederum der gutgläubige Herr Ku der Familie des Mädchens als Wahrheit auftischte: daß der Himmelssohn sein Drachenauge auf Silbervase gelenkt und sie für eines seiner Seitengemächer bestimmt habe und daß in Kürze Palasteunuchen mit kaiserlichen Brautgeschenken erscheinen würden und Silbervase alsdann dem kaiserlichen Ruf folgen müsse.

Warum wiederum trat Herr Ku so eifrig für den Plan der Dame Li ein? Er glaubte wirklich, daß seine Nichte für den Kaiser bestimmt sei, und spekulierte darauf, daß der Kaiser ihn in Anerkennung seiner Maklerverdienste huldvoll von der lästigen Vermögensabgabe befreien würde, die ihm augenblicklich soviel Leibschmerzen bereitete. Wie konnte sein harmloser Schwager ahnen, daß der andere fremdes Wasser benutzte, um den Brand im eigenen Hause zu löschen?

Einige Tage später erschien bei Herrn Fang ein Palasteunuch mit einer großen roten Geschenkliste und einer Rotte Diener, die zwei Hammel, eine Traglast kaiserlichen Tischweins in zwei großen rotgekapselten Steinkrügen, vier Ballen Goldbrokat und ein paar Silbervasen mitschleppten. Der Eunuch gab außerdem eine rote Besuchskarte für Hofrat Ku ab, der damit höflich eingeladen wurde, der feierlichen Verkündung eines kaiserlichen Erlasses im Hause des Schwagers beizuwohnen.

Das Elternpaar und Herr Ku mußten sich mit dem Gesicht nach Osten aufstellen, ihre Knie beugen und einen neunfachen Stirnaufschlag vollziehen, und dann verkündete der Eunuch unter Weihrauchwolken, daß der Himmelssohn in Gnaden geruhe, die Jungfrau Silbervase als Kebse dritten Ranges in seinen Palast aufzunehmen.

»Wann soll sie in den Palast einziehen?« fragte mit vor Ergriffenheit bebender Stimme Herr Fang. Der Eunuch neigte sich an sein Ohr und wisperte ihm geheimnisvoll zu:

»Da müßt Ihr Euch an die Großmeisterin Li wenden. Der eben verkündete Erlaß ist an sie gerichtet und in ihren Händen. Meine Weisung ging lediglich dahin, den Inhalt des Erlasses kurz bekanntzugeben und die kaiserlichen Brautgeschenke zu überbringen. Zu irgendwelchen Auskünften über Einzelheiten bin ich nicht befugt.«

Herr Fang wollte ihn zu Tisch dabehalten. Aber der Eunuch hatte es sehr eilig, empfahl sich gleich wieder und ritt davon.

Während der nächsten Tage wurde fleißig geschneidert. Da wurden goldbrokatene Hofgewänder und ein gestickter Gürtel und Palastpantoffeln von rotem Atlas angefertigt. Auch Herr Ku griff in die Tasche und spendete etliche Silberbatzen für den Brautschatz seiner Nichte, für einen zierlichen Haarpfeil mit goldenem Phönixkopf und für einen größeren Haarpfeil mit goldenem Drachenkopf, für ein perlen- und juwelenbesetztes Gürtelgeschmeide und ähnliches.

Herr Fang aber scheute keine Kosten, um eine Ausstattung zustande zu bringen, wie sie einer Tochter aus vornehmem Hause, eines Fräulein ›Tausendgoldstück‹ würdig war.

Und dann erschien eines Tages die Maklerin Wang und meldete im Auftrage der Großmeisterin Li:

»Heute abend gedenkt der Himmelssohn das Anwesen der Dame Li mit seinem erhabenen Besuch zu beehren und wünscht bei dieser Gelegenheit Euren befehlenden Liebling gnädigst in Augenschein zu nehmen, um ihn für seine Innengemächer auszuwählen. Sendet Eure Tochter heute abend mit einer gewöhnlichen Zweimannsänfte unauffällig, ohne Begleitung und ohne Musik, ins Haus der Dame Li. Nach der Besichtigung wird alsdann der Tag für den Einzug in den Palast festgesetzt werden.«

Wie konnten die Familien Fang und Ku wagen, an der Aufrichtigkeit dieser Worte zu zweifeln und zu deuteln?

Also nutzte man die noch verbleibenden Stunden des Tages, um Silbervase würdig herzurichten und einzukleiden, zu frisieren und von Kopf bis Fuß zu baden. Nach dem Bad mußte sie jenes berühmte Wundermittel einnehmen, das den Namen ›Durch-Mark-und-Bein-Parfüm‹ trägt. Eine Packung dieses Mittels enthält zwanzig Pillen, die aus zwanzig verschiedenen köstlich duftenden Kräutersuden kondensiert sind. Wenn eine Frau diese Pillen vor dem Zubettgehen einnimmt, dann dringt deren Kraft von innen durch Fleisch und Knochen an die Körperoberfläche und bewirkt eine unvergleichlich glatte und duftende Haut. In den damaligen Zeiten des Luxus und überfeinerten Sinnengenusses war besagtes Wundermittel bei den Damen des Palastes ganz allgemein in Gebrauch.

Am Abend wurde dann Silbervase in die mit Blumengirlanden umrankte, rotverhängte kleine Brautsänfte gesetzt, die von der Dame Li ins Haus geschickt worden war. Vor dem Einsteigen verneigte sie sich vor Himmel und Erde und nahm tränenreichen Abschied von Vater und Mutter. Gemäß dem ausdrücklichen Geheiß mußte man sie ohne die übliche Musik und Begleitung von dannen ziehen lassen. Nicht einmal bis zum Außenportal durften ihr die nächsten Angehörigen das Geleit geben. Ganz heimlich und verstohlen vollzog sich der Aufbruch.

Maklerin Wang hatte davon gesprochen, daß es sich nur um eine vorläufige Besichtigung handle und daß Silbervase später wieder nach Hause zurückkehren und bis zum Tage der Einholung in den Palast bei ihren Eltern bleiben dürfe. Aber wider Erwarten sollte es anders kommen. Ach, wenn die Pfirsichblüte erst einmal mit der Welle treibt, wenn das Weidenkätzchen erst einmal mit dem Winde zieht, pflegt es kein Zurück zu geben.

Geschätzte Leserschaft, in einer Reichshauptstadt, wo Menschen aus allen Himmelsrichtungen zusammenströmen, ist in der Regel kein Mangel an Skandalen und Spitzbübereien. Auch im damaligen Kai fong fu waren Betrügereien und Gaunereien ungewöhnlicher Art und großen Maßstabs, die Witz und Verstand heischen, an der Tagesordnung. Daß gerissene Gauner Ämter erschlichen, kaiserliche Erlasse fälschten, daß verwegene Abenteurer Mauern überkletterten und Dächer übersprangen, um sich Zutritt in die innersten Palastgemächer zu verschaffen, das kam mehr als einmal vor. Davon ließen sich wer weiß wie viele Geschichten erzählen. Solcher höheren Art war auch der Gaunerstreich, durch den es der würdigen Dame Li gelang, eine unschuldige Jungfrau bester Herkunft zur Eintragung in das öffentliche Register der Freudenmädchen zu bringen! Der Eunuch, der im Hause Fang auftrat, war ein entlassener, verarmter Palasteunuch, der für gutes Geld gern die von der Dame Li bestellte Komödie mitspielte. Er brauchte nur seine schlangengestickte Hofrobe, die er noch von früher her besaß, aus dem Schrank zu holen und anzuziehen. Der angebliche kaiserliche Erlaß, den er mit allem üblichen Zeremoniell, aber vorsichtshalber nur mündlich verkündete, war erfunden und erdichtet. Die angeblichen kaiserlichen Brautgeschenke, die er mitbrachte, waren von der Dame Li finanziert worden.

Daß ein harmloses Gemüt wie Herr Fang ihre Komödie für ernst nahm, nimmt nicht weiter wunder. Was wußte er von der ›Wolkenhand‹ höherer Gaunerregie? Daß aber auch ein gerissener alter Fuchs wie Herr Ku auf den Schwindel hereinfiel, lag daran, daß sein bißchen Verstand einseitig und ausschließlich auf vorteilhaftes Geldmachen abgerichtet und dressiert war. Auch er war jenen Meistertricks der Täuschung, jener Kunst, auf einen kahlen Hügel zu zeigen und eine Windmühle vorzuspiegeln, auf leeres Gewässer ein ziehendes Schiff zu zaubern, nicht gewachsen.

Der Himmelssohn wiederum war an der ganzen Komödie völlig unbeteiligt. Zugegeben, er war in seinem Liebesleben wild und gelegentlichen Abenteuern nicht abgeneigt, aber gerade in diesen Tagen war er durch andere, wichtigere Dinge vollauf in Anspruch genommen. Die fremden Eindringlinge, die Kin-Tataren, setzten ihm unablässig mit ihren Tributforderungen zu. In der Regierung waren tief einschneidende Veränderungen vor sich gegangen, bisher maßgebende Persönlichkeiten wie Kanzler Tsai King und dessen Sohn Tsai Tao waren gestürzt und durch neue Männer ersetzt worden, der bisher allmächtige Obereunuch Tung Kwan war hingerichtet worden.[1] Das waren die drei schlimmsten unter den ›sechs großen Schurken‹ der damaligen Zeit. Die anderen drei Schurken, Kanzler Li Pang Yen, Kriegsminister Wang, Marschall Yang, waren gleichfalls amtsentsetzt oder hingerichtet und ihr Vermögen zugunsten des Grenzhilfefonds beschlagnahmt worden. Neue, würdigere Männer waren an ihre Stelle getreten. Wie hätte der Himmelssohn unter solchen Umständen Zeit und Muße gehabt, sich mit der Besichtigung und Auswahl von Kebsen für seine entfernten Seitengemächer zu befassen?

Daß Silbervase sich mit Hilfe eines gefälschten kaiserlichen Erlasses in den Blumenhof der Dame Li locken ließ, war ihre ganz persönliche Angelegenheit; es war ihre Bestimmung; sie sollte für die Sünden einer anderen büßen. Aber mit der Person des Kaisers hatte das nichts zu tun.

Mag der Mensch auch über hundert Listen verfügen, so gebietet doch der Himmel über tausend Wendungen und Einfälle. Wäre es anders, ginge es nur nach menschlichen Plänen und Ränken, gäbe es kein Eingreifen des Himmels, würden Unrecht und Tücke dauernd bestehen, wo bliebe dann die höhere Vernunft und Gerechtigkeit in der Welt?

Eines Tages traf wieder eine Gesandtschaft des aufsässigen Tatarenfürsten im Norden bei Hofe ein und forderte einen Jahrestribut von fünfhunderttausend Batzen Gold und fünf Millionen Batzen Silber. Kaiser Kin Tsung ordnete daraufhin für alle Reichen im ganzen Lande, auch für die reichen Tempel und Klöster, eine außerordentliche Vermögensabgabe an, um die kriegslüsternen Tatarenhorden zufriedenzustellen. Als sich nun im Laufe von drei Monaten herausstellte, daß diese Abgabe kaum erst zehntausend Batzen Gold und dreihunderttausend Batzen Silber eingebracht hatte und daß überdies für die eigenen

1. Im Jahre 1126.

Landesbedürfnisse kaum die Hälfte der nötigen Mittel vorhanden war, da richtete ein aufrechter Mann, der Zensor Tschao Ting, eine scharfe Eingabe an den Thron. Er forderte die restlose Vermögensbeschlagnahme für alle Leute, die zum Klüngel des gestürzten Kanzlers Tsai King und des gestürzten Obereunuchen Tung Kwan gehört und sich unter deren Protektion und Mißwirtschaft reich und fett gemästet hatten. Denn diese Leute seien nur nutzlose Parasiten. Die Beschlagnahme solle innerhalb von drei Tagen durchgeführt werden, und wenn die Betroffenen aus Geiz und Habsucht die freiwillige Herausgabe verweigerten, dann solle man sie ganz einfach auf die Straße jagen und die Haussuchung und Beschlagnahme ohne sie durchführen. Es sei höchste Zeit, das schädliche Gewürm auszurotten und etwas zur Beruhigung des Volkes zu tun.

Der Kaiser genehmigte den Vorschlag und beauftragte den hauptstädtischen Präfekten, den Kriegsminister, den Finanzminister, das Zensorat und die Polizeibehörden mit der gemeinsamen Durchführung.

Nun wurde eine Proskriptionsliste aufgesetzt, und mit bewaffneter Macht wurden fast siebenhundert Häuser von Reichen innerhalb des Weichbildes der Stadt mit einem Schlag besetzt und nach Schätzen durchsucht.

Unter den Namen auf der Proskriptionsliste aber befand sich auch der Name des reichen Herrn Ku!

Genau wie andere Leidensgenossen mußte er es sich nun gefallenlassen, daß man ihn wie einen Verbrecher streng verhörte und dann mitsamt seinem Kind und seinen Weibern auf die Straße jagte. Nur das Notwendigste, ein paar Kleider, Wäsche, Bettzeug, ein wenig Schmuck und Bargeld, durften sie mitnehmen. Alles übrige, Möbel, Truhen und Koffer, mußten sie stehen- und liegenlassen. O weh, welch Sturz aus stolzer Höhe! Noch eben hatte sich Herr Ku als Schwiegeronkel des Kaisers geträumt, und nun stand er mit leeren Händen auf der Straße!

Er fand mit seinen Angehörigen einstweilen im Hause von Schwager Fang Aufnahme und Zuflucht. Aber das Haus war klein, und da hieß es nun, sich auf wenige enge Räume beschränken, und wenn man sich früher in einem schönen weitläufigen Park ergehen konnte, so mußte man jetzt mit einem armseligen, engen Hof vorliebnehmen. Es hieß, nach Abzug der Tataren und Wiederherstellung friedlicher Verhältnisse dürften die Vertriebenen in ihre Häuser zurückkehren. Aber wann würde das sein? Und wer würde sich inzwischen der vergrabenen Schätze bemächtigt haben? bangte Herr Ku.

Der energische Zensor Tschao Ting war inzwischen Kanzler geworden und führte ein gerechtes, aber strenges Regiment. Jegliche Auflehnung wurde mit dem Tode bestraft. Es herrschte Kriegsrecht. Mit Bestechung und allem Schlendrian war es nun vorbei.

Und schon holte er zu einem neuen Schlage aus. Diesmal forderte er die Austreibung der Freudenmädchen und die Schließung und Enteignung der Blumenhöfe innerhalb der Hauptstadt. Die unmittelbare Nähe dieses nach Lasterschweiß riechenden Tanz-, Sing- und Freudenviertels am Palast sei unvereinbar mit der Würde des Hofs. Daß gar ein geheimer Gang zwischen dem Palast und einem gewissen Blumenhof bestünde, sei ein unhaltbarer Zustand. Fuchsbrut und Rattengezücht hätte so die Möglichkeit, die Person des Höchsten zu bespitzeln und zu belauschen, wichtige Staatsgeheimnisse auszuspionieren und für schweres Geld zu verraten und preiszugeben. Damit müsse jetzt ein Ende gemacht werden. Der Reichtum der Blumenhöfe sei sowieso unehrlich erworbenes, zusammengestohlenes Gut. Man solle ihn nutzbringend dazu verwenden, um die Grenzwehr zu stärken und den Landesfeind zu verjagen. Das wäre besser, als dem Volk das bißchen Fettschicht abzuschälen und die kargen Beamten- und Soldatenlöhne zu kürzen.

Also wetterte die mutige Denkschrift. Auch sie wurde vom Kaiser gebilligt und genehmigt und der Innenminister mit der Durchführung des Vorschlags beauftragt. Er ließ sich die Register sämtlicher Blumenhöfe vorlegen und verordnete für das Freudenviertel eine Vermögensabgabe in Höhe von hunderttausend Silberbatzen, die zwangsweise eingetrieben wurde. Dann ging es an die Räumung und Schließung der Blumenhöfe. Fast dreitausend Puderlarven, öffentlich registrierte und heimliche Dirnen, wurden von der Austreibung betroffen. Unter ihnen auch die Großmeisterin der Liebe, die Dame Li.

Eigentlich hätte sie mit besonderer Strenge und Härte angepackt werden müssen. Aber man sah, wohl auf Fürsprache von höchster Stelle, von einer genaueren Untersuchung ab und erlaubte ihr, sich in der Vorstadt außerhalb der Stadtwälle niederzulassen.

Während nun die anderen Blumenhofinsassen ihren gesamten Gold- und Silberschatz, ihr sämtliches Geschmeide und sogar ihre Prunkgewänder abliefern mußten, hatte die Dame Li beizeiten ihre Schätze in Sicherheit zu bringen verstanden. Sie verfügte ja über ausgezeichnete Verbindungen und war von der drohenden Razzia im voraus verständigt worden. Einen Tag, bevor das Gewitter über ihren Blumenhof hereinbrach, hatte sie bereits Silbervase und das Dutzend ihrer anderen Schützlinge mit all ihrer Habe außerhalb der Stadt in das neue Quartier gebracht, das sie vorsorglich in einer ruhigen, abgelegenen Vorstadtgegend gemietet hatte. Als die Diener des Gesetzes bei ihr erschienen, fanden sie die Inhaberin allein und mit leeren Schatztruhen vor. Mit Rücksicht auf ihr Ansehen und ihre Stellung als einstige Favoritin des Kaisers ließ man sie ungeschoren abziehen.

Silbervase aber blieb für ihre Eltern und Angehörigen von da an verschollen.

ACHTES KAPITEL

Bei einer geselligen Waldpartie knüpfen in Festlaune zwei junge Offiziersfrauen ein solennes Verlöbnis. Ein armer Gelehrter erweist seine anständige Gesinnung und schickt der frierenden Witwe Brennholz ins Haus

Seit Kaiser Tai Tsu[1] als erster Sung-Herrscher den Drachenthron bestiegen und die Nördliche Sung-Dynastie begründet hatte, war dem Reich ein mehr als hundertjähriger tiefer Frieden beschieden gewesen. Kein Wunder, daß während einer so langen Friedensära Volkswohlstand und Kultur zu üppiger Blüte gediehen.

Von der Zivilbeamtenschaft gar nicht zu reden, auch für das höhere Militär, von dem es damals in der Hauptstadt Kai fong fu mit ihren fünf Garnisonen innerhalb und ihren sieben Feldlagern außerhalb der Stadtwälle nur so wimmelte, bedeutete diese hundertjährige Friedensära eine Zeit gefahrlosen Lebens und angenehmen bequemen Nichtstuns. An den Reichsgrenzen war es still. Irgendwelche beunruhigende Grenzalarme blieben aus.

Womit vertrieben sich diese höheren Militärs mangels kriegerischer Beschäftigung ihre müßige Zeit? Man bezog sein schönes Gehalt und lebte einen möglichst guten Tag. Bei Tage ritt man mit dem Falken auf der Faust zur Jagd, oder man kürzte sich die Stunden mit Bogenschießen, Fußball oder Reitpolo auf dickfelligen, wohlgenährten Rössern. Des Abends veranstaltete man Gastereien und Gelage und erfreute sich an den Darbietungen hübscher junger Künstlerinnen, an Gesang und Tanz, Flöten- und Saitenspiel. Kurz, man führte ein üppiges Wohlleben.

Nun gar die Weiblichkeit dieser höheren Kreise! Man schwelgte nur so in kunstvoll hochgetürmten Frisuren, in den neuesten Moden und auffallendem Putz. Feine Damen aus gutbürgerlichen Kreisen wetteiferten in äußerer Aufmachung mit Kurtisanen und Insassinnen von Blumenhöfen. Schon junge Haustöchter, noch halbe Kinder, guckten diesen öffentlichen

1. Im Jahre 960.

Dämchen graziöse Haltung und zierlichen Trippelschritt ab, ahmten ihnen die Kunst nach, Schläfenwinker zu ziehen, sich das Haar in lockeren Knoten hochzustecken und – mit fremden Männern zu kokettieren. Es war eine Zeit ziemlich laxer Sitten. Protzentum, Genußsucht, Müßiggang und lockeres Leben waren gang und gäbe.

Damals hatten sich fünf höhere Militärs der Hauptstadt zu einem geselligen Klub – Aufnahmegebühr fünfzig Silberbatzen – zusammengetan: die beiden Gardehauptleute Pao und Landedelmann Piän, beide bei der kaiserlichen Palastwache im Dienst, ein Feldobrist Li, ein General Tschang und ein Oberaufseher der Waffenmagazine namens Sung.

Solche geselligen Klubs waren zu dieser Zeit sehr im Schwang. Es gab einen ›Kinderbrandopferklub‹, der alljährlich am Abend des Laternenfestes zur Feier des ersten Vollmondes im neuen Jahr einen pompösen Kinderumzug veranstaltete. Da wurden die Kleinen der Klubmitglieder in alle möglichen historischen Kostüme gesteckt, in Samt und Seide gekleidet, mit Perlen und Juwelen überladen, daß sie schier vom Himmel herabgestiegenen kleinen Genien glichen, und auf zwei Klafter hohen Tragsesseln – vorneweg und hinterher an die zwei- bis dreihundert Musikanten, Trommler, Gongschläger, Flötenspieler – durch die Straßen getragen. Für die beteiligten Kinder war das immer ein Hauptspaß, so in luftiger Höhe über den Häuptern einer vieltausendköpfigen Zuschauermenge herumgezeigt und spazierengetragen zu werden. Das Ganze kostete den Klub in jedem Jahr etliche zehntausend Batzen.

Da gab es ferner einen Klub zu Ehren der sagenhaften Riesenschildkröte, die auf ihrem Buckel die Erde trägt und deren Abbild in gewaltigen Ausmaßen am Neujahrsfest gleichfalls durch die Straßen getragen zu werden pflegte. Da gab es weiter einen Tauziehverein, einen Theaterverein, einen Drachenbootverein, der auf dem Piän-Fluß Ruderregatten veranstaltete. Was gab es im damaligen Kai fong fu und Umgebung nicht alles an Klubs und Vereinen!

Um auf besagten Offiziersklub zurückzukommen, so waren seine beiden jüngsten Mitglieder, die Gardehauptleute Pao und Landedelmann Piän, besonders dick befreundet. Beide waren sie von Haus aus vermögend, ungefähr gleichaltrig, etwa Anfang Dreißig, jung verheiratet und noch kinderlos. Oft sprachen sie unter sich davon, falls ihnen ein Knäblein und ein Mägdlein beschert werden sollte, daß die beiden unbedingt ein Paar werden müßten, und auch im ehelichen Schlafgemach sprachen sie im Scherz ihren jungen Frauen gegenüber von dieser Abmachung.

Die jungen Frauen gehörten ihrerseits auch einem Klub an, und zwar einem Tempelklub zu Ehren der Niang Niang, der taoistischen Himmelskönigin vom heiligen Tai-schan-Berg in Schantung. Nun, auch in Kai fong fu hatte die Himmelskönigin ihren Tempel, und er hielt an Größe und Pracht der Anlage durchaus einem Vergleich mit dem Heiligtum auf dem Tai schan stand. Nicht weniger als zweiundsiebzig Priester und Tempeldiener betreuten ihn. Es fehlte nicht an marmornen Ehrenbogen und stattlichen Andachtshallen, die allen möglichen Gottheiten des Himmels und der Erde geweiht waren. Rings um die Andachtshallen zogen sich offene, überdachte Säulengänge mit anstoßenden Wohnzellen und Gastkammern hin. Auf kaiserliches Geheiß und aus Mitteln der kaiserlichen Schatulle kürzlich erneuert, befand sich dieser Tempel damals in bestem Zustand. Er war der erste und beliebteste Treffpunkt und Versammlungsort der ganzen Residenz. Zumal am Fünfzehnten des ersten Monats, am Tage des ersten Vollmonds im neuen Jahr, pflegte die Bürgerschaft zu Tausenden und Abertausenden dorthin zu wallen und sich gesellig zu vergnügen.

Auch in diesem Jahr war, wie gewohnt, besagter Offiziersklub, Herren wie Damen, an der beliebten Tempelstätte verabredet und vollzählig versammelt. Nachdem man seine Andacht verrichtet und vor den Bildnissen der verschiedenen Gottheiten sein Brandopfer dargebracht hatte, ging man zu dem vergnüglichen Teil der Veranstaltung über.

In dem Hain, der sich vor dem Tempel am Ufer des Piän-Flusses hinzog, wählte man einen idyllischen Rastplatz. Man lagerte sich am Waldboden auf mitgebrachten Teppichen und Polstern unter aufgespannten Bastmatten, packte die Eßkörbe aus und schmauste und pokulierte fröhlich unter freiem Himmel. Mit dem sonst gebotenen Abstand der Geschlechter wurde es bei diesem vergnüglichen Waldpicknick nicht so genau genommen.

Herren und Damen saßen bunt durcheinander. Nach dem Mahl trugen die jüngeren Damen zur Unterhaltung mit Proben ihres musikalischen Könnens bei, man sang Lieder und spielte dazu Flöte und zupfte Laute. Die Herren zeigten ihre Reitkünste auf ungesattelten Gäulen.

Es war dem weiblichen Scharfblick der Freundinnen nicht entgangen, daß sich die beiden jüngsten Klubdamen, die Gattinnen der beiden Gardehauptleute Pao und Piän, in vorgerücktem Zustand guter Hoffnung befanden, und in der Weinlaune hielt man mit scherzhaften Anspielungen und Neckereien nicht zurück. »Na, ihr beiden, ihr solltet gleich heute ein Stück von eurem Hemdensaum abschneiden und austauschen«, so ermunterte man sie, auf ein naheliegendes Verlöbnis der zu erwartenden Sprößlinge hindeutend. Austausch von Hemdstücken wurde als Sinnbild intimer Familienbeziehung verstanden. Die würdige Klubvorsitzende, die Generalin Tschang, sie war um Mitte Vierzig, ging auf den Scherz ein und erbot sich feierlich, die Mittlerrolle bei dem Verlöbnis in spe zu spielen. Worauf die ganze Gesellschaft zum Becher griff und den beiden werdenden Müttern auf das künftige Verlöbnis zutrank. Die jungen Frauen folgten auch tatsächlich der allgemeinen Aufforderung, trennten ein Stück Hemd ab, tauschten es unter dem Beifall der Gesellschaft gegenseitig aus und redeten sich von da an unausgesetzt mit Schwiegerschwester an.

Inzwischen hatte sich die Sonne gen Westen geneigt. Es war Zeit zum allgemeinen Aufbruch geworden. Als erste empfahl sich die Generalin Tschang. Sie ließ sich in einer großen gepol-

sterten Achtmannsänfte nach Hause tragen. Ein Trupp Bewaffneter sprengte voraus und bahnte ihrer Sänfte mit Hilfe von langen Peitschen den Weg durch das Gewühl der stadtwärts strömenden Menschenmenge. Die anderen Klubdamen folgten in kleineren Viermannsänften hinterdrein. An diesem Abend bildete in den Schlafkammern der beiden jungen Ehepaare das in aller Form vor Zeugen abgeschlossene Verlöbnis natürlich das Thema des ehelichen Bettgesprächs.

Nachdem die Zeit verstrichen war, sah sich das Ehepaar Pao mit einem Kindlein gesegnet. Es war ein Mägdlein und erhielt den Namen Tan Kweh, Zinnoberzimmet. Und zwei Monate später wurden auch Kamerad Piän und Frau durch die Geburt eines Kindes erfreut. Aber siehe da – es war gleichfalls ein Töchterlein! Sie nannten es Hsiang Yü, Duftjuwel. Welche Enttäuschung! Nun war es also nichts mit dem geplanten Verlöbnis! Nun, man fand sich lächelnd drein und verlor keine weiteren Worte darüber.

Die Klubdamen versuchten, den beiden jungen Müttern Trost zuzusprechen, indem sie darauf hinwiesen, daß die Kinder späterhin sicherlich Schwesternschaft schließen und somit, wenn auch keine eheliche, so doch immerhin eine wahlverwandtschaftliche Beziehung knüpfen würden.

Nun, von ihrem ersten Geburtstag an waren die beiden kleinen Mädchen ständig beisammen und wanderten so häufig von Mutterbrust zu Mutterbrust – die kleine Zinnoberzimmet an den Busen der Dame Piän, die kleine Duftjuwel an den Busen der Dame Pao –, daß sie gar nicht unterscheiden konnten, wer eigentlich ihre leiblichen Eltern waren, und beide Elternpaare gemeinsam mit dem Anruf ›Papa‹ und ›Mama‹ bedachten.

Tage und Monde sausten hurtig wie flinke Weberschiffchen dahin. Im Alter von sechs Jahren wurden beide Kinder kurz hintereinander mit etwa gleichaltrigen Söhnen aus guten Familien der Stadt verlobt. Das Leben schien heiter und gesichert vor den Mädchen zu liegen. An Gestalt und Aussehen gleich vorteilhaft geraten, wurden sie von der gesamten Verwandtschaft geliebt. Nach wie vor spielten sie ständig zusammen und glichen einander nicht nur im Äußeren, sondern auch im Wesen so sehr, daß man sie für leibliche Schwestern halten konnte. Sie waren wie ein verliebtes Pärchen sich haschender Schmetterlinge, wie eine Lotoszwillingsblüte am gleichen Stengel.

Es ist eine alte Erfahrung: Auf eine längere Zeit der Ordnung folgt unweigerlich eine Zeit der Wirren und Unordnung.

Hat Freude ihren Höhepunkt erklommen,
Dann ist für Leid die Zeit gekommen.

Das Unheil brach über China unter der Herrschaft des Kaisers Hui Tsung im achten Jahre der Regierungsära Hsüan ho, ›weitverbreitete Harmonie‹,[1] herein. Damals erfolgte der Einfall der Kin-Tataren in die nördliche Tiefebene. Der damalige Reichsmarschall, der Obereunuch Tung Kwan, sah sich außerstande, die Nordgrenzen zu schützen und den Einfall der Barbaren abzuwehren. In seiner Bedrängnis richtete er eine Denkschrift an den Thron mit dem Ersuchen, es solle aus den Garnisonen der Hauptstadt eine Elitetruppe von reitkundigen und im Bogenschießen tüchtigen Kriegern aufgestellt und unverzüglich zum Grenzschutz gen Norden entsandt werden. Der Kaiser gab dem Ersuchen statt. Im Zuge der darauffolgenden Aushebung wurden auch die beiden Freunde, die Gardehauptleute Pao und Piän, zum Waffendienst aufgerufen, aber verschiedenen Grenzgarnisonen zugeteilt, Hauptmann Pao der Garnison Huai tschou, Hauptmann Piän der Garnison von Tschi ting. Und so kam es zur Trennung der beiden befreundeten Familien, denn jeder der beiden Offiziere nahm Frau und Kind an den neuen Dienstplatz mit.

Daß die Trennung den beiden kleinen Freundinnen besonders schwer fiel und von unendlichen Abschiedstränen begleitet war, läßt sich denken. Die Angehörigen machten sich ihre Gedanken darüber. Das könne doch kein bloßer Zufall sein, wie diese beiden kleinen Mädchen aneinander hängen, als ob sie irgendein gemeinsames Schicksal verbände, so mutmaßte man.

1. 1119-1126.

Man mutmaßte richtig. Alles menschliche Ergehen hat seine tieferen Gründe, eine verborgene Wurzel. Zwischen Taten in einer früheren Existenz und Ergehen in der heutigen besteht ein schicksalhafter Zusammenhang, ein gerechter Ausgleich, das Karma. Der Tod ändert daran nichts.

Goldlotos und Lenzpflaume[1] – daß sie in den beiden kleinen Mädchen Zinnoberzimmet und Duftjuwel wiedergeboren wurden, wird die geschätzte Leserschaft, die den Roman Kin Ping Meh kennt, inzwischen erraten haben – waren sich in einem früheren Leben ihrem ganzen Wesen nach aufs innigste zugetan gewesen. Darum war es ihnen beschieden, daß sie zu gleicher Zeit und am gleichen Ort wiedergeboren wurden und wie Kinder aus ein und derselben Familie aufwachsen sollten. Ganz gleichartig sollte auch späterhin ihr Ergehen verlaufen. Wie sich das Rad des ausgleichenden und gerecht vergeltenden Schicksals in beider Leben weiterdrehte, darüber wird in späteren Kapiteln berichtet werden.

Die paar Silberbatzen, die Mondfrau aus dem ungünstigen Verkauf ihrer beiden Grundstücke erlöst hatte, waren im Laufe eines halben Jahres schon arg dahingeschmolzen, und nun erhob Not wiederum dräuend ihr Haupt. Der Käufer, Akademiker Tschao, hatte schon wiederholt auf Räumung gedrängt, da er das verwahrloste Anwesen wieder instand zu setzen und dann selber zu beziehen wünschte. Nun stand Mondfrau vor der Notwendigkeit, sich nach einer Mietwohnung umzusehen. Wie aber sollte sie die Miete auftreiben? Doch fort mußte sie. Was sollte sie auch noch länger in diesem viel zu großen, verödeten Anwesen, das nur wehmütige Erinnerungen weckte?

Damals, als Hsi Men noch lebte und alle seine sechs Frauen um sich hatte, war das freilich etwas anderes gewesen. Da waren diese hohen Wohntürme, diese festlichen Räume und Hallen mit ihren farbenfreudig getünchten Wänden, diese zierlichen Pavillons und heimlichen Grotten von frohem Leben, von Gesang

1. Tschun Meh.

und Tanz, von Lauten- und Flötenspiel, von lustigem Schwatzen und Lachen erfüllt gewesen.

Heute hörte man nur das gespenstische Echo des Schrittes, wenn man an diesen hohen, kahlen Wänden entlangging, von denen die Tapeten in Fetzen hingen, der Stuck und Mörtel abgebröckelt war, durch deren zerbrochene Fenster der Wind mit hohlem Klagen pfiff. Und nicht weniger traurig mutete jetzt der einst so schöne Park an, der Malachitpavillon, der Schildpattkiosk, der Aussichtsturm, die Eisgrotte, die Weinlaube – überall Staub und Spinnweben, Einsturz und Verfall! Die stolzen Päonien zwischen den Uferfelsen am Parkweiher verblüht, verdorrt, eingegangen! Der Boden rings bedeckt von Schutt und Mauersteinen, dazwischen einen halben Fuß hoch Unkraut und Disteln! Nein, der Abschied von dieser Ruinenstätte fiel Mondfrau nicht allzu schwer, als sie im Herbst, in der Mitte des neunten Monats, nach der westlichen Bohnenkäsegasse übersiedelte, wo ihr die alte Ma eine kleine Mietwohnung vermittelt hatte.

Sie hatte es gut mit ihrer Wahl getroffen, denn Akademiker Liu, ein Doktor ersten Grades, der Eigentümer des kleinen Anwesens, war ein anständiger Charakter und hatte nicht vergessen, daß ihm Hsi Men früher einmal aus der Not geholfen hatte. Aus Dankbarkeit wollte er Mondfrau die Wohnung eigentlich ganz umsonst überlassen, sie mußte ihm die bescheidenen acht Batzen Kaufpreis förmlich aufdrängen. Nicht genug damit, sandte er ihr zur Feier des Einzugs auch noch einen Scheffel feinsten weißen Weizenmehls, zwei Hühner und eine Rindslende ins Haus. Auch das anhängliche Ehepaar Tong zeigte sich wieder aufmerksam und schickte eine Schachtel Einzugskuchen und eine Schachtel Honig und Datteln. Nachbarin Yü aber, mit der sie von nun an Mauer an Mauer wohnte, kam herüber, hieß sie freundlich willkommen und sprach ihr Trost zu:

»Ihr werdet Euch hier wohler fühlen als in der Öde Eurer früheren großen Wohnung. Nehmt den Wechsel nicht zu schwer. Anderen reichen Familien geht es heute nicht anders, sie ziehen auch lieber in kleine Mietwohnungen, weil sie sich in ihren verödeten und zerstörten Palästen graulen.«

Solche Trostworte und Freundlichkeiten von drei Seiten halfen das Eis um Mondfraus Eingeweide schmelzen und ließen sie ihr Schicksal leichter tragen. Die neue Wohnung, die sie jetzt mit ihrem sechsjährigen Kinde, mit Juwelchen und Tai A'rl und der alten Ma teilte, war in gutem Zustand und genügte mit ihren drei Wohnräumen, der sauberen Küche, dem kleinen Hof mit Brunnen vollauf ihren bescheidenen Ansprüchen.

Eines Wintermorgens gegen Jahresende fand Mondfrau beim Erwachen ihr Häuschen in tiefem Schnee vergraben. Wohl einen Fuß hoch war er während der Nacht gefallen. Sie nahm wohl oder übel selber den Besen zur Hand und fegte mit Juwelchen den Schnee vor den Türen fort. Denn Tai A'rl konnte diesen Dienst nicht verrichten, weil er noch immer an den bösen Fußschwellungen, Nachwirkung der Knöchelfolter, litt und bettlägerig war.

Dieser Kälte- und Schnee-Einbruch bedeutete für Mondfrau eine neue Sorge. Über der ganzen Stadt lag eine dichte Rauchfahne, in allen Häusern prasselte lustiges Feuer, aber ihr Herd wies nicht ein einziges Scheit Brennholz auf! Und dazu die leere Speisekammer! Trübe gestimmt, mußte sie an die früheren guten Zeiten denken. Da hatten Kälte und Schnee nichts ausgemacht, im Gegenteil, als Abwechslung zur Erhöhung der Stimmung beigetragen. Da hatte man sich in seinen schönen molligen Zobelpelz gemummelt, hatte sich um den warmen Ofen und die rotglühenden Kohlebecken geschart und sich's bei dampfendem Punsch und leckerem Hasenbraten, bei Musik und frohem Geplauder wohl sein lassen. Damals war man mit dem Gebotenen womöglich noch nicht einmal zufrieden gewesen, man hatte nach immer neuen Tafelgenüssen verlangt. Heute – oh, wenn man nur einen einzigen winzigen Happen von jenen Genüssen hätte, um den Appetit des hungrigen Kleinen zu stillen, man wäre es schon zufrieden. Aber es half nichts, solchen trüben

Gedanken nachzuhängen. Das Kind schrie und verlangte nach seiner Reisschüssel und seinen geliebten Pfannkuchen.

Schweren Herzens trennte sich Mondfrau von dem wattierten Taffetoberrock, ihrem einzigen warmen Kleidungsstück, das sie gerade jetzt so dringend nötig gebrauchen konnte, und sandte Juwelchen damit zur Pfandleihe. Mit einem Säckchen Reis und einem Bündel Brennholz und Holzkohle kam Juwelchen wieder. Auch vier frische, leckere Pfannkuchen brachte sie für den hungrigen Kleinen mit. Achthundert Kupferlinge hatte man ihr für den Taffetrock geliehen. Das half für den Augenblick über die ärgste Not hinweg.

Bald prasselte in der Küche ein lustiges Herdfeuer, und Behagen verbreitend, summte das Wasser im Kochkessel. Es war Schneewasser! Bei dem Wetter war der Wasserträger ausgeblieben, der sich sonst jeden Morgen einzufinden pflegte. Da hatte Mondfrau ein paar Schaufeln frisch gefallenen Schnees in den Kochtopf getan und dabei wehmütig an jenen Wintertag im Hause Hsi Men zurückgedacht, da sie auch frisch gefallenen Schnee zum Teebereiten benutzt und das seltene Ereignis noch dazu besonders froh und festlich gefeiert hatten!

Wie unterschiedlich so ein Naturereignis doch die Menschen stimmen kann, je nachdem ob sie reich oder arm sind! Für die Reichen bedeutet so ein Schneefall eine willkommene Abwechslung im Alltag, da kann es gar nicht genug schneien und frieren, im Gegenteil, da bangt man, der schöne Schnee möchte in der Sonne wieder dahinschmelzen und sich in häßlichen Matsch verwandeln. Da zieht man einfach seine pelzgefütterten Winterröcke an und setzt seine warmen Zobelfellmützen auf, da prasseln in den Kohlenbecken Scheite würzig qualmenden Aloe- und Sandelholzes, da schnuppert man mit Behagen den Duft von köstlichem Wildbret in der Bratpfanne, da öffnet man die Silberkapseln verstaubter Flaschen und schlürft edlen Bambusblätterlikör, da ergötzt man sich am blühenden Winterkalykanthus in den Blumentöpfen auf dem Fenstersims, da reimt und dichtet, singt und musiziert man gemeinsam in gut gewärmter

Wohnstube und vergleicht in gehobener Weinstimmung die Schneeflocken mit stiebendem Gansgefieder und tanzendem Kristallschaum, und die Schneedecke nennt man poetisch ›Pflaster von Mandarinenentenfedern‹.

Wie anders bei den armen Leuten in entlegenen Bergdörfern! Da fehlt's am Brennholz für den Ofen, am Reis für den Kochtopf, da hockt man mit Weib und jammernden Kindern frierend und hungernd auf schlechten, zerrissenen Binsenmatten, da verfeuert man aus Not getrockneten Kuhmist und atmet beizenden, stinkenden Qualm, der vom Herde her die Hütte verräuchert und die Augen tränen macht. Da sind Weg und Steg verschneit, da ist man von der Hilfe der Außenwelt abgeschnitten und muß hungern und ausharren.

Mondfrau hatte das Leben früher von der ersten, der süßen Seite her genossen, nun mußte sie es von der anderen, der bitteren Seite her kennenlernen, und es deuchte sie, es wäre leichter, erst arm und später reich zu sein als umgekehrt. Und dann ging ihr noch eins durch den Sinn: Sie hatte in ihrem Leben ausgiebig an frommen Andachten teilgenommen und sich aufgeschlossenen Herzens die Lehren Buddhas angehört. Lehrte Buddha nicht, daß der Weg zur Vollkommenheit durch Läuterung in Leid und Bitternis führe?

O weh, wie weit war sie da noch vom Ziel des Weges entfernt, wenn sie schon das bißchen winterliche Ungemach so schwer ankam! Wie sehr bedurfte ihr weltliches Herz noch der Läuterung!

Nun, sie war ein guter Mensch, und für den Guten findet sich noch immer Hilfe in der Not.

Zwei Tage hatte es nun schon ununterbrochen geschneit, und mit Ängsten sah Mondfrau ihren kleinen Vorrat an Reis und Brennholz dahinschwinden. Es war in der Frühe des dritten Tages, da steckte ein Fremder seinen Kopf in die Haustür, um gleich darauf wieder zu verschwinden. Tai A'rl hatte in ihm einen Diener aus dem Haushalt des Herrn Liu, seinen Bücherburschen, erkannt.

Nach einer Weile kam der Diener wieder und trat ein. Er war schwer beladen: ein großes Bündel Brennholz auf dem Buckel, eine dickbauchige Flasche Wein, zwei Bündel lange Nudeln, einen Sack Reis schleppte er mit.

»Mit den besten Empfehlungen von meiner Herrin, der Dame Liu. Sie meinte, daß Ihr bei dem Schneewetter nichts zu heizen und zu kochen hättet – Fleisch habe ich nicht erst eingekauft, da Ihr an fleischlose Küche gewöhnt seid –, und noch eins, im Laufe des Vormittags gedenkt sie selber vorbeizukommen und Euch zu besuchen«, bestellte er Mondfrau, nachdem er seine Last in der Küche abgesetzt hatte. Dann empfahl er sich gleich wieder.

Mondfrau hatte sich von ihrer freudigen Überraschung noch nicht erholt, als die Dame Liu in einer kleinen Zweimannsänfte eintraf. Eine junge Dienerin mit einer Ledertasche in der Hand kletterte vor ihr aus der Sänfte. Mondfrau nötigte die würdige Sechzigerin auf die geheizte Kachelbank.

»Ich hatte schon immer die Absicht, mich nach Eurem Ergehen zu erkundigen, nur fehlte es mir leider an der Zeit . . .«, begann die Besucherin, während sie aus ihrer Ärmeltasche ein zusammengeknäultes Tüchlein hervorzog und aus dem Knäuel umständlich einen Schlüssel herauswickelte. Mit dem Schlüssel öffnete sie die Ledertasche und entnahm ihr fünf Barren Silbers im Gewicht von fünfzig Unzen. Die fünf Barren legte sie vor Mondfrau auf den Kang.

»Hier, eine alte Schuld, die mein Mann heute begleichen möchte«, fuhr sie fort. »Als er vor sechs Jahren als armer Professor hierher nach Schantung kam, da hat ihm Euer verstorbener Gatte das Geld geliehen, um ihm über den Anfang hinwegzuhelfen.

All die Jahre hat er an Rückzahlung gedacht, aber als armer Gelehrter war er zu seinem Leidwesen dazu nicht in der Lage. Eine kürzliche Gehaltsaufbesserung macht es ihm endlich möglich, die alte Schuld zu begleichen. Die kleine Beigabe an Brennholz und Lebensmitteln betrachtet als Zinsen. Mein Mann hat mich beauftragt, Euch das Geld persönlich zu überbringen, damit Ihr ja nicht glaubt, er habe den alten Freundschaftsdienst vergessen, den ihm Euer Gatte damals erwiesen hatte.«

Mondfrau dankte gerührt, und nach einer Schale mitgebrachten Ingwertees stieg die Dame Liu wieder in die Sänfte.

Mondfrau wußte sich vor Glück kaum zu fassen, daß eine alte eingefrorene Schuld gerade an diesem trostlosen Wintertag in einer Stunde höchster Not auftauen sollte. Das hätte sie sich nicht träumen lassen! Nun war sie für die nächste Zeit aller Sorgen enthoben! –

Es bleibt nachzutragen, daß das anständige, hochherzige Verhalten des wackeren Professors Liu seinen himmlischen Lohn fand: Seines Sohnes Name prangte später mit an der Spitze der Siegerliste bei der Reichsprüfung, sein Haus blieb bis ins dritte Glied mit Ansehen und Wohlstand gesegnet. Himmlische und irdische Geister hatten seine wackere Tat sorgfältig registriert und nicht vergessen.

NEUNTES KAPITEL

Schnorrer Ying nimmt sich frech das Söhnlein des alten Freundes zur Beute und verkauft es. In der Not begegnet Mondfrau zum Glück einer anhänglichen früheren Dienerin

Dank der Unzulänglichkeit einer verfallenden Dynastie hatten die Tatarenhorden des Nordens mehrere Jahre hintereinander China mit räuberischen Einfällen heimsuchen können. Das ganze Gebiet nördlich vom Gelben Fluß war ein rauchender Trümmerhaufen. Da sich Kaiser Hui Tsung der Lage nicht gewachsen fühlte, hatte er notgedrungen zugunsten seines Sohnes Kin Tsung abgedankt und sich gänzlich von den Regierungsgeschäften zurückgezogen. Unter dem bombastischen Titel ›Allerhöchster Herrscher, Fürst und Großmeister der Lehre vom Tao‹, den er sich selber zulegte, führte er seitdem das zurückgezogene Leben eines weltflüchtigen Eremiten und fand Ergötzen daran, ganze Tage in der Wildnis des Silbergebirges umherzustreifen, in abgelegenen Grotten und Einsiedlerklausen zu hausen und sich der beschaulichen Betrachtung des Alls und seiner Geheimnisse zu widmen.

Sein Nachfolger auf dem Thron war leider nicht weniger unfähig und obendrein ein schwankender Charakter. Kaum hatte er den tüchtigen und wackeren Li Kang zum Oberbefehlshaber und Verteidiger der Hauptstadt berufen, da setzte er ihn wieder ab, um den Tataren, die seitens desselben Li Kang eine gewaltige Niederlage hatten einstecken müssen, einen Gefallen zu erweisen und sie versöhnlich zu stimmen. Kaum hatte er seine Versöhnungspolitik begonnen, als er sie wieder über den Haufen warf und es von neuem mit der Politik der Stärke versuchte. Die Folge war, daß kein Minister und Ratgeber einem so wankelmütigen Herrscher gegenüber noch freimütig zu reden wagte und das Reich immer mehr in Verfall geriet. Nach knapp einjähriger Regierung brach dann die Schmach über China herein, daß die Tatarenhorden die Hauptstadt einnahmen und beide Kaiser, Vater und Sohn, mitsamt den Kaiserinnen und kaiserlichen Nebenfrauen und allem Hofstaat als Gefangene nach Norden verschleppten![1] Der Thron stand verwaist, die ›mittlere Ebene‹ war herrscherlos!

Es erübrigt sich zu erwähnen, daß die Tataren überall, wo sie hinkamen, Rauch und Trümmer, Leid und Elend hinterließen. Auch die Stadt Tsing ho hsiän wußte ein Lied davon zu singen. Schon einmal hatte sie erfahren müssen, was es heißt: Die Tataren kommen! Und nun erschallte in Straßen und Gassen wiederum der Schreckensruf ›Die Tataren haben den Gelben Fluß überschritten und sind im Anzug auf die Stadt!‹

Wieder ließ die geängstigte Bevölkerung Haus und Hof im Stich und ergoß sich in wilder Flucht gen Ost und Süd und West vor die Tore der Stadt hinaus aufs flache Land.

Auch Mondfrau blieb nichts anderes übrig, als sich dem

1. Im Jahre 1127.

allgemeinen Strom der Flüchtlinge anzuschließen. Diesmal war sie übler dran als das erste Mal, denn es fehlte ihr ein wegekundiger männlicher Führer. Der arme Tai A'rl hatte noch immer an den Folgen der erlittenen Folter zu leiden und konnte auf seinen geschwollenen, schmerzenden Füßen nur mühsam am Stock mithumpeln. Er hatte das siebenjährige Söhnchen seiner Herrin auf den Buckel nehmen müssen, während Mondfrau und Juwelchen sich mit ein paar in der Eile zusammengerafften Kleider- und Wäschebündeln abschleppten. Man war glücklich durch die drangvolle Enge des Stadttors ins Freie hinausgelangt, als auf einmal eine Stockung in dem vorwärtsflutenden Flüchtlingsstrom eintrat. Der gefürchtete Schreckensruf: ›Die Tataren kommen!‹ erscholl plötzlich vorn, und schon sah man sie von weitem auf ihren struppigen Steppengäulen herangefegt kommen und, in breiter Front ausgeschwärmt, mitten in das Menschengewimmel auf der Landstraße hineinreiten. Wie Meereswogen brandete die Menschenmenge nach beiden Seiten zurück, um nicht überritten zu werden und den Steppenräubern eine freie Gasse zu lassen. Ein Glück nur, daß sich der feindliche Haufe nicht weiter um die Flüchtlinge kümmerte, sondern auf der Landstraße zur Stadt weiterpreschte, wo er fettere Beute erhoffte. Die kurze Stockung und Verwirrung aber hatte genügt, um den kleinen Flüchtlingstrupp um Mondfrau auseinanderzureißen. Als das Unwetter vorübergebraust war, sah sich Tai A'rl vergebens die Augen nach seiner Herrin und Juwelchen aus. Er war mit dem Kleinen auf dem Buckel allein!

So rasch er konnte, humpelte er mit dem allgemeinen Flüchtlingsstrom weiter. Auf einmal entdeckte er unter der Menge in seiner Nähe ein bekanntes Gesicht: Schnorrer Ying. Er hatte eine blutige Schramme im Gesicht, die offenbar von einem Tatarensäbel herrührte. An seiner Seite trotteten, mit Bündeln beladen, seine Frau und seine kleine dunkelhäutige Tochter.

»He, Onkel Ying, nicht so eilig! Wir wollen zusammen gehen! Habt Ihr meine Herrin gesehen?« rief ihn Tai A'rl von rückwärts an. Ying wandte den Kopf nach ihm um und überlegte. An sich legte er keinen Wert auf die Gesellschaft des humpelnden Tai A'rl, dieses ehrlichen Burschen, der ihm wie sein wandelndes böses Gewissen vorkam. Wäre er noch im Besitz seiner Barschaft gewesen, dann würde er sich nicht lange mit ihm aufgehalten haben. Aber unglücklicherweise hatten ihn einheimische Räuber unterwegs erwischt, die den Flüchtlingsstrom wie Hyänen begleiteten und sich nach Wahl den einen oder anderen mißliebigen Bürger oder persönlichen Feind herauspickten, um ihre Rache an ihm zu kühlen, ihm die Taschen zu leeren oder auch gleich das Lebenslicht auszublasen. Daß ein kaltherziger Schuft wie Ying persönliche Feinde hatte, war nicht weiter verwunderlich. Kurz, das ganze schöne Geld, das er Mondfrau wie noch anderen Mitmenschen abgegaunert und bei der Flucht in seinen Gürteltaschen untergebracht hatte, war ihm von den Räubern abgenommen worden.

Als er jetzt des Burschen Tai A'rl ansichtig wurde, stieg in ihm eine verzweifelte Hoffnung auf. Möglicherweise, so sagte er sich, würde Mondfrau noch etwas Gold-, Silber- und Perlenschmuck gerettet und ihrem Burschen zum Mitnehmen anvertraut haben, dem man es dann bei Gelegenheit abjagen könne.

Und so setzte er zum Schein eine freundliche Miene auf, verlangsamte dem humpelnden Tai A'rl zuliebe seinen Schritt und erklärte sich gnädig mit seiner Gesellschaft einverstanden.

»Wo soll es hingehen?« erkundigte sich Tai A'rl. »Nach Südwesten, zum Gehöft meines Freundes Sun Tiän Hua. Es liegt ziemlich abseits beim Dorf der Sun-Sippe, dicht am Flußufer, mitten in hohem Schilf und Röhricht, ausgezeichnet als Versteck geeignet. Dort wollen wir uns die Nacht über verbergen.«

Bei sinkender Dämmerung erreichte man den Hof des Sun. Er lag völlig einsam und verlassen da. Betten, Tische, Stühle, alles befand sich unverändert an seinem Platz. Auf dem Küchenherd über dem erloschenen Feuer stand noch eine halb ausgegessene Reisschüssel. Gierig griffen die hungrigen Ankömmlinge nach Eßnäpfen, fragten nicht nach warm oder kalt und schlangen die übriggebliebene Reismahlzeit, wie sie sie vorfanden, hinunter.

Auch in Hof und Garten rührte und regte sich nichts. Nicht einmal Hundegekläff war zu hören.

Dieser Sun hatte auch einmal Hsi Mens ehemaligem Freundeskreis angehört, später hatte er sich, genau wie Ying, an den reichen Tschao als neuen Patron herangemacht und betätigte sich für ihn als kleiner Salzhändler.

Er hatte beizeiten von dem Anzug der Tataren Kunde erhalten und sich mit seiner Frau Hals über Kopf auf sein Wohnboot am nahen Ufer geflüchtet. Dann war er den Fluß hinuntergefahren, möglichst weit aus dem Bereich der Gefahr.

Ying besaß Verstand genug, um Suns Beispiel zu folgen. Zwar schien es verlockend, sich in dem herrenlosen Anwesen häuslich einzurichten und zu nächtigen und bei der Gelegenheit zu stehlen, was zu stehlen lohnte. Aber was nützte das, wenn man nachts von Banditen im Schlaf aufgestöbert wurde? Und so hielt man sich nicht lange in dem verlassenen, warmen Nest auf, sondern zog bei sinkender Nacht wieder ins Freie, tiefer in das mannshohe Uferdickicht hinein.

Von Zeit zu Zeit stieß man auf Gruppen von Flüchtlingen, die familienweise auf mitgebrachten Decken am Boden lagerten und hier die Nacht zu verbringen gedachten.

Ying und seine Leute hatten sich gerade ein geeignetes Plätzchen zum Nächtigen ausgesucht und waren dabei, sich ein notdürftiges Lager zu bereiten, als sie auf einmal durch ein Geschrei aus der Ferne aufgeschreckt wurden. Gleichzeitig gewahrten sie, wie sich der Nachthimmel über dem nahen Dorf rot färbte. Das ganze Flußufer geriet darüber in Aufruhr, überall im Schilf und Dickicht wurde es lebendig, fuhren die Menschen von ihren Decken und Schlafplätzen hoch, und wie wild begann alles aus dem Bereich des Feuerscheins zu flüchten. Denn von dort kam die Gefahr.

Es stellte sich heraus, daß die einheimischen Räuber nicht nur das Dorf, sondern auch das Schilf am Flußufer in Brand gesetzt hatten. Das Feuer fraß sich mit rasender Geschwindigkeit am Fluß entlang und trieb die Flüchtlinge wieder auf die Landstraße zurück. In der wilden Verwirrung dieser Schreckensnacht dachte jeder nur an sich und sein eigenes Leben. Wer konnte sich da noch um seine Angehörigen und Mitmenschen kümmern?

Kurz, als der Morgen graute, sah sich Hsi Mens Kleiner am Rand der Landstraße im Gras liegen und nicht nur von seiner Mutter, sondern auch von seinem braven Hüter verlassen, der ihn gestern noch auf seinem Buckel huckepack getragen hatte. Bei dem nächtlichen Durcheinander hatte man Tai A'rl aus dem Gesichtskreis verloren. Ying hatte das Kind eigentlich als lästigen Ballast einfach im Schilf liegenlassen und den Flammen preisgeben wollen. Aber seine Frau, die noch über etwas Herz verfügte, hatte es nicht geduldet, sie hatte den Kleinen beim Arm genommen und mit in Sicherheit gebracht. Nun beratschlagten die Eheleute, was weiter mit dem verlassenen Kind geschehen solle. Der hartherzige Ying war dafür, sich nicht länger mit ihm zu schleppen und es hier am Straßenrand auszusetzen.

»Nein, das wäre gegen alles himmlische Gebot gehandelt. Wir wollen ein gutes Werk tun und es weiter unter unserer Obhut behalten. Vielleicht treffen wir unterwegs auf Tai A'rl, dann mag er es wieder zu sich nehmen«, hatte seine Frau ihm entgegengehalten, und brummend fügte sich Ying ihrer besseren Einsicht. Aber den Kleinen huckepack zu tragen, fiel ihm nicht ein, er ließ ihn zu Fuß mitlaufen und schritt so rasch aus, daß das Kind kaum folgen konnte.

Wie erwähnt, waren Mondfrau und Juwelchen in dem Durcheinander, das das plötzliche Auftauchen der feindlichen Reiterhorden bewirkte, von Tai A'rl getrennt worden. Sie hatten sich zunächst von dem allgemeinen Strom der Flüchtlinge mittreiben lassen und dann die ungefähre Richtung dorthin eingeschlagen, wo nach ihrer Erinnerung der kleine Waldtempel der Nonne Pi lag. Der war ihr Ziel. Aber sie kannten den Weg nicht mehr genau, und als der Abend kam, wurde ihnen zu ihrem Schrecken klar, daß sie sich verlaufen hatten. Sie befanden sich in einem dunklen Wald, aber die Angst vor dem Räubergesindel im

Rücken war stärker als die Angst vor dem finsteren Wald und trieb sie vorwärts, immer weiter von der Stadt weg. Mondfrau hatte schon einige Male leise aufgeschrien, wenn ihr Fuß an einer Baumwurzel strauchelte oder stachliges Gezweig ihre Wange peitschte, sie war zum Umsinken müde und schon der Verzweiflung nahe, als sie plötzlich einen freundlichen Lichtschimmer unweit vor sich im Waldesdunkel auftauchen sah. Mit neu belebten Kräften strebten sie dem Lichtschein zu, dann hörten sie einen Hund anschlagen, und schließlich standen sie vor einem kleinen Gehöft. Aus einem der Fenster schien Lampenlicht. Wie das Antlitz eines lieben Freundes erschien es den beiden nächtlichen Wanderern, so warm und mild und beruhigend.

Hier, in der schützenden Nähe dieser menschlichen Wohnstätte, wollten sie im Freien nächtigen; um Nachtlager zu bitten, getrauten sie sich nicht. Aber sie verspürten Durst, einen Schluck Wasser würde man ihnen wohl gewähren. Und so faßte sich Juwelchen ein Herz und klopfte an die Tür.

»Ist jemand da? wir sind auf der Flucht aus der Stadt, haben uns verirrt und bitten um einen Schluck Wasser«, brachte sie zaghaft heraus.

Drinnen wurden Schritte hörbar, dann wurde der Türriegel zurückgeschoben, und ein junges Weib, das statt in Röcken in derben, langen Mannshosen stak, trat heraus.

»Wer seid Ihr? Die Stimme kam mir bekannt vor«, sagte sie, während sie mit ihrer Handlaterne das Gesicht der nächtlichen Wanderin ableuchtete.

»Juwelchen! du? komm herein!« rief sie betroffen aus, und dann gab es in der Wohnstube ein freudiges Wiedererkennen und Erzählen.

Das junge Weib in Mannshosen war niemand anderes als Herbstaster, die einstige Zofe von Hsi Mens Fünfter. Ihre Mutter hatte seinerzeit eine Erbschaft gemacht und die Tochter für dreitausend Kupferlinge von Goldlotos zurückgekauft, um sie zu verheiraten. Die ehemalige Zofe, die jetzt zweiundzwanzig zählte, hatte später einen biederen Landmann und Köhler namens Wang geheiratet, der hier in der Nähe des Flusses ein kleines Gehöft besaß und täglich mit einer Fuhre Brennholz und Holzkohle nach der Stadt zog. Da war ihnen nun kürzlich während der Abwesenheit des Mannes die einzige Milchkuh von Räubern aus dem Stall weggeholt worden. Wang hatte sich vorgestern aufgemacht, um den Räubern die Kuh wieder abzujagen, und hatte das Haus der Obhut seiner jungen Frau überlassen. Resolut und furchtlos, wie sie war, hatte Herbstaster ihre Röcke mit einem Paar Mannshosen vertauscht und hütete jetzt, eine Axt und einen derben Knüppel immer griffbereit, brav und gewissenhaft allein das Haus. Juwelchen erzählte ihrerseits in Kürze und erwähnte, daß Mondfrau noch draußen auf der Tenne säße und gerade dabei sei, sich ein Nachtlager im Freien zu bereiten. Eilends lief Herbstaster hinaus und bat ihre einstige Herrin in die Wohnstube. Freundlich trat sie ihr das eigene bequeme Lager auf der warmen Ofenbank ab und stärkte sie und Juwelchen mit einer dampfenden Reissuppe. Mondfrau dankte im stillen dem gütigen Himmel, der ihr wieder einmal Hilfe zur rechten Zeit geschickt hatte. Aber bekümmert dachte sie an ihr abhanden gekommenes Kind. Was mochte aus ihm geworden sein?

Es war für Hsi Mens Kleinen wahrlich nicht vergnüglich, auf der Landstraße hinter dem unfreundlichen, garstigen Onkel Ying herzutrotten. Zwar erbarmte sich seiner manchmal das kleine schwarze Ding von Tochter und trug ihn eine Strecke huckepack, aber das schaffte sie immer nur für kurze Strecken, dann setzte sie ihn wieder ab, und er mußte wieder seine armen, müden Beinchen anstrengen. Wie gern hätte er sich ins Gras gesetzt und ein bißchen ausgeruht, aber kaum blieb er ein wenig zurück, kaum begann er zu weinen und zu klagen, da wurde er von Onkel Ying wütend angeschrien, gescholten und weitergezerrt. Einmal erhielt er sogar zwei schallende Ohrfeigen versetzt, daß er quieken mußte wie ein Ferkel, das abgestochen wird. Es war wahrlich keine Lust, mit diesem bösen Onkel zu wandern.

Mittlerweile zog Ying verdrossen seines Wegs und brummte vor sich hin:

»Verfluchter Balg, der mir da unnötigerweise aufgehalst ist! Bin ich etwa ein Verwandter von dir, daß ich für dich zu sorgen hätte? Dein Vater hat zu Lebzeiten andere Leute mit ihren Frauen und Töchtern betrogen und um ihr Geld geprellt – geschieht ihm ganz recht, daß du Balg jetzt für seine Sünden büßen mußt! Und deine Mutter – soll die meinetwegen verschleppt und vergewaltigt werden und als Straßendirne enden, die irgendeinen Kerl von Zuhälter ernährt – das geschähe ihm auch recht! Das wäre noch schöner, daß du Balg mir zur Last fallen sollst!«

Seine Frau konnte sein Geschimpfe nicht länger mit anhören.

»Du hast dir's seinerzeit an Hsi Mens Tafel gut sein lassen, hast dich an seinen Braten gemästet, an seinen Weinen bezecht, und nun führst du solche herzlose Sprache! Du solltest dich schämen! Anstatt das unschuldige Kind zu schelten und zu schlagen, solltest du es lieber nach irgendeinem Kloster bringen, wo es gut aufgehoben ist. Es unterwegs liegenzulassen, hieße mit frecher Stirn gegen alles himmlische Gebot verstoßen.«

Ying schwieg und bewahrte ihre Worte im Herzen. Gegen Abend langte man bei einem kleinen Kwan-Yin-Tempel an. Der verdurstende Ying donnerte an die verschlossene Pforte und verlangte unwirsch nach einer Schale Wasser.

Ein alter Priester öffnete, ließ ihn eintreten und brachte sie ihm. Es fiel Ying auf, daß er sie selber holte, also sich anscheinend ohne den üblichen jungen Gehilfen behelfen mußte. Da erinnerte er sich an die Worte seiner Frau.

»He, alter Meister, wieviel Jahre zählt Ihr jetzt?« hub er an.

»Siebzig.«

»Habt Ihr keinen jungen Gehilfen?«

»Noch nicht. Aber ein Waisenknabe ist mir als Gehilfe vom Schicksal vorbestimmt. Seinem Schicksal entrinnt niemand.«

»Ich hätte ein Bürschchen für Euch. Es gebricht mir an Reisegeld, um das Kind noch weiter mit mir herumzuschleppen.

Wollt Ihr es für tausend Kupferlinge Fußgeld haben und in Euren Tempel aufnehmen?«

»Da müßte ich mir den Knaben zuerst einmal ansehen.«

Ying lief und holte das Kind von draußen herein. Der alte Einsiedler betrachtete es aufmerksam und sprach:

»Ein gut geratenes Knäblein. Wie alt?«

»Kürzlich sieben geworden.«

Der Alte verschwand nach drinnen und kehrte mit einer Tausendkupferschnur in der Hand wieder zurück. Damit war der Handel abgeschlossen, und befriedigt zog Ying ohne Kind seine Straße gen Westen weiter. Das war der Dank eines schoflen Kumpans für die Wohltaten, die ihm einst der gute und noble Freund Hsi Men erwiesen hatte!

Der alte Einsiedler aber – er war des schicksalhaften Zusammenhangs längst gewahr – schor dem Sohne Hsi Mens das Haar, steckte ihn in eine alte, geflickte Novizenkutte, fertigte ihm ein paar Tempelsandalen und eine Tempelmütze an und gab ihm den Tempelnamen Liao Kung, das bedeutet ›Völlige Leere‹.

Dann unterwies er ihn in den verschiedenen Tempelverrichtungen, brachte ihm bei, wie man mit Räucherwerk umgeht, wie man Klingsteine und Glocken anschlägt, und lehrte ihn, kunstvolle Schriftzeichen zu malen und die heiligen Sutren zu lesen.

Liao Kung, so sei Hsi Mens Sohn von nun an genannt, war von Natur gut geartet und unverdorben. Alles, was ihn der alte Priester lehrte, zu Buddha beten und vor Buddha knien und ähnliche geistliche Verrichtungen mehr, ging ihm so leicht ein, als ob er zum Priester geboren wäre. Und bald fühlte er sich in dem Tempel bei dem alten Einsiedler so wohl, als ob er nirgends anders zu Hause sein könne.

Bei dem nächtlichen Getümmel am Flußufer war Tai A'rl gleich vielen anderen Flüchtlingen den Banditen, die das Uferschif in Brand gesetzt hatten, in die Arme gelaufen. Gefesselt wurde er in einen verlassenen Tempel geschleppt und vor eine Versammlung von zwölf Männern geführt. Es waren die Anführer der Bande, alles kräftige Kerle, mit Spießen oder Knüppeln bewehrt. Der ganze Tempel war voll von Gefangenen, hauptsächlich Frauen und Mädchen. Soweit es gute Bekannte waren, wurden die gefangenen Frauen und Mädchen wieder freigelassen, die anderen dabehalten. Die männlichen Gefangenen mußten niederknien und erklären, ob sie sich der Bande anschließen wollten. Weigerten sie sich, wurden sie ohne weiteres im Tempelhof niedergemacht.

Tai A'rl war klug genug, um zum Schein seinen Beitritt zur Bande zu erklären. Zum Glück saß unter den Anführern ein alter Bekannter von ihm namens Han, mit Beinamen Hundefuß. Es war der Bruder von Hsi Mens ehemaligem Geschäftsführer Han Tao Kwo. Freund Hundefuß sorgte dafür, daß Tai A'rl die Fesseln abgenommen wurden, und er lud ihn an die reichgedeckte Räubertafel in der großen Tempelhalle. Da gab es Braten, Reis, Gemüse und Punsch in Fülle, es fehlte an nichts, das alles hatte man in der Umgebung zusammengeraubt.

Tai A'rl mußte von seinem und Mondfraus Schicksal erzählen, dann bat er, auf die Suche nach seiner Herrin und ihrem Kind gehen zu dürfen.

Aber Hundefuß bedeutete ihm, eine Suche wäre doch vergeblich, außerdem gefährlich, ein eigenmächtiges Sichentfernen könne ihn den Kopf kosten. Er, Hundefuß, wolle seine Leute auf die Suche nach Mondfrau ausschicken und ihm außerdem alle im Dorfe vorhandenen siebenjährigen Buben vorführen lassen, vielleicht, daß er unter ihnen das Söhnchen von Mondfrau entdecken würde. Tai A'rl möge nur hübsch dableiben und sich der Bande nützlich machen. Wider Willen mußte Tai A'rl sich fügen und sich am nächsten Tag einen Spieß in die Hand drücken lassen. Er sollte den Befehl über eine Rotte von fünfzig Mann übernehmen, in der Nacht würde es zu tun geben, das nächste Dorf sei an der Reihe, hieß es.

Nun, Tai A'rl machte anfangs das Räuberspiel zum Schein mit, wußte es aber einzurichten, daß er unterwegs außer Sehweite der Bande geriet. Da warf er seinen Spieß weg und rannte im Schutz der Dunkelheit davon, zur sicheren Landstraße zurück. Er wollte nicht eher ruhen und rasten, als bis er seine Herrin wiedergefunden hätte. Einstweilen freilich blieb sie für ihn unauffindbar gleich einer Perle, die durch die Maschen des Netzes geglitten und ins tiefe Wasser zurückgesunken ist, oder gleich der Wildgans, die mit Herbstende ihren Flug ins Weite nimmt und keine Spur hinterläßt.

ZEHNTES KAPITEL

Hsi Men offenbart im Traum gegenwärtige und vergangene Dinge. Rat Pi gerät angesichts des seidegestickten Vorhangs eines Jungfrauengemachs von Sinnen

Die Tatarenhorden hatten im Winter 1126 die Östliche Hauptstadt besetzt und beide Kaiser, Vater und Sohn, in die Gefangenschaft nach Norden verschleppt. Dann hatten sie selbstherrlich, ohne auf die Volksmeinung Rücksicht zu nehmen, den landesverräterischen Kanzler Tschang Pang Tschang einfach auf den Thron gesetzt. Dieser Puppenkaiser ließ sie in der Hauptstadt frei schalten und walten und nach Herzenslust rauben und plündern.

Nun waren die Großen und Reichen der Hauptstadt schon vorher durch Vermögensabgaben und Kriegskontributionen geschröpft worden. Was sie an Wertsachen, an Gold und Silber gerettet hatten und heimlich am Leibe trugen, das quetschten ihnen jetzt die tatarischen Eindringlinge vollends ab, wobei sie sich wie gewöhnliche Verbrecher behandeln und alle Arten der Folter wie Aufknüpfen und Bastonade über sich ergehen lassen mußten. Viele büßten dabei auch noch ihr Leben, ihre Gesundheit oder ihre Frauen und Töchter ein und sahen sich an den Bettelstab gebracht. Betteln war unter solchen Umständen damals keine Schande mehr.

Nicht anders erging es dem reichen Herrn Ku. Als der Blitz jener plötzlichen Haussuchung und Vermögensbeschlagnahme bei ihm einschlug, da hatte er mit seinen Frauen einstweilen bei

Schwager Fang Unterkunft gefunden. Immer hoffte er, eines Tages in seinen Palast zurückkehren und das frühere herrliche Dasein wieder führen zu können. Aber immer mehr sah er seine Hoffnung schwinden. Die Kriegswirren nahmen kein Ende, die Tataren dachten gar nicht daran, ihre Truppen zurückzuziehen, im Gegenteil, sie richteten sich in der Hauptstadt häuslich ein und schalteten ganz so, als ob China ihr eigenes Reich wäre.

Alle die herrlichen Paläste und Anwesen, die früher von Prinzen und Fürsten, hohem Adel und verdienten Mitbürgern, Kanzlern, Ministern und Höflingen bewohnt gewesen waren, hatten die tatarischen Heerführer nach und nach für sich mit Beschlag belegt. Auch Herr Fang war nicht verschont geblieben, auch ihn hatte man mitsamt seinen Angehörigen aus dem Hause gejagt. Und damit befand sich der ehemals reiche Herr Ku auf der Straße! Seine Hauptgattin und all die hübschen Dinger, die früher seine Seitengemächer bevölkert hatten, Nebenfrauen und Dienerinnen, waren sämtlich für die Seitengemächer tatarischer Häuptlinge requiriert worden. Allein der häßliche dicke Trampel, die Köchin Zwiebelduft, und ihr blinder Sprößling waren an seiner Seite verblieben.

Eine Zeitlang versuchte er noch, bei diesen und jenen Verwandten und alten Bekannten Unterschlupf zu finden. Aber das war immer nur Gastfreundschaft für Tage, dann wies man ihm höflich, aber frostig die Tür. Wer hätte in diesen unruhigen Zeiten, da niemand seines Lebens und Besitzes sicher war, Lust verspürt, sich auch noch lästigen Schnorrbesuch aufzubürden? Und bald hatte er kein Dach mehr über dem Haupt. Verdruß und Gram fraßen an seinen Eingeweiden und führten dazu, daß er auf beiden Augen am grauen Star erblindete. Nun mußte er gar noch zum Blindenstecken greifen.

Eines Nachts erschien ihm wieder jener Fremde mit dem goldenen Dachziegel in der Hand. Wieder griff Herr Ku gierig nach dem vermeintlichen Goldbarren und konnte ihn diesmal dem Besitzer entreißen. Gemeinsam mit seinem blinden Sohn ergötzte er sich daran, den vermeintlichen Barren zu streicheln und zu liebkosen. Darüber erwachte er. Am nächsten Morgen sah seine Schlafgenossin, der Küchentrampel Zwiebelduft, am Rand seiner Matte tatsächlich etwas Goldenes blinken. Aber es war leider nur ein gewöhnlicher vergoldeter Backstein aus gebranntem Lehm von der Art, wie sie in Su tschou hergestellt werden. Der Traumgott hatte ihn genarrt oder wollte ihm die Nichtigkeit irdischen Glanzes kundtun. Schicksalsergeben griff er nach dem wertlosen glänzenden Backstein und trug ihn fortan bei sich als Sinnbild seiner verblichenen Herrlichkeit.

Irgend jemand schuldete ihm von früher einen halben Batzen und gab ihm eine Hündin an Zahlungs Statt. Er nahm sie an die Leine, und sie erwies sich ihm als Führerin im Straßenverkehr nützlich. Straßauf, straßab zog er nun bettelnd von Haus zu Haus mit seinem Blindenstecken in der Hand und dem Blindenhund an der Leine, gefolgt von dem häßlichen Trampel mit dem blinden Kind, wahrlich ein trauriger Aufzug. Anfangs suchte er nur die Häuser von Bekannten auf, wo er schamhaft um eine warme Mahlzeit bat. Das sah zwar nach Schnorrerei, aber noch nicht gerade nach Bettelei aus. Aber allmählich überwand er alle Scheu und klopfte mit seinem Dachziegel auch an die Türen wildfremder Menschen. Wozu sollte er sich schämen, da doch die Stadt voll war von solchen verarmten Reichen seines Schlages, die bettelnd durch die Straßen zogen und mit einem wehleidigen Lied die Herzen ihrer Mitmenschen zu rühren suchten? Bald kamen auch ihm die üblichen Bettlerrufe ›Guter Herr!‹ und ›Gute Dame!‹ geläufig von den Lippen, und bald hatte auch er sein eigenes Bettellied bereit, fünfstrophig mit dem üblichen Kehrreim solcher Lieder: Liän hua liän hua loh! Lotos, Lotos, du mußt welken!, worin er sein trauriges Schicksal in herzbrechenden Tönen besang. Die Leute, die ihn von früher her als einen der reichsten Mitbürger kannten, begleiteten seinen traurigen Aufzug teils mit Spott und Hohn, teils mit mitleidigen Seufzern.

»Früher so reich, daß ihm das Korn in den Speichern faulte und daß er mit seinem Gold und Silber den großen Wagen am Himmel füllen konnte, und jetzt muß er betteln und hat nicht einmal ein so kleines Stückchen Erde, um eine Schusterahle hineinzustecken!« seufzten die einen.

»Dieser Gauner! Dieser Schuft! Geschieht ihm ganz recht! Früher verwandelte sich ihm alles, was er sah, in blankes Geld! Ein halbes Leben lang schlich er bei Ämtern und Magistraten herum, mästete sich an erpreßten und ergaunerten Zinsen und Provisionen, mißbrauchte seine guten Beziehungen, um ehrliche Mitmenschen einzuschüchtern und zu drangsalieren. Jetzt hat ihn die gerechte Strafe ereilt. Nicht einfach zum Sterben hat ihn der Himmel verurteilt, nein, mit Blindheit und Armut muß er für seine Schandtaten büßen und vor den Leuten Spießruten laufen! Geschieht ihm ganz recht!« höhnten die anderen. Die Schadenfrohen waren wohl in der Mehrzahl, aber es fehlte auch nicht an solchen, die ihn bemitleideten.

Ein, zwei Jahre konnte Ku das Bettlerdasein durchhalten, dann war seine Zeit abgelaufen. Die Menschen waren seiner überdrüssig geworden, seine Rolle im Stadtbild war überlebt, außerdem war die Stadt von den Tataren leer- und kahlgeplündert. Wenn er jetzt mit seinem goldenen Dachziegel auftrat und seinen wehleidigen Singsang anstimmte, sah niemand mehr hin, hörte niemand mehr zu. Der starke Frost und Schneefall dieses Winters gaben ihm den Rest. Zwischen Schutt und Mauertrümmern am Wegrand starb er eines Nachts eines elendiglichen Hunger- und Erfrierungstodes. Nicht einmal eine Matte zum Einwickeln seines Leichnams gab es. O weh, in den Mägen von Krähen und streunenden gelben Kötern fand er seine letzte Ruhestätte!

Sein Söhnchen – der Volksmund nannte ihn Bettler Ku junior – und dessen Mutter aber überlebten ihn und setzten das alte Dasein fort. Die Hündin leistete ihnen dabei brav und treu Gesellschaft, und auch der vergoldete Dachziegel, die einzige Hinterlassenschaft des alten Ku, durfte nicht fehlen. So wanderte man weiter zu dritt straßauf, straßab, nächtigte in verfallenen Tempeln und bangte weder vor den Brandfackeln des Krieges, noch entbehrte man die alte Pracht des väterlichen Palastes.

Man hatte sich an das freie, ungezwungene Herumvagabundieren gewöhnt. Es gibt ein altes Wort:

Wer erst drei Jahre bettelnd zieht einher,
Den lockt kein Amt und keine Pfründe mehr.

Und darin liegt ja ein gewisser Trost.

Inzwischen war eine neue Dynastie, die Südliche Sung-Dynastie[1] zur Herrschaft gelangt. China hatte wieder einen eigenen Herrscher. Die Kin-Tataren hatten Frieden gemacht und waren in ihre nördlichen Steppen abgezogen. In der Östlichen Hauptstadt kehrten allmählich wieder Ruhe und geordnete Verhältnisse ein.

Die Bettler, die anfangs in ganzen Haufen und Scharen aufgetreten waren, hatten sich nach und nach verzogen und ihr Gewerbe in andere Landstriche verlegt. Auch das Dreiblatt vom vergoldeten Dachziegel hatte sich auf die Wanderschaft gemacht und Schantung als neues Bettelrevier gewählt. Ein halbes Jahr hatte man sich durch die Straßen von Lin tsing durchgebettelt, dann war man zur Kreisstadt Tsing ho hsiän weitergewandert. Als sie in die Stadt durch das westliche Tor einzogen, strebte die Hündin – merkwürdiges Walten des Schicksals! – wie von einem heimischen Instinkt getrieben, geradewegs und ohne sich vor anderen Häusern aufzuhalten, auf das Anwesen zu, das einst dem hochmögenden Amtswalter und Kreisrichter Hsi Men gehört hatte. Vor dem Eingangsportal legte sie sich nieder, und Mutter und Kind ließen aus vereinten Kehlen den gewohnten Bettelruf erschallen: »Guter Herr! Gute Dame! Gebt uns, bitte, bitte, einen Napf Reis!«

Wer aber vernahm ihren Ruf? Niemand anderes als Tai A'rl! – Lange Zeit hatte er vergeblich die Landstraßen nach seiner verschwundenen Herrin abgesucht und war dann bei Kriegsende nach Tsing ho hsiän zurückgekehrt. Von der früheren Bevölkerung der Stadt war um diese Zeit kaum mehr die Hälfte vorhanden. Wie so viele andere Bürger war auch der reiche

1. 1127-1279.

Tschao mitsamt seiner ganzen Familie von den Tataren verschleppt worden. Und so kam es, daß Hsi Mens Anwesen völlig unbewohnt und herrenlos dalag.

Jener Naturtrieb, der den Zugvogel nach der Rückkehr von der Wanderschaft zum alten Nest zurückführt, trieb auch Tai A'rl zur alten Wohnstätte. Und da er sie gänzlich leer und verlassen vorfand, war er einfach dageblieben und hatte sich, so gut es ging, wohnlich wieder vorn im Pförtnerhäuschen eingerichtet.

Da vernahm er nun auf einmal den doppelten Bettlerruf, und als er hinausging, sah er das seltsame Dreiblatt, den häßlichen Trampel von Bettelweib und den blinden Knaben mit dem Hund an der Leine und dem vergoldeten Dachziegel in der Hand.

Unwillkürlich mußte er an seine verschollene Herrin Mondfrau und ihr Kind denken, und es stieg ihm säuerlich wie Essig im Gaumen auf. Sie hatte ja damals bei der zweiten Flucht den größeren Teil ihrer Barschaft ihm anvertraut. Ob sie jetzt wohl auch Not leiden und vor fremder Leute Türen betteln mußte? Wehmütig dachte er auch an die andere Vermißte, sein Weib Juwelchen. Was mochte wohl aus ihr geworden sein?

Mitleidig gab er den Fremdlingen und ihrem Hund ein paar kalte Pfannkuchen zu essen und gewährte ihnen auch für die Nacht ein geschütztes Strohlager unter dem Dachrand vor der Torkammer. Die noch milde Witterung – man befand sich im zehnten Monat – erlaubte ein Nächtigen im Freien. Merkwürdig, während er der Hündin einen Bissen ins Maul schob, umwedelte sie ihn aufgeregt und kuschelte sich dann zu seinen Füßen nieder, als ob sie in ihm einen früheren Herrn erkannt hätte.

Schmerzliches Grübeln und Sinnen hielt ihn lange wach. Erst um Mitternacht fand er Schlaf. Er hatte die Augen kaum zugetan, da war ihm, als ob er seinen früheren Herrn, Hsi Men, in die Kammer eintreten sähe. Er trug einen schweren Holzkragen um den Hals, rasselnde Eisenketten an den Händen und Füßen. Er sprach zu ihm:

»Tai A'rl, erkennst du mich wieder?«

»Wie sollte ich meinen Tiä tiä, mein Väterchen, meinen alten Gebieter nicht wiedererkennen?« erwiderte Tai A'rl.

»Dann höre: Ich bin auf die Oberwelt zurückgekehrt! Weil ich zu Lebzeiten allzusehr nach böser Lust getrachtet und schwere Missetaten begangen habe, hat mich Yen Loh Wang, der Fürst der Unterwelt, mit Blindheit gestraft und zu zehn Jahren Bettlerdasein verurteilt. Der blinde Betteljunge, dem du heute am Tor begegnet bist, bin ich, die Hündin aber, die er bei sich hat, ist die alte Kupplerin Wang, die mir damals Goldlotos, meine Fünfte, zugeführt hat. Du hast den Betteljungen freundlich aufgenommen und damit bewiesen, daß du noch in alter Treue an mir hängst. Zum Dank will ich dir sagen, wo du deine Herrin finden wirst: zu Kai fong fu, in der Östlichen Hauptstadt, im Tempel des Sudatta, des Schutzpatrons der Waisen.«

Nach diesen Worten schritt er zur Tür. Vor der Tür wandte er sich noch einmal um und fuhr fort:

»Unter der Balustrade am Eingang zur großen Empfangshalle habe ich einen Schatz versteckt. Du magst ihn später heben und für dich verwenden. Jetzt aber darfst du ihn noch nicht anrühren!«

Sprach's und versetzte Tai A'rl einen heftigen Stoß vor die Brust, der ihn taumeln machte. Darüber wachte Tai A'rl auf.

Er hörte, wie draußen auf der Straße der Nachtwächter die vierte Nachtwache anschlug. Bis zum Morgen lag er grübelnd wach. Als es hell wurde, lief er zur Torkammer, um nach dem blinden Betteljungen zu sehen. Aber das Dreiblatt war bereits auf und davon. Er überdachte noch einmal den Traum und wußte nicht recht, was er davon halten sollte.

›Träume offenbaren verborgene Dinge, die in der Tiefe schlummern. Sollte mir mein verstorbener Gebieter wirklich noch in alter Güte zugetan sein? Ist es nicht vielleicht töricht, so etwas zu glauben? Auf alle Fälle will ich nach dem Schatz sehen, von dem er sprach. Wenn es wirklich einen solchen Schatz gibt, dann muß es mit dem Traumgesicht wohl Punkt für Punkt seine

Hsi Men offenbart seinem treuen Diener im Traum ein Geheimnis

Richtigkeit haben‹, sprach er bei sich, schloß das Tor, griff nach einem Grabscheit und grub die Erde unter der Balustrade am Eingang der großen Empfangshalle auf. In drei Fuß Tiefe stieß er auf eine schwarze Marmorplatte. Neben der Marmorplatte waren zwei Backsteinquader in das Erdreich eingelassen, und zwar anscheinend vor noch nicht allzu langer Zeit. Er konnte sie mit dem Grabscheit leicht ausheben und herausnehmen. Als er in der Lehmschicht darunter weitergrub, stieß er in einhalb Fuß Tiefe auf einen offenen irdenen Krug von der Art eines Essigkrugs. Und, o Wunder, der Krug war bis zum Rande mit schimmernden Goldbarren gefüllt! Es waren Barren im Gesamtgewicht von fünfhundert Unzen. Nun war Tai A'rl überzeugt, daß es mit dem Traum auch in den anderen Punkten seine Richtigkeit haben müsse und daß er Mondfrau dort suchen solle, wohin ihn Hsi Men als Bote aus dem Jenseits gewiesen habe. Und brav und gewissenhaft, wie er war, beschloß er, sich streng an die Weisung seines alten Gebieters zu halten.

Also rührte er das lockende Gold nicht an, deckte die ausgeschaufelte Lehmschicht wieder über den Krug, legte die beiden Quadersteine wieder an ihren alten Platz und füllte die ausgehobene Höhlung unter der Balustrade wieder sorgfältig zu.

Im stillen mußte er die Schlauheit seines Herrn bewundern. Wer würde gerade an einer so häufig betretenen Stelle, wie es der Eingang zu einer Empfangshalle ist, einen vergrabenen Schatz vermuten? Hierauf packte er seine paar Habseligkeiten in ein Bündel und machte sich auf die Wanderschaft nach der Östlichen Hauptstadt, um seine verlorene Herrin wiederzufinden.

Großmeisterin Li verfügte nicht umsonst über Fäden hoher und höchster Verbindungen. Die anderen Singsang-Mädels und sonstigen Insassinnen des Blumenhofviertels waren von der jählings verordneten Haussuchung und Austreibung überrumpelt worden. Fast bis aufs Hemd ausgeschält, hatten sie ihre bisherigen Quartiere räumen und sich in Vorstädten und Dörfern, in Spelunken und Weinschenken als Sing- und Tanzmädchen verdingen müssen. Als dann die Hauptstadt in die Hände der Tataren fiel, waren die einen von den Eroberern requiriert, die anderen zwangsweise in behördlich wiedereröffnete Blumenhöfe zurückgeholt worden.

Anders verhielt es sich mit der Dame Li. Rechtzeitig von der drohenden Enteignung verständigt, hatte sie beizeiten ihre gesamten Gelder, sämtlichen Schmuck und die Hälfte der kostbaren Einrichtung ihres Liebesnestes in Sicherheit bringen können. Nicht ein Stück der wertvollen Garderobe hatte sie eingebüßt.

Als besonders nützlich erwies sich ihre gute Beziehung zu dem kaiserlichen Kriegsmarschall Kuo Yao Schi, der auch zu ihrer vornehmen Kundschaft zählte. Er war zu den Tataren übergegangen und von ihnen mit dem Oberbefehl über die Vorhut ihrer gegen die Hauptstadt marschierenden Streitkräfte betraut worden.

Als er mit seiner Truppe vor den Mauern der Stadt eintraf, da war es sein erstes, daß er eine Schutzwache unter dem Befehl eines vertrauten Unterführers vor ihrem neuen Quartier postierte, die sie vor jeder Behelligung durch Tatarenkrieger bewahrte. Das hob ihr Ansehen gewaltig. Sie war und blieb die erste aller Kurtisanen und konnte sich unter solchem mächtigen Schutz in aller Ruhe ein neues würdiges Quartier in der besten Vorstadtgegend einrichten. Am Flußufer lag ihr neuer Blumenhof, und er war noch schöner und geschmackvoller ausgestattet als ihr früherer.

In der nun folgenden laxen Zeit des Interregnums ging es bei Hofe drunter und drüber, und da es dem Lande an einer starken, vernünftigen Regierung gebrach, schossen öffentliche und heimliche Liebesnester üppiger denn je ins Kraut und konnten sich, unbehindert von behördlichen Eingriffen und Schikanen, zu neuer Blüte entfalten.

Silbervase hatte nun das köstliche Alter einer Sechzehnjährigen erreicht. Mit ihrer anrüchigen Umgebung hatte sie sich wohl oder übel abgefunden, denn Vater und Mutter waren beide, wie sie erfuhr, im Verlauf der Kriegswirren gestorben, ein Zurück ins Elternhaus, in den Schoß der Familie, gab es also nicht mehr.

Silbervase war ein verständiges Mädchen. Wenn sie auch den Betrug, der vor drei Jahren an ihr verübt worden war, noch nicht völlig durchschaute, so begann sie doch, sich Gedanken zu machen. Angeblich hatte der Kaiser sie damals beim Schaukeln beobachtet und Zuneigung zu ihr gefaßt. Er hatte ihr einen Palasteunuchen mit angeblich kaiserlichem Tischwein in einer silbernen Vase und anderen stattlichen Geschenken ins Haus geschickt. Warum hatte er sie dann nicht gleich in den Palast abholen lassen? Warum der Umweg über den Blumenhof der Dame Li? Angeblich hatte er sie am selben Abend bei der Dame Li in Augenschein nehmen wollen. Warum war er nicht gekommen? Warum hatte er sie seither vergeblich warten lassen? Da stimmte etwas nicht, und es begann ihr zu dämmern, daß sie in eine Falle gelockt worden war.

Andererseits hatte sie keinen Grund, sich über schlechte Behandlung zu beklagen – bisher. Die Dame Li hatte ihr einen abgesonderten hübschen Gartenpavillon eingerichtet und mutete ihr nicht zu, Gäste zu unterhalten. Im Gegenteil, sie hielt sie streng von allen Gästen fern und umhegte sie mit aller erdenklichen Sorgfalt fast liebevoll, als ob sie ihre leibliche Tochter wäre. Es gebrach ihr weder an Essen noch Kleidung noch Bedienung. Ein junges Ding namens Kirsche stand ihr jederzeit befehlsgewärtig zur Verfügung und betreute sie wie die Zofe eine vornehme Haustochter. Die Dame Li ließ ihr weiter sorgfältigen Unterricht in allen Künsten der Unterhaltung, wie Lauten- und Flötenspiel, Gesang und Tanz, angedeihen. Kein Wunder, daß sie sich bei solcher Pflege zu einer vollendeten Schönheit entwickelt hatte. Sie war mehr als eine Blume, sie war eine Blume, die auch noch sprechen konnte! Sie war mehr als ein Edelstein, sie war ein Edelstein, der auch noch duftete.

Tagsüber blieb sie in ihrem Pavillon versteckt und unsichtbar. Nur am frühen Morgen oder abends pflegte sie einen Gang in den Garten zu unternehmen und sich an den Blumen zu erfreuen. Vor dem Schlafengehen aber liebte sie es, noch lange am runden Fenster ihrer Schlafkammer im Obergeschoß des Pavillons zu lehnen, den Mond anzuschmachten und sehnsüchtigen Gedanken nachzuhängen. Dann konnten wohl die Galane, die Lebejünglinge, die allabendlich hier verkehrten, um ›Blumen vom Wegrand zu pflücken‹, gelegentlich einen flüchtigen Blick von ihr erhaschen und ein wenig von ihren seltenen Reizen erahnen. Denn nur ganz scheu und immer halb verdeckt vom Bambusvorhang zeigte sie sich am offenen Fenster. Wenn sie von weitem dem ausgelassenen Lärmen lebenslustiger Gäste lauschte, dann fragte sie sich bisweilen, wer sie wohl dereinst pflücken würde. Der Gedanke an einen kaiserlichen Gemahl war längst verblaßt. Statt dessen beherrschte ihr Köpfchen jetzt unablässig die Vorstellung von einem flotten, lebenslustigen, schönen Jüngling, achtzehn Lenze müßte er zählen und als erster Sieger aus der Palastprüfung hervorgegangen sein, und reich müßte er sein, hunderttausend Silberbatzen, nein, lieber hunderttausend Goldbatzen schwer! Eine Mischung aller männlichen Vorzüge müßte er darstellen, einem Pan An müßte er an Schönheit gleichen, so reich sein wie ein Schi Tschung und so begabt wie ein Sung Yü. So etwas wünschte sie sich. Einem solchen würde sie gern angehören, und er müßte sie heiraten und bis ins Alter lieben – Mädchenträume!

Ach, in der Welt der Wirklichkeit kommt es leider meist ganz anders. Da findet sich gleich und gleich nur selten zusammen, da holt sich den rot und grün gefiederten Kakadu meist ein garstiger, alter, gefräßiger Hühnergeier.

Silbervase war verständig genug, über diesen holden Träumereien nicht gänzlich den Blick für die Wirklichkeit zu verlieren. Es war ihr nicht entgangen, daß die zwölf Puderlarven, Tänzerinnen und Sängerinnen, die die Dame Li zur Unterhaltung der Gäste hielt, manches böse Scheltwort, manche körperliche Züchtigung erdulden mußten. Wer weiß, ob es ihr nicht später genauso ergehen würde, wenn die Dame Li erst einmal das große Geschäft gemacht hätte, das sie mit ihr vorhatte? Ach, daß sie so ganz ohne Familienanhang, so gänzlich einsam und verlassen dastand! Beim Gedanken an die Zukunft wurde ihr bänglich zumute. Zumal, wenn es draußen lenzte und allenthalben in den Blumenhöfen die Schaukeln hochstiegen und fröhliches Mädchenlachen aufflatterte, wurde sie von trüben Anwandlungen befallen, und dann griff sie zur Laute und klagte mit schwermütiger Weise ihr Leid um ›verwundeten Lenz‹ und ›zerbrochenen Traum‹ in die Mondnacht hinaus.

Zu den ständigen Besuchern des Blumenhofs der Dame Li zählte ein reicher Kerl namens Pi. Er hatte sich unter der Regierung von Kaiser Hui Tsung ein kleines Titularhofamt gekauft, das vor tausend Jahren unter der Han-Dynastie eingeführt worden war und dessen ganze Obliegenheit darin bestand, daß der Träger des Amts dem Kaiser bei seinen Ausgängen mit einem roten Goldknaufstab in der Hand voranschreiten und dafür zu sorgen hatte, daß der Weg frei war. Dafür durfte Herr Pi den Titel Yüan wai, Hofrat, und Kin wu weh, Goldstabwächter, führen.

Er war von Haus aus mit Reichtümern gesegnet, wohl der reichste Bürger seiner Vaterstadt Lo yang, und verfügte über mächtige Beziehungen bei Hofe. So hatte ihn der Kanzler Tsai King zu seinem Adoptivsohn gemacht, und mit dessen Palastintendanten Ti hatte er Brüderschaft geschlossen. Er hatte es verstanden, den Sturz seiner mächtigen Gönner und zweier Kaiser glücklich zu überdauern und trotz Krieg und Wirren den größten Teil seines Vermögens in die neue Zeit hinüberzuretten. Er ließ sich auch weiterhin ›Herr Rat‹ titulieren, obwohl er praktisch sein Hofamt gar nicht ausübte.

Obwohl er immer im Gelde schwamm, war er der schäbigste Geizhals und drehte jeden Kupferling um, bevor er ihn ausgab. Nur in einem Punkte nahm er es mit dem Gelde nicht so genau: Für Weiber hatte er immer etwas übrig, wohlverstanden für käufliche. Die drei mittelmäßigen Frauen, die er in seinem Haushalt hielt, stammten sämtlich aus öffentlichen Häusern. Einige tausend Silberbatzen hatte er für sie bezahlt. Jene Liebe zu gewinnen, die nicht zu kaufen ist, die sich schenkt, hatte er bei seinem abstoßenden Äußeren freilich wenig Aussicht. Und darüber gab er sich selber keiner Täuschung hin. Sein von rötlichen Pickeln und Pockennarben ohnehin entstelltes Gesicht wurde durch eine häßliche Knollennase und eine niedrige, fliehende Stirn vollends entstellt.

Seine Backen verunzierte ein gelblicher borstiger Hängeschnurrbart. Ein stattlicher Bauch verlieh seiner kurzbeinigen, untersetzten Gestalt das plumpe Aussehen eines aufrecht watschelnden, täppischen Bären. In befremdlichem Gegensatz zu seiner seideknisternden, vornehmen Kleidung und seinem protzenhaften Auftreten stand seine Sprechweise, sie war grob und vulgär. Alles in allem, ein höchst unsympathisches Mannsbild.

Besagter Rat Pi gehörte zu einer Gruppe gleichgesinnter verwöhnter junger Lebeleute, die ständig im neuen Blumenhof der Dame Li verkehrten und unter denen er sich auf Grund seiner gekauften Hofamtswürde besonders wichtig machte. Unter dem Dutzend galanter Dämchen, die hier für zahlungsfähige Gäste zur Verfügung standen, hatte er sich die leidlich aussehende Kleine namens Wasserdampf ausgesucht und sich einige Nächte von ihr erhitzen lassen, ohne indes dabei heiß zu werden. Er fand, sie sei auch nicht sonderlich aufregend. Nun hatte er schon öfters davon munkeln hören, daß die Dame Li noch etwas ganz Besonderes vorrätig habe, eine ganz jugendliche, auserlesene Schönheit namens Silbervase. Es wurde davon getuschelt, daß die Sechzehnjährige für den Palast bestimmt sei. Daher bekomme sie kein Gast zu Gesichte, sie werde ängstlich gehütet wie eine Haustochter. Das Geheimnis, das sich um dieses verborgene Kleinod breitete, juckte und reizte den dicken Pi und weckte in ihm hochfliegende Pläne. Was war das für eine seltsame Heilige, deren Reize den Gästen beharrlich vorenthalten wurden und auf die das Wort paßte:

Zwar zieht sie Brauen nach und pudert ihr Gesicht,
Doch ihrer Seidenwäsche Reize zeigt sie nicht.

So etwas gibt es doch gar nicht! meinte der dicke Pi und beschloß zum Angriff vorzugehen. Allerdings hatte er noch nicht ausgekundschaftet, wie in dieser Hinsicht der Atem der Dame Li wehte. Er wußte nur so viel, daß sie sehr auf Geld erpicht war. Er wiederum wollte sein Geld auch nicht gerade verschwenden. Das war die Schwierigkeit bei der Sache.

Inzwischen fuhr die Dame Li fort, Silbervase gleich einer seltenen Blume zu hüten und wie eine leibliche Tochter zu erziehen und zu verhätscheln. Sie pflegte sie täglich beim Morgenbesuch abzuküssen und geizte nicht mit zärtlichen Koseworten. »Mein liebes Kind, du bist mir teuer wie meine eigene Tochter. Nur der schönste, flotteste, begabteste junge Mann kommt für dich als Gatte, für mich als Schwiegersohn in Frage. Nein, billig gebe ich dich nicht her, darauf kannst du dich verlassen!« Also floß es beständig von ihren Lippen. Nach außen aber fuhr sie fort, die seltenen Reize ihres geheimnisvollen Kleinods zu preisen und dunkle Andeutungen zu machen, daß Silbervase eigentlich für den Palast bestimmt sei und nur infolge des Umsturzes noch bei ihr im Hause weile.

Mit Absicht ließ sie Silbervase bisweilen vor ihren Gästen, aber nur von nebenan oder aus der Entfernung, singen oder Laute und Psalter spielen oder am runden Kammerfenster, aber halbverdeckt vom Vorhang, ihr Blütenantlitz, ihre Jaspisgestalt zeigen. Auf solche Weise wollte sie die Begehrlichkeit und Spannung ihrer Gäste aufs höchste reizen und steigern. Nun, das sind ja ganz übliche Blumenhoftricks.

Später, als ihr hoher Gönner, Kaiser Hui Tsung, verblümt und schonend gesprochen, ›nach Norden jagen gegangen‹, in Wirklichkeit in die Verbannung geschickt worden war, da spielte sie eine wunderliche Verkleidungskomödie. Um ihrer Trauer um das Schicksal des kaiserlichen Scheingatten sichtbaren Ausdruck zu verleihen, hüllte sie sich in Nonnentracht, in ein weißes wallendes Untergewand unter einem kurzen bohnengelben geschlitzten Obergewand, und statt des üblichen glitzernden Schmuckes trug sie nur eine eisvogelblaue Wolkenkappe, wie sie taoistische Priester tragen, auf dem Haupt. Täglich brannte sie mit nach Norden gewandtem Gesicht zu Ehren des Verbannten, der ja nun für die Welt tot war, Weihrauch und schwur dabei feierlich, daß sie ihm von nun an zeitlebens Witwentreue halten und sich von keinem anderen Manne mehr umarmen lassen wolle. Außerdem legte sie sich den Tempelnamen ›Die Feste und Makellose‹ bei. Für ihre Gäste blieb sie eine geraume Zeit wegen Trauer gänzlich unsichtbar. Vor den Eingang zu ihren Privatgemächern postierte sie die beiden ausgedienten Hofeunuchen, die sie in ihren Haushalt übernommen hatte, als Wächter, die Unbefugten den Eintritt verwehren sollten. Ganz als ob sie ihre Privatgemächer zum inneren, verbotenen Palastbereich rechne! Oft hörte man sie laut schluchzen und weinen. Dann erzählte sie hinterher, ihr kaiserlicher Gatte sei ihr im Traume erschienen und habe mit ihr zärtliche Zwiesprache gehalten.

Durch all solchen Mummenschanz machte sie bei ihren Hausgenossinnen und Dienerinnen gewaltigen Eindruck und wurde von ihnen mit scheuer Ehrfurcht fast als Heilige und höheres Wesen betrachtet.

Eines Abends saß Rat Pi mit seiner Favoritin Wasserdampf bei einer Schale Tee und schalem Geplauder in der offenen Veranda der großen Gästehalle, als in dem zierlichen Pavillon unweit von ihm der Türvorhang aus Bambusgeflecht aufgezogen wurde und ein junges Mädchen hervortrat. Sie hielt einen Fächer schützend vor das Gesicht und lenkte ihren Schritt nach dem Garten. Ein Luftzug, der zufällig aus ihrer Richtung wehte, trug einen Hauch von seltenem, berückendem Wohlgeruch herüber.

Wie erwähnt, pflegte sich Silbervase täglich ein- oder zweimal im Blumengarten zu ergehen, um aber dahinzugelangen – er lag in jenem versteckten idyllischen Bezirk des Anwesens, der an das Flußufer grenzte –, mußte sie von ihrem Pavillon aus an der Veranda der großen Gästehalle vorbeigehen. Im Blumengarten stand eine kleine schmucke Laube, die sie sich gern als Aufenthalt erkor, sei es, um darin zu lesen oder zu musizieren, sei es, um sich mit der Zofe Kirsche die Zeit mit einer Partie Schach oder Domino zu vertreiben.

An diesem Abend hatte die Dame Li sie gebeten, ihr noch einen Jasminstrauß fürs Zimmer zu pflücken. Sie glaubte, die Gästehalle sei leer, darum unternahm sie pflichtschuldig den Gang und schritt unbefangen und heiter, sich das Gesicht mit einem goldlackierten Fächer aus gesprenkeltem Tränenbambus fächelnd, den gewohnten Weg entlang.

So war es dem dicken Pi vergönnt, was noch keinem andern Gast gestattet war, das behütete Kleinod, die geheimnisvolle Schöne aus nächster Nähe zu sehen. Wohlgedeckt durch einen Wandschirm, lugte er stumm mit angehaltenem Atem und klopfendem Herzen nach draußen und verfolgte die unbekannte Schöne mit hungrigen Blicken, bis sie außer Hör- und Sehweite war. Die holde Erscheinung bewirkte, daß sich seine sämtlichen Eingeweide von der Leber bis zur Lunge wie die Blätter eines Buches, in das ein jäher Windstoß fährt, aufblätterten und beinahe umgeklappt und umgestülpt hätten, und Käseschlappheit ergriff von ihm Besitz bis in seine beiden Seelen und sein verderbtes Knochenmark.

»Wer war das?« fragte er aufgeregt seine Begleiterin Wasserdampf.

»Aber Herr Rat, könnt Ihr das nicht erraten? Das ist doch die, die Ihr neuerdings umschleicht! Allerdings fürchte ich, werdet Ihr wenig Glück dabei haben«, erwiderte Wasserdampf lachend.

»Silbervase? Wie alt ist sie?«

»Knapp sechzehn. Aber entwickelt! Formen wie eine Neunzehnjährige! Und was die alles kann! Den zwölfsaitigen Psalter, die siebensaitige Laute, die sechssaitige Pi pa, die dreigelochte Querflöte kann sie spielen, dazu noch singen, malen, schreiben, rezitieren! Und wie sie das alles kann! Wir anderen alle hier können uns nicht entfernt mit ihr messen. Im Hause ihres verstorbenen Onkels, des reichen Herrn Ku, hat sie alle diese Künste von einer Magerstute aus Hang tschou gelernt.«

»Die muß ich entjungfern!« platzte er heraus. Wasserdampf lachte laut auf.

»Und wenn Ihr unserer Tai tai, der Dame Li, tausend Silberbatzen bötet, sie würde, fürchte ich, Euch nicht gestatten, auch nur ein Wort davon über die Lippen hüpfen zu lassen. Ich wenigstens würde mir nicht getrauen, den Mund aufzutun. Da müßt Ihr schon jemand anderes bitten, für Euch zu sprechen. – Halt, da fällt mir ein, unsere Tai tai hat öfters das artige Flötenspiel des jungen Herrn Tschen gerühmt. Sie scheint dem Jüngling gewogen zu sein. Vielleicht, wenn der für Euch sprechen würde ... ich würde dann von mir aus nachhelfen.« Der dicke Pi nickte erfreut mit dem Kopf, dankte und watschelte geschäftig davon.

O garstiger, aussätziger Frosch, den es nach zartem Schwanenfleisch gelüstet! Wie die Geschichte weitergeht, werdet ihr aus dem nächsten Kapitel erfahren.

ELFTES KAPITEL

Die Großmeisterin der Liebe verbindet mit Wind- und Mondspiel ein Geschäft. Der Jüngling Zinsgroschen läßt seine Künste spielen und tut erst mit der Älteren und dann mit der Jüngeren schön

Der junge Tschen, den das Mädchen Wasserdampf dem Rat Pi gegenüber als Mittelsmann vorgeschlagen hatte, stammte aus einer alten Offiziersfamilie und war mit seinen knapp achtzehn Jahren der erkorene ›Kragen und Ärmel‹, der geborene Anführer einer Clique von vornehmen, jungen Lebeleuten, die ständig im Blumenhof der Großmeisterin Li verkehrte. Zinsgroschen, so hieß der Jüngling mit Zunamen, hatte auch durchaus das Zeug zum Anführer. Wohlgebaut und gut von Aussehen, war er ebenso in den schönen Künsten wie in den Waffen geübt. Besonders trefflich konnte er Flöte spielen, sie sechssaitige Pi-pa-Laute klimpern und mit wohlklingender Stimme südliche Chansons vortragen, er war aber auch Meister im Fußballspielen und im Bogenschießen. Täglich ein Dutzend Vögel abzuschießen war für ihn ein Kinderspiel. Er war auch klug und verschlagen und ein glänzender Plauderer, der es trefflich verstand, in geselligem Kreis ›Kälte zu stehlen und Wärme zu spenden‹. Ganz besonders im Umgang mit Frauen war er infolge frühzeitiger Übung schon eine gehörig ›abgewetzte Türschwelle‹ und verfügte über eine Erfahrung in Liebesdingen, um die ihn mancher gereifte Mann beneiden konnte. Kein Wunder, da er als alleinstehender unabhängiger Erbe ohne Amt und ohne Pflichten seine Zeit meist an galanten Stätten verbrachte. In den Liebesnestern und Amüsierhöhlen der Hauptstadt war er unter dem Beinamen ›Der junge Lebemandarin‹ bekannt.

Eines Tages also erhielt Zinsgroschen den Besuch des dicken Rat Pi, der ihm ohne viel Umschweife eröffnete, er wünsche Silbervase zu entjungfern und erbitte seinen Rat und Beistand, wie das zu bewerkstelligen sei.

Zinsgroschen wiegte bedenklich sein Haupt hin und her:

»Ist nicht so einfach, wie Ihr denkt. Wird Euch manche Krümmung und Windung kosten, ehe Ihr zum Ziel gelangt. Wähnt ja nicht, daß ein bloßes Wort genügte, weil die Kleine Blumenhofinsassin ist! Die Großmeisterin wird Silbervase nur sehr teuer hergeben wollen. Wenn wir den Hexenzauber jener Füchsin nicht brechen können, sind wir beide blamiert. Nicht umsonst hält sie die Kleine so wert und teuer wie eine leibliche Tochter – ach, was sage ich! –, zehnmal so wert und teuer wie eine leibliche Tochter! Nicht umsonst läßt sie ihr keine Bewegungsfreiheit. Wißt Ihr, daß die Kleine eigentlich für den Kaiser bestimmt war? Das ist ja der Grund, warum sie wie eine kaiserliche Nebenfrau zweiten oder dritten Ranges behandelt wird. Wer weiß, nach welchem hungrigen, alten Raben die Dame Li ihr Netz ausgeworfen hat. – Wenn Ihr Euch etwa einbildet, Ihr könntet diese jungfräuliche Wiese für lumpige hundert Batzen zertrampeln, dann seid Ihr schön im Irrtum. Selbst angenommen, Ihr bekämet die Erlaubnis zum ›Brechen der Melone‹, so würde Euch die Kleine noch nicht einmal zum Genuß einer einzigen Nacht kommen lassen, sie würde Euch bestimmt auf halbem Weg entschlüpfen. Wenn Ihr aber eine Monats- oder gar Jahrespacht im Sinne habt, dann kommt Ihr nicht um einige hundert Batzen monatlich herum. Da kämt Ihr vielleicht noch billiger, wenn Ihr sie regelrecht heiratetet. Das würde für Euch eine einmalige Ausgabe von etwa siebenhundert Batzen bedeuten. Freilich wird die Großmeisterin für Unterhalt und Ausstattung auch noch eine gehörige Abfindung von wenigstens dreihundert Batzen beanspruchen, wie sie ihrem Ansehen und pomphaften Auftreten entspricht. Darauf macht Euch auf alle Fälle gefaßt, daß Ihr sehr tief in die Tasche greifen müßt. Für bloße drei- oder vierhundert Batzen würdet Ihr Euch noch nicht einmal ein Monatsanrecht sichern können.«

Rat Pi nickte befriedigt.

»Zinsgroschen, Ihr steht nicht unverdient im Rufe einer abgewetzten Türschwelle. Was Zahlen und Ziffern anlangt, so nehmt Ihr's mit gereiften Männern auf. Jetzt fragt sich's nur noch, auf welche Weise man die Verhandlung am besten eröffnet.«

»Vor allem nicht mit leeren Händen! Da würde man sich lächerlich machen. Ich habe einen Gedanken. Übermorgen hat die Großmeisterin Geburtstag. Spendiert ein paar würdige Geschenke. Ich werde sie für Euch überbringen und bei dieser Gelegenheit das Gelände für Euch erkunden. Mit Hilfe meiner dreizölligen, nicht gerade faulen Zunge, denke ich, wird es mir gelingen, Euch einen zu etlichen Zehnteln zusagenden Bescheid mitzubringen.«

Rat Pi nickte zustimmend.

Großmeisterin Li hatte am Dreizehnten des ersten Monats Geburtstag. Wer von ihren zahlreichen, ansehnlichen Kunden und Gönnern, darunter auch manch hoher Würdenträger und Palasteunuch, hätte sich an diesem Tag nicht aufgemacht, um ihr mit Respekt seine Glückwünsche zu überbringen? Vom frühen Morgen an war den ganzen Tag in ihrem Hause ein Kommen und Gehen von Gratulanten. Sie hatte die beiden Sekretäre, die sie ständig mit Buchhaltung und Schreibarbeit beschäftigte, an diesem Tage eigens herbestellt, um die zahlreichen Gäste zu empfangen. Ja, sie hielt streng auf Etikette. Sie legte Wert darauf, daß es in Formdingen bei ihr zuging wie in einem ehrenwerten, gutbürgerlichen Beamtenhaushalt. Der kluge Zinsgroschen wartete geduldig ab, bis sich der Strom der Gratulanten verlaufen hatte. Die Sonne stand bereits tief im Westen, als er sich wohlvorbereitet zu seinem Besuch aufmachte.

Er war mit letzter Su-tschou-Eleganz gekleidet. An seinem dunklen Seidenbarett stak schräg das Abzeichen seiner besonderen Waffenfertigkeit, ein aus Jaspis geschnittener Bogen, ein altes Familienerbstück. Blaßrote Seidenkreppbeinkleider unter weitärmeligem, doppelt gegürtetem schwarzem Leinendamastrock mit eingewebtem Wolkenmuster. An den Füßen weiße Seidenflorstrümpfe und scharlachrote Stoffpantoffeln.

In der Rechten hielt er ein rotseidenes Taschentuch, in das ein verliebtes Entenpärchen eingestickt war. Seine geräumige linke Ärmeltasche barg, durch ein silberes Band zusammengeknüpft, drei Dinge: ein Exemplar jener merkwürdigen, handförmig gewachsenen Orangenart, genannt ›Buddhahand‹, ein großes Scheit Aloeholz und ein braunbronzenes Räucherkesselchen mit dem Schriftzeichen Schou, langes Leben, an der Außenwand und glimmendem Räucherwerk innen.

Diese drei wohlriechenden Dinge waren für Silbervase bestimmt. Finanziert hatte er sie vom Geld des dicken Rat Pi, aber Silbervase gegenüber gedachte er sie als seine eigenen Geschenke auszugeben und damit schlau jenen Trick anzuwenden, der unter dem Namen ›Pfirsiche unter Blättern stehlen‹ bekannt ist. Jedes dieser drei Dinge strömte seinen eigenen aparten, durchdringenden Wohlgeruch aus, und so war der Jüngling Zinsgroschen in eine dreifache Duftwolke gehüllt, als er im vorderen Empfangssalon der Großmeisterin Li Platz nahm.

Es gehörte zur Etikette des Hauses, daß die Dame Li Besuchern, die sie nicht zu sehen wünschte, bestellen ließ, sie sei leider unpäßlich, Besucher aber, die sie zu empfangen gedachte, näher treten, das heißt, in der Bibliothek warten ließ.

In dieser Hinsicht bildete der Blumenhof der Dame Li eine Ausnahme von anderen Blumenhöfen, wo es formlos herzugehen und kein Unterschied zwischen Außengemächern und Innengemächern gemacht zu werden pflegt.

Wer von den Besuchern der Dame Li sich ihrer Etikette nicht fügen und etwa mit anmaßenden Redensarten auftrumpfen wollte, der kam bei ihr schlecht an. Ein solcher wurde von ihr als Mensch ohne Benehmen angesehen und hatte sich ein für allemal die Aussicht verscherzt, sie je zu Gesicht zu bekommen.

Nun, Zinsgroschen gehörte zu den jungen Leuten von Benehmen und wartete geduldig. Er vertrieb sich die Wartezeit damit, seine Umgebung mit Muße zu betrachten. Seine Blicke schweiften gemächlich vom Tisch in der Mitte zu den Stühlen an den Wänden – Tisch und Stühle waren sämtlich aus kostbarem Zedernholz geschnitzt –, von dem naturgewachsenen, vier Fuß hohen Ziertischchen aus Eisenbirnenholz an der gegenüberliegenden Wand zu der aus der Han-Zeit[1] stammenden schönen alten Bronzevase darauf mit dem halberblühten Pflaumenblütenzweig im Vasenhals, weiter zu dem sechs Fuß hohen, offenbar – nach den eingestanzten Tao-tiä-Vielfraßfiguren zu schließen – aus der Tschou-Zeit[2] stammenden uralten Bronzedreifuß in der Ecke, aus dessen Mündung unablässig dünne Räucherschwaden emporschwelten.

Er hatte eine geraume Weile gesessen und sich umgesehen, als ein kleines Ölmäulchen von Zofe, der man von weitem die hauptstädtische Herkunft ansah und anhörte, erschien und ihm einen silbergerandeten Rotlackbecher mit Tee und eine Schale Aprikosenmandelschaum vorsetzte.

»Die Tai tai hatte sich ein wenig hingelegt, sie ist eben aufgestanden und noch beim Frisieren. Wenn sie fertig ist, wird sie zum Vorschein kommen und den jungen Herrn empfangen«, plapperte geläufig das großstädtische Ölmäulchen und verschwand.

1. 2. Jh. vor bis 2. Jh. u. Z. – 2. 12. Jh. bis 3. Jh. v. u. Z.

Zinsgroschen schlürfte gemächlich seinen Tee mit Mandelschaum und wartete wieder geraume Zeit, in der man bequem ein reichliches Menü von einem Dutzend Gängen hätte bewältigen können, dann wurde wieder der Türvorhang zurückgeschoben, und ein anderes Zöfchen erschien. Sie trug ein grünes, goldbetupftes Kattunkleid mit rot und silbern gemusterter Atlasweste und tat ihm lächelnd kund:

»Die Tai tai läßt den jungen Herrn in die Bibliothek bitten.«

Zinsgroschen zupfte noch einmal rasch sein Gewand zurecht und folgte der Grünen. Durch etliche Pforten, Höfe und ausgedehnte krumme Wandelgänge, die erst an einem Bambus- und Kiefernhain und dann an einem felsigen Teichgestade mit vollblühenden Winterkalykanthussträuchern entlangführten, gelangte man zu einem stattlichen Wohngebäude von fünf Räumen. Der mittlere dieser fünf Räume war die Bibliothek.

Hier durfte Zinsgroschen wieder eine geraume Weile warten und von neuem ausgedehnte Innenarchitekturstudien betreiben. Da gab es an der Südseite zwei Wandschirme aus Yünnan-Ziersteinplatten zu bewundern, deren natürliche Schraffierung regelrechte Landschaften mit Bergen, Gewässern und Wolken vortäuschten. Dazwischen prunkte an der Wandmitte ein Rollbild mit der Zeichnung eines weißen Adlers, eigenhändig vom Kaiser gemalt und mit dem Abdruck des kaiserlichen Nephritsiegels versehen. An der linken Wand hing ein Gedicht, geschrieben in den charakteristischen großen Schriftzügen des berühmten Dichters Su Tung Po. An der rechten Wand ein Bild in den unverkennbar blassen Farbtönen des großen Malers Mi Feh. Auch ein Prunkbett stand da mit blauseidenen Behängen und schweren goldenen Quasten, der Bettrahmen völlig aus Elfenbein geschnitzt und in kunstvoller Reliefarbeit rings mit dem kaiserlichen Drachen-Phönix-Muster geziert. Ein Geschenk – ebenso wie die anderen Kostbarkeiten – aus den inneren Palastgemächern. Hoch zu Häupten des Lagers wölbte sich ein Baldachin graziös zur glockenförmigen Kuppel. Dann sah er eine flache Blumenetagere, die eine mit glückbringenden Dauerpilzen bepflanzte Erdschicht trug. Unter der harmlosen Oberfläche aber verbarg sich ein Geheimfach, das als Schatulle diente. Das war so einer der Scherze, wie man sie damals bei Hofe liebte. An den Wänden fehlten natürlich nicht Regale und Fächer für Bücher und Schriftrollen. Sie enthielten meist Schriften von taoistischen Weisen und Alchimisten. Auf einem der Tische lagen fein säuberlich geordnet die vier Kostbarkeiten, die zum Schreiben unentbehrlich sind. Auf einem Rotlackuntergestell ruhte ein siebensaitiger Griffelpsalter. Am Kopfende des Diwans stand ein Blumentisch mit einer kleinen Pflanzung von drei Zoll hohen Zwergkiefern, die man beim Malen gut als Modell benutzen konnte. Am Fenster hing ein vergoldeter Vogelkäfig. Der Papagei darin war darauf abgerichtet, auf einen Wink seiner Herrin laut und deutlich ›Tscha! Tee!‹ zu rufen. Auch hier fehlte es nicht an einem geschmackvollen Räucherkessel. Es war eine Ente aus Goldbronze, die unermüdlich aus ihrem Schnabel würzige Rauchkringel herauspaffte.

Zinsgroschen war noch in andächtige Betrachtung des Prunkdiwans versunken, als die Türmatte aus Tränenbambusgeflecht plötzlich hochgehoben wurde und, von vier Zofen umringt und gestützt, das Gesicht von einem Palastfächer halb verdeckt, die Dame des Hauses eintrat.

Sie mochte etwas über Dreißig sein, ihre Figur war normal, nicht zu kurz und nicht zu lang, ihr Gesicht mit dem blaßgelben Teint regelmäßig geschnitten, ohne überdurchschnittlich schön zu sein. Gekleidet war sie mit vornehmer Eleganz. Ihr Untergewand von himmelblauem Seidenplissee war mit roten Phönixen zwischen roten Blumen bestickt. Über dem Obergewand aus dunkelrotem Taffet trug sie noch eine kurze geschlitzte Tunika aus ganz dünner weißer Seide, die mit acht radspeichenartig auseinanderlaufenden Reihen von fallenden Blumen bestickt war. Alles in allem, die hochgesteckte Palastfrisur hinzugerechnet, erweckte ihre Erscheinung völlig den Eindruck einer Palastdame. Eine Wolke pikanten Parfüms, gemischt aus Orchideen- und Zimmerduft, umschwebte sie.

Zinsgroschen sah sie heute zum ersten Male von Angesicht. Er war Frauen gegenüber gewiß kein Neuling und Anfänger, aber einer weiblichen Erscheinung von soviel hoheitsvoller Würde war er noch nicht begegnet. Er fühlte sein ganzes Knochengerüst weich und schlapp werden, und ehe er sich's versah, lag er auf den Knien und neigte sein Haupt zu ehrfurchtsvollem Stirnaufschlag.

Die Großmeisterin zog ihn in die Höhe und sprach mit einem huldvollen Lächeln, das einer Kaiserin zu Gesicht gestanden haben würde, zu ihm:

»Nicht gar so förmlich!« Dann zupften ihn Zofenhände von links und rechts bei den Ärmeln und drückten ihn in einen Sessel nieder.

Er brachte seine Geschenkliste zum Vorschein und überreichte sie mitsamt seiner Visitenkarte – wohlverstanden seiner eigenen! Er hatte sie daheim listig gegen die des Geschenkgebers, des dicken Rat Pi, vertauscht.

Auf der Visitenkarte stand geschrieben: ›Pflichtsohn Tschen neigt sein Haupt zum Glückwunschkotau und wünscht der hochedlen Dame und Mutter Li tausend Herbste!‹

Das bedeutete ein klares Angebot der Adoption. Und es fand wohlgeneigte Annahme.

Draußen vor den Stufen zum Eingang in die Bibliothek breiteten inzwischen Diener des Rates Pi die mitgebrachten Geburtstagsgeschenke aus: einen Ballen Japanseide, einen Ballen Schen-hsi-Wollstoff, je fünfzig Fuß lang; dann, in rotes Packpapier eingewickelt, zwei gebratene Gänse, einen geräucherten Schinken, zwei gebratene Hammelkeulen, ein Paar gebratene Kalbshaxen, dazu einen Korb Pfirsiche, einen Korb Nudeln, beides als Sinnbilder langen Lebens, weiter acht Körbe, enthaltend frische Blumen, Edelpilze, Haifischflossen, Schwalbennester und verschiedene frische Früchte, und als letztes zwei Krüge besten Goldorangenlikörs aus Kiang nan.

Die Dame Li sträubte sich erst eine Weile, wie es sich gehört, diese üppigen Geschenke anzunehmen, aber Zinsgroschen setzte ihr mit Bitten und ›Tai tai‹ kurz und ›Tai tai‹ lang so nachdrücklich zu, bis sie sich schließlich huldvoll und anscheinend widerstrebend entschloß.

Auch er wußte, was der gute Ton heischt, und wollte sich zum Schein gleich wieder empfehlen.

»Ich hatte nur vor, diese kleinen Geschenke als Zeichen meiner Ergebenheit zu überbringen. Die Tai tai wird heute übergenug in Anspruch genommen sein, ich möchte sie nicht länger stören«, sagte er, sich leicht erhebend, blieb aber doch wie angenagelt auf seinem Sessel sitzen und nahm ihre Einladung zur Abendtafel nur zu gern an.

Das Mahl an dem Acht-Genien-Tisch mit der Platte aus poliertem Japanlack entsprach, was die Kostbarkeit des Geschirrs und die Fülle und Güte der Speisen anlangte, durchaus dem sonstigen, verschwenderischen Stil des Hauses; die große Buntlackserviermuschel, die Zinsgroschen neben seinem Platz vorfand, enthielt nicht weniger als vierundzwanzig verschiedene runde und eckige Teller und Schalen aus feinstem Ting-tschou-Porzellan, jeder Teller und jede Schale mit einer besonderen Leckerei gefüllt. Wohl fast zwei Dutzend geputzte junge Dinger zählte er, die unablässig zwischen Tisch und Küche hin- und herliefen, um den Tisch herumschwirrten, Speisen auftrugen und abtrugen und Wein aus silbernen Kannen in goldene Becher einschenkten. Es fiel ihm auf, daß alle diese jungen Dinger mit Kopfputz und Geschmeide überladen waren, im Gegensatz zur Dame des Hauses, die als einzigen Schmuck einen aus grünem Nephrit geschnittenen Drachenpfeil quer in ihrer hochgekämmten Frisur stecken hatte und dazu schräg einen mit wenigen großen Perlen besetzten Phönixpfeil. Und es wollte ihm dünken, als wirke diese maßvolle Einfachheit weit vornehmer.

Während des Mahls winkte die Großmeisterin das Mädchen Wasserdampf an ihre Seite und flüsterte ihr etwas ins Ohr. Worauf Wasserdampf wie ein flüchtiger Dunst verschwand.

Eine Weile später, man war bereits beim dritten Becher, vernahm Zinsgroschen von draußen her ein silberhelles Lachen.

Gleich darauf wurde der Türvorhang beiseite geschoben, und hereinschweben sah er, von zwei Zofen begleitet, ein junges Mädchen, dessen göttlicher Liebreiz seine beiden Seelen einen gewaltigen Satz tun und in Wolkenfernen auf und davon flattern, seine Knochen schmelzen und seine Sehnen zu weichem Garn werden ließ.

Ihr Gesicht schien noch die trunkene Schlafröte ersten Erwachens an sich zu haben, ihr Auge trug den feuchten Schimmer der Herbstwelle, und wenn sie scheu aufblickte, dann besagte ihr Blick neben sieben Zehnteln mädchenhafter Scham zu drei Zehnteln süße Lenzverheißung. Sie glich einer jungen Gewürznelke, einer halb erschlossenen Muskatblüte, die ihre ganze Würze noch in sich verschlossen hält und auf den ersten Frühlingsregen wartet.

»Mein Töchterchen Silbervase«, stellte die Großmeisterin vor und lud das Mädchen ein, an ihrer Seite Platz zu nehmen. Nachdem ihr Zinsgroschen als ›trockener‹ Mutter gehuldigt und seine vollendete Artigkeit bewiesen hatte, gehörte er ja nunmehr zur Familie, und so bestand kein Bedenken, die beiden jungen Leute miteinander bekannt zu machen. In den Augen der Großmeisterin waren sie jetzt so gut wie Bruder und Schwester.

Nach förmlicher Begrüßung zwischen Bruder und Schwester nahm das Mahl seinen Fortgang, und gleichzeitig traten vier kunstgeübte Blumenhofinsassinnen ein und boten auf dem zwölfsaitigen Griffelpsalter, der siebzehnröhrigen Handorgel, der dreigelochten Querflöte und der siebengelochten Rohrflöte eine zarte Tafelmusik.

Während des Spiels fanden die beiden jungen Leute Gelegenheit, einander verstohlen zu mustern, und beide entbrannten in heißer Glut zueinander. Ach, wenn Silbervase gewußt hätte, daß der liebenswürdige Jüngling vom Schicksal ausersehen war, das Unrecht, das sie in ihrer früheren Existenz als geborene Ping ihrem bedauernswerten Gatten Hua Tse Hsü angetan hatte, ihr mit Zinsen heimzuzahlen!

Ach, in ihrem ganzen Leben war sie ja noch kaum mit fremden jungen Leuten zusammengekommen. War es da verwunderlich, daß dieser gutaussehende, elegant angezogene, flotte Jüngling mit seinen gewandten Manieren beim ersten Anblick ihr junges Herz entzündete? Sie konnte sich nicht helfen, sie mußte, wenn er wegsah, unentwegt nach ihm hinspähen, aber wenn ihr Blick zufällig seinem Blick begegnete, dann senkte sie schamvoll das Köpfchen. Dazu zwang sie die Gegenwart der Großmeisterin. Oh, sie hätte ihm gern ihre Gefühle zu verstehen gegeben, ach, nur allzugern. Denn wenn sie auch im Schoß der Familie aufgewachsen und streng bürgerlich erzogen war, so hatte sie doch hier in der Blumenhofumgebung den anderen Mädchen manches abgeguckt, was nach streng bürgerlicher Auffassung verpönt ist. Bei ihrer leichten Auffassungsgabe war ihr außer anderen Künsten auch die Kunst, zu gefallen, zugeflogen, die Kunst, mit dem stummen Spiel von Brauen und Blicken zarte Seelenfäden ineinanderzuhaken. Diese Kunst durfte sie vor der Großmeisterin freilich nicht zeigen. Zinsgroschen erging es ähnlich. Artigkeit gebot ihm, sich bei der Unterhaltung vorwiegend der Gastgeberin zur Linken zu widmen, während er gefühlsmäßig lieber ein beherztes Geplänkel der Worte und Blicke mit seinem anmutigen Gegenüber eröffnet hätte. Es entging ihm nicht, daß bei zunehmender Weinstimmung im Auge der Großmeisterin ein gewisses Feuer aufglühte, das er sehr wohl zu deuten wußte. Da kam er sich nun vor wie ein Lamm zwischen Wölfin und Tigerin. Diesem Dilemma suchte er zu entgehen, indem er möglichst den ›Mann von Holz‹ spielte und seine Gefühle hinter einer statuenhaften Miene verbarg.

Ein günstiger Zufall fügte es, daß just zu dieser Stunde eine Geschenksendung vom Obereunuchen Huang aus dem Palast eintraf. Die Großmeisterin konnte nicht umhin, sich in das Nebengemach zu begeben, um anhand der Geschenkliste die Gaben persönlich nachzuprüfen und in Empfang zu nehmen. So blieben sich die beiden jungen Leutchen für eine Weile allein überlassen. Endlich durften sie ihre Blicke voll und tief ineinandertauchen! Zinsgroschen nützte die Gelegenheit, um die Unterhaltung zu unterbrechen und aus seiner Ärmeltasche die drei duftenden Angebinde, die ›Buddhahand‹, den Aloescheit und das bronzene Räucherkesselchen, hervorzukramen und vor Silbervase auf den Tisch zu legen.

»Hier, werte kleine Schwester, ein paar Kleinigkeiten für Euch, und mögt Ihr, wenn Ihr sie anschaut, dabei ein wenig an Euren Tölpel von Bruder denken!« sagte er bedeutungsvoll, und sie verstand sehr wohl, was er meinte. Aber wie es sich für eine wohlerzogene Haustochter gehört, zierte sie sich zunächst und wollte erst um Erlaubnis fragen, ob sie die Geschenke auch annehmen dürfe.

Als dann die Großmeisterin wieder am Tisch Platz nahm, wies Silbervase auf die drei Gegenstände und berichtete wie ein artiges Kind:

»Das hat Bruder Tschen für mich mitgebracht. Darf ich es denn annehmen?«

»Natürlich. Warum sollen sich Geschwister nicht gegenseitig beschenken?« versetzte die Großmeisterin lächelnd und fuhr im gleichen Atem fort:

»Bitte nur deinen Bruder, er soll sich nach einem passenden Gatten für dich umsehen. Damit würde er sich recht nützlich machen und sich unseren Dank sichern.«

Geschmeidig hakte Zinsgroschen ein und brachte den Heiratsplan des Rates Pi zur Sprache. Und nun wurde er ganz sachlich und geschäftlich:

»Auf Grund ihrer Schönheit, ihrer grünenden Jugend und ihrer geistigen Vorzüge hätte meine geschätzte Schwester zweifellos Anspruch auf einen Tschuang yüan, auf einen ersten Sieger bei der Palastprüfung, der obendrein aus vornehmem und reichem Hause stammen müßte. Das steht ganz außer Frage. Aber infolge des allgemeinen Umsturzes der Verhältnisse sind die großen, reichen Häuser von ehedem meist verarmt. Einen würdigen Partner aufzutreiben dürfte also heute schwerhalten. Nun, der Rat Pi, den ich mir vorzuschlagen erlaubte, stammt aus sehr guten Verhältnissen. Seine Familie gilt als eine der reichsten und angesehensten von Lo yang. Er müßte natürlich für einen standesgemäßen Brautschatz aufkommen, auch müßte er einverstanden sein, vorläufig als Tochtermann in Eurem Hause zu leben, damit meine verehrte Adoptivmutter die gewohnte Nähe ihrer Tochter nicht zu missen braucht. Übrigens ist er Anfang Dreißig, und was seine Person betrifft, in jeder Beziehung guter Mittelschlag, vor allem von grundsolidem Charakter, kein Leichtfuß, keine taube Nuß. Ihr solltet seinen Antrag ernstlich in Erwägung ziehen.« Und ob die Dame Li einen solchen mundgerechten Vorschlag ernstlich in Erwägung zog! Ebenso sachlich und geschäftlich begann sie zu fragen:

»Wieviel gedachte er denn für den Brautschatz anzulegen? Ihr müßt berücksichtigen, Silbervase war eigentlich für den Palast bestimmt. Schätzt sie nicht als gewöhnliche Blumenhofinsassin ein! Was ihren Wert und ihre künstlerischen Fähigkeiten anlangt, so ist sie überhaupt unschätzbar. Ich möchte sie nicht gegen eine lebensgroße Figur aus purem Gold eintauschen. Dreitausend Silberbatzen als Anzahlung bei der Verlobung, das wäre das mindeste. Dazu noch tausend Batzen für Schmuck und Ausstattung. Dann könnte man sie allenfalls aus dem Haus geben.«

»Viel zuwenig für einen so reichen Kerl!« wandte Zinsgroschen lächelnd ein. »Er soll sich zunächst einmal bei der Verlobung kräftig anstrengen. Sie soll in aller Form mit Trommeln und Flöten und vor angesehenen Zeugen begangen werden. Dann ist er vor der Öffentlichkeit verpflichtet und kann nicht mehr zurück. Dann stellt erhöhte Forderungen. Solange er nicht voll gezahlt hat, laßt Schwester Silbervase nicht über die Schwelle, und im übrigen laßt mich nur machen. Ich werde schon dafür sorgen, daß er immer wieder wie eine hungrige Katze auf den Baum klettert und vergeblich nach seinem Vogel hascht. Auf diese Weise werdet Ihr weit mehr an Zahlungen aus ihm herauslocken, als wenn Ihr Euch mit einer einmaligen Abfindung bescheidet. Ein Stück Braten will in kleinen Bissen zerkaut und zerbissen und nicht im Ganzen hinuntergeschlungen werden.«

Seine Worte fielen bei der Großmeisterin auf fruchtbaren Boden. Es leuchtete ihr ein, daß bei solcher Hinhaltetaktik, wie der geriebene Zinsgroschen sie vorschlug, weit größere Vorteile winkten, als bei einem gewöhnlichen, einmaligen Handel. Daß Zinsgroschen vor allem bezweckte, die heimliche Geliebte einem Nebenbuhler vorzuenthalten, daran dachte sie nicht.

Jedenfalls war sie von der lockenden Aussicht, die ihr talentierter Adoptivsohn entworfen hatte, so berauscht, daß sie einen besonders schönen Nephritpokal aus der Han-Zeit, aus dem bisher nur ihr kaiserlicher Gönner getrunken hatte, vollschenken und ihm durch Silbervase kredenzen ließ.

Gehorsam hob Silbervase den Pokal mit beiden Händen hoch, so daß sich ihre weiten eisvogelblauen Rockärmel zurückschoben und Hand und Unterarm in ihrer zarten Bambussprossenfrische sichtbar werden ließen. Ein Schauer überrieselte den Jüngling, als er den Pokal aus ihren Händen entgegennahm und dabei sacht ihr Handgelenk berührte. Lächelnd tauschten sie einen Blick stummen Einverständnisses.

Die Stimmung war, durch Musik und reichlichen Wein belebt, zwanglos geworden, da fiel es nicht weiter auf, daß Zinsgroschen auf einmal, leichte Berauschtheit vortäuschend, einen kecken Wunsch äußerte:

»Ich habe viel Rühmliches von Eurem schönen Garten gehört. Wäre es mir wohl vergönnt, ein wenig darin zu lustwandeln? Im Freien läßt sich's auch besser plaudern.«

Die Großmeisterin erfüllte gern seinen Wunsch. Sie erriet nicht seinen verschmitzten Hintergedanken, daß er bei dieser Gelegenheit das Gelände um Silbervases Schlafkammer ausspionieren wollte.

Sie schickte also etliche Mädchen mit Wein und Gebäck zum Blumengarten voraus und hieß sie, die Laube mit dem Steintisch für die kleine Gesellschaft herzurichten. Der Weg zur Gartenpforte führte von der Bibliothek östlich einen gedeckten Wandelgang entlang an der Vorderseite von Silbervases Wohnpavillon vorüber.

Die Großmeisterin übernahm die Führung, die beiden jungen Leute schritten nebeneinander hinter ihr her. Der Mond ging gerade auf, es war die Dämmerstunde, da man Laternen anzündet. Von weitem hörte man gedämpften Straßenlärm. Unterwegs machte die Großmeisterin vor einem einstöckigen Pavillon halt.

»Wir wollen hinaufgehen. Man hat von oben einen hübschen Blick auf den Fluß mit seinen bunten Bootslaternen«, sagte sie und schritt die Stiege hinauf voran.

Zur Aussichtsveranda gelangte man durch einen in tiefem Dämmerdunkel liegenden Wohnraum. Er war von einer unendlich zarten, weichen, lenzlichen Atmosphäre erfüllt. Es roch nach Seidenwäsche, Toilettentisch und würzigen Kräutern.

»Silbervase, nimm die siebengelochte Bambusflöte mit. Wir wollen in der Laube ein wenig musizieren. Dein Bruder mag uns auf der Flöte begleiten«, wandte sich die Großmeisterin an das junge Mädchen. Worauf Silbervase durch einen Vorhang in der Nebenkammer verschwand.

Da wurde es Zinsgroschen klar, daß man sich in Silbervases Wohnpavillon befand. Und genau prägte er seinem Gedächtnis alle Einzelheiten der Örtlichkeit ein.

Unter Pflaumenbäumen ließ man sich in der Laube mit dem Steintisch nieder. Es standen nur zwei Steinbänke als Sitzgelegenheit zur Verfügung, die jungen Leute kamen Seite an Seite auf der einen Steinbank gegenüber der Großmeisterin zu sitzen. Die lackglatt geschliffenen Steinplatten wiesen Äderungen auf, deren seltsame Linienführung Formen von Bambusgebüsch und Kieferngezweig erstehen ließ.

Bei Vollmondschein wurde weiter pokuliert, und dann mußte Silbervase eine Probe ihrer Sangeskunst geben. ›Zwiefach enttäuschte Pflaumenblüte‹ hieß das Liedchen, das sie vortrug. Die Großmeisterin begleitete sie auf der siebensaitigen Pi pa, Zinsgroschen blies dazu auf der Flöte.

Der reichlich genossene Wein hatte im Verein mit der Musik und der Nähe eines liebenswerten Jünglings, der seinem Bei-

Silbervase musiziert unter dem blühenden Pflaumenbaum

namen ›Der junge Lebemandarin‹ wirklich Ehre machte, in der Großmeisterin jene Wind- und Mondspielregungen geweckt, die sie, ach, schon seit langem hatte schlummern und schweigen lassen. Oh, es gab eine Zeit, da war sie gerade für ihr Wind- und Mondspiel im ganzen Lande berühmt und begehrt, da kamen Leute von weither, die gern hundert Batzen opferten, um sie bloß einmal von Angesicht zu sehen und sprechen zu hören. Aber seit der Kaiser sie beglückt hatte, fand sie es nicht schicklich, ihre Gunst noch anderen Verehrern zu schenken. Seitdem hatte sie frostige Enthaltsamkeit geübt. Ihr Dasein war in dieser Hinsicht seit langem freudlos geworden.

In dieser Mondnacht nun wurde der Durst ihrer schon allzu lange unterdrückten Sinne übermächtig, ein unwiderstehliches Lenzverlangen überkam sie. Kurz, Zinsgroschen spürte unter dem Tisch den leisen Druck ihres Fußes auf seinem Fuß.

Nun, er war nicht begriffsstutzig. Weinmüdigkeit vortäuschend, ließ er sich auf einmal schwer vornüber auf die Tischplatte sinken, legte den Kopf auf den Unterarm und lallte mit verstellter Stimme:

»Ich bin so müde. Ich möchte schlafen.«

»Er hat sich etwas beim Trinken übernommen. Ich bemerkte wohl, wie er jeden Becher in einem Zug hinuntergoß. Bringt ihn in die Bibliothek. Dort mag er seinen Rausch ausschlafen«, wandte sich die Großmeisterin lächelnd an das Mädchen Wasserdampf. Innerlich mußte sie die Verstellungskunst des listigen Burschen bewundern.

Wasserdampf und zwei Dienerinnen packten zu und schoben und zerrten Zinsgroschen zur Bibliothek. Dort legten sie ihn auf den elfenbeinernen Palastdiwan hin. Dann brachten sie eine Lampe herein und besahen und betätschelten angelegentlich den trunkenen Jüngling. Kurz darauf erschien die Großmeisterin in der Bibliothek.

»Nehmt die Lampe wieder heraus und verschwindet!« befahl sie, worauf sich die Dienerinnen heimlich kichernd entfernten und ihre Herrin mit dem Jüngling im Dunkeln allein ließen.

Merkwürdig, sein Rausch war mit einem Mal verflogen und in heißes Begehren umgeschlagen. Er richtete sich auf, glitt vom Diwan und tat einen Kniefall vor ihr.

»O Geliebte!« stammelte er, dann schnellte er hoch, nahm sie ohne weitere Umstände in die Arme und zog sie mit sich in einen Lehnsessel. Und da hatte er auch schon behend seinen rotseidenen Hosenbund gelöst und seinen nephritenen ›Yakwedel‹ hervorgeholt. Nun, er wie sie waren in Liebesdingen keine Anfänger. Was bedurfte es noch weiterer Worte? Willig ließ sie sich von ihm unter den Kuppelbaldachin auf den Palastdiwan ziehen und ließ ihn gewähren.

Der Jüngling Zinsgroschen war ein kräftiger Bursche, er verfügte über einen zu zehn Zehnteln leistungsfähigen und angriffslustigen Speer von kämpferischer Härte und Ausdauer. In puncto Lenden war er nicht weniger als in puncto Geist ein blühendes Talent. Also bearbeitete er die Dame Li nach allen Regeln, wie sie im Piao king, dem bewährten ›Leitfaden der Buhlkunst‹, gelehrt werden, wo vor allem Abwechslung empfohlen wird nach dem Rezept: ›Auf neun Flachstöße ein Tiefstoß.‹ Kurz, er beglückte sie mal von vorn, mal von hinten, bald schräg und flach zielend, bald nach unten bohrend, mal reibend, mal pressend, mal in die Tiefe dringend und machte seine Sache so gut, daß ihr Lustrinnsel mehr als einmal das ihrer Lotosgrotte vorgewölbte Buschwerk netzte. Sie fühlte sich völlig betäubt und benommen, wie trunken, und spürte unaussprechliche Wonnen.

»Ach, mein Ko ko, wie stark du bist! Nie wieder in diesem Leben werde ich von dir lassen können!« stöhnte sie. Dann streifte sie auf einmal ihre Gewandung herunter und stieg nackt auf seinen Leib, um rittlings sitzend nun ihrerseits zum Angriff überzugehen. Er paßte sich geschmeidig ihren Bewegungen an und half mit ganzer Kraft von sich aus nach. Von ihr konnte man füglich sagen, daß ihr dritter Lenz noch nicht verblüht war. Bis zum dritten Trommelschlag trieben sie so ihr Spiel. Wohlig ermattet schliefen beide schließlich Seite an Seite ein.

Unterdes stand Silbervase droben an ihrem gewohnten Fensterplatz und starrte trübselig in den Mond. Sie hatte die Lampe ausgelöscht, um im Dunkeln besser beobachten zu können. Und sie hatte sehr wohl gesehen, wie die Großmeisterin in der Bibliothek verschwunden war, nachdem man den Geliebten hineingeschleppt hatte, und wie die drei Dienerinnen mit der brennenden Lampe ohne sie wieder herausgekommen waren. Alles Weitere reimte sich ihr aufgeweckter Verstand dazu.

Ach, sie hatte vorhin mit Bedacht das traurige Lied von der ›Zwiefach enttäuschten Pflaumenblüte‹ gewählt. Zum zweiten Male fiel nun Reif auf die zarte Blüte ihres Traums von Glück und Liebe. Warum blieb gerade ihr jener Genuß versagt, nach dem jedes junge Mädchen verlangt? Beim Gedanken, daß die Großmeisterin ihren Geliebten jetzt in den Armen halte, stieg ihr der bewußte essigsaure Geschmack im Gaumen auf. Und was würde denn dieser Rat Pi für einer sein, der ihr als Gatte zugedacht war? Ach, wenn er nur wenigstens halb so anziehend war wie dieser junge Tschen, dann mochte es ja angehen, dann wollte sie sich dreinschicken. Matt und mißmutig warf sie sich aufs Lager. Sie war unfähig, sich auszukleiden. Auch zum Schlafen war sie unfähig, unruhig wälzte sie sich auf ihrem Kissen von einer Seite zur anderen.–

Es war um die Zeit des vierten Trommelschlags, um die dritte Stunde nach Mitternacht, als die Dame Li sich von ihrem elfenbeinernen Prunkdiwan erhob. Ihr Rausch von gestern war verflogen, sie fühlte sich wieder ganz nüchtern, und kühle Überlegung ergriff von ihr Besitz. Noch einen langen zärtlichen Blick warf sie auf den entbößt daliegenden, anscheinend friedlich und fest schlafenden Jüngling – was für helle, glatte Haut er hatte! Fast die eines Mädchens! Er war wirklich liebenswert!

Sie gab ihm einen leichten Klaps und rüttelte ihn wach.

»Ko ko, mein Freund, ich werde dich jetzt verlassen und in mein Schlafzimmer gehen. Es würde nicht gut aussehen, wenn mich die Dienerinnen am hellen Morgen hier bei dir fänden. Ein schöner Scherz, den sich da die ›trockene‹ Mutter mit dem

›trockenen‹ Sohn erlaubt hat, geht ein bißchen weit, würden sie denken und kritisieren. Du aber schlafe ruhig weiter. Und sooft du später Verlangen hast, bist du mir willkommen und darfst hier übernachten. Das wird nicht weiter auffallen«, sagte sie leise zu ihm.

Sie zog ihm noch rasch die verrutschte seidene Daunendecke über, dann huschte sie hinaus.

Kaum aber war sie weg, da sprang der kleine Schurke hurtig von seinem Lager auf. Er war völlig munter und nüchtern und mit allen seinen Gedanken nur noch bei Silbervase. Zwar war das Vergnügen, das er in den Armen der Großmeisterin genossen hatte, auch nicht zu verachten, aber doch nicht mit den ungeahnten Wonnen zu vergleichen, die ihm die Knospenfrische einer Silbervase verhieß, so ging es ihm durch den gewitzten Sinn.

Er lauschte. Draußen schlug der Nachtwächter gerade die vierte Nachtwache an. In dieser Jahreszeit des ersten Monats waren die Nächte noch lang, und es wurde erst spät hell. Also war noch Zeit zu handeln.

Er sprang auf, fuhr in seine Sachen, wusch sich, ordnete seine Frisur und schlich sich behutsam ins Freie. O Glück, überall fand er Parkgatter und Hornpforten offen! Mit Rücksicht auf ihre Herrin, der sie das Vergnügen nicht verderben wollten, hatten die taktvollen Dienerinnen sie in dieser Nacht wohlweislich offengelassen. Im ganzen Bereich des Blumenhofs herrschte um diese Stunde völlige Stille, alles lag in tiefem Schlaf.

Durch den östlichen Wandelgang fand er sich auf leisen Sohlen richtig zum Pavillon der Geliebten. – Silbervase lag um diese Zeit noch immer wach und angekleidet auf dem Bett. Den Sinn von verliebten Vorstellungen umgaukelt, das Blumenherz taufeucht, fühlte sie sich wie zerschlagen und höchst unlustig. Sie hatte wie gewöhnlich die Tür zu ihrer Wohnkammer im Oberstock nur leicht angelehnt.

Auf einmal vernahm ihr feines Ohr von der Stiege her das gedämpfte Geräusch vorsichtig tappender Schritte, dann ein leises Rascheln des Perlschnürenvorhangs vor der Kammertür und dann sich nähernde Atemzüge.

Da stand er nun an der Schwelle des Heiligtums und sah sie unbedeckt, das Obergewand offen, hell vom vollen Mondlicht übergossen, auf ihrem Bett liegen.

»Böse! Wenn du wüßtest, was ich dir zuliebe an geheuchelten Gefühlen verschwenden mußte! Du hast doch nicht etwa geglaubt, daß ich dich aufgeben würde?« hörte sie die wohlbekannte Stimme in ihr Ohr tuscheln. Da hatte er sich auch schon über sie gepreßt, während seine Hand behend an ihrer Untergewandung nestelte.

»Wer bist du?« fragte sie leise, sich schlaftrunken stellend und blinzelte ihn unter halb geschlossenen Lidern an.

Er hatte bereits ihren Hosenbund aufgeknöpft. Aber bei all seiner sonstigen draufgängerischen Keckheit wagte er doch nicht, gleich allzu ungestüm vorzugehen. Schließlich fühlte er sich sowieso noch etwas abgekämpft. Er wählte die sanfte, behutsame Art. Sie suchte sich anfangs – zum Scheine – seiner sachten Werbung durch zweimaliges Herumwälzen zu entziehen, aber sie gab keinen Laut von sich und ließ ihn schließlich stumm gewähren . . .

Da war es nun geschehen. Die köstliche neue Röte ihrer Jungfräulichkeit war erbrochen. Aus Taktgefühl wagte er nicht, ihr härter zuzusetzen. Zart und rücksichtsvoll half er ihr zu bequemer Sitzstellung auf, damit sie ihre verrutschte Frisur ordnen und ihre strapazierte Taille lockern und entspannen konnte. Mit einem weißseidenen Tüchlein wischte er ihr behutsam die Spuren der neuen Röte von den Oberschenkeln. Mit einem Male stiegen ihr Tränen in die Augen.

»Ko ko, was du für mich fühlst, fühle auch ich für dich. Aber meinst du es auch ernst? Meinst du es so, daß wir uns als Gatten fürs ganze Leben angehören sollen? Wenn du aber bloß flüchtige Liebe meinst, was soll nun, nachdem du mich gepflückt und meiner neuen Röte beraubt hast, später aus mir werden?«

»Sei ganz unbesorgt, Schwesterlein! Der Mann, den wir dir

jetzt als Scheingatten ausgesucht haben, ist für dich so gut wie tot, wie gar nicht da. Nie und nimmer sollst du ihm angehören oder gar in sein Haus ausgeliefert werden. Es wird auf nichts weiter als eine übliche Monatspacht hinauskommen, und ich – deine Mutter hat mich ja zu deinem Stecken und Stab erkoren – werde ihn schon so gängeln und leiten, daß es für ihn eine Leerpacht wird. Inzwischen werden wir beide froh und glücklich wie Fischlein im Wasser zusammenleben. Bei Nacht werde ich zu dir kommen, bei Tag gehen. Dieser Rat Pi wird uns nur als leeres Aushängeschild dienen. Ein paar Jährchen wollen wir es so halten, dann wird sich weiterer Rat finden. Du mußt bedenken, daß wir heute in Umsturzzeiten leben, wo es auf Brauch und Herkommen nicht ankommt. Wir werden eben auf unsere besondere Art Mann und Frau sein.«

»Gut, da du es aufrichtig meinst, so wollen wir uns im Angesicht des Mondes Treue schwören.«

Sie stieß das Kammerfenster auf und ließ das Mondlicht voll hereinfluten. Dann knieten sie Seite an Seite vor dem offenen Fenster nieder und gelobten sich vor dem strahlenden Gott des Mondes als Zeugen ewige Treue:

». . . und wer von uns beiden je die Treue bricht, soll unter des Messers Schneide sterben!« schwuren sie sich.

Er wollte eigentlich noch einen zweiten Gang mit ihr versuchen. Aber sie wollte nicht. Sie klagte über Schmerzen. Doch erteilte sie ihm die Erlaubnis, sie künftig wieder zu besuchen. Hierauf küßten und umarmten sie sich, und dann nahmen sie voneinander Abschied.

Der Alte im Monde aber, der Buch über die bezahlten und unbezahlten Liebesschulden der Erdenmenschen führt, eröffnete ein neues Konto unter der Rubrik ›Gebrochene Liebesschwüre‹.

ZWÖLFTES KAPITEL

Der Narr verplempert sein Geld und kauft dafür stinkende Abneigung. Zinsgroschen verschafft sich den Genuß der Röte selber und spendiert dem anderen die Glückwünsche.

»Gute Botschaft! Hat mich allerdings unmenschliche Anstrengung gekostet! Was erhalte ich als Belohnung?« platzte Zinsgroschen am nächsten Morgen frühzeitig bei Rat Pi herein. Der war eben erst aufgestanden und noch nicht einmal gewaschen und angezogen.

»Zu wieviel Zehnteln ist die Sache perfekt? – Aber halt, ich will mich erst waschen und ankleiden«, sagte er und verschwand gleich wieder in sein Schlafgemach.

»Frühstück für zwei! Und reichlich!« ließ er in die Küche sagen.

Nach einer Weile kam er gewaschen und frisiert, aufdringlich nach Pomade und Moschus duftend, wieder zum Vorschein. Er stak in einem neuen jadeblaßgrünen, rot und silbern bestickten Morgenrock. Darüber trug er eine kreppseidene Jacke von der Farbe der Litschi-Pflaume. Einen gelben Ambrahalbmond, Familienerbstück aus der Han-Zeit, vorn an das eckige Barett aus schwarzer Seide gesteckt, unter dessen Rand der goldene Drachenkopf einer langen Schopfagraffe hervorlugte, eine die Nasenschleimhäute des Besuchers förmlich anspringende Wolke von aufdringlich starkem Parfüm vor sich herschiebend, kam er gravitätisch angeschwänzelt, neigte sich mit in Brusthöhe geballten Händen zum förmlichen Gruß, murmelte etwas von ›Danke‹ und lud seinen Besucher an die Tafel.

Zunächst wurde eine Weile stumm gefrühstückt. Kalter Hühnerbraten, Enteneier, Langusten, Dörrfisch, Südfrüchte, Gebäck, das war das Eingangsmenü, das die halbrunde, vielteilige Servierschale bot. Dazu wurde Zypressenkerntee und beißend scharfer, stark würziger Hexenschnaps aus kleinen goldenen Bechern geschlürft.

»Nun?« fragte der dicke Pi erwartungsvoll, im Kauen innehaltend und die elfenbeinernen Eßstäbchen niederlegend.

Zinsgroschen füllte ihm eine große Teeschale voll Schnaps – die winzigen goldenen Likörbecher erschienen ihm nicht ausreichend.

»Hier, stärkt Euch erst einmal.«

Der dicke Pi goß die Schale in einem Zuge hinunter und spitzte die Ohren.

»Eigentlich wollte ich gestern abend nur das Gelände sondieren und herausbekommen, wie bei der anderen Partei ungefähr der Atem weht. Wider Erwarten ist Euer Schiff bereits flott in Fahrt gekommen. Das Glück der ersehnten Verbindung winkt Euch bereits vor der Tür!« hub Zinsgroschen an. »Ich wurde glänzend aufgenommen und in der Bibliothek mit einem wahren Festessen bewirtet. Da habe ich nun in den höchsten Tönen von Euch und Euren persönlichen Verhältnissen gesprochen und Eure Vorzüge und Aussichten gebührend herausgestrichen. Die Großmeisterin tat anfangs den Mund nicht auf, wie stark sie aber bei der Sache war, zeigte sie nachher in dem Meer von Worten, das sie über mich ausgoß. Ihr Standpunkt – er erscheint mir durchaus vernünftig – ist folgender: Sie ist jetzt über Dreißig und steht allein da. Silbervase ersetzt ihr die fehlende Familie, gilt ihr also fast mehr als eine leibliche Tochter. Es ist begreiflich, daß sie sich nicht von ihr trennen möchte. Wer Silbervase heiraten will, müßte schon als Tochtermann in ihrem Hause leben. Silbervase aus dem Haus zu geben käme also, vorläufig wenigstens, nicht in Frage.

Nun zum Kostenpunkt. Da müßte ein Freier natürlich ihrer besonderen, herausgehobenen Stellung Rechnung tragen. Der Kaiser hat sie wiederholt beglückt, das ist im ganzen Land bekannt. Aus diesem Grund kann sie nicht gut eines anderen Mannes Frau werden, und es wagt auch kein anderer Mann, ihr einen Heiratsantrag zu machen. Sie wird also bis ins Alter bei ihrem jetzigen Beruf bleiben müssen, und da ist es begreiflich, daß sie ihr Haus auf der Höhe halten möchte, und es ist weiter begreiflich, daß sie für den Verlust von Silbervase einen entsprechenden Ersatz beansprucht. Denn ganz abgesehen davon, daß Silbervase bereits als kaiserliche Braut ausersehen war, vereint sie soviel körperliche und geistige Vorzüge in sich, daß sie mit einer durchschnittlichen Puderlarve nicht auf eine Stufe gestellt werden kann. Geht man von dem Preis aus, der üblicherweise für die beste Klasse, für eine Magerstute aus Su tschou oder Hang tschou gezahlt wird, so kämen ein- bis zweitausend Batzen in Frage. Es wäre weiter zu berücksichtigen der Betrag, den die Großmeisterin in Silbervases Unterhalt, Ausbildung, Ausstattung und Schmuck gesteckt hat. Und schließlich müßt Ihr auch den Vorteil in Rechnung stellen, der Euch blüht, wenn Ihr als Tochtermann in einem so reichen Haus, wie es das der Großmeisterin ist, Aufnahme findet. Was ihr Haus allein an Kunstschätzen und wertvollen Altertümern birgt, ist auf fünfzigtausend Batzen zu schätzen. Und das alles wird ja eines Tages an Euch fallen. Was Ihr jetzt an sie zahlt, damit der guten Form Genüge geschehe, wird sie ja gewissermaßen nur als Treuhänderin für Euch in Verwahrung nehmen . . .«

Hier machte Zinsgroschen eine Pause und beobachtete gespannt die Miene des anderen. Der war im Gesict rot angelaufen wie ein in Wein gesottener Krebs und offenbar von dem Gehörten ziemlich benommen.

»Sie hat nicht unrecht. Ja, was ist da jetzt zu tun?« stieß er nach einer Weile angestrengten Nachdenkens hervor.

Zinsgroschen sog hörbar zwei Schub Luft in den Gaumen.

»Es ist eine große Sache für Euch! Ihr würdet mit einem Netz gleich zwei schillernde Fasanenhennen einfangen, eine junge, deren Reiz imstande ist, ganze Städte und Länder zu Fall zu bringen, und eine reife, noch keineswegs verblichene Schönheit! Und dazu würdet Ihr Euch die Anwartschaft auf ein beträchtliches Vermögen sichern! Das ist keine kleine Sache! Natürlich möchte die Großmeisterin ihre und Silbervases Zukunft nur in ganz guten Händen wissen. Wer böte ihr da bessere Gewähr als Ihr? Ich habe Euch gehörig herausgestrichen und betont, was für eine grundseriöse Persönlichkeit Ihr seid, so ganz anders als die lockere Sorte junger Schnösel, die vorzugsweise in den Blumenhöfen und Liebeshöhlen verkehrt. Sie war sichtlich erbaut von Euch. Gerade an einer so zuverlässigen Persönlichkeit wie Euch ist ihr gelegen. Also was gibt es da noch lange zu bedenken? Ich rede Euch lediglich um der Sache willen zu. Oder habe ich irgendeinen Vorteil dabei? Habe ich irgendein Bittergeld von Euch beansprucht? Ich bin zufrieden, wenn Ihr mir an Eurem Freudentage eine herunterlangt!«

Der dicke Pi mußte lächeln und gab ihm im Scherz als Vorschuß einen Klaps auf die Wange. Zinsgroschen lief im Scherz zur Tür, kehrte aber schleunigst um, als er den Diener eine neue Frühstücksplatte für ihn auftragen sah. Mit Eifer machte er sich an die geschmorte Schweinshaxe, das Hühnerklein mit Pilzen, die Geflügelleberpastete, den gesottenen Karpfen aus heimischem Gewässer, die warmen Käsepasteten, den köstlichen Fruchtauflauf. Das alles wurde in feinstem fünffarbigem Palastporzellan serviert. Rat Pi hatte es kürzlich aus dem aufgelösten kaiserlichen Haushalt erworben.

Eine geraume Weile hörte man wieder nichts als Schmatzen und Kauen und das Klappern von Eßstäbchen. Die übliche Schale Reis bildete den Abschluß des Mahls. Nachdem man sich noch den Mund mit bitterem Tee ausgespült hatte, ging man an die Wiederaufnahme der unterbrochenen Verhandlung. Rat Pi war aufgestanden und schritt ruhelos in tiefem Nachbrüten auf und ab. Er glich in seiner Unschlüssigkeit einer Schlange, die fünf Löcher angebohrt hat und nicht weiß, in welches sie sich verkriechen soll.

»Nun, habt Ihr Euch entschlossen? Ich möchte der Großmeisterin noch heute Bescheid bringen. Eine Verhandlung, die sich um den Erwerb einer Gelbblume von jungfräulicher Haustochter dreht, kann man nicht leichthin beginnen und wieder fallenlassen. Ich würde mich schön lächerlich, ja unmöglich machen, wenn ich der Großmeisterin ohne bestimmte Antwort unter die Augen träte«, drängte Zinsgroschen.

Noch immer konnte sich Rat Pi nicht zu einem Entschluß durchringen. Sein rastloses Aufundabwandern erstreckte sich jetzt bis über den Hof um die Gasthalle. Endlich hielt er mit einem Ruck in seiner Wanderung inne:

»Wieviel in runder Ziffer soll mich die Sache kosten?«

»Das fragt Ihr noch? Ihr, ein im Wind- und Mondspiel erfahrener Mann von Welt? Ihr, der sich in den Blumenhöfen und ihren Gepflogenheiten ganz genau auskennt? Wenn Ihr auf einmal keine Meinung mehr habt, warum habt Ihr dann die Sache überhaupt erst angeschnitten?«

Rat Pi schüttelte den Kopf und setzte seine stumme, verdauungsfördernde Wanderung durch den Hof und den anstoßenden Garten fort.

Zinsgroschen hielt eine nachdrückliche Geste für am Platze. Er gab sich den Anschein, als halte er die Verhandlung für abgebrochen, und tat so, als wolle er fortgehen. Aber Rat Pi eilte ihm nach, erwischte ihn auf der untersten Stufe der Mondterrasse und zerrte ihn in seine kleine Bibliothek.

»Auf wieviel rechnet sie, genau gesagt?« wollte er nochmals wissen.

Zinsgroschen lächelte verschmitzt.

»Einer verwöhnten Frau von so großäugiger Sorte, die einen Kaiser betört und eingefangen hat, können kleine Pinscher wie wir auf Grund bloß persönlicher Vorzüge natürlich keinen Eindruck machen. Da imponiert nur Geld. Auch wenn sie ihre Ansprüche in maßvollen Grenzen hält, werdet Ihr um einen Gesamtaufwand von rund zweitausend Batzen nicht herumkommen. Aber es werden sich Mittel und Wege finden, daß sie Euch Eure Auslagen zurückvergütet.« –

»Wieso zurückvergütet?«

»Sie will doch nicht zulassen, daß Ihr Silbervase nach der Hochzeit zu Euch nehmt. Gut, dann fügt Ihr Euch eben ihrem Wunsch und zieht als Tochtermann zu ihr. Damit wird ihr ganzes Haus samt Inhalt zu Eurer Verfügung stehen. Wenn Ihr Gastereien und Gelage habt, wird ihre Küche für die Bewirtung, werden ihre Mädchen für Bedienung und Unterhaltung aufkommen. Das bedeutet schon eine beträchtliche Ersparnis für Euch. Aber noch mehr. Wenn Ihr Euch im Laufe eines Jährchens als Tochtermann erst richtig eingelebt habt, warum sollt Ihr Euch dann nicht das eine oder andere Stück ihrer wertvollen Kunstschätze aneignen können? Die gute Großmeisterin überschätzt ihre Geschäftstüchtigkeit, sie wird sich bei dem Geschäft gründlich verrechnen. Wenn ich an Eurer Stelle wäre, würde ich Silbervase gar nicht aus dem Haus heraushaben wollen, würde im Gegenteil gerade Wert darauf legen, als Tochtermann in ihrem Hause zu leben. Dann würde ich doch nicht blöde sein und mir ihre reife Schönheit entgehen lassen. Ich würde mir ihre Person mitsamt allem Drum und Dran hörig und zugehörig machen. Was hätten dann eintausend, zweitausend Batzen Heiratsaufwand groß zu besagen! Das würde mir ja mit tausendprozentiger Verzinsung zurückvergütet werden!«

Zinsgroschens Ausführung, die seinem Namen durchaus Ehre machte, verfehlte ihren Eindruck auf den dicken Pi nicht. Seine Miene klärte sich auf, seine Pockennarben begannen vor freudiger Aufregung förmlich zu glühen.

»Richtig. – Aber wenn es mir nun nicht glücken sollte, wie es vielleicht Euch glücken würde?«

»Zum Glück gibt es immer einen Weg, man muß sich nur die Mühe geben, ihn zu finden. Und ein bißchen Mühe lohnt sich schon bei der glänzenden Aussicht, zwei Schönheiten und obendrein ein Vermögen von fünfzigtausend Batzen umsonst zu gewinnen. – Im übrigen, die Großmeisterin erwartet heute mittag von mir Bescheid. Eine alte gute Regel lautet:

Wenn es Heiratmachen gilt zwischen Frau und Mann,
Dann kommt's wie beim Feuerlöschen auf Eile an.

Ihr solltet sie beim Wort nehmen, bevor sie wieder anderen Sinnes wird.«

»Hm, mehr als tausend Batzen in bar kann ich für den Zweck im Augenblick nicht flüssig machen. Für Goldschmuck, Perlen,

Juwelen und Seidenstoffe müßte ich ja auch noch fünfzehnhundert Batzen rechnen. Zweitausendfünfhundert könnte ich mir schlimmstenfalls abringen.«

»Genügt nicht. Ihr müßtet schon noch beträchtlich zulegen«, meinte Zinsgroschen kopfschüttelnd und hielt eine neue Geste des Davonlaufens für angebracht.

Wieder hielt ihn Rat Pi zurück. Zinsgroschen rechnete ihm vor:

»Sie hat anläßlich der Verlobungsfeier und des Hochzeitsschmauses beträchtliche Auslagen an Bewirtungskosten, Trinkgeldern und Freudenspenden. Legt anstandshalber noch zweihundert Batzen zu. Sagen wir also, zusammen eintausendzweihundert Batzen bar. Wenn ihr das noch zuwenig ist, dann will ich so lange vor ihr auf den Knien rutschen, bis sie ja sagt. Für Euch kommt das Geld ja doch eines Tages wieder herein.«

»Also abgemacht, zwölfhundert Batzen«, erklärte sich Rat Pi einverstanden.

Man schaffte einen Kalender zur Stelle und wählte den Achtundzwanzigsten des ersten Monats als Tag der Verlobung und den Fünfzehnten des zweiten Monats als Tag der Hochzeit. Beide Tage waren im Kalender als besonders günstig bezeichnet, als nicht zu warm und nicht zu kalt. Der zweite Tag fiel mit dem örtlichen Fest der Blumenschau zusammen, an dem die Bevölkerung sich im Freien ergeht und an den voll erblühten Blumen ergötzt. –

Am gleichen Nachmittag saß Zinsgroschen wiederum in der Bibliothek der Dame Li gegenüber. Sie empfing ihn gern. Er hatte ihre Erwartungen, was das Wind- und Mondspiel betraf, nicht enttäuscht, er war ein unterhaltsamer Plauderer, er hatte Manieren und Lebensart. Wie taktvoll von ihm, am frühen Morgen so ohne Aufhebens und ungesehen zu verschwinden! Von seinem nächtlichen Ausflug in Silbervases Pavillon ahnte sie freilich nichts.

»Nun, Ko ko, kleiner Genießer, du scheinst ja auf den Geschmack gekommen zu sein, daß du es so eilig mit dem Wiederkommen hast!« begrüßte sie ihn lächelnd, das Gesicht hinter dem Ärmel verbergend. Er rückte dicht an sie heran.

»Die Angelegenheit von Schwester Silbervase ist bereits zu etlichen Zehnteln in Ordnung!«

Und er berichtete.

»Tausend Batzen bar, fünfhundert für Brautgeschenke. Falls Euch das nicht genügt, mache ich mich anheischig, ihn zu überreden, daß er noch zweihundert für die Unkosten der Festtafel zulegt. Ihr sollt Euch überzeugen, daß Ihr Eure Gunst nicht umsonst an mich verschwendet habt und daß ich mit ehrlicher Hingabe Eurem Vorteil diene. Es soll mir ein Vergnügen sein, Buddha mit fremden Opfergaben wohlgefällig zu sein!«

Sie gab durch ein Kopfnicken ihre Befriedigung zu erkennen.

»Hast du auch den bewußten Vorbehalt zur Sprache gebracht – ich meine, daß ich Silbervase keinesfalls aus dem Hause geben möchte?«

»Selbstverständlich. Darüber besteht nicht die geringste Unklarkeit. Ich habe diesen Punkt zur entscheidenden Bedingung gemacht. Sollte er später in dieser Beziehung mit Wünschen kommen, so könnt Ihr den Bogen Eurer Ansprüche entsprechend straffer spannen.«

»Danke dir, Ko ko, für deine Mühe!«

Sie ließ Silbervase in die Bibliothek rufen und unterrichtete sie vom Stand der Dinge.

»Du kannst dich bei deinem Bruder bedanken. Am Achtundzwanzigsten des ersten Monats ist Verlobung, am Fünfzehnten des zweiten Monats Hochzeit.«

Silbervase lächelte verschämt und schwieg.

Am Achtundzwanzigsten setzte sich Rat Pi hoch zu Roß in festlicher Bräutigamstracht, begleitet von einem Dutzend gleichfalls berittener und festlich herausstaffierter Freunde und einem Schwarm Diener, vorn zwei Musikantentrupps und eine Kolonne von Trägern mit den Brautgeschenken, zum Blumenhof der Dame Li in Marsch.

Sie hatte in der großen Gasthalle sechs Tafeln für die Verlobungsteilnehmer hergerichtet. Ein entfernter Onkel von ihr machte die Honneurs. Die Geschenkliste, die ihr überbracht wurde, verzeichnete obenan zwanzig große Silberbarren im Gesamtwert von tausend Batzen, dann einen Festhammel, Krüge von Wein, Fruchtkörbe, Kuchenberge, Geschmeide wie Goldagraffen, Ringe, goldene Armspangen, Halsketten, Perlendiademe, Gürtel und Gürtelanhänger, ferner Stoffballen, zum Schluß nochmals eine Barsumme: eine Bücherkiste voll Bruchsilber im Wert von zweihundert Batzen, außerdem bestimmt zweihundert Batzen in Kleinsilber zur Deckung von Festauslagen.

Im ganzen Blumenhof hallte es wider von Staunen und Lobpreisungen ob so üppiger Geschenke, und es galt als ausgemacht, daß Rat Pi, der mit dem Gold um sich warf, ein vollendeter Kavalier sei.

Die Großmeisterin zog sich nach Empfang der Geschenke und Begrüßung der Gäste in ihre Privatgemächer zurück. Zinsgroschen aber flog zwischen ihr und Silbervase wie ein Weberschiffchen geschäftig hin und her und wachte darüber, daß die für Silbervase bestimmten Geschenke auch vollzählig in ihren Besitz gelangten, und half ihr mit Eifer beim Verstauen in Schränken und Truhen.

Unterdessen tafelte Rat Pi mit seinen Kumpanen in der großen Gasthalle und ließ sich mit Würde als Held des Tages feiern. Eine Hauskapelle von sechs jungen Mädchen sorgte abwechselnd mit einer gemieteten Tanztruppe für die Unterhaltung der Gäste.

In später Stunde kam schließlich Silbervase bei feierlicher Musik, gestützt und geleitet von einem Schwarm von Blumenhofmädchen und Dienerinnen, selber zum Vorschein, um nach Brauch und Herkommen dem Verlobten ihren ersten Gruß zu entbieten. Sie war wie eine junge Göttin angetan.

Vor der mittleren Tafel, an der Rat Pi saß, war ein roter Teppich auf den Fußboden gebreitet. Dort kniete sie nieder und vollzog, mit dem Gesicht gen Morgen gewandt, pflichtschuldig den hergebrachten vierfachen Stirnaufschlag vor dem Zukünftigen.

Nach Erledigung dieser Förmlichkeit zog sie sich alsbald wieder in ihren Pavillon zurück. Rat Pi überreichte ihr zuvor, in goldene, mit rotem Einhorn bestickte Atlasseide verpackt und mit rotem Wollfaden verschnürt, zwanzig Silberbatzen als Brautgruß-Honorar.

Von da an artete die Tafelei immer mehr in ein lärmendes Zechgelage aus. Es ging immer ausgelassener zu. Man steckte dem Bräutigam Blumen ins Haar und trank ihm mit Freudenbechern, die er anstandshalber erwidern mußte, so unablässig zu, daß er schließlich in jenen Zustand sinnloser Berauschtheit geriet, in dem der Mensch zu einer aus Lehm gepappten Bildsäule wird. Inzwischen war die Stunde der zweiten Nachwache[1] herangekommen, im Saal waren Kerzen und Lampen angezündet worden. Aber noch dachte niemand an Aufbruch – bloß der listige Zinsgroschen.

Unter dem Vorwand, daß er einmal ›Hände waschen‹ gehen müsse, stahl er sich von der Zechtafel weg und schlich sich auf wohlvertrauten Pfaden zum Blumengarten und durch unverschlossene Türen zur Schlafkammer der Geliebten. Er fand sie auf ihrem Pfühle liegend und hindämmernd. Kurz entschlossen hob er ihre Schenkel hoch, stopfte ihr Kissen und Polster unter, so daß sie in die rechte Rückenlage kam, und begann, ohne groß Worte zu verlieren, sein Bemühen.

Diesmal hatte er leichteres Spiel als das erste Mal. Bereitwillig hielt sie ihm ihre kleine Liebesschleuse offen, und es war nicht schwer, seinen Nachen in ihren Halbmondweiher zu steuern . . .

Nachdem er sein Werk verrichtet hatte und die Wolke geborsten war, kehrte er flugs an die Zechtafel zurück. Sein kurzes Verschwinden war gar nicht aufgefallen.

Bald darauf erschien die Großmeisterin mit einem großen Pokal in der Hand, den sie zum Abschluß ihrem völlig bezechten Tochtermann kredenzte. Mit ihrem Erscheinen gab sie zu verste-

1. 9-11 Uhr.

hen, daß sie das Gelage als beendet anzusehen wünsche. Und schwankend machten sich die Gäste auf den Heimweg.

Für Rat Pi aber, der sich mit Geschenken so gewaltig angestrengt hatte, galt das Wort:

Musik spielt auf –
Schon glaubt er seine Blume zu erhaschen.
Das Fest ist aus –
Er greift in eines dichten Schleiers Maschen.

Im ersten Drittel des zweiten Monats schickte die Großmeisterin Zinsgroschen von neuem als Unterhändler zum Rat Pi. Sie verlangte, daß er ein standesgemäßes Anwesen in bester Stadtlage erwerbe. Das kleine, bescheidene Quartier, das er jetzt mietweise bewohnte, genüge den Ansprüchen der Damen nicht. Solange er kein würdiges eigenes Heim zu bieten habe, solle Silbervase im Blumenhof wohnen bleiben, und er solle als Tochtermann mit ihnen wohnen.

Nun, diese Forderung bedeutete keine Überraschung für Rat Pi, er war ja von vornherein von Zinsgroschen darauf vorbereitet gewesen. Und so erklärte er bedenkenlos sein Einverständnis.

Im Blumenhof wurden inzwischen emsige Hochzeitsvorbereitungen getroffen. Einen halben Monat lang wurde an der Brautausstattung geschneidert. Und gleichzeitig waren Bauhandwerker und Zimmerleute tätig und schufen ein Behelfsquartier für den Tochtermann. Ein unbenutztes kleines Gebäude östlich der Bibliothek wurde für diesen Zweck hergerichtet und zum wohnlichen Herrenwohn-, Eß- und Schlafraum gemacht. Es wurde durch eine stuckverkleidete Holzwand vom privaten Wohnbereich der Großmeisterin streng abgesondert und erhielt einen eigenen direkten Zugang nach außen. Zu diesem Zweck wurde in der Nähe eine schmale Seitenpforte in die Umfassungsmauer gebrochen, die durch einen umgatterten Gang mit dem Wohnbezirk des Tochtermanns in Verbindung stand. Seine eigenen Leute durften nur diese Seitenpforte und diesen Verbindungsgang benutzen. Das Betreten des übrigen Blumenhofbereichs, vor allem des privaten Wohnbezirks der Dame Li, war ihnen streng untersagt. Silbervase sollte nach wie vor ihren abgesonderten Pavillon bewohnen, und nach wie vor sollte ihr Pavillon für Fremde, auch für den Tochtermann, unzugänglich bleiben.

Am Abend des Fünfzehnten hielt der Tochtermann in einer großen Freudensänfte, wieder geleitet von einem Schwarm von Freunden, unter Vorantritt einer Musikantentruppe und einer Rotte von Dienern mit bunten Stocklaternen seinen Einzug im neuen Heim.

Während danach in der großen Gasthalle wieder lärmend getafelt und gezecht wurde, saß Silbervase bei der Großmeisterin und ließ sich in aller Ruhe baden, frisieren und bräutlich herausstaffieren. Sie hatte es nicht eilig damit. Es war bereits die Stunde, da man Lichter anzündet, als sie ihren Pavillon verließ und sich ins Brautzelt begab, um die übliche Verschönerungsprozedur über sich ergehen zu lassen.

Zinsgroschen lief wieder geschäftig hin und her und machte sich als Verbindungsmann zwischen Gasthalle und Damenpavillon nützlich und wichtig. Da er als Haussohn galt, durfte er sich schon erlauben, auch einen Blick ins Brautzelt zu werfen und seinem Schwesterlein ein wenig beim Anziehen zuzusehen. Er überraschte sie, wie sie, bloß mit einem dünnen rosafarbenen Batisthemd und einem prallsitzenden rosa und silber gestreiften Busenhalter bekleidet, auf dem Lagerrand saß und sich von Wasserdampf und zwei Dienerinnen das Gesicht ›aufmachen‹ ließ. Bei seinem Eintreten tat sie mit Bedacht verschämt und verkroch sich geschwind hinter den Zeltvorhang.

»Warum so zimperlich? Du bist doch schon so gut wie verheiratet!« bemerkte er scherzend mit einem Unterton, der freilich nur von Silbervase verstanden werden konnte.

Eine Weile schaute er interessiert zu, wie die Großmeisterin geschäftig in Kästen und Truhen herumwühlte und bald dieses, bald jenes Schmuckstück aussuchte und anprobierte.

Hinter ihrem Rücken tauschte er einen bedeutungsvollen Blick mit Silbervase. Sie verstand, was er meinte, und gern hätte sie noch ihren Busen von der Last eines bangen Zweifels befreit, aber die Gegenwart der Großmeisterin und der anderen verschloß ihr den Mund.

Es gelang ihr aber später, nachdem die Großmeisterin und Wasserdampf sie allein gelassen hatten, sich nochmals heimlich mit ihm zu treffen. Sie schlich sich zu einer kleinen Hornpforte innerhalb der Gartenmauer. Sie lag gegenüber einer ebensolchen Hornpforte vor der offenen Gasthalle, wo sie ihn mitten unter der lärmenden Zechgesellschaft wußte. Durch ein leises Räuspern konnte sie sich ihm bemerkbar machen, worauf er sich augenblicklich von der Tafel fortstahl. Mit geschärften Sinnen hatte er auf diesen Lockruf bloß gewartet. Er war das verabredete Zeichen zu einem neuen Stelldichein. In dem allgemeinen Trubel fiel sein Verschwinden nicht weiter auf. Den Füßen mit den Händen nachhelfend, rannte er nur so zu ihrem Pavillon.

In frisch gebadeter rosiger Nacktheit, nur mit Busenhalter und Batisthöschen bekleidet, empfing sie ihn in ihrer Schlafkammer. Und ohne erst Worte zu verlieren, vergnügte man sich wiederum an dem schon vertraut gewordenen Spiel. Das war nun das dritte Mal, daß der Glückliche sich einen verbotenen Pfirsich vom Zauberberg stehlen konnte, und es wollte ihn dünken, daß er noch trefflicher mundete als die beiden ersten Male. Es war zum Lachen! Da keuchte nun der dicke Rat Pi hinter ihm her die dreitausend Meilen weit und schleppte sich mühsam über zwölf Vorberge auf den Gipfel des Wu schan, des Zauberbergs, hinauf, um den ersehnten Pfirsichbaum von seinem Vorläufer und Wegbereiter bereits abgepflückt zu finden!

Zu längerer Kurzweil war indes keine Zeit. Man begnügte sich mit einem Spielgang. Dann brachte sie zur Sprache, was sie schon lange bedrückt und mit heimlicher Sorge erfüllt hatte: »Wenn nun heute nacht meine neue Röte ausbleibt, was dann?«

Auf diese Frage war der schlaue Zinsgroschen vorbereitet. Lachend brachte er aus seiner Ärmeltasche ein weißseidenes, an drei Stellen mit Blut beschmiertes Schweißtüchlein zum Vorschein.

»Sieh, was ich dir mitgebracht habe, Schwesterlein! Auch daran habe ich beizeiten gedacht! Frisches Blut vom Kammfleisch eines jungen, gerade geschlachteten Hahnes!«

Belustigt über seinen genialen Einfall und wesentlich erleichtert, nahm sie das Tüchlein mit den gefälschten Spuren neuer Röte an sich. Er aber sauste zur Festtafel zurück.

»Was! Ihr sitzt immer noch hier herum und prellt das junge Paar um die Freuden der ersten Nacht! Ist das ein Benehmen? Wenn ihr euch nicht augenblicklich verzieht, muß jeder von euch zur Strafe einen Kübel kalten Wassers aussaufen! Morgen ist auch ein Tag, da dürft ihr wiederkommen und zur Feier der Röteprüfung weiterzechen«, donnerte er im Scherz die Zechgenossen an und veranlaßte sie zum Aufbruch.

Reichlich bezecht schwankte Rat Pi, rechts und links von hilfreichen Dienern gestützt und geleitet, zu seiner Schlafkammer. Dort erwartete ihn, beim strahlenden Schein von blumenumwundenen Kerzen steif und förmlich am Bettrand unter roten Seidenbehängen sitzend, die festlich geschmückte Braut.

Über den Schultern einen langen, wallenden, mit goldenen Einhornfiguren bestickten scharlachroten Brautmantel, angetan mit einem Gewand von grünem, geblümten Seidenbrokat, dessen Goldstickerei aus Lotoskelchen purzelnde, nackte Putten aufwies, gegürtet mit einem goldeingefaßten und reich mit Jadezierat behängten achatenen Jungfrauengürtel, in der hochgekämmten Frisur eine goldene Phönixagraffe, glich sie mit ihrer eingefrorenen, eisigen Miene der Göttin des Reifs und fliegenden Kristalls, der azurenen Eisjungfrau.

Um sie herum scharten sich, auf Flöten, Lauten und Trommeln festlichen Lärm verübend und gleichfalls prächtig herausgeputzt, die zwölf kunstgeübten jungen Dinger, die im Blumenhof für die Unterhaltung der Gäste da waren.

Sie alle, dazu die Großmeisterin und Zinsgroschen, waren Zeugen, wie Braut und Bräutigam Seite an Seite niederknieten und sich in hergebrachter Weise vor Himmel und Erde beugten. Nach dieser Zeremonie zog man sich zurück und ließ die Neuvermählten allein.

Im Schein der Lampe besah sich Silbervase ihren Gatten zum ersten Mal genauer. Sie war entsetzt. Diese häßliche knollige Sattelnase, dieser von borstigen Bartsträhnen eingerahmte unschöne breite Mund, dieses Gesicht mit den faltigen Hängebacken und dem dunkelbraunen Teint einer alten Dattel, dieser Kürbisbauch – nein, so etwas würde sie nie und nimmer als ihren Gatten dulden können! Nun gut, als Scheingatten, als Aushängeschild, als toten Seitenarm ihres Ehestroms wollte sie ihn allenfalls ertragen und gelten lassen. Aber wie würde sie diese Nacht überstehen? Sie hatte ja ihren geliebten Jüngling als Hauptgatten. Gut, daß dieser sie als erster in Besitz genommen hatte! Tränen der Wut stiegen ihr in die Augen.

Mißmutig brütend hockte sie am Bettrand, als der dicke Pi auf sie zuschwankte und sie streicheln und umarmen wollte. Da konnte sie sich nicht helfen, sie mußte ihm einen so heftigen Stoß vor die Brust geben, daß der ohnedies nicht fest auf den Beinen stehende Pi beinahe umgefallen wäre.

Als er später gleichwohl von seinem Gattenrecht Gebrauch zu machen versuchte und mit ungeschickter Hand an ihrem festverschlossenen Gürtel zu nesteln begann, da stieß sie ihn wiederum zurück, löschte die Lampe aus, kuschelte sich völlig angekleidet mit dem Gesicht zur Wand an den äußersten Rand des breiten Lagers und stellte sich schlafend. –

Eine Zeitlang vermochte sie sein Bemühen, sich nach Art von Schlinggewächsen an sie zu ranken, abzuwehren, zur Zeit der vierten Nachtwache[1] aber erlahmte ihre Widerstandskraft, und sie mußte es geschehen lassen, daß er sie zu packen bekam und sie nahm. Nun war Silbervases kleiner Lotoskelch von Natur besonders eng und fest schließend. Zinsgroschen hatte sich zart und schonend Eingang verschafft, nicht so brutal und mit so wildem Ungestüm, wie es jetzt der dicke Pi versuchte. So mußte

1. 1-3 Uhr.

sie vor Schmerz laut schreien, und sie schrie so lange, bis er endlich von ihr abließ. Er wähnte wunder, was für ein lebendes Juwel ergattert zu haben. Aber wenn er gewußt hätte, daß ihm schon einer zuvorgekommen war, daß er nur etwas Überrest von der Tafel zu kosten bekommen, daß ihm der Jüngling Zinsgroschen bereits die Hauptmahlzeit vorweggeschnappt hatte!

Zeitig am anderen Morgen stellten sich die Zechkumpanen des dicken Pi laut gröhlend und johlend wieder ein und verlangten nach einem Becher Freudenwein, wie sich das am Tag nach der Hochzeitsnacht gehört. Die Großmeisterin aber schickte eine Abgesandte zur Schlafkammer des Tochtermannes und ließ den Neuvermählten ihre Glückwünsche bestellen. Auch die sonstigen Insassinnen des Blumenhofs fanden sich kichernd ein und erfüllten die Kammer mit Geschwätz und Gelächter.

Wasserdampf fiel es auf, daß Silbervase ein weißes Batisttüchlein, das aus dem Ärmel gerutscht war, geschwind wieder hineinschob und vor den Augen der anderen zu verbergen trachtete. Mit flinker Hand vermochte sie es ihr zu entreißen. Sieh da! Ein an vier Stellen von frischem Blut gerötetes Tüchlein! Triumphierend zeigte sie es rings herum. Darob von seiten der weiblichen Anwesenden allgemeines Gekicher und Gelächter.

»Die Röteprüfung bestanden!« gröhlten im Chor die Zechkumpane, diese Dummköpfe. Wenn sie geahnt hätten, welch geheimnisvolle Bewandtnis es mit dieser vermeintlichen Röte hatte! Jetzt kam auch Rat Pi zum Vorschein, einmal um der Großmeisterin als nomineller Schwiegersohn den schuldigen Morgengruß zu entbieten, zum anderen um in Gesellschaft seiner Freunde und zur Feier der neuen Röte die üblichen Runden Freudenwein zu trinken, die sich zu einem längeren Frühstück ausdehnten. Während der dritten Runde erschien Wasserdampf und präsentierte feierlich vor aller Augen auf einer Perlmuttschale nochmals das bewußte rotgesprenkelte Batisttüchlein als Zeugnis der neuen Röte. Hu, was für große Blutflecken! Der Bräutigam war nach einstimmigem Urteil anscheinend gar zu brutal vorgegangen und mußte drei große Strafbecher leeren. Nochmals spielte er den noblen Kavalier und spendierte der musikalischen Wasserdampf als Leiterin der Hauskapelle zwei Silberbatzen.

Drei Nächte hintereinander spielte er die Scheinkomödie des jungen Ehemannes, ohne indes seine Blume erhaschen zu können. Vom zweiten Tag an machte sich Silbervase für ihn völlig unsichtbar. Sie entschuldigte sich mit Unpäßlichkeit und blieb ganz in ihrem Pavillon. Vom Rat Pi und Zinsgroschen konnte man mit Recht sagen: Im Ostpark läßt einer Wein auffahren, und im Westpark trinkt sich ein anderer einen Rausch davon an.

DREIZEHNTES KAPITEL

Nachdem die Geschichte ruchbar geworden, ersinnt Zinsgroschen einen Plan, um dem vereinten Druck von hundert Wagen zu begegnen. Um Mitternacht holt er sich den saftigen Pfirsich als Tribut

Es ist eine alte Geschichte:

Die Kuppelmutter sieht aufs Geld,
Das Mädchen fragt, ob er gefällt.

Rat Pi mochte noch so närrisch mit dem Geld um sich werfen und den reichen Kavalier spielen, seine Noblesse machte auf Silbervase nicht den geringsten Eindruck. Sie blieb für ihn unerreichbar. Wenn sie es gelegentlich über sich gewann, ihm Gesellschaft zu leisten, dann konnte sie nicht lange stille sitzen, dann mußte sie beständig aufstehen und hinauslaufen, in den Garten oder zur Großmeisterin oder in ihren Pavillon. Brachte sie es aber gar fertig, des Nachts seine Kammer zu teilen, dann schützte sie Leibweh oder sonst irgendeine Unpäßlichkeit vor und legte sich angekleidet mit dem Gesicht zur Wand aufs Lager, um sofort wieder aufzustehen und zu verschwinden, sobald sie seine ersten Schnarchtöne vernahm.

In anderen Blumenhöfen hätte sich ein Galan für sein gutes Geld schwerlich eine solche Behandlung gefallen lassen. Er würde der Kuppelmutter gehörig die Meinung gesagt, er würde die widerspenstige Puderlarve geohrfeigt, geprügelt und sich mit Gewalt sein Recht verschafft haben. Wer aber hätte gewagt, der hochrespektablen Großmeisterin Li, der ersten Kurtisane des Reichs gegenüber mit Grobheit und Gewalt aufzutrumpfen?

Es kommt hinzu, daß sich Rat Pi mit Fleiß vor den Leuten als nobler Kavalier aufgespielt hatte. Er wollte Eindruck machen, man sollte ihn bewundern und ihn um seine Silbervase beneiden. Er prahlte sogar und machte sich vor seinen Freunden in erlogener, ausschmückender Einzelschilderung wichtig, wie leidenschaftlich ihre Umarmungen seien und wie mächtig sie ihn aufzustacheln verstünde.

Sollte er durch Lärmschlagen verraten, daß sie ihn schnöde verschmäht hatte? Da würde er vor seinen Freunden, vor der ganzen Stadt schön das Gesicht verlieren! Nein, um keinen Preis wollte er den Mund auftun und sich bloßstellen.

Es ist eine alte Erfahrung, daß verliebte Galane mit den Jahren bisweilen zu trottelhaften Schildkröterichen werden. Bei einigem Verstand hätte doch Rat Pi etwas merken und sich Gedanken machen müssen. Aber als blinder Trottel, der er war, sah er in Zinsgroschen bloß den selbstlosen Freund und den um sein Wohl eifrig beflissenen Mittelsmann und war vollends beruhigt bei dem Gedanken, daß Zinsgroschen und Silbervase in aller Förmlichkeit ein Geschwisterverhältnis eingegangen waren. Kurz, er schöpfte nicht den mindesten Verdacht.

Zinsgroschen dagegen begann sich über die schroffe, beleidigende Art und Weise zu beunruhigen, wie Silbervase mit ihrem Scheingatten umging und ihn von sich stieß. Eines Tages suchte er sie auf und machte ihr deswegen Vorhaltungen:

»Du solltest ihn nicht gar zu schroff und rücksichtslos behandeln. Gib dich etwas liebenswürdiger! Er könnte sonst schließlich Argwohn schöpfen, und das könnte unser Zusammensein beeinträchtigen.«

Aber verwöhnt und von ungeschminkter Sinnesart, wie Silbervase war, wollte sie von einer Selbstverleugnung, wie er sie ihr zumutete, nichts wissen. Was wußte sie auch von solchen in Buhlnestern gebräuchlichen Verstellungskünsten?

»Wenn ich seinen kugelrunden Schädel sehe – diesen breiten scheußlichen Mund, diese borstigen Wulstlippen –, wenn ich seinen Knoblauchatem spüre, ist mir hinterher einen halben Tag lang übel! – mit so etwas schlafen? – zu so etwas lieb und nett sein? – nein!« widersprach sie trotzig mit finster zusammengeschobenen Brauen.

Am Achten des siebenten Monats hatte Rat Pi Geburtstag. Aus diesem Anlaß veranstaltete die Großmeisterin ein Festmahl für ihn und seine Kumpane, wobei sie nicht mit Speisen und Wein geizte und außer der Hauskapelle auch noch eine Schauspielertruppe bemühte. Gegen Abend zeigte sie sich, kostbar gekleidet und strahlend wie die leibhaftige Mondgöttin, in Begleitung von Silbervase und schenkte den Gästen eine Weile die Ehre ihrer Gegenwart. Um ganz unter sich zu sein, ließ sie die große Eingangspforte zu ihrem Blumenhof schon zu ungewohnt früher Stunde abschließen und verriegeln.

Wie es die gute Form heischte, mußte Silbervase den Gästen der Reihe nach einen Ehrenbecher kredenzen. Als zuletzt die Reihe an Rat Pi kam, da überging sie ihn und kredenzte den gefüllten Becher statt seiner der Großmeisterin.

Darob erhob sich an den vier Gästetafeln allgemeines Spötteln und Geraune, und an die Ohren der Großmeisterin drang die boshafte Bemerkung:

»Das nennt sich nun neuvermähltes Pärchen! Sie schenkt fremden Gästen mehr Aufmerksamkeit als dem eigenen Gatten!«

Die Großmeisterin bemerkte scherzend:

»Unter guten Bekannten nimmt man es nicht so genau mit der Etikette. Sie hebt sich ihre intimeren Aufmerksamkeiten für die Schlafkammer auf!«

Ihr Scherzwort löste schallendes Gelächter aus und half über die Verlegenheit des Augenblicks hinweg. Um Mitternacht, beim dritten Trommelschlag, wurde die Tafel aufgehoben, und die Zechgenossen, einschließlich Zinsgroschen, entfernten sich.

Wenn sich nun Rat Pi eingebildet hatte, das Gelage noch ein Weilchen zu zweit mit Silbervase in der Schlafkammer fortzusetzen, wenn er davon geträumt hatte, wenigstens an diesem Tage einmal traulich Schulter an Schulter und Knie über Knie neben ihr zu sitzen und ihr zärtlich Bissen auf Bissen ins Mündchen zu stopfen und endlich einmal auf seine Kosten zu kommen, so sah er sich wiederum bitter enttäuscht.

Noch bevor die Tafel aufgehoben wurde, hatte sie sich in ihren Pavillon zurückgezogen und blieb für ihn unsichtbar. Eine Verabredung, die sie für heute nacht mit Zinsgroschen getroffen hatte, lag ihr weit mehr am Herzen. Wie immer in solchen Fällen am geöffneten Mondfenster lehnend, auf der Pi pa klimpernd und leise in die Nacht hinaussingend, wartete sie um diese Stunde auf den Geliebten.

Unterdes saß Rat Pi einsam und verdrossen in seiner Kammer unter der Lampe und durfte sich mit seinem Schatten als einzigem Gefährten unterhalten. Nur gut, daß wenigsten Zofe Kirsche noch einmal im Auftrag der Großmeisterin erschien, um das Lager zurechtzumachen. Immerhin ein weibliches Wesen, ein bißchen menschliche Wärme für seine erfrorenen Eingeweide!

»Wo steckt denn deine Herrin?« fragte er sie.

»Sie ist dieser Tage unpäßlich und hat sich noch ein Bad bereiten lassen.«

Also war es für heute wieder nichts! Eine Flamme des durch Enttäuschung erst recht gereizten Begehrens schlug in ihm hoch und züngelte zu Zofe Kirsche hinüber. Wenn sie auch keine sonderlichen Reize aufwies, so genügte sie ihm im Augenblick doch, um seine bis zum Überfließen geprallte Wallung entspannen zu helfen.

Er erinnerte sich dunkel des guten alten Rezeptes:

Ist dir die Spröde, die du möchtest, nicht zu Willen,
Laß irgendeine Dingsda dein Verlangen stillen.

Also packte er sie und preßte sie an sich. Sie sträubte sich zwar, aber was konnte sie gegen seine rohe Kraft ausrichten? ... Nachdem es geschehen war, huschte sie wie ein Rauch davon.

Wenn Silbervase an ihrem Mondfenster lehnend auf der Pi pa klimperte und leise in die Nacht hinaussang, so galt das für den draußen am Flußufer unter Weiden vor der Parkmauer lauernden Zinsgroschen als geheime Botschaft, daß sie ihn erwarte und daß er kommen möge. So auch heute. Nach Schluß der Geburtstagsfeier hatte er sich nicht nach Hause begeben, sondern den gewohnten Lauschposten am Flußufer aufgesucht. An einer Stelle, wo die Parkmauer niedrig und leicht zu überklettern war, hatte er auch in dieser Nacht, gut gedeckt durch überhängende Weidenzweige, auf die vereinbarte Botschaft der Töne gewartet. Als er sie dann vernahm, war er hurtig übergeklettert und auf wohlvertrautem Pfad zum Pavillon der Geliebten geschlichen. Unten am Fuß der Stiege gab er seine Anwesenheit durch leises Räuspern zu erkennen. Worauf das Verlöschen der Lampe oben ihm bedeutete, daß er heraufkommen möge.

Noch verwirrt von dem Vorgefallenen, getraute sich Zofe Kirsche nicht gleich zu Silbervases Pavillon. Sie schämte sich etwas vor ihrer jungen Herrin und war sich noch nicht im klaren, ob sie ihr den Vorfall beichten oder lieber verschweigen sollte. So war sie zu den Gemächern der Großmeisterin gelaufen.

»Ist deine Herrin vorn bei ihrem Gatten, und unterhält sie ihn auch gut? Haben sie genug zu trinken?« wollte die Dame Li wissen.

»Sie ist hinten in ihrem Pavillon und möchte heute nicht mehr zum Vorschein kommen. Schön gewettert hat er über solche Behandlung, und ich habe die Vorwürfe einstecken müssen!« platzte Kirsche grinsend heraus.

»Das muß ich auch sagen. Heute, an seinem Geburtstag, ihn sitzenzulassen! Sie fordert ihn ja geradezu heraus!« bemerkte die

Großmeisterin und machte sich zum Pavillon auf, um selber einmal nach dem Rechten zu sehen. Am Fuß der Stiege hielt sie inne. Sie hörte droben deutlich sprechen. Die Stimme des jungen Zinsgroschen! Sie blieb stehen und lauschte. Jetzt Silbervases Stimme:

»Du mußt etwas vorsichtiger sein! Wenn sie hinter unser Treiben kommt, dann wird sie dir das Haus womöglich ganz verbieten . . .«

»Unbesorgt! Die Alte soll sich im Gegenteil vor mir in acht nehmen, daß ich ihr keinen Skandal mache! Weißt du, in jener Nacht, als ich zum ersten Mal bei dir schlief, da habe ich sie vorher besessen! Das war in der Bibliothek. Hinterher, nachdem ich sie fortgegrault hatte – ich stellte mich schlafend –, habe ich mich dann in deine Kammer geschlichen. Die mag ruhig wissen, wie die Dinge liegen, macht nichts, ich habe sie in der Hand . . .«

Zu ihrem Entsetzen mußte die unten Lauschende mit anhören, wie Zinsgroschen droben sein Betterlebnis mit ihr unverfroren preisgab und dabei ihre Künste und verschiedenen Modulationen im Wind- und Mondspiel mit behaglicher Breite schilderte und rühmte! Zuletzt hörte sie ihn noch sagen:

»Mag sie getrost dahinterkommen! Sie wird uns nichts anhaben können.«

Entrüstet machte sie kehrt und ging leise zu ihren Gemächern zurück.

»So ein Schlingel! Also mit Silbervase treibt er es! Und macht sich obendrein noch mit seiner Beziehung zu mir wichtig! Na warte!« ging es ihr unterwegs durch den Sinn. Und sie ließ acht handfeste Mägde kommen und sie mit Stöcken und hölzernen Türbarren bewaffnen und sich in der Nähe von Silbervases Pavillon auf die Lauer legen. Dann rief sie laut hinauf: »Wer ist oben?«

Bestürzt fuhr Zinsgroschen in die Sachen, stob wie der Wind die Stiege hinunter und eilte auf dem gewohnten Pfad der Mauer zu. Aber, o weh, er fand den Weg verlegt und sah sich von einer

Schar knüppelbewaffneter Mägde, die plötzlich aus dem Gebüsch und hinter den Bäumen auftauchten, eingekreist. Übel zugerichtet, mit blutender Nase und geschwollenem Auge, konnte er endlich über die Mauer entwischen.

Die Großmeisterin aber ging die Stiege hinauf und trat mit einer Peitsche in der Hand vor Silbervase, die angstbebend und unfähig, ein Wort hervorzubringen, vor ihr in die Knie sank.

»Also so lohnst du meine Wohltaten, indem du's hinter meinem Rücken mit einem Buhlen treibst! Willst du, daß ich dir deine guten Kleider vom Leibe reiße und dich in gewöhnliche Sachen stecke und genau wie Wasserdampf und die anderen jedem beliebigen Gast gegen Entgelt überlasse?« schnob sie die Zitternde an, mit der Peitsche drohend vor ihrem Gesicht fuchtelnd.

»Ich gehorche und werde es nie wieder tun!« gelobte Silbervase weinend und ließ geduldig den Gewitterguß von Schelte und Vorwürfen über sich ergehen. Bis zum vierten Trommelschlag währte es, bis die Großmeisterin die Wolke ihrer Entrüstung entladen hatte. Das letzte Nachgrollen des abziehenden Gewitters bestand darin, daß sie zwei derbe Mägde als Wachtposten vor Silbervases Pavillon aufstellte. Von nun an sollten sie Nacht für Nacht über Silbervases Tugend wachen.

Am nächsten Morgen aber erging an das Hausgesinde strenge Weisung, den Jüngling Zinsgroschen künftig nicht mehr in den Blumenhof einzulassen. Um jedoch einem etwaigen Verdacht des Schwiegersohnes vorzubeugen, ließ die Dame Li gleichzeitig verbreiten, in der Nacht hätten sich Diebe einzuschleichen versucht, wären aber durch wachsame Parkaufseherinnen verscheucht worden.

Es war einen Monat später. Rat Pi hatte in seiner Stadtwohnung ein kleines Gelage veranstaltet, an dem auch Zinsgroschen teilnahm. Gegen Abend nach Schluß des Gelages ging er mit ihm ›Hände waschen‹. Da bemerkte er nun zufällig, während Zinsgroschen seinen Rock zurückschlug, an dessen Beinkleidgürtel ein Etwas, das ihn stutzig machte. Es war ein herzförmiges Parfümtäschchen aus rotem Atlas, das an einer dünnen goldenen Schnur lose am Gürtel hing. Rat Pi kam das rote Täschchen bekannt vor. Richtig, er erinnerte sich, es einmal an Silbervases Büstenhalter gesehen zu haben. Ein jäher Verdacht stieg in ihm hoch. Unter dem Vorwand, sich Zinsgroschens Gürtelschmuck genauer ansehen zu wollen, nestelte er an dessen Gürtel herum, riß dabei das rote Täschchen ab und ließ es gelassen in seiner Tasche verschwinden.

Zinsgroschen verbarg seinen Schreck unter der Maske der Gleichgültigkeit.

»Nun gut, wenn es Euch gefällt, mögt Ihr es einen Tag lang tragen. Aber morgen will ich es zurückhaben. Sonst müßt Ihr mir erlauben, daß ich mich an etwas besonders Schönem aus Eurem Besitz schadlos halte«, bemerkte er lächelnd und merkte leider nicht, daß er sich verplappert hatte.

Mit ›etwas besonders Schönem‹ kann er nur Silbervase meinen, sagte sich Rat Pi im stillen knirschend, nachdem sein Argwohn einmal erweckt war.

Andernfalls würde er sich nichts Verfängliches dabei gedacht haben. Noch am gleichen Abend stürmte er in seine Tochtermannsbehausung im Blumenhof der Dame Li.

Silbervase weilte natürlich wie immer in ihrem Pavillon. Zwei-, dreimal mußte er Kirsche nach ihr schicken, ehe sie zum Vorschein kam. Ganz so trotzig und ungezogen wie früher wagte sie sich ihm gegenüber seit jenem unliebsamen nächtlichen Vorfall nicht mehr zu benehmen.

»Ich habe dir etwas Hübsches mitgebracht, das dir jemand verehren möchte«, platzte er unvermittelt heraus, ihre Miene im Schein der Lampe scharf beobachtend.

»Was denn?« fragte sie gleichgültig und auf nichts Schlimmes vorbereitet.

Mit einem jähen Ruck hielt er ihr das im Ärmel versteckte rote Parfümtäschchen vor die Augen.

»Hier! kennst du das? Wie kommt denn Zinsgroschen in seinen Besitz? Dem habe ich es nämlich abgenommen! Endlich bin ich hinter eure Schliche gekommen! Betrogen hast du mich mit ihm! Und mich habt ihr bloß als Aushängeschild benutzt! Ein schmähliches Doppelspiel hast du die ganze Zeit über getrieben! Aber jetzt ist das Spiel aus!« polterte er, krebsrot im Gesicht, los und zerriß vor ihren Augen den roten Beutel in Fetzen.

Sie versuchte Haltung zu bewahren.

»Wer sagt denn, daß das gerade mein Parfümtäschchen ist? Warum soll es nicht mehr Täschchen von der gleichen Art geben?« entgegnete sie möglichst kühl und gelassen.

Wütend zerrte er an ihrem Busenhalter und schrie sie an:

»Da, darunter hast du es früher getragen! Mit eigenen Augen habe ich es da hängen sehen! Warum hängt es denn jetzt nicht mehr dort, he?«

Und in seiner Wut versetzte er ihr zwei Ohrfeigen, die sie taumeln machten. Nicht genug damit, riß er auch noch den hölzernen Schieberiegel von der Tür und drosch damit blindlings auf sie ein. Zum Glück gelang es Kirsche im Verein mit einigen durch den Lärm herbeigelockten Mägden, sich schützend vor die bedrängte Herrin zu schieben und sie in ihrem Pavillon in Sicherheit zu bringen.

Rat Pi aber zog mit seinen Dienern nicht wie sonst als artiger Tochtermann leise und unauffällig durch die ihm zugewiesene bescheidene Seitenpforte ab. Nein, mitten durch den Blumenhof stampfte er diesmal mit seinem Troß und ließ sich herrisch wie ein von Sieg und Feindesblut dampfender Feldherr das große Hauptportal öffnen.

Es ist eine alte Erfahrung, daß Unheil gerade dann seinen Lauf zu nehmen beginnt, wenn sich der Mensch auf dem Gipfel des Glücks wähnt. Eine Blume kann nicht hundert Tage lang in gleicher Frische blühen, und so kann es dem Menschen nicht tausend Tage hindurch gleichbleibend gut gehen. Wechsel und Wandel ist nun einmal ewiges Naturgesetz. Der Mond, der am Fünfzehnten noch in voller runder Klarheit strahlt, beginnt vom gleichen Tage an zu schwinden und abzunehmen. Und genauso geht es in der Welt der Menschen zu. Jedes Zuckerschlecken währt seine Zeit und kann nicht ewig dauern.

Eine schlaflose Nacht lang brütete Rat Pi in seiner Stadtwohnung darüber nach, wie er sich Genugtuung verschaffen könne. Es war ihm nunmehr klar, daß Zinsgroschen sich mit seiner ›Wildgans‹ vergnügt und ihn Narren das Vergnügen hatte bezahlen lassen. Mit knurrendem Magen hatte er am gedeckten Tisch dabeisitzen und zusehen dürfen, wie sich's ein anderer auf seine Kosten schmecken ließ. An dem Wein, den er für teures Geld gekauft, hatte sich zunächst einmal Zinsgroschen gründlich berauscht!

In durchbrüteter Nacht gebar sein Hirn einen Entschluß. Am nächsten Vormittag sandte er einen guten Freund als Unterhändler zur Großmeisterin und ließ ihr bestellen. Fast zweitausend Batzen habe er geopfert, ohne auch nur eine einzige Nacht in den Vollgenuß seiner ehelichen Rechte an Silbervase zu gelangen! Statt dessen habe sie es die ganze Zeit über mit einem heimlichen Buhlen gehalten. Er habe bisher die lächerliche Rolle eines zwar teures Bettgeld zahlenden, aber um jeglichen Bettgenuß geprellten Trottels von Schildkröterich gespielt. Er sei gewillt, diesem unwürdigen Zustand nunmehr ein Ende zu machen. Zu dem Zweck gedenke er, Silbervase demnächst an einem passenden Kalendertag abzuholen und in seine Stadtwohnung zu bringen. Dort werde er es ihr schon austreiben, noch weitere Gäste zu empfangen. Wenn sie aber ihr gegenwärtiges Doppelspiel von Buhldirne und ehrbarer Ehefrau fortzusetzen wünsche, dann sei es am besten, sie lieber ganz öffentlich dem Beruf des Gästeempfangens zu überlassen – aber dann in seinen Diensten und zu seinem Vorteil!

Damit war also der Pferdefuß an der ganzen Geschichte zum Vorschein gekommen! sagte sich die Dame Li. Sie wußte dem Unterhändler nichts weiter entgegenzuhalten, als daß man Silbervases jugendliche Torheit berücksichtigen und entschuldigen müsse. Im übrigen erinnerte sie ihren Schwiegersohn sanft an eine gewisse Bedingung, die er vor der Vermählung ausdrücklich eingegangen war: das standesgemäße Eigenheim in der Stadt. Er möge nur für die Erfüllung dieser Bedingung sorgen, dann stünde seinen Wünschen nichts im Wege.

Nachdem der Unterhändler mit diesem Bescheid abgezogen war, schickte sie in ihrer Verlegenheit nach Zinsgroschen. Der gerissene Kerl war in ihren Augen immer noch der geeignetste Mann, den sie ihrerseits als Unterhändler gebrauchen konnte.

Zinsgroschen spielte zunächst den Gekränkten und ließ sich dreimal bitten, ehe er kam. Daß er schließlich doch den Gang zum Blumenhof unternahm, geschah vorwiegend in der stillen Hoffnung, bei dieser Gelegenheit nach langer Zeit endlich einmal wieder mit Silbervase in Verbindung zu kommen. Er hatte kaum im vorderen Gastsalon Platz genommen, als Zofe Kirsche hereinhuschte und ihm bedeutungsvoll zuraunte:

»Meine Herrin möchte Euch heute abend unbedingt sprechen! Haltet Euch um die Zeit der zweiten Nachtwache an der gewohnten Stelle bei der Parkmauer bereit. Ich werde Euch durch Katzenmiauen ein Zeichen geben. Dann könnt Ihr übersteigen.« Schon war sie wieder davongehuscht. Denn Wasserdampf erschien.

»Die Tai tai läßt Euch in die Bibliothek bitten.«

Diesmal ließ die Großmeisterin nicht lange auf sich warten.

»Du bist mir ein schöner Schlingel! Heuchelt Mondspiel und verspritzt überschüssige Gefühle und kann hinterher nicht ein bißchen verschwiegen sein! Sich nach Art brünstiger Esel oder Hunde mit jungen Dingern einzulassen, das ist doch unwürdig! Ich bringe es fertig, mir trotz meiner zweifelhaften Umgebung Achtung und Ansehen zu verschaffen, und du bringst meinen guten Ruf durch deinen Leichtsinn und deine Schwatzhaftigkeit in Gefahr! Wie stehe ich vor den Leuten da, wenn sich herumspricht, was du ausgeplaudert hast! – Genug davon. Jetzt zu etwas anderem. Wir hatten damals mit Rat Pi ausgemacht, daß er Silbervase nach der Hochzeit nicht in sein Haus nehmen dürfe. Das steht als Bedingung ausdrücklich und schriftlich im Heiratsvertrag. Jetzt schickt er auf einmal einen Unterhändler zu mir und kündigt an, daß er Silbervase demnächst mit der Sänfte abholen und zu sich ins Haus bringen lassen werde. Du mußt ihm klarmachen, daß das doch ganz vertragswidrig wäre. Besteht er aber durchaus auf seinem Wunsch, dann soll er gefälligst noch zuzahlen, und zwar gehörig. Er wird sich doch nicht der Blamage aussetzen wollen, daß er mit seiner Sänfte ohne Silbervase wieder abziehen muß. Ich möchte, daß du als mein Unterhändler in diesem Sinne bei ihm vorstellig wirst.«

Zinsgroschen überging geflissentlich den für ihn etwas peinlichen ersten Teil ihrer Ansprache und hakte behend beim geschäftlichen zweiten Teil ein:

»Natürlich muß er zahlen. Jedes Wort darüber erübrigt sich. Was er bisher herausgerückt hat, war doch lediglich eine Pachtsumme. Wenn er sie ganz zu eigen haben will, muß er eben entsprechend zuzahlen. Das werde ich ihm schon klarmachen. Wenn er im Augenblick nicht so viel Bargeld übrig haben sollte, gut, dann mag er Ware abstoßen. Er hat kürzlich einen Posten von fünftausend Ballen blauem und weißem Kattun von Lo yang bezogen. Das ist dringend benötigtes Militärtuch für die Garnison. Er hat deswegen schon Verhandlungen mit der Bekleidungskammer geführt, aber der Preis, den man ihm bot, war ihm nicht hoch genug. Nun gut, mag er seine Ansprüche etwas mäßigen, dann kann er sofort zu Geld kommen.«

Die Großmeisterin nickte befriedigt. Er war doch trotz allem ein recht brauchbarer Unterhändler. Sie fuhr fort:

»Da ist noch die ärgerliche Geschichte mit dem roten Parfümbeutel. Er hat sie deswegen geohrfeigt und geschlagen! – Deine Schuld! Mit welchem Gesicht willst du je wieder vor sie hintreten?«

Das klang nur sanft vorwurfsvoll. Sie lächelte ihn dabei sogar an. Vielleicht gönnte sie im Grunde Silbervase die Ohrfeigen.

»Oh, das hat gar nichts weiter zu bedeuten«, beeilte er sich zu versichern. »Ich hatte mir damals ihren Parfümbeutel bloß für ein paar Tage als Muster ausgeliehen, ich wollte mir zu Hause einen eigenen danach anfertigen lassen. Er hat das völlig falsch verstanden. Seine Mutmaßung ist einfach lächerlich. Es war mir sehr peinlich, so grundlos verdächtigt zu werden. Deswegen bin ich auch in letzter Zeit nicht mehr gekommen.«

»Ja ja, in der Schrift ›Triebwerk des Wind- und Mondspiels‹ steht mit Recht geschrieben: ›Die Pfade zur ‚Terrasse angenehmer Abwechslung' sind nicht leicht zu begehen. Bei der Kunst, Kälte zu stehlen und Wärme zu bringen, heißt das oberste Gebot: Verschwiegenheit‹«, belehrte sie ihn nochmals freundlich, bot ihm versöhnlich eine Schale Tee an und gab ihm sogar zu verstehen, daß er ihr am Abend zur Fortsetzung der Aussprache willkommen sei. Er trank etwas hastig seinen Tee hinunter und empfahl sich.

Geschätzte Leser, im allgemeinen pflegt sich auch ein ausgemachter Trottel nicht zum zweiten Mal von dem gleichen Gauner hereinlegen zu lassen. Das verhehlte sich auch Zinsgroschen keineswegs. Daher hielt er es für völlig zwecklos, noch einmal als Unterhändler bei Rat Pi zu erscheinen. Er war ja auch nur zum Schein auf das Ansuchen der Großmeisterin eingegangen, um sich einen guten Abgang zu sichern und sie wieder günstig und geneigt zu stimmen.

Anstatt Rat Pi aufzusuchen, suchte er vielmehr seine eigene Behausung auf. Es war ja auch höchste Zeit, mit sich selber einmal ernsthaft zu Rate zu gehen.

Die Geschichte war nun einmal heraus. So wie bisher konnte es nicht weitergehen. Was nun? Sollte er seine geliebte Silbervase dem Nebenbuhler endgültig überlassen? Sollte er zusehen, daß ihr schöner Gattentraum in eitel Nebel und Wasser zerfloß? – Nein, das konnte er nicht! Die Wonnen, die er in ihren Armen genossen hatte, wollte er dem anderen nicht gönnen! Dann freilich hieß es handeln!

Und so sann er hin und her und dachte sich einen Plan aus, ein verteufelt keckes und verschmitztes Plänchen. Ja, so und so wollte er es machen . . .

An diesem Nachmittag hielt er sich am Flußufer auf und vertrieb sich die Zeit damit, nach Vögeln zu schießen. Bogenschießen, nach Vögeln schießen, das war seit jeher sein Sport. Darunter konnte die alte Krähe nichts Auffälliges finden.

Als die gelbe Dämmerung sank, verschwand er in einem Gebüsch und kleidete sich um. In einem Bündel hatte er ein enganliegendes nachtschwarzes Wams mitgenommen. Eine schwarzseidene Maske auf dem Gesicht, schlich er sich, einem Schatten gleich, an die gewohnte Stelle unter der Parkmauer und bezog, unter Weidengezweig geduckt, den Lauscherposten.

Es war inzwischen völlig dunkel geworden, und in der Ferne hatte der Nachtwächter bereits die zweite Nachtwache angeschlagen, als sich sein Ohr spitzte.

Jenseits der Mauer hatte es leise geraschelt. Dann tauchte oben auf der Mauerkrone für einen Augenblick ein Gesicht auf. Kirsche! Und dann hörte er ein leises, kurzes Katzenmiauen. Das verabredete Zeichen.

Die geschätzte Leserschaft wird sich von der Lektüre des ›Kin Ping Meh‹ her erinnern, daß sich auch die schöne Frau Ping damals, wenn sie ihren Buhlen Hsi Men nachts heimlich über die Mauer steigen ließ, eines Katzenmiauens als Zeichen bediente! Unsere Silbervase war in ihrer früheren Existenz keine andere als die schöne Ping gewesen. Nun wiederholte sich bei ihr das gleiche Spiel.

Gewandt kletterte Zinsgroschen an dem Weidenstamm hoch und schwang sich von einem überhängenden Ast auf die Mauer. Sie war hier nicht sonderlich hoch, aber Kirsche hatte vorsorglich am Fuß noch eine Bank für ihn bereitgestellt, die er hängend gerade mit den Fußsohlen erreichen konnte. So wurde das Geräusch vermieden, das ein Abspringen verursacht hätte.

Eine Weile später lag er an der Brust der Geliebten. Es war stockdunkel in ihrer Wohnung. Keine Lampe, keine Kerze brannte. Sämtliche Fenster waren verhangen. Obwohl die beiden Wächterinnen – die treue Mithelferin Kirsche hatte sie bestochen und ihre Verschwiegenheit mit silbernen Fingerringen und etlichen Puderdöschen und Parfüms erkauft – sich seit geraumer Zeit zurückgezogen hatten, hielt Silbervase Vorsicht für geboten.

»Ich wollte dich zum Abschied noch einmal sehen, denn nun ist unser Traum ausgeträumt. Aber dem anderen ausgeliefert werden, mir graut davor! Und jeder weitere Tag Hierseins ist mir verleidet. Mein Ko ko, ich hatte geschworen, ewig nur dir angehören zu wollen – weißt du noch? damals, der Mond war unser Zeuge –, kann ich meinen Schwur brechen? – nein! – lieber will ich gleich morgen meinem Leben ein Ende machen – hier, an meinem Gürtel werde ich mich aufhängen – mein Ko ko, wirst du kommen und mir das letzte Geleit geben, wenn man meinen Sarg hinausträgt?«

Sie hatte es mehr geschluchzt als gesprochen. Er wischte ihr ein paar Tränchen von der Wange. Auch er war dem Heulen nahe. Er wandte sich an die sich gleichfalls Tränen wischende Zofe Kirsche:

»Gute Schwester, würdest du wohl hinuntergehen und ein wenig aufpassen, ob jemand kommt? Ich möchte nicht gern noch einmal von den bissigen Hündinnen angefallen werden.«

Kirsche huschte hinaus.

»Ich habe die Kleine fortgeschickt, um ganz ungestört mit dir zu sprechen. Vor allem: keine Angst! keine Tränen! kein Wort von Sterben! Ein blumenholdes Geschöpf wie du und sterben – das wäre noch schöner! Hör genau zu, was ich dir jetzt sage! Euer Grundstück grenzt doch mit seinem hintersten Winkel, dem Blumengarten, an den Fluß. Von der Parkmauer sind es nur wenige Schritt zum Flußufer. Auf dem Fluß verkehren täglich Schiffe, die nach dem Süden fahren. Ich werde eine Barke für uns mieten, dich nachts abholen und mit dir nach dem Süden reisen. Ich bin gänzlich ohne Familienanhang, bin elternloser Junggeselle, mich hält hier nichts. Dagegen habe ich in Nanking eine Tante, Schwester meines verstorbenen Vaters; ihr Mann, mein

Onkel, bekleidet zur Zeit den Posten des Strompräfekten von Tschen kiang am Yang tse. In seinem Hause wollen wir vorläufig Zuflucht suchen. Wollen doch sehen, ob wir vereint uns dort nicht ein Leben aufbauen können! Hierbleiben würde für uns beide den Tod bedeuten!«

Silbervase wischte sich schnell das letzte Tränchen ab. Sie war glückselig.

»Wundervoll dein Plan! Aber ich fürchte, du wirst nicht genug Geld haben, um ihn auszuführen. Ich kann dir aushelfen. Ich habe hier in meinem Schlafzimmer fünf große Koffer gestopft voll mit dem Brautgut, das mir Rat Pi damals geschenkt hat. Die tausend Batzen Barrensilber hat freilich die Großmeisterin an sich genommen. Aber die zweihundert Batzen Kleinsilber für Festspesen besitze ich noch unangerührt. Der Schmuck und die Stoffballen haben auch einen hübschen Wert, mindestens neunhundert Batzen. Aber beeile dich! Wir haben nur noch drei Tage Zeit! Dann will mich der Kerl abholen lassen. Jeder Tag Wartens dünkt mich jetzt wie ein Jahr. Wir haben Mondfinsternis, die müssen wir uns zunutze machen. Ich werde hier schon alles packen und zurechtstellen. Aber wie sollen wir uns verständigen, wenn alles zur Flucht bereit ist? – Halt, ich habe einen Gedanken. Du bist doch ein guter Bogenschütze. Wenn es soweit ist, schieße einen Pfeil mit einer kurzen Botschaft in meine Kammer. Kirsche wird mir dann beim Übersteigen und Fortschaffen der Habe helfen. Wir werden Kirsche übrigens mitnehmen, sie wird uns unterwegs sehr nützlich sein.«

Sie stopfte ihm in aller Eile die Taschen voll Bruchsilber und überließ ihm auch noch zwei goldene Armspangen. Dann umarmten und küßten sie sich und nahmen Abschied. Unbehelligt gelangte er auf dem gleichen Weg über die Mauer. –

Am anderen Vormittag bereits hatte er im Hafen eine geeignete Barke ausfindig gemacht. Sie stammte aus Su tschou und hatte einen Mandarin nebst Familie und Gesinde heraufgebracht. Jetzt suchte der Schiffseigner eine Fracht, um die Rückfahrt nach Süden anzutreten. Für fünfzehn Batzen charterte

Zinsgroschen die Barke bis Yang tschou. Dort, an der berühmten Stätte des Reichtums und der schönen Frauen, wollte er eine Zeitlang bleiben und dann die Reise in einem anderen Fahrzeug fortsetzen. Am zeitigen Nachmittag bereits hatte er sein bißchen Habe, Kleider, Wäsche, Decken und etliche Stücke Hausrat, an denen er besonders hing, durch seinen einzigen Diener an Bord bringen lassen.

Am späten Nachmittag tummelte er sich wieder am Flußufer und vertrieb sich die Zeit mit Vogeljagd. In der Dämmerung wählte er dann einen geeigneten Standort und schoß aus knapp zwanzig Schritt Entfernung einen Pfeil in Silbervases Schlafkammer.

Silbervase hatte schon mit Ungeduld auf die verabredete Botschaft gewartet. Sie war längst mit dem Packen fertig. Als sie den Pfeil von der Wand löste, fand sie an seiner Spitze einen kleinen Zettel befestigt. Auf dem Zettel las sie die kurze Botschaft: ›Um Mitternacht‹. Sie war außer sich vor Freude und bedauerte nur, daß sie den schleichenden Lauf der Stunden nicht beschleunigen konnte.

Schon lange vor der Zeit hatte die brave Kirsche alle Vorbereitungen getroffen. An der gewohnten Stelle hatte sie dicht an den Fuß der Mauer einen Tisch gerückt. Auf dem Tisch lagen die Koffer und Bündel griffbereit aufgestapelt. Mit einem kleinen Wägelchen hatte sie sie im Schutz der Dunkelheit hingeschafft.

Als pünktlich zur Stunde des dritten Trommelschlags Zinsgroschen auf dem Weidenast über der Mauerkrone auftauchte, brauchte er sich nur zu bücken, um Stück für Stück zu greifen und über die Mauer zu befördern. Drüben half ihm Kirsche beim Zufassen, hüben nahm sein Diener die einzelnen Stücke in Empfang und schleppte sie die kurze Strecke Wegs an Bord der Barke, die am Ufer festgemacht hatte. Nachdem das Gepäck glücklich in Sicherheit gebracht war, bestieg Silbervase den Tisch und ließ sich, von unten geschoben, von oben gehoben und gezogen, über die Mauer helfen. Als letzte kam Kirsche an die Reihe. Sie hatte sich nur zu gern entschlossen, das weitere Schicksal ihrer Herrin zu teilen und die Flucht mitzumachen.

Währenddessen lag der Schiffer und schlief seinen Rausch aus. Von all den Heimlichkeiten am Ufer bemerkte er also nichts. Zinsgroschen hatte, als er ihm am Abend den Landeplatz bei den grünen Weiden in der Nähe der Parkmauer anwies, lediglich kurz angedeutet, daß im Laufe der Nacht hier seine Gattin nebst Dienerin und Gepäck zusteigen würden. Dann hatte er ihm noch einen stattlichen Reisetrunk bewilligt und ihn ein paar Stunden Vorrat schlafen lassen. Als alles glücklich an Bord war, weckte er den Schiffer und befahl ihm, das Segel zu setzen.

Zum Glück war in der Nacht ein günstiger Wind aufgekommen. Als der Morgen graute, lagen bereits achtzig kleine Meilen zwischen den Flüchtlingen und der Hauptstadt.

Die Großmeisterin war gewohnt, daß ihr allmorgendlich Zofe Kirsche frisches Waschwasser ans Bett brachte. Sie schlief an diesem Tage etwas länger und wunderte sich, daß es schon auf den Mittag ging, ohne daß sich Kirsche mit dem Waschkrug sehen ließ. Als sie auch auf wiederholtes Rufen unsichtbar blieb, erhob sie sich und machte sich nach Silbervases Pavillon auf.

Sie fand die Seitenpforte zu dem Wandelgang, der dorthin führte, merkwürdigerweise noch verschlossen. Was hatte das zu bedeuten? Der Pavillon aber lag stumm und verlassen da. Oben in Silbervases Gemächern sah es leer und unwirtlich aus. Am Boden verstreut lagen Fetzen von Packpapier herum. Nur einige kahle Möbel, ein Tisch, ein paar Stühle, ein Diwan, das Bettgestell ohne Decken, Kissen und Vorhänge, standen herum. Der Schrank war völlig leer, von den fünf Truhen waren nur noch zwei größere da, auch sie völlig leer. Alles übrige, die drei kleineren Truhen aus Kampferholz, die Lederkoffer, die sechssaitige Pi-pa-Laute, die zwölfsaitige Harfe, Kleidung, Wäsche, Schmuck, Bettzeug, Toilettengegenstände, alles fort, restlos weggeräumt und verschleppt! Bloß den Nachtstuhl hatte man mitzunehmen verschmäht.

Die beiden Seelen der Großmeisterin taten vor Schreck einen

Zinsgroschen entführt Silbervase

gewaltigen Satz. Das sah ja nach Raub und Entführung aus! Als sie sich wieder gesammelt hatte, schickte sie eilends zu Rat Pi und legte ihm nahe, durch Berittene die Landstraßen in allen vier Richtungen nach seiner entführten Frau absuchen zu lassen, auch solle er öffentliche Anschläge auf Märkten und an wichtigen Straßenkreuzungen anbringen lassen und eine hohe Belohnung von wenigstens fünfzig Batzen auf die Wiederauffindung der Vermißten aussetzen.

Daß Rat Pi über Silbervases Verschwinden nicht sonderlich erbaut war und wie er seinen Groll darob gegen die Großmeisterin entlud, werdet ihr in einem späteren Kapitel erfahren.

VIERZEHNTES KAPITEL

Um schnöden Geldes willen bricht der üble Galan die Treue. Bis zum Tode verschenkt die Närrin ihr Herz an einen Unwürdigen

Ohne Zwischenfall war das geflüchtete Paar im Hafen von Yang tschou eingetroffen. Die lange, geruhsame Fahrt auf Flüssen, Seen und Kanälen war ihnen eine willkommene Abwechslung gewesen. Besonders Silbervase, die nie aus dem engen Bezirk ihres Blumenhofs herausgekommen war, empfand die Reise als beglückendes Erlebnis. Man sah neue Landschaften, neue Gesichter, lernte neue Landessitten kennen, schmeckte neue Gerichte und trank neue Weine. Die wohlgefüllte Reisekasse erlaubte es, völlig sorglos in den Tag hinein zu leben. Die langen Abende, die lauen Mondscheinnächte kürzte man sich durch frohes Pokulieren und gemeinsames Musizieren – sie sang oder zupfte Laute oder blies die achtgelochte Blockflöte aus rotbraunem Bambusrohr, er begleitete sie auf der siebengelochten Querflöte. Kurz, man fühlte sich restlos glücklich. Aber ach!

Glück ist ein gar zerbrechlich Ding
Und unstet wie die Wolke flink.

Es traf sich, daß die kleine Barke des Pärchens im Hafen dicht neben einer großen Lustbarke festmachte, die einem reichen Salzhändler namens Miao Tsing alias Hu Hsi gehörte. Die geschätzte Leserschaft, die die Geschichte von Hsi Men kennt, wird sich erinnern, daß dieser in seiner Eigenschaft als Amtmann und Richter einmal von einem unter Mordanklage stehenden Mann namens Miao Tsing tausend Batzen Bestechungsgeld angenommen und dafür die Verfolgung der Sache unterbunden hatte.

Der ehemalige Diener Miao Tsing hatte seinen Herrn, den reichen Akademiker Miao Tiän Hsiu aus Yang tschou, auf der Reise mit Hilfe zweier Bootsknechte ertränken lassen und sich der gesamten wertvollen Habe bemächtigt, die der Ermordete anläßlich der geplanten Übersiedlung nach der Hauptstadt an Bord mitführte. Der Mörder quartierte sich nach der Tat vorübergehend in Tsing ho hsiän ein und wohnte Wand an Wand neben Hsi Mens Geschäftsführer Han Tao Kwo. Als die Geschichte später ruchbar wurde und Miao Tsing abgeurteilt werden sollte, war es die sechste Wang, des Geschäftsführers lockere Gattin, die sich bei ihrem Buhlen Hsi Men für den Mann im Nachbarhaus verwandte.

Es war mitten in der Nacht, daß Hsi Men dann heimlich an einer veschwiegenen Stelle seines Parks den Missetäter empfing und jenes Sündengeld von ihm nahm. Es war das gleiche Sündengeld, das er am Aussichtspavillon vergrub, das später Mondfrau bei ihrer Flucht vor den Tataren von ihrem ungetreuen Pächter ausgraben und mitnehmen ließ und das allen seinen Besitzern Fluch und Verderben bringen sollte. Miao Tsing kehrte damals nach Yang tschou zurück, eignete sich das verlassene Haus seines ermordeten Herrn an, legte sich den falschen Namen Hu Hsi und den käuflichen Titel Yüan wai, Handelsrat, bei und spielte mit dem geraubten Vermögen selber den großen Herrn und reichen Salzhändler, richtiger Salzschmuggler. Denn er war der Anführer einer Bande von Salzschmugglern, die die Zollbarre von Yang tschou schlau zu umgehen wußten.

Neuerdings hatte er sich für teures Geld eine Kurtisane namens Yü Kiao aus einem Blumenhof gekauft und nach außen hin zu seiner Ehefrau gemacht. Der Neuen zu Ehren veranstaltete er täglich Festgelage an Bord seiner Lustbarke. Da ging es nun hoch her. Seine Barke schwamm in diesen Tagen förmlich in einer Wolke von leckeren Küchendüften, unter denen sich der aromatische Geruch des erlesenen Tafellikörs vom Ling-See in Hunan so stechend hervortat, daß die Fischlein groß und klein, die auf Küchenabfälle lauernd die Schiffswände umwimmelten, davon schier bezecht wurden. Er prahlte gern damit, daß sich niemand in der Gilde der hiesigen Salzhändler an Geschäftstüchtigkeit und Erfolg mit ihm messen könne.

Die Mordgeschichte blieb zwar vertuscht, aber etwas davon war auch nach Yang tschou durchgesickert, und es wurde über den reichen Emporkömmling Hu Hsi heimlich gemunkelt und getuschelt. Nach ein paar Jahren großartigen Herrenlebens sollte der ehemalige Diener seine Untreue auch schließlich mit einem qualvollen Tode büßen. Doch das ist eine spätere Geschichte. – Die bedächtig webende Hand des Schicksals also fügte es, daß die kleine Barke unseres Liebespärchens Seite an Seite neben dem stattlichen Fahrzeug des dunklen Ehrenmannes Hu Hsi anlegte.

Nach der Landung stürzte sich der erlebnishungrige Zinsgroschen in das dampfende Straßengetümmel der ihm fremden Großstadt und kaufte allerlei einheimische Delikatessen wie frische Fische, Krebse, süße Wasserkastanien und vor allem einen Krug Wein der berühmten Marke San pai küan, Dreiweißquell, ein. Am Abend wurde dann auf dem Bootsdeck eine festliche Tafel hergerichtet und die glückliche Ankunft gefeiert. Rings im Hafen glühten auf Schiffen und Barken bunte Lämpchen und Laternen auf, und von überallher klang lustiges Flötengequietsche und heiterer Singsang in die Nacht.

Das Flußufer war von Weiden eingesäumt, die ihre grünen Haarsträhnen tief über die Böschung herabhingen und in der sanften Abendbrise sachte hin und her schwangen, die glitzernde Wasserfläche ging am Horizont ins Firmamet über und spiegelte mit ihren wechselnden Tönen das wechselnde Farbspiel des Abendhimmels wider. Gepackt vom Liebreiz dieser friedlichen Stromlandschaft und angeregt von der allgemeinen Stimmung, griff Silbervase zur braunroten Blockflöte und begann gleichfalls zu singen. Zinsgroschen begleitete sie wie gewohnt auf der achtgelochten Querflöte.

Alsbald wurde es ringsum still, Hälse reckten sich, Ohren spitzten sich, alles lauschte andächtig ihrer vollendeten Kunst. Auch der reiche Rat Hu Hsi auf der Nachbarbarke hielt in seinem Lautengeklimper inne, seine Gefährtin, die Kurtisane Yü Kiao, brach ihren Singsang ab, und beide lauschten, an die Bordwand gelehnt, der wundersamen klaren und reinen fremden Stimme von nebenan, die dazu angetan war, die Fischlein aus der Tiefe zu locken und wilde Tiere vor Ergriffenheit schluchzen zu machen.

Nachdem sie eine Weile gesungen, ließ die Fremde zur Abwechslung ihren Gefährten ein Flötensolo zum besten geben und begleitete ihn dazu auf der sechssaitigen Pi-pa-Laute. »Die scheinen nicht von hier zu sein. Wie die singt und Laute spielt, das klingt nach Hauptstadt. Man sollte sich erkundigen, was das für Leutchen sind«, bemerkte Yü Kiao zu ihrem Galan. Der nickte.

»Ich werde morgen meine Karte hinüberschicken und mir den jungen Mann näher besehen. Kommt mir nicht so vor, als ob es ein gutbürgerliches Pärchen wäre. Eine Bürgerliche kann nicht so vollendet musizieren. Wenn sie eine gewöhnliche Piao tse ist, dann stünde ja nichts im Wege, daß man ihre nähere Bekanntschaft macht.«

Am nächsten Tag schickte er seine Karte zu Zinsgroschen hinüber und ließ ihm durch seinen Diener Fu Tung bestellen, er sei ein großer Bewunderer seiner Flötenspielkunst und möchte ihm gern seine Aufwartung machen.

Nun, der junge Zinsgroschen war noch unerfahren und ein Neuling im Reisen. Es schmeichelte ihm, daß man seine Kunst bewunderte und seine Gesellschaft suchte. Also ließ er gern bitten. Als Hu Hsi eine Weile später die Deckplanken seiner Barke betrat, sah er in ihm nur den großen Salzhändler und vornehmen Weltmann. Er verstand nicht in Gesichtern zu lesen. Daß die Züge seines in knisternder Seide anrauschenden Besuchers nicht gerade vertrauenerweckend waren, daß das brutale breite Froschmaul unter der scharfen Geiernase und dem von Tabak gegilbten Hängeschnurrbart, der tückisch lauernde scharfe Blick des tiefliegenden Auges nichts Gutes verhieß, entging seinem ungeübten Auge. Arglos ließ er sich ausfragen. Er komme aus Kai fong fu, wolle hier ein anderes Boot nehmen und nach zwei Tagen Aufenthalt zu seinem Onkel in Tschen kiang am Yang tse weiterreisen.

»Auf der Reise sind wir alle Brüder«, zitierte sein Besucher salbungsvoll Meister Kung Tse, pries die Vorsehung, die ihn unterwegs mit einem so trefflichen jungen Mann zusammengeführt habe und lud ihn für den nächsten Tag zum Essen an Bord seiner Barke ein. Arglos nahm Zinsgroschen an und machte am Nachmittag Gegenbesuch. Was ihm drüben am meisten Eindruck machte, waren die drei großen Geldwaagen auf Deck, auf denen gerade Silber abgewogen wurde. Das roch ja förmlich nach Reichtum! Ja, Salzhandel brachte etwas ein. Und Salzschmuggel erst recht! Zinsgroschen fühlte sich hoch geehrt, daß ein so großer Mann sich herabließ, seine Bekanntschaft zu suchen. Als er zwei Stunden später mit Sack und Pack auf die neue größere Reisebarke überstieg, lag Hu Hsi drüben hinter der halbgeöffneten Kajütentür auf der Lauer und wartete hartnäckig, bis Silbervase als letzte zum Vorschein kam. Mit wahren Wolfsaugen beobachtete er sie, wie sie mit anmutiger Grazie über die schwankende Bootsplanke hinüberbalancierte. Da wurde ihm klar, was gewöhnliches Gewölk im Vergleich zu dem Gewölk vom Zauberberg Wu schan sei.

Wer erst einmal den weiten Ozean durchquert,
Den dünkt kein anderes Gewässer mehr der Rede wert.

Was war neben der da seine geschminkte und gepuderte Yü Kiao! Eine armselige Nebelkrähe neben der schillernden Fasanenhenne! Und wenn er ihr bloß die Pantöffelchen aus- und anziehen dürfte, dann würde er nicht umsonst gelebt und Reichtümer gehäuft haben! Wo sie bloß herstammte? In öffentlichen Buhlnestern und Animierhöhlen konnte unmöglich solch seltenes Gewächs gedeihen. Vielleicht war sie aus irgendeinem hochvornehmen, womöglich prinzlichen oder fürstlichen Haushalt entführt? – Bei dem Essen am andern Tag schlug er Zinsgroschen vor, Brüderschaft zu machen. Der Neunzehnjährige fühlte sich durch den Antrag des Vierzigers höchst geehrt und willigte gern ein. In freundschaftliche Beziehung zu einem reichen Salzgroßhändler zu treten, das dürfte die Reise hierher nach Kiang nan bezahlt machen, so kalkulierte er im stillen. Worauf der Gastgeber seine gesamte Angestellten- und Dienerschaft, mehr denn zwanzig Köpfe, antreten und vor seinem jüngeren Bruder Kotau machen ließ.

In vorgeschrittener Weinstimmung begann er dann den vertrauensseligen Jüngling allgemach auszuholen.

»Wo habt Ihr denn Eure trefflichen musikalischen Kenntnisse erworben? Von hier kaum.«

»Bei der Dame Wang Eins in Kai fong fu. Sie war Musiklehrerin bei Hofe. Zehn Jahre habe ich bei ihr Unterricht gehabt. Aber meine bescheidene Fertigkeit reicht bei weitem nicht an das, was meine häusliche Innere kann. Die hat ihre Ausbildung im Haus der berühmten Großmeisterin Li genossen.«

Hu Hsi horchte auf. Im öffentlichen Haus der Großmeisterin Li! Dann war sie ja eine Piao tse, also für ihn erreichbar! Geschwind rief er nach seiner Bordfreundin, stellte sie dem neuen jungen Schwager vor und ließ sie mit am Tisch Platz nehmen.

Es ist eine alte Erfahrung, daß verderbte Seelen die Bissen auf des Nachbars Teller immer größer und begehrenswerter finden als die Brocken auf dem eigenen Teller. Nachdem Zinsgroschen die Reize der herausgeputzten Einundzwanzigjährigen an der Schmalseite des Tisches verstohlen gemustert und abgeschätzt hatte, sagte er sich: Silbervase ist mit der Zeit recht bürgerlich und hausbacken geworden. Sie versteht kaum mehr mich zu reizen und aufzuregen. Da ist doch diese Yü Kiao etwas ganz anderes! Alle Wetter, was die für Blicke unter herbstwellenfeuchten Lidern hervorschießen kann! Welche Verheißung liegt in diesen schrägen Augen! Die muß im Wind- und Mondspiel zweifellos unvergleichbar sein! Und er begann seine Blicke heimlich mit den ihren zu verstricken und zu verflechten.

Auf Geheiß des Gastgebers mußte sie ihm einen großen silbernen Pokal kredenzen, ihm zu Ehren ein Lied zur Pi pa vortragen und um sein wertgeschätztes Sachverständigenurteil bitten. Zinsgroschen zeigte sich von ihrer Kunst einfach hingerissen, pries die himmlische Vorsehung, die eine so glückliche Reisebekanntschaft herbeigeführt habe, und lud beide für den nächsten Abend zu sich an Bord seiner eigenen Barke, auf daß auch seine häusliche Innere ihnen den schuldigen Respekt bezeige.

Gerade das hatte Hu Hsi bezweckt, als er sich in die Unkosten dieses Festmahls stürzte.

»Aber Ihr seid auf der Reise. Eure Küche wird kaum für Gäste vorbereitet sein. Wenn es Euch recht ist, werde ich die Tafel beschicken«, schlug er bereitwillig vor.

»Nehmt Ihr mich etwa nicht für voll? Das kommt gar nicht in Frage. Ich werde schon dafür sorgen, daß Ihr eine würdige Tafel vorfindet. In der Stadt ist ja kein Mangel an erstklassigen Küchen«, lehnte Zinsgroschen lächelnd ab.

Auf Drängen seiner schönen Nachbarin mußte er die achtgelochte Bambusflöte hervorholen und ein Stück zum besten geben. Es tat ihm wohl, seine Kunst vor Freunden zu zeigen, und so blies er mit voller Hingabe und entlockte seiner Flöte Töne, die Wolken bersten und Steine platzen machten.

Begückt nahm er die Lobpreisungen aus dem Mund der kunstverständigen Schönen an seiner Seite entgegen, und noch beglückter war er, als er den leisen Druck ihres Pantoffels auf seinem Fuß spürte. Das verstohlene Augenzwinkern, mit dem der Gastgeber sie vorher dazu ermuntert hatte, war dem blöden Tor entgangen. Nun, er war nicht von Holz, und sooft Hu Hsi den Kopf wegwandte – er tat es auffallend oft –, beeilte auch er sich, Hand und Fuß zu rühren und im Schatten der Tafelkerzen seine erprobten Tätschel- und Tändelkünste spielenzulassen. Als dann Hu Hsi für eine geraume Weile geflissentlich von der Tafel verschwand, wußte Yü Kiao ihn vollends toll zu machen, indem sie ihm ihr seidenes Parfümbeutelchen, eingewickelt in ein feines Batisttüchlein, in den Ärmel schob. Es ging bereits auf Mitternacht, als er auf seine Barke zurückkehrte.

Silbervase saß bei der Lampe noch wach und hatte auf ihn gewartet. Er erzählte ihr und konnte die großartige Gastlichkeit, mit der er aufgenommen worden war, nicht genug rühmen.

»Die Dame Yü Kiao, übrigens eine fabelhafte Frau, hat mich auch mit ihrer Gegenwart beehrt. Ich habe sie beide für morgen zum Abendessen bei uns eingeladen. Du mußt dich unbedingt zeigen.« Silbervase hatte Bedenken.

»Sie sind uns doch völlig fremd. Da ist es doch kaum passend, daß ich mich zeige.«

»Ach, nur nicht so schwerfällig. Die Leute hier im Süden sind an freiere Sitten gewöhnt als wir im steifen Norden. Wir werden uns doch die wichtige Beziehung zu einem so großen Handelsherrn nicht entgehen lassen. Was der für Umgang und Kundschaft hat! Lauter Großhändler! Ich war Zeuge, wie er einigen Kunden Salzlieferungen verkaufte und dabei Gelder abwog. Gleich drei große Geldwaagen hat er an Deck stehen! Der ist an einen ganz großen Maßstab gewöhnt! Im Geschäft wie in der Lebensauffassung. Daß an solchen Essen mit Geschäftsfreunden auch die Damen teilnehmen, ist in seinen Kreisen üblich. Wir würden uns schön lächerlich machen, wenn wir dem mit unserer nördlichen Schüchternheit und Etikette kämen.«

Also redete er auf sie ein und überzeugte sie. In gehobener Weinstimmung, wie er war, fand er in dieser Nacht lange keinen Schlaf. Ruhelos wälzte er sich abwechselnd auf der Lagerstatt und dann wieder auf den bloßen Schiffsplanken unterhalb des

Bettes herum. Seine Gedanken kreisten unablässig um seine neue Eroberung und den Parfümbeutel, den er verehrt bekommen hatte. Ach, wenn er bei dieser Yü Kiao sein Begehren stillen könnte! Sein Verlangen nach Silbervase war erloschen. Nach Art eines Fischpärchens verbrachten sie diese Nacht getrennt in kühlem Abstand. –

Mit Bedacht zögerte Hu Hsi sein Kommen am nächsten Tag bis in die späte Dämmerung hinaus. Es war bereits die Zeit, da Laternen angezündet wurden, als eine Zofe mit einer roten Besuchskarte erschien und zunächst Silbervase das Kommen ihrer Herrin, der geborenen Ma, der ›Eid- und Bundesschwester‹ Yü Kiao, ankündigte. So wollte es die listige Regie des Halunken Hu Hsi. ›Mit dem Backstein nach dem Edelstein schmeißen‹ nennt man diese Taktik. Nach einer Weile übertrippelte die Dame Yü Kiao die Laufplanke zwischen den beiden Nachbarbarken und ließ sich in die hintere Bootskammer führen, die Silbervase als Wohnraum diente.

Diese Yü Kiao war eine noch jugendliche, aber mit allem Yang-tse-Wasser gewaschene Sao ma, Magerstute, aus Yang tschou. Mit welcher Grazie in der Haltung und mit welch eisiger Züchtigkeit in der Miene die über den Laufsteg angeschwebt kam! Mit welch eleganter Handbewegung sie sich dabei an den Halteseilen festhielt! Wie kokett sie ihre Füße setzte und beim Schreiten ihre Goldlilien in den bogenförmig nach oben geschweiften purpurroten Satinpantöffelchen unter dem Rocksaum hervorlugen ließ. Ihre Kleidung war ein raffiniertes Farbengedicht aus Mondsilber und Pfirsichrot.

Silbervase hatte sich in den drei Tagen ihres hiesigen Aufenthaltes mit der gleichen Leichtigkeit, wie sie sonst Künste erlernte, rasch auf die südliche Yang-tschou-Mode umgestellt und brauchte sich mit ihrer hohen Frisur und in ihrem eleganten perlgrauseidenen Kostüm keineswegs neben ihrer Besucherin zu verstecken.

Bei einer von Zofe Kirsche servierten Schale Tee machte man sich näher bekannt. Die erste Frage galt dem Altersunterschied.

Es ergab sich, daß Yü Kiao einundzwanzig Lenze zählte, demnach gegenüber der knapp achtzehnjährigen Silbervase als große Schwester zu gelten hatte. Dann begann sie die Jüngere nach allem möglichen auszuhorchen, welches das Ziel ihrer Reise sei, wer ihre Eltern und Schwiegereltern seien, ob sie noch am Leben oder schon verstorben seien und ähnliches mehr. Silbervase vermochte nur stockend und recht vage Antworten zu erteilen und geriet in immer größere Verlegenheit.

Zinsgroschen, der von der Nachbarkammer aus die Unterhaltung belauscht und Angst hatte, die schlichte, ehrliche Silbervase möchte sich verplappern und die Entführungsgeschichte verraten, machte kurz entschlossen der peinlichen Ausfragerei ein Ende, indem er sich zu den beiden Damen gesellte, den Faden der Unterhaltung der verlegenen Silbervase aus der Hand nahm und über Musik zu plaudern begann.

Endlich erschien, mit neuem Festrock angetan, das Gesicht mit Seife blank gescheuert und frisch rasiert, Rat Hu Hsi. Man begab sich nach dem Vorderdeck, wo unter großen roten widderkopfförmigen Lampions die von roten Wandschirmen umstellte kerzengeschmückte Tafel gedeckt war.

Bevor man sich setzte, wollte Silbervase zunächst auf dem bereitgelegten Teppich vor dem Gast niederknien, um ihn, wie vom Brauch vorgeschrieben, mit Stirnaufschlag als Schwager zu ehren und zu begrüßen. Doch der Schwager schenkte ihr großmütig das umständliche Zeremoniell und ließ es bei einer gegenseitigen leichten Verneigung bewenden. Es wurde ihm dabei käseschlapp zumute, und während er sich zum vorgeschriebenen Gegengruß neigte, hatte er das Gefühl, als wären seine Gliedmaßen nicht mit Fleisch und Knochen, sondern mit Hanf und Wolle ausgestopft. Er fand Silbervase jetzt in der durch den Widerschein der roten Wandschirme hervorgerufenen Beleuchtung noch weit schöner als bei Tageslicht.

Geschätzte Leserschaft! Es gibt schöne Frauen, von deren Antlitz und Mienenspiel ein geradezu berückender Zauber ausgeht. Bei der Erschaffung solcher Schönheiten haben offenbar gewisse atmosphärische Einflüsse mitgewirkt, die jenes herrliche wechselnde Farbspiel hervorbringen, das wir mitunter am Firmament beobachten können. Es sind ebenso seltene Exemplare der Gattung Weib, wie es innerhalb der Gattung Blumen gewisse berühmte Arten gibt, die sich durch einen berückenden Duft auszeichnen. Ein köstlicher Glanz liegt über das Gesicht solcher Schönheiten gebreitet, verbunden mit einer erstaunlichen Wandlungsfähigkeit des Teints: Sie können jäh erröten und jäh erblassen in bezauberndem Wechselspiel. Etwas Analoges kommt im Blumenreich vor. Kaiser Hsüan Tsung[1] von der Tang-Dynastie hielt sich bekanntlich in seinem Palastgarten vor dem ›Aloe‹-Pavillon eine seltene Päonienart, die Blüten in allen fünf Regenbogenfarben trieb: azurblau, azurgrün, gelb, hellrot, dunkelrot. Ganz plötzlich und unberechenbar wechselte so eine Blüte ihre bisherige Färbung und ging in einen anderen Ton über. Diese merkwürdige Päonienart erhielt daher damals den Beinamen ›Zauberin unter den Blumen‹. Es war ja in der Tat der reine Zauber, was sie vermochte. Sie war geradezu Sinnbild für die damalige kaiserliche Favoritin, die berühmte Thronverderberin, die üppige Schönheit Yang Kweh Feh. Es ist ja leider so, daß eine Schöne, auch wenn sie selber durchaus keine böse Hexe ist, ihre Mitmenschen ungewollt behext, daß an ihr, ähnlich wie an gewissen alten Kunstschätzen, ein Fluch haftet, der dem jeweiligen Besitzer Unheil bringt.

Nun, ein ähnlicher Zauber, eine ähnlich behexende Kraft ging auch von Silbervases ungewöhnlichem Liebreiz aus. War es denkbar, daß so ein herrliches, göttliches Geschöpf nur für eine irdische Existenz geschaffen sein sollte? Kurz, nachdem sich der Halunke Hu Hsi an ihrem Anblick sattsam geweidet hatte, war ihm klargeworden, daß er bisher überhaupt keine Ahnung gehabt hatte, was weibliche Schönheit sei. Und sein tückischer Plan stand fest: Er wollte und mußte sie gewinnen, und zwar nach jener verschlagenen Taktik, die den Fisch mit dem Köder angelt, den Tiger durch Preisgabe eines Opferlamms fängt. –

1. 713-756.

Gegen Ende des Mahls kam der klare Vollmond im Osten über den Uferweiden hochgekrochen. Zinsgroschen hatte vorsorglich seine Barke von der belebten Zollsperre weg zu einem abgelegenen stillen Uferplatz steuern lassen, wo man, in schützendem Baumschatten geborgen, vor Späheraugen und Lauscherohren sicher war. Sein schlechtes Gewissen riet ihm Vorsicht an. Er hatte sich ja schließlich der Entführung schuldig gemacht und mußte damit rechnen, daß die Großmeisterin nach dem entlaufenen Pärchen fahnden ließ. Also schien es ihm geraten, die Nähe der Obrigkeit zu meiden. Jetzt hub allenthalben auf den im Hafen liegenden Barken und Booten das gewohnte Klingen und Singen an. Um Silbervases Lippen spielte ein Lächeln. Zinsgroschen erriet, warum sie lächelte.

»Die Leute hier verstehen nichts von richtiger Kunst. Wir wollen ihnen einmal zeigen, was Musik ist!« bemerkte er zu Silbervase, worauf sie Zofe Kirsche einen leisen Befehl erteilte.

Kirsche verschwand in der hinteren Bootskammer und kam mit einem gefüllten Trinkhorn wieder zum Vorschein. Es stammte aus einem Land des fernen Westens und war einst vom Kaiser der Großmeisterin Li zum Geschenk gemacht worden. Silbervase kredenzte das Trinkhorn ihrem Gast. Inzwischen war Kirsche nochmals nach hinten verschwunden und hatte einen zwölfsaitigen Griffelpsalter mit dem dazugehörigen Rotlackschemel herangeschleppt. Silbervase begann mit dem rotgezahnten Griffel die Saiten zu zupfen und zu rupfen, daß darob Wildgänse in den Lüften zu schluchzen und Drachen in ihrem Pfuhl zu heulen anhuben. Und wiederum verstummte respektvoll ringsum Singsang, Flötengequietsche und Darmsaitengeklimper. Als sie geendet hatte, dankte ihr Hu Hsi mit einem Becher.

Zinsgroschen brachte hierauf eine kostbare, mit Goldblättchen und Perlmutter eingelegte pfirsichgeformte sechssaitige Pi pa herbei. Sie hatte früher einmal einer hochberühmten Künstlerin gehört und stammte gleichfalls aus kaiserlichem Besitz. Diesmal trat Silbervase die Laute an Yü Kiao ab und ließ sie einen einheimischen Yang-tschou-Singsang zum besten geben. Während man noch im heiteren Genuß der Künste und der Mondscheinnacht schwelgte, wechselte Hu Hsi mit Bedacht plötzlich das Thema und träufelte einen Tropfen Schreck in den Becher sorgloser Stimmung. Er setzte auf einmal eine bedenkliche Miene auf und dämpfte seine Stimme zum Flüsterton: »Ist es nicht etwas leichtsinnig von euch jungen Leutchen, so allein in der Welt herumzureisen und so kostbares Gepäck wildfremden Bootsleuten anzuvertrauen? Es wäre ratsamer, in einem guten Rasthaus auszusteigen und bei einem bewährten Schiffseigner ein etwas größeres Fahrzeug zu chartern, wo ihr die Gesellschaft von Mitreisenden habt. Wenn ihr so ganz allein auf einer solchen kleinen Barke reist, wer steht da für eure Sicherheit ein? Wenn der Schiffer euch nun nachts an ein wüstes Gestade verschleppt und euch während des Schlafs ausraubt? Was dann?«

Mit Genugtuung nahm Hu Hsi wahr, wie sich die Gesichter der beiden jungen Leutchen schreckensblaß verfärbten. Und im Tone des Freundes und Biedermannes fuhr er fort: »Ich besitze zufällig eine große, bequeme Reisebarke, die dieser Tage nach dem Yang tse abfahren soll. Ich würde sie euch mit Vergnügen zur Verfügung stellen. Die Schiffer sind meine eigenen Leute, also wäre euch Sicherheit gewährleistet.« Sein Anerbieten klang so bieder und uneigennützig, daß der arglose Zinsgroschen nur zu gern annahm. Es wurde ausgemacht, daß man an einem der nächsten Tage auf die Reisebarke des Herrn Hu Hsi umsteigen wolle.

Am nächsten Tag blieb Hu Hsi unsichtbar. Er hätte auf der Salzbörse in der Stadt zu tun, hatte er am Abend zuvor Zinsgroschen gegenüber angedeutet. Daß er seine sämtlichen Diener und Angestellten mitgenommen und der Schiffsbesatzung Landurlaub erteilt, seine Freundin mit ihrer Dienerin also allein gelassen hatte, gehörte auch zu seiner Taktik, ›mit dem Backstein nach dem Edelstein zu schmeißen‹.

Zinsgroschen lehnte am offenen Fenster seiner Kammer und spähte angelegentlich zu einer gewissen Kammer der Nachbarbarke hinüber, die dicht neben der seinigen lag. Auf einmal taten sich die beiden hölzernen Fensterflügel gegenüber auf, eine elfenbeinerne Schulter wurde sichtbar, und eine Hand winkte ihm zu. Das war deutlich, und Zinsgroschen war nicht begriffsstutzig. Er verfügte über einen geschmeidigen Körper, und es fiel ihm nicht schwer, katzengleich von seinem Fenster aus in die gegenüberliegende Kammer hinüberzusteigen. Daß ihn drüben die schöne Yü Kiao mit geöffneten Armen erwartete und daß sie vorsorglich die Kammertür abgeriegelt hatte, gehörte auch mit zur Regie. Während sie sich wie Schlinggewächse verstrickten, sprach sie zu ihm:

»Der plumpe, rohe Hu Hsi ist mir schon lange zuwider. Du dagegen hast mir auf den ersten Blick gefallen. Ach, könnte ich immer an deiner Seite leben!«

Er war infolge der heftigen Art, wie sie ihn umrankte, etwas außer Atem gekommen und konnte zunächst nicht sprechen. Im stillen aber dachte er bei sich: Was habe ich von Silbervases Reizen, wenn sie mich so wenig zu fesseln versteht? Sie ist eben noch zu jung und zu unerfahren in den Liebeskünsten.

»Auch ich möchte für immer nur dich haben! Ich werde Silbervase einfach einem anderen Manne zur Frau geben«, erklärte er laut.

»Wirklich? Wenn das dein Ernst ist, dann werde ich dem Hu Hsi so lange zusetzen, bis er mich dir überläßt. Und ich übernehme die Gewähr, daß es mir gelingt. Aber wird dich dein Wort auch nicht gereuen?«

»Wenn ich dir unwahre Gefühle vortäusche, will ich im Yang tse ersäuft werden, wo er am tiefsten ist!« beteuerte er feurig.

»Gut, ich halte mich an dein Wort.« Sie nahmen Abschied, er kletterte wieder herüber, und sie schloß hinter ihm die Fensterläden.

Gegen Abend kehrte Hu Hsi aus der Stadt zurück und ließ sich von Yü Kiao berichten. Schmunzelnd rieb er sich die Hände und bat noch am gleichen Abend Zinsgroschen zu einem Becher Wein herüber. Da wurde er nun vertraulich.

»Nachdem wir Brüderschaft geschlossen haben, brauchen wir keine Geheimnisse mehr voreinander zu haben. Also sagt mir ganz offen und ehrlich. Wo habt Ihr Eure, Eure – Piao tse erbeutet? Denn bürgerliche Haustochter kann sie unmöglich sein. Eine Bürgerliche kann nicht so meisterhaft musizieren. Ihr müßt nämlich wissen, werter Bruder, daß die Behörden in Yang tschou neuerdings mächtig hinter allen Ankömmlingen aus dem Norden her sind. Seit sich die Tataren der nördlichen Provinzen bemächtigt und den Hof gestürzt haben, fürchtet man hier weitere Einfälle nach den Südprovinzen und wittert in allen Reisenden aus dem Norden Spione. Neuerdings verbietet die hiesige Polizei sogar, Zugereiste aus Kai fong fu zu beherbergen. In den letzten Tagen waren wiederholt Häscher auf meinnem Schiff und haben nach Fremden herumgeschnüffelt. Ja, unsere Fremdenpolizei ist verflucht scharf. Wenn sie Euch nun fassen würde? Was dann?« Zinsgroschen erblaßte.

»Ich bin aufs äußerste bestürzt. Was ratet Ihr mir?«

»Erst müßt Ihr mir verraten, wie Ihr zu Eurer jungen Freundin gekommen seid. Dann will ich Euch raten.«

Zinsgroschen, derart eingeschüchtert und in die Enge getrieben, teilte ihm zu sieben Zehnteln die Wahrheit der Entführungsgeschichte mit und gestand ein, daß Silbervase keine Bürgerliche, sondern eine Piao tse sei.

Das hatte Hu Hsi bloß wissen wollen. Nun war er beruhigt. Jetzt stand seinem Plan nichts mehr im Wege, er konnte die Maske fallenlassen.

»Ei, ei, eine Piao tse! Nun, dann brauchen wir ja gegenseitig nicht länger Versteck zu spielen. Meine Yü Kiao habe ich mir auch aus dem Blumenhof geholt. Ist ja auch ganz natürlich. Leute von Welt, flotte Lebemänner wie wir, brauchen nun einmal von Zeit zu Zeit etwas Abwechslung und Auffrischung. So etwas kann uns eine streng bürgerliche, ehrbare Hausfrau nicht bieten. Wir verstehen uns doch, wie?«

Behäbig lachend stand er auf und überließ Zinsgroschen der Gesellschaft seiner eigenen Piao tse. Sie unterhielten sich eine

Weile mit Fingerknobeln; dann fand Yü Kiao auf einmal, Silbervase müsse auch dabeisein, und sie schickte zweimal nach ihr. Aber Silbervase ließ sich entschuldigen, sie hätte sich bereits schlafen gelegt.

Yü Kiao spielte die Beleidigte.

»Ich muß doch auch bei unseren Gästen sitzen. Wenn ich mich nun auch einfach schlafen legte?« maulte sie.

Das konnte Zinsgroschen unmöglich auf sich sitzenlassen. Geschwind lief er hinüber und brachte die sich sträubende Silbervase halb ausgezogen, wie sie war, gewaltsam zur Stelle. Augenblicklich fand sich auch Hu Hsi wieder ein.

Man setzte sich zu viert an die Tafel und pokulierte ein Weilchen. Dann rief Hu Hsi nach Würfeln. Er wollte mit Zinsgroschen würfeln. Der Gewinner sollte die Piao tse des Verlierers umarmen und küssen dürfen.

Das erste Spiel wurde – geflissentlich – von Hu Hsi verloren. Wie abgemacht, schenkte Yü Kiao einen Becher voll Wein, kredenzte ihn Zinsgroschen und ließ sich von ihm umarmen und küssen.

Das zweite Spiel gewann Hu Hsi. Nach der Spielregel hätte sich nun eigentlich Silbervase erheben und vom Gewinner umhalsen und küssen lassen müssen. Aber sie brachte es nicht über sich. Sie kredenzte lediglich aus gemessener Entfernung den gefüllten Becher.

Yü Kiao erhob lauten Protest.

»Ihr wollt Mann sein, Herr Schwager? Und laßt Euch von Eurer Freundin so viel Eigensinn bieten! Wenn ich mich den Spielregeln gefügt habe, dann solltet Ihr dafür sorgen, daß sie sich auch fügt«, bemerkte sie spöttisch zu Zinsgroschen.

An seiner Mannesehre gekitzelt, faßte Zinsgroschen die widerspenstige Silbervase um Schulter und Hüfte, zerrte sie vom Stuhl und schob sie dem Gewinner in die Arme. Mit Tränen der Scham in den Augen mußte Silbervase sich dazu verstehen und sich vor aller Augen von einem Fremden küssen lassen. Was konnte sie machen? Sie war ja auch nur eine Piao tse! –

Am nächsten Vormittag fand Yü Kiao Gelegenheit zu einer heimlichen Zwiesprache mit Zinsgroschen.

»Ich habe gestern nacht mit Hu Hsi ganz offen gesprochen. Er ist einverstanden, mich dir zu überlassen und im Austausch Silbervase zu nehmen. Tausend Batzen will er dir für sie zahlen, abgesehen von den üblichen Brautgeschenken. Das ist also ein sehr vorteilhafter Handel für dich. Du verlierst bloß ein Mädchen und gewinnst dafür mich und ein schönes Stück Geld obendrein. Bist du einverstanden?«

Nun, Zinsgroschen war ein lockerer Fant und kein Mann von Grundsätzen. Was Hu Hsi ihm gestern eingeflüstert hatte, daß Leute von Welt, flotte Lebemänner, von Zeit zu Zeit etwas Frisches, eine Abwechslung brauchten, wollte ihm nicht aus dem Sinn. Also schnappte er gierig den Köder.

Am Tage darauf lud Hu Hsi von neuem Zinsgroschen zu sich.

»Daß Reisende untereinander ihre Piao tse austauschen, ist ganz üblich. Also wozu noch weitere Umschweife? Was verlangt Ihr für Silbervase?«

Zinsgroschen forderte zweitausend Batzen. Hu Hsi begann zu feilschen. Yü Kiao mischte sich geschwind ein:

»Wenn Ihr zum Tausch entschlossen seid, solltet Ihr nicht erst noch groß handeln und feilschen, als ob wir Frauen Kühe oder Mauleselinnen wären. Das ist doch beleidigend für uns!« sprach sie vorwurfsvoll zu Hu Hsi und begann zu heulen. Ihre Tränen bewirkten, daß Hu Hsi sich zu einer Zahlung von zweitausend Batzen bereit erklärte. Der Tausch solle am folgenden Nachmittag stattfinden. Dann wolle man sich trennen, jeder solle mit seiner Barke und seiner Piao tse seines Weges ziehen. Bis tief in die Nacht wurde der Handel begossen.

Als Zinsgroschen gegen Mitternacht an Bord seiner Barke zurückkehrte, schleppte er eine schwere Handtasche mit sich. Sie enthielt vierzig Silberbarren von je fünfzig Unzen Gewicht. Es wäre etwas Tafelgeschirr darin, das er mit nach Nanking mitnehmen wollte, schwindelte er Silbervase vor. Von dem Handel erzählte er ihr kein Wort.

Am nächsten Tag fand sich die große, Hu Hsi gehörige Reisebarke ein, die er neulich dem Pärchen großzügig zur Benutzung versprochen hatte, und das gesamte Gepäck der beiden wurde auf die neue Barke verladen. Zinsgroschen überzeugte sich zunächst, daß die Frauenkammer auf dem Bootsheck auch vereinbarungsgemäß befrachtet war: mit seiner neuen Piao tse! Yü Kiao war in der Morgenfrühe heimlich an Bord genommen worden.

Hierauf schickte er Zofe Kirsche hinüber und erteilte die Weisung, einstweilen das Gepäck zu beaufsichtigen. Dann wandte er sich an Silbervase:

»Du möchtest der Dame Yü Kiao noch einen Abschiedsbesuch machen und ihr noch für alle Güte und Gastfreundschaft danken. Ich hatte mich bereits gestern abend verabschiedet. Ich gehe schon inzwischen hinüber und hole dich dann ab.«

Das klang ganz unverfänglich, und die arglose Silbervase fügte sich seinem Wunsch und begab sich auf die Barke. Eine Zofe hieß sie Platz nehmen und bedeutete ihr, die Dame Yü Kiao hätte sich vor einer Weile gerade zu ihr aufgemacht, um sich von ihr zu verabschieden. Sie werde wohl gleich wieder zurück sein.

Silbervase wartete und wartete. Die Zeit verrann, aber die Dame Yü Kiao blieb unsichtbar. Auch Zinsgroschen, der sie doch abholen wollte, ließ sich nicht blicken. Jetzt begann ihr die Sache verdächtig zu werden. Ach, es war zu spät!

Auf einmal erschien Hu Hsi und überrumpelte sie mit den öligen Worten:

»Nun, mein Liebchen, da hätte ich dich ja glücklich! Für zweitausend Batzen hat dich dein Jüngling mir abgetreten. Im Austausch habe ich ihm meine Yü Kiao überlassen. Sie sind mit ihrer Barke schon längst auf und davon!«

Die arme Silbervase fühlte sich wie von einem Kübel Eiswasser übergossen, danach wie von einer sengenden Flamme verzehrt. Verzweifelt brach sie zusammen.

Hu Hsi hatte bereits eine festliche Tafel hergerichtet und die Frauenkammer mit bunten Kerzen und bräutlichem Tand schmücken lassen. Seine Vorbereitungen waren zwecklos.

Silbervase war nicht zu beruhigen. Sie erging sich in lauten Verwünschungen gegen den untreuen Geliebten und wollte ins Wasser springen. Sie tobte und schrie.

Da bekam es Hu Hsi mit der Angst zu tun. In diesen unruhigen Zeiten, da man mit weiteren Einfällen der Tataren rechnen mußte, waren Hafen und beide Kanalufer scharf bewacht. Womöglich würde Silbervases Schreien und Toben die Leute der Hafenwache aufmerksam machen und herbeilocken. Daraus konnten sich unangenehme Untersuchungen und Verwicklungen für ihn ergeben. Also beschloß er, sie lieber an Land zu bringen. Er schob die Schreiende in eine kleine, geschlossene Sänfte und ließ sie nach seiner Stadtwohnung schaffen.

Das Unglück wollte es, daß dort seine tyrannische und zänkische Hauptfrau das Regiment führte. Sie fühlte sich seit langem von ihm vernachlässigt und war besonders auf das neue Reiseliebchen, die gewisse Yü Kiao erbost, mit der er sich nun schon seit Monaten auf seiner Reisebarke herumtrieb.

Als sie jetzt eine Sänfte ins Haus kommen und ihr eine junge Schöne entsteigen sah, nahm sie voreilig an, das sei die bewußte Yü Kiao, und überfiel die vermeintliche Nebenbuhlerin mit einer Flut von Schmähungen, ohrfeigte sie, zerzauste ihr die Frisur und schlug auch noch mit einem eisernen Feuerhaken auf sie ein.

Bevor die Sänftenträger und die Mißhandelte zu Wort kommen und den Irrtum aufklären konnten, lag die arme Silbervase bereits wie eine vom Sturm geknickte Blüte mit blutender Stirn am Boden. Sie konnte die angetane Schmach nicht verwinden. In der gleichen Nacht erhängte sie sich an ihren Fußbinden.

Die Schuld, die sie in ihrem früheren Leben als geborene Ping auf sich geladen hatte, indem sie ihrem Gatten die Treue brach und ihn obendrein seiner Schätze beraubte, hatte sie mit gleicher Münze bezahlen müssen! –

FÜNFZEHNTES KAPITEL

Eine Schöne dient als Werkzeug bei dem listigen Anschlag auf den Liebesnarren. Beim Ausflug in die Landschaft tappt der sorglose Fant in die Falle

Ohne sich um Silbervases ferneres Schicksal auch nur die geringsten Gedanken zu machen, trieben Zinsgroschen und Yü Kiao an Bord der neuen Reisebarke dem Hafenplatz Kwa tschou zu. Im Hochgefühl des geglückten und, wie er vermeinte, vorteilhaften Tauschhandels genoß er in dieser Nacht die Freuden der Tafel und des Lagers in vollen Zügen.

Zofe Kirsche wurde aus all dem nicht klug. Anfangs dachte sie, ihre Herrin Silbervase würde auf der anderen Barke nachgefahren kommen. Aber sie schaute vergebens nach der zweiten Barke aus. Als sie dann wahrnahm, wie sich diese Fremde als neue Herrin aufspielte, wie sie im Befehlston bald nach Tee, bald nach Punsch, bald nach diesem, bald nach jenem Dienst verlangte und sie, Kirsche, nicht anders als mit Nu tsai, Sklavin, anredete, da begannen ihr Zweifel aufzusteigen. Wenn sie dann widerstrebend, erst auf mehrmaliges Rufen hin, schleppenden Schrittes in der Bootskammer erschien und die beiden jedesmal in recht verfänglicher Verstrickung überraschte, da wurde ihr Zweifel allmählich zur traurigen Gewißheit:

Das Weidenkätzchen, ach, vom Sturm geknickt –
Dorthin, wo es kein Zurück, entrückt,
Im Schwalbennest der Schwälbin Plätzchen leer –
Verflogen, ach! und findet heimwärts nimmermehr.

Mit einem Aufschrei warf sie sich auf ihre Lagerstatt und überließ sich schluchzend ihrem Kummer. Sie dachte nicht daran, noch länger für die Person da vorn ihre Fußsohlen zu bemühen, Punsch einzuschenken und Tee aufzugießen. Auch als Zinsgroschen, von der Neuen gegen die ›großspurige Sklavin‹ aufgehetzt, aus der vorderen Bootskammer herbeigestürzt kam und sie böse mit Schlägen und Püffen traktierte, blieb sie gleichwohl bei ihrem Widerstand und verweigerte jeden Dienst. Dem Pärchen blieb nichts anderes übrig, als sich hinfort vom Schiffsjungen bedienen zu lassen.

Unter günstiger Brise nachtsüber segelnd, langte die Barke am nächsten Vormittag bei der Hafenstadt Kwa tschou am Yang tse an und machte am Fuße des Kin schan fest. Der Kin schan, der Goldene Hügel, war ein berühmtes Wander- und Wallfahrtsziel. Zinsgroschen, der zum ersten Mal in seinem Leben in diese Gegend kam, wollte die Gelegenheit wahrnehmen und entschloß sich zu einem Ausflug auf den Goldenen Hügel.

»Auf die Miao kao tai, auf die Terrasse der Wunderhöhe, müßt Ihr zunächst hinauf! Da gibt es die Kaltwasserquelle und eine Menge anderer Sehenswürdigkeiten.« So riet ihm der Bootsführer.

Während er den Fuß an Land setzte, fiel sein Blick zufällig auf eine andere Lustbarke, die unweit am Ufer lag. Sie war rechts vom unteren Tempeleingang an einem Kiefernstamm vertäut. An Deck gewahrte er zwei hübsche junge Damen, etwa siebzehnjährig, einander am Spieltisch gegenübersitzend und in das beliebte Weh-ki-Brettspiel vertieft. Bei Zinsgroschens Erscheinen taten sie keineswegs schüchtern und dachten gar nicht daran, sich vor ihm zu verkriechen. Vielmehr blieben sie ruhig sitzen und schauten verstohlen nach ihm hin. Das Lächeln, das sie ihm, den Mund mit der Hand verdeckend, obendrein schenkten, dünkte ihn recht einladend. Und schon spürte er, wie sich im Busen seine alte Schwäche für weibliche Reize mächtig regte.

Auf der ersten Terrasse angelangt, umfaßte sein Blick die Landschaft.

Drunten, auf tausend Meilen Länge sichtbar, am fernen Horizont in der Azurbläue des Firmaments verschwimmend, glänzte, von himmlischen Winden bewegt und gekräuselt, das Silberband des Großen Stromes in der weiten Ebene. Droben stand, der Morgensonne aus Meeresgrün gleich, aus dem Eisvogelgrün des Tempelhains auftauchend und kühn in die Höhe strebend, die neunstöckige Pagode. Von rot getünchten Mauern umwallt, lag, in Bambushügel gebettet, der herrliche Bergtempel, das Haus Buddhas, vergleichbar dem von dunkler Lockenpracht eingerahmten jungfräulichen Antlitz eines Fräulein Tausendgoldstück oder einem beiderseits von Bäumen beschatteten, glitzernden Bache oder einem in Quarz gehüllten Edelstein. Jetzt zu früher Tagesstunde ein funkelndes Juwel, schimmerte er durch Dunst und Morgennebel, die noch über dem Strome brauten. Aus der Ferne von beiden Ufern her Geläut der Tempelglocken und das zarte Bimbim von Klingsteinen . . .

Zinsgroschen gab sich eine lange Weile dem Zauber dieses Bildes hin. Er konnte sich nicht satt daran sehen. Schließlich wandte er sich dem oberen Tempeleingang zu und sah dort einen eleganten Jüngling in Begleitung seines Dieners stehen. Als ob er auf Zinsgroschen gewartet hätte, begrüßte ihn der junge Mann mit einer tiefen, artigen Verbeugung.

»Will der Lao hsiung, der alte große Bruder, auch auf den Goldenen Hügel hinauf? Es lohnt sich. Darf ich mich anschließen?« kam die Frage.

Zinsgroschen schätzte den Fremden mit rasch musterndem Blick ab: knapp zwanzig, gut gewachsen, wohlgeformtes Gesicht voll Jugendfrische, weiße Zähne, rote Lippen, blankes Auge unter feinen Brauen, eine Jadeagraffe im schwarzseidenen Barett, Rock aus feinstem Atlas, zinnoberrote Satinpantoffeln, im ganzen eine sehr anziehende Erscheinung.

Zinsgroschen fühlte sich zu diesem fremden Jüngling irgendwie hingezogen, er dünkte ihn gar nicht fremd, eher artverwandt wie ein leiblicher Bruder. Und er besann sich nicht lange und nahm die Einladung des anderen mit Freuden an. Hand in Hand durchwanderte man gemeinsam die weitläufigen Anlagen des Bergtempels.

Ein Priester erschien und lud die beiden Besucher zu einem frugalen Imbiß in eine Gastzelle hinter der Tempelbibliothek. Die Zelle machte einen recht sauberen und wohnlichen Eindruck: eine Hängematte aus Stricken als Schlafgelegenheit, ein antiker Räucherkessel aus Bronze, an den Wänden Büchergestelle mit Sutrarollen und Rollbildern berühmter Meister. Nicht minder angenehm enttäuschte der frugale Imbiß durch die Güte und Reichhaltigkeit des Gebotenen: Tee, feine ›Bergeinsiedel‹-Sorte, zehnerlei verschiedene Gemüse und eingemachte Früchte, dazu ein Krug Wein der berühmten Marke San pai küan, Dreiweißquell, dessen starkes Aroma die Nasenschleimhäute förmlich ansprang.

»Wie ist der werte Name meines gütigen großen Bruders, und wo stammt er her?« erkundigte sich Zinsgroschen nach dem ersten Becher.

»Wu Yo, aus Nanking«, stellte sich der andere vor. »Mein Vater gehörte unter der letzten Dynastie zum persönlichen Anhang von Kanzler Tsai King und war zuletzt Präfekt von Kai fong fu. Ich bin sein einziges Kind und daher etwas verwöhnt. Ich nehme das Leben von der leichten, heiteren Seite. Meine Liebhaberei ist Musik. Da ich selber einige musikalische Kenntnisse besitze, macht es mir Vergnügen, ständig eine Truppe junger Hausmusikantinnen zu halten, die ich selber in Gesang und Spiel ausbilde. Ein ziemlich kostspieliges Vergnügen nebenbei, hat mich schon an die zehntausend Batzen gekostet. Ebenso bin ich auch drauf versessen, wertvolle Freundschaften zu knüpfen und in geselligem Kreis zu pokulieren und vergnügliche Ausflüge zu unternehmen. Die Pflege geselligen Verkehrs lasse ich mich auch eine gehörige Stange Geld kosten, da werfe ich es nur so weg und bin nicht kleinlich mit Geschenken. In der Gebelaune verschenke ich mitunter die mir liebsten und teuersten Musikantinnen meiner Hauskapelle an gute Freunde. Macht mir gar nichts aus. Ich fahre einfach nach Yang tschou und kaufe mir unter den dortigen Magerstuten Ersatzkräfte. Ein halbes Jahr Ausbildung, und schon können die Neuen genausoviel wie ihre Vorgängerinnen. Meine Verschwendungssucht hat mir bei den Leuten den Spitznamen ›der tolle Wu‹ eingebracht. Auch ›Junker Locker‹ werde ich genannt. Man hält mich für etwas närrisch, wenn nicht verrückt. In Wahrheit bin ich recht vernünftig. Warum soll ich mein Gold und Silber und die schönen jungen Dinger, die ich mir zu Hause halte, nicht mit guten Freunden teilen? Wer sagt denn, daß alle diese Schätze ausschließlich für mich da sind? Ihr werdet unten an der Landungsstelle zwei hübsche junge Mädchen in einer Lustbarke bemerkt haben. Sie gehören auch mir, sind auch Mitglieder meiner Haustruppe. Ich habe sie fürs dramatische Fach ausgebildet, die eine für die Rolle der komischen Alten, die andere für die Rolle der jugendlichen Liebhaberin. Wenn mein großer Bruder Verlangen trägt, brauche ich sie nur herrufen und uns Tischgesellschaft leisten zu lassen. – Halt! da fällt mir ein, diese enge, kahle Mönchszelle dürfte kaum der geeignete Ort für Damengesellschaft sein. Gehen wir doch lieber auf eine höhergelegene Terrasse! Der Wirt von der Weinschenke am Tempeleingang soll uns droben ein würdiges Mahl richten. Da oben haben wir eine fabelhafte Aussicht auf den Yang tse in seiner ganzen Länge mit seinen vielen Segeln und Masten. So eine Aussicht trägt zur Hebung der Stimmung bei.«

Zinsgroschen war von dem Gehörten wie betäubt, er kam aus dem Staunen gar nicht heraus und dachte im stillen: Meine Fahrt gen Süden verläuft entschieden unter günstigen Winden – dieser vornehme Jüngling ist anscheinend noch reicher und großzügiger und treibt es noch toller als jener Rat Hu Hsi – ganz zu schweigen davon, daß er einen Fremdling wie mich mit seiner Begleitung beehrt und mit Aufmerksamkeiten überschüttet, ohne eine Gegenleistung zu fordern, bietet er mir die verlockende Aussicht, falls ich Wert auf einen neuerlichen Wechsel in meiner weiblichen Reisegesellschaft legen sollte – statt der einen, der Yü Kiao, die ich ihm ja abtreten könnte, warum nicht? gleich zwei neue Schöne! – Kein schlechter Tausch . . .

Ohne sich seine heimliche Vorfreude anmerken zu lassen, ging er bereitwillig auf den Vorschlag des jungen Wu ein und unternahm mit ihm den Aufstieg zur Terrasse.

Droben im Aussichtspavillon fand er bereits – merkwürdig, wie auf Geisterflügeln hinaufgezaubert! – eine gedeckte Tafel vor. Die Fenster des Pavillons standen nach allen vier Himmelsrichtungen weit offen. Man weidete sich erst eine Weile an dem zauberhaften Rundblick über die drunten liegende Yang-tse-Landschaft mit dem glitzernden Flußlauf und den Segeldschunken und Ruderbooten, mit den Mauern und Wällen und Rauchschwaden der gegenüberliegenden Stadt Kwa tschou und dem regen Wagenverkehr auf den Landstraßen, dann setzte man sich zur Tafel. Da war auch schon – anscheinend auf Geisterflügeln hinaufgetragen – der Wirt von unten persönlich zur Stelle, erkundigte sich, wer von den beiden Jünglingen der Gastgeber sei, und fragte nach seinen Wünschen. Der junge Wu brachte einen rotseidenen Geldbeutel aus seiner Gürteltasche zum Vorschein, entnahm ihm einen kleinen Silberbarren im Gewicht von fünf Unzen, warf ihn mit lässiger Handbewegung dem Wirt hin und bestellte als Menü ein Gericht von frischen Fischen, Hühnerfrikassee, jungem Gemüse, nicht zu vergessen Bambussprossen, alles in bester Zubereitung, dazu die übliche Reisschüssel und Tischwein erlesener Sorte.

»Hier. Geht alles auf meine Rechnung«, erklärte er gelassen. Der Wirt griff hurtig zu und eilte dienstbeflissen davon.

Solch großzügige Art der Vorauszahlung machte auf Zinsgroschen einen gewaltigen Eindruck. Welch Mann von Welt, dachte er im stillen bewundernd bei sich und beeilte sich mit einer Gegeneinladung.

»Euer jüngerer Bruder hat unten auch seine Barke liegen. Es wird ihm zur Ehre gereichen, morgen seinerseits den Gastgeber zu spielen und Eure Noblesse geziemend zu erwidern.«

Nach den ersten Bechern war es an Zinsgroschen, auf die Frage seines Gefährten hin sich seinerseits vorzustellen und über sein Wer und Woher und Wohin Auskunft zu erteilen. Er komme aus Kai fong fu und sei auf der Reise nach Tschen kiang am Yang tse zu einem Verwandtenbesuch begriffen, gab er an.

»Welch unverhofftes Glück, Euch unterwegs zu begegnen! Ich werde nicht verfehlen, mich eines Tages zur Pforte Eures hohen Hauses aufzumachen und Euch meinen Dankesbesuch abzustatten«, schloß er, worauf der andere lebhaft einfiel:

»Nur förmlicher Besuch? Nein, als mein wertgeschätzter Gast sollt ihr ein halbes, ein ganzes Jahr bei mir wohnen bleiben und meine kalte Behausung mit Glanz erfüllen! Blutsbrüderschaft auf Tod und Leben wollen wir schließen, dann wird unsere zufällige Begegnung von heute nicht umsonst und zwecklos gewesen sein.«

Nachdem die Unterhaltung solchergestalt in den Hafen der Herzlichkeit eingelaufen war, entwickelte sich ein zwanglos fröhliches Zechgelage.

In vorgerückter Weinstimmung kramte Junker Wu aus der Gürteltasche seines rosa Rocks eine aus rotbraunem Bambus geschnitzte siebengelochte Blockflöte, blies nach allen Regeln der Kunst drauflos und entlockte ihr Töne, die schier Steine platzen und Wolken bersten machten! Zinsgroschen holte seinerseits aus der Gürteltasche ein Paar aus Sandelholz geschnitzte Kastagnetten, schlug mit ihnen den Takt und fiel in das Lied, das der andere mit seiner Flöte intoniert hatte, mit wohlklingender Singstimme ein. Es war die ergreifende Weise vom späten Wiedersehen mit einer alten Stätte zärtlicher Erinnerungen.

Die musikalische Unterhaltung wurde unterbrochen durch das Erscheinen eines Priesters. Er schleppte eine Kanne frisch aufgegossenen Tees herbei. Das Teewasser war aus der mittleren Kaltquelle des Berges geschöpft. Ein junger Novize, der in seiner Begleitung kam, brachte auf einem Rotlacktablett das zugehörige Teegeschirr mit, bestehend aus vier Schalen und vier Untertassen von Porzellan neuesten Musters: Indigoblau auf schneeweißem Grund. Die beiden jungen Leute konnten nicht umhin, den artigen Teespender – Yüe Kiang, ›Mond über dem Fluß‹, gab er als seinen Tempelnamen an – aus Höflichkeit mit an den Tisch zu bitten. Nach dem reichlichen Weingenuß war es ihnen eine willkommene Abwechslung, guten Tee zu schlürfen. Der Priester wiederum suchte und schätzte die Gesellschaft der beiden lebenslustigen Zecher in seinem eintönigen Tempeldasein.

Eine Weile unterhielten sich die beiden jungen Leute mit dem üblichen Nachtisch-Gesellschaftsspiel, dem Huo tjüan, Fingerknobeln. Dann griff Zinsgroschen nach der Flöte des anderen. Es juckte ihn, seine eigene Kunst zu zeigen. Er gab die Weise vom ›Herbstmond über dem Tschu-kiang-Fluß‹ zum besten. Die klaren, reinen Töne, die seine Kunst hervorquellen ließ, drangen nicht nur nach droben bis in die höheren Wolkenschichten, sondern auch nach unten – an die Ohrmuscheln der beiden Schönen auf Junker Wus Lustbarke vor dem Tempeleingang. Und sie säumten nicht und stimmten mit ihren Querflöten in die Weise von droben ein. Das ergab einen lieblichen Dreiklang, als ob sich die Stimmen von Phönixmännchen und Phönixweibchen in harmonischem Zusammenklang vereinigten. Junker Wu lauschte nach unten. »Meine beiden Hausmusikantinnen!« bemerkte er beifällig. »Ich habe sie beiläufig voriges Jahr in Yang tschou für fünfhundert Silberbatzen erworben und sie ein Jahr lang unterrichtet. Außer ihnen besitze ich noch acht weitere Dinger von gleicher musikalischer Fertigkeit, meine Hauskapelle zählt also zehn Mitglieder. Kann sich schon hören lassen. Falls sich mein werter großer Bruder nicht an ihrer Häßlichkeit stoßen sollte, könnte ich die zwei heraufkommen und uns Gesellschaft leisten lassen. Falls Ihr an ihnen zu zehn Zehnteln Gefallen finden solltet, kann ich sie Euch gern verehren. Macht mir gar nichts aus.«

Seine Worte bewirkten, daß dem Kuttenträger ›Mond über dem Fluß‹ vor gieriger Erwartung der Speichel in zwei langen Fäden nur so aus den Mundwinkeln troff und seine Äuglein das beutelüsterne Flackern eines hungrigen Raubvogelauges annahmen.

»Junger Herr, das nenne ich hochsinnig!« ermunterte und lobte er den Sprecher. Er konnte es kaum erwarten, daß die beiden Schönen an der Tafel erschienen, und bedauerte nur, daß ihm selber nach strengem Tempelgesetz fleischliche Genüsse jeglicher Art verboten waren. Zinsgroschen, im Inneren für ein solch verlockendes Angebot nur allzu empfänglich, glaubte es der guten Form schuldig sein zu müssen, daß er sich zunächst zierte und gegen die Annahme eines so großzügigen Gastgeschenks sträubte.

»Aber nein! Es war schon mehr als Gastlichkeit, mit der Ihr mich gleich zu Beginn unserer Bekanntschaft überschüttet habt. Wie könnte ich mir herausnehmen, Euch ein solches Übermaß von Güte zuzumuten und Euch Eure Dienerinnen abjagen zu wollen! Es ist ja auch nur ihr musikalisches Können, ihr fabelhaftes Flötenduo, das sich mit meinem bescheidenen Spiel zu einem so harmonischen Trio vereinigte, was mich so in Ekstase versetzte. Wirklich, es war schon entzückend.«

»Lauf zu und bitte die beiden zur Tafel im Pavillon! Und sie möchten außer ihren Flöten auch noch ihre Lauten mit heraufbringen«, befahl Junker Wu kurz seinem Diener. Dieser wollte sich gerade in Trab setzen, als der Kuttenträger einfiel und zu bedenken gab:

»Es geht stark auf den Abend. Hier im Pavillon gebricht es an ausreichender Beleuchtung. Wenn sich das geringe Mönchlein einen Vorschlag erlauben darf, so wäre es vielleicht ratsam, die Tafel in die Gastkammer im Oberstock seines Wohnturms zu verlegen. Dort ist auch frisches Teewasser rascher zur Stelle.«

»Ausgezeichnet. – Also bringe die beiden in den Parkturm!« wandte sich Junker Wu an den Diener, worauf dieser hurtig bergabwärts davonsauste.

Unter Führung des Priesters wandelten die beiden Jünglinge Hand in Hand und Schulter an Schulter durch die bergansteigende Tempelanlage dem Parkturm zu. Vor dem Eingang zur großen Andachtshalle machte Junker Wu halt.

»Falls Ihr mich blöden Tölpel nicht verschmäht, möchte ich gern vor dem Antlitz der Gottheit feierlich mit Euch Brüderschaft fürs ganze Leben schließen. Und falls Ihr mich nächstens besuchen solltet, möchte ich gern, daß Ihr eine Zeitlang als mein wertgeschätzter Gast bei mir wohnen bleibt«, wandte er sich an Zinsgroschen.

Der war mit Freuden dabei. Beide traten in die Andachtshalle ein, knieten vor dem Buddhabildnis nieder, brannten ein Weihrauchstäbchen ab und gelobten sich unter achtfachem Stirnaufschlag lebenslange Brüderschaft.

Im Oberstock des Wohnturms wurde bei Kerzen- und Lampenschein das Gelage fortgesetzt. Unermüdlich schenkte der kleine Schami, der junge Novize und Gehilfe des Priesters, abwechselnd Tee und Punsch ein und setzte allerlei Leckereien aus der Tempelküche vor. Bei dem nun folgenden Schachspiel verlor Zinsgroschen mehrere Partien und mußte etliche große Strafbecher über sich ergehen lassen. Er fühlte seinen Kopf schwer und schwerer werden. Inzwischen war es draußen dunkel geworden, es war die Zeit der zweiten Nachtwache.

»Wo nur der Diener mit den beiden Mädels bleibt? Es ist aber auch gar kein Verlaß auf diese Leute!« ließ sich Junker Wu vernehmen. Seine Stimme klang ärgerlich, als ob er sehr ungehalten über das Ausbleiben wäre.

»Sie werden sich in der Dunkelheit verlaufen haben. Es sind recht verzwickte, gewundene Pfade, die hier heraufführen. Wir sollten ihnen jemanden, der wegkundig ist, entgegenschicken«, ließ sich der Priester vernehmen und ließ seinen jungen Gehilfen eine Windlaterne mit der Aufschrift ›Yüe kiang‹, Mondfluß, zur Hand nehmen und nach den Vermißten suchen. Es war der zweite Bote, der ausgeschickt wurde. Droben wurde das Gelage bei Würfelspiel und Rätselraten fortgesetzt. Zinsgroschen verlor andauernd und mußte Strafbecher auf Strafbecher, wohl ein dutzendmal hintereinander, durch die Kehle gießen. Immer schwerer fühlte er seinen Kopf werden.

Es ging bereits auf Mitternacht, aber weder die erwarteten jungen Mädchen noch die ausgeschickten Boten ließen sich blicken.

»Wo bleiben bloß diese elenden Sklavinnen? Möchte wissen, was sie unten auf der Barke treiben! Warte, ich werde selber gehen und sie heraufholen!« wetterte Junker Wu in gespieltem Ärger, nahm eine andere Windlaterne zur Hand und verschwand in der Dunkelheit.

An seiner Stelle setzte Priester Mondfluß das Zechen, Würfeln und Rätselraten mit Zinsgroschen fort.

Darüber war die dritte Nachtwache[1] vergangen. Zum zweiten Male schon war die Leuchterkerze heruntergebrannt, bereits eine dritte war angesteckt worden. Da erhub sich draußen ein Heulen und Brausen. Von Süden schnob ein Sturm heran. Er türmte die Wellen des Stromes zu Wogen und peitschte sie gegen die Uferfelsen, daß es sich anhörte wie dumpfes Rasseln von Schlachttrommeln. Zinsgroschen lehnte sich über die Fensterbrüstung und blickte in die Nacht hinaus. Der Himmel hatte sich verfinstert, der Mond schien vom Fluß verschluckt, die Landschaft lag unter dunklen Nebelschwaden verhüllt. Wie war bei solchem Wetter an Abstieg und Rückweg zur Barke zu denken?

Der Priester, die besorgten Gedanken des Jünglings erratend, bemerkte:

»Es gibt zwei Wege von hier aus: der eine führt aufwärts zum Berggipfel, der andere bergabwärts zum Tempeleingang und Flußufer. Aber die Pfade sind verzwickt, Fremde verlaufen sich meist. Begreife nicht, warum mein Gehilfe, der sich doch hier auskennt, auch nicht zurückkommt. Bleibt nichts anderes übrig, als daß ich mich selber aufmache und nach den anderen suche.« Sprach's, steckte eine dritte Windlaterne an und verschwand. Nun saß Zinsgroschen ganz allein. Ein beklemmendes Gefühl trostloser Verlassenheit überkam ihn. Gleichzeitig machte sich die Wirkung des allzu reichlich genossenen Weines und Punsches geltend. Von unwiderstehlicher Müdigkeit gepackt, ließ er sich nach vorn über die Tischplatte fallen und schlief ein. Auf einmal spürte er einen fremdartigen Hauch durch das Kammerfenster wehen, eine bekannte Stimme drang an sein Ohr: »Meine große Schwester kommt!« Die Stimme von Zofe Kirsche. Gleich darauf sah er Silbervase auf sich zukommen. Sie versetzte ihm einen Schlag und sprach: »Bösewicht, warum hast du mir so bittres Leid angetan und mich schnöde verworfen? In der Erwartung, daß wir auf immer vereint bleiben würden, habe ich

1. 11-1 Uhr.

der Heimat den Rücken gekehrt und bin dir nach dem Süden gefolgt – von dem Schurken Hu Hsi hast du dich beschwatzen und verführen und mich auf seine Räuberbarke hinüberschmuggeln lassen – daß er dir obendrein nach deinem Leben trachtete, hast du gar nicht durchschaut –, nun habe ich gegen euch beide droben beim Schang Ti, beim Allerhöchsten, Klage erhoben – der andere wird für seine Missetaten mit dem grausamen Tod der Zerstückelung bestraft werden –, was deine Schuld betrifft, so hat meine Fürbitte erwirkt, daß sie durch meinen Freitod als beglichen gilt – aber du wirst es künftig schwer haben – kein Heim! keine liebende Gattin!«

Sie verhüllte ihr Haupt und brach in Schluchzen aus. Dann spürte er einen jähen Windstoß und erwachte. Es war ein Traum gewesen.

Er richtete sich auf. Sein erster Blick fiel auf die fast heruntergebrannte Kerze auf dem Tisch, sein zweiter auf die danebenliegende Flöte, Hinterlassenschaft seines verschwundenen Zechkumpans von gestern. An sein Ohr drang vom jenseitigen Ufer her Hähnekrähen, das den Morgen kündete. Er rief laut nach dem Priester Mondfluß. Keine Antwort. Er stieg die Turmtreppe hinunter und gelangte an eine geschlossene Pforte. Wiederum rief und schrie er nach dem Priester. Endlich kam ein Kuttenträger draußen angeschlurft, aber es war nicht der von gestern, es war ein anderer, viel älterer Priester.

»Wo steckt denn der werte Opferspender? Das nenne ich Frühaufsteher!« brummte er und schloß auf. Zinsgroschen trat ins Freie und berichtete kurz sein nächtliches Tempelerlebnis. Der alte Priester hörte kopfschüttelnd zu. Er wußte nichts von all dem. Nach einigem Nachdenken bemerkte er:

»Der Wohnturm, in dem Ihr Euer Zechgelage hattet, ist eigentlich als Aufenthalt für Ehrengäste wie hohe Würdenträger bestimmt. Vorgestern kam ein fremder Priester her und mietete ihn gegen ein Entgelt von fünf Silbergroschen auf einen Tag für den Zweck eines Gästeempfangs. Wir haben nicht danach gefragt, um was für Gäste es sich handelte. In der Nacht hörten wir aus dem Oberstock des Turmes tatsächlich Stimmen und Geräusche wie von einem Gelage, aber wir haben nicht weiter Notiz davon genommen. Die Sache ging uns ja nichts an.«

Nach dieser Erklärung schloß er die Turmpforte wieder ab und ging davon. Im fahlen Lichte des heraufdämmernden Morgens suchte und fand Zinsgroschen glücklich den alten Pfad, auf dem er tags zuvor heraufgekommen war. Unterwegs machte er sich Gedanken darüber, wie Yü Kiao und Zofe Kirsche die ganze Nacht über vergeblich auf seine Rückkehr gewartet haben mochten. Junker Wu würde es in Anbetracht der späten Stunde wohl vorgezogen haben, auf seiner Barke zu bleiben und den nochmaligen Aufstieg in der Finsternis gescheut haben. Der würde sicherlich auch auf ihn warten und sich heute mit ihm weiter unterhalten wollen. Er schuldete ihm ja aus Spielverlusten ein Festessen im Werte von sieben Silberbatzen. Das würde heute sicherlich wieder ein sehr vergnüglicher Tag werden.

Also sinnierte und spekulierte er unterwegs beim Abstieg und – spekulierte arg daneben. Denn als er unten aus dem Tempeleingang trat und zur Landungsstelle am Flußufer kam, mußte er eine böse Überraschung erleben: Weder von seiner eigenen Barke noch von der Junker Wus war auch nur die geringste Spur zu entdecken! Wo sie noch gestern angetäut gelegen hatten, leere Wasserfläche unter grauem Morgennebel, windgepeitschte Wellenkämme, weißlich spritzender Ufergischt!

Nun stand er einsam und verlassen am Ufer und starrte bedrückt ins Leere! Er konnte es einfach nicht fassen!

Als eine Stunde später eine große Reisedschunke die gleiche Stelle am Fuße des Kin-schan-Berges passierte, konnten die Fahrgäste an Deck einen einsamen Jüngling gedankenverloren am Ufer auf und ab wandeln sehen. Es fehlte nicht an kritischen Glossen wie: ›Seht da den komischen Kauz! Kann anscheinend vor lauter Landschaft die Landschaft nicht finden‹ oder: ›Der lernt anscheinend eine lange Ode auswendig und nimmt's verdammt ernst damit!‹ oder ›Der hält's offenbar mit jenem einfältigen Bäuerlein, das einmal einen toten Hasen an einem Baumstumpf gefunden hat und seitdem Tag für Tag Wache an dem gleichen Baumstumpf hält und auf weitere Hasen wartet, die sich daran den Schädel einrennen werden.‹

Was dem Jüngling Zinsgroschen weiterhin zu erleben beschieden war und was aus seinem Liebchen Yü Kiao wurde, werdet ihr aus dem nächsten Kapitel erfahren.

SECHZEHNTES KAPITEL

Aus treuer Anhänglichkeit an die frühere Herrin stürzt sich Jungfer Kirsche in den Fluß. Scham und Ehrgefühl verleugnend, erniedrigt sich der entartete Sproß aus edlem Geschlecht zum Bettelmusikanten

Geschätzte Leserschaft, laßt euch erklären: Die Dschunke, die der listige Rat Hu Hsi dem arglosen Jüngling Zinsgroschen angeblich aus großmütiger Sorge um seine Sicherheit für die Weiterfahrt zum Yang tse aufschwätzte, war eine Piratendschunke! Hu Hsi pflegte sie zu benutzen, wenn er auf Salzschmuggel ausfuhr. Er gebot über eine ganze Flotte von mehr als hundert solcher Schmuggel- und Piratenfahrzeuge. Der Kapitän dieser Dschunke, Yang, war ein berüchtigter Flußpirat. Er hatte es auf Reisedschunken abgesehen, die er mit einer langen eisenumkleideten Hakenstange zu entern pflegte. Daher sein Beiname ›Eiserner Enterhaken‹, unter dem er in Piratenkreisen bekannt war. Die geraubte Habe der Reisenden diente ihm zum Lebensunterhalt. Die Reisenden selber pflegte er, zu Bündeln verschnürt, einfach in den Fluß zu werfen.

Das gleiche Schicksal hatte der Schurke Hu Hsi unserem Zinsgroschen zugedacht. Der Schiffer, der dem Hu Hsi seinerzeit – er hieß damals Miao Tsing, wie sich die Leserschaft der Erzählung ›King Ping Meh‹ erinnern wird – Beihilfe bei der Ermordung von dessen Herrn Miao Tiän Hsiu auf nächtlicher Bootsfahrt leistete, war kein anderer als dieser Pirat Yang, genannt Eiserner Enterhaken. Diesmal hatte er den Auftrag, Zinsgroschen nach Kwa tschou zu bringen und dort in tiefer Nacht, zum Bündel verschnürt, in den Fluten des Yang tse zu versenken, eine Art Flußopfer ähnlich den Reiskeulchen, die man alljährlich am Fünften des fünften Monats, am Tag des Drachenbootsfestes, dem Geist des Idealisten und Patrioten Kü Yüan[1] darbringt, jenes unglücklichen, überloyalen Ministers, der sich einst aus Schwermut und Verzweiflung über das praktische Versagen seiner gut gemeinten Politik in den Fluten seines Heimatflusses ertränkt hatte.

Auch der Landausflug an das Gestade und in den Tempel des Kin-schan-Berges gehörte mit zum Plan des Hu Hsi. Sämtliche Mitwirkende: die schöne Yü Kiao und die beiden hübschen Dinger in der Lustbarke am Tempelufer als Lockvögel, der Pirat Enterhaken, der angebliche Junker Wu und sein Diener, desgleichen der angebliche Priester namens Mondfluß und sein junger Gehilfe – sie alle waren Komplicen des Hu Hsi, zum Teil von ihm gedungene, berufsmäßige Mimen, die alle ihre bestimmte Rolle zugeteilt bekommen hatten, um Zinsgroschen Luftgebilde vorzugaukeln. Das Ganze war abgekartetes Spiel, Komödie, von Hu Hsi als Regisseur in Szene gesetzt. Wenn Zinsgroschen am Abend schwer berauscht von seinem Landausflug an Bord der Dschunke zurückkehren würde, dann sollte der Pirat Yang den Schlußakt inszenieren; den schlafenden Jüngling des Nachts zum üblichen Opferkeulchen verschnüren und im Yang tse versenken und alsdann mit seiner Dschunke nach Yang tschou zurücksegeln. Auf solche Weise würde er nicht allein seine Yü Kiao und seine für Silbervase gezahlten zweitausend Batzen zurückerlangen, sondern obendrein noch die schmucke Zofe Kirsche und sämtliche sonstige Habe des Jünglings Zinsgroschen dazugewinnen. Das war der Plan und die Berechnung des Hu Hsi.

Aber in einem Punkte hatte sich der schlaue Regisseur verrechnet. Ein unvorhergesehener Fehler sollte ihm unterlaufen – dank höherer, himmlischer Fügung. Der Himmel wollte Zins-

1. 332-295 v. u. Z.

groschen noch nicht sterben lassen. Er konnte ja im Grunde nichts dafür, daß er in Silbervases trauriges Schicksal mit verstrickt war und als göttliches Werkzeug dienen mußte, um Silbervase ihre Schuld aus früherer Existenz, als Hsi Mens Sechste, als Frau Ping, abzahlen zu lassen. Dem Himmel tat der Jüngling leid. Daß er jetzt ohne Geliebte und völlig blank, all seiner mühelos erworbenen Habe beraubt, dastand, erachtete der Himmel zunächst als ausreichende Strafe für ihn. Daß er droben im Parkturm berauscht einschlief und die vereinbarte Rückkehr an Bord versäumte, wurde nach höherem Ratschluß seine Rettung.

Den Schiffer Enterhaken dünkte es, er habe nun lange genug auf die Rückkehr des Jünglings Zinsgroschen gewartet. Über dem langen Warten hatte er Zeit zum Nachdenken gehabt, und da sagte er sich: ›Im Grunde hat mir persönlich dieser fremde Jüngling doch gar nichts getan. Warum soll ich ihm jetzt etwas zuleide tun? Das ist doch nur der Wunsch eines anderen, des Hu Hsi, der sich an seiner Habe bereichern möchte. Was geht's mich an? Wohlan, tue ich auch mal ein dem Himmel wohlgefälliges Werk! Nutze ich die Gelegenheit, da er an Land gegangen ist, und fahre ohne ihn los!‹

Gedacht, getan. Er hieß seine Mannschaft die Ankerkatze hochziehen und Segel setzen und steuerte unter günstigem Fahrtwind in den offenen Strom Richtung Kwa tschou hinaus. Das war gegen Mitternacht.

Um diese Stunde saß Yü Kiao noch wach bei der Lampe in ihrer Bootskammer. Auf einmal kam Kapitän Enterhaken zu ihr hereingeschlüpft.

»Hihi!« hub er leise und vertraulich grinsend an. »Der Himmel meint es gut mit uns beiden! Welch günstige Gelegenheit, die er uns unerwartet bietet!«

Er hielt inne und rief nach der Zofe Kirsche. Als er keine Antwort erhielt, rief er seinen Schiffskoch herbei und befahl ihm, für sich und Yü Kiao ein Festmahl zu richten. Alle guten

Dinge, die Hu Hsi eigentlich für seinen eigenen Reisebedarf in der Speisekammer auf Vorrat hielt, mußte er heranschaffen: gebratenes Huhn, gesottenen Fisch, eingemachte junge Bambus- und Lotossprossen, nicht zu vergessen Wein und Schnaps. Enterhaken wartete ab, bis das Mahl fertig gerichtet war, dann schickte er den Koch fort und ließ sich Knie an Knie neben Yü Kiao nieder. Eine Weile wurde schweigend gegessen und getrunken. Dann rief er von neuem nach Kirsche. Wieder blieb sein Rufen ohne Antwort. »Diese elende Sklavin! Bildet sich vermutlich ein, daß sie immer noch ihrer früheren Herrschaft zu gehorchen hat – na warte, das soll sie mir morgen büßen!« brauste er auf. Er langte sein Bootsmesser unter dem Gürtel hervor und legte es vor sich auf den Tisch. Das war deutliche Gewaltdrohung – auch für Yü Kiao. Nun war sie im Blumenhof groß geworden und hatte gelernt, mit Männern umzugehen. Deshalb fand sie sich sofort geschmeidig in die neue Sachlage und zeigte sich diesem gefährlichen Gewaltmenschen von der rauhen Piratensorte gefügig. Eifrig heuchelte sie gar nicht vorhandene Gefühle, streifte ohne viel Umstände ihre Hüllen herunter und war ihm mit der erprobten Routine der berufsmäßigen Liebeskünstlerin zu Willen.

Mittlerweile saß Kirsche in ihrer Kammer und beweinte nach wie vor das traurige Schicksal ihrer geliebten früheren Herrin Silbervase. Zwei Tage lang hatte sie sich nun schon jeglicher Nahrung enthalten. Als nun der Abend kam, ohne daß Zinsgroschen von seinem Landausflug zurückkehrte, als sie gewahrte, daß die Dschunke mitten in der Nacht ohne ihn auf und davon segelte, als sie schließlich, heimlich in die Kammer der Yü Kiao spähend, diese in den Armen des Schiffskapitäns liegen sah, da wurde ihr klar, welch schändliches Spiel man mit ihrer Herrschaft getrieben hatte und wie verzweifelt ihre eigene Lage war. Was würde ihrer warten? Schelte, Schläge, lieblose Behandlung. ›Dann lieber freiwillig Schluß machen und als Geist nach meiner lieben Herrin Silbervase suchen‹, sagte sie sich.

Über langem, kummervollem Grübeln verfiel sie gegen drei

Uhr morgens in einen unruhigen Halbschlummer. Auf einmal sah sie Silbervase auf sich zugeschwebt kommen. Sie winkte ihr zu und sprach zu ihr: ›Auf, Schwesterlein, spute dich und folge mir ins Schattenreich nach! Als Geister wollen wir uns gemeinsam auf den Rückweg machen!‹

Sie erwachte und schaute zum Kammerfenster hinaus. Grauer Morgennebel lag über dem Fluß und verhüllte jede Aussicht. An Bord war es still, alles lag in tiefem Schlaf. Sie zog sich an und schnürte Rock und Schuhe fest, damit sie sich im Wasser nicht loslösen sollten. Noch ein letzter Seufzer, ein Satz – und sie war vom grauen Flußnebel verschluckt.

Eng aneinandergeheftet wie Leim und Lack, hatte das Pärchen, Pirat Enterhaken und Yü Kiao, die Nacht verbracht. Arm in Arm wurde gegen Morgen Rat gehalten, was nun weiter werden solle.

»Was hat er denn an Werten in seinem Gepäck?« wollte der Pirat vor allem wissen. Yü Kiao zählte die verschiedenen Schmuck- und Zierstücke auf, die aus Silbervases Besitz stammten.

»Hm, dazu kämen noch die zweitausend Batzen Bargeld, die ihm der Hu Hsi für seine Silbervase gezahlt hat. Damit wären wir für die nächste Zukunft gesichert und brauchen uns keine Sorgen zu machen. Ich wäre der größte Narr, wenn ich jetzt brav nach Yang tschou zurücksegeln und dich nebst den Schätzen dem Hu Hsi ausliefern wollte! Lassen wir uns den fetten Karpfen – den fettesten, den ich mir in meiner zehnjährigen Schmugglerpraxis jemals gefischt habe – selber schmecken! – Höre meinen Plan. Die Doppelprovinz Hu kwang befindet sich gegenwärtig in Aufruhr, dort hat Yang Yao eine Revolte angezettelt, da geht es drunter und drüber. Fahren wir dorthin! Ich habe auf dem Tung-ting-See in einem Umkreis von achthundert Li überall gute Freunde sitzen, die genau wie ich von Schmuggel und Piraterei leben. Fahren wir nach Wuhu und beginnen dort ein neues, freies und einträgliches Leben! Ich habe es satt, noch weiter für diesen Hu Hsi zu schuften. Lange genug habe ich unter seiner Fuchtel gedient! Ich will künftig mein eigener Herr sein!«

Yü Kiao war einverstanden. Und so nahm die Piratendschunke Kurs stromaufwärts nach Wuhu.

Zinsgroschen war einen ganzen Tag lang unschlüssig am Ufergestade des Kin-schan-Berges auf und ab gewandert und hatte vergeblich nach seinem eigenen und seines vermeintlichen Freundes, des angeblichen Junkers Wu, Fahrzeug Ausschau gehalten. Es ging schon wieder auf den Abend, als er den Wirt der Tempelschänke auf sich zukommen sah. Er forderte von ihm Bezahlung der Rechnung für das Mahl vom gestrigen Abend. Vier Batzen acht Groschen sollte er zahlen. Zinsgroschen machte betroffen geltend, daß sich doch Junker Wu als Gastgeber erklärt und einen Silberbarren von fünf Batzen Wert im voraus gezahlt habe.

»Falschgeld!« bedeutete ihm der Wirt kühl, »schlechtes Blei, dünn versilbert.«

Das war eine böse Überraschung für Zinsgroschen. Der vornehme Junker Wu ein Betrüger, ein Hochstapler, ein Zechpreller! Natürlich war der Wirt im Recht. Da der andere sich verzogen hatte, mußte er sich an ihn halten. Aber wovon sollte er zahlen? Als er gestern an Land ging, hatte er dummerweise seine Geldbörse an Bord gelassen. Er trug keinen Kupferling bei sich!

»Meine Gaststätte ist nur ein kleines Unternehmen. Um meine Lieferanten in der Stadt bezahlen zu können, bin ich leider auf pünktliche Begleichung der Zechen angewiesen, die meine Gäste bei mir machen«, gab der Wirt sanft, aber nachdrücklich zu verstehen. Als Zinsgroschen beharrlich mit den Achseln zuckte, wechselte er die anfänglich ruhige Tonart und wurde unangenehm. Er musterte zunächst seine äußere Erscheinung mit langem kritischem Blick. Zugegeben, er stak in tadellos neuer, modischer Gewandung, aber – kein Bargeld, kein Diener, kein Fahrzeug! Das war entschieden verdächtig und dünkte den Wirt Grund genug, nunmehr einen respektlosen, groben Ton anzuschlagen.

»Ihr seid also ganz offenbar ein Blankknüppel, ein Habenichts, ein Gauner, ein Zechpreller! Aber wähnt ja nicht, es sei damit abgetan! Festnehmen muß man Euresgleichen und der Obrigkeit übergeben!« wetterte er los und steigerte die Lautstärke seiner Stimme dermaßen, daß sie weithin hörbar wurde und Neugierige anlockte. Bald hatte sich ein dichter Ring von Zuhörern und Zuschauern um die beiden gebildet. Die einen redeten dem aufgebrachten Wirt gut zu, die anderen hetzten ihn auf.

Schließlich blieb Zinsgroschen nichts anderes übrig, als seinen guten neuen Kavaliersrock von feinster blaßgrüner Kreppseide auszuziehen und dem Wirt an Zahlungs Statt anzubieten. Der Wirt akzeptierte und erklärte drei Batzen für abgegolten. Um die Restschuld von einem Batzen acht Groschen zu begleichen, opferte Zinsgroschen auch noch seine schöne weißseidene Tunika. Der Wirt gab sich zufrieden und zog seufzend und vor sich hinbrummend mit den Kleidungsstücken ab. –

Zinsgroschen hatte diesen ganzen Tag noch keinen Bissen zu sich genommen. Jetzt spürte er gewaltigen Hunger. Bei dem Tempelwirt konnte er sich nicht mehr blicken lassen, bei dem war nichts mehr zu hoffen. Seine einzige Hoffnung blieb noch immer der fragwürdige Freund von gestern, der Junker Wu. Vielleicht würde er ihn drüben in Tschen kiang wiederfinden? Aber wie die Überfahrt dorthin finanzieren? Er dachte angestrengt nach. Dann löste er das rotseidene Parfümbeutelchen, Andenken an Silbervase, von seinem Gürtel und bot es dem Fährmann, der mit seiner Fähre gerade übersetzen wollte, als Fahrgeld. Er hatte Glück. Der Fährmann fand bei der Abschätzung, daß der hübsche, kleine Gürtelschmuck immerhin die drei Kupferlinge Fahrgeld wert sei, und nahm ihn mit.

Es war um die Stunde, da man anfängt, mit der Stocklaterne in der Hand über die Straße zu gehen, als Zinsgroschen bei seinem Umherirren durch die ihm fremde Stadt Tschen kiang vor dem Kan lu sse, dem Tempel des Süßen Tau, anlangte. Er konnte sich vor Hunger kaum noch aufrecht halten. Vor seinen

Augen tanzten gelbe Blumen, in seinen Eingeweiden rumorte es, das Knurren, das aus seiner Magenhöhle drang, erinnerte an die unterirdischen Singlaute, die der Erdwurm des Nachts hervorquellen läßt. Wenn er nur wenigstens einen Ruheplatz für die Nacht hätte! Er ließ seine Blicke suchend nach allen Ecken und Winkeln schweifen. Das dem Stadtgott geweihte Tempelchen vor dem großen Kan lu sse schien ihm als Zuflucht geeignet. Gerade wollte er hineinschlüpfen, als ein alter Priester mit der Stocklaterne in der Hand herauskam und sich anschickte, die Tempelpforte abzuschließen. Als er den fremden, nur mit Hemd und Hose bekleideten Jüngling vor dem Eingang stehen sah und auf Befragen von ihm den Bescheid erhielt, daß er drin zu nächtigen gedenke, winkte er kopfschüttelnd ab.

»Mit der Beherbergung Fremder ist es jetzt nicht so einfach wie sonst in normalen Friedenszeiten. Bedenkt, die Kin-Tataren sitzen in der Östlichen Hauptstadt! Wir haben hier unten im Süden Ausnahmezustand! Da gelten strenge Kriegsgesetze! – Dort! Lest!«

Er zeigte auf ein Plakat, das über der Tempelpforte angeschlagen war. Zinsgroschen las:

›Marschall Han Schi Tschung, auf kaiserlichen Befehl Militärstatthalter der Provinzen südlich vom Yang tse und Oberbefehlshaber der Fußtruppen und Reiterei von Huai an und Yang tschou, verordnet wie folgt:

Achtung! Abwehr von Spionage!

Seit der Besetzung der Östlichen Hauptstadt durch den tatarischen Landesfeind ist die Stadt Tschen kiang, der wichtigste Verkehrsknotenpunkt zwischen Nord- und Südchina, in besonderem Maße gefährdet. Landesverräter aus dem besetzten Gebiet suchen sich einzuschleichen und Stadt und Umgebung nach schwachen Stellen auszuspionieren, wo eine feindliche Flotte landen könnte. Auf Grund dringender Notmeldungen aus gewissen Stromdeich-Abschnitten ergeht hiermit strenge Warnung für das ganze Land am südlichen Stromufer. Es besteht

Grund zu der Befürchtung, daß sich unter den von Norden einreisenden Kaufleuten und Fremden heimlich Landesverräter und Spione einschleichen. An sämtliche Tempel, Klöster und Einsiedlerklausen, sowohl buddhistische wie taoistische, ergeht daher ab heute das strikte Verbot, irgendwelche Fremde und Reisende bei sich zu beherbergen und übernachten zu lassen. Werden irgendwo Fremde angetroffen, die sich durch den Dialekt der Östlichen Hauptstadt Kai fong fu verdächtig machen, ist sofort Anzeige an die örtliche Militärpolizei zu erstatten. Tempel- und Klosterinsassen und Einsiedler, ob buddhistischer oder taoistischer Religion, die trotz Verbots heimlich Fremde aus dem Gebiet nördlich vom Strom bei sich beherbergen oder nächtigen lassen, werden nach Kriegsrecht unnachsichtig mit dem Tod durch Enthaupten bestraft.

Gegeben im dritten Monat des dritten Jahres
der Regierungsära
Kiän Yen, ›Flamme des Wiederaufbaus‹,[1]
der Großen Sung-Dynastie.

Täglich in Stadt und Land öffentlich kundzumachen!‹

Zinsgroschen wurde beim Lesen erdfahl vor Schreck.

Nun stand er allein und verlassen, ein verlorener Brocken Abfall der menschlichen Gesellschaft vor der zugesperrten Tempelpforte. Der alte Tempelpriester hatte sich wortlos entfernt. Er mochte den dürftig bekleideten und verhungerten jungen Menschen für einen wunderlichen, aber harmlosen Stromer halten. Nach verdächtigem Reisekaufmann sah er nicht aus.

Zum Glück war um diese Jahreszeit – man befand sich im dritten Monat – hier unten im Süden die Witterung mild. Warum sollte er nicht im Freien nächtigen? Die Stufen der Steinterrasse, die zur Tempelpforte führte, luden zum Niederlassen ein. Aber da konnte er womöglich einer patrouillierenden Nachtronde auffallen. Davor hatte er Angst. Er wählte eine dichtbelaubte

1. 1127-1131, Kaiser Kao Tsung.

Sophore in der Nähe als Versteck. Völlig erschöpft kuschelte er sich hinter den mächtigen Baumstamm ins Gras. Ach, welch klägliches Nachtlager für einen verwöhnten Jüngling aus gutem Haus! In dieser Nacht lernte Zinsgroschen so recht die Kehrseite leichtsinnigen Abenteuerns und Herumtreibens kennen.

Am nächsten Morgen beim Aufwachen meldete sich der Hunger womöglich noch wilder als tags zuvor. Etwas Eßbares heranschaffen, das war jetzt die vordringliche Aufgabe. Notgedrungen opferte er auch noch den hübschen Knopf aus mattgrünem Speckstein, das Zierstück seines Baretts. Zwei delikate, frischgebackene Frühstückssemmeln im Wert von zwanzig Kupferlingen erhielt er dafür in einem Bäckerladen. Er schlang sie nur so hinunter. Der erste Hunger war gestillt. Aber wie sollte es nun weitergehen? Woher ein warmes Mittagsgericht herbeizaubern? Wo am Abend sein Nachtlager aufschlagen? fragte er sich besorgt. Da fiel ihm die braunrote Bambusflöte ein, die Junker Wu nach dem nächtlichen Zechgelage droben im Parkturm des Bergtempels auf dem Tisch liegengelassen hatte. Er hatte sie doch an sich genommen und barg sie, einziges Besitzstück von Wert, zum Glück noch im Gürtel. Warum sollte er nicht von Weinstube zu Teestube ziehen und sich mit Flötenspiel ein paar Groschen verdienen? Wozu hatte er denn Flötenspielen gelernt?

Er unternahm einen Streifzug durch die fremde Stadt und hielt Ausschau nach einer würdigen Gaststätte, die nach nobler und spendabler Kundschaft aussah. Nach einer ausgedehnten Wanderung straßauf, straßab – er hatte noch immer nicht die Hoffnung aufgegeben, unterwegs dem Junker Wu zufällig wiederzubegegnen –, glaubte er endlich das Richtige gefunden zu haben.

Es war ein einstöckiges schmuckes Weinhaus, draußen vor dem Stadttor, dicht am Flußufer gelegen. Die Pforte glänzte frisch gestrichen und farbenfroh in Zinnoberrot, Grün und Himmelblau. Über der Pforte entbot zechfreudigen Ankömmlingen ein siebenfüßiger Doppelspruch poetischen Willkommensgruß:

›Himmel und Erde belächeln wohlwollend den Zecher,
Strom und Berge lachen den Griesgram aus.‹

Der Oberstock mit der Aussichtsveranda war voll besetzt mit Gästen gutbürgerlicher Kreise. Sie saßen teils draußen an die Balustrade der Veranda gelehnt und genossen still die Aussicht auf die Flußlandschaft, teils unterhielten sie sich lärmend bei Rätselraten und Fingerknobelspiel.

Zinsgroschen zog seine Flöte aus dem Gürtel hervor und putzte sie blank. Dann stieg er tapfer zum Oberstock hinauf und hub an, den ehrenwerten Gästen ein Stück Tafelmusik vorzublasen. Er hatte an der mittleren Tafel Aufstellung genommen. Sie war von drei Herren besetzt, einem älteren und zwei jüngeren. Der Ältere, er mochte ein Sechziger sein, trug einen langen grauen Kinnbart und verriet nach Kleidung und würdiger Haltung den ehemaligen Würdenträger. Von den beiden Jüngeren ihm gegenüber trug der eine, ein Dreißiger, Waffenrock, der andere, ein Zwanziger, die akademische Gewandung eines Hsi tsai, eines Doktors ersten Grades. Der ältere Herr musterte den jungen Flötenspieler mit prüfendem Blick. Es deuchte ihn, als ob dieser hübsche, saubere Bursche nicht zur Zunft ›Derer vom Birnengarten‹ des Tang-Kaisers Ming Huang, zur Zunft berufsmäßiger Schauspieler, Tänzer und Musikanten gehöre, aber auch nach Reisekaufmann sah er nicht gerade aus. Er winkte ihn an seinen Platz.

»He, du da, du trägst so ein feines Barett auf dem Kopf, aber andererseits läufst du ohne Rock und Jacke herum. Von ärmlicher Herkunft scheinst du mir nicht zu sein. Wie kommt es, daß du mit Flötenspiel betteln gehst? Erzähl uns doch deine Geschichte.«

»Ich wurde unterwegs auf der Reise von Räubern ausgeplündert. Aus Not bin ich gezwungen, mir einstweilen mit Flötenspiel etwas Nahrung zu verdienen, bis ich meine hiesige Verwandtschaft gefunden habe und heimkehren kann«, druckste, Dichtung und Wahrheit mischend, Zinsgroschen mit erstickter Stimme hervor.

»Soso, auf der Suche nach hiesigen Verwandten bist du. Wer und was sind sie denn?«

»Es ist ein Vetter meiner Mutter mit Sippennamen Hsü mit Zunamen Yo Kung mit Beinamen Tschen Yü. Er war Landedelmann und diente früher bei der kaiserlichen Leibgarde in der Östlichen Hauptstadt Kai fong fu. Wie ich hörte, soll er jetzt den Posten eines Wachtmeisters bei der Strompolizei hier in Tschen kiang bekleiden. Ich weiß aber gar nicht, wo er wohnt und ob er überhaupt noch lebt. Er wurde vor vierzehn Jahren – meine Wenigkeit war damals ein Kind von sieben Jahren – infolge der Kriegswirren von seiner Heimat losgerissen. Ich glaube mich zu entsinnen, daß er in dienstlichem Auftrag hierher in das Gebiet südlich vom Strom geschickt wurde. Er ist seitdem nicht wieder in die Heimat zurückgekehrt. Es hieß, er habe eine Zeitlang seinen Wohnsitz in einem Vorort von Nanking gehabt und später als Wachtmeister Dienst bei der hiesigen Strompolizei getan.«

Jetzt sollte sich für Zinsgroschen der alte Spruch bewahrheiten:

Die Straße ging zu Ende,
Da ist ein Pfad zur Stelle.
Der Brunnen, der versiegte,
Da sprudelt eine Quelle.

Der Graubart blinzelte seinem jüngeren Gegenüber im Waffenrock zu und sprach zu ihm:

»Sollte besagter Wachtmeister Hsü nicht dein ehrenwerter Vater sein?«

Der Jüngere im Waffenrock wandte sich lebhaft an Zinsgroschen:

»Solltest du etwa der junge Tschen mit Zunamen Luan sein?«

»Ich bin's. Aber wer seid Ihr?« kam die Bestätigung und Gegenfrage. Der andere erhob sich von seinem Platz.

»Der Sohn eben des Wachtmeisters Hsü, deines Onkels, von dem du gesprochen hast.«

Er zeigte auf den würdigen Graubart und auf den Jüngeren neben sich und stellte vor:

»Das ist Herr Li Tze Kiao, der ehrenwerte Schwiegervater meines Vaters. Und das ist sein Sohn, der Gatte deiner Schwester, Doktor Li Ying Tschi. Wir sind also deine gesuchte Verwandtschaft. Welch glücklicher Zufall, daß wir uns hier begegnet sind! Nun aber setz dich mit an unseren Tisch und iß!«

Er bestellte vorsorglich gleich vier Schüsseln Nudeln mit Hühnerklein, dazu verschiedene Gemüse und Wein für den Vetter und Schwager, dem es unschwer anzumerken war, daß er seit langem keine ordentliche Mahlzeit mehr im Leibe gehabt hatte. Zinsgroschen vertilgte gierig alles, was ihm vorgesetzt wurde. Diese Mahlzeit war für ihn der berühmte langersehnte Regen auf die dürstende Flur. Man ließ ihn schweigend seinen Hunger stillen, dann nahm man ihn mit auf den Nachhauseweg in die Stadt.

Von der Hauptstraße bog man in eine ruhige Seitengasse ab und machte vor einem kleinen Anwesen halt. Es war die Wohnung von Wachtmeister Hsü. Er war daheim.

»Wen bringt ihr mir denn da als Besuch mit?« fragte er.

»Deinen Neffen Tschen Luan«, klärte ihn der Graubart auf. »In der Weinstube draußen vor der Stadt am Flußufer sind wir ihm zufällig begegnet. Er war auf der Reise und suchte nach dir. Unterwegs hat er das Mißgeschick gehabt, seiner Habe beraubt zu werden. Jetzt bringen wir ihn dir. Wenn es der Himmel nicht so gnädig gefügt hätte, daß wir ihn fanden, wer weiß, was aus ihm geworden wäre.«

Onkel Hsü fragte seinen Neffen zunächst einmal gründlich nach allen möglichen Namen und Daten der Familienchronik und den jüngsten Vorgängen in der Östlichen Hauptstadt aus. Nachdem er sich solchergestalt von der Echtheit der verwandtschaftlichen Beziehung Gewißheit verschafft hatte, nahm er Zinsgroschen in seinem Hause auf. Er räumte ihm eine ›Ohr‹-Kammer zum Wohnen ein und schenkte ihm vor allem einen neuen Rock, allerdings nicht aus feiner Seide, sondern aus dunkelrotem gemustertem Kattun. Es war ein einfacher, solider Haushalt, den Onkel Hsü führte. Er gönnte dem Neffen einen Tag zum Verschnaufen, dann aber hieß er ihn nützliche Arbeit leisten. Denn Müßigkeit duldete er nicht im Hause. Da er Zinsgroschen als aufgeweckten, hellen Kopf einschätzte, ließ er ihn vor der Hauspforte einen kleinen Kramhandel aufmachen und etwas zum Lebensunterhalt verdienen. Aber solch seßhafte Tätigkeit behagte einem ölglatten, unsteten Großstadtjüngelchen wie Zinsgroschen auf die Dauer gar nicht. Er schätzte Bewegung und Abwechslung mehr. Und so dauerte es nicht lange, und er griff wieder nach der geliebten Flöte und trieb sich als Bettelmusikant in der Stadt herum.

SIEBZEHNTES KAPITEL

In gerechtem Groll erhebt Rat Pi Anklage gegen die Mitschuldige. Diesmal versagen die Hexenkünste der Großmeisterin Li

Rat Pi, der sich um Gattin und Geld betrogen sah, war nicht gewillt, die Sache einfach auf sich beruhen zu lassen. Also wählte er unter seinen Zechkumpanen zwei leidlich seriöse Herren namens Liu, genannt Maulfaul, und Tschor, genannt Schiefauge, aus und sandte sie als Unterhändler zur Großmeisterin. Er hätte doch an dreitausend Batzen in diese Heirat gesteckt, Silbervase aber nur dem Namen nach besessen, so mußten sie erklären. In die lächerliche Rolle eines unbeweibten Schildkröterichs hätte man ihn hineinmanövriert. Jetzt verlange er wenigstens sein Geld und den Brautschatz zurück. Wenn man ihm diese Genugtuung verweigere, werde er beim Präfekten von Kai fong fu Anzeige erstatten, und zwar nicht bloß wegen Betruges. Vierzig Anklagepunkte seien bereits vorgesehen, in denen er schonungslos die hochverräterischen Beziehungen der Großmeisterin zur Südlichen Sung-Regierung sowie das Spionagetreiben, dem sie in ihrem Buhlnest Vorschub leiste, enthüllen und aufdecken werde. Diese Anklage werde er drucken und überall öffentlich anschlagen lassen.

Die Großmeisterin bekam einen heillosen Schreck. Sie erbot sich zur Rückerstattung des halben Brautschatzes und stellte das Mädchen Wasserdampf als Ersatz für Silbervase zur Verfügung. Vor allem ließ sie Rat Pi durch seine Unterhändler ersuchen, jeden öffentlichen Skandal zu vermeiden. Die Unterhändler hatten ihrem Auftraggeber kaum Bericht erstattet, als auch schon eine kleine Sänfte erschien, der das Mädchen Wasserdampf entstieg. Ihr rot und silbern getupftes Taschentuch vor den Mund pressend, kam sie vergnügt lachend und unbefangen, als ob nichts geschehen wäre, angeschwebt, machte einen artigen Kniefall vor dem dicken Pi und sprach zu ihm:

»Die Großmeisterin läßt Euch bestellen, daß es doch nicht ihre Schuld sei, wenn man ihr Silbervase mitsamt Schmuck und allen Kunstgegenständen im Wert von dreitausend Batzen geraubt und entführt habe. Sie ist doch selber schwer geschädigt und ganz krank vor Aufregung. Einen Monat lang ist sie nicht aus dem Bett gekommen. Sie hat volles Verständnis dafür, daß Ihr stark verärgert seid. Aber deswegen braucht Ihr doch unseren Blumenhof nicht zu meiden. Sie lädt Euch dringend und höflich zu einem baldigen Besuch ein. Inzwischen soll ich Euch, wenn ich mich auch nicht mit Silbervase vergleichen kann, für ein paar Tage Gesellschaft leisten. Gleichzeitig soll ich Euch ihre ergebensten Geburtstagsglückwünsche überbringen.«

Sie begleitete ihre Ansprache mit so einladendem Augenaufschlag und so verführerischem Hüftwiegen, daß Rat Pi nicht umhin konnte, in eine versöhnliche, zugängliche Stimmung zu geraten und sie nach hinten in seine Bibliothek zu bitten. Er behielt sie da und nahm auch die stattliche Traglast zurückgesandten Brautgutes an, dazu eine Anzahl Geschenkschachteln, die die Großmeisterin als persönliche Aufmerksamkeit zu seinem Geburtstag mitgeschickt hatte.

Gewiß, Wasserdampf war keine Silbervase, aber sie hatte auch ihre Vorzüge. Sie war unterhaltsam, schalkhaft, sie konnte auch singen und Laute klimpern, sie zeigte keine Mucken, und im Wind- und Mondspiel verriet sie ungewöhnliche Begabung. Er konnte sich mit ihr sehen lassen. Alle seine Freunde waren von ihr begeistert. Kurz, sie brachte es fertig, daß sich sein Groll ins Südmeer zum fernen Java verflüchtigte. Er unternahm vorläufig keine weiteren Schritte gegen die Großmeisterin und begann Silbervase zu vergessen und sich an Wasserdampf zu gewöhnen. Und als sie ihm eines Nachts zuredete, er solle sie doch für immer als ›Deckel auf dem Topf‹ behalten und sie aus dem Blumenhof, diesem Pfuhl der Bitternis, erlösen, da sagte er zu.

Am nächsten Tag schickte er Freund Maulfaul als Unterhändler zur Großmeisterin und ließ ihr erklären, er sei bereit, Wasserdampf als Ersatzgattin zu behalten. Allerdings, da sie nur halb soviel wert sei wie Silbervase, müsse er darauf bestehen, daß ihm fünfhundert Batzen zurückvergütet würden.

Nun, im Geldpunkt war die Großmeisterin nicht weniger genau als er. Also begann sie, sosehr sie im übrigen die friedliche Beilegung des Streites begrüßte, zu handeln. Nach einigem Hinundherfeilschen wäre man sich gewiß einig geworden. Aber die Vorsehung wollte es ganz anders.

Gerade, als die Verhandlung im besten Zuge war, fand sich im Blumenhof ein alter Stammgast ein, der Teehändler Kiang. Er war mit Zinsgroschen von früher her bekannt und hatte ihn auf einer kürzlichen Geschäftsreise nahe bei der Zollbarre von Yang tschou von weitem gesehen, wie er auf einer Reisebarke mit Gästen pokulierte.

Als Kiang nach Kai fong fu zurückkehrte, fiel ihm der öffentliche Anschlag auf, worin Rat Pi auf die Wiederauffindung der entführten Silbervase und ihres Entführers Zinsgroschen eine Belohnung von fünfzig Unzen ausgesetzt hatte. Eilends machte er sich zur Großmeisterin auf und erzählte ihr von seiner Begegnung in Yang tschou.

Die Großmeisterin wieder schickte schleunigst nach Rat Pi und teilte ihm die Neuigkeit mit.

»Wann habt Ihr ihn getroffen?« wollte Rat Pi wissen.

»Am Tag des Mittelherbstfestes, am Fünfzehnten des achten Monats«, erklärte der Teehändler.

»Das könnte der Zeit nach stimmen. Aber inzwischen ist ein halbes Jahr vergangen. Wie soll man heute noch seine Spur wiederfinden?«

»Überlaßt das mir. Ich reise nächstens wieder nach dem Süden. Da werde ich in Yang tschou weiter nachforschen«, erbot sich Herr Kiang. Die Dame Li versprach ihm für weitere Nachricht eine zusätzliche Belohnung von dreißig Batzen.

Am nächsten Tag schickte sie Unterhändler Maulfaul zu Rat Pi und ließ ihm bestellen:

»Um künftigen Mißverständnissen vorzubeugen: Falls Silbervase zurückkehrt, beanspruche ich sie für meinen Blumenhof. Auf Wasserdampf verzichte ich schon jetzt. Ihr könnt sie als Ersatzgattin behalten.«

Nun hatte aber die bloße blinde Kunde von Silbervase im dicken Rat Pi die alte Leidenschaft für die Spröde von neuem entzündet. Wenn er jetzt auf das Angebot der Großmeisterin einging und womöglich noch die geforderten fünfhundert Batzen von ihr zurückerhielt, dann hatte er sein Anrecht auf Silbervase endgültig verloren. Das wollte er unter keinen Umständen. Er klammerte sich von neuem an den Gedanken, doch noch eines Tages in ihren Besitz zu gelangen. Also drängte er einstweilen nicht mehr auf die Rückzahlung der fünfhundert Batzen und ließ die Angelegenheit in der Schwebe.

Es war gegen Jahresende, da tauchte Teehändler Kiang wieder im Blumenhof der Dame Li auf. Er brachte eine neue Nachricht mit: Zinsgroschen sei in Yang tschou auf der Barke des reichen Salzhändlers Rat Hu Hsi gesehen worden. Anscheinend betätige er sich im Salzhandel. Die Nachricht genügte, um des dicken Pi Verlangen nach Silbervase neu zu entzünden und seine Wut auf den Rivalen und Entführer zur Siedehitze anzufachen.

Er ging stracks zur Präfektur und reichte seine seit langem vorbereitete Anklageschrift gegen Zinsgroschen ein, den er des

Raubes und Ehebruches und der Entführung beschuldigte. Er erbat zwei Amtsschergen, die er auf seine Kosten mit nach Yang tschou nehmen wollte, um dort Zinsgroschen verhaften zu lassen.

Der Präfekt entsprach seinem Antrag, und so machte er sich eines Tages mit den beiden Schergen, zwei Dienern und dem Teehändler Kiang als Zeugen auf die Reise nach Yang tschou. Da es ihm eilig war, verzichtete er auf die Bequemlichkeit einer Reisebarke und wählte ungeachtet seiner Beleibtheit den beschwerlichen Ritt auf dem Rücken eines kräftigen, an Langstrecken gewöhnten Maulesels.

Kaum hatte Rat Pi den Rücken gewandt, da begann Wasserdampf eine geheimnisvolle Tätigkeit zu entfalten. Sie ließ sich von der Großmeisterin unauffällig ein paar kräftige Mägde ins Haus schicken. Mit denen begab sie sich am Abend in den neben dem Hauseingang gelegenen Tuchladen des dicken Pi und räumte ihn gründlich aus. Fast sechshundert kleine Ballen blauen und weißen Kattuns verstaute sie in Koffer und Körbe und ließ sie von den Mägden heimlich bei Nacht in den Blumenhof schleppen. Goldenes und silbernes Tafelgeschirr und einige seidene Prunkgewänder mitzunehmen, vergaß sie nicht.

Die Großmeisterin ihrerseits entwickelte eine nicht minder geheimnisvolle Geschäftigkeit. Sie bestellte den derzeitigen Polizeipräfekten Po zu einer geheimen Unterredung in ihr Haus. Dieser Herr Po Kiu Tsai stammte übrigens aus Tsing ho hsiän und war ein Vetter des verstorbenen Hsi Men. Im Laufe der vergangenen Wirren hatte er es mit Geschick verstanden, sich bei den Tataren lieb Kind zu machen, hatte als Überläufer eine Zeitlang unter ihren Fahnen gedient und es fertiggebracht, daß er mit dem wichtigen Posten des Polizeigewaltigen von Kai fong fu betraut wurde.

Auch zu ihm unterhielt die Dame Li seit langem eine nahe Beziehung. Jetzt bot sie ihm das Mädchen Wasserdampf für ein volles Jahr ohne jegliches Pachtgeld als Mätresse an, ein großzügiges Geschenk, das er mit Vergnügen annahm. Dafür mußte er ihr seinen mächtigen Beistand gegen den lästigen Widersacher und Quengler Rat Pi versprechen. Wenn der bei der Rückkehr von der Reise seine Wasserdampf verschwunden und seinen Tuchladen kahlgeplündert finden würde, dann würde er sicher schnaubend zu einem neuen Schlag gegen sie ausholen. Diesem mit Bestimmtheit zu erwartenden Angriff wollte sie mit einem raffinierten Schachzug zuvorkommen. In ihrer Dreistigkeit hatte sie den Spieß umgedreht.

Bei seiner Rückkehr sollte Rat Pi durch eine Anklage überrumpelt und frech der Ermordung und Beiseiteschaffung von Wasserdampf bezichtigt werden. Damit wollte sie ihm den Mund wegen des ersten Betruges stopfen. Besagte Anklage hatte sie bereits schriftlich aufgesetzt und überreichte sie samt dem Mädchen Wasserdampf ihrem hohen Gönner, dem Polizeipräfekten Po.

Daß der Teehändler Kiang mit seiner nur zur Hälfte wahren Nachricht von dem kürzlichen Auftauchen des Entführers Zinsgroschen den dicken Pi nach Yang tschou fortlockte, war von ihr bestellte Arbeit. Während seiner Abwesenheit wollte sie ihn zum zweitenmal gründlich ausplündern. Das sind so in Blumenhofkreisen übliche, gerissene Gaunertricks. Doch diesmal sollte sie sich verrechnet haben. Die Gerechtigkeit des Himmels sorgte dafür, daß ihrer Keckheit eine Grenze gesetzt wurde.

Einen halben Monat lang hatte Rat Pi in Yang tschou vergeblich nachgeforscht, ohne auch nur einen Schatten von den beiden Vermißten zu entdecken. Sein Gewährsmann, der Teehändler Kiang, begann auch Unsicherheit zu zeigen und erklärte, er könne sich möglicherweise in der Ähnlichkeit getäuscht haben. Kurz, die Sache lief auf ein Haschen nach Luftgebilden hinaus. Enttäuscht und verdrossen trat Rat Pi die Heimreise an. Der Scherz hatte ihn dreißig Batzen vergeblich hinausgeworfenes Geld gekostet.

Bei der Ankunft in Kai fong fu empfing ihn schon vor der Haustür sein Ladenhüter mit der Botschaft, Wasserdampf habe in seiner Abwesenheit eines Nachts das Stofflager im Obergeschoß erbrochen und sämtliche Vorräte, dazu die Ladenkasse und eine Menge goldenes und silbernes Tafelgeschirr entwendet und nach dem Blumenhof der Dame Li gebracht. Sie selber sei seitdem verschwunden, unbekannt wohin. Die Dame Li aber hätte eine Anklage gegen ihn vorbereitet, die sie sofort nach seiner Rückkehr beim Polizeipräfekten Po anbringen wolle. Sie mache ihn für das Verschwinden von Wasserdampf verantwortlich und behaupte nichts weniger, als daß er das Mädchen ermordet und beiseite geschafft hätte.

Das war zuviel für den dicken Rat Pi. Seine sechs Eingeweide blätterten sich vor Schreck um wie die Seiten eines Buches, in das ein jäher Windstoß fährt. Er fiel aus dem Sattel seines Maultiers und kollerte auf das Pflaster, wo er liegenblieb. Seine drei Seelen entwichen durch die Poren, und es dauerte eine geraume Weile, ehe sie den Weg in seinen Leib zurückfanden. Als er wieder zu sich gekommen war, stürzte er in den Laden und besah sich die Bescherung. Wirklich, das Lager ausgeplündert und die Kasse leer!

Was tun? Er schickte nach seinen Zechkumpanen Maulfaul und Schiefauge, um sie erneut als Unterhändler zu bemühen. Aber seine guten Freunde hatten bereits von der Sache Wind erhalten und sich wohlweislich aus der Stadt entfernt. Sie müßten Spielschulden eintreiben gehen, hatten sie als Vorwand für ihr Verschwinden hinterlassen. Wider eine Gegnerin anzurennen, die sich neuerdings der mächtigen Protektion des Polizeipräfekten erfreute, war ihnen allzu gewagt. Dem wollten sie lieber von vornherein aus dem Wege gehen.

Die Großmeisterin ihrerseits verständigte ihren Gönner, den Polizeipräfekten Po, von der Rückkunft ihres Widersachers und drängte ihn, unverzüglich vorzugehen. Das Weitere entwickelte sich wie verabredet.

Am ersten Morgen nach seiner Ankunft wurde der dicke Rat Pi von vier Häschern aus dem Bett geholt und gefesselt zur Polizeipräfektur gebracht. Ohne ihm Gelegenheit zur Verteidigung zu geben, wurde ihm eröffnet, daß eine Anzeige gegen ihn wegen Vergewaltigung, Ermordung und Beiseiteschaffung eines Mädchens aus gutem Hause vorläge. Er mußte zwanzig Streiche mit dem schweren Bambusprügel über sich ergehen lassen, dann wurde er in den Kerker gesteckt. Hier wurde ihm vertraulich eröffnet, daß er seine Lage durch Lieferung von sechshundert Pfund Salpeter für Militärzwecke wesentlich erleichtern könne. Nun, was blieb Rat Pi anders übrig? Er griff in die Tasche, opferte die hundert Batzen für den gewünschten Salpeter und opferte auch noch freiwillig zweihundert weitere Batzen, mit denen er bei dem Polizeipräfekten und dessen Vorgesetzten gutes Wetter erkaufte. Nach solch reichlichen Zuwendungen ließ man ihn frei und schlug die Sache nieder.

Seine Ruhe aber hatte der dicke Pi immer noch nicht. Tagtäglich schickte seine Widersacherin in seine Wohnung und forderte von ihm das Mädchen Wasserdampf zurück. Nun herrschte damals in der Hauptstadt Kriegs- und Ausnahmezustand. Von Gesetz und Recht war keine Rede. Parteiengezänke war verboten. Unter solchen Umständen sah Rat Pi einstweilen davon ab, gegen die Großmeisterin klagbar vorzugehen. Er würgte seinen Groll hinunter und wartete auf eine spätere Gelegenheit. –

Es war im Jahr darauf,[1] als sich die Tataren der Hauptstadt neuerdings bemächtigten und wiederum Thron und Regierung stürzten. Eine völlige Umwälzung in den hohen Ämtern war die Folge. Die alten Machthaber und Würdenträger mußten, soweit sie nicht einen Kopf kürzer gemacht waren, flüchten. Neue Machthaber und Würdenträger besetzten die Ämter.

Jetzt war es der Tatarenfeldherr Niän Han, der als Präfekt die Polizeigewalt über die Hauptstadt ausübte. Ein gar gestrenger Herr! Bei den geringsten Vergehen kannte er nur zwei Strafen: entweder Vermögensbeschlagnahme oder Köpfen, oder beides!

Die Großmeisterin Li hatte auch diesen Umsturz mit gewohnter Geschmeidigkeit und Anpassungsfähigkeit zu überstehen gewußt. Ihr Unternehmen florierte besser denn je. Sie hatte ihren Blumenhof sogar noch bedeutend erweitern und um fünf-

1. Im Jahre 1130.

zehn neue Puderlarven bereichern können. Sie eröffnete eine Singspielhalle und Theaterbühne mit ununterbrochenen Vorstellungen. Gerade von seiten der tatarischen Kriegerhäuptlinge wurde ihre elegante Vergnügungsstätte mit Vorliebe besucht. In ganzen Gruppen und Haufen fanden sie sich ein.

Wieder wußte sie geschickt die Fäden ihrer Beziehungen zu den hohen und höchsten Stellen zu knüpfen. Bis in die Frauengemächer des tatarischen Oberfeldherrn Walipu reichten ihre geheimen Verbindungen. Dank der Fürsprache seiner Frauen konnte sie sich mancherlei Vergünstigungen und Ausnahmerechte sichern. Als auf Geheiß des Wudschu, des Vierten Prinzen, des Eroberers von Nordchina, die weibliche Bevölkerung nach geeigneten Mädchen ausgemustert werden sollte, um die Frauengemächer seiner verschiedenen Paläste aufzufüllen, da wußte es die Großmeisterin dank ihrer Beziehungen zu erreichen, daß ihr Blumenhof auf die Liste der privilegierten kaiserlichen Vergnügungsstätten gesetzt wurde und von der allgemeinen Musterung verschont und unbehelligt blieb. Ja, sie erhielt sogar ein Schutzplakat für die Hauptpforte, wonach jede behördliche Belästigung ihres Hauses streng untersagt war.

Wahrlich, sie war in ihrer Verschlagenheit eine neungeschwänzte Füchsin, eine Häsin, die über drei Schlupflöcher verfügte, eine Hexe, die über sechsmal zwölf Verwandlungen gebot!

Trotz allem beschloß Rat Pi, nunmehr den lange verschobenen Schlag gegen sie zu führen. Nun, da ein neuer Polizeigewaltiger über die Stadt gebot, glaubte er es wagen zu können. Überdies kannte er die schwache Seite dieser Tataren und wußte, wie man ihnen die Sache schmackhaft und mundgerecht machen konnte.

Also setzte er sich hin und verfaßte eine Anklageschrift mit nicht weniger als achtzig Punkten. ›Hat den Kaiser Hui Tsung betört und behext . . . unterhält geheime hochverräterische Beziehungen zum Südlichen Sung-Thron . . . hat wertvolles kaiserliches Palastgut unterschlagen und in ihrer Wohnung versteckt . . . leistet einer heimlichen Widerstandsbewegung und feindlicher Spionage Vorschub . . .‹ Das waren die wichtigsten Behauptungen seiner Eingabe, und zumal der dritte Punkt würde, so schätzte er, seinen Eindruck auf die tatarischen Gewalthaber nicht verfehlen.

Er reichte diese Anklageschrift bei dem nächsten Untergebenen des tatarischen Präfekten ein und vergaß nicht, ihr durch Beigabe von hundert Batzen besonderes Gewicht zu verleihen. Der erwartete Erfolg blieb nicht aus. Die Sache roch nach verborgenen Schätzen, die es zu holen gab, und für so etwas waren die beutelüsternen Tataren immer gern zu haben.

Überdies war ihnen schon selber das üppige Treiben im Blumenhof der Großmeisterin aufgefallen, und beim Anblick der prunkvollen Innenausstattung und der seideknisternden, schmuckbeladenen Dämchen war ihnen von jeher der Speichel im Munde vor Begehrlichkeit zusammengelaufen. Kurz, die Anklageschrift wurde in die tatarische Sprache übersetzt und so dem Präfekten Niän Han zur Kenntnisnahme vorgelegt.

Dem Polizeigewaltigen kam die Sache gerade gelegen, seit langem hatte er sich einen solchen fetten Fall gewünscht. Das brachte doch endlich wieder einmal Abwechslung in das Einerlei des Amtsbetriebes.

Also beschloß er eine überraschende Razzia und stellte zu diesem Zweck in aller Heimlichkeit ein Sonderkommando von Bewaffneten bereit.

Heimlichkeit und Überraschung, das war ja der Hauptgrundsatz bei allen Unternehmungen der tatarischen Eroberer. Wenn solch ein bewaffneter Trupp auszog, wußte kein Mensch, wohin und gegen wen es ging. Man sah ihre großen Kampfbanner im Winde flattern und irgendwohin verschwinden, und erst wenn der Angriff losbrauste, erfuhr der Zeitgenosse, worum es sich eigentlich handelte. Das war auch der Grund, warum die Großmeisterin diesmal, anders als sonst, nicht im voraus unterrichtet war. Sie wähnte, Rat Pi habe sich endgültig beruhigt und abgefunden, und wiegte sich in völliger Sicherheit.

Sie beging gerade heute ihren Geburtstag. Wie üblich war das Haus voll von Gästen und Gratulanten, alten und neuen Verehrern. Bloß tatarische Gäste fehlten heute gänzlich. Es war später Abend geworden, und auf allgemeinen Wunsch kam die Dame Li endlich zum Vorschein, um sich huldigen zu lassen.

Sie war herrlich anzuschauen in ihrem Feststaat – weitärmliger, mit goldenen Einhörnern bestickter Purpurrock, darüber ein kurzes, seitlich geschweiftes mattgelbes Atlasobergewand, die Füße in bestickten Palastpantoffeln, um die Taille einen Jadegürtel, die Frisur mit Perlen und eisvogelblauen Emaillepfeilen beladen und mit einem Phönix gekrönt, wahrlich göttlich anzuschauen wie eine Hsi wang mu, Feenmutter des Westens, wenn sie sich in den Park begibt, um unter dem Baum der Unsterblichkeit verleihenden Pfirsiche die Geburtshuldigung der untergebenen Geister entgegenzunehmen.

Soeben hatte sie unter der feierlichen Begleitmusik der Hauskapelle ihren Einzug in die vordere Gasthalle gehalten, gerade streckte sie ihre mit goldenen Armreifen geschmückten Nephritarme aus, um den ihr dargebotenen goldenen Malvenpokal entgegenzunehmen, als ein ungewohntes Getöse von draußen sie erbleichen und erbeben ließ. Hufgetrappel näherte sich, lautes Poltern an die Außenpforte ward hörbar, barsche, rauhe Zurufe hallten durch die Nacht. Dann hörte man den Kies unter zahlreichen schweren Schritten knirschen, und ehe man recht zur Besinnung kam, quollen durch alle Zugänge tatarische Krieger in den Saal. Ihr Anführer erklärte alle Anwesenden für verhaftet, den Blumenhof aber mit allem Inventar für beschlagnahmt.

Rohe Fäuste packten die Großmeisterin, streiften ihr allen Schmuck ab und schälten ihr ihre Prachtgewänder bis auf einen kurzen Unterrock herunter. Verdutzt und entgeistert schauten ihre Gäste und Bewunderer drein. In dem Zustand hatte man die würdige Dame noch nicht gesehen! Wie eine von Wind und Regen zerzauste und entblätterte Pfirsichblüte nahm sie sich aus!

Sie wurde in den derben Linnenkittel einer Grobmagd gesteckt und mit sämtlichen Blumenhofinsassinnen auf Karren nach der Stadtvogtei verbracht. Dort mußte sie für die Nacht mit der harten Pritsche einer Haftzelle vorliebnehmen. Denn für die Verhandlung war es für heute zu spät.

Die Gäste aber waren mit Stricken aneinandergefesselt und als geschlossener Gefangenentrupp den Weg zur Stadtvogtei getrieben. Dreißig Bewaffnete blieben als Besatzung des beschlagnahmten Blumenhofs zurück.

Am nächsten Vormittag fand die öffentliche Verhandlung statt. Die weite Gerichtshalle war von einer vielhundertköpfigen Gaffermenge dicht gefüllt. Denn die Kunde von der nächtlichen Razzia hatte sich geschwind in der Stadt herumgesprochen. Und wer hätte nicht von der berühmten Großmeisterin gehört, von der großen Buhlerin, über die seit Jahren im ganzen Reich gemunkelt wurde? Wer hatte da nicht dabeisein wollen? Und so stand man und drängte sich Schulter an Schulter und Rücken an Rücken, um einmal einen Blick von ihr zu erhaschen. Ein murmelndes, rauschendes Menschenmeer.

»Die hat in ihrem Leben noch immer Glück gehabt. Alle Wechselfälle und Umstürze der letzten Jahre haben ihr nicht das geringste anhaben können. Nicht ein bißchen hat sie dabei von ihrem Ansehen und Ruf eingebüßt. Gewiß wird sie sich auch diesmal aus der Schlinge zu ziehen wissen. Sie hat ja genügend Arme und Augen zur Verfügung, die über sie wachen und sie schützen«, wurde in der Menge gemurmelt und gemutmaßt.

Aber es wurden auch schadenfrohe und gehässige Stimmen laut:

»Diese alte, schlaue Füchsin! Geschieht ihr ganz recht! Den Kaiser hat sie betört und behext! Thron und Reich hat sie ins Unglück gestürzt! Während anderwärts die stärksten Säulen barsten und wankten, hat sie ihren üblen Buhlbetrieb unter behördlicher Schutzflagge aufrechterhalten und immer üppiger und gewinnbringender ausbauen können. Jetzt ereilt sie die gerechte Strafe des Himmels. Diesmal wird sie sich nicht in Unschuld waschen und aus der Verlegenheit ziehen können.«

So und ähnlich lauteten die Glossen der Menge.

Auf erhöhter Estrade unter Sophorengezweig saß mit untergeschlagenen Füßen Präfekt Niän Han auf seinem Richterpolster, umgeben von tatarischen Kriegern und Häuptlingen, zu beiden Seiten Büttel und Folterknechte mit ihrem Gerät.

Die Angeklagte Li wurde aufgerufen und vorgeführt, mit ihr alle Puderlarven und festgenommenen Gäste. Dann mußte der Kläger seine Behauptungen mündlich vortragen.

Rat Pi legte los und schilderte weitschweifig, wie man ihn erst bei der Scheinheirat mit Silbervase hereingelegt und um dreitausend Batzen geprellt habe, wie man ihn dann durch eine bestellte Falschnachricht nach Yang tschou gelockt und während seiner Abwesenheit bestohlen und nochmals um Werte von zweitausend Batzen geschädigt habe.

Seine bewegte Schilderung löste bei den rauhen Tatarenkriegern brüllendes Gelächter aus. Der Präfekt hielt sich vor Lachen die Seiten, dann zeigte er mit dem Finger auf den dicken Pi und rief ihm zu:

»Schau dich gefälligst im Spiegel an! Mit deiner fetten Eiterpickelfresse hast du dir eingebildet, die Gunst einer Schönen gewinnen zu können? Haha! Ein häßlicher Trottel und Schildkröterich wie du! Ab mit dir!«

Er hieß die Großmeisterin vortreten. Er musterte sie genau von oben bis unten, dann sprach er höhnisch zu ihr:

»Das also ist die berühmte Kurtisane des großen Sung-Kaisers! Nun, er kann dir jetzt nicht mehr helfen, dein kaiserlicher Freund, er sitzt als unser Gefangener weit weg von hier in unserer Steppe droben im Norden. Wenn du aber denkst, du kannst dich auch an die heutigen Herrn im Lande heranmachen, bist du im Irrtum. Da wird dein Notschrei vergeblich sein. Anständigerweise hättest du deinem Kaiser wenigstens die Treue wahren und dir gemessene Zurückhaltung auferlegen sollen. Statt dessen hast du hier deinen Buhlgrottenbetrieb frech weitergeführt und auch noch beträchtlich vergrößert! Außerdem hast du dich um die von unserem Wudschu anbefohlene Gestellung von Dirnen gedrückt, dich also des Ungehorsams und der Widersetzlichkeit gegen den Landesherrn schuldig gemacht. Du liebst kleine Handstreiche, ich auch – Wohlan! mich gelüstet es, deinen blanken Arsch zu sehen!«

Ein Wink, und die Folterknechte stürzten sich auf die Großmeisterin, legten sie auf den Boden, entblößten sie und zählten ihr zwanzig Streiche mit dem schweren Bambusprügel über. Hinterher mußte die Ärmste auch noch die Qual der Fingerpresse erdulden, nicht weniger als vierzigmal sollte sie sich ihre zarten, gepflegten Lotossprossen quetschen lassen.

Sie wälzte sich schreiend am Boden, ihre kunstvolle Wolkenfrisur hatte sich aufgelöst, in wilden und wirren Strähnen flatterte ihr das Haar wie vom Wind zerzaust um Kopf und Nacken. Die Wehlaute, die sie ausstieß, hörten sich freilich weit echter und inbrünstiger an als die Lustlaute, die ihr beim Liebesspiel zwischen Kissen und Bettdecken geläufig waren.

Wenige Streiche nur – und ach! Jener delikate Körperteil, der eigentlich dazu geschaffen war, Tummelplatz zärtlicher Spiele zu sein und Regenwolken sich ballen zu lassen, war durch häßliche, blutige Striemen entstellt. Der Anblick schnitt ins Herz und stimmte auch diejenigen unter der umstehenden Menge, die sich vorhin gehässig und schadenfroh geäußert hatten, weich und mitleidig.

Schließlich konnte der rauhe Tatar auf dem Richterpolster selber das Schauspiel nicht länger mit ansehen. Er winkte den Folterknechten ab und ließ die Mißhandelte in den Frauenkerker schaffen. Ihre gesamte Habe ließ er zugunsten der Kriegskasse einziehen. Ihre Puderlarven, Dienerinnen und Mägde gleichfalls zugunsten der Kriegskasse verkaufen. Sie wurden in verschiedenen Tatarenlagern untergebracht. Die einen trafen es günstig, sie durften in ihrem Beruf bleiben und mit Tanz, Gesang und Theaterspiel willkommene Abwechslung in das eintönige Lagerleben bringen. Die anderen dagegen gerieten unter die Fuchtel giftiger, gehässiger Tatarenweiber und mußten sich zu den niedersten Diensten bequemen, mußten Gänse und Enten hüten, Gras mähen, Mist schaufeln und ähnliches mehr. Die mitverhafteten Gäste kamen wegen Übertretung des Nachtausgehverbots mit einer glimpflichen Bastonade von zehn Streichen davon.

Die Ausplünderung des Anwesens der Dame Li wurde von den Tataren gründlich besorgt. Was sie an kostbaren Einrichtungsgegenständen, Bargeld, Schmuck und sonstigen Schätzen herausholten, war auf den Wert von mindestens zweihunderttausend Batzen zu beziffern. Binnen eines Tages war die Herrlichkeit des Blumenhofs dahingeschmolzen wie Eis in der warmen Frühlingssonne. Ein Traum von Glanz und Üppigkeit war ausgeträumt.

In dem abschließenden Bericht, den der Präfekt in Sachen Großmeisterin Li seinem Herrn und Gebieter, dem Wudschu, erstattete, hieß es:

›. . . diese hochmütige Dirne Li, diese sogenannte Großmeisterin, hat sich wie ein schädlicher Bohrwurm in den Thron gebohrt und ihn angefressen . . . diese geile Füchsin hatte den Sung-Kaiser derart betört und behext, daß der Sturz von Thron und Reich unausbleiblich war . . . ihr öffentliches Haus hat sie zum kaiserlichen Lustgarten, ihr heimliches Buhlnest zum ständigen Ausflugsziel der kaiserlichen Rollsänfte zu machen gewußt . . . bei lüsternen Anwandlungen ist er dieselben Pfade haltloser Ausschweifung gewandelt wie weiland Kiä Kweh, der letzte Herrscher der Hsia-Dynastie,[1] und Tschou Hsin, der letzte Herrscher der Schang-Dynastie[2] und Kaiser Yu Wang[3] von der Tschou-Dynastie. Genau wie diese drei Herrscherhäuser durch drei schöne Hexen zugrundegerichtet wurden, so hat die Großmeisterin Li die Sung-Dynastie zu Fall gebracht . . . sie hat auch mit zum Klüngel der ›sechs Schurken‹ (Kanzler Tsai King, Obereunuch Tung Kwan und die anderen) gehört, mit denen sie ein Leib und eine Seele war . . . Gold und Perlen aus der kaiserlichen Schatzkammer wußte sie sich anzueignen und zum Gürtelschmuck für eine Dirne und Komödiantin herabzuwürdigen . . . eine listige, neungeschwänzte Füchsin war sie, eine tausend Fuß lange Giftschlange, deren grünschillernder Gift-

1. 2205 bis 1766 v. u. Z. – 2. 1766 bis 1154 v. u. Z. – 3. 781 bis 770 v. u. Z.

speichel sich zu ganzen Hügeln häufte ... die hätte längst öffentlich hingerichtet und am Straßenrand in einer Bastmatte verscharrt werden müssen ... dank allzu großer Milde und Nachsicht der früheren Regierung ist sie bisher straflos davongekommen ... nach dem neuen Gesetz muß sie verbannt und zu Frondienst verurteilt werden ... ihr gesamtes Vermögen ist zugunsten der Kriegskasse zu beschlagnahmen ... ihre Dirnen sind anderweitig zu verkaufen, der Erlös ist gleichfalls der Kriegskasse zuzuführen ... Gegeben am ... Tag des ... Monats des ... Jahres der großen Tataren-Dynastie. In Sachen gegen die Thronräuberin und Hexendirne Li.‹

Einen Monat Haft mußte die Dame Li im Kerker absitzen. Dann wurde sie entlassen und einem alten Tatarenkrieger als Nebenfrau zugewiesen, der sich als Züchter und Lieferant von Truppenpferden verdient gemacht hatte. Er durfte die ehemalige kaiserliche Kurtisane nun als Kriegsbeute in seine Heimat nach Liao tung mitnehmen. Am Ta-ling-Fluß besaß er ausgedehnte Weiden, dort sollte er für seine alten Tage in Frieden weiter Pferde züchten.

Ohne einen Zoll Seide am Leibe, ohne einen Kupferling in der Gürteltasche mußte sich die verwöhnte Dame Li wohl oder übel zu dem gleichen Leidensweg nach dem rauhen Norden bequemen, den vor Jahren ihr erlauchter kaiserlicher Liebhaber gegangen war. Das Los, das der Großmeisterin in der nördlichen Fremde an der Seite des wackeren Siebzigers bevorstand, wäre vielleicht ganz erträglich gewesen. Das Unglück aber erwartete sie dort in Gestalt seiner bejahrten, zänkischen Hauptfrau aus Turkestan. Mit ihren Runzeln und Falten und schwarzen Pockennarben und ihrer langen, scharfen Hakennase war dieses Weib eine wahre Hexe von Aussehen. Sie war von oben bis unten in schmuddelige, stinkende Pelzlappen eingepackt. Aber auch im Wesen war sie eine Hexe, und wenn ihr Mann auf seine alten Tage noch einmal an einem Kriegszug teilgenommen hatte, so geschah das wohl mit aus dem Grunde, um einmal für eine Zeitlang Ruhe vor ihrem Gezänk und Gekeife zu haben.

Als sie ihn jetzt in Begleitung einer bedeutend jüngeren und recht stattlichen Frau heimkehren sah, da fuhr sie ihn auf tatarisch giftig an:

»Wo hast du denn die aufgelesen?«

»Unser Vierter Prinz, der Wudschu, hat sie mir in Anerkennung meiner Verdienste zum Geschenk gemacht«, erklärte ihr der alte Krieger.

Brummend setzte sie sich auf ihren Kang und ließ die Neue antreten und ihren Pflichtkotau verrichten. Dann sprach sie zu ihrem Mann ein paar tatarische Worte, die der Dame Li unverständlich waren.

Der Sinn wurde ihr aber gleich klar, als der alte Krieger ihr eine schwere Tragstange mit zwei leeren, an Haken baumelnden Holzeimern brachte und ihr bedeutete, sie solle zum Brunnen gehen und Wasser holen, damit seine Frau das Essen in der Küche ansetzen könne.

Da mußte nun die Neue mit Tränen im Auge die harte Tragstange auf ihre zarten Nephritschultern pressen und sich zu der Dienstleistung einer gewöhnlichen Küchenmagd bequemen. Als sie die beiden gefüllten Wassereimer auf die Schultern hob, dünkte sie die ungewohnte Last tausend Pfund schwer.

Das war das unrühmliche Ende der stolzen Großmeisterin der Liebe, der ehemaligen Favoritin des Kaisers.

ACHTZEHNTES KAPITEL

Treibenden Wasserpflanzen gleich, begegnen sich unterwegs auf einer Reisedschunke Mondfrau und Bekannte aus alten Tagen. Im Tempel des Sudatta, des Schutzpatrons der Obdachlosen, gelangen Küchenabfälle zur Verteilung

Es war berichtet worden, wie Mondfrau und Juwelchen bei ihrem nächtlichen Irrweg durch den finsteren Wald zum Glück zu einer Köhlerhütte gelangten und bei dem jungen Köhlerweib, der ehemaligen Zofe Herbstaster, freundliche Aufnahme

Die Dame Li muß den Tataren als Küchenmagd dienen

und Obdach fanden. Am nächsten Morgen wollte Mondfrau eigentlich gleich weiter. Sie sagte sich, daß die braven Köhlersleute selber in ärmlichen Verhältnissen lebten und daß sie ihnen nicht länger zur Last fallen dürfe. Aber wie sollten sie, zwei schwache, wegunkundige Frauen, sich allein und ohne männliches Geleit zurechtfinden? Und wohin sollten sie sich überhaupt wenden? Während sie in verzweifelter Ratlosigkeit grübelte und ihr Hirn zermarterte, kam der junge Ehemann von Herbstaster, Köhler Wang, von seinem Ausgang zurück. Er begrüßte die ehemalige Herrin seiner jungen Frau mit ehrerbietigem Kniefall und Stirnaufschlag, dann legte er seine Traglast Reisig im Schuppen hinter der Tenne ab, trug eine Handvoll davon zum Küchenherd und schickte sich an, eine warme Mahlzeit zu bereiten. Feinfühlig, wie sie war, brachte es Mondfrau nicht über sich, die armen Leute auch noch ihres kargen Mundvorrats berauben zu wollen. Sie nestelte eine silberne Agraffe aus ihrem Haar und bot sie dem wackeren Köhler. Er solle dafür Reis in der Stadt kaufen und bei der Gelegenheit gleich Erkundigungen über die Kriegslage einziehen, trug sie ihm auf. Auch möchte er einen schriftkundigen Mann mitbringen, der ihr ein Suchplakat aufsetzen könne, fügte sie noch hinzu.

»Herrin, bleibt doch zwei Tage bei uns zu Gast und wartet hier Nachricht ab. Allerdings müßt Ihr vorliebnehmen, wir sind arme Leute und können Euch nicht arg viel Gastlichkeit bieten. Aber mein Mann ist ein guter Kerl, er wird schon sein Möglichstes tun und etwas Eßbares auftreiben und Euch mit Stirnaufschlag zu Füßen legen«, redete Herbstaster freundlich ihrer früheren Herrin zu. Und Mondfrau nahm ihre Einladung dankbar an. Was blieb ihr anderes übrig?

Nach einer Weile kam der brave Wang zurück, und zwar nicht mit leeren Händen. Er brachte, in ein Stück zerrissenen Vorhangstoffes eingewickelt, Reis mit, ferner etwas Salz und eine große Melone aus dem Süden.

»Die Stadt wird noch immer von einzelnen plündernden Tatarentrupps unsicher gemacht. Wo hätte ich dort Reis auftreiben können? Ich habe mir etwas bei Bekannten im Ostdorf verschafft. Ferner habe ich Magister Liu vom Vorderdorf hergebeten, um das Suchplakat aufzusetzen. Aber er verlangt fünfzig Kupferlinge für Papier«, berichtete er.

Da trat er auch schon ein, der Erzieher einfältiger Dorfjugend, der Herr Magister Liu. Er legte eine Holztafel über das Kochkesselgestell in der Küche und schrieb darauf den Entwurf zu einem Suchplakat. Mondfrau las bewegt und verhalten schluchzend wie folgt:

›Suchanzeige

Ich, die geborene Wu, Witwe des Herrn Hsi Men aus Tsing ho hsiän, gebe hierdurch bekannt:

Auf der Flucht vor den Tataren habe ich am dreizehnten Tag dieses Monats außerhalb der Stadt meinen Diener Tai A'rl und mein siebenjähriges Söhnchen Hsiao Ko verloren.

Personenbeschreibung: Tai A'rl, Alter siebenundzwanzig Jahre, längliches, ovales Gesicht, bartlos, trägt himmelblauen wattierten Rock, dunkelblaue Kattunhosen, baumwollene Socken, himmelblaue Filzpantoffeln.

Kind Hsiao Ko trägt dunkelblaues Kattunröckchen, himmelblaue wattierte Kattunhöschen, himmelblaue Filzpantöffelchen mit Wolkenkappe.

Wer mir Nachricht von ihrem derzeitigen Verbleib bringt, erhält zwei Batzen Feinsilber,
wer sie mir zur Stelle schafft, erhält fünf Batzen Feinsilber

Belohnung.

Obige Auslobung unter Gewähr zugesichert von der geborenen Wu, zur Zeit im Hause des Köhlers Wang im Dorf am Fluß.‹

Magister Liu fertigte zwei Dutzend Abzüge auf Papierbogen von der Inschrift auf der Holztafel an. Köhler Wang brachte die Plakate an den verschiedensten Stellen der Umgebung zum Aushang. Aber zwei Tage Wartezeit verstrichen, ohne daß sie den Schatten eines Erfolgs zeitigten. Länger wollte Mondfrau auf keinen Fall den braven Köhlersleuten zur Last fallen.

»Wie weit ist es von hier zur Ku lu an, zur Einsiedlerklause der Nonne Pi?« wollte sie von Herbstaster wissen.

»Auf der Landstraße knapp fünf Li nordwestlich von hier. Es geht über den Fluß, dann durch ein Stück Wald, dann sieht man sie schon von weitem. Im vorigen Jahr ist eine Gesellschaft von Wallfahrerinnen auf diesem Wege hingepilgert, ich hatte mich ihnen angeschlossen.«

»Gut, dann möchte ich nicht länger hier Zeit mit dem Warten vergeuden und jetzt aufbrechen.«

Herbstaster streifte einen kurzen Kattunkittel über ihre Hosen und gab den beiden Wanderinnen bis zur Klause das Weggeleit. Man hatte ein Wäldchen durchschritten und einen Bach überquert, als Herbstaster nach vorn zeigte:

»Dahinten in dem Kieferngehölz liegt die Klause.«

Sie hatte es eben gesagt, als sie jemanden aus dem Gehölz herauskommen sahen. Es war ein junges Mädchen. Es stak in Trauerweiß und trug ein Säckchen auf dem Rücken. Jetzt blieb es stehen und äugte nach den Ankömmlingen.

»Sollte das nicht Zauberklang, die kleine Gehilfin der Nonne Pi sein?« raunte Juwelchen Mondfrau zu. Es war Zauberklang. Sie steuerte auf Mondfrau zu und begrüßte sie artig.

»Wohin des Wegs, Ta niang? Wir haben lange nichts von Euch gehört.«

»Warum trägst du Trauerweiß?« erkundigte sich Mondfrau.

»Unser Tempel ist vor drei Monaten von Banditen angesteckt und ausgeplündert worden. Oberin Pi ist damals in dem Brand ums Leben gekommen. Schwester Wunderbild konnte entlaufen. Ich habe seitdem ganz allein in der Tempelruine gehaust. Kürzlich erhielt ich aber gute Nachricht von Wunderbild aus Kai fong fu. Sie ist jetzt dort im Kloster der kaiserlichen Milde gut aufgehoben und hat mich eingeladen, auch hinzukommen. Morgen wollte ich mich auf die Reise machen, ich hatte mir eben noch im Nachbardorf etwas Reis für unterwegs zusammengebettelt. Eine alte Verwandte von mir hütet während meiner Abwesenheit die Tempelpforte«, berichtete Zauberklang, und zu dritt legte man die kurze Strecke zum Tempel zurück.

Das Tor war noch unbeschädigt und verschlossen. Nach öfterem Pochen und Rufen öffnete ein altes, schwerhöriges Mütterchen von über achtzig Jahren.

Der Tempel bot ein trauriges Bild der Verwüstung: der Glockenturm eingestürzt und ein rauchgeschwärzter Trümmerhaufen, die drei Wohnzellen ausgebrannt und in öde Schuttruinen verwandelt. Die Andachtshalle war vom Feuer verschont geblieben, aber ausgeplündert worden, sogar die bronzenen Flügeltüren waren herausgebrochen und verschleppt, an ihrer Stelle klaffte eine gähnende Öffnung. Die kostbaren Opfergefäße und Räucherkessel waren verschwunden. Vor dem leeren Opfertisch, in einem Staub- und Aschenhaufen vergraben, lag eine als Lotosblume geformte gläserne Öllampe mit noch schwach und düster glimmendem Docht. Vom schief stehenden Sockel heruntergewälzt, lag gleichfalls am Boden die aus Sandelholz geschnitzte Buddhafigur. Sie trug noch den Kopf, aber Arme und Füße waren abgeschlagen. O weh, wo war nun göttliche Hilfe geblieben, um den Tempel vor Feuersnot und Plünderung zu bewahren? Die grimmen Veda-Tempelwächter mit ihren Keulen vor der Brust hatten machtlos das Werk der Zerstörung geschehen lassen. Nun würde wilde Fuchsbrut kommen und sich Gänge und Schlupfwinkel im Boden unter der heiligen Tempelstätte wühlen. Ach, vergeblich würden sich die armen Nönnchen ihre Äuglein nach hilfreichen Geistern und Dämonen ausgucken! In wohnlichem Zustand waren nur noch die beiden Küchenräume. Dort hatte die kleine Nonne seither mit der alten Frau gehaust. Tief erschüttert besah sich Mondfrau die traurige Stätte der Zerstörung. Gleichwohl versäumte sie nicht, vor der verstümmelten Buddhafigur am Boden niederzuknien und ihr zu Ehren ein Weihrauchstäbchen abzubrennen. Erst nach Erledigung dieses frommen Dienstes folgte sie den anderen in die Küche und gönnte sich Rast auf der Ofenbank.

Zauberklang bereitete eine Reissuppe. Die Alte gesellte sich während des Essens hinzu und berichtete, neulich abends habe ein Fremder angeklopft und nach Mondfrau gefragt. Er sei ein ehemaliger Diener des verstorbenen Hsi Men und unterwegs nach Kai fong fu. Mondfrau horchte auf.

»Wann ist das gewesen?«

»Vorgestern abend. Der Fremde humpelte und sagte noch, er sei nicht gut auf den Beinen und wolle daher von Lin tsing aus den Wasserweg benutzen.«

»Das kann nur Tai A'rl gewesen sein!« rief Mondfrau freudig erregt aus.

Tatsächlich war Tai A'rl auf der Suche nach seiner Herrin an dem kleinen Waldtempel vorübergekommen und hatte hier nach ihr gefragt. Es stimmte auch, daß er nach der Östlichen Hauptstadt weiterreisen wollte. Das hatte ihm ja Hsi Mens Geist im Traum empfohlen.

»Vielleicht können wir ihn noch in Lin tsing erreichen, wenn wir uns rasch aufmachen. Mit seinen lahmen Füßen kommt er ja nur langsam vorwärts«, meinte Mondfrau, und nach kurzer Beratung wurde beschlossen, daß man zu dritt über Lin tsing nach Kai fong fu reisen wolle. Die Aussicht, dort oder schon unterwegs ihren treuen Diener und vielleicht auch ihr Kind wiederzufinden, hatte Mondfrau neuen Mut gegeben.

»Aber wir müssen uns noch etwas Reisegeld beschaffen. Es wird nichts anderes übrigbleiben, als Juwelchen nach der Stadt zu schicken und unser letztes bißchen Schmuck versetzen zu lassen«, äußerte sie. Zauberklang zerstreute lachend ihre Bedenken.

»Unnötig, beste Nai nai. Wenn wir Klosterfrauen uns auch noch Sorgen wegen Geld machen wollten, dann sollten wir uns lieber gar nicht erst das Haar abschneiden lassen und Weltentsagung geloben. Wozu haben wir denn unseren hölzernen Fisch? Vor welchen Haustüren auch immer wir ihn zum Vorschein bringen, überall wird er uns genügend – ach was sage ich genügend –, überreichlich wird er uns Eßnäpfe herbeizaubern, so reichlich, daß wir gar nicht alles werden aufessen können.« Darüber brachen alle in fröhliches Gelächter aus.

»Auch wegen der Unterkunft braucht Ihr Euch keine Sorge zu machen«, fuhr Zauberklang fort. »Jedes Nonnenkloster, jede Klause wird uns unterwegs Obdach gewähren. Das ist doch allgemeine Klosterregel und der große Vorteil für uns Schwestern von geistlichem Stand. So werden wir in der Hauptstadt ohne weiteres Unterkunft in jenem Huang ku an, im Kloster der kaiserlichen Milde, finden, wo jetzt Schwester Wunderbild lebt. Nein, auf teure Herbergen werden wir nicht angewiesen sein.«

Beruhigt legte sich Mondfrau auf die Küchenbank schlafen, und frisch gestärkt machte sie sich in der Frühe des nächsten Morgens, um das Haar ein altes Kopftuch geknotet, um den Hals einen Rosenkranz aus schlichten Holzperlen, in der Hand den Wanderstecken, dessen sich ehemals die verstorbene Nonne Pi bedient hatte, nach andächtiger Verneigung vor den Standbildern der beiden Veda-Tempelwächter, mit Juwelchen und Zauberklang auf die Wanderschaft. Das brave Köhlerweib Herbstaster hatte sich bereits am Abend zuvor nach einem Imbiß verabschiedet und auf den Nachhauseweg gemacht. Nach ihrer äußeren Aufmachung konnte man Mondfrau und Juwelchen für Hausnonnen halten, die innerhalb der Familien verblieben sind.

Nach einigen Tagen Fußmarsch war man glücklich in Lin tsing angelangt. Geradewegs machte man sich zum Hafenviertel auf, denn Mondfrau sagte sich, daß man dort noch am ehesten dem Burschen Tai A'rl begegnen könne, falls er noch in Lin tsing weilen sollte. Als die drei Frauen so suchend an den Schiffsanlegeplätzen entlangwanderten, kamen sie an einem winzigen, dicht am Flußufer gelegenen Teehaus vorüber. Es wurde von einem Nonnenkloster zu wohltätigen Zwecken betrieben und gewährte alleinstehenden weiblichen Durchreisenden kostenlos Tee. Die geschäftsführende Hausschwester stand zufällig gerade vor der Tür. Sie erkannte in der jüngsten der drei Wanderinnen Nonne Zauberklang von früher her wieder und lud sie nebst ihren beiden Gefährtinnen freundlich zu einer Schale Tee ein. Mondfraus erste Frage an die Schwester war:

»Hat in den letzten Tagen ein Wanderer in blauem Linnenkittel, etwas über dreißig Jahre alt, groß, schlank, humpelnd, möglicherweise in Begleitung eines Knaben, Nachfrage nach uns gehalten?«

»Ja, einer, auf den Eure Beschreibung zutreffen könnte, hat vor ein paar Tagen hier angeklopft und sich nach seiner vermißten Herrin erkundigt. Er sei nach der Östlichen Hauptstadt unterwegs, hat er noch hinzugefügt«, lautete die Auskunft der Hausschwester. Nun war Mondfrau völlig beruhigt und drängte, ohne sich erst lange Rast zu gönnen, in der Gewißheit, auf der richtigen Fährte zu sein, auf Weitermarsch. Es hatte ja auch keinen Zweck, länger in Lin tsing herumzusitzen und hier auf Tai A'rl zu warten. Lin tsing, am Zusammenfluß von Weh ho und Kaiserkanal gelegen, hatte einen lebhaften Schiffsverkehr. Ununterbrochen legten hier mit Reisenden und Flüchtlingen vollgepfropfte Fahrzeuge an. Wie sollte man unter den Tausenden von fremden Gesichtern das von Tai A'rl herausfinden?

Mondfrau war des Laufens ungewohnt, sie kam nur langsam vorwärts, am Tag kaum zwanzig kleine Meilen. Nach zwei weiteren Tagen Wanderschaft sprach daher Zauberklang zu ihr:

»Wann wollen wir bei so langsamem Vorwärtskommen jemals nach der Hauptstadt gelangen? Wir sollten uns drei bescheidene Plätze auf dem Hinterdeck einer Reisebarke mieten und die restliche Strecke auf dem Wasserweg zurücklegen.«

»Du hast recht. Meine Beine können einfach nicht mehr«, stimmte Mondfrau zu, und die dank vieler Bettelgänge lebenskundig und redegewandt gewordene kleine Nonne wußte nach etlichem Hinundherfeilschen mit der Frau des Kapitäns einer kleinen Salzdschunke, die auch Reisende beförderte, für sich und ihre beiden Gefährtinnen eine behagliche Heckkammer hinter der Küche, abgesondert von den sonstigen Fahrgästen, zu sichern. Sogar an einem eigenen Nachtstuhl fehlte es nicht. Als

Fahrgeld wurde ein Batzen vereinbart, zahlbar nach Ankunft am Ziel. Verpflegen wollten sich die drei Frauen auf eigene Kosten. Zwei Schalen Reis täglich für jeden Mund würde ihren bescheidenen Ansprüchen genügen. Und so setzte man die Reise auf dem Wasserweg fort.

Wie erwähnt, war Tai A'rl vorübergehend in Räuberhände geraten, hatte aber zum Glück in dem Räuberhauptmann einen guten alten Bekannten aus Hsi Mens Zeiten gefunden, der ihn glimpflich behandelte und in seine Bande aufnahm. Bei der ersten besten Gelegenheit hatte er sich dann heimlich davongemacht, um weiter nach seiner Herrin zu suchen.

Hundefuß, so hieß der Räuberhauptmann, war ein Bruder von Hsi Mens ehemaligem Geschäftsführer Han Tao Kwo, also der Schwager der sechsten Wang, Onkel von ›Liebling‹, Liebling war einst von Hsi Men dem Herrn Ti, Intendanten im Palast des ehemaligen Kanzlers Tsai King, auf Wunsch als Nebenfrau zugesandt worden und hatte sich bald eine bevorzugte Stellung in Herrn Tis Haushalt zu erringen gewußt. Als aber im Laufe der politischen Umwälzung die alten Machthaber und Würdenträger gestürzt wurden, hatte sie Herrn Ti, der sie so anständig behandelt hatte, treulos im Stich gelassen und war mit ihren Eltern nach Tsing ho hsiän zu ihrem Onkel Hundefuß zurückgekehrt. Bald darauf erfolgte der Tatareneinfall, in dessen Verlauf Han Tao Kwo ums Leben kam, Liebling und die sechste Wang aber als Beute ins Tatarenlager verschleppt wurden. Das war der Grund, weshalb Hundefuß unter die Räuber gegangen war.

Hundefuß geriet mit seiner Bande später in tatarische Gefangenschaft und wäre um ein Haar hingerichtet worden. Inzwischen aber war seine Nichte Liebling dank ihrer körperlichen Vorzüge und ihrer musikalischen Fertigkeiten zur Favoritin im Zelt des tatarischen Oberfeldherrn Walipu aufgerückt. Ein glücklicher Zufall fügte es, daß sie gerade an seiner Seite saß und ihm auf ihrer Pi-pa-Laute vorklimperte, als Hundefuß mit seinen

Leuten zur Aburteilung ins Feldherrnzelt vorgeführt wurde. Dank ihrer kniefälligen Fürbitte begnadigte Walipu die Gefangenen, nahm sie in sein Heer auf und betraute Hundefuß huldvoll mit dem Kommando über eine Tausendschaft seiner Krieger. Seitdem war Hundefuß bevorzugter Gefolgsmann des Oberfeldherrn, und sein Stern war ständig im Aufstieg.

Es traf sich, daß gerade an dem Tag, als Mondfrau mit ihren beiden Begleiterinnen an Bord ihrer kleinen Salzdschunke ging, der Feldherr Walipu am gleichen Landungsplatz seine große Feldherrndschunke bestieg. Er war mit zwei Staatsdschunken von Lin tsing aus auf der Reise nach der Östlichen Hauptstadt, wohin ihn der Wudschu, der Vierte Prinz, geladen hatte. Unterwegs hatte er Rast am Flußufer gehalten.

Die eine Dschunke trug ihn und sein Gefolge, die andere hatte außer Liebling und anderen Frauen seines Haushalts noch eine Menge von im Lande zusammengeraubten Bürgerfrauen und Bürgermädchen an Bord, die er dem Wudschu als Geschenk mitbringen wollte. Auch Lieblings Stiefmutter, die jetzt fünfundvierzigjährige sechste Wang, weilte mit an Bord. Sie war ebenso wie Liebling prächtig gekleidet und schmuckbeladen und stellte, wenn sie auch von Puder und Schminke etwas reichlich Gebrauch gemacht hatte, noch immer eine stattliche Schönheit dar und fühlte sich sehr in ihrer Würde als Schwiegermutter des tatarischen Oberfeldherrn.

Unter dem Krachen von Böllerschüssen ging auf den beiden Staatsbarken die gelbseidene Flagge mit dem großen Schriftzeichen Ta schuai, Großfeldherr, hoch, und unter Flötengequietsche, Gongrasseln, Trommel- und Kesselpaukengedröhn setzten sich die beiden stattlichen Fahrzeuge mit ihrer mehrhundertköpfigen Fracht bei sanft geschwellten Segeln gleich majestätisch schwebenden Fischreihern hintereinander langsam in Bewegung. Vom Heck her tönte ununterbrochen der Warnruf ›Kai tschuan! Fahrstraße frei!‹, und respektvoll wichen alle anderen Fahrzeuge, Passagierdschunken, Frachtdschunken, Salzdschunken, nach den beiden Stromufern hin aus, in der Mitte eine breite Fahrrinne freilassend. Rechts und links auf den beiden Uferdämmen aber setzten sich in Fünferreihen wohlgeordnet einige Tausendschaften Reiterei in Bewegung, die dazu bestimmt waren, vom Land her eine doppelte Sperrkette um die beiden Staatsbarken zu bilden und ihnen bis zur Hauptstadt das Schutzgeleit zu geben.

Auch die Salzdschunke mit Mondfrau an Bord mußte vor der gelben Feldherrnflagge respektvoll Platz machen. Sie hielt sich während der weiteren Fahrt dicht im Kielwasser der zweiten Staatsbarke. Von ihrer Heckkabine aus aber lugten Mondfrau und Juwelchen neugierig hinüber und suchten soviel wie möglich von dem Leben und Treiben an Deck des großen Schiffes vor ihnen zu erspähen. Das bereitete ihnen während der langen Fahrt willkommene Kurzweil.

Nach zwei Tagen gab es vorn einen längeren Aufenthalt. Feldherr Walipu ging an Land, um Uferbefestigungen und ein großes Zeltlager seiner Truppen zu besichtigen. Auch die sonstigen, im Kielwasser der beiden Staatsbarken treibenden Fahrzeuge mußten halten. Die kleine Salzdschunke, die Mondfrau trug, kam zufällig dicht Bord an Bord neben die hintere Staatsbarke zu liegen. Juwelchen konnte es sich nicht versagen, an Deck zu gehen und neugierig hinüberzuspähen. Da sah sie nun drüben in naher Entfernung einen Mann vorüberkommen, der ihre Aufmerksamkeit erregte. Er ging an Land und kam später mit einem Krug Branntwein zurück. Der Mann kam ihr bekannt vor. ›Sollte das nicht Hundefuß, der Bruder unseres früheren Geschäftsführers Han Tao Kwo aus der Ochsenfellgasse sein? Bloß etwas beleibter ist er seitdem geworden‹, ging es ihr durch den Sinn. Und eilig lief sie zu Mondfrau und teilte ihr ihre Wahrnehmung mit. Mondfrau wollte es nicht glauben.

»Wie sollte der hierherkommen? Liebling hatte doch damals ihren ganzen Anhang zu sich in die Hauptstadt nachkommen lassen«, meinte sie.

Juwelchen lief wieder an Deck, um weiterzubeobachten. Hinter den mit roten, den Amtscharakter der Barke verkündenden

Verschlußstreifen beklebten und bepflasterten Wandschirmen sah sie die weiblichen Passagiere hin und her laufen. Auf einmal fiel ihr eine stark geschminkte, herausgeputzte Dame mittleren Alters auf. Die sechste Wang! Geschwind lief sie wieder zu Mondfrau.

»Die Haut soll mir vom Leibe geschält werden, wenn ich nicht soeben drüben dieses Weib, diese Buhlerin, die sechste Wang, gesehen habe!« platzte sie atemlos heraus. Mondfrau war noch immer ungläubig. Sie wollte sich nun selber überzeugen und folgte Juwelchen an Deck. Sie brauchte nicht lange zu warten, da stieß sie Juwelchen heimlich mit dem Ellenbogen an.

»Liebling!« raunte sie ihr aufgeregt zu und deutete auf eine junge, glänzend herausstaffierte Schönheit, die drüben, von zwei Dienerinnen begleitet, voll selbstbewußter Würde einherstolzierte. Sie mochte höchstens dreiundzwanzig sein. Eine Goldfiligranhaube deckte ihre hochgesteckte, halb nach chinesischer Palastmode schräg gescheitelte, geölte und dezent mit Schmuck garnierte Frisur. Anderseits wirkte sie in ihrem auffallenden Kostüm wie eine Schauspielerin. Doch hatte sie von Puder und Schminke so sparsam und dezent Gebrauch gemacht, daß ihr Teint weder Grellrot noch Grellweiß aufwies. Wasserrose im Sumpf? – vielleicht. Ihre Taille nicht zu kurz und nicht zu lang, vergleichbar dem schlanken Weidenblatt, das sich geschmeidig im Winde wiegt. Mit ihrer weiten, die Schultern schluckenden schlangengemusterten Palastärmeln erinnerte ihre ganze Erscheinung an ihre historische Vorgängerin Prinzessin Tschao Kün,[1] wie sie herkömmlich im Bilde dargestellt wird: als Opfer hoher Politik hoch zu Roß in die westliche Steppe einreitend, um dem Hunnen Khan ausgeliefert zu werden – bloß, daß hier die geliebte Pi-pa-Laute fehlte, die eine Tschao Kün noch im Sattel auf den Knien liegen hat.

»Kein Zweifel, Liebling, die mein Mann damals dem Intendanten Ti in Kai fong fu zum Geschenk gemacht hatte. Wie die Kleine sich seitdem herausgemacht hat! Viel größer und üppiger

1. 1. Jh. v. u. Z.

ist sie geworden! Möchte bloß wissen, wann sie Herrn Ti entlaufen ist.«

Zwei Tatarenfrauen mit um den Kopf gewickelten Zöpfen winkten und riefen vom Vorderdeck her der jungen Schönen zu:

»Han Tai tai, Dame Han, hierher! Hier gibt es etwas zu sehen!« und zeigten nach einer Stelle weiter vorn, wo der Schiffskapitän, umringt von einem Schwarm von Frauen und jungen Mädchen, an der Reling lehnte und mit einem Netz fischte. Unter den Zuschauerinnen war eine Hagere mittleren Alters, die anfangs mit dem Rücken nach der Salzbarke hin dastand. Zufällig wandte sie einmal den Kopf, und da fiel ihr Blick auf Mondfrau.

»Schwester Mondfrau! wie kommst du hierher?« rief sie laut hinüber und kam eilig näher. Mondfrau traute ihren Augen nicht. Es war Li Kiao'rl, Hsi Mens Zweite! Nach seinem Tode war sie in ihren Blumenhof zurückgekehrt und später von dem reichen Herrn Tschao geheiratet worden. Beim zweiten Einfall der Tataren, das war zwei Jahre später, war Herr Tschao ums Leben gekommen, sie selber war mit vielen anderen Frauen ins Lager der Eroberer geschleppt worden. Mondfrau glaubte zu träumen. Die alten, schönen Tage von damals, als sie noch mit fünf Schwestern Hsi Mens Haushalt teilte und ein so behagliches, sorgloses Leben führte, wurden mit einem Schlage vor ihrem Geist wieder lebendig. Die wenigen Worte der vertrauten Stimme weckten in ihr die Illusion, als ob sie wieder wie in alten Tagen Hand in Hand mit der Zweiten bei Mondschein in Hsi Mens Park lustwandele. Am liebsten wäre sie auf die große Barke hinübergesprungen, um Li Kiao'rl schwesterlich in die Arme zu schließen. Aber das getraute sie sich nicht. Sie wagte sich bloß ganz nach vorn zum Bug ihres eigenen Schiffes in ihre möglichste Nähe. Tränen standen Mondfrau in den Augen, als sie sich über die Bordwand neigte und ein paar Worte des Wiedersehens tauschte:

»Wo geht die Reise hin?« fragte Li Kiao'rl. Auch ihr standen die Tränen in den Augen.

»Nach Kai fong fu. Ich hoffe, dort meinen Sohn zu finden. Er ist mir auf der Flucht verlorengegangen. Und wohin geht deine Reise?« – »Nach der Nördlichen Hauptstadt Peking an den Tatarenhof. Mein Mann ist gestorben, ich wurde ins Tatarenlager verschleppt. Nein, so ein Zufall! Daß man sich so unterwegs wiedertrifft!«

Mit raschem Blick streifte Li Kiao'rl die ärmliche Gewandung der Ersten, ihre schmucklose, vom Staub der Landstraße graue Frisur. Wie schlecht es ihr gehen mag! dachte sie im stillen Mitleid, riß geschwind eine goldene Agraffe aus ihrer Frisur und einen goldenen Ring von ihrer Hand und reichte beides unauffällig über die Bordwand hinüber. Mondfrau wollte die Gabe erst nicht annehmen. Li Kiao'rl drängte flüsternd:

»Nimm es als ein kleines Zeichen meiner schwesterlichen Gefühle! Wer weiß, ob man sich in diesem Leben noch einmal wiedersieht!« Gongrasseln unterbrach die Unterhaltung. Es mahnte die Frauen an Bord der großen Staatsdschunke, daß sie sich wieder hinter die Schutzwände um ihre Kabinen zu begeben hätten. Hüben und drüben wurden Tränen gewischt, noch ein Händewinken hinter einem beiseite geschobenen Wandschirm vor, dann war man sich aus den Augen.

Die sechste Wang und Liebling hatten Mondfrau wohl erkannt, aber es geflissentlich vermieden, sie zu begrüßen. Sie hatten sich in ihre Kabinen zurückgezogen.

Zur Zeit der fünften Nachtwache[1] ging Feldherr Walipu unter gellendem Hörnerklang wieder an Bord. Die Inspektion des befestigten Zeltlagers am Flußufer war beendet. Ein Kanonenschuß, und unter Trommelwirbeln und Paukengedröhn setzte sich die Feldherrndschunke in Bewegung.

Noch ein halber Monat Fahrt, dann war man vor der Hauptstadt angelangt. Hier herrschte jetzt der von den Tataren als Reichsverweser eingesetzte ehemalige Kanzler Tschang Pang Tschang.[2] Der Ausnahmezustand war hier aufgehoben. Zugereiste wurden nicht behelligt.

Nonne Zauberklang ging an Land und suchte im Auftrag von

1. 3-5 Uhr. – 2. Im Jahre 1127.

Mondfrau die nächste Pfandleihe auf, wo sie die von Li Kiao'rl geschenkte Goldagraffe für zwei Batzen versetzte. Nun konnte man das Fahrgeld bezahlen.

Dann machte man sich zu dritt zum Huang ku sse, Tempel der kaiserlichen Milde, auf. Nach längerem Herumsuchen in sechs Straßen und auf drei Märkten fand man sich glücklich hin. Man kam durch einen Vorhof, wo gerade eine Massenspeisung von Armen stattfand, und wurde von dem Abt mit einer freundlichen Einladung zur Teilnahme an der schlichten Mahlzeit, bestehend aus einem dünnen Reisbrei, begrüßt. Hungrig, wie die drei Schwestern waren, nahmen sie dankend an und ließen sich in das geräumige Refektorium führen. Dort wurden die Frauen an Tischen abgespeist, während die Männer im Vorhof vor der Küche, auf den Steinfliesen lagernd, ihre Mahlzeit einnahmen.

Im Refektorium sahen sie, abgesondert von den anderen Gästen, eine würdige, alte, weißhaarige Matrone auf einer Gesetzesbank sitzen. Auf ihre verstohlene Frage wurde ihnen bedeutet, das sei die greise Mutter des früheren Kanzlers Tsai King und daß sie hier sitze und an einer wohltätigen Speisung teilnehme, habe seine besondere Vorgeschichte, aus der man wieder einmal das gerechte Walten einer höheren Vorsehung erkennen könne. Dieser dem Buddhajünger Sudatta, dem Helfer der Armen und Verlassenen geweihte Tempel grenzte mit seinem rückwärtigen Teil unmittelbar an das Grundstück des Kanzlerpalastes.

Der derzeitige Abt nun war ein gar verständiger, praktischer Mann, ein zweiter heiliger Samanta Bhadra, der in seinem Tempel weniger Wert auf feierliche Litaneien, heilige Versenkung und Nachplappern von frommen Sutratexten legte, denn auf gute Werke. So hielt er seine Mönche zu Feldbestellung und Grasmähen und ähnlichen nützlichen Beschäftigungen an. Auch ließ er sie unterwegs sorgfältig auf achtlos weggeworfene Lebensmittel achten und alles Eßbare, auch wenn es nur ein Reiskorn, eine Bohne, ein Kohlstrunk, eine Brotkrume war, einsammeln und in der Klosterküche abliefern.

Nun führte vom Grundstück des Kanzlerpalastes ein Kanal unter der Trennungsmauer mitten durch das Tempelgrundstück hindurch. Der Kanzler Tsai King aber war in seinen guten Tagen ein großer Verschwender und führte eine üppige Küche. Da hatte nun der Abt beobachtet, wie das Abzugsgewässer tagtäglich ganze Massen von Küchenabfällen mit sich führte. Bisweilen schwamm eine zwei, drei Zoll dicke Öl- und Fettschicht mit Speiseüberresten obenauf.

Da nahm der Abt nun einen Korb aus Bambusgeflecht zur Hand und fischte alle noch brauchbaren Speiseüberreste, vor allem Reis, heraus. Bisweilen waren es aber auch Leckerbissen, wie junge Bambussprossen, edle Pilze, Morcheln, Champignons, Schwalbennester, Salate und allerhand Gemüse, die er herauszog. Fleischüberreste ließ er natürlich, da von der Klosterregel verpönt, unbeachtet. Seine Beute spülte er dann in frischem Wasser rein, trocknete sie auf sauberen Bastmatten in der Sonne auf den Stufen zur großen Andachtshalle und verwahrte sie in fein säuberlich verschlossenen Körben und Kübeln in der Vorratskammer.

Nach langer Zeit solcher Fischereibetätigung hatte er allein an Reis zehn große Weidenkübel von je zehn Zentnern Inhalt und fünfzig Bastkörbe voll Dörrgemüse aufgespeichert.

Inzwischen war Kanzler Tsai King gestürzt und mitsamt seinem Sohn Tsai Tao in die Verbannung geschickt worden. Damit hatte die Küchenherrlichkeit nebenan ihr Ende gefunden. Der Abt dachte nun keineswegs daran, die so gesammelten Vorräte selber zu verbrauchen. Vielmehr klebte er auf die Kübel und Körbe große Zettel mit der ehrlichen Aufschrift: ›Speiseabfälle aus der Küche des Kanzlers Tsai King‹ und hob die Vorräte für Zeiten der Not auf. Sie sollten bald kommen. Denn infolge des Umsturzes waren viele Würdenträger und reiche Familien von ehedem verarmt und zu Bettlern geworden.

Die Sippe des Kanzlers war ausgerottet bis auf eine einzige Ausnahme: die greise achtzigjährige Mutter, die man um ihres hohen Alters willen verschont hatte. Auch sie mußte jetzt betteln gehen. Denn das gesamte riesige Vermögen des Kanzlers und seiner Familie war beschlagnahmt und eingezogen.

Da war nun die alte Dame eines Tages, in der Linken den Wanderstecken, in der Rechten ihren Bettelkorb, auch im Tempel des Sudatta erschienen und hatte um ein Almosen gebeten. Der Abt, der sie nicht kannte, fragte sie nach Namen und Herkunft. Als er nun hörte, daß sie die Mutter des gestürzten Kanzlers sei, da murmelte er ein ›Namah A mi to foh! Gelobt sei Buddha! und gepriesen die barmherzige Mutter Kwan Yin!‹ und lud die Greisin freundlich in seine Abtzelle. Erst ließ er sie sich in aller Ruhe mit dem Besten, was die Klosterküche hergab, stärken, dann führte er sie in die Vorratskammer und zeigte ihr die großen Kübel und Körbe mit den gesammelten Abfällen aus der Kanzlerküche. Er hatte genau Buch geführt und zeigte ihr auch die schriftlichen Aufzeichnungen darüber. Dann legte er seine gefalteten Hände vor die Brust, verneigte sich vor ihr und sprach:

»Mein Tempel besitzt auch einen ›Saal des gesegneten Alters‹. Er ist für die Aufnahme von gebrechlichen Alten bestimmt. Seit langem ist er seinem Zweck nicht mehr dienstbar gemacht worden und steht leer. Darf ich Euch bitten, in diesem Saal vorläufig Wohnung zu nehmen? Für eine geeignete Dienerin werde ich Sorge tragen. Es wird mir eine Ehre sein, Euch von den Vorräten mitzehren zu lassen, die von Rechts wegen Eures Sohnes und Euer Eigentum sind.«

Die Greisin nahm dankend an.

»Aber ich allein werde die Vorräte schwerlich aufbrauchen. Wir wollen sie der Allgemeinheit zugänglich machen. Andere Arme mögen auch daran teilhaben. Dann habe ich auf meine alten Tage auch einmal ein gutes Werk getan«, setzte sie lächelnd hinzu.

Seitdem bewohnte sie den Saal des gesegneten Alters. Seitdem hing aber auch an der Tempelpforte ein Anschlag des Inhalts:

›Hier werden Küchenabfälle an Bedürftige kostenlos ausgegeben! Solange der Vorrat reicht!‹

Der ›Saal des gesegneten Alters‹

Weiter ließ der praktische Abt vor dem Tempeleingang ein kleines Teehaus errichten, zehn saubere Tische mit Holzbänken aufstellen, sorgte auch für einfaches irdenes Geschirr und hölzerne Eßstäbchen und gab gegen billiges Entgelt Tee und Essensportionen aus den reichen Vorräten seiner Klosterküche an zahlende Gäste ab.

So brachten die zusammengefischten Vorräte auch noch ein hübsches Stück Geld ein, das er gewissenhaft mit der alten Dame Tsai, der verarmten Mutter des Kanzlers, teilte. Seine nützliche Tat der Nächstenliebe sprach sich gar bald in der Stadt herum und spornte zur Nacheiferung an. Von allen Seiten, von nah und fern, schickten wohltätig gesinnte Menschen Reis, Geld und Brennholz, um das gute Werk des Abtes zu unterstützen. Die Vorräte in der Vorratskammer nahmen nicht ab, sondern ständig zu. Wenn mittags die Tempelglocke zur Speisung lud, dann waren es meist mehr als fünfhundert Bedürftige, Frauen und Männer, die an der unentgeltlichen Mahlzeit teilnahmen.

Eines Tages während der mittäglichen Speisung bemerkte die würdige Dame Tsai, wie eine junge Wandernonne im Eingang zum Saal des gesegneten Alters auftauchte und neugierig hineinspähte. Die greise Kanzlermutter war geistig noch frisch und nahm regen Anteil an allem, was draußen in der Welt vorging. Jedes neue Gesicht, das in ihrer Umgebung auftauchte, erweckte ihr Interesse. Sie winkte das Nönnchen an der Tür – es war, wie die geschätzte Leserschaft erraten haben wird, keine andere als Zauberklang – zu sich auf ihren Gesetzeskang und begann sie nach ihrem Wer und Wohin auszufragen. Zauberklang berichtete, daß sie in Begleitung einer Dame aus Schantung sei, die sich auf der Suche nach ihrem vermißten Söhnchen befände. Es sei eine gar fromme Dame, eine treue Buddhadienerin. Vergeblich habe sie bei verschiedenen hiesigen Nonnenklöstern angeklopft und nach Unterkunft gefragt, nirgends wäre für die drei Wanderinnen – die Dame habe noch eine Dienerin bei sich – Platz gewesen. Nun stehe die Ärmste draußen vor der Tür und sei ohne Obdach.

»Bringe sie herein!« lächelte die Matrone freundlich dem Nönnchen zu und ließ Mondfrau und Juwelchen neben sich Platz nehmen. Dann mußte Mondfrau von ihrem Schicksal erzählen, wie sie vergeblich nach ihrem vermißten Söhnchen und ihrem Diener gesucht und was für Bitternisse sie unterwegs auf der langen Wanderschaft ausgestanden habe. Die Dame Tsai sprach:

»Erspart Euch weitere Gänge. Ihr könnt vorläufig hier im Tempel mit bei mir wohnen. An Nahrung wird es Euch auch nicht gebrechen. Mit der Zeit werdet Ihr schon etwas über den Verbleib Eures Sohnes in Erfahrung bringen. Ihr könnt nicht gleich am ersten Tag Eures Hierseins Nachricht erwarten.«

Mondfrau mußte ihr recht geben und nahm beglückt die freundliche Einladung an. Als sie im weiteren Verlauf des Gesprächs erfuhr, daß sie die würdige Mutter des weiland allmächtigen Kanzlers Tsai King vor sich habe, erhob sie sich von ihrem Platz und bezeugte ihr mit Kniefall und Dankesworten ihren Respekt. Eine der anwesenden Frauen hatte inzwischen Essen für die drei Neuankömmlinge aus der Tempelküche herangeschafft. Nach dem Essen verabschiedete sich Zauberklang, um weitere Nachforschungen anzustellen, einmal nach Nonne Wunderbild, zum anderen nach Tai A'rl und Söhnchen Hsiao Ko. Ob sich wohl Mutter und Sohn je wiederfinden würden? Das werdet ihr in einem späteren Kapitel erfahren.

NEUNZEHNTES KAPITEL

Ein vornehmer Herr erweist sich als wahrer Edelmann gegenüber der Witwe eines alten Freundes. Ein kleiner Mann bekundet noble Gesinnung gegenüber einem treuen Diener

Länger denn ein Jahr hauste nun Mondfrau schon im Saal des gesegneten Alters, bezog ihren täglichen Reisnapf aus der Küche des Tempels der kaiserlichen Milde und leistete der würdigen Matrone Tsai Gesellschaft. Die Nachforschungen nach dem Verbleib ihres Söhnchens und des Burschen Tai A'rl waren leider ergebnislos geblieben. Nur soviel hatte Zauberklang in Erfahrung gebracht, daß ihre ›Schwester in Buddha‹, Nonne Wunderbild, in die Welt des Alltags zurückgekehrt sei und geheiratet habe. Nun bestand für sie kein Grund mehr zu längerem Verweilen in der Hauptstadt. Sie verabschiedete sich und kehrte nach ihrer Heimatprovinz Schantung zurück.

Bisweilen wollte Mondfrau verzagen und hatte trübsinnige Anwandlungen, in denen sie an Selbstmord dachte, aber der Gedanke an ihren Sohn, die Hoffnung, ihn eines Tages doch wiederzusehen, hielt sie immer wieder aufrecht und gab ihr Mut, wenn sie zu erschlaffen drohte.

Damals wütete eine furchtbare Choleraepidemie im Land. In der Hauptstadt fielen ihr unter zehn Menschen acht zum Opfer. Als auch die greise Kanzlermutter von der Seuche befallen wurde, da wich Mondfrau nicht von ihrem Lager, kochte ihr stärkende Kräutersuppen und pflegte sie mit der treuen Hingabe einer Schwiegertochter. Aber ihre Pflege war umsonst. Das der Achtzigerin vom Schicksal vorbestimmte Lebensalter war erfüllt. Nach einem Leben voller Glanz und Ehren starb die Hochbetagte nun einsam, ohne Familienanhang, ohne Söhne und Enkel zu hinterlassen.

Der Abt geriet darob in beträchtliche Verlegenheit. Wer würde nun für Sarg und Bestattung sorgen? Da entsann er sich auf einmal des Herrn Ti, des langjährigen Intendanten im Kanzlerpalast. Dieser war damals bei dem Umsturz auch von Haus und Hof gejagt und in die Verbannung nach Kiang hsi geschickt, später aber begnadigt worden, weil er an der verhängnisvollen Politik seines Herrn, des Kanzlers Tsai King, keinen tätigen Anteil gehabt hatte. Als die Tataren den späteren Kanzler Tschang Pang Tschang zum Reichsverweser machten, gelang es ihm, in dessen Kanzlei einen Vertrauensposten als Geheimschreiber zu erhalten. Und bald wußte er sich wieder eine gesicherte und geachtete Stellung in der Hauptstadt zu schaffen. Ungeachtet aller Krümmungen der Tagespolitik hatte er sich eine anständige Gesinnung bewahrt.

Als er jetzt durch den Abt vom Tod der greisen Kanzlermutter verständigt wurde, griff er ohne Zögern in die Tasche und sorgte für einen gediegenen Fichtenholzsarg und ein würdiges Begräbnis. Der Sarg wurde vorläufig auf einem freien Gelände hinter dem Tempel beigesetzt. Später, in friedlicheren und geordneten Zeiten, sollte er in aller Form nach dem Erbbegräbnis der Familie des Kanzlers Tsai King überführt werden.

Mondfrau und Juwelchen konnten es sich nicht versagen, als einzige Trauergäste neben Herrn Ti dem Sarg das letzte Geleit zu geben. Nach der Bestattung erkundigte sich Herr Ti beim Abt:

»Meines Wissens hatte die Verstorbene hier keinen Familienanhang und keine Verwandtschaft mehr. Wer waren denn die beiden Frauen, die dem Sarg unter so herzbrechender Trauerklage das letzte Geleit gaben?«

»Eine Dame aus Tsing ho hsiän in Schantung mit ihrer Dienerin. Sie wohnt seit Jahresfrist im Tempel. Sie gab an, die Witwe eines früheren dortigen Kreisamtmannes und auf der Suche nach ihrem verschwundenen Sohn zu sein. Vermutlich hat das Leid um den Vermißten sie so herzbrechend schluchzen lassen.«

Bei den Worten ›Tsing ho hsiän‹ und ›Kreisamtmann‹ hatte Herr Ti aufgehorcht. Sollte das etwa Mondfrau, die Witwe seines guten, alten Freundes Hsi Men sein? Und er bat, die Dame begrüßen zu dürfen. Der Abt tat ihm den Gefallen und bat

Mondfrau heraus. Nach wenigen Worten der Begrüßung fand Herr Ti seine Vermutung bestätigt. Er neigte sich respektvoll vor ihr und hörte bewegten Herzens an, wie und warum sie nach der Hauptstadt verschlagen worden war.

»Die Verstorbene war mir eine liebe Gesellschafterin. Jetzt, da ich sie nicht mehr zur Seite habe, möchte ich nicht länger in der Fremde bleiben und nach meiner Heimat zurückkehren. Aber wie soll ich die Reise bewerkstelligen?« schloß Mondfrau ihren Bericht.

Herr Ti neigte sich von neuem vor ihr.

»Edle Dame, ich grüße in Euch die Gattin meines lieben, alten, hochgeschätzten Freundes Hsi Men. Ich bin Ti, ehemals Intendant im Kanzlerpalast. Wir standen uns einst nahe wie Blutsbrüder. Ich segne unsere Begegnung, die unter so seltsamen Umständen erfolgte. Und nun seid ganz beruhigt. Seht in mir Euren jüngeren Schwager, und überlaßt alles weitere meiner Sorge. Noch heute abend werde ich Euch in einer Sänfte abholen lassen. Es wird meinem Hause eine Ehre sein, Euch als geschätzten Gast aufnehmen zu dürfen.«

Seine Worte wirkten auf Mondfrau wie köstliches Naß auf die unter langer Dürre schmachtende Flur! Sie neigte sich zum Gegengruß und stammelte verwirrt ein paar Worte des Dankes.

Beglückt erzählte sie ihrer braven Juwelchen von der denkwürdigen Begegnung. Daß man ihr, der Bettlerin, der Landstreicherin, nach so langer Zeit endlich wieder mit Hochachtung entgegengetreten war, daß man sie endlich wieder als Dame ehrte und respektierte – sie konnte es noch nicht fassen! Juwelchen hegte noch Zweifel:

»Ob er es denn auch aufrichtig meint? Ob es nicht bloß leere Schönrederei war? Bei diesen formgewandten Leuten von Welt kann man das nie wissen. Menschen mit Herz sind heute, ach, so selten. Wir haben es ja an Schnorrer Ying erlebt. Was für Wohltaten hatte der in guten Tagen von unserem Herrn Hsi Men genossen! Und wie schäbig, wie gemein hat er sich dann in der

Stunde der Not der Witwe gegenüber gezeigt! Nicht einen Kupferling hatte er für uns übrig, damit wir unserem hungrigen Kleinen einen Zwieback kaufen konnten! Es kommt hinzu, daß unsere Liebling, die ihm Herr Hsi Men damals zum Geschenk machte, Herrn Ti schwer enttäuscht hat. Sie ist doch einfach ausgerückt. Können wir da noch auf besondere Anhänglichkeit von seiner Seite rechnen?«

Sie hatte kaum ausgeredet, als eine Dienerin aus dem Hause Ti erschien. Sie brachte eine Schachtel Gebäck und ein Päckchen Bohnenkäse mit. Sie tat vor Mondfrau einen artigen Kniefall und meldete:

»Da es heute schon etwas spät ist, erwartet Euch meine Herrin zu morgen. Sie wird nicht verfehlen, Euch persönlich mit der Sänfte abzuholen.«

Wirklich traf am nächsten Vormittag eine Sänfte im Tempel ein, der eine stattliche, etwas behäbige Fünfzigerin, die Gattin des Herrn Ti, entstieg. Man begrüßte sich zeremoniell, wie es zwischen neuen Schwägerinnen üblich ist. Man trank eine Schale Tee, dann nahm Mondfrau vom Abt unter Danksagung Abschied und bestieg mit Juwelchen die zweite Sänfte. Herr Ti begrüßte sie ehrerbietig vor der Haustür und geleitete sie artig zu ihrer sauber hergerichteten Gastkammer. Er eröffnete ihr:

»Frau Schwägerin, zu Eurer Beruhigung – eine große, gute Reisebarke fährt, wie ich höre, dieser Tage nach Lin tsing ab. Sie dürfte für Euch trefflich geeignet sein. Für passende Begleitung werde ich noch sorgen. Andererseits werde ich alles tun, um den Verbleib Eures Herrn Sohns in Erfahrung zu bringen.«

Wie wohl ihr seine aufmerksame Art tat! Dazu die freundliche, behagliche Gastkammer neben der grünen Weinlaube, ein richtiges Bett darin mit weichen Kissen und Decken! Das mit wohlriechenden Essenzen gewürzte Bad! Die frische Wäsche, die schönen neuen Gewänder, die für sie bereitlagen! Die reich beschickte, ihr zuliebe vegetarische Tafel! – Sie fühlte sich wie neugeboren, das alles kam ihr vor wie ein Traum aus guten, alten Zeiten.

An einem der nächsten Tage kam man auf Liebling, das treulose Han-Töchterlein, zu sprechen.

»Warum ist sie eigentlich damals auf und davon gegangen?« wollte Mondfrau wissen.

Frau Ti verzog geringschätzig ihren Mund.

»Unsere Ehe ist kinderlos. Mein Mann erbat sie damals von Eurem Gatten in der Hoffnung, durch sie zu einem Stammhalter zu kommen. Er hat sie denkbar gut behandelt. Er hat ihr einen schönen einstöckigen Wohnpavillon gebaut und sie mit Goldampeln und allem nur erdenklichen Luxus umgeben, er hat sie mit Schmuck beladen, ihre Wäschetruhen und Garderobenkoffer waren randvoll, für alle vier Jahreszeiten war sie mit Kleidung mehr als reichlich versehen, er ließ ihre Eltern hierher nachkommen, er stellte ihrem Vater, dem Han Tao Kwo, fünfhundert Batzen zur Verfügung, damit er als unser Geschäftsführer einen Silberladen eröffnen konnte. Das alles hat sie mit Undank gelohnt. Als das Unglück über unseren alten Gebieter, den weiland Kanzler, hereinbrach, da hat sie Angst gehabt, mein Mann könnte mit in die Angelegenheit verwickelt werden, und hat ihn treulos im Stich gelassen. Ihre Eltern sind mit ihr ausgerückt. Der alte Han hat vor der Abreise noch heimlich in der Nacht unseren Silberladen ausgeräumt und alles Silber mitgenommen. Schöner Geschäftsführer! Pack!«

»Ich bin ihr unterwegs auf der Flußfahrt zwischen Lin tsing und Kai fong fu begegnet. Sie befand sich mit vielen anderen Frauen zusammen auf einer großen Staatsbarke, die den Tatarenfeldherrn Walipu begleitete«, erzählte Mondfrau.

»Mag sein, daß sie jetzt wieder obenauf ist. Aber mit solcher Sorte pflegt es in der Regel ein böses Ende zu nehmen. Wenn sie erst einmal untreu war, wird sie es auch künftig mit der Treue nicht genau nehmen. Aber die Tataren sind Kerle, die nicht mit sich spaßen lassen, die werden sie schon ducken.«

Eines Tages konnte Herr Ti seinem Schützling berichten, daß sich ihr nunmehr eine Reisegelegenheit biete, wie sie sich eine bessere nicht wünschen könne. Der tatarenfeindliche Südmarschall Tsung Tso hatte eine dringende Botschaft an den Regenten Tschang Pang Tschang gerichtet und ihn ersucht, ohne Verzug seine gesamte Hofhaltung nach Nanking zu verlegen und auch die Kaiseringroßmutter Mong, die Witwe des Kaisers Tsche Tsung[1] und ihren Hofstaat mitzubringen. Die Reise sollte auf dem Wasserwege stattfinden, der Wasserweg aber führte über Lin tsing in Schantung, und dorthin wollte ja auch Mondfrau. Die Übersiedlung erforderte eine ganze Flotte. Abgesehen von den beiden großen Staatsbarken für den Regenten und die Kaiserin Mong kamen noch mindestens hundert kleinere Fahrzeuge für die Beförderung des kopfreichen Hofstaates und Gefolges und riesigen Gepäcks in Frage. Herr Ti konnte weiter mitteilen, daß er bereits mit dem Obereunuchen, der die Aufsicht über die Transportflotte führte, ihretwegen Rücksprache genommen und es dank seines persönlichen Ansehens erwirkt hatte, daß ihr auf der Barke zwölf, die Palastdamen zu befördern hatte, eine würdige Kabine mit voller Beköstigung eingeräumt wurde.

Auf diese Weise würde sie unter guter Obhut und in bester Gesellschaft reisen.

Mondfrau dankte ihm mit überschwenglichen Worten und streifte ihre letzten beiden goldenen Ringe von den Fingern und löste ihre letzten beiden Goldagraffen aus der Frisur und bot sie ihm zur Bestreitung der Fahrtunkosten an. Herr Ti lehnte lächelnd ab. Die fünf Silberbatzen, die der Bootsführer für ihre Beförderung bis Lin Tsing beanspruchte, hatte er längst aus seiner Tasche bezahlt. Weitere zehn Batzen nötigte er ihr noch als Taschen- und Reisegeld auf, dazu ein seidenes Reisekleid für sie und einen einfachen Kattunrock für Juwelchen.

Nach einem Abschiedsmahl trennte sich Mondfrau unter Tränen und tausend Danksagungen von ihren liebenswürdigen Gastgebern. Sie ließen es sich nicht nehmen, sie bis an Bord der Barke zu bringen. Unter Musik und krachenden Böllerschüssen setzte sich die Flotte der hundert Fahrzeuge in Bewegung. Vorn

1. 1085-1100.

Der getreue Herr Ti geleitet Mondfrau zur Reisebarke

die große Staatsbarke mit der Kaiseringroßmutter an Bord, alsdann einzeln hintereinander, wie ein Schwarm Fische, die Begleitfahrzeuge mit dem Hofstaat, der Dienerschaft und dem Palastgut, zuletzt die Staatsbarke mit dem Regenten Tschang Pang Tschang.

Einen halben Monat hatte die Flußfahrt gedauert, man war noch etwa dreihundert kleine Meilen von Lin tsing entfernt, da trat eine unvorhergesehene Stockung ein. Kuriere überbrachten dem Regenten die Alarmbotschaft, daß die Tataren einen neuerlichen Einfall in Schantung unternommen, die Provinzhauptstadt Tsi nan fu zerstört hätten und nun die nahende Transportflotte bei Lin tsing abfangen wollten. Sie hatten es vor allen Dingen auf die vielen Hofdamen und die Person der noch rüstigen Kaiserin Mong abgesehen, die über staatsmännische Fähigkeiten verfügte und ihnen deshalb gefährlich erschien. – Tatsächlich sollte ja diese Kaiserin später als Regentin und Beraterin ihres Enkels Kao Tsung[1] die neue, bodenständige Sung-Dynastie im Süden mit aufrichten und befestigen helfen.

Unter diesen Umständen wurde der Fahrtkurs geändert. Anstatt nach Nordosten, nach Lin tsing, weiterzufahren, bog die Flotte gen Süden in einen seitlichen Flußarm ab, um der nördlich drohenden Gefahr auszuweichen und über eine Seenplatte in das Stromgebiet des Huai ho zu gelangen.

Damit sah sich Mondfrau von ihrem Reiseziel beträchlich zurückgeworfen und weiter entfernt. Andererseits getraute sie sich aus Angst vor den wilden Tatarenhorden nicht an Land. Also ergab sie sich in ihr Schicksal und blieb einstweilen an Bord ihrer sicheren Barke.

Wenn die schwerhörige alte Verwandte von Nonne Zauberklang damals in dem zerstörten Waldtempel davon gesprochen hatte, ein lahmender Diener aus dem ehemaligen Haushalt des Herrn Hsi Men habe kürzlich angeklopft, nach Mondfrau ge-

1. 1127-1162.

forscht und die Östliche Hauptstadt als sein weiteres Wanderziel bezeichnete, so hatte das nur teilweise seine Richtigkeit. Tai A'rl hatte zuvor noch die nähere und weitere Umgebung des Waldtempels nach seiner vermißten Herrin absuchen wollen. Das hatte die alte Frau überhört. Er hatte nicht gleich die Reise nach Kai fong fu angetreten, sondern noch monatelang in Tempeln und Klöstern jener nördlichen Gegend nach Spuren seiner Herrin und ihres verschollenen Sohnes geforscht.

Als er eines Tages nach langem Suchen wieder an dem kleinen Waldtempel vorüberkam, da mußte er zu seiner Überraschung aus dem Munde der alten Frau erfahren, daß Mondfrau und Juwelchen inzwischen dagewesen waren, ihrerseits nach ihm gefragt hatten und dann über Lin tsing nach Kai fong fu reisen wollten. Seitdem war schon fast ein Jahr ins Land gegangen!

Wenn Tai A'rl ein ungetreuer, eigennütziger Knecht gewesen wäre, dann hätte er die ganze Sucherei aufgegeben, wäre nach Tsing ho hsiän zurückgekehrt, hätte den Schatz unter der Türschwelle gehoben und sich davon eine neue, selbständige Existenz aufgebaut.

Aber von so skrupelloser Art war Tai A'rl nicht. In seiner Pflichttreue und Gewissenhaftigkeit sah er nur ein Ziel vor Augen: seine Herrin und den kleinen Gebieter wiederzufinden.

Also kaufte er sich für billiges Geld einen bescheidenen Klepper, schwang sich in den Sattel und trabte unverdrossen über endlose, staubige Landstraßen gen Süwesten, Richtung Kai fong fu.

Er hatte Lin tsing schon einige Tagemärsche hinter sich und ritt gerade durch eine einsame, nur spärlich besiedelte Gegend, als auf einmal Tataren auftauchten. Zu seinem Schreck gewahrte er, wie sie rechts und links von der Landstraße auf ihren struppigen Tieren über die Felder sprengten, Gehöfte ansteckten und nach ihrer gewohnten Art Jagd auf Einheimische machten. Auch auf ihn kam ein Trupp zugestoben. Er versuchte zu flüchten und gab seinem Klepper die Peitsche. Aber wie konnte es sein abgehetzter, schlecht genährter Gaul mit den flinken Steppenpferdchen seiner Verfolger aufnehmen? Er sah sich gar bald eingeholt und aus dem Sattel gezerrt. Man bedeutete ihm, daß er zu Fuß mitkommen solle.

Unterwegs wälzte er kecke Fluchtpläne. Einmal war es ihm schon geglückt, aus der Gewalt von Räubern zu entwischen. Vielleicht würde es ihm auch diesmal glücken. Aber er sah seine Hoffnung enttäuscht. Als es dunkel wurde, band man ihn mit anderen Gefangenen zu einem Trupp zusammen und gab ihm zu verstehen, beim geringsten Fluchtversuch müsse er sterben und zehn weitere Gefangene mit. Das war tatarischer Kriegsbrauch. Unter diesen Umständen gab er jeden Gedanken an Flucht auf.

Man brachte die Gefangenen in ein Feldlager und führte sie am nächsten Morgen in das Zelt des Lagerhäuptlings. Tai A'rl traute seinen Augen nicht. Der Mann, den er in prächtiger tatarischer Kriegsrüstung auf dem Häuptlingspolster thronen sah, war kein anderer als Hundefuß, sein guter alter Bekannter aus Hsi Mens Zeiten!

Voll Schreck dachte er daran, daß er ihm schon einmal entlaufen war, damals, als er eine Räuberbande anführte. Da würde er diesmal gewiß nicht auf glimpfliche Behandlung rechnen können. Beschämt wandte er den Kopf weg und vermied es, seinem Blick zu begegnen. Aber Hundefuß hatte ihn bereits entdeckt.

»He, bist du nicht Tai A'rl?«

Tai A'rl beugte angstschlotternd die Knie.

»Ich bitte um Nachsicht, daß ich mich damals heimlich von Eurer Bande entfernt hatte. Ich wollte meine Herrin suchen. Heute suche ich noch immer nach ihr. Ich bin auf dem Weg nach Kai fong fu und beschwöre Euch bei unserer alten Freundschaft: Laßt mich laufen!«

Hundefuß schnob ihn in gestelltem Zorn knirschend an:

»Ich hatte es damals gut gemeint, als ich dich unter meine Leute einreihte. Wärest du bei mir geblieben, könntest du heute einen hübschen Posten bekleiden. Jetzt bist du wieder in meiner Hand, und diesmal gibt es kein Erbarmen! Diesmal mußt du sterben!«

Tai A'rl berief sich in seiner Not auf die sechste Wang, die Schwägerin des Ergrimmten, und flehte nach Kräften um Gnade.

Bei der Nennung des Namens ›Schwägerin Wang‹ konnte der grimme Häuptling nicht anders als laut herauslachen.

»Schon gut. Ich wollte dir nur einen verdienten kleinen Schreck einjagen. Du brauchst nicht so verstört dreinzuschauen«, sagte er wohlgelaunt und zog den verdutzten Tai A'rl in die Höhe.

Er lud ihn an seine Tafel und gedachte ihn für den ausgestandenen Schreck mit einem reichlichen Frühstück, einer Hammelkeule und einem Humpen Wein zu entschädigen. Aber Tai A'rl verweigerte jeden Bissen und jeden Schluck, solange er nicht Gewißheit habe, daß er seine Herrin weitersuchen dürfe.

»Wahrlich, der Hsi Men hat sich nicht in dir getäuscht, als er dir sein Vertrauen schenkte. Bist ein braver Kerl!« sagte Hundefuß kopfschüttelnd, nachdem ihm Tai A'rl von seiner langen, ausdauernden Irrfahrt hinter der verschwundenen Mondfrau her berichtet hatte. Und er griff gerührt in seine Börse und holte einen Silberbarren von vier Unzen Gewicht hervor.

»Hier, nimm das als Reisegeld und mach dich weiter auf die Suche nach deiner Herrin. Aber auf deine eigene Verantwortung! Wenn dich nächstens eine andere Abteilung von unseren Leuten einfängt, wirst du nicht wieder so glimpflich davonkommen.«

Erst jetzt langte Tai A'rl nach dem Humpen und der Hammelkeule und aß und trank sich satt.

Mit der Stirn auf dem Boden dankte er dem großmütigen Hundefuß und machte sich vergnügt davon.

Hurtig wie ein Hofhund,
Der ins Freie pirscht,
Wie ein flinkes Fischlein,
Das durchs Netz entwischt.

ZWANZIGSTES KAPITEL

Ein frommer Patron lädt den Meister von hohen Graden zum Verweilen ein und weiht sich selber dem Dienst Buddhas. An alter Stelle finden sich Herr und Diener wieder und erhalten Kunde von Mondfrau

Als Tai A'rl, nach langer Reise glücklich in Kai fong fu angekommen, beim Tempel des Sudatta vorsprach, verwies ihn der Abt an Herrn Ti, in dessen Haus Mondfrau zuletzt gewohnt habe. Tai A'rl begab sich also zu Herrn Ti. Der nahm ihn freundlich auf und teilte ihm mit, daß Mondfrau vor Monatsfrist an Bord einer Barke der Hofflotte nach Lin tsing abgereist sei. Der brave Tai A'rl tat einen langen, lauten Seufzer und machte sich auf gleichem Wege wieder auf die Rückreise. –

Es war wohl vom Schicksal so gewollt, daß Hsi Mens Sohn damals von Schnorrer Ying auf der Flucht in der Klause des alten Einsiedlers abgesetzt wurde. Mondfrau hatte schon während der Schwangerschaft häufig an frommen Andachten teilgenommen und sich gar manches von Buddhas Lehre zu eigen gemacht. Seit der Geburt ihres Kindes befolgte sie die Regeln einer fleischlosen Tempelkost. Ihr Söhnchen aber zeigte schon in frühester Kindheit eine merkwürdige Veranlagung für den geistlichen Beruf. Es schien, als ob das Kind schon im Mutterleib etwas von Buddhas Lehre aufgenommen habe. So hatte es von Geburt an eine Abneigung gegen weltliche Kost, Gewürze und Fleischspeisen. Mit vier Jahren wollte es als Spielzeug am liebsten kleine Buddhafiguren aus Ton und Räucherwerk zum Abbrennen haben und verrichtete damit förmliche Andachten. Mit fünf Jahren ahmte es bereits Gebaren und Gesten nach, wie es sie von Priestern beim Tempeldienst gesehen hatte, unter anderem das Sich-lang-Hinwerfen bei der Anrufung Buddhas. Auch pflegte es gern kleine Pagoden und Tempel aus Lehm zu formen. Öfters stahl es zur Belustigung seiner Mutter deren Rosenkranz, um an den Perlen zu drehen und mit kindlicher Stimme Buddha anzurufen, wie es das den Erwachsenen abgelauscht hatte. Mondfrau und Juwelchen waren einer Meinung; der Kleine müsse wohl in einer früheren Existenz Priester gewesen sein. Und nun hatte er während der jahrelangen Trennung von der Mutter in einer gewissen, der Göttin Kwan Yin geweihten Einsiedlerklause tatsächlich als Buddhajünger Dienst getan! Wie es kam, es war alles von der Vorsehung so gewollt: die Flucht, die Trennung von der Mutter, sein Leidensweg unter der Fuchtel des garstigen Onkel Ying, der ihn für tausend schäbige Kupferlinge an den alten Einsiedler verkaufte. Alles war Vorbestimmung. Ohne diesen Leidensweg wäre Mondfraus Sohn wohl nie in die ›Pforte der Leere‹ gelangt. Bei seiner Veranlagung war es kein Wunder, daß er sich bei dem alten Einsiedler rasch und leicht einlebte. Mit acht Jahren zeigte er sich schon für die Tempelweihe reif und erhielt seinen Tempelnamen Liao Kung.

Aber auch, daß gerade dieser alte Einsiedler sein Meister wurde, war nicht bloß Zufall. Er war kein anderer als jener Einsiedler Pu Tsing, dem Mondfrau damals bei ihrer Wallfahrt nach dem heiligen Tai-schan-Berg begegnet war. Bei ihrem überstürzten Abstieg vom Berggipfel hatte sie sich mit ihrer Begleitung und ihrem Söhnchen im Walde verirrt und in der Einsiedlergrotte von Meister Pu Tsing gastliche Unterkunft gefunden. Der prüfende Blick des Alten hatte in dem Gesicht des kaum einjährigen Kindes zu lesen gewußt und in dem Sprößling des lasterhaften Herrn Hsi Men den geborenen Lohan, einen Heiligen, einen Nachfolger Buddhas, erkannt. Damals schon hatte er sich von Mondfrau zum Dank den Kleinen als künftigen Gehilfen ausgebeten, und Mondfrau hatte ihm wohl oder übel das gewünschte Versprechen gegeben. Daß später Schnorrer Ying den Weg zu seiner Einsiedlerklause fand, war das Werk seiner magischen Beschwörung.

In den fünf Jahren seines Aufenthalts in der Einsiedlerklause von Meister Pu Tsing zeigte Hsi Mens Sohn nicht nur Befähigung und Eifer für die geistlichen Verrichtungen des Buddhadienstes, trotz seiner Jugend widmete er sich auch unverdrossen und anstellig den mancherlei praktischen Arbeiten des Tempeldienstes, zu denen ihn sein Meister anhielt, wie Holz hacken, Gemüse pflanzen, Beete begießen, Land bestellen und düngen, kehren und fegen, in Dörfern herumziehen und um Almosen betteln. Kurz, als er elf Jahre alt geworden war, konnte sein Meister mit Genugtuung feststellen, daß er sich zu einem vollendeten kleinen Lohan, zu einem wirklichen Arhat, zu einem höchst würdigen Nachfolger Buddhas entwickelt hatte.

Damals begannen die Tataren wiederum das Land unsicher zu machen und die Bevölkerung in Schrecken zu setzen. Meister Pu Tsing fand, daß seine Einsiedlerklause allzu nahe an der Landstraße gelegen und in diesen unruhigen Zeiten zu sehr der Belästigung durch Flüchtlinge und Raubgesindel ausgesetzt sei. Darum griff er zu seinem zinnbeschlagenen Khakkharama-Pilgerstab, hieß seinen Gehilfen den hölzernen Fisch und die Almosenschale an die Kuttenschnur hängen, zwei Andachtsmatten überbuckeln und machte sich mit ihm auf eine längere Wanderfahrt. Auch Fußwandern wollte gelernt und geübt sein.

Ein Jahr lang waren sie so als Bettel- und Wandermönche herumgezogen, da überkam den Zwölfjährigen Heimweh. Ungeachtet seiner aufrichtigen Hingabe an den geistlichen Stand, hatte er seine Mutter nicht vergessen. Er sehnte sich nach ihr. Ob sie wohl die Kriegswirren überstanden hatte und noch am Leben war? Das hätte er gern erfahren. Sich pietätvoll um die Mutter kümmern, war eine der fünf menschlichen Grundpflichten. Diese seine natürliche Menschenpflicht erschien ihm neben seiner geistlichen gleich wichtig, beide dünkten ihn zusammengehörig und untrennbar wie ein Augenpaar. Wäre es recht gehandelt, über der einen Pflicht die andere außer acht zu lassen? Kurz, er bat den Meister kniefällig um Urlaub. Aber der Meister schlug ihm seine Bitte ab. Er meinte, mit seinen zwölf Jahren sei der Knabe noch zu jung und unreif, um es allein mit den Gefahren und Tücken der Welt des roten Staubes aufzunehmen. Und so wurde die Wanderschaft zu zweit fortgesetzt.

Wanderziel war diesmal ihre alte Klause. Es war jetzt wieder friedlicher im Lande geworden, und so gedachte der Meister sie wieder zu bewohnen. Aber als sie hinkamen, oh weh! welche Enttäuschung! Sie fanden eine rauchgeschwärzte öde Ruine vor. Eingestürzte Dächer, geborstene Mauern, das aus Lehm und Goldpappe gefertigte Bildnis der Göttin angekohlt, von Regen durchweicht, von Winden zerfetzt, zwischen Trümmern und Mauerresten zwei Fuß hoch wucherndes Unkraut. Nein, an dieser unwirtlichen Stätte der Verwüstung war keines Bleibens. Und so wanderten sie weiter.

Da begab es sich nun, daß sie eines Tages in der Gegend östlich der Stadt Tsing ho hsiän auf einen großen Gutshof gerieten. Der Gutsherr, ein hoher Würdenträger im Ruhestand namens Wang Hsing An, war in der ganzen Gegend als frommer Buddhadiener und großer Wohltäter bekannt. Er pflegte seine reichlichen Einkünfte mit Notleidenden zu teilen und nutzbringend im Dienst der Allgemeinheit für Brücken-, Wege- und Tempelbau und ähnliche gute Werke zu verwenden. Er war auch der Stifter und Patron des kleinen Waldtempels, in dem vormals Nonne Pi mit ihren Gehilfinnen Wunderbild und Zauberklang gehaust hatte. Das ganze Tempelgelände sowie die zugehörigen Baulichkeiten hatte er gestiftet, desgleichen das aus kostbarem rotem Sandelholz geschnitzte Buddhabildnis für die Andachtshalle. Seit Jahr und Tag stand nun zu seinem Leidwesen der hübsche Tempel als Ruine verwaist und verlassen da. Denn inzwischen war Nonne Pi umgekommen, und ihre beiden Gehilfinnen Wunderbild und Zauberklang waren, jede ihres eigenen Wegs, fortgezogen. Und nun war es schon seit langem sein Wunsch, den Tempel aufzubauen und den Dienst des Gottes dort wieder aufzunehmen, sobald sich eine würdige, geistliche Nachfolgerschaft finden würde.

Herr Wang stand zufällig vor der Haustür, als die beiden Pilger, der Alte mit dem Schnee auf den buschigen Brauen und dem runden Heiligenschein um das Haupt, der Junge mit den bloßen Füßen in den Sandalen, dem hölzernen Fisch und der Patra, der irdenen Almosenschale am Gürtel, dem schweren

Matten-, Kleider- und Schriftrollenbündel über dem Rücken, seiner Schwelle nahten. Er fand, daß sie einen Hauch von echter Heiligkeit an sich hatten, und bat sie freundlich in die Gasthalle.

»Woher des Wegs, ehrwürdiger Meister?« fragte er, nachdem er den beiden ein frugales Mahl vorgesetzt hatte.

»Wir kommen, wir gehen
Von ungefähr
Und kennen beim Wandern
kein Wohin, kein Woher –«

lautete die wunderliche Antwort, die Herrn Wang zu weiteren Fragen bewog. Er ließ ihnen aber erst Zeit, sich in aller Ruhe zu stärken, und sah schweigend zu, wie sie mit untergeschlagenen Füßen auf ihrer Andachtsmatte hockend, der dargebotenen Mahlzeit, der Reisschüssel, den viererlei Gemüsen, den ölgebackenen Pfannkuchen, zusprachen und sich hinterher den Mund mit bitterem Tee ausspülten.

Nach beendeter Mahlzeit bat Herr Wang den Meister um geneigte Belehrung, wie der Laie in die Eingangspforte zu Buddhas Lehre gelange. Meister Pu Tsing legte die Handflächen über der Brust zusammen und sprach:

»Es steht geschrieben: Wer Buddha nachfolgen will, muß sich vorerst dreierlei zu eigen machen:

Das Schikchapada, die zehn Kasteiungen:
Nicht töten!
Nicht stehlen!
Nicht huren!
Nicht lügen!
Nicht völlern!
Nicht weich sitzen oder liegen!
Kein Kleiderluxus!
Kein Genuß und keine Ausübung von Gesang, Tanz, Spiel, Theater!
Kein Gebrauch von Schmuck und Edelsteinen!
Kein Essen außerhalb der regelmäßigen Mahlzeiten!

Sich in Sinnenlust verlieren führt zu Zweifel und Gewissenspein. Seid bedacht, den ursächlichen Zusammenhang zwischen menschlichem Tun und vergeltendem Schicksal zu erfassen, dann wird es im Leben und Sterben keine Verzweiflung geben.

Das Samadhi, das ruhige Gleichgewicht der Seele.

Wollt ihr im Leben Leid vermeiden, dann müßt ihr die Ursachen zu Leid vermeiden. Seid bedacht, in allem Tun zwischen gut und böse zu unterscheiden. Gute Werke sind damit, daß sie vollbracht sind, keineswegs ausgelöscht.

Das Pradjnakara, die Klarsicht des Geistes.

Wenn der Spiegel klar spiegeln soll, muß zuvor der Staub von ihm abgewischt sein. Der Himmel ist leer und gleichwohl voll von Leuchtkraft. Seid bedacht, üble Einflüsse zu bannen, Leidenschaften zu bändigen, die äußere Seite der Dinge zu übersehen.«

Der wißbegierige Herr Wang erbat noch weitere Belehrung:

»Was ist unter den ›Vier Bekehrungen‹ zu verstehen?«

Meister Pu Tsing legte wiederum die Handflächen über der Brust zusammen und sprach:

»Die Lehre des Sakyamuni Buddha zielt auf Erlösung der Menschheit. Das, womit die Menschheit Buddhas Gnade lohnt, heißt man die ›vier Bekehrungen‹. Im einzelnen:

Buddhas zartes Mitgefühl bekehrt die Menschen von ihrem Hang
zu roher Gewalttätigkeit.
Buddhas Gebefreudigkeit bekehrt die Menschen von ihrem Hang
zu Geiz und Habgier.
Buddhas geduldige Langmut bekehrt die Menschen von ihrem Hang
zu Streit und Hader mit den Nächsten.
Buddhas Unempfindlichkeit gegen Spott und Hohn bekehrt die
Menschen von ihrem Hang, dem Nächsten Ärger und Leid anzutun.«

»Und was ist unter den ›Vier Schnittern‹ zu verstehen?« kam die nächste Frage.

»Fleischeslust und Hurerei mähen die junge Saat der Seelenruhe
und Reinheit der Gedanken.

Völlerei mäht die junge Saat der Vernunft und Klarsicht des Geistes.
Raub und Diebstahl mähen die junge Saat eines guten Gewissens
und seiner Segnungen.
Mord und Totschlag mähen die junge Saat menschlichen Mitgefühls
und Erbarmens«,

lautete die Antwort.

Noch eine Belehrung über Sinn und Wesen des Tschan (Zen), der Dhyana-Übung, der Meditation, der Versenkung – und Patronatsherr Wang erachtete die Prüfung als erfolgreich bestanden. Dieser würdige Mann, so deuchte ihn, war kein Scharlatan, das war ein Meister von hohen Graden, seine Antworten zeugten von profunden Kenntnissen in der theologischen Wissenschaft. Mit allen fünf Gliedmaßen warf er sich der Länge nach vor dem Meister auf den Boden und bat um die Ehre, ihm fürderhin als gehorsamer Jünger und Gehilfe Gefolgschaft leisten zu dürfen. Nachdem er sich wieder erhoben hatte, fuhr er fort: »Unweit von hier liegt ein kleiner, schmucker Waldtempel, dessen Patron ich bin. Seit Jahresfrist ist er eine verlassene Ruine. Wenn Ihr, würdiger Meister, Euch entschließen könntet, Euch in meinem Tempel niederzulassen, dann würde ich mich anheischig machen, dafür Sorge zu tragen, daß die Baulichkeiten wieder instand gesetzt werden und daß ihr mit Eurem jungen Gehilfen einen auskömmlichen Lebensunterhalt findet.«

Meister Pu Tsing kam der Vorschlag des Patrons höchst gelegen, und bereitwillig ließ er sich von ihm die halbe Meile vor das Dorf führen, um den Waldtempel zu besichtigen. Es zeigte sich, daß er nur halb zerstört und zur Not sofort bewohnbar war. Man mußte eben einstweilen mit den beiden Küchenräumen vorliebnehmen. Vor allem sagte es Meister Pu Tsing zu, daß ein großer Gemüsegarten und ein Brunnen mit klarem Wasser vorhanden waren. Daß die aus rotem Sandelholz geschnitzte Statue des Buddhas Vairotschana in der mittleren Andachtshalle noch unfertig war, hatte daneben wenig zu bedeuten.

Also nahm Meister Pu Tsing die Einladung seines neuen Patrons an und ließ sich mit seinem jungen Gehilfen in dem kleinen Waldtempel häuslich nieder. Herr Wang aber setzte in seinem Bekanntenkreis eine Zeichnungsliste in Umlauf, und als es sich in der Gegend herumsprach, daß neuerdings ein ehrwürdiger Einsiedler, ein Meister von hohen Graden, den verwaisten Waldtempel bezogen habe, da flossen von allen Seiten reichliche Sach- und Geldspenden, die eine würdige Wiederinstandsetzung des Tempels ermöglichten. Maurer und Bauhandwerker zogen ein, räumten den Schutt weg und bauten vor allem die ausgebrannten Wohnzellen wieder auf.

Meister Pu Tsing und sein Gehilfe legten selber mit Hand an, griffen zum Besen und fegten die verwahrlosten Räume rein, säuberten die Höfe von dem wuchernden Unkraut, gruben Beete um, säten Gemüse und fanden daneben noch Muße zu ernsten geistlichen Zwiegesprächen. Denn die Sorge um die Küche hatte ihnen ihr freundlicher Patron abgenommen, er hatte ihnen einen tüchtigen Huo tou, ›Feuerkopf‹-Koch, gestellt. So war nach kurzer Zeit die verlassene, öde Stätte wieder zum wohnlichen Tempel geworden und zu neuem Leben erwacht.

Tai A'rl hatte gehofft, die langsam fahrende Flotte der Hofreisebarken in Lin tsing einzuholen und dort endlich wieder mit Mondfrau zusammenzutreffen. Aber als er nach Lin tsing kam, mußte er zu seiner Enttäuschung hören, daß die Flotte überhaupt nicht dorthin gefahren, sondern wegen der im Norden drohenden Tatarengefahr unterwegs in südöstlicher Richtung abgebogen war, um den Gelben Strom bei Huai an zu überqueren und dann auf dem Kaiserkanal südlich nach dem Yang tse und auf dem Yang tse westlich nach Nanking weiterzufahren.

Wo hätte er jetzt Mondfrau auf der Fahrt durch das ihm völlig unbekannte Kanal- und Seengewirr vor Huai an auffinden sollen?

Er hatte keinerlei Anhalt über ihren jetzigen Verbleib und zog es vor, sich vorläufig nach Tsing ho hsiän zu begeben und in dem Anwesen seines verstorbenen Herrn ein wenig zu verschnaufen. Wie er nun so hin und her sann, fiel ihm ein, daß doch die kleine

Nonne Zauberklang zuletzt in Kai fong fu mit Mondfrau zusammengewesen war und ihm vielleicht manches von ihrem Ergehen und ihren weiteren Absichten mitteilen könne.

Also machte er sich von neuem auf die Wanderschaft und suchte den kleinen Waldtempel auf, in dem er Nonne Zauberklang vermutete.

Er war nicht wenig erstaunt, in dem Nonnentempel keine Nonne vorzufinden, dagegen einen weißhaarigen alten Priester, der seine Gemüsebeete begoß, und einen ganz jungen Novizen, der den Hof fegte.

»In dem Tempel waren doch früher Nonnen. Wo sind denn die jetzt hin?« fragte er.

»Wir sind erst seit kurzem hier. Der Tempel war verwaist, als wir ihn bezogen. Von Nonnen ist mir nichts bekannt«, gab der Alte zur Antwort, ohne von seinen Beeten und der Gießkanne aufzublicken.

Tai A'rl, vom langen Weg müde, setzte sich auf die unterste Tempelstufe und bat um einen Schluck frischen Wassers, worauf der kleine Bonze zum Brunnen lief und ihm eine Schale füllte. Während Tai A'rl trank, musterten sie sich gegenseitig verstohlen von oben bis unten, und jeder hatte das Gefühl, als ob er den anderen irgendwie von früher her kennen müßte.

»Alter Meister, von woher kommt ihr? Der kleine Meister scheint, nach seiner Aussprache zu urteilen, aus der hiesigen Gegend zu stammen«, wandte er sich erneut an den Alten.

»Aus Se tschuan im fernen Westen; vierzig Jahre lang lebte ich als Einsiedler in einer Felsgrotte östlich hinter dem heiligen Tai-schan-Berg in Schantung, bevor ich in meine Klause, fünfzig kleine Meilen von hier, übersiedelte. Was meinen Tuti, meinen Gehilfen, betrifft, so ist Eure Vermutung richtig, er ist in dieser Gegend geboren.«

»In welcher Stadt?«

»Wozu wollt Ihr das wissen?« mischte sich der kleine Tuti lächelnd ein.

»In der gleichen Stadt wie Ihr, in Tsing ho hsiän«, erwiderte der Alte. »Vor Jahren ging er als Kind seiner Mutter auf der Flucht vor den Tataren verloren. Ein Unbekannter brachte ihn mir in meine Klause. Er kann sich an dessen Namen nicht mehr erinnern, er war ja damals kaum sieben Jahre alt, und das ist jetzt fünf Jahre her. Er weiß nur, daß seine Mutter eine geborene Wu und sein verstorbener Vater ehemals Amtmann in Tsing ho hsiän war. Er liegt mir schon seit längerem in den Ohren, daß er in die Welt hinausziehen und seine Mutter suchen möchte.«

Jetzt war Tai A'rl seiner Sache sicher. Er trat auf den kleinen Bonzen zu und fragte ihn geradezu:

»Hießet Ihr früher nicht Hsiao Ko?«

»Ja! Und seid Ihr etwa Tai A'rl?« Der Knabe erinnerte sich, daß so der Diener seiner Mutter hieß, der ihn damals auf der Flucht auf seinem Rücken getragen hatte.

Tai A'rl bejahte, und Herr und Diener fielen sich unter Tränen in die Arme. Die Macht Buddhas hatte sie glücklich zusammengeführt. Wahrlich, ein seltener Fall von Sichwiederfinden nach langen Jahren der Trennung durch Krieg und Kriegswirren!

Meister Pu Tsing hatte voll Rührung und Teilnahme die Szene des glücklichen Wiedersehens von Herr und Diener mit angesehen. Jetzt stimmte er laut den Ruf an: »Namah ta tze ta peh kwan schi yin pu sa! Gepriesen in ihrer großen Gnade und großen Barmherzigkeit die Göttin Kwan Yin, die die Klagen der Welt erhört!« Hierauf lief er in die Andachtshalle und brannte vor dem Altar als Dank an die Gottheit eine Weihrauchkerze ab. Die beiden Glücklichen folgten ihm nach und verrichteten kniefällig ein inbrünstiges Dankgebet an Buddha.

Dann ging es ans Erzählen. Liao Kung atmete auf, als er vernahm, daß seine Mutter noch am Leben sei und nach über einjährigem Aufenthalt im Tempel der kaiserlichen Milde in Kai fong fu von einem alten Freund des Hauses, dem Intendanten Ti, mit zarter Rücksicht aufgenommen und dann auf die Reise nach Lin tsing geschickt worden sei. Allerdings wäre unterwegs die Reiseflotte des Hofes, mit der sie fuhr, wider Erwarten nach anderer Richtung abgebogen, um nicht in Lin tsing von den

Zwei Wanderer nehmen Quartier in der Halle des Tempelschutzgeistes

Tataren abgefangen zu werden, und nun fehle seit einem halben Jahr jede Nachricht über den Verbleib von Mondfrau.

»Wißt Ihr, daß das hier ursprünglich der Tempel der Nonne Pi war? Erinnert Ihr Euch, daß Ihr als kleines Kind hier schon einmal einen Monat lang mit Eurer Mutter gewohnt habt?« fragte Tai A'rl.

»Daran kann ich mich nicht mehr erinnern. Ich weiß nur noch genau, wie du mich damals bei der Flucht auf dem Buckel geschleppt hast und wie mich dann der fremde, böse Kerl, mit dem du ein Stück Weg zusammen gingst, über die staubige Landstraße gezerrt und in der Klause meines Meisters abgeliefert hat.«

So hatten sich Herr und Diener manches zu erzählen und wurden nicht müde, immer wieder von neuem zu beginnen.

Inzwischen war es später Abend geworden. Auf einmal schlug der Hund an. Zwei Wanderer begehrten Einlaß. Es waren kräftige, bewaffnete Gesellen. Sie trugen schwere Bündel mit Decken und allerlei Sachen und einen Regenschirm über dem Rücken und sahen verstaubt und von Wind und Sonne gebräunt aus, ganz so, als ob sie einen langen Marsch hinter sich hätten.

Auf die Frage des Alten nach ihrem Wer und Woher erklärten sie, daß sie Kuriere und Kundschafter der Südregierung seien und eine Botschaft von Nanking nach Schantung zu überbringen hätten. Sie erbäten für eine Nacht Quartier im Tempel. Verpflegung führten sie selber mit sich, sie begehrten nur etwas warmes Wasser, um Tee aufzugießen.

Meister Pu Tsing wies ihnen in der Halle des Tempelschutzgeistes Veda eine Schlafstätte an.

Während sie ihren Tee bereiteten und ihre einfache Abendmahlzeit verzehrten, gesellte sich Tai A'rl in Begleitung seines jungen Gebieters zu ihnen. Er wollte sie ein wenig aushorchen.

»Wird der Kaiser des Südens[1] nächstens seinen Sitz von Nanking wieder nach Kai fong fu verlegen?«

»Im Gegenteil, er bedauert, daß Nanking nicht weit genug

1. Kao Tsung ist gemeint.

von den Tataren entfernt liegt. Es steht zu befürchten, daß sie eines Tages den Yang tse überschreiten werden. Dann wird unser Kaiser die Regierung nach Hang tschou verlegen.«

»Wann wird eigentlich die Reiseflotte der Kaiserin Mong in Nanking erwartet? Wird denn der Nordkaiser Tschang Pang Tschang, den die Tataren eingesetzt haben, später nach Kai fong fu zurückkehren?«

»Kaum. Sobald er in Nanking eintrifft, wird er abgesetzt und in die Verbannung nach Kiang hsi geschickt werden. Wer weiß, was noch weiter mit ihm geschieht. Jedenfalls wird er sich vor einem Staatsgerichtshof verantworten müssen. Wir kommen gerade von seiner Reisebarke, wo wir einen Auftrag zu erledigen hatten. Die Flotte ist jetzt auf dem Weg nach dem Yang-tse-Kriegshafen Tschen kiang. Dort wird sie vom Yang-tse-Strompräfekten und Südmarschall Han Schi Tschung in Empfang und unter Bewachung genommen werden. Ein gar strenger Herr! Mit dem ist nicht zu spaßen! Der wird schon aufpassen, daß niemand entwischt! Wir sind in seinem Auftrag hierhergeschickt worden. Wir sollen auskundschaften, was hinter dem Gerücht steckt, daß die Tataren einen Vorstoß nach dem Süden über den Yang tse unternehmen wollen.«

»Bei der Flotte sind einzelne Barken, auf denen auch Bürger und Bürgerfrauen auf eigene Faust mitreisen, die nicht mit zum Gefolge der Kaiserin gehören. Werden die auch bis Nanking mitgenommen werden?« forschte Tai A'rl. Er wollte gern den jetzigen Verbleib von Mondfrau in Erfahrung bringen.

»Nein, die wurden bloß bis zum Hoang-ho-Hafen Tsing kiang mitgenommen. Dort wurden alle Mitreisenden genau kontrolliert. Alles, was zum Hofstaat und Gefolge der Kaiserin gehört, wurde sorgfältig in eine Namensliste eingetragen und durfte weiterfahren. Alle anderen Leute dagegen, die auf eigene Faust mitreisten, wurden an Land gesetzt. Das ist eine Vorsichtsmaßnahme wegen Spionagegefahr. Diese Reisenden müssen sich dann in Huai an nach einer anderweitigen Fahrgelegenheit umsehen.«

Tai A'rl und Liao Kung frohlockten innerlich. Jetzt hatten sie die Fährte gefunden, die zu Mondfrau führte.

»Ist das auch ganz sicher?«

»Natürlich. Wir müssen doch Bescheid wissen. Wir mußten doch selber auf Befehl des Marschalls die Flotte mit durchsuchen und alles, was nicht zugehörig war, Männer und Frauen, von Bord jagen.« Tai A'rl und Liao Kung hatten genug gehört. Sie verabschiedeten sich von den beiden Kriegern und begaben sich auf ihre gemeinsame Lagerstätte in der Küchenkammer. Die halbe Nacht über hielten sie Beratung ab. Sie waren entschlossen, sich auf den Weg nach Huai an zu machen, um Mondfrau wiederzufinden. Es war ein Weg von tausend kleinen Meilen. Tai A'rl wollte gleichfalls eine geistliche Kutte anlegen und den hölzernen Fisch zur Hand nehmen. Man würde sich schon durchschlagen, und es würde zu zweit eine vergnügliche Reise werden. Und in der Vorfreude darüber schliefen sie beruhigt ein.

Am nächsten Morgen trat Liao Kung vor seinen Meister und sprach:

»Seit fünf Jahren habt Ihr mir die Gunst erwiesen, mich auf den Pfad des Erwachens zu führen und vom reißenden Strom der Verirrung fortzuziehen. Eigentlich sollte ich mich nun erkenntlich erweisen und mit Ausdauer im Dienste Buddhas verharren. Aber seit ich gestern den alten, treuen Diener meiner Familie wiederfand und Kunde vom Verbleib meiner Mutter erhielt, steht mein Herz in lichten Flammen und läßt mir keine Ruhe mehr. Und so flehe ich Euch an, habt Erbarmen und laßt mich ziehen, auf daß ich meine Mutter wiederfinde!«

»Warum sollte ich dich halten? Es ist Vorbestimmung, daß du jetzt auf die Suche ausziehen mußt. Aber unterwegs hüte dich vor den Strudeln der Begierde und dem Meer der Lockungen und Versuchungen. Doch für den Fall, daß du dich im Schlinggewächs sündiger Leidenschaft verstricken solltest, will ich dir zum Geleit einen Merkspruch von Bedeutung mit auf den Weg geben. Er diene dir als Sichel; bahne dir damit den Weg durch das Dornengestrüpp der Anfechtung, auf daß du später die

Perlen vom Rachen des Drachen gewinnen mögest, die Perlen, die den milden und reinen Glanz von Buddhas Wesen ausstrahlen. Bewahre den Spruch wohl im Gedächtnis! Du wirst erleben, daß seine Weissagung in Erfüllung geht.«

Der lichte Mond scheint nicht zu zweit,
Der Gottmensch sucht die Einsamkeit –
Die alte Kutte bringt dir Glück
Und schafft den Perlenschatz zurück –
Wo Wind und Wogen sich empören,
Wirst du der Mutter Stimme hören –
In höchster Not und in Gefahr
Wird Buddhas Macht dir offenbar –
Selbst auf des Brautbetts weichem Pfühle
Behalte deines Sinnes Kühle –
Und unbefleckt durch das Gemeine
Bewahr dein Herz in Lotosreine!

Liao Kung prägte sich den Spruch, dessen dunkler Sinn ihm einstweilen verborgen blieb, andächtig und fest ins Gedächtnis ein und nahm mit inbrünstigem Stirnaufschlag von seinem alten Meister Abschied. Auch versäumte er nicht, zum Abschied noch vor der Tempelgottheit eine stille Andacht zu verrichten. Ausgerüstet mit Pilgerkutte und Wetterkapuze, auf dem Rücken eine zweite Kutte und eine Andachtsmatte, am Gürtel den hölzernen Fisch und die Almosenschale, in der Hand einen Wanderstecken, zogen alsdann Herr und Diener wohlgemut in die Welt hinaus.

EINUNDZWANZIGSTES KAPITEL

Eine treibende Wasserpflanze, vergießt die verlassene Witwe Tränen in dem Glauben, daß ihre Straße zu Ende sei. Auf nächtlicher Fahrt erlebt die Erste nach sternenweiter Trennung ein unverhofftes Wiedersehen mit der Dritten

Wieder einmal stand Mondfrau vor der bangen Frage: Wohin? Als die Hofreiseflotte den Gelben Fluß bei Tsing kiang überquert hatte und in die Schleuse des Kaiserkanals vor Huai an eingelaufen war, da war sie mit allen anderen Männern und Frauen, die auf eigene Faust mitreisten, rücksichtslos an Land gesetzt worden. Höhere Weisung der Südregierung, ergangen wegen Spionagefurcht! Danach durften Privatreisende aus Nordchina nicht über den Yang tse! Zum Glück war sie dank der Empfehlung des einflußreichen Herrn Ti und dank Fürsprache des ihm befreundeten Obereunuchen, der die Aufsicht über die Transportflotte führte, mit Rücksicht und Schonung behandelt worden und hatte ihre kleine Barschaft und ihr Gepäck unangetastet mit an Land nehmen dürfen. Die anderen Mitreisenden, die sich keiner solchen Protektion erfreuten, waren von Bewaffneten brutal von Bord gejagt worden und hatten überdies ihr Reisegepäck im Stich lassen müssen.

Nachdem Mondfrau eine Weile mit Juwelchen auf der Uferböschung gesessen und mit reichlichen Tränen ihr trauriges Los beweint hatte, entschied sie sich zur Rückfahrt nach Schantung. Denn was sollte sie hier in der Fremde beginnen, wo sie keine Freunde und Bekannten hatte?

Juwelchen begab sich also zum Hafen und machte auch glücklich eine kleine Reisebarke ausfindig, die am nächsten Tag die Fahrt nach Schantung antreten wollte. Bei der Verhandlung mit der siebzigjährigen Bootsfrau, die sie vorn auf Deck sitzend und gerade mit dem Ausbessern eines zerrissenen Rocks beschäftigt fand, brachte Juwelchen in Erfahrung, daß die Barke von einer vornehmen Dame, einer verwitweten Frau Li aus Huai an gemietet war, die eine Wallfahrt nach einem Tempel bei Hai tschou an der Schantungküste vorhatte. Die Alte vergewisserte sich, daß kein Mannsbild in Begleitung ihrer neuen Fahrgäste sei, dann erklärte sie sich bereit, Mondfrau und Juwelchen eine Heckkabine einzuräumen. Aber sie müsse noch die Zustimmung ihres Alten einholen. Der sei in die Stadt gegangen, um die Dame Li abzuholen.

Gegen Abend kam dann der alte Bootsmann mit einem Schiffsjungen, der Gepäckstücke schleppte, an Bord. Die reisegewandte Juwelchen feilschte noch ein wenig mit dem Schiffer wegen des Fahrpreises und handelte von den geforderten drei Batzen für die Fahrt bis Tsing ho hsiän fünf Groschen ab. Dann erstattete sie ihrer am Ufer wartenden Herrin Bericht und siedelte mit ihr noch vor Einbruch der Nacht an Bord der Barke über.

Es war eine alte Dschunke mit einem Bastmattensegel, zwei Vorderkabinen und zwei Heckkabinen und einer einfachen Küche am Heck. Bei Flaute pflegte der Schiffer sein Fahrzeug zu treideln, des Nachts schlief er, dann lag das Fahrzeug still. Am nächsten Abend traf eine Sänfte mit der Dame Li ein, eine Zofe im Maultiersattel begleitete sie. Ein junger Mensch mit einem Kind im Arm half der Dame aus der Sänfte an Bord. Bei der herrschenden Dunkelheit konnten Mondfrau und Juwelchen ihr Gesicht nicht erkennen. Auch den ganzen nächsten Tag bekam man sich gegenseitig nicht zu Gesicht, denn die Dame Li kam hinter den Wandschirmen aus Bastmatten, die um ihren Kabineneingang herum aufgestellt waren, nicht zum Vorschein.

Bei günstigem Wind, der dem Schiffer die Mühe des Treidelns ersparte, war man am zweiten Tag in flotter Fahrt bis An tung gekommen. In der Nacht setzte ein Unwetter ein, es goß wie aus Kannen. Das Wasser drang in den Laderaum und durchnäßte die darin befindliche Strohladung, es drang aber auch in die Wohnkabinen, so daß die Insassinnen mitten in der Nacht die Lampe anzünden und sich dazu bequemen mußten, Wasser zu schöpfen. Dabei hörte nun die Dame Li die Nachbarin von der Heckkabine laut nach Juwelchen rufen und unterschied die Worte: ›Juwelchen, steh auf! Bring die Kleiderbündel in Sicherheit! Lasse sie ja nicht naß werden!‹

Die Stimme kam der Dame Li bekannt vor, und der Name Juwelchen auch. Sie konnte es sich nicht versagen, auf das Deck zu gehen und zwischen den Bastschutzmatten hindurch verstohlen in die erleuchtete Heckkabine zu spähen. Mit einem Ausruf der Verwunderung schob sie die Eingangsmatte vollends beiseite und rief laut in die Kabine hinein:

»Mondfrau, große Schwester, wie kommst du hierher?!«

Mondfrau hielt betroffen in der Arbeit inne. Wen sah sie, von der Lampe hell bestrahlt, im Eingang stehen? Hsi Mens Dritte, Mong Yü Loh! Welch merkwürdiges Wiedersehen zu mitternächtlicher Stunde! Vor Rührung schluchzend, sanken sich die Erste und die Dritte in die Arme. Sie hatten sich zu Hsi Mens Lebzeiten immer gut vertragen und sich unter allen sechs Schwestern am nächsten gestanden. Und nun ging es ans Erzählen. Mong Yü Loh hatte damals den jungen Herrn Li, Sohn des Kreismandarins von Tsing ho hsiän, geheiratet und war später mit ihm nach Süden gezogen, als ihr Schwiegervater zum Unterpräfekten von Yen tschou fun, unweit des Yang tse in der Provinz Tsche kiang, befördert wurde. Wegen eines Familienskandals hatte der alte Herr das Paar später wieder nach Norden, nach dem Familiengut bei Peking gesandt. Während dieser Reise waren die Tataren aufs neue in Schantung eingefallen. Da hatte es Mong Yü Lohs Gatte vorgezogen, im sicheren Süden zu bleiben und ein Haus in Huai an zu mieten. Nach vier gemeinsam dort verbrachten Jahren hatte die damals wütende Cholera ihren Mann nach kurzem Krankenlager dahingerafft. Zwei Jahre vorher war ihr Schwiegervater verstorben. Nun stand sie allein in der Welt mit ihrem fünfjährigen Söhnchen An Lang und einem jüngeren Bruder, der ihren Haushalt in Huai an teilte. In Erfüllung eines Gelübdes war sie jetzt auf dem Weg nach Hai tschou an der Südküste von Schantung. Dort, auf dem Gipfel des Berges der klaren Lüfte, des Tsing fong ting, gab es einen berühmten Tempel, der den Drei Mächten Himmel, Erde und Wasser geweiht war. Dort wollte sie opfern und beten. Sie reiste in Begleitung ihres jüngeren Bruders, ihres Kindes und einer Zofe.

Dann kam Mondfrau mit dem Erzählen an die Reihe. Als sie auf ihre lange, leidensvolle Irrfahrt und auf die vergebliche Suche nach ihrem Sohn Hsiao Ko zu sprechen kam, den sie vor fünf Jahren verloren hatte, da übermannte sie der Schmerz, und sie sank laut schluchzend der Dritten an die Brust. Ach, wie wohl tat es ihr, sich bei einer mitfühlenden Schwester einmal gründlich ausweinen zu können! Die Dritte stellte ihr ihren jüngeren Bruder vor und rief auch die Zofe mit dem kleinen An Lang herbei. Als der Kleine die neue Tante mit einem artigen Stirnaufschlag begrüßte, schossen Mondfrau vor Erschütterung nochmals die hellen Tränen aus den Augen. Sie mußte ja so sehr an ihren eigenen vermißten Kleinen denken.

Den Rest dieser Nacht verbrachten die Erste und die Dritte schwesterlich auf gleichem Lager.

Nach einigen Tagen gemeinsamer Fahrt war der Hafenplatz Pu kou in der Präfektur Hai tschou erreicht. Hier wollte Mondfrau eigentlich auf eine andere Reisebarke umsteigen, um den Weg in westlicher Richtung nach ihrer Heimatstadt Tsing ho hsiän fortzusetzen. Die Reise der Dritten ging ja in östlicher Richtung weiter. Aber die besorgte Mong Yü Loh wollte sie auf keinen Fall so ins Ungewisse ziehen lassen. Sie schickte ihren Bruder an Land, damit er Erkundigungen einzöge, ob unter den gegenwärtigen Umständen ein gefahrloses Reisen im westlichen Schantung überhaupt möglich sei. Der Herbergswirt, bei dem er sich erkundigte, gab ihm eine entmutigende Auskunft:

»Die Tataren haben sich der Provinzhauptstadt Tsi nan fu bemächtigt und Liu Yü, den bisherigen Präfekten von Tsi nan fu, zum neuen Regenten des nördlichen China eingesetzt.[1] Jetzt rüsten sie zu einem großen Schlag gegen das südliche China. Sie wollen den Übergang über den Yang tse erzwingen und die südliche Hauptstadt Nanking erobern. Ganz zu schweigen von zwei schwachen Frauen, die sich allein in das besetzte Gebiet von

1. 1130–1132.

Tsi nan fu wagen wollten, selbst unter dem Geleit eines ganzen Trupps von schwerbewaffneten Kriegern dürfte eine Reise dorthin unter den augenblicklichen Umständen höchst gefahrvoll und wenig ratsam sein.«
Als der junge Mong diese Auskunft Mondfrau brachte, verharrte sie eine lange Weile in betretenem Schweigen. Sie blickte ratlos und tränenvoll von einem Gesicht zum anderen.

»Tsiä tsiä, große Schwester, Ihr solltet Euch den Gedanken an eine Heimkehr im jetzigen Augenblick aus dem Kopf schlagen. Es wäre ganz verfehlt. Bedenkt, das westliche Schantung ist Kriegsgebiet. Der allgemeine Flüchtlingsstrom bewegt sich von dort nach Süden, nicht umgekehrt. Ihr und Eure Juwelchen, zwei schutzlose Frauen, Ihr würdet bestimmt in Euer Verderben rennen. Nehmt es als höhere Fügung, daß Ihr uns so zufällig getroffen habt. Betrachtet Euch als zu unserer Familie gehörig und kommt mit uns nach Huai an. Ihr und meine Schwester, ihr seid beide Witwen, leistet euch gegenseitig Trost und Gesellschaft. Wartet bei uns in Huai an Kunde von eurem Sohn und Diener ab. Über Huai an führt die große Landstraße, die Nord und Süd verbindet. Wer sagt denn, daß da nicht auch Leute aus Eurer Heimatgegend reisen, denen man eine Botschaft für Euren Diener nach Tsing ho hsiän mitgeben könnte? Von hier aus wäre eine Verständigung viel schwieriger. Im übrigen vertraut auf den Himmel. Ohne das nächtliche Unwetter, das er schickte, würdet ihr beiden Schwestern euch gar nicht wiedergefunden haben und nichtsahnend aneinander vorübergereist sein. Wer weiß, vielleicht wird Euch eines Tages eine ähnliche himmlische Fügung mit Eurem Sohn zusammenführen.«

Also redete der Bruder der Dritten der Ersten zu, und seine Schwester unterstützte ihn kräftig.

»Er hat ganz recht. Bleiben wir zusammen! Begleite mich auf meiner Pilgerfahrt nach dem Bergtempel an der Ostküste und komm dann mit nach Huai an zu uns! Dort werden wir schon Reisende aus Schantung finden, durch die du dich mit deinem Tai A'rl verständigen kannst.«

»Aber zur Last fallen möchte ich dir auf keinen Fall! Du bist in deiner jetzigen Lage doch selber eine vom Meer des Lebens abgeschnittene Bucht mit totem Gewässer«, hatte Mondfrau noch einzuwenden.

»Aber liebe große Schwester, von zur Last fallen kann doch gar keine Rede sein! Denk doch an die alten Zeiten, da wir friedlich und schwesterlich aus der gleichen Schüssel gegessen haben. Noch während meiner zweiten Ehe habe ich immer dankbar daran denken müssen, wie gütig und liebevoll du mich im Hause Hsi Men stets behandelt hast. Der Himmel hat es doch offensichtlich so gefügt, daß wir uns wiederbegegnen und wieder zusammenleben sollen. Sei ganz unbesorgt, Platz für dich und Juwelchen ist genug in meinem Hause, und unbemittelt bin ich auch nicht. Ich beziehe monatlich ganz hübsche Pachteinkünfte. Unweit des Seetempels, in dem die Särge meines Mannes und meines Schwiegervaters einstweilen untergebracht sind, besitze ich überdies noch zweihundert Acker gut bewässerten, fetten Landes, das meinen Haushalt mit allem Nötigen versorgt. Also mach dir keine Gedanken, es wird schon für uns beide reichen«, zerstreute Mong Yü Loh ihre letzten Bedenken. Und so gab Mondfrau nach und blieb an Bord.

Eines Tages langte die Reisebarke bei der Stadt Hai tschou an. Man fuhr an der Stadt vorüber bis zu der Stelle, wo ein Bergpfad zum Yün tai schan, Berg der Wolkenterrasse, abzweigt und auf den Tsing fong ting, Gipfel der klaren Lüfte, hinaufführt.

Hier stieg die Reisegesellschaft aus. Es wurden zwei kleine Bergsänften nebst Trägern für die beiden Damen gemietet, der junge Mong, den kleinen An Lang im Arm, sowie die beiden Zofen folgten den Sänften auf Reiteseln nach. Welch seltenes Landschaftsbild bot sich beim Aufstieg auf schmalem Saumpfad den Augen der Beschauer dar!

Eine hohe Felsenschroffe, kühn und steil über das weite Meer aufragend, oben zur Tischplatte abgeflacht. Unten das Heh fong kou, Schwarzwindloch, in dem die Wogen beim Anprall zu tausendschichtigem Gischt emporstiebten. Oben auf schwindelnder

Klippe der Yen fu kwan, der altberühmte, wundersame Tempel der verlängerten Seligkeit, gebettet in das Azurgrün von Kiefern und Zypressen. Zwischen Bäumen versteckt, bald verschwindend, bald auftauchend, goldene Pforten und silberne Terrassen, Jaspiskräuter und Smaragdblumen, ein Feenpark der Seligen. Inmitten der Aussichtsturm der seltsamen Luftspiegelungen. An der Nordwand und an der Südwand, gleich Zähnen in der Mundhöhle aufgereiht, aus dem Dämmerdunkel einer tiefen Felsgrotte blickend, die Bildnisse von achtzehn Ortsheiligen. Fürwahr, rundherum ein Berg voll Geisterkraft, ein Zauberberg.

Laßt euch erklären: Besagter Bergtempel war der taoistischen Trinität, den drei Urmächten Himmel, Erde und Wasser, geweiht. Amt der Urmacht Himmel ist es, Glück und Segen zu spenden, Ämter und Würden auszuteilen, über den Stern des Reichtums zu gebieten. Amt des Machthabers Erde ist es, über Tod und Leben, über hohes Alter und vorzeitiges Sterben, über gute Werke und schlechte Taten und über die Unterwelt zu gebieten. Amt des Machthabers Wasser ist es, über die vier Ströme Yang tse, Hoang ho, Huai ho, Tsi ho und die fünf heiligen Berge Tai schan in Schantung, Hong schan in Hunan, Hua schan in Schen hsi, Hong schan in Tschi li, Sung schan in Ho nan über Wind und Regen, Donner und Blitz zu gebieten.

Der Tempel hatte den Ruf besonderer Geisterkraft und Wundertätigkeit. Wer die Mühe und Kosten einer Wallfahrt dorthin nicht scheute und auf luftiger Bergeshöhe sein Gebet um Erlösung von Ungemach oder um Mehrung von irdischen Glücksgütern oder um Weissagung der Zukunft verrichtete, der durfte sicher sein, daß sein Gebet erhört wurde. So erfreute sich denn dieser Tempel auf felsiger Höhe am Meer gewaltigen Zulaufs aus allen Teilen des Reiches, und der Strom frommer Wallfahrer wollte nicht abreißen.

Mong Yü Loh und Mondfrau machten droben zunächst dem Oberpriester ihre ehrerbietige Aufwartung, dann durchwanderten sie die ausgedehnte Tempelanlage, von deren Pracht sie schier geblendet waren. Dieser herrliche, von Nebelschwaden verhängte Tempelhain aus Kiefern, Bambus und Zypressen, die hohen Terrassen aus weißem Marmor, diese mehr als zwei Klafter hohen, aus mattgrünem Speckstein gemeißelten, mit Skulpturen von Drachen und Heiligen verzierten Pfeiler und Säulen, diese gewundenen Wandelgalerien, diese hoch bis in den Wolkenbereich stoßenden Türme, der Turm der heiligen Schriften und des Räucherwerks und der Aussichtsturm der Fata Morgana, der seltsamen Luftspiegelungen über dem Meer – die beiden Damen waren so ergriffen, daß sie kaum ihr Haupt zu erheben wagten.

Nachdem sie vor den drei Tempelgottheiten ihre Andacht verrichtet, ihre Weihrauchkerzen dargebracht und ihre schriftlichen Gebete verbrannt hatten, schlug Mong Yü Loh noch eine Befragung der Schicksalsstäbchen vor, die in einer hohen runden Tube auf dem Altartisch enthalten waren. Mondfrau war einverstanden. Sie nahm die Tube zur Hand, kniete nieder, schüttelte die Stäbchen durcheinander und wünschte sich dabei heimlich ein baldiges Wiedersehen mit ihrem Sohn. Dann ließ sie ein Stäbchen aus der Tube gleiten und zu Boden fallen. Juwelchen sprang geschwind hinzu und hob es auf. Es trug die Nummer 11 und eingekritzelt eine Weissagung der obersten Glücksklasse. Sie lautete dahin, daß der gewisse Edle zu den Glücklichsten unter den Menschen zählen werde, daß seine verborgene Tugend zur Kenntnis der lichten Geister gelangen und ihren Lohn finden werde. Der verlorene Perlenschatz werde sich am Ende vollzählig wiederfinden. An der mit rotbraunem Bambus bestandenen Sandbank soll der gewisse Edle nach der ersehnten Furt suchen. Hierauf tat Mong Yü Loh das gleiche. Das Schicksalsstäbchen, das sie warf, trug die Nummer 82 und barg eine Weissagung der mittleren Glücksklasse. Erfreut dankten die beiden Damen den Tempelgottheiten für das günstige Orakel und ließen sich die frugale Tempelmahlzeit schmecken, zu der sie höflich ein Priester in die Gasthalle lud. Eine Subskriptionsliste wurde den wertgeschätzten Damen mit der Bitte um eine milde Spende vorgelegt. Mong Yü Loh zeichnete und zahlte zwei Silberbatzen Räucherspende. Mondfrau ließ es sich nicht nehmen, aus eigener Tasche fünf Groschen zu spenden, obwohl ihr die Dritte zu verstehen gab, das sei gar nicht nötig, sie habe bereits für beide gezahlt.

Wohlgemut machte sich die kleine Reisegesellschaft an den Abstieg und die Rückfahrt nach Huai an. Die beiden Mütter vergaßen nicht, vor der Abfahrt noch allerlei Spielzeug, das in offenen Verkaufsständen am Fuße des Wallfahrtsberges feilgeboten wurde, für den kleinen An Lang einzukaufen, so eine kleine Trommel, wie sie fahrende Händler zu benutzen pflegen, dazu hübsche rotlackierte, mit Teufelsfratzen verzierte Trommelschlegel. Für sich selber erstanden sie als Andenken je eine Bildrolle mit der Wolkenterrasse und den Figuren der achtzehn Ortsheiligen, die aus der ländlichen Umgebung des Tempels stammten, jeden einzelnen bei einer für ihn charakteristischen Beschäftigung, der eine beim Holzfällen, der andere beim Sägen, ein dritter beim Pflügen mit dem Ochsen, ein vierter bei der Bewirtung von Nachbarn und so fort. Mit jedem Einzelbild war irgendeine alte Legende verknüpft.

Von Tsing kiang aus, wo die Schleusentore gerade gesperrt waren, wurde der restliche Reiseweg bis zum Hause der Dritten in Huai an in der Sänfte zurückgelegt.

Mong Yü Loh bewohnte ein stattliches Anwesen am Flußufer unweit der Bambusgasse. Es zählte fünf Pforten und Höfe und enthielt drei getrennte Wohnungen. Im Garten hinter der dritten Wohnung stand ein kleiner Andachtspavillon, der der Gnadenmutter Kwan Yin geweiht war. Mondfrau versäumte nicht, am Tage des Einzuges mit Juwelchen vor dem Standbild der Göttin niederzuknien und für die wunderbare Lenkung ihres Schicksals inbrünstig zu danken. Auf ihren Wunsch räumte ihr die Dritte einen behaglichen Wohnraum im Erdgeschoß des Pavillons ein, so daß sie immer in der Nähe der Gnadenmutter war. Von da an lebten die Erste und die Dritte wieder wie einst als Schwestern zusammen und waren ein Herz und ein Atem.

ZWEIUNDZWANZIGSTES KAPITEL

Im Bereich der blühenden Gärten spürt die junge Schöne schmerzlich ihren wunden Lenz. An der Brücke über den Piän-ho-Fluß trifft sie unerwartet die Jugendfreundin wieder

Es war früher berichtet worden, wie Goldlotos und ihre Zofe Lenzpflaume damals, als sie sich der Gunst des reichen Herrn Hsi Men erfreuen durften, nach Herzenslust gebuhlt und ein vergnügliches Lasterleben geführt hatten. Es war ihnen vorbestimmt, daß sie für ihre Sünden in einem späteren Leben büßen sollten, und die Vergeltung, die sie treffen würde, sollte wahrlich nicht gerade vergnüglich ausfallen. Goldlotos war, wie weiter berichtet, als Tochter Tan Kweh, Zinnoberzimmet, des Hauptmann Pao von der hauptstädtischen Garnison wiedergeboren worden und fast zu gleicher Zeit Lenzpflaume als Tochter Hsiang Yü, Duftjuwel, seines Kameraden, des gleichfalls in der Hauptstadt Kai fong fu Dienst tuenden Landedelmannes Piän. Es war ferner berichtet worden, wie sie als unzertrennliche Freundinnen und Jugendgespielinnen aufgewachsen, im Alter von sechs Jahren verlobt worden waren und dann leidvollen Abschied voneinander nehmen mußten, als ihre Väter wegen der von Norden drohenden Kriegsgefahr zu den Waffen gerufen und in verschiedene, weit entfernte Grenzgarnisonen versetzt wurden.

Hauptmann Pao war zum Unterkommandanten der Grenzfestung vom Yung-Kwan-Paß an der Nordwestgrenze der Provinz Schan hsi ernannt worden, Hauptmann Piän unter Beförderung zum Obrist an die nördliche Grenzgarnison von Tschen ting fu versetzt worden. Das war im letzten Jahr der Regierung des weiland Kaiser Hui Tsung gewesen.

Es war fünf Jahre später, als der tatarische Feldherr Walipu mit einem gewaltigen Heer überraschend einen neuerlichen Vorstoß gegen die ›mittlere Ebene‹ unternahm. Kommandant Pao, der aufgrund eines überstürzten ›Pfeil‹-Befehls seines obersten

Vorgesetzten, des Militärstatthalters der Provinz Schan hsi, mit einer viel zu schwachen Festungstruppe einen Ausfall unternehmen und sich dem anstürmenden Feind auf offenem Feld zum Kampfe stellen mußte, erlitt eine schmähliche Schlappe. Soweit seine Truppe nicht im Kampfe aufgerieben war, ergriff sie die Flucht und lief nach allen Windrichtungen auseinander. Dabei hatte sie es noch nicht einmal mit dem feindlichen Gros, sondern bloß mit einer Vorhut zu tun gehabt. Kommandant Pao konnte die Schmach nicht verwinden und gab sich selber den Tod, indem er sich mit der Klinge den Hals durchschnitt.

Ähnlich tragisch endete sein Kamerad Piän. Er sollte die ihm anvertraute Grenzfeste Tschen ting fu mit einer ganz geringen Besatzung halten. Die knapp tausend Mann Fußvolk und Reiterei, die ihm zu Gebote standen, waren überdies ausgediente Veteranen von minderem Kampfwert. Sie warfen gleich beim ersten Angriff die Waffen weg und bestanden auf kampfloser Übergabe der Festung. Wider Erwarten kam es kurz darauf zu Waffenstillstand und Friedensverhandlungen. Die Tataren erklärten sich mit dem chinesischen Angebot eines Jahrestributs einverstanden und zogen sich wieder hinter die Grenze zurück. Nun setzte der Militärstatthalter von Ho peh ein Kriegsgericht zur Untersuchung des kampflosen Falles der Festung Tschen ting fu ein. Nach strengem Kriegsgesetz wurde die gesamte Besatzung, einschließlich Oberst Piän, wegen Feigheit vor dem Feind zum Tode verurteilt und hingerichtet.

Das war das traurige Ende der Laufbahn der ehemals glänzenden und lebensfrohen Gardeoffiziere Pao und Piän. Zwei verlassene Witwen betrauerten ihre Männer und Ernährer, zwei kleine Waisenmädchen ihre Väter und Beschützer. Sie standen nun unversorgt und mittellos da. Wie sollten sie ihr Leben weiter fristen? Sie halfen sich recht und schlecht mit Hanfspinnen und Nadelarbeit durch. Im übrigen zehrten sie von der Hoffnung, eines Tages, wenn wieder friedliche und geordnete Zustände im Lande herrschen würden, eine Reisekutsche zu mieten und in die alte Heimat Kai fong fu zurückzukehren. Ach, darauf mußten sie freilich noch lange warten. Seit sich die Kin-Tataren der ›mittleren Ebene‹ bemächtigt hatten und bis ein hoffnungsvoller kaiserlicher Prinz den Yang tse glücklich überquert und als Kaiser Kao Tsung die neue, die Südliche Sung-Dynastie, in Nanking aufgerichtet hatte, gingen immerhin noch acht, neun Jahre kriegerischer Wirren und Unruhen ins Land.

Die beiden kleinen Mädchen waren mittlerweile herangewachsen. In all diesen Jahren hatten sie nichts mehr voneinander gehört. Es waren ja Tausende von Meilen, die zwischen ihren Wohnplätzen lagen, die eine lebte an der Grenze von Schan hsi, die andere an der Grenze von Ho peh. Auch hatten sie von ihren Verlobten und deren Familien nichts mehr gehört und wußten nicht, ob sie noch am Leben oder inzwischen verstorben waren. So lebten sie ohne festen Anhalt dahin wie im Winde treibende lose Blätter oder steuerlos gewordene Segler.

Verhältnismäßig früh, nämlich bereits im zweiten Jahr der Regierungsära Kiän Yen, ›Flamme des Wiederaufbaus‹, der neuen, der Südlichen Sung-Dynastie, kehrten wenigstens im Bereich der Östlichen Hauptstadt Kai fong fu allmählich wieder Frieden und Ordnung ein. Das war dem segensreichen Walten des großen Patrioten, des tatkräftigen Marschalls Tsung Tso[1] zu danken. Er hatte, vom Sung-Thron zum Schirmherrn der alten kaiserlichen Residenz bestellt, in aller Stille ein gewaltiges Heer von einer Million Fußvolk und Reiterei auf die Beine gebracht und in befestigten Feldlagern rings um die Östliche Hauptstadt verteilt. Gleichzeitig hatte er Aufrufe an die in alle Winde geflüchtete Stadtbevölkerung erlassen und sie aufgefordert, zurückzukehren und unter seinem starken Schutz ihre frühere bürgerliche Beschäftigung wieder aufzunehmen. Da rieselten und fluteten nun wie Bergbäche in eine Talmulde von allen Seiten die geflüchteten Massen an ihre alten Wohnstätten in und bei Kai fong fu zurück. Mit Hilfe von Auffanglagern und öffentlichen Flüchtlingsküchen sorgte Marschall Tsung Tso für reibungslose Rückführung der Menschen in die altgewohnte Ordnung.

1. 1059-1128.

Es war um diese Zeit, daß sich Witwe Pao zur Wiederheirat entschlossen hatte. Er war ein Siebziger, ein ehemaliger Hauptmann namens Yüan aus Kai fong fu, dessen Antrag sie angenommen hatte. Als Flüchtling war er in die gleiche kleine Garnisonstadt am Yung-Kwan-Paß verschlagen worden, in der nun schon seit Jahren die verwitwete Frau Pao mit ihrem Töchterchen hauste. Dem Witwer lag es vor allem am Herzen, für seinen zwölfjährigen Sohn eine neue Mutter zu finden.

Da hatte er nun von der stattlichen Kommandantenwitwe Pao und ihren Vorzügen gehört. Der Umstand, daß sie genau wie er aus Kai fong fu stammte, gab bei der Wahl den Ausschlag. Und so hatte er sie kurz entschlossen als neue Saite an Stelle der alten zersprungenen in seine Eheleier eingespannt.

Nun, Frau Pao war des einförmigen Lebens in dieser fremden, kleinen Garnisonstadt längst überdrüssig, bei einer Heirat mit diesem ältlichen Bewerber winkte ihr die Aussicht, unter männlichem Schutz endlich in ihre gewohnte Umgebung, in die lebensprudelnde Großstadt Kai fong fu, zurückkehren zu können, überdies – mit ihren dreiundvierzig Jahren war sie selber nicht mehr die Jüngste, keineswegs mehr in jenem lenzlichen Alter, da eine Frau bei der Gattenwahl wählerisch sein darf. Kurz, der Not und Gründen der Vernunft gehorchend, besann sie sich nicht lange und nahm die Gelegenheit wahr. Es war eine reichlich nüchterne Eheschließung. Auf viel Förmlichkeit und festliches Hochzeitsgepränge wurde in beiderseitigem Einverständnis verzichtet.

Töchterchen Zinnoberzimmet war um diese Zeit eine Vierzehnjährige. Es waren ausschließlich natürliche Reize, die ihre Person schmückten. Armut erlaubte ihr nicht, sich künstlich zu verschönen.

Ihr Teint – nicht rot, nicht blaß. Ihr Leib – nicht zu schlank, doch auch nicht zu füllig. Ihre Lippen wie heller Zinnober. Ein Hauch von seltenem Wohlgeruch ging von ihr aus. Ihre Erscheinung atmete lenzliche Frische, mit Augen leuchtend wie grünlicher Jaspis. In ihrem Blick lebte der bewegliche feuchte Glanz der Herbstwelle. Sie war eine Landesschönheit, würdig eines Throns, fähig, Männer wanken zu machen und ihren Verstand in himmlische Regionen entfleuchen zu lassen. Ihr Haar, würdig des herrlichsten Geschmeides, war kunstlos frisiert, schmucklos, und dennoch – wenn sich der Mond auf ihrem Scheitel spiegelte, wollte es ihn bedünken, als wirke sein Spiegelbild im Wasser daneben recht gewöhnlich. Neigte sie ihr Haupt über einen Weiher, dann waren die Fischlein in der Tiefe nicht sicher, ob sie nicht eine köstliche Blume sich spiegeln sähen.

Es war Herrn Yüan, dem Stiefvater des Mädchens Zinnoberzimmet, zu Ohren gekommen, daß unter der starken Schirmherrschaft des Marschalls Tsung Tso im Bereich der Östlichen Hauptstadt wieder friedliche und geordnete Zustände eingekehrt seien und die geflüchtete Bevölkerung auf der Rückwanderung zu ihren alten Wohnstätten und ihren bürgerlichen Beschäftigungen begriffen sei. Also beschloß er heimzukehren, mietete zwei Reisekarren und zog mit seinen Angehörigen nach Kai fong fu zurück.

Dort erwartete ihn freilich eine Enttäuschung. Er fand sein eigenes geräumiges Anwesen auf der Scherengasse zwar unversehrt vor, aber von der Militärverwaltung beschlagnahmt und in eine große Kriegswerkstätte zur Herstellung von Helmen und Panzern umgewandelt. Dort konnte er nicht wohnen. Es blieb ihm nichts anderes übrig, als sich nach einer bescheidenen Mietwohnung umzusehen. Er fand sie draußen in der Gartenvorstadt, die sich am Ufer des Piän-Flusses hinzog. Um sich seinen Lebensunterhalt zu verdienen, betrieb er mit Hilfe seines geschickten Dieners Li Hsiao'rl eine kleine Kneipe, in der kalter Schnaps und heißer Punsch ausgeschenkt wurden. Da saß er nun Tag für Tag am Eingang zu seinem Schankgarten, wartete auf Kundschaft und rechnete, während drinnen Frau und Stieftochter über fleißiger Hand- und Nadelarbeit saßen, für fremde Leute zerrissene Kleidung ausbesserten, Strümpfe stopften, Pantoffeln anfertigten und so auch ihrerseits etwas zum Lebensunterhalt beitrugen.

Der Sohn des Herrn Yüan war ungeachtet seiner zwölf Jahre ein recht einfältiger, in der Entwicklung völlig zurückgebliebener Tölpel. Bei den einfachsten Dingen, ob das nun beim Essen oder Trinken oder beim Ankleiden oder gar bei der Verrichtung gewisser Bedürfnisse war, stellte er sich denkbar unbeholfen an, konnte West nicht von Ost unterscheiden und brauchte fremde Anleitung. Er führte bei seinen Altersgenossen den Spottnamen ›Bruder Blödel‹. Den beiden Damen, seiner Stiefmutter und Stiefschwester, war er ein Greuel und zum Speien zuwider. –

Marschall Tsung Tso hatte das Wunder fertiggebracht, binnen eines halben Jahres ein neues, wohlausgerüstetes Heer rings um die Hauptstadt zu versammeln. Seine Arsenale und Vorratskammern waren zum Bersten voll, seine Kriegskasse wohlgefüllt.

Er war für einen neuen Krieg, für einen Rachefeldzug gegen den tatarischen Landesfeind gerüstet. In zwei Schlachten schon war er Sieger geblieben und hatte die Tataren derart eingeschüchtert, daß sie ihre Feldlager in der ›mittleren Ebene‹ abgebrochen und sich nordwärts weit über den Hoang ho zurückgezogen hatten. Jetzt wollte er den Feind zum Entscheidungskampf stellen und über die Reichsgrenzen zurückwerfen. Er war gerüstet. Es fehlte ihm an nichts – außer an der kaiserlichen Vollmacht.

In einer neuerlichen dringenden Eingabe hatte er den Thron um Ermächtigung ersucht, sich zu einem nahen festgesetzten Zeitpunkt mit seinem Heer in Marsch zu setzen, den Hoang ho zu überschreiten und den Angriff in das nördliche Reichsgebiet vorzutragen. Jetzt sei der Zeitpunkt gekommen, die zwei Kaisern[1] angetane Schmach zu rächen und die verlorenen Landesteile zurückzuerobern.

Wider Erwarten stieß er auf die Opposition der beiden am Hof zu Nanking amtierenden Kanzler Wang und Yang. Sie traten beim Kaiser nachdrücklich für Friedensverhandlungen mit den Tataren ein und wußten den jungen Herrscher einzu-

1. Hui Tsung und Sohn Kin Tsung sind gemeint.

schüchtern, indem sie mit allen Farben die Gefahren an die Wand malten, die auch das südliche China bedrohen könnten, wenn Tsung Tso jetzt marschieren und einen neuen Krieg im nördlichen Reichsgebiet entfachen würde. Kurz, die Eingabe des Marschalls fand kein Gehör beim Thron. Auch seine weiteren dringenden Appelle blieben vergeblich. Es kam hinzu, daß auch seine an den Thron gerichteten Vorschläge betreffend Auszeichnung und Belohnung verdienter Offiziere und Mannschaften unbeachtet blieben. Enttäuschung und Erbitterung über all das führten zu einem schweren Nieren- und Gallenleiden des Marschalls, dem er nach einmonatigem Krankenbett erlag. Bevor er seinen Lebensodem aushauchte, tat er noch dreimal mit starker Stimme den Ausruf: ›Hinüber über den Hoang ho!‹

Der Tod des großen Feldherrn und Patrioten wurde allgemein tief bedauert. Den Menschen wollte sich das Herz schier aus dem Knochengehäuse lösen.

Mit Recht, die Bevölkerung der Östlichen Hauptstadt konnte von Glück sagen, daß sie während dieser kritischen Jahre dem Schutz und Regiment gerade dieses Mannes anvertraut worden war. Nur ihm und seiner kraftvollen und segensreichen Führung war es zu danken, daß in seinem Machtbereich jetzt wieder ein leidlich normaler Friedenszustand herrschte.

Dieses Kai fong fu war früher eine glänzende, lebensfrohe Metropole gewesen. Die Frauenwelt der höheren Schichten war berühmt für ihre Eleganz und ihren Luxus, für ihren Hang zu heiterem Lebensgenuß. Ungeachtet aller durchgestandenen Schrecken und Kriegsnöte hatte sich an dem heiteren, genußfreudigen Charakter der Bevölkerung im Grunde nichts geändert. Kaum war das Schlimmste überstanden, kaum konnte man wieder aufatmen, da lebten auch die alten heiteren Sitten und Gebräuche wieder auf, da wurde zu den Jahresfesten wieder frohgemut gefeiert und wurden wieder die gewohnten Ausflüge nach beliebigen Zielen draußen vor den Stadttoren im Grünen unternommen. Da zeigte man wieder seine Reitkünste auf ungesattelten Pferden, seine Schießkünste mit Pfeil und Bogen, da wurde wieder Fußball gespielt und mit Hunden und Falken auf die Jagd gezogen, da scholl aus Busch und Hain an den lieblichen Ufern des Piän-Flusses wieder wie früher froher Gesang und Klang von Flöten und Lauten, da vergnügte man sich wieder an Theaterspiel und hunderterlei Kurzweil.

Es war im zweiten Monat des dritten Jahres[1] der Regierungsära Kiän Yen, Flamme des Wiederaufbaus. Wieder feierte man Tsing ming, das liebliche Fest der Lichten Klarheit. Zinnoberzimmet zählte jetzt sechzehn Lenze. Ganz zu schweigen von ihren körperlichen Reizen, war sie auch an Verstand und Reife ihren Altersgenossinnen weit voraus. Mit allen Sinnen empfand sie das Frühlingswunder, das sich nun wieder draußen in der Natur vor ihren Augen auftat: die milde Sonne, die laue Luft, das junge Blattgrün, das nun allenthalben das welke Gelb der Weiden zu verdrängen begann, die Aprikosenblüten, teils am Ast haftend und schon halb zum Blütenkelch geöffnet, teils abblätternd und zu Boden rieselnd. Nicht zuletzt gefielen ihr die Scharen festlich gekleideter Ausflügler und Spaziergänger drunten am Flußufer, die flotten Reiter auf edlen Rossen, die vornehmen Damen in eleganten Kutschen – nein, wie die herausgeputzt und herrlich frisiert und mit Schmuck beladen waren. Das wälzte sich nur so auf den Uferwegen entlang und hinterließ eine förmlich mit Parfüm geschwängerte Staubwolke.

Zinnoberzimmet blickte betrübt an sich herunter. War dieses Zeug aus billigem, grobem Kattun, das sie am Leibe trug, etwa festlich zu nennen? Wirkte ihre schlichte Frisur, mangels jeglichen Tropfens Öl lediglich mit Hilfe von klarem Wasser zusammengekämmt und gebürstet, etwa festlich? Nein, nach frohem Lenz war ihr bestimmt nicht zumute. Das übermütige Jauchzen und Kreischen aus dem Nachbargarten, wo junge Mädchen ihres Alters sich mit lustigem Schaukeln vergnügten, tat ihr richtig weh. Wie ausgestoßen und zurückgesetzt kam sie sich vor!

Von dem Verlobten und dessen Eltern hatte sie seit ihrer Kindheit, als sie in die Fremde fortmußte, keine Kunde mehr!

1. Im Jahre 1129.

Wie sie so stumm am Fenster lehnte und ihre traurige Lage überdachte, die so gänzlich im Widerspruch zu Lenz und Lenzstimmung stand, mußte sie sich selbst bemitleiden und konnte ein paar Tränen nicht unterdrücken, die ihr über die Wangen liefen.

Ebensowenig festtäglich wie der Tochter war der Mutter zumute. Sie dachte mit Wehmut an die schönen alten Zeiten zurück, als sie noch die junge Hauptmannsgattin war. Wie üppig und ausgelassen hatte man damals in geselligem Kreis so einen Tsing-ming-Tag gefeiert! Sie und ihr Gatte zählten damals mit zu den flottesten, elegantesten, charmantesten jungen Ehepaaren der hauptstädtischen Gesellschaft. Unvergeßlich diese gemeinsamen Festausflüge, diese lustigen Picknicks in dem Wäldchen am Tempel des heiligen Tai-schan-Berges! Da war es hoch hergegangen. Was war da in Gesellschaft der Schwägerinnen und Freundinnen gescherzt und gelacht, gewitzelt und gegeistreichelt worden! Das war einmal. Nun hatte sie, der Not und Vernunft gehorchend, wieder geheiratet, wieder einen Soldaten, aber einen alten, ausgedienten, ausrangierten. Dieses neue Ehedasein schmeckte fad wie dünne Reissuppe, wie ordinärer Tee billigster Sorte. Kaum daß man abends zu Bett ging, da war dieser alte, müde Knacker auch schon eingenickt. Dann schniefte und schnarchte er bis in den hellen Morgen hinein, und dann war er kaum wachzurütteln. Wenn er sich einmal, höchstens zweimal im Monat zu einer kleinen Liebesanstrengung aufschwang, dann war sein Angriffseifer kläglich und vergeblich, es war der matte Kampfgeist einer mutlosen, abgekämpften Truppe, die schon von weitem beim bloßen Anblick befestigter und verteidigter Stadtwälle Waffen und Panzer wegwirft. Mochte er sich noch so lange abmühen und quälen, er brachte doch nur einen schlappen, geknickten Lanzenschaft zuwege. Sie freilich hatte sich mit ihren fünfundvierzig Jahren noch immer ein gut Teil ihrer früheren Lust am Wind- und Regenspiel gewahrt. Sie stellte noch immer Ansprüche, leider unerfüllte.

Als sie jetzt die Tränen auf der Wange des Töchterchens

bemerkte, erriet sie nur zu gut, was die Kleine bedrückte. Sie versuchte, ihr mütterlich Trost zuzusprechen.

»Mein liebes Kind, warum so traurig? Bei deinen Vorzügen brauchst du wahrlich nicht den Kopf hängenzulassen – es wird sich schon noch der Richtige für dich finden.« Sie kam nicht weiter. Sie wurde weich und mußte selber weinen. Ein heller Zuruf von draußen lenkte Mutter und Tochter von der Beschäftigung des Schneuzens und Tränenwischens ab. Es war die Kleine von nebenan, das sechzehnjährige Töchterlein der Nachbarsleute Wu. Vater Wu, früher Silberschmied, betrieb neuerdings, seitdem wieder geordnete Zustände eingekehrt waren, eine kleine Pfandleihe. Töchterlein Wu hatte sich an Zinnoberzimmet angeschlossen und pflegte sie häufig zu einem Schwatz oder Spiel abzuholen. Wie gewohnt war sie auf eine Leiter hinter der Trennungsmauer zwischen den beiden Nachbargrundstücken geklettert und schaute und winkte nun, von der Mauer halbverdeckt, von oben herüber.

»Du Tsiä tsiä, große Schwester, kommst du nicht mit zu einem Bummel am Flußufer? Du, da ist heute allerhand los! Im Vergnügungspark gibt es gleich drei große Schaustellungen. Da ist einmal der ›Irrgarten der neun Hoang-ho-Krümmungen‹ aufgebaut. Wenn man da hineingeht, findet man den Ausgang nicht mehr. Dann ist da ein Karussell für Frauen und Mädchen. Die Schaukelsitze sind mit Seilen an einem Wagenrad befestigt, das sich hoch oben an einem Mast dreht. Man muß von einer niedrigen Mauer aus auf den Sitz steigen, dann werden die Sitze mit einem Flaschenzug hochgezogen, und dann saust man hoch oben durch die Luft, immer im Kreise wie Motten ums Licht, daß einem auf die Dauer schwindlig und bange wird und man vor Angst in die Hosen machen möchte. Dann ist schließlich noch der große Festumzug des Klubs der ›Duftkinder‹. Da werden auf himmelhohen mit Fahnen und Bannern geschmückten Bambusgestellen die schönsten Kleinkinder der Klubmitglieder zur Schau gestellt und herumgetragen. Ich sage dir, herausgeputzt und gekleidet sind die Kleinen wie richtige Elfen von den Inseln der Seligen weit draußen im Ostmeer! Die männlichen Kinder müssen der Gnadengöttin Kwan Yin huldigen und alle möglichen Theaterszenen aus der alten Geschichte aufführen, zum Beispiel den Besuch des Kaisers Ming Tsung[1] von der Tang-Dynastie auf dem Mond, wie er droben im Palast der Mondkröte den Zimmetzweig bricht, und ähnliche alte Historie mehr. Wie kann man nur da zu Hause hocken? Meine Mutter hat mich geschickt, ich soll deine Mutter um Erlaubnis bitten, daß du mit mir spazierengehen darfst. Dann werden wir hinterher etwas zu erzählen haben. Mach dich fertig und komm mit!«

»Ich habe doch nichts anzuziehen!« kam es weinerlich.

»Oh, wenn es weiter nichts ist! Wir hatten eigentlich meine Base mütterlicherseits von auswärts für heute eingeladen, sie hatte schon ihre gute Kleidung vorausgeschickt, hat dann aber wegen Leibweh abgesagt. Du kannst ihre Kleider anziehen, und was Schmuck betrifft, so haben wir davon mehr als genug in unserer Pfandleihe, so viele Ringe, Spangen, Agraffen, Perlen kannst du gar nicht tragen. Also wenn du Lust hast, bringe ich dir alles Nötige herüber.«

Und ob Zinnoberzimmet Lust hatte! Und ihre Mutter nickte Zustimmung.

Schon war die kleine Wu hinter der Mauer verschwunden, um nach einer kurzen Weile wieder aufzutauchen. Sie ließ ein dickes Kleiderbündel hinab. Es enthielt nicht weniger als vier Feströcke, kurze und lange, und inmitten ein Kästchen, angefüllt mit Ringen, Spangen, Agraffen, Emailleblumen und Perlenschmuck. Mutter und Tochter kamen aus freudigem Staunen nicht heraus, sie strahlten nur so trotz rotgeweinter Augen. Kurz darauf erschien auch Mama Wu.

»Yüan Nai nai, Ihr haltet Eure Kuniang wirklich gar zu fest am Halfter! Wer bleibt denn an einem solchen Festtag zu Hause hocken! zumal so junge Mädchen! – wenn man denen jedes bißchen Freude versagt, nehmen sie es sich zu Herzen und

1. 847-860.

werden aus Trübsinn womöglich krank!« sprudelte sie vorwurfsvoll heraus und fuhr nach einem prüfenden Blick auf Zinnoberzimmet bewundernd fort:

»Nein, so ein schönes Kind! so etwas braucht sich doch nur ein bissel unter den Leuten zu zeigen, und flugs werden die Freier und Heiratsanträge angeschwirrt kommen. Ein altes Sprüchlein lautet:

Wie denn wird ihr Wert entdeckt,
Wenn die Perle sich versteckt?

Beiläufig, werte Nai nai, Ihr seid doch auch eine stattliche Erscheinung und noch in den besten Jahren. Kommt doch mit! Genießt mit uns den schönen Frühlingstag im Freien drunten am Flußufer! So ein Tsing-ming-Fest gibt es nur einmal im Jahr!«

Papa Yüan half mit Zureden nach. Die Damen möchten nur getrost ausgehen, er werde inzwischen das Haus hüten, nur möchten sie beizeiten heimkommen. Im Grunde war er froh, sie auf eine Weile loszuwerden und einen Tag Ruhe für sich zu haben. Ruhe, das war das einzige, wonach sich sein altes, müdes, längst leer gebranntes Herz noch sehnte. So pflegt es meist zu kommen, wenn einer die Torheit begeht, auf seine alten Tage noch ein junges Weib zu freien. Dann muß er eben büßen.

Mutter und Tochter machten sich also zum Ausgang fertig. Das gab ein umständliches Frisieren und Ausprobieren, ehe sie endlich soweit waren. Zinnoberzimmet mußte sich immer wieder kritisch im Spiegel betrachten und hatte immer wieder etwas zu verbessern und zurechtzuzupfen, bald an der Frisur, bald am Schmuck, bald an der Kleidung. Frau Nachbarin und Tochter waren längst fertig, warteten bereits an der Haustür und drängten ungeduldig zur Eile.

Nun trieb man also mitten im festlichen Menschengewoge auf den beliebten Spazierwegen am Flußufer entlang. Unter Weidengrün und Pfirsichblütenrot sahen sie östlich und westlich vom Weg Gruppen von Ausflüglern bei fröhlichem Zechen und

Schmausen vereint. Bei den Jüngeren wurde Flöte gespielt und Laute gezupft, wurde gesungen und getanzt. Die älteren Herrschaften unterhielten sich mit Fingerknobeln und Rätselraten. Manch trunkener Galan lagerte Hand in Hand neben einem hübschen jungen Ding von Konkubine, streichelte ihr Wange und Nacken oder betätschelte sie ungeniert.

Angesichts solch sinnverwirrenden Treibens, das sich da in aller Öffentlichkeit abspielte, war anfangs Zinnoberzimmets Schamgefühl verletzt, zugleich aber fand sie diese Szene ungenierten Sichgehenlassens irgendwie anziehend, später hatte sie ihr Vergnügen daran und konnte sich nicht genug dran satt sehen. Wie Männlein und Weiblein sich hier unter Aufhebung der sonstigen sittenstrengen Regeln vom Abstand zwischen den Geschlechtern unbekümmert untereinander mischten und völlig zwanglos gaben, das fand sie entschieden aufregend. Ihr Herz tat förmlich Sprünge, ihre Wangen glühten wie im Fieber. Kein Wunder. Schon eine wohlerzogene, brave Haustochter hätte angesichts dieser unbekümmerten Vermischung der Geschlechter auf gewisse andere Gedanken kommen müssen, Gedanken, denen ein verbotener, süßer Beigeschmack anhaftet. Geschweige denn Zinnoberzimmet. Es ist ja zu bedenken, daß sie in ihrer früheren Existenz eine Goldlotos gewesen war, ein Weib, das von Lebens- und Liebeshunger bis ins Knochenmark durchdrungen war. Eine solche sinnliche Veranlagung mußte auch bei Zinnoberzimmet wieder zutage treten, die Seele einer Goldlotos steckte nun einmal in ihr und ließ sich nicht verleugnen.

Nun war auch der Vergnügungspark ›Unter den Weiden‹ besichtigt worden. Die beiden jungen Mädchen hatten im Hippodrom einen Ritt im Sattel einer zahmen Mähre gewagt, sie hatten sich auf dem Schaukelkarussell ausgetollt und im Irrgarten der neun Hoang-ho-Krümmungen gehörig verlaufen. Die Mittagsstunde war längst vorüber. Von dem vielen Stehen und Sehen und Herumlaufen waren die vier Damen müde geworden.

Sie kehrten in einem Teehaus am Wegrand ein. Während sie so saßen und ihren Tee tranken, fuhr eine kleine, mit Bastmatten überspannte Reisekutsche vor. Der Kutscher stieg ab, verschnaufte schweißwischend eine Weile im kühlen Schatten der Bäume, dann kam er herein, kaufte zwei Schalen Reissuppe und zwei Pfannkuchen und trug sie zur Kutsche. Es waren feine, schmale Damenhände, die zulangten. Sie gehörten einer Vierzigerin und einer sehr hübschen Jüngeren von etwa sechzehn Jahren. Als der Kutscher wieder vorbeikam, um sich selber eine Stärkung zu genehmigen, konnte sich Nachbarin Wu nicht versagen, ihn anzuhalten und zu befragen, von woher er mit seiner verstaubten Reisekutsche käme, anscheinend von weit her.

»Das kann man wohl sagen! Aus Tschen ting fu von der Nordgrenze der Provinz Ho peh. Einen halben Monat sind wir unterwegs«, kam die Antwort.

Während der kurzen Unterhaltung hatte sich die ältere Insassin aus dem Wageninnern vorgebeugt und die vier Damen am Tisch der Reihe nach gemustert. Auf einmal nickte sie der verwitweten Frau Pao, jetzigen Frau Yüan, lebhaft zu.

»Bist du nicht Schwägerin Pao? Wie kommst du denn hierher?« Jetzt erkannte Frau Yüan sie wieder.

»Schwägerin Piän, du! Sechzehn Jahre ist es jetzt her, daß wir hier ganz in der Nähe ›trockenes‹ Verlöbnis und Schwesternschaft schlossen! Weißt du noch? Nein, so ein Zufall! daß man sich so am Wegrand trifft! Wenn du mich nicht zuerst erkannt hättest, ich würde dich übersehen haben.«

Frau Piän stieg geschwind vom Wagen, zog das junge Mädchen – es war ihre Tochter Duftjuwel – an der Hand nach und begrüßte die Jugendfreundin mit herzlicher Umarmung. Nicht minder herzlich umarmten sich die beiden jüngeren Gefährtinnen. Zehn Jahre war es her, seit sie damals als Kinder herzbrechenden Abschied voneinander genommen hatten, als ihre Väter an entfernte Grenzgarnisonen versetzt wurden. Jetzt sahen sie sich als erwachsene junge Damen, als Sechzehnjährige, wieder. Sie musterten sich gegenseitig voll unverhohlener Bewunderung. ›Herrlich, wie eine Blume‹, ›köstlich, wie ein Edelstein‹ – so urteilte im stillen eine von der anderen.

»Schwägerin, hast du denn schon eine Unterkunft für euch gefunden?« erkundigte sich Frau Yüan. Die andere zuckte die Achseln.

»Noch nicht. Wir sind gerade auf der Suche. Bei Verwandten unterzukommen ist keine Aussicht. In all den Jahren der Trennung habe ich nichts mehr von ihnen und ihrem Verbleib gehört.«

»Dann schlage ich vor, ihr laßt eure reisemüden Füße einstweilen bei mir ausruhen. Ich nehme euch von Herzen gern auf.« Frau Piän nahm mit Freuden an.

»Schwägerin, wenn wir unsere Füße tatsächlich für ein Weilchen in deinem Hause rasten lassen könnten, das wäre schön. Wir würden uns wohlgeborgen fühlen.«

»Das versteht sich unter Schwestern von selber.« Als sich die Sonne gen Westen neigte, machte man sich gemeinsam auf den Nachhauseweg. Die Reisekutsche mit dem Gepäck folgte nach.

Herr Yüan war nicht wenig erstaunt, Frau und Stieftochter in Begleitung zweier fremder Damen nach Hause kommen zu sehen. Er nahm seine Frau beiseite und befragte sie, welche Bewandtnis es mit dem Besuch habe.

»Eine Base mütterlicherseits nebst Tochter. Ich habe sie zufällig bei einem Teehaus unten am Flußufer getroffen. Sie haben eine weite Reise hinter sich, von Tschen ting fu an der Nordgrenze kommen sie her und sind noch auf Wohnungssuche! Artigkeit gebietet, daß wir sie für ein paar Tage bei uns aufnehmen, bis sie eine passende Unterkunft gefunden haben«, gab seine Frau an.

Herr Yüan schätzte die Neuankömmlinge mit einem raschen Seitenblick heimlich ab; die Mutter eine stattliche Erscheinung in den besten Jahren, die Tochter eine reizende Sechzehnjährige. Keine männliche Begleitung! Augenblicklich regte sich in ihm keckes Verlangen. Er witterte beides, ein spätes Abenteuer auf seine alten Tage und geldlichen Vorteil. Die vielen Lederkoffer und Gepäckstücke, die der Kutscher gerade draußen ablud, deuteten auf Wohlhabenheit. Unzweifelhaft würden da einige zehn Silberbatzen Mietgeld für ihn herausspringen, kalkulierte er. Im übrigen, wenn ihm schon der Himmel einen solch erfreulichen Zuwachs an Weiblichkeit ins Haus schickte, er wäre doch ein Narr, wenn er die Gelegenheit zu einem kleinen Abenteuer nicht nutzen würde.

Von heimlicher Vorfreude belebt, nötigte er mit übertriebener Beflissenheit die beiden Ankömmlinge zum Nähertreten und Platznehmen. Dann machte er sich beschwingter, als es seinen Jahren und alten Knochen eigentlich zukam, zu einem Gang in den nächsten Laden auf. Da kaufte er alle möglichen Leckereien und erlesenen Zutaten zu einem würdigen Begrüßungsmahl ein. Getränke brauchte er nicht einzukaufen, die führte er als Schankwirt selber.

Das Begrüßungsessen verlief in gehobener Stimmung. Es wurde zur Wiedersehensfeier nach zehnjähriger Trennung. Was gab es alles zu erzählen!

Das kleine Anwesen des Herrn Yüan bestand aus zwei Teilen. Vorn lag die Schankwirtschaft mit Garten. Dahinter führte ein zweiter Eingang zu einem Innenhof und zu den drei Wohnräumen. Der mittlere Raum mit dem Buddhabildnis diente als Hauskapelle, der östliche Raum als Schlaf- und Wohnzimmer der Eltern, die westliche Kammer wurde von Zinnoberzimmet bewohnt. Es fehlte an einer eigenen Gastkammer. Die schwierige Frage der Unterbringung von Mutter und Tochter Piän war vom Ehepaar Yüan so gelöst worden, daß der Hausherr ausquartiert wurde und mit einem provisorischen Nachtlager auf zwei zusammengerückten Bänken in der Hauskapelle vorliebnehmen mußte. Die Dame Piän wurde an seiner Stelle im Elternzimmer, Fräulein Duftjuwel im Tochterzimmer bei Zinnoberzimmet untergebracht.

Es war wohl dem allzu reichlich genossenen Punsch zuzuschreiben, daß Alterchen Yüan diesmal nicht bis zum Morgen durchschnarchte, sondern mitten in der Nacht munter wurde und sich von einem sündigen Feuer durchglüht und von einer verwegenen Unternehmungslust gepackt fühlte. Er rappelte sich auf, um erst einmal nach draußen zu verschwinden. Dann tastete er sich im Dunkeln behutsam in das eheliche Schlafgemach. Leise rüttelte er seine Frau wach und bedeutete ihr, sie möchte ihn für eine Weile im harten Pritschendienst nebenan im Angesichte Buddhas ablösen. Er kletterte in ihr vorgewärmtes Nest und kuschelte sich dicht an die schlafende Bettgefährtin zur Linken. Wie glatt sich ihre Haut anfühlte! Glatt wie Seide oder Schmalz! Er tat, als ob er sich im Schlafe herumwälze, und auf einmal, er wußte selber nicht wie, hatte sich sein sonst so demütiger Untertan wie in zorniger Empörung hochgerichtet und sich Eingang in die Hinterpforte des Nachbargartens verschafft. Die Schläferin, die sich nur schlafend stellte, hatte seit langem jeglicher Ehefreuden entbehrt, sie brannte wie Feuer. Wie zufällig rückte sie sich in die rechte Lage, um es dem Eindringling bequemer zu machen. Aber leider war es mit der Empörung des aufsässigen Untertanen nicht weit her. Zwei matte Angriffe, schon knickte er wieder schlaff zusammen und ließ klein und mutlos den Kopf hängen.

Beschämt, daß er nicht mehr Vergnügen zu bieten hatte, kroch Alterchen Yüan vom Bett herunter und verzog sich wieder auf seine Pritsche nebenan. Zum Einschlafen kam er diesmal nicht gleich. Eine lange Weile mußte er nachgrübeln, wie er es besser anstellen könnte. Daß er seine Frau erst aus dem Schlaf scheuchen mußte und als Lauscherin nebenan wußte, das störte und schuf Hemmungen. Er mußte die beiden Damen anderswo unterbringen. Da fiel ihm das kleine Nonnenkloster nebenan ein. Es grenzte an die Westmauer seines Grundstücks. Dort würde sich wohl für einige Tage ein passendes Quartier finden, und dort würde er das vorzeitig abgebrochene Abenteuer wohl ungestört fortsetzen können. Beruhigt schlief er ein.

Ach, wenn er geahnt hätte, daß seine eigene Frau mit ihren Gedanken längst auf das gleiche Ziel aus war und seinen Wünschen nur zu bereitwillig entgegenkommen würde! Sie müßte nicht Kind der Residenz und Großstadt Kai fong fu gewesen sein, um sich nicht in gewissen Praktiken auszukennen. Ihr Plan ging darauf hinaus, mit Hilfe ihrer Freundin Piän einen neuen soliden Strick in das Seil einzuflechten, das bestimmt war, das schwache Leben des unerwünschten, alten Ehetrottels vollends abzudrosseln. Wie sie dabei zu Werke ging, werdet ihr im nächsten Kapitel erfahren.

DREIUNDZWANZIGSTES KAPITEL

Eine Doppelaxt fällt den morschen Maulbeerstamm. Zwei Schöne schwitzen auf gemeinsamem Lager sündige Glut aus

In seiner Spätehe mit der Vierzigerin Frau Pao spielte der Siebziger Herr Yüan sowieso schon die klägliche Rolle des geschlagenen Feldherrn. Was kam ihm bei, sich nun auch noch mit der Dame Piän einzulassen? Er trieb es mit ihr in seiner eigenen Behausung noch zweimal auf gleiche Weise wie das erste Mal, dann mußte er feststellen, daß er um vier körperliche Zugaben bereichert war: noch mehr krummer Buckel, noch mehr Steifheit in den Beinen, noch mehr Katarrh im Rachen, ein noch schlapperes Ding. Inzwischen war er nach längerem Nachdenken zu dem Entschluß gelangt, die beiden Hausgäste in die Nonnenklause nebenan umzuquartieren.

Die Klausnerin Fu Tsing, Selige Reine, so lautete ihr Tempelname, war erst vor kurzem, nach Kriegsende, Nonne geworden. Sie war früher Nebenfrau eines reichen Herrn namens Liu gewesen, der sie wegen ihrer besonderen Fertigkeit in Teppichknüpfen und feiner Nadelarbeit schätzte. Während der Kriegswirren war auch sie von den Tataren verschleppt und ein halbes Jahr lang festgehalten worden. Nach ihrer Freilassung war sie in ihre Heimatstadt Kai fong fu zurückgekehrt, fand aber dort nirgends mehr ein Zuhause vor. Da hatte sie ihr Haupthaar abgeschnitten und sich dem geistlichen Dienst in besagter Nonnenklause geweiht. Nach zwei Jahren Dienst war ihre betagte Meisterin gestorben, und nun hatte sie deren Nachfolge angetreten und war selber Oberin der Klause geworden. Zur Seite standen ihr zwei Gehilfinnen.

Die Ta-hua-an-Klause, ›Zur blühenden Lehre‹, verfügte über mehrere unbenutzte Räume, die hin und wieder auswärtigen Besucherinnen zum Übernachten überlassen wurden. Das hatte Herr Yüan in Erfahrung gebracht. Er machte also der Seligen Reinen einen Besuch und mietete ihr vier Räume mit eigenem Eingang für fünf Silberbatzen monatlich ab. Frau Piän und Tochter packten ihre Sachen und zogen ein. Sie wohnten nun, bloß durch eine Mauer getrennt, in nächster Nachbarschaft von Familie Yüan.

Die beiden Familien blieben also weiter in ständigem Verkehr, die beiden jungen Mädchen waren wieder wie früher unzertrennliche Gefährtinnen. Duftjuwel kam täglich zu Besuch herüber und blieb häufig gleich da, um mit in Zinnoberzimmets Kammer zu übernachten.

Die Dame Piän war drei Jahre jünger als Frau Yüan verw. Pao, also zweiundvierzig. Der aparte Reiz an ihr waren der besonders helle, reine Teint und die fein geschwungenen Brauen, die wie gemalt wirkten. Von Haus aus sehr lebenslustig, empfand sie nach zwei Jahren frostigen Alleinseins das kleine Techtelmechtel mit dem bejahrten Draufgänger Yüan als willkommene Abwechslung in dem öden Einerlei ihres Daseins. So kam auch sie häufig zu Besuch herüber, um mit den Eheleuten Yüan zu schwätzen und am gleichen Tisch zu schmausen und zu pokulieren. Herr Yüan verfehlte nicht, ihr ab und zu Gegenbesuche zu machen, ihr Leckerbissen aus seiner Küche hinüberzuschicken und ihr sonstige kleine Aufmerksamkeiten zu erweisen. Sie zeigte sich erkenntlich, indem sie ihm bei solchen Gegenbesuchen sogar am hellen Tage gewisse Freiheiten gestattete. Leider kam sie dabei nicht ganz auf ihre Rechnung. Sein betagter Untertan wollte nicht. Wenn er einmal dank ihrer tätigen Nachhilfe schüchtern sein Haupt zu recken begann, sank er immer gleich wieder kraftlos zusammen und blieb zur Enttäuschung der rüstigen Partnerin kampfunfähig.

Frau Pao war trotz ihrer Wiederheirat praktisch weiterhin Witwe geblieben. Sie konnte dem alten Knacker von zweitem Ehemann gegenüber einfach keine Gefühle aufbringen, sie hatte sich gegen ihn bisher völlig kalt gezeigt. Das wurde jetzt anders, seit sie dahinterkam, daß er sich an ihrer Freundin schadlos hielt. Auf einmal regte sich in ihr Eifersucht. Daß er jetzt ständig bei der anderen drüben hockte und halbe Tage lang dortblieb, das wurmte sie. Wenn sie ihn abends beim Schlafengehen zum Appell antreten ließ und dabei feststellen mußte, daß das Seil seines Schöpfeimers noch nicht einmal bis zum Brunnenrand reichte, dann machte sie im stillen die Freundin für den ausgedörrten Zustand seiner Lenden verantwortlich.

Auch war es ihr auf einmal nicht mehr gleichgültig, wenn sein Untertan auch auf ihr Fingerspiel nicht reagierte, vielmehr zum Zwerg zusammengeschrumpft, in seiner feigen Untätigkeit kampfscheu verharrte.

Wenn eine Frau mittleren Alters wieder heiratet, dann kommt es ihr hauptsächlich auf die ehelichen Bettfreuden an. Ob der betreffende Mann reich oder arm ist, ob er ihr an Kleidung und Nahrung viel oder weniger bieten kann, das ist für sie nicht so wichtig. Wichtig ist ihr, ob er sich im Bett bewährt. Wenn sein Ding versagt und ihren Wünschen nicht entspricht, dann zeigt sie ihm am anderen Morgen eine verdrossene Miene, dann schenkt sie ihm kein freundliches Lächeln, kein gutes Wort, dann schwenkt sie den Kochlöffel und schmeißt Geschirr kaputt, dann schimpft sie nach Ost und schilt nach West und setzt ihm nichts zu essen vor. Ihre Gereiztheit entspricht unbefriedigter Sinnlichkeit, und daraus ergeben sich erst recht sinnliche Wünsche.

Frau Pao war bei ihrer Wiederheirat an ein besonders langweiliges, widerwärtiges Exemplar von altem Knacker geraten. Wenn sie ihn so betrachtete: Dieses welke Gesicht voller Falten und Runzeln! Dieser schneeweiße Schopf! Diese ständig tränenden Triefaugen! Dieses ewig krächzende und Schleim absondernde Sabbermaul! Dieses klapperdürre Knochengestell! Diese ausgetrocknete, welke Haut! Diesen eklen Abhub und Bodensatz aller Männlichkeit also hatte sie sich als Gefährten für ihr Alter erkoren! Was hatte sie bloß verbrochen, daß sie mit einem solchen Ekel von Ehemann gestraft war? Oft wachte sie mitten in der Nacht aus unruhigem Schlaf auf. Dann warf sie vor Wut die Kissen von sich und trommelte mit den Fäusten auf die Bettdecke. Dann lag sie lange seufzend und grübelnd wach. ›Wenn er nur recht bald stürbe! Dann würde man ein neues Leben anfangen können‹, so ging es ihr immer wieder durch den Sinn. Wenn sie dann am nächsten Morgen ihrem Ärger durch häßliches Schelten und Schmähen Luft machte, dann stellte sich der Kerl auch noch stumm und taub und ließ ihre Schmähreden völlig gelassen an sich abprallen. Insgeheim freilich schämte er sich seiner Unzulänglichkeit. Was sollte er nur machen?

Da hatte er eines Tages eine, wie er wähnte, glückliche Begegnung. Der Kunde, der seinen Ausschank betrat, war ein stadtbekannter Händler in Reiz- und Lenzmitteln namens Wang Hui Tse. Vom Gliedring bis zur Kraftpille Marke ›Im Nachtkampf gegen zehn Weiber ohne Erschlaffen fest‹ führte er in seinem Laden alle einschlägigen Artikel und schlug sie für teures Geld an Dumme, hauptsächlich verlebte Lüstlinge, los. Heute wollte er bei seinem alten Freund Yüan zehn Pinten[1] Schnaps einkaufen. Er benötigte in, um unter Zutat von gesottenen Garnelen und allerlei Kräutern einen seiner beliebten Wundertränke daraus zu brauen. Herr Yüan nötigte ihn in sein Wohnzimmer und befragte ihn, wozu er den vielen Schnaps brauche. Er spitzte die Ohren, als er den Zweck der Verwendung erfuhr. Der Besucher kam ihm ja wie gerufen. Hocherfreut setzte er ihm zunächst eine Kanne Fünfdüftewein vor und begann ihn etwas auszuhorchen. Ob denn seine Mittel auch wirksam wären, wollte er vor allem wissen.

»Wenn sie nicht wirksam wären, würde ich selber daheim

1. Fünf Liter.

schwerlich eine so friedliche und gefügige Alte haben«, gab Wang lächelnd zur Antwort und fuhr fort: »Nehmen wir als Beispiel den Kräuterlikör, von dem ich vorhin sprach und zu dessen Herstellung ich deinen Schnaps brauche. Wenn du den einen Monat lang trinkst, dann wird dein Ding stark und dick und um zwei Zoll länger als vorher. Auch Muskeln und Sehnen des ganzen Körpers kräftigen sich zusehends, und der Geist wird frisch. Ich verwende als Zutaten bloß gewisse Kräuter und Seetiere, ein paar Garnelen und Seepferdchen. Die verrühre und verkoche ich in deinem Schnaps zu einem Sud. Den Topf mit dem heißen Sud lasse ich dann drei Tage lang unter einer Schicht Erde abkühlen und gären, dann gieße ich den Inhalt durch ein Sieb in Flaschen, und fertig ist der Likör. Die Kosten der Herstellung sind nicht der Rede wert. Aber der Likör hat es in sich! Ich sage dir, wenn du den regelmäßig einnimmst, dann kann dir keine Frau widerstehen.«

Der etwas einfältige Yüan glaubte ihm aufs Wort. Vertrauensselig stülpte er sein Inneres um und jammerte dem anderen ein Klagelied von seiner geschwundenen Manneskraft und den Leiden seines ehelichen Alltags und seiner prekären Lage vor. Ob er ihm nicht zu einem wirksamen Kräftigungsmittel verhelfen könne, das ihm erlaube, endlich wieder hoch erhobenen Hauptes seines ehemännlichen Amtes zu walten, flehte er. Um seinem Flehen Nachdruck zu verleihen, schüttete er den Inhalt der Tageskasse – achthundert Kupferlinge – auf den Tisch und schob den ganzen Haufen dem anderen zu.

»Dem kann abgeholfen werden«, beruhigte ihn großmütig Freund Wang. »Ich habe da eine treffliche Pille. Die mußt du vorher ins ›Pferdemaul‹ stecken. Wenn es soweit ist, mußt du das ›Pferdemaul‹ mit warmem Wasser ausspülen, dann kannst du Wolkenritte unternehmen, soviel du Lust hast! Wenn du genug hast, genügt ein Schluck kalten Wassers, um die Wirkung augenblicklich aufzuheben.«

Er langte in seine Arzneitasche und holte ein Päckchen heraus. Es enthielt dreißig Pillen Marke ›Mit Ausdauer steif‹. Yüan griff gierig zu und ließ es in seiner Ärmeltasche verschwinden. Der andere langte wieder in die Tasche und brachte ein weiteres Päckchen zum Vorschein.

»Hier habe ich Räucherwerk Marke ›Gehobene Bettdecke‹. Das mußt du in einem Räucherkessel neben dem Bett abbrennen. Der Qualm, der ihm entsteigt, kitzelt und reizt die Weiber dermaßen auf, daß sie ihre Bettdecke ganz von selber für dich lüften.«

Yüan schob ihm das Päckchen geschwind und heftig abwehrend zurück. »Die Sinnlichkeit der Weiber auch noch künstlich aufreizen? – bloß das nicht! Da käme ich ja erst recht ins Hintertreffen und würde um so kläglicher versagen! Nein, das Zeug kann ich nicht gebrauchen!«

»Ich werde dir als zweites Mittel noch drei Pinten von besagtem Kraftlikör Marke ›Im Nachtkampf gegen zehn Weiber ohne Erschlaffen fest‹ bringen, zu dem ich deinen Schnaps benötige. Laß mir Zeit, bis ich das Zeug gebraut habe.«

Er empfahl sich lächelnd. Yüan brachte ihn bis auf die Straße und verabschiedete ihn mit artig in Brusthöhe zum Gruß erhobenen und geballten Händen. Er war von zwiespältigen Empfindungen bewegt. Einerseits frohlockte er, daß ihm von nun an Kraftmittel zu Gebote standen. Er würde sich rehabilitieren – und wie! Diesen Weibern würde er es schon zeigen! Denen sollte das Lachen vergehen! Andererseits – wenn nun in dem unwahrscheinlichen Fall von eins zu zehntausend die Mittel versagen würden? Dann wäre er schön blamiert. Der Gedanke jagte ihm etwas Angst ein. Aber er schüttelte die bängliche Anwandlung wieder ab und traf tatkräftig Vorbereitungen zu einer häuslichen Orgie. Gleich mit allen beiden wollte er es diesmal aufnehmen. Na – die sollten sich wundern!

Zunächst beförderte er laut Vorschrift eine Kraftpille ins ›Pferdemaul‹. Dann ging er und kaufte allerlei gute Dinge für den Abendtisch ein, ein Huhn, zwei gebratene Kalbslenden, zwei dicke Schweinswürste, gesottenen Fisch, dazu einen Korb voll Gebäck, Früchte und Süßigkeiten.

Während er mit dem Aufbau der Festtafel beschäftigt war, fragte ihn, Überraschung heuchelnd, seine Frau, für welchen geschätzten Gast er denn das festliche Mahl herrichte.

In Wirklichkeit war sie längst im Bilde. Sie hatte sein vertrauliches Gespräch mit dem Händler Wang belauscht und konnte sich unschwer denken, daß er heute abend die flehentlich erbetenen Kraftmittel an ihr und der Dame Piän erproben wolle.

»Wir haben Schwägerin Piän lange nicht mehr zu Gast gehabt. Wenn es dir recht ist, wollen wir sie für heute zum Abendessen einladen. Dann könnt ihr euch wieder einmal schwesterlich ausschwätzen. Ganz gleich, ob sie viel oder wenig verträgt, wir wollen sie ein bissel aufheitern.«

»Sehr richtig. Sie fühlte sich diese letzten Tage sowieso schon von uns vernachlässigt. Dann will ich nur gleich selber zu ihr gehen und sie herüberbitten«, hakte seine Frau wider Erwarten recht bereitwillig ein. Sie legte ihre Nadelarbeit beiseite und verschwand nach drüben.

Es verhielt sich so, daß sie mit ihrer Freundin längst einig war, das alte Ekel möglichst rasch loszuwerden. Darauf wollten sie mit vereinten Kräften hinarbeiten. Jetzt war die Gelegenheit da. Sie brauchten ihr Schiff nur mit der Strömung treiben zu lassen. Jetzt sollte es sich erweisen, wie weit es mit seinen vermeintlichen Kraftmitteln her war.

Sie fand die Dame Piän nebst Tochter drüben auf dem Kachelbett sitzen, mit der Ausbesserung von Pantoffeln beschäftigt. Sie zog die Ältere mit sich in eine leere Kammer und eröffnete ihr den Sachverhalt.

»Er hat sich heute von einem Händler gewisse Lenzmittel verschafft und möchte ihre Wirksamkeit gleich heute abend an uns beiden erproben. Zu dem Zweck hat er ein Festmahl hergerichtet und läßt dich durch mich zu Gast bitten. Nun gut, lassen wir es auf die Probe ankommen! Verhelfen wir ihm mit vereinten Kräften auf den Weg ins Nirwana! Er will es ja nicht anders.«

Die Dame Piän war gleich dabei.

»Geh schon immer voraus. Ich will mich rasch noch baden

und fertigmachen – übrigens, du wirst doch hoffentlich nicht eifersüchtig auf mich werden? Das könnte ich nicht verantworten!«

Die Freundin quittierte ihren Scherz mit fröhlichem Kichern und huschte vergnügt davon.

Auch die Dame Piän war Kind der Großstadt Kai fong fu und schon früh von der laxen Moralauffassung der damaligen Gesellschaft angesteckt worden. Schon während ihrer Ehe hatte sie der Lockung nicht widerstanden, gelegentlich ein heimliches Liebesnest aufzusuchen. Aber ihre bisherigen Abenteuer hatten sie immer irgendwie unbefriedigt gelassen. Jetzt versprach sie sich von den geheimnisvollen Kraftmitteln des Herrn Yüan einen ganz neuen Reiz, so etwas wie eine Sensation. Sie brannte darauf, die erstaunliche Wirkung besagter Mittel kennenzulernen.

Sie bereitete sich also ein heißes Bad, seifte sich gründlich mit parfümierter Seife ab, frisierte sich und schlüpfte in ein halb neues Untergewand und ein halb altes Obergewand. Ihr neuester und bester Staat dünkte sie zu schade für diese Gelegenheit. Auch auf Schmuck, Puder und Schminke glaubte sie verzichten zu können. Ein so alter, häßlicher Knacker erschien ihr solchen Aufwands nicht wert. Strahlend erschien sie im Nachbarhaus.

»Störe ich auch nicht? Ihr werdet den ganzen Tag alle Hände voll zu tun gehabt haben, und die Tage werden jetzt immer länger. Nein, solche Umstände meinetwegen! Eine Einladung! Ich wagte kaum sie anzunehmen.«

So sprudelte sie beim Eintreten munter heraus. Der Hausherr, in einem ganz neuen Rock, kam ihr hurtig entgegen und geleitete sie feierlich zu Tisch.

»Von Einladung kann keine Rede sein. Um eine kleine Weinprobe handelt es sich, um weiter nichts. Was hätte ich sonst groß vorzusetzen? Ganz formlos erlaubte ich mir Euch herzubitten, um einen Tropfen meines neuen Fünfdüfteweins zu probieren«, beteuerte er eifrig und nahm den beiden Damen gegenüber am Tisch Platz. Tochter Zinnoberzimmet war zu ihrer Freundin

Duftjuwel geschickt worden. Die beiden jungen Mädchen sollten sich im Garten der Nonnenklause tummeln.

Der Hausherr kredenzte seinen Fünfdüftewein den Damen gleich zu Anfang in randvoll gefüllten, besonders großen Teeschalen aus ziseliertem Rotlack. Die Dame Piän zierte und sträubte sich anfangs zum Schein mit erschrockenem Getue, daß sie nicht viel vertrüge und wie sie solche Ungetüme von Weinbechern bewältigen solle. Aber auf gutes Zureden der Gastgeber bequemte sie sich doch dazu, so ein Ungetüm an die Lippen zu führen, und bald kam sie hinter den Geschmack und goß, während der Hausherr unermüdlich mit der Punschkanne herumlief und nachschenkte, eine Schale nach der anderen hinunter. Es währte nicht lange, da war die Stimmung an der Tafel ›heißgelaufen‹.

Es ist eine alte Erfahrung: Wein ist der beste Kuppler. Nach einer Stunde waren beide Damen zu sieben, acht Zehnteln beschwipst. Die Unterhaltung wurde immer animierter, die Bemerkungen wurden immer anzüglicher und gewagter, des Kicherns, Quiekens, Kreischens war kein Ende. In so toller Laune, so hemmungslos ausgelassen wie an diesem Abend, hatte Alterchen Yüan die beiden Damen noch nie gesehen. Eigentlich hätte er sich dessen freuen sollen. Aber seine freudige Genugtuung wurde gedämpft durch eine heimliche Angst: Eine volle Stunde war nun seit Gebrauch seiner Kraftpille vergangen, und es zeigte sich keine Wirkung! Mit Bestürzung mußte er feststellen, daß sein Untertan noch immer nicht aufbegehrte, vielmehr nach wie vor den Kopf traurig hängenließ und sich völlig apathisch benahm. Wie sollte er denn unter diesen Umständen den beiden eine betäubende Aura von Lüsternheit um sich verbreitenden Füchsinnen würdig begegnen und gewachsen sein? Angst machte ihn schwitzen. Er entschuldigte sich, daß er einmal ›Hände waschen‹ gehen müsse, und verschwand nach nebenan in die Hauskapelle, die er vorsorglich wieder als provisorische Schlafkammer hergerichtet hatte.

Er holte aus der Küche warmes Wasser und spülte gemäß

Vorschrift von Freund Wang das ›Pferdemaul‹ sauber. Während dieser Beschäftigung schalt er halblaut auf seinen Taugenichts von Untertan, der sich schlafend oder trunken oder gar tot stellte und sich gar nicht zu einer nützlichen Dienstleistung aufraffen wollte, tat einen langen Seufzer und summte die ersten Strophen des melancholischen Couplets ›Wolkenflug‹ vor sich hin:

Pfui über dich, unnützes Ding!
Wie tapfer hast in alten Tagen
Du mit dem Feinde dich geschlagen!
Doch heut – wohin nur hast du dich versteckt?
Der Seidenraupe gleich, die nichts
Aus ihrem Winterschlafe weckt.
Wie anders damals, wenn der Kampf wild wogte!
Da warst du noch ein fester Speer!
Heut taugst zum Kampfe du längst nicht mehr.
Den Nacken schlaff, läßt feig den Kopf du hängen.
Ein toter Hund! was hat's für Zweck,
Dich wider feindlich Tor und Bollwerk drängen?

Er überlegte. Vielleicht war die Dosis zu klein gewesen, daß sie so gar keine Wirkung zeitigte? Er langte sich gleich drei weitere Kraftpillen aus der Packung, zerkaute sie zwichen den Zähnen und stopfte sie unter Zuhilfenahme von Speichel ins ›Pferdemaul‹. Es verging eine Weile quälender Ungewißheit. Ohne eine sichtbare Wirkung zu spüren, würde er sich gar nicht wieder hinüber getrauen. Wieder tat er einen langen Seufzer und murmelte den Couplettext zu Ende:

Ach, hab Erbarmen, morsches Ding!
Erheb dein Haupt! erhör mein Flehn!
Erfülle mein Begehren heiß:
Laß süßen Tau herniedergehn
Auf die Almosenschale leer!
Gib länger nicht mich Weiberspotte preis!

Er hatte sein Stoßgebet kaum geendet, da, o Wunder! – – Nun verhält es sich mit besagten Lenzmittelchen so, daß sie zwar dem Starken taugen, aber für den Schwachen wertlos sind. Sie helfen dem, der sowieso hat, und versagen bei dem, der nicht hat. Wenn junge, kräftige Männer sie gebrauchen, da bedarf es keines langen Wartens, da zeigt sich rasche, sofortige Wirkung. Bei alten Leuten über siebzig dagegen – ganz zu schweigen, daß ihre natürliche Manneskraft verdorrt und erschöpft ist, auch die unreine Flamme der Lüsternheit, die gelegentlich bei ihnen zwischen Lende und Blase aufflackert, erweist sich als kalte Glut. Mögen sie noch soviel solcher Reizmittelchen in ihr ›Pferdemaul‹ hineinstopfen, das heißt genausoviel wie einen toten Hund füttern wollen. Von Reizwirkung keine Spur.

Es war also wohl weniger den Wunderpillen, als vielmehr dem reichlichen Genuß seines Fünfdüftepunsches, den er seit geraumer Zeit hinuntergegossen hatte, und wohl auch der belebenden Behandlung mit warmem Spülwasser zuzuschreiben, wenn Herr Yüan jetzt tatsächlich eine Wirkung spürte. Es war, wie wenn unter dem Einfluß der milden Herbstsonne eine Frühlingsblume nochmals blüht, wie wenn eine Lampe, der das Öl ausgegangen ist und deren Docht schon eintrocknet, noch ein letztes Mal aufflackert.

Sei es, wie ihm sei, der Untertan räkelte sich, reckte und streckte sich, steifte den Nacken und hob trotzig sein Haupt. Es sah ganz danach aus, als ob der alte Feldherr wie in früheren Zeiten einen fröhlichen Waffengang wagen wolle und dabei sogar in der Lage und gewillt sei, dem Feind die Strategie des Kampfes nach allen klassischen Tsung-hong-Regeln der Kriegskunst, ob Frontalangriff oder Angriff im Rücken oder Seitenangriff, ob lotrecht oder waagerecht, ob quer oder kreuzweise, aufzwingen wolle. Der ehemalige Haudegen Herr Yüan war außer sich vor Stolz und Kampflust. ›Nun aber ran an den Feind! Worauf warte ich noch? Wenn ich jetzt die Gelegenheit verpasse, wird es mit der Reue zu spät sein‹, sagte er sich und stürmte siegesgewiß zur Festtafel zurück.

Er kam noch rechtzeitig. Die Dame Piän wollte sich gerade empfehlen. Sein Fortbleiben hatte ihr zu lange gedauert. Es sei schon spät am Abend, ihr armes Kind werde sich ohne sie in der

Dunkelheit ängstigen, gab sie vor. Herr Yüan protestierte energisch. Da es sowieso schon spät sei, möchte sie doch gleich in seinem Hause übernachten und das Lager wie früher schwesterlich mit seiner Frau teilen, er werde wieder in der Hauskapelle nächtigen, schlug er vor und setzte verschmitzt zwinkernd hinzu:

»Machen wir eine öffentliche Badstube mit Familienbad und Nachtbetrieb auf!«

»Aber die beiden Mädels drüben so allein lassen – es beunruhigt mich«, gab Dame Piän noch zu bedenken.

»Die rufen wir herüber, sollen zusammen in unserem Tochterzimmer übernachten.«

»Einverstanden.«

Die Dame Piän lief hinaus und rief die beiden jungen Mädchen herüber. Sie sollten aber vorher die Wohnung abschließen und das Hoftor von innen verriegeln. Nachdem sie den mütterlichen Befehl ausgeführt hatten, kletterten die beiden auf gewohnte Weise über die niedrige Trennungsmauer zwischen den Nachbarhäusern. Sie wurden gleich in die Westkammer und zu Bett geschickt.

Herr Yüan wollte die beiden Damen zur Fortsetzung des Zechgelages animieren. Aber sie winkten ab. Sie seien bereits zu zehn Zehnteln gesättigt und beschwipst, gaben sie lachend zu verstehen. Aus den Seitenblicken, die sie sich gegenseitig zuwarfen, konnte er unschwer erraten, daß sie von den Geschmäckern der Tafel genug hatten und daß ihnen der Sinn jetzt nach einem anderen Geschmack stand. Die Dame Piän jedenfalls schien es kaum erwarten zu können, von dem anderen Geschmack zu kosten. Ihm konnte es nur recht sein.

»Also legen wir uns schlafen!« kam er ihrem unausgesprochenen Wunsch entgegen und zog sich in die Hauskapelle zurück, um sich zu entkleiden. Währenddessen streiften drüben auch die Damen ihre Hüllen ab. Dame Piän kroch als erste ins Bett. Immer zu kleinen Frivolitäten aufgelegt, rief sie der Freundin lachend zu:

»Wie wäre es, wollen wir beide heut nacht ›trockenes‹ Hochzeitspaar spielen?«

Die andere blies die Lampe aus und kroch kichernd unter die Decke an ihre Seite. Nun warteten sie voller Spannung.

Da kam er auch schon behutsam und sachte von nebenan hereingeschlichen. Er trug nichts an sich außer seinem Speer. Hu, wie greulich dick und stark das Ding heute war! Schon war er zu den beiden ins Bett gekrochen. Dame Piän konnte sich's nicht versagen, neugierig seine Leibesmitte abzutasten. Wirklich, sie fand seinen Untertan in strammer, gereckter Kampfhaltung.

»Pfui! So ein schamloser Knabe! Also darum hat er mich zum Hierbleiben verlockt!« schalt sie zum Schein halblaut vor sich hin. Da war der alte Knabe auch schon zum Angriff übergegangen, hatte sie umfaßt und von der anderen weg zum Bettrand gezerrt, hatte ihre Nephritschenkel hochgeschoben und auseinandergespreizt und hatte auch schon zu werken begonnen. Aber schade, kaum im Zug, war sein Feuer auch schon erloschen, hatte ihre siebenfache Kampffront seinen Angriffskeil umklammert, zum Erschöpfen gebracht und schmählich besiegt. Viel zu früh bahnte sich von der Hirnpforte aus das Rückgrat abwärts bis zur Quellgrotte verlaufend, jene wohlig entspannende Wallung an, die bei ihm schon mehr zur sinneraubenden Betäubung wurde. Dann war es auch schon wieder vorbei mit der vermeintlichen Wunderwirkung der Kraftpillen, der Untertan war, sein Haupt verhüllend, in sich zusammengekrochen. Daß er das Haupt nicht sobald wieder erheben würde, war dem alten Knaben völlig klar.

Ungeachtet der aussichtslosen Sachlage drängte ihn Ehrgeiz und auch ehemännliches Zartgefühl zu dem verwegenen Entschluß, nun auch der eigenen Gattin gegenüber seinen Mann zu stellen. Es war ihm nicht entgangen, wie sie bei Ausgang des Kampfes ihre neugierig tastende Hand an ihn herangeschoben und sich überzeugt hatte, daß sein wenn auch nur kurzer Kampf nicht ergebnislos gewesen war. Jenen lästigen essigsauren Geschmack von Eifersucht im Gaumen, das peinliche Gefühl, daß eine andere ihre gute Suppe vorweg ausgelöffelt und nur einen traurigen Rest übriggelassen habe, wollte er ihr, rücksichtsvoll, wie er war, ersparen.

Er verschwand zunächst in die Hauskapelle, wo er sich wusch und säuberte. Dann kehrte er zurück und bettete sich zu einem neuen Waffengang an die Seite seiner Gattin. Sie, durch den Vorgang, den sie vorhin bloß als Zuschauerin miterlebt hatte, erregt, mühte sich eine lange Weile vergeblich, den inzwischen eingeschlafenen Kampftrotz seines Untertans mittels Finger- und Zungenspiels neu zu beleben und aufzureizen. Dann versuchte sie dem trägen Gesellen Einlaß bei sich zu erzwingen, aber er gelangte nicht über den äußeren Vorhof ihres Lustschlößchens hinaus, so klein und schlaff war er, weich wie ein Frosch. Erst, als sie sich hohl krümmte und entgegenkommend vorschob, vermochte er zu sieben Zehnteln einzudringen. Die Glut, die von den Purpurwänden ihres Lustschlößchens ausstrahlte, vermochte tatsächlich auch den Eindringling zu erhitzen und nochmals in Wallung zu bringen. Freilich war es nur eine hektische Aufwallung von kurzer Dauer. Was sich der alte Knabe jetzt als Ergebnis eines letzten, verzweifelten Vorstoßes noch abrang, war allenfalls als kümmerliches Überbleibsel einer leer gelöffelten Suppenschüssel zu werten, bestehend aus Hühnerknöchelchen und unappetitlichen, mit schwärzlichen Federstoppeln behafteten Hautfetzen.

Nach dieser letzten Kraftanstrengung fühlte sich der Alte völlig am Ende, beinahe bewußtlos. Am ganzen Körper brach ihm der kalte Schweiß aus. Seinem jappenden Munde entrang sich ein ächzender Ausruf: »Genug! Aufhören! Ich kann nicht mehr!« Und er machte sich keuchend los.

Sie freilich hatte noch nicht genug, befand sich vielmehr in jenem bebenden Zustand, da die angespeicherte Vorlust dem nahen Gipfel der vollen Lust zueilt und keine Unterbrechung des rasenden Endlaufs mehr duldet. Wieder regte sich sein ehemännliches Zartgefühl. Er besann sich nicht lange; drei Finger zusammennehmend, ließ er seine Hand im Vorhof ihres Purpurschlößchens kräftig hin und her gleiten, bis sie endlich erlöst war.

Er aber, den jappenden Mund wie ein Fisch auf dem Trockenen weit aufgerissen, die Äuglein zu schmalem Schlitz zugekniffen, schleppte sich schwer atmend, mehr tot als lebendig, nebenan auf seine harte Pritsche.

Sprechen wir nicht weiter von ihm, vielmehr von den beiden jungen Mädchen in der Westkammer.

Das unter den Eindrücken jenes Uferspaziergangs am Tage des Tsing-ming-Festes lenzlich erregte Jungmädchenherz von Zinnoberzimmet war seitdem nicht mehr zur Ruhe gekommen. Nun hatte sie zum Glück in Duftjuwel ihre vertraute Jugendgefährtin wiedergefunden. Sie waren wieder wie ehedem ein unzertrennliches Paar geworden. Täglich waren sie zusammen und trieben, wenn sie sich unbeobachtet wußten, auf gemeinsamem Lager in spielerischer Neugier gegenseitige Verführung. Diese tastete jene ab, jene befühlte diese. Anfangs taten sie es noch scheu und verschämt. Später trieben sie es gänzlich ohne Hemmung als lieb gewordenes Spiel und Zeitvertreib. Heimlich schlichen sie sich im Dunkeln, wenn alles schlief, über die Mauer und durchs Fenster und verbrachten ganze Nächte im gleichen Bett, bald in der Westkammer, bald drüben in der Nonnenklause. Da brachten sie sich auch die Kunst des Küssens und Zungenspiels und andere Liebeskünste bei. Kurz, sie trieben es ganz wie Jungvermählte.

An diesem Abend wieder einmal in der Westkammer beisammen, dachten sie entgegen dem elterlichen Geheiß gar nicht an frühzeitiges Zubettgehen. Sie fanden das ausgelassene Treiben drüben im Wohnzimmer viel zu aufregend. Beide Mütter beschwipst! Und das geheimnisvolle Gebaren des alten Yüan nebenan in der Hauskapelle! Was plätscherte er denn da mit warmem Wasser herum? Und was für anstößige Verse murmelte er denn vor sich hin? Oder war es ein Gebet? Das alles fanden sie sehr spannend und des Lauschens wert. Und sie lauschten pochenden Herzens – anfangs hinter der Tür. Als sie aber dann die Tür zur Ostkammer quietschen und zuschlagen hörten und es nebenan ganz still wurde, faßten sie Mut, löschten die Lampe aus, öffneten leise ihre Kammertür, wagten sich ein paar Schritte weiter und lauschten mit angespannten Sinnen in die Ostkammer hinein. Da vernahmen sie nun allerlei recht verfängliche Geräusche, das Knarren und Wackeln des Bettgestells und alle möglichen Lustlaute, teils männlicher, teils weiblicher Herkunft, vom leisen Stöhnen bis zum brünstigen Schrei.

Da standen sie nun im dünnen Nachthemd regungslos im Dunkeln und lauschten und zitterten vor Aufregung und Kälte, bis sie merkten, daß ihnen die Beine eingeschlafen waren. Da machten sie kehrt, huschten in ihre Westkammer zurück, zogen die Kammertür behutsam hinter sich zu, streiften auch ihre Hemden herunter und schlüpften in rosiger Nacktheit unter die warme Bettdecke.

»Weißt du was? Wir machen es denen drüben nach und spielen ›trockene‹ Bettnacht!« wisperte Zinnoberzimmet der anderen aufgeregt zu. Und so wie diese Nacht trieben sie es von da an ständig, wobei sie immer die Rollen wechselten.

Das Hexlein und die Teufelin
Die brauten sich zusammen
Aus warmen Ölen einen Sud
Im Dreifuß wohl über den Flammen.

Wohin böse Lust die beiden sich verrennen ließ und was weiter mit Herrn Yüan geschah, ob er am Leben blieb oder sterben mußte, das werdet ihr aus dem nächsten Kapitel erfahren.

VIERUNDZWANZIGSTES KAPITEL

Die lüsterne Maid rennt ins Nachbarhaus und erhofft sich von dem nächtlichen Unwetter Kupplerdienst. Der Jüngling flieht die Versuchung und bedient sich der gläsernen Tempellampe als Tugendwächterin

Die Anstrengungen dieser Nacht waren für den Siebziger Herrn Yüan zuviel gewesen. Von Ost und West her in die Klemme genommen, wie hätte er sich der ›fliegenden Messer‹, die gleich von zwei Seiten auf ihn eindrangen, erwehren können? Nachdem er sich das zweite Mal verausgabt hatte, war er wie bewußtlos auf seine Pritsche gesunken. Am nächsten Tag erlitt er einen Schlaganfall, der ihn völlig lähmte. Noch einige wenige Tage des Hindämmerns, dann war er, ohne Sprache und Bewußtsein wiedererlangt zu haben, ins Nirwana eingegangen.

Da sie ihm gemeinsam zu seinem beschleunigten Abgang verholfen hatten, teilten sich die beiden Frauen schwesterlich in die Mühen und Unkosten seines Begräbnisses. Viel Umstände machten sie allerdings nicht. Sie beschränkten sich darauf, aus gemeinsamen Mitteln einen billigen Sarg zu beschaffen und ihn in aller Stille auf einem öffentlichen Gräbergelände außerhalb der Vorstadt beerdigen zu lassen. Die von den Riten vorgeschriebene laute Totenklage, das tagelange Verweilen neben dem Sarg, das Abbrennen von Räucherstäbchen und Totengeld, die herkömmliche Seelenandacht und ähnliches Zeit und Geld raubendes Drum und Dran schenkten sie sich.

Die Witwe atmete auf. Nun hatte sie ihre Ruhe. Den lästigen Tölpel von Stiefsohn, Bruder Blödel, war sie schon vor längerer Zeit losgeworden. Da zu nichts Besserem nutze, hatte ihn sein Vater zu fremden Leuten in Dienststellung als Laufbursche gegeben.

Die beiden befreundeten Witwen beschlossen, künftig einen gemeinsamen Haushalt zu führen und aus dem gleichen Kochkessel zu leben. Frau Pao verpachtete ihr Grundstück nebst Schankwirtschaft vorteilhaft und zog mit ihrer Tochter in die geräumige Wohnung der Freundin drüben in der Nonnenklause. Die Selige Reine stellte ihnen noch einen weiteren, etwas abgesonderten Raum zur Verfügung, der Zinnoberzimmet als Tochterkammer überlassen wurde.

Die beiden jungen Mädchen füllten ihre Zeit tagsüber bis zur Dämmerung nützlich mit fleißiger Nadelarbeit aus. Zwischendurch aber fanden sie auch noch Zeit zum Schwatzen und Spielen und – Sichschönmachen. Es machte ihnen Vergnügen, sich von ihrem selbstverdienten Geld recht fein herauszuputzen, das Haar zu ölen, die Wangen zu schminken und zu pudern, die Lippen mit dem Lippenstift zu behandeln, Kleider mit engen Ärmeln neuester Mode, dazu bogenförmig geschweifte Pantöffelchen auszuprobieren, kurz, sich zurechtzumachen, als ob sie Dämchen aus den Quartieren der Blumen und des Opiumqualms wären.

Die Jüngere, Duftjuwel, obwohl auch aufgeweckt und vorwitzig, wahrte noch immer nach außen den Schein von braver, solider Haustochter. Die um zwei Monate ältere Zinnoberzimmet dagegen zeigte immer unverhüllter die in ihr fortlebende Natur einer Goldlotos. Was damals so an schmachtenden Liedern und kecken Chansons auf Straßen und Märkten gängig war, es gab keinen, den sie nicht auswendig gekonnt hätte, und die an die Freundin gerichteten zärtlichen Anreden ›geliebtes Lämmchen!‹ oder ›geliebtes Zicklein!‹ flossen ihr ohne Scheu von den Lippen.

Neuerdings war das geliebte Zicklein freilich wie eine Puppe, deren ein kleines Mädchen auf einmal überdrüssig wird, beiseite getan worden. Die Ältere hatte einen neuen Gegenstand schwärmerischen Interesses gefunden.

In unmittelbarer Nähe von Zinnoberzimmets Tochterkammer lag im rückwärtigen Teil der Nonnenklause ein weiterer abgesonderter Wohnraum, der für Unterrichtszwecke benutzt zu werden pflegte. Früher hatte in ihm ein bejahrter Magister Kindern der Umgebung Anfangsunterricht erteilt. Jetzt hauste dort ein junger Student namens Yen Tschong. Der schmucke

Neunzehnjährige war ein Neffe der Seligen Reinen. Er entstammte einer rechtschaffenen, wenn auch verarmten Beamtenfamilie. Sein unweit gelegenes, enges Elternhaus bot ihm keinen Platz für ungestörtes Studium. Da hatte ihm die gefällige Tante Nonne diesen von klösterlicher Stille und Weihe umgebenen Raum als Studierklause zur Verfügung gestellt. Sie stieß östlich an ein ummauertes Tempelchen, das dem Tempelschutzgott Vedâ geweiht war.

Da saß nun der Jüngling tagaus, tagein über seinen Büchern und büffelte, nicht bloß bei Tage, auch bis tief in die Nacht hinein. Oft ging ihm dabei die Lampe aus, dann lief er nach nebenan in das Tempelchen und holte sich etwas vom dortigen Ölvorrat, der eigentlich für die Tempellampe bestimmt war, um seine eigene Lampe nachzufüllen und weiter zu büffeln. Ja, er nahm es sehr gewissenhaft mit dem Studium, ließ sich durch nichts ablenken und arbeitete unermüdlich auf das hohe Ziel hin, eine erforderliche zweite Staatsprüfung zu bestehen. Die erste hatte er bereits bestanden, er durfte sich schon Hsiu tsai, blühendes Talent, Doktor ersten Grades, nennen. Nicht zu Unrecht führte er den Zunamen Tschong, der Korrekte, und den Beinamen Hao Li, Freund von Sitte und Anstand. Mit seinen neunzehn Jahren war er noch völlig weltfremd und unverdorben, übrigens auch unverlobt. Wenn ihn Freunde besuchten – er selber ging nie aus – und in die Unterhaltung irgendwelche lockere, frivole Bemerkungen einflochten, dann pflegte er zu erröten wie ein junges Mädchen. Er hatte einfach für nichts anderes Sinn als für ernstes Studium. Bei Tag und Nacht war seine Stimme aus der Studierklause zu vernehmen, wie er auswendig gelernte Textstellen der heiligen und klassischen Schriften halblaut hersagte und wiederholte. Es klang manchmal fröhlich, manchmal pathetisch, fast klagend, auf alle Fälle wohlklingend. Erst nach Mitternacht pflegte er sich Schlaf zu gönnen.

Wie gesagt, stieß seine Studierklause Wand an Wand an Zinoberzimmets Schlafkammer. Welch gegensätzliche Nachbarschaft! Drüben der Lernbeflissene, Abklärung und Läuterung übende junge Scholar, hüben die von wilden, weltlichen Gedanken bewegte, nach Liebe lechzende Maid! Die Trennungswand, im Laufe der Jahre morsch und regendurchlässig geworden, hatte sich allmählich bedenklich schief geneigt und sah ganz danach aus, als ob sie nächstens zusammenstürzen wolle, das um so mehr, als sich ein Efeustamm wie ein Pfropfen in das untere Mauerwerk eingezwängt und einen schräg verlaufenden, klaffenden Riß hineingesprengt hatte.

An der jenseitigen Wand war der Mauerspalt notdürftig mit Pergament verklebt worden. Nacht für Nacht sah die Bewohnerin diesseits der Wand gelben Lampenschein durch die Pergamentfüllung schimmern. Da kam sie auf den fürwitzigen Einfall, mit Hilfe eines spitzen Bambusstiftes ein Loch in das Pergament zu bohren und hindurchzuspähen. Da konnte sie ihn nun deutlich sehen, ihren fleißigen Nachbarn, wie er unter der Lampe saß und büffelte. Ein stattlicher, liebenswerter Jüngling! fand sie. Dieses fein geschnittene Gesicht! Diese frischen, fast mädchenhaften glatten Wangen! Ach, daß sie ihn auf der Stelle in die Arme schließen konnte!

Es ließ ihr keine Ruhe, gleich am nächsten Tag unternahm sie einen Annäherungsversuch. Sie warf Ziegelsteinbrocken über die Mauer in das Gärtchen, das sich um seine Klause schmiegte. Aber umsonst. Obwohl sie genau nach dem Fenster zielte, an dem er bei Tage zu sitzen pflegte, würdigte er ihre Steinwürfe keiner Beachtung. Sie unternahm einen zweiten, kühneren Versuch. Zwei Gegenstände waren es, die sie mit wohlgezieltem Wurf nacheinander vor sein Fenster beförderte; ein rotseidener Parfümbeutel und ein grünes Satinpantöffelchen. Auf solch unmißverständliche, zarte Botschaft würde er wohl reagieren, hoffte sie. Gewiß würde er jetzt seinerseits durch das Loch in der Pergamentfüllung, das er doch längst bemerkt haben mußte, hinüberspähen und wenigstens durch Worte Verbindung mit ihr aufnehmen. Vielleicht würde er sogar keck über die Mauer steigen und eine Annäherung aus nächster Nähe wagen? bildete sie sich ein.

Wieder sollte ihre Erwartung enttäuscht werden. Der wunderliche Heilige nebenan war derart von seinem Studium besessen und in seine geistige Gedankenwelt eingesponnen, daß er einfach keinen Raum für Ablenkung durch müßige Gefühlsdinge übrig hatte. Den Parfümbeutel und das Schlafpantöffelchen vor dem Fenster hatte er wohl bemerkt, aber sich nichts weiter dabei gedacht. Vermutlich gehörten diese Gegenstände irgendeinem seiner Freunde und waren versehentlich dagelassen worden, hatte er gemeint. Nicht entfernt war er auf den Gedanken gekommen, daß sie von einem nebenan wohnenden und Anschluß suchenden jungen Mädchen herrühren könnten.

Zinnoberzimmet mußte sich also weiter damit begnügen und vergnügen, insgeheim und, wohlverstanden hinter dem Rücken ihrer guten Freundin Duftjuwel, durch besagtes Guckloch in die Nachbarkammer hinüberzuspähen. Es war schier zum Verzweifeln: Nicht einen einzigen Blick tat dieser jugendliche Pedant von seinen Büchern auf! Wie eine aus Lehm gepappte oder aus Holz geschnitzte Boddhisatvafigur saß er da. Wenn er aber doch einmal aufblickte, dann starrte er ins Leere, wie entrückt aus der Welt des Diesseits mit ihren irdischen Gefühlen. Es juckte sie unwiderstehlich, diesen hölzernen Heiligen aus seiner erhabenen Ruhe aufzuscheuchen und wachzukitzeln. Sie schob sachte eine lange Bambusrute durch das Guckloch und stach mit der Spitze auf den Nacken des seitlich abgewandt sitzenden Jünglings ein. Er zuckte wohl zusammen, aber – wenn sie gedacht hatte, er würde der Herkunft der Störung nachspüren, durch das Guckloch schauen und sie endlich entdecken, so mußte sie wieder eine Enttäuschung erleben. Geistesabwesend, wie er war, schrieb er das leichte Kratzen einer Katzenpfote zu, schüttelte sich und fuhr zunächst seelenruhig in seiner Lektüre fort. Sie hatte ihre Bambusrute längst wieder zurückgezogen, als er sich endlich umwandte und das Loch in der Pergamentfüllung bemerkte. Was tat er? Um sich gegen weitere Störungen durch vermeintliche Katzenpfoten im Rücken zu sichern, schob er sein Bettgestell von der Wand weg in die Mitte des Raumes, und nicht genug damit, stopfte und pappte er den Mauerriß auch noch mit feuchtem Lehm zu! Schade, ihr schönes Guckloch war nicht mehr! Damit war die Kurzweil, die sie an dieser Nachbarschaft gefunden hatte, beträchtlich zusammengeschrumpft. Ihrem Auge war er entschwunden. Nun konnte sich bloß noch ihr Ohr an seiner modulationsfähigen Stimme erbauen, wenn er klassische Textstellen rezitierte.

Die Selige Reine stand in freundschaftlichem Verkehr mit ihren Mieterinnen. Sie kam öfters zu Besuch herüber und brachte dann in der Regel irgendwelche Handarbeiten für die Töchter mit. An einem dieser Frühlingstage, da die Granatapfelbäume im Garten ihrer Klause in voller Blüte standen, lud sie die beiden jungen Mädchen zur Besichtigung des Gartens ein. Nur zu gern nahm Zinnoberzimmet die Einladung an. Da würde sie ja auf unverfängliche Weise auch in die Nähe der Studierklause ihres Nachbarn kommen! Dort wollte sie sich gründlich umsehen und es so einrichten, daß sie ihn einmal aus der Nähe zu sehen bekäme.

Nach der unvermeidlichen Schale Tee, die zunächst sittsam in Gesellschaft der freundlichen Nonne in deren behaglicher Wohnzelle eingenommen wurde, machten sich die beiden Freundinnen also zu einem Gang durch den Garten auf. Die energische Zinnoberzimmet übernahm die Führung und lenkte den Schritt zielbewußt in Richtung Studierklause. Durch eine kleine runde Mondpforte gelangten sie in den Bereich des Veda-Tempelchens. Flammend rot leuchtete es ihnen dort von den in schönster Blüte stehenden Granatapfelbäumen entgegen. Sie brachen sich jede zwei Blüten und steckten sie sich ins Haar. Gemächlich weiterschlendernd befanden sie sich jetzt dicht vor der Studierklause des jungen Doktor Yen.

Zinnoberzimmets Herz tat einen Satz – da! Jetzt kam er heraus. Es war rein zufällig. Des vielen Sitzens und Büffelns müde, wollte er sich im Garten etwas Bewegung machen und frische Luft schnappen. Aber Zinnoberzimmets Freude war nur kurz. Kaum erblickte er die beiden jungen Mädchen vor der Tür, da machte er kehrt und stürzte, ohne sich nach ihnen umzublicken, in seine Klause zurück. Die beiden Freundinnen dagegen hatten es mit dem Weitergehen durchaus nicht eilig. Zinnoberzimmet mußte sich bald nach jenem Strauch bücken, bald nach diesem Zweig recken, bald an dieser Blume riechen, bald jene Blüte befühlen. Aber ihr absichtliches Verweilen war umsonst. Er kam nicht wieder zum Vorschein. Betrübt und um eine Enttäuschung reicher, spazierte sie mit der Freundin wieder zur Mondpforte hinaus.

Seit jeher erweist sich der Zufall mitunter als nützlicher Bundesgenosse. Es war im fünften Monat. Die heiße Regenzeit rückte heran. Jetzt hatte es erstmalig drei Tage und Nächte lang ohne Unterbrechung gegossen. Der Piän-Fluß führte Hochwasser und war über die Ufer getreten. Zahlreiche kleinere Gehöfte und Häuser waren von den reißenden Fluten überschwemmt und zum Einsturz gebracht worden. Die Bevölkerung in der bedrohten Flußniederung dachte nicht mehr an Schlaf und saß, des Schlimmsten gewärtig, die ganze Nacht über wach.

Anders unser junger Doktor Yen. Der hockte, als ob draußen nichts Besonderes vorginge, wie gewohnt über seinen Büchern und büffelte unbekümmert weiter. Nun war seine Studierklause nicht gerade solide gebaut und während der Wirren der letzten Jahre verwahrlost und arg baufällig geworden. Oben regnete es durch ein schadhaftes Dach, unten drang Nässe durch brüchiges Mauerwerk. Kurz, am dritten Regentag, zur Zeit der zweiten Nachtwache, wurde er auf einmal unsanft aus seinem Studium aufgeschreckt: Mit Donnergepolter war die schiefgeneigte Trennungswand seiner Klause zusammengebrochen, über dem Mauerschutt klaffte eine breite Lücke und – ein bequemer Zugang zu Zinnoberzimmets Schlafkammer!

Durch das Gepolter erschreckt, war Zinnoberzimmet aus den Decken aufgefahren. In Anbetracht der sommerlichen Schwüle war sie lediglich mit einem dünnen rosaseidenen Busenhalter bekleidet. Nicht einmal ein Seidentuch hatte sie um die Hüften geschlungen. Da stand sie nun in ihrer ganzen rosigen Nacktheit und spähte und lauschte mit pochendem Herzen und angehaltenem Atem zu ihrem Nachbarn hinüber.

Sie sah ihn seelenruhig, als ob nichts geschehen wäre, am Tisch über den Büchern sitzen. Jetzt stand er ganz gelassen auf, nahm die Lampe zur Hand und besah sich in ihrem Schein die Einbruchstelle an der Wand. Dann kehrte er in die Zimmermitte zurück, setzte die Lampe auf den Tisch und begann sein Lager für die Nacht zu richten.

Aus dem Dunkel ihrer Kammer heraus konnte Zinnoberzimmet jede seiner Bewegungen genau beobachten. Unwillkürlich schlug in ihrem Busen eine Flamme sinnlichen Begehrens hoch. Sie sagte sich: ›Neulich, als ich mit frisch gepflückten Blüten im Haar fast mit ihm zusammengeprallt wäre, wich er mir aus – meine früheren Annäherungsversuche ignorierte er – heut nacht muß es gelingen! – Wir sind allein und unbeobachtet – dieses vom Himmel geschickte Unwetter, dieser Wandeinbruch – ist es nicht offenkundig Vorsehung, daß wir zusammenkommen sollen?‹

Kurz entschlossen stieg sie behutsam über den Trümmerhaufen und stand auf einmal, vom matten Schein der ausgehenden Lampe halb übergossen, in all ihrer Nacktheit vor ihm am Bett. »Ko ko, Liebster, erlöse mich!« kam es ohne Umschweife leise drängend über ihre Lippen. Der Jüngling, sprachlos vor Verblüffung, starrte sie eine Weile fassungslos an, als ob sie eine Geistererscheinung wäre.

»Was soll dieser Unfug bedeuten?« brachte er endlich, nachdem er sich wieder gesammelt hatte, streng und tadelnd hervor. Er mußte es durch den Bettvorhang hindurch sagen. Denn sie hatte sich inzwischen bereits unter seine Bettdecke gekuschelt.

Völlig verstört rannte er hinaus in den Garten. Aber bei dem Wetter dünkte ein Aufenthalt im Freien selbst seinem philosophischen Gleichmut denn doch zu ungemütlich. Es goß nach wie vor in Strömen. Sein Blick fiel auf das nahe Veda-Tempelchen. Das würde ihm Schutz bieten. Über Pfützen springend und den Kopf in Abwehr gegen die von der Dachtraufe plätschernden Rinnsale einziehend, legte er die kurze Entfernung im Eilschritt, wie von bösen Geistern verfolgt, zurück.

Nun stand er triefend vor der holzgeschnitzten Götterfigur. Da plötzlich geschah etwas Unheimliches. Von der gläsernen Tempellampe her ward ein lautes Zischen und Knattern wie von einer Rakete hörbar. Gleich darauf leuchtete die Lampe in einem mondhellen Glanz auf, während die vergoldete Lampenschale einen sonnengleich blendenden Widerschein zurückwarf. Es wäre zuwenig gesagt, diesen Glanz bloß als gelb oder weiß zu bezeichnen. Es war an ihm vielmehr etwas Übernatürliches, etwas Göttliches. Es war der milde Glanz des runden, Schmutz und Dreck hinwegfegenden Heiligenscheins um das Haupt Buddhas, es war das Leuchten, das von dem Diamantzepter ausgeht, mit dem der Gott Indra das Böse zerschmettert.

Wenn unserem Jüngling so mitten in der Nacht und in der Einsamkeit der Studierklause die Anfechtung in Gestalt einer dämonischen Verführerin wie Zinnoberzimmet nahte, dann wäre es wider alle Vernunft, anzunehmen, daß er völlig unangefochten geblieben wäre. Schließlich war er auch Mensch, noch dazu junger Mensch, und menschlichen Regungen der Sinne unterworfen. Daß lockere, junge Leute in der Nachbarschaft herumschnüffeln und nach amourösen Gelegenheiten spähen, ist gang und gäbe. Wenn sich ihnen nun gar eine junge Schöne mitten in der Nacht in splitternacktem Zustand von selber wie ein leckeres Gericht auf dem Präsentierteller darböte, wer unter ihnen hätte da nicht mit Wonne zugegriffen? Unser Jüngling freilich unterschied sich von den anderen, er war in seinen sittenstrengen Anschauungen eine Ausnahme. Der Begriff ›Weib‹ war bisher völlig außerhalb seines Blickfeldes geblieben, hatte in seinem Denken überhaupt keinen Raum gefunden.

Das merkwürdige, wahrhaft überirdische Aufleuchten der Tempellampe deutete er als Zeichen, daß die Gottheit seine Flucht vor dem fremden, nackten Mädchen und ihrem Ansinnen gutheiße, und bestärkte ihn in seinem Vorsatz, standhaft zu bleiben. So hielt er also, zunächst noch eine geraume Weile vor Angst zitternd, die nächtliche Versucherin könne ihm nachgerannt kommen, standhaft die ganze Nacht über unter der Tempellampe aus. Sein Verhalten hat ein späterer Dichter mit folgenden Versen besungen:

Heimlich in sein Gelaß kam sie geschlichen,
Ein Dämon der Versuchung geil.
Indessen er – ward je der Prüfung Ruhm
Dem schwachen Sinnenknecht zuteil?

Noch hatte seiner Sinne Schutzwand aus Metall
Beschmutzt nicht einer einzigen blauen Fliege Dreck,
Nicht sollte seiner Seele blanken Spiegel
Von ird'schem Staube trüben nur der kleinste Fleck.

Sie freilich – keines Magiers Zauberklinge
Vermöchte ihre wilden Triebe wegzumähn!
Ach, wie so manche muß im Strom der Triebe,
Im Strudel der Verirrung untergehn!

So stand die Regennacht wohl bis zum Hahnenschrei
Er durch und hat auf Buddha fest vertraut.
Im hehren Scheine einer Tempellampe
Hat er der Hohen Lehre Rad erschaut.

Der himmlische Lohn für solche Tugend ließ nicht lange auf sich warten. In den Geistern, die nachts durch die Lüfte zu streichen lieben, hatte unser Jüngling unsichtbare Zeugen seiner wackeren Handlung gehabt. Im Verein mit dem Herzog des Donners, der Mutter der Blitze, dem Fürst der Winde, dem Feldherrn des Regens waren sie alle eines Lobes über ihn, der sich ungeachtet aller Versuchung keinen Schritt vom Pfad der Tugend weglocken ließ. Der Herdgott und der Herr der fünf Bahnen erstatteten am nächsten Tage gemeinsam dem Stadtgott Bericht, und der leitete den Bericht dem Himmelskaiser zu mit dem Antrag, die verborgene, gute Tat des Jünglings zu belohnen. Und sie wurde belohnt! Bei der kommenden Palastprüfung sollte er als erster Sieger hervorgehen und den stolzen Ehrentitel Tschuang yüan, vorbildlicher Erster, gewinnen. – Sprechen wir jetzt von Zinnoberzimmet.

Sie hatte sich behaglich unter seine Bettdecke verkrochen. Halb aufgerichtet, den Ellenbogen auf ein Kissen, den Kopf auf die Hand gestützt, lauschte sie mit angespannten Sinnen nach draußen und wartete, ob sie endlich seinen Schritt vernehmen würde. In ihrem Busen loderte und brodelte es nur so von lenzlichem Begehren. Er war zunächst davongerannt, nun ja. Aber er würde, er mußte ja zurückkommen. Bei diesem unwirtlichen Wetter konnte er unmöglich lange draußen im Freien verweilen. Wenn er aber zurückkäme, dann wollte sie ihn festhalten und nicht so leicht wieder ins Leere entwischen lassen. Und so lag sie bis Mitternacht wach und wartete. Der Regen hatte noch nicht nachgelassen. Er kam nicht. Wohin hatte er sich nur verkrochen? Hatte er sich in Luft aufgelöst? Sie wartete weiter bis zum fünften Trommelschlag, bis der graue Morgen heraufdämmerte. Da gab sie es auf. Sie erhob sich von seinem Lager und schlüpfte in ihre Kammer zurück.

Währenddessen saß er im Trockenen zu Füßen des Tempelschutzgottes Veda und wartete geduldig den hellen Morgen ab. Endlich hatte es zu regnen aufgehört, man konte sich wieder ins Freie wagen. Er ging nach vorn, rief Tante Einsiedlerin und ihre beiden Gehilfinnen heraus, berichtete ihnen von dem nächtlichen Wandeinsturz und bat sie zur Besichtigung des Schadens mit nach hinten. Sie waren kaum in seine Studierklause eingetreten, da gewahrte er zu seinem Schreck auf dem staubigen Fußboden unweit der geborstenen Wand deutlich Fußabdrücke von – zierlichen Frauenpantöffelchen! Vier Abdrücke verliefen in Richtung Bett, zwei in Richtung Wand. Er dachte sich sein Teil dabei, wahrte aber diskret Stillschweigen. Wozu sollte er seiner Tante eine Erklärung abgeben? Wozu das nächtliche Erlebnis preisgeben? Das würde dem guten Ruf seiner jungfräulichen Nachbarin Abbruch tun. Und das wollte er auf keinen Fall. Die Tante aber würde ihm doch nicht glauben, daß die Geschichte so harmlos verlaufen sei, und ihre eigenen Schlüsse ziehen. Übrigens waren auch den scharfen Augen seiner drei Begleiterinnen die verdächtigen Zeugen eines nächtlichen Damenbesuchs keineswegs entgangen. Aber ebenso diskret behielten sie ihre Wahrnehmung für sich und übergingen sie mit Stillschweigen.

Die Selige Reine ließ noch am selben Vormittag Handwerker kommen und die geborstene Wand zumauern. Unserem Jüngling aber genügte das nicht. Er sagte sich, seine Nähe würde das junge Mädchen nebenan sicherlich zu weiteren Tollheiten anreizen, die ihren guten Ruf schädigen könnten. Wenn sie sich aber dauernd von ihm verschmäht sähe, würde sie aus Liebesgram womöglich eine noch größere Dummheit begehen, sich am Deckenbalken aufhängen oder in den Brunnen springen, was ja, wie er immerhin gehört hatte, mitunter vorkommen sollte. Das konnte und wollte er nicht verantworten.

Also bestand er unter dem Vorwand, in einer so baufälligen Ruine unmöglich länger hausen zu können, auf sofortigem Wegzug. Er ließ seine Sachen, Bett, Bettzeug und Bücher packen und siedelte wieder in die enge Wohnung seiner Eltern über.

Daß Zinnoberzimmet in ihrer ungezügelten Triebhaftigkeit in unabwendbares Verderben rennen und daß des Jünglings Charakterfestigkeit ihren Lohn finden mußte, war selbstverständlich.

FÜNFUNDZWANZIGSTES KAPITEL

In Tsing ho hsiän trifft eine briefliche Einladung aus der Östlichen Hauptstadt ein. Zimmetblüte macht bei Hofe Eroberungen

Die zwei Jahrzehnte kriegerischer Wirren und Wechselfälle hatten die Bevölkerung, vor allem die alteingesessenen vornehmen Patrizierfamilien der Östlichen Hauptstadt Kai fong fu – man konnte von ihr sagen: am Morgen noch dem Sung-Thron botmäßig, am Abend den Tataren untertan – böse mitgenommen. Haus für Haus waren sie ausgehöhlt wie ein morscher

Baumstumpf, leer wie ein hungriger Magen. Allenthalben war radikaler Umsturz der ehemals geordneten und geregelten Verhältnisse erfolgt. Wohl keinem ehrsamen Bürger war es in diesen Jahren erspart geblieben, seinen Besitz zu verlieren und leergepumpt irgendwohin in die Fremde verschlagen zu werden. Nur zwei Sorten Mensch waren auch in diesen kritischen Zeitläuften immer noch leidlich obenauf geblieben: das Pack der Mitläufer und Schmarotzer und die gewerbsmäßigen Buhldirnen. Die hatten sich noch stets wie geschmeidige Weidenblätter nach dem jeweiligen Winde zu rollen und richtig zu legen verstanden.

Damals regierte vorübergehend im nördlichen China als Schattenkaiser von der Tataren Gnaden der Überläufer und frühere Statthalter der Provinz Schantung, Liu Yü, der sich mit dem angestammten Herrscherhaus überworfen hatte und abtrünnig geworden war. Der Tatarenherrscher hatte ihn zum Tsi wang, König der Tsi-Dynastie, erhoben. Er glaubte das unterjochte und widerspenstige Fremdvolk der Chinesen mit Hilfe eines Landsmannes besser im Zaume halten zu können.

Im zweiten Jahr der Südlichen Sung-Regierungsära Schao hsing,[1] ›Fortgesetztes Gedeihen‹, hatte Liu Yü seinen Hof von Ta ming fu in Tschi li nach Kai fong fu in Ho nan verlegt. Eine Rotte von feilen Höflingen, Schmeichlern und Schmarotzern, die sich wie Motten ums Licht an die jeweilige Macht zu drängen pflegen, war bemüht, ihm beim Ausbau einer möglichst üppigen, kostspieligen Hofhaltung behilflich zu sein.

Liu Yü war unfreiwilliger Strohwitwer. Die Tataren hatten auch ihn nicht verschont und ihm bei ihrem früheren Einfall nach Schantung seine schöne Gattin weggeholt. Nun redeten ihm besagte Höflinge ein, er müsse sich unbedingt Ersatz schaffen, ein Kaiserthron ohne Kaiserin sei undenkbar, aber eine genüge nicht, es sei würdig und standesgemäß, daß er sich nach altem Brauch gleich drei Frauenpaläste und sechs Frauenhöfe zulege. Dabei wiesen sie bedauernd darauf hin, daß die Insassinnen der Neben- und Seitengemächer des früheren Kaiserpalastes

1. Im Jahre 1132.

leider nicht zur Verfügung ständen, da sie für den Wudschu, den Vierten Tatarenprinzen und obersten Kriegsherrn, restlos beschlagnahmt und auf dessen verschiedene Reisepaläste verteilt worden seien.

Solcherlei Einflüsterungen Gehör schenkend, ordnete der schwache Fürst durch öffentliche Kundmachung eine Musterung und Aushebung der Schönsten im Lande an. Private Haustöchter von gutbürgerlicher Herkunft, soweit sie über sechzehn Jahre alt waren, sollten sich in die Residenz aufmachen und zunächst als Anwärterinnen in die bei der Hofkanzlei ausliegende Liste eintragen. Desgleichen sollten sich Insassinnen von Blumenhöfen, Tänzerinnen, Sängerinnen und dergleichen melden, soweit sie noch nicht dreißig Jahre zählten. Diese zweite Klasse von Bewerberinnen sollte sich zwecks Ausmusterung gleich persönlich bei Hofe vorstellen. Es läßt sich denken, welchen Aufruhr diese Kundmachung in den Haushalten der Bevölkerung auslöste. Es war wie ein Stich in einen Ameisenhaufen oder in ein Wespennest.

Li Kiao'rl, Hsi Mens ehemalige Zweite, hatte es zur Favoritin des tatarischen Oberfeldherrn Walipu gebracht und lebte gegenwärtig in seinem Hauptquartier in Kai fong fu. Als sie von der Kundmachung erfuhr, dachte sie sogleich an ihre Nichte Zimmetblüte im fernen Tsing ho hsiän. Der bot sich jetzt eine Chance, die große Chance ihres Lebens! Sie war noch immer eine Schönheit, überdies ein gutartiges, liebenswertes Geschöpf und viel zu schade, um im Dunkel eines Provinznestes zu versauern, meinte sie. Man müßte sie herkommen lassen, sie, die einflußreiche Tante, würde ihr und auch ihrem begabten Bruder Li Ming schon zum Aufstieg verhelfen.

Es war ja gang und gäbe, daß hochgestellte Personen, ob Männer, ob Frauen, die sich in der Gunst der gegenwärtigen Machthaber sonnen durften, ihre Familien in die Hauptstadt nachkommen ließen, um sie am neuen Glanz teilhaben zu lassen.

Der ehemalige Kaiserpalast war, wie schon erwähnt, vom Wudschu, dem Vierten Tatarenprinzen, beschlagnahmt und zu einem seiner vielen Reisepaläste gemacht worden. Die Schlösser, die ehemals Fürsten und Anverwandten der Sung-Kaiser gehört hatten, waren konfisziert und an hohe Militärs, Würdenträger und Günstlinge des tatarischen Oberherrn verschenkt worden. Sogar die Statthalter der besetzten nördlichen Landesteile unterhielten sämtlich in Kai fong fu pompöse, glänzend ausgestattete Stadtwohnungen, in denen sie ihre gesamte Sippschaft untergebracht hatten. Konnte sie, Li Kiao'rl, Favoritin des Oberfeldherrn, sich's nicht auch leisten, ihre arme Verwandtschaft etwas zu protegieren und in ihre gehobene Sphäre nachzuziehen? Das war einfach standesgemäß.

Gedacht, getan. Sie besprach sich mit ihrem Vertrauten Kiao Meh, der gleichzeitig mit ihr an den Tatarenhof gekommen war. Er war ein Landsmann von ihr, ein begabter, junger Schauspieler, der im Blumenhofviertel von Tsing ho hsiän eine große Rolle gespielt hatte. Sie hatte ihn seither begönnert und ihn und seine Schwester Chrysantheme als Neffe und Nichte ausgegeben. Da er schreibkundig war, ließ sie ihn einen artigen Einladungsbrief aufsetzen und diesen durch einen zuverlässigen Boten nach Tsing ho hsiän befördern.

Es war in der Tat ein ärmliches Leben, das die schöne Zimmetblüte und ihr talentierter Bruder Li Ming derzeit führten. Früher, zu Hsi Mens Zeiten, hatten sie freilich bessere Verhältnisse gekannt. Waren sie doch in dem stadtbekannten, blühenden Blumenhof von Mutter Li aufgewachsen. Nach dem Tod der Mutter hatten sie das Unternehmen gemeinsam weitergeführt und auf der alten Höhe zu halten verstanden. Als die Tataren in Schantung einfielen und auch nach Tsing ho hsiän kamen, war diese schöne Erwerbsquelle versiegt.

Anders als die Mehrzahl ihrer Berufsgenossinnen, die sich den fremden Eroberern unbedenklich an den Hals warfen, hatte Zimmetblüte ihren Stolz gewahrt und die Ehre dem Vorteil vorgezogen. Sie hatte keine Lust, diesen fremden Kerlen, diesen ungepflegten Steppensöhnen des Nordens, diesen Sao ta tze, ›stinkenden Tataren‹, in die Hände zu fallen und irgendwohin in ein schmuddeliges Filzzelt verschleppt zu werden. Kurzerhand hatte das Geschwisterpaar den Blumenhof geschlossen und war aufs Land geflüchtet. In einem kleinen Bauernhof in der dörflichen Umgebung hatten sie bei der betagten Witwe des ihnen von früher her befreundeten Pfandleihbesitzers Tong Zuflucht gefunden und hielten sich dort seitdem verborgen. Im Laufe der Jahre freilich waren ihre Ersparnisse aufgebraucht, und nun befanden sie sich in wirklicher Notlage. Auf wie seltsamen Umwegen doch mitunter der Zufall eine verlorene Spur an den Tag bringt!

Eines Tages machte sich Zimmetblütes Bruder Li Ming zu einem Gang in die Stadt auf, um Lebensmittel einzukaufen. Damals waren sämtliche sechs Regierungsbezirke der Provinz Schantung besetztes Gebiet. Bloß die Zivilverwaltung wurde von chinesischen Beamten ausgeübt, die auf Vorschlag und Anordnung des Schattenkaisers Liu Yü eingesetzt waren. Auch in der Stadt Tsing ho hsiän lag eine tatarische Besatzung. Die grünen Weiden rings um die Stadt wurden von den Tataren gern für Zwecke der Pferdepflege und Pferdezucht benutzt.

Li Ming war gerade in den Stadttorgang eingetreten, als er hinter sich rasch näher kommendes Hufgetrappel vernahm. Er blickte sich um. Da sah er einen tatarischen Krieger in großer Eile heransprengen. Er wollte beiseite treten, um Platz zu machen, als er merkte, wie ihm eine Lassoschlinge über Kopf und Brust glitt und straff angezogen wurde. Gefangen! Gleich darauf hielt der fremde Reiter seinen Gaul dicht vor ihm an und sperrte ihm den Weg. Li Ming musterte ihn mit scheuem Blick. An seinem Postwimpel und dem dicken ledernen Postbeutel am Gürtel war er als Kurier erkennbar. Roß und Reiter waren über und über bestaubt und in Schweiß gebadet. Vermutlich hatten sie einen weiten Weg hinter sich. Der Tatar löste seinem Gefangenen nur die Arme aus der Schlinge und zog sie ihm wieder straff über der Brust zusammen. Ohne ihm ein Wort der Widerrede zu ermöglichen, lud er ihm nun allerlei Lasten zu tragen auf, hängte ihm Bogen und Köcher über die linke Schulter, eine

Anzahl Gepäckstücke an Tragriemen über die rechte und drückte ihm schließlich auch noch seinen Spieß in die Hand.

»Los! Mitkommen! Rosse füttern!« kam der barsche Befehl. Ein leichter Klaps mit der flachen Klinge auf den Hals, und der Gaul setzte sich flotten Schritts in Gang. Durch den Lasso mit dem Sattelknauf verbunden, mußte der Gefangene Schritt halten und unter seiner Last schwitzend mitkommen. Im Vorhof eines Yamen endete der Marsch. Man befand sich in der Post-Relais-Station von Tsing ho hsiän.

Der Tatarenkrieger stieg aus dem Sattel, knüpfte seinen Gefangenen los und nahm ihm seine Traglast ab. Wenn Li Ming freilich glaubte, er sei nun frei und könne seines Weges ziehen, so hatte er sich getäuscht. Schon kamen neue Befehle. Er sollte Pferde tränken, füttern, striegeln, Wassereimer schleppen, Häcksel schneiden, Futter mischen und ähnliche Dienste mehr verrichten. Bis in den späten Abend hinein mußte er den Pferdeknecht spielen.

Li Ming fühlte seinen Magen bedenklich knurren. Seit seinem Aufbruch aus dem Dorf am Morgen hatte er keinen Napf Reis zu sich nehmen können, und noch sah er keine Möglichkeit zum Entwischen. Um die zweite Nachtwache saß er noch immer im Stall beim Häckselschneiden, da sah er den Tatarenkrieger herein- und auf sich zukommen.

»He, du Wilder, wie heißt du? Wo stammst du her?« kam die Frage.

»Ich heiße Li Ming, stamme aus dem Kreis Tsing ho hsiän und wohne zur Zeit in einem Dorf östlich der Stadt. Ich wollte in der Stadt etwas besorgen, als mir die Ehre zuteil wurde, Euch zu begegnen. Inzwischen habe ich Eure Aufträge getreulich erfüllt, habe Euer Gepäck geschleppt, Eure Pferde getränkt und gefüttert, jetzt bin ich mit Häckselschneiden fertig. Darf ich hoffen, daß Ihr mich nun gehen laßt? Ich habe daheim eine achtzig Jahre alte Großmutter, ich fürchte, sie wird vor Hunger umkommen, wenn ich nicht schleunigst heimkehre und ihr etwas zu essen mitbringe.«

Li Ming war niedergekniet. Seine letzten Worte waren in Heulen übergegangen.

»Wie heißt du mit Nachnamen?«

»Ming.«

Der bis dahin so barsche Krieger setzte auf einmal eine freundliche Miene auf:

»Dann bist du wohl der Bruder von Fräulein Zimmetblüte? Nach euch beiden haben wir gerade gesucht. Das trifft sich ja ausgezeichnet! Es ist nämlich ein Brief aus der Hauptstadt Kai fong fu für dich eingetroffen. Absender ist dein Vetter Herr Kiao im Hauptquartier des Feldherrn Walipu. Aber bist du auch wirklich der Richtige? Wie heißt du mit Zunamen?«

Li Ming zögerte. Er dachte angestrengt nach. Wenn er sich zu erkennen gab, würden die Tataren womöglich seine Schwester Zimmetblüte in ihrem Versteck aufstöbern und gegen ihren Willen verschleppen. Andererseits schien hinter der Geschichte mit dem Brief eine erfreuliche Neuigkeit zu stecken. Sonst wäre dieser rauhe Krieger nicht auf einmal so freundlich geworden. Sollte endlich sein Glücksstern aufgehen? Wenn er sich als Empfänger des Briefes verleugnete, dann würde er den Gott des Reichtums, der sich ihm schon huldvoll nahte, womöglich wieder verscheuchen.

»Li Ming, mit Zunamen Mao Yü«, stellte er sich vor.

»Stimmt. So lautet die Adresse. Dann bist du der Richtige.«

»Darf ich fragen, wer der Absender, jener Herr Kiao, ist und wieso er mich kennt?«

»Ein Landsmann von dir, stammt auch aus Tsing ho hsiän, heißt Kiao Meh und kam seinerzeit in Begleitung seiner Tante, der Dame Li Kiao'rl ins Hauptquartier unseres alten Gebieters, des Feldherrn Walipu. Der schätzt seine künstlerischen Fähigkeiten und hat ihn mit Rang und Gehalt eines Obristen unter sein Leibgefolge aufgenommen. Übrigens hat er eine Schwester namens Chrysantheme, die ist damals auch mit ins Hauptquartier gekommen und erfreut sich gleichfalls der besonderen Gunst des alten Gebieters. Ihren Bruder, Herrn Kiao Meh, aber befiehlt er häufig zu sich, läßt ihn neben sich auf dem gleichen Kang Platz nehmen, tafelt mit ihm am gleichen Tisch und erweist ihm alle mögliche Huld. Wenn er einen Wunsch äußert, gewährt er ihm gleich das Zehnfache. Im ganzen Hauptquartier steht dein Vetter hoch in Ansehen.«

Jetzt dämmerte es Li Ming: Der Briefschreiber war ein Berufskollege, Künstler wie er, hatte früher im Blumenhofviertel von Tsing ho hsiän der gleichen Theatergruppe angehört wie er selber. Er erinnerte sich auch seines Zunamens, unter dem er in Kollegenkreisen bekannt war: Ji Hsin, ›Täglich Neu‹. Wer hätte gedacht, daß er sich nach so langen Jahren der alten Freundschaft erinnern und ihm einen Brief schreiben würde?

Mittlerweile hatte der Tatar aus der Ledertasche, die ihm am Gürtel baumelte, einen Brief hervorgekramt. Er steckte in einem mit rotem Verschlußstreifen überklebten Umschlag aus Ölpapier. Li Ming öffnete und las:

›An den werten alten Vetter Li Mao Yü
Seit langem sind wir voneinander getrennt. Aber in all den Jahren habe ich oft der früheren Zeiten gedacht, da wir mit vereinten Stimmen und eines Atems unserer gemeinsamen Kunst gedient haben. Ach, was waren das für schöne Zeiten!

Im Laufe der Kriegswirren ist meiner Tante und meiner Schwester die unverhoffte hohe Ehre zuteil geworden, Aufnahme in die Seitengemächer des alten Gebieters und Feldherrn Walipu zu finden. Ich selber darf mich im Glanze einer gehobenen militärischen Stellung in seiner nächsten Umgebung sonnen. Ich wohne zur Zeit in der Östlichen Residenz Kai fong fu auf der Hauptstraße im alten Palast des ehemaligen Kriegsministers Yang.

Wenn Du Lust hast, dann komme her und bringe auch Deine Schwester Zimmetblüte mit. Natürlich würden sich Talenten wie Euch beiden hier günstige Aussichten bieten. Vor einem Leben des Darbens und Entbehrens brauchtet Ihr nicht länger zu bangen.

Ich vertraue diesen Brief dem tatarischen Kurier Niämo aus dem Hauptquartier zur Beförderung an. Indem ich mir beim Schreiben Tränen aus den Augen wische, hoffe ich auf eine Antwortzeile von Dir.

Es neigt sein Haupt zum Gruß Dein Vetter
Kiao Meh‹

Li Ming war Dank seines langjährigen Studiums von Liedtexten und Theaterstücken einigermaßen schriftkundig. Er konnte den Brief mühelos lesen. Überdies war er in den großen, klaren Lettern der Kanzleischrift geschrieben. Der Brief war mit zwei großen roten Namensstempeln versehen, der eine Stempel auf den Namen Kiao Meh, der andere auf den Zunamen Ji Hsin, ›Täglich Neu‹, lautend. Die Schriftzeichen der Stempel hatten die Größe von Walnüssen. Das Ganze roch förmlich nach Amt und Würden.

Li Ming barg den Brief beglückt in seiner Ärmeltasche.

»Welche amtliche Stellung nimmt Herr Kiao Meh eigentlich zur Zeit ein?« wollte er wissen.

»Der alte Gebieter sieht ihn aus ganzem Auge huldvoll an. Er hat ihn beim Thron für einen namhaften Posten vorgeschlagen, und es besteht kein Zweifel, daß er es zu einem hohen Amt bringen wird. Einstweilen bekleidet er Obristenrang und bezieht entsprechendes Gehalt. Ein persönliches Gefolge von zwölf Berittenen steht ihm zur Verfügung. Sein ganzes Auftreten in der Öffentlichkeit ist höchst achtunggebietend«, belehrte ihn der tatarische Kurier Niämo.

Li Ming nickte nachdenklich mit dem Kopf. »Er hat mich zu sich eingeladen. Freilich – der Weg nach Kai fong fu ist weit, die Reise teuer – wie soll ich die Kosten aufbringen?«

»Pah, wegen der Reisekosten brauchst du dir keine Gedanken zu machen, die trägt unser Hauptquartier, dafür ist gesorgt. Fragt sich nur, welchen Reiseweg du wählen willst. Wenn du auf dem Landweg zu reisen wünschst, so stehen dir ohne Unterbrechung bis Kai fong fu gut ausgeruhte Gäule unseres Kurierdienstes zu Gebote. Wenn du den Wasserweg vorziehst, so kannst du unsere kleinen, schnellen Wachtboote benutzen. Sie sind mit sechs Ruderknechten bemannt und verkehren bei Tag und bei Nacht. Mit denen kannst du täglich eine Strecke von drei- bis vierhundert Li schaffen. Es steht dir ganz frei, ob du lieber zu Pferd oder im Boot reisen willst. Auf mich kannst du dich jedenfalls verlassen. Es ist mir eine Ehre, dem Vetter meines hohen Auftraggebers zu Diensten zu sein.«

Mit diesen Worten rief der Tatar einen Futterknecht herbei und befahl ihm, in die Küche zu laufen und einen Krug Wein und ein ordentliches Stück Rinderbraten für Li Ming heranzuschaffen. Dann, wieder an Li Ming gewandt, fuhr er fort:

»Wenn du reisefertig bist, dann komm wieder her und melde dich bei mir. Ich werde dir dann weiterhelfen.«

Li Ming stillte erst einmal seinen Hunger und Durst an Braten und Wein, dann verabschiedete er sich dankend von seinem freundlichen Gastgeber und machte sich überglücklich auf den Nachhauseweg. Daheim gab er Zimmetblüte den Brief zu lesen. Bruder und Schwester waren einer Stimme des Lobes für den Kollegen ›Täglich Neu‹, der auch in guten Tagen die alte Freundschaft nicht vergessen und eine so rührende Anhänglichkeit bewahrt hatte. Sie fanden es um so anerkennenswerter, als er ja nur dem billigen, niederen Stande eines berufsmäßigen Musikanten und Komödianten angehörte, von dem man eigentlich keine sonderlich edlen Regungen und Handlungen erwarten durfte.

Einen halben Monat später meldete sich Li Ming in der Poststation von Tsing ho hsiän bei Kurier Niämo reisefertig. Schwester Zimmetblüte, schlicht und unauffällig als junge Bürgerfrau gekleidet, hatte er mitgebracht. Bruder und Schwester waren nach längerer Beratung zu dem Ergebnis gelangt, daß sich ihnen in dem armseligen Dorf, in dem sie seit Jahren gehaust hatten, doch keinerlei Zukunftsaussicht bieten würde, und so hatten sie sich für die Annahme der verlockenden Einladung und für die Reise nach Kai fong fu entschieden. Sie hatten ihren noch verbliebenen Hausrat verkauft und sich so etwas Reisegeld verschafft. Zur Auffüllung ihrer Reisekasse schenkte ihnen der freundliche Tatar überdies noch zwei Silberbatzen. Mit Rücksicht auf seine des Reitens ungewohnte Schwester wählte Li Ming den Wasserweg. Wunschgemäß sorgte Niämo für Bereitstellung der benötigten Schnellboote.

In flotten Tag- und Nachtfahrten langte das Geschwisterpaar glücklich in der Hauptstadt an. Eine bescheidene Herberge in der Vorstadt wurde als vorläufiges Quartier gewählt. Am nächsten Morgen machte sich Li Ming zunächst allein in die Stadt auf, um Freund Kiao Meh zu finden.

Er war zum ersten Mal in der Östlichen Hauptstadt, und so bedurfte es längerer Suche und mehrfacher Erkundigungen, ehe er die Throneidamstraße und die beiden Marmorlöwen fand, die den pompösen Eingang zum ehemaligen Palast des Kriegsministers Yang, der jetzigen Residenz des Oberfeldherrn Walipu, flankierten.

Li Ming getraute sich nicht gleich hinein, nicht einmal bis zum Pförtnerhaus. Allzusehr verwirrte ihn, den bescheidenen Mann aus der Provinz, solche nie gesehene hauptstädtische Pracht. Auf der gegenüberliegenden Straßenseite strich er zunächst eine Weile schüchtern auf und ab, um mit gerecktem Hals aus respektvoller Entfernung zu äugen.

Zwischen Brunnen mit Wasserkaskaden drei rotgetünchte Portale. Wolkenragende buntbemalte Säulen und Pfeiler. Vor dem Außenportal aufgesteckt Reihen von bewimpelten Lanzen und Halbmondhellebarden, stumme Warnung, daß ein Hunderttausend-Mann-Heer befehlsbereit stehe. Aus der Empfangshalle schallte Musik: Ganze Scharen von jungen Schönen mit geschwärzten Brauen rührten Trommeln, bliesen Flöte, spielten die siebzehnröhrige Handorgel, sangen Lieder. In den Höfen an Stämmen von Trauerweiden standen angepflockt Rosse mit silberbeschlagenen Sätteln, mit silbernen Steigbügeln und damastseidenen Schabracken, darunter kastanienbraune Renner edelster Zucht. In einer weiten Halle traten Offiziere, Truppenführer zu Wasser und zu Lande, zu den Thronstufen. Neben dem Herrschersitz in rote Marmorsockel eingemeißelt, eine Wasser- und Tuschsteinschale, dem Pinsel des erlauchten Fürsten vorbehalten. Hinter den zur Seite gerafften, seidengestickten Vorhängen der Innengemächer lugten Frauen der mittleren Ebene hervor, an der Brust Mischlingsnachwuchs, Zobelrattenbrut der tatarischen Steppe.

Gegenüber dem Löwenportal lag eine kleine Teestube. Li Ming trat ein und nahm Platz. Bevor er sich drüben hineinwagte, wolte er doch lieber noch Erkundigungen einziehen. Der Tscha po schi, ›Tee-Professor‹, setzte ihm eine Kanne Tee und einen Teller Pfannkuchen vor.

»Ist das drüben der Palast des Feldherrn Walipu?«

»Ganz recht. Der Feldherr ist aber zur Zeit abwesend. Er ist auf dem Rückmarsch von der Nördlichen Hauptstadt Peking über Schantung begriffen. Sein Eintreffen hier wird in Kürze erwartet. Vorgestern sind ihm schon sechs Schwadronen Panzerreiter entgegengeritten, um ihm beim Einzug in Kai fong fu das Geleit zu geben«, belehrte ihn der gesprächige Tee-Professor.

»Hast du zufällig von einem gewissen Herrn Kiao Meh gehört? Er soll auch mit drüben im Palast wohnen.«

»Kiao Meh? – laßt mich einen Augenblick nachdenken – es wohnen ja so viel vornehme Kavaliere drüben, sie kommen häufig herüber, um bei uns eine Schale Tee zu genießen – richtig, jetzt fällt mir ein, da gibt es einen Herrn namens Kiao Meh, er versteht sich trefflich auf Gesang und Lautenspiel, ein sehr schmucker, flotter Kavalier, etwa dreißig Jahre alt, von auffallend heller Gesichtsfarbe, spricht Schantung-Dialekt – wozu fragt Ihr nach ihm?«

»Er ist mein Vetter. Ich war nicht ganz sicher, ob er drüben wohnt.«

»Er pflegt jeden Vormittag zu seiner Kurzweil einen Ausritt in die Stadt zu unternehmen und nie ohne seine geliebte Pi-pa-Laute. Der versteht sich auf Lautenspiel! Wenn Ihr hier ein wenig warten wollt, paßt auf, es wird nicht lange dauern, da werdet Ihr ihn drüben herauskommen sehen – entschuldigt mich, ich muß weiter, Gäste bedienen.«

Li Ming brauchte nicht lange zu warten. Er hatte eben die dritte Schale Tee getrunken und sich den dritten Pfannkuchen schmecken lassen, als der Tee-Professor aufgeregt an seinen Tisch gestürzt kam.

»Schaut hinüber! Sollte das nicht der Kavalier sein, nach dem Ihr gefragt habt? Er kommt gerade zum Tor heraus geritten.«

Li Ming lief geschwind zum Eingang der Teestube. Wirklich, da sah er ihn hoch zu Roß durch den Torweg kommen, seinen alten Freund und Kollegen Kiao Meh! Und er kam nicht allein! Alle Wetter, das war ja ein ganzes Gefolge, was hinterdreinritt, ein Dutzend Bewaffnete mit ledernem Helm und Panzer! Einer der Gefolgsleute trug ihm seine Laute, ein anderer eine Armbrust, ein dritter einen Fußball nach. Die Leute auf der Straße blieben respektvoll stehen und bildeten eine Gasse, um die Kavalkade an sich vorüberziehen zu lassen.

Der junge elegante Kavalier an der Spitze aber hob bloß lässig grüßend die Peitsche. Den Blick hielt er unentwegt stolz geradeaus gerichtet. ›Wie hoheitsvoll er das macht! Welcher Unterschied gegen damals, als er noch mein Kollege und kleiner Schauspieler auf einer obskuren Prvinzbühne war! Heute ist er ganz Amtswürde!‹ dachte Li Ming bewundernd bei sich. Er faßte sich ein Herz, tat ein paar Schritte vorwärts auf den Reiter zu, kniete im Staub der Straße nieder und meldete sich untertänig zur Stelle.

Ihn erblicken, sich aus dem Sattel gleiten lassen und den Knienden in die Höhe ziehen, war für Kiao Meh eins.

»Freund Mao Yü! Wozu die übertriebene Förmlichkeit! Komm mit!« begrüßte er Li Ming und zog ihn mit sich in die Teestube hinüber. Man tauschte den unter Freunden üblichen Gruß – die übereinandergefalteten Hände mit leichter Verbeugung erst an die Knie, dann an die Stirn geführt –, dann lud der ehemalige Kollege den anderen zum Platznehmen ein. Li

Ming aber beugte vorher nochmals seine Knie und bedankte sich artig für die Einladung. Kiao Meh, der mit dem Freund ungestört allein sein wollte, entfernte mit einem Wink sein Gefolge.

»Wo hast du deine Schwester Zimmetblüte?« war seine erste Frage.

»In einer Herberge draußen in der Vorstadt einstweilen untergebracht.«

»Gut, wir werden sie mit der Sänfte abholen lassen. Aber vorher möchte ich Tante Li Kiao'rl aufsuchen und von eurer Ankunft verständigen. – übrigens wird in aller Bälde der Feldherr zurückerwartet. Möchte wetten, daß der dich für einen feinen Posten heranholen wird. Dann kannst du lachen!«

Kiao Meh hieß den Freund ein Pferd besteigen und gab ihm zwei Mann des Gefolges mit. Sie sollten ihn in seine Wohnung bringen und vor allem für ein kräftiges Mahl sorgen. Er selber wollte seinen gewohnten Ausritt fortsetzen und anschließend der Dame Li Kiao'rl seine Aufwartung machen.

Von seinem vormittäglichen Ausritt zurück, suchte Kiao Meh zunächst Tante Li Kiao'rl auf. Er fand sie in der hinteren Empfangshalle mit Vorbereitungen für ein großes Begrüßungsbankett zu Ehren des Feldherrn Walipu beschäftigt. Chrysantheme leistete ihr Gesellschaft und klimperte ihr etwas auf der Laute vor, während Li Kiao'rl ihre Anordnungen für Küche und Tafel traf.

»Wann ist mit dem Eintreffen des alten Gebieters zu rechnen?« war bei Kiao Mehs Erscheinen die erste Frage.

»Stündlich. Sechs Schwadronen Reiterei sind schon vorgestern zu seinem Empfang ausgerückt.«

Anschließend meldete Kiao Meh mit gedämpfter Stimme die Ankunft von Neffe und Nichte.

»Was nun?« Li Kiao'rl war dafür, sie vorläufig in ihrer Vorstadtherberge bleiben zu lassen. Sie wolle erst die Rückkehr des alten Gebieters abwarten und seine Weisung einholen. Die temperamentvolle Chrysantheme, die es gar nicht erwarten konnte, die Sendboten der Heimat zu sehen und Neuigkeiten von ihnen zu erfahren, platzte heraus:

»Sofort sollen sie herkommen! Ein Verwandtenbesuch mehr oder weniger, was ist in diesem Palastbetrieb schon groß dabei? Hier wird wer weiß wieviel müßiges Volk von auswärts mit durchgefüttert. Zimmetblüte ist ein braver Kerl, aber von etwas schlichter Natur, sie ist seit Jahren des gesellschaftlichen Blumenhofumgangs entwöhnt und mit höfischem Stil und höfischer Etikette schon gar nicht vertraut. Wenn wir sie so ganz unvermittelt dem alten Gebieter zuführen, wird sie sich womöglich ungeschickt und dörflich anstellen, wird auf Fragen keine Antwort herausbringen können, wird vor den vielen fremden Menschen in Verwirrung geraten, kurz, sie wird sich blamieren. Ich bin dafür, wir nehmen sie erst einmal zwei Tage lang in pflegliche Behandlung und geben ihr den nötigen Schliff, kleiden sie neu ein, putzen sie fein heraus und bringen ihr bei, wie sie sich vor dem alten Gebieter und in der neuen Umgebung zu benehmen hat. Sie soll nur gleich herkommen. Ich werde inzwischen die Tai tai vorbereiten und bearbeiten. Ich werde sagen, daß sie meine Base und aus Schantung hergekommen sei, um der Tai tai und dem alten Gebieter pflichtschuldig mit Stirnaufschlag zu huldigen, ich werde ihre Vorzüge herausstreichen und ganz besonders ihre Fertigkeit im Gesang und Lautenspiel betonen. Bringen wir sie vorläufig in der Wohnung meines Bruders unter. Sobald die Tai tai ihre Zustimmung erteilt, lassen wir sie von dort abholen und stellen sie ihr vor.«

Das klang vernünftig und überzeugend. Li Kiao'rl konnte nicht umhin, Chrysanthemes Vorschlag gutzuheißen. Also empfahl sich Kiao Meh und machte sich auf den Weg, um das Weitere zu veranlassen.

Li Ming war inzwischen hoch zu Roß, von zwei Gefolgsleuten begleitet, in den Palast eingeritten und in dem abgesondert gelegenen, ummauerten Wohnbereich des Freundes abgestiegen. Er bildete, so deuchte ihm, einen kleinen Palast inmitten des großen Palastes. Er gewahrte einen in Baumgrün gebetteten, mehrstöckigen Wohnturm, eine stattliche Empfangshalle, dazu eine Reihe von Gastpavillons und Nebengebäuden. In den Höfen war ein beständiges Kommen und Gehen von Besuchern und Dienerschaft, Wagen und Rossen.

Er wurde gleich in die Empfangshalle geführt, wo er an der bereits gedeckten Acht-Genien-Tafel in der Mitte Platz nehmen mußte und man ihm ein erlesenes Mahl vorsetzte. Er kam aus dem Staunen nicht heraus. Sämtliche vier Wände waren mit kostbaren Seidenvorhängen bespannt, die gesamte Einrichtung, Tische, Sessel, Stühle, Geschirrschränke, Anrichten, Ziertische mit Blumenvasen, alte Kunstgegenstände und schwelende Räucherkessel, alles war vorhanden und noch dazu neu und geschmackvoll. Welche Atmosphäre von Glanz und behaglichem Wohlstand, in der sein Freund und ehemaliger Bühnenkollege lebte!

Er hob gerade die elfenbeinernen Eßstäbchen, um einen neuen Gang zu bewältigen, als Kiao Meh hereinkam und ihm eine kurze Weile Gesellschaft leistet.

Er berichtete dem Freund, welche Vereinbarung mit Li Kiao'rl und Chrysantheme betreffs Zimmetblüte getroffen worden war. Da hielt es Li Ming nicht länger. Er war sowieso mehr als gesättigt. Er empfahl sich, stieg von neuem in den Sattel und machte sich in Begleitung von zwei Gefolgsleuten zu der Herberge in der Vorstadt auf. Vier Träger folgten mit einer grünbespannten Sänfte. Dort bezahlte er die Rechnung und hieß Schwester Zimmetblüte in die Sänfte steigen. Dann ging es zurück zum Palast in die Wohnung von Freund Kiao Meh.

Kiao Meh brachte beide vorläufig in den Gemächern seiner jungen Frau namens Eisvogel unter. Eisvogel war eine ehemalige Puderlarve aus Lin tsing in Schantung. Wie zahllose andere Frauen und Mädchen war sie von den Tataren verschleppt und mit ins Hauptquartier des Feldherrn gebracht worden. Walipu hatte sie kürzlich seinem Günstling Kiao Meh zum Zeichen seiner Huld als Gattin geschenkt. Aber es war nur eine lockere Ehe. Der Ehemann hatte nichts dagegen, daß sie weiter zu

Festbanketten hinzugezogen wurde, sich weiterhin zur Verfügung des alten Gebieters hielt und mitunter gleich zwei, drei Nächte lang ausblieb.

Frau Eisvogel nahm die Landsmännin aus Schantung freundlich auf, lud sie zu sich auf die Kachelbank, setzte ihr zu essen und zu trinken vor und unterzog sie während des Gespräches einer kritischen Prüfung. War sie auch hoffähig? Sie fand in Zimmetblüte eine wohlkonservierte Mittezwanzigerin. Daß sie so frisch und jugendlich wirkte, war wohl ihrem jahrelangen Fernbleiben von allem Blumenhofbetrieb und dem zurückgezogenen Leben auf dem Lande zuzuschreiben. Noch immer war sie eine rassige Schönheit, aber von milder, sanfter Art, eine, die Wärme ausstrahlte. Natürlich war ihre äußere Aufmachung unmöglich. Dieses unscheinbare mattgraue Reisekleid aus grobem Linnen, diese kunst- und schmucklose Frisur – einfach bäurisch! Das fand auch Kiao Meh, als er zur Begrüßung erschien.

»Tsiä tsiä, große Schwester, du hast eine weite Reise hinter dir, hast Wind und Wetter und den Staub der Landstraße über dich ergehen lassen müssen. Jetzt magst du zwei Tage bei uns ausruhen und dich pflegen. Wenn du genügend ausgeruht bist, wollen wir dich in den Palast bringen und dem alten Gebieter vorstellen«, waren seine rücksichtsvollen Begrüßungsworte. Und er befahl seiner Frau, Truhen zu öffnen und schöne Kleider, Wäsche und Schmuck herauszusuchen und Zimmetblüte neu einzukleiden. Vorher sollte sie ihr ein köstliches, von stärkenden Essenzen duftendes Bad bereiten lassen. Er selbst verehrte ihr als persönliche Aufmerksamkeit einen elfenbeingeschnitzten Kamm, mit dem sie ihr reiches Haar glätten und für den bei Hofe vorgeschriebenen Nackenknoten gefügig machen sollte.

Am späten Nachmittag hielten beide tatarischen Heerführer, der Wudschu, der Vierte Prinz, als oberster Kriegsherr und Feldherr Walipu feierlichen Einzug in Kai fong fu. Sie hatten zuvor in Schantung gemeinsam eine Reihe von Maßnahmen, einerseits zur Sicherung der tatarischen Herrschaft und andererseits zur Befriedung der Bevölkerung getroffen.

Hundert Li weit waren ihnen die hohen hauptstädtischen Würdenträger, zivile wie militärische, zur Begrüßung und Einholung entgegengekommen. Auch Liu Yü, derzeitiger Kaiser von Tatarengnaden, hatte sich mit seinem gesamten Hofstaat zu ihrem Empfang aufgemacht, aber nur bis zu fünfzig Li vor die Tore der Stadt.

Mit einem halben Tagesmarsch Abstand war eine Vorhut eingetroffen, bevor die beiden Heerführer selber an der Spitze der Hauptmacht einzogen. Der Einmarsch vollzog sich diesmal in strengster Ordnung und Disziplin, im Gegensatz zu der wilden Zügellosigkeit, mit der sich solche Einmärsche bei früheren Gelegenheiten abgespielt hatten. Der Wudschu hatte den ausdrücklichen Befehl an seine Truppen erlassen, die friedliche Bevölkerung zu schonen und sich jeglicher sinnloser Akte von Mord und Plünderung zu enthalten. So verlief also der Tag in voller Ruhe und ohne die früher übliche Massenpanik.

In einer gewissen Hinsicht freilich sollte die Ankunft des Wudschu doch eine kleine Panik, eine Teilpanik, auslösen.

Es verhielt sich so, daß der Wudschu einige Tage vor seinem Einzug den Befehl an die Palastaufseher erteilt hatte, auf der großen Wiese vor dem Aussichtshügel im Park des Palastes ein luftiges Zeltlager aufzuschlagen. Er wünschte die laue Sommernacht im Freien zu verbringen und bei Vollmondschein ein großes Festgelage in Gesellschaft der Palastdamen abzuhalten. Sie sollten aus ihren Wohnpavillons ausquartiert werden und in behaglich mit Polstern ausgestatteten Zelten, genau wie er, diese erste Nacht im Freien bleiben. Er hatte es sich so schön gedacht, wie sie vor seinem Feldherrnzelt samt und sonders vorbeidefilieren und ihre Reize zur Schau stellen würden. In Muße wollte er dann Musterung halten und die Schönste als Gefährtin für sein Lager auswählen.

Da nun aber die früheren Palastdamen seit langem fort waren, teils an den Tatarenhof im Norden gebracht, teils auf die verschiedenen Reisepaläste verteilt, hatte er weiter befohlen, die leerstehenden Seitengemächer schleunigst mit jungen, schönen

Mädchen aus guten Bürgerfamilien der Hauptstadt aufzufüllen. Ein dahingehender Aufruf an die Bevölkerung hatte besagte Teilpanik ausgelöst.

»Schon wieder eine Zwangsrekrutierung unserer Töchter!« hatten die Bürger gemurrt. Und die jungen Damen der besseren Kreise wollten auch nicht mitmachen, sie waren in hellen Scharen auf und davon gelaufen. Die besorgten Eltern hatten sie noch rechtzeitig vor dem Einzug des Tatarenfürsten bei Verwandten und Bekannten außerhalb der Stadt, weit weg in benachbarten Kreisen und Bezirken, sogar in Nachbarprovinzen, in Sicherheit gebracht. Übriggeblieben waren in der ganzen Stadt nur noch unansehnliche, häßliche Geschöpfe, Töchter armer, kleiner Leute.

In froher Erwartung war der Wudschu gleich nach seinem Einzug zu dem Zeltlager im Palastgarten geeilt. Da mußte er nun eine große Enttäuschung erleben: Er fand die Zelte leer! Von den erhofften Schönen war nicht eine da! Er wandte sich an den Schattenkaiser Liu Yü, der sich in seiner Begleitung befand, mit der Bitte, ihm mit Mädchen aus seinem eigenen Palast auszuhelfen. Liu Yü säumte nicht und stellte auch in kürzester Frist zehn junge Mädchen, die er für geeignet hielt, zusammen.

Mitsamt seiner eigenen, vorteilhaft zurechtgemachten und herausgeputzten Tochter an der Spitze, sandte er die jungen Damen noch am selben Nachmittag dem Vierten Prinzen zur gnädigen Beglückung zu. Er spekulierte dabei auf die Aussicht, die besondere Gunst des tatarischen Kriegsherrn zu gewinnen und womöglich sein Schwiegervater zu werden – vorausgesetzt, daß der Prinz Gefallen an seiner Kuniang finden solte.

Leider war das Gegenteil der Fall. Liu Yüs Tochter war ein ziemlich reizloses Geschöpf. Die große Aufmachung konnte den scharfen Feldherrnblick des Wudschu nicht irreführen. Die anderen zehn jungen Mädchen gefielen ihm gleichfalls nicht. Enttäuscht schickte er sie gleich wieder an den Absender zurück. Der ganze Einzugstag war ihm verpfuscht und vergällt. Seine Wut über den Affront, den ihm die Patrizierfamilien der Hauptstadt angetan hatten, ließ er an der Oberaufseherin der Frauengemächer, die er dafür verantwortlich machte, aus. Er ließ sie auf der Stelle durch Pfeilschützen hinrichten.

Verdrossen ging er an diesem Abend auf der leeren Zeltwiese allein im Mondschein spazieren und verbrachte eine recht freudlose Nacht auf einsamem Lager. Um das Versäumnis dieses gründlich verdorbenen, ersten Tages in der Hauptstadt einigermaßen wettzumachen, ließ er am nächsten Tag – in Ermangelung von etwas Besserem – einhundert Sing- und Tanzmädchen von überallher aus den öffentlichen Blumenhöfen und heimlichen Buhlgrotten der Stadt requirieren und heranschaffen. Nun kam zwar Leben auf die Zeltwiese, es wurde im Freien getafelt und pokuliert, und die Mädchen taten ihr Bestes, den strengen Kriegsherrn aufzuheitern. Aber es wollte nicht recht gelingen. Was war schon Besonderes an diesen käuflichen, billigen Dingern?

Ganz anders und wesentlich glücklicher gestaltete sich der Empfang, der seinem Feldherrn Walipu zuteil wurde. Er hatte, so heischte es der Dienst, den Wudschu zunächst in dessen Palast begleiten müssen und war Zeuge seines Mißvergnügens und seiner ungnädigen Laune gewesen. Als er, vom Wudschu beurlaubt, endlich am späten Abend in seinen eigenen Palast einkehrte, da fand er zu würdigem Empfang alles wohlvorbereitet, eine üppige Festtafel und lang entbehrte frauliche Wärme. Mit der Tai tai, seiner tatarischen Hauptgattin, und seinen Favoritinnen Li Kiao'rl und Chrysantheme an der Spitze, begrüßte ihn ein ganzer Schwarm festlich gekleideter, reizender junger Frauen mit Stirnaufschlag und heiterem Lächeln, Frauenhände kredenzten ihm Wein, Frauenmünder plapperten lustig, eine Schar von hübschen, jungen Musikantinnen erfreute sein Ohr mit wohlklingender Tafelmusik, die einen trugen Lieder vor, andere zupften Laute und spielten auf der birnenförmigen, sechssaitigen Pi pa, andere bliesen Block- und Querflöte, andere strichen mit dem Fiedelbogen über die viersaitige, mit Schlangenhaut bespannte tatarische Violine, andere rührten die mit Hirschhaut bespannte kleine Handtrommel und schlugen mit Kastagnetten den Takt zur Musik. Alle Instrumente und Stimmen vereint, brachten einen Hymnus auf den ruhmreichen Feldherrn zu Gehör.

Zur froh belebten Götterstadt im Süden
Trieb ihn Erinnerung an alte Stätten,
Wo einstmals er gewandelt.
Nun zieht er hin an Wasserläufen, hochgeschwollen
Von Eis und Schnee, die Frühlingssonne schmolz,
Auf Straßen friedlich und durch Gassen still
Trabt tänzelnd seine graue Schecke,
Mit güldner Trense aufgeschirrt.
Friede im Land! Der Reiter in dem edelsteinverzierten Sattel
Darf von der Rüstung sich befrein,
Darf unter Weidengrün und Blütenrot
An Flötenspiel und Lautenklang sich freun
Und sorglos zechen.
Reif tragen freilich seine Schläfen,
Und seufzend denkt an Schweres er zurück,
Was hinter ihm.
Im Schlummer sieht durch kalte Nebelschwaden
Sein Auge schattenähnlich flüchtig gaukeln
Geschnitzte Balustraden, weiße Marmorstufen –
Traumbild von leeren Rastpalästen, sechsunddreißig
An der Zahl.
Da – fremder Hörnerklang am Abend.
Scheucht sie auf, Wildgänse, die stillen Flugs und einsam
Mit dem Westwind ziehn.

Das war so recht nach dem Herzen des rauhen Kriegers, das half Schnee und Eis um seine Eingeweide wegschmelzen, das hatte er sich auf dem wochenlangen, strapazenreichen Ritt bei Wind und Wetter von der Nördlichen zur Östlichen Hauptstadt immer gewünscht. Ihm war an diesem Abend freilich wohler zumute als dem Wudschu.

Aufgeräumt und mitteilsam gestimmt, wie er im Verlaufe des wohlgelungenen Banketts geworden war, erzählte Walipu seiner neben ihm sitzenden Tai tai von dem mißglückten Empfang drüben im anderen Palast, von den leeren Zelten auf der Parkwiese und der begreiflichen Verstimmung des Wudschu.

»Hundert Töchter aus ersten Bürgerfamilien hatte er für den Palast angefordert, und nicht eine einzige hat man auftreiben können. Als Ersatz stellte ihm Kaiser Liu Yü zehn junge Mädchen aus seinen eigenen Seitengemächern und dazu seine leibliche Tochter zur Verfügung. Sie fanden samt und sonders keine Gnade vor seinen Augen, er hat sie verschmäht und gleich wieder zurückgeschickt. Dabei waren sie doch bestimmt nicht zu verachten. Jetzt ist er sehr ungnädig gelaunt. Wie kann man nur einen so anspruchsvollen Herrn zufriedenstellen? Natürlich, äußere Reize, gutes Benehmen, dazu Fertigkeit in Gesang und Saitenspiel, das ist nicht so leicht bei einer beisammenzufinden.«

Geschmeidig hakte die Tai tai ein:

»Zufällig ist heute eine leibliche Nichte deiner Zweiten, der Nai nai Kiao'rl, zu Besuch gekommen. Sie hat die Mühe der weiten Reise von ihrer Heimat in Schantung nicht gescheut, um dem alten Gebieter pflichtschuldig mit Fußfall und Stirnaufschlag zu huldigen. Oh, die versteht sich gut auf Gesang und Saitenspiel! Eine gelernte, erstklassige Künstlerin! Sie ist fünfundzwanzig Jahre alt, wirkt aber in ihrer zarten Frische viel jünger, wie höchstens zwanzig. Eine feingebildete junge Person, von sehr anziehendem Äußeren.«

»Her mit ihr! Vorstellen!« befahl, ohne sich lange zu besinnen, der Feldherr.

Zimmetblüte saß schon längst fix und fertig angezogen, frisiert und geschmückt in Chrysanthemes Pavillon und wartete auf den Ruf zur Vorstellung. Der Wohnturm lag etwas näher an der großen Empfangshalle als die im Park versteckte Kavalierswohnung von Kiao Meh. Nachdem sie bei Frau Eisvogel gebadet und zurechtgemacht worden war, hatte Chrysantheme sie mit der Sänfte in ihre eigene Wohnung abholen lassen. Da sollte sie warten und sich jederzeit bereithalten. Deutlich drang der festliche Lärm von der Empfangshalle her über den stillen westlichen Innenhof an das Ohr von Zimmetblüte. Mit kunstverständigem Interesse lauschte sie den Tönen und Klängen von drüben, als auf einmal vor dem Fenster der lang erwartete Ruf ertönte:

»Bitte zur Vorstellung!« Es war die Stimme der Zeremonienmeisterin, der das Amt oblag, dem alten Gebieter Neulinge vorzustellen. Von ihr und zwei Zofen geleitet, überschritt Zimmetblüte den linken Seitenhof und betrat, ganz vollendete Anmut und damenhafte Zurückhaltung, einem im Zephir schwankenden Blütenzweig vergleichbar, den in strahlender Helle liegenden Festsaal. Aufrecht wie eine Kerze trat sie vor den alten Gebieter, dann sank sie in die Knie und neigte sich zum vorgeschriebenen Stirnaufschlag.

»Ein herrliches Geschöpf! Die kommt gerade gelegen!« murmelte Walipu, von Bewunderung hingerissen, halblaut vor sich hin. Ihr bloßer Anblick hatte bereits sein Begehren geweckt. Er winkte sie zu sich auf den Diwan und schloß sie ohne viel Umstände in die Arme. Dann langte er unter seinem Sitz eine Pi pa hervor und ließ sie zusammen mit Chrysantheme eine Probe ihrer Kunst ablegen. Sie gab ein Lied zum besten, wobei Chrysantheme sie auf der viersaitigen Fiedel, sie selber sich auf der sechssaitigen Pi pa begleitete. Das Lied besang das Wiedersehen zweier Freundinnen nach langen Jahren der Trennung. Walipu war einfach begeistert von Zimmetblütes Stimme und ihrem Spiel. Er kredenzte ihr mit eigener Hand einen Becher nach dem anderen, gefüllt mit altem mongolischem Likör, füllte ihr immer wieder die Schale mit Joghurt aus der tatarischen Steppe und schob ihr unaufhörlich immer neue Schüsselchen mit den besten Leckerbissen der Tafel hin. Zwischendurch mußte sie wieder singen und Laute spielen. Er wurde nicht müde, ihr zuzuhören. Schließlich war er so angeregt, daß er sich kaum mehr beherrschen konnte. Er trank mit ihr vom gleichen Becherrand, er umarmte und herzte sie, er tätschelte ihr Wange und Hals, er wagte einen kühnen Griff in ihren vollen Busen und fand, daß er sich glatt anfühlte wie Speckstein. Taktvoll und feinfühlig, wie sie waren, verzog sich eine der Damen nach der anderen, erst die Tai tai, dann die Nai nai, dann Chrysantheme. Sie wollten Zimmetblüte nicht im Wege sein. Diese Nacht sollte ihr gehören. Und sie gehörte ihr. Eine erfahrene ›alte Hand‹ im Wind- und Mondspiel, brachte sie dem Schlachtensieger in dieser Nacht zwei empfindliche Niederlagen bei. Und mit Wonne ließ er sich von ihr besiegen. In einer Kampfpause sprach er zu ihr:

»Ich werde dich dem Wudschu, unserem Vierten Prinzen, zum Geschenk machen. Bei ihm sollst du als helfende Hand zu meinen Gunsten wirken. Versprich es mir! Tausend-, zehntausendmal vergiß nicht die Liebe und Huld, die ich dir schenke!«

Sie versprach es mit so vielfach gesteigerter Liebeskunst und Zärtlichkeit, daß er am Ende käseschlapp und wie betäubt war.

Am anderen Morgen schenkte er ihr zwei Ballen feinster geblümter Seide und ließ ihr mehrere Nachtgewänder davon nähen. Sie waren so hauchdünn, daß sie ihre rosige Haut durchschimmern ließen. Weiter ließ er ihr eine ganze Garnitur von Röcken und Kleidern tatarischen Zuschnitts anfertigen.

Drei Tage lang vergnügte er sich mit Zimmetblüte, dann ließ er sie in einer mit Blumen und Lianen umwundenen großen Achtmannsänfte in den Palast des Wudschu bringen. Er zu Roß gab ihr persönlich das Geleit. Bruder Li Ming durfte mitkommen. Das war ein Tag des Stolzes für Bruder und Schwester! Glanz und Ehre umgaben sie auf einmal wie vom Himmel herabgesandt.

»Hier bringe ich Euch eine, die wirklich etwas von Gesang und Saitenspiel versteht!« meldete Walipu dem Prinzen. Der ließ Zimmetblüte zu sich in sein Zelt bringen und nahm sie gnädig auf. Endlich eine, die seinen Ansprüchen genügte. Er beschenkte sie zum Zeichen seiner Huld gleich mit zwei Ballen Seide. Bruder Li Ming fand gleichfalls sein Wohlgefallen, er wurde in das nähere Gefolge des Prinzen aufgenommen und mit Rang und Gehalt eines Hauptmanns bedacht. Außerdem wurde er der Ehre gewürdigt, auf der Zeltwiese mit dem Feldherrn Walipu den ganzen Nachmittag Fußball zu spielen.

Inzwischen hatten die Palastaufseher für schleunigen Nachschub von Frauen und Mädchen für den Palast des Wudschu gesorgt. Die anfangs leeren Zelte und Seitengemächer hatten sich mehr und mehr gefüllt. Zusätzlich zu den aus der Östlichen Hauptstadt requirierten hundert Puderlarven waren nach und nach an dreihundert Frauen und Mädchen aus den Reisepalästen der näheren Umgebung eingetroffen. Es handelte sich dabei teils um Töchter gutbürgerlicher Herkunft, teils um namhafte Kurtisanen, die aus den Nordprovinzen Ho peh und Schantung, vornehmlich aus der Nördlichen Hauptstadt Peking und den Städten Lin tsing und Tsi nan fu, zusammengeraubt worden waren.

Bei solcher Fülle von Konkurrenz hatte Zimmetblüte keinen leichten Stand. Eifersüchteleien, Gehässigkeiten, Intrigen unter den Weibern waren an der Tagesordnung. Keine gönnte der anderen die Gunst des Wudschu. An Zimmetblüte wiederholte sich die alte Geschichte der schönen Palastdame Tschao Kün, die von eifersüchtigen Rivalinnen vor den Augen des Kaisers so lange versteckt gehalten wurde, bis es für ihn zu spät war. Als er endlich ihren Wert entdeckte und sich nachträglich in sie verliebte, war sie, ein Opfer der Politik, als Gemahlin eines Hunnenfürsten längst über die Reichsgrenzen geschickt worden. Kurz, Zimmetblüte sah sich verdrängt und beiseite geschoben. Ein einziges Mal hatte sie die Huld des Wudschu genießen dürfen, dann war sie auf den minderen Posten einer Aufseherin der Nähstuben abgeschoben worden. Sie war ja auch von Charakter viel zu gutmütig und schlicht, um sich des höfischen Ränkespiels zu erwehren und die ihr zukommende Stellung zu erkämpfen.

Während also andere bei den täglichen Abendbanketten zu glänzen wußten, saß sie einen vollen Monat in der Verborgenheit der Nähstuben und bekam den Wudschu überhaupt nicht mehr zu Gesicht. Aber gleichwohl war ihr vom Schicksal bestimmt, daß sie doch ihr Haupt über die Masse erheben und des Glückes und der Ehren in Fülle teilhaftig werden sollte.

Eines Tages veranstaltete der Wudschu ein großes Bankett zu Ehren des Kaisers Lui Yü. In vorgerückter Feststimmung und in einer Anwandlung von generöser Gebelaune machte er dem hohen Gast einhundert Rosse edler Zucht und zehn junge Mädchen zum Geschenk. Bei der Zusammenstellung hatten die eifersüchtigen Palastdamen es durch Bestechung der maßgeblichen Aufseherinnen einzurichten gewußt, daß Zimmetblüte zur Anführerin der Schar erkoren wurde. Auf solche Weise würden sie die gefährlichste Konkurrentin ein für allemal loswerden. Denn sie bangten noch immer, daß Zimmetblüte eines Tages vom Wudschu doch wieder zur Tafel zugezogen werden könne und vermöge ihrer überragenden Vorzüge alle anderen mühelos ausstechen und aus der Gunst des Prinzen verdrängen würde.

Der Wudschu beschenkte die zehn Auserwählten zum Abschied noch mit je zwei Ballen Atlasseide, dann sandte er sie, einen roten Schleier um den Kopf, zu Roß in den Palast des Kaisers Liu Yü.

Unterwegs dachte Zimmetblüte resigniert bei sich: ›Dort werde ich es wohl auch nicht viel anders treffen als beim Wudschu, ich werde wieder im Hintergrund bleiben.‹ Aber es sollte ganz anders kommen. Kaiser Liu Yü glaubte es der Achtung vor dem mächtigen Tatarenprinzen schuldig zu sein, daß er dessen Geschenk nicht gleichgültig aufnehme. Und so empfing er die zehn zugesandten jungen Mädchen mit allen Ehren wie Prinzessinnen. Der schönen Anführerin Zimmetblüte verlieh er den Titel Kung feh, Palastkonkubine, und wies ihr einen prachtvollen Wohnpavillon zu, in dem es von Gold und Silber nur so strotzte. Er kleidete sie in herrliche Hofroben und gürtete sie mit einem perlenbestickten Prunkgürtel. Da er seit langem eine rechtmäßige Gattin entbehrte, wählte er sie zu seiner Hauptgemahlin. Wenn auch nicht dem Titel nach, so nahm sie fortan die tatsächliche Stellung einer Kuang hou, einer Kaiserin, ein. Im Bereich des Palastes nannte man sie Niang niang, hohe Dame. Zimmetblüte, obwohl aus dem anrüchigen Bereich der Sumpfblumen und des Opiumqualms hervorgegangen, war im Grunde ihres Herzens in Denkweise und Sinnesart immer ein guter Mensch geblieben. Jetzt erntete sie den himmlischen Lohn.

Ach, wie verschieden von Zimmetblütes glücklichem Los sollte sich das weitere Schicksal so mancher Person ihresgleichen gestalten! Genau wie sie aus kleinen Verhältnissen hervorgegangen, brauchten auch sie sich im Laufe des Lebens über Mangel an Glück nicht zu beklagen, aber im Unterschied zu Zimmetblüte waren sie vermessen genug, göttliche und menschliche Satzung frech zu mißachten und sich in ihrer Tollheit über alle Gebote der Vernunft und Selbstzucht hinwegzusetzen. Durch eigene Schuld rannten sie blindlings in ihr Verderben. Traurige Beispiele sollten Chrysantheme und Liebling liefern.

Wieviele glückliche Wendungen waren Liebling und auch ihrer Stiefmutter, der sechsten Wang, beschieden gewesen! Und auf wie schmähliche Art hatten sie einem gütigen Geschick gedankt! Die sechste Wang – erst hatte sie schwere Mitschuld an Hsi Mens vorzeitigem Tod auf sich geladen: ihr Mann, der ungetreue Geschäftsführer Han Tao Kwo, hatte Hsi Mens Witwe, Mondfrau, um eine Schiffsladung Seide und Kattun betrogen, dann hatten beide das Weite gesucht und in Kai fong fu bei der Tochter Liebling und deren Gatten, dem noblen Herrn Ti, Zuflucht gefunden. Später, nach dem Sturz des bis dahin allmächtigen Kanzlers Tsai King, hatte Liebling aus Angst, Intendant Ti könne mit in das Unglück seines Herrn hineingezogen werden, ihren Gatten treulos verlassen und war mitsamt ihren sauberen Eltern nach Lin tsing ausgerückt, nicht ohne daß der alte Han zuvor noch seinen Wohltäter um fünfhundert Silberbatzen bestohlen hatte. Als dann im Laufe der Kriegswirren Mutter und Tochter samt Hundefuß, dem Bruder des inzwischen verstorbenen Han Tao Kwo, im Hauptquartier des Feldherrn Walipu nicht nur gute Aufnahme und anständige Behandlung fanden, sondern – die beiden Frauen dank ihrer behexenden Reize und Liebeskünste, Hundefuß dank seiner kriegerischen Eignung – auch die Gunst des Feldherrn in so hohem Maße gewannen, daß er die sechste Wang und Hundefuß wie

Schwiegereltern behandelte und ehrte und mit Wohltaten überschüttete, konnten sie da nicht nochmals von Glück reden? Wären sie verständig gewesen, dann mußten sie darauf bedacht sein, sich solchen Glückes würdig zu erweisen und sich die Gunst des Feldherrn durch peinlich korrektes Benehmen zu erhalten. Aber bei ihnen kam es so, wie es bei Menschen niederer Art und Herkunft gewöhnlich zu kommen pflegt:

Wenn Glück den Gipfelpunkt erklimmt,
Das Unglück seinen Anfang nimmt.

Walipu hatte mit seinem Heer den längst geplanten Vormarsch nach Süden zum Yang-tse-Strom angetreten. Bei Huai an gab es einen halbjährigen Aufenthalt. Dort befanden sich ausgedehnte Weideplätze, auf denen sich die Rosse der tatarischen Reiterscharen vor dem Weitermarsch noch einmal gründlich ausruhen und kräftigen sollten.

Walipu war zwecks Inspektion der Weideplätze ständig unterwegs. Seine Weiber hatte er im Hauptquartier zurückgelassen. Da saßen sie nun und langweilten sich, unter ihnen auch Liebling und Chrysantheme. Beide waren von früher nun einmal ständiges Buhlen gewöhnt, beide gehörten zu jener Sorte, die es keine Nacht ohne Kerl aushalten kann. Kurz, da die Aufsicht nicht allzu streng war, trieben sie es hinter dem Rücken von Walipu und seiner ahnungslosen Tai tai mit allen möglichen Männern im Hauptquartier, wobei sie keinen Unterschied zwischen Vorgesetzten und gewöhnlichen Mannschaften machten. Sie waren nicht wählerisch. Bei Tag und bei Nacht, oft bis zum dritten Trommelschlag, hockten sie mit Männern zusammen und vertrieben sich die Zeit völlig ohne Scham und Hemmung mit lustigen Gelagen, mit Kartenspiel und Würfeln und – mit Wind- und Mondspiel. So trieben sie es geraume Zeit, bis eines Tages der Skandal da war.

Die Tai tai weilte außer Hauses. Chrysantheme und Liebling hatten sich unter ihren vielen Liebhabern zwei junge Hauptleute ausgesucht, die sie wegen ihrer Rüstigkeit schätzten und bevorzugten, und sie zu sich in ihren Wohnturm geladen, noch dazu am hellen Nachmittag.

Nun waren unter den Leuten, die im Bereich der Frauengemächer Dienst taten, zwei Burschen, die sich von den beiden lebenslustigen Dämchen übersehen und zurückgesetzt fühlten. Groll und essigsaure Eifersucht im Leib, schwuren sie sich, den beiden eins auszuwischen. Fortan spionierten sie heimlich unter den Fenstern ihrer Pavillons. Als sie jetzt die Tai tai von ihrem Ausgang zurückkehren sahen, liefen sie geschwind zu ihr und machten ihr Meldung, daß in dem und dem Frauenwohnturm das und das vorgehe.

Die Tai tai wollte es zunächst nicht für möglich halten. Um sich vom Augenschein zu überzeugen, drang sie in Begleitung von vier bewaffneten Wachleuten in den bezeichneten Wohnturm ein und ertappte die beiden Pärchen in flagranti. Die Überrumpelung war vollständig. Alle vier waren splitternackt und hatten nicht einmal Zeit, ihre Blöße zu bedecken. Jetzt erst gingen der bis dahin ahnungslosen Tai tai die Augen auf, welche Sorte sich der alte Gebieter zu Lieblingsfrauen erwählt hatte. Die hatten ja jeden Anstand mit ihrem schamlosen Treiben völlig über den Haufen geworfen.

Was würde Walipu dazu sagen, wenn er es erführe? Da war nur sofortige strenge Bestrafung am Platz. Andernfalls würde sein Tadel auf sie, die Tai tai, selber fallen. Sie war ja verantwortlich für die Wahrung des Hausgesetzes.

Also ließ sie die vier Sünder, notdürftig bekleidet, fesseln und vor das Kriegsgericht bringen. Der Richter verurteilte die beiden Männer zu je vierzig Schlägen mit dem Bambusprügel und zu einmaliger Folter mit der hölzernen Knöchelquetsche, die beiden Frauen zu hundert Peitschenhieben und zu einmaliger Folter mit der hölzernen Fingerpresse. Alsdann wurden alle vier aneinandergebunden und auf dem Marktplatz bei der Himmelsstrombrücke öffentlich hingerichtet. Die Leichen wurden in ein Massengrab geworfen.

Bruder Kiao Meh zog es vor, den schlimmen Folgen, die die

Schande seiner Schwester für seine eigene Person nach sich ziehen mußte, durch freiwilligen Tod auszuweichen. Er wählte den Strick. Das war das traurige Ende eines vielbeneideten Günstlings vom Tatarenhofe. Welcher Sturz aus stolzer Höhe!

Die sechste Wang, Lieblings Stiefmutter, und Onkel Hundefuß aber entgingen dem auch sie bedrohenden Strafgericht durch Flucht. Sie ließen Haus und Habe im Stich und flüchteten Hals über Kopf in schäbiger Kleidung, um nicht aufzufallen, nach dem Hafen von Huai an und schifften sich auf einer Reisedschunke nach Lin tsing in Schantung ein. Schon während der Fahrt nahm die sechste Wang ihr altes Gewerbe wieder auf, sie verdiente sich das Reisegeld, indem sie sich Männern preisgab. Hundefuß füllte dabei die Lücke aus, die seit dem Tod ihres früheren Ehemannes, des Han Tao Kwo, entstanden war: Er spielte die Rolle des Zuhälters. Von Lin tsing führte sie die Reise zu Land weiter nach der alten Heimatstadt Tsing ho hsiän. Dort suchten sie ihr früheres Wohnhaus in der Ochsenfellgasse auf. Da es völlig zerstört und unbewohnbar war, mieteten sie sich in einem zweifelhaften Quartier in der Wespengasse am Flußufer ein und betrieben hier das gewohnte Gewerbe weiter. Es brachte einen kläglichen Tagesverdienst von höchstens fünfhundert Kupferlingen ein. Aus Not mußte Hundefuß das schimpfliche Leben mitmachen. Er schämte sich dessen und wagte nicht, sich zu zeigen, wenn er Bekannte von früher unter dem Dachrand vor der Tür hin und her streichen sah. Schade um ihn. Er war einmal ein wackerer Kämpe gewesen und eigentlich zu etwas Besserem berufen. Sein Leben endete mit einer Niederlage.

Wie die Geschichte weitergeht, werdet ihr aus dem nächsten Kapitel erfahren.

SECHSUNDZWANZIGSTES KAPITEL

Auf dem anrüchigen Gelände eines Freudenpalastes werden Weihestätten der Drei Erhabenen Lehren errichtet. In dem rechtgläubigen Tempel der Großen Erweckung macht sich der unheilige Kult der Hundert Blüten breit

Großmeisterin Li hatte Glück und Wohlstand und alle Freuden dieses Daseins mehr als reichlich genossen, bevor die vom Schicksal verhängte große Heimsuchung über sie hereinbrach. Es war ein Leben üppigsten Sinnengenusses gewesen, das sie geführt hatte. Nun war ihre Herrlichkeit über Nacht wie von einem jähen Unwetter aufgewirbelt und aufgerollt worden und in alle Winde zerflattert und verweht. Vorbei!

Übriggeblieben waren nur das leere Gelände und die leeren Baulichkeiten ihres Freudenpalastes. Mit seinen Wohntürmen, Pavillons und Kiosken, mit seinen vielfach gekrümmten und gewundenen Wandelgalerien, mit seinem Park und Blumengarten, seinen Aussichtsterrassen, seinen Weihern und künstlichen Felsgestaden glich dieser Blumenhof immer noch einem fürstlichen Lustschloß. Nun war er behördlich enteignet und öffentliches Besitztum geworden. Zum amtlich festgesetzten Preis von fünftausend Silberbatzen stand er privaten Liebhabern zum Ankauf offen.

Aber niemand mochte sich zum Erwerb entschließen. Vermögende Privatinteressenten gab es schon, aber sie stießen sich sämtlich an der anrüchigen Vergangenheit des Besitztums. Unmöglich konnte man ehrsamen Frauen und Haustöchtern gutbürgerlicher Herkunft zumuten, in einem Anwesen zu wohnen, das vordem Pflanzstätte von Sumpfblumen, Brutstätte von Opiumqualm, Lustquartier von lockeren Dirnen und Komödiantinnen gewesen war. Und so stand das schöne Besitztum länger denn ein Jahr leer und unbenutzt. Kein Mensch meldete sich als Käufer.

Bis eines Tages Priester Mondglanz vom buddhistischen Großkanzlertempel sein Auge auf das ungenutzte Grundstück warf. Wenn er unter den Patronen und Patroninnen seines Tempels eine Subskriptionsliste in Umlauf setzte, traute er sich schon zu, eine Summe von zweitausend Batzen aufzubringen. Davon würde er fast die Hälfte des weitläufigen Besitzes in seine Hand bringen können. Auf seiner Parzelle gedachte er eine stattliche Tempelanlage zu errichten und sie zu einer würdigen Pflanz- und Sammelstätte des Tschan-Buddhismus zu machen. Von einem hohen Holzgerüst sollte eine große Bronzeglocke ihre eherne Stimme weithin erschallen lassen und die Gläubigen herbeirufen. Aus allen zehn Windrichtungen aber wollte er dann Buddhadiener, die im Geruch besonderer Heiligkeit standen, von auswärts einladen, herzukommen und in seinem Tempel fromme Versenkung zu üben und seine Gemeinde mit Gastpredigten zu erbauen.

Das war sein schöner Plan, und es schien, als ob er glücken sollte. Priester Mondglanz verfügte über eine einflußreiche Verbindung. Einer seiner Patrone bekleidete einen hohen Posten beim Oberkommando des Militärstatthalters der Provinz Ho nan, zu der ja die Hauptstadt Kai fong fu gehörte. Der befürwortete sein Vorhaben bei Kaiser Liu Yü. Es bedurfte nur noch der allerhöchsten Genehmigung, dann konnte der Tempelbau beginnen. Die benötigten Kauf- und Baugelder waren gesichert. Da kam wider Erwarten etwas dazwischen.

Die Selige Reine, die Einsiedlerin von der ›Klause der blühenden Lehre‹, ging häufig im Palast des tatarischen Feldherrn Niänhan, des derzeitigen Stadtpräfekten von Kai fong fu, aus und ein. Sie war in seinen Frauengemächern eine gern gesehene Besucherin, pflegte mit den Damen Hausandachten abzuhalten, ihnen Sutrentexte zu erklären und mit ihnen fromme Weisen zum Lobe Buddhas zu singen. Dank ihrer Beliebtheit war es ihr nicht schwergefallen, einen geistlichen Frauenverein zu gründen. Außer den Damen des Feldherrn Niänhan gehörten ihrem Verein zahlreiche andere Damen der oberen Gesellschaftskreise als Mitglieder an, unter anderem auch die Damen des Oberfeldherrn Walipu, an der Spitze seine Favoritin Li Kiao'rl. Jedes

Vereinsmitglied spendete einen halben Silberbatzen zu einem Fonds, aus dem ein schönes neues Buddhabildnis für die Klause der Seligen Reinen erstellt werden sollte. Abgesehen davon flossen der beliebten Nonne täglich Naturalspenden aller Art wie Tee, Reis, Nudeln, Brennholz, Lampenöl und ähnliches mehr zu. Auch machten die vornehmen Vereinsmitglieder häufig ihre Gegenbesuche in der Einsiedlerklause. Sie hatten eine Vorliebe für diese Stätte der Stille und Beschaulichkeit.

Wenn die Besucherinnen nun stolz in ihren Karossen oder Sänften oder hoch zu Roß, von einem Dienerschwarm begleitet, daherkamen, dann wollte es die Selige Reine dünken, daß ihre kleine, bescheidene Klause in den Raumverhältnissen gar zu beschränkt und für einen so ausgedehnten, vornehmen Verkehr auf die Dauer nicht ausreichend sei. Also reifte in ihr der Wunsch, sich zu vergrößern und anderwärts eine stattlichere Klause zu beziehen. Sie begann Umschau nach einer geeigneten Stätte zu halten, hatte aber bisher keine ausfindig machen können.

Daß das wundervolle Besitztum der Großmeisterin Li behördlich beschlagnahmt war und jetzt zum Verkauf freistand, hatte sie wohl vernommen, aber den Gedanken, sich dort niederzulassen, gleich wieder verworfen. Das Grundstück lag doch am Westufer des Piän-Flusses in der unmittelbaren, höchst anrüchigen Nachbarschaft des Blumenhofviertels. Nein, eine so profane Gegend kam für ihren frommen Zweck nicht in Frage! Das war ihre ursprüngliche Meinung gewesen.

Diese Meinung änderte sie mit einem Schlag, als sie von dem Bauvorhaben des Priesters Mondglanz erfuhr. Wenn der Platz für Priester und Mönche gut genug als Aufenthalt war, warum dann nicht für uns Nonnen, sagte sie sich und – handelte. Sie erließ ein Rundschreiben an ihre sämtlichen Vereinsdamen und ersuchte sie darin, bei der Niang niang, der hohen Dame, der tatarischen Hauptgattin des Wudschu, in folgendem Sinne vorstellig zu werden:

›Das ehemalige Besitztum der Großmeisterin Li war in früheren Zeiten eine Art Anhängsel des Kaiserpalastes, ein Bezirk, in dem weiland Kaiser Hui Tsung zu lustwandeln und seine Favoritin zu beglücken pflegte. Von Rechts wegen hätte es zugunsten des neuen Herrn im Reiche, des Wudschu, beschlagnahmt werden müssen. Von Rechts wegen ist es Eigentum des Wudschu, nur der Wudschu kann über seine Verwendung verfügen. Wie kommt der vom Wudschu eingesetzte Kaiser Liu Yü dazu, irgendeinem Priester eine Konzession auf einen Tempelneubau in einem dem Wudschu gehörenden Gelände zu erteilen? Überdies liegt besagtes Gelände am Westufer des Piän-Flusses in unmittelbarer Nachbarschaft des Blumenhofviertels. Daß sich ausgerechnet in so anrüchiger Umgebung Priester und Mönche niederlassen wollen, dürfte höchst unpassend sein und eine ernsthafte Gefährdung ihrer geistlichen Moral bedeuten. Etwas ganz anderes wäre es, wenn das Gelände Nonnen überlassen würde. Da stünden die angedeuteten Bedenken nicht im Wege. Dort eigens für die Niang niang eine würdige Weihestätte zu errichten, wo sie ihre Brandopfer darbringen und ihre Andachten verrichten kann, wo fromme Schwestern bei Tag und Nacht aus den heiligen Sutren vorlesen und in ihren Gebeten Fürbitte leisten um Erhaltung des Friedens, um Gesundheit und langes Leben für den Wudschu und seine hohe Gemahlin und nicht zuletzt Fürbitte tun um einen Leibeserben des Wudschu – das wäre ein schönes, dankenswertes Unternehmen auf lange Sicht!‹

Die Vereinsdamen verfehlten nicht, im Sinne dieses Rundschreibens geschlossen bei der Niang niang vorstellig zu werden. Die mit diplomatischem Geschick von der Seligen Reinen zusammengetragenen und ihnen in den Mund gelegten Argumente, die sie vorbrachten, machten Eindruck bei der hohen Dame. Es war insbesondere das Argument – Fürbitte um einen Leibeserben für den Wudschu –, das den Ausschlag gab. Es verhielt sich ja in der Tat so, daß der Wudschu noch ohne männlichen Leibeserben war und daß die Niang niang nichts sehnlicher herbeiwünschte, als ihm einen solchen zu schenken. Mit Bedacht hatte die Selige Reine die hohe Dame gerade bei dieser ihrer schwachen Stelle zu fassen gewußt. Der Erfolg gab ihr recht. Der gemeinsame Schritt der Vereinsdamen wurde von der Niang niang höchst gnädig aufgenommen und fand Gegenliebe. Es erging eine Einladung an die Selige Reine zu einer Audienz bei der Niang niang!

In Begleitung ihrer beiden jungen Gehilfinnen Tan Nong und Tan Fu, alle drei mit neuen Kutten und sauberen Hauben angetan, machte sich also die Selige Reine eines Tages zum Palast des Wudschu auf. Mit zum geistlichen Gruß über der Brust zusammengelegten Händen traten sie vor die Niang niang und knieten zum Stirnaufschlag nieder. Die hohe Dame empfing sie mit huldvollem Lächeln und lud sie zum Platznehmen ein. Es war keine gewöhnliche Dienerin, vielmehr eine jugendliche Kebse aus den Seitengemächern, die den Besucherinnen jetzt auf goldenem Tablett drei gefüllte Teeschalen anbot. Die Selige Reine griff nach der einen, zögerte aber, sie an den Mund zu führen. Sie hatte auf dem Tee obenauf schwimmend fettige Kringel von roter Färbung bemerkt. Nun argwöhnte sie, diese rötliche Oberschicht möchte irgendein tierisches Fett sein, und so etwas zu genießen, verbot ja strenge Klosterregel. Die hohe Dame, den Grund ihres Zögerns erratend, winkte lächelnd zwei junge Mädchen ihres Gefolges heran und sagte ihnen ein paar Worte auf tatarisch. Die beiden, geraubte und verschleppte Chinesenmädchen, beherrschten die tatarische Sprache und wurden daher bei Hofe als Dolmetscherinnen verwendet. Auf chinesisch machten sie jetzt der Besucherin klar, die rötliche Schicht auf dem Tee stamme nicht von tierischem Fett, sei vielmehr eine schmackhafte Creme, hergestellt aus einem Pflanzenstoff, nämlich dem Öl des Sesamsamens. Die Niang niang lasse ihr sagen, sie könne getrost von dem Tee trinken. Jetzt war die Selige Reine beruhigt. Sie dankte und trank.

Nunmehr richteten ihr die beiden Dolmetscherinnen im Auftrag der Niang niang folgende Botschaft aus:

»Unsere hohe Gebieterin wünscht das Anwesen der Großmeisterin Li zu einem ›Brandopferhof‹ des Wudschu zu machen. Sie wünscht, daß darin um einen rechtmäßigen Leibeserben für den Wudschu gebetet und geopfert werde. Sollten die Gebete und Opfer erhört werden, so wird unsere gnädige Gebieterin Euch hoch belohnen. Sie wünscht den Bau eines Buddhatempels, in dem je ein aus duftendem Sandelholz geschnitztes Bildnis Buddhas und der göttlichen Geburtenhelferin Kwan Yin Aufstellung finden soll. Fürs erste gewährt sie Euch eine Spende von dreitausend Silberbatzen als Beihilfe für die Baukosten. Wenn der Bau vollendet ist, wird sie sich persönlich zum Tempel begeben, um reumütig zu opfern und zu beten und göttlichen Segen herabzuflehen.«

Die Selige Reine dankte hochbeglückt für soviel fürstliche Huld. Die Fürstin winkte sie näher heran auf einen westlich von ihrem Hochsitz befindlichen Kang, wobei zu bemerken ist, daß es bei den Tataren Brauch ist, geschätzte Gäste südwestlich vom Gastgeber sitzen zu lassen. Von neuem wurde Tee einer erlesenen Sorte serviert, dazu eine Platte, die wohl einen Fuß hoch mit allerlei Gebäck, Süßigkeiten und Früchten beladen war. Sie wurde auf dem goldgesprenkelten Rotlacktischchen in der Kangmitte abgestellt. Dann gab es noch auf goldener Platte eine Anzahl warmer fleischloser Gerichte, serviert in Porzellanschälchen des kaiserlichen Drachen-Phönix-Musters, dazu goldene Eßlöffelchen.

Die drei Besucherinnen wagten nur schüchtern von allem ein wenig zu nippen. Dann empfahlen sie sich. –

Der Wettlauf zweier geistlicher Stellen um die Genehmigung zum Bau sprach sich in der Stadt herum. Der Erfolg der Seligen Reinen rief zwei weitere Bewerber auf den Plan. Da war einmal der taoistische Priester Wang, der die Tempelanlage des Tiän tan, Himmelsaltar, betreute. Der sagte sich: Was der buddhistischen Lehre recht ist, das ist der taoistischen billig. Das ehemalige Besitztum der Großmeisterin Li ist weit und geräumig genug, um Platz für beide Lehren zu bieten. Und er wandte sich an einen ihm befreundeten höheren Militär im Hauptquartier des Oberfeldherrn Walipu und bot ihm tausend Batzen, wenn er eine entsprechende Genehmigung für ihn durchsetzen könne. Er hatte nicht einmal einen Tempelneubau im Sinne, vielmehr dachte er daran, eine bestimmte Halle, die von der Großmeisterin eigens zu Ehren ihres hohen Gönners und Liebhabers, des weiland Kaisers Hui Tsung, errichtet worden war, käuflich zu erwerben. Diese festliche Halle würde so, wie sie stand, seinem Zweck vollauf genügen. Er brauchte nur die Aufschrift am Halleneingang entsprechend zu ändern; statt der bisherigen, auf die Person des kaiserlichen Ehrengastes gemünzten Aufschrift ›Halle des Polarsterns und heldenmütigen Kämpfers für die Unsterblichkeit‹ würde er in Riesenlettern die Aufschrift San tsing kung, ›Palast der Drei Verklärten‹ – das sind der weise Lao Tse, der Begründer der taoistischen Lehre, ferner Pan Ku, der erste Mensch, und drittens der Yü Huang Schang Ti, Nephritkaiser, die höchste taoistische Gottheit – anbringen lassen und damit die Bestimmung der Halle hinreichend kennzeichnen.

Zum anderen meldete die konfuzianisch eingestellte Jungakademikerschaft der Hauptstadt ihre Ansprüche an, und zwar durch zwei forsche und kampflustige Wortführer, die jungen Doktoren ersten Grades Wu und Pu. In geschlossenem Zuge marschierte die gesamte Studentenschaft vor dem Palast des Kaisers Liu Yü auf und ließ ihm durch die genannten beiden Wortführer eine Denkschrift überreichen.

Im Namen der Gerechtigkeit forderte die Denkschrift sehr energisch, daß bei Aufteilung des umstrittenen Besitztums an geistliche Stellen vor allem die orthodoxe und offizielle Staats- und Morallehre von Meister Kung Tse Berücksichtigung finden müsse. Die Studentenschaft nahm in ihrem jugendlichen Eifer den Mund gleich etwas voll und verlangte nicht mehr und nicht weniger, als daß das gesamte Gelände ihr, der berufenen Trägerin und Vertreterin der konfuzianischen Lehre, überlassen werden müsse. Die Studentenschaft mache sich, so hieß es weiter in der Denkschrift, anheischig, diese ehemalige Stätte der Blumenpfade und Lastergrotten zu veredeln und in einen ›Studierhof der gesammelten Edlen und Weisen‹, in eine Universität umzuwandeln. Von überallher wolle man namhafte Gelehrte heranholen, die dem akademischen Nachwuchs in öffentlichen Gastvorlesungen die ewigen Wahrheiten der konfuzianischen Lehren erschließen sollten. Soweit die Denkschrift.

Merkwürdig, auf einmal rissen sich Anhänger und Anhängerinnen der Drei Erhabenen Lehren um die Wette darum, auf einem ehemals so verrufenen und anrüchigen Gelände seßhaft zu werden. Ob wohl die lockenden Dämonen der Lust, die schmutzigen Kobolde des weltlichen Staubs und der sechs Sinne, die früher hier ihr Unwesen getrieben hatten, noch immer spukten und einen örtlichen Bann ausübten? –

Die drei anderen Mitbewerber: Priester Mondglanz vom Großkanzlertempel, Priester Wang, der Hüter des Himmelsaltars, und die Studentenschaft waren keineswegs gewillt, sich so ohne weiteres von der Nonne Selige Reine beiseiteschieben zu lassen, gedachten vielmehr, ihre Ansprüche auf dem Klagewege geltend zu machen. Ein Machtspruch der höchsten Instanz, des Wudschu, kam ihnen zuvor.

Eines schönen Tages überbrachte im Namen und Auftrag des Wudschu ein Obereunuch dem Kaiser Lui Yü einen Erlaß, in dem der Wudschu seinen Willen kundtat, auf dem umstrittenen Gelände selber einen Buddhatempel zu errichten! Gleichzeitig erging an den Statthalter der Provinz Ho nan die Weisung, aus seinem Provinzsäckel dreitausend Silberbatzen zu entnehmen und für den Zweck des gewünschten Tempelbaus dem mit der Bauleitung beauftragten Obereunuchen zur Verfügung zu stellen. Er sollte weiter aus dem Bereich seiner Provinz die benötigten Fachkräfte, Architekten, Schlosser, Baumeister und Zimmerleute heranholen. Im Bauplan war außer dem Tempel selber die Anfertigung einer Buddhastatue und eines Bildnisses der göttlichen Geburtenhelferin Kwan Yin vorgesehen, beide aus duftendem Sandelholz zu schnitzen. An einem günstigen Kalendertag erschien dann der Statthalter persönlich auf dem Bauplatz und erteilte seinen behördlichen Befehl und Segen zum Baubeginn.

Schon lange vorher war die Selige Reine mit ihren beiden Gehilfinnen und mit Sack und Pack auf das Gelände ihrer künftigen Wirkungsstätte übersiedelt. Sie wollte doch persönlich den Beginn und Fortgang der Bauarbeiten überwachen. Platz zum Wohnen bot sich ihr in dem verlassenen Anwesen mehr als genug. Die einzelnen Wohngebäude gingen ja neunfach in die Tiefe des Geländes. Und sie waren, obwohl bei Beschlagnahme kahl und leergeräumt, baulich noch in tadellosem Zustand, desgleichen auch die Portale, Pforten, Fenster, Geländer, Balustraden und überdachten Wandelgänge. In dieser Hinsicht waren keinerlei Neubauten oder Ausbesserungen nötig.

Fast hundert Räume hatte die Großmeisterin seinerzeit zur Verfügung gehabt und diesen reichlichen Wohnraum mit der hundertköpfigen Belegschaft ihres Blumenhofes noch nicht einmal voll ausgenutzt. Was sollte gar die Selige Reine mit einem so riesigen Anwesen anfangen, das ihr dank des Machtworts des Wudschu in den Schoß gefallen war?

Es ist eine alte Erfahrung:

Sei arm, steh auf dem Markt, erheb Geschrei –
Kein Mensch zu deiner Hilfe eilt herbei.
Sei reich, verkriech dich in der Berge Einsamkeit –
Man sucht und spürt dich auf von weit und breit.

Wenn ein Mensch von der Gunst der Stunde hochgetragen wird, dann finden sich bestimmt völlig ungerufen alle möglichen Leute ein, die sich bei ihm lieb Kind machen möchten. Das erlebte jetzt die Selige Reine. Von allen namhaften Klöstern und Tempeln und Klausen der Hauptstadt kamen sie jetzt herbeigelaufen, die buddhistischen und taoistischen Nonnen, um der Seligen Reinen zu huldigen und die ›große alte Meisterin‹ mit Geschenken und Schmeicheleien zu überhäufen. Innerhalb kürzester Frist hatte sich der Ruf der neuen Tempeloberin, der ehemals kleinen, bescheidenen Klausnerin, und die Neuigkeit über ihr großartiges, von höchster Protektion gefördertes Bauvorhaben bis zu allen Tempelpatronen und Wohltätern innerhalb und außerhalb der Stadttore von Kai fong fu herumgesprochen. Ohne daß sie darum den hölzernen Fisch und die Almosenschale bemüht oder eine Subskriptionsliste in Umlauf gesetzt hätte, flossen ihr jetzt von allen Seiten, sogar von einsam weit draußen in der Provinz gelegenen Gutshöfen und Tempeln, Geld- und Sachspenden in Hülle und Fülle zu. Von allen Seiten wallfahrteten sie herbei, die buddhagläubigen Frauen, reich und arm, in Kutschen und Sänften, zu Pferd oder zu Fuß, vielfach brachten sie ihre Kinder und Männer mit. Der Zustrom wollte nicht abreißen und erreichte seinen Höhepunkt, als die Gemeinde des am Nordtor gelegenen und vor zehn Jahren von den Tataren eingeäscherten ›Lichten Thronschutztempels‹ drei damals zum Glück gerettete und bislang in einer Erdgrube unter Bastmatten versteckt gehaltene, große bronzene Buddhastatuen unter riesiger Beteiligung der Bevölkerung in feierlicher Prozession, Räucherkerzen in den Händen und fromme Litaneien auf den Lippen, vom Nordtor durch die ganze Stadt bis zum ehemaligen Anwesen der Großmeisterin Li überführte und der Seligen Reinen als Spende für ihren neuen Tempel darbrachte.

Als dann der Tempel dank Buddhas gnädigem Beistand fertig und vollendet dastand und unter ungeheurem Zulauf der Gläubigen aus einem Umkreis von tausend Li eingeweiht wurde, da ließen es sich auch der Wudschu und seine hohe Gemahlin nicht nehmen, persönlich anwesend zu sein und als erste ihr Gebet und Brandopfer zu verrichten. Aus diesem feierlichen Anlaß stiftete der Wudschu dem Tempel eine Anzahl wertvoller Gaben, unter anderem einen uralten, mit Grünspan überzogenen, großen, aus Bronze gegossenen Dreifuß aus dem ehemaligen Besitz des Kaisers Hui Tsung. Er sollte vorn am Tempeleingang Aufstellung finden. Weiter stiftete er einen gleichfalls uralten, aus der Tschou-Zeit stammenden bronzenen Opferpokal, dazu ein Paar zwei Fuß hoher irdener, mit einer eisvogelblau und zinnoberrot getönten Schmelzwerkschicht überzogene Opferweinkrüge aus der Han-Zeit. Diese drei Gefäße sollten ihren Platz auf dem Opferaltar vor dem sandelholzgeschnitzten Buddhabildnis unterhalb der gläsernen Tempelampel finden. Diese Ampel, eine Hängelampe und gleichfalls vom Wudschu gestiftet, hing an acht Schnüren von der Decke herab, die Schnüre waren von oben bis unten mit Perlen, Edelsteinen und Kristallplättchen besetzt und verziert, die vereint im Widerschein des Ampellichtes ein farbensprühendes Feuerwerk von funkelnden und blitzenden Lichtreflexen entfalten und die Halle mit überirdischem Glanz erfüllen sollten. Alle diese Gegenstände stammten aus dem Palastbesitz der früheren Sung-Kaiser.

Schließlich verlieh der Wudschu auch dem Tempel einen Namen und stiftete die Riesentafel, die auf der Stirnseite oberhalb des Eingangs anzubringen war. Das stand auf zinnoberrotem Grund in goldenen Schriftzeichen zu lesen:

Buddhatempel der Großen Erweckung,
durch höchsten Erlaß gestiftet zum Schutz von Thron
und Land

Die Selige Reine brauchte sich fortan keinerlei Nahrungssorgen zu machen. Alles, was sie für sich und ihre Gehilfinnen zum Lebensunterhalt und was sie für die Instandhaltung des Tempels benötigte, wurde ihr allmonatlich aus freiwilligen Spenden mit der Pünktlichkeit eines öffentlichen Reistributs geliefert.

Natürlich reichte ihre und die schwache Kraft ihrer beiden früheren Gehilfinnen, die sie weiter behielt, nicht entfernt zur Bewältigung der beträchtlich gewachsenen Anforderungen aus, die der neue Tempel mit sich brachte. Es hielt nicht schwer, unter den vielen wandernden Bettelnonnen, den Bhikschuni, die ständig bei ihr einkehrten, nach und nach die fehlenden und geeigneten Kräfte aufzutreiben und in Dienst zu nehmen. Schließlich unterhielt sie ein Hilfspersonal von nicht weniger als dreißig Köpfen.

Mit dem Tempeldienst nahm sie es sehr genau. Zwölf volle Stunden täglich lösten sich abwechselnd Vorlesungen aus den Sutren mit Andachten ab. Auch hielt sie auf eine strenge und klare Tempelordnung nach dem Vorbild des Großkanzlertempels. Für die verschiedenen Aufgaben richtete sie regelrechte Ämter ein. So erhielt die eine Nonne den Auftrag, die Gäste zu betreuen, die andere das Amt, für Ordnung zu sorgen, andere wurden mit der Kassenverwaltung und Rechnungsführung betraut, wieder andere mit dem Küchendienst und so fort. Jede in der dreißigköpfigen Gemeinschaft erhielt einen bestimmten Aufgabenkreis zugewiesen.

Mit Geschick und Erfolg wußte sie eine Region irdischen Staubes, in der früher hübsche Teufelinnen der Versuchung und Verführung ihren Spuk getrieben, in der die Besucher unter Weiden geruht und sich zwischen Blumen gebettet hatten, in einen geistlichen Bereich umzuwandeln, in dem das erhabene Gesetz der Leere und Entstaubung verkündet und geübt wurde.

Der taoistische Priester und Hüter des Himmelsaltars sowie die hauptstädtische Studentenschaft konnten und wollten sich noch immer nicht damit abfinden, daß das schöne ehemalige Besitztum der Großmeisterin Li ausschließlich einer Dienerin der buddhistischen Lehre gehören solle, und sie verfochten weiter hartnäckig ihren Anspruch auf Gleichberechtigung ihrer eigenen, der taoistischen und konfuzianischen Lehre. In einer gemeinsamen Eingabe an den Wudschu machten sie geltend, daß es auf die Dauer zu Unzuträglichkeiten führen müsse, wenn eine Schar buddhistischer Nonnen so ganz allein in unmittelbarer Nähe des Vergnügungsviertels hause und den von dort drohenden Anpöbelungen und Belästigungen ausgesetzt sei. Zu ihrem Schutz sei es schon besser, wenn sie Kultstätten und männliche Vertreter der beiden anderen Erhabenen Lehren zur Seite hätten. Das sei auch ein Gebot der Gerechtigkeit. Das Gelände sei viel zu groß für die Zwecke der Seligen Reinen, sie komme vollauf mit der vorderen Hälfte des Anwesens aus. Die rückwärtige Hälfte solle zu zwei gleichen Teilen dem taoistischen Priester Wang und der Studentenschaft überlassen werden. Das sei nur recht und billig. So würden alle drei Erhabenen Lehren, der Konfuzianismus, der Buddhismus und der Taoismus, gleiche Berücksichtigung finden.

Der Wudschu genehmigte den Antrag und sprach demgemäß die rückwärtige Hälfte des Geländes den Antragstellern zu. Damit war der lang währende Streit und Wettbewerb um den ehemaligen Besitz der Großmeisterin Li friedlich beigelegt.

Priester Wang wußte mit seinem Erfolg nichts Rechtes anzufangen. Er war unpraktisch und verstand nicht, für seine Sache zu werben und Gelder aufzubringen. Einstweilen kümmerte er sich gar nicht um den ihm zufallenden Teil.

Um so rühriger packten die beiden energischen Wortführer der Studentenschaft, die jungen Doktoren Wu und Pu, ihre Aufgabe an. Sie brachten keck und dreist an der Grenze ihrer Parzelle ganz einfach Verbotstafeln an und erhoben von jedermann, der den Bereich betreten wollte, ein Eintrittsgeld von drei Groschen. Nun barg ja gerade dieses hintere Parkgelände Sehenswertes genug, und es fehlte nicht an neugierigen Besuchern. Wer hätte nicht gewünscht, jene Pfade zu wandeln, die einst ein Kaiser Hui Tsung gewandelt war, und einen Blick in jenen berühmten Pavillon mit der vielsagenden Aufschrift ›Willkommen, o kaiserliche Glöckchenkarosse!‹ zu tun? Kurz, die Eintrittsgelder flossen reichlich und brachten den tüchtigen Studenten in Kürze den stattlichen Baugelderfonds von vierhundert Silberbatzen ein.

Da wurde nun nicht lange gezaudert. Die Halle, die rasch entstand, war dreiteilig. Der Mittelraum war der konfuzianischen Lehre, der linke Seitenflügel der taoistischen, der rechte Seitenflügel der buddhistischen Lehre geweiht. Entsprechend fand im Mittelraum ein holzgeschnitztes Standbild von Meister Kung Tse, links daneben eines von Lao Tse, rechts daneben eines von Buddha Aufstellung. Mit dieser Anordnung wollte die Akademikerschaft natürlich zum Ausdruck bringen, daß der Ehrenplatz noch immer der rechtmäßigen, orthodoxen Hauptlehre des Konfuzianismus gebühre, wohingegen sich Buddhismus und Taoismus als Nebenlehren mit Nebenplätzen zu bescheiden hätten.

Im übrigen nahm es die flotte, leichtlebige Studentenschaft,

Die Halle der Drei Erhabenen Lehren

anders als die Selige Reine, nicht allzu streng und genau mit ihrem Tempeldienst. Es lag wohl mit an dem recht weltlichen Charakter der Örtlichkeit und ihrer näheren Umgebung. Auf der einen Seite der wunderbare Park mit seinen luftigen Aussichtsterrassen, seinen heimlichen Lauben und Grotten, seinen verträumten Lotosweihern und malerischen Felsgestaden, mit dem versteckten zweistöckigen Wohnturm, in dem einst Silbervase geliebt hatte. Jenseits die krummen winkeligen Gassen des grellgrünen und roten Viertels der Sumpfblumen und des Opiumqualms. – Ist es ein Wunder, daß bei den jungen Studenten, die nun ständig hier aus und ein gingen, kein rechter Ernst, keine rechte Weihestimmung aufkommen wollte. Im Gegenteil. Wenn sich diese lockere Jugend schon in der als Weihestätte gedachten Halle der Drei Erhabenen Lehren einfand, dann nahm sie das Ganze einfach nicht ernst. Anstatt im Mittelraum zu Füßen von Meister Kung Tse mit Fleiß die klassischen Schriften zu lesen, anstatt im linken Seitensaal zu Füßen vom weisen Lao Tse über Sinn und Wesen des Tao nachzusinnen, anstatt im rechten Seitensaal zu Buddhas Füßen Versenkung und Abstraktion zu üben, versammelte sich eine übermütige Kumpanei zu ausgelassenen Zechgelagen und zu Diskussionen recht vergnüglicher, weltlicher Art. Wenn man sich schon – zum Scherz – Aufsatzthemen stellte, dann wählte man mit Vorliebe das Wörtchen ›Weib‹, und alles, was mit dem Begriff ›Weib‹ zusammenhängt, als Thema. Daneben war auch der Begriff ›Leere‹ – höchstes Ziel buddhistischen und taoistischen Strebens – beliebtes Thema, um seinen Spott auszugießen. Natürlich legte man es so aus, daß alle Lehren über *Leere* im Grunde recht leeres Geschwätz seien. –

Damals gab es in Kai fong fu ein Nonnenkloster des Namens Kloster zum Blütenregen. Die Oberin, eine Sechzigerin, war mongolischer Abstammung und nannte sich ›Fürstin der Hundert Blüten‹. Sie hatte einen von der herkömmlichen buddhistischen Richtung abweichenden eigenen Tempelkult begründet. Ihre Selbstherrlichkeit brachte sie schon in gewissen Äußerlichkeiten zum Ausdruck. So verschmähte sie es nicht, dicke goldene Ohrringe zu tragen, während nach streng buddhistischer Klosterregel für Nonnen jeglicher Schmuck verpönt ist. Um den Hals trug sie einen Rosenkranz von einhundertacht Kügelchen, die aus Menschenknochen geschnitzt waren. Die Kutten, die sie trug, waren nicht etwa nach Klosterregel aus schlichtem Wollstoff oder grobem Linnen, vielmehr aus feinsten Seidenstoffen geschneidert. Etwas Ungewöhnliches war auch der messingne Handgong, den sie ständig bei sich trug und mit dem sie zu rasseln pflegte, wenn sie öffentlich in Erscheinung trat und die Aufmerksamkeit auf sich lenken wollte. Abwechselnd bediente sie sich für diesen Zweck auch einer kupfernen Handklingel. Ihr Mund gebot über allerlei seltsame und unverständliche Beschwörungs- und Zauberformeln. Wenn sie ausging, dann wie eine Fürstin mit großem Gefolge. Ein Schwarm von zwanzig, dreißig jungen Mädchen, Gehilfinnen und Jüngerinnen, ihren ›Blüten‹, pflegte sie ständig zu begleiten. Mit der Ernährung hielt sie es wieder ganz selbständig und stark abweichend von der Klosterregel. Statt fader, ungewürzter, vegetarischer Tempelkost bevorzugte sie saftige Braten und scharfe Gewürze wie Zwiebel, Knoblauch und Pfeffer und verschmähte auch keineswegs einen guten Tropfen. Ein besonderer Zauber stand ihr zu Gebote. Wenn eine Gegend von giftigen Schlangen oder wilden Tieren heimgesucht wurde, dann pflegten die Bewohner der betroffenen Gegend die Po hua ku ku, Muhme der Hundert Blüten, wie sie im Volksmunde hieß, zu Hilfe zu holen. Dann brauchte sie nur mit ihrem Gong zu rasseln und irgendwelche geheimnisvollen Beschwörungsformeln zu murmeln, und schon war das wilde Getier gebändigt und lag wie unter Hypnose reglos da, so daß es von den Einwohnern mühelos erlegt werden konnte. Ebenso wußte ihre Zauberkunst böse Nachtmahre und Gespenster zu bannen und zu verscheuchen, wenn diese ihre Opfer mit Alpdrücken und Angstträumen beunruhigten. Kein Wunder, daß die Blüten-Muhme bei der Bevölkerung weit und breit ehrfürchtige Verehrung genoß, daß sie wie ein höheres

Wesen angesehen wurde, daß ihr Kult der Hundert Blüten gewaltigen Zulauf fand und viele junge Mädchen sich danach drängten, als Jüngerinnen in ihre Gefolgschaft aufgenommen zu werden.

Als der Blüten-Muhme zu Ohren kam, daß es die ehemals kleine, unbedeutende Klausnerin Selige Reine dank hoher Protektion in kürzester Frist zu einem herrlichen eigenen Tempel auf dem ehemaligen Blumenhofgelände der Großmeisterin Li gebracht habe, da gaben ihr Neid, Ehrgeiz und Habsucht einen verwegenen Plan ein: Diesen wundervollen Tempel wollte sie der kleinen Rivalin entreißen und für sich selber erobern!

Also bestieg sie eines Tages eine große Achtmannsänfte und machte sich mit dem üblichen Gefolge von dreißig jungen Blüten zum Ta kio tschan lin, Buddhatempel der Großen Erweckung, auf.

Durch die Betreuerin der Gäste von der Ankunft der berühmten Blüten-Muhme unterrichtet, schlüpfte die Selige Reine geschwind in eine neue Büßerkutte aus einfachem Wollstoff und eilte der Besucherin bis zum Meditationssaal entgegen, um sie dort zu begrüßen und zur großen Andachtshalle zu geleiten. Merkwürdig, die Besucherin nahm sich nicht die Mühe, Buddha ihre Reverenz mit den üblichen Anrufen und Verneigungen vor seinem Standbild zu erweisen, sie beschränkte sich vielmehr darauf, sich der Gottheit durch ein kurzes Läuten mit ihrer Handklingel bemerkbar zu machen und ihr eine schriftliche Botschaft zu übermitteln in Gestalt von drei mit irgendwelchen Formeln bedruckten Zetteln, die sie zu Papierkugeln zusammenknüllte und nacheinander wie Geschosse der Buddhafigur zu Füßen schleuderte. Hierauf ließ sie sich zum Meditationssaal zurückbringen.

Dort machte sie es sich seelenruhig und wieder auf eine ganz eigene Art bequem. Sie verschmähte den angebotenen Stuhl an dem hohen Eßtisch, ließ sich vielmehr auf einem eigens mitgebrachten roten Andachtsteppich nieder, den ihre Begleiterinnen für sie am Fußboden aufrollen mußten. Dann ließ sie ihr gesamtes jugendliches Gefolge um sich herum gleichfalls auf dem Teppich niederhocken und lagern. Erst dann aß sie von dem dargebotenen vegetarischen Tempelimbiß. Dabei mied sie geflissentlich die ungesalzene Mehlsuppe und die ungewürzten Gemüse-, Pilz- und Nudelgerichte und beschränkte sich darauf, von dem servierten Zypressenkerntee zu nippen und ein wenig von Gebäck und Früchten zu naschen.

Nachdem sie genug genippt und genascht hatte, überraschte sie ihre Gastgeberin wiederum durch ein recht absonderliches Verhalten. Anstatt nämlich nach beendeter Mahlzeit aufzustehen, blieb sie ruhig auf ihrem Teppich hocken. Was hatte das wieder zu bedeuten? Die Selige Reine war ratlos. Eine Blüte des Gefolges klärte sie auf: Die Meisterin lasse ihr sagen, sie werde sich nicht eher vom Teppich erheben, bis die Selige Reine ihr als Tuti, Jüngerin, gehuldigt habe.

Das sah beinahe nach Erpressung aus. Aber die arglose Selige Reine kam nicht entfernt auf einen solchen Gedanken. Sie fühlte sich durch das Anerbieten geschmeichelt und geehrt. Sie sagte sich, diese Blüten-Muhme genieße schwerlich ohne gewichtigen Grund soviel Achtung und Popularität, sie müsse wohl über höhere Kräfte gebieten, und vielleicht würde später, wenn sie erst ihre Jüngerin geworden war, auch auf sie, die Selige Reine, etwas von der Magie der Meisterin übergehen. Hocherfreut nahm sie also das Anerbieten an und huldigte ihr vorschriftsmäßig mit Fußfall und dreifachem Stirnaufschlag. Die Blüten-Muhme hängte ihr huldvoll eine Schnur von Ambraperlen indischer Herkunft um den Hals. Dann stand sie auf und empfahl sich. Die neue Jüngerin brachte sie artig bis zur Sänfte. –

Arglos war die Selige Reine in die Falle getappt. Ach, wenn sie geahnt hätte, was die Blüten-Muhme in Wirklichkeit vorhatte! Unter Ausnutzung des geschickt erpreßten Meisterin-Jüngerin-Verhältnisses wollte sie sich allgemach des schönen Tempels der Großen Erweckung bemächtigen und ihn zum Tummelplatz ihres unheiligen Kultes machen! Die indische Ambraperlenschnur war als Kuppellohn für die Abtretung des Tempels an die Blüten-Muhme gedacht! Da die Selige Reine in ihrer Arglosigkeit das verfängliche Geschenk angenommen hatte, gab es von Stund an für sie keinen Rücktritt mehr von dem Handel! Ach, eine fromme Weihestätte hatte eine Rotte schlimmer Dämonen angelockt und sollte zum Hexentanzplatz entweiht werden! Es ist nun leider einmal so, daß sich vom Rand des Weihers, auf dem in unschuldvoller Reine die weiße Lotosblume blüht, landeinwärts noch einige Klafter tief schmutziger Morast breitmacht.

Wie die Geschichte weitergeht, werdet ihr aus dem nächsten Kapitel erfahren.

SIEBENUNDZWANZIGSTES KAPITEL

Beim Tempelbesuch entfachen zwei Schöne ungewollt einen Aufruhr der Sinne. Eine Gastpredigt über die heilige Lotos-Sutra findet bei der Gemeinde geteilte Aufnahme

Seit dem Weggang der Seligen Reinen war es in ihrer kleinen, früher so belebten Einsiedlerklause still und einsam geworden. Die beiden befreundeten Familien Pao und Piän, die in der Klause weiter wohnen blieben, vermißten den liebgewordenen anregenden Umgang mit der freundlichen Nonne und ihren beiden jungen Gehilfinnen. Mit ihrer Nachfolgerin, einer betagten, schwerhörigen Klosterfrau, kam nicht einmal ein rechtes Gespräch, geschweige denn ein nennenswerter Verkehr zustande.

Aufrichtiges Verlangen nach einem Wiedersehen und einem lang entbehrten Schwatz mit der wertgeschätzten Seligen Reinen bewog die vier Damen eines Tages zu einem Ausflug nach dem kürzlich eingeweihten Tempel der Großen Erweckung. Es kam hinzu das Bedürfnis nach Abwechslung im Einerlei des täglichen, recht eintönig gewordenen Lebens. Natürlich war man neugierig, die neue Wirkungsstätte der Seligen Reinen, jenen Tempel kennenzulernen, der eine Zeitlang Stadtgespräch gewesen war.

Der Weg, den die Damen zu Fuß zurücklegten, führte zunächst über die Brücke auf das andere, das westliche Ufer des Piän-Flusses. Es ging drei Li am Flußufer entlang, dann kam man an dem abgeschlossen gelegenen Vergnügungsviertel der grellrot und grün getünchten Blumenhöfe mit ihrem Gewirr von krummen Gassen und winkeligen Gäßchen vorüber. Die Damen atmeten auf, als sie das enge, stickige Viertel hinter sich hatten, und sich nun vor ihnen das weite freie Parkgelände mit dem neuen Tempel im vorderen Teil, das ehemalige Besitztum der Großmeisterin Li, auftat. Der ständig wachsende Besucherstrom, in den sie unterwegs gerieten, und die am Haupteingang aufgepflanzten Banner und Wimpel deuteten darauf hin, daß heute etwas Besonders im Tempel los sein müsse.

In der Tat hatte die Selige Reine für diesen Tag zufällig eine namhafte Gastpredigerin gewonnen. Es war Meisterin Lü von der ›Klause zur weißgewandeten Gnadenmutter Kwan Yin‹. Sie werde eine Heiligenlegende vortragen, die davon erzählt, wie eine fromme Jungfrau aus der Brautsänfte heraus gen Himmel auffährt, so hieß es in der auf Zetteln gedruckten Ankündigung. Aus diesem Anlaß waren von nah und fern Nonnen aus Klöstern und Klausen und buddhagläubige Frauen und Töchter aus bürgerlichen Häusern zuhauf herbeigeströmt, so daß die vier Besucherinnen bei der Ankunft den Haupteingang von Menschen verstopft fanden. Es kam hinzu, daß zu Ehren der Meisterin beiderseits vom Eingang fast hundert Nonnen Aufstellung genommen hatten, um sie bei der Ankunft mit dem Geklapper der hölzernen Fische, dem Rasseln von Trommeln und abwechselnd im Chor gesungenen Litaneien und Buddha-Anrufen würdig zu begrüßen.

Nun waren zwar die beiden Damen Pao und Piän ganz schlicht und einfach wie die meisten Besucherinnen gekleidet, um so auffälliger aber stachen ihre beiden Töchter Zinnoberzimmet und Duftjuwel nicht nur durch ihre natürliche Schönheit, sondern auch durch ihre Kleidung aus der Menge hervor. Sie hatten sich für diesen Ausgang besonders fein angezogen und zurechtgemacht. Kein Wunder, daß ein heftiges Gedränge in Richtung auf die beiden auffallenden jungen Schönheiten entstand. Jedes trachtete danach, aus möglichster Nähe einen Blick von ihnen zu erhaschen. Es ist nun einmal so: Der Eifer für die Beschäftigung mit den geistlichen Dingen erlahmt nur allzu rasch. Deshalb ist man leicht abgelenkt, wenn jemand auftaucht, der Neugier und Interesse reizt wie diese beiden Schönen.

Endlich hatte man sich langsam Schritt für Schritt bis zur großen Andachtshalle durchgekämpft. Die vier Damen traten ein, entzündeten ihre Räucherstäbchen und neigten sich vor den Standbildern Buddhas und der Gnadengöttin Kwan Yin. Dann wurden sie durch die ihnen von früher her befreundete kleine Gehilfin Tan Nong und die Schwester, die die Gäste betreute, in Empfang genommen und zur Wohnklause der Seligen Reinen geleitet. Das gab natürlich eine herzliche Begrüßung und ein freudiges Wiedersehen. Die Selige Reine dankte für die mitgebrachten Gaben – vier Schachteln, gefüllt mit Nudeln aus bestem Weizenmehl, Reiskeulchen, Pfannkuchen und Datteln – und ließ sie in die Vorratskammer schaffen. Dann erfrischte sie die Besucherinnen rasch mit etwas Tee und einem frugalen Imbiß, denn es wurde Zeit, sich zum Meditationssaal aufzumachen. Dort sollte gleich Meisterin Lü mit ihrer Andacht und Gastpredigt beginnen. Auf einer der langen Bänke nahm man Platz. Dann erschien sie, die Fa schi ku, die berühmte Meisterin des Gesetzes, der Buddhalehre. Beim Eintreten wurde sie von den im Saale anwesenden Nonnen mit dem Lärm aller möglichen Tempelinstrumente, Glocken, Klingsteine und Handtrommeln, begrüßt. Die Selige Reine geleitete sie zu dem erhöhten Predigerstuhl und lud sie zum Platznehmen ein. Sie mochte Anfang der Sechzig sein, war von gelber Gesichtsfarbe, hatte buschige, starke Brauen, stak in einer weiten gelben Kachaya-Priesterkutte, trug um den Hals eine Kette von Perlen und Diamanten und hielt in der Hand einen mit neun klimpernden

Messingringen behängten Khakkharama-Abtstab aus Zinn. Zwei junge Nonnen mit gelben Fähnchen in der Hand schritten ihr voran und wiesen ihr den Weg.

Auf dem Pult vor dem Stuhl waren drei Gegenstände aufgestellt; in der Mitte eine kleine Kwan-Yin-Figur aus purem Gold, links ein bronzener Räucherkessel, dem unablässig köstliche Rauchschwaden entquollen, rechts eine goldene Tempelklingel von der Art, die umgekehrt steht und vom Priester in der Weise zum Tönen gebracht wird, daß er den Rand mit einem kurzen hölzernen Klöppel anschlägt. Diese drei Gegenstände wurden von der Seligen Reinen dem berühmten Gast als Geschenk dargebracht. Rechts und links vor dem Predigerstuhl saßen an kleinen Tischen mit Klingsteingestellen vor sich je vier junge Nonnen, deren Aufgabe es war, an bestimmten Stellen während des Vortrags der Meisterin die Klingsteine anzuschlagen und im Chor mit Buddha-Anrufen einzufallen.

Eine nach der anderen traten die acht Nonnen vor und erwiesen der Meisterin durch eine Verneigung ihre Reverenz. Die Meisterin dankte jedesmal kurz in der Weise, daß sie die kleine goldene Kwan-Yin-Figur in die Hände nahm und ein wenig in die Höhe hob. Nach beendeter Begrüßung ließ sie sich in den Stuhl zurückfallen, klappte die Augenlider zu, senkte die buschigen Brauen so tief herab, daß sie das obere Augenlid verdeckten, und verharrte eine geraume Weile völlig reglos. Offenbar hatte sie sich in jenen Zustand des Tschan, der heiligen Versenkung und Loslösung, versetzt, der den Laien vor Ehrfurcht erschauern macht. Auf einmal erwachte sie und hub mit lauter Stimme zu sprechen an.

Einleitend verbreitete sie sich über Sinn und Aufgabe der aus Indien gekommenen Buddhalehre, worauf sie der Gemeinde einen reichlich dunklen Merk- und Geleitspruch mit auf den Weg gab. Dann wandte sie sich an Priesterin Tang tou, Hallenhaupt, womit die Selige Reine als Tempeloberin gemeint war, und erbot sich, geistliche Zweifelsfragen zu beantworten, soweit das ihrer groben Einsicht möglich sei. Eine in der Buddhalehre fortgeschrittene Nonne, die den ersten Platz auf der ersten Bankreihe innehatte, stellte nacheinander zehn vorbereitete Fragen, die die Meisterin der Reihe nach kurz beantwortete. Hierauf wandte sie sich an die Gemeinde:

»Gute Männer, gläubige Frauen, liebe Laienbrüder und Schwestern in Buddha, habt ihr sonst noch irgendwelche Fragen auf dem Herzen? Dann fragt! Ich bin heute hier, um mit Milde und Nachsicht auf alles einzugehen und euch nach bestem Gewissen nützliche Fingerzeige zu geben.«

Großes Schweigen im Saal. Niemand von den vielen Anwesenden wagte den Mund aufzutun. Die acht jungen Nonnen vorn an den Klingsteintischen erhoben sich zugleich von ihren Plätzen und traten vor die Meisterin:

»Große Meisterin, wir vermelden Euch geziemend: Die Anwesenden sind alle noch Anfängerinnen und in die erhabene Lehre Buddhas noch nicht so tief und bis ins einzelne eingedrungen wie unser verehrtes Hallenhaupt. Sie bitten Euch, ihnen nunmehr ein Stück aus den heiligen Sutren zu erklären und das Dunkel ihrer Unwissenheit ein wenig aufzuhellen, auf daß sie nicht länger in der Irre tappen.«

»Namah A mi to foh! In Demut bauen wir auf Amida Buddha«, scholl es in vielstimmigem Chor saalauf, saalab. Die acht Nonnen gingen auf ihre Plätze zurück und begleiteten die Anrufe mit dem Klingklang der Klingsteine und dem Rasseln der Gebetstrommeln. Das heilige Getöse bewirkte, daß es die Anwesenden rückgratabwärts kalt überrieselte und ihre Sinne, sofern noch mit irdischem Staub behaftet, blank und rein wurden. Das Getöse bewirkte auch, daß die Meisterin aus ihrer neuerlichen schlafähnlichen Versenkung erwachte, die Augen aufschlug und nach der dargereichten Teeschale und der Gebäckplatte langte.

Während sie Tee schlürfte und Gebäck knabberte, war Bewegung in den großen, wohl dreitausend Personen fassenden Saal gekommen. Die Hörerschaft der hinteren Bankreihen hatte ihre Plätze verlassen, sich nach vorn gedrängt und sich dicht um das

Vortragspult geschart, einmal um die Meisterin, wenn sie ihren Vortrag begänne, besser zu verstehen, zum zweiten, um die acht jungen Musikantinnen vorn an ihren Instrumenten hantieren zu sehen, zum dritten, um die beiden auffallenden jungen Schönheiten vorn auf der ersten Bankreihe aus möglichster Nähe beobachten und bewundern zu können.

Jetzt trat Ruhe im Saal ein. Die Meisterin hatte den Mund zum Sprechen aufgetan. Sie eröffnete den zweiten Teil ihres Vortrages mit einer ausgedehnten Anrufung Buddhas, indem sie seine vielen verschiedenen Namen, soweit sie ihr geläufig waren, mit erhobener Stimme hersagte. Dann gab sie einen weiteren dunklen Rätsel- und Merkspruch zum besten. Nun erst kam sie zum Hauptthema.

»Was ich euch heute verkünde, ist die Geschichte von der frommen Jungfer Lotos, die aus der Brautsänfte verklärt gen Himmel auffuhr.« Und sie hub an zu erzählen:

Die Legende von der frommen Jungfer Lotos.

Unter der Regierung des Kaisers Jen Tsung[1] von der Großen Sung-Dynastie lebte im Dorfe Schan yo tsun in der Präfektur Hsiang yang fu, die zur Doppelprovinz Hu kwang gehört, ein frommer, wohltätiger Mann namens Tschang mit seiner ebenso frommen Frau, einer geborenen Wang. Beide Eheleute hatten zeitlebens Buddha verehrt, die Vorschriften einer fleisch- und gewürzlosen Tempelnahrung befolgt, die Gebote eines vernünftigen, gerechten Lebenswandels beachtet und immer eine offene Hand für fromme Diener und Dienerinnen Buddhas gehabt. Sie standen beide in den vierziger Jahren und waren noch immer kinderlos. Ihren Lebensunterhalt verdienten sie mit der Anfertigung von kunstvoll verzierten Lampen und Laternen aller Art. Es war ein Gewerbe, das sich seit Generationen in der Familie des Mannes vom Vater auf den Sohn vererbt hatte. Das Geschäft ging gut und brachte ihnen mehr ein, als sie zum Lebensunter-

1. 1022-1055.

halt brauchten. Die Überschüsse pflegten sie für gemeinnützige und wohltätige Zwecke zu verwenden, für Wege- und Brückenbau, für Almosenspenden an wandernde Bettelmönche und Bettelnonnen und an Arme. ›Der wohltätige Laternenmacher‹, so hieß Tschang daher allgemein in seiner Gegend. Lob und Preis sei ihm vor aller Welt gesungen!«

Die Sprecherin machte eine Pause. Die Anführerin der achtköpfigen Musikkapelle schlug ihren Klingstein an und wiederholte in der schlichten Versform einer achtfüßigen Geya-Paraphrase den eben gehörten ersten Abschnitt der Legende, während in Begleitung dazu die sieben anderen im Chor mit gedämpfter und lang hingezogener Stimme zweimal den Anruf ›Namah A mi to foh! In Demut bauen wir auf Amida Buddha‹ summten.

Die Meisterin fuhr fort:

»Da sich die Eheleute Tschang sehnlichst ein Kindlein wünschten, legten sie sich ein strenges Fasten von langer Dauer auf und wurden nicht müde, tagaus, tagein Buddha anzurufen und um Kindersegen anzuflehn. Ihr inbrünstiges Flehen rührte tatsächlich eines Tages den Gebieter der Welt, unseren Herrn Sakyamuni Buddha, der aus Indien kam. Er weitete sein göttliches Auge und sprach : ›Diese Eheleute Tschang verrichten gute Werke, zum Lohn soll ihnen ein Buddhakindlein geboren werden, das ihnen zum Fortleben im Himmel verhelfen soll.‹ Und er wählte als Werkzeug eine himmlische Maid seines Gefolges, deren Amt es war, Blumen auszustreuen, verwandelte sie in ein altes weißhaariges armes Mütterchen und sandte sie auf die irdische Welt hinab. Er legte ihr zuvor den Wortlaut der herrlichen Liän hua king, Lotos-Sutra, in den Mund, die sie mündlich an die Eheleute Tschang weiterüberliefern sollte, auf daß sie mit ihrer Hilfe den Weg zur Vollendung finden möchten. Die himmlische Maid stieg also zur Erde hinab und erschien eines Tages in Gestalt eines armen siebzigjährigen halbblinden weißhaarigen Bettelweibes, in der einen Hand einen Bettelstab, in der anderen

Hand eine bambusgeflochtene Almosenschale, am Gürtel den hölzernen Fisch, um milde Gaben bittend, vor der Tür der Eheleute Tschang. Mit lauter Stimme sagte sie dabei beständig Sätze aus der Lotos-Sutra auswendig und flüssig wie Wasser her.«

––– Pause. Anschlagen der Klingsteine. Wiederholung des zweiten Abschnittes in Solorezitativ. Dazu gedämpfte Begleitung durch siebenstimmigen Chor mit dreimaligem ›Namah A mi to foh!‹

Die Meisterin fuhr fort:

»Wohltäter Tschang stand zufällig in der Tür, als die alte Bettlerin seinem Hause nahte. Ihr Anblick bewegte gleichzeitig sein Herz und seinen Verstand. Einmal regte sich Erbarmen in ihm. Wer wird für ihre alten Tage sorgen? Wer für Sarg und anständiges Begräbnis, wenn sie einmal ihre Augen zutut? Ich und meine Frau haben genug Platz zum Wohnen und genug zu essen, unser Reisnapf reicht auch für sie. Wohlan, nehmen wir sie als Hausgenossin auf – so sprach sein Herz. Sein Verstand aber sagte ihm: Ich bin der Schriftsprache unkundig, so gern ich Buddha dienen möchte, ich kann nicht einmal eine heilige Sutra lesen. Diese Alte kann ihre Sutra auswendig und spricht sie fließend her. Wenn wir sie aufnehmen, werden wir Nutzen von ihr haben und endlich die heilige Sutra im Wortlaut kennenlernen. So lud er die Alte freundlich ein und bot ihr Obdach und Lebensunterhalt. Die Alte dankte und nahm mit Freuden an. ›Wo in der Welt gibt es soviel Uneigennützigkeit? Als einzigen Gegendienst erbitten sie von mir, daß ich sie die Lotos-Sutra lehre. Sie fragen mich, die Fremde, nicht einmal nach Namen und Herkunft‹, ging es ihr durch den Sinn.

Die guten Eheleute richteten ihr ein heißes Bad, gaben ihr anstatt ihrer alten Lumpen neue Kleider aus feinem Linnen, räumten ihr eine saubere Wohnkammer ein und versorgten sie mit Speise und Trank. Des Morgens bereiteten sie ihr einen

Hirsebrei, des Mittags und abends eine reichliche Mahlzeit von Gemüsen und Reis, und Tee gossen sie ihr auf, sooft sie danach Verlangen hatte. Das alles taten sie, ohne auch nur nach Namen und Herkunft der Alten zu fragen.«

––– Pause. Klingstein. Solorezitativ. Chor, begleitet mit sechsmaligem ›Namah A mi to foh!‹

Die Meisterin fuhr fort:

»Die Eheleute Tschang ließen sich nun täglich von der Alten Sätze aus der Lotos-Sutra vorsagen und prägten sie mit Fleiß ihrem Gedächtnis ein. Dank unermüdlicher Übung brachten sie es innerhalb eines Jahres dahin, daß sie die ganze Sutra von Anfang bis Ende auswendig und fließend wie Wasser aufsagen konnten.

Drei Jahre behielten sie die Alte als Gast und Hausgenossin, betreuten sie mit stets gleichbleibender Güte und Freundlichkeit und zeigten sich ihrer nicht im mindesten überdrüssig. Da sprach die Alte eines Tages zu ihnen:

›Es sind jetzt drei Jahre, daß ich euch zur Last gefallen bin. Die Sutra habt ihr inzwischen auswendig gelernt. Heute abend möchte ich von euch Abschied nehmen und mich auf den Heimweg machen.‹

Bestürzt sprachen die Eheleute zu ihr:

›Mama, Mütterlein, drei Jahre lang hast du uns nun in deiner großen Güte die heilige Sutra gelehrt und zu eigen gemacht. Dafür haben wir dir noch gar keinen würdigen Dank abgestattet. Eigentlich hatten wir im Sinne, dich bis zu deinem letzten Stündlein bei uns zu behalten und zu pflegen und dir dereinst eine würdige Ruhestätte zu schaffen. Warum willst du uns auf einmal verlassen und dich auf den Heimweg machen? Wo bist du überhaupt daheim?‹

Die Alte erwiderte:

›Tretet näher heran, ihr meine beiden Wohltäter, und merkt auf, was ich euch jetzt anvertrauen werde.‹

– – – Pause. Klingstein. Solorezitativ. Chorbegleitung mit zweimaligem ›Namah A mi to foh!‹

Die Meisterin fuhr fort:

»Die Alte sprach:

›Steht ab, ihr guten Leute, mir nachzutrauern. Wisset, ich habe kein bestimmtes Zuhause. In der Leere bin ich daheim. Wenn ich vom Fortgehen spreche, dann gehe ich einfach fort, eines bestimmten Reisewegs bedarf ich nicht. Mit Heimat und Wohnort, mit Familie und Verwandtschaft, wie ihr es versteht, habe ich nichts zu schaffen.‹

Nach diesen Worten holte sie Wasser und bereitete sich ein warmes Bad und wusch und säuberte sich von Kopf bis Fuß. Dann setzte sie sich mit kreuzweise untergeschlagenen Füßen zu heiliger Sitzhaltung zurecht, legte die Handflächen über der Brust aneinander und war nicht mehr gesehen.«

– – – Pause. Klingstein. Solorezitativ. Chorbegleitung mit zweimaligem ›Namah A mi to foh!‹

Die Meisterin fuhr fort:

»Die Eheleute Tschang wagten nicht, wie sonst bei Sterbefällen üblich, laute Totenklage zu erheben. Denn war die Alte überhaupt gestorben? zweifelten sie. Sie beteten drei Tage lang die Lotos-Sutra und stifteten zum Andenken an die Dahingegangene einen holzgeschnitzten Seelenschrein, den sie im Tempel hinter dem Westhügel zur Aufstellung brachten. Dorthin wollten sie künftig am Tag des Tsing-ming-Totenfestes, am Tag der Lichten Klarheit,[1] wallen und die Abgeschiedene mit Gebeten und Opfern ehren.

Knapp ein halber Monat war seitdem vergangen, als Frau Tschang, obwohl sie längst über vierzig war, auf einmal ihren Schoß gesegnet fühlte. Nach weiteren acht Monaten stellten sich bei ihr Wehen ein. Während sich die Wöchnerin auf ihrem Lager

1. Am 5. Mai.

in Schmerzen wand, saß ihr Mann in der anstoßenden Kammer und betete mit Inbrunst die Lotos-Sutra. Er hatte sie noch nicht zu Ende gesprochen, da erschien ihm auf einmal die alte weißhaarige Bettlerin von damals. Lächelnd trat sie in seine Kammer ein. Betroffen wollte er sie mit Fragen bestürmen, da hörte er aus der anstoßenden Kammer helles Kindergeplärr: Seine Frau war eines Kindleins, eines Mägdleins, genesen! Das Mägdlein hatte ein gar feines Gesichtchen, rund und blank wie der Vollmond. Weil es just in einem Augenblick zur Welt gekommen war, da sein Vater die Lotos-Sutra betete, gaben ihm seine Eltern den Namen Liän Nü, Lotos-Maid.

Licht und Schatten wechseln pfeilgeschwind, Tage und Monde sausen hurtig dahin wie Weberschiffchen. Lotos-Maid zählte nun schon sieben Jahre. Sie war ein ungewöhnlich kluges, aufgewecktes Geschöpf. Was sie um sich herum sah, hörte, wahrnahm, begriff sie augenblicklich. Dazu hatte sie von der Natur eine Gabe ganz besonders merkwürdiger Art mitbekommen: Sie plapperte in einem fort Stellen aus der Lotos-Sutra her. Während andere kleine Mädchen ihres Alters sich Tand und Spielzeug wünschten, wünschte sie sich eine Schriftrolle der Lotos-Sutra. Als die Eltern ihren Wunsch erfüllten, machte sie sich gleich mit Eifer daran und siehe, sie konnte Wort für Wort und Zeile für Zeile mühelos herunterlesen, als ob sie die schwierigen Schriftzeichen bereits im Mutterleib erlernt hätte. Merkwürdig auch, daß sie an Fleischkost und Gewürzen keinen Geschmack fand und vegetarische Nahrung bevorzugte. Im übrigen stickte und nähte sie fleißig künstliche Blumen.

Zu ihren mannigfachen Eigenarten kam nun freilich auch eine Unart. Sie hörte gar zu gern Priestern zu, wenn sie Buddhas Lehre verkündeten und geistliche Fragen beantworteten, die von gläubigen Laien an sie gerichtet wurden. Gar zu gern schlich sie sich aus dem Elternhaus, um an Belehrungsstunden im Tempel teilzunehmen. Solches Verhalten verstieß natürlich gegen die herkömmlichen strengen Vorschriften für jungfräuliche züchtige Zurückhaltung.

Bei einer solchen Belehrungsstunde erregte sie eines Tages im Tempel der tatkräftigen Nächstenliebe unliebsames Aufsehen. Lotos-Maid kam mitten während der Stunde in den Andachtssaal hineingelaufen und schmetterte ganz unbekümmert um die vielen Leute mit heller Kinderstimme dem erstaunten Priester die seltsame Frage zu: ›Die Drachen-Maid war acht Jahre alt, als sie in Buddha verklärt wurde; ich bin jetzt sieben Jahre alt, wann komme ich denn mit der Verklärung an die Reihe?‹ Der Priester war sprachlos. Auf eine solche Frage war er nicht vorbereitet. Anwesende Bekannte aus der Nachbarschaft verständigten die Eltern Tschang, daß ihr Töchterlein in der Belehrungsstunde weile und durch ihre kecken Fragen den Priester in arge Verlegenheit bringe. Vater Tschang eilte schleunigst in den Tempel und holte sein vorwitziges Kind nach Hause. Seiner Frau aber schärfte er strengstens ein, daß sie künftighin besser auf die Kleine achtgeben und sie nicht mehr allein aus dem Haus gehen lassen solle. So wie bisher gehe das auf keinen Fall weiter, daß sie eigenmächtig ihr Gesicht draußen zeige und ihre Nase in die Öffentlichkeit stecke. Sie müsse sich ja bei den Leuten in Verruf und ins Gerede bringen. Von da an durfte Lotos-Maid nicht mehr allein ausgehen. Sie mußte brav daheimsitzen und sich mit dem Herstellen von künstlichen Blumen nützlich machen. Gleichwohl sollte es eines Tages wieder zu einem Auftritt in der Öffentlichkeit kommen.

Das war neun Jahre später. Lotos-Maid war eben sechzehn Jahre alt geworden. Es begab sich am Abend des ersten Vollmonds im neuen Jahre, dem Abend des Laternenfestes, wiederum im Tempel der tatkräftigen Nächstenliebe. Sämtliche Tempelpatrone und -patroninnen hatten sich für diesen Abend zu einem festlichen Stelldichein dort verabredet. Mit Tausenden von bunten Laternen hatten sie die große Andachtshalle und die ragende Pagode behängt. Eine schaulustige Menge wogte und brandete gleich einem Meer durch die Tempelanlage.

Lotos-Maid wünschte unbedingt auch dabeizusein und sich das Schauspiel anzusehen. Der Vater wollte es ihr anfänglich nicht erlauben. Die Mutter befürwortete den Wunsch des Töchterleins und sprach zu ihrem Mann: ›Unser Kind ist jetzt erwachsen und verständig und nicht mehr das unartige, kleine Ding von damals, als sie sieben Jahre alt war. Wenn sie in Begleitung von einigen gesetzten Frauen und Tanten unserer Nachbarschaft hingeht, wird sie sich schon benehmen und keinen Unfug anrichten. Sie soll nur früh hingehen und früh wieder nach Hause kommen.‹ Der Vater willigte ein.«

– – – Pause. Klingstein. Solorezitativ. Chor mit dreimaligem ›Namah A mi to foh!‹

Die Meisterin fuhr fort:

»Als Lotos-Maid in Begleitung einiger gesetzter Frauen aus der Nachbarschaft zum Tempel kam, weilte der Priester – es war der gleiche, den sie schon vor neun Jahren mit ihrer kindlichen Frage in Verlegenheit gesetzt hatte – im Andachtssaal und erteilte Belehrung auf Laienfragen. Lotos-Maid trat furchtlos vor die erhöhte Estrade, auf der er im Lehrstuhl saß, und richtete mit lauter, heller Stimme die Frage an ihn: ›Wo leuchten denn die Lampen der Laternen, mit denen Euer Tempel behängt ist, zuallererst?‹ – ›In der Buddhahalle sind sie zuerst aufgeleuchtet‹, gab der Priester zur Antwort. ›Und noch vorher? Was ist mit den Lampen und Laternen des Herzens?‹ drängte Lotos-Maid erneut, unzufrieden mit seiner Antwort. Der Priester wurde verlegen und wußte nichts darauf zu erwidern.

Zornig ergriff Lotos-Maid den Priesterstecken, der neben dem Lehrstuhl lehnte, und schlug den Priester damit auf den Kopf. Erschrocken stürzten die Begleiterinnen des jungen Mädchens, die Frauen und Tanten der Nachbarschaft, herbei, entwanden ihr den Stecken, mit dem sie gerade wieder losschlagen wollte, schoben sie aus dem Saal und brachten sie nach Hause.

Mit Bestürzung vernahmen die Eltern Tschang von dem neuen unliebsamen Zwischenfall, den ihre Tochter im Tempel heraufbeschworen hatte. Diesmal waren sie ernstlich böse, daß sie sich so arg vergessen und die gebotene jungfräuliche Zurückhaltung mißachtet hatte. So geht das nicht weiter! Heiraten muß sie, entschieden die Eltern und beauftragten eine Mittelsfrau, ihnen schleunigst einen geeigneten jungen Mann als Eidam zur Stelle zu schaffen. Ein solcher fand sich alsbald in der Person des jungen Li. Er war gleichaltrig, also sechzehn, stammte aus guter Familie – sein Vater war Yüan wai, Rat – und besaß ebenso körperliche wie geistige Vorzüge. Er hatte Lotos-Maid oft im Vorbeigehen vor der Haustür sitzen und ihre Kunstblumen feilbieten sehen und dabei eine stille Neigung für sie gefaßt. Seine Eltern hatten die gleiche Mittlerin kürzlich beauftragt, für ihn um Lotos-Maid zu werben. So fügten sich also alle Umstände trefflich zusammen, um eine denkbar glückliche Verbindung herbeizuführen.«

––– Pause. Klingstein. Solorezitativ. Chor mit zweimaligem ›Namah A mi to foh!‹

Die Meisterin fuhr fort:

»An einem günstigen Kalendertag, es war der Fünfzehnte des siebten Monats, bestieg Lotos-Maid als die rote, mit blühenden Lianen umwundene Brautsänfte. Vorher gab es tränenreichen Abschied von den Eltern. Die Mutter richtete noch einige Mahnworte an sie: ›Mein Kind, wir Eltern haben dich verwöhnt und verhätschelt. Wenn du in dein neues Heim kommst, dann nimm dich zusammen und achte die Vorschriften, die für eine Jungvermählte gelten! Gib dich nicht länger mit Herbeten und Erklären der Lotos-Sutra ab! Such deine Eltern zu vergessen, als ob sie überhaupt nicht mehr da wären!‹ Lotos-Maid hörte es an und blieb stumm.

Die beiden Gilden der Blumen- und Laternenmacher hatten es sich nicht nehmen lassen, der Braut alle Ehre zu erweisen, und hatten sich am Tage der Hochzeit vollzählig eingefunden. Mit Stocklaternen und Blumengewinden in der Hand, bildeten mehr als hundert Paare ein Spalier, das die Braut vor dem Einsteigen in die Sänfte durchschreiten mußte, und gaben hinterher der Brautsänfte das Geleit bis zum Haus des Bräutigams.

Unterwegs in der Brautsänfte sagte Lotos-Maid noch einmal die ganze Lotos-Sutra vor sich hin, dann brachte sie kein Wort mehr über die Lippen. Aber sie tat etwas Absonderliches: Sie rückte sich mit kreuzweise untergeschlagenen Füßen in die Sitzstellung heiliger Versenkung. Ihre kleinen, bogenförmig nach oben gekrümmten Pantöffelchen zog sie dabei aus und legte sie auf ihre Knie. Als die Sänfte vor der Tür der Schwiegereltern abgesetzt, der Sänftenschlag geöffnet und der Sänftenvorhang beiseite geschoben ward, sah man sie stumm und reglos dasitzen, entrückt wie eine Heilige. Auf die ersten Begrüßungsworte der Schwiegereltern gab sie keine Antwort und dann – – – auf einmal war sie aus der Sänfte entschwunden und ward in den Lüften schwebend gesehen. Gleichzeitig ertönte eine überirdische Musik wie von Flöten, Harfen und Handorgeln, und es ergoß sich aus dem geöffneten Himmel ein blendend goldener Lichtschein, Blumen und Blüten in Fülle rieselten herab, und ein seltener Wohlgeruch erfüllte den leeren Raum.

Dann vernahm die ehrfürchtig staunende Menge eine Stimme aus der Höhe:

Die Leere mit dem Himmelsthron im Westen
Ist mein Heimatland.
Zeitweilig roten Erdenstaub zu treten,
Ward ich ausgesandt.
Wenn nach der Lotos-Sutra tieferm Sinn
Ihr mich befragt:
Daß über schönem äußerm Schein die Seele
Nicht Schaden nehme, habet acht!

Es waren die Abschiedsworte, die Lotos-Maid hinterließ. Alsbald war sie den Blicken entrückt.«

– – – Pause. Klingstein. Solorezitativ. Chor mit dreimaligem ›Namah A mi to foh!‹

Die Meisterin hatte ihren Vortrag beendet. Die Musikkapelle schlug ihre Klingsteine an. Die Zuhörerschaft fiel mit Trommellärm und Buddha-Anrufen ein. Dann wurde die Meisterin ebenso feierlich wie zu Beginn von ihrem Predigerstuhl abgeholt und zur Sänfte geleitet.

Ihre Predigt hinterließ bei der Gemeinde zwiespältige Eindrücke. Die einen fanden sie kindlich und lächerlich, die andern waren erbaut und nachdenklich gestimmt. Zinnoberzimmet und Duftjuwel gehörten zu den ersteren, sie kamen aus dem Kichern gar nicht heraus. Was war ihnen schon Buddha und seine Lehre? Was sagten ihnen irgendwelche frommen Sutren?

Die Damen Pao und Piän wollten sich samt Töchtern gerade von der Seligen Reinen verabschieden und auf den Nachhauseweg machen, als zwei niedliche Nönnchen als Abgesandte der Hua ku ku, der berühmten Meisterin Blüten-Muhme, erschienen. Die Botschaft, die sie überbrachten, lautete dahin, daß sich die Meisterin für morgen zu einer öffentlichen Gastpredigt ansage. Die Selige Reine möchte dafür sorgen, daß der Meditationssaal sauber gefegt und eine gute Tempelmahlzeit vorbereitet werde. Denn die Meisterin gedenke, im Meditationssaal vor der Predigt zu speisen und hinterher zu nächtigen. Zur Deckung der Unkosten überbrachten die Botinnen fünfzig Silberbatzen. Ganz zappelig vor Aufregung und Stolz über die ihrer Person und ihrem Tempel bevorstehende Ehre, sagte die Selige Reine mit vollen Backen zu.

Die beiden Töchter brannten darauf, die morgige Veranstaltung mitzuerleben, und bewogen ihre Mütter zum Bleiben. Sie hatten ja soviel Erstaunliches von dem besonderen Kult der Blüten-Muhme erzählen hören. Das würde bestimmt ein unterhaltsames Schauspiel geben. Die Selige Reine lud die vier Damen zum Übernachten in den hinteren Meditationssaal ein und ließ ihnen mit Decken und Kissen bequeme Schlafstätten auf dem Gesetzeskang bereiten.

Welcher Art der Kult der Blüten-Muhme war, werdet ihr im nächsten Kapitel erfahren.

ACHTUNDZWANZIGSTES KAPITEL

Beim Anblick des unheiligen Kultes vergessen auch feine Damen Haltung und geraten in Taumel. Im Trubel des Tempelfrühstücks findet ein armer Teufel seine frühere Verlobte wieder

Überrumpelt durch die ziemlich eigenmächtige, aber ihr schmeichelhaft dünkende Ansage der Blüten-Muhme, der überdies die mitgesandten fünfzig Silberbatzen gewichtigen Nachdruck verliehen, hatte die Selige Reine nicht umhingekonnt, schleunigst ihre Gehilfin Tan Fu als Botin zu entsenden und ihrerseits die Meisterin zu der bereits angesagten Gastpredigt nachträglich höflichst einzuladen.

Anderntags traf die Blüten-Muhme im Tempel der Großen Erweckung ein. Sie kam in einer großen Achtmannsänfte, vor ihr zwei Herolde mit gelben Bannern, ferner zwei Platzmacher mit rotlackierten Stäben, zu seiten und hinter der Sänfte dicht geschart ein berittenes Gefolge von Hundert Blüten zu Pferd. Ein wahrhaft fürstlicher Aufzug. Am Tempelportal stieg sie aus der Sänfte und begab sich zu Fuß mit ihrem Gefolge in den neuen, östlich von der großen Andachtshalle gelegenen Meditationssaal, der für ihre Veranstaltung vorgesehen war. Ihren Eigenheiten Rechnung tragend, hatte die Selige Reine bereits vorsorglich einen großen weichen Teppich mit erhöhten Sitzpolstern in der Mitte auf dem Fußboden ausbreiten lassen. In zwei Halbkreisen um den Teppich, auf dem sich die Meisterin wie gewohnt inmitten des Blütenkranzes ihrer jugendlichen Schülerinnen niederließ, waren in langen Reihen Sitzbänke für die Gemeinde aufgestellt. Sie waren bereits bis auf den letzten Platz von einer erwartungsvollen Menge gefüllt.

Nach der Schale Begrüßungstee, die auch dem Gefolge verabreicht wurde, ließ die Selige Reine die wohlvorbereitete Tempelmahlzeit für die Meisterin auffahren. Die Tempelküche hatte sich gewaltig angestrengt. Es gab nicht weniger als zwanzig verschiedene Gänge, darunter erlesene, teure Leckerbissen wie

Steinpilze, Champignons, Morcheln, Schwarzwurzeln, Schwalbennester, eingezuckerte Lotoswurzeln, in Öl gebackene Nudeln und ähnliches mehr. Die Blüten-Muhme, auf ihrem Polstersitz thronend, langte immer als erste zu, dann reichte sie Schüssel für Schüssel und Schale für Schale ihren Blüten zum Aufessen weiter. Die jungen Mädchen füllten die Pausen zwischen den einzelnen Gängen mit einem monotonen, unverständlichen Gemurmel aus. Vermutlich waren es geistliche Litaneien, was sie murmelten. Es gab jedenfalls mehr als reichlich für alle zu essen.

Nachdem sich die ganze Gesellschaft gesättigt und hinterher den Mund mit bitterem Tee ausgespült hatte und ›Hände waschen‹ gegangen war und nachdem abgeräumt worden war, wurden Bänke gerückt und verschoben oder hinausgetragen und so eine weite Fläche vor dem Andachtsteppich frei gemacht. Die Sitzplätze reichten nun bei weitem nicht mehr aus, ein großer Teil der Anwesenden, darunter auch etliche Mannspersonen, mußten mit Stehplätzen vorliebnehmen. Während der umständlichen Vorbereitungen wurde geflüstert und getuschelt, und es wurden Meinungen getauscht. ›Das sieht ganz danach aus, als ob man sich einen lebenden Buddha zu Gast geladen hätte‹, meinten naive Enthusiasten. ›Sie scheint es eher auf lebendige Menschen abgesehen zu haben, denen sie mit ihrem Hokuspokus die Haut vom Leibe schälen möchte‹, lautete die Gegenmeinung nüchterner Skeptiker.

Der Saal war nun so überfüllt, daß viele Besucher keinen Einlaß mehr fanden und sich mit einem Stehplatz vor dem Eingang begnügen mußten. Alles wartete gespannt darauf, Augen- und Ohrenzeuge zu werden, wie die berühmte Blüten-Muhme die buddhistische Lehre auffasse und verstanden wissen wolle. Auch die Selige Reine konnte sich keine rechte Vorstellung machen, wie sie ihre Gastpredigt gestalten würde.

Inzwischen war es Abend geworden und die Stunde gekommen, da man in den Häusern Lampen und Kerzen ansteckt und auf den Straßen Laternen trägt. Von der großen Andachtshalle her scholl Paukengedröhn und tönte Glockengeläut und lud zur

Abendandacht. Die Meisterin nahm keine Notiz davon, verrichtete keinen Anruf und keine Verneigung zu Ehren Buddhas, setzte sich auch nicht zu andächtiger Versenkung zurecht, sondern leitete und beaufsichtigte weiter ganz gelassen von ihrem Sitzpolster aus ihre Schar bei der Herrichtung und Ausschmückung des Saales für ihren Zweck. Da wurden an den Wänden gläserne Ampeln und bunte Papierlaternen aufgehängt und Götterbilder tibetischer Herkunft entrollt. An der dem Sitzpolster gegenüber befindlichen Wandseite wurden eine Anzahl Figuren aufgebaut, in der Mitte zwei sitzende Boddhisatvas, rechts und links von ihnen stehend Geister und Dämonen, grimme Wächter der neun Himmel, bewehrt mit Spießen und Schwertern, einer unter ihnen mit grünem Gesicht und rotem Haarschopf, einen abgehauenen Menschenkopf in der Hand, der sogenannte Geisterfeldherr und Schlachtenhelfer, hier einer auf einem Löwen reitend, dort einer auf einem Elefanten sitzend, hier einer aus einem runden Einauge über der Stirn gen Himmel glotzend, dort einer mit drei Köpfen und sechs Armen, genannt Himmelsfeldherr und Thronschutzgott.

Vereintes Glockengeläut und Paukengedröhn tat kund, daß die Abendandacht drüben beendet sei. Die Meisterin wartete, bis Geläut und Gedröhn verstummt waren, dann gab sie ihrer Schar ein Zeichen. Zwei Nönnchen traten aus der Gruppe hervor und trugen auf einem Holzsockel zwischen ihren Schultern eine zwei Fuß hohe Buddhafigur aus massivem Gold. Feierlichen und gemessenen Ganges trugen sie die Figur – sie stellte Buddhas Stammvater dar, gaben sie zu verstehen – im Halbkreis an der ringförmigen Mauer der Zuschauer entlang und setzten sie auf einem von Leuchtern flankierten Altar nieder, der in der Teppichmitte vor dem Sitzpolster der Meisterin aufgebaut war.

Jetzt erhob sich die Meisterin und umschritt langsam und feierlich dreimal den Altar. Während des Rundgangs rasselte sie mit dem messingnen Handgong, den sie in der Rechten schwenkte, während ihr Mund seltsame, unverständliche Beschwörungsformeln ausstieß. Nun machte sie halt, ließ sich auf die Knie nieder und neigte sich vor dem goldenen Buddha zu neunfachem Stirnaufschlag.

Hierauf begab sie sich auf ihr Sitzpolster zurück, griff zu einer großen Trommel und hub unter Trommelbegleitung mit wohlklingender, sonorer Stimme einen gleich Wellen auf- und abschwellenden Gesang an. Ihre hundert Blüten, jede eine kleine Trommel in der Hand, trommelten und sangen im Chor mit. Die Gewalt dieses hundertstimmigen Chorgesangs und hundertfältigen Trommelwirbels machte schier die Erde beben und Berge wanken. Es war sehr schön anzuhören, freilich, der gesungene Text blieb unverständlich. Nach beendetem Chorgesang traten aus der Schar vier leichtfüßige und leicht gekleidete Blüten hervor. Sie vollführten vor dem goldenen Buddha einen Tanz, indem sie bald paarweise aufeinander zutanzten, bald nach links sprangen, bald nach rechts hüpften, bald sich zur Kette zusammenschlossen und im Reigen herumwirbelten. Die anderen sechsundneunzig Blüten sprangen eine nach der andern von ihren Sitzen auf und schlossen sich unter Buddha-Anrufen dem Reigen an, der immer länger und länger und immer wilder und toller wurde und schließlich das Aussehen eines sich rasend drehenden Karussells gewann. Die Zugluft, die infolge des entfesselten Tanzes der Hundert Blüten im Saal entstand, preßte die Flammen der auf dem Altar befindlichen Kerzen und der an den Wänden aufgehängten Ampeln und Laternen nieder, so daß der ganze Saal in ein schummriges Halbdunkel getaucht war. Eine nach der anderen ließ schließlich erschöpft die Kette des Reigens los und taumelte auf ihren Platz auf dem Teppich zurück, bis die vier Tänzerinnen von vorhin wieder allein auf der großen Fläche waren. Sie führten jetzt einen weiteren Gruppentanz auf, wobei eine die andere bald um die Schulter, bald um die Hüfte, bald bei der Hand faßte und ihr schräg geneigten Hauptes von unten tief in die Augen schaute. Der Tanz – er hieß ›Reigen des verliebten Phönixpärchens‹ – mimte ziemlich eindeutig zärtliches Locken und Liebesgurren.

Sogar Männertänze, ausgeführt von zwei mongolischen Tänzern, fehlten nicht in dem Programm dieser nächtlichen Veranstaltung. Der eine, etwa dreißig, große, runde Augen in dem breiten Gesicht mit den vor Gesundheit strotzenden dattelroten Wangen, vollführte vor dem goldenen Buddha wilde Groteskspringe und brachte das akrobatische Kunststück fertig, auch während der Sprünge, sogar während er in Saltos durch die Luft wirbelte und sich überschlug und am Boden rollte, unentwegt auf seiner Trommel, die ihm am Gürtel baumelte, weiterzutrommeln. Der andere, ein schmucker Jüngling von etwa zwanzig Jahren, mit auffallend hellem, glattem Teint, die Augen wie Sterne funkelnd, die Brauen schmalen Weidenblättern gleich, trug als Gürtel um seine Lenden geschlungen ein rotes Seil, dessen strammes, frei bleibendes Ende in Klafterhöhe von seinem Leib abstand und je nach seinen Tanzbewegungen bald auf und nieder wippte, bald seitlich hin und her schlenkerte. An Eindeutigkeit ließ dieser reichlich anstößige Tanz – er hieß ›Dämonentanz‹ – nichts zu wünschen übrig.

Es läßt sich denken, daß das überwiegend weibliche Zuschauerpublikum, das sich im Saal und noch draußen vor dem Eingang Schulter an Schulter und Rücken an Rücken drängte, von Darbietungen so gewagter und aufreizender Art verwirrt und erregt werden, ja völlig durcheinander und in förmlichen Taumel geraten mußte. Wohlverstanden, ehrsame Frauen und züchtige Haustöchter sowie ältere, gesetzte Herrschaften, die es mit ihrer Buddhagläubigkeit ernst nahmen, hatten sich bereits mitten während der Veranstaltung höchst unangenehm berührt entfernt. Was übrigblieb, waren Weiber, die an solchen frivolen Auswüchsen eines entarteten Kultes ausgesprochen Gefallen fanden; eine gewisse lockere Sorte von Frauen und jungen Mädchen, die ständig im Tempel aus und ein gingen, weniger um Weihrauch zu brennen und eine fromme Andacht zu verrichten, als um mit Priestern und Mönchen anzubändeln und heimliche Verhältnisse zu knüpfen. Es blieben aber auch Angehörige und Freundinnen der Blüten, die sich vom Können der jungen Schülerinnen überzeugen wollten.

Zu dem Publikum, das mit Ausdauer bis zum Schluß der Vorstellung blieb, gehörten auch die Damen Pao und Piän nebst Töchtern. Besonders Zinnoberzimmet und Duftjuwel fanden das, was da dem Auge und Ohr zweifellos in künstlerisch gefälliger Form dargeboten wurde, so unterhaltsam, anregend und aufregend, daß sie sich gar nicht satt daran sehen und hören konnten. In ihren jungen Gliedern zuckte es nur so von Tanzlust, am liebsten hätten sie es den Blüten gleichgetan und wären selber mit im Saal herumgejagt und -gesprungen. Was hatte man schon von dieser abgeklärten, kühlen, frostigen Seelenhaltung, von dieser Entstaubung der Sinne, wie sie die Lehre Buddhas verlangte? Wie langweilig war doch dieses unaufhörliche Herleiern von Sutratexten und monotonen Buddha-Anrufen, wie vergnüglich und lustig dagegen die Art, wie die Blüten-Muhme ihren Buddha verstand und deutete! So fanden sie. Und nicht viel anders dachten die jungen Nonnen und Gehilfinnen der Seligen Reinen. Auch sie hielten mit brennender Anteilnahme bis zum Schluß der Vorstellung aus, bis sie schließlich vor Müdigkeit und Erschöpfung fast umsanken. Denn es ging bereits auf den fünften Trommelschlag, in den heraufdämmernden Morgen, als die Blüten-Muhme sich endlich auf ihrem Polster zur Sitzhaltung tiefer Versenkung zurechtrückte, die Augendeckel zuklappte und damit das Zeichen zum Schluß der Veranstaltung gab.

Es sollte nicht ihr einziges Auftreten bleiben. Sie wiederholte später ihre Veranstaltungen immer wieder, so daß der Tempel der Großen Erweckung im Laufe der Zeit tatsächlich ihr eigener Tempel wurde. Doch das gehört nicht mehr hierher.

Nach Schluß der Vorstellung folgten die Damen Pao und Piän nebst Töchtern einer Einladung der Seligen Reinen zu einem frugalen Tempelfrühstück in ihrer Wohnklause. Sie fanden den Gästeraum bereits mit anderen Besucherinnen dicht besetzt. In einer Gruppe von jüngeren Offiziersdamen saß auch eine würdige grauhaarige Matrone von etwa sechzig Jahren. Es war die Generalin Tschang, die der geschätzten Leserschaft bereits in einem früheren Kapitel vorgestellt wurde. Als sie der eintretenden Neuankömmlinge gewahr wurde, ging es ihr durch den Sinn: Sollten die beiden älteren nicht die ehemaligen Gattinnen der Gardehauptleute Pao und Piän sein? Sollten die beiden gutaussehenden jüngeren vielleicht ihre Töchter sein, die wir damals bei der Waldpartie vor vielen Jahren im Scherz verlobt hatten, als sie noch gar nicht zur Welt gekommen waren, wobei ich die Mittlerrolle spielte? Ihre Männer waren doch sieben Jahre später nach nördlichen Grenzgarnisonen versetzt worden, welche Umstände mögen die Frauen jetzt wieder hierher nach Kai fong fu verschlagen haben? Und sie rief die näher kommenden und nach allen Seiten grüßenden Damen von weitem lachend an:

»He, ihr beiden Nai nai, erkennt ihr mich denn nicht wieder?« Jetzt erst, ihre Pupillen auf sie richtend, erkannten die Angerufenen in ihr die Generalin Tschang wieder, die ehemalige Vorsitzende ihres Offiziersdamenklubs, und sie mußten auch sogleich an die gemeinsame Waldpartie vor so langen Jahren zurückdenken, wo es so hoch und lustig hergegangen war. Das gab eine freudige Begrüßung! Die beiden Töchter wurden vorgestellt, dann ging es ans Erzählen. Was gab es alles zu berichten!

»Nein, wie die Zeit vergeht! Wenn ich so eure stattlichen, zu wahren Schönheiten herangewachsenen Töchter betrachte – sie waren doch wohl kleine fünfjährige Mädelchen, als ihr von hier weggingt –, dann merke ich erst richtig, wie alt ich selber inzwischen geworden bin«, bemerkte die Generalin. Sie konnte den Blick gar nicht abwenden von den beiden jungen Mädchen, die ihr wie zwei entzückende, aus Elfenbein geschnitzte Nippfiguren vorkamen. Sie fuhr fort:

»Und was ist mit ihren Verlobten? Haben die seitdem von sich hören lassen? Eure Töchter sind doch jetzt im heiratsfähigen Alter.«

»Nichts hat mein Schwiegersohn, nichts hat seine Familie die ganze lange Zeit über von sich hören lassen!« antwortete die Dame Pao bekümmert. »Ungemach über Ungemach hat uns getroffen! Erst die Versetzung auf den gefährlichen und schlecht bezahlten Grenzposten, dann das Mißgeschick und der vorzeitige Tod meines Mannes, dann der Verlust unseres hiesigen Heims und Vermögens – es ist ein Elend!« Auf Zinnoberzimmet weisend, fuhr sie fort: »Dieses Unglücksmädchen hatten wir damals als Sechsjährige mit dem Sohn eines Kameraden meines Mannes, des Gardehauptmanns Hou, verlobt. Weder vom Vater – er wurde damals auch in eine nördliche Grenzgarnison versetzt – noch vom Sohn haben wir seitdem je wieder etwas gehört. Nicht das kleinste Geschenk, nicht ein Fädchen Seide oder Wolle haben wir von ihrer Seite zu sehen bekommen! Wir wissen nicht einmal, ob sie überhaupt noch am Leben sind.«

Die Generalin strich sich zerstreut oder gar verlegen über den silbergrauen Scheitel.

»Soso, mit dem Sohn des Hauptmanns Hou hattet ihr sie verlobt – ich kann mich gar nicht mehr erinnern. Nun ja, man wird eben alt und gedächtnisschwach.«

Sie blickte Zinnoberzimmet eine Weile stumm und nachdenklich an, dann wandte sie sich an die Dame Piän:

»Und mit wem war denn Euer Töchterlein verlobt?«

»Mit dem Sohn des Landedelmanns Wang, der damals Dienst als Hauptmann in der Westgarnison der Hauptstadt tat. Wir haben seit Ausbruch der Kriegswirren von ihm und seiner Familie gleichfalls nichts mehr gesehen und gehört. Leider ist es uns auch sonst nicht zum besten gegangen. Ich, eine unversorgte Witwe, meine Tochter eine vaterlose Waise, wir haben es wirklich nicht leicht. Unsere Zukunft ist ganz ungewiß. Vor allem mache ich mir Sorge um meine Tochter. Was soll nur aus ihr werden?« schüttete Frau Piän ihr mütterliches Herz aus.

»War der Vater des Verlobten ein Hauptmann Wang mit Zunamen Ming Yü?«

»Gewiß. Der Sohn war ein sehr schmuckes Bürschlein, ich habe ihn noch genau in Erinnerung. Er wäre mir schon recht als Schwiegersohn gewesen. Er war zwei Jahre älter als mein Kind, müßte also heute achtzehn sein.«

»Ihr rechnet vergebens mit ihm. Er ist vor zehn Jahren gestorben, in der Fremde, in der Garnisonstadt Ta tung fu, wohin sein Vater versetzt worden war. Auch seine beiden Eltern sind tot. Wußtet ihr das nicht? Der Sohn war ein Schwesterkind von mir.«

Die alte Dame heftete ihren Blick von neuem ernst und sinnend auf Zinnoberzimmet.

»Was dich betrifft, mein Kind – eigentlich sollte ich es für mich behalten. Denn wenn ich es ausspreche, wird es dir und deiner Mutter neuen Kummer bereiten . . .«

»Ist mein Schwiegersohn etwas auch nicht mehr am Leben?« wurde sie von Frau Pao unterbrochen. Die andere schüttelte den Kopf.

»Am Leben ist er schon noch, aber . . . also – seine Eltern sind während der Grenzkämpfe ums Leben gekommen und haben dieses ihr einziges Kind, eben Euren Schwiegersohn, als völlig mittellosen Waisenknaben zurückgelassen. Keinen Türpfosten, keinen einzigen Dachziegel nennt er sein eigen! Ein Onkel von ihm, der in der hiesigen Garnison Dienst tut, schleppt ihn notdürftig durch, gewährt ihm Obdach und Nahrung. Doch das Schlimmste kommt noch: Er ist Krüppel! Infolge eines tatarischen Säbelhiebes über den Kopf ist er linksseitig gelähmt und so entstellt, daß er kaum noch einem Menschen ähnelt. Er wollte mich eigentlich gestern zum Tempel begleiten, da er aber im Gehen behindert ist, wollte er dann später zu Esel nachkommen und mich abholen. Ich möchte wissen, wo er steckt.«

Während ihrer Rede waren der Dame Pao die Tränen hochgestiegen, Tränen der Wut und Enttäuschung. Zinnoberzimmet saß stumm da und ließ den Kopf hängen.

Während Mutter und Tochter zornigen Herzens dasaßen und trüben Gedanken nachhingen, entstand an der Tür eine Bewegung. Ein Trupp weiterer Tempelgäste drängte herein. Auf einmal rief eine Stimme zum Tisch der Generalin herüber:

»Frau Generalin Tschang, da bin ich! Es wird Zeit zum Aufbruch! Ich bin hergekommen, um Euch abzuholen!« Der

Rufer, ein junger Bursche von etwa achtzehn, löste sich aus der Gruppe und kam langsam, linksseitig auf eine Krücke gestützt, an den Tisch herangehumpelt, richtiger gehüpft. Welch abstoßender Anblick!

Ein erschreckend stumpfes, ausdrucksloses, wie aus Lehm geknetetes Gesicht. Auf dem unsauberen, krätzigen Schädel einige wirre Strähnen spärlichen braunen Haars. In dem breiten, ständig offenen Mund klaffende Lücken zwischen einzelnen Zähnen. Kurze Jacke und unten umwickelte Hosen aus gewöhnlichem blauen Kattun. Von dem nach Schildkrötenart zwischen den Schultern eingezogenen Kopf rinnt Schweiß. Beim Gehen hält er das linke Bein ständig gekrümmt und den linken Fuß hochgezogen wie ein Spieler beim Fußballspiel in Erwartung des auf ihn zukommenden Balles und bewegt sich wie ein Vogel hüpfend auf dem rechten Fuß allein. So unbeholfen kommt er vorwärts, daß er unterwegs seine Mitmenschen anrempelt wie das Sternbild Kweh hsing, das das Sternbild Großer Bär anrempelt.

Das also war er, der treffliche, der herrliche Eidam, der Anspruch auf den wahrhaft fürstlichen Besitz einer Zinnoberzimmet erhob!

Zinnoberzimmet hatte bei seinem Näherkommen voll Abscheu den Kopf seitlich abgewandt. Sie konnte den eklen Anblick einfach nicht ertragen und hätte sich am liebsten in den Erdboden verkrochen.

»Wer sind die Damen?« wandte sich der Lahme flüsternd an die Matrone, nachdem er sich linkisch verbeugt und so ergeben wie nur möglich seinen ›Wan-fu‹-Gruß rings um den Tisch ausgeteilt hatte.

»Was! Du entbietest nicht schleunigst deinen schuldigen Kniefall? Worauf wartest du noch? Tag für Tag hast du mir von deiner Schwiegermutter erzählt, schau! Jetzt sitzt sie vor dir!« belehrte ihn eilig die Generalin.

Der Lahme rückte seinen Kopf aus den Schultern und äugte verlegen suchend von einer der vier Damen zur anderen. Welche war denn nun eigentlich seine Schwiegermutter? Und welche seine Braut? Das konnte er doch nicht wissen. Schwerfällig und umständlich ließ er sich auf den Boden nieder und verrichtete in Richtung auf beide Damen mittleren Alters einen ungeschickten Stirnaufschlag. Nachdem er sich mühsam wieder hochgerappelt hatte, stellte er an beide jungen Mädchen die Frage:

»Wie geht es meiner verehrten Braut, der Kuniang Zinnoberzimmet? Hoffentlich gut!«

Frau Pao würdigte ihn in ihrer Wut keines Wortes, Zinnoberzimmet nicht einmal eines Blickes, sie hielt den Kopf nach wie vor geflissentlich abgewandt. Um ihm aus der Verlegenheit zu helfen, ergriff Matrone Tschang tätschelnd die Hand von Zinnoberzimmet.

»Schau her! Wo in aller Welt könntest du wohl ein schöneres Bräutchen finden?«

Also die! Völlig entgeistert starrte der Krüppel das schöne Mädchen an. Die sollte ihm gehören? Er wagte es kaum zu glauben. Es dauerte eine geraume Weile, bis sich seine beiden in allen Weiten davongeflatterten Seelen in ihr körperliches Gehäuse zurückgefunden und seine vor Aufregung hüpfenden Eingeweide ihre normale Ruhelage wieder eingenommen hatten. Eine ungelenke Verbeugung vor Braut und Schwiegermutter, ein möglichst warm und aufrichtig ergeben klingen sollendes ›Wan fu‹ und die stotternd hervorgebrachten Worte:

»Ich werde nicht verfehlen, morgen der verehrten Frau Schwiegermutter meine Aufwartung zu machen«, dann humpelte er, nach jedem Schritt mit dem rechten Fuß ein dumpfes Aufpochen des Krückstocks verursachend, zur Tür hinaus. Gleich darauf brach auch die Generalin auf.

An dem Tisch der vier Damen herrschte eine Weile beklommenes Schweigen. Zinnoberzimmet fühlte ihr ach so lenzliches Herz wie zu Eis gefroren und erstarrt. Sie war weder zum Lachen noch zum Weinen fähig. Im stillen sagte sie sich: Ein bitteres Los, was mir da beschieden ist! Hätte ich es doch lieber wie Duftjuwel getroffen und statt des lebenden einen toten

Verlobten vorgefunden. Dann wäre eine klare, reinliche Lage geschaffen, und ich könnte einen Besseren heiraten.

Wie gut, daß jetzt die Selige Reine den frei gewordenen Platz der Generalin einnahm und den vier Damen noch eine Weile beim Frühstück Gesellschaft leistete. So kam man doch auf andere Gedanken. Die beiden Mütter fanden die erwünschte Gelegenheit, etwas zur Sprache zu bringen, was ihnen schon lange am Herzen lag – die Wohnfrage. Sie beklagten sich, daß es seit dem Weggang der Seligen Reinen so still und einsam in der Klause geworden sei, sie kämen sich ganz weggesetzt vor, kein Mensch kümmere sich um sie. Ihre Nachfolgerin, die alte schwerhörige Klosterfrau, sei so verschlossen und gar nicht umgänglich. Sie hätten oft richtige Sehnsucht nach einer Aussprache mit ihr, der Seligen Reinen, leider, leider wohne sie nun so weit weg.

Mit gewohntem Feingefühl erriet die gütige Tempeloberin, worauf sie vorsichtig hinauswollten, und kam ihnen mit einem hochherzigen Vorschlag entgegen:

»Zieht zu mir! Mein Tempel bietet mit seiner weitläufigen Anlage reichlich, mehr als reichlich Raum zum Wohnen. Seid mir nicht böse, daß ich nicht schon längst daran gedacht habe! Aber seit meiner Übersiedlung stürmten soviel neue Aufgaben auf mich ein. Ich mußte den Tempelbau überwachen, ich mußte eine Schar von Gehilfinnen – sie ist inzwischen auf hundert Köpfe angewachsen – anlernen und einschulen, ich mußte mich den vielen Tempelgästen widmen, die täglich herkommen, um ihre Brandopfer und ihre Andacht zu verrichten, und die doch wenigstens mit einer Schale Tee erfrischt werden wollen, kurz, vor lauter Hetze und Trubel habe ich gar nicht mehr an euch gedacht. Und dabei könnte ich so nötig die geschickten Hände eurer Töchter für dringende Stopf- und Näharbeiten gebrauchen! Wißt ihr was? Hinten im Park, östlich von der Halle der Drei Erhabenen Lehren, liegt ein gänzlich ungenutztes Wohngelände mit zwölf leerstehenden Räumen, sie waren früher von den Puderlarven der Großmeisterin Li bewohnt. In die Nähe hat neuerdings die Studentenschaft einen Bibliothekspavillon hingebaut, aus diesem Grunde kann ich als Nonne dort nicht gut wohnen, noch aus und ein gehen. Dort könnt ihr hinziehen und, solange es euch gefällt, mietfrei wohnen.«

Die Damen atmeten erlöst auf und nahmen ihr Anerbieten nur zu gern und freudig an. Es wurde auch gleich einer der nächsten Tage für Um- und Einzug vereinbart. Jedoch verzögerte sich alles länger, als man erwartete.

»Was hält uns denn noch drüben in der öden und ungastlichen Klause? Selbst wenn Ihr, die hochangesehene Tempeloberin, heute zu Besuch dorthin kämet, würde man für Euch kein freundliches Wort der Begrüßung, geschweige denn ein Geplauder zu einer Schale Tee übrig haben. Hier werden wir doch Anhalt finden und freundnachbarlichen Umgang pflegen können. Ach, wir freuen uns schon so darauf!«

Mit diesen Worten verabschiedeten sie sich beglückt und dankbar von der Seligen Reinen und machten sich auf den Nachhauseweg.

Ihre gehobene Stimmung wurde freilich sehr rasch wieder gedämpft durch den beklemmenden Gedanken an diesen unerwünschten Schwiegersohn, der da urplötzlich wie ein grausiges Gespenst am Wegrand aufgetaucht war. Daheim angelangt, setzten sich die beiden Mütter zur Beratung zusammen.

»Da hat man nun von Tag zu Tag auf den Schwiegersohn gewartet und nun, da er da ist, erweist er sich als ein derartiges Greuel! Mehr unheimliches Gespenst als Mensch! Ganz davon zu schweigen, daß er ein Habenichts ist, daß er nicht einmal einen Kochtopf besitzt – aber diese körperliche Entstellung! Und an der Seite eines solchen elenden Krüppels, eines solch traurigen, siechen Überbleibsels von Mann soll mein gutes, liebes Kind, dieses herrliche Geschöpf, ihre Tage, ihre Jugend, ihr Leben vertrauern? – Der Gedanke ist mir einfach unerträglich! Ach, wieviel besser ist doch da deine Tochter dran! Die hat freilich ihre Freiheit wieder!«

Also machte Mutter Pao ihrem Herzen Luft und brach in

lautes Schluchzen aus. Und also suchte die Freundin sie zu trösten und zu ermutigen:

»Du nimmst es als unumstößlich feststehende Tatsache, daß dieser Krüppel dein Schwiegersohn sei – ja, ist er das überhaupt? Ich möchte es schier bezweifeln. Mir scheint, da hapert es noch an etlichen Kleinigkeiten. Ist denn damals der herkömmlichen Form überhaupt Genüge geschehen? Haben denn die vorgeschriebenen drei Mittelspersonen und vier Bürgen mitgewirkt? Sind euch denn die rituellen Verlobungsgeschenke, der Hammel, der Krug Wein, das Stück roten Tuches, ins Haus geschickt worden? Das wird doch alles klipp und klar vom Li gi, vom Buch der Riten, verlangt. Wie ist denn damals diese Verlobung zustande gekommen? Bei einem lustigen Zechgelage, als sich die ganze Gesellschaft bereits in recht vorgerückter, keinesfalls mehr nüchterner Stimmung befand, mit bloßem Zutrinken und Becherwechsel! Wo sind die Förmlichkeiten, die das angebliche Verlöbnis klar und einwandfrei beweisen? Kommt da einer daher und will dir mir nichts, dir nichts deine Tochter ablisten – soll er doch erst einmal beweisen, daß er zu Recht ihr Verlobter ist!«

Ihre Worte rissen die verzagte Freundin aus ihrer Verzweiflung und flößten ihr neuen Mut ein.

»Recht hast du! Von diesem hergelaufenen Krüppel ganz zu schweigen – bei jedem anderen noch so ansehnlichen und passenden Bewerber würde ich es mir noch sehr genau überlegen und gehörig feilschen und handeln, ehe ich mein mütterliches Jawort geben würde. Ich erkenne diesen Krüppel einfach nicht als Schwiegersohn an! Jedes weitere Wort erübrigt sich.« So wurde entschieden. Frau Pao rechnete freilich nicht mit der sturen Hartnäckigkeit des Krüppels.

Nicht minder hartnäckig erwies sich ein gewisser Jemand, der den vier Damen auf ihrem Heimweg vom Tempel bis zur Haustür heimlich gefolgt war und sie nicht aus den Augen gelassen hatte. Es war ein fein gekleideter Jüngling von offenbar vornehmer Herkunft. Nachdem die Damen die Haustür hinter sich zugeriegelt hatten, stand er noch eine Weile äugend und lauernd im Schatten der Pforte des von der Familie Wu bewohnten Nachbarhauses. Dann entfernte er sich, nachdem er noch ein paarmal vor dem Hause der Damen auf und ab gestrichen war.

Welche Bewandtnis es mit dem heimlichen Verfolger hatte, werdet ihr aus dem nächsten Kapitel erfahren.

NEUNUNDZWANZIGSTES KAPITEL

Beim Besuch des alten Freundes kommt der gestrenge Vater hinter die Schliche des Produkts! Die Begegnung mit zwei Schönen behext den Verstand des lockeren Jünglings

Es hat sich seit jeher immer wieder bestätigt: Wenn junge Frauen so zum bloßen Vergnügen bummeln gehen und ihr Antlitz in aller Öffentlichkeit lüften, dann pflegen sie sich nicht allein dem Gerede der Leute auszusetzen, sondern sie beschwören womöglich noch unliebsame Zwischenfälle, ja Unheil herauf. Darum sollten sie lieber gar nicht erst ausgehen und innerhalb des abgeschlossenen Bereichs ihrer Frauengemächer bleiben. Das bestätigte sich auch im Falle Duftjuwel. Wäre sie verständig gewesen, dann wäre sie zu Hause und damit vor Schlimmem bewahrt geblieben. So aber mußte sie durchaus die Mutter zum Tempel der Großen Erweckung begleiten, um sich die Kulttänze der Blüten-Muhme und ihrer Schar anzusehen, und so konnte es nicht ausbleiben, daß sie das Augenmerk eines gewissen Jemand auf sich lenkte, der ihr dann auf dem Heimweg bis vor die Haustür nachlief.

Der ausdauernde Verfolger war ein siebzehnjähriger Jüngling aus der vornehmen, erbadeligen Sippe Kin. Da er einen älteren, bereits verstorbenen Bruder gehabt hatte, wurde er allgemein Kin Erl Kwan, Junker Kin Zwei, genannt. Sein Vater Kin Yü, der seinerzeit auf dem normalen Prüfungsweg in den Staatsdienst gelangt war, hatte es bis zum Militärstatthalter der Provinz Fukiän gebracht, war dann wegen Alters aus dem Dienst geschieden und lebte jetzt im Ruhestand in seinem prachtvollen Anwesen in der Hauptstadt. An Reichtum konnten sich nur wenige Mitbürger mit ihm messen.

Seine ganze Hoffnung war nun der ihm einzig verbliebene zweite Sohn. Es war sein sehnlichster Wunsch, daß er fleißig studiere, die herkömmlichen drei Staatsprüfungen bestehe und dermaleinst die von Vätern und Vorvätern überkommene literarische Ader und Beamtentradition würdig fortsetze. Er hatte seinem Sprößling einen gelehrten Professor als Hauslehrer bestellt und zwei Bücherburschen beigegeben. Diese hatten strengste Weisung, dem Haussohn bei Tag und Nacht nicht von der Seite zu weichen, ihn zu bedienen und zu betreuen und sich seiner Wünsche und Befehle gewärtig zu halten. Auf keinen Fall sollten sie sich eigenmächtig aus dem Haus entfernen, widrigenfalls ihnen harte Prügelstrafen angedroht waren. Auch dem jungen Herrn war es streng verboten, eigenmächtig das Haus zu verlassen. Tat er es dennoch, waren Hauslehrer und Bücherburschen gehalten, dem Hausherrn Meldung zu erstatten. Mit solch strenger Hausordnung wähnte und hoffte Herr Kin Yü es erreichen zu können, daß sein Sohn sich einzig und allein fleißigem Studium hingebe und durch keinerlei müßige Gedanken ablenken lasse. Da gab er sich nun freilich einer argen Täuschung hin.

Wie das so die Art von seinesgleichen ist, zog es unseren Junker Zwei zum blühenden Leben, zu den Blumenstraßen und Weidengassen hin, dagegen grauste es ihm förmlich vor der öden Stille der Studierklause, vor vergilbten Schriften und dem trüben Schein der Studierlampe. Kurz, sobald er den gestrengen Herrn Vater außer Hauses wußte, pflegte er flugs in Begleitung eines Bücherburschen selber aus dem Haus zu wischen, und zwar durch die hintere Parkpforte.

Seinem Hauslehrer schwindelte er vor, er sei von seinem Vater nach auswärts befohlen. Der gute Professor gab sich alle Mühe, ihn in den wenigen Stunden, da er es in der Studierklause aushielt, zu unterrichten und nach besten Kräften zu fördern.

Aber alle Mühe war umsonst. Der Zögling weilte mit seinen Gedanken sonstwo, bloß nicht bei der Sache. Da er nach Ablauf eines Jahres nicht die geringsten Fortschritte aufwies, wollte sein Hauslehrer kündigen. Nur auf dringendes Bitten des alten Gebieters ließ er sich bewegen, seinen Posten noch zwei weitere Jahre beizubehalten.

Der ahnungslose Herr Kin hielt das auffallende Versagen des Sprößlings für die Folge schwacher Begabung und stumpfen Denkvermögens, nicht entfernt ahnte er den wahren Grund.

Nach Ablauf eines weiteren Jahres stellte sich heraus, daß der junge Herr – er war mittlerweile achtzehn geworden – wieder keine sonderlichen Fortschritte im Studium gemacht hatte, daß dagegen sein Hang zum Bummeln und seine Sucht nach galanten Abenteuern ständig in beträchtlichem Fortschreiten begriffen war. Als der gute Professor gewahrte, daß all sein Bemühen um diesen schwierigen Zögling umsonst sei, da erlahmte sein Lehreifer. Gut, er wollte auch noch das dritte Jahr, für das er sich verpflichtet hatte, weitermachen, aber er tat es lustlos. Sein löblicher Ehrgeiz war inzwischen zu kalter Asche ausgebrannt. Mochte der ungeratene Sohn tun und lassen, was er wollte, er scherte sich nicht mehr darum. Er stellte sich blind und taub.

Unserm Junker Zwei war das gerade recht. Er begnügte sich fortan damit, der Form halber täglich ein paarmal bei seinem Erzieher vorzusprechen, um bald darauf wieder zu verschwinden und sich den größeren Teil des Tages draußen in der Stadt herumzutreiben und allen möglichen Unfug anzustellen. Er hatte sich nämlich an eine Rotte gleichgesinnter, lockerer Lebejünglinge angeschlossen, in deren Begleitung er mit Vorliebe Streifzüge in den Bereich der Blumen und Weiden zu unternehmen pflegte. Heute war es das Dämchen Schönphönix im Blumenhof Tschang, morgen das Puderlärvchen Orchideenduft vom Blumenhof Li, in deren Gesellschaft sie ihre Zeit vertrödelten und herumtollten. All dieses Treiben unseres Junkers war Herrn Kin bislang verborgen geblieben, bis es schließlich dank einer schicksalsgewollten Verkettung von Umständen an den Tag kam.

Eines Tages meldete sich ein Herr Tschao aus Hang tschou zu Besuch. Das war ein alter Studienkamerad des Herrn Kin. Er hatte zuletzt den Posten eines Statthalters der Provinz Tsche kiang bekleidet, hatte kürzlich seinen Abschied genommen und befand sich auf dem Weg in die Heimat. In Kai fong fu eingetroffen, wollte er gern seinen alten Freund Kin begrüßen. Sie hatten sich seit zwanzig Jahren nicht gesehen. Zufällig war Herr Kin gerade ausgegangen.

»Der Herr ist nicht zu Hause«, beschied der Pförtner den Besucher. Der hätte nun gar zu gern etwas von den häuslichen Verhältnissen des alten Freundes erfahren. Man hatte sich ja in dieser langen Zeit völlig aus den Augen verloren, nicht einmal mehr brieflich hatte man wegen der Kriegswirren verkehren können. Der Besucher begann den Pförtner ein wenig auszufragen. Da erfuhr er nun auch von dem zweiten Sohn, der nach dem Tod des älteren Bruders als einziger Sprößling verblieben sei und daheim über den Büchern sitze und sich für die Prüfungen vorbereite.

»Oh, ein Sohn ist im Hause! Tu mir doch den Gefallen und bitte ihn her. Ich möchte ihn gern sprechen«, sagte Herr Tschao zum Pförtner und begab sich in die Empfangshalle.

Wunschgemäß machte sich der Pförtner zur Studierklause auf. Dort fand er nur den Hauslehrer und den einen der Bücherburschen, aber nicht den Haussohn vor.

»Wo ist Junker Zwei?» fragte er.

»Woher soll ich das wissen?« brummte Bursche Liän Yüan.

»Ein Herr Tschao ist zu Besuch gekommen und möchte ihn an Stelle seines abwesenden Vaters sprechen. Er sitzt vorn in der Empfangshalle und wartet. Geh und hole den Haussohn herbei.«

Bursche Liän Yüan war natürlich davon unterrichtet, daß der junge Herr sonstwo stecke, bloß nicht im Hause. Aber aus Diskretion wollte er es nicht offen heraus sagen. Und so machte er sich zum Schein mit dem Pförtner auf die gemeinsame Suche im Hause. Alle Räume, Höfe und Parkwinkel wurden abgesucht, aber nirgends war der Gesuchte aufzustöbern. Der Pförtner erstattete dem wartenden Besucher Bericht von der vergeblichen Suche, worauf sich Herr Tschao empfahl.

Das war gerade am Tage des Auftretens der Blüten-Muhme und ihrer Schar im Tempel der Großen Erweckung. Junker Zwei hatte davon gehört und wollte sich das seltene Schauspiel nicht entgehen lassen. Wie gewohnt hatte er sich hinter dem Rücken des Hauslehrers durch die verschwiegene Parkpforte aus dem Haus geschlichen und geradewegs zum Tempel der Großen Erweckung aufgemacht. Seinen Burschen hatte er nicht mit hineingenommen, sondern wieder nach Hause geschickt.

Er war gerade rechtzeitig gekommen, um die Ankunft der Blüten-Muhme und ihrer Schar mitzuerleben. Dann hatte er sich von der Menschenmenge mittreiben und weiterschieben lassen und glücklich noch einen Stehplatz im Meditationssaal ergattern können. Wie er nun so stand und nach West und Ost äugte, war sein Augenwerk durch eine Gruppe von vier Damen, zwei älteren und zwei jüngeren, gefesselt worden. Es waren die Damen Pao und Piän nebst ihren Töchtern Zinnoberzimmet und Duftjuwel. Der ebenmäßige Wuchs der beiden jungen Mädchen, die Feinheit ihrer Gesichtszüge, ihr heiteres, so lebensvoll sprechendes Mienenspiel schienen dem Jüngling schier unvergleichlich. Seine Fantasie gaukelte ihm berückende Bilder vor: Wenn sie des Abends unter dem Kammerfenster stünden und des Liebsten warteten, müßte ihr leiser Lockruf an süßem Wohllaut den Sang einer Goldamsel beschämen, und wenn sie sanft wiegenden Ganges vor dem Wind hinschritten, wäre die Grazie ihrer Bewegungen nur dem eleganten Flug einer Schwalbe vergleichbar. Es stand bei ihm fest: Das war der Typ Mädchen, den man seit alters her als Landesschönheit pries! Verglichen mit diesen beiden, mußte selbst die vielbesungene Schönheit einer Hsi Schi verblassen.

›Daß es unter dem Himmel so etwas von holden Geschöpfen

gibt – ich hätte es nimmer gedacht! Wenn man so etwas sein eigen nennen dürfte, man hätte nicht umsonst gelebt‹, ging es ihm durch den Sinn. Er war völlig hingerissen.

Nach der Vorstellung folgte er der Gruppe unauffällig in den Raum, in dem das Tempelfrühstück gereicht wurde. Er verstand es einzurichten, daß er in der Nähe der vier Damen, sogar in Hörweite, zu sitzen kam. So wurde er Zeuge jener abscheulichen Szene, da dieser häßliche Krüppel in Erscheinung trat und sich als Verlobter der einen, der etwas kleineren Schönen, zu erkennen gab. Also die war bereits vergeben und schied für ihn aus. Um so größer war seine Genugtuung, als er aus der Unterhaltung der beiden älteren Damen mit jener würdigen Matrone, die als Generalin angesprochen wurde, entnehmen konnte, daß die andere Schönheit, die etwas größere, durch den Tod ihres früheren Verlobten wieder frei geworden und demnach für ihn erreichbar war. Wenn er nur gewußt hätte, wie die Damen hießen und wo sie wohnten! Das mußte er unbedingt in Erfahrung bringen. Er wartete geduldig ab, bis sie sich von der Seligen Reinen verabschiedet hatten und sich auf den Nachhauseweg machten. Da stand er gleichfalls auf und folgte ihnen in einiger Entfernung unauffällig nach.

Gar so weit weg können sie nicht wohnen, wenn sie den Weg zu Fuß, mit diesen feinen zierlichen Füßchen zurücklegen wollen, folgerte er unterwegs im stillen. Bis zur Haustür der Damen kam er mit und wartete, bis sie nach drinnen verschwunden waren und die Pforte hinter sich abgeriegelt hatten. Als die beiden holden Gestalten seinem Blick entrückt waren, war ihm zumute, als hätte er eine Kostbarkeit verloren. Noch eine geraume Weile stand er stumm und starr wie eine aus Lehm gepappte oder aus Holz geschnitzte Bildsäule und konnte den Blick nicht von der Türe wenden, durch die die beiden verschwunden waren. Die aufgehende Sonne rötete bereits den östlichen Horizont. Da endlich gab er sich einen Ruck und eilte mit langen Schritten heim. Durch die hintere Parkpforte schlüpfte er wie gewohnt ins väterliche Anwesen und gelangte ungesehen in die Studierklause. Dort fand er seinen Burschen Liän Yüan vor.

»Ist der alte Herr von seinem Ausgang zurück?« war seine erste Frage.

»Zum Glück noch nicht. Andernfalls, fürchte ich, wären wir alle zusammen kaum um eine schwere Tracht Prügel herumgekommen«, kam grinsend die Antwort.

»Wieso? Es wird doch wohl niemand dem alten Herrn etwas ausplaudern und mich verraten?«

»Das nicht, aber gestern nachmittag, Ihr wart kaum fort, erschien ein Besucher, ein älterer würdiger Herr, er nannte sich Tschao oder so ähnlich, der wollte Euren Herrn Vater begrüßen, und da er nicht zu Hause war, wollte er durchaus Euch, den Haussohn, sprechen. Zusammen mit dem Pförtner mußte ich, der Besucher bestand hartnäckig darauf, das ganze Haus und jeden Parkwinkel nach Euch absuchen, ich suchte natürlich nur zum Schein. Der Pförtner gab schließlich dem Besucher, der so lange und geduldig gewartet hatte, den Bescheid, daß Ihr nicht zu Hause wäret, worauf er fortging. Wie unbehaglich mir dabei zumute war, vermögt Ihr Euch wohl vorzustellen. Mein Herz tat gewaltige Sprünge und ist jetzt noch nicht zur Ruhe gekommen.«

Junker Zwei war vor Schreck erdfahl geworden und blieb eine lange Weile sprachlos. Er ging hinüber in die Kammer des Magisters und entbot ihm kurz seinen Morgengruß. Dann kehrte er in seine eigene Kammer zurück, warf sich angekleidet, wie er war, auf sein Lager und versuchte den versäumten Nachtschlaf nachzuholen. Das wollte ihm vor Herzklopfen freilich nicht recht gelingen. Vorher schickte er seinen Burschen auf Beobachtungsposten. Er sollte auf die Rückkehr des alten Gebieters aufpassen und den Pförtner behorchen, ob er bei seinem Bericht irgend etwas Verfängliches schwatzen werde.

Im Laufe des Vormittags kam der alte Gebieter heim. Der Pförtner überbrachte die Besuchskarte des Herrn Tschao und meldete nur kurz, Herr Tschao sei dagewesen und habe ihm seine Aufwartung machen wollen. Von der vergeblichen Suche nach dem Haussohn erwähnte er einstweilen nichts.

Vor Freude hüpfend und mit den Händen fuchtelnd, rannte der heimliche Lauscher, Bursche Liän Yüan, in die Studierklause und meldete strahlend dem jungen Herrn, der alte Gebieter sei heimgekehrt, es wäre alles gut abgelaufen, der Pförtner hätte dichtgehalten und nichts Verfängliches ausgeplaudert. Wie froh und erleichtert Junker Zwei ob dieser Kunde war, läßt sich unschwer denken.

Noch am selben Tag bestieg Herr Kin die Sänfte, um Herrn Tschao seinen Gegenbesuch zu machen. Es drängte ihn, nach so langen Jahren der Trennung den guten alten Freund aufzusuchen. Da gab es natürlich ein überaus freudiges Wiedersehen.

»In den vergangenen zwanzig Jahren habe ich nichts mehr von den häuslichen Angelegenheiten des werten großen Bruders gehört«, hub nach den herkömmlichen Eingangsfloskeln über Wetter und Ergehen und nach der ersten Schale Tee Herr Tschao an und fuhr fort:

»Bei meinem gestrigen Besuch erfuhr ich zu meiner Freude aus dem Munde Eures Pförtners, daß Ihr daheim ein zweitgeborenes befehlendes Herrchen habt. Ich wollte diesen Sohn so gerne sehen und sprechen. Zu meinem Bedauern hörte ich, daß er gleichfalls gerade nicht zu Hause sei. So kam ich um den Vorzug, ihn kennenzulernen. Zu schade. Bei meinem nächsten Besuch hoffe ich bestimmt, ihn anzutreffen.«

»Er ist der Sohn meiner vor drei Jahren verstorbenen zweiten Frau. Meine billige Erste, mit dem Dorn als Nadel im Haar, war mir kurz nach dem Fortgang des werten großen Bruders durch den Tod entrissen worden. Da mein Ältester damals einen entfernten auswärtigen Amtsposten bekleidete, heiratete ich wieder, um eine Stütze im Haushalt zu haben. Unverzeihlich, daß ich gerade gestern ausgehen mußte und mich so um die Ehre Eures Besuches gebracht habe. Aber mein Sohn – ich verstehe gar nicht, wieso er nicht dagewesen sein soll. Ich lasse ihn doch unter der Obhut eines Hauslehrers daheim studieren.«

»Der Pförtner hat eine geraume Weile das ganze Haus vergeblich nach ihm abgesucht. Der Haussohn sei auch ausgegangen, ließ er mich dann wissen.«

Herr Kin dachte bei sich: ›Er müßte doch Tag für Tag zu Hause über den Büchern sitzen, wieso war er gestern nicht aufzufinden? Dahinter muß etwas stecken!‹ Sein Befremden verbergend, fuhr er, zum Freunde gewandt, fort:

»Sobald ich wieder zu Hause bin, werde ich veranlassen, daß er Euch schleunigst seine Aufwartung macht.« Bald darauf empfahl er sich.

Daheim angelangt, befahl er den Pförtner zum Verhör in die vordere Empfangshalle. »Hat dich Herr Tschao gestern geheißen, meinen Sohn herzubitten, um den Besucher zu begrüßen?«

»Gewiß!«

»Warum ist er nicht zum Vorschein gekommen?«

»Ich lief auf Wunsch des Herrn Tschao in die Studierklause, um ihn herzubitten. Vor dem Eingang traf ich auf den Bücherburschen Liän Yüan. Ich hieß ihn, den jungen Herrn nach vorn zu holen. Er sagte, der junge Herr wäre gar nicht in der Studierklause. Darauf habe ich gemeinsam mit Liän Yüan das ganze Haus, auch Höfe und Park gründlich nach ihm abgesucht, aber wir haben ihn nirgends finden können. Um Herrn Tschao nicht länger vergeblich warten zu lassen, habe ich ihm ausgerichtet, der junge Herr sei ausgegangen. Darauf verabschiedete er sich.«

Herr Kin entließ den Pförtner und dachte nach. ›Wenn er in der Studierklause war, dann wäre es doch ein unbegreiflicher Verstoß gegen alle Gebote der Artigkeit gewesen, trotz Aufforderung eines wertgeschätzten Besuchers nicht zum Vorschein zu kommen. Wenn er aber tatsächlich ausgegangen war, dann hätte er vorher seinem Hauslehrer davon Meldung machen und, wie es sich gehört, seine Bücherburschen zur Begleitung mitnehmen müssen. Nach Aussage des Pförtners war er tatsächlich nicht zu Hause. Wieso wußte dieser Bursche Liän Yüan nichts von seinem Fortgehen? Den muß ich mir doch einmal vorknöpfen.‹ Und er befahl den Burschen herbei.

»War der junge Herr die letzten Tage immer brav in der Studierklause über den Büchern?«

»Jawohl, er hat Tag für Tag fleißig studiert.«

»Ist er niemals ausgegangen?«

»Niemals!« log der Bursche. Er meinte sich ein bißchen Schwindel leisten zu dürfen, da ja der Pförtner vorhin bei der Rückkehr des alten Gebieters dichtgehalten und nichts verraten hatte. Immerhin verwirrte ihn die Frage. Er wurde rot, und sein ›Niemals‹ klang zaghaft und unsicher. Seine Verlegenheit entging dem prüfenden Blick des alten Gebieters nicht. Das Verhör ging weiter.

»Warum ist er gestern nicht zum Vorschein gekommen, als ihn Herr Tschao zu sehen wünschte?«

»Er wollte nicht.«

»Soso, er wollte nicht. Dann hättest du doch dem Pförtner Bescheid sagen müssen, daß er sich nicht zeigen wolle. Wozu dann die Suche nach ihm. Ihr habt doch überall im Haus nach ihm gesucht, nicht wahr?«

»Ich wüßte nicht, daß wir nach ihm gesucht hätten. Der junge Herr wollte eben nicht . . .«

»Ach was, ihr habt gar nicht nach ihm gesucht? Das steht im Widerspruch zur Aussage des Pförtners, den ich soeben vernommen habe. Und diese Aussage ist mir Wort für Wort durch Herrn Tschao bestätigt worden. Willst du angesichts dessen etwa weiter lügen und leugnen? Na warte, Bursche!« brauste der alte Gebieter auf und befahl den Pförtner als Gegenzeugen herbei. Er ließ ihn seine vorherige Aussage wiederholen. Der Bursche hörte es sich stumm an und ließ den Kopf hängen. Es war nichts weiter aus ihm herauszuholen.

Da ergrimmte der alte Gebieter. Er griff zum Bambusstock und verabreichte dem verstockten Burschen eine gehörige Tracht Prügel. Der fand unter der Wucht der Schläge endlich seine Sprache wieder.

»Gnade! Gnade! Der alte Gebieter möge meinen Kollegen, den Burschen Kin Ying, verhören! Der ist für den Außendienst verantwortlich, ich bin nur mit dem Innendienst in der Studierklause beauftragt und habe mit etwaigen Ausgängen des jungen Herrn nichts zu schaffen. Ich weiß von nichts«, so heulte er los.

Der alte Gebieter hatte ein Einsehen, legte den Stock beiseite und befahl den Burschen Kin Ying herbei.

Der saß mittlerweile bibbernd und angstschwitzend vor dem Eingang der Studierklause. Welch fataler Umschwung der Dinge! Noch vor einer Stunde hatte er sich in Sicherheit gewiegt. Der Pförtner hatte doch bei der Rückkehr des alten Gebieters dichtgehalten und nichts ausgeplaudert.

Doch dann war auf einmal Kollege Liän Yüan zum Verhör nach vorn zitiert worden. Das hatte bestimmt nichts Gutes zu bedeuten. Nun schien die Geschichte doch herauszukommen. Nach vorn zu laufen und sich selber zu stellen, das verbot ihm sein schlechtes Gewissen. Und so saß er, rang zwei Handvoll Angstschweiß aus und äugte mal nach Ost und mal nach West, stand mal auf, setzte sich mal hin und ähnelte in seiner Wartensqual einer auf glühend heißem Felsblock hin und her kribbelnden Ameise. Da nahte auch schon das Verhängnis.

»Nach vorn zum Verhör!« tönte die Stimme des Pförtners an sein Ohr. Es war ihm, als hätte der Blitz neben ihm eingeschlagen. Mechanisch, als ob beide Seelen aus seinem Leib entwichen wären, bewegte er seine schlotternden Gliedmaßen zur vorderen Empfangshalle.

»He, habe ich euch beiden Hunden seinerzeit, als ich den Hauslehrer anstellte, nicht ausdrücklich befohlen, daß ihr mir Meldung erstatten sollt, sobald sich der junge Herr eigenmächtig und hinter dem Rücken seines Erziehers aus dem Hause entfernt? Ihr beiden Hunde aber seid entgegen diesem meinem ausdrücklichen Geheiß mit dem jungen Herrn heimlich ausgegangen und habt ihn draußen allen möglichen Unfug anstellen lassen – keine Widerrede! Ich bin über alles genau unterrichtet. Der andere hat bereits gestanden. Jetzt kommst du mit dem Verhör an die Reihe. Wehe, wenn du dich auch nur mit einem Wort aufs Faseln und Lügen verlegen solltest! Dann lasse ich dich totprügeln!« herrschte der alte Gebieter die vor ihm kniende Jammergestalt an.

Daß seine Worte ernst gemeint waren, bewies dem Burschen der Anblick des grün und blau geprügelten und sich noch immer unter Schmerzen krümmenden Kollegen. Völlig eingeschüchtert, hielt er es für geraten, lieber die Wahrheit zu sagen. Und so legte er ein umfassendes Geständnis ab und beichtete das heimliche Herumtreiben des jungen Herrn.

Vor Wut zähneknirschend und stolpernd und mit den Fäusten auf seine Brust trommelnd, stürzte der alte Gebieter stracks in die Studierklause. Dort saß der Haussohn inzwischen schlaffen Mutes in seinem Lehnstuhl und wartete gleichfalls voll böser Vorahnung auf das nahende Unwetter. Denn nachdem beide Bücherburschen zum Verhör nach vorn gerufen worden waren, schwante ihm nichts Gutes.

Da erschien er auch schon in der Tür, der gestrenge alte Gebieter, mit gerötetem Gesicht und dicker Zornesader auf der Stirn. Ein flüchtiger Gruß nach dem Hauslehrer hin, dann ließ sich der alte Herr ächzend in einem Lehnsessel nieder.

»Hinknien!« kam er schroffe Befehl an den Haussohn, der wie üblich befehlsgewärtig zur Seite des Lehnstuhls Aufstellung genommen hatte.

»Produkt, siehst du deine Schuld ein? Ich bin alt, dein großer Bruder ist leider tot. Jetzt bist nur noch du, elendes Produkt, als Stammhalter da. Ich hatte meine ganze Hoffnung auf dich gesetzt, hatte gedacht, du würdest mir zuliebe ein paar Zoll Fortschritte machen, um dermaleinst die Ader deines Vaters und deiner Vorväter fortzusetzen, statt dessen hast du dich hinter meinem Rücken herumgetrieben und Unfug angestellt! Wozu taugt ein solch unnützes Geschöpf?«

Der Strafpredigt folgte die Sprache des Kia-fa-Hausmittels, des Stocks, auf dem Fuße. Ohne nach einer bestimmten Körperstelle zu zielen, drosch der alte Herr blindwütig und wahllos auf den Sohn ein, bis sein Arm erlahmte. Dann hieß er die Diener den blutbespritzten Fußboden rein waschen. Den jungen Mann aber ließ er in eine dunkle Kammer einsperren. Die Tür wurde nicht allein verriegelt, sondern obendrein noch zugenagelt. Der Raum verfügte über keine Fenster, sondern lediglich über eine kleine Klappe in der Tür, durch die Speisen und Getränke hindurchgeschoben werden konnten. Die beiden ungetreuen Bücherburschen wurden aus dem Haus gejagt. Der Hauslehrer bat unter solch unerfreulichen Umständen selber um seine sofortige Entlassung.

Was weiter mit dem Haussohn geschah und ob es ihm trotz allem gelang, das geliebte Mädchen zu gewinnen, werdet ihr aus dem nächsten Kapitel erfahren.

DREISSIGSTES KAPITEL

Der Tod des gestrengen Vaters ermöglicht dem verliebten Jüngling die Wiederbegegnung mit seiner ›Bösen‹. Zärtliche Mutterliebe verhilft der kleinen Koketten zum richtigen Partner

Herr Kin hatte den Kummer über das Fehlschlagen aller Hoffnungen, die er in seinen ungeratenen Sprößling gesetzt, wortlos in sich hineingewürgt. Zu stolz, sich über den häuslichen Verdruß irgend jemandem gegenüber auszusprechen und damit sein bedrücktes Herz zu erleichtern, ähnelte er dem Stummen, der aus Versehen auf einen Zypressenkern beißt und außerstande ist, auch nur mit einem einzigen Wehlaut sein Unbehagen über den bitteren Geschmack im Gaumen kundzutun. Die Folge war, daß er an unterdrücktem Gram litt und herzkrank wurde. Einen halben Monat lang mußte er das Bett hüten. Da hatte er nun reichlich Zeit zum Nachdenken und gelangte nach reiflicher Erwägung zu folgender Einsicht:

›Ich bin hoch in die Sechzig und muß über kurz oder lang mit meinem Ableben rechnen. Wer soll dann meinen Stamm würdig fortsetzen? Mein Ältester ist leider kinderlos gestorben. Der Jüngere, dieses unnütze Produkt, ist in meinen Augen so gut wie nicht vorhanden. Dessen ganzes Trachten und Handeln ist sinnloser Unfug. Anderseits bietet der Stubenarrest, den ich über ihn verhängt habe, auf die Dauer auch keine Lösung – man sollte ihn verheiraten! Jawohl, man sollte ihm eine tüchtige Frau zur Seite geben, die ihn unter ihre Fuchtel nimmt. Dann würde er wohl dieses zügellose, wilde Herumtreiben außer Hauses bleiben lassen, und zum andern würde er vielleicht einen brauchbaren Sprößling zeugen, der berufen wäre, den Dienst an unsern Ahnenschreinen würdig fortzusetzen. Das wäre noch eine Hoffnung. Freilich, die Betreffende müßte eine Tochter aus gutem Hause, ein Mädchen nicht nur von äußeren Vorzügen, sondern auch von festem Charakter und soliden Grundsätzen sein . . . wo aber eine solche finden?‹ – Er sann hin und überlegte her. Da fiel ihm sein guter alter Freund Tschao ein. Der war genau wie er selber ein aufrechter Mann, auf den man sich verlassen konnte. Bei dem wollte er Rat holen. Der würde ihm bestimmt weiterhelfen.

Gedacht, getan. Er bestieg eine Sänfte und ließ sich zum Hause Tschao tragen. Herr Tschao las gleich zu Beginn des Gespräches aus der Miene und noch zögernden Sprechweise seines Besuchers heraus, daß ihn irgend etwas bedrückte.

»Allem Anschein nach ist mein verehrter Freund nicht gerade heiter gestimmt. Bekümmert ihn irgend etwas?« fragte er geradeheraus.

Herr Kin schüttete ihm sein Herz aus und erzählte ihm von den Sorgen, die ihm sein Jüngster bereite.

»Darum habe ich mich entschlossen, ihn zu verheiraten, je schneller, desto besser. Und nun zähle ich darauf, daß Ihr mir Euren bewährten Beistand leistet und zu einer passenden Schwiegertochter verhelft.«

»Hm. Natürlich bin ich gern bereit, Euch in dieser Heiratsangelegenheit meine Mittlerdienste zu leihen. Freilich, so einfach ist das nicht. Ich war lange Jahre auf auswärtigen Amtsposten und habe darüber die Familienverhältnisse innerhalb meiner Sippschaft und Freundschaft etwas aus dem Gesichtskreis verloren. Erst kürzlich heimgekehrt, wüßte ich im Augenblick wirklich nicht, welche hiesige Familie und Haustochter ich Euch vorschlagen sollte. – Doch da fällt mir etwas ein. Während meiner letzten Amtszeit in Hang tschou verkehrte ich viel und freundschaftlich mit dem dortigen General Sung. Wir haben sogar in aller Form, mit achtfachem Stirnaufschlag, Schwurbrüderschaft geschlossen. Der hat eine heiratsfähige Tochter, und was ich über sie hörte, klang recht günstig. Sie soll an inneren und äußeren Vorzügen die durchschnittliche Herde von ihresgleichen weit überragen. Sie ist noch unverlobt. Die Eltern hatten mich schon vor Jahren um meine Mittlerdienste bei ihrer Verheiratung ersucht, ich hatte ihnen aber bisher noch keinen passenden Vorschlag machen können, Euer Ling lang, Euer befehlendes Herrchen, und deren Ling ai, deren befehlender Liebling – mich dünkt, das wäre just eine passende und standesgemäße Verbindung. Wenn ich den Eltern Sung Euren Sohn vorschlagen würde, ich zweifle nicht, daß sie mit Freuden ihr Jawort erteilen. Falls Ihr damit einverstanden seid, werde ich einen entsprechenden Brief aufsetzen und an meinen Freund Sung nach Hang tschou schicken. Binnen Monatsfrist könnten wir Rückantwort haben.«

Mit Freuden erklärte sich Herr Kin einverstanden.

»Der General Sung ist mir kein Fremder. Ich hatte früher einmal den Vorzug, seine Bekanntschaft hier in Kai fong fu zu machen. Um so lieber nehme ich Euer gütiges Anerbieten an und möchte Euch also bitten, an ihn zu schreiben. Das Weitere wird sich nach Eingang der Antwort finden.« Mit diesen Worten empfahl er sich.

Herr Tschao aber setzte unverzüglich seinen Brief auf und sandte ihn durch einen vertrauten Diener namens Lu Hsi nach Hang tschou. –

Es war die Jahreszeit des zehnten Monats, da die Tage kürzer und die Nächte länger werden. Diener Lu Hsi benötigte zwanzig Tage für den Ritt nach Hang tschou. Er begab sich zum Haus des Generals Sung, wurde empfangen und gab das

Schreiben und die gleich mitgesandten stattlichen Verlobungsgeschenke ab.

Herr Sung war von dem Inhalt des Briefes höchst erbaut. Er nahm die Geschenke huldvoll an, zog den Überbringer in ein längeres Gespräch und sorgte dafür, daß er sich nach dem weiten Ritt etwas verschnaufen und an einer guten, reichlichen Mahlzeit stärken konnte. Er selber machte sich in die hinteren Gemächer auf, um mit seiner Gattin Rat zu halten. Auch sie begrüßte den Heiratsantrag, der ihnen aus Kai fong fu zugegangen war, mit Genugtuung und Wohlwollen.

»Natürlich ist die Heirat unserer Tochter eine zu wichtige Angelegenheit, als daß wir blindlings unser Jawort erteilen dürften. Aber der alte Herr Tschao ist ja durch und durch ein Ehrenmann, an der Ernsthaftigkeit seines Schreibens ist keinen Augenblick zu zweifeln. Überdies ist dir jener Herr Kin von früher her auch kein Fremder. Kurz, ich bin dafür, wir nehmen den Antrag an und du gibst brieflich unsere Einwilligung! Übrigens trifft es sich ausgezeichnet, daß ich im kommenden Frühjahr einen Besuch in meiner Heimat vorhabe. Der Reiseweg führt sowieso über Kai fong fu. Da könnte ich unsere Tochter gleich mitnehmen. Wir würden im Hause des Herrn Tschao absteigen, und von dort aus könnte die Braut ins schwiegerelterliche Haus heimgeführt werden. Das würde die Sache für beide Teile wesentlich vereinfachen und der Gegenseite die Mühe einer beschwerlichen, zeitraubenden Reise zu Land und zu Wasser hierher ersparen. Was meinst du?« ließ sich die praktische Mutter des Hauses vernehmen.

»Ganz meine Meinung!« stimmte Herr Sung eifrig zu und traf sogleich die nötigen Vorkehrungen. Er setzte ein Antwortschreiben auf, ließ eine Anzahl Gegengeschenke zusammenpacken, spendierte dem Diener Lu Hsi zehn Silberbatzen Botenlohn und sandte ihn noch am gleichen Tag mit Brief und Geschenken auf die Heimreise.

Sofort nach Erhalt der Botschaft aus dem Hause Sung machte sich Herr Tschao zu seinem Freunde Kin auf und gab ihm das

Antwortschreiben mit dem Jawort zu lesen. Er setzte hinzu: »Falls Ihr um die fragliche Zeit nicht irgendeine Reise nach auswärts vorhabt, könnten wir gemäß dem brieflichen Vorschlag der Gegenseite verfahren. Der Austausch der Verlobungsgeschenke ist bereits durch meine Hand gegangen und kann auch weiterhin über mich zuverlässig erfolgen. Da Mama Sung im Laufe des kommenden Frühjahrs hier einzutreffen gedenkt, könntet Ihr schon darangehen, einen passenden Kalendertag für die Hochzeit auszusuchen.«

Herr Kin nickte vergnügt Zustimmung, befragte den Kalender und vertraute seinem Freund einen weiteren Posten Verlobungsgeschenke zur Übermittlung nach Hang tschou an.

Mittlerweile schmachtete Junker Zwei noch immer unter Hausarrest. Aus der dunklen Kammer, in die man ihn anfänglich gesteckt hatte, war er nach zwei Tagen wieder entlassen worden, aber an die wenigen Räume seiner Studierklause blieb er nach wie vor gebannt. Obwohl er keinen Mangel an Nahrung – er erhielt täglich seine drei gewohnten Mahlzeiten – zu leiden brauchte, empfand er doch die Einsamkeit und den Verlust seiner Bewegungsfreiheit als recht drückend. Dieses von früh morgens bis spät abends währende stille Herumhocken im engen Raum lag seiner lebhaften, nach Bewegung lechzenden Natur so ganz und gar nicht. Aber auch des Hinundherlaufens, des Aufundabwanderns wurde er nach kurzer Zeit wieder müde. Er hätte sich ja mit Lesen die Zeit vertreiben können. Bücher standen genug um ihn herum auf den Regalen an den Wänden. Aber auch zum Lesen fühlte er sich unlustig. Es fehlte ihm die nötige Sammlung. Ständig schweiften seine Gedanken ab zu gewissen, hinter seidebestickten Vorhängen und silbrig schimmernden Wandschirmen versteckten lauschigen Kosewinkeln, aus deren Dämmerdunkel nacktes weißes Fleisch leuchtete und lockte . . . Er verwünschte seine Einsamkeit und mußte bisweilen vor Wut losheulen.

Da, eines Tages horchte er auf. Die lastende Stille wurde auf einmal durch ungewohnte Geräusche unterbrochen: erst das

Tappen sich nähernder Männerschritte, dann das Rasseln eines Schlüssels am Schloß der zugesperrten Tür, dann das Quietschen der sich öffnenden Tür, dann eine Stimme:

»Der alte Gebieter und der würdige alte Herr Tschao lassen den jungen Herrn in die Bibliothek des Herrn Vaters bitten.«

Es war der Pförtner, der die recht respektvoll klingende Meldung ausrichtete. Gleichwohl befiel unsern Junker ein gewaltiger Schreck. Sollte das peinliche Verhör wegen seiner neulichen Fehltritte im Beisein des Herrn Tschao von neuem aufgenommen werden? ging es ihm durch den Sinn. Seinen Nacken steifend, folgte er dem Pförtner zur väterlichen Bibliothek.

Und nun stand er den beiden gefürchteten Senioren gegenüber. Er entbot mit Kniefall erst dem würdigen Herrn Tschao, dann seinem Vater den schuldigen Respekt und nahm bescheiden und befehlsgewärtig zur Seite des väterlichen Sessels Aufstellung. Er war auf ein neuerliches Strafgericht gefaßt. Aber zu seiner frohen Erleichterung kam es anders. Es klang recht mild und wohlwollend, als Herr Tschao nach eingehender Musterung des Jünglings, dessen vorteilhafte Erscheinung auf den ersten Blick das edle Blut verriet, folgende Worte an ihn richtete:

»Obzwar ich meinem werten Neffen erstmalig und etwas unvermittelt begegne, ist es mein Wunsch, daß es mir vergönnt sein möge, auch weiterhin freundschaftlichen Verkehr mit ihm zu unterhalten. Die Angelegenheit von neulich brauche ich nicht nochmals zu erwähnen, die habe ich bereits mit deinem Ling tsung, deinem befehlenden ehrwürdigen Vater, erschöpfend durchgesprochen, die ist erledigt und abgetan. Wenn ich mir für die Zukunft ein Wort freundlich und aufrichtig gemeinter Mahnung erlauben darf: Von jetzt an befleißige dich, deinem Ling tsung ein braver, folgsamer Sohn zu sein! Gehe nicht ohne triftigen Grund aus dem Haus! Bleib hübsch daheim und widme dich mit deiner ganzen Kraft fleißigem Studium! Im übrigen hat dein ehrwürdiger Vater mittlerweile eine passende Gattin für dich ausgesucht. Im kommenden Frühjahr bereits soll mein werter Neffe Hochzeit feiern.«

Junker Zwei vernahm es, und es war ihm zumute, als sei ihm soeben ein kaiserlicher Gnadenerlaß verkündet worden. Er wußte nicht aus noch ein vor Freude. Ein mehrfach gestammeltes eifriges ›Schi! Jawohl!‹ war das einzige, was er hervorbrachte. In Gnaden entlassen, ging er, nein, hüpfte und sprang und tänzelte er, mit den Armen schlenkernd und den Händen fuchtelnd, frohgemut in seine Studierklause zurück.

Von jetzt an befolgte er auch wirklich mit Ernst die freundschaftliche Mahnung des würdigen Herrn Tschao, er setzte sich hinter die Bücher und tat, obwohl der Stubenarrest aufgehoben war, keinen Schritt mehr auf die Straße.

Mit Genugtuung beobachtete der gestrenge Vater die erfreuliche Wandlung, die mit seinem Sorgenkind vorgegangen war. Es war, als ob ein neuer Mensch in diesen Sohn eingezogen sei. Damit wich auch der Druck, der sein väterliches Gemüt so lange und schwer belastet hatte. Er fühlte sich wieder heiter und unbeschwert.

Es war im ersten Drittel des zweiten Monats des nächsten Jahres, als die Dame Sung mit Tochter tatsächlich in Kai fong fu eintraf und im Freundeshaus Tschao abstieg. Herr Tschao nahm die Damen aufs beste auf und konnte melden, daß im Hause Kin bereits alle Vorbereitungen für eine würdige, standesgemäße Hochzeit getroffen seien. Man einigte sich auf den Zwanzigsten des zweiten Monats als Tag der Übersendung der Hauptgeschenke und auf den Zehnten des dritten Monats als Freudentag der Hochzeit.

An diesem Tag gab Herr Kin zunächst in der vorderen Empfangshalle ein kleines Frühstück zu Ehren seines Freundes Tschao in seiner Mittlerrolle als ›Mann von Eis‹, die er bei dieser Heirat so trefflich gespielt hatte. Daran schloß sich das große Freudenmahl in der hinteren Empfangshalle für die vielen Gäste und Gratulanten aus der Verwandt- und Bekanntschaft.

In später Nachmittagsstunde erfolgte schließlich unter üblichem Gepränge, unter Vorantritt eines Trupps Musikanten und unter Begleitung von Fackelträgern, die feierliche Abholung der

Braut in der roten Brautsänfte vom Hause Tschao. Beim Eintreffen im Hause Kin und beim Aussteigen der Neuen aus der Sänfte wurde Junker Zwei zum Erscheinen geladen, es folgten die herkömmlichen Verneigungen der jungen Brautleute auf gemeinsamem Teppich, erst vor Himmel und Erde, dann vor Vater und Schwiegervater Kin, zuletzt gegenseitig voreinander. Darauf hielt das Brautpaar unter fröhlicher Begleitmusik von Flöten und Handorgeln Einzug in die kerzenerhellte Brautgrotte, die beiden jungen Leute tranken aus gemeinsamem Hochzeitspokal und waren nun nach Brauch und Herkommen unter Wahrung aller Form und Förmlichkeit vermählt.

Bereits am nächsten Tag brach die Dame Sung auf, um die Reise in ihre Heimat fortzusetzen. Junker Zwei als Schwiegersohn konnte nicht umhin, ihr zum Abschied seine Aufwartung zu machen, etliche Geschenke zu überbringen und ihr das Geleit bis vor die Stadtmauer zu geben. Die Erfüllung dieser Pflichten nahm einen vollen Tag in Anspruch. Als er gegen Abend nach Hause kam, hatte sich die Hochzeitsgesellschaft zerstreut. Er entbot seinem Vater den Abendgruß, dann machte er sich vergnügt in die Brautkammer auf. Heute wollte er sich seine Neue einmal genauer betrachten. Gestern abend hatte er ihr Gesicht durch die dicken Maschen des Brautschleiers kaum erkennen können, bevor sie aber den Schleier lüftete und ihre Hüllen abstreifte, hatte sie, verschämt tuend, sämtliche Kerzen in der Kammer ausgelöscht, und als er sich heute morgen in aller Frühe von ihr verabschieden wollte, hatte sie, sich schlafend stellend, den Kopf nach der Wand gekehrt und tief in die Kissen vergraben. Also hatte er sie noch gar nicht richtig von Angesicht gesehen. Nun stand er dicht vor ihr und betrachtete sie bei Lampenschein genauer. Er bekam einen schönen Schreck. Kälte kroch ihm bei diesem Anblick bis ins innerste Knochenmark. Das war ja ein ausgesprochen häßliches, ein geradezu abstoßendes Gesicht, das ihm da entgegenblickte! Nur die Gegenwart des Vaters, der ihn in die Kammer begleitet hatte, war es zu danken, daß er Selbstbeherrschung übte und seine Wut und Enttäuschung nicht zu erkennen gab. Mit Rücksicht auf ihn wahrte er auch weiterhin einen vollen Monat lang Haltung und Schein. Aber er hielt es so, daß er wenigstens bei Tage die Nähe dieser Frau, die ihm einfach zuwider war, mied. Vom frühen Morgen bis zum späten Abend war er in seiner Studierklause. Das konnte ihm niemand verübeln. Er mußte sich ja für die Prüfungen vorbereiten. Das entsprach durchaus dem väterlichen Wunsch. Freilich, die Nächte – es kostete ihn jedesmal Überwindung, die gemeinsame Kammer und Lagerstatt aufzusuchen. Aber er war ja nicht auf den Kopf gefallen, und so erfand er allerlei Ausflüchte und schützte alle möglichen Wehwehs vor, um eine unerwünschte körperliche Annäherung nach Möglichkeit zu vermeiden.

Natürlich mußte sein merkwürdiges Verhalten – bei Tage ließ er sich nicht blicken, bei Nacht stellte er sich todmüde oder krank, jedenfalls apathisch – bei seiner Neuen Zweifel und Argwohn knäuelweise erwecken. Ob er es hinter ihrem Rücken wohl mit einer anderen hielt? Sie ließ ihn ihr Mißvergnügen durch Gereiztheit und Empfindlichkeit entgelten. Heftige Wortwechsel, Zank und Streit um Nichtigkeiten wurden den jungen Eheleuten allmählich zur lieben Gewohnheit.

Noch wußte der alte Herr nichts von dem unerfreulichen Stand der Dinge, bis ihm eines Tages die Augen geöffnet wurden. Er war gerade von einem Gastmahl heimgekehrt und saß in seiner östlichen Studierklause unter der Lampe über einem Buch, als auf einmal Junker Zwei ganz aufgeregt hereingestürzt kam. Verwundert fragte der alte Herr, was denn los sei.

»Sie ist hinter mir her! Sie hat mir während Eurer Abwesenheit wieder einmal eine Szene gemacht, dann ist sie mit den Fäusten auf mich losgegangen, hat mich geschlagen, gebissen, gekratzt, getreten – was sollte ich tun? Gegen sie Gewalt anwenden, gegen eine Frau? Das brächte ich nicht fertig. Ich suchte mich ihr zu entziehen, ich flüchtete vor ihr, aber sie kam mir überallhin zornrot nachgelaufen, in meine Studierklause, in den Park – jetzt bin ich hier, ich dachte, daß ich wenigstens bei Euch vor ihr in Sicherheit bin«, so kam es einem tosenden Gießbach gleich, in ungeregeltem Redestrom aus des Jünglings Mund herausgesprudelt.

»Was, da hört sich doch alles auf! Ich werde sie gleich zur Rede stellen!« brauste der alte Herr entrüstet auf und schickte seinen Leibdiener aus, um die Neue herbeizuzitieren.

Da kam sie auch schon. Wenn er nun gedacht hatte, sie würde aus Respekt vor seiner Person wenigstens in seiner Gegenwart die gebotene weibliche Scheu und Zurückhaltung wahren, da hatte er sich freilich geirrt. Er kannte eben ihr Temperament nicht, das einem lodernden Feuer glich. Er hatte kaum angefangen, in seiner bedächtigen Art eine weise, auf klassischen Grundsätzen fußende Belehrung über das gebotene Verhalten junger Eheleute zueinander zu erteilen, da fiel sie ihm bereits mit rechthaberischem Widerspruch in die Rede, und dann, ohne ihn zu Worte kommen zu lassen, als ob der würdige alte Herr überhaupt nicht vorhanden wäre, fuhr sie wie eine wilde Pantherkatze auf den Sohn los, packte ihn am Rockkragen, spie ihm ins Gesicht und begann ihn mit Püffen und Boxhieben zu bearbeiten. Da sie die Zurufe des alten Herrn, mit denen er ihrem Toben Einhalt zu gebieten versuchte, nicht beachtete, ließ er einige stämmige Mägde herbeirufen, um die Wütende von ihrem Opfer loszureißen. Kaum frei, benutzte Junker Zwei das allgemeine Durcheinander, um zwischen den Mägden hindurchzuschlüpfen und wie ein Rauch nach draußen zu entwischen. Erbost über sein Verschwinden, richtete die Neue ihren Grimm nun gegen den alten Herrn, indem sie ihm völlig hemmungslos etliche recht unflätige Schimpfworte wie ›dreckiger Straßenköter‹ und ›schamloser alter Knacker‹ ins Gesicht schleuderte. Zu vornehm, sich in einen Wortwechsel so ordinärer Art einzulassen, zog es Herr Kin vor, stumm das Feld zu räumen und sich in seine Gemächer zurückzuziehen. Die Erregung dieses häuslichen Auftritts war für sein altes, ohnehin leidendes Herz zuviel gewesen. In der folgenden Nacht erlitt er erneut einen ernsthaften Herzanfall, von dem er sich nicht mehr erholen sollte. Gegen

Morgen verlor er Sprache und Bewußtsein. Der herbeigerufene Hausarzt stellte Herzschwäche und Lebererkrankung infolge Kummers und Aufregung fest. Die von ihm verschriebenen Mittel schlugen nicht an. Noch wenige Tage des Hindämmerns, dann hatte das alte Herz zu schlagen aufgehört.

Junker Zwei erfüllte getreulich und gewissenhaft alle Pflichten, wie sie in diesem Fall einem braven Haussohn oblagen: Er erhob laute Totenklage, er legte Trauerweiß an, er sorgte für Abhaltung einer Seelenandacht, für Sarg und würdige Bestattung im Erbbegräbnis der Familie. Nach Ablauf der sieben, mit geschäftigem Trubel und Kondolenzbesuchen erfüllten Trauerwochen war im Hause – bis auf das unaufhörliche Gezänk und Gekeife der Neuen – wieder normale Ruhe und Ordnung eingekehrt. Junker Zwei hatte sein grobhanfenes Trauerweiß abgelegt und wieder seine schmucke seideknisternde und farbenprächtige Gewandung angezogen. Er begann aufzuatmen. Schließlich war er jetzt Herr im Hause. Wer konnte ihm dreinreden, wenn er ausgehen wollte? Und die alte Unternehmungslust regte sich jetzt, nach einem halben Jahr der Unterdrückung, mächtiger denn je in ihm.

Eines Tages trieb es ihn wieder zu jenem Haus, bis zu dem er damals jenen beiden Schönen gefolgt war. Er hatte sie nicht vergessen können. Ob sie wohl inzwischen geheiratet hatten? Das wollte und mußte er unbedingt in Erfahrung bringen.

Nun stand er also vor der bewußten Hauspforte, spähte nach Ost und reckte den Hals nach West. Gerade wollte er in der Nachbarschaft Erkundigungen nach den Bewohnern jenes Hauses einholen, da tat sich die bewußte Hauspforte auf, und heraus trat eine Frau. Welch glücklicher Zufall! Das war doch die in der ganzen Stadt berühmte und auch ihm wohlbekannte Heiratsvermittlerin Sun! Sie war sogleich im Bilde.

»Ei, unser Junker Zwei! Lange nicht gesehen! Was führt Euch denn hierher?« sprach sie ihn an.

»Kam ganz zufällig vorüber. – Beiläufig, kennt Ihr die Leute, die da drin wohnen?«

»Und ob ich sie kenne!«

»Hm, ich hätte da gern eine Auskunft von Euch – aber es ist hier wohl nicht der rechte Ort für ein Gespräch – gehen wir in Eure Wohnung.«

Sie war einverstanden und nahm ihn mit nach Hause. Dort setzte sie ihm eine Schale Tee vor.

»Also, bitte?«

»Die Auskunft, die ich von Euch haben möchte, betrifft eben jene Leute, aus deren Haus Ihr vorhin kamt. Wie heißen sie eigentlich?«

»Es sind zwei Witwen, die eine heißt Pao, die andere Piän.«

»Haben sie Töchter?«

»Jede hat eine Tochter. Die Tochter der Dame Pao heißt Zinnoberzimmet. Sie hat Pech gehabt mit der Wahl ihres Künftigen, und darob sind Mutter und Tochter todunglücklich.«

»Und wie heißt die andere? Ist sie auch schon vergeben?«

»Duftjuwel. Sie war auch schon verlobt, ist aber infolge des Todes ihres Verlobten namens Wang wieder frei und zu haben. Gerade hat mich ihre Mutter beauftragt, einen passenden Partner für die Kleine zu finden.«

»Wie wäre es denn, wenn Ihr mich vorschlagen würdet?«

Mutter Sun hielt mit rascher Bewegung ihren Ärmel vor des Junkers Mund.

»Ihr seid wohl nicht ganz bei Troste? Ihr, der frisch vermählte junge Ehemann, wagt so etwas laut auszusprechen! Nur gut, daß wir hier unter uns sind! Wenn zufällig jemand Eure losen Worte aufgeschnappt hätte und Eurer gestrengen Nai nai hinterbringen würde – gar nicht auszudenken, was für Unheil über Euch und auch über mich alte Person hereinbrechen würde! – Nein, diesen Gedanken schlagt Euch ein für allemal aus dem Sinn!«

Damit war die Verhandlung zunächst abgebrochen, und Junker Zwei empfahl sich einigermaßen mißvergnügt.

Daheim dachte er nach rechts und sann nach links, und dann kam ihm ein guter Einfall, ein strategischer Plan. Jawohl, so und so müßte er es machen, dann würde der gewünschte Erfolg nicht ausbleiben. Er wartete zwei Tage ab, dann machte er sich erneut zur Behausung von Mutter Sun auf.

»Nun, was gibt's?« fragte sie, etwas verwundert über sein Wiederkommen.

»Also, ich bin trotz allem fest entschlossen, Fräulein Duftjuwel zu heiraten, und möchte Euch ersuchen, meinen Antrag bei ihrer Mutter nach Kräften zu befürworten. Aber zunächst, hier, eine kleine Aufmerksamkeit für Euch.«

Er langte aus seiner Ärmeltasche ein gewichtiges Päckchen hervor und löste die Papierhülle. Zum Vorschein kam ein Silberbarren von zwanzig Unzen Gewicht. Der Anblick des weißlich schimmernden Metalls tat dem Herzen der Maklerin sichtlich wohl.

»Es ist nicht Mangel an gutem Willen, wenn die alte Person zögert, Euch zu Diensten zu sein, es ist lediglich, Ihr werdet das verstehen, Angst vor der gestrengen Herrin Eures Hauses. Bedenkt selber, was für Unannehmlichkeiten es geben würde, wenn ihr ein ungünstiger Wind Kunde von der Geschichte zutragen würde.«

»In dieser Hinsicht könnt Ihr ganz beruhigt sein. Ich habe alle Vorkehrungen getroffen, daß die Sache streng geheim bleibt und zu Hause kein Mensch davon erfährt. Nun möchte ich bloß, daß Ihr geht und die Zustimmung der Dame Piän einholt. Wenn Euch das gelingt, erwartet Euch eine weitere schwere Belohnung.«

»Also einverstanden. Heute und morgen bin ich anderweitig in Anspruch genommen. Aber übermorgen, am Dreizehnten, werde ich die Dame Piän aufsuchen. Sollte die Besprechung aussichtsvoll verlaufen, werde ich Euch umgehend verständigen.«

»Gut, dann werde ich mich am Vierzehnten wieder bei Euch einfinden und nachfragen«, entschied Junker Zwei und empfahl sich.

Nach seinem Fortgehen überlegte Mutter Sun noch eine Weile hin und her: ›wovor ich etwas Angst habe, das ist seine Nai

nai . . . mit der ist nicht zu spaßen . . . möchte wissen, wie er die Sache vor der verheimlichen will . . . vermutlich plant er irgendwo außer Hauses ein heimliches Liebesnest zu unterhalten . . . aber was geht es mich an? Hauptsache, mir winkt ein schönes Stück Geld, wenn ich Erfolg habe . . . also tun wir den Gang, und lassen wir unsere bewährte Zunge ihre Schuldigkeit tun.‹ Nach dieser Erwägung mit sich im reinen, wartete sie keineswegs erst noch den Dreizehnten ab, sondern machte sich auf der Stelle zum Haus der Dame Piän auf.

Sie traf sie an und entledigte sich ihres Auftrags.

»Also hat der junge Herr schon eine Hauptgattin. Demnach hätte meine Tochter von deren Seite schlechte Behandlung und Demütigung zu gewärtigen. Nein, darauf kann ich mich nicht einlassen!« lehnte die Dame Piän anfänglich ab.

»Auf diesen Euren Einwand war ich von vornherein gefaßt. Aber er ist unbegründet. Die Sache verhält sich so, daß die Hauptgattin weder jene körperlichen Reize und Vorzüge besitzt, die einen Mann befriedigen können, noch über die geringste Eignung verfügt, einen großen Haushalt zu leiten. Sie versagt in beiderlei Hinsicht vollkommen. Der junge Ehemann sucht daher einen Ersatz für sie. Er würde Eure Tochter faktisch nicht anders behandeln als seine Erste und Hauptgattin. Es kommt noch eine weitere Erwägung hinzu, die zugunsten der vorgeschlagenen Partie spricht. Bei Euren Jahren müßt Ihr schon ein wenig an Eure Zukunft denken und darauf bedacht sein, im Alter Stütze und Anhalt zu finden. Ich habe diesen Punkt bereits in der Verhandlung mit meinem Auftraggeber eingeschaltet und durchgesetzt, daß auch Ihr in derselben Häuslichkeit, die Eurer Tochter zugedacht ist, Aufnahme finden sollt. Somit würdet Ihr für Euer Alter geborgen und versorgt sein.«

Diese lockende Aussicht gab für die Dame Piän den Ausschlag, und ohne Zögern erteilte sie freudig ihr Jawort.

Als sich, wie verabredet, Junker Zwei am Vierzehnten wieder bei der Mittlerin einfand und aus ihrem Munde mit einigen weitschweifigen Verbrämungen und Ausschmückungen die

Tatsache des erteilten Jaworts erfuhr, konnte er sich vor Freude kaum lassen. In der Vorahnung ersehnter künftiger Wonnen schmolz ihm sein Knochengerüst samt Sehnen und Nervensträngen nur so dahin wie in der Sonne sachte auseinanderfließender Käse. Das Nächste war die Festsetzung eines günstigen Kalendertags, an dem Mutter Sun seine Brautgeschenke überbringen sollte. Das sollte gleich am nächsten Tag geschehen. Am übernächsten aber, am Sechzehnten des achten Monats, sollte die Braut abgeholt und Hochzeit gefeiert werden. Junker Zwei hatte es eilig. Als Erfolgshonorar spendierte er der tüchtigen Vermittlerin die stattliche Summe von fünfzig Silberbatzen.

Wie Junker Zwei seine geliebte Duftjuwel heimführte und zur Gattin machte, werdet ihr aus dem nächsten Kapitel erfahren.

EINUNDDREISSIGSTES KAPITEL

Allein im leeren Haus, beschwört die einsame Schöne mit krankhaftem Lenzverlangen die Dämonen der Anfechtung herbei. Gier nach der köstlichen Blume und Angst vor der strengen Inneren treiben den jungen Mann zu heimlichem Phönixspiel in fremdem Haus

Die letzte Nacht vor der Trennung, es war die Nacht des Mittelherbstfestes, verbrachten die beiden Freundinnen noch einmal liebevoll umschlungen und verstrickt auf gemeinsamem Lager. Der zärtliche, tränenreiche Abschied währte bis zum frühen Morgen des Sechzehnten des achten Monats, des Hochzeitstages. Es war für Frau Pao und Tochter Zinnoberzimmet gleichzeitig der Umzugstag. Denn nicht eine Stunde länger wollten sie allein in der alten Wohnung zurückbleiben, nachdem Duftjuwel in die Brautsänfte eingestiegen und in Begleitung ihrer Mutter von dannen gezogen wäre. So hatten sie mit der Seligen Reinen vereinbart, daß sie gleich nach Abholung der Braut in die Räume auf dem Tempelgelände übersiedeln wollten, die ihnen die Oberin in ihrer Güte zur Verfügung gestellt hatte.

Beide Teile mußten freilich noch eine ziemliche Geduldsprobe bestehen. Duftjuwel saß in ihrem Brautstaat seit dem zeitigen Vormittag fix und fertig zum Abholen bereit und wartete. Doch der Tag verging, die Sonne stand bereits tief im Westen, aber noch immer ließ sich weder Mutter Sun, der die Abholung der Braut oblag, noch die Brautsänfte blicken. Die Verzögerung erklärte sich aus dem Umstand, daß es bei der Kürze der zu Gebote stehenden Zeit für Junker Zwei nicht leicht gewesen war, einen leeren, versteckt liegenden Wohnturm ausfindig zu machen, der als heimliches Liebesnest geeignet war. Nach längerer Suche war es ihm schließlich gelungen. Dann aber vergingen wieder Stunden über der wohnlichen Herrichtung der leeren Räume und sonstigen Vorbereitungen für einen festlichen Empfang der Braut. So war bereits die Stunde der gelben Dämmerung gekommen, als endlich Heiratsmaklerin Sun, in festliches Rot gekleidet, hoch zu Roß nahte. Hinter ihr folgte, von vier Mann getragen und von vier berittenen Tatarenkriegern eskortiert, die mit rotem Tuch ausgeschlagene, mit Blumengirlanden umwundene Brautsänfte, alsdann ein Trupp von vier Musikanten, Trommlern und Flötenbläsern, dahinter zwei Reihen Laternen- und Fackelträger, zuletzt eine kleine Zweimannsänfte für die Brautmutter. Mit Rücksicht auf die ärmliche Lage der Dame Piän, der man eine kostspielige Bewirtung mit Speise und Trank nicht zumuten wollte, stieg Mutter Sun gar nicht erst aus dem Sattel, sondern nahm mitsamt Gefolge auf der Straße vor der Haustür Aufstellung. Die Trommler und Flötisten huben an zu trommeln und zu blasen und lockten im Nu eine Menge Schaulustiger herbei.

Durch die Musik aufgescheucht, fuhr Duftjuwel eilends in die bereitstehenden Pantoffeln, zupfte und rückte noch einmal die Haare an den Schläfen und die Schmuckpfeile in der Frisur zurecht und stand endlich fertig da. Ihre rotseidene Brautrobe war golddurchwirkt, und auf dem Kopf trug sie ein Perlenkrönchen, beides Geschenke des künftigen Ehemanns, in ihrem bräutlichen Glanz war sie herrlich anzuschauen wie eine Fee, die auf Phönixschwingen aus dem neunten Himmel herniedergeschwebt kommt.

Auf dem Weg zur Brautsänfte gab es noch eine letzte Umarmung, noch ein letztes Abschiednehmen zwischen den beiden Freundinnen, genauso herzzerbrechend wie der Abschied damals vor vielen Jahren zwischen den beiden kleinen Mädchen.

»Ach, liebste Tsiä tsiä, nun wird es wohl kaum mehr ein inniges Beieinandersein zwischen uns geben! Du stürmst mir zehntausend Meilen voraus und läßt mich Ärmste am Wegrand zurück!« jammerte schluchzend Zinnoberzimmet, und ihr Weinen steckte die beiden Mütter an und rührte sie gleichfalls zu Tränen.

»Aber meine Damen, wie kann man nur an einem solchen Freudentag so traurig sein!« mahnte, ihrer Würde als Zeremonienmeisterin bewußt, Maklerin Sun und führte die Braut sanft, aber energisch zum Sänftenschlag. Zinnoberzimmet aber stand vor der Haustür und sah tränenden Auges zu, wie die Gefährtin ihrer Jugend in die Sänfte stieg, wie sie ihr von drinnen noch einmal zulächelte und zuwinkte, wie dann der Sänftenvorhang herabgelassen wurde und das geliebte Gesicht ihrem Blick endgültig entzog, wie auch Mama Piän in ihrer Sänfte verschwand, wie sich der Zug, an der Spitze hoch zu Roß die Maklerin und Zeremonienmeisterin Sun, in Bewegung setzte, und sie stand und schaute ihm nach und wartete, bis Trommelklang und Flötenton, schwächer und schwächer werdend, allmählich in der Ferne erstarben und die schwankenden Lichter von Fackeln und Laternen mehr und mehr zu Pünktchen zusammenschrumpften, bis sie vom Dunkel des hereinbrechenden Abends verschluckt wurden.

Schließlich wandte sie sich ab und schlich schleppenden Ganges in die Wohnung zurück. Ach, wie freudlos, leer und verödet ihr diese Räume jetzt vorkamen! ›Nur fort von hier!‹ war ihr einziger Gedanke. Nun, es bedurfte keiner weiteren Umstände mehr. Der Umzug war längst vorbereitet, Möbel und Hausrat waren bereits gestern und im Laufe des heutigen Vormittags abgeholt worden, zwei Mietsänften für Mutter und Tochter standen schon vor der Tür. Rasch raffte man noch ein paar letzte Gepäckstücke, darunter ein ledernes Schmuckköfferchen, zusammen, dann wurden der alten, halbtauben Nonne die Wohnungsschlüssel übergeben und ein paar Abschiedsworte gesagt, und endlich konnten die beiden Damen die Sänften besteigen.

Die Selige Reine hatte fürsorglich zwei Gehilfinnen beauftragt, die Ankömmlinge am Tempeleingang in Empfang zu nehmen und ihnen mit Stocklaternen auf den verschlungenen Pfaden des nächtlich dunklen Parks voranzuleuchten. Überdies hatte sie dafür Sorge getragen, daß die Damen beim Einzug in die neue Wohnung gleich einen Willkommensimbiß, bestehend aus einer Kanne heißen Tees, einer Platte mit Zuckerwerk, Gebäck und Früchten und einem Gemüsegericht, vorfanden. Außerdem hatte die freundliche Tempeloberin ein Säckchen mit Reis und eines mit Nudeln, dazu zwei Bündel Holz in der Küche bereitstellen lassen.

Als Zinnoberzimmet die in völliger Dunkelheit liegende neue Behausung betreten wollte, hatte sie auf einmal eine seltsame Erscheinung: Ein schöner Jüngling, ein junger Akademiker in Trauerweiß, stand, einen goldgesprenkelten Fächer schwenkend, vor ihr und lächelte sie an, als ob er sie zum Nähertreten einladen wolle. Aber die Erscheinung war auch gleich wieder wie ein kurzer Regenschauer vorüber.

Betroffen rief Zinnoberzimmet ihrer Mutter zu:

»Hier scheint schon jemand zu wohnen – ich habe ihn eben deutlich gesehen – wer mag das sein?«

»Ach Unsinn! Wer soll hier wohnen? Deine Augen haben scheinbar durch das viele Weinen gelitten, und du siehst Blumen tanzen«, gab die Mutter zurück.

Die Tochter zündete eine Lampe an und leuchtete mit ihr überall herum. Wirklich, es war keines fremden Menschen Schatten zu entdecken. Sie verlor die Begebenheit bald wieder aus dem Sinn.

Inzwischen hatten die beiden jungen Gehilfinnen einen Tisch gedeckt und Tee eingeschenkt und luden Mutter und Tochter freundlich ein, sich eine Stärkung zu gönnen.

»Unsere Oberin wird morgen selber herüberkommen und die Damen begrüßen«, kündigten sie an und wünschten gute Nacht. Mutter und Tochter saßen eine Weile im Gespräch über ihre durch den Umzug veränderten Lebensumstände und ließen sich die Mahlzeit der Seligen Reinen munden. Über dem Trubel und der Aufregung dieses Hochzeits- und Umzugstages waren sie noch zu keinem Bissen gekommen und verspürten guten Appetit. Nachdem sie ihn gestillt hatten, begaben sie sich seufzend zur Ruhe.

Das Wohngelände, das die Selige Reine den Damen überlassen hatte, war mehr als geraumig, es wies nicht weniger als zwanzig durch Höfe und Wandelgänge miteinander in Verbindung stehende Pavillons und Einzelwohnräume auf. Ursprünglich hatte es den Puderlarven der Großmeisterin als Quartier gedient. Seit Jahren stand es nun unbewohnt und leer da, sein Zustand war entsprechend verwahrlost und teilweise baufällig. Hinten schloß sich ein verwilderter Gemüsegarten an, auch gab es einen eigenen alten Ziehbrunnen. Die ganze Anlage war sehr weitläufig und bot der kleinen dreiköpfigen Familie – Stiefbruder Blödel gehörte seit einiger Zeit wieder dazu, er machte sich in dem Frauenhaushalt als Haus- und Laufbursche nützlich – mehr als genug Raum. Die drei vorderen Hauptträume und einige kleinere Nebenkammern würden als Wohnung vollauf genügen, hatten Mutter und Tochter entschieden. Frau Pao würde den östlichen, Zinnoberzimmet den westlichen Vorderpavillon beziehen. Natürlich würden trotz solcher Beschränkung beträchtliche Ausbesserungen vonnöten sein, um die neue Behausung wohnlich zu machen. Vielfach fehlten ja Fenster und Türen gänzlich oder waren zerbrochen, auf den Höfen ringsum wucherten Disteln und Unkraut fußhoch. Bruder Blödel, sonst zu nichts nütze, hatte endlich einmal einen vernünftigen Einfall. Gerade in dem vielen Gras und Unkraut, das hier überall reichlich vorhanden war, witterte er eine Erwerbsmöglichkeit. Er wollte sich in dem leerstehenden Pförtnerhäuschen vorn am Tempeleingang niederlassen und dort eine Kräuter-, Futter- und Grashandlung betreiben.

Zinnoberzimmet in ihrem Westpavillon lag noch ziemlich lange Zeit wach. Wie sollte sie auch einschlafen können angesichts dieses runden, vollen Mondes, der ihr Lager mit hellem Schein übergoß? Vorhänge gab es nicht, sie gegen sein gleißendes Licht zu schützen. Dann die Geräusche von irgendwoher, wo die Leute anscheinend noch immer Mittelherbstfest feierten. Deutlich drang an ihr Ohr fernes Lachen und Singen, Lautengeklimper und Flötengezirpe. So lag sie, aller Kleidung ledig, zwischen Kissen vergraben, mit hellwachen Sinnen da und dachte nach. Ihre Gedanken, durch den reichlich genossenen Tee angeregt, kreisten ständig um die geliebte Duftjuwel, die sie nun für immer verloren wähnte.

›Böse! Wie konntest du dich so treulos von mir abwenden und es dem Schmetterling gleichtun, der von einer Blume zur andern flattert! Was werdet ihr zwei um diese Zeit wohl tun? – Ob ihr das Hochzeitsessen schon hinter euch habt? Ob ihr schon vom gleichen Becher getrunken und die Lampe ausgelöscht habt? Sitzt ihr wohl im Mondschein – oder liegt gar schon beisammen? – Zeit wäre es ja jetzt, daß er dir den Gürtel löst, die Kleider abstreift und sich genießerisch in dein Fleisch vergräbt.‹ So grübelte und murrte sie halblaut vor sich hin.

Sie lauschte nach draußen. Vom nahen Tempel tönte Abendgeläut, begleitet von dumpfen Paukenschlägen. Vom Blumenhofviertel her aber trug der Wind es immer wieder in Wellen herüber, das Geräusch von Geigengefiedel, Lautengeklimper, Flötengequietsche, Singsang, Geplärr und Gelächter. Der Lärm wollte nicht nachlassen, wie war da an Schlaf zu denken?

Zinnoberzimmet wälzte sich von einer Seite zur anderen und probierte alle möglichen Körperlagen aus, sie konnte nicht einschlafen. Ihre Gedanken arbeiteten unablässig weiter und eilten immer wieder zu Duftjuwel und ihrem jungen Ehegatten. ›Nun werden sie sich wohl schon eng umschlungen halten und Gatte und Gattin spielen – warum sollten sie noch förmlich tun und sich steif gegenübersitzen? – Ach, du Böse! Du Grausame! – Da habe ich dich nun alle Regeln der Liebeskunst gelehrt – wenn du die nur alle richtig behalten hast und in der Aufregung nicht durcheinanderbringst –, womöglich wirst du den Neuen mit mir verwechseln und dich statt an seinem an meinem Busen wähnen und durch ungehemmtes Gurren und Stöhnen, so wie du das bei mir gewöhnt warst, deine Erfahrungen verraten und den Verdacht und Argwohn deines jungen Gatten erwecken. O weh, dann trüge ja ich die Schuld an einer möglichen Zerstörung deines jungen Eheglückes!‹ So stürmten Gedanken, Skrupel und Zweifel auf Zinnoberzimmet ein.

Um nicht länger vom hellen Mondschein geblendet zu sein, hatte sie sich auf den Bauch gedreht und den Kopf in den Armen vergraben. Kein Wunder, daß bei solch unnatürlicher Körperlage ihr Herzschlag zu stocken begann und ihre Gliedmaßen sachte einschliefen. Sie lag bloß und nackt und nur halb zugedeckt unter einer leichten Decke, ihre weißen blanken Schenkel hatte sie quer über dem Bett liegend nach dem Rand des Lagers hingeschoben und ließ sie von der durch das Fenster eindringenden kühlen Nachtluft bestreichen, was sie angenehm empfand. In dieser Lage sank sie allmählich in Halbschlummer und schlief endlich vollends ein.

Auf einmal erschien ihr wieder der stattliche Mann von vorhin, der junge Doktor ersten Grades in seidenem Trauerweiß, mit dem goldgesprenkelten Fächer in der Hand. Er trat lächelnd auf sie zu, schloß sie ohne Umstände in seine Arme und sprach:

»Geliebte, ich warte schon einige Nächte auf dich. Heute endlich wollen wir uns vermählen!«

Sie wollte eine Frage an ihn richten, aber sie fühlte ihre Zähne so fest aufeinandergepreßt, daß sie keinen Laut hervorbringen konnte. Dann glaubte sie ihren Körper durch heftige Stöße erschüttert und erwachte darüber. Sie empfand eine merkwürdige Mattigkeit in der Lendengegend und dumpfe Benommenheit im Kopf. Ihre Augenlider waren so schwer, daß sie Mühe hatte, sie aufzuklappen. Aus ihrem Mund kam kalter Atem, so schwach und fadendünn, als ob er im nächsten Augenblick ganz aufhören wolle. Am Morgen war sie nicht imstande aufzustehen.

Frauen und Jungfrauen, laßt euch vor solcherlei Verirrung warnen! Die weibliche Natur ist dem Element Wasser verwandt und beweglicher, aber auch flüchtiger und vergänglicher als die männliche Natur, die über einen Gutteil dickflüssigen Blutes mehr verfügt.

Frau Pao war längst angezogen und schon beim Frühstück und machte sich ihre Gedanken über das lange Ausbleiben ihrer Tochter. Zinnoberzimmet war doch sonst Frühaufsteherin, warum schlief sie heute bis in den Tag hinein? Sie schlich sich vor die Kammertür und lauschte hinein. Drinnen rührte sich noch immer nichts. Aber einfach eindringen und die Schläferin wachrütteln, das brachte sie nicht über ihr mütterliches Herz. Sie sagte sich, daß die Tochter sich vielleicht von den Aufregungen des gestrigen Tages angegriffen fühle und Zeit brauche, um die schmerzliche Trennung von der heißgeliebten Freundin zu verwinden, also solle man ihr getrost ein bißchen Ausschlafen gönnen. Sie beschloß, noch eine Weile zu warten, und hieß einstweilen Stiefsohn Blödel einen Krug Waschwasser aus dem Brunnen schöpfen und vor die Tür der Tochterkammer stellen. Sie wartete, bis die Morgensonne in Höhe von etwa drei Bambusstämmen über den Horizont gestiegen war.[1] Dann schlich sie wieder in den Westpavillon. Leise trat sie ein, und bestürzt über das erschreckende Aussehen der Tochter, ließ sich Mutter Pao am Bettrand nieder.

»Mein Kind! Was ist dir geschehen? Du bist ja völlig matt und erschöpft! Und warum diese unbequeme Lage?« Sie beugte sich prüfend auf die Schläferin herab. Ihr Atem kam schwach und fadendünn. Die geschlossenen Augenlider wollten sich durchaus nicht öffnen. Am ganzen Leib fühlte sie sich kalt an.

1. Gegen 9 Uhr vormittags.

Frau Pao eilte in die Küche und kochte eine heiße Ingwersuppe. Den Kopf der Tochter etwas aufrichtend, flößte sie ihr einige Schluck der stärkenden Suppe ein. Die Flüssigkeit tat ihre belebende Wirkung. Zinnoberzimmet schlug die Augen auf und öffnete den Mund zum Sprechen:

»Ach Mutter, mir hat etwas geträumt!« kam es weinerlich. Mehr war nicht aus ihr herauszuholen. Auf die Frage der Mutter, was ihr denn geträumt habe, hatte sie nur ein Kopfschütteln zur Antwort. Aber sie ließ sich in die Kleider helfen, legte sich freilich gleich wieder nieder.

Während so Frau Pao um die kranke Tochter bemüht war, erschien die Selige Reine, um die Damen im neuen Heim willkommen zu heißen. Sie war nicht wenig betrübt, die Tochter krank im Bett zu finden, und versuchte auf ihre Art geistlichen Trost und Rat zu spenden. Vielleicht trugen die Aufregungen des gestrigen Hochzeits- und Umzugstages Schuld, vielleicht auch sei Zinnoberzimmet unterwegs in der Finsternis dem ›Herrn der fünf Bahnen‹ begegnet und hätte sich von solch unheimlicher Geistererscheinung einen Schock geholt, mutmaßte sie. Auf alle Fälle wollte sie im Tempel um baldige Genesung beten und mit Weihrauchkerzen brandopfern, versprach sie. Am Nachmittag hatte sich die Benommenheit der Patientin behoben, sie konnte wieder klar denken und sprechen. Mutter Pao aber schlug für diese Nacht ihr Lager vorsorglich in der Tochterkammer auf. –

Sprechen wir wieder von Duftjuwel. Junker Zwei hatte für sie nach langem Suchen in einem kleineren ummauerten Parkgrundstück mit zwei Zugängen und einem schmucken Wohnturm in der Mitte das geeignete Liebesnest gefunden und gekauft. Das Besitztum lag an einer Hauptstraße unweit der Himmelsstrombrücke und hatte früher dem Kriegsminister Wang gehört, der es zu benutzen pflegte, wenn er größere Empfänge und Gesellschaften gab. Junker Zwei hatte die Räume des Wohnturms in aller Eile mit Möbeln, Teppichen und Vorhängen ausstatten und in wohnlichen Zustand bringen lassen. Die oberen Zimmer waren der Braut vorbehalten, sie erstrahlten pünktlich am Abend in festlichem Kerzen- und Ampelglanz, zurückgestrahlt von den mit rotem Tuch ausgeschlagenen Wänden. In den unteren Räumen war die Festtafel für die vielen Hochzeitsgäste, Freunde und Verwandten des Bräutigams hergerichtet. Da war nun schon ein wackeres Schmausen und Zechen und lärmendes Treiben im Gange, als von draußen, vom Parkweg her, sich nähernder Flöten- und Trommelklang hörbar wurde. Junker Zwei sprang von der Tafel auf, verschwand noch einmal in seiner eigenen Herrenkammer, um sich rasch in einen Festrock zu werfen und ein elegantes Barett aufzusetzen, dann nahm er im Hausgang Aufstellung, um seine Neue artig zu begrüßen. Von Kopf bis Fuß neu und schmuck angetan, gab er mit der Frische seiner Jugend einen wirklich stattlichen und begehrenswerten Freier ab.

Nun war die Braut der Sänfte entstiegen. Mutter Sun, in der linken Hand eine Blumenvase, in der rechten ein rotseidenes Glückstüchlein, geleitete die Braut zum Eingang und die Stiege hinauf in die Brautgrotte. Duftjuwel war schier geblendet von dem Glanz, der ihr rötlich von Kerzen und Ampeln entgegenschimmerte. Sie fühlte, wie der würzige Duft, der ihr in bläulichen Schwaden aus etlichen bronzenen Räucherkesseln entgegenquoll, sie in einen leichten Nebel hob. Ohne viel Umstände – er konnte es kaum erwarten – schritt der Bräutigam nach den herkömmlichen Kotaus gleich zur Schlußzeremonie. Aus silbernem Weinkrug ließ er den goldenen Hochzeitspokal vollschenken, leerte ihn zunächst selber zur Hälfte und reichte ihn alsdann lächelnd der Neuen, auf daß sie vom gleichen Rand trinkend, die andere Hälfte leere. Duftjuwel mußte ihre Zinnoberlippen öffnen und die tadellose Reihe ihrer blanken, wie aus Jaspis gemeißelten Zähnchen zeigen, aber sie tat verschämt und trinkscheu und nippte nur, so daß Lippe und Zungenspitze gerade noch ein wenig befeuchtet wurden, worauf er lachend die restliche Hälfte mit einem Zug selber hinuntergoß.

Nun waren unter den Hochzeitsgästen drunten etliche ihm

besonders nahestehende gute Freunde und Kumpane von früher, vor allem junge Offiziere. Die betrachteten es als ihr gutes Recht und Freundschaftsprivileg, nach gutem altem Brauch die Braut von nahe zu betrachten und zu bekritteln. Sie kamen jetzt lärmend die Stiege heraufgepoltert, drangen in die Brautkammer ein, hoben ganz ungeniert den Rocksaum der Braut in die Höhe, um zu prüfen, wie ihre Füße beschaffen seien, zogen auch ihre Hände unter den Rockärmeln hervor, betätschelten und beklopften sie, kurz, begutachteten die Neue wie befugte Schiedsrichter von oben bis unten und von allen Seiten und trieben den Unfug so lange, bis der gutmütige Bräutigam genug davon hatte und die lärmende Rotte mit sanfter Gewalt hinausdrängte.

Als sie dann endlich hinter verriegelter Kammertür unter sich waren, spielte Duftjuwel mit Fleiß die züchtige, verschämte, wohlerzogene Haustochter. Sie nahm eine bescheidene, verlegene Sitzstellung am äußersten Bettrand ein, sie wollte durchaus nicht ihren Gürtel lösen lassen noch Kleidung und Hüllen abstreifen. Nun, es gelang dem im Umgang mit Damen und Dämchen wohlbewanderten und in der Erfüllung zarter Kavaliersdienste erfahrenen Junker Zwei leicht, ihr die Ausführung solcher Verrichtungen abzuschmeicheln. Er wußte ihr sogar Perlenkrönchen, Agraffen und Spangen behutsam aus dem Haar zu lösen, ohne ihr weh zu tun oder ihre Frisur zu zerstören. Sie lernte rasch seine feine, zarte und einfühlsame Art zu schätzen und gab sich ihm schließlich willig und gern und ohne viel Sträuben und Widerstand. Gleich hatte sich zu gleich gefunden. Es war die glückliche Vermählung von Phönixweibchen und Phönixmännchen.

Am andern Morgen fand sich strahlend Mama Piän ein, um das junge Paar wie üblich zu beglückwünschen. Junker Zwei konnte sich ihr nicht lange widmen, unten lärmte und zechte bereits wieder die Tafelrunde seiner guten Freunde und Kumpane, die sich gleichfalls zur Beglückwünschung eingestellt hatten. Sie riefen nach ihm und verlangten ungestüm, daß er den herkömmlichen Freudenwein mit ihnen trinke. Von diesem Freudenwein hatten sie ein ganzes Faß selber mitgebracht, dazu ein gebratenes Schwein, einen gebratenen Hammel und eine gebratene Gans und eine Ente, beide mit köstlich knuspriger Haut. Es waren Söhne hoher Militärs und Würdenträger unter ihnen, die wollten sich nicht lumpen lassen. Drei volle Tage währte das Gelage. Den beiden Damen war es nur recht, daß sie in diesen drei Tagen sich selbst überlassen blieben und ungestört miteinander sprechen konnten. Mutter und Tochter waren sich einig, daß sie mit dieser Heirat ihr großes Glück gemacht hatten. Mutter Piän war im Parkgelände ganz in der Nähe bestens untergebracht und brauchte sich über Mangel an aufmerksamer Behandlung, Verpflegung und Bedienung nicht zu beklagen. Vor allem aber fühlte sich Duftjuwel als junge Ehegattin restlos glücklich. Mit jedem Tag gewann sie diesen artigen, taktvollen, ritterlichen Junker Zwei lieber. Und ihm ging es nicht anders mit seiner Neuen, die ihm so verschwenderisch alle Zärtlichkeiten und Wonnen des gemeinsamen Lagers schenkte. Sooft sich Gelegenheit bot, saßen sie Seite an Seite in zärtlicher Umarmung beisammen, sie konnten die Nacht gar nicht erwarten, schon bei Tage trieb es sie zu verliebtem Phönixspiel zwischen Kissen und Decken. Wie Leim und Lack hafteten sie zusammen.

Aber es ist nun einmal so: Noch bewegt der kühle Herbstwind keinen Grashalm, und schon wittert die Grille den heimlich nahenden Tod!

Wenn ihr wissen wollt, wie die Geschichte weitergeht, müßt ihr das nächste Kapitel lesen.

ZWEIUNDDREISSIGSTES KAPITEL

Eine wahre Teufelin hält Strafgericht über die junge Rivalin. Hsi Mens Vierte offenbart im Traum den Groll der vorigen Existenz

Wohl der stärkste menschliche Trieb – das gilt gleichermaßen für das männliche wie das weibliche Geschlecht – ist Liebe in ihren hundert Spielarten. Indem die Menschen diesem Trieb nachgeben, ziehen sie sich freilich auch Groll in tausend Spielarten zu. Wenn auch das Maß an Liebe und Groll im Einzelschicksal verschieden bemessen ist, so gilt doch in jedem Fall der Grundsatz: Für Liebe ist irgendwie eine Wurzel, für Groll ist irgendwie eine Aussaat vorhanden. Beide, Liebe wie Groll, sind zeitlich keineswegs auf das gegenwärtige Dasein beschränkt, haben vielmehr ihren Ursprung in einer früheren Existenz. Das ist es, was mit jener Wendung gemeint ist, die man mitunter in unserem alten Schrifttum findet: ›Kein Vorkommen von Jade ohne blauen Mutterboden‹, oder mit jener Wendung von ›den roten Fäden, die der Alte im Mond um die Füße zweier füreinander bestimmter Menschen schlingt‹. Ja, der Alte im Mond ist der Mann von Eis, der große Mittler in Liebesdingen, und er führt über alle Liebespaare genau Buch und Register. Man kann dies auch je nach Art der Betrachtung, ob natürlich oder religiös gesehen, zurückführen auf den Einfluß des Yin yün, des immer neu schöpfenden kosmischen Atems, der alles irdische Geschehen bestimmt, oder auf das geheime Walten einer verborgenen höheren Macht, einer Gottheit. Von solch verborgenem Walten hängt der Verlauf jeder Liebesbeziehung ab: ob die Liebe bis ins hohe Alter harmonisch fortbesteht oder vorher mit Bruch und Trennung endet; ob die Eheleier jäh zerbricht und er oder sie den Blick ab- und rückwärts wendet, ob frühere Liebe von späterem Haß abgelöst wird, ob sich die Ehegatten trotz ihrer Kinder späterhin wie Feinde und Wegelagerer begegnen, ungeachtet beiderseitiger Vorzüge die Treue brechen und im Auge des anderen Teils nur noch einen Nagel und Dorn sehen. Das alles hat mit der äußeren Person und den äußeren Umständen nichts zu tun. Auf die innere, die seelische Harmonie kommt es an; ob sie aber zu erreichen ist, und wenn sie erreicht wurde, warum und wieso, das bleibt dem menschlichen Verstand unerklärlich.

Der frühere Band, ›Kin Ping Meh‹, behandelte das Thema ›Sê‹, Sinnenlust (Sinnenfülle), der jetzige Roman, ›Ko liän hua ying‹, hat zum Hauptgegenstand das Thema ›Kung‹, Sinnenleere. Abkehr von der Lust, Hinwendung zur Leere, Vergeltung für ursächliches Tun, Anerkennung Buddhas und seiner Lehre – das zu behandeln, hat sich der Verfasser als Aufgabe gesetzt. Es kann nichts schaden, das der geschätzten Leserschaft immer wieder ins Bewußtsein zu rufen.

Wenn Junker Zwei eine Duftjuwel zur Nebengattin nahm, so schien das eine denkbar glückliche Ehe zu versprechen. Er, junger Sproß aus edlem Geschlecht, Sohn und Enkel hoher Würdenträger, Angehöriger einer hochangesehenen Sippe von Macht und Einfluß, sie eine jugendliche Schönheit. Beide nach Alter und Aussehen wie füreinander geschaffen – wer hätte gedacht, daß auch in diese glückliche Vereinigung das unerbittliche Rad des Schicksals, die späte Vergeltung für alten, verborgenen Groll, störend eingreifen sollte?

Des Junkers rechtmäßige Gattin, die geborene Sung, war nicht umsonst die jüngere Schwester eines amtierenden gewaltigen Kriegsherrn. Ihr Kopf mit den kreisrunden Augen ähnelte dem Schädel einer Pantherkatze. Ausgesprochen häßlich, verfügte sie über einen sportlich gestählten Körper und einen ebenso stahlharten Charakter. Von Kind auf war sie im Umgang mit Waffen geübt, sie war eine vorzügliche Reiterin, beherzt und kämpferisch veranlagt, kurz, mehr Mann als Weib, eine streitbare Amazone. Für den Hochzeitsabend hatte sie sich mit Hilfe von Puder und Schminke zurechtgemacht und anfänglich dank gut einstudierter Verstellungskünste die liebliche Braut, das sanfte, schüchterne, wohlerzogene junge Mädchen gespielt. Gleich am nächsten Tag aber streifte sie ihre künstliche Rolle ab und kehrte ihre wahre Natur hervor. Junker Zwei bekam zusätzlich zu dem Schreck ob ihrer Häßlichkeit auch noch einen heillosen Respekt vor ihrer herrischen Art. Er hatte förmliche Angst vor ihr und ging ihr möglichst aus dem Wege. Nun konnte er aber seine lockere, leichtlebige Natur nicht verleugnen. Die geborene Sung kam sehr bald dahinter, daß er sich nicht nur nach wie vor draußen an den vergnüglichen Stätten der Blumen und Weiden herumtrieb, sondern auch nicht verschmähte, gelegentlich mit den hübschen Dingern seiner häuslichen Umgebung, mit Zofen und Dienerinnen, zu schäkern und zu plänkeln. Die Folge war häuslicher Krach. Nicht nur, daß sie ihn selber mit Schlägen, Ohrfeigen und Fußtritten bedachte, sie ging auch mit unnachsichtiger Strenge gegen solche Personen des weiblichen Gesindes vor, gegen die sie den Verdacht hegte oder die sie dabei ertappte, daß sie sich mit dem jungen Herrn mehr als dienstlich einließen. Auch nur ein Lächeln, das sie ihm schenkten, konnte für die Ärmsten bedeuten, daß sie von der Herrin zu Mus gedroschen wurden. Mit Prügeln allein aber war es noch gar nicht einmal abgetan. Mit eines scharfen Messers Schneide am Hals kitzeln, mit spitzen Nadeln in die Haut stechen, das waren so einige der beliebten Folterarten, wie sie die Herrin in ihrer seltenen Lust an Grausamkeiten ersann, um ihre Opfer zu züchtigen oder Geständnisse aus ihnen herauszupressen.

Unter solchen Umständen spielte Junker Zwei an der Seite seiner Tai tai die beklagenswerte Rolle des Lammes im Bannblick der Tigerin. Wenn ihn schon einmal daheim ein männliches Verlangen ankam, so pflegte es in ihrer Gegenwart vor Angst und Widerwillen gleich wieder zu vergehen, und sein eben noch unternehmungslustiger, mutgeschwellter Gernegroß schrumpfte zum unansehnlichen Zwerg zusammen.

Sie pflegte ihm dann Vorwürfe zu machen, daß er sich gewiß außer Hauses in irgendwelchen Buhlgrotten verplempere, anstatt seine Kraft, wie es sich gehöre, für sie aufzusparen. Sie machte ihm mitten in der Nacht heftige Szenen, bearbeitete ihn mit kunstgerechten Boxhieben und mit Fußtritten, warf ihn aus dem warmen Bett und mutete ihm ohne Rücksicht auf die kalte Jahreszeit zu, den Rest der Nacht auf dem Fußboden zu verbringen. So kam es dahin, daß er, obwohl der Form nach mit ihr verheiratet, in Wirklichkeit wie ein einsamer Hecht völlig unbeteiligt dahinschwamm und tatsächlich wie ein Junggeselle oder Witwer lebte. Wie konnte ein junger, gesunder Mensch seines Schlages ein solch enthaltsames Leben auf die Dauer aushalten? Und so war er zu dem Entschluß gekommen, Duftjuwel als Nebengattin heimzuführen und in jenem Parkgrundstück an der Himmelsstrombrücke ein heimliches Liebesnest zu unterhalten. Allerdings gehörte schon Todesverachtung dazu, ein solch keckes Unternehmen zu wagen. Nun, leichtherzig, wie er war, erwog er nicht die möglichen Folgen, sondern dachte nur an den Genuß der Stunde. Es war das reine Katze-und-Maus-Spiel, wobei er die Rolle der Maus spielte. Er machte sich nicht klar, daß er durch seine Handlungsweise Duftjuwel und ihre Mutter der Gefahr aussetzte, in eine Hölle der Qual zu geraten.

Einige Zeit hatte das Pärchen nun zusammen verbracht und alle Wonnen der Liebe im Übermaß ausgekostet. Es war ein Erlebnis gewesen vergleichbar einer über und über mit Blumen bestickten kostbaren Decke aus schwerem Damast.

Aber Duftjuwel und ihre Mutter begannen sich allmählich Gedanken zu machen, wie sich künftighin ihr Verhältnis zur Hauptgattin und überhaupt ihre Stellung innerhalb des großen Haushaltes gestalten würde. Sie waren sich einig, daß sie wohl nicht umhinkönnten, eines Tages der Tai tai ihre Aufwartung zu machen und verschiedene häusliche Fragen mit ihr zu besprechen. So vermißten sie beispielsweise jegliche weibliche Bedienung. Warum wurde ihnen diese nicht, wie sonst üblich, von der Hauptgattin gestellt? Sie wiegten sich ja in dem naiven Glauben, diese ganze Heirat sei mit deren Einverständnis erfolgt. Sie erinnerten sich an die ausdrückliche Versicherung der Maklerin Sun, daß die Tai tai, da selber unpraktisch und an Hauswirtschaft uninteressiert, die Leitung des Haushaltes einer Nebengattin zu überlassen wünsche. Also was war es damit? Duftjuwel fühlte sich schon sehr wichtig in der verantwortlichen Stellung, die ihr vermeintlich zufallen würde. Das getrennte Wohnen auf zwei verschiedenen Grundstücken gedachten sie künftig beizubehalten, das fanden sie in jeder Hinsicht zweckmäßig. So würden häusliche Reibungen, Zank und Streit zwischen Tai tai und Nai nai am besten vermieden werden.

Behutsam versuchten Mutter und Tochter im Gespräch mit Junker Zwei seine Meinung über all das, was ihnen durch den Kopf ging, abzutasten. Aber es war nichts aus ihm herauszubringen. Er hüllte sich in Schweigen oder gebrauchte Ausflüchte und lenkte das Gespräch auf ein anderes Thema. Er war ja viel zu leichtsinnig, um sich mit derartigen Fragen zu belasten, er wollte es darauf ankommen lassen. So blieben die beiden Damen in völliger Ungewißheit.

Es ist eine alte Erfahrung:

Willst du, daß deine Tat bleibt ungesehn,
Dann laß die Tat am besten ungeschehn.

Daß Junker Zwei längere Zeit ausblieb, mußte der geborenen Sung schließlich auffallen. Sie dachte zunächst, er habe sich vielleicht mit seinen Freunden zu irgendeiner auswärtigen Unternehmung verabredet, er sei vielleicht mit ihnen auf die Jagd gegangen. Als aber Tag um Tag verging, ohne daß er sich blicken ließ, wurde sie mißtrauisch. Sie sandte einen vertrauten Diener aus, um nach ihm zu forschen. Besagter Diener hatte vor dem jungen Herrn wenig Respekt, um so größeren dagegen, ja regelrechte Furcht, vor der strengen Herrin des Hauses, was ja verständlich ist. Er zog also Erkundigungen ein und fand und verfolgte die Spur des vermißten jungen Herrn. Sie führte zu einem gewissen Grundstück unweit der Himmelsstrombrücke, das früher dem Minister Wang gehört hatte. Da schnüffelte und spionierte er nun um einen gewissen hinter Gebüsch und Bäumen versteckten Parkturm herum, schlich auf weichen Filzsohlen die Stiege hinauf und fand die Räume des oberen Stocks festlich mit rotem Tuch ausgeschlagen und behangen. Es gelang dem Späher sogar, einen Blick in die Schlafkammer zu tun und ihn, den gesuchten jungen Herrn, zwischen seidenen, mit Blumen und Entenpärchen bestickten Bettvorhängen zu sehen, wie er in zärtlicher Verstrickung Seite an Seite und Schenkel über Schenkel mit einer taufrischen, knospenjungen Schönen von etwa achtzehn Lenzen zusammensaß und ihr mit gefülltem Becher zutrank. Das war deutlich genug. Heimlich und leise schlich der Diener die Treppe hinunter, eilte nach Hause und erstattete seiner Herrin Bericht. Das Wutgebrüll, das er mit seinen Worten auslöste, hätte selbst den gefürchteten Dschungeltiger mit den goldgelben Rollaugen und dem weißen Fleck auf der Stirn zu schleuniger Flucht mit eingeklemmtem Schwanz veranlaßt, hätte selbst eine an nächtlichem Kreuzweg spukende und fauchende robuste Teufelsgroßmutter mutlos und kleinlaut machen können.

Die geborene Sung mobilisierte sogleich ihr gesamtes weibliches Gesinde, stellte aus ihm einen Trupp von zwanzig ausgesucht kräftigen und stämmigen Mägden zusammen, bewaffnete sie mit langen Küchenmessern, Knüppeln und Besenstielen und hieß sie auf Gäulen aufsitzen. Sie selber zog sich derbe lederne Reitstiefel an, warf sich einen mit goldenen Schlangen bestickten Kriegsmantel über die Schultern, stülpte sich eine helmartige, mit einer dicken Perle und einem wippenden Federbusch gezierte Sammetkapuze aufs Haupt, schnallte sich einen scharfgeschliffenen Säbel – alles Gegenstände, die sie unter anderem Brautgut von zu Hause mitgebracht hatte – um die Hüften, schwang sich auf ihr Leibroß und setzte sich an die Spitze ihrer reisigen Schar. Marschziel war ein gewisses Parkgrundstück unweit der Himmelsstrombrücke. Es war, als ob ein Heer Amazonen zu einem Kriegszug ausrücke.

Ein junger Bücherbursche, den Junker Zwei vor dem Parkeingang als Wache postiert hatte, meldete seinem Herrn gerade noch rechtzeitig das Anrücken des reisigen Haufens. Junker Zwei befand sich gerade in einem Zustand seligster Entrückung, hervorgerufen durch den reichlichen Genuß von Wein und die körperliche Nähe der Geliebten, die er auf dem Schoße hielt und deren glatte Wange und runden Busen er eben liebkosend streichelte, als plötzlich die Schreckenskunde: »Tai tai lai la! Die Herrin kommt!« an sein Ohr drang und ihn grausam ernüchterte. Er war wie vom Blitz getroffen, fühlte sich wie von einem Kübel eiskalten Wassers übergossen. Es war, als ob Fäden, an denen eben noch Marionetten tanzten, plötzlich durchschnitten würden, als ob die Stimmen hinter den Kulissen, die den Figuren auf der Bühne wie durch Zauber eben noch Sprache und Leben einhauchten, plötzlich verstummten und die hölzernen Puppen leblos umsänken. Junker Zwei befand sich in der mißlichen Lage des Sperlings, der sich angesichts des Falken in den Busch, wo er am dichtesten ist, verkriechen möchte, in der Lage des Hasen, der vor dem Jagdhund davonläuft und sich aus Angst verrennt, in der Lage der scheuen Eidechse, die beim Nahen des Menschen in ihr Felsloch flüchtet und drinnen vor Aufregung noch weiter mit dem Schwanz hin und her fuchtelt, in der Lage der Schildkröte, die, eine Gefahr witternd, vor Furcht den Kopf zuallererst in den Schlamm bohrt.

Es gibt je nach Veranlagung drei Arten von sinnlicher Ausschweifung des Mannes, und ihnen entsprechen je nach Veranlagung drei Arten von Eifersucht bei der Frau. Welches sind die drei Arten männlicher Ausschweifung?

Erstens: Es hat einer die Wohlgestalt eines Sung Yü oder Pan An, dazu die Geistesgaben eines Sse Ma Hsiang Ju, ein solcher kann mit Recht eine überragende Schönheit als Gefährtin beanspruchen, ein solcher darf mit Recht fragen: Was soll ich im Lenz, wenn rings alles blüht und sproßt, was soll ich im Herbst, wenn der Goldwind labende Kühlung fächelt und der volle Herbstmond blank und wie neu gewaschen scheint, mit einer biederen, aber verständnislosen, womöglich stumpfsinnigen, blöden Hausfrau anfangen? Kann ich mit einer solchen auch nur einen einzigen Satz gehobener Stimmung und entsprechend gehobener Sprache tauschen? Also wählte sich das Genie Sse Ma Hsiang Ju eine Schönheit wie die Sse Huang Tsao zur Geliebten.

Er verstieß damit, indem er seinem sinnlichen Trieb nachgab, zwar gegen streng bürgerliche Moral – aber konnte man es ihm verdenken, daß er Geist mit Schönheit paaren wollte? Konnte man ihn deswegen verurteilen? Kaum. Das ist die menschlich verständliche und entschuldbare Ausschweifung des geistig Hochstehenden.

Zweitens: Da sind die reichen, flotten Söhne aus gutem Haus, die tun sich mit ihresgleichen zusammen, um gemeinsam das Leben zu genießen, den Kavalier zu spielen, Abenteuer zu bestehen und – mit Anstand ihr Geld loszuwerden. Oh, auf Geld kommt es ihnen nicht an, sie führen Silberbatzen gleich zu Hunderten in ihrem prall gefüllten Geldbeutel mit sich, sie kleiden sich in Seide, tragen kostbare Pelzröcke, reiten wohlgenährte, edle Rösser, toben sich mit Vorliebe in öffentlichen Freudenhäusern aus und werfen da mit dem Geld nur so um sich, als ob es Sand und Dreck wäre. Um da eine Weidenrute zu brechen, dort eine Sumpfblume zu pflücken, da Puder zu naschen und dort Düfte zu stehlen, um ohne viel Umstände ihre Sinnenlust stillen zu können, dafür schütten sie ihre Börse aus und verschwenden ganze Vermögen. Das ist die sinnlose Ausschweifung des Wüstlings.

Drittens: Dann gibt es noch eine mindere Sorte von Strolchen, die nimmt sich, um ihre Sinnengier zu befriedigen, unbesehen alles, was sich gerade an Weib bietet, diese Sorte ist nicht wählerisch und säuft jedes Dreckwasser, ohne nach der Quelle zu fragen. Das mag eine wahre Hexe an Häßlichkeit, das genaue Gegenteil einer holden Hsi Schi sein, das mag ein älteres Dorftrampel mit strohfarbenem Haar, eine alte Vettel mit grieskörniger Hühnerhaut, das mag eine verwahrloste Wilde sein, diese Sorte fragt nicht nach Alter und Aussehen, nicht nach Recht und Anstand, sie nimmt sich mit Gewalt und ohne moralische Hemmung, was sich ihr gerade bietet. Das ist die verbrecherische Ausschweifung des Luststrolchs.

Welches sind die drei entsprechenden Arten weiblicher Eifersucht? Erstens: Eifersucht aus Liebe. Gatte und Gattin sind mit allen zarten Banden aufrichtiger Neigung aneinandergefesselt, ihr Liebesverlangen hat zu zehn Zehnteln Erfüllung gefunden, keine Nacht können sie getrennt verbringen. Eines Tages erfährt sie plötzlich von einem heimlichen Stelldichein, das er irgendwo außer Hauses mit einer Fremden gehabt, oder sie kommt dahinter, daß er sich mit irgendeiner hübschen Zofe des eigenen Haushaltes eingelassen hat. Sie verspürt einen sauren Essiggeschmack im Gaumen, ist zunächst untröstlich, schneidet sich ihr schönes Haar ab, rennt mit dem Kopf gegen die Wand, macht ihm Vorwürfe und Szenen. Aber allmählich beruhigt sich ihr Gemüt, ihre Eifersucht wandelt sich zu nachsichtiger Duldsamkeit, würdig echter Liebe, veredelt und verinnerlicht sich unter Umständen sogar zu elegisch geistiger Betätigung. So tröstete sich die Dame Su Hui[1] über ihre jahrelange Vereinsamung damit hinweg, daß sie kunstvolle Palindrome ersann, die sie, auf Seide gestickt, ihrem fern im Reich der Hunnen als Gesandten weilenden Gatten von Zeit zu Zeit zuschickte. Diese edle Art der Eifersucht hat etwas Erfreuliches an sich.

Zweitens: Eifersucht aus unbefriedigter Sinnlichkeit. Sie hatte es bei der Heirat vor allem auf die ehelichen Bettfreuden abgesehen. Aber sie kann sich nicht verhehlen, daß ihre Reize nun im Schwinden begriffen, daß ihre blühenden Lenze vergangen sind. Um sie beginnt es allmählich zu herbsten, und hilflos muß sie wahrnehmen, daß es ihr immer seltener gelingt, den Gatten zur Erfüllung seiner Pflichten zu bewegen, ja daß er ihrem Ansinnen zunehmend kühler, ja mit Abwehr begegnet. Sie stellt sich vor, wenn er nun eine junge, schöne Nebenfrau ins Haus nähme, was dann? Mit deren Jugendreizen würde sie freilich nicht konkurrieren können, er würde seine Gunst zweifellos nun ganz von ihr ab- und der Jüngeren zuwenden, mit Bettfreuden würde es dann vorbei sein, sie würde sich mit einem freudlos kühlen, einsamen Lager abfinden müssen. Das aber möchte sie so lange wie möglich verhindern. Und so kämpft sie mit dem Gatten einen erbitterten, verzweifelten Kampf um ihr

1. Im 3. Jh.

Erstrecht und will ihm durchaus nicht gestatten, eine Jüngere ins Haus zu nehmen. Das ist wohl die häufigste Art der weiblichen Eifersucht.

Drittens: Eifersucht aus Bosheit. Sie erwächst aus einem von Natur schlechten Charakter. Die Betreffende hat eine spitze Zunge, schnüffelt und spioniert ohne jeden triftigen Anlaß hinter Wänden und Hecken, schilt den Sohn, schlägt die Tochter, schmeißt mit Löffeln, zerschlägt Geschirr, keift den Maulbeerbaum an, meint aber die Sophore, so tobt sie ohne Unterlaß auf Umwegen gegen den Ehemann, ist ständig hinter ihm her, spioniert ihm überall nach, vergönnt ihm keinen Blick nach irgendeiner anderen Frau, und selbst wenn ihre Ehe zeitlebens kinderlos bleiben sollte, so verbietet sie ihm doch eine Nebenfrau. Sollte er sich außer Hauses eine zweite Gattin halten und von ihr Kinder bekommen haben, dann sucht sie Nebenfrau und Kinder mit hundert Listen ins eigene Haus zu locken, um ihnen dann nach dem Leben zu trachten, oder sich edel und großmütig stellend, veranlaßt sie selber den Mann eine Nebenfrau ins Haus zu nehmen, um diese hinterher zu Tode zu quälen, und sie treibt es so, bis der Mann vor Ärger und Aufregung krank wird und die armen Dinger, die Zofen und Dienerinnen, sich aus Lebensüberdruß aufhängen. Das ist Eifersucht aus Bosheit.

Zu dieser dritten Sorte der Eifersüchtigen zählte, wie die geschätzte Leserschaft unschwer erraten haben wird, auch die Frau, an die unser Junker Zwei zu seinem Unglück geraten war, die geborene Sung. Wenn sie sich jetzt an der Spitze ihrer reisigen Schar aufmachte, um die heimliche Nebengattin ihres Mannes persönlich heimzuholen, dann natürlich in der tückischen Absicht, einem anständigen, schuldlosen, liebevollen jungen Mädchen aus guter Familie zu einem baldigen Begräbnis zu verhelfen.

Auf den Schreckensruf ›Die Herrin kommt!‹ war Junker Zwei zusammengefahren und jäh erblaßt und hatte eine Weile wie entgeistert vor sich hingestarrt. Dann setzte er den vollen Weinbecher, den er gerade seiner Duftjuwel kredenzen wollte, so hastig auf das Anrichtetischchen, daß der Inhalt überschwappte, sprang mit einem Satz vom Bettrand, stürzte in seine Kammer, kleidete sich geschwind um, raste, ohne sich von Gattin und Schwiegermutter zu verabschieden, die Stiege hinunter, eilte in den Stall, schwang sich auf sein Roß und sprengte durch die hintere Parkpforte ins Freie hinaus, um wie ein Rauch davonzustieben.

Duftjuwel war des Glaubens, er sei so eilig davongestürzt, um seine Tai tai rechtzeitig noch am vorderen Parktor geziemend zu begrüßen und hineinzugeleiten. Sie machte sich selber geschwind empfangsfertig, eilte die Stiege hinunter, um vor dem Innenportal an der Taxushecke, die als ›weiche‹ Geisterschutzwand diente, Aufstellung zu nehmen. Da sah sie die Tai tai auch schon nahen, hoch zu Roß, an der Spitze einer gleichfalls berittenen, reisigen Weiberschar. Der gepflasterte Torweg hallte wider von dröhnendem Hufgeklapper. Ein gewaltiger Schreck befiel sie. Kälte überrieselte ihr Rückgrat, während ihr Herz von sengender Feuersglut verzehrt zu werden schien. Es war ihr, als ob ihr auf einmal am ganzen Körper Haare sproßten, die sich zu Borsten sträubten. Welch furchterregenden Anblick bot die Heranrasende!

Auf dem Haupt die leuchtendrote Sturmhaube aus Samt mit dem wippenden Federbusch an der Seite und der Riesenperle über der Stirn; die Beine in hohen ledernen, mit grünen Riemen geschnürten Reitstiefeln; um die Schultern den wallenden Kriegsmantel mit dem in der Sonne gleißenden eingestickten Schlangenmuster; am Gürtel die blanke Klinge; an den Ohren Kettenanhänger aus Goldringen; um den Hals eine Perlenschnur; das Gesicht von Zorn tiefdunkel gerötet, die dicken schwarzen Brauen unheildrohend gesteilt, ihr schräger Blick aus seitlichem Augenwinkel ist der tückisch lauernde Blick des gelben Skorpions – prächtig und furchtbar, einen Todeshauch des Entsetzens um sich breitend, kommt sie daher wie eine finstere, menschenfressende Rakscha, wie eine grimme, Länder und Reiche überrennende Kriegsfurie aus der mongolischen Steppe!

Die geborene Sung unterzog die jugendliche Erscheinung, die da bescheiden und artig vor der Taxushecke stand und ihr freundlich entgegenlächelte, einer raschen, kritischen Musterung. Das also war die Person, die man hinter ihrem Rücken als Nai nai ins Haus geschmuggelt hatte! Sie konnte nicht leugnen: Die verfügte freilich über alle jene tausend reizenden Sächelchen, die eines Mannes Auge entzücken und seiner Sinne Begehrlichkeit wecken, mit der konnte sie sich freilich nicht messen. Wut stieg ihr im Busen hoch, Gift von Tücke und Bosheit quoll ihr nur so aus Leber und Galle. Mit lauter, barscher Stimme ließ sie gleich einem Truppführer, der seine zum Appell angetretenen Leute anschnauzt, eine Flut von unflätigen Beschimpfungen von oben aus dem Sattel auf das Haupt der zu Füßen des Gauls stehenden Duftjuwel niederprasseln:

»Freche Buhldirne! Ranzige Schweinshaxe! Verdammter Knochensplitter in meinem Schlund! Verfluchte Fischgräte in meiner Kehle! Männerverführerin! Geile neungeschwänzte Füchsin! Und du wagst es auch noch großspurig zu tun, gespreizt angeschwänzelt zu kommen und deiner Herrin und Gebieterin dreist unter die Augen zu treten! Aber das hat jetzt ein Ende! Na warte!«

Schon hatte sie sich aus dem Sattel geschwungen und auf die verdutzte Duftjuwel gestürzt, in Sekundenschnelle beide Hände in ihr schönes blauschwarzes, seidiges Haar verkrallend. Dann kam ein kurzer Befehl:

»He, ihr Mägde, herbei! Schält der billigen Dirne die Kleider herunter! Der will ich jetzt mal Disziplin beibringen!«

Und schon stürzte sich die Rotte der handfesten Mägde gleich einem Rudel Wölfe auf die Schreiende und riß ihr sämtlichen Schmuck aus der Frisur und sämtliche Kleidung bis auf ein dünnes, rosaseidenes Hemd vom Leib. Mitten in das Getümmel platzte die Dame Piän hinein. Sie war mit Ankleiden und Zurechtmachen noch nicht fertig gewesen, kam aber nun auf die Hilferufe der Tochter in halbfertigem Zustand eilends herbeigelaufen. Entsetzt über die Szene, die sich ihr darbot, warf sie sich der grimmen Tai tai zu Füßen und schlug voll Verzweiflung die Stirn heftig auf den Boden, dann stand sie auf und breitete wie schützend die Arme um die im Hemd dastehende, weinende Tochter. Als die geborene Sung auf Befragen erfuhr, daß sie die Mutter der Nai nai vor sich habe, bekam sie einen neuen Wutanfall, entriß kurzerhand der nächsten besten Magd deren derben Knüppel und drosch eigenhändig mit ihm ziel- und wahllos auf beide, Mutter und Tochter, ein. Nur dem Dazwischentreten der Frau des Grundstückbesitzers, die zufällig vorbeigekommen und, von dem Lärm angelockt, hinzugeeilt war, und ihrem gütlichen Zureden war es zu danken, daß die häßliche Prügelszene ein Ende fand und nicht in noch Schlimmeres ausartete. Mutter Piän wurde sanft abgeschoben und in ihre Wohnkammer hinter dem Parkturm gebracht.

Tochter Duftjuwel freilich blieb in der Gewalt der grimmigen Tai tai und mußte sich regelrecht wie eine Gefangene behandeln und abführen lassen. Zuerst wurde sie in zwei mitgebrachte grobe Leinenkittel gesteckt, dann mußte sie sich bequemen, einen Gaul zu besteigen und im Sattel vor einer stämmigen Magd Platz zu nehmen, die unterwegs auf sie aufpassen sollte, um einen etwaigen Fluchtversuch zu verhindern, und dann wurde sie inmitten der berittenen, reisigen Weiberhorde als eine Art Kriegsbeute in das Haus der Tai tai überführt.

Die Dame Piän gedachte sich mit dieser gewaltsamen Wendung der Dinge keinesfalls abzufinden. Sie lief stracks zur Maklerin Sun und forderte unter Tränen ihr Kind zurück. Ihr Bitten und Flehen war freilich umsonst. Was konnte die Maklerin groß unternehmen? Wie die Dinge lagen, mußte sie sich hüten, auch nur einen Schritt in die Höhle der Tigerin zu wagen.

Nachbarn und zufällig Vorbeikommende beklagten und beseufzten den traurigen Vorfall und tadelten das unverantwortliche Verhalten des schlappen und feigen Junkers Zwei, der leichtfertig eine ehrbare Mutter und deren unschuldige Tochter in eine böse Fallgrube gelockt hatte. –

Freundschaft oder Feindschaft, Vereinigung in Liebe oder

Trennung in Groll, Ehre oder Schande, Glück oder Unglück, nichts kommt rein zufällig, alles ist vom Schicksal vorbestimmte Auswirkung ursächlicher Zusammenhänge. Warum befiel Duftjuwel gleich vom ersten Augenblick ihrer Begegnung mit der geborenen Sung ein solches Angstgefühl, das sie zittern und ihre Haare sich sträuben machte? Sie fühlte sich der andern gegenüber wie in schwerer Schuld von einem früheren Leben her. Warum sah denn die geborene Sung in Duftjuwel von Anfang an die verhaßte Feindin? Woher kam denn dieses merkwürdige Haßgefühl? Daß Hauptfrau und Nebenfrau sich nicht leiden können, ist nichts Ungewöhnliches, doch die gegenseitige Abneigung pflegt sich allmählich im Laufe der Zeit einzustellen. Wieso kam es hier von Anfang an zu haßerfüllter Beschimpfung und schmählicher Behandlung? Es lag eben ein tieferer Grund dazu von einer früheren Existenz her vor. Das wird sich gleich herausstellen. –

Duftjuwel hatte die Schmach erdulden müssen, in einen groben Leinenkittel gehüllt, mit aufgelöstem Haar auf einem Gaul sitzend, vor den Augen der Öffentlichkeit und zur Belustigung des Pöbels, über Straßen und Plätze geschleppt zu werden, und sie hatte vermeint, es sei ihr nun genug Schmach angetan. Aber es sollte noch ärger kommen.

Daheim im Anwesen der Sippe Kin angelangt, begab sich die geborene Sung in die vordere Empfangshalle, nahm auf dem Hochsitz Platz und eröffnete mit strenger Richtermiene auf ihre Art ein Gerichtsverfahren gegen ihre Gefangene. Es war jenes Verfahren summarischer Schnelljustiz, wie es in Kriegszeiten seitens militärischer Standgerichte geübt wird: Kein Verhör, keine Zeugen, keine Verteidigung, das Urteil steht von vornherein fest und wird auf der Stelle vollstreckt. Die Richterin hieß die völlig unschuldige Angeklagte zu ihren Füßen niederknien und ließ sie von ihren weiblichen Bütteln bis auf die Haut nackt ausziehen. Mit einem Gemisch von Neid und Schadenfreude weidete sie sich eine Weile am Anblick der ebenmäßigen, runden, weichen Formen und der blanken, jaspisschimmernden

Duftjuwel wird mit der Peitsche gezüchtigt

Haut ihres Opfers. Dann griff sie zur Roßpeitsche und ließ sie, ohne sich auch nur auf eine einzige Frage, auf ein einziges Wort des Verhörs einzulassen, mit aller Kraft wohl hundertmal gnadenlos auf ihr Opfer niedersausen. Dann ergötzte sich die Peinigerin am Anblick der überall am ganzen Körper sichtbar werdenden roten Striemen und des da und dort aus der aufgeplatzten Haut sickernden und rieselnden Blutes. Aber noch war sie nicht restlos befriedigt, eins machte ihre Brust von neuem Grimm schwellen; das herrliche seidige Haar, das gleich dunklem Gewölk Haupt und Gesicht der sich schreiend am Boden Wälzenden umhüllte und ihr in vollen Strähnen wohl drei Fuß lang über Brust und Rücken fiel. Eine solche Haarfülle mußte ja einen Mann von Sinnen bringen. Fort damit, war der nächste Gedanke der geborenen Sung. Und schon hatte sie zur Schere gegriffen und die ganze Haarpracht heruntergeschnitten. Sie überlieferte sie dem Ofen. Nun war sie beruhigt. Mit kurzgeschnittenem Schopf wirkte die Nai nai wie eine gewöhnliche, billige Magd. Die würde ihr kaum mehr gefährlich werden.

Halb ohnmächtig, fühlte sich Duftjuwel von derben Mägdefäusten gepackt, auf die Füße gestellt und in die Küche geschleppt. Hier sollte fortan ihr Aufenthalt und Arbeitsraum sein, so hatte es die Tai tai angeordnet. Hier mochte sie am Herd stehen und beim Feuermachen ihre rosigen Finger mit Ruß verderben. Bis tief in die Nacht würde sie sich hier mit Aufwaschen und Scheuern und andern harten Arbeiten abplagen müssen. In der Küche gab es immer zu tun. Auch der schlafraubende Wachdienst in der Nacht wurde ihr aufgehalst.

Die Tai tai hatte die verhaßte Nai nai gedemütigt, ihres Haares beraubt, geschlagen und gepeitscht und zur Küchenmagd erniedrigt. Jedoch war ihrem Groll erst zur Hälfte Genüge getan. Noch stand die Abrechnung mit ihm, dem treulosen Gatten, bevor. Wo steckte er bloß? Sie beauftragte ihren Haushofmeister, seinen Aufenthalt ausfindig zu machen.

Wenn Junker Zwei beim Nahen der gefürchteten Tai tai Hals über Kopf mit seinem Gaul davonraste, dann war das zunächst ziellose Flucht gewesen. Unterwegs begann er nachzudenken. Wohin sollte er sich wenden? Nach Hause unter die Augen seiner Hauptgattin getraute er sich auf keinen Fall. Da fiel ihm sein guter Freund Wen ein. Der entstammte genau wie er einer der ersten und angesehensten Sippen der Hauptstadt, die dem Thron manch verdienten hohen Würdenträger gestellt hatten. Sogar einer verwandtschaftlichen Beziehung zum Kaiserhaus durfte sich dessen Familie rühmen. Der junge neunzehnjährige Wen gehörte auch mit zu jener Clique vornehmer Lebejünglinge, in deren Gesellschaft Junker Zwei auf Kavaliersart seine Zeit mit Vorliebe an lockeren Stätten der Blumen und Weiden totzuschlagen pflegte. Also auf zu Freund Wen!

»Nanu, was führt dich her und von der Seite deiner Neuen fort? Ihr seid doch kaum erst ein paar Tage in eurem Liebesnest im Parkturm zusammen, und da rückst du ihr schon wieder aus?« empfing Freund Wen, betroffen über sein verstörtes Aussehen, den Ankömmling.

Der blieb stumm. Er war wachsblaß, aus seiner Miene sprach tiefe Niedergeschlagenheit.

»Aha, die Sache ist wohl herausgekommen und die gestrenge Tai tai erschienen? So wird es wohl sein – nun red schon! Wollen sehen, daß wir dir aus der Klemme helfen können«, fuhr der andere lachend fort.

Mit erstickter Stimme beichtete Junker Zwei.

»Das Schlimmste ist, daß ich gar nicht weiß, was nun aus Mutter und Tochter geworden ist. Die werden schön etwas auszustehen gehabt haben! – Tu mir den Gefallen und schicke jemanden zum Parkturm und in mein Heim, um Erkundigungen einzuziehen. Ich bin völlig erschöpft und getraue mich selber um keinen Preis hin, weder nach Hause noch in den Parkturm.«

»Gut, ich werde einen meiner Leute hinschicken.« Nach zwei Doppelstunden kam der ausgeschickte Bote zurück und berichtete: »Die Tai tai ist in ihre Residenz zurückgekehrt. Sie hat die Nai nai mitgeschleppt, nackt ausziehen lassen und sie eigenhändig ausgepeitscht . . .« Junker Zwei stöhnte auf. Der Bote fuhr fort:

»Sie läßt jetzt überall nach dem jungen Herrn suchen. Ihre Leute haben strengen Befehl, ihn unter allen Umständen nach Hause zu bringen.«

»Bloß nicht!« rief Junker Zwei und beschwor den Freund, ihm einstweilen Unterkunft zu gewähren. Freund Wen tat ihm den Gefallen und stellte ihm eine Kammer mit Bett zur Verfügung. Junker Zwei wußte nichts Besseres anzufangen, als sich langzulegen und zu dösen. Seine Hilf- und Ratlosigkeit brachte Freund Wen zum Lachen.

Inzwischen setzte die unglückliche Mutter Piän der Maklerin Sun hartnäckig weiter zu, bereitete ihr heftige Szenen, schlug in ihrer Wohnung alles kurz und klein, raufte sich die Haare, rannte mit dem Kopf gegen die Wand, schrie und tobte und richtete Stoßgebete zum Himmel, daß er ihre unschuldige Tochter aus den Klauen einer Mörderin erretten möge.

»Was haben wir Euch alter, geldlüsterner Kupplerin getan, daß Ihr mein armes Kind in eine solche Todesfalle, in eine solche Hölle gelockt habt? Das ist ja zum Verzweifeln! Ich werde mir noch das Leben nehmen! Aber wenn ich es mir schon nehme, dann hier in Eurem Hause, damit Ihr keine Ruhe mehr finden sollt!« So und ähnlich lauteten die Vorwürfe und Drohungen, die sie der Maklerin ins Gesicht schleuderte.

Durch den Lärm angelockt, kamen die Nachbarn zuhauf herbei und versuchten mit gütlichem Zureden, die erhitzten Gemüter der beiden streitenden Frauen zu beruhigen. Da kamen sie nun freilich dahinter, daß die gewissenlose Maklerin aus purer Geschäftsgier die arme Duftjuwel einer in der ganzen Stadt berüchtigten und gefürchteten Teufelsmutter ausgeliefert hatte, einer Hexe, die nicht davor zurückgeschreckt war, den eigenen würdigen Schwiegervater tätlich und mit groben Worten zu beleidigen! Was war da zu tun? Wer hätte gewagt, eine solche Teufelin zur Rede zu stellen und herauszufordern? Und so verblieb man bei bedauerndem Achselzucken.

Nicht nur die Mutter, auch Tochter Duftjuwel spielte bereits mit dem Gedanken, sich das Leben zu nehmen. Als sie sich am ersten Tag todmüde, den Körper über und über mit blutigen Striemen bedeckt und von Schmerzen gepeinigt, mühsam vor dem Küchenherd zum Schlafen hinkuschelte, da erschien ihr der Tod als wahre Erlösung, als einzig möglicher Ausweg in ihrer verzweifelten Lage.

Aber wie sollte sie ihr düsteres Vorhaben praktisch ausführen? Erstens war sie kaum fähig, ihre schmerzenden Glieder zu rühren, und zum andern hatte sie zwei Grobmägde als Wächterinnen zur Seite, die sie keinen Augenblick aus den Augen ließen. Es war ja der ausdrückliche Wunsch der Tai tai, sie am Leben zu erhalten, um sie noch recht lange quälen und sich an ihren Ängsten und Schmerzen weiden zu können. Übrigens waren unter dem weiblichen Gesinde einige, die aufrichtig mit der armen Nai nai empfanden. Aus Angst vor der Herrin wagte zwar vorläufig noch keine, mit ihr zu sprechen, aber man bezeugte ihr schwesterliches Mitgefühl durch stumme Handlung, man schob ihr eine Tasse heißen Tee, einen Napf kräftiger Hühnerbrühe hin; man konnte es nicht länger ansehen, daß sie mit dem bloßen Fußboden als Lagerstatt vorliebnehmen sollte, man hob sie auf und bettete sie behutsam unter Decken auf den warmen Kang. Da lag sie nun unausgekleidet mit dem Gesicht nach der Wand und versuchte im Schlaf Vergessen zu finden. Aber noch lange schluchzte sie leise und grübelte über ihr trauriges Los nach. Was mochte sie nur in einer früheren Existenz verbrochen haben, daß sie jetzt so leiden und büßen mußte? Allmählich überkam sie dann doch wohltätiger Schlummer.

Es war Mitternacht, da sah sie auf einmal eine Gestalt langsam auf sich zukommen! Es war ein hochgewachsener, graubärtiger Sechziger, ein Krieger in Helm und Rüstung, an der Hand führte er ein etwa fünfjähriges Knäblein, winkte ihr zu und sprach:

»Komm mit nach Hause!« Sie vermochte aber keinen Schritt zu tun. Da kam das Kind angelaufen und streckte seine Arme nach ihr aus. Sie bückte sich und nahm es an ihre Brust. Gleich darauf erschien eine Frau mit straff nach hinten gekämmter, ölglänzender Frisur. Ihr Gesicht war stark geschminkt und gepudert, sie trug jene auffallend grellgrüne und rote Gewandung, an der Blumenhofdirnen kenntlich sind. Sie riß Duftjuwel das Kind aus den Armen, packte sie vorn am Gewand und sprach mit dunkler, hohler Stimme:

»Gib mir mein Leben zurück! Damals, als wir alle zusammen im Hause Hsi Mens lebten, habt ihr beide, du und deine feine Herrin, die geile Goldlotos, mir das Leben nach Kräften schwer gemacht und vergällt. Später mußte ich im Haushalt deines Mannes, des Strompräfekten Tschou, als Köchin dienen, da hast du mir die Schmach angetan, mich vor allem Gesinde nackt ausziehen und auspeitschen zu lassen. Als ob es noch nicht genug des Schimpfes wäre, hast du mich auch noch in ein öffentliches Haus verkauft und hast mich dazu getrieben, daß ich mich aus Verzweiflung über alle erlittene Schande erhängt habe. Jetzt bist du dran, mir die alte Schuld zu bezahlen!«

Sprach's und schlug mit einem derben Knüppel auf sie ein. Aber merkwürdig, als Duftjuwel ihren Blick aufhob, war das Aussehen der Frau verändert: Dieses zornrote Gesicht, dieser gelbe Augapfel, dieser tückisch lauernde Blick eines Skorpions, dieses kriegerische Gewand kam ihr bekannt vor – das war doch ihre Peinigerin, die Tai tai Sung! Mit einem Schrei fuhr sie aus ihrem Alptraum auf. Sollte sie am Ende gar in einer früheren Existenz Schuld gegen diese Frau auf sich geladen haben?

Die geschätzte Leserschaft, die den Roman ›Kin Ping Meh‹ kennt, wird sich erinnern, daß Tschun Meh, Lenzpflaume, deren Wiedergeburt unsere Duftjuwel ist, schon damals, als sie noch in Hsi Mens Haus lebte, mit dessen Vierter, der kochkundigen Sun Hsüe O, verfeindet war, daß später, nachdem Lenzpflaume den Strompräfekten und späteren Marschall Tschou geheiratet hatte und Sun Hsüe O als Köchin in ihrem Haushalt diente, sie diese nach Kräften, wo sie nur konnte, schikanierte und sie sogar einmal vor den Augen der Dienerschaft nackt hatte ausziehen und auspeitschen lassen. Schließlich hatte sie ihr einen noch ärgeren Schimpf angetan; sie hatte sie in ein öffentliches Haus verkaufen lassen, worüber der armen Sun Hsüe O das Herz brach, so daß sie aus Verzweiflung ihrem Leben durch Erhängen ein Ende machte. Gerechtes Schicksal fügte es, daß sie in der jüngeren Schwester des Kriegsmannes Sung eine Wiedergeburt erleben und nun fürchterliche Rache an der Feindin aus einer früheren Existenz nehmen und Gleiches mit Gleichem vergelten sollte. Indem sie Duftjuwel im Traume erst in der Gestalt der wirklichen Sun Hsüe O erschien und dann Gestalt und Aussehen der Tai tai Sung annahm, offenbarte sie ihr den Zusammenhang zwischen dem Geschehen einer früheren Existenz und den Ereignissen ihres heutigen Daseins. Nun begann Duftjuwel zu erkennen, daß der blindwütige Haß, den die Tai tai ihr gegenüber spüren ließ, tief verwurzelt und begründet sei. Der graubärtige Krieger, der ihr zuerst im Traum erschien, war natürlich kein anderer als der Strompräfekt und spätere Marschall Tschou, der Gemahl ihrer Vorgängerin Tschun Meh, Lenzpflaume, der Kleine aber, den er an der Hand führte, war ihrer Vorgängerin Kind, darum fühlte sie sich im Traum so mütterlich zu dem Kleinen hingezogen, als der Knabe ihr kindlich zustrebte. Kurz, Duftjuwel sah ein, daß sie nicht ohne Grund zu leiden habe. Über solcher Einsicht gewann sie langsam Haltung und Seelenruhe zurück. Still und ergeben fügte sie sich nun in ihr Schicksal. Sie weinte und klagte nicht mehr und hegte nicht länger Groll gegen die Tai tai. Unverdrossen verrichtete sie von jetzt an ihre grobe Arbeit in der Küche und am Herd und befleißigte sich ihrer Umgebung gegenüber eines freundlichen und gefälligen Wesens. In ihrer Freizeit aber betete sie leise vor sich hin zur Erlöserin von Übel und Not, zur Gnadenmutter Kwan Yin, die die Seufzer und Klagen der Welt erhört. Mit solch reuiger Demut und Dulderkraft erwarb sie sich ein Verdienst, das später seinen Lohn finden sollte, indem Duftjuwel glücklich aus Not und Gefahr erlöst und in die Gemeinschaft Buddhas aufgenommen wurde.

Wie sich ihr Schicksal weiter gestalten und ob ihr ein Wiedersehen mit der Mutter vergönnt sein sollte, das werdet ihr aus einem späteren Kapitel erfahren.

DREIUNDDREISSIGSTES KAPITEL

Vom Heiratswahn besessen, beschreitet der Krüppel kurz entschlossen den Klageweg. Von den Dämonen der Anfechtung heimgesucht, begibt sich Zinnoberzimmets Seele Nacht für Nacht auf die Wanderung

Der lahme Hou war schwer gekränkt. Da hatte er nun, leidlich angezogen und mit ein paar armseligen Geschenken versehen, Schwiegermutter und Braut artig seine Antrittsvisite abstatten wollen, und was mußte er erleben? – Die Tür hatte man ihm gewiesen! Nein, einen solchen Schimpf gedachte er nicht auf sich sitzenzulassen. Schließlich war er, wenn auch verkrüppelt und verarmt, von ebenbürtigem Stand und ebenso guter Herkunft und stammte genau wie seine stolze Verlobte aus einer angesehenen Offiziersfamilie. So lief er zu seiner Verwandtschaft und erhob laute Beschwerde über die ihm zuteil gewordene Behandlung.

Die Meinungen waren geteilt: Die einen rieten zu gütlicher Verständigung:

»Daß du im Recht bist, daran besteht kein Zweifel. Daß ihr als Kinder verlobt wurdet, ist stadtbekannt. Du hast deinen Anspruch geltend gemacht, und so gehört sie dir. Wer dürfte wagen, dir deine Braut zu nehmen? Aber du bist zu arm, um einen eigenen Haushalt zu führen und eine Frau zu ernähren. Die beste Lösung wäre, vorläufig als Tochtermann ins Haus von Frau und Schwiegermutter zu ziehen und zu versuchen, während der nächsten zwei, drei Jahre durch fleißige Arbeit Ersparnisse zu machen, die dich instand setzen, die Hochzeit in aller Form nachzuholen und einen eigenen Hausstand zu gründen. In diesem Sinne solltest du durch eine Mittelsperson schiedlich, friedlich mit deiner Schwiegermutter verhandeln.«

Die anderen rieten zum Klageweg:

»Deine Schwiegermutter und deine Braut lehnen dich ab, weil du arm bist, sie sind auf eine reiche Partie aus. Grund genug für eine Klage, denn ihr Verhalten ist moralisch ungerechtfertigt.

Aber du mußt dich beeilen und die Klage sofort einreichen. Wenn du zögerst, heiratet deine Braut inzwischen womöglich einen Mann mit Geld und Einfluß, einen hartgesottenen Patron, der dir das Leben schwer machen und einen Prozeß verleiden könnte. Also reiche deine Klageschrift schleunigst beim Stadtpräfekten ein, der wird dir deine Braut bestimmt zusprechen, das Recht ist ja durchaus auf deiner Seite. Dann laß es darauf ankommen, wie sich ein häusliches Zusammenleben mit ihr gestaltet. Wird es dann unerträglich, hast du immer noch die Möglichkeit, dich von ihr scheiden zu lassen und sie gegen ein schönes Stück Geld einem andern Bewerber als Frau zu überlassen. Laß ja nicht locker mit deinem Anspruch und bleibe fest!«

Hou, der Krüppel, befolgte, erbost und beleidigt, wie er war, den zweiten Rat und begab sich stracks zur Präfektur. Dort war zufällig ein Mitglied seiner Sippe, ein Onkel väterlicherseits, als Gerichtsschreiber und Bearbeiter von Klagesachen tätig. Der lahme Neffe trug ihm seinen Fall vor. Der Onkel war gleich dabei.

»Du bist vollkommen im Recht. Unsere Sippe ist durch die Wirren der letzten Jahre sowieso arg zusammengeschmolzen und braucht Nachwuchs. Das wäre noch schöner, wenn wir zulassen wollten, daß dir ein Irgendwer mir nichts, dir nichts deine Braut wegschnappt! Wir könnten ja unser Haupt nicht mehr aufrecht tragen!«

Und er setzte sogleich eine Anklageschrift folgenden Wortlauts auf:

›Hou als Kläger erhebt Klage
gegen
Witwe Pao und Tochter Zinnoberzimmet
als Beklagte
wegen Bruch eines Heiratsversprechens aus Habsucht.

Kläger ist ein Sohn des verstorbenen ehemaligen Edelmannes und Gardehauptmannes Hou. Vor Jahren wurde von den Eltern

Hou und Pao ein Verlöbnis zwischen den beiderseitigen Kindern, Sohn Hou und Zinnoberzimmet, Tochter des verstorbenen ehemaligen Gardehauptmanns Pao, geschlossen. Es fehlte weder an der Förmlichkeit einer seriösen Mittelsperson noch am Austausch von Verlobungsgeschenken. Zeugin und Mittelsperson:

Die verwitwete Generalin Tschang.

Nachdem Hou Vater als Hauptmann im Frontdienst an der Grenze von Schan hsi gefallen ist und seinen Sohn als mittellosen Waisenknaben zurückgelassen hat, bestehen die Beklagten wegen der unverschuldeten Armut des Bräutigams auf Lösung des ursprünglichen Eheversprechens und auf Eingehung einer anderweitigen Heirat. Als der Kläger dieser Tage ihnen seinen Besuch abzustatten kam und Geschenke überbringen wollte, haben sie ihn mit Schimpf abgewiesen. Zeugen:

Die beiden Nachbarfamilien Wu und Ta.

Das Verhalten der Beklagten verstößt gegen die klaren Satzungen des Rechts.

Der Kläger erhebt den Ruf: Unrecht! und fleht zum Himmel, daß er seinen Blitz herniederfahren lasse und den Fall entscheiden möge.‹

Die Klageschrift, am nächsten Gerichtstag vom lahmen Hou dem Präfekten überreicht und mit einer mündlichen Empfehlung durch Onkel Gerichtsschreiber begleitet, fand beim Stammvater der Gerechtigkeit wohlwollende Aufnahme. Er erließ eine förmliche Vorladung an die beiden beklagten Damen und schickte zwei Amtsbüttel aus, die den Auftrag hatten, die Beklagten unverzüglich zum Yamen zu bringen, um das Urteil entgegenzunehmen. Die beiden Büttel machten sich auf den Weg zur neuen Behausung der Damen Pao im Gelände des Tempels der Großen Erweckung am westlichen Uferabhang des Piän-Flusses. Der lahme Hou, der es gar nicht erwarten konnte, zu seinem Recht und seiner Braut zu kommen, schloß sich ihnen an.

Seit der Geistererscheinung und dem Alptraum gleich in der Nacht nach ihrem Einzug in die neue Behausung war Zinnoberzimmet reichlich nervös und schreckhaft geworden. Es waren vor allem die verschiedenen nächtlichen Geräusche, die sie irritierten und nicht einschlafen ließen. In der öden Stille der weiten, leeren Höfe und Räume, in deren Mitte Mutter und Tochter nun hausten, wirkte das Klappern eines losen Fensterladens, das Knarren einer im Winde hin- und herschlagenden unverschlossenen Tür, das Ächzen eines morschen Astes, der dumpfe Plumps einer herabfallenden Dachschindel oder abbröckelnden Mauerwerks auf Zinnoberzimmet unheimlich und machte sie erschrocken zusammenfahren. Dazu von der einen Seite, der Tempelseite her, das monotone Gemurmel buddhistischer Litaneien bei nächtlichen Andachten, von der andern Seite, von der westlich gelegenen Halle der Drei Erhabenen Lehren und der nahen Bibliothek her, munterer Sang und Becherklang und schallendes Gelächter fröhlich zechender Studenten, weltliche Klänge, die ihr Blut wiederum erhitzten und aufpeitschten und schneller durch die Adern trieben. So wurde sie in ihren Empfindungen abwechselnd zwischen Furcht, Trauer und wilder Lebensgier hin und her gerissen. Sie fand einfach keine Ruhe des Gemüts, kein inneres Gleichgewicht. Anders ihre Mutter. Der bereitete zwar der verwünschte Krüppel von unbequemem Schwiegersohn, der sich nicht entblödete, die Heirat auf dem Klageweg erzwingen zu wollen, Sorge und Verdruß genug, und tagsüber lief sie recht übel gelaunt herum, aber sie verfügte über einen gesunden Schlaf. Kaum hatte sie sich abends hingelegt, da verrieten auch schon ihre regelmäßigen Schnarchtöne, daß sie sich eines friedlichen Schlummers erfreute. So entging es ihr auch, obwohl sie neuerdings ihr Lager in der Tochterkammer aufgeschlagen hatte, gänzlich, daß sich Zinnoberzimmet unruhig und seufzend in ihren Kissen von einer Seite zur andern hin- und herwälzte und bis tief in die Nacht kein Auge zutun konnte. Sie hing eben in ihren Gedanken noch immer an der geliebten Freundin, die sie so schmerzlich an ihrer Seite vermißte.

Es war damals die Zeit des Winteranfangs. Die Nächte wurden immer länger, sie dünkten Zinnoberzimmet einfach unerträglich. Einmal, zur Stunde der dritten Nachtwache, als sie im unruhigen Halbschlummer dahindämmerte, war es ihr, als ob jemand draußen vor dem Fenster stünde und leise nach ihr rief:

»Zinnoberzimmet, steh auf! Ich bin es, deine Schwester Duftjuwel! Komm! Junker Zwei ist heute aus, seine Erste ist auch nicht daheim, sie ist zu ihrer Mutter aufs Land gereist. Ich habe mich im Dunkel der Nacht fortgestohlen, es verlangte mich so sehr nach dir. Ich habe dir etwas Wichtiges zu sagen, etwas Schönes! Komm!« So lockte die Stimme von draußen. Kein Zweifel, es war die ihrer geliebten Duftjuwel. Zinnoberzimmet warf rasch ein Nachtgewand über, schlüpfte in ihre Bettpantöffelchen, schlich sich am Bett der Mutter vorüber zur Kammertür, öffnete sie behutsam und trat ins Freie. Wirklich, da sah sie, vom hellen Mondlicht übergossen, vor dem Fenster ihre Duftjuwel stehen! Sie fand sie gegen früher etwas abgemagert, auch etwas blasser. Sie bei der Hand fassend und mit sich fortziehend, flüsterte ihr die Freundin zu:

»Komm! Ich bringe dich zu jemandem. Er ist herrlich und möchte sich mit dir vergnügen.«

Auf einmal befanden sich Duftjuwel und Zinnoberzimmet in einem großen, wunderschönen Park, abwechselnd bestanden mit dem ernsten Dunkelgrün von Kiefern und Zypressen und dem heiteren Hellgrün von lichtem Bambusgebüsch. Da und dort tauchten zwischen Bäumen, Sträuchern und Felsen krumm gewundene, überdeckte Wandelgänge und der blanke Spiegel eines von Lauben, Terrassen und Steinbalustraden eingefaßten stillen Weihers auf. Jetzt standen sie vor einer Weinlaube. Voll und schwer hingen köstliche Trauben von den Ranken.

Durch drei Geschlechter aus Boden von Stein
Zeugt alte Urkraft neues Sein.
Seht doch von Traubenlast die Ranken schwer –
Wiedergeburt! – Kein Zweifel mehr.
Der Ranken Blattwerk mag vergehn,

Der Wurzel Triebkraft bleibt bestehn.
Mag sich die Form auch neu gestalten,
Das innre Wesen bleibt erhalten.

Die beiden Freundinnen waren gerade in ein Gespräch über intime Dinge vertieft, als sie auf einmal hinter einem Wandschirm einen feinen jungen Herrn hervortreten und auf sich zukommen sahen. Er mochte Anfang Dreißig sein, trug einen eleganten Rock von mondfarbener, blaßgelber Seide, auf dem Kopf ein nephritgrünes Tuchbarett, an den Füßen schwarze Sandalen aus weichem Saffianleder. Seine ganze Erscheinung verriet den wissenden, im Wind- und Mondspiel wohlerfahrenen Kavalier.

Lässig einen goldgesprenkelten Fächer schwenkend, sprach er lächelnd zu ihnen: »Vielen Dank, daß die beiden Schönen den Weg zu mir gefunden haben. Seit langem warte ich mit Sehnsucht! Darf ich bitten?«

Sie folgten ihm wie unter einem Bann nach drinnen in ein Schlafgemach. Zinnoberzimmet klopfte das Herz voll heimlicher Erwartung. Sie warf der Freundin einen fragenden Blick zu, worauf Duftjuwel ihr zutuschelte:

»Einer aus dem vornehmen Freundeskreis meines Mannes. Wir stehen uns ziemlich nahe. Aus schwesterlichem Mitgefühl will ich ihn dir für heute nacht abtreten. Er hat sich dieses versteckte Grundstück eigens für dich ausgesucht, um hier mit dir ungestört Brautnacht zu feiern. Ich konnte es einfach nicht länger mit ansehen, wie du deine Tage und Nächte einsam vertrauerst und dich in Trübsal verzehrst. Du ruinierst ja deine Gesundheit!«

Sie standen vor seidenen Bettbehängen, die mit verliebt sich tummelnden Pärchen von Phönixen und Mandarinenten bestickt waren. Ohne viel Umstände faßte der mondhell Berockte die beiden Freundinnen rechts und links um die Taille und zog sie an sich. Und schon – es wurde kein einziges Wort gewechselt – fühlte Zinnoberzimmet sich aufs Lager gehoben und verspürte den unaussprechlichen Rausch fliegender Wonnen.

Es mochte um die fünfte Nachtwache, die Zeit des ersten Hahnenschreis sein, da wurde Zinnoberzimmet wachgerüttelt. Es war Duftjuwel. Sie sprach zu ihr:

»Ich will dich jetzt, solange es noch dunkel ist, nach Hause bringen. Wir erwarten dich von jetzt an jede Nacht hier. Aber komm auch und laß uns nicht umsonst warten!«

Zinnoberzimmet stand auf und machte sich zum Gehen fertig. Aber sie konnte sich nur mühsam und ganz langsam hinschleppen. Sie hatte Gliederschmerzen und empfand Schwäche in der Lendengegend. Auf Gräsern und Buschwerk schimmerte bereits Morgentau. Der fremde Kavalier brachte die beiden Freundinnen bis ans Parktor, Duftjuwel begleitete Zinnoberzimmet, sie etwas stützend und sanft mit sich ziehend, bis unter das Fenster ihrer Schlafkammer. Dann verabschiedete sie sich zärtlich. Zinnoberzimmet schlich sich wieder leise am Bett ihrer immer noch fest schlafenden Mutter vorüber und legte sich hin. Sie versuchte das wonnige Erlebnis dieser Nacht im Geist noch einmal durchzukosten und schlief darüber ein.

Dasselbe begegnete ihr noch mehrere Male. Es war immer das gleiche: Um Mitternacht hörte sie vom Fenster her Duftjuwels Stimme, die sie herausrief, worauf sie ihr in den Park folgte, wo der Mann im mondhellen Rock sie erwartete. Im ersten Morgengrauen schlich sie sich in ihre Kammer zurück, um bis tief in den hellen Tag hinein zu schlafen. Wenn ihre Mutter sie am Morgen weckte und zum Aufstehen und Ankleiden mahnte, schützte sie Kopfweh oder irgendein sonstiges Weh vor und drehte sich auf die andere Seite. Über dem vielen Liegen und Hindämmern fand sie Zeit zum Nachdenken. Sie begann sich bei Tage Gedanken zu machen, weil etliches an ihren nächtlichen Erlebnissen ihr seltsam vorkam. Wieso machte die Tür beim Öffnen und Schließen kein Geräusch? Weiter kam es ihr bei nüchterner Betrachtung unmöglich vor, daß Duftjuwel ganze Nächte draußen verbringen konnte. Sie war doch verheiratet und gehörte nach Hause zu ihrem Mann. Wie brachte sie überhaupt das nächtliche Stelldichein zustande? Und wer war dieser fremde Galan? Waren sie nun beide mit ihm regelrecht verheiratet? Oder hatte er sie eine nach der andern bloß verführt? Über diese und ähnliche Zweifelsfragen wollte sie sich das nächste Mal bei Duftjuwel Klarheit verschaffen.

Wieder war es Mitternacht, und wieder vernahm sie draußen das leise Tappen von Schritten und den vertrauten Lockruf ›Komm‹ vom Fenster her. Wieder folgte sie ihm wie unter magischem Zwang. Duftjuwel nahm sie bei der Hand und führte sie mit sich fort. Nun waren sie wieder in dem ihr wohlbekannten Park, und da war auch wieder der fremde Kavalier im mondhellen Rock. Diesmal saß er in der Weinlaube auf einer Bank von weißem Marmor, vor sich einen gedeckten Tisch. Goldpokale, Silberkrüge, Nephritschalen, elfenbeinerne Eßstäbchen gleißten und funkelten im Mondschein. Zu seinen Füßen lagerten auf Decken und Polstern eine Gruppe hübscher junger Musikantinnen mit allen möglichen Instrumenten, Harfen, Handorgeln, Lauten, Flöten, Trommeln, ihnen gegenüber in einer Reihe vier junge Schauspieler. Der Kavalier schritt den beiden Freundinnen grüßend entgegen, nahm sie beide gleichzeitig in die Arme und zog sie rechts und links neben sich auf die Marmorbank. Während sie zu dritt tafelten und pokulierten, sorgten die hübschen Musikantinnen mit zarter Tafelmusik und die vier Schauspieler mit dem Vortrag ausgewählter Theaterszenen für Unterhaltung. Dann verschwanden sie auf einen Wink des Hausherrn. Auch Duftjuwel war auf einmal nicht mehr da. Zinnoberzimmet sah sich allein mit ihrem Galan. Er faßte sie an der Hand und zog sie an seine Brust. Von dem reichlich genossenen Wein ohnehin erhitzt und lenzlich erregt, konnte sie nicht anders, als seinem Begehren auf halbem Weg entgegenzukommen. Mit eigener Hand öffnete sie ihr Gewand, schob die unterste Hülle aus zarter Seide hoch, und sich auf die Polster zurücklegend, ließ sie es geschehen, daß er sein Ding mit dem darunter befindlichen, tomatengroßen, von einem feinmaschigen Netz umschlossenen Etwas sachte zwischen ihren gespreizten Oberschenkeln in ihren Leib hineinschob. Ganz sanft und doch

Zinnoberzimmet träumt von dem Gelage in der Weinlaube

sicher, ohne Hast und rohe Kraftanwendung, aber in kräftigem Takt beglückte er sie. Das empfand sie als besonders berauschend. Und so geschah es in der Weinlaube, daß sie ihr Verlangen voll stillen und unsagbare Wonnen auskosten konnte, bis er schließlich seinen Tau in ihren Blütenkelch träufelte. Wohltätige Ermattung überkam sie schließlich und völlige, schon an Bewußtlosigkeit grenzende Erschöpfung. Nur dumpf spürte sie, wie sie aufgehoben, ein Stück Wegs getragen und dann zwischen Bettvorhängen sanft auf ein weiches Lager gelegt und sorgsam zugedeckt wurde.

Ein Hahnenschrei weckte sie. Der Kavalier im mondhellen Rock war verschwunden. Dafür war Duftjuwel wieder da. Wie gewohnt brachte sie die Freundin bis ans Kammerfenster.

»Schwesterlein, du solltest dir nun ein paar Tage Ruhe gönnen. Ich werde vorläufig nicht wiederkommen«, sprach sie zum Abschied und war verschwunden. Zinnoberzimmet streckte vergeblich die Arme nach ihr aus, um sie noch für eine Weile in ihrer Nähe zu halten. So schwer fiel ihr diesmal der Abschied, daß sie ihr Haupt verhüllen und laut schluchzen mußte.

Über dem Geräusch des Weinens, das vom Bett der Tochter her an ihr Ohr klang, war die Mutter aufgewacht. ›Wahrscheinlich wieder so ein böser Traum, der das arme Kind ängstigt‹, sagte sie sich in mütterlichem Mitgefühl, stand auf und rüttelte die Träumerin sacht.

Zinnoberzimmet rieb sich verwundert die Augen. Wo war sie? Hatte sie nicht eben noch in einem wunderschönen, mondhellten Lustpark geweilt? Wohin Mond, Park, Weinlaube, güldener Becher, Sang und Flötenspiel? – Ach, fort! Verweht! – Sie fand sich in ihrer noch nicht einmal von freundlichem Lampenschein erhellten, düsteren, unwirtlichen Schlafkammer, in der trostlos frostigen Einsamkeit ihres jungfräulichen Lagers! Aus einer Mauerritze der schadhaften Wand tönte feines Grillengezirp! Welch grausame Ernüchterung! In ein Wahnreich war sie entrückt gewesen, entrückt von den Dämonen der Anfechtung, wie die Taoisten es ausdrückten, in ein Wahnreich der sündigen

Lust entrückt von Satan und seinen Unterteufeln, wie die Buddhisten sagen.

Geschätzte Leserschaft, das war damals die böse Zeit der Tatarenkriege. Zweimal hatte die Hauptstadt Kai fong fu Mord und Brandschatzung seitens der wilden Horden aus der nördlichen Steppe über sich ergehen lassen müssen. Nicht zu zählen waren die Opfer aus den höheren Schichten der Bevölkerung. Wieviel unglückliche Palastschöne, wieviel Leute von Stand, Reichtum, Geist hatten damals auf grausamste Weise ihr Leben lassen müssen! Die so gewaltsam und zu Unrecht Umgekommenen, denen vielfach eine würdige Bestattung versagt blieb, konnten im Tode keine Ruhe finden. Ihre Seelen waren zu unstetem Umherirren verdammt. Als Irrlichter, als wilde Flammen, gaukelten und geisterten sie vielerorts und trieben allerlei Spuk.

So trieben sie ihr Spiel auch mit Zinnoberzimmet und gaukelten ihrem verwirrten und für sinnliche Vorstellungen so anfälligen Geist jene Weinlaubenszene der letzten Nacht vor. Vor ihren Augen ließen sie erstehen, was sie einst in einer früheren Existenz als Goldlotos mit Hsi Men erlebt. In jenem Kavalier im mondhellen Rock mit dem goldgesprenkelten Sze-tschuan-Fächer in der Hand ließen sie Hsi Men leibhaftig wiedererscheinen! Ihre in Flammen der Sinnlichkeit nur so lodernde Goldlotos-Natur bot ja dem Eindringen der Dämonen der Geilheit und Lüsternheit keinerlei Widerstand. Mühelos vermochten sie durch die klaffenden Lücken ihrer seelischen Abwehr in sie hineinzuschlüpfen und sich ihrer Person zu bemächtigen. Aber wehe, Zinnoberzimmet hatte es in ihrem Wahnreich der Lust zu toll getrieben. Ihr anfänglich überschüssiger Vorrat an Lenzgefühl hatte sich erschöpft und verausgabt. Zurück blieb schale Leere. Nicht allein das, ihre Nervenkraft, ihr Gehirn waren ernstlich angegriffen. Sie konnte nur noch unzusammenhängendes Zeug stammeln, sie war unfähig aufzustehen, sie konnte keinen Bissen essen und keinen Schluck trinken. Kein Zweifel, sie machte eine schwere Krise durch. Zehn Tage lag sie nun schon.

In ihrer Ratlosigkeit lief die besorgte Mutter nach vorn zum Tempel und klagte der Seligen Reinen ihre Not. Die Tochter sei von bösen Geistern besessen, sie phantasiere bei Tag und Nacht konfuses Zeug zusammen, es scheine fast, als ob ihre eine Seele, die Hun-Seele, die geistige Seele aus ihrem Leib entwichen und auf Wanderschaft gegangen sei, berichtete Mama Pao. Die Selige Reine und ihre Gehilfinnen steckten die Köpfe zusammen und erörterten den seltsamen Fall. Die Meinungen waren geteilt. Die einen, die den Fall mehr von der geistlichen Seite betrachteten, waren für Besprengung mit Weihwasser und Anwendung von Bannformeln, um die bösen Geister aus dem Leib der Besessenen auszutreiben. Die anderen, die den Fall mehr von der natürlichen Seite her betrachteten, empfahlen Herz und Magen stärkende Beruhigungsmittel, wie Zinnoberpillen, in Honig eingemachte Datteln, starken Tee, gesalzenen Ingwer und Senfgurken. Mit beiderlei Mitteln ausgerüstet, machte sich die Selige Reine mit einem Gefolge von jungen Nonnen sogleich zum Krankenlager der Patientin auf. Wirklich, ihr Anblick war erschreckend. Das Gesicht wächsern, die Augen geschlossen, der Mund ständig wirres Zeug stammelnd, auf zehn Anrufe ein schwacher Laut als Antwort.

Während so alle um das Bett herumstanden und die Patientin ängstlich betrachteten, wurde auf einmal von draußen vor der Hauspforte eine laute Stimme hörbar. Es war die Stimme eines amtlichen Ausrufers. Die beiden vom Präfekten ausgeschickten Gerichtsboten waren mittlerweile in Begleitung des Klägers, des lahmen Hou, vor der Behausung der Beklagten eingetroffen. Die schriftliche Ladung in der Hand schwenkend, rief nun der eine Yamendiener mit allem Aufwand an Stimme:

»Witwe Pao, Euer Schwiegersohn hat Euch wegen Bruches des Eheversprechens verklagt! Ihr seid hiermit geladen, nebst Eurer Tochter unverzüglich auf dem Gericht zu erscheinen, um das Urteil entgegenzunehmen!«

Der Ausruf scheuchte die Nonnenschar drinnen in der Krankenkammer auf und ließ sie ängstlich davonstieben wie eine

Herde verschreckter Lämmer beim Nahen des Wolfs. ›Bloß keine Unannehmlichkeiten mit der Behörde!‹ war ihr erster Gedanke. Noch ein paar entschuldigende Worte:

»Wir müssen zur Andacht in den Tempel, höchste Zeit! Aber wir kommen nächstens wieder, um nach dem Befinden der Patientin zu schauen«, und fort waren sie.

Mutter Pao dagegen ging beherzt vor die Tür und begann in aller Ruhe mit den Abgesandten zu verhandeln. Es sei richtig, daß damals vor langen Jahren ein Verlöbnis abgemacht wurde, aber doch nur in der Weinlaune bei einem Festgelage, ohne jegliche Förmlichkeit, nicht einen Faden Wolle oder Seide hätten sie als Verlobungsgeschenk zu sehen bekommen. In all den vielen Jahren habe der angebliche Schwiegersohn nichts von sich sehen und hören lassen, gab sie zu bedenken und fügte hinzu:

»Nicht daß wir vor Klage und Gericht Bange hätten, aber meine Tochter ist ernstlich erkrankt, liegt zu Bett und ist völlig außerstande, der Ladung Folge zu leisten.«

»Na, na, wenn das nur nicht eine faule Ausrede ist! Angst habt ihr wahrscheinlich und wollt euch um das persönliche Erscheinen drücken«, meinten die Amtsboten ungläubig und patzig.

»O nein, von Angst ist keine Rede und erst recht nicht von der Absicht, eine hohe Behörde beschwindeln zu wollen. – Wenn ihr mir nicht glaubt, bitte kommt herein und überzeugt euch durch den Augenschein«, kam die gelassene Aufforderung.

Alle drei leisteten ihr Folge. Die Bettvorhänge auseinanderschlagend, ließ Mutter Pao sie einen Blick auf ihre kranke Tochter tun. Diese wächserne Blässe des Gesichts, die geschlossenen Lider, der röchelnde Atem – das war keine Verstellung, das war wirkliche Krankheit. Sie waren überzeugt. An ein persönliches Erscheinen vor Gericht war unter diesen Umständen nicht zu denken.

Betreten verließen die drei die Krankenstube. Mitleidig gestimmt nahmen sich die beiden Amtsdiener draußen den lahmen Kläger vor und redeten ihm ernstlich ins Gewissen:

»Wie konntet Ihr nur eine solche Herzlosigkeit und schnöde Taktlosigkeit begehen! Klage gegen die eigene Braut und Schwiegermutter! Natürlich seid Ihr im Recht, habt ja in der Generalin Tschang die ursprüngliche Mittelsperson als Bürgin und Zeugin zur Seite. Aber das läßt sich doch auf andere, zartfühlende Art einrenken. Sorgt für anständige Verlobungsgeschenke! Beschreitet den Weg schiedlicher, friedlicher Verhandlung! Dann wird der Streit wohl gütlich zu schlichten sein, und die Damen werden sich nicht länger weigern. Vor Gericht dagegen könnte sich die Sache zu einem langwierigen Prozeß auswachsen. Mit einer Dauer von wenigstens zehn Tagen müßtet Ihr schon rechnen. Eine kostspielige Geschichte für beide Teile, Kläger wie Beklagte! Bei der Behörde will alles, ob oben oder unten, gespickt werden. Wie will ein armer Teufel wie Ihr das durchhalten? Auch wenn Ihr hundertmal im Recht seid, ist es noch lange nicht ausgemacht, ob Ihr auch Recht bekommt. – Nehmt Vernunft an und zieht diese abwegige Klage zurück!«

Solch überzeugenden Vernunftgründen konnte sich der Krüppel nicht gut verschließen. Während er noch stand und stumm nachdachte, kam die Dame Pao heraus. Sie überreichte den beiden Amtsdienern zwei silberne Haarspangen, und die beiden, wie in Bestätigung des eben Gesagten, nahmen die Gabe auch gern und dankend an. Das genügte, um den Krüppel vollends zu überzeugen. Er hatte freilich nichts zu verschenken. Wie wollte er da mithalten, wenn es hart auf hart ging? Innerlich bereits umgestellt, sprach er, seiner Stimme einen möglichst sanften, versöhnlichen Klang gebend, also zur Dame Pao:

»Vertraut mir, daß ich mir alle Mühe geben werde, Euch bis ins hohe Alter ein sorgenfreies Dasein zu ermöglichen. Zwar Krüppel und an den Füßen schwer behindert, verfüge ich immer noch über ein Paar geschickte Hände und zwei einträgliche Fertigkeiten: Erstens verstehe ich mich auf Schusterarbeiten aller Art, zweitens bin ich gelernter Hutmacher, meine Spezialität sind Madarinenmützen mit Roßschweifstutz. Beiderlei Handwerk kann ich im Sitzen ausüben und ganz schön damit verdienen. Meine Füße brauche ich nicht dazu. Außerdem bin ich zu allen Dienstverrichtungen bereit, die Ihr benötigt. Warten wir, bis Euer Fräulein Tochter wieder gesund ist, dann wollen wir friedlich und freundlich weiterverhandeln. Falls Ihr damit einverstanden seid, bin ich bereit, die Klage aus der Welt zu schaffen. Das ist ein leichtes für mich.«

Die Antwort der Dame Pao war nicht weniger versöhnlich: »Ich will mich in aller Ruhe mit meiner Tochter besprechen, sobald sie genesen ist. Bis dahin, bitte, geduldet Euch.«

Worauf der Lahme in Begleitung der beiden Amtsdiener beruhigt auf seiner Krücke davonhüpfte.

Welch weiteren Verlauf die Angelegenheit von Zinnoberzimmets Heirat nehmen sollte, werdet ihr im nächsten Kapitel erfahren.

VIERUNDDREISSIGSTES KAPITEL

Ein armseliges Nichts zertrümmert gewaltige Schwierigkeiten, bekommt aber nur die Bitternis ungleicher Paarung zu schmecken. In der Phantasie alle Wonnen der Liebe durchkostend, in Wirklichkeit vor Enttäuschung zähneknirschend, gelangt Zinnoberzimmet endlich zur Erleuchtung und schreitet durch die Pforte der Leere

Den Überfall des Klägers und der beiden Gerichtsboten, die mit ihrer Ladung zu so ungelegener Stunde ins Haus geplatzt waren, hatte die umsichtige Dame Pao durch diplomatische Verhandlung glücklich abgeschlagen. Nun galt ihre ganze mütterliche Sorge wieder der kranken Tochter. Zunächst rief sie den Arzt. Dieser fühlte wie üblich den Puls der Patientin an zwei Stellen, einen Zoll und zehn Zoll oberhalb des Handgelenks, gelangte zu dem Befund: Blutleere im Gehirn und dadurch hervorgerufene Halluzinationen, und verordnete hirnstärkende Kraftpillen zum Einnehmen.

Die ganze Nacht hindurch wachte die geängstigte Mutter am Krankenlager. Die Lampe ließ sie brennen. Sie befürchtete, im Dunkeln könnten wieder unheimliche Spukgeister nahen und die Kranke behelligen. Diese wand und wälzte sich gleichwohl in unruhigen Fieberphantasien, murmelte unverständliche Sätze vor sich hin, schrie mitunter auf und schlief erst gegen Morgen ein. So ging das einen halben Monat lang.

Eines Tages, nachdem das ärgste Fieber gewichen, brachte Mama Pao eine Schüssel mit warmem Wasser und etwas Essig ans Bett, um die Kranke zu waschen und ihren Leib zu massieren und zu erfrischen. Gesicht, Oberkörper und Arme hatte sie bereits sorgfältig abgetupft und anschließend mit dem Handtuch sanft frottiert. Nun wollte sie das gleiche an der Innenseite der Oberschenkel tun. Da gewahrte sie zu ihrem Schrecken, daß Zinnoberzimmet sich bei der leisesten Berührung schmerzhaft und heftig zusammenkrampfte.

Die Kranke schrie auf, ihre Beine wurden starr und steif wie Holz und hafteten untrennbar aneinander. Entsetzt deckte die Mutter den schönen Körper wieder sorgfältig warm zu und wartete, leise Trostworte murmelnd, darauf, daß der schreckliche Krampf sich entspanne und die Tochter wieder ruhiger werde.

Nachdem sie diesen krankhaften Zustand bemerkt hatte, hütete sich Mutter Pao fortan, jenen gefährlichen Regionen an Zinnoberzimmets Körper in die Nähe zu kommen. Aber sie hing sorgenvollen Gedanken nach und brachte es nicht übers Herz, der Tochter gegenüber davon ganz zu schweigen.

Eine ihrer Basen mütterlicherseits hatte unter dem gleichen Übel gelitten, erinnerte Frau Pao sich jetzt. Und wie traurig war das Los der Armen gewesen. Ahnungslos hatte sie einen ansehnlichen Mann geheiratet, aber schon in der Hochzeitsnacht hatte sich herausgestellt, daß sie sich bei der leisesten Annäherung des Ehemanns in schrecklicher Weise verkrampfte und dieser Umstand sie zur Ehe untauglich machte. Kein Tränenstrom der armen Betroffenen, keine Mahnungen der Schwiegermutter, nicht der Zorn des Mannes hatten gegen das Übel auch nur das mindeste ausrichten können. Die ärztliche Kunst versagt in diesem Fall gänzlich, sie weiß kein Mittel zur Behebung eines solchen körperlichen Fehlers, Schi ku, ›Steinerne Jungfrau‹, ist der volkstümliche Ausdruck, mit dem man diese absonderliche Erscheinung bezeichnet, oder auch Schi nü'rl, ›Steinernes Mägdlein‹, wie es in den buddhistischen Sutren heißt. So eine mag alle körperlichen Reize einer Hsi Schi besitzen, ein Mann hat nichts Rechtes davon, sie gleicht einer Quitte: verlockend anzusehen, aber nicht zu genießen.

Diese abnorme Erscheinung tritt hauptsächlich bei völlig naiven jungen Mädchen auf, die niemals Reizungen ausgesetzt waren noch Aufklärung über die Vorgänge des intimen Lebens erfahren haben. Solche naive junge Dinger wachsen, ohne es als Körperbeschwerde oder Leiden zu empfinden, auf ganz natürliche Weise in einen Zustand ›toter Asche‹ oder ›abgestorbenen faulen Holzes‹ hinein, in einen Zustand reiner Nonnen, die sich vom Staub irdischer Gelüste und weltlicher Gedanken endgültig gesäubert und befreit haben und nur noch in den höheren Regionen frommer Versenkung und Abklärung schweben. – Ganz anders lag der Fall bei Zinnoberzimmet. Der ihr von Natur unausrottbar eingepflanzte Trieb der Sinnlichkeit ließ in ihr sehr irdische Gedanken und Gelüste zu ständig neuer Blüte erwachsen. Darum mußte sie den jetzigen Zustand, ermaß sie ihn erst in seiner vollen, bitteren Ausweglosigkeit, als schweres, kaum ertragbares Leiden empfinden. Denn ihre körperlichen Möglichkeiten entsprachen nicht mehr ihrer ganz auf Sinnengenuß gerichteten Veranlagung. Der Zwiespalt, der nun zwischen Wunsch und Können klaffte, mußte sie über kurz oder lang in eine schwere Krise treiben.

Langsam schritt die Genesung voran. Der Appetit stellte sich wieder ein, die Kranke konnte sich in den Kissen aufrichten, sich waschen und frisieren und sogar ankleiden und schließlich auch aufstehen. Die reizenden Gesichtszüge erschreckten allerdings zunächst noch durch wächserne Blässe.

Aber auch das gab sich mit der Zeit, und allmählich kehrte die Farbe in die Wangen zurück. Die nächtlichen Halluzinationen waren verschwunden.

Mit den wiederkehrenden Kräften schwand nach und nach auch der Gedanke an ihre abnorme körperliche Beschaffenheit, die ihr anfangs Sorge bereitet hatte. Ihre triebhafte Natur half ihr schnell über alle Bedenken hinweg. Zinnoberzimmet fühlte sich gesund und fand wieder Freude an gewählter Kleidung, an sorgfältigem Frisieren und Zurechtmachen mit Puder und Schminke. Nach wie vor sah sie blendend aus. Man hätte sie für eine Prinzessin halten können.

Auf die Kunde von Zinnoberzimmets Genesung ersuchte der lahme Hou nunmehr die Generalin Tschang um einen persönlichen Schritt freundschaftlicher Vermittlung bei der Schwiegermutter. Er ließ der Dame Pao durch seine Beauftragte bestellen, daß er ehrlich und von ganzem Herzen bestrebt sein werde, ihr immerdar ein braver Schwiegersohn zu sein und durch seiner Hände Arbeit, mit Schuhmacherei und Hutmacherei, so viel zu verdienen, daß er ihr und ihrer Tochter einen ausreichenden Lebensunterhalt bieten könne. Allerdings müsse er zunächst um Aufnahme als Tochtermann in ihrem Hause bitten. Späterhin jedoch, so hoffe er, werde er in der Lage sein, einen eigenen Hausstand zu begründen.

Gleichzeitig lief er bei seinen Verwandten herum und erbettelte sich groschenweise kleine Beträge, um davon seine bescheidenen Hochzeitsgeschenke, ein paar Ballen Linnen und billige Seide, zu erstehen.

Die Generalin, die sich ja als ursprüngliche Vermittlerin für das Zustandekommen der Heirat verantwortlich fühlte, verfehlte nicht, die Sache ihres Auftraggebers mit Nachdruck zu verfechten.

»Ich habe volles Verständnis für Eure Bedenken. Welche Mutter wünscht sich nicht einen gut aussehenden, trefflichen, wohlsituierten Mann als Schwiegersohn? Aber diese Partie ist Euch und Eurer Tochter nun einmal vom Schicksal vorausbestimmt. Daran ist nicht zu rütteln. Wollt Ihr es im Weigerungsfall wirklich auf eine Klage ankommen lassen? Bedenkt, ich müßte als Zeugin aussagen und könnte vor einem hohen Gericht doch nichts anderes als die Wahrheit bekunden. Die Wahrheit aber ist, daß ich diese Verbindung damals tatsächlich vermittelt und verbürgt habe.«

Durch solcherlei halb tröstende, halb drohende Argumente eingeschüchtert und in die Enge getrieben, im stillen überdies im Hinblick auf den bewußten bösen Körperfehler der Tochter von der Aussichtslosigkeit aller weiteren Bemühungen um eine vorteilhaftere Partie überzeugt, gab Mama Pao schließlich klein bei.

»Unter diesen Umständen und auf Eure Fürsprache hin wird mir nichts anderes übrigbleiben, als mein Jawort zu erteilen. Leicht fällt es mir wahrlich nicht. Wenn ich mir vorstelle, daß meine Tochter, eine solch herrliche Tochter, einen gewöhnlichen Schuster zum Mann bekommen, daß hier in meiner Wohnung eine Schusterwerkstatt aufgemacht werden soll, wir beide womöglich bei der Schusterei noch mithelfen sollen – es ist der reine Hohn! – Aber meinetwegen. Sollen die beiden, wie ihnen vom Schicksal vorbestimmt, ein Paar werden. Große Geschenke erwarte ich nicht, aber eine Bedingung muß ich stellen: Erst muß die Klage aus der Welt geschafft sein! Vorher gibt es keinen Einlaß in mein Haus!«

Dankend empfahl sich die Generalin und eilte, ihren Auftraggeber vom guten Erfolg ihrer Mission zu verständigen.

Es vergingen keine zwei Tage, da hatte der heiratswütige Krüppel einen neuen, versöhnlichen Schriftsatz eingereicht und seine Klage vor Gericht zurückgezogen. Dann ging er mit einer Traglast Hochzeitsgeschenke – er hatte immerhin für diesen Zweck zehn Batzen zusammenbetteln und davon außer je zwei Ballen Linnen und Seide auch noch einige Haarspangen, Agraffen, Ringe und Zierhauben erstehen können – zur Wohnung der Schwiegermutter. Diesmal nahm sie seinen Besuch und seine Geschenke an. Gemeinsam wurde im Kalender geblättert und der Dreizehnte des elften Monats als Glückstag für die Hochzeit gewählt.

Zähneknirschend und tränenden Auges mußte Zinnoberzimmet die bittere Pille schlucken. So mag es einer edlen Stute zumute sein, die einem garstigen Kamel zugeführt wird. Ach, wieviel solch ungleicher Paarungen zwischen einer herrlichen Schönheit und einem Tölpel und Ekel von Mann kommen in dieser grausamen Welt vor. Es ist schon ein Elend!

Der Dreizehnte des elften Monats war herangekommen. Der lahme Hou suchte eine Badehalle auf und leistete sich ein gründliches Vollbad. Hierauf kleidete er sich sorgfältig an, wobei er sich in frisches Unterzeug aus Linnen und einen neuen Hochzeitsrock aus Kattun – zu Seide reichte es nicht – hüllte. Dann suchte er die Generalin Tschang auf, meldete ihr, daß er nun soweit sei, und ersuchte sie um ihre gefällige Mitwirkung bei der Hochzeitsfeier. In ihrer Eigenschaft als Mittlerin oblag es ihr, beim Einzug des Tochtermannes ins schwiegermütterliche Heim mit dabeizusein und ihres Amtes als Schang tou, Oberhaupt und Leiterin des Hochzeitszeremoniells, zu walten. Vorausgeschickt hatte er bereits eine zweite Traglast mit weiteren Gegenständen, die als zusätzliche Brautausstattung gedacht waren, wie einige neue Bettlaken, Bettdecken und Kopfkissen, ein rotseidenes Nachtgewand, einen Kopfputz, ein Kästchen mit Puder und Schminke. Für seine bescheidenen Verhältnisse hatte er sich gehörig angestrengt.

Stumm und völlig teilnahmslos ließ die Braut die üblichen Förmlichkeiten über sich ergehen. Abgesehen von Schluchzen brachte sie keinen Laut hervor. Aus dem gemeinsamen Hochzeitspokal zu trinken, weigerte sie sich entschieden. Der Bräutigam leerte ihn allein. Nachdem sie ihn in die Tochterkammer geleitet und der Braut gegenübergesetzt hatte, hielt die Generalin ihre Aufgabe für beendet und empfahl sich.

Arme Zinnoberzimmet, wie konnten sonst beim bloßen Gedanken an einen Mann ihrer Wahl ihre Augen leuchten und Feuer sprühen! So heißhungrig blickte sie dann drein, als ob sie bedaure, das Wunschbild ihrer Gedanken nicht gleich hinunterschlingen und verspeisen zu können! Jetzt, beim Anblick dieses Bräutigams, saß sie gleichgültig und apathisch da wie eine aus Holz geschnitzte oder aus Lehm gepappte Heiligenfigur. Es entging Hou keineswegs, wie sie beharrlich von ihm wegblickte und die Wand anstarrte. Da beschloß er, sich Mut anzutrinken. Ein kleiner Rausch konnte nichts schaden. Dann würde er seine Scheu und Befangenheit abstreifen und als forscher Draufgänger vielleicht den Bann brechen können. Also holte er sich eine Kanne Punsch und goß den Inhalt tapfer durch die Kehle. Der erwartete Erfolg blieb nicht aus. Keck geworden und dampfend vor Punsch, gedachte er sich nun seine Blume zu pflücken. Ihn verlangte, die steile Höhe des Zauberbergs zu erklimmen und die Wolkenfee an sich zu pressen. Da er aber nur humpeln konnte, blieb dies ein vermessenes Unterfangen. Ebensogut hätte er sich zutrauen können, die Milchstraße droben am Himmel zu stürmen und das Sternbild ›Weberin‹ zu erjagen!

Also entledigte er sich umständlich seiner weißen Leinenhose, blies die Lampe aus und kroch ins Bett. Er rollte sich gegen die Bettmitte zu, um so in die Nähe von Zinnoberzimmet zu gelangen, die sich in die äußerste Ecke zurückgezogen hatte. Aber kaum hatte er sie erreicht, so beförderte ein kräftiger Stoß vor die Brust ihn an die Bettkante zurück. Als er so heftig schnaufend dalag, glich er einem Frosch, der vergeblich nach einer blaugrün schillernden Libelle schnappt. Doch nach einer Weile wagte er einen zweiten Vorstoß. Sich in Richtung Wand schiebend, gelang es ihm, einen Arm um Zinnoberzimmets Schultern zu legen.

»Komm, Tsiä, tsiä, laß mich bei dir liegen!« bettelte er. Ein kunstgerechter Nasenstüber und ein kräftiger Boxhieb in die Magengegend ließen ihn abermals zurückrollen. Genauso erging es ihm bei einem dritten Annäherungsversuch. Nun gab er es auf. In unnatürlich gekrümmter Lage, das Gesicht nach unten gekehrt, schlief er schnaufend und schniefend ein.

War es die unbändige Goldlotos-Natur in ihr oder war es nur

Neugier, jedenfalls lenkte Zinnoberzimmet nun ihre Hand tastend und prüfend nach seiner Leibesmitte. Was sie aber dort vorfand, war nur dem Namen nach ein Ding. In Wirklichkeit glich es eher der in sich zusammengekrochenen Larve eines Insekts. Es verhielt sich so, daß Hou allein schon bei der Annäherung an den schönen Mädchenleib so in Erregung geraten war, daß er seinen Geldbeutel vor der Zeit ausgeschüttet und sein bißchen Kapital verplempert hatte, ehe er zum Zuge kam. Man hat für dieses Malheur zwei bildhafte Redewendungen: ›Reverenz entbieten schon vor der Tür‹ oder ›Dankkarte abgeben schon vor Empfang‹ – das ist die eine Redewendung, ›Rausch hinter der Mauer‹ will sagen: Es wird einer schon vom bloßen Anblick einer einladenden Weinstubenwinkflagge, die er über die Mauer hinweg an der Bambusstange flattern sieht, betrunken – das ist die andere Redewendung. Mit solch kläglichem Surrogat war für Hou das bescheidene Festprogramm seines Hochzeitstages erschöpft und beendet. Beklommen und ratlos verharrte er still an seinem Platz.

In Zinnoberzimmet kochte es. So etwas hatte sie nun zum Mann! Mit Tränen der Wut im Auge und voller Verachtung kehrte sie sich, angekleidet, wie sie war, zur Wand und verharrte die ganze Nacht in der Abwehrstellung eines zusammengerollten stachligen Igels.

Am andern Morgen nach dem Aufstehen und Ankleiden entbot Hou der Schwiegermutter artig Dank und Morgengruß, machte sich dann aber davon und ging sogleich an seine Arbeit. Er räumte eine unbenutzte Torkammer aus, säuberte sie und begann, sie als Schusterwerkstatt herzurichten. Dann erstand er billig ein Paar alte abgetragene Stiefel und hing sie über dem Ladeneingang auf. Sie sollten als Handwerkszeichen dienen und Kundschaft anlocken.

Zinnoberzimmet nahm von ihm und seinem geschäftigen Treiben keine Notiz. Sie war vollauf damit beschäftigt, vor dem Spiegel zu stehen, sich zu frisieren und fein zu machen. Nach beendeter Toilette pflegte sie dann den lieben langen Tag unter dem Türvorhang zu stehen oder zu sitzen und den jungen Akademikern nachzuschauen, die auf den Parkwegen vorüberspazierten und der nahen Bibliothek oder der Halle der Drei Erhabenen Lehren zustrebten. Der Ehemann wagte nicht, auch nur einen Ton zu äußern und sie zu fragen, was sie eigentlich mit ihrer Zeit anfange. Im Gegenteil, er wünschte geradezu, daß so ein netter, feiner Kavalier sie ansprechen und ihr den Hof machen möchte und so zur Hebung ihrer Stimmung beitrüge. Andernfalls mußte er ständig gewärtig sein, daß sie ihre schlechte Laune mit Poltern und Schelten an ihm ausließ. Durch die bittere Erfahrung der verunglückten Hochzeitsnacht war er tief gedemütigt und umschlich Zinnoberzimmet seitdem ängstlich wie ein geprügelter Hund.

Man feierte das Ying tschun, Fest des Lenzempfangs.[1] In der Halle der Drei Erhabenen Lehren, in den Räumen der Bibliothek, auf den Wegen und Plätzen der Parkumgebung machte sich in verstärktem Maße studentisches Leben und Treiben bemerkbar. In Kürze würde die zweite Staatsprüfung in der Hauptstadt abgehalten werden. Da waren sie nun in hellen Scharen aus allen acht Präfekturen der Provinz Ho nan herbeigeeilt, die blühenden Talente, die Hsiu tsai, die jungen Doktoren ersten Grades, um an der neuen Prüfung teilzunehmen, aus der sie als Kü jen, ›Aus der Masse Herausgehobene‹, als Doktoren zweiten Grades, hervorzugehen hofften. Und nun bevölkerten sie das neugeschaffene, so idyllisch in Grün gebettete und weit draußen vor den Toren der Stadt am hügeligen Flußufer, fernab von profanem Großstadtlärm gelegene akademische Viertel auf dem ehemaligen Blumenhofgelände der Großmeisterin Li. Die ganze Atmosphäre der weitläufigen, geschmackvollen Anlage war ja wie geschaffen für innere Sammlung und geruhsame Vorbereitung auf die bevorstehende Prüfung. Da saß man entweder in der weihevollen Stille kühler Säle über den Büchern, oder man lustwandelte gedankenbeschwert an lauschigen Plätzen am felsigen Weiherrand, in versteckten Lauben, auf der

1. Mitte Februar.

befreienden Höhe von Aussichtsterrassen und wiederholte im Geiste dabei gepaukten Lehrstoff. Unter den von auswärts zugereisten Kandidaten gab es auch minderbemittelte, denen der schmale Geldbeutel einen kostspieligen Aufenthalt in Gasthöfen verbot. Solchen jungen Leuten bot das Akademikerviertel sogar freie Unterkunft. Im oberen Stockwerk der Bibliothek und rings um die Halle der Drei Erhabenen Lehren herum waren kleine Kammern vorhanden, in denen sie während der Tage vor der Prüfung kostenlos Quartier beziehen durften.

Es konnte nicht ausbleiben, daß die fremden Gäste gar bald auf die jugendliche Schöne aufmerksam wurden, die sie von Zeit zu Zeit unter einem gewissen Türvorhang drüben im Nachbargrundstück auftauchen sahen. Und schon durfte der lahme Schuster einen beachtlichen Zulauf an Kundschaft verzeichnen. Einzeln oder in kleinen Gruppen kamen sie an, die blühenden Talente, und brachten allerlei schadhaftes Schuhwerk zum Ausbessern, vom derben Reise- und Wanderstiefel an bis zum feinen filzbesohlten, seidebespannten Hauspantoffel. Merkwürdig, wie umständlich sie ihre Anliegen vorbrachten, wieviel Zeit sie bei ihren Bestellungen vertrödelten und wie angelegentlich sie zwischendurch immer wieder nach dem Türvorhang aus Bambusstäbchenschnüren im Innenhof äugten!

Die aufmerksame Beobachterin unter dem betreffenden Türvorhang hatte bereits eine engere Auswahl getroffen. Fünf von diesen akademischen Kunden, durchweg gut aussehende, gut angezogene flotte junge Leute, kamen für sie in Betracht. Mit denen beschloß sie anzubändeln. Das würde gar nicht schwerhalten. Sie bewohnten Kammern im Obergeschoß des nahen Bibliotheksgebäudes, gerade gegenüber von Zinnoberzimmets Kammer. Bloß eine gar nicht einmal sehr hohe Mauer trennte das ihrer Mutter von der Seligen Reinen überlassene Grundstück von dem benachbarten Bibliotheksanwesen. Ein günstiger Umstand kam hinzu: Drüben, gleich hinter der Mauer, zog sich ein Ausläufer des Felsgestades hin, das den seitlich von der Bibliothek liegenden Lotosweiher säumte, und dort zwischen den Felsen stand ein Pflaumenbaum, der einen Ast über die Mauer hinweg weit in den Innenhof vor ihrer Kammer hineinstreckte. Zinnoberzimmet berechnete im Geist bereits die sich ergebenden Möglichkeiten: Sie brauchte nur an dem überhängenden Ast entlangzuhangeln oder zu rutschen, dann über die Mauerkrone zu klettern und den kurzen Sprung auf die oberste Felsplatte zu tun, dann war sie drüben; umgekehrt konnte einer auf dem gleichen Weg und ohne sonderliche Mühe zu ihr herüber in den Hof gelangen. Sie verlegte ihren Beobachtungsstand an das Fenster ihrer Tochterkammer. Die lag ja gleichfalls im Obergeschoß, ihr Fenster befand sich also in gleicher Höhe, gerade gegenüber den Fenstern der Studios. Da saß oder stand sie nun an die Fensterbrüstung gelehnt und sah voll Erwartung und Unternehmungslust der weiteren Entwicklung der Dinge entgegen.

Merkwürdig, die Studenten verlegten ihre Arbeitsplätze auf einmal ans offene Fenster. Da hockten sie über dicken Wälzern und waren anscheinend ganz in emsiges Studium vertieft, fanden aber zwischendurch immer wieder Anlaß, wie in tiefem Nachdenken von ihren Büchern aufzuschauen und gedankenverloren ins Weite zu starren, wobei sie als Zielrichtung ihrer Blicke wie unabsichtlich den schönen Mädchenkopf im Rahmen des gegenüberliegenden Fensters wählten. Der Mädchenkopf reagierte dann auf ihr Hinstarren in der Weise, daß er sich erschrocken hinter die Gardine zurückzog, jedoch nur halb, um weiter dahinter hervorzulugen und sich, sobald die Studenten den Blick wieder auf ihre Wälzer gesenkt hatten, gleich wieder voll im offenen Fensterrahmen zu zeigen und das Gegenüber von neuem zum Aufblicken und Herüberstarren zu reizen, um dann wieder wie erschrocken zurückzufahren, den Mund zu verziehen, auch die Lippen trotzig aufzuwerfen und schmollend irgendeine abfällige Bemerkung halblaut vor sich hin zu maulen. Nun, das sind so die beliebten spielerischen Tändelallüren der kleinen Koketten. Zinnoberzimmet war nicht anders beschaffen. Unter den fünf von ihr in engere Wahl gezogenen blühenden

Talenten von gegenüber war es ein gewisser Pang mit Zunamen Fang, der es ihr ganz besonders angetan hatte. Er war auch tatsächlich ein überaus flotter, schmucker Bursche und hatte zudem jenes sichere Auftreten, das den erfahrenen und erfolgreichen Könner und Meister im Wind- und Mondspiel verrät. Er hatte es sogar fertiggebracht, eine kleine Freundin namens Su Su aus dem nahen Blumenhofviertel mit auf sein Studio zu nehmen und tage- und nächtelang bei sich zu behalten. Die Su Su hatte auch die Gepflogenheit, müßig am offenen Fenster zu hocken, frische Lenzluft zu schnuppern und zu beobachten. Da war ihr nun dieses ungewöhnlich schöne Geschöpf von gegenüber aufgefallen. Wie aufreizend elegant die sich frisierte und kleidete! Das konnte ihrer Einschätzung nach unmöglich eine bürgerliche Haustochter sein. Sie taxierte auf eine ihresgleichen, auf eine ganz Teure. Warum sollte sie eine vermutliche Kollegin nicht ansprechen können? Gar zu gern hätte sie ihre Bekanntschaft gemacht und herausbekommen, was hinter ihrer geheimnisvollen Person steckte. Ein passender Vorwand zur Anknüpfung war schnell gefunden.

»He, du, kannst du mir eine Nähnadel und etwas Faden pumpen? Ich möchte meinem Jungen den Rockgürtel annähen«, schallte es in kollegial vertraulichem Duzton von drüben herüber.

»Wir haben hier keine Bedienung zum Schicken. Hole es dir doch selber!« schallte es etwas reserviert zurück.

Su Su lief eilig die Stiegen hinunter und erschien eine Weile später in Zinnoberzimmets Kammer. Diese begrüßte den Besuch als willkommene Abwechslung in ihrem eintönigen Tageslauf. Sie lud die andere freundlich zum Platznehmen und zu einer Schale Tee ein. Es kam zu einem kleinen Plausch, in dessen Verlauf die eine die andere aushorchte. Da hörte nun Su Su zu ihrem Erstaunen heraus, daß sie in ihrem schönen Gegenüber keineswegs eine ›solche‹, keine Berufskollegin, vielmehr die gutbürgerliche junge Frau eines biederen Handwerkers vor sich hatte. Daß eine so seltene Schönheit freilich keinen besseren

Partner als ausgerechnet diesen scheußlichen Krüppel unten in der Schusterwerkstatt am Hauseingang gefunden hatte, darüber kam sie nicht hinweg.

Wieder drüben im Studio ihres Freundes Pang, berichtete sie von ihrer aufregenden Entdeckung und konnte die Reize der schönen Nachbarin gar nicht genug rühmen und ihr trauriges Ehelos gar nicht genug beklagen. Das war etwas für den jungen Lebemann! Er witterte einen fetten Braten. Als Straßenköter in fremde Hundehütten zu kriechen, darin hatte er auch einige Praxis. Er ließ einen Silberbatzen springen, kaufte dafür ein paar Jadeagraffen und ließ Su Su die Schmuckstücke der schönen Nachbarin als Zeichen seiner Huldigung überbringen.

»Der junge Herr meint es ernst. Er läßt Euch fragen, ob Ihr zu einem heimlichen Stelldichein geneigt wäret«, ergänzte sie verschmitzt lächelnd ihren Auftrag.

Das Lächeln, mit dem Zinnoberzimmet den galanten Antrag aufnahm, besagte keineswegs Ablehnung. Im Gegenteil. Ein gewisses Amt war seit längerem vakant, sie konnte recht gut einen tüchtigen Stellvertreter gebrauchen, der seine Sache verstehen und für etwas Auflockerung und Entspannung ihrer, ach, so untätig und träge gewordenen Mittelpartien sorgen würde. Also sagte sie zu. Es wurde ausgemacht, daß sie heute um Mitternacht über die Mauer steigen und in seine Kammer kommen würde. Leider kam etwas dazwischen. Vom späten Nachmittag an, die ganze Nacht hindurch bis zum nächsten Morgen prasselten ohne Unterbrechung Regengüsse nieder. Es war nicht daran zu denken, bei solchem Unwetter einen Schritt außer Hauses zu tun. Der Himmel hatte den schönen Plan vereitelt. Wenn sich nun Zinnoberzimmet vornahm, das Versäumte in der nächsten Nacht nachzuholen, so sollte sich sich wiederum verrechnen.

Es traf sich nämlich, daß die hohe Prüfungskommission ganz überraschend den Termin für den Beginn der großen Staatsprüfung auf den nächsten Vormittag anberaumt hatte. Die Kandidaten sollten sich pünktlich bei Ende der fünften Nachtwache in der Prüfungshalle im Präfekturyamen von Kai fong fu einfinden.

Die überraschende Anordnung hatte allgemeinen eiligen Aufbruch im akademischen Viertel um die Halle zu den Drei Erhabenen Lehren im Gefolge. Besagtes Viertel lag ja viel zu weit ab von der Präfektur und der Prüfungshalle. Um den frühen Termin nicht zu versäumen, zogen es die dort einquartierten Prüflinge vor, ihre Bücher und ihr Bettzeug zu packen und sich nach der Stadt in möglichste Nähe der Prüfungshalle irgendwo zu Freunden und Bekannten umzuquartieren, um beim Appell am nächsten Morgen pünktlich zur Stelle zu sein. Zu den so umquartierten Prüflingen gehörte auch der junge Doktor Pang. Seine Su Su nahm er mit, um sie unterwegs in ihrem Blumenhofquartier wieder abzuliefern.

Wie ausgestorben lagen nun die tags zuvor noch so belebten Räume der Bibliothek und der Halle der Drei Erhabenen Lehren da. Kein einziger Student weilte mehr in ihnen. Nur ein männliches Wesen war zurückgeblieben, beileibe kein Jungakademiker, kein blühendes Talent, kein Examenskandidat, vielmehr der behördlich bestellte Wächter und Aufseher der weitläufigen Anlage. Wang hieß er, und die Studenten hatten ihm den Spitznamen ›Donnerfürst‹ beigelegt. Er pflegte nämlich beim Schlafen rasselnde Schnarchtöne zu entwickeln, die sich wie fernes Donnergrollen anhörten. Er war ein dunkelhäutiger, bärtiger Riese und auf seinem Aufseherposten just der rechte Mann am rechten Platz. Bei der ausgelassenen, stets zu übermütigen Streichen aufgelegten Rasselbande von Studenten wußte er sich schon durch seine imponierende Größe und seine dröhnende Stimme Respekt und Geltung zu verschaffen.

Nun war er diese Rasselbande für eine Weile los. Um ihn war wohltuende Ruhe. Es gab nichts zu beaufsichtigen. Er fühlte sich dienstfrei – herrliches Gefühl! Das mußte gefeiert werden. Also hatte er sich einen Krug dampfenden Punsches geleistet. Hinterher, schwer berauscht, spürte er zwingendes Schlafverlangen. Unten im mittleren Lesesaal des Bibliotheksgebäudes hatte er zwei Sitzbänke zusammengeschoben und sich darauf langgelegt. Innerlich und äußerlich – draußen herrschte sommerliche Schwüle – erhitzt, wie er war, hatte er sich von seinen sämtlichen Kleidungsstücken befreit. Seine geräumigen Rocktaschen hingen schwer herab von einer Wucht Schlüssel. Das hatte ihn gestört, und so entledigte er sich des Rockes, bis ihm dann der Hitze wegen auch die andern Kleidungstücke zuviel wurden. Die verlassenen Wohnkammern abzuschließen und die Schlüssel an sich zu nehmen, war die letzte Dienstverrichtung dieses Tages gewesen, die er sich noch in nüchternem Zustand auferlegt hatte. Nun machte er es sich auf den beiden Bänken bequem und lag da, seine langen, grobschlächtigen, dunkelhäutigen, schwarzbehaarten Beine weit von sich gestreckt. Er räkelte sich noch eine Weile, ehe er die rechte Ruhelage gefunden hatte. Wie er so dalag, bot er ein Bild wie von einem unserer alten Meister gemalt. Bald verkündeten donnergleiche Schnarchtöne, daß er eingeschlafen war. Lassen wir ihn schlafen und schnarchen, und sprechen wir wieder von Zinnoberzimmet.

Sie hatte die Veränderungen, die drüben vor sich gegangen waren, gar nicht bemerkt. Im Hinblick auf eine bevorstehende, reichlich aufregende und unruhige Nacht war sie im Bett geblieben und hatte auf Vorrat geschlafen. Den gewohnten Beobachtungsposten am Türvorhang oder hinter der Fenstergardine hatte sie heute nicht bezogen. So wähnte sie, es sei drüben alles beim alten, und malte sich schon in Gedanken aus, wie sie heute nacht nachholen wollte, was sie gestern wegen des Unwetters versäumt hatte. Gründlich wollte sie es nachholen!

Ihren Krüppel von Mann hatte sie für heute nacht in seine Schusterwerkstatt abgeschoben. Das hatte sie ihm bereits beigebracht, daß er sich dorthin zu verziehen und auf kalter Bastmatte zu nächtigen habe, sooft sie, Kopfschmerz oder sonstige Unpäßlichkeit vorschützend, in Wirklichkeit aber seiner Nähe überdrüssig, allein zu bleiben wünschte. Das gehörte schon zur Hausordnung. Und der arme Mann hatte sich ohne Murren dreingefügt. So war sie auch heute allein. Sie wartete, bis die zweite Nachtwache um war. Dann stand sie auf und schlich sich aus der Kammer, die Stiege hinunter in den Hof. Sie lauschte in die Nacht. Ringsum tiefste Stille, nur das Rauschen des eigenen Blutes und das Pochen ihres Herzens meinte sie zu vernehmen. Kein Laut, nicht einmal Hundegekläff war zu hören.

Sie warf Brocken einer zerbrochenen Dachschindel über die Mauer und lauschte. Nichts rührte sich. Sie hustete zweimal leise und vernehmlich. Keine Antwort. Vielleicht erwartete er sie nicht für heute nacht und hatte sich bereits schlafen gelegt, redete sie sich ein. Sie schob eine bereitgestellte kleine Bank unter den überhängenden Ast, schwang sich von der Bank aus hinauf und rutschte bis zur Mauer. Dann ließ sie sich auf die Mauerkrone gleiten und sprang auf die in kurzem Abstand darunter befindliche Felsplatte. Nun war sie drüben.

Merkwürdig diese Stille ringsum. Keine Stimme zu hören, kein Licht hinter einem Fenster zu sehen. Unter diesen Studenten gab es doch den einen oder anderen, der fleißig bis tief in die Nacht hinein über den Büchern saß, wunderte sie sich. Sie schlich sich zu jenem Mittelbau des Bibliotheksgebäudes, über dessen Eingang übermütige Studenten eine Holztafel mit der frivolen Inschrift ›San kung ko‹, Pavillon der drei Leeren, angebracht hatten. Dort im Obergeschoß lag die Kammer des Doktor Pang. Bei jedem Schritt, mit dem sie sich ihm zu nähern glaubte, wuchs ihre Erregung. Eine Flamme wilden Begehrens schlug in ihr hoch und drohte ihr das Herz zu versengen. Sie fand zu ihrer Überraschung die Eingangspforte weit offenstehen und sah beim Eintreten zu ihrer noch größeren Überraschung unten im mittleren Lesesaal einen vom Mond hell beschienenen nackten Mann liegen. Er lag auf zwei zusammengerückten Sitzbänken und schlief und schnarchte, und sein Schnarchen rasselte und dröhnte in dem leeren Raum wie fernes Donnergrollen. Sie trat leise näher und besah sich den Schläfer genauer. Was war denn das für ein Kerl? Dieser ungeschlachte Riese war doch nie und nimmer ihr Kavalier, der feingliedrige, hübsche, hellhäutige junge Doktor Pang! Der hier sah eher wie ein grimmiger Palastwächter aus! Mit einem halblauten ›Ach!‹ der Enttäuschung trat sie zurück und schlich sich die Stiege zu den Wohnkammern im Oberstock hinauf. Erst zaghaft und leise, dann laut und energisch pochte sie an die bewußte Tür. Kein Laut von drinnen. Sie versuchte zu öffnen. Verschlossen! Jetzt dämmerte es ihr. Diese akademischen Zugvögel waren samt und sonders ausgeflogen, vermutlich plötzlich zur Prüfung berufen. Daher die merkwürdige Stille allerorten. Sie hatte es verschlafen! Enttäuscht schlich sie die Stiege wieder hinunter. Unterwegs überlegte sie: Der Richtige war es zwar nicht, aber da sie schon einmal da war – sollte sie den Brand im Herzen vielleicht an dem robusten Kerl da unten, offenbar dem Wächter des Grundstückes, löschen? Dann wäre sie nicht umsonst hergekommen . . . Sie ging in den Lesesaal zurück. Sinnlich veranlagt, eine nächtlich auf Abenteuer ausgehende lüsterne Füchsin, war sie schon nahe daran, den Schläfer wachzurütteln, da sank sie vor Schreck über den Anblick, der sich ihr bot, beinahe um. Dieses ungefüge, gurkenähnliche Etwas ließ sie jäh an ihren so herb verschlossenen Blütenkelch denken. Nein! Der Himmel wollte es nun einmal nicht! Den bitteren Geschmack eines Zypressenkerns im Gaumen, schlich sie auf dem gleichen Weg in ihre Kammer zurück.

Betrübt überdachte sie ihre verzweifelte Lage. ›Offenbar ist es mir vom Schicksal bestimmt, zeitlebens einsames Phönixweibchen zu bleiben – darum hat mich der Himmel mit dieser schrecklichen Krankheit gestraft, darum hat er mich versiegelt und verschlossen, mir durch den Dauerregen und die plötzliche Einberufung zum Examen das schöne Stelldichein vereitelt – den jungen Doktor Yen damals in der alten Wohnung so standhaft sein lassen. Offenbar habe ich in einem früheren Leben gesündigt und muß nun dafür büßen – das Glück, das anderen Mädchen vergönnt ist, soll mir versagt bleiben, das ist meine Strafe – es ist ganz zwecklos, noch weiter müßigen Gedanken an Liebe und Heirat nachzuhängen – Schluß damit! – Das Beste ist, ich werde Nonne, trete in den Tempel der großen Erweckung ein und weihe mein Leben fortan dem Dienste Buddhas und reuiger Buße.‹ Also verliefen ihre Gedankengänge. Erleuchtung war über sie gekommen. Beruhigt und mit sich im reinen, schlief sie ein.

Sobald sie am andern Morgen aufgestanden war, ging sie zu ihrer Mutter hinüber, die nun wieder im Ostpavillon wohnte, und verständigte sie von ihrem Entschluß. Trotz aller mütterlichen Bemühungen, ihr diesen Gedanken wieder auszureden, blieb Zinnoberzimmet bei ihrem Vorsatz. Schließlich begleitete die Mutter sie zum Tempel und eröffnete den Wunsch ihrer Tochter der Seligen Reinen. Diese hatte zunächst Bedenken. Sie befürchtete, daß ein noch so junges Mädchen sich wohl schwerlich in den entsagungsvollen Tempeldienst und in die strenge Tempelordnung einfügen könne, sie werde über kurz oder lang in weltliches Denken und Trachten zurückfallen und die Tempeldisziplin gefährden.

Die Mutter nahm sie beiseite und klärte sie vertraulich über den körperlichen Zustand der Tochter auf. Sie sei zum ›steinernen Mägdlein‹ geworden, zur Eheuntauglichkeit und Kinderlosigkeit verurteilt und habe aus eigenem Entschluß und aus eigener Erleuchtung heraus jeden weiteren Gedanken an Liebe als zwecklos aufgegeben und nur noch den einen Wunsch, sich dem frommen Dienste Buddhas zu weihen.

Nun erteilte die Selige Reine freudig ihre Zustimmung. Im Beisein des Ehemanns wurde eine Urkunde aufgesetzt, in der Zinnoberzimmet ihr freiwilliges Ausscheiden aus dem bürgerlichen Stand der Ehe, Familie und Sippe und ihren Eintritt in den geistlichen Dienst Buddhas erklärte. An einem glücklichen Kalendertag erfolgte dann die feierliche Einweisung in den geistlichen Stand. Zinnoberzimmets langes Haar wurde abgeschnitten, und sie erhielt den Tempelnamen Liän Tsing, Lotosreine.

Die Selige Reine ließ die junge Novizin vor dem Bildnis Buddhas niederknien und den San pao, Drei Köstlichkeiten – Buddha, seiner Lehre und seiner Priesterschaft – Gehorsam geloben und unterwies sie fortan in den heiligen Sutren und in den Gebräuchen des Tempeldienstes. So ging ein Weltkind in das Reich der Lehre ein, ward eine Dienerin der Lust zur Jungfrau von Stein.

Welche Wandlung sich mit dem Tölpel von Ehekrüppel vollziehen sollte, werdet ihr im nächsten Kapitel erfahren.

FÜNFUNDDREISSIGSTES KAPITEL

Die Lotosreine erfaßt die Chance und verhilft Duftjuwel zur Erlösung. Der Krüppel wird sich seiner alten Schuld bewußt und wählt Weltflucht

Eines Tages fand sich die Dame Piän im Tempel der Großen Erweckung ein. Mütterliche Sorge trieb sie zu Füßen der Gnadengötting Kwan Yin, um Errettung ihrer unglücklichen Tochter Duftjuwel zu beten und die Schicksalsstäbchen zu befragen. Außerdem wollte sie schon lange der alten Freundin Frau Pao und ihrer Tochter Zinnoberzimmet von dem schrecklichen Schicksal Duftjuwels berichten und deren Rat erbitten. Durch ihre täglichen Besuche bei der Maklerin Sun war Frau Piän so in Anspruch genommen gewesen, daß sie noch keine Zeit für den weiten Weg zum Tempel der Großen Erweckung hatte finden können. Nun endlich war es aber soweit, und wie sie so über den Tempelvorhof zur Andachtshalle schritt, stutzte sie auf einmal. Diese junge Nonne in der neuen teefarbenen Kutte, die ihr eben in den Weg lief, dieses feine Gesicht unter der schwarzen Taffethaube, das ungeachtet des vorn kurz geschnittenen, am Hinterkopf und Nacken ausrasierten Haares, noch immer so auffallend, so bestechend schön wirkte, kam ihr bekannt vor. Sollte das nicht . . .?

»Zinnoberzimmet?« fragte sie unsicher, auf die junge Nonne zutretend.

»Liän Tsing, Lotosreine, heiße ich jetzt mit Tempelnamen«, kam die lächelnde Antwort.

Die Gnadengöttin Kwan Yin

»Nein, so ein Zufall! Daß ich dich hier wiedertreffen muß! Aber wie kommst du denn in den Tempel und in die Nonnentracht?«

»Kommt mit! Drinnen unter vier Augen will ich es Euch erklären.«

Die Lotosreine geleitete Frau Piän in das Refektorium. Und dann ging es bei einer Schale Tee ans Erzählen. Offen und rückhaltlos berichtete Zinnoberzimmet ihre Geschichte und beichtete, wie körperliche Behinderung und Eheuntauglichkeit über sie gekommen waren und jähe Erleuchtung sie zu dem Entschluß bewogen hatte, der Welt zu entsagen und in den geistlichen Stand einzutreten. Es tat ihr wohl, der mütterlichen Freundin ihr Herz ausschütten zu können.

»Und wie geht es Duftjuwel?« wollte sie anschließend wissen. Obwohl aus dem bürgerlichen Leben ausgeschieden, hing sie doch noch immer mit allen Fasern ihres Herzens an der vertrauten Jugendfreundin.

»Ach, das arme Kind! Schlecht genug hat sie es getroffen! Eine kurze Zeit des jungen Glücks, dann fuhr diese Teufelin von Hauptfrau dazwischen, hat sie mißhandelt, ihres schönen Haares beraubt, in ihr Haus geschleppt, sie gepeinigt und gedemütigt, zur Küchenmagd erniedrigt und hält sie seitdem regelrecht gefangen und von der Außenwelt abgesperrt! Nicht einmal ich, die eigene Mutter, darf sie besuchen! Tag für Tag laufe ich dieser Maklerin Sun, die an allem Unglück schuld ist, das Haus ein, jammere ihr mein Leid vor und beschwöre sie unter Tränen, Schelten und Drohungen, mir mein armes Kind zurückzuholen. Aber es ist alles umsonst, das Weib getraut sich nicht in die Tigerhöhle, wagt nichts gegen die gefürchtete Hauptfrau zu unternehmen. Junker Zwei aber, der junge Ehemann, anstatt meine Tochter zu schützen – auf und davon ist er gelaufen! Verkrochen hat er sich vor seiner Ersten, der Feigling! Weit fort, nach einer Gegend außerhalb der Pässe soll er sich verdrückt haben und ist zur Zeit unauffindbar. Es ist schon ein Elend! Wenn man geahnt hätte, was der Ärmsten bevorstand! Besser schon, sie wäre auch ins Kloster gegangen! Dann wäre ihr dieses grausame Schicksal erspart geblieben.«

Betreten und bedrückt hatte die Lotosreine dies alles angehört. Tränen standen ihr in den Augen, als sie endlich ihr langes nachdenkliches Schweigen brach:

»Traurig, sehr traurig! Da hatte ich nun gedacht, sie hätte es wer weiß wie gut getroffen – beneidet hatte ich sie! – und nun stellt sich heraus, sie ist ja noch viel ärger dran als ich – Leidensgefährtinnen sind wir! – seltsam, daß uns beiden solches Mißgeschick beschieden ist – warum bloß? . . .«

Die Stimme der Dame Piän riß Zinnoberzimmet aus ihrer nachdenklichen Betrachtung:

»Liebe Zinnoberzimmet, du warst doch immer ein so kluges, aufgewecktes Mädel, dem es nie an Einfällen gebrach – du standest mit Duftjuwel doch immer auf so gutem, auf wahrhaft schwesterlichem Fuß –, kannst du nicht etwas für ihre Rettung unternehmen? Ich flehe dich an, tu etwas für sie!« –

Es hätte ihres Flehens gar nicht bedurft. Ein gütiger Himmel fügte gerade zur rechten Stunde ein merkwürdiges Zusammentreffen von Umständen, das Zinnoberzimmet den Weg zum Eingreifen wies.

Maklerin Sun hatte plötzlich eines Tages die Aufforderung erhalten, sich im Haus von Junker Zwei einzufinden. Näheres enthielt die Aufforderung nicht. Die Hauptgattin, die Tai tai Sung, wünsche eine Rücksprache mit ihr, das war alles. Maklerin Sun bekam einen gewaltigen Schreck. Was hatte das zu bedeuten? Ihr schlechtes Gewissen meldete sich und redete ihr ein, vermutlich wolle die gestrenge Tai tai sie zur Rechenschaft ziehen, weil sie hinter ihrem Rücken dem Junker Zwei diese unerwünschte Neue, die Duftjuwel, als Nebengattin zugeführt hatte. In Wirklichkeit, was sie freilich nicht wußte, war der Grund zu der Aufforderung ein anderer, ein harmloserer. Die Tai tai Sung wußte ja ihrerseits gar nicht, welche Maklerin bei der heimlichen Zweitheirat des Junkers Kin mitgewirkt hatte. Sie hatte jetzt den Wunsch, diese Zweite loszuwerden. Immer noch lebte sie in der Angst, Junker Zwei könnte sich, wenn er eines Tages heimkehren sollte, doch wieder in die Neue, seine frühere Liebe, vergaffen, und das trotz ihres jetzigen unansehnlichen Aussehens, trotz Verlustes ihrer üppigen Haarpracht, trotz ihres schäbigen Küchenkittels aus grobem Linnen. Aber das ahnte die Sun nicht, sonst hätte sie der Aufforderung unbedenklich Folge geleistet.

Nun befand sie sich dieser Tage sowieso in einem Zustand hochgradiger Nervosität. Die erbitterte Dame Piän hatte ihr mit einer Klage wegen Betruges, begangen bei der Anbahnung der Heirat ihrer Tochter Duftjuwel, gedroht! Sie hatte ja tatsächlich der Mutter ein angebliches Einverständnis der Hauptgattin vorgeschwindelt. Von zwiefacher, teils begründeter, teils grundloser Furcht getrieben, hatte sie beschlossen, sich für einige Zeit im Tempel der Großen Erweckung verborgen zu halten. Sie wollte einmal gründlichen Opfer- und Gebetsdienst verrichten, hatte sie als frommen Vorwand ihres Verschwindens hinterlassen.

Der gütige Himmel, der es liebt, irdische Schwierigkeiten mitunter auf den verschlungensten Wegen und verzwicktesten Pfaden zum besten zu lenken, fügte es, daß Maklerin Sun gerade an dem Tag und zu der Stunde im Tempel erschien, als ihre Feindin, die Dame Piän, dort weilte. Im Refektorium platzten beide Gegnerinnen aufeinander. Das gab natürlich eine höchst unfreundliche Begrüßung und einen heftigen Wortwechsel, der in Tätlichkeiten auszuarten drohte. Ein Glück, daß die Selige Reine hinzukam. Ihrem besänftigenden Dazwischentreten und Zureden gelang es, die streitenden Parteien zu trennen und die erregten Gemüter zu beruhigen. Es kam zu einer vernünftigen Aussprache. Die Lotosreine ergriff das Wort und führte die Verhandlung. Ihr von Natur scharfer und durch die Tage klösterlicher Ruhe und Einkehr womöglich noch geschärfter und geläuterter Verstand befähigte sie dazu.

»Maklerin Sun, Ihr seid verantwortlich für das Zustandekommen dieser unglückseligen Zweitheirat, daran besteht gar kein

Zweifel. Ihr tragt die Schuld daran, daß Mutter und Tochter in diese böse Fallgrube geraten sind. Nun müßt Ihr auch ausbaden, was Ihr angerichtet habt. Der Gang zum Haus der Tai tai Sung bleibt Euch nicht erspart. Es ist einfach Eure Maklerpflicht, nach dem Ergehen der armen Duftjuwel zu schauen und ihr Los nach Kräften erleichtern zu helfen. Wenn Ihr Euch weigert und der Aufforderung der Tai tai Sung weiter trotzt, dann macht Euch nur auf das Schlimmste gefaßt. Bedenkt, Ihr seid hier fremd und alleinstehend, Ihr seid von auswärts zugezogen, Ihr habt hier keine männlichen Sippenangehörigen, die Euch in der Not Schutz und Beistand leisten können. Wer fragt schon groß nach Euch alter alleinstehender Frau, wenn jene Teufelin Euch etwas antun würde? Da sie Euch zu sich zitiert hat, müßt Ihr wohl oder übel den schweren Gang tun und mutig vor sie hintreten. In diesem Falle würde Euch Mutter Piän die Hand zur Versöhnung reichen und Euch nicht länger mit Groll und Vorwürfen verfolgen.«

Der eindringliche Appell an ihr Gewissen verfehlte seinen Eindruck auf die schuldbewußte Maklerin nicht.

»Schon gut. Ihr habt recht. Ich werde mein bißchen altes Leben aufs Spiel setzen und zu ihr hingehen, gleich auf der Stelle. Bleibt ihr andern hier und wartet ab, bis ich zurückkomme und euch berichte, wie es um die bedauernswerte Kuniang Duftjuwel steht.«

Noch einen Schluck Versöhnungstee, und fort war sie.

Es verhielt sich so, daß besagte Teufelin in der Behandlung von Duftjuwel am Ende ihres Witzes angelangt war. Da hatte sie ihr nun den niedrigen Dienst einer Küchenmagd zugeteilt, statt aber ein gekränktes Wesen, eine mürrische Miene zur Schau zu tragen und trotzig aufzubegehren, wie sie erwartet hatte, verrichtete diese sonderbare Heilige unverdrossen und demütig und sogar heiter ihren Dienst, äußerte kein böses Wort, maulte nicht hinter ihrem Rücken, im Gegenteil, ihre Lippen flossen nur so über von ergebungsvollem Tai tai kurz und Tai tai lang. Sie mochte sie schikanieren, triezen, ausschelten und angrobsen, soviel sie wollte, sie muckte nicht auf und blieb unverändert freundlich und willig.

Ja, was sollte sie mit dieser Person anfangen, die über ein derart dickes Fell, über eine derart unempfindliche Gesichtshaut von Leder verfügte? Hinzu kam, wie gesagt, die Besorgnis, Junker Zwei möchte, wenn er wieder daheim wäre, den abgerissenen Faden der Beziehung zu dieser Person von neuem zu knüpfen versuchen. Am besten, man schickte sie ihres Wegs, man verkaufte sie durch eine berufsmäßige Vermittlerin außer Hauses. Und so hatte die Tai tai Sung aufs Geratewohl einen Boten zur Maklerin Sun geschickt und sie zu sich bestellt. Mit irgendwie zur Rechenschaft ziehen hatte das gar nichts zu tun. Die Angst der Sun war ganz grundlos.

Den Nacken mit Mut steifend, aufs Schlimmste gefaßt, erschien sie vor der Tai tai Sung. Sie vermeinte eine zum Sprung bereite Tigerkatze vor sich auf dem Hochsitz lauern zu sehen. Gleichwohl brachte sie einen leidlich ordentlichen Fußfall zuwege und preßte mit leidlich fester Stimme die Worte hervor:

»Die Tai tai hat meine Wenigkeit zu sich befohlen. Darf ich fragen, zu welchem Behuf?«

»Mein Mann hat sich da so ein Mensch, so ein Weibstück zugelegt, möchte bloß wissen, welche Mittlerin sich zu dem Handel hergegeben hat – also die Person ist im Haushalt völlig unbrauchbar, weder für die sieben Grobarbeiten noch für die acht feinen Handarbeiten tauglich, kurz, eine unnütze Fresserin. Ich wünsche, daß Ihr sie mir schleunigst aus dem Hause schafft und anderweitig unterbringt, ganz gleich wo, bloß außerhalb von Kai fong fu und – halt – noch eines: Ich wünsche, daß Ihr sie in ein öffentliches Haus verkauft. Auf etliche Batzen Provision könnt Ihr zählen.«

Die Maklerin Sun fühlte die Last eines ganzen Tai-schan-Berges vom Herzen rutschen. Kein Wort des Vorwurfs, des Tadels! Also wußte die Tai tai gar nicht, daß sie, die Sun, die Betreffende gewesen war.

»Sehr wohl. Ich werde mich bemühen. Allerdings müßte ich

mich vorher durch Augenschein von der Beschaffenheit der Betreffenden überzeugen.«

Die Tai tai winkte einer älteren Kammerfrau, die in der Nähe auf dem Kang saß und einen Weihewimpel für Buddha stickte.

»Führ sie in die Küche!«

Die Kammerfrau rutschte vom Kang herunter und geleitete die Maklerin in den rückwärtigen Bereich des Anwesens zur Küche.

Wirklich, da war sie! Die Magd im schmuddeligen Linnenkittel, ein Tuch um den kahlgeschorenen Kopf geschlungen – Duftjuwel! Sie war emsig damit beschäftigt, einen Kochkessel sauber zu scheuern. Wie auf Verabredung verleugneten sich die beiden gegenseitig und taten so, als ob sie sich nicht kennten. Beim Anblick der durch den Kahlkopf entstellten einstigen Schönheit krampfte sich das Herz der Maklerin wie in Essig getaucht zusammen. Nach kurzer, stummer Betrachtung wandte sie den Rücken und begab sich wieder nach vorn zur Tai tai.

»Also ich bin im Bilde. Binnen drei Tagen werde ich Euch Bericht erstatten. Was verlangt die Dame übrigens als Kaufpreis?«

»Einhundert Batzen. Ich kann den Betrag im Augenblick gerade gut gebrauchen – für einen frommen Zweck. Ich und die Niang niang, die hohe Gemahlin des Wudschu, wir wollen nächstens ein gemeinsames Gelübde erfüllen und im Tempel der Großen Erweckung zu Füßen der weißgewandeten Gnadengöttin Kwan Yin um Kindersegen beten. Abgesehen von Brandopfer und Stiftung eines Weihewimpels haben wir uns gegenseitig gelobt, bei dieser Gelegenheit dem Tempel die Summe von hundert Batzen als Weihrauchgeld zu stiften. Dazu möchte ich gleich den Kaufpreis für besagtes Mensch verwenden. Also sputet Euch! Es ist mir eilig!«

»Sehr wohl.«

Mit Kniefall und Stirnaufschlag empfahl sich Maklerin Sun. Wieder im Tempel, erstattete sie den drei Damen, die noch immer im Refektorium bei ihrer Schale Tee saßen und mit Ungeduld auf ihre Rückkehr warteten, aufgeregt Bericht:

»Ich habe sie tatsächlich in der Küche herumwirtschaften sehen – wie eine gewöhnliche Magd! Unsere liebe Kuniang, die arme Duftjuwel! Aber trotz aller Entstellung durch ihren Kahlkopf – sie verdeckt ihn durch ein rotes Kopftuch –, trotz aller Mißhandlung, Schelte, Demütigung, die sie hat einstecken müssen, zeigt sie eine freundliche, eine heitere Miene – welche Haltung! Einfach bewunderungswürdig! – Also die Tai tai wünscht, ich solle sie verkaufen, so rasch wie möglich verkaufen, und zwar in die Fremde, möglichst weit weg von Kai fong fu, fort aus dem Gesichtskreis ihres Mannes, und – hört und staunt! – nicht etwa an einen ehrsamen Bürger, nein, in ein öffentliches Haus soll ich die Ärmste verkaufen! Diesen ärgsten Schimpf möchte sie ihr zu guter Letzt noch antun! Als Kaufpreis fordert sie hundert Batzen. Diesen Betrag möchte sie gleich verwenden, um ihn in Erfüllung eines Gelübdes, das sie gemeinsam mit der hohen Gemahlin des Wudschu abgelegt hat, dem Tempel hier als Weihrauchgeld zu stiften. In den allernächsten Tagen will sie zusammen mit der Niang niang herkommen, um zu Füßen der weißgewandeten Göttin Kwan Yin um Kindersegen zu beten und zu opfern und außer einem selbstgestickten Weihewimpel auch die versprochene Summe von hundert Batzen auf dem Altar niederzulegen. Das also ist der Sachverhalt, und nun . . .«

Zinnoberzimmet ließ sie nicht ausreden. Ihr behender Verstand hatte blitzschnell kombiniert.

»›A mi to foh! Gelobt sei Buddha!‹ Das bedeutet die Rettung für Schwester Duftjuwel! Ich weiß auch, wie die Rettung zu bewerkstelligen ist. Das geht freilich nicht ohne die gütige und verdienstliche Mitwirkung unserer verehrten Oberin und Meisterin.«

Sie stand auf und neigte sich vor der Seligen Reinen zu demütigem Kniefall.

»Es bedarf nur eines Wortes der alten Meisterin, dann ist

Schwester Duftjuwel dem Leben zurückgegeben. Bedenkt, verehrte Meisterin, ein Menschenleben zu retten wiegt in Buddhas Augen schwerer und als verdienstvolleres Werk denn der Bau einer siebenstöckigen Pagode!«

»Ja, aber wieso? Was kann ich dazu tun?« fragte, etwas schwer von Begriff, die Selige Reine. Inzwischen war auch Mutter Piän an Zinnoberzimmets Seite niedergekniet.

»Meisterin, Ihr braucht nur ein wenig Milde und Erbarmen walten zu lassen, den Plan und seine Durchführung laßt Sorge Eurer ergebenen Jüngerin sein. Es kostet nur geringen Aufwand an Anstrengung, um das gute, Buddha wohlgefällige Werk der Wiedervereinigung von Mutter und Tochter zu verrichten.«

Die Selige Reine zog die beiden Knienden sanft in die Höhe.

»Sprich, liebes Kind, ich höre. Wenn es um Rettung eines Menschenlebens geht, warum sollte ich nicht von Herzen gern mittun? Milde und Erbarmen kundzutun, ist ja der Kern unserer Buddhalehre.«

Die Lotosreine legte die Hände flach über der Brust zusammen, verneigte sich und fuhr fort:

»Da die Tai tai Sung vorhat, Eurem Tempel, gemeinsam mit der hohen Gemahlin des Wudschu, hundert Batzen zu spenden, braucht die Meisterin nur einen Besuch bei der Niang niang zu machen und ihre freundliche Vermittlung zu erbitten. Ihr braucht nur zu sagen, Duftjuwel sei eine Nichte von Euch und eine entfernte Base von mir. Sie wünsche gleichfalls in den geistlichen Stand einzutreten und Eure Jüngerin und Gehilfin zu werden. Die Niang niang soll die Tai tai Sung veranlassen, Duftjuwel für den Eintritt in Euren Tempeldienst freizugeben. Statt hundert Batzen kann die Tai tai Sung dann Eurem Tempel eine Novizin spenden!«

»Wenn es weiter nichts ist! Das will ich gern tun! Aber natürlich hängt das Gelingen deines Planes von einer höheren Macht ab«, erwiderte freundlich lächelnd die Selige Reine und verschwand, um sich auf der Stelle besuchsfertig zu machen.

Dann bestieg sie die Sänfte und ließ sich zum Palast des Wudschu tragen. Die kluge Novizin Lotosreine nahm sie als Begleiterin und Assistentin für alle Fälle mit.

Der Himmel war dem Besuch gnädig und gewogen. Duftjuwels Unglücksstern hatte ausgeflackert und war im Verblassen. Nachdem sie ihr Herz gewandelt und von eitlem Sinnentrachten gereinigt hatte, war es ihr bestinnt, daß sich nun auch ihr Leid in Glück wandeln sollte.

Es traf sich, daß die hohe Gemahlin des Wudschu kurz zuvor eines kleinen Prinzen und rechtmäßigen Stammhalters genesen war. An dem Tag, an dem die beiden Nonnen zu Besuch im Palast erschienen, war gerade ein Monat seit der Geburt um. Die Selige Reine verfehlte nicht, sich diesen glücklichen Umstand zunutze zu machen und bei der Anmeldung im Palast ihren Besuch als Glückwunschbesuch anläßlich der Geburt des kleinen Prinzen auszugeben. Geschmeichelt ob dieser ihr seitens der hochangesehenen Tempeloberin zuteil werdenden Aufmerksamkeit, ließ sich die Niang niang herab, die geschätzte Besucherin vor den Eingangsstufen zu ihrem Frauenpalast zu empfangen und hineinzugeleiten, und sie bewillkommnete sie mit so viel Huld und Ergebenheit, als ob ihr die Gnadengöttin Kwan Yin in Person die Ehre schenke. Von der schönen jungen Novizin, die als Begleitung der Oberin mitkam und ihren Begrüßungsfußfall mit so vollendeter Anmut und Grazie verrichtete, war sie ganz entzückt. Nachdem man eine Weile schweigend Tee geschlürft und Gebäck geknabbert hatte, erhoben sich Oberin und Gehilfin zum förmlichen Tempelgruß und brachten ihre Glückwünsche an. Sodann sprach die Selige Reine zur Niang niang:

»Darf ich bei dieser Gelegenheit etwas zur Sprache bringen, war mir recht sehr am Herzen liegt – es handelt sich um ein Menschenleben, das es zu retten gilt –, wäre die hohe Dame wohl geneigt, sich zur Schützerin unserer heiligen Lehre aufzuwerfen und helfend einzugreifen?«

Die Niang niang lächelte huldvoll.

»Mit ganzer Kraft bin ich im Dienste Buddhas bereit zu helfen. Sprecht Euch getrost aus, Meisterin, um welches Menschenschicksal handelt es sich?«

Oberin und Gehilfin legten die Hände flach über der Brust zusammen, und die Selige Reine fuhr fort zu sprechen:

»Die Tai tai Sung hält in ihrem Hause eine jugendliche Person, die ihr Gatte Junker Kin Zwei zur Nebenfrau gewählt hatte, in unwürdiger Knechtschaft als Küchenmagd fest. Die Unglückliche ist meine Nichte und eine entfernte Base dieser meiner jungen Gehilfin hier an meiner Seite. Sie wünscht sehnlichst, in den geistlichen Stand und in den Tempeldienst bei mir einzutreten. Die Tai tai Sung aber, die sie nicht leiden kann, will ihr den Schimpf antun und sie in ein öffentliches Haus verkaufen. Den Kauferlös in Höhe von hundert Batzen hat sie einem Gelübde zufolge meinem Tempel zugedacht. Nun habe ich mir gesagt, wäre es nicht richtiger, wenn die Dame Sung statt des Geldes meinem Tempel jene Unglückliche als Novizin spenden würde? Das wäre doch eine gute Tat, die ihr und ihrem Hause zeitlebens Buddhas Segen sichern würde! Und da wollte ich Euch, hochedle Niang niang, um Euer hilfreiches Eingreifen bitten. Könntet Ihr nicht bei der Dame Sung ein Machtwort sprechen, damit meine arme Nichte vor einem Leben der Schande bewahrt bleibt und fortan in meinem Tempel Buddha dienen darf? Das wäre wahrlich ein gutes, ein Buddha wohlgefälliges Werk!«

Die Niang niang lächelte vielsagend.

»Jaja, die Sung Tai tai – eine schwierige Dame! Es ist schwer mit ihr auszukommen. Ich weiß wohl, sie hat seinerzeit gemeinsam mit mir ein Gelübde abgelegt, geschrieben auf gelbem Papier und feierlich im Angesicht der weißgewandeten Göttin Kwan Yin verbrannt. In unserem gemeinsamen Gebet um Kindersegen haben wir damals tatsächlich eine Tempelspende von hundert Batzen gelobt, das ist richtig. Sie hat noch immer keine Hoffnung. Darum stickt sie so emsig an ihrem Weihewimpel, den sie nächstens gemeinsam mit mir auf dem Altar der Göttin niederlegen will, zugleich mit besagter Geldspende. Also gut.

Ich werde sie zu mir bitten und ihr nahelegen, daß sie Eurem Tempel statt des Geldes Eure Nichte als Novizin spenden soll. Abgemacht!«

»Gelobt sei Buddha in Ewigkeit! Gelobt die gnadenreiche Göttin Kwan Yin, die die Gebete und Klagen der Welt erhört!« scholl es wie aus einem Munde, und hochbeglückt zogen Oberin und Gehilfin von dannen.

Noch am gleichen Tag zitierte die Niang niang die Dame Sung zu sich und redete ihr ins Gewissen. Nun galt ja damals der Wudschu in der Östlichen Hauptstadt soviel wie ein Kaiser und seine Hohe Gemahlin soviel wie eine Kaiserin. Ein Wunsch aus ihrem Munde kam einem Befehl gleich. Kurz, die sonst so streitbare Teufelsmutter kehrte von dieser Audienz ganz klein und gründlich geduckt zurück. Sie ließ von ihrer Kammerfrau unverzüglich die komplette Ausstattung für eine Novizin zurechtmachen und brachte Duftjuwel lange vor dem mit der Niang niang vereinbarten Opfergang-Termin zum Tempel der Großen Erweckung. Im Beisein der Seligen Reinen und Lotosreinen weihte sie feierlich Duftjuwel als Tuti, Novizin, dem Tempel. Die Selige Reine kleidete die Neue ein, schor ihr den bereits von der Teufelsmutter etwas roh gestutzten Kopf kunstgerecht nach und verlieh ihr den Tempelnamen Meh Hsin, Pflaumenherz. Und so waren die beiden Jugendfreundinnen glücklich wieder vereint. –

Der Krüppel war als ›trockener‹ Tochtermann im Hause der Schwiegermutter wohnen geblieben und betrieb nach wie vor sein Schusterhandwerk. Aber er hatte keine Freude mehr daran. Wozu noch schaffen und Geld verdienen? Seit Zinnoberzimmet von ihm gegangen war, hatte alles für ihn keinen Sinn mehr. Er ließ den Kopf hängen und dachte schon ernstlich daran, mit diesem elenden Leben Schluß zu machen.

Eines Tages trieb es ihn in den Tempel der Großen Erweckung. Vielleicht würde er, wenn sie auch Nonne geworden und für ihn endgültig verloren war, wenigstens einen Blick von ihr erhaschen können? Doch er bekam sie nicht zu Gesicht.

Niedergeschlagen wollte er schon in seine Schuhmacherwerkstatt zurückhumpeln, als eine Menschenansammlung seine Aufmerksamkeit erregte. In einem hinteren Tempelhof hatte sich ein dichter Kreis von Zuhörern um einen fremden Wanderprediger geschart. Von Neugier getrieben, humpelte der Krüppel näher, zwängte sich rücksichtslos, wie das so Krüppelart ist, durch seine Mitmenschen und hockte sich neben anderen Gaffern im inneren Ring auf dem Erdboden nieder. Nun konnte er sich den Fremden ganz aus der Nähe betrachten.

Es war kein Jünger Buddhas, vielmehr ein Tao-Jünger, ein Anhänger Lao Tses und seiner Lehre vom Tao. Merkwürdig genug sah er aus. Hageres, vergeistigtes, von Wind und Wetter und den Jahren gegerbtes Asketengesicht, unter buschigen, zersausten Brauen hohle, tiefliegende Augen, der brennende Blick wie in weite, überirdische Fernen entrückt, auf dem Kopf ein bastgeflochtener, wie ein Kegel spitz zulaufender Wetterhut, über die Brust flatternd ein langer dreigezackter Bart, die bloßen Füße in derben Bastsandalen, um die mageren Glieder schlotternd eine weite, abgetragene, hundertfach gestopfte und geflickte härene Taoistenkutte von unbestimmter Farbe. Vom linken Ellenbogen baumelte ihm eine in Fischform geschnitzte hohle Holztrommel, in der Linken hielt er eine Schreibtafel aus Bambus, in der rechten einen hölzernen Klöppel.

Eben hatte er eine Textstelle aus Meister Lao Tses berühmtem Tao te king vorgetragen und erklärt. Jetzt legte er eine kleine Atem- und Schwatzpause ein und machte sich ein wenig Bewegung, indem er innerhalb der für den Redner freigelassenen inneren Ringfläche auf und ab ging.

Nun ein Schlag mit dem Klöppel auf die Fischtrommel, worauf in den Reihen der schwatzenden Zuhörerschaft wieder andächtige Stille eintrat. Es folgte eine kurze Ansage:

»Und jetzt, liebe Leute, werde ich euch die alte Geschichte vom weisen Tschuang Tse zu Gehör bringen, wie er ein Totengerippe aus Mitleid zum Leben erweckte und dafür bloß Undank erntet. Wenn euch die Geschichte gefällt, dann tut eure Herzen und Beutel auf und spendet dem armen Wandermönch ein paar Münzen und Reiskörner, damit er unterwegs nicht zu darben braucht.«

Der Redner machte wieder eine Pause, breitete eine Bastmatte auf dem Boden aus und setzte sich mit untergeschlagenen Füßen auf ihr nieder. Drei Schläge mit dem Klöppel auf die hölzerne Schreibtafel, und er hub an:

»Unter der Tschou-Dynastie, zu Beginn jener Epoche, die in der Geschichte kurz als Tschan kwo, Zeit der kämpfenden Throne, das heißt der um die Vorherrschaft rivalisierenden Fürstentümer, bezeichnet wird, lebte ein verborgener Weiser namens Tschuang Tschou, gemeinhin als der weise Tschuang Tse bekannt. Da er lange Jahre seines Lebens in völliger Verborgenheit als Einsiedler in einem Tal am Südabhang des Nan hua schan, Südlichen Blumenbergs, verbrachte, nennen ihn seine Anhänger auch den Nan Hua Tschen Jen, Gottmensch vom Südlichen Blumenberg, und seine hinterlassene Schrift wird darum auch von der Nachwelt Nan hua tschen king, Weisheitsbuch des Gottmenschen vom Südlichen Blumenberg, genannt. Gebürtig aus dem Kreis Sui yang in der Provinz Ho nan, wo seine Sippe seit alters ansässig war, wanderte er viel im Lande umher und verbrachte, wie gesagt, lange Jahre als Einsiedler in der Bergwildnis von Schantung. In einem Tal am südlichsten Ausläufer des Nan hua schan hatte er sich eine Einsiedlerklause gebaut. Dort in weltabgeschiedener Einsamkeit, fern von Menschen und menschlichen Siedlungen, ledig aller bürgerlichen Pflichten und Bindungen, ganz in die tiefe Betrachtung der Natur und in die Erforschung ihrer Geheimnisse versenkt, hatte er mit Fleiß auch Alchimie getrieben, hatte aus seltenen Drogen das vielbegehrte Lebenselixier zu bereiten gelernt, hatte sich die Kunst der Lebensverlängerung und der Wiedererweckung zum Leben und soviel andere magische Kräfte und Fähigkeiten zu eigen gemacht, daß die Mitwelt ihn ehrfürchtig bestaunend nicht mehr als gewöhnlichen Sterblichen, vielmehr als höheres Wesen, als Hsiän, Gottmensch, ansah.

Eines Tages sprach er zu seinem Adepten:

›Ich habe nun lange genug hier in der tiefen Verborgenheit der Berge gelebt und gewirkt und Alchimie getrieben. Das Brauen des Lebenselixiers verstehe ich nun, aber von der Vollendung bin ich noch weit entfernt. Noch fehlt es mir an der Kraft, die leidende Menschheit zu erlösen, noch meistere ich bei weitem nicht alle dreitausendachthundert Regeln und Zauberformeln der höheren Magie, noch bin ich nicht reif, vom Nephritkaiser und Beherrscher des Alls in Audienz empfangen zu werden. Jetzt gelüstet es mich nach Abwechslung. Wohlan, wir wollen eine Wanderfahrt nach der Reichshauptstadt Lo yang unternehmen. Vielleicht, daß sich unterwegs Gelegenheit bietet, meine Kraft an einem Menschen zu erproben.‹ –

Der Redner unterbrach die Erzählung und sang:

»Ach, ihr Menschen dieser Welt,
Traurig ist's um euch bestellt!
Besser schon, der Welt entsagen
Und die Allnatur befragen.
Lieber freier Mann im groben Kittel
Als im seidnen Joch von Amt und Titel!
Holzfisch und Schreibtafel mein
Sollen mir Reisebegleiter sein.
Almkräuter sind mir auch zur Nahrung gut,
Vom Bergquell frisches Wasser löscht der Kehle Glut.
So wandre ich mit frohem Sinn
Getrost zum Land der Menschen hin.«

Der Redner fuhr in der Erzählung fort:

»Eines Tages gelangte Meister Tschuang Tse auf seiner Wanderfahrt in den äußersten, noch unbebauten Vorstadtbereich von Lo yang. Da sah er auf einmal zur Seite des Weges auf wildem Brachland ein bleiches Totengerippe offen daliegen. Der Anblick schnitt ihm ins Herz und stimmte ihn wehmütig. Er konnte nicht anders, er mußte an der grausigen Stätte verweilen, und sah sich seinen trüben Gedanken überlassen. Zu dem Gerippe gewandt, sprach er es schließlich seufzend also an:

›Wo sind nun, ach, deine drei Seelen und deine fünf Eingeweide hin? – Spurlos verweht! – Zu sehen ist nur noch deine von hungrigen Rabenschnäbeln kahlgepickte Hirnschale, dein von gierigen Hundemäulern blankgefressenes Knochengerüst. Wahrlich eine grausame Bestattungsart! Hu, statt deiner Blicke leuchten aus deinen leeren Augenhöhlen schräge Strahlen der Abendsonne – in deinen leeren Ohrmuscheln pfeift der Wind sein Abendlied!

Was, Gerippe, magst du wohl im Leben gewesen sein? – Mann oder Weib? – Ein alter würdiger Schwiegervater oder ein junger flotter Schwiegersohn? – Wo war wohl dein Zuhause? Und wie warst du benamt? Sprich, Gerippe! Nenne mir deinen Namen, sei es Mannes- oder Frauennamen! – Du schweigst? Hast du gar deinen Namen, deine Herkunft vergessen? – Bist du vielleicht ein Fremdling, aus einem fernen Landstrich hierher verschlagen, daß du hier unbeerdigt herumliegst, daß dir keine liebenden Angehörigen ein anständiges Grab geschaufelt haben? – Vielleicht ein heimatloser Söldner, ein Sträfling, ein Wanderarbeiter, den unterwegs der Tod ereilt hat? – Hast du niemanden, der sich teilnahmsvoll um dich kümmert, der dich beweint? – Bist du vielleicht, mit Geld reichlich versehen, aus der Heimat fortgezogen, um in der Fremde Taten zu bestehn und Ruhm zu gewinnen, und bist hier unter schlechtes Gesindel geraten und erschlagen und beraubt worden? – Oder hast du dich vielleicht selber umgebracht? Vielleicht aus Verzweiflung über eine langwierige, unheilbare Krankheit? – Nun liegst du einsam und verlassen hier, bei Tag Maulwurfgrillen und Ameisen zur Gesellschaft, bei Nacht Füchse zu Besuch – warst du vielleicht ein Freund von vielem Zechen und bist am Suff zugrunde gegangen? – Oder warst du vielleicht hinter den Weibern her und hast dich in Bettfreuden übernommen? – Oder hast du dein bißchen Lebensodem vielleicht bei der Jagd nach Geld und der Hetze nach Reichtum vor der Zeit verausgabt? – Hast du vielleicht beim Spiel oder in Prozessen verloren? – Hast du vielleicht Verbrechen begangen und bist hingerichtet worden? – Oder bist du an

Hunger und Frost verreckt? – Nun sprich schon, Gerippe! Warum sagst du kein Wort? – Gut, dann frage ich dich eben weiter – bist du vielleicht als Kind armer Eltern in der Stickluft der Großstadt in einer engen Gasse aufgewachsen? Oder in irgendeinem entlegenen Dorf draußen auf dem Lande? Hast du vielleicht Gurken und Melonen angebaut und Gemüse verkauft? Oder hast du vielleicht das Schusterhandwerk betrieben? – Warst du vielleicht ein armer Büchermensch und Stubenhocker und hast mit philosophischer Würde ein Leben der Entbehrung ertragen? – Oder warst du vielleicht ein reicher Handelsmann und bist unterwegs unter Räuber geraten und deiner Habe beraubt worden? – Oder fandest du vielleicht Lust am Wandern und Reisen und bist ungeachtet der düstern Warnung des Wahrsagers mit Büchern und Bildern, mit Laute und Schachbrett im Reisesack, hochgemut drauflos und in dein Unglück gewandert? – Warst du vielleicht Kleidertrödler und Antiquitätenhändler oder Kesselflicker oder Kupferschmied oder Spiegelmacher oder Korbmacher oder Spengler oder Dachdecker oder Maurer oder Holzfäller oder Erdarbeiter? – Gerippe, du schweigst auf alle Fragen, die ein Meister des Tao, ein Zauberer von hohen Graden, an dich richtet – dann bist du vermutlich keiner aus dem gewöhnlichen Volk, dann bist du wohl ein Angehöriger der höheren Stände, wohl gar ein erleuchteter Weiser, einen der hundert Philosophen, der sich irrtümlich hierher verlaufen hat und zu stolz ist, Antwort zu geben? – – Aber seist du auch ein Großer, ein Reicher, ein Mächtiger, ein Held, ein Eroberer gewesen, was hilft's dir nun? Hilflos liegst du da, mit dem Kopf nach Süd, mit den Füßen nach Nord gerichtet, mit den Händen nach Ost und West zeigend . . .‹

Meister Tschuang Tse gab das nutzlose Bejammern und Fragestellen auf und schritt, von Erbarmen bewegt, zur Tat. Er wollte seine Kraft erproben und das Totengerippe zu neuem Leben erwecken.

Er langte aus dem ausgehöhlten Flaschenkürbis, den er als Tasche umgehängt trug, eine seiner wunderkräftigen Lebenselixierpillen und stopfte sie dem Gerippe in die Mundhöhle. Dann holte er einen Schub seines Geisteratems aus der Lunge und blies ihn dem Gerippe in den Mund. Er überprüfte die Beschaffenheit des Knochengerüstes und stellte fest, daß am linken Brustkorb drei Rippen fehlten. Geschwind hieß er seinen Gehilfen und Begleiter zu einem südöstlich in der Nähe stehenden Weidenstamm laufen und drei Zweige abschneiden. Er schnitt die drei Zweige zu passender Länge zurecht und fügte sie an Stelle der fehlenden Rippen in den Brustkorb ein. Hierauf zog er seine Kutte aus und breitete sie über das Totengerippe. Nun murmelte er eine Reihe von Zauberformeln vor sich hin, die dazu bestimmt waren, die ursprüngliche Seele in das Totengebein zurückzubannen und Starrheit in Bewegung zu verwandeln. Hierauf entnahm er seiner Wasserflasche einen Schluck frisches Quellwasser und sprengte es dem Gerippe in den Mund. Alsbald kam Leben in das Totengebein. Die bleichen Knochen überzogen sich mit Fleisch und Haut, es begann zu atmen. Jetzt richtete es sich auf und bewegte den Mund zum Sprechen:

›Habt Dank, Schi fu, Meister, daß ihr mir zur Rückkehr des Bewußtseins verhalft! Aber wie soll ich mich, nackt und unbekleidet, wie ich bin, vor den Augen der Leute zeigen?‹

Tschuang Tse griff in seinen Schnappsack, langte einen Linnenkittel heraus und gab ihn dem Wiedererweckten zum Anziehen. Der dehnte und reckte sich, rollte die Augen und sprach:

›Ich heiße Wu, mit Zunamen Kweh, und stamme aus Fu tschou. Ich trug dreihundert Silberbatzen bei mir und wollte davon in Lo yang Ware einkaufen. Seht an, ihr beiden! Ihr habt mir erst einen Betäubungssud eingegeben, der mich bewußtlos machte, und dann habt ihr mich beraubt! Nicht allein das, nach dem Leben habt ihr mir getrachtet! Über den lauten Verwünschungen, die der eine von euch, der mit dem langen Bart, über mich ausgestoßen hat, bin ich wieder zu mir gekommen. Nun sage ich euch eins: Entweder gebt ihr mir auf der Stelle die geraubten Sachen, Geld und Kleidung, zurück, dann lasse ich euch laufen, oder wenn ihr euch dessen weigert, dann erhebe ich

Klage wider euch vor dem Kreisrichter und dem Präfekten von Lo yang und vor dem Statthalter von Ho nan, vor allen erreichbaren Amtsstellen, und klage euch des versuchten Giftmordes an! Na, das gibt eine Anklage! Macht euch nur auf hundertzwanzig Anklagepunkte gefaßt! Die Beschwerdetrommeln in den Yamen-Vorhöfen werde ich kräftig anschlagen und Yüan! Unrecht! nur so hinausschreien und -brüllen! Die schlimmste Art der Hinrichtung, den langsamen Zerstückelungstod, sollt ihr zur Strafe erleiden! Dafür werde ich sorgen! Das Teufelszeug, das du da in deinem Flaschenkürbis versteckt hältst, Alter, und diese hölzerne Almosenschale sind Beweis genug, um dich zu überführen!‹

Mit diesen Worten stürzte er sich auf den Meister, packte ihn am Rockkragen und zerrte ihn mit sich fort zur Stadt und zum Yamen des Kreisrichters. Dort erhob er ein lautes Geschrei und brüllte sein Yüan! Unrecht! hinaus.

Der Richter hörte seine Klage an, die er jammernd und heulend vorbrachte. Dann wandte er sich an Meister Tschuang Tse:

›Bekennst du dich schuldig? Er kann seine Anklage schwerlich aus der Luft gegriffen haben. Ich rate dir zum Geständnis, dann ersparst du dir die Folter.‹

Auf seinen Wink hin hielten sich die Büttel schon mit ihrem Folterwerkzeug, mit Bambusprügeln, Finger- und Knöchelpresse, bereit. Tschuang Tse berichtete genau und gelassen den Hergang, wie er den Ankläger als Totengerippe offen auf wildem Acker liegen gesehen, wie ihn Mitleid und Erbarmen gepackt und wie er ihm mit seiner Magie und einer Pille Lebenselixier zum Leben zurückverholfen habe.

›Und nun lohnt er all meine Güte mit Haß und Feindschaft. Das ist der Dank!‹ schloß er seine Verteidigung.

Der Ankläger fuhr giftig los:

›Alter Gebieter, laßt bei Eurem Urteil Vernunft und gesunden Menschenverstand walten! Wie soll ein Totengerippe zu neuem Leben erweckt werden können? Das ist doch barer Unsinn! Der

Kerl tischt Euch Phantastereien auf! Glaubt ihm nicht! Er hat es in Wahrheit auf mein Geld und mein Leben abgesehen gehabt! Ein Bettler, ein Landstreicher ist er! Mit Dieben und Räubern steckt er unter einer Decke! Unter geistlicher Kutte, unter dem Vorwand, milde Gaben erbetteln zu wollen, schleicht er sich in fremde Häuser ein, um Möglichkeiten zum Stehlen und Rauben auszuspionieren! Ein Gaukler und Zauberer ist er! Schleppt mit sich Teufelszeug herum, mit dessen Hilfe er sich unsichtbar und nach Belieben wieder sichtbar machen kann! Mit seinem Hokuspokus verwirrt er den Verstand seiner Mitmenschen, macht er sich die Weiber aus guten Bürgerhäusern gefügig! Ein Scharlatan, ein Falschmünzer ist er! Arbeitet mit Schmelztiegel und Blasebalg und schmilzt schlechtes Blei zu falschem Silber um! Und noch etwas ganz Schlimmes: Kleine Kinder lockt er an sich, betäubt sie und schneidet ihnen Galle und Herz aus dem Leib, um sich an solcher Speise zu verjüngen! Ich traf damals mit ihm in einer Herberge zusammen, wo ich übernachten wollte. Wir zechten, und da er merkte, daß ich ein begüterter Handelsmann war, warf er seinen Blick auf mein gewichtiges Gepäck. Es erweckte seine Begehrlichkeit. Da hat er mir heimlich ein Betäubungspulver in meinen Becher getan, und ehe ich mich's versah, war ich hin und fiel um. Da hat er mich dann beraubt und nachts auf das wilde Feld draußen in der Vorstadt geschleppt und dort liegenlassen! Fälschlich behauptet er jetzt, er hätte mich als Totengerippe gefunden und aus Barmherzigkeit zum Leben erweckt. Lächerlich! Als ob es so etwas gäbe! Wenn ich aus meiner Bewußtlosigkeit erwacht und wieder zu mir gekommen bin, so habe das der Gnade des Himmels zu verdanken, der mich dafür belohnen wollte, daß ich zeitlebens rechtschaffen gewesen bin und gute Werke getan habe.‹

›Was hast du, Einsiedel, darauf zu erwidern?‹ wandte sich der Richter an Tschuang Tse.

›Von allen Lebewesen unter dem Himmel ist keines so schwer zu erlösen wie der Mensch. Man kann ihm noch soviel Liebe und Güte erweisen, und er bleibt doch ein Teufel! – Darf ich den hohen Gebieter um eine Schale Wasser bitten? – Er ist ein unverbesserlicher Bösewicht. Es war ihm darum so vorher bestimmt, daß er elend am Wegrand verrecken und unbeerdigt liegenbleiben sollte. Ich habe mich dem Willen des Himmels widersetzt, indem ich ihm aus unangebrachtem Mitleid wieder zum Leben verhalf. Jetzt ist es Zeit, meinen Fehler wiedergutzumachen.‹

Der Richter erfüllte sein Begehr und ließ ihn eine Schale Wasser bringen.

Tschuang Tse nahm einen Schluck in den Mund und spie ihn über den Kläger aus, worauf der Mann augenblicklich wie vom Blitz getroffen umsank. Tschuang Tse lüftete seinen Rock, und siehe, ein Totengerippe kam zum Vorschein! An der linken Brustkorbseite fanden sich statt dreier Rippen drei Bolzen aus Weidenholz eingefügt!

Der Richter fuhr, ob des Wunders entsetzt, aus seinem Amtssessel in die Höhe. Jetzt ward ihm klar, daß er in dem Angeklagten einen fahrenden Magier von hohen Graden, einen richtigen Hsiän und Gottmenschen vor sich hatte, der Macht über Leben und Tod besaß. Er bemühte sich von seinem Hochsitz herunter zu Meister Tschuang Tse und bat ihn um die Ehre, ihm als Jünger huldigen zu dürfen und in seine Gefolgschaft aufgenommen zu werden.

Tschuang Tse zeigte nach einem Fenster im Rücken des Richters.

›Schaut, da hinten im Wandelgang, da kommt einer – ein richtiger Gottmensch!‹ sprach er. Der Richter wandte sich um. Da hatte sich der Meister auch schon in Luft aufgelöst und war verschwunden.«

Die Geschichte war aus. Befriedigt öffnete die Zuhörerschaft Beutel und Taschen und spendete dem Erzähler Münzen und Reis. Der rollte seine Bastmatte zusammen und wandte sich zum Gehen. Der Krüppel humpelte ihm nach und erwischte ihn am Rockärmel.

»Ich möchte auch der Welt entsagen und Euch folgen!« bettelte er. Der wandernde Tao-Jünger besah ihn sich von oben bis unten. Ein Krüppel, ein Lahmer in schäbigem Kittel.

»Traust du dir wirklich zu, den steinigen Pfad zur Vollendung zu beschreiten?«

Der Krüppel erwiderte:

»In einem frühern Leben
War ich der Lust ergeben,
Zu frönen meinen Sinnen,
Des Nächsten Weib gewinnen,
Mich unter Blumen betten,
Buhlen an lockern Stätten –
War meines Daseins Zweck.
Mit Leid nun muß ich büßen,
Ein Krüppel, lahm an Füßen,
Über Nachbarmauern springen
Dem Zwerg will nicht gelingen.
Nun reuige Einkehr halten,
Und still im Tempel walten –
Sei meines Daseins Zweck.

Und so ist es mein Wunsch, meine Schlafmatte überzubuckeln, zum Wanderstecken zu greifen und Euch zu folgen.«

Der Jünger des Tao nickte Zustimmung.

Krüppel Hou lief noch einmal in die Wohnung, packte sein Bettzeug zusammen, verabschiedete sich von der Schwiegermutter und folgte dem Meister ins Ungefähr.

Auch über ihn war Erleuchtung gekommen. Wenn sich schon Meister Tschuang Tses wahrhaft gewaltige Tat barmherziger Nächstenliebe als nutzlose Verschwendung von Herz erwiesen hatte, wieviel mehr dünkte ihn nun seine hoffnungslose Liebe zu einer Zinnoberzimmet als sinnlose Verschwendung von Gefühl! Um vor grausamer Enttäuschung bewahrt zu bleiben, war für einen Unglücklichen wie ihn Leere die einzige Zuflucht.

Freude, Jauchzen, Trauer, Schmerz –
Alles Wahn. Wozu denn Herz?

Hoffen, Sehnen, Wünschen, Schmachten –
Alles Wahn. Wozu das Trachten?

Wie nichtig dünkte ihn jetzt sein bißchen häuslicher Jammer! Leid und Lebensüberdruß waren vergessen! Der eben gehörte Vortrag hatte ihm neuen Lebensmut eingeflößt. Ja, mit Meister Tschuang Tse wollte er es halten und ihm nachzueifern versuchen. Abgekehrt von der mißtönenden Welt, in erbaulicher Einsamkeit in die Natur hineinzulauschen und ihren Geheimnissen nachzusinnen, das konnte dem Leben auch Wert und Inhalt geben. Daß er irgendeine Schuld aus einer früheren Existenz abbüßen mußte, war ihm klargeworden. Daß es Hsi Mens Schwiegersohn, der leichtlebige junge Tschen, war, der in ihm wiedergeboren ward, und daß er für dessen Sündenregister heimzuzahlen hatte, das konnte er freilich nicht ahnen.

Wie die Geschichte weitergeht, werdet ihr im nächsten Kapitel erfahren.

SECHSUNDDREISSIGSTES KAPITEL

Dank eines verrückten Rezepts stolpert unversehens ein armseliger Scharlatan ins Glück. Mit dem Verrat einer Millionenstadt schleicht sich ein dunkler Ehrenmann in die Gunst der fremden Herren

Der Edle weiß in allen Dingen rechtes Maß zu halten,
Er weiß zur rechten Stunde von der Bühne abzutreten –
Der Hungerrabe pickt mit vollem Schnabel gierig weiter,
Der Falter, honigtrunken, schwankt nach immer neuen Blüten.
Ein Allzuviel des Guten pflegt den Magen zu verstimmen,
Nach frohen Festen stellt zumeist sich Katzenjammer ein,
Manch weitgereister Yang-tse-Fahrer muß zu guter Letzt
Noch an der vielgekrümmten
Kütang-Enge Klippen scheitern –

Bei ihrem neuerlichen Einfall in Nordchina[1] hatten die Tatarenhorden des Eroberers Walipu unter anderen Plätzen auch die Kreisstadt Tsing ho hsiän in der Provinz Schantung heimgesucht. Wie überall hatten sie auch hier böse gehaust. Soweit die Bevölkerung nicht rechtzeitig flüchten konnte, war sie teils umgebracht worden, teils in Gefangenschaft geraten. Kräftige, kriegstaugliche Männer ließ man am Leben. Man sparte sie für spätere Verwendung auf. Bei künftigen Sturmangriffen auf belagerte Stadtwälle sollten sie in die vorderste Linie geschickt werden und als lebender Schutzschild gegen den Geschoßhagel der Verteidiger dienen. Bis dahin wurden die Gefangenen in abgesonderten Lagern unter strenger Bewachung gehalten. Um ein Entweichen zu verhindern, wurden sie nachtsüber zu je fünf oder zehn Mann mit schweren, durch Schlösser gesicherten Eisenketten aneinandergefesselt. Gefangenen, die ihrer körperlichen Beschaffenheit nach für den Frontdienst unbrauchbar waren, bot man die Möglichkeit, sich durch Geld loszukaufen. War trotz gewisser sanfter Druckmittel aus ihnen nichts herauszuholen, so machte man kurzen Prozeß mit ihnen und schickte sie vorzeitig ins Reich der gelben Quellen.

Unter der letzteren Gruppe von Gefangenen befanden sich auch zwei Bürger, deren Namen der geschätzten Leserschaft, soweit sie die Geschichte von Hsi Men und seinen sechs Frauen kennt, wohl erinnerlich sein dürften: Schnorrer Ying und Doktor Bambushügel. Der eine ehemals Hsi Mens Zechkumpan und bester Freund, der andere sein unglücklicher Nebenbuhler und Widersacher. Am Morgen nach ihrer Einlieferung wurden sie dem üblichen Verhör unterzogen. Zuerst nahm man sich Schnorrer Ying vor. Mit seinem stattlichen Wanst und seinen feisten, fettig glänzenden Hamsterbacken sah er ganz danach aus, als ob etwas Erkleckliches aus ihm herauszuholen sein müsse. In der Tat war es ihm auch seit Hsi Mens Tod nicht schlecht ergangen. Mit Geschick hatte er sich an neue Wohltäter anzuwansen und dank seines bewährten Ölmauls und Schnorr-

1. Im Jahre 1126.

talents immer leidlich obenauf zu halten gewußt. Sein letzter Coup war der vorteilhafte Verkauf von Hsi Mens beiden Grundstücken an den reichen Herrn Tschao gewesen. Er hatte ihm auf Kosten der betrogenen Mondfrau die fette Provision von sechshunderfünzig Silberbatzen abgeworfen. Dieses schöne Kapital hatte er dann gewinnbringend in einem Baumwolle- und Kattunladen angelegt. Kein Wunder, daß er so wohlgenährt aussah.

Als man die übliche Frage nach Geld an ihn richtete, leugnete er zunächst auf Tod und Leben. Darauf packte man ihn und knüpfte ihn an einem Baumast auf. Dann begann man das gewohnte Scheibenschießen mit stumpfen Knochenpfeilen. Zielscheibe war sein stattlicher Wanst. Beim ersten Treffer mitten auf den Nabel machte er bereits vor Schreck in die Hosen und bequemte sich zu einem Teilgeständnis: Seine Frau verwahre daheim, in einem Kleiderbündel versteckt, einen Silberbarren von zehn Batzen Wert, ferner zwei Batzen Bruchsilber und jene tausend Kupferlinge, der damals von dem alten Einsiedler als Kaufpreis für Hsi Mens Söhnchen erhalten hatte. Seine Angabe erwies sich als richtig, und da trotz nachdrücklicher Bearbeitung mit der rindsledernen Peitsche nicts weiter aus ihm herauszulocken war, ließ man ihn gnädig laufen.

Nun kam Doktor Bambushügel an die Reihe. Das klapperdürre, vertrocknete Männchen, dessen Gliedmaßen wie Holzscheite gegen den ihn umschlotternden, viel zu weiten, abgetragenen Kattunrock spießten, sah nicht gerade nach Geld und Wohlleben aus. Aber die rohen Tataren überhörten sein Nein und versuchten, ihn durch ein paar Hiebe mit der flachen Klinge auf den Nasenrücken zum Sprechen zu bringen. Als er trotz heftigen Nasenblutens bei seinem Nein blieb, beschloß man, dem unnützen Burschen den Garaus zu machen. Man war gerade dabei, ihm vorher noch sein armseliges Gelumpe vom Leibe zu schälen, als man auf einmal einen hellen klirrenden Ton vernahm. Irgend etwas Schweres war unter seinen Kleidern mit feinem Klingklang zu Boden gerutscht. Die Tataren vermeinten sogleich, das klinge nach Geld und grabschten gierig nach dem gewichtigen Etwas am Boden.

Es war ein dickes, in blaues Tuch geschlagenes Bündel. Als man es öffnete, ei sieh da, was kam da zum Vorschein? Außer einigen Büchern und Papieren ein seltsames Sammelsurium von den Tataren unbekannten Dingen: ein runder, glatter Eisenring, wie er bei Statuen des Himmelsfürsten in der Hand des Gottes zu sehen ist, daran befestigt ein zungenförmiger Bronzeklöppel, ferner eine hölzerne Glocke, wie sie alte, vorsichtige Leute beim Gehen am Ellenbogen zu schwenken pflegen, um entgegenkommende Mitmenschen zum Ausweichen zu veranlassen, weiter die Bronzestatuetten zweier Altmeister der Heilkunde, dazu Fläschchen und Schachteln, gefüllt mit allerlei Drogen und Heilkräutern, wie Yünnan-Wurzel, Enzian, Ning-po-Knolle, Trüffel, Baumschwamm, trockenen Orangenschalen und ähnlichem mehr. Diese Drogen und drei anscheinend stark benutzte, arg zerfledderte Druckschriften – ›Leitfaden der Körpertemperaturen‹, ›Lehrbuch von den negativen und positiven Urkräften Yin und Yang‹, ›Praktisches Handbuch der hundert einfachen Hausrezepte‹ – ließen keinen Zweifel über die Zugehörigkeit ihres Besitzers zur Ärztezunft.

Was aber hatten die drei merkwürdigen Dinger, der Eisenring, der Bronzeklöppel, die hölzerne Glocke, unter solchem ärztlichen Kleinkram zu suchen, wird die geschätzte Leserschaft fragen.

Nun, wegen der unsicheren Zeiten übte unser Doktor sein Gewerbe im Umherziehen aus. Er hatte augenblicklich keinen festen Wohnsitz. Wie das bei solchen umherziehenden Gewerbetreibenden Brauch ist, pflegte er in den fremden Ortschaften, die er bei seiner Wanderschaft berührte, die Kundschaft durch entsprechenden Lärm anzulocken. Dazu dienten ihm die Holzglocke und der Eisenring mit dem Bronzeklöppel. Dieses Lärmgerät hatte ihm unterwegs den Spitznamen ›Klingeldoktor‹ eingebracht. Auch unter dem Namen ›Allerweltsdoktor‹ war er bekannt. Die Patienten, die sich seiner Kunst anvertrauten, wurden je nachdem gesund oder blieben krank oder krepierten auch nach Gebrauch der von ihm verordneten Heilmittel.

Kurz, er war weniger Arzt als Kurpfuscher, er war, wie man zu sagen pflegt, ein Strohkopf, ein Scharlatan. Wenn er sein Honorar ergaunert hatte, pflegte er auf Nimmerwiedersehen zu verduften. Nun, in der Not nimmt man es mit der Wahl der Mittel nicht so genau. Kein Mensch dachte daran, ihn wegen eines Kunstfehlers zur Rechenschaft zu ziehen, wenn seine Rezepte Mißerfolge gezeitigt hatten. Er genoß gewissermaßen das Privileg, straffrei zu töten. Alles in allem ein recht bequemer Beruf. Anderseits pflegten die Honorare, die sich die Leute unter dem Druck der Not für seine Kunst abquetschten, nicht so üppig zu sein, daß sie ihm gestattet hätten, sich wie Schnorrer Ying ein Wänstlein anzumästen. Es reichte gerade, um schlecht und recht von der Hand in den Mund zu leben.

Als ihm jetzt nach Schluß des Verhörs rohe Tatarenfäuste die Kleidung herunterrissen, hatte er bereits mit dem Leben abgeschlossen. Er zweifelte nicht im geringsten, daß es nun mit ihm aus sei. Wer hätte gedacht, daß ihm gerade in diesem Augenblick sein Glücksstern aufgehen sollte?

»Was ist das für ein Plunder?« mischte sich auf einmal, auf den am Boden ausgebreiteten Inhalt des blauen Tuchbündels deutend, der Oberfeldherr Walipu persönlich ein. Er führte den Vorsitz bei der Verhandlung.

»Mein Kapital und Handwerkszeug. Ich bin Arzt«, erwiderte der Klingeldoktor.

Überrascht sprang der Feldherr von seinem Sessel auf.

»Halt! Löst ihm die Fesseln! Er ist frei!« rief er den Schergen zu. Und halblaut zu sich:

»Verflucht, da hätten wir ja beinahe eine große Dummheit begangen! So etwas ist doch viel zu schade zum Hinrichten!« Dann ließ er dem Klingeldoktor ein neues prächtiges Gewand anziehen und lud ihn als Gast an seine Tafel. Er ließ ihm eine Kanne Wein auftragen und ein fettes Suppenhuhn und eine halbgar gebratene Hammelkeule vorsetzen. Der mächtige, gefürchtete Tatarenfeldherr ließ sich dabei herab, mit eigener Hand die besten Fleischstreifen abzuschneiden und seinem Gast auf den Teller zu legen und ihm mit eigener Hand den Wein in den Humpen zu schenken. –

Ihr werdet verwundert fragen, was dieser jähe Stimmungsumschwung zu bedeuten hatte. Erst Hinrichtungskandidat, und jetzt auf einmal Ehrengast?

Nun, der tatarische Feldherr hatte eine jugendliche Neue, die er über alles liebte und zu seiner Hauptgattin erhoben hatte. Sie klagte seit längerem über Herzbeschwerden und Appetitlosigkeit. Alle Kunst der tatarischen Leibärzte hatte bisher versagt. Der Gatte war darüber untröstlich und klammerte sich nun in seiner Hoffnung an diesen chinesischen Arzt, den ihm nach seiner Überzeugung ein gütiger Gott in die Hand gespielt hatte.

Doktor Bambushügel wurde also an das Lager der Patientin geführt, ließ sich durch einen Vorhang hindurch ihre Hand und ihren Unterarm reichen und befühlte kunstgerecht den Puls.

»Es handelt sich nicht um eine Herzerkrankung, sondern um eine gewöhnliche Magenerkältung«, lautete seine Diagnose. »Ein kleines Rezeptchen wird der hohen Dame rasch Genesung schaffen.«

Und nun schrieb er in dieser ihm vorbestimmten Glücksstunde jenes verrückte Rezept aus, das seinem eigenen kümmerlichen Dasein zu einer so überraschenden Genesung verhelfen sollte. Er nannte es ›Ingwer- und Zimmetsud zum Austreiben von Kälte‹, und es lautete also:

Je ein Zehntel Unze
gedörrter Ingwer
frischer Ingwer
geriebene Muskatnuß
Zimmet bester Sorte
Je ein halbes Zehntel Unze
Magnolienrinde, in Ingwersaft weich gekocht
getrocknete Orangenschalen

Kardamom
getrocknete Zitronenschalen
Süßholz, mit Wermut geröstet
Dill, in Wein gedämpft
Stranddistelwurzel
Kaschmirdistelwurzel.

Obiges zerrieben und zu Sud verkocht, in flüssigem Zustand zu trinken.

Doktor Bambushügel überwachte selber die Zubereitung des Heiltranks. Und siehe da, er wirkte Wunder. Die hohe Patientin fühlte sich wenige Stunden nach Einnahme des Tranks von allen Beschwerden befreit und wieder bei gesundem Appetit. Im Überschwang der Freude schenkte Walipu dem tüchtigen Klingeldoktor einen dicken Goldbarren von fünfzig Unzen Gewicht sowie einen Rock von bester Damastseide und ernannte ihn obendrein zu seinem Leibarzt. Er hieß ihn fortan neben seinem Feldherrnzelt im Tatarenlager wohnen. –

Nun traf es sich, daß der Tatarenprinz Wudschu anläßlich der Einsetzung von Tschang Pang Tschang zum Gegenkaiser von China nach Kai fong fu gezogen war und daselbst sein Feldlager am Piän-Fluß aufgeschlagen hatte. Des südlichen Klimas ungewohnt, war er dort an Typhus erkrankt. Nun wünschte er, schleunigst nach dem nördlichen Peking zurückzukehren, und hatte Weisung erteilt, daß Walipu nach Kai fong fu herunterkommen und hier an seiner Stelle den Oberbefehl übernehmen sollte. In Tag- und Nachtmärschen war Walipu zur Östlichen Hauptstadt gehetzt. Doktor Bambushügel mußte ihn begleiten. Nach der Ankunft verfehlte er nicht, dem erkrankten Prinzen von seinem neuen chinesischen Leibarzt zu erzählen und dessen Tüchtigkeit zu rühmen. Der Prinz beschloß daraufhin, sich von Doktor Bambushügel behandeln zu lassen.

Der erkannte bei der Pulsuntersuchung sogleich, daß es sich um einen leichten Fall von Typhus handle, wie ihn sich Nordländer im ungewohnten heißen südlichen Klima leicht zuziehen. Da bedurfte es nur einer heißen Suppe aus Zimmetstengeln und

Wurzeln der Roßschweifstaude, die gehörig schwitzen machte. In Gegenwart des Prinzen bereitete Doktor Bambushügel die Suppe zu und nahm, um einen etwaigen Argwohn des Patienten, der immerhin Landesfeind war, zu zerstreuen, kniend zunächst selber eine Kostprobe vor. In der Nacht nach dem Genuß der Suppe geriet der Prinz gehörig ins Schwitzen, und am nächsten Morgen fühlte er sich frisch und gesund. Er war geheilt.

Beglückt schenkte er seinem Retter einen schönen Fuchspelzmantel, eine warme Winterkappe aus feinem Zobelfell, ein Paar weiche, mit blauer Atlasseide gefütterte Tatarenstiefel, ferner einen vergoldeten Prunkdolch sowie ein edles Reitpferd mitsamt Sattel und Zaumzeug, beides reich vergoldet. Außerdem erhob er ihn zum Rang eines Stammeshäuptlings über tausend Familien, wies ihm ein Gefolge von zwanzig tatarischen Kriegern zu und setzte ihm ein entsprechendes Jahresgehalt aus. So sah sich unser Klingeldoktor mit einem Schlage aus den Niederungen seines bisherigen bescheidenen Daseins zu den Höhen einer reich bezahlten, ehrenvollen Stellung emporgetragen. Einige Tage danach fühlte sich Atali, die Lieblingsfrau des Wudschu, sterbenskrank. Doktor Bambushügel wurde zu Rate gezogen. Er stellte Darmkatarrh fest und verordnete der Patientin eine ›Suppe des vierfachen Widerstandes‹. Sein Rezept lautete:

Eine halbe Unze gedörrter Ingwer
sechs Zehntel Unze Süßholz

beides gerieben in den Saft einer rohen geschälten Pampelmusenfrucht zu verrühren, in einem halben Liter Wasser zu sieben Zehntel aufzukochen und in zwei Portionen warm einzunehmen.

Das Mittel hatte auch wirklich Erfolg. Die Patientin geriet in Schweiß und fühlte sich am nächsten Tag frisch und gesund wie zuvor.

Von da an ließ der Prinz diesen Wunderarzt keinen Schritt mehr von seiner Seite weichen. Er reihte ihn in sein engeres Gefolge ein und behandelte ihn als geschätzten Ehrengast. Nun, Doktor Bambushügel war weit im Lande herumgekommen. Er verstand sich auf artigen Umgang mit Menschen und auf die Kunst gewandter Unterhaltung. Und so wußte er sich mit Anstand in seine neue Würde zu schicken.

Der Prinz zog ihn aber auch als Berater in allen möglichen nichtärztlichen Fragen heran. Wenn es sich darum handelte, Belohnungen oder Strafen auszuteilen, Ernennungen oder Absetzungen zu verfügen, da pflegte er zuvor seine Meinung einzuholen und sich nach seinen Vorschlägen zu richten. Vom ärztlichen Berater avancierte Doktor Bambushügel somit allgemach zum politischen Berater. Im Tatarenlager wurde er daher allgemein als ›geheimer Rat‹ tituliert und respektiert.

Nun lagen damals im Flußhafen von Kai fong fu drei von den Tataren beschlagnahmte, schwerbeladene chinesische Kauffahrteidschunken. Die eine Dschunke war mit Salz beladen, die zweite mit leichtem und schwerem Hausrat, die dritte mit allerlei Ware. Sie gehörten reichen Salzhändlern aus Yang tschou.

Als die Tataren überraschend gegen die Hauptstadt anrückten, hatten sie eigentlich mit ihrer Ware nach Yang tschou zurückkehren wollen. Aber die Tataren waren ihnen zuvorgekommen und hatten ihre Dschunken noch rechtzeitig anhalten können. Sie selber waren verhaftet worden und sahen ihrer Hinrichtung entgegen.

In ihre Haftzelle war nun die Kunde gedrungen, daß ein Landsmann aus Schantung zum nächsten Gefolge des Wudschu, des Eroberers von Kai fong fu, gehöre und sich dank ärztlicher Erfolge in dessen Gunst und Gnade sonne.

Da hatten sie nun mit Hilfe eines bestochenen Aufsehers dem Doktor Bambushügel eine geheime Botschaft zugehen lassen und ihn inständigst ersucht, sich beim Prinzen für ihre Freilassung zu verwenden. Zehntausend Batzen hatten sie ihm als Dank in Aussicht gestellt. Angesichts eines so verlockenden Angebots war Doktor Bambushügel bereit, ihrer Bitte zu willfahren, und wartete bloß einen günstigen Zeitpunkt ab, um dem Prinzen sein Anliegen vorzutragen.

Eines Tages kam der Prinz wohlgelaunt von erfolgreicher

Jagd zurück. Am Abend gab es ein frohes Zechgelage mit Trommellärm und Saitenspiel, Gesang und Tanzvorführung. Als der Festtrubel und die Stimmung auf dem Höhepunkt waren, fiel Doktor Bambushügel dem Prinzen zu Füßen und brachte sein Anliegen vor. Die inhaftierten Kaufleute seien entfernte Vettern von ihm, und er flehe, ihnen das Leben zu schenken. Auf ihre Dschunken und ihre Ware wollten sie gern verzichten. Auch hätten sie seiner Wenigkeit eine Belohnung von zweihundert Batzen versprochen, falls sein Fürspruch Erfolg hätte, fügte er schamhaft hinzu.

Der Fürst war in gnädiger Laune.

»Ist dir so viel an den paar lumpigen Batzen gelegen? Das hast du gar nicht nötig«, versetzte er lachend. »Wohlan, ich schenke dir die Salzladung der einen Dschunke. Aus ihrem Verkauf kannst du das Zehn- und Mehrfache jener Belohnung erzielen. Ich brauche hier jedes Fahrzeug zu Kriegszwecken. Deshalb hatte ich die drei Dschunken beschlagnahmen lassen. Die verhafteten Händler hatten an sich ihr Leben verwirkt. Aber dir zuliebe will ich es ihnen schenken.«

Doktor Bambushügel dankte mit Stirnaufschlag. Am nächsten Tag ließ sich der Fürst die Häftlinge vorführen. Es waren ihrer zehn, alles reiche Kerle mit Vermögen von einigen hunderttausend Batzen.

»Ihr seid jetzt alle meine Untertanen und habt mir zu gehorchen und zu dienen«, wandte sich der Fürst an die vor ihm knienden Händler. »Da ihr euch mit euren Dschunken heimlich und eigenmächtig nach Yang tschou entfernen wolltet, hattet ihr eigentlich den Tod verdient. Dank der Fürsprache eures Landsmannes Doktor Bambushügel will ich Gnade walten lassen und euch das Leben schenken. Eure Dschunken behalte ich für meine Zwecke.«

Und er schenkte jedem von ihnen einen an einem Pfeilschaft befestigten und beschrifteten dreieckigen Wimpel als Ausweis, daß sie sich frei bewegen und überall ungehindert passieren durften.

Die Leute dankten ihm mit Stirnaufschlag und zogen hochbeglückt ab.

Der Fürst aber begab sich mit seinem Gefolge zum Hafen, um die drei beschlagnahmten Handelsschiffe zu besichtigen. Das eine Schiff wies als Fracht Ware verschiedener Art auf, wie rotes Sapan-Holz, schwarzen Pfeffer, Seiden- und Tuchballen von allen möglichen groben und feinen Sorten. Es war Ware im Schätzungswert von dreißigtausend Batzen.

Die zweite Dschunke enthielt eine Ladung Hausrat, wie Tische, Stühle, Betten, Vorhänge, Porzellangeschirr, darunter eine Menge Ziermöbel aus kostbaren Hölzern, wie wohlriechendem Rosenholz, schwarzem Kanton-Hartholz, teurem Zedern- und Zypressenholz, gefertigt. Alles in allem im Wert von etwa zehntausend Batzen.

Die dritte Dschunke war mit einer Ladung Salz befrachtet. Das Salz war durchweg in schichtenweise übereinandergestapelten, von Strohmatten bedeckten, dicht verschnürten Binsenkörben aufbewahrt.

Der Anlegeplatz vor den drei Dschunken lag still und verlassen da. Es fehlte das gewohnte Bild der sich drängenden, schreienden und feilschenden Händler und Käufer. Die gesamte Ware war ja konfisziert und unverkäufliches Gut.

»Also diese Salzladung schenke ich meinem chinesischen Leibarzt Doktor Bambushügel«, bestätigte vor allem Gefolge der Fürst seinen huldvollen Entschluß vom Abend zuvor. –

Wenn es bloß die Salzladung gewesen wäre, hätte ihr Besitz schon ausgereicht, um einen aus ärmlichen Verhältnissen hervorgegangenen Emporkömmling wie unseren Klingeldoktor glücklich zu machen. Aber es war noch mehr.

Als die Salzkaufleute damals heimlich nach Yang tschou entwischen wollten, hatten sie vorsorglich ihr Bargeld unter dem Salz versteckt. Es handelte sich um einen Schatz von nicht weniger als hunderttausend Gold- und Silberbatzen, der da wohlvergraben im Boden der salzgefüllten Binsenkörbe der unteren Schicht schlummerte.

Doktor Bambushügel hatte vom Vorhandensein dieses zusätzlichen Schatzes, der ihm da unverhofft, wie ein Geschenk des Himmels mit in den Schoß gefallen war, zunächst keine Ahnung. Nun, es ist eine alte Erfahrung:

Der gleiche Quell, dem Glück entspringt,
Gar oft uns später Unglück bringt.

Doktor Bambushügel machte im Tatarenlager einen Salzladen auf, stellte Geschäftsführer und Verkäufer an und brachte aus seiner Schiffsladung zunächst die oberste Schicht der Binsenkörbe zum Verkauf. Sie brachte ihm fast fünfhundert Silberbatzen ein. Hierauf ließ er die Körbe der zweiten Schicht in den Laden schaffen, um sie gleichfalls loszuschlagen. Im Laderaum der Dschunke blieb somit nur noch die dritte und unterste Schicht der Körbe übrig.

Es traf sich, daß ihm in seiner eigenen Küche eines Tages der Vorrat an Salz ausgegangen war. Da schickte er einen Knecht zu seiner Salzdschunke aus und hieß ihn einen Korb der untersten Schicht an der Tragstange herbeizuschaffen. Der Knecht war gerade dabei, den Inhalt des Korbes in einen Porzellankübel zu schütten, als sich zu seiner Verwunderung in das leise Rauschen des herausfließenden Salzes auf einmal ein harter metallischer Klang mischte. Irgend etwas Hartes, Schweres war in den Kübel gefallen und hätte beinahe dessen Bauchwand durchschlagen. Der Knecht ging der befremdlichen Sache auf den Grund, und siehe da, es stellte sich heraus, daß unter dem Salz des Korbes zehn dicke Silberbarren von je fünfzig Unzen Gewicht verborgen lagen! Eilig erstattete er seinem Herrn von der merkwürdigen Entdeckung Bericht.

In dieser Nacht begab sich Doktor Bambushügel heimlich in den Laderaum seiner Salzdschunke und machte unbeobachtet von Geistern und Menschen an den dort noch lagernden Binsenkörben eine Reihe von Stichproben. Es ergab sich, daß in jedem der zweihundert Körbe zehn Barren von je fünfzig Unzen Gewicht enthalten waren, teils Gold-, teils Silberbarren. Doktor

Bambushügel schichtete die herausgefischten Barren zu zwei Haufen auf, einem gelben und einem weißen. Fiebertrunken von freudiger Überraschung, achtete er nicht der rinnenden Stunden und des rinnenden Schweißes und wurde nicht müde, immer neue Körbe zu öffnen und die beiden Haufen immer höher zu schichten und sich im Scheine seiner Laterne an ihrer gleißenden Pracht zu weiden. Aber was mit dem Schatz beginnen? Er hielt es für geraten, ihn vorläufig im Dunkel des Schiffsrumpfes zu belassen.

Noch bevor der Morgen graute, hatte er in mühseliger Arbeit die gelben und weißen Barren wieder an ihren alten Platz verstaut. –

Wenn Doktor Bambushügel über Vernunft und gesunden Menschenverstand verfügt hätte, dann mußte er sich sagen, daß ihm, dem ehemals armen Kurpfuscher und Klingeldoktor, der Besitz eines solch gewaltigen Schatzes schlecht zu Gesicht stand. Früher oder später würden die Leute darüber geraunt und gemunkelt und ihn verdächtigt haben. Er hätte weiser gehandelt, wenn er ganz einfach vor seinen Gebieter, den Wudschu, hingetreten wäre und ihm offen und ehrlich von seinem Fund Mitteilung gemacht hätte. Dann würde ihn der Prinz vermutlich ob seiner Ehrlichkeit gelobt und ihn zur Anerkennung mit neuen Gunstbeweisen überhäuft haben. Kurz, er würde auf geradem Wege die Stufenleiter des Glücks noch höher geklommen sein. Aber leider konnte sich Doktor Bambushügel zu solch vernünftiger Einsicht nicht aufschwingen. Der kleine Mann, der armselige Blankknüppel, der er ehemals gewesen war, als er noch mit zweifelhaften Heilmitteln auf der Straße hausieren ging, lebte in dem Emporkömmling fort und gewann die Oberhand über derart verständige Erwägungen.

Er hielt sich für einen bevorzugten Schützling des Gottes des Reichtums und wähnte, das müsse ganz einfach so sein, daß ihm so ein Schatz unversehens in den Schoß gefallen sei. Daß es fremdes Gut war, störte ihn wenig.

Bei Tag und Nacht grübelte und kalkulierte er und rechnete

nach, wie er diese hunderttausend Batzen auf beste und standesgemäße Art verwenden und kleinkriegen könne.

Sein erster Gedanke galt Nephritspange, seinem Liebchen aus früheren Tagen. Er brachte heraus, daß sie sich unter anderen in Schantung zusammengeraubten Frauen mit im Tatarenlager in Kai fong fu befinde. Für dreihundert Batzen kaufte er sie los und führte sie seinem bisher unbeweibten Heim zu. Dann hörte er viel Rühmliches von zwei Puderlarven aus Lin tsing namens Blaupflaume und Mondschönchen. Sie sollten große Künstlerinnen im Gesang und Saitenspiel sein. Auch sie waren ins hiesige Tatarenlager verschleppt worden. Für sechshundert Batzen gelang es ihm, sie sich gleichfalls zu verschaffen. In kurzer Zeit hatte sich so der ehemalige Blankknüppel und Klingeldoktor zu einer ansehnlichen Höhe bürgerlich behäbigen Daseins aufschwingen können. Er verfügte über ein schönes Reitpferd und prächtiges Sattelzeug; wenn er ausritt, begleitete ihn ein stattliches Gefolge von Vor- und Nachreitern. Daheim aber ging es hoch her. Da gab es ohne Aufhören volle Tafeln und üppige Gastmähler, gewürzt durch Flöten- und Saitenspiel, Gesang und Tanz schöner Mädchen. Bald drängten sich auch unter der Maske der Freundschaft Schmarotzer und Müßiggänger zuhauf um ihn, die ihm halfen, die Tage und Nächte mit Zechen, Spielen und Huren kurzweilig zu gestalten, wie es sich für einen rechten Lebemann gehört.

Im ganzen Lager war man der Meinung, er treibe diesen Aufwand aus den Einkünften seines Salzhandels und seines offiziellen Gehalts. Niemand ahnte etwas vom Rieseln einer ganz anderen, verborgenen Geldquelle.

Bisher hatte Doktor Bambushügel seinen heimlichen Schatz nur angeknabbert. Wie aber sollte er, ohne Verdacht und Aufsehen zu erregen, die Hauptmasse des Schatzes heben? Das war ihm einstweilen ein Rätsel, und die Sorge darum schaffte ihm schlaflose Nächte. Genauer gesagt, war es eine dreifache Sorge, die ihn quälte und förmlich krank machte.

Zum ersten: Solange er dienstlich ans Lager gebunden war,

konnte er nicht daran denken, seinen Schatz an Land zu bringen. Was aber, wenn nun sein Ladenvorrat an Salz erschöpft war? Welchen triftigen Grund konnte er dafür anführen, daß er die noch im Schiff verbliebene letzte Schicht Binsenkörbe nicht auch in den Laden schaffen und zum Verkauf bringen wollte? Man würde das auffällig finden und womöglich beim Fürsten Anzeige erstatten und auf Untersuchung der zurückgehaltenen Restware bestehen. Dann würde der Pferdefuß an der Geschichte zum Vorschein kommen, und er würde womöglich mit Schimpf und Schande davongejagt werden. Die Blamage war nicht auszudenken.

Zum zweiten: Der Prinz hatte ihm lediglich die Salzladung geschenkt. Er hatte ausdrücklich erklärt, daß er jedes Fahrzeug für Kriegszwecke benötige. Wenn die ihm zum Verkauf der Ladung bewilligte Frist um war, dann würde er seine Leute zum Hafen schicken und das Schiff versiegeln lassen. Dann hatte niemand mehr Zutritt zu dem Schiff, auch er nicht, dann war ihm die Tür zu seinem Schatz vor der Nase zugeschlagen.

Zum dritten: Das ganze Lager wußte von der großzügigen Schenkung, deren er dank fürstlicher Gnade teilhaftig geworden war. Nun würden die höheren Truppenführer und Würdenträger gewiß damit rechnen, daß er sich seinerseits nicht weniger großzügig zeigen und dem einen oder anderen so einen schönen Binsenkorb voll Salz zum Geschenk machen würde. Das konnte er aber nicht. Für solche Geschenkzwecke hätten ihm nur noch die Körbe der zweiten Schicht zu Gebot gestanden, die jetzt im Laden lagerten. Die Körbe der letzten Schicht kamen aus dem gewissen Grunde, der nur ihm bekannt war, nicht in Betracht. Wenn er aber einmal mit solchen Geschenken den Anfang machte, dann hätte er gleich den halben Ladenvorrat opfern müssen, um niemanden unter den hohen Truppenführern und Würdenträgern zu übergehen und zu beleidigen. Dann aber wären die Ladenbestände vorzeitig aufgebraucht gewesen und der Notfall Nummer eins viel zu früh eingetreten. Er mußte im Gegenteil darauf bedacht sein, den Verkauf der Ladenvorräte möglichst lange zu strecken. Wenn er aber wiederum nichts verschenkte, dann geriet er in den Geruch des Geizes und machte sich Neider und Feinde. ›Was, der Kerl hat sechshundert Körbe voll Salz geschenkt bekommen, und für uns hat er nicht einen lumpigen Korb übrig!? Oder will er etwa behaupten, er hätte das Zeug für sein eigenes gutes Geld gekauft? So würden die leer ausgehenden Truppenführer und Würdenträger untereinander tuscheln und murren, und den einen oder anderen würden vielleicht sogar Neid und Wut dazu treiben, nachts einen heimlichen Anschlag gegen die Salzdschunke zu unternehmen und sich mit Gewalt zu holen, was man aus freien Stücken nicht erhalten konnte.

Doktor Bambushügel stöhnte bei dem Gedanken an die möglichen Folgen. Er befand sich in der unangenehmen Lage eines Jemand, der nach allzu reichlichem Mahle von Verstopfungsbeschwerden und leeren Blähungen geplagt wird.

Da traf es sich nun wunderbar, daß just in diesen Tagen der Wudschu den Plan faßte, mit seinem Heer den Yang tse zu überschreiten und das südliche China zu erobern.

»In Kürze gedenke ich nach Süden zu ziehen, zunächst die Stadt Yang tschou einzunehmen und dann bei Tschen kiang den Yang tse zu überschreiten und nach Südchina vorzustoßen«, offenbarte er eines Tages seinem Ratgeber und Leibarzt und fuhr fort:

»Wie ich höre, soll Yang tschou eine reiche, üppige Stadt sein. Ich möchte nicht, daß meine Krieger eine so wertvolle Stadt ohne weiteres in Schutt und Asche legen. Ich will daher bloß eine kleine Vorausabteilung hinschicken und versuchen, die großen Salzkaufleute der Stadt auf meine Seite zu ziehen, so daß mir die Stadt möglichst ohne Gewalt und unversehrt in die Hände fällt. Sie ist mir als Hauptetappen- und Nachschubplatz für meine Unternehmungen jenseits des Yang tse wichtig. Andernfalls fürchte ich, daß meinen Truppen drüben die Lebensmittel ausgehen könnten.«

Doktor Bambushügel vernahm es, und es war ihm, als ob er

aus einem Alptraum erwachte und erlösendes Tageslicht gewahrte.

›Also ist auf meinen Glücksstern doch Verlaß!‹ dachte er aufatmend bei sich und bat kniefällig um Gehör.

»Wenn mein prinzlicher Gebieter die großen Salzkaufleute von Yang tschou für sich gewinnen möchte, so wüßte meine Wenigkeit einen Weg«, sprach er. »Ich habe unter den dortigen Salzgroßhändlern einen millionenschweren Mann als guten Freund, in der Stadt allgemein als Rat Hu bekannt und geachtet. Den müßte man zuerst als Vertrauensmann gewinnen und Eurer Hoheit von innen entgegenarbeiten lassen. Dessen Beistand dürfte Euch ein Heer von hunderttausend Mann ersparen und die Übergabe der Stadt gewährleisten. Das weitere, Yang tschou zum Verpflegungs- und Nachschubsammelplatz für Euer Heer auszubauen, traue ich mir selber zu. Allerdings verstehe ich mich nicht aufs Kriegshandwerk, ich bin ein Mann der friedlichen Wissenschaften. Eure Hoheit müßte mich zum Zivilstatthalter machen und mir einen Unterfeldherrn als Militärstatthalter zur Seite geben. Ich würde schon dafür sorgen, daß reichlich Geld in Eure Kriegskasse fließt und reichlich Korn und Lebensmittel in Eure Proviantkammer und daß der Nachschub zu Eurer im südlichen China kämpfenden Truppe keine Störung und Unterbrechung erleidet.«

Der Prinz vernahm es mit großer Befriedigung.

Noch am gleichen Tage schickte er einen Eilbericht an seinen kaiserlichen Vater in Peking und ersuchte um Siegel und Bestallung für Doktor Bambushügel als Zivilstatthalter von Yang tschou.

Nach Empfang der kaiserlichen Bestätigung entwickelte er dem neuernannten Statthalter des näheren seinen Kriegsplan.

»Ich werde dir meinen Unterfeldherrn Arhaya mit dreißig Tausendschaften zur Seite geben. Ihr werdet euch auf dem Landwege nach Yang tschou aufmachen. Ich selbst werde mit meinem Feldherrn Walipu die Hauptmacht auf dem Land- und Wasserwege nach Huai an führen und zunächst diese Stadt im

Rücken von Yang tschou nehmen, dann werden unsere beiden Truppen vereint den Yang tse überschreiten und gegen Tschen kiang losrücken.«

Überglücklich über seine neue Würde, dankte Doktor Bambushügel mit zahllosen Stirnaufschlägen, daß es sich anhörte, wie wenn Knoblauchstengel in einem Mörser zerstampft werden. Es war noch ein weiterer Grund, der seinen Schädel so lebhaft in Schwung versetzte. Nun würde er ja die nötige Bewegungsfreiheit erlangen, um seinen heimlichen Schatz in Sicherheit zu bringen! Die seelischen Blähungen und Verstopfungsbeschwerden der letzten Zeit waren auf einmal wie weggeblasen. Er fühlte sich frisch und erleichtert wie nach der erfolgreichen Einnahme eines kräftigen Abführmittels.

Die Kunde von seiner Beförderung zum Statthalter von Yang tschou sprach sich rasch im Lager herum und trug gewaltig zur Erhöhung seines Ansehens bei. Er konnte sich kaum retten vor Glückwunschbesuchen. Allein aus dem Kreise der südchinesischen Truppenteile, die zum Tatarenheer übergelaufen waren, gingen ihm einige tausend Besuchs- und Glückwunschkarten zu. Man überschüttete ihn mit Einladungen und feierte ihn mit lärmenden Festgelagen. Seine Ohren brummten nur so von unaufhörlichem Flötengequietsche und Gongrasseln und Trommellärm. Alles ihm zu Ehren! Er fühlte sich gewaltig in seiner neuen Würde als Mandarin zweiten Ranges und in seiner schönen neuen Amtstracht mit der schlangenbestickten gelbseidenen Staatsrobe und dem prächtigen Goldgürtel und mit den anderen Abzeichen seiner Macht, dem Befehlswedel aus Fasanenfedern und der gelben Standarte mit den eingestickten Bären und Tigern.

Im Überschwang dieser Tage genügte ihm schon nicht mehr die glanzvolle Gegenwart, seine Gedanken eilten bereits voraus in eine noch glänzendere Zukunft. Was würde ihm noch alles in den Schoß fallen, wenn er erst auf seinem Statthalterposten in Yang tschou saß! Ei, diese reichen Kerle, diese großspurigen Salzgroßhändler wollte er schon gehörig hochnehmen! Mit Perlen und Kostbarkeiten würden sie ihm seine Schatzkammer füllen müssen!

Hatte ihn der Himmel bisher so gnädig begönnert, dann würde er ihn wohl auch künftig weiter begönnern. So dachte Doktor Bambushügel. Aber

Was Menscheneinfalt auch erdenkt,
Der Himmel meist es anders lenkt –

Und noch ein anderer Spruch kann hier mit Fug zitiert werden:

Auch der Himmelsfürst liebt Scherze
Und legt gern der Tugend Netze –
Was zumeist sie straucheln macht,
Weiber sind's und ird'sche Schätze.

Weil die Motte liebt die Flamme,
Schürt der Köhler seinen Brand,
Weil der Fisch gern schnappt nach Brocken,
Wird die Angelschnur gespannt.

Wer zu sündigen gewohnt ist,
Sündigt auch im Glücke weiter –
Aber wenn es ihm am wohlsten,
Fällt er von des Glückes Leiter.

Nur zum Schein die Gnadenmutter
Langmut zeigt den Bösewichten –
Heimlich läßt sie sich vom Herdgott
Über all ihr Tun berichten.

Zu den ersten Maßnahmen, die Doktor Bambushügel in seiner neuen Statthaltereigenschaft traf, gehörte die Auswahl von hundert ortskundigen Kriegern unter den im Tatarenheer dienenden chinesischen Überläufern. Sie sollten sich als Kundschafter und Späher in die Stadt Yang tschou einschleichen und dort die Verbindung mit jenen Kreisen aufnehmen, die für landesverräterische Handlangerdienste zu haben sein würden. Ein Zufall kam ihm dabei zu Hilfe.

Unter den inhaftierten Salzkaufleuten aus Yang tschou, die

später auf Fürsprache von Doktor Bambushügel freigelassen wurden, befand sich ein gewisser Wang. Er war damals heil und glücklich in seine Heimatstadt zurückgekehrt. Da er noch gewisse Außenstände bei seinen Kunden in Kai fong fu hatte, die er vor seiner eiligen Abreise nicht mehr beitreiben konnte, hatte er einen jüngeren Bruder nach Kai fong fu geschickt, der die rückständigen Gelder für ihn einziehen sollte. Um seinen Aufenthalt in der vom Feinde besetzten Hauptstadt nach außen zu rechtfertigen, hatte sich dieser Bruder freiwillig zum Dienst in der tatarischen Kriegsflotte gestellt.

Als er jetzt hörte, daß Doktor Bambushügel zum Statthalter von Yang tschou ernannt worden war und zum Feldzug nach Süden rüstete, da sah er eine günstige Gelegenheit, sich nützlich zu machen und für seine Person und für seine Familie Vorteil aus der Lage zu ziehen. Er wollte sich als Kundschafter und Geheimagent zur Verfügung stellen. War er doch der gegebene Mann, um über seinen großen Bruder die gewünschte Verbindung mit den einflußreichen Handelskreisen von Yang tschou herzustellen. Also schrieb er eine rote Besuchskarte aus und meldete sich bei dem neuen Statthalter. Er wurde auch empfangen und brachte sein Angebot vor, wobei er nicht verfehlte, auf seine vorzüglichen und persönlichen Beziehungen zu den oberen Hundert von Yang tschou hinzuweisen und deren berghohe Reichtümer zu preisen.

»Die chinesischen Südtruppen sind schwach und werden gegen die tatarische Übermacht nichts ausrichten können. Das wissen alle Einsichtigen in Yang tschou. Es wird daher nicht schwerhalten, die Stadt zur kampflosen Übergabe zu bringen. Laßt mich nur erst dort sein, dann will ich die Salzgroßhändler in Eurem Sinne bearbeiten, und alles wird nach Wunsch gehen. Vor allem werde ich Euch zunächst eine Liste aller einflußreichen Leute aufstellen, auf deren Ergebenheit Ihr zählen könnt und deren Leben und Besitz bei der künftigen Besetzung tunlichst zu schonen ist«, schloß er seine Rede.

Sein Angebot kam dem neuen Statthalter höchst gelegen. Er

stattete ihn mit den nötigen Vollmachten aus und betraute ihn mit der Führung der übrigen hundert ausgewählten Späher und Kundschafter. Es gelang den Leuten auch glücklich, als fahrende Händler verkleidet, sich einzeln und truppweise in die Stadt zu schmuggeln. Der jüngere Wang weihte seinen großen Bruder ein, und der hatte nichts Eiligeres zu tun, als den berüchtigten Rat Hu einzuweihen. –

Die geschätzte Leserschaft, soweit sie die Geschichte von Hsi Men und seinen sechs Frauen kennt, wird sich der zweifelhaften Rolle erinnern, die dieser dunkle Ehrenmann bei mehr als einer früheren Gelegenheit gespielt hatte.

Miao Tsing also war heil nach Yang tschou entwischt, hatte sich dort den falschen Namen Hu Hsi und den hochtrabenden Titel Yüan wai, Rat, beigelegt und sich mit Hilfe des gestohlenen Vermögens zum großen Herrn, zum einflußreichen Salzgroßhändler, richtiger Salzgroßschmuggler, aufzuschwingen verstanden.

Wenn ihm seine schändlichen Streiche bisher auch immer geglückt waren und er in Yang tschou einstweilen unbehelligt den großen Herrn spielen konnte, so war doch offenbar einiges über seine dunkle Vergangenheit auch dorthin durchgesickert. Es wurde heimlich über den reichen Emporkömmling Rat Hu alias Miao Tsing gemunkelt und getuschelt, und wenn er nur ein bißchen einsichtig gewesen wäre, hätte er doppelt auf der Hut sein und sich bemühen müssen, die frühere Schuld durch ehrenhaftes Verhalten und gute Werke einigermaßen auszulöschen. Aber verstockt und verblendet, wie er war, gehörte er auch zu jener Sorte von unverbesserlichen Sündern, auf die das oben zitierte Wort zutrifft:

Wer zu sündigen gewohnt ist,
Sündigt auch im Glück weiter –

Als besagter Miao Tsing alias Rat Hu vom älteren Wang eingeweiht war, da frohlockte er im stillen und dachte bei sich: ›Damit ist Wohl und Wehe der reichen Sippschaft von Yang tschou in meine Hand gegeben! Was haben diese ehrenwerten Bürger in den letzten Jahren nicht alles über mich geklatscht und gemunkelt! Wieviel Haß und Anfeindung habe ich von ihnen erdulden müssen! Jetzt werde ich mich für ihre Mißgunst und Scheelsucht rächen und schadlos halten können!‹

Und er erklärte sich bereit, die Sache in die Hand zu nehmen. Den Schlaf einer ganzen Nacht opferte er, um über das Wie der Ausführung nachzudenken.

Der neue Statthalter heischte vor allem genaue schriftliche Auskunft über die Lage in der Stadt. Der ehemalige Diener Miao Tsing ermangelte der nötigen Schulbildung, um solche Schreibarbeit selber fertigzubringen. Aber wozu hatte er denn seinen schreibgewandten Sekretär? Das war ein verkrachter, wegen schlechter Führung relegierter und von der Ämterlaufbahn ausgeschlossener Akademiker, den er vor Jahren in seine Dienste genommen hatte. Wie erwähnt, hatte Miao Tsing in der Stadt gar viele heimliche Widersacher und war öfters genötigt, sich seiner Haut zu wehren. Dafür war nun jener verkrachte Akademiker gerade der rechte Mann. Er verstand es trefflich, spitzfindige Schriftsätze zu drechseln und wohlgeordnete Klagepunkte mit juristischer Überzeugungskraft aneinanderzureihen. Faule Forderungen einzutreiben und zweifelhafte Rechtshändel vor Gericht zu vertreten, das war sein besonderes Geschäft und Gewerbe. Aus nichtigen Anlässen Riesenskandale zu provozieren, einen harmlosen Streitfunken zum gewaltigen Prozeßbrand anzufachen, den nur noch dicke Aktenbündel löschen konnten, das war seine besondere Kunst und Fertigkeit. Daher sein Spitzname ›Skandalmacher‹, unter dem er stadtbekannt war. Dieser Mann also hatte, nachdem er seinen Akademikertalar ausziehen mußte, als Registraturleiter und Privatsekretär in der Salzgroßfirma des Miao Tsing Dienst und Stellung gefunden und gehörte als eine Art ›späten‹ Schützlings mit zu dessen Hausfreunden. Sein festes Gehalt genügte ihm aber noch keineswegs. Von früh bis spät pflegte er mit seinen Kollegen im Kontor zu tuscheln und zu wispern, und sie steckten die Köpfe zusammen, um dieses oder jenes kleine, dunkle Nebengeschäft auszuhecken.

Am nächsten Abend nach Geschäftsschluß bat Miao Tsing seinen späten Schützling zu sich in sein Privatkontor und weihte ihn in den Sachverhalt ein. Dabei vergaß er nicht, ihm ein Schweigegeld in Höhe von fünfzig Batzen zuzusagen und ihn davon zu überzeugen, daß er auch sonst für seine Mitwirkung hohe Vorteile zu erwarten hätte, wenn die Tataren erst Herren der Stadt geworden wären.

Bis tief in die Nacht wurde dann beraten und an dem Entwurf der erforderlichen Schreiben und Auskunftlisten gearbeitet, die man im voraus dem künftigen Statthalter zuschmuggeln wollte. Nun, für einen skrupellosen Egoisten und boshaften Intriganten wie den Skandalmacher war das eine Aufgabe so recht nach Geschmack.

Und so setzte er sich hin und ließ hurtig den Pinsel tanzen und verwandte die nächsten Tage und Nächte darauf, um mit Fleiß und Sorgfalt drei Reihen von Listen anzufertigen, die mit der erschöpfenden Gründlichkeit eines Steuerveranlagungsfragebogens alle möglichen Auskünfte über alle möglichen Personenkreise erteilten.

Da waren einmal genau nach Namen und Adressen verzeichnet und je nach dem Umfang ihres Vermögens in drei Gruppen geteilt die großen Handelsherrn der Stadt, mit eingehenden Angaben über Privathäuser und Geschäftsniederlassungen, über Zahl, Alter und Beschaffenheit ihrer ›Gold und Seide‹, Söhne und Töchter, sowie ihrer Magerstuten aus Hang tschou oder Su tschou.

Weitere Listen erteilten Auskunft über Zahl und Stärke der Garnison. Ort und Vorräte der Proviantmagazine und öffentlichen Schatzkammern, Namen, Rang, Wert oder Unwert der militärischen Befehlshaber, über die Art der Verteilung der Garnisonstruppen, über stark oder schwach besetzte Punkte des Stadtwalls und ähnliches mehr.

In einem Begleitschreiben wurde um heimliche Überlassung

von Tatarenflaggen gebeten, die man, wenn es soweit sein würde, an den schwachen Stellen des Stadtwalls aufpflanzen wollte, um den Eroberern den Weg zu erleichtern. Weiter wollte man den Tag wissen, an dem mit dem Angriff von außen zu rechnen sei. Im übrigen versicherte man dem neuen Statthalter seine Ergebenheit und versprach, ihm mit allen Kräften von innen her entgegenzuarbeiten.

Der jüngere Wang unternahm es, mit einem vertrauten Diener als einzigem Begleiter, die Listen ins feindliche Lager zu schmuggeln. Er war als Reisekaufmann verkleidet, die Listen waren in einem Sack Pfeffer versteckt, den das Maultier seines Begleiters hinter dem Sattel aufgebuckelt trug.

Nach einigen Tagen flotten und unbehelligten Rittes stieß man auf die Spitze des von Kai fong fu anrückenden Tatarenheeres. Es war die Vorausabteilung von dreißig Tausendschaften, die unter dem Oberbefehl von Arhaya gegen Yang tschou auf dem Anmarsch war. Welches Bild!

Wolken gelben und schwärzlichen Staubs schichten sich zuhauf und verfinstern die Sonne. Darunter ein Gewimmel von Rossen und Dromedaren, Bogen und Köchern, Krummsäbeln und Lanzen, Trappeln und Stampfen zahlloser Hufe, gellender Hörnerlärm künden von weitem das Nahen des Heeres und scheuchen auch die Menschen vom friedlichen Herd, lassen sie in Hast Gras mähen und Korn raffen und in unwegsame Wildnis flüchten. Wenn das Heer lagert, Filzzelt hinter Filzzelt, Tuchzelt neben Tuchzelt, nach Horden und Stämmen geordnet, Wimpel und Banner fünffarbig, soweit das Auge reicht. Wenn das Heer marschiert, jagen auf flinken Gäulen Krieger mit Brandfackeln voraus, setzen im Umkreis von sieben Meilen Hütten und Dörfer in Brand und machten alles Lebende nieder. –

Als der jüngere Wang von weitem das Feldbanner des neuen Statthalters im Winde flattern sah, stieg er vom Roß und kniete am Straßenrand nieder. Da waren auch schon Vorreiter heran und hatten ihn gepackt. Er habe eine wichtige Geheimbotschaft aus Yang tschou zu überbringen, gab er an und wurde vor den

Feldherrn Arhaya und den Statthalter Doktor Bambushügel gebracht.

Er brachte seine Listen und das Begleitschreiben des Miao Tsing zum Vorschein und übergab sie den beiden Gewaltigen.

Die waren von den darin enthaltenen wertvollen Auskünften hochbefriedigt, bewirteten den Überbringer huldvoll und fertigten hundert Blankovollmachten für Miao Tsing aus, die dieser nach seinem Ermessen an andere vertrauenswürdige Leute in der Stadt verteilen sollte. Weiter stellten sie wunschgemäß weiße Flaggen mit tatarischer Inschrift zur Verfügung, die beim Nahen des Heeres als geheime Erkennungszeichen an geeigneten Stellen des Stadtwalls, wo die Verteidigung schwach oder bereits überrumpelt sein würde, aufgepflanzt werden sollten.

Um sich gegen etwaige Hinterhältigkeit und Verräterei zu sichern, behielt man den jüngeren Wang selber als Geisel bei der Truppe und sandte nur seinen Begleiter nach der Stadt zurück. Die Urkunden, ein Antwortschreiben und die Flaggen fanden wiederum in seinem Pfeffersack Versteck. Zu seinem Schutz gab man ihm einige chinesische Überläufer aus dem Tatarenheer mit. Sie alle machten sich in der Verkleidung von flüchtenden Reisekaufleuten auf den Weg und wußten sich glücklich in die Stadt zu schmuggeln. –

Um diese Zeit residierte der Sung-Kaiser Kao Tsung noch in Nanking, wo er Tag für Tag mit seinen beiden Kanzlern Huang und Wang lange Beratungen über die schwierige Frage: Krieg oder Frieden? pflog. Da er einen Einfall der Tataren in das Gebiet südlich vom Yang tse befürchtete, wollte er den Hof neuerdings nach der Stadt Hang tschou verlegen, die ihm wegen der Nähe des Meeres größere Sicherheit bot als das stark gefährdete Nanking. Aber die Patrioten und kampferprobten Heerführer waren entschieden gegen eine solche Verlagerung des Hofs, von der sie eine neuerliche Entmutigung des chinesischen Volkes befürchteten. Sie waren im Gegenteil dafür, neue Truppen auszuheben und einen kräftigen Gegenstoß in das besetzte Gebiet nördlich vom Yang tse zu unternehmen, um die Stimmung der Bevölkerung in der alten Hauptstadt Kai fong fu zu stärken und neu zu beleben.

Die beiden Kanzler Huang und Wang wiederum waren für Frieden um jeden Preis und setzten dem schwankenden Kaiser in ihrem Sinne zu. Danach sollte er sich auf einen Schmach- und Tributfrieden einlassen und das tatarische Angebot annehmen, das ihm gegen Zahlung eines ungeheuren Jahrestributs und Selbsterniedrigung zum ›Neffen‹ des Tatarenherrschers die Freilassung der beiden in die Tatarei verschleppten Kaiser, seines Vaters Hui Tsung und seines Bruders Kin Tsung, in Aussicht stellte.

Kaiser Kao Tsung, von dem Wunsche beseelt, die beiden erlauchten Herrscher aus ihrem Exil zurückzuholen, entschied sich nach langem Schwanken für die schwächliche Friedenspolitik seiner beiden Kanzler. Und so kam es, daß damals die Kriegspartei bei Hofe in den Hintergrund gedrängt und die Sache der Landesverteidigung arg vernachlässigt war. Verdiente Heerführer wie Yo Feh, Liu J, Wu Lin und Wu Kiä waren auf entfernte Verteidigungsposten abgeschoben, große Patrioten und Staatsmänner wie Li Kang und Tschao Ting waren in Ungnade ihrer Ämter enthoben und kaltgestellt worden.

So war es nicht verwunderlich, daß die Tataren bei ihrem Vormarsch zum Yang tse nur geringem Widerstand begegneten und eine schwach und schlecht verteidigte Stadt wie Huai an, das letzte Hindernis vor der Millionenstadt Yang tschou, im ersten Anlauf überrennen konnten.

Von Huai an fegten sie wie ein Sturmwind durch das flache Land nach Süden weiter und langten ungehindert vor den Stadtwällen von Yang tschou an.

Dort stand Miao Tsing schon seit Tagen auf der Mauerzinne und guckte sich die hungrigen Augen nach den erwarteten Ankömmlingen von Norden aus. Er fieberte geradezu ihrem Kommen entgegen. Er konnte es gar nicht zu erwarten, ihnen die reiche Millionenstadt als ein ganz persönliches Geschenk zu Füßen zu legen und dafür aus ihrer Hand wer weiß was für

Ehren einzuheimsen. Sicher würde man ihn zum Dank mit hohen Ämtern und Würden bedenken und womöglich in den Grafen- oder Fürstenstand erheben, so malte er es sich im voraus aus.

Wie es dann zur Übergabe der Stadt kam, werdet ihr im nächsten Kapitel erfahren.

SIEBENUNDDREISSIGSTES KAPITEL

Ein dunkler Ehrenmann wählt ein summarisches Verfahren, um dem Landesfeind in serviler Beflissenheit die Schätze seiner Heimatstadt auszuliefern. Ein ehrloser Lump von Statthalter weiß nichts Besseres zu tun, als Musterung unter den Schönen seines Amtsbereiches zu halten und dem Landesfeind mit einem Tribut an weiblichen Reizen aufzuwarten

Die Kunde von dem nahezu kampflosen Fall der Stadt Huai an hatte genügt, um Bevölkerung und Garnison von Yang tschou von vornherein zu entmutigen. Die Garnisonsältesten waren wegen Unfähigkeit degradierte, überalterte, längst für den Ruhestand reife Militärs. Wer von diesen wackligen Herren hätte noch daran gedacht, einen Ausfall zu wagen und dem sieggewohnten Feind auf offenem Felde gegenüberzutreten?

Man beschränkte sich darauf, die Stadttore zu schließen und den Stadtwall in der üblichen Weise mit Stein- und Balkenschleudermaschinen sowie mit teils aus der Garnison, teils aus der Bevölkerung rekrutierten Bogen- und Armbrustschützen zu sichern und in Verteidigungszustand zu setzen, und hatte keine Ahnung von dem Verrat, der in den eigenen Reihen umging.

Denn inzwischen war Miao Tsing nicht müßig gewesen. Er hatte seine hundert Blankovollmachten heimlich an den Mann gebracht und im Verein mit anderen Gesinnungsgenossen seiner Kreise überall in der Stadt Sabotagetrupps organisiert, die mit Fleiß die Stimmung unterwühlen mußten und zur Zeit des

Angriffs den Verteidigern in den Rücken fallen und dem Feind die Stadttore öffnen sollten.

Er hatte in Erfahrung gebracht, daß das Osttor besonders schwach und spärlich besetzt war. Dort postierte er einen starken Trupp seiner Leute, und als die Tataren eines frühen Morgens sich zum Sturm auf die Stadt anschickten, da ließ er die weißen Feindflaggen, die ihm Doktor Bambushügel heimlich zugeschickt hatte, an dieser schwachen Stelle der Stadtmauer weithin sichtbar aufpflanzen. Sowie die Tataren das vereinbarte Signal gewahrten, setzten sie ihre Sturmleitern an der gekennzeichneten Stelle des Stadtwalls an. Aber noch immer mißtrauisch, hießen sie als ersten den jüngeren Wang, den sie als Geisel mit sich führten, hinaufklettern. Erst als sie ihn heil und unbehelligt über die Mauerkrone steigen sahen, kletterten sie ihm einer nach dem anderen hinterher. Gleichzeitig ergossen sie sich durch das Stadttor selber, das ihnen Miao Tsing mit seinen Leuten öffnete. Damit war das Schicksal der Stadt entschieden. Als sich die Verteidiger dergestalt von hinten überrumpelt und von vorn angegriffen sahen, da verließ sie der letzte Rest ihres ohnehin schon geborstenen Kampfesmuts. Sie gaben ihre Posten auf der Mauer preis und verkrümelten sich, soweit sie noch flüchten konnten, in dem Gassengewirr der Innenstadt. Wenn die Tatarenhorden sonst gewohnt waren, in eroberten Städten sinnlos zu sengen, zu morden und zu brandschatzen, so hatte der Wudschu – er war mit seinen Unterfeldherren Walipu und Niämocho und der Hauptstreitmacht inzwischen nachgekommen – diesmal Schonung anbefohlen. Die Schwerter sollten in den Scheiden bleiben, die Brandfackeln nicht entzündet werden. Es galt, Yang tschou als Nachschub- und Verproviantierungszentrum unversehrt zu erhalten. Überdies boten die ingeniösen Auskunftslisten des Miao Tsing eine treffliche Handhabe, um auf abgekürztem Wege und durch summarisches Verfahren mit einem Schlage in den Besitz ausreichender Schätze zu gelangen. Der umständliche Weg gewaltsamer Plünderung war damit überflüssig geworden.

Der Wudschu setzte also seinen Unterfeldherrn Walipu und den Miao Tsing zu Finanzkommissaren ein und erteilte ihnen Vollmacht und Auftrag, anhand der Listen eine Schätzung und Brandschatzung der reichen Bürger vorzunehmen und aus den erzielten Kontributionen die Kriegskasse zu bilden, mit deren Hilfe er den Übergang über den Yang tse und den künftigen Feldzug in Südchina finanzieren wollte.

Das Amt eines Finanzkommissars schmeichelte wohl dem Ehrgeiz des Miao Tsing, genügte ihm aber noch nicht, um dem Landesfeind seine servile Beflissenheit zu zeigen. Er tat noch ein übriges und sandte dem Wudschu fünfzig ausgesucht hübsche und feenhaft herausgeputzte Bürgertöchter als persönliches Geschenk in sein Hauptquartier. Von dieser Kostprobe angeregt, setzte der Wudschu eine zweite Kommission ein, bestehend aus dem Unterfeldherrn Arhaya und dem Statthalter Doktor Bambushügel. Sie erhielten Vollmacht und Auftrag, anhand der vom Skandalmacher aufgesetzten Personallisten die jüngere Weiblichkeit der Stadt Yang tschou einer allgemeinen Musterung zu unterwerfen und dreitausend junge Mädchen auszumustern. Von dieser so gemusterten Schar sollte ein Drittel als Tribut an den Hof des Tatarenkaisers in Peking gesandt werden, ein zweites Drittel sollte im Feldlager Aufnahme finden und dem eigenen Bedarf des Wudschu vorbehalten bleiben, das letzte Drittel sollte als Ehrengabe an verdiente Unterfeldherren und Truppenführer verteilt werden. Damit sahen sich beide, Miao Tsing wie Doktor Bambushügel, ohne daß es sie ein Wort gekostet hätte, am Ziel ihrer geheimsten Wünsche angelangt.

Der eine, Miao Tsing, durfte nun Seite an Seite mit dem Feldherrn Walipu in der großen Amtshalle des Präfekturyamen thronen und konnte kraft der ihm erteilten Vollmachten als Finanzgewaltiger sein Mütchen an gewissen lästigen Mitbürgern kühlen, die seit Jahr und Tag hinter seinem Rücken gegen ihn gestichelt und über ihn getuschelt und gemunkelt und ihm das Leben schwer gemacht hatten. Jetzt hatte er sie alle in seiner Hand, jetzt mußten sie alle vor ihm zittern, die Größen vom

Salz- und Holz- und Tuchhandel, die reichen Bankherren, die vornehmen Patrizier und hohen Würdenträger im Ruhestand. Jetzt konnte er sie hübsch der Reihe nach unter die Presse nehmen und nach Herzenslust schröpfen und ausquetschen.

Zuerst plünderte man ihre Ställe, beschlagnahmte ihre für Kriegszwecke brauchbaren Reitpferde und Lasttiere, dann nahm man ihnen ihre gesamten Bestände an Edelmetall ab, und damit nicht genug, konfiszierte man auch noch alles, was in ihrem Haushalt an Perlen, Juwelen und sonstigem Schmuck vorhanden war.

Rückten die Opfer die begehrten Dinge nicht gutwillig heraus, dann halfen Folter und gewaltsame Haussuchungen nach. Die Ausbeute war ungeheuer. Im Sitzungssaal des Präfekturyamen türmten sich die beschlagnahmten, sorgfältig abgewogenen Gold- und Silberbarren zu zehn Klafter hohen Haufen. Bei Klein- und Bruchsilber nahm man sich gar nicht erst die Mühe des Nachwiegens. Was allein an solchem Silberbruch beiseite geworfen wurde, ergab mehr als hundert stattliche Haufen.

Für die persönlichen Feinde und heimlichen Widersacher des Miao Tsing gab es überdies noch manches böse Nachspiel. Ein leiser Wink, ein paar dem Feldherrn Walipu ins Ohr geflüsterte Worte genügten, um sie gleich an Ort und Stelle standrechtlich hinrichten zu lassen. Die Opfer an einen Pfeiler festzubinden und als lebende Zielscheibe für Pfeilschießen zu benutzen, war dabei ein besonders beliebtes Hinrichtungsverfahren. Zur Einschüchterung und Warnung der anderen ließ man die Leichen der so Hingerichteten kreuz und quer übereinandergeschichtet einfach im Sitzungssaal liegen. Wer hätte angesichts einer solch eindringlichen Warnung noch gewagt, auch nur den geringsten Besitz an Geschmeide und Kostbarkeiten zu verheimlichen?

Perlen und Edelsteine sanken damals in Yang tschou rapid im Wert, ihr Marktkurs erreichte einen noch nie dagewesenen Tiefstand. Pfund- und scheffelweise kamen die schönsten Nachtlichtperlen und herrlichsten Nephritsteine auf den Markt und wurden mit Müh und Not für eine Bagatelle losgeschlagen. Wer hätte noch Wert auf ihren Besitz gelegt? Es war damals eine böse Leidenszeit für die reichen Bürger der Stadt. Anfangs hatte man ihnen vorerzählt, sie brauchten nur einen Teil ihres Vermögens zu opfern, um Leben und Sicherheit zu erkaufen. Aber siehe da, mit dem Essen kam ihren Peinigern der Appetit, und ihr Appetit war unersättlich. Bekam man tausend Batzen zu sehen, dann begehrte man Gold. Wenn die Opfer nach drei Tagen immer neuer Erpressungen schließlich erklärten, daß bei bestem Willen nichts mehr zu holen sei, dann mußten sie auch noch erdulden, daß man sie am Dachgebälk aufknüpfte und zappeln ließ, daß man sie halbtot prügelte, daß man ihnen mit glühenden Eisen die Fußsohlen und alle möglichen empfindlichen Körperteile kitzelte und ansengte, daß man ihnen mit scharfen Messern das eine oder andere nützliche Körperglied abzwackte, kurz, daß man sie auf alle mögliche Art folterte und quälte. Ihr Vermögen waren sie bereits los, nun waren sie nicht einmal mehr ihres Lebens sicher.

Das war das traurige Los der reichen Bürger von Yang tschou! An ihnen bestätigte sich wieder einmal die alte Wahrheit, daß in Zeiten des Umsturzes der obskure Habenichts weit besser dran ist als der Mann mit Namen und Besitz. Was hatten diese Herrschaften nun von all ihrem weltlichen, allzu weltlichen Trachten? Was hatten sie davon, daß sie häufig ihren Schlaf geopfert und bis zum fünften Trommelschlag Pläne und Entwürfe gewälzt hatten, wie sie dieses und jenes lukrative Geschäft zustande bringen und diese und jene Mitmenschen übervorteilen und schädigen wollten? Was war ihr bisheriges Leben und Trachten nun anderes als ein ausgeträumter Lenztraum? Auf sie traf jener nachdenkliche Vers zu, den ein Dichter der Tang-Zeit der eitlen Bienengeschäftigkeit gewidmet hat. Dieser Vers, betitelt ›Summende Bienen‹, lautet so:

Jahraus, jahrein vom Blumenmarkt
Sie schleppen ihre Lasten,
Bei Tag und Nacht zur Sommerzeit
Sie schuften ohne Rasten.

Doch wenn gesparter Blütenseim
Sich golden formt zur Wabe –
Für wen die Müh? Für wen der Fleiß?
Für wen des Honigs Gabe?

Auf der anderen Seite Doktor Bambushügel. Er schwamm nur so im Glück. Seinen heimlichen Schatz von der Salzdschunke hatte er unter sein Reisegepäck schmuggeln und glücklich nach Yang tschou bringen können. Er hatte sich bereits mit Miao Tsing besprochen und war mit ihm übereingekommen, als stiller Teilhaber in dessen Geschäft einzutreten. Seine Statthalterschaft würde ihm noch manches erkleckliche Sümmchen abwerfen, in Kürze würde er es zum Millionär bringen. All seine überschüssigen Gelder wollte er in Miao Tsings Salzhandel arbeiten lassen. Das war eine glänzende Kapitalanlage auf weite Sicht. Bis an sein Lebensende würde er dann reichlich von Zinsen zu zehren haben. Er würde an Einkünften mit der Staatskasse konkurrieren können. Und dazu kam die nicht minder glänzende Aussicht, die sich ihm auf Grund seiner Ernennung zum Schönheitsmusterungskommissar eröffnete. Dreitausend schöne junge Dinger sollte er auf Geheiß des Wudschu aus der weiblichen Bevölkerung der Stadt rekrutieren! Ei, das war eine lustige, verlockende Aufgabe!

Er mußte an die früheren Zeiten zurückdenken, wie er noch als armseliger Kurpfuscher und Klingeldoktor sein klägliches, unbeweibtes Dasein fristete. Jahrelang hatte er als Blankknüppel auf die Lichtseiten des Daseins verzichten, hatte entbehren müssen, hatte den Begriff ›Weib‹ im allgemeinen nur vom Hörensagen gekannt. Die einzige Abweichung von der Regel, die er sich unter Aufbietung all seiner Verstandeskräfte geleistet, hatte er schwer büßen müssen. Als es ihm damals gelang, sich als Hausarzt mit Biederkeit und medizinischem Humbug vorübergehend ins Vertrauen der schönen Frau Ping zu schleichen und sie zur Heirat zu beschwatzen, da hatte das Vergnügen nur kurze Zeit gewährt. Von ihrer Seite hatte er gar bald nur Verachtung und frostige Abweisung erfahren – ihre Koseworte ›Garstiger Laubfrosch!‹, ›Ekliger Regenwurm!‹ brannten heute noch in seinem Ohr, und von seiten ihres glücklichen Buhlen, des verfluchten Hsi Men, hatte er wer weiß was für Schimpf einstecken müssen. Mit den Maulschellen, die er damals von den gedungenen Ganoven Grasschlange und Wegratte bezogen hatte, mit der Zertrümmerung seiner schönen Ladeneinrichtung, mit dem Verlust seines guten Rufs hatte er die damalige Liebesirrung mehr als teuer bezahlen müssen.

Und nun sah er sich mit einem Mal zum Herrn und Gebieter, zum Diktator über die Weiblichkeit einer Millionenstadt befördert, die seit jeher im ganzen Land durch ihren Reichtum an Frauenschönheit berühmt war. Hatte er in dieser Beziehung früher auf trockenem, steinigem, distelbewachsenem Strand gesessen, so konnte er jetzt förmlich in einem Meer von Frauenschönheit waten und plätschern. Wenn er bloß gewußt hätte, wie er all dieser Schönen habhaft werden konnte, so daß ihm keine entging! Da hieß es mit Bedacht und Plan zu Werke gehen. Und so entwarf er in langen, eingehenden Beratungen mit seinem Kollegen Arhaya einen sorgfältigen, umfassenden Musterungsplan.

Da war zunächst eine öffentliche Kundmachung vorgesehen, die überall auf Straßen und Plätzen angeschlagen werden sollte. In ihr sollten die in Betracht kommenden Jahrgänge der weiblichen Bevölkerung zur Gestellung an den und den Tagen vor der Musterungskommission aufgerufen werden. Die Schlußmusterung sollte nach Art und Vorbild einer literarischen Palastprüfung vor sich gehen.

Die Prüflinge waren in drei streng getrennten Gruppen zu mustern. Die erste Gruppe war aus gutbürgerlichen, ledigen Haustöchtern bis zum Alter von sechzehn Jahren zu bilden. Hier war bei der Prüfung der Hauptwert auf Anmut und Liebreiz der Erscheinung sowie auf Fertigkeit in Poesie und Zierprosa zu legen.

Der zweiten Gruppe sollten gutbürgerliche, ledige Haustöchter und junge Frauen von siebzehn bis zwanzig Jahren angehören. Bei ihnen sollten, abgesehen von äußeren Vorzügen, Gesang, Tanz, Saiten- und Flötenspiel die Hauptprüfungsfächer darstellen.

In eine dritte Gruppe schließlich sollten Kurtisanen und Magerstuten bis zum Alter von zwanzig Jahren eingereiht werden.

In dieser Gruppe sollten neben lockenden Reizen hauptsächlich künstlerische Fähigkeiten jeder Art als ausschlaggebend gelten.

Die Beste in der ersten Gruppe sollte den Ehrentitel Hua kweh, ›Königin unter den Blumen‹ (Orchidee), erhalten, entsprechend dem Titel Tschuang yüan des ersten Siegers in einer Palastprüfung.

Die Beste in der zweiten Gruppe sollte den Ehrentitel Hua schi, ›Chronistin unter den Blumen‹ (Hortensie), davontragen, entsprechend dem Titel Pang yen des zweiten Siegers in einer Palastprüfung.

Der Besten in der dritten Gruppe sollte der Ehrentitel Hua yao, ›Zauberin unter den Blumen‹ (Rose), zufallen, entsprechend dem Titel Tan hua des dritten Siegers in einer Palastprüfung.

Was diese Blumennamen betrifft, so wird die geschätzte Leserschaft den ersten und dritten ohne weiteres verständlich finden, dagegen beim zweiten stutzen. ›Chronistin unter den Blumen‹? – Es sei hier vermerkt, daß in Yang tschou im Garten des Tempels der Mutter Erde, später Hortensientempel genannt, seit alters eine seltene, schöne Hortensienart gezüchtet wurde, die sonst nirgends im Reiche gedieh. Als die Tataren ihren ersten Einfall in China unternahmen, welkte diese Hortensienart aus unerklärlichen Gründen jäh dahin. Der Kaiser, dem von dieser merkwürdigen Naturerscheinung berichtet wurde, deutete sie so, daß diese Hortensie mit ihrem Welken ihre Trauer über das Leid kundtun wollte, das jene Barbaren erstmalig über Thron und Land China brachten. Er fand, daß diese Blume damit geradezu menschliches Zartgefühl offenbarte und ein rührendes Bekenntnis ihrer Treue zum angestammten Thron ablegte. Ihr pietätvolles Verhalten machte ihm solchen Eindruck, daß er ihr einen Ehrenplatz in den Annalen der Dynastie unter der Abteilung ›Lebensbeschreibungen edler Frauen‹ einzuräumen wünschte und ihr obendrein den Ehrennamen ›Chronistin unter den Blumen‹ verlieh. Hatte sie doch, indem sie mit ihrem jähen Welken ein denkwürdiges Ereignis der chinesischen Geschichte – eben jenen ersten Tatareneinfall – markierte, auf ihre Blumenart Chronik geschrieben. –

Vorstehende Satzung bezog sich auf die angeforderten dreitausend Schönen, die nach bestandener Vorprüfung bereits in engere Wahl gekommen und zum Entscheidungswettbewerb zugelassen waren.

Die Masse der Anwärterinnen sollte zunächst in einer dreifach gestuften Vorprüfung gesiebt werden, entsprechend der dreifachen Staatsprüfung – Hsiu tsai oder Doktor ersten Grades, Kü jen oder Doktor zweiten Grades, Tsin schi oder Doktor dritten Grades –, um zur letzten und höchsten, der Palastprüfung, zugelassen zu werden.

In der ersten Vorprüfung sollte es hauptsächlich nach äußeren Körpervorzügen gehen. Was also häßlich war, hatte hier von vornherein auszuscheiden. In der zweiten Vorprüfung waren allgemeine Bildung, Literatur, Schreib-, Mal- und Dichtkunst die maßgebenden Prüfungsfächer. Was sich als ungebildet erwies, galt hier als durchgefallen. In der dritten Vorprüfung schließlich sollte es auf Grazie und musikalisches Talent, auf die Fertigkeit in Tanz und Gesang, Saiten- und Flötenspiel ankommen. Hier sollte alles, was ungraziös und unmusikalisch war, ausscheiden. Den drei Schlußsiegerinnen sollten, abgesehen von ihrem Ehrentitel, noch weitere öffentliche Auszeichnungen zuteil werden.

Die ›Blumenkönigin‹ sollte als ersten Preis eine Orchidee aus massivem Gold erhalten und in offener Sänfte unter Vorantritt einer Musikkapelle feierlich durch die Hauptstraßen der Stadt bis zu ihrer Wohnung geleitet werden.

Die Chronistin unter den Blumen sollte als zweiten Preis eine massiv goldene Hortensie erhalten und unter Musikbegleitung in offener Sänfte aus dem Prüfungssaal getragen werden, aber nur bis vor das Außenportal des Yamen.

Die Zauberin unter den Blumen endlich sollte als dritten Preis gleichfalls unter Musikbegleitung zum Prüfungssaal hinausgetragen werden, aber nur bis vor das Innenportal des Yamen.

Das waren so die Sorgen und Wichtigkeiten, an die ein unwürdiger Statthalter mangels besserer Leistungen seine Arbeitskraft verplemperte! Er berichtete darüber in einer ausführlichen Denkschrift an den Wudschu, der seine kuriosen Vorschläge höchst beifällig aufnahm und guthieß.

Nunmehr ließ Doktor Bambushügel auf allen Hauptstraßen und Plätzen eine entsprechende Kundmachung anschlagen. Sie wurde von der betroffenen Weiblichkeit mit gemischten Gefühlen aufgenommen. Die einen, die auf Tugend und Ehre hielten, bedauerten es jetzt, daß die Natur sie mit körperlichen Vorzügen ausgestattet hatte, daß sie nicht blind und lahm auf die Welt gekommen waren. Da war gar manche, die sich künstlich entstellte, die mit liederlicher Frisur oder abgeschnittenem Haar in möglichst unansehnlicher Kleidung, das Antlitz mit Ruß beschmiert oder sonstwie verunstaltet, zur Vorprüfung erschien, in der Hoffnung, sich durch Häßlichkeit der drohenden Schmach entziehen zu können.

Manch tugendhafte Jungfrau nahm sich das frivole Spiel, das hier mit ihrer Ehre getrieben wurde, so zu Herzen, daß sie lieber einen freiwilligen Tod wählte, sich im Brunnen ertränkte oder am Bettpfosten erhängte. An solch tragischen Vorfällen bestätigte sich von neuem, daß Schönheit nicht nur anderen zum Fluch und Verhängnis, sondern auch sich selber zur Fallgrube werden kann.

Als die Prüfungskommissare hinter derlei Schliche und Listen kamen, da erließen sie scharfe Verordnungen, um solche Täuschungsversuche ein für allemal zu unterbinden. Sämtliche Familienangehörigen einer Haustochter oder einer jungen Frau, die sich ihrer Gestellungspflicht zu entziehen suchte, wurden haftbar gemacht und mit schweren Strafen bedroht. Im Falle, daß ein so bedauernswertes Ding Selbstmord beging, sollten ihre sämtlichen Angehörigen die Köpfe verlieren. Wer hätte da noch Widersetzlichkeiten gewagt?

Bei Tag und Nacht wachten von da an die eingeschüchterten Bürgerfamilien über ihre Töchter und bewahrten sie vor Schritten des Trotzes und der Verzweiflung. Das nackte Leben ganzer Familien zu retten erschien begreiflicherweise wichtiger als die Aufrechterhaltung von Tugend und Hausehre. Im ganzen betrachtet, waren besagte Fälle aber nur Ausnahmen. Die große Mehrheit der betroffenen Weiblichkeit nahm die Angelegenheit keineswegs so tragisch. Im Gegenteil. Eine gewisse Sorte leichter, lockerer Dämchen begrüßte die Veranstaltung sogar mit unverhohlener Genugtuung als eine willkommene Gelegenheit, sich öffentlich zu zeigen und mit ihren Reizen prunken zu können. Gar manche Schöne hoffte im stillen, vor den Augen der Schönheitsrichter Gnade zu finden, und träumte sich nur gar zu gerne in die Rolle einer kaiserlichen Favoritin beim Tatarenhofe hinein.

In dem an Luxus und üppiges Wohlleben gewohnten Yang tschou von damals hatten sich die alten strengen Anschauungen von Sitte und Moral beträchtlich gelockert. Man kann wohl sagen, daß die Veranstaltung dieser öffentlichen Schönheitsmusterung von acht Zehnteln der betroffenen Weiblichkeit begrüßt und von zwei Zehnteln verabscheut wurde.

Das Yang tschou von damals war eben ein einziger großer Markt der Eitelkeit und Schausucht, das trat bei dieser Gelegenheit recht deutlich in Erscheinung.

In diesen bewegten Tagen, wo es drunter und drüber ging und das Bestehende über Nacht umgestürzt wurde, offenbarte sich aber häufig auch erst der wahre Charakter so mancher Frau, sei es nach der guten, sei es nach der schlechten Seite hin.

Aus der Fülle von bemerkenswerten Begebenheiten, die sich

während der damaligen Wirren ereigneten, seien hier zwei bezeichnende Episoden vermerkt.

Da lebte am östlichen Stadttor ein junger Akademiker. Da seine Hauptgattin unfruchtbar geblieben war, hatte er eine jugendliche hübsche und feingebildete Nebenfrau in sein Haus aufgenommen, der gar bald seine ganze und ausschließliche Liebe galt. Seine Neigung wurde auch erwidert, und die beiden jungen Leute paßten auch so trefflich zusammen und gewöhnten sich so sehr aneinander, daß es ihnen schon weh tat, wenn sie sich auch nur einen Schritt, auf einen Zoll voneinander trennen mußten. Er hielt sie wert wie eine kostbare Perle, die man immer und immer wieder auf die flache Hand legt, um sie ganz aus der Nähe zu betrachten und sich immer wieder von neuem an ihrer Schönheit zu weiden. Er kleidete sie in die feinsten Stoffe, überhäufte sie mit Schmuck und hundert anderen Aufmerksamkeiten und erfüllte ihr jede Laune, jeden Wunsch. Als sie ihm dann gar nach Jahresfrist ein wohlgeratenes Knäblein schenkte, da steigerte sich seine zärtliche Zuneigung bis zum Exzeß. Er warf seine ohnehin vernachlässigte Hauptgattin vollends beiseite und schloß sich mit der jungen Mutter und dem Kind in einem abseits gelegenen Wohnturm seines Gartens völlig von der Außenwelt ab. Da hausten sie nun wie ein Vogelpärchen mit ihrem Jungen in einem zwischen Baumgeäst versteckten Nest, und ihr Nest war womöglich von noch mehr Wärme und Behagen erfüllt, als die einfache Kreatur zu spenden vermag.

Dieses Idyll wurde dann durch den Tatareneinfall jäh zerstört, und die drei Vöglein flatterten auseinander. Der junge Mann flüchtete sich ins Nachbargrundstück, das einem reichen Pfandleihbesitzer gehörte, und verkroch sich in einem unbewohnten Schuppen, der bloß zur Aufbewahrung von Pfandleihgegenständen benutzt wurde. Dort wählte er den Bretterverschlag über einer großen Waage als Versteck. Der Raum unter ihm war angefüllt mit vollbehängten Kleiderregalen, Schränken und allen möglichen Möbelstücken.

Gegen Abend wurde die Tür geöffnet, und eine Rotte Tatarenkrieger trat, vorsichtig in alle Winkel lugend, ein. Nachdem sie sich vergewissert hatten, daß der Raum menschenleer war, stahlen sie von den Kleiderständern und aus den Schränken die besten Sachen, packten sie in dicke Bündel und machten sich wieder davon. Eine Weile später hörte der junge Mann auf seinem Bretterverschlag draußen wieder Schritte im Kies knirschen. Herein kamen mehrere Pärchen, Tatarenkrieger mit ihren geraubten Liebchen. Man hatte Becher und Weinkrüge mitgebracht und vergnügte sich eine Weile mit einem ausgelassenen, lärmenden Zechgelage. Dann entfernte sich der größere Teil der Gesellschaft. Zurück blieb nur ein einzelnes Pärchen. Der Lauscher oben in seinem Versteck hörte, wie sich's die beiden Leutchen auf einem als Pfand dastehenden schönen breiten Bett bequem machten und sich mit Fleiß den Freuden eines verliebten Mandarinentenpärchens widmeten.

Auf einmal stutzte er. Diese weiblichen Laute, dieses gewisse verliebte Gurren und Kreischen kamen ihm bekannt vor. Er schob sich behutsam aus seiner Lage dicht an der Wand etwas weiter nach vorn und spähte mit angehaltenem Atem nach unten. Und was sah er da an der Seite des fremden Tatarenkriegers liegen und sich fröhlich tummeln? Niemanden anders als seine eigene vielgeliebte Nebenfrau! Und er Tor hatte gewähnt, daß sie sich ihm und nur ihm allein auf Leben und Tod verschworen hätte! Daß sie in die Gewalt eines dieser Tataren fallen würde, das konnte er ihr vernünftigerweise nicht zum Vorwurf machen. Aber daß sie anscheinend ihrem Schicksal gar nicht gram war, sondern im Gegenteil die Umarmungen dieses fremden Kerls offenbar höchst vergnüglich fand, das schmerzte und verwundete ihn zutiefst. Als er nach dem Abzug der Tataren wieder in sein Heim zurückkehrte und sie vorwurfsvoll zur Rede stellte, da stritt sie den ganzen Vorfall, dessen er doch mit Augen und Ohren Zeuge gewesen war, dreist und voll Entrüstung ab. Mit Rücksicht auf ihre Mutterschaft und seinen Stammhalter sah er davon ab, sie zu dem zu zwingen, was er an sich nach Brauch und Herkommen von ihr heischen konnte: ihre Schuld durch

Freitod zu sühnen. Gebrochenen Herzens ließ er seine Familie im Stich, entsagte der Welt und ging in ein Kloster. –

Und nun ein gegensätzlicher Fall. Heldin der Begebenheit war eine gewöhnliche Kurtisane. Und doch brachte sie etwas fertig, das geeignet war, den Himmel umzukippen und die Erde hochzuwippen. Ein Tuchhändler aus der Provinz Ho peh war ihr Stammkunde und Verehrer geworden. Aus käuflicher Liebe wurde im Laufe der Zeit wirkliche Liebe. Nachdem er seine letzten Batzen an sie verschwendet und nicht einmal mehr genug hatte, um in seine Heimat zurückfahren zu können, war sie so opferbereit, ihn bei sich wohnen zu lassen und ihre Einkünfte mit ihm zu teilen. Das ging so eine Weile, bis sie eines Tages beide in die Gewalt der Tataren gerieten. Sie kamen in ein gemeinsames Gefangenenlager, wo sie, nach Geschlechtern getrennt, zu je zehn mit anderen Gefangenen zusammengekettet wurden. Die Ketten wurden des Nachts mit Schlössern verschlossen. Die Wächter pflegten aber gegen Abend die einen oder anderen weiblichen Gefangenen loszuketten, um sich mit ihnen zu vergnügen. Auch die Kurtisane Kiung Kiung gehörte zu denjenigen, die auf diese Weise eines Abends ihrer Fesseln ledig wurde. Die Wächter betranken sich in dieser Nacht derart, daß sie über ihrem Rausch ganz vergaßen, vor dem Einschlafen ihre weiblichen Zechgenossen wieder in Ketten zu legen. Kiung Kiung hatte verstanden, ihre Nüchternheit zu wahren. Was tat sie? Als sie die Wächter sinnlos betrunken am Boden liegen sah, entwendete sie ihnen die Schlüssel zu den Ketten und schloß alle Gefangenen los. Die Befreiten bemächtigten sich der Waffen ihrer Wächter und machten sie Mann für Mann nieder. Hierauf durchsuchte man Kammern und Schränke und raffte alles zusammen, was man an gestohlenem Gut vorfand. Bei der Teilung der Beute wurde Kiung Kiung, deren Entschlossenheit die Befreiung aller zu danken war, mit tausend Batzen in Gold und Silber belohnt. Von diesem Gelde ermöglichte sie sich und ihrem Freunde die weite Reise in sein Heimatdorf. Dort schenkte sie ihm ein Knäblein und lebte fortan als bürgerliche Gattin an seiner Seite. Damit fand diese seltsame Liebesgeschichte ihr glückliches Ende.

Die geschätzte Leserschaft möge geneigtest bedenken: In dem einen Falle demaskierte sich eine ehrbare Bürgersfrau als höchst unehrbar, in dem anderen Falle offenbarte die Angehörige eines schimpflichen Gewerbes eine wahrhaft edle und hochgemute Gesinnung. Das ist gewiß nichts Alltägliches. Daß aber der wahre Charakter in beiden Fällen an den Tag kam, brachte erst der allgemeine Umsturz der Verhältnisse mit sich. –

Kehren wir nach dieser Abschweifung zu unserer Erzählung zurück.

Gemäß dem Aufruf des Statthalters begaben sich also die jungen Mädchen und Frauen von Yang tschou an den festgesetzten Tagen in Scharen zur Musterung. Dabei konnte man häufig wahrnehmen, wie gerade die wohlerzogenen Töchter aus den besten Familien – von Kurtisanen und Magerstuten ganz zu schweigen – das Ganze offenbar als Jux, als höchst vergnügliche Lustbarkeit auffaßten. Gar manche konnte man beobachten, wie sie stolz und strahlend hoch zu Roß im Sattel eines Tatarenkriegers saß, sich während des Rittes durch die Straßen ohne Scheu der gaffenden Menge zeigte und mit koketten Blicken nur so um sich warf, wie das eine berufsmäßige, routinierte Liebeskünstlerin auch nicht besser gekonnt hätte. Kennzeichen der Sittenlockerung im üppigen Yang tschou von damals!

In einer zweiten Kundmachung, die Doktor Bambushügel nach beendeter Anmeldung und Aufstellung der Namenslisten drei Tage vor der ersten Vorprüfung erließ, hieß es:

›Auf allerhöchstes Geheiß sollen aus dieser Stadt eine Anzahl junger Mädchen und Frauen als Palastdamen für den Hof in Peking ausgemustert werden. Die Ausmusterung erfolgt im Wege einer sorgfältigen Prüfung, wobei eine strenge Prüfungsordnung jede vorherige heimliche Bekanntgabe der Prüfungsthemen, jede Unterschiebung und Fälschung von Prüfungsarbeiten sowie sonstige Unregelmäßigkeiten verhindern und verstopfen wird ...

Die Stadt Yang tschou darf sich rühmen, so manche Schöne von geschichtlicher Bedeutung hervorgebracht zu haben. Hier war es, wo weiland Kaiser Yang Ti von der Sui-Dynastie sich im Mi loh, Schloß der Verlorenheit, jenes berühmte Lustschloß, jenen von wahren Duftschwaden holdester Frauenschönheit erfüllten Zaubergarten schuf, in dessen Bann er Vergessenheit von den Regierungsgeschäften, Erlösung von den Sorgen und Mühen des Alltags fand. Hier ist es, wo die Gesangs- und Tanzkunst zu höchster Blüte gedieh. Hier ist die Stätte, die von jeher vorzugsweise die Seitengemächer des Kaiserpalastes mit blumiger Anmut beliefert hat. Von allen Bezirken im ganzen Reich ist daher keiner so würdig und berufen, dem nephritenen Gebot des erhabenen Tatarenherrschers zu entsprechen, wie Yang tschou ...

Die Prüfung steht sowohl Töchtern aus gutbürgerlichem Hause wie Insassinnen von öffentlich registrierten Blumenhöfen offen. Sie erfolgt in drei Gruppen, ist dreifach gestuft und gipfelt in einer zusätzlichen, nach dem Muster einer Palastprüfung abzuhaltenden Entscheidungs- und Schlußprüfung. Bei dieser Prüfung geht es nicht allein um geistiges Können, hinzu kommt der Wettstreit von Schönheit und künsterlischem Talent. Es gilt, unter Tausenden von Bewerberinnen die Würdigste, die Siegerin, die Königin der Blumen zu finden. Wahrlich ein seltener Wettstreit, dessen man noch nach hundert Generationen gedenken, dessen Ruhm tausend Herbste überdauern wird! ...

Nochmals: keine Unregelmäßigkeiten! keine Unterschiebungen und Fälschungen! Verstöße gegen die Prüfungsordnung werden unnachsichtig geahndet!

Dies zur allgemeinen Kenntnis.

Gegeben im sechsten Jahr der Regierungs-
epoche Tiän ho, Himmlische Harmonie,
der Großen Kin-Dynastie

Der kaiserliche Statthalter
Kiang gen. Bambushügel‹

An drei aufeinanderfolgenden Tagen wurden die drei Vorprüfungen abgehalten und zwar im großen Sitzungssaal des Kreisyamen. Der Kreisamtmann übersandte alsdann die Listen der erfolgreichen Prüflinge an den Präfekten, der sie seinerseits an der Pforte des Präfekturyamen zum Aushang brachte. Und dann fand unter dem persönlichen Vorsitz der beiden hohen Prüfungskommissare die Schluß- und Entscheidungsprüfung im Statthalteryamen statt.

Gefolgt von sämtlichen höheren und unteren Ortsmandarinen fanden sich zur festgesetzten Stunde die beiden hohen Herren in der zum Prüfungsraum hergerichteten großen Empfangshalle ein. Der Bedeutung der Stunde entsprechend, hatten sämtliche Mandarine Festornat angelegt, wobei die Glücksfarbe Rot vorherrschte. Eine Musikkapelle begrüßte sie bei ihrem Einzug mit den feierlichen Weisen uralter Palastmusik. Die Eingangspforten zum Saal und die Wände waren festlich mit riesigen rotseidenen Tuchstreifen behängt, auf denen in goldenen und schwarzen Lettern tiefgründige Weisheitssprüche aus den alten Klassikern prangten.

Zu Häupten der Pforte war in drei goldenen Riesenlettern auf rotem Grund die Inschrift zu lesen:

›Frauenhauptprüfung‹

Die Prüflinge waren alle in ihrem schönsten Feiertagsstaat erschienen. An Puder und Schminke war nicht gespart worden. Manche zeigten Tränenspuren auf den Wangen, und als sie ihren Sänften entstiegen, gab es manch herzzerreißenden Abschied von den sie begleitenden Eltern und Angehörigen. Andere wieder betraten heiter und guter Dinge die Kampfstätte. Sie hatten sich bereits nach tatarischer Mode gekleidet und frisiert, und der knappe Taillenschnitt, die engen Ärmel, der geflochtene Knoten über dem glatt und straff gescheitelten Haar stand ihnen mitunter recht gut. Das waren vorwiegend Magerstuten und Dämchen aus Blumenhöfen. Sie waren truppweise zu Pferd, die Peitsche schwenkend, vergnügt kichernd und schwatzend angeritten gekommen, Gegenstand staunender Bewunderung für die sich in den Straßen drängende Gaffermenge.

Fischschwärmen gleich zog Trupp auf Trupp in den Saal, nachdem die Kontrolle, die der Präfekt persönlich anhand der Namenslisten am Hauptportal abnahm, glücklich passiert war. Es war wahrlich eine Augenweide, dieses Gewimmel von dreitausend prächtig geputzten, in allen fünf Farben schillernden, blumenfrischen jungen Dingern!

Was bekam das Auge zu sehen?

Seide, Seide, knisternde Seide, schwere und hauchdünne, geblümte und bestickte, durchbrochene und glatte. Tupfen über Tupfen von Rouge – ganze Büschel von Perlen, stachlige Dickichte von Haarpfeilen aus grünblauer Emaille – leichtes fünffarbiges Gewölk, am sommerlichen Abendhimmel dahinschwebend –

Darunter Knospen und Blüten, teils noch verschlossen, teils halb, teils voll erschlossen, Knospen und Blüten des Vorfrühlings, des Spätfrühlings –

Die eine, die aufdringlichen Mittel von Puder und Schminke verschmähend, mit mattgetöntem Elfenbeinteint, der mondbeglänzten Birnenblüte vergleichbar – die andere, dicht geschminkt und aus allen Kleidfalten aufreizend nach Parfüm duftend, der regenfeuchten Päonie gleichend – die eine ernst mit gesenktem Köpfchen, einer Hsi Schi gleichend, die sich heroisch für ihr Land opfert, in ihrer demutvollen Haltung doppelt bezaubernd – die andere lachend und strahlend, in ihrem heiteren Übermut zehnfach verschönt, der Göttin Kwan Yin ähnlich, wenn sie, der Wogen spottend, gelassen über das Meer schreitet – dort Wolkengebilde locker getürmter Haarpracht, weite, bis zum Erdboden schleppende Ärmel im Stile heimischer Hoftracht –

Hier glatte Scheitel und straff geflochtene, von flachen Baretts überdachte Haarknoten, knappe Jäckchen, enge Ärmel nach tatarischer Mode. –

Bei mancher Schönen stecken die seidenbestrumpften Füßchen in den geschweiften, saffianledernen Stiefeln der Steppentöchter, aber im eleganten Gang, in der stolzen Haltung verrät sich die Großstädterin von Yang tschou – Brauen, fein und lang nachgezogen, vergleichbar der Neumondsichel oder fernen Bergkonturen und Schmetterlingsfühlhörnern – Augen mit dem feuchten Schimmer der Herbstwelle – halb lächelnde Mienen, blank und offen und doch abgründig wie der Spiegel eines tiefgrünen Bergsees – Wangen wie in weißliche Watte gebettete Aprikosen – Lippen wie Kirschen über einem Nephritzaun – Achseln rund, Arme wie aus Jaspis gemeißelt, Finger wie junge, spitze Lotuswurzeln – Brüste zart, vorwitzig ins Leben hüpfend, köstlichen Saftes noch verschlossene Behälter – Taillen schlank, in der lässigen Biegsamkeit vergleichbar den Ruten jener menschähnlichen Weide im Park der Han-Herrscher, die dreimal am Tag zu schlafen pflegte – Schenkel fein und rank wie Stengel der Seerose und – unter allen herrlichen Köstlichkeiten versteckt noch manch andere köstliche Herrlichkeit . . .

Gegenüber den in drei Gruppen geordneten Prüflingen saßen auf erhöhter Estrade in breiten Lehnsesseln die beiden hohen Kommissare, und zwar der Feldherr Arhaya links, der Statthalter Doktor Bambushügel rechts. Beide staken in tiefroten schlangengemusterten Roben von schwerem Seidenbrokat, um den stattlichen Leib einen milchgrünen Nephritgürtel gespannt, auf dem Haupt eine goldgewirkte Kappe mit seitlich herabhängendem Zobelschwanz – letzterer bekanntlich gemäß tatarischem Amtsreglement das Abzeichen der zweiten Rangstufe. Sie wohnten der Prüfung von Anfang bis Ende persönlich bei. Jetzt trat ein würdiger, gelehrter Herr aus dem Kollegium der Examinatoren hervor und trug hoch zu Häupten eine beschriebene Tafel durch die Sitzreihen des Saals. Auf der Tafel waren in großen, weithin leserlichen Lettern die drei literarischen Prüfungsthemen des Tages aufgeschrieben:

›1. ein Aufsatz in Zierprosa über das Thema ‚Ewiger Groll', bestimmt für Gruppe A der Prüflinge,

2. ein gereimter siebenfüßiger Vierzeiler für das Thema ‚In der Laube aus Aloeholz harrt in jungfräulicher Kühle die Päonie', bestimmt für Gruppe B der Prüflinge,

3. ein fünffüßiger liedmäßiger Achtzeiler über das Thema ‚Die Sumpflilien von Yang tschou', bestimmt für Gruppe C der Prüflinge (Kurtisanen und Magerstuten).‹

Während die Prüflinge ihre Köpfchen anstrengten und emsig schrieben, patroullierten Tatarenkrieger mit der blanken Waffe in der Hand unablässig durch die Sitzreihen und hielten scharf Wacht. Die drohende Nähe dieser Aufpasser sollte vor unerlaubtem Tuscheln und Vorsagen und heimlichem Abschreiben bewahren und abschrecken.

Als Endsiegerinnen des Tages gingen hervor: das Haustöchterlein Yüan, Delikat, aus der Familie Sung in Gruppe A, Fräulein Su Su, Naiv, aus der Familie Wang in der Gruppe B, die Kurtisane Me Hsiän, Feenbraue, aus der Familie Liu in Gruppe C.

Die ›delikate‹ Fünfzehnjährige wurde also gemäß der Prüflingsordnung als Tschuang yüan, als erste Siegerin und Blumenkönigin, ausgerufen. Sie durfte aus der Hand der hohen Prüfungskommissare eine wunderschöne Orchidee aus reinem Golde entgegennehmen und sich ins Haar stecken. Über ihre Schultern wurden kreuzweise je zwei Bänder aus goldbestickter Atlasseide geheftet und darauf je ein Paar bunte Ehrenfähnchen gesteckt. Unter dem Vorantritt von vier Musikanten wurde sie feierlich aus dem Saal geleitet und in einer offenen Viermannsänfte durch die Hauptstraßen der Stadt bis zur Wohnung ihrer Eltern getragen.

Die siebzehnjährige ›Naive‹ wurde als Pang yen, als zweite Siegerin und Chronistin unter den Blumen, ausgerufen. Sie erhielt als Angebinde eine goldgetriebene Hortensie, ihre Schultern wurden mit je einem bunten Atlasband und je einem bunten Ehrenfähnchen geschmückt, auch sie wurde unter Musikbegleitung aus dem Saal zu einer Ehrensänfte geleitet, aber die Sänfte brachte sie nur bis zum Außenportal des Yamen.

Die achtzehnjährige Kurtisane ›Feenbraue‹ endlich wurde als Tan hua, als dritte Siegerin und Zauberin unter den Blumen, ausgerufen. Sie durfte sich eine silbergetriebene Rose ins Haar stecken, ihre Schultern wurden gleichfalls mit je einem bunten Atlasband und einem bunten Ehrenfähnchen geschmückt. Unter Musikbegleitung aus dem Saal geleitet, durfte sie gleichfalls eine Ehrensänfte besteigen, die sie aber vor dem Innenportal des Yamen absetzte.

Die übrigen erfolgreichen Prüflinge, die es lediglich zum Tsin schi gebracht hatten, wurden mit bloß vergoldeten Kupferblumen und je zwei bunten Schulterbändern und Fähnchen bedacht. Sie wurden anschließend in geschlossenem Zug unter Begleitung zahlreicher Musikkapellen in Zweimannsänften, voran die drei ersten Siegerinnen, zum tatarischen Hauptquartier gebracht, um dem Wudschu vorgeführt zu werden und ihm kniefällig zu huldigen und ihren Dank für die zuteil gewordene Auszeichnung abzustatten.

Der Wudschu war in diesen Tagen gerade stark durch die Vorbereitungen für den Südfeldzug, durch die Schaffung der Kriegskasse und die Regelung des Nachschub- und Proviantwesens in Anspruch genommen. Er hatte nicht viel Zeit, sich eingehend mit den Ergebnissen dieses anmutigen Blumenwettstreites und den einzelnen Blumen zu befassen. Er beschränkte sich darauf, einstweilen eine oberflächliche Auswahl für seinen eigenen Bedarf zu treffen, wobei er besonderen Wert auf Fähigkeiten im Gesang, Tanz und Saitenspiel legte. Ein zweites Tausend verteilte er als Ehrengabe an verdiente Unterfeldherrn und Truppenführer.

Was das dritte für den Tatarenhof in Peking bestimmte Tausend betraf, so war er in einiger Verlegenheit, wo er all die jungen kostbaren Geschöpfe, darunter die drei ersten Siegerinnen, einstweilen passend und würdig unterbringen sollte. Denn im Augenblick konnte er die benötigte Transportflotte mit den entsprechenden Wachmannschaften nicht entbehren, er brauchte jedes Fahrzeug und jeden Krieger für den unmittelbar bevorstehenden Südfeldzug. Die jungen Mädchen aber einstweilen zu ihren Angehörigen nach Hause oder in ihre Blumenhöfe zu entlassen, ging wegen Fluchtgefahr nicht gut. Wer weiß, ein wie geringer Bruchteil von ihnen sich später wieder eingefunden haben würde. Die Stadtobrigkeit ordnete schließlich die Beschlagnahme des Hortensientempels an. Dieser größte und schönste Tempel der Stadt, in dessen Garten seit Jahrhunderten jene berühmte seltene Hortensienart, die Chronistin unter den Blumen, gezüchtet wurde, war in der Tat mit seinen zahlreichen Hallen und Mönchszellen eine würdige Unterkunftsstätte. Sämtliche Mönche und Tempeldiener wurden kurzerhand hinausgejagt und an ihrer Stelle die tausend jungen Mädchen einquartiert. Ein Tatarenkrieger gesetzten Alters wurde zum Tempelwächter bestellt. Er hatte darüber zu wachen, daß die Tempeltore geschlossen blieben und kein Fluchtversuch unternommen wurde. Im übrigen waren die jugendlichen Gefangenen sich selbst überlassen. Die Obrigkeit sorgte zwar für ihre Verpflegung und sonstige Bequemlichkeit, auch bot der Klostergarten hinreichend Gemüse und Obst, aber sie mußten die gewohnte Bedienung, mußten Kammerfrauen und Zofen entbehren und, was viele von ihnen am schwersten trugen, den wärmenden Schoß der Familie. Sie lebten völlig von der Außenwelt abgeschnitten. Nicht einmal die nächsten Angehörigen hatten Zutritt zum Tempel. Eltern und Anverwandte umlagerten vergebens jammernd und klagend die Tempelpforte. Doch durften sie den gefangenen Vögeln wenigstens Essen und Kleidung, Kissen, warme Schlafdecken und ähnliche Erleichterungen zukommen lassen.

Blumenholde, weidengertenschlanke, köstliche Geschöpfe südlichen Gewächses – eine Schar bunter, lieblicher Singvögel, vom bösen Fürst des Ostens eingefangen – unter ihnen Meisterinnen des Tons vom Range einer Tsai Yen, Schönheiten ebenbürtig einer Prinzessin Tschao Kün, ach, umsonst geschult im

Spiel der sechssaitigen Laute, in der Kunst der fünffüßigen Verse – Schwestern groß, Schwestern klein, plötzlich zu Kommilitonen, zum Jahrgang soundso der Staatsprüfung soundso geworden – ach, zarte Mägdlein und Haustöchterlein, nun ohne elterlichen Schutz, ohne Aufsicht und Erziehung – junge Birnenblüten, von jähem Hagel roh zerzaust – bunte Kakadus, sprechende Papageien in goldenem Käfig –

In trostlosen Stunden der Einsamkeit und Verlassenheit hat da manche empfindsame Schöne die kahlen Wände ihrer Tempelzelle mit wehmütigen Strophen bekritzelt, in denen sie das traurige Schicksal ihrer stolzen Vaterstadt und ihr eigenes Los besungen und beklagt hat. –

Es läßt sich denken, daß bei der Verteilung der ausgemusterten Mädchen auch der hohe Prüfungskommissar und Statthalter Doktor Bambushügel nicht leer ausgegangen war. Kraft seiner Amtsgewalt hatte sich dieser ehemalige Blankknüppel und Hungerleider von der reichbeschickten Festtafel die besten Leckerbissen zu sichern gewußt. In Geld und Macht schwimmend, dachte er an nichts anderes, als in vollen Zügen das Leben zu genießen und Versäumtes nachzuholen. Nacht für Nacht praßte er jetzt bei üppigen Gelagen in Gesellschaft seiner Kumpane, der Salzhändler Miao Tsing und Wang und anderer Halunken und Landesverräter. Was er früher einmal mit dem heimlichen Neid des Besitzlosen an einem großen Genießer und Lebenskünstler wie Hsi Men bestaunt hatte, was in seinen hungrigen Augen erst so richtig den großen Herrn ausmachte, das konnte er sich jetzt auch leisten: Ein ganzes Hausballett von zwölf hübschen jungen Dingern, alles Töchter aus besten Familien, hatte er sich zugelegt, das seine nächtlichen Tafeleien mit erlesenen musikalischen und tänzerischen Darbietungen würzen und verschönen mußte.

Nun hatte er's geschafft, nun war auch er ein großer Herr geworden, redete er sich ein. Aber

Was Menscheneinfalt auch erdenkt,
Der Himmel meist es anders lenkt.

ACHTUNDDREISSIGSTES KAPITEL

Um den Volkszorn zu besänftigen, muß der dunkle Ehrenmann sein Leben stückweise lassen. Um die Woge der öffentlichen Empörung zu glätten, muß der Lump von Statthalter als Schießscheibe herhalten

Eines Tages erging der Befehl zum Vormarsch gen Süden. Bevor das Tatarenheer bei Kwa tschou über den Yang tse setzte, sandte Prinz Wudschu dem Feldherrn der kaiserlichen Südtruppe Han Schi Tschung eine förmliche Kriegserklärung, in der er ihn für einen bestimmten Tag zur Entscheidungsschlacht auf dem Blachfeld am Kin-schan-Berg einlud. Der chinesische Feldherr erwiderte darauf mit jenem berühmt gewordenen hohnvollen Antwortschreiben, in dem er seinem Gegner den Bau von drei Schiffsbrücken zur Erleichterung des Übergangs über den Yang tse anbot. Seiner Antwort fügte er ein Präsent von fünfhundert frischen Orangen bei mit dem Bemerken, daß der Tatarenführer nach dem weiten Marsch gewiß durstig sein und eine kleine Erfrischung vonnöten haben werde.

Die Geringschätzung und Selbstsicherheit, die aus dieser Antwort sprachen, setzten den Wudschu in nicht geringe Verwirrung. Und seine Verwirrung wuchs, als sich keine feindliche Kriegsdschunke zeigte, die den Übergang seines Hunderttausend-Mann-Heeres behelligt hätte, als er weiter das Blachfeld beim Kin schan leer vorfand und keine feindlichen Feldbanner außerhalb der Stadtwälle im Winde flattern sah.

Die Taktik des chinesischen Feldherrn ging dahin, zunächst einer offenen Feldschlacht auszuweichen, den Feind tief ins Land zu locken, ihn seine Kräfte bei langwierigen Belagerungen von stark befestigten Plätzen zersplittern zu lassen, ihm die Verbindung nach Norden abzuschneiden und ihn schließlich beim Rückzug über den Yang tse endgültig zu zerschmettern.

Diese Taktik erwies sich als richtig und wurde den Tataren zum Verhängnis. Ihr Unternehmen verpuffte als Stoß ins Leere. Sie rannten sich vergebens die Köpfe an verrammelten Stadttoren und stark bewehrten Wällen ein. Als Mangel an Lebensmitteln sie zur Umkehr zwang, fanden sie die Yang-tse-Übergänge durch die ausgeruhten und trefflich gerüsteten Truppen des Marschall Han Schi Tschung gesperrt und verlegt. Neuartige Kampfmittel – mechanische Armbrüste mit einer Bogenspanne von zwei Fuß fünf Zoll und mit der erstaunlichen Schußweite von dreihundertvierzig Schritt, riesige Ungetüme von Panzerwagen, bemannt mit je vier Wagenführern und vierundzwanzig Kämpfern – machten die veralteten tatarischen Nahkampfwaffen wertlos. Seuchen und Krankheiten trugen das ihre dazu bei, um die Reihen der Steppenkrieger zu lichten. Vergiftete Wiesen, vergiftete Brunnen und Gewässer ließen die Tatarengäule in Massen krepieren. Durch eine Reihe ernsthafter Schlappen geschwächt, von allen Nachschubverbindungen abgeschnitten, ohne Futter- und Lebensmittel, sah sich das Tatarenheer schließlich in die sumpfige Stromniederung von Huang tiän tang abgedrängt. Es war an den Fingern abzuzählen und nur noch eine Frage von Tagen, daß es hier entweder elend zugrunde gehen oder sich schimpflich ergeben mußte.

Das war die Stunde,[1] da der Tatarenfeldherr in seiner Not jenes winselnde Friedensangebot – Rückgabe sämtlicher besetzten Gebiete, Freilassung der beiden gefangenen Kaiser gegen Freigabe des Yang-tse-Übergangs – an seinen siegreichen Gegner richtete. Aber Han Schi Tschung blieb hart und lehnte ab.

Noch einmal lächelte den Tataren das Kriegsglück. In der Stunde höchster Not sandte ihnen der Himmel Hilfe in Gestalt eines Verräters, eines Mannes aus Fu kiän, der ihnen das versumpfte und verschüttete Bett des Lao ya ho, des alten Krähenflusses, verriet, eines alten Verbindungskanals zwischen jener Yang-tse-Niederung und dem Tsin-huai-Fluß und damit Nanking. Nanking aber befand sich um diese Zeit in tatarischen Händen.

In fieberhafter Tag- und Nachtarbeit schufteten die Tataren an der Ausgrabung und Trockenlegung des alten Kanalbettes, und

1. Im Jahre 1130.

es gelang ihnen tatsächlich, noch bevor Han Schi Tschung von ihrem Vorhaben Kunde erhielt, mit allem Troß heimlich zum Tsin-huai-Fluß zu gelangen, alsdann zu Wasser und Land das rettende Nanking zu erreichen und dort den Übergang über den Yang tse zu bewerkstelligen.

Aber kaum am anderen Ufer angelangt, gerieten sie an die gepanzerte Kerntruppe des von Norden herbeigeeilten wackeren Marschalls Yo Feh. Er verlegte ihnen den Weg zu dem heißersehnten Etappenplatz Yang tschou und drängte sie in das sumpfige Marschland am Nordufer des Yang tse, wo er ein fürchterliches Blutbad unter den erschöpften Tataren anrichtete. Von dem einstigen Hunderttausend-Mann-Heer war es schließlich nur noch ein kümmerlicher Rest von knapp zehntausend abgekämpften Kriegern, die sich auf Umwegen, unterwegs hart bedrängt von den verfolgenden Truppen des Yo Feh, mühsam und in jämmerlichen Zustand nach Huai an durchschlagen konnten. Das war das klägliche Ende jenes stolzen Südfeldzugunternehmens! –

Kehren wir nach Yang tschou zurück. Dort waltete inzwischen Doktor Bambushügel seines Amtes als Statthalter, unterstützt von Miao Tsing, den ihm der Wudschu als Gehilfen und Stellvertreter zur Seite gegeben hatte. Ihre Hauptaufgabe war es, die Kriegskasse ständig aufzufüllen und den Proviantnachschub für die im Süden kämpfenden Truppen in Gang zu halten. Der militärische Schutz der Stadt war einem älteren, ausrangierten tatarischen Truppenführer namens Po Kin anvertraut worden. Er verfügte über eine schwache Garnison von fünf Tausendschaften, alles ältere, ausgediente Mannschaften, die für den Frontdienst nicht mehr tauglich waren. Unter den drei genannten Machthabern der Stadt war es vor allem der Schurke Miao Tsing, der sich bemüßigt fühlte, auch weiterhin die Rolle des Dikators und Finanzgewaltigen zu spielen und eine wahre Schreckensherrschaft über die gequälte Bevölkerung auszuüben. Auf sein Amt und die fremden Schergen pochend, fuhr er fort, die ohnehin schon ausgepreßte Bevölkerung unter Anwendung von Zwang und Folter noch mehr auszupressen. Da bei den Großen und Reichen nichts mehr zu holen war, nahm er sich jetzt die Kleinbürger vor und scheute sich auch nicht vor schamloser Ausplünderung und Drangsalierung der Armen und Ärmsten. Die Bevölkerung befand sich in der ungemütlichen Lage von Fischen im Kochtopf. Es bestand keine Sicherheit mehr für Leben und Eigentum. Man schleppte sich mühsam durchs Heute und zitterte vor dem Morgen. –

Damals lebte in Yang tschou ein wackerer Bursche namens Li An. Er hatte früher zur Leibwache des Strompräfekten Tschou in Schantung gehört und später unter dem ruhmreichen Banner des Marschalls Tsung Tse gegen die Tataren gekämpft und in vielen Schlachten seinen Mann gestanden. Nach dem Fall von Kai fong fu hatte er die Rüstung einstweilen ausgezogen und sich in Yang tschou niedergelassen, wo er sich und seine betagte Mutter als kleiner Handwerker recht und schlecht ernährte.

Seit langem schon fraßen Unmut und Ingrimm an ihm, daß er untätig mit ansehen mußte, wie hergelaufene Lumpen und Verräter mit dem schönen Yang tschou Schindluder trieben und dem Landesfeind schnöde Handlangerdienste leisteten. Zum Glück brauchte er seinen Groll nicht stumm in sich hineinzufressen. Er besaß in der Stadt zehn Freunde und Gesinnungsgenossen, mit denen er heimliche Aussprache pflegen konnte. Es waren alles alte Kameraden aus dem Felde, alles entschlossene, kampferprobte Männer mit Ehrgefühl in der Brust wie er. Gleich ihm hatten sie unter dem Zwang der Umstände zeitweilig den Waffenrock ausgezogen und bei nahestehenden Familien in Yang tschou Unterschlupf gefunden.

Bei ihren heimlichen Zusammenkünften gab es nur einen Beratungsgegenstand: die Rettung und Befreiung der Stadt Yang tschou vom Landesfeind und einheimischem Verräterpack. Man war übereingekommen, daß man sich zunächst still verhalten und abwarten wollte, bis das Tatarenheer den Yang tse hinter sich gelassen hatte und außer Sicht war. Dann aber wollte man einen großen Volksaufstand in der Stadt entfachen. Was war von der schwachen Garnison mit ihren paar Tausend satten, kampfmüden Kriegern groß zu befürchten? Die würden wie dürres Laub vom Feuerbrand eines allgemeinen Aufstands verzehrt werden. Inzwischen schickte man einige Vertrauensleute hinter der tatarischen Streitmacht her. Sie sollten sich in Kwa tschou am Yang tse festsetzen und dort, am Rande des Geschehens, die neuesten Nachrichten vom südlichen Kriegsschauplatz abfangen, um sie unverzüglich an ihre Gesinnungsfreunde in Yang tschou weiterzuleiten.

Als nun Schlag auf Schlag die Nachrichten von den schweren Schlappen des Tatarenheeres eingingen, als schließlich die Kunde durchsickerte, daß es in die sumpfige Stromniederung von Huang tiän tang abgedrängt sei und sich dort in einer geradezu verzweifelten Lage befinde, da frohlockten die Patrioten von Yang tschou und beschlossen, nunmehr zu handeln. Sie hatten inzwischen weitere Gesinnungsfreunde geworben, ihr Geheimbund zählte bereits mehr als tausend beherzte, waffengeübte Männer.

In einer nächtlichen Sitzung wurde der Aufstandsplan in allen Einzelheiten festgelegt. Es wurde ein bestimmter Kalendertag ausgewählt, an dem man losschlagen wollte. Am Abend jenes Tages wollten sich die tausend Verschworenen mit Waffen unter den Wämsern unauffällig im Tiän ning se, im Tempel der himmlischen Ruhe, versammeln und von dort aus im Laufe der Nacht den Aufstand in der ganzen Stadt verbreiten. Ein Feuer, auf der Spitze der ragenden Tempelpagode entfacht, sollte der Bürgerschaft als weithin sichtbares Signal den Beginn des Aufstandes kundtun. Vor allem wollte man der drei Schurken und Verräter habhaft werden, die an allem Unglück die Hauptschuldigen waren: des Statthalters Doktor Bambushügel, des Finanztyrannen Miao Tsing und seines tückischen Gehilfen, des Skandalmachers. Ihre Schandtaten schrien nach Vergeltung. Gleichzeitig wurden Eilboten ins Feldlager des kaisertreuen Marschalls Yo Feh entsandt. Sie sollten ihn von dem Aufstandsplan verständigen und um seine tätige Mitwirkung ersuchen.

Diesmal sollte sich das Wort bewahrheiten:

Erst muß der Missetaten Maß sich bis zum Rande füllen,
Dann endlich läßt der Himmel freien Lauf des Volkes Willen.

Es ging alles nach Wunsch und Plan.

Eines Nachts flammte genau um Mitternacht auf dem Dach der Pagode im Tempel der himmlischen Ruhe ein mächtiges Feuer auf. Und dann hallten die nächtlichen Straßen und Gassen von wildem Kampfgeschrei und Waffengetöse wider. Das anfängliche Häuflein der tausend bewaffneten Aufrührer erhielt von allen Seiten Zulauf und schwoll im Nu zu einem reißenden Strom von Zehntausenden an, der sich zum Statthalteryamen, zum Wohnpalast des Miao Tsing und zu den Stadttoren hinwälzte. Aus zahllosen Haustüren quollen sie hervor, die unterdrückten und gequälten Bürger, denen während der letzten Monate Schreckensherrschaft Unbill widerfahren war und die nun darauf brannten, an ihren Peinigern Rache zu nehmen. Unaufhörlich gellten aus ihrer Mitte die Rufe: »Her mit den Schurken und Verrätern! Laßt sie nicht entlaufen!« Was konnten die paar Mann der Garnison gegenüber dieser wütenden Volksmasse groß ausrichten? Während der ganzen Besatzungszeit hatten sie sich's gut gehen lassen, viel zu gut, sie waren durch unaufhörliches Wohlleben verweichlicht, Suff und Weiber hatten sie schlaff und kampfuntüchtig gemacht.

Nachdem die Einnahme großer Städte wie Huai an und Yang schou so mühelos geglückt war, hatten sie sich daran gewöhnt, die Südchinesen als Gegner überhaupt nicht mehr ernst zu nehmen. Nicht entfernt hatten sie an die Möglichkeit eines Aufstandes gedacht. Sie hatten sorglos in den Tag hinein gelebt, richtiger, hinein geträumt.

In schwachen Gruppen und Posten über die riesige Stadtmauer verteilt, auf der einen Seite von der rasenden Volksmenge, auf der anderen Seite von den in hellen Haufen durch die geöffneten Stadttore hereinquellenden wohlgerüsteten Kriegern des Marschalls Yo Feh bedrängt und in die Klemme genommen, waren sie zu ernsthaftem Widerstand unfähig und im Nu überwältigt. Sie wurden zur Hälfte niedergemacht, zur Hälfte gefangengenommen. Bloß dem tatarischen Garnisonsbefehlshaber Po Kin gelang es als einzigem zu entkommen. Er hatte sich noch rechtzeitig Bart und Schädel rasieren lassen und in eine Mönchskutte stecken können. Im Schutz der Dunkelheit und in dem allgemeinen Durcheinander konnte er, als Wandermönch verkleidet, aus der Stadt ins Freie gelangen.

Die drei Hauptmissetäter dagegen ereilte das längst verdiente Schicksal. Sie hatten ihre Macht und Stellung weidlich ausgenutzt und die ganze Zeit über ein Leben in Freuden und Herrlichkeit geführt. Ja, sie hatten sich gar gewaltig gefühlt in ihren prächtigen, weiten, die Schultern schluckenden, schlangenbestickten, purpurnen Staatsroben aus japanischer Atlasseide, mit dem Nephritgürtel um den Bauch, mit dem Goldzobelschwanz am Amtsbarett, Doktor Bambushügel als Statthalter und Miao Tsing als sein Gehilfe und Stellvertreter. Und sie hatten geglaubt, dementsprechend leben zu müssen. Tag für Tag und Nacht für Nacht hielten sie ihre Prunkgelage ab, bei denen die Tafeln von kostbarem Tischgerät aus Gold und Silber, aus Koralle, Jaspis und Elfenbein nur so strotzten, wo sie ihren staunenden Gästen eine ganze Schausammlung von Kostbarkeiten und Altertümern, von zwei dreitausendjährigen bronzenen Räucherkesseln aus der Schang- und Tschou-Zeit, nephritgeschnittenen Trinkbechern aus der Han-Zeit, durchsichtigen Kristallschalen aus der Tang-Zeit – alles gestohlenes, zusammengeraubtes Gut – als Augenweide boten, so daß ihre Empfangsräume förmlichen Antiquitätenläden glichen. Sie hatten beide in der kurzen Zeit ihrer Amtsherrlichkeit bereits je an die drei Millionen Batzen in Gold und Silberbarren zusammengescharrt, während der Dritte im Bunde, der tückische Schreiberling Skandalmacher, fast hunderttausend Batzen beiseite bringen konnte. Nicht genug damit, hatten sie sich auch an dem im Hortensientempel verwahrten, für den Tatarenhof in Peking bestimmten lebenden Schatz vergriffen. Gar manche der dort in Gefangenschaft schmachtenden Mägdelein hatten sie heimlich entführt, um sie für ihre nächtlichen Orgien zu mißbrauchen. Durch das Übermaß an Wein und Weib in einen förmlichen Traum- und Dämmerzustand gelullt, hatten auch sie jedes nüchterne Augenmaß verloren und nicht entfernt mit der Möglichkeit eines Rückschlags gerechnet.

In jener Nacht feierten sie vereint im Statthalteryamen gerade wieder einmal eine der gewohnten Orgien. Es ging schon auf die dritte Morgenstunde, und die Augen der Zecher, die mit lüsternen Blicken den Darbietungen des Hausballetts folgten, blinzelten schon trübe und schläfrig. Da wurden sie auf einmal durch rauhen Lärm im Vorhof, durch schwere Schritte und barsche Zurufe aus ihrem Lenztraum aufgescheucht, und ehe sie recht zu nüchterner Besinnung kamen, sahen sie zu ihrem Schreck die Festtafel von schwerbewaffneten Kriegern des Marschalls Yo Feh umstellt.

Die überrumpelten Schwelger boten ein Bild, wie es der Pinsel des Dichters etwa mit folgenden Strichen zeichnen würde:

Spatzen, die unter Aasgeier geraten sind –
Lämmer, in Tigerrachen zappenld – sie fühlen ihre Kehlen
Wie von tödlichen Schlingen zugewürgt –
Hu, der Höllenfürst
Hat plötzlich seine Besuchskarte abgegeben! –
Nicht lange, und ihr Nacken wird zum Schleifstein,
An dem der Henker sein Messer neu wetzt –
Schade um die schönen Millionen,
Die im Salzgeschäft arbeiten sollten –
Der Gott des Reichtums erkennt sie nicht an! –
Schade um die hundert hübschen Dinger,
Arzneitropfen, die Lenz und Wärme spenden sollten –
Weh, alle Sünden der Vergangenheit, steigen jetzt herauf
Und klagen an! –

Im Laufe einer einzigen Nacht war die Stadt Yang tschou frei geworden. Im ersten Glücksrausch strömten die Bürger in die

Tempel und vor die Hausaltäre, brannten Weihrauch und neigten sich zu inbrünstiger Danksagung vor Götterbildern und Ahnentafeln.

Dann aber schickten sie Abordnungen zu Marschall Yo Feh und erhoben vor ihm schriftlich und mündlich Anklage gegen die drei Hauptmissetäter Doktor Bambushügel, seinen Kumpan Miao Tsing und den Skandalmacher. Eingehend schilderten sie, wie es zum Verrat der Stadt gekommen war und welche Schreckensherrschaft die drei Schurken ausgeübt hatten, wie sie die Bevölkerung erpreßt und drangsaliert hatten, wie sie die Ehre soundso vieler Bürgertöchter verunglimpft und den Hortensientempel zum Käfig für eintausend gefangene Vöglein gemacht hatten, wie sie sich schamlos an gestohlenem Gut bereichert und ein Leben wüster Prasserei und Völlerei geführt hatten. Als er solches vernahm, ergrimmte der Marschall und ließ sich die drei Schurken gefesselt vorführen, um strenges Gericht über sie zu halten. Auf dem Weg zum Statthalteryamen, wo der Feldherr Quartier genommen hatte, wurden sie von der erbitterten Volksmenge bereits so übel zugerichtet, daß sie beim Verhör ganz benommen und zum Sprechen unfähig waren. Mit geschlossenen Augen ließen sie alles über sich ergehen. Bloß der Skandalmacher verfügte noch über ungebrochene Zungenkraft und versuchte in gewohnter Weise, die Künste seiner Beredsamkeit spielenzulassen und sich auf Tod und Leben herauszureden. Es half ihm nichts.

Nach beendetem Verhör entschied der Marschall: Miao Tsing und der Skandalmacher sind am Feldherrnflaggenmast vor dem Yamen festzubinden und im Wege der Zerstückelung durch vierundzwanzig Schnitte langsam und qualvoll hinzurichten. Doktor Bambushügel ist im Gefangenenkarren nach Nanking zu schaffen und dort im kaiserlichen Ahnentempel als Zeuge und Trophäe des jüngsten Sieges vorzuführen; über sein weiteres Schicksal soll der Kaiser selbst befinden.

Was den ersten Teil des Urteils betrifft, so brauchten die beamteten Henker und Scharfrichter gar nicht erst bemüht zu werden. Das Volk, das zu Zehntausenden den weiten Platz vor dem Statthalteryamen füllte, übernahm die Vollstreckung selber. Was half es, daß die Yamendiener sich mit ›Platz! Platz‹-Rufen heiser schrien und mit langen Peitschen in die dichtgeballte Menge hineinknallten? Die Menge wich und wankte nicht. Kaum daß man es erwarten konnte, bis die beiden Verurteilten am Marterpfahl angebunden waren. Da blitzten auch schon hier und dort und überall die mitgebrachten Messer, und dann fiel es wie ein Hornissenschwarm über die beiden Opfer her, und jedes schnitt sich, so gut es konnte, sein Teil davon ab. Und so gründlich verrichtete das Volk die Vollstreckung, daß am Ende nur noch der kahle Pfahl und ein paar einsame Stricke als Zeugnis des ganzen Vorgangs übrigblieben.

Zu spät mochten die beiden Lumpen in diesem ihrem letzten Stündlein bereut haben, daß sie es als einzigen Lebenszweck angesehen hatten, ihren Mitmenschen Leid zuzufügen und Unheil zu stiften. –

In einem ausführlichen Bericht verständigte Marschall Yo Feh den Oberbefehlshaber der kaiserlichen Südtruppen Han Schi Tschung von den jüngsten Vorgängen in Yang tschou und kündigte ihm die Überführung des Statthalters von Feindesgnaden nach Nanking an. Weiter erbat er zuverlässige Truppen und Befehlshaber, die den Schutz der Stadt Yang tschou übernehmen sollten, denn er selbst wollte nach Huai an weitermarschieren, um auch dieses wichtige Gebiet vom Landesfeind zu befreien.

Vor dem Abmarsch vergaß er nicht, für eine vorläufige Neuordnung und für Wiedergutmachung der ärgsten Schäden zu sorgen, die der Bürgerschaft von Yang tschou zugefügt worden waren. Zuallererst wurden die im Hortensientempel eingesperrten tausend jungen Mädchen aus ihrer Gefangenschaft erlöst und ihren Familien und Angehörigen zugeführt. Gar manche tugendsame Haustochter war darunter, die statt in der Sänfte auf der Totenbahre heimkehrte, die, um der Schande zu entgehen, ihrem Leben inzwischen freiwillig ein Ende gemacht hatte.

Dann wurde vor allem die Finanzgebarung der letzten Monate einer sorgfältigen Nachprüfung unterzogen. Ungeheure Gelder waren den Befreiern der Stadt bei der Beschlagnahme der tatarischen Kriegskasse und der Schatzkammern der beiden Statthalter in die Hände gefallen. Der wackere Marschall Yo Feh sorgte für gerechte Verteilung und Rückerstattung dieser erpreßten Gelder an die geschädigten Bürger. Auch das sonstige zusammengeraubte Gut ließ er den berechtigten Eigentümern wieder zurückgeben.

Die hundert Familien waren ob dieser gerechten und volksfreundlichen Maßnahmen des Marschalls hochbeglückt. Es war ihnen, als ob sie nach langer Zeit aus schwarzem Gewölk endlich wieder den blauen Himmel und die Sonne hervorbrechen sähen. Donnergleiche Jubelstürme durchbrausten damals die Straßen und Gassen der Stadt. Das Leben begann wieder zu pulsieren, Handel und Wandel begannen sich zu erholen. Einige Monate später bot Yang tschou bereits wieder das altgewohnte Bild der von Menschendampf und regster Geschäftigkeit strotzenden Großstadt. –

Eines Tages traf der stark bewachte Käfigkarren mit dem falschen Statthalter von Yang tschou als Häftling wohlbehalten beim Südmarschall Han Schi Tschung in Tschen kiang ein, dazu der ausführliche Bericht des Nordmarschalls Yo Feh. Hochbefriedigt sandte Han Schi Tschung die Siegesbotschaft an Kaiser Kao Tsung in Hang tschou weiter. Den illustren Häftling behielt er einstweilen unter seiner Obhut, bis der Kaiser über sein Los entschieden haben würde.

Ein paar Tage später erging ein kaiserlicher Erlaß. Darin begrüßte der Sung-Herrscher einmal die Rückeroberung der Stadt Yang tschou, rückte das kaisertreue vaterländische Verhalten des wackeren Li An, des Urhebers und Hauptanführers des geglückten Aufstands, gebührend ins Licht und verfügte, daß der falsche Statthalter Doktor Bambushügel nach Nanking zu bringen und daselbst als Zielscheibe für ein allgemeines Wettschießen öffentlich hinzurichten sei. Alsdann solle sein Kopf nach Yang tschou gebracht und dort zur allgemeinen Warnung auf einen Pfahl gespießt und öffentlich zur Schau gestellt werden.

Gemäß dem kaiserlichen Geheiß ließ also Marschall Han Schi Tschung seinen Häftling nach Nanking schaffen. Unter dem Geleit einer Tausendschaft Berittener und einer Tausendschaft Fußvolk wurde er in feierlichem Zug durch das ›Einhorn‹-Stadttor in den Kerker der Stadtvogtei überführt. Im Rahmen eines großen Volksfestes fand ein paar Tage später seine öffentliche Hinrichtung statt. Herolde riefen in der ganzen Stadt das Ereignis aus und luden die Bürgerschaft zur Teilnahme an dem bevorstehenden Schauspiel ein.

Vor der Hinrichtung wurde Doktor Bambushügel drei Tage lang inmitten einer Hundertschaft von mit Äxten und Schwertern bewaffneten Schergen in langsamem, feierlichem Umzug, vornweg Trommler, Hornisten und Gongschläger, durch die Hauptstraßen der Stadt geführt, um der ganzen Bevölkerung Gelegenheit zu geben, sich den Erzlumpen in Muße und aus nächster Nähe zu begucken. Er stak in einer roten Sträflingskutte, in seinem hochgeknoteten Schopf stak eine weiße Flagge mit der Aufschrift ›Rebell und Hochverräter‹.

Und dann kam der Tag der Hinrichtung. Als Richtstätte war das weite Truppenübungsfeld vor dem südlichen Stadttor gewählt worden. Dort hatte man einen hohen Mast errichtet. An der Mastmitte war ein mit Flaschenzug versehener beweglicher Querbalken befestigt, so daß das ganze Gerüst eine Art Hebekran darstellte.

Doktor Bambushügel wurde entkleidet und nackt, wie er war, angeseilt und mit Hilfe des Flaschenzuges an dem Querbalken hochgeleiert. Da schwebte er nun in der Luft und schaukelte und wippte auf und ab und hin und her, wie man es ähnlich bei Kinderschaukeln sieht.

Welche Gedanken mochten ihn in seinem letzten Stündlein bewegen? Vielleicht das Bedauern, daß er seinen Reichtum gerade erst angeknabbert hatte? Oder daß er es versäumt hatte, für

Doktor Bambushügel wird hingerichtet

die Zukunft der hübschen grün- und rotgerockten jungen Dinger in seinen Seitengemächern zu sorgen? Oder vielleicht die philosophische Erwägung, daß er weise getan haben würde, einen anderen Beruf zu wählen als gerade den ärztlichen – wer weiß.

In weitem Halbkreis um das Gerüst hatten die Truppen des Südmarschalls, Reiterei und Fußvolk, wohlgeordnet und abteilungsweise um ihre Feldbanner geschart und in Reihen ausgerichtet, Aufstellung genommen. In der Mitte des Halbkreises erhob sich eine hölzerne Tribüne, vorbehalten für den Marschall und sein Gefolge und seine Truppenführer und die höhere Beamtenschaft. Die andere Hälte der Arena war für die Bevölkerung freigegeben. Während der Marschall Han Schi Tschung seiner großen Achtmannsänfte entstieg und sich auf die Ehrentribüne begab, fiel die Musik mit einem dreimaligen Tusch ein, die Feldherrnflagge auf der Tribüne ging hoch. Böller schossen einen dreifachen Ehrensalut. Nach der Begrüßung durch die versammelten Truppenführer und Würdenträger nahm der Marschall auf seinem Lehnsessel Platz. Über das weite Rund der Arena breitete sich feierliches Schweigen. Niemand wagte zu flüstern oder auch nur zu husten.

Dann sah man einen einzelnen Reiter mit einer blauen Flagge in der Hand pfeilgeschwind über das Blachfeld dahinjagen. Vor der Feldherrntribüne hielt er sein Roß an und erstattete Meldung:

»Der Erzrebell Kiang, genannt Bambushügel, ist an dem Schießgerüst aufgehängt. Auf Befehl des alten Gebieters kann das Schauschießen beginnen.«

Kurz darauf ging auf der Feldherrntribüne eine Tafel hoch. Sie verkündete:

›Das Wettschießen findet in zwei Runden statt. Die Teilnahme an der ersten Runde steht den Truppenführern der Reiterei offen. Jeder Teilnehmer ist zu drei Pfeilschüssen berechtigt. Wer mehr als einen Treffer erzielt, erhält als Preis eine silberne Ehrenplakette. Die Teilnahme an der zweiten Runde steht den Truppenführern des Fußvolkes offen. Jeder Teilnehmer ist zu drei Schuß berechtigt. Wer mehr als einen Treffer erzielt, erhält als Preis fünf Pfund Ochsenfleisch und eine Kanne Wein. Nach beendetem Wettbewerb für Heeresangehörige ist Kürschießen für Zuschauer gestattet.‹

Ein Trommelwirbel verkündete den Beginn des Wettschießens. Auf der Ehrentribüne entstand Bewegung. Man sah die höheren Truppenführer einen nach dem anderen aufspringen, die Tribüne herabsteigen und, den blank geputzten Helm auf dem Kopfe, den gleißenden silbernen Harnisch um die Brust, den schlangenbestickten weiten Waffenmantel um die Schultern, den Bogen in der Faust, den Köcher an der Hüfte, ihre ungesattelten Streitrosse besteigen. Und dann sah man sie in sausendem Galopp über das Blachfeld sprengen und mitten im Galopp die vorgeschriebenen drei Pfeile auf die bewegliche lebende Zielscheibe am hohen Mast abschießen.

Es war ein aufregendes Bild voll Leben und Bewegung, das sich der zu Zehntausenden herandrängenden Zuschauermenge bot: Rosse wie der Blitz dahinschießend, Schwirren in der Luft wie von Heuschrecken – halbmondförmig gekrümmte Bogen, gefiederte Pfeilschäfte, flüchtig auftauchend und verschwindend wie Sternschnuppen – rote Blutstropfen von der Mitte der Zielscheibe träufelnd – dumpf klatschendes Geräusch von Treffern auf Stirn und Schädeldecke – Karussellschüsse, Schüsse hinter der Mähne, Schüsse aus dem Rücksitz, Schüsse vom Roßschweif her – hier Kunstschützen in allen Wunderarten von Kunstschießen prunkend und wetteifernd – dort er, einst überhäuft von Ehren und Ämtern, jetzt überhäuft von Pfeilen und nochmals Pfeilen – er einstmals wählerisch unter Freuden und Genüssen wählend, heute wählerisch als Zielscheibe für ausgewählte Bogen erwählt – Opfer für scharfgeschliffene Pfeilspitzen, die sich wild wie Wolfszähne in sein Fleisch graben, dicht wie Wespenstiche in seinen Leib bohren.

Die erste Runde war beendet. Erneuter Trommelwirbel. Es folgte das Wettschießen für die Truppenführer des Fußvolkes.

Dann wurden auf der Tribüne die Namen der Sieger ausgerufen und die Preise verteilt.

Zum Schluß durfte sich das Volk am Schießen in freiem Stil beteiligen. Wenn auch manche unter den Zuschauern mit Pfeil und Bogen umzugehen wußten, wer hatte denn das nötige Gerät zur Hand? Da besann man sich nicht lange und war nicht wählerisch, da griff man einfach zu Feldsteinen und Lehmbatzen, und alsbald ergoß sich ein Steinhagel und Dreckregen über die Zielscheibe in luftiger Höhe. Ach, es war keine lebende Zielscheibe mehr – seit geraumer Zeit hatte Doktor Bambushügel, allein von mehr als zehn Herzschüssen getroffen, sein armseliges Leben ausgehaucht.

Nach einer Stunde Wettschießen gaben Böllerschüsse das Zeichen zum Abbruch der Veranstaltung. Die Leiche wurde vom Mast herabgeseilt. Der Kopf des Toten wurde abgeschnitten und noch einmal auf der Ehrentribüne herumgezeigt. Dann wurde er in einen Bastkorb verpackt und nach Yang tschou überführt, um dort öffentlich zur Schau gestellt zu werden. Damit waren die Akten über den falschen Statthalter und Landesverräter Doktor Bambushügel geschlossen. Ein kleiner Scharlatan hatte seinen Lenztraum von Macht und Herrlichkeit ausgeträumt.

Nicht leicht des Glückes Treffer
Wird uns zuteil im Leben,
Doch Unglück – kann man wetten –
Trifft schwerlich je daneben.

Ihr Frevler, laßt euch sagen:
Nur nicht zu früh gelacht!
Der Himmelsfürst da droben,
Der rechnet und der wacht!

Dem einen ward das Töten
Zur Kurzweil und zum Sport,
Was täglich Brot für andre,
Das ist für ihn der Mord.

Dem andern ist das Völlern
und Huren Zeitvertreib,
Wie andre Blumen pflücken,
So pflückt er sich ein Weib.

Gewalt und Geld alleine,
Die schaffen keinen Halt,
Sie sind kein Berg aus Felsen,
Sie sind ein Eisberg kalt.

Wenn nach des Tages Gluten
Die Sonne sinkt herab,
O weh, da kippt der Eisberg
Und schmilzt ins Meer hinab.

Mag sich der Missetäter
In Tempeln tief vergraben,
Wird dennoch seinen Busen
Kein Seelenfrieden laben.

Wenn nachts die Regentropfen
Ans Kammerfenster knattern,
Dann hört er schon voll Ängsten
Den Totenvogel schnattern.

NEUNUNDDREISSIGSTES KAPITEL

Tsui Tsui fällt auf einen Schwindel herein und opfert ein Huhngericht. Schnorrer Ying büßt sein Augenlicht ein und endet als Fraß für wilde Hunde

Hsi Mens ehemaliger Freundeskreis war im Laufe der Tatarenstürme, die über das nördliche China hinweggebraust waren und halb Schantung in eine Steppe und die ehemals blühende Kreisstadt Tsing ho hsiän in eine entvölkerte Ruinenstätte verwandelt hatten, zusammengeschmolzen bis auf einen – Schnorrer Ying. Von den zehn Schwurbrüdern, die sich, Hsi Men an der Spitze, damals im Taoistentempel des Nephritkaisers feierlich Freundschaft und Treue bis in den Tod gelobt hatten, war er jetzt, zwanzig Jahre später, der einzige noch Überlebende. Der schon drohenden Hinrichtung durch ein tatarisches Kriegsgericht dank seiner Zungenfertigkeit noch einmal glücklich entronnen, war er in unbesetztes Gebiet geflüchtet und hatte sich zehn Jahre lang in der Fremde herumgetrieben und auf seine Art durch kleine Gelegenheitsverdienste und Gaunereien mehr schlecht als recht durchgeschlagen. Zehn Jahre lang blieb er verschollen und wurde von seinen früheren Bekannten bereits totgeglaubt. Dann war er plötzlich eines Tages wieder in seiner Heimatstadt Tsing ho hsiän aufgetaucht. Geschäftliche Fehlschläge, die Aussichtslosigkeit, in der Fremde festen Fuß zu fassen, und wohl auch Heimweh hatten den Zugvogel zum alten Nest zurückgetrieben. Wenn er freilich gehofft hatte, in Tsing ho hsiän ein Nest vorzufinden, so hatte er sich gründlich getäuscht. Es war eine traurige Heimkehr.

Sein früheres Wohnhaus in der Löwengasse fand er als Ruine vor. Der reiche Herr Tschao war tot, an den er sich gleich nach Hsi Mens Tod als neuen Wohltäter anschmarotzt hatte, dem er später den Kauf von Hsi Mens Grundstück vermittelt und dabei, die Notlage der bedrängten Witwe Mondfrau schamlos ausnutzend, den Großteil der Kaufsumme in seine eigene Tasche hineinmanövriert hatte. Sämtliche Freunde und Schwurbrüder waren ebenfalls tot, Mondfrau samt Diener Tai A'rl und Zofe Juwelchen seit langem fort, unbekannt wohin. Seine eigene Frau tot, als Opfer einer wütenden Choleraepidemie in der Fremde gestorben. Er hatte nicht einmal das Geld zu einem Sarg gehabt, hatte sie in einem öffentlichen Massengrabhügel verscharrt. Seine Tochter Schwärzchen hatte er als Dienstmagd verkauft, um sich von dem erzielten Erlös über ein paar Tage hinwegzuhelfen, genauso bedenkenlos, wie er es damals mit Hsi Mens Söhnchen getan, den er für tausend Kupferlinge an den alten Einsiedler Pu Tsing verschachert hatte. Er stand völlig allein und mittellos da. Wahrlich eine traurige Heimkehr. An wen sollte er sich wenden?

So fragte er sich, als er eines Tages wieder einmal vor dem

verfallenen Eingangsportal zu Hsi Mens ehemals so prächtigem, jetzt verödetem und verwahrlostem Anwesen stand und seine verzweifelte Lage überdachte. Erinnerung trieb ihn immer wieder an die alte Stätte verblichenen Glanzes. An wen sollte er sich, haltloses Schlinggewächs, das er war, jetzt anranken? Verlegen kratzte er sich den ergrauten Schädel.

Bei den Mitbürgern, die ihn von früher als Schnorrer Ying, genannt Ölmaul, kannten und jetzt wiedererkannten, stand er leider in schlechter Erinnerung. Man stieß sich heimlich an, wenn er irgendwo in Sichtweite auftauchte, und – sah weg. Man mied ihn, man schnitt ihn. Er war verrufen als Unheilbringer. Wo er seine schmutzigen Finger im Spiel hatte, schlug es bestimmt für die Spielpartner zum Nachteil aus. Sich erst gar nicht mit solcher ›Nachtkatze‹ einlassen! Das war das allgemeine Urteil über ihn. Ja, den Spottnamen ›Nachtkatze‹ hatte man ihm beigelegt, womit nach nördlichem Sprachgebrauch die Eule, das Käuzchen, der Uhu gemeint ist. Dieser unheimliche Nachtvogel hat ja zwar Flügel, aber den Kopf einer Katze. Bei Tag ist er blind, aber bei Nacht kann er sehen und fliegt auf Jagd und Raub aus und erschreckt die Menschen durch seinen jähen, dichten Anflug und harten Flügelschlag. ›Nachtkatze‹ ist im nördlichen China ein volkstümlicher Ausdruck für Bösewicht, für einen schlechten Kerl, dem man am besten aus dem Wege geht. Unter solch wenig schmeichelhaftem Namen also war Schnorrer Ying in seiner Heimatstadt bekannt und verrufen. Er überlegte hin und her. Wohin sollte er sich wenden? Da kam ihm ein Gedanke: Früher, zu Hsi Mens Zeiten, da war er doch im Bereich der Kou lan, der ›Fanghaken-Balkone‹, im Bezirk der Yo hu, der ›Freudenpforten‹, zu Hause gewesen, da war er gerngesehener Kunde und wohlgelittener Stammgast gewesen. Was für freudigen Aufruhr hatte es immer gegeben, wenn er als ständiger Begleiter und Zechkumpan des hochmögenden, hochgeschätzten Herrn Hsi Men in Erscheinung getreten war! Vielleicht würde man ihn, wenn er sich jetzt dort zeigte, im Gedenken an die guten alten Tage besonders zuvorkommend aufnehmen und behandeln?

Übrigens hatte er ja in seiner Jugend etwas Laute klimpern gelernt – vielleicht konnte er sich bei den Gästen mit seinem Lautenspiel beliebt machen und gelegentlich eine Gratismahlzeit und einen Gratisbecher erklimpern? Gedacht, getan. Auf zum Blumenhofviertel!

Zehn Jahre lang war er nicht mehr dort gewesen. O weh, wie hatte sich das Gesicht des Viertels seitdem verändert! Alt und runzelig war es geworden! Damals zu Hsi Mens Zeiten hatte es noch in Jugendfrische geprangt. Ei, was war das damals dort für ein Betrieb gewesen! Wenn er mit Hsi Men und den anderen Kumpanen hinkam, hatten sie nur so vor den schmucken, farbenfreudig getünchten Häuschen in den Türen gestanden oder auf den Balkonen gesessen und ihnen einladend entgegengelächelt, die grellgrün und rot gewandeten reizenden jungen Dinger. Manches Haus barg gleich ein ganzes Dutzend freundlicher ›Schwesterchen‹, dazu noch saubere Jüngelchen, Buhlknaben, angehende Tänzer und Schauspieler. Und draußen vor den Häuschen hatte man sich zwischendurch mit Fußballspiel vergnügt. Das waren noch Zeiten gewesen! Heute – die größere Hälfte des Viertels in Schutt und Trümmern, auf den Gassen, in den Höfen beklemmende Stille, da und dort ein heruntergekommener, ergrauter Schildkröterich von früherem Bordellwirt sichtbar, der vor der Haustür eingesammelten Pferdemist zum Trocknen in der Sonne ausgelegt, da und dort eine Alte, mit Tigerschritt am Stock einherschleichend und vor der Haustür eine Handvoll Bohnen oder einen Kohlkopf feilbietend. Merkwürdig, sobald die Betreffenden des Schnorrers Ying von weitem ansichtig wurden, verschwanden sie nach drinnen und riegelten die Tür hinter sich ab. Schnorrer Ying wunderte sich. Gab es denn in dem ganzen Viertel niemanden, der ihm einen freundlichen Gruß gegönnt hätte?

Am Ende der Gasse stieß er auf ein Tempelchen. Es war dem berühmten alten Räuberhauptmann Tao Tschi,[1] dem Schutzpatron der Blumenhöfe, geweiht. Schnorrer Ying trat in den Tem-

1. 5. Jahrhundert v. u. Z.

pel ein und besah sich die aus Lehm gepappte Figur des Götzen. Grimmig genug schaute er aus, der in Wehr und Waffen starrende Kerl mit dem roten, vermutlich vom Wein so gedunsenen Gesicht mit den weißen Brauen. Offenbar hatte die Gilde der Blumenhofbesitzer und -besitzerinnen den alten Banditen deshalb zu ihrem Schutzpatron erkoren, weil es bei ihrem ehrsamen Gewerbe hauptsächlich auf die Ausplünderung der Kundschaft ankommt. Wenn es ihnen wieder einmal geglückt ist, so einen besseren, dummen, zahlungsfähigen Kunden gehörig zu schröpfen und auszuplündern, dann pflegen die Schildkröteriche von Zuhältern und Bordellwirten in den Tempel zu laufen und ihrem Schutzpatron ein Brandopfer darzubringen und um weiteren gnädigen Segen und Beistand zu flehen. Schildkröterich – das wäre schließlich auch kein übler Beruf für seinesgleichen, ging es Schnorrer Ying durch den Sinn. Er warf sich dem Götzen huldigend zu Füßen, tat einen langen Seufzer und rezitierte:

Vierzig Jahre – wo sind sie geblieben? –
Hab mich in Blumenhöfen herumgetrieben.
Huren und Spielern mochte ich Geselle sein,
Nun bin ich alt, ein Irrwisch und allein.

Von Sang und Spiel ließ ich mich gerne laben,
Für muntre Unterhaltung war ich immer gern zu haben,
Doch kostenlos zu andrer Wein und Braten
Ließ ich besonders gern und oft mich laden.

Wohin, ihr Mädchen? – muß ich heute klagen –
Wohin, Gefährten ihr aus guten alten Tagen?
Ach, abgemagert, ausgemergelt das Gesicht,
An Lenden schwach, geplagt von Gicht,

Wozu mag nun der alte Leib noch taugen? –
Kann die Zuhältergilde einen Vorstand brauchen? –
Dann wär aus Not geholfen mir und Pein!
Dann hätte ich genug für Räucherwerk und Wein!

Gähnend rappelte sich Schnorrer Ying in die Höhe. Sein Magen knurrte! Seit zwei Tagen hatte er keinen Bissen mehr zu essen bekommen. Er war vor Hunger schwindelig und fühlte sich zum Umfallen müde. Er hockte sich auf der untersten Stufe der Tempeltreppe nieder und war auch gleich eingeschlafen. Wie er so saß und schlief, hatte er ein Traumgesicht. Es war Hsi Men, der ihm erschien. Er versetzte ihm mit dem Stecken, den er in der Hand trug, einen Klaps auf die Stirn und sprach zu ihm:

»Da bist du also, alter Freund Ying! Lange genug habe ich dich nicht mehr gesehen. Weißt du noch, wie wir damals unser Leben gemeinsam genossen haben, wie ich brüderlich alle Freuden des Daseins mit dir geteilt habe? Nach meinem Tod hast du mein Stadthaus und mein Landgut und meine Läden an den reichen Akademiker Tschao verramscht. Gut, das will ich noch entschuldigen. Aber warum hast du ihm noch meine Zweite, die Li Kiao'rl, verkuppelt? Warum hast du später mein Söhnchen Hsiao Ko für schäbige tausend Kupferlinge an den alten Einsiedler verschachert? Warum hast du meine Erste, die Mondfrau, statt sich ihrer in der Not freundschaftlich anzunehmen, kaltherzig geschnitten und vernachlässigt und obendrein schmählich betrogen und geschädigt? Weißt du noch, wie wir uns damals im Tempel des Nephritkaisers Freundschaft und Treue bis in den Tod geschworen haben? Ist das deine Freundschaft, deine Treue? Nicht als Mensch, als Stück Vieh, als Raubtier hast du dich erwiesen in deiner beispiellosen Undankbarkeit und Treulosigkeit!«

Schnorrer Ying wollte sich mit gewohnter Zungenfertigkeit herausreden, da packte ihn Hsi Men vorn am Brustkragen und stach ihm mit einem spitzen Dolch beide Augen aus. Dann drückte er ihm mit den Worten: »Hier, nimm! Mag der Stecken dir als Ersatz für dein Augenlicht dienen!« den Stecken, den er bei sich trug, in die Hand und verschwand. Mit einem gepreßten Schrei erwachte der Schläfer aus seinem Angsttraum.

Er fühlte sich an der Schulter gerüttelt. Jemand beugte sich über ihn und redete auf ihn ein:

»Onkel Ying, wie kommt Ihr denn hierher?«

Schnorrer Ying rieb sich die Augen und besah sich den

Jemand. Endlich ein bekanntes Gesicht! Es war ein Bruder des Mädchens Tsui Tsui aus dem ihm von früher bekannten Blumenhof von Mutter Tung. Der Bruder namens Kiu'rl war damals vor fünfzehn Jahren Lustknabe und angehender Schauspieler gewesen.

»Die Frage möchte ich zurückgeben. Wie kommst du denn hierher?« erwiderte sich aufrichtend Schnorrer Ying.

»Meine Schwester Tsui Tsui hat einen Monat lang krank gelegen. Jetzt ist sie genesen. Deswegen bin ich hier. Ich sollte dem Tempelgott mit einem Brandopfer für die glückliche Gesundung danken und ein schriftliches Gebet meiner Schwester abbrennen. – Warum habt Ihr denn in all den Jahren unser Haus nicht mehr beehrt?«

»Immer auf Geschäftsreisen unterwegs. Seit zehn Jahren war ich nicht mehr hier. Hat sich bei euch inzwischen gewaltig verändert, wie? Kaum mehr wiederzuerkennen.«

»Stimmt.«

»Beiläufig, sind die Häuser von Mutter Li und Mutter Kiao noch in Betrieb? Was ist mit Li Ming und seiner Schwester Zimmetblüte? Und was mit Kiao Meh und seiner Schwester Chrysantheme? Wo stecken sie jetzt?«

»Ei, Onkel Ying, das wißt Ihr nicht? Die haben alle vier ihr Glück gemacht! Kiao Meh – ›Täglich Neu‹ wurde er hier mit Spitznamen genannt, erinnert Ihr Euch noch? – lebt mit seiner Gattin Eisvogel am Tatarenhof in Kai fong fu, im Palast des Feldherrn Walipu. Der hat Chrysantheme in seine Seitengemächer aufgenommen. Kiao Meh hat es also zum Schwager des großmächtigen Oberfeldherrn gebracht! Die leben beide herrlich und in Freuden! Kiao Meh gehört zum nächsten Gefolge des Feldherrn, genießt Rang und Gehalt eines Hauptmanns, verfügt über ein eigenes berittenes Gefolge und steht hoch in Gunst und Ansehen bei Hofe. Zimmetblüte, im vorigen Jahr von Kiao Meh brieflich nach Kai fong fu eingeladen, hat es aber noch viel weiter gebracht! Sie ist zur hohen Gemahlin des Kaisers Liu Yü erhoben worden mit dem Rang einer Pin feh, einer kaiserlichen

Konkubine dritten Ranges, tatsächlich ist sie so gut wie Kaiserin. Und ihr Bruder Li Ming genießt gleichfalls Rang und Gehalt eines Hauptmanns und alle möglichen Ehren. Jaja, die haben es gut getroffen. Wir anderen sitzen hier in Dreck und Armut.«

Kiu'rl hielt inne und musterte verstohlen das Äußere von Onkel Ying. Der sah auch recht nach Dreck und Armut aus, fand er. Schäbig genug war der alte, verschlissene, abgewetzte Kittel von billigem Kattun, den er trug und dessen Ärmel obendrein bis zum Ellenbogen abgeschnitten waren, vermutlich, um den so ersparten Stoff für einen dringlicheren Zweck zu verwenden. Dann dieser schmierige, verschwitzte alte Filzhut mit der verbeulten Krempe, den er aufhatte, und die abgetragenen, schmutzigen Lederstiefel, von denen nur der eine einen Schnürriemen aufwies! Vor allem aber, welche körperliche Veränderung! Das war nicht mehr der stattliche, wohlgenährte Onkel Ying von damals, dessen feistes, rundes Gesicht nur so von Fett und Wohlergehen glänzte und ständig eine rötliche Weinfahne gehißt zeigte. Heute war dieses ehemals volle, runde Gesicht schmal, spitz und länglich geworden und von einer Menge Sorgenfalten gefurcht. Das alles sah bedenklich nach Hungerleider aus.

»Onkel Ying, wartet Ihr hier auf jemanden?« erkundigte sich, schon auf dem Sprung zum Fortgehen, Kiu'rl. Bevor Ying antwortete, stellte er eine schnelle Überlegung an: Wenn er offen und ehrlich seine verzweifelte Lage zu erkennen gab, dann würde sich dieser auf Geld erpichte Schildkröterich schwer hüten, ihn in sein Haus zu laden, er würde ihm vielmehr die kalte Schulter zeigen und sich drücken. Am besten, ihm einen kleinen Schwindel aufzutischen. Oh, was Schwindeln anbelangte, da fühlte sich ein Schnorrer Ying noch immer beisammen. Und so legte er großspurig los:

»Komme eben aus Lin tsing – traf dort mit einem Geschäftsfreund, einem reichen Tuchgroßhändler aus Kiang Nan, zusammen – führt eine Wagenladung Tuche im Werte von fünfhundert Batzen mit sich, die er hier absetzen möchte – ist hier ortsfremd, hat mich darum beauftragt, den Verkauf für ihn zu tätigen – er hat es eilig, hierherzukommen – hat nämlich von den Reizen einer gewissen – wie war doch gleich der Name? Richtig, Po Meh'rl, Hundert Reize, heißt die Betreffende – also von deren hundert Reizen hat er gehört – soll hier in eurem Viertel wohnen – möchte sie unbedingt kennenlernen – will sie unter Umständen monatsweise pachten – dumm, in der Eile habe ich nicht an euer Haus gedacht, sonst hätte ich mich mit meinem Geschäftsfreund zu euch verabredet – so haben wir den Tempel hier als Treffpunkt ausgemacht – sitze hier schon eine ganze Weile und warte auf ihn – hatte vorhin ein paar Becher genehmigt und bin wohl aus Weinmüdigkeit eingeduselt – welche Häuser sind eigentlich noch in Betrieb? – Ist Nephritspange vom Hause Yang noch da? und die Goldchen vom Hause Tschong? und die Juwelchen vom Hause Sai?«

Kiu'rl hatte mit gesteilten Ohren zugehört. Tuchgroßhändler – das roch nach Geld. So eine Chance durfte man sich nicht entgehen lassen.

»Onkel Ying, Ihr müßt wissen, hier hat sich gegen früher viel geändert. Unser Viertel zählte zu Väterchen Hsi Mens Zeiten fast fünfzig saubere Häuser mit weit über hundert Mädchen. Während der Kriegswirren sind die Häuser zum größten Teil zerstört und ausgeplündert und die Mädels in der Mehrzahl verschleppt worden. Was Ihr heute seht, ist nur noch ein trauriger Überrest von damals. Kaum ein heiler Kochkessel ist noch vorhanden. Die paar Mädels, die hier noch aushalten, müssen immer gewärtig sein, daß sie zum Kreisyamen befohlen und irgendwelchen tatarischen Garnisonschnöseln zugewiesen werden. Zu verdienen gibt's dabei nichts, das ist Dienst. Die Mädels, die noch etwas auf sich halten und Stolz besitzen, haben es vorgezogen, sich auf dem Lande in entfernten Dörfern bei ihren Angehörigen oder Bekannten zu verkriechen. Die hübsche Po Meh'rl, die Ihr vorhin erwähntet, hat tatsächlich früher in unserm Viertel gelebt, und zwar hat sie zu unserem Haus gehört. Sie ist damals, als die Stadt zerstört wurde, von den Tataren mitgeschleppt worden. Aber meine Schwester Tsui Tsui ist noch da. Sie ist jetzt dreißig und versorgt ganz allein das Haus, denn unsere Alte ist an der Weiden- und Pflaumenseuche erkrankt und kommt nicht mehr vom Kang herunter.

Jaja, reichlich wild geht es jetzt bei uns zu. Wo soll unsereins noch anständige, noble Kundschaft herbekommen? Unsere einzigen Kunden sind ab und zu Tatarenkrieger, die zeitweise herkommen, um ihre Gäule hier in der Umgebung weiden zu lassen. Feine Leute! Für solche Kundschaft bedanken wir uns! Die kommen angepoltert und fuchteln mit ihren Säbeln herum, wenn nicht gleich alles nach Wunsch geht. Die lungern dann hier herum und fressen und saufen sich den Wanst voll – ohne Bezahlung versteht sich! Wovon soll unsereins dann noch leben? Es ist schon ein Elend! Meine Schwester hat es auch gründlich satt. Sie will nächstens fort. Am liebsten möchte sie sich eine Hütte auf einer Begräbnisstätte aufschlagen und ganz allein unter Geistern und Gespenstern hausen, dann würde sie wenigstens ihre Ruhe haben. – Onkel Ying, wenn Ihr uns gütigst zu etwas Verdienst verhelfen wolltet, wir würden es Euch gewißlich hoch anrechnen und nie vergessen!«

Schnorrer Ying frohlockte im stillen. Also der nahm seinen Schwindel tatsächlich für bare Münze! Er setzte eine wohlwollende Miene auf.

»Also hör zu. Mein Geschäftsfreund, der erwähnte Tuchhändler – er heißt beiläufig Tsiän, Geld, mit Zunamen Westquell –, konnte seine Wagenladung von fünfhundert Ballen Tuch in Lin tsing nicht gleich an den Mann bringen. Da es ihm eilig war, hierherzukommen und die Po Meh'rl zu sehen, hat er mich beauftragt, den Verkauf für ihn zu tätigen. Die Ware lagert einstweilen in einem Weinhaus in der Löwenstraße. Wir haben uns, wie gesagt, hierher zum Tempel verabredet. Wundere mich, wo er bleibt. Vermutlich ist er zur Bank Geld wechseln gegangen.

Schlage vor, ich komme mit dir, und wir erwarten ihn bei euch. Er muß ja an eurem Haus vorüberkommen. Bereitet nur immer schon eine Mahlzeit vor, damit er gleich beim Empfang etwas vorgesetzt bekommt und in gute Laune gerät. Laß ihn dann ein, zwei Tage bei Tsui Tsui, das weitere wird sich finden.«

»Ausgezeichnet! Kommt mit, Onkel Ying! Es wird unserem Hause eine Ehre sein! Wir werden vor der Tür nach Eurem Geschäftsfreund Ausschau halten. Die Wartezeit in unseren Räumen zu verbringen ist doch entschieden besser, als hier vor dem kalten Tempel herumzuhocken.«

Sich heimlich ins Fäustchen lachend, folgte Schnorrer Ying der willkommenen Einladung nur zu gern.

Es ging durch eine krumme Gasse, an geborstenen und abgebröckelten Mauern entlang, dann war man am Blumenhof von Mutter Tung angelangt. Mit seinen sechs wohlausgestatteten Räumen hatte er einstmals zu den schmuckesten Blumenhöfen des ganzen Viertels gezählt. Heute war nicht mehr viel von dem früheren Glanz vorhanden. Wohin das Auge blickte, auch hier Verfall. Statt mit freundlichen roten Schindeln wie einst war das Dach jetzt notdürftig mit Stroh gedeckt, der zierliche Turmaufbau über der Außenpforte war eingestürzt, in den ehemals sauberen Höfen wucherten zwischen Schutt und Trümmern fußhoch Disteln und Unkraut, statt Flötentönen und lieblichen Lautenklängen war Grillengezirp und Wespengesumm zu hören. Wo abends farbenglühende Ampeln und Papierlaternen trunkenen Gästen heimgeleuchtet hatten, zogen jetzt Glühwürmchen ihre Bahn und verbreiteten spärlichen Schimmer. An Wänden und Mauerwerk war die saubere Tünche mit der farbenfrohen Freskomalerei abgeblättert. Es war das gleiche traurige Bild wie allenthalben im ganzen Viertel. Und die Gäste? Statt seidenknisternder Kavaliere, die gemessen prächtigen Karossen und Prunksänften entstiegen, lungerten jetzt draußen allenfalls Sänftenkulis, Lastträger und Eseltreiber herum, armselige Burschen, die noch nicht einmal hundert Kupferlinge in der Gürteltasche bei sich trugen. Und die Mädchen? Die wenigen, die noch da waren – ach, ihr Anblick schnürte das Herz des Besuchers wie unter einer Knöchelpresse zusammen! Verwelkte

Blumen, die keinen Schmetterling mehr anlocken! Todwunde Vögelchen, die keine Kraft mehr zum Flug besitzen und, tief im Gras verkrochen, ihr letztes, ihr trauriges Sterbeliedchen piepsen!

»Wer ist der Herr, den du da bringst?« fragte die kurzsichtige Alte auf dem Kang.

»Das ist doch Onkel Ying, der beste Freund von weiland Väterchen Hsi Men, weißt du noch?«

Die Alte nickte und lud den Besucher zum Platznehmen ein. Dann kam Tsui Tsui zum Vorschein. Sie trug einen alten blauseidenen Rock, darüber eine weißseidene, am unteren Saum ausgefranste kurze Tunika. Ihrem blassen, mageren Gesicht sah man an, daß sie eben erst genesen. Nach den einleitenden Höflichkeitsfloskeln betreffs Wetter und Befinden trat eine Weile Schweigen ein. Der Besucher begann unruhig auf seinem Stuhl hin- und herzurutschen. Wo blieb denn die von ihm sehnlichst erwartete Schale Willkommenstee? Seine ausgetrocknete Kehle lechzte danach. Er rief ungeduldig nach Bruder Kiu'rl.

»Lauf doch mal rasch vor die Tür und halte nach meinem Geschäftsfreund, Herrn Geld, Ausschau! Er reitet einen großen, starken, strohgelben Maulesel. Hinter ihm bringt einer seiner Leute einen großen Koffer auf dem Buckel angeschleppt, auf dem Koffer ist ein Plakat aufgeklebt mit dem Vermerk ›Zollamtlich geöffnet und zugelassen‹. Wenn du ihn kommen siehst, laß ihn ja nicht vorüber! Rufe ihn herein und bestelle ihm, ich erwarte ihn schon mit Ungeduld zum Mittagsmahl!«

Kiu'rl lief auch tatsächlich dienstbeflissen hinaus auf die Straße und reckte sich den Hals nach dem angeblichen Maultierreiter aus. Schnorrer Yings listiges Geheiß brachte auch die bisher kühl und teilnahmslos dasitzende Tsui Tsui in Trab. Erfahrene Menschenkennerin, die sie war, hatte sie auf den ersten abschätzenden Blick in dem schofel gekleideten, verwahrlosten Besucher den Hungerleider und Habenichts erkannt, für den sich auch nicht die kleinste Aufmerksamkeit, nicht einmal die übliche Schale Begrüßungstee lohnte. Daher ihr anfängliches

Schweigen und apathisches Herumsitzen. Als sie jetzt von einem ansehnlichen Reisekaufmann namens Geld hörte, den dieser schäbige Besucher herbestellt hatte, wurde sie auf einmal lebendig und sprang auf, um geschwind in die Küche zu laufen. An der Tür drehte sie sich noch einmal um und rief dem Besucher entschuldigend zu:

»Onkel Ying, lacht uns nicht aus und zieht nicht Vergleiche mit früher! Ja früher, da wußten wir, was sich gehört. Heute ist das gar nicht so einfach, eine anständige Mahlzeit zu bereiten. Wer kommt denn auch jetzt noch an besserer Kundschaft her? Höchstens solch arme Schlucker aus der tatarischen Garnison oder kleine Angestellte aus den Amtsstuben. Die bleiben eine Nacht hier und verschwinden am nächsten Morgen ohne Bezahlung. Lohnt sich da noch Aufmerksamkeit und Artigkeit? Ach, das haben wir uns längst abgewöhnt! Damals, zu Hsi Mens Zeiten, da standen wir Euch zu jeder Tageszeit, Ihr mochtet kommen, wann Ihr wolltet, mit einem gutgedeckten Tisch und einem Krug besten Weines zu Diensten. Da war in unserer Küche stets alles da, um Eure Wünsche zu befriedigen. Heute – meint Ihr, daß sich noch ein Geflügelhändler, ein Fischhändler, ein Fleisch- oder Weinhändler in unser armseliges Viertel verirrt? Es lohnt nicht mehr! Allenfalls getraut sich ausnahmsweise einmal ein Käsehändler hierher. Ein paar Schweinswürste, dazu ein Schälchen Reisschnaps, das gilt heutzutage bei uns schon als üppige Mahlzeit. Also Ihr müßt schon freundlich vorliebnehmen!«

Sie schickte Bruder Kiu'rl aus, einen Krug Wein, eine Schweinsleber, eine große Blutwurst, fünf Pfannkuchen und kleines Gebäck zum Knabbern einzukaufen, dann verschwand sie in der Küche. Während sie zwischen Küche und Gastkammer geschäftig hin- und herlief und einen wackeligen Tisch deckte, machte sich Schnorrer Ying, vor Ungeduld und Hunger vergehend, in den Höfen etwas Bewegung. Da entdeckte er nun im hintersten Hof einen stattlichen Gockel. Mangels besserer Nahrung war der Gockel gerade damit beschäftigt, den grasbewachsenen Erdboden zu bescharren und da und dort einen Wurm als Speise herauszupicken. Schnorrer Ying lief das Wasser im Mund zusammen. Hahn im Topf! Das wäre für ihn gerade das rechte Mittagsmahl, dachte er bei sich und hatte auch schon einen Plan fertig. Er lief hinein und sprach zu Mama Tung:

»Wie ich sehe, haltet Ihr Euch einen jungen fetten Hahn. Das trifft sich ja ausgezeichnet. Mein Freund, der Tuchhändler Geld, äußerte zufällig gestern, daß ihm nichts über ›Hahn im Topf‹ gehe, daß er ohne ›Hahn im Topf‹ als Eingangsgericht überhaupt keinen weiteren Bissen tun könne und alle anderen Gerichte unangerührt stehenlasse und verdrossen davonlaufe. Ich war Zeuge, wie er gestern in einem Tuchladen seinen Diener mit fünf Groschen nach einem Hahn ausschickte, weil es ihn gerade nach Hahn gelüstete. Als der Diener mit leeren Händen zurückkam, weil kein Hahn aufzutreiben war, geriet er in solchen Zorn, daß er den Diener auf der Straße verprügeln wollte, wozu es nur dank meines Dazwischentretens nicht kam. Ihr könnt meinem reichen Freund keinen größeren Gefallen tun, als wenn Ihr ihm zu Eingang der Mahlzeit ›Hahn im Topf‹ vorsetzt. Alle seine Freunde und Bekannten, die diese seine eigentümliche Vorliebe kennen, richten sich danach und schlachten ihm zuliebe einen Hahn, wenn sie ihn zu Gast laden. Dann gerät er von vornherein in gute Laune, wohlverstanden Gebelaune, dann spendiert er dem Koch gleich zu Beginn der Mahlzeit zwei, drei Silberbatzen – Ihr müßt wissen, er ist ein reicher Herr, er wirft mit dem Geld wie mit Sand um sich. Bedenkt es wohl!«

Seine überzeugenden Darlegungen verfehlten ihren Eindruck auf Mama Tung nicht. Sie hieß Tochter Tsui Tsui augenblicklich den Hausgockel schlachten. Außerdem zauberte Tsui Tsui aus irgendwelchen Verstecken noch etliche gute Dinge herbei wie Datteln, Feigen, Nüsse, Melonenkerne, die das durchaus nicht ärmliche Menü umrahmen und bereichern sollten.

Der Tisch war gedeckt, die Speisen standen bereit zum Anrichten, und bloß die Hauptperson fehlte noch, Herr Geld. Mittag war bereits vorüber, und man wartete immer noch.

Schnorrer Ying hatte sich während der Wartezeit ein weiteres strategisches Manöver ausgedacht. Jetzt holte er zum entscheidenden Schlag aus. Angeblich um Kiu'rl auf seinem Ausguckposten abzulösen, stellte er sich selber draußen unter dem Hauseingang auf und schickte Kiu'rl hinein. Nach einer Weile kam er wieder ins Zimmer gestürzt und verkündete aufgeregt:

»Er kommt! Er wird gleich dasein! Ich habe ihn deutlich von Ost in die Gasse einbiegen sehen! – Los! Lauf ihm schon immer entgegen und begrüße ihn artig! Laß ihn ja nicht euer Haus verfehlen!«

Kiu'rl fiel auf seinen Bluff herein und eilte auf die Gasse hinaus. Schnorrer Ying tat einen Seufzer der Erleichterung. Den war er glücklich los.

Jetzt lief er in die Küche.

»Liebe Tsui Tsui, stelle dich doch schon immer draußen unter die Tür. Es wird dem hohen Herrn wohltun und seine Stimmung günstig beeinflussen, wenn ihn schon am Hauseingang das Lächeln eines so liebreizenden Geschöpfes begrüßt.«

Tsui Tsui folgte brav seiner Einflüsterung und eilte nach draußen. Er tat einen zweiten Seufzer der Erleichterung. Die war er auch los. Geschwind lief er in die Gastkammer hinüber.

»Gute Mutter Tung, seid doch so lieb und schafft einen anständigen Sessel herbei! Ihr könnt doch dem hohen Herrn unmöglich eine so harte und obendrein wacklige Bank zum Sitzen zumuten. Das würde von vornherein seine Laune verderben.«

Gehorsam schlurfte die Alte hinaus.

Nun war er alle drei los. Zum dritten Erleichterungsseufzer kam er gar nicht mehr. Sein Mund hatte vollauf damit zu tun, alle auf einem Teller bereitliegenden Pfannkuchen in einem Zug hinunterzuschlingen. Dann mußte der Hahn im Topf dran glauben. Erst tat er so, als ob er nur die fette Brühe kosten wolle. Nachdem ihn ein scheu nach rückwärts und seitwärts schweifender Blick überzeugt hatte, daß er unbeobachtet war, tat er sich keinen weiteren Zwang an, langte sich den ganzen Hahn aus dem Topf und hatte ihn im Nu zur Hälfte bis aufs Gerippe abgenagt. Die andere Hälfte, warm und fettig, wie sie noch war, versenkte er in seine geräumige Rocktasche. Noch ein paar Griffe nach den Tellern mit den Nachtischleckereien, dann trat er den Rückzug an. Dabei mußte er an der draußen stehenden und lauernden Tsui Tsui vorüber.

»Werde ihm jetzt selber entgegengehen. Möchte bloß wissen, was ihn so lange aufgehalten hat«, rief er ihr zu und schwänzelte gemessen und gravitätischen Ganges davon, dem westlichen Gassenausgang zu.

»Und für heute abend keine anderweitigen Kunden annehmen!« rief er, sich nochmals umdrehend, von weitem zurück.

Nach einer Weile gaben Bruder und Schwester das vergebliche Stehen und Warten auf und kehrten ins Haus zurück. Da sahen sie die Bescherung: Auf dem Küchenherd der Hahn aus dem Topf verschwunden! Auf dem gedeckten Tisch der Teller mit den Pfannkuchen nebst drei Schalen mit Backwerk und Früchten leergeräumt!

Jetzt dämmerte es ihnen, daß sie einem dreisten Gaunerstreich zum Opfer gefallen waren. Um eine warme Mahlzeit hatte sie der heruntergekommene und ausgehungerte Besucher prellen wollen! Das sah dem berüchtigten Ölmaul und Schnorrer Ying von ehedem wieder einmal ähnlich! Eigentlich ganz lustig, dieser Streich. Die Geprellten wußten nicht, ob sie weinen oder lachen sollten.

Nach gelungener Lumperei kehrte Schnorrer Ying wohlgemut und selbstzufrieden in seine Ruinenwohnung in der Löwenstraße zurück und legte sich zu einem geruhsamen Verdauungsschläfchen hin. Kaum eingeschlummert, erwachte er jedoch bald wieder durch einen stechenden Schmerz in beiden Augen. Es war, als ob eine Messerspitze in seine Augenhöhlen gebohrt werde. Als er mit den Fingern über die schmerzenden Stellen strich, wurden die Finger feucht von einer gelben mit Blut untermischten Flüssigkeit! Es währte noch nicht zwei Tage, und er war auf beiden Augen erblindet. Jetzt wurde ihm der Sinn des

Traumes offenbar, den er kurz zuvor auf den Tempelstufen gehabt, in dem ihm Hsi Men erschienen war und ihm zornig seine Sünden vorgehalten hatte. Nun war die himmlische Vergeltung da! Jäh wie ein Blitzstrahl war sie auf ihn niedergefahren! Er suchte in dem Gerümpel seiner Wohnung herum und fand auch glücklich einen Stecken. Nun war er also verdammt, mit dem Blindenstecken in der Hand auf der Straße betteln zu gehen!

Eines Tages begegnete es ihm, daß er unterwegs von einem Maultierreiter, der durch einen Wortwechsel mit seinem hinterdrein folgenden Burschen abgelenkt, des Weges nicht achtete, versehentlich angestoßen wurde und dabei zu Fall kam. Der Reiter sprang eilends aus dem Sattel und half ihm auf die Beine.

»Onkel Ying! Ihr seid es! Verzeiht meine Unachtsamkeit!« hörte sich der Blinde angesprochen. Die Stimme kam ihm bekannt vor. Das war doch Huang Se, der ehemalige Geschäftsführer von Hsi Mens Salzhandlung. Augenblicklich packte Ying ihn am Rockkragen und fing an zu zetern:

»He, du schuldest mir noch eine Provision, weißt du noch? – Damals, als du Hsi Men um das Leihkapital von dreitausend Batzen angezapft hast, das du zur Eröffnung deines eigenen Salzhandels brauchtest – ich war es, der damals Hsi Men zu deinen Gunsten beschwatzte und breitschlug! – Und später, als dich dein Schwiegervater wegen Gattenmordes belangen wollte, wer war es, der dich herausgepaukt und dafür gesorgt hat, daß die peinliche Sache dank Hsi Mens Einfluß niedergeschlagen und vertuscht wurde? – Ich, Onkel Ying! – Inzwischen bist du ein reicher Kerl, ein Salzgroßhändler geworden – nun aber heraus mit meiner doppelt verdienten Provision! Sonst zeige ich dich nachträglich noch an!«

Huang Se, durch solche Drohung eingeschüchtert und überzeugt, daß der arme Teufel in seiner Notlage und Verzweiflung zu allem fähig wäre, griff wohl oder übel in den Beutel und rückte einen Silberbatzen im Gewicht von fünf Unzen heraus.

»Hier, nimm das einstweilen! Kauf dir anständige Kleidung

davon! Und sobald ich etwas Zeit habe – ich bin augenblicklich geschäftlich überaus in Anspruch genommen – werde ich dich als meinen wertgeschätzten Gast auf ein paar Tage in mein Haus einladen.«

Darauf erst ließ Schnorrer Ying ihn los und behelligte ihn nicht weiter.

Wieder einmal – es sollte das letzte Mal sein – hatte ihm sein behendes Ölmaul aus der Klemme geholfen.

Er ließ den Barren in einer Wechselstube zu Bruchsilber zerkleinern und kaufte sich einige Dinge, die er am dringlichsten benötigte, vor allem Bettzeug und eine solide Hundehaarmatratze. Es war Winter geworden, in seiner ungemütlichen Bude, wo der Wind durch Fugen und Ritzen pfiff, würde es schön kalt werden. Außerdem erstand er sich bei einem Nachbarn für drei und einen halben Silbergroschen eine alte dreisaitige Gitarre. Es war ein günstiger Gelegenheitskauf. Der Nachbar hatte das schöne Instrument aus dem Nachlaß einer berühmten Gesangsmeisterin billig erworben.

Ihr werdet fragen, warum der arme Teufel sein bißchen Geld an einen solchen Luxusgegenstand verplemperte. Nun, er hatte über seine Zukunft nachgedacht. Wovon sollte er sein Leben fristen? Da war ihm der Gedanke gekommen, sich als Straßensänger aufzutun. Er brauchte nur die von ihm selbst erlebte Geschichte Hsi Mens als Stoff zu wählen, daraus ließ sich eine herrliche Schauerballade zusammenbasteln. Jawohl, den Fall Hsi Men wollte er als warnendes Beispiel für die Mitwelt besingen und nebenher seinen eigenen traurigen Fall. Ein paar Stunden eifrigen Nachdenkens, und er hatte zwei seiner Meinung nach wunderschöne Balladen fertiggedichtet und seinem Gedächtnis eingeprägt.

Gleich am nächsten Tag machte er sich auf die Sängerfahrt. Die Laute umgehängt, tastete er sich mit seinem Blindenstecken durch Straßen und Gassen zum ehemaligen Anwesen Hsi Mens. Dort war das gegebene Podium, der richtige Rahmen für sein Debüt. Es war nach Hsi Mens Tode von dem inzwischen auch verstorbenen Zweitbesitzer, Herrn Tschao, an einen Drittbesitzer, den Akademiker Schang, verkauft worden. Der hatte die vorderen Räume an einen Pfandleiher vermietet.

Unterwegs von den Mitbürgern, bei denen er von früheren Tagen her noch wohl in Erinnerung stand, bespöttelt und belacht, ließ sich Schnorrer Ying auf der Steinbank im Torweg von Hsi Mens Anwesen nieder und begann auf der Laute zu klimpern. Alsbald hatte sich ein dichter Kreis von Gaffern und Zuhörern um die stadtbekannte Figur geschart, die jetzt als Bettler und Straßensänger auftrat und als – Moralprediger. Denn Schnorrer Ying schickte seinem Vortrag eine Moral voraus:

»Gute Leute, des Himmels Walten verläuft eben und glatt wie Wasser, gerecht und unparteiisch. Des Menschen Herz dagegen ist voll von verschmitzten Krümmungen und Winkelzügen wie ein Schachspiel. Wenn ihr gescheit seid, dann hütet euch, nach ungerechtem Gut zu trachten! All euer Tun wird im Verborgenen von einem höheren Richter beobachtet und registriert. Kaum drei Fuß über euren Häuptern wachen unsichtbare Geister über euer Tun und Lassen und berichten geschwind dem höheren Richter. Ein Fall aus jüngster Vergangenheit mag euch zur Lehre und Warnung dienen. Ich brauche gar nicht erst aufs Altertum zurückzugreifen, der Fall liegt vor euer aller Augen.«

Nun griff er zur Laute und hub an zu singen:

»Tsing ho hsiän, unsre gute Stadt,
Hsi Men, den Glücklichen, zum Bürger hatt'!
Von Markt und Gasse war er entstammt,
Doch brachte er's durch Geld zu Macht und Amt.
Eine Meute Schmarotzer um ihn her,
Im Huren-Viertel stand er hoch in Ehr.
Mit List und Tücke tat er schalten,
Selbstherrlich seines Amtes walten.
Nach Gold stand ihm sein Raubtiersinn,
Nach Weibern trieb ihn Heißhunger hin.
Eine Hauptfrau und drei Nebenfraun! –

Genug, am Weib sich zu erbaun –
Ihn aber dünkt sein Lager leer,
Er lechzte nach mehr und immer mehr.
Die eignen Frauen sind ihm zu solid,
Doch fremde Weiber reizen seinen Appetit.
Goldlotos – kaum daß er sie hat eräugt,
Sind beide Seelen ihm entfleucht.
Und soll er über des Gatten Leiche traben,
Er muß sie zu seiner Fünften haben.
Die schöne Ping – zur Sechsten sie zu küren,
Muß er dem besten Freunde sie entführen.
Samt Gold und Silber, das ihr eigen,
Läßt er sie über die Mauer steigen.
Und hinterdrein da wird gelacht,
Wie fein er's wieder mal gemacht.
Sei's edle Dame hohen Stands – sei's Magd,
Ob es erlaubt sei, wird nicht viel gefragt.
Von seiner eignen Leute Topf und Speise
Wird mitgenascht auf freche Weise.
In seinem unersättlichen Begehren
Wähnt er, das könnt so ewig währen.
Aus Eisen, wähnt er, sei sein Leib gemacht,
Und hat an kein Ende der Kraft gedacht.
Doch eines Tags, o weh, o Graus,
Wie eine Lampe löscht er aus.
Was nutzet nun gekaufter Amtsornat?
Was nützen Schätze, die errafft er hat?
Die Schönen, die zu haben, war sein Streben,
Genießen nun in anderer Arm ihr Leben.
Ein Traum ist aus, ein Traum voll eitlem Schein,
Zurück bleibt nur der Sünde Fluch und Pein.
Die Witwe und das Waisenknäblein zart,
Die haben nun am Fluch zu büßen hart.
Zu Schutt und Asche sank die frühere Pracht,
Und niemand gibt am Grab auf Opfer acht.
Drum, Leute, laßt's euch eine Warnung bleiben!
Seid brav und folgt nicht Hsi Mens bösem Treiben!«

Der Sänger hielt im Gesang und Lautenspiel inne und fuhr in gewöhnlichem Tone fort:

»Das war der Fall Hsi Men, der große Fall höherer Vergeltung. Nun kommt noch ein kleinerer Fall himmlischer Vergeltung dazu, er betrifft Hsi Mens guten Freund Ying, genannt Schnorrer Ying. Er war es, der am meisten bei Hsi Men aus und ein ging, der bei ihm ständig herumschmarotzte, der Hsi Mens Ohr besaß und ihn zu allerlei gutem und schlechtem Tun anstachelte, der sein flinkes, glattes Ölmaul ständig in Bewegung hielt, um den einen oder anderen Vorteil zu ergattern, um sich kostenlos hier und da einen guten Festschmaus zu erschnorren und andere Leute zu schröpfen. Er vermeinte, der himmlische Richter und die unsichtbaren Geister würden über kleinere Sünden hinwegsehen. Da hatte er sich schwer getäuscht. Auch die kleinsten Verstöße und Unebenheiten im Lebenswandel finden Vergeltung. So hört denn, gute Leute, nun den Fall vom Schnorrer Ying.«

Er griff in die Saiten und sang:

»Der Hsi Men büßte schwer mit Fug;
Freund Ying, den traf noch ärgrer Fluch.
Dem war von Honig eine Zunge eigen,
Und biegsam hüpfte seiner Worte Reigen.
Bei Tafeleien bekannt für Späßemachen,
Barg insgeheim er eines Tigers Rachen.
Sich selber nützen und dem andern schaden,
War einziges Streben seiner kecken Taten.
Im Angesicht der Leute weicher Molch,
Ward hinterm Rücken er zum spitzen Dolch.
Zeitlebens durfte er auf Hsi Men bauen,
An dessen Gunst sich freuen und vertrauen.
Wie lohnte er des toten Freundes Huld?
Mit grobem Undank lud er auf sich Schuld.
Die Witwe, der er zum Verkauf geraten,
Hat er beim Grundstückshandel schnöd verraten.
Des Freundes Söhnlein aber hat er dreist
Am Wegrand für geringes Geld verschleißt.

Ein Herz von Undank, wahrlich schwarz genug,
Beschwor mit Recht des Himmels Zorn und Fluch.
Durch frühen Tod verlor er Weib und Kind,
Irrt durch die Straßen einsam dann und blind.
Seit Tagen keinen Bissen mehr im Magen,
Wie soll er all das Elend weiter tragen?
Das Ende? – Fraß für Hunde! – so wird's wohl geschehn.
Doch möchten Hunde solchen bösen Fraß verschmähn.
Drum, Leute, laßt's zur Warnung euch gedeihn!
Befolget nicht das böse Beispiel sein!«

Schnorrer Ying senkte die Laute und legte eine Pause ein. Die Umstehenden tauschten tuschelnd ihre Meinungen. Die einen konnten ihre Schadenfreude nicht verhehlen, die anderen beseufzten und beklagten das traurige Schicksal des heruntergekommenen, ehemals angesehenen Mitbürgers.

»Der Ying war zeitlebens ein Blankknüppel und Strolch. Seinem üblen Einfluß ist der frühe Tod seines reichen Gönners Hsi Men und der Verfall seines Hauses hauptsächlich zu danken. Geschieht ihm ganz recht, daß er jetzt im Alter allein und verlassen und verarmt dasteht und obendrein auf beiden Augen erblindet. Das ist die gerechte Strafe des Himmels für seine Missetaten! Nun endlich ist er in sich gegangen und will mit seinem Singsang die Mitwelt warnen.« So und ähnlich lautete die Kritik.

Während die Menge noch dicht Schulter an Schulter und Rücken an Rücken stand, geschah etwas Merkwürdiges. Ein junger Bettler mit einem vergoldeten Dachziegel in der Hand und mit einer alten Hündin an der Leine hatte sich durch die Menge nach vorn gezwängt, und auf einmal schoß die Hündin wütend auf den Sänger zu und biß ihn ins linke Bein. Es war ein gehöriger Biß, er ging bis auf den Knochen und legte das Schienbein bloß. Was hatte Ying dem Tier nur angetan, daß es so wütend auf ihn losging? Er versuchte es vergebens mit seinem Blindenstecken abzuwehren. Immer wieder schnappte und biß es zu, bis es endlich den vereinten Bemühungen der Umstehenden gelang, das wütende Tier von seinem Opfer zu trennen, worauf der fremde Betteljunge mit der Hündin an der Leine sich in der Menge verlor. Es wurden Fragen nach seinem Wer und Woher laut. Jemand wollte wissen, er heiße Ku, sei aus Kai fong fu zugewandert und halte sich seit zwei Jahren hier in Tsing ho hsiän auf.

Der seltsame Zwischenfall erregte allgemeines Kopfschütteln. Schnorrer Ying verband seine Wunde notdürftig und schleppte sich hinkend zu seiner Behausung. Er hatte sie neuerdings in eine Gastzelle des taoistischen Nephritkaisertempels verlegt. In seiner eigenen Wohnruine war es bei der jetzt herrschenden Winterkälte – man befand sich im zwölften Monat – nicht mehr zum Aushalten gewesen. Da hatte er sich an den ihm von früher her wohlbekannten Oberpriester Wu von besagtem Tempel gewandt und um zeitweilige Aufnahme gebeten. Aus Erbarmen und mit Rücksicht auf die frühere gute Beziehung zu Hsi Men und seinem Freundeskreis hatte der Priester ihm eine kahle, aber immerhin gegen Wind und Regen geschützte Gastzelle überlassen. Es war, wie sich die geschätzte Leserschaft erinnern wird, im gleichen Nephritkaisertempel gewesen, wo vor Jahren Hsi Men mit seinen Freunden feierlich Schwurbrüderschaft geschlossen hatte.

Als sich nun die Bißwunde im Laufe der nächsten Tage mehr und mehr verschlimmerte und zu einem tellergroßen, bösartigen Geschwür entwickelte, das seltsamerweise das Aussehen eines menschlichen Gesichtes annahm, wies der Priester den vom Tod Gezeichneten höflich, aber kühl seines Weges. Er wollte keine Leiche im Tempel haben. Das würde Unheil bedeuten. So sah sich Ying auf die Straße gesetzt. Das war für ihn das Ende. Noch einen halben Tag schleppte er sich frierend, hungernd und fiebernd, um eine warme Suppe bettelnd, von Haus zu Haus, dann sank er am Straßenrand um und starb bald darauf.

Man rollte seine Leiche in eine Matte und brachte sie zu einer Massenabfallstätte draußen in der Vorstadt. Man warf sie unbeerdigt einfach auf einen Haufen anderen Abfalls. Wer hätte

Lust verspürt, für so ein unnützes Stück menschlichen Abfalls in dem hartgefrorenen Boden ein Grab zu schaufeln? Und so erfüllte sich gar bald, was er ahnungsvoll in seiner Ballade vorausgesagt hatte: Er wurde zum Fraß für wilde Hunde und hungrige Krähen! –

Wie die Geschichte weitergeht, werdet ihr aus dem nächsten Kapitel erfahren.

VIERZIGSTES KAPITEL

Meister Pu Tsing zertrümmert die verkohlte Buddhafigur aus Sandelholz und findet einen Perlenschatz

Drei Jahre waren vergangen, seit Hsi Mens Sohn von Einsiedler Pu Tsing und seiner Waldklause Abschied genommen hatte und in Begleitung des treuen Dieners Tai A'rl auf die Wanderschaft und Suche nach seiner Mutter Mondfrau ausgezogen war. In diesen drei Jahren hatte der alte Einsiedel alle häuslichen Arbeiten in seiner Klause allein verrichtet, hatte selber den Besen zur Hand genommen, hatte selber Holz gehackt und Wasser geschöpft, selber gegärtnert und gekocht – das war ein wenig zuviel für seine alten Knochen. Da war es ihm nun ganz willkommen, als eines Tages ein junger Mensch in Mönchskutte mit Holzfisch in der Hand bei ihm anklopfte und um Aufnahme als Gehilfe bat. Er gab sich als Kriegsflüchtling aus, der, des Umhervagabundierens müde, der Welt zu entsagen und in den geistlichen Stand einzutreten wünschte. Sehr geistlich sah er freilich nicht aus, sein Tigerschädel, der stechende Blick seiner Raubvogelaugen, die gelben Bartstoppeln um Mund und Kinn gaben ihm ein wildes Aussehen, das eher auf Landsknecht oder gar Bandit schließen ließ.

Merkwürdig, Meister Pu Tsing stieß sich nicht an dem wenig vertrauenerweckenden Äußeren des fremden Gesellen. ›Den schickt mir die Vorsehung!‹ dachte er vergnügt bei sich und behielt den Burschen da. Er schor ihm den Kopf, gab ihm den Tempelnamen Liao Tschen, Staubfrei, und übertrug ihm die Verrichtung der gröberen Arbeiten des Tempeldienstes wie Holz hacken, Feuer machen, Kochen, Wasser holen, Kehren und Fegen, Garten bestellen, Unratkübel leeren und ähnliches mehr.

Nun kam es damals nicht selten vor, daß sich unter solche umherziehende Wander- und Bettelmönche auch unlautere, schlechte Elemente mischten, die die geistliche Kutte als Deckmantel benutzten, um unter ihrem Schutze weniger Buddha als ihrem wirklichen Herrn und Meister, dem Fürsten der Hölle, und seinen zehn Unterteufeln zu dienen.

Auch Staubfrei gehörte zu dieser Sorte. Er war früher Mitglied einer berüchtigten Räuberbande gewesen, die die Umgebung der Hauptstadt unsicher machte. Die Bande war eine Zeitlang von dem tatarenfeindlichen Marschall Tsung Tso heimlich besoldet und zum Kleinkrieg gegen die Tataren eingesetzt worden, hatte sich aber nach dem Tode ihres heimlichen Schirmherrn auflösen müssen. Denn die Tataren hatten ein strenges Regiment eingeführt, das für Partisanen und Widerstandskämpfer nur eine Strafe kannte: Köpfen. Da hatte Staubfrei die Mönchskutte angezogen und sich als Wander- und Bettelmönch getarnt.

Er hatte anfangs gedacht, in dem hübschen Tempel des alten Einsiedlers ein bequemes Faulenzerleben führen zu können, ausgefüllt mit Fressen und eitel Nichtstun. Zu seiner Enttäuschung mußte er nun erleben, daß Meister Pu Tsing den Tempeldienst verflucht ernst nahm und ihm vom frühen Morgen, kaum daß der Tag dämmerte, bis zum späten Abend allerlei Arbeiten und Plackereien, Laufereien und Schleppereien zumutete. Bei kleinen Nachlässigkeiten im Dienst verstand der Alte obendrein keinen Spaß und hatte ihn schon zweimal seinen schweren, zinnbeschlagenen Khakkharama-Stecken spüren und wiederholt strafknien lassen. Für seine Disziplinarstrafen hatte er ein förmliches Reglement festgesetzt. Vor dem Buddhabildnis so lange knien, bis zwei Räucherstäbchen abgebrannt sind, das war die Mindeststrafe. Solche Behandlung verdroß den an Freiheit gewöhnten ehemaligen Räuber und Landsknecht gewaltig, und er beschloß, dem Alten eins auszuwischen.

Eines Tages, als er Meister Pu Tsing bei einem Ausgang im nahen Dorf wußte, steckte er mit eigener Hand die große strohgedeckte Tempelhalle an. Er wartete ab, bis die Flammen aus dem Strohdach herausschlugen, dann lief er ins Dorf und schlug Lärm. Worauf die Dörfler mit Wassereimern und Feuerhaken zu Hilfe eilten. Sie fanden bei ihrem Eintreffen die große Tempelhalle schon halb ausgebrannt vor. Ihre erste Sorge galt dem wertvollen, aus teurem Sandelholz geschnitzten und vergoldeten Standbild des Buddha Vairotschana. Als sie es glücklich den Flammen entrissen und mit ihren langen Feuerhaken ins Freie gezerrt hatten, o weh, da war es nur noch eine unkenntliche, rußgeschwärzte Figur aus Holzkohle. Nach gelöschtem Brand beriet sich der Patron, Herr Wang, mit Meister Pu Tsing über die Frage, was mit der verkohlten Buddhastatue geschehen solle. Er erbot sich, in seiner Gemeinde für ein würdiges Standbild sammeln zu lassen, aber das alte verkohlte Buddhabild erschien ihm noch immer heilig und unantastbar, und er war dafür, daß man es pietätvoll aufbewahren solle.

Meister Pu Tsing war anderer Meinung. Der Verlust seines Götterbildes schien ihm nicht sonderlich nahezugehen. Er lachte sogar und erklärte vergnügt, man solle die hölzerne Figur ganz einfach zerhacken und als Brennholz verwerten.

»Ihr macht zuviel Aufhebens um das Stück Holz. Nach unserer Tathagatalehre vom Weg zur Vollendung sind solche Buddhabilder ganz unwesentlich. Ursprünglich hat es überhaupt keine gegeben. Die Menschen suchten ihren Buddha in sich selbst. Später, nachdem Buddha ins Nirwana eingegangen war, brachten seine Jünger von Indien aus Reliquien von ihm nach verschiedenen Tempeln des Auslands. Solche Erinnerungsstücke weckten bei den Gläubigen des Auslands den Wunsch, Buddha selber bildlich vor Augen zu haben. Und so kam ein Fürst von Khotan zuerst auf den Gedanken, ein Abbild von ihm anfertigen zu lassen. Weil in Khotan Gold als besonders wertvoll geschätzt wurde, ließ er den Künstler die Statue aus Gold gießen. Von Khotan aus kamen dann solche goldene Buddhastatuen weiter nach Osten und auch nach China. Und je prächtiger die Statuen im Laufe der Zeit wurden, um so mehr verrannten sich die Menschen in den Wahn, in ihnen Buddha selber zu sehen, um so mehr verloren sie auch die Fähigkeit, durch innere Wandlung Buddha in ihrem eigenen Ich zu finden. Solch äußerlicher Bilderdienst ist im Grunde wider Buddha und seine Lehre.«

Sprach's, nahm die Axt zur Hand und hieb zum Entsetzen der Umstehenden munter auf die angekohlte Buddhafigur los, daß es nur so splitterte und krachte. Auf einmal mischte sich in das dumpfe Geräusch des krachenden Holzes ein heller Ton, und aus dem hohlen Leib der Statue purzelte mit feinem Klingklang ein seidener Beutel auf den Erdboden. Meister Pu Tsing legte die Axt beiseite, hob den acht Zoll dicken Beutel von gelber Seide auf und öffnete ihn. Und siehe da! Es kam eine Schnur von hundertacht wunderschönen Mondperlen zum Vorschein! Fast zwanzig Unzen mochte die Perlenkette schwer sein! Wahrlich ein Fund von tausend Goldbatzen Wert!

Die geschätzte Leserschaft wird sich erinnern, daß Mondfrau damals bei ihrer ersten Flucht eine Zeitlang im Waldtempel der habgierigen Äbtissin Pi gewohnt und ihr als Entgelt für die genossene Gastfreundschaft die kostbare Perlenkette überlassen hatte. Die Äbtissin Pi hatte die Perlen in einen gelbseidenen Beutel eingenäht, den Beutel in der Bauchhöhlung ihres Tempelbuddha aufbewahrt und die Figur später vergolden lassen. Das war vor mehr als zehn Jahren. Äbtissin Pi war inzwischen umgekommen und hatte ihr Geheimnis mit ins Grab genommen. Und nun war der versteckte Perlenschatz auf so wunderbare Weise ans Tageslicht gekommen!

Die Umstehenden vergaßen im Nu ihren Groll wegen der Zerstörung des Buddhabildes. Sie erkannten, daß es höhere glückliche Fügung war, die Meister Pu Tsing zur Axt greifen ließ, und stimmten aus vollem Herzen und Munde in seine Lobpreisung ein: »Gelobt sei Amida Buddha! Gepriesen sei die wundertätige Gnadenmutter Kwan Yin!«

Es wurde beschlossen, die Perlen später zu verkaufen und den Erlös für die Anfertigung eines neuen, schöneren Buddhabildes und für den Bau einer neuen schönen Tempelhalle mit zu verwerten. Was an Bargeldern noch fehlen würde, gelobten die anwesenden Gläubigen, mit dem reichen Patron Wang an der Spitze, aus freiwilligen Spenden aufzubringen. Meister Pu Tsing aber sollte den Schatz einstweilen in Verwahrung nehmen.

Der tückische Brandstifter war Augenzeuge des Fundes gewesen. Der Anblick der schimmernden Perlen hatte seine alten Räubergelüste geweckt, und der Gedanke fraß sich in seinen Eingeweiden fest, daß er sich so oder so in den Besitz der Perlen setzen und dann das Weite suchen wolle. Von Stund an ließ er Meister Pu Tsing nicht aus den Augen. Er wollte den Ort der Aufbewahrung des Schatzes unbedingt in Erfahrung bringen. Und so lauerte er des Nachts, ein geschliffenes Gartenmesser in der Hand, draußen am Fenster der Wohnzelle des Meisters und spähte mit hungrigen Wolfsblicken in die lampenerhellte Zelle hinein.

Da beobachtete er nun seinen Meister bei einer wunderlichen Schneidertätigkeit. Er saß mit untergeschlagenen Füßen auf seiner Lagerstatt und schnitt und nähte und schneiderte beim Lampenlicht an einer alten Kutte herum. Es war seine erste Kutte, die er vor mehr als fünfzig Jahren als junger Novize getragen hatte. Sie war verschlissen und vielfach geflickt und ausgebessert, aber er hatte sich nie von ihr trennen mögen. Wer würde in einer solchen alten, unscheinbaren Kutte einen Schatz vermuten? hatte er sich gesagt. Und so trennte er das Futter der weitgebauschten, faltigen Brust- und Achselpartie auf und nähte mit bedächtiger Sorgfalt Perle für Perle in die alte Kutte. Es war eine lange, mühselige Arbeit. Der neue Morgen dämmerte bereits herauf, als er endlich sein Werk vollendet hatte. Noch immer lauerte sein tückischer Gehilfe draußen vor dem Fenster.

Eigentlich hatte er den Meister während des Schlafes ermorden und berauben wollen. Nun aber sah er seinen Plan durchkreuzt. Der Meister wollte sich nicht schlafen legen, und die Lampe wollte nicht erlöschen. Ihn aber wachend und bei Licht mit dem blanken Messer anzufallen, das getraute sich der feige Geselle nicht. Ein unerklärlicher Bann hielt ihn wie festgewurzelt auf seinem Lauscherposten am Fenster. Er wagte nicht, sich zu rühren.

Jetzt sah er, wie der Alte von seiner Lagerstatt herunterkletterte, nach seinem Abtstecken an der Wand griff und zur Tür schritt.

Erschrocken rannte der Beobachter draußen vom Fenster weg in den Hof, warf sein Messer in eine Ecke, griff zu einem Besen und machte sich daran, den Schutt der eingeäscherten Andachtshalle wegzuschaffen. Gleich darauf kam der Meister bei ihm vorüber.

»Liao Tschen, schichte den Brandschutt zu zwei getrennten Haufen zusammen, die Backsteine und den Mörtel für sich und das Gebälk und Holz für sich. Ich werde inzwischen das Örtchen und den Hinterhof säubern«, sprach er, ging in die Gerätekammer und verschwand mit einem Besen, einem bambusgeflochtenen Korb und einer Holzmulde im Hinterhof.

Bruder Staubfrei rechnete sich geschwind aus, daß der Alte zu seiner Beschäftigung im Hinterhof etwa eine halbe Stunde benötigen würde, Zeit genug, um sein Vorhaben auszuführen.

Sowie der Alte außer Sicht war, stürzte er in die unverschlossene Kammer, raffte die alte Kutte von der Lagerstatt, stahl auch noch einen hölzernen Fisch und einen Wanderstecken und rannte mit seiner Beute zum Tempel hinaus. Auf Seitenpfaden wanderte er nach Süden davon.

Als später Meister Pu Tsing in seine Zelle zurückkam und den Verlust der alten Kutte und gleichzeitig das Verschwinden seines ungetreuen Gehilfen entdeckte, da kicherte er leise in sich hinein. Er wußte, auch dieser Diebstahl war Vorbestimmung und diente einem höheren Zweck.

Was weiter mit dem gestohlenen Perlenschatz geschah, werdet ihr aus einem späteren Kapitel erfahren.

EINUNDVIERZIGSTES KAPITEL

Aus Gram über den Verlust des Kindes opfert Mondfrau freudig ihr Haupthaar und wird Nonne. Auf der Suche nach der Mutter gerät der pflichttreue Sohn unversehens in Gefangenschaft

Über Jahr und Tag weilte Mondfrau nun schon bei Mong Yü Loh in Huai an. An Heimreise war in Anbetracht der unsicheren Verhältnisse nicht zu denken, aber auch der Boten- und Briefverkehr mit den Nordprovinzen war völlig unterbrochen. Eine Botschaft nach der Heimat in Schantung zu schicken, war unter diesen Umständen aussichtslos.

Mondfrau füllte die lange Wartezeit, so gut es ging, mit Nadel- und Handarbeiten aus. Juwelchen mußte dann die fertigen Stickereien in die Stadt tragen und damit hausieren gehen. Wenn der Erlös auch schmal war, so hatte Mondfrau doch das befriedigende Gefühl, nicht ganz nutzlos herumzusitzen und auch ein wenig zur Bestreitung des gemeinsamen Haushalts beizutragen.

Es waren schlimme Zeiten damals. Vom Krieg ganz zu schweigen, suchten nacheinander Seuchen, Dürre und Überschwemmung die Gegend von Huai an heim. Erst war es Mong Yü Lohs jüngerer Bruder, der der Pest zum Opfer fiel. Dann war es ihr zehnjähriges Söhnchen, das vom Scharlachfieber dahingerafft wurde.

Nun war die Dritte zur wahren Leidensgenossin der Ersten geworden, und das gemeinsame Leid kettete die beiden fast gleichaltrigen Witwen mehr und mehr aneinander. Mong Yü Loh war mit einundzwanzig Jahren Hsi Mens Dritte geworden, fünfzehn Jahre später hatte sie zum zweiten Mal geheiratet, nach sieben Jahren Ehe mit dem Sohn des Präfekten Li war sie nun im dritten Jahr Witwe und jetzt fünfundvierzig, ein Jahr jünger als Mondfrau. Mehr und mehr suchten auch sie Trost in Buddha und seiner Botschaft von einem künftigen Leben.

Zu allem anderen Unheil gesellte sich schließlich der Schrecken des Krieges, den die geprüfte Gegend von Huai an nun aus nächster Nähe kennenlernen sollte. Die Tataren hatten nach den schweren Niederlagen, die sie seitens der kaiserlichen Südtruppen einstecken mußten, eine Zeitlang Ruhe gehalten. Aber trotz Friedens und ungeachtet der stattlichen Tributzahlung, die ihnen der neue Kaiser im südlichen China zugestanden hatte, trachteten sie in unersättlicher Ländergier nach Rache und neuen Eroberungen. Durch seine Kundschafter hatte der Wudschu in Erfahrung gebracht, daß der gefürchtete Südmarschall Yo Feh den Großteil seiner Truppen entlassen und nur einige starke Garnisonen zum Schutz der Yang-tse-Häfen zurückbehalten hatte. Die Gegend von Huai an und Yang tschou war so gut wie von Truppen frei.

Da entschloß sich der Tatarenherrscher zu einem neuen Einfall nach Süden. Die beiden Feldherrn Walipu und Niämocho sollten mit je hunderttausend Mann auf getrennten Anmarschwegen zum Yang tse vorstoßen und sich südlich des Stromes bei Nanking vereinigen, um dann gemeinsam auf Hang tschou zu marschieren, wo damals der Südkaiser residierte. Und zwar sollte Walipu mit dem Vierten Prinzen, dem Wudschu, von Schantung aus über den Gelben Fluß auf Huai an marschieren, während Niämocho von Kai fong fu aus auf Yang tschou vorstoßen sollte.

Überraschend wie immer setzten sich die beiden tatarischen Heersäulen in Bewegung und konnten, ohne auf Widerstand zu stoßen, den Gelben Fluß überschreiten. Da hallte nun eines Tages auch durch die Gassen von Huai an der bekannte Schreckensruf: ›Die Tataren kommen!‹ Und in wilder Flucht wälzte sich die Bevölkerung durch die Stadttore ins Freie hinaus.

Auch die beiden Witwen sahen sich vor die Notwendigkeit gestellt, in aller Eile das Nötigste zu packen und sich dem allgemeinen Flüchtlingsstrom anzuschließen, ehe es zu spät war.

Die Stadt Huai an lag in einer seenreichen Gegend. An einem der Seen aber, westlich von dem berühmten Seeherztempel, besaß Mong Yü Loh ein Landgut. Ihr Schwiegervater hatte es vor einigen Jahren erworben. Er gedachte seinen Lebensabend dort in Ruhe und Frieden zu verbringen. Denn sein Familiengut bei Peking im Norden lag ja im Machtbereich der tatarischen Eindringlinge und kam als Aufenthalt bis auf weiteres nicht in Frage. Nach seinem und seines Sohnes frühem Tode war nun Mong Yü Loh Eigentümerin des Landgutes geworden. Es umfaßte zweihundert Acker gut bewässerten Reis- und Marschlandes und verfügte über einen geräumigen Hof nebst einem Stall mit vier Kühen und vier Wasserbüffeln. Mong Yü Loh hatte das Gut an verschiedene Kleinpächter vergeben und bestritt die Kosten ihres städtischen Haushaltes in der Hauptsache aus den jährlichen Pachteinkünften dieses Gutes. Das Gut lag weit abseits von allen Land- und Heerstraßen und erschien den Damen daher jetzt in der Stunde der Gefahr als der gegebene Zufluchtsort. Man raffte also sämtlichen Schmuck und sämtliches Tafelsilber und Bargeld zusammen, schnürte einige Kleiderbündel und bestieg drei kleine Barken. Der einzige Diener, der in diesen unruhigen Zeiten bei Mong Yü Loh ausgehalten hatte, schleppte das Gepäck.

Glücklich langte man nach längerer Wasserfahrt auf dem abgelegenen Landgut an und richtete sich in drei Wohnräumen häuslich ein. Am nächsten Tag mußte Diener Tsin Pao mit zwei Knechten nochmals zur Stadt fahren und aus der dortigen Wohnung verschiedene Küchengeräte, etliche Möbelstücke und sämtliche Eßvorräte holen.

In der Nähe des Gutes lag eine kleine Einsiedlerklause, in der eine achtzigjährige Nonne hauste. Mong Yü Loh hatte ihr während der Schwangerschaft zwei Acker Landes überlassen, damit sie darauf ihre Klause erbauen konnte. Sie war der weißgewandeten Gnadenmutter Kwan Yin, der Schutzherrin werdender

Mütter, geweiht, und die alte Nonne sollte fleißig zur Göttin beten, auf daß Mong Yü Loh eines Knäbleins genese. Auch einen Gemüsegarten hatte ihr die freigebige Spenderin anpflanzen lassen. Hinter der Klause aber befand sich das Grab, in dem das Söhnlein der Patronin ruhte. Oft hatte Mong Yü Loh die Klause aufgesucht, um am Grab ihres Kindes ein Stündlein stiller Andacht zu verbringen. Bei solchen Besuchen pflegte sie auf ihrem Gut zu übernachten.

Mondfrau hatte schon immer zu Weltflucht und klösterlicher Abgeschiedenheit geneigt. Da sprach sie nun eines Tages zu Mong Yü Loh:

»Was soll ich noch weiter die zwecklose Hoffnung nähren, meinen Sohn jemals wiederzusehen? Seit Jahren habe ich mich in vergeblicher Sehnsucht nach ihm verzehrt. Auch mein braver Tai A'rl ist und bleibt verschollen. Wahrscheinlich sind beide schon lange tot. Ich bin jetzt mit allem weltlichen Trachten innerlich fertig und habe mich entschlossen, auch den Gedanken an eine Rückkehr nach Schantung aufzugeben. Am besten, ich lasse mir mein Haar scheren und werde Nonne. Mein Herz verlangt nach Frieden. Laß mich in den Dienst deiner Nachbarin, der alten Nonne, treten. Ihre Klause liegt so günstig in der Nähe. Da könnte ich weiter schwesterlich mit dir zusammenleben und gleichzeitig Buddha dienen.«

Vergebens suchte die Dritte ihr dieses Vorhaben auszureden. Mondfrau blieb bei ihrem Entschluß, bat die alte Nonne von drüben zu sich und ließ sich von ihr den Kopf kahlscheren. Ach, ihr langes, volles Haupthaar war vor Kummer und Sehnsucht vor der Zeit ergraut! Weinend standen die Dritte und Juwelchen dabei und mußten mit ansehen, wie die alte Nonne der immer noch stattlichen und schönen Mondfrau eine schwarze Kutte überstreifte und sie in eine Bhikschuni, eine Dienerin Buddhas, verwandelte. –

Fast tausend kleine Meilen hatten Hsi Mens Sohn und sein treuer Diener Tai A'rl zurücklegen können. Nun waren sie in das

Gebiet von Huai an gelangt. Es war gefährliches Grenzgebiet zwischen dem Machtbereich der Tataren im Norden und dem Nachtbereich des Sung-Kaisers Kao Tsung im Süden. Und gar bald spürten die beiden Wanderer, daß sie hier im Kriegsgebiet waren. Die Bevölkerung hatte großenteils ihre heimischen Wohnstätten verlassen und sich überall in der Bergwildnis, an wüsten Küstenstrichen und auf einsamen Inseln zu Räuberbanden zusammengetan. Man zog das gefahrvolle, freie Räuberdasein der Aussicht vor, auf der heimischen Scholle von den anrückenden Tatarenhorden wehrlos abgeschlachtet zu werden.

Aber solche Massenabwanderung von der Scholle und Massenzusammenballung an einzelnen Stätten der Wildnis hatte die verhängnisvolle Folge, daß auf weiten Landstrichen die Feldbestellung ruhte und allenthalben Knappheit an Korn und Feldfrüchten spürbar wurde. Es kam hinzu, daß die Gegend während der letzten Unglücksjahre überdies von Dürre, Mißernte und Überschwemmung heimgesucht worden war.

Unter dem Druck der Not hatte sich da der grausige Brauch herausgebildet, seinen Hunger mit – Menschenfleisch zu stillen! Als einzelner Wanderer und Reisender konnte man sich gar nicht mehr auf die Landstraße wagen. Überall lauerten im Walddickicht verhungerte Straßenräuber, die es nicht nur auf Geld und Wertsachen abgesehen hatten, sondern vor allem auf – Menschenfleisch! Fette wohlbeleibte Krämer und Reisende waren besonders begehrt bei der Herstellung von menschlichem Räucher- und Pökelfleisch. Man rühmte solchem Menschenpökelfleisch sogar einen besonders feinen Geschmack nach und erfand eine besondere, beschönigende Umschreibung dafür. Man sprach nicht einfach von ›Menschenfleisch‹, sondern vom Fleisch ›zweibeiniger Hammel‹. Ja, es waren rohe, grausame Zeiten!

Kurz, daß sich jetzt Tai A'rl mit einem schmucken, rundbäckigen, glatthäutigen, sechzehnjährigen Burschen, wie es Hsi Mens Sohn war, durch einen solchen Hungerbezirk wagte, war ein höchst gefährliches Unternehmen.

Eines Tages, es war bei Tao yüan, südlich der Furt über den Huai-ho-Fluß, stießen sie auf ganze Scharen Einheimischer, die mit hochbeladenen Karren, schwerbepackten Maultieren, mit Sack und Pack, Weib und Kind in wilder Hast auf der Landstraße nach Südosten strebten. Auf Befragen hörten sie zum ersten Male die Schreckensnachricht, daß die Tataren wieder im Anzug seien und daß die eine ihrer beiden Heeressäulen sich gerade auf das Gebiet von Huai an heranwälze.

Die beiden Wanderer beschleunigten ihren Schritt und verkrochen sich bei sinkender Dämmerung in eine sechs kleine Meilen von der Landstraße gelegene, in dichtem, sumpfigem Dschungel versteckte einsame Tempelruine. Denn auf der Landstraße zu bleiben erschien ihnen wegen der drohenden Nähe der flinken feindlichen Reiterscharen allzu gefährlich.

Die Tempelruine mit den geborstenen Torflügeln und dem eingefallenen Glockenturm lag völlig verlassen und menschenleer da. Die öde Stille, die in seinen mit klafterhoch wucherndem Unkraut bewachsenen Höfen und Hallen herrschte, stimmte Hsi Mens Sohn etwas bänglich, und am liebsten hätte er dem unheimlichen Ort gleich wieder den Rücken gekehrt.

Aber Tai A'rl stellte ihm vor, daß weit und breit keine andere Unterkunft zu erhoffen sei und daß sie hier doch wenigstens vor den Tataren sicher wären, deren wilde Reiterscharen jede Stunde auf der Landstraße angefegt kommen konnten.

Also blieb man und wählte als Versteck die dunkle Nische zwischen der Statue des Tempelwächters Veda und der Wand in der halb eingefallenen vorderen Tempelhalle. Man stopfte sich ein paar Büschel dürres Schilf und Riedgras als Unterlage in den Rücken und streckte sich lang. Liao Kung murmelte mit halblauter Stimme das gewohnte Nachtgebet zur Gnadenmutter Kwan Yin und müde, wie sie vom langen Laufen waren, schliefen sie bald ein.

Es war in der dritten Morgenstunde, der neue Tag begann heraufzudämmern, und die beiden gut ausgeruhten Schläfer befanden sich in jenem halbwachen Zustand, da die Augenlider zwar noch zugeklappt sind, aber die Sinne schon munter zu werden beginnen. Da vernahmen sie nun plötzlich das Geräusch von näher kommenden Schritten. Zu dem Tappen der Schuhsohlen gesellte sich hin und wieder ein hellerer Ton, wie wenn Metall auf etwas Hartes stößt.

Tai A'rl, der die Gefahr begriff, rollte sich geschwind und geistesgegenwärtig zum Igel zusammen und preßte sich eng hinter den Sockel der Tempelstatue. Es war höchste Zeit, denn schon waren die Eindringlinge in ihrer Nähe und stocherten mit ihren langen Fanghakenspießen in die dunklen Nischen hinter dem Götterbild. Wenn Hsi Mens Sohn dem Beispiel seines Gefährten gefolgt wäre, dann würden die Spieße ins Leere gestochert haben und die Gefahr würde an ihnen vorübergegangen sein. So aber beging der Jüngling die Unvorsichtigkeit, laut zu fragen: »Wer ist da?«

Er hatte kaum ausgesprochen, als ihn auch schon ein eiserner Fanghaken beim Ärmel erwischte und aus seinem Versteck hervorzerrte. Tai A'rl verhielt sich weiter still, er wagte kaum zu atmen. Was hätte er auch als einzelner und ohne Waffen gegen eine ganze Bande ausrichten können?

So lauschte er, wie sich die Schritte wieder entfernten und allmählich in der Ferne verhallten. Dann getraute er sich behutsam ins Freie. Der Tempel lag genauso öde und verlassen da wie am Abend vorher. In dem matten Zwielicht des grauenden Morgens strengte er seine Augen vergebens an, um nach seinem jungen Gebieter auszuschauen. Er war verschwunden, von Räubern verschleppt!

Niedergeschlagen machte er sich nun allein auf den Weitermarsch nach Südosten. Seinen Herrn hatte er verloren, nun wollte er wenigstens seine Herrin wiederfinden.

Auf Seitenpfaden schlug er sich bettelnd von Dorf zu Dorf weiter. Denn auf die Landstraße getraute er sich nicht zurück. Ganz deutlich hatte er von weitem den Strom der Flüchtlinge sich fortwälzen und hinter ihnen her die Sturzflut der Verfolger, der tatarischen Reiter, hereinbrechen sehen.

Zum Glück hatte er noch seine geistliche Kutte und den hölzernen Fisch bei sich, die ihn beide in den Augen der Leute als Wandermönch auswiesen und ihm Türen und Herzen mildtätiger Spender öffnen halfen. Freilich, mit dem üblichen frommen Ruf der Bettelmönche: ›Namah kwan schi yin pu sa! Gelobt sei die Gnadenmutter Kwan Yin!‹ haperte es anfangs bedenklich bei ihm, er brachte ihn nur stockend über die Zunge, und es bedurfte erst einiger Tage Übung, ehe er ihn so geläufig und wohltönend hervorbrachte wie sein verschwundener junger Gebieter.

So gelangte er in die Nähe der Stadt Huai an. Er vermied es, sie zu betreten, denn sie war inzwischen von den Tataren besetzt worden. So umging er die Stadt südlich in einem großen Bogen und kam so in das Seengebiet, in dem Mondfrau und Mong Yü Loh Zuflucht genommen hatten. –

Ob und wann Herr und Diener, Mutter und Sohn sich wiederfinden werden, das werdet ihr aus einem späteren Kapitel erfahren.

ZWEIUNDVIERZIGSTES KAPITEL

Beim Verkauf der Armbänder begegnet Juwelchen unverhofft dem Eheliebsten. Bis zur Wiederauffindung seines Herrn entsagt der treue Diener freiwillig den Freuden des ehelichen Lagers

Eines Tages beauftragte Mondfrau Juwelchen, zwei goldene Armreifen im nächsten Dorf zu verkaufen oder zu versetzen und dafür Reis zu beschaffen. In diesen Zeiten der Teuerung war Reis wichtiger als Gold. Juwelchen meinte, es würde schwerhalten, Käufer für Goldschmuck zu finden. Die reichen Leute, die als Käufer in Betracht kamen, waren geflüchtet. An wen sollte sie sich wenden?

Die alte Nonne wußte Rat.

»Im Seeherztempel, zwei kleine Meilen von hier, ist man

gerade dabei, eine goldene Buddhafigur zu gießen. Dort kann man Gold gebrauchen. Juwelchen soll sich nur getrost an den Tempelabt wenden und ihm die beiden Armreifen anbieten.«

Juwelchen machte sich also zu dem nahen Tempel auf, der in einem Wäldchen versteckt am Seeufer lag. Es war ein stattlicher Tempel, der offenbar über großen Reichtum verfügte. Denn er tat viel für öffentliche Wohlfahrt und beherbergte ständig dreihundert Obdachlose. Sein Jahresverbrauch an Reis belief sich auf nicht weniger als eintausendfünfhundert Traglasten. Überdies besaß er noch Mittel, um kostspielige Verschönerungsbauten ausführen und ein neues Buddhastandbild aus Gold gießen zu lassen.

Vom Gästewart vor den Abt geführt, äußerte Juwelchen ihr Anliegen und brachte die beiden in ein Taschentuch gewickelten Goldreifen zum Vorschein. Der Abt wog sie ab und errechnete einen Wert von sieben Unzen Silber, wofür er ihr wunschgemäß vom Bruder Küchenmeister Reis verabfolgen ließ. Auch lud er sie noch freundlich zur Teilnahme an der Massenspeisung ein.

Während der Mahlzeit im Refektorium musterte sie ihre Umgebung, und da fiel ihr ein Neuankömmling auf, der mit dem Holzfisch an der Kuttenschnur und der Andachtsmatte über dem Buckel soeben hereingekommen war und bescheiden neben der Vedafigur stand und wartete, bis ein Platz an den vollbesetzten Tischen frei wurde. Er sah verstaubt, verschwitzt und verhungert aus, als ob er einen weiten Fußmarsch hinter sich und seit drei Tagen nichts Warmes mehr in den Leib bekommen hätte.

Jetzt begegnete ihr Blick dem seinen, und es wollte ihr scheinen, als ob er sie recht angelegentlich von oben bis unten musterte.

Sie war fertig mit dem Essen und ging in den Tempelhof, um ihre drei Traglasten Reis in Empfang zu nehmen. Auf einmal trat jener Fremde an sie heran, neigte sich tief zum Gruß und richtete lächelnd die Frage an sie:

»Bist du nicht Juwelchen?«

Betroffen blickte sie den hageren, mageren, verstaubten und verschwitzten Wanderburschen genauer an, und da erkannte sie ihn – ihren schon tot geglaubten braven Eheliebsten Tai A'rl!

»Du! Ist es die Möglichkeit? Nein, daß ich diesen Tag erleben darf! Wo hast du die ganzen Jahre über gesteckt? Und wie kommst du in die geistliche Kutte?« rief sie in überströmender Freude aus, und dann gab es ein eifriges Hinundhererzählen, dem schließlich der Gästewart mit der schmunzelnden Aufforderung, die junge Frau möge über dem Wiedersehen ihren Reis nicht vergessen, ein Ende bereitete. Der Küchenmeister hatte inzwischen den Reis abgewogen, in sechs Körben verstaut und die Körbe an Tragstangen von Küchenkulis in den Hof schleppen lassen. Beglückt zog Juwelchen mit ihrer Ladung Reis und dem wiedergefundenen Eheliebsten ab. Unterwegs wollte das Hinundhererzählen kein Ende nehmen. Das würde eine freudige Überraschung für Mondfrau geben! Sie hatte sich schon die Augen ausgeweint vor Kummer um ihren verschollenen Sohn. Nun würde sie aus Tai A'rls Munde hören, daß er – wenigstens noch vor kurzem – lebte und ganz in ihrer Nähe gewesen war. –

In banger Erwartung stand Mondfrau vor dem Eingang ihrer Klause und hielt Ausschau nach Juwelchen. Es dünkte ihr, als ob sie weit über die Zeit ausbliebe. Wenn ihr nun unterwegs etwas zugestoßen war? Ob sie vielleicht von Räubern oder Tataren verschleppt worden war? Es reute sie schon, Juwelchen überhaupt in diesen gefahrvollen Zeiten so allein ausgeschickt zu haben.

Fast zwei Stunden mochte sie so gestanden und gewartet und sich die Augen ausgeschaut haben, da endlich sah sie drei Träger mit Tragstangen über den Schultern und hin- und herschwankenden Körben daran in flinkem Trippelschritt auf die Klause zugelaufen kommen. In den Körben schimmerte es von Reis! Mondfrau war zur Hälfte beruhigt.

»Wo bleibt denn die junge Frau, die ich zu eurem Tempel sandte?« fragte sie die Träger.

»Sie kommt weiter hinten nach.«

Da sah Mondfrau sie auch schon von weitem aus dem Gehölz auftauchen. Aber was war das? Sie kam nicht allein, an ihrer Seite schritt ein Mann, mit dem sie sich anscheinend lebhaft und gut unterhielt. Man konnte sie sogar lachen hören.

Das nahm Mondfrau wunder. Aber schon hörte sie sich von Juwelchen angerufen, sah den Fremdling vor sich knien und laut aufschluchzend die Stirn auf den Boden legen. Und als er sich wieder aufrichtete, da erkannte sie in ihm – ihren braven Tai A'rl!

Wie wenn nach dreijähriger Dürre zum ersten Male wieder süßes Naß vom Himmel rieselt, wie wenn in finsterer Nacht der traute Mond durch schwarzes Gewölk bricht, wie wenn der Schiffer im Sturm auf verlorenem Kahn das rettende Land vor Augen sieht – so ungefähr war es Mondfrau in diesem Augenblick zumute.

Sie mußte laut aufschreien vor jäher Freude, dann war ihre erste Frage:

»Wo ist mein Sohn?«

Und Tai A'rl mußte berichten. Als sie nun erfuhr, wie die beiden tausend Meilen weit von Schantung her zusammen gewandert und glücklich bis ganz in die Nähe von Huai an gekommen waren, da unterbrach sie die Erzählung mit einem tiefen Seufzer glücklicher Erleichterung:

»Also er lebt noch, mein geliebter Sohn!«

Aber als Tai A'rl gleich darauf berichtete, wie Räuber seinen Gefährten nächtlich mit Fanghaken hinter der Götternische hervorgeholt und, unbekannt wohin, verschleppt hatten, da tat sie wieder einen Aufschrei und brach ohnmächtig zusammen. Dieses jähe Hin und Her zwischen Kalt und Heiß, zwischen Freude und Verzweiflung, zwischen Angst und Hoffnung war zuviel für sie!

Bestürzt bemühten sich Juwelchen und die alte Nonne und Mong Yü Loh, die man schleunigst herbeirief, um die Bewußtlose. Man zwängte ein Eßstäbchen zwischen ihre fest zusammengekrampften Zähne und öffnete so ihren Mund, dann schob man eine Hühnerfeder tief in ihren Rachen und reizte sie so zum Erbrechen. Danach kam sie wieder zu sich. Und Tai A'rl mußte zu Ende erzählen.

Da Mondfrau sich in ihrem fassungslosen Schmerz über den neuerlichen Verlust des Sohnes gar nicht beruhigen wollte, hielt die alte Nonne es für angebracht, sie daran zu erinnern, daß jemand, der sich Buddha geweiht habe, auch in allen Lebenslagen eine würdige Haltung bewahren müsse.

»Nennt Ihr das Weltentsagung und Buddhagläubigkeit, wenn Ihr Euch so hemmungslos Eurem Schmerz überlaßt? Da sieht man, daß die Wurzeln weltlichen Trachtens noch keineswegs aus Eurem Herzen gerissen sind. Wenn dem aber so ist, wozu habt Ihr Euch dann überhaupt Buddha geweiht?«

Ihr sanfter Tadel verfehlte seinen Eindruck auf Mondfrau nicht. Sie wischte sich die Tränen ab, beugte ihre Knie vor dem Bild der Gnadenmutter und gelobte Wandlung.

Sie erinnerte sich daran, daß der brave Tai A'rl auch noch da sei. Sie gab ihm zu essen und schickte ihn gegen Abend mit Juwelchen zum nahen Gut der Dritten.

»Laßt euch dort eine Kammer einräumen und genießt euer Wiedersehen. Die heutige Nacht gehört euch. Später, wenn wieder Ruhe und Frieden im Lande ist, wollen wir weiter nach meinem Sohn forschen«, sprach sie zu Tai A'rl.

Aber der zartfühlende Tai A'rl, gewohnt, auf jede Stimmung und Regung seiner Herrin Rücksicht zu nehmen, lehnte dankend ab:

»Es stünde uns schlecht an, Ehefreuden zu genießen, während Ihr noch um Euren Sohn bangt und Weltentsagung übt. Ich werde mein Nachtquartier einstweilen drüben im Seeherztempel aufschlagen. Tagsüber werde ich mich hier mit Gras mähen und Gartenarbeit und kleinen Besorgungen nützlich machen. Wenn erst Euer Sohn glücklich wieder mit Euch vereint ist, dann ist für mich und Juwelchen immer noch Zeit, das Versäumte nachzuholen.«

Die alte Nonne konnte nicht umhin, ihn ob seines Taktes und

seiner Selbstverleugnung laut zu loben. Und so blieb es bei seinem Vorschlag. Des Abends machte er sich zum nahen Tempel auf und verbrachte dort die Nacht. Frühmorgens stellte er sich dann in der Klause bei seiner Herrin ein und machte sich ihr mit Kochen, Holz hacken und allerlei Gängen und Verrichtungen nützlich. Sein Zartgefühl ging dabei so weit, daß er um seiner Herrin willen auf weltliche Fleischkost verzichtete und sich auch an die Tempelkost gewöhnte.

Nach einigen Tagen Rast wollte er sich eigentlich wieder auf die Suche nach seinem jungen Herrn machen. Aber Mondfrau ließ es nicht zu. Sie war froh, in ihm einen männlichen Schutz in der Nähe zu haben.

Was inzwischen aus Hsi Mens Sohn geworden war, werdet ihr im nächsten Kapitel erfahren.

DREIUNDVIERZIGSTES KAPITEL

Ein junger Bonze wird von Räubern erbeutet und als Buddhas Früchtchen eingeliefert. Kraft höherer Fügung wählt ihn die Häuptlingsfrau zum Eidam und belehnt ihn mit der seidengeflochtenen Befehlspeitsche

Die nächtlichen Eindringlinge, die Hsi Mens Sohn mit ihren Fanghakenspießen aus seinem Versteck in der Götternische hervorholten, waren Räuber gewesen. Sie wollten in dem verlassenen Tempel einen Teil ihrer Beute heimlich unter sich verteilen und sich vergewissern, ob sie dabei auch ungestört seien. Sie gehörten einer kleineren Bande an, die wie viele ähnliche Banden unter der Botmäßigkeit eines mächtigen Räuberhauptmanns namens Li Tsüan standen, dem sie allmonatlich ihre Beute als Tribut abliefern mußten. Als sie neulich in jenen Dschungeltempel gerieten, befanden sie sich gerade auf dem Wege zu seiner Bergfeste, um diesen Monatstribut zu entrichten. Räuberhauptmann Li Tsüan, weit und breit unter dem tönenden Namen ›Seebeherrschender Himmelsfürst‹ bekannt und gefürchtet, hauste schon seit zehn Jahren auf der stark befestigten Tolo-schan-Höhe und beherrschte von dort aus das Land im Umkreis von hundert Meilen. Banden mit einer Kopfstärke von hunderttausend Mann standen im Küstenbereich von Huai peh unter seiner Botmäßigkeit. Er selber war zur Zeit von seiner Feste abwesend. Auf Weisung des landesverräterischen und zur Zeit von Gnaden der Tataren regierenden Gegenkaisers Liu Yü hatte er sich mit fünf Tausendschaften aufgemacht, um den neuerlichen Vorstoß der Tataren nach Süden zu unterstützen. Während seiner Abwesenheit führte auf der Räuberfeste Birnenblüte, seine kriegerische, speergewaltige Gattin, mit einer nicht weniger streitbaren sechzehnjährigen Tochter das Regiment. –

Hsi Mens Sohn mußte es sich gefallen lassen, daß man ihm die Hände auf den Rücken band und ihn in zweitägigem Fußmarsch als Gefangenen zur Räuberfeste schleppte. Und dann sah er sich in das große Zelt geführt, in dem die beiden streitbaren Häuptlingsdamen, umgeben von einer mit Äxten, Spießen und Langmessern bewaffneten Leibwache, thronten.

Ein dreimaliges Trompetengeschmetter leitete den feierlichen Vorgang der Tributübergabe ein. Paarweise traten die botmäßigen Unterhäuptlinge, Tausendschaftsführer und Hundertschaftsführer vor die Stufen des Häuptlingsthrons, beugten ihre Knie und entboten den beiden Damen ihre Huldigung. Dann wurde die Beute vorgeführt und von der Häuptlingsfrau anhand einer Beuteliste genau nachgeprüft.

›Gelbes Metall, zehn Barren
Weißes Metall, fünfzig Barren
Helle Perlen, zweihundert Stück
Bunte Atlasdecken, achtzig Paar
Schöne Mädchen, zwei Stück
Bürgerfrauen, zwei Stück
Ein junger Bonze‹

verzeichnete diesmal die Beute- und Tributliste.

Birnenblüte reichte die Liste ihrer Tochter weiter und ließ das gelbe und weiße Metall in die Schatzkammer, die Stoffbeute in die Vorratskammer und die weiblichen Gefangenen in das Frauenlager bringen. Dann heftete sich ihr Blick auf den übriggebliebenen jungen Bonzen. Sie fand, daß er mit seinen wohlgeformten Gliedmaßen, dem ebenmäßig geschnittenen vergeistigten Gesicht, den langen Ohren, den roten Lippen, der glatten, blanken Stirn, dem leuchtenden Glanz in den Augen gar nicht übel aussehe.

Sie wußte nicht recht, was sie mit ihm anfangen sollte, und befragte ihn erst einmal, wieso er in die Gewalt ihrer Leute geraten sei.

Hsi Mens Sohn hatte anfangs, als man ihn mit dem eisernen Fanghaken erwischte und ihm die Hände auf dem Rücken band, ein wenig gezittert. Aber dann entsann er sich des Wegspruchs, den ihm Meister Pu Tsing auf die Wanderschaft mitgegeben hatte:

In höchster Not und in Gefahr
Wird Buddhas Macht dir offenbar –

und hatte gar bald seine Fassung wiedergewonnen. Völlig frei und furchtlos hielt er dem strengen Blick der kriegerischen Dame stand und berichtete ihr unbefangen und ohne Stocken, wie er auf der Suche nach seiner Mutter in dem verlassenen Dschungeltempel aufgegriffen wurde. Er besaß sogar die Keckheit, um seine sofortige Freilassung zu bitten, damit er sich weiter auf die Suche begeben könne. Wenn man ihn freiließe, so wäre das ein gottgefälliges, verdienstliches Werk, das genausoviel zähle wie der Bau einer siebenstöckigen Pagode, schloß er seine Rede.

Die Häuptlingsfrau, über sein keckes Ansinnen empört, wollte ihm gerade gehörig über den Mund fahren, als ihre Tochter sich zu ihrem Ohr neigte und etwas tuschelte, worauf sich die grimmen Züge der Tigerin augenblicklich zu einem wohlwollenden Schmunzeln verklärten. Sie stand auf und winkte dem Jüngling, ihr zu folgen. In einem der rückwärtigen Gemächer nötigte sie ihn an einen Tisch und ließ ihm einige

Platten mit Fisch, Hühnerfleisch, Gänsebraten und anderen leckeren Gerichten und dazu alten Wein vorsetzen. Aber Liao Kung dankte und berief sich auf sein Tempelgelübde, das ihm solche weltliche Koste verwehre. Darauf wurden ihm andere Platten mit Gemüse, Salaten, Bäckerei und Früchten vorgesetzt. Nun langte er gerne zu und tat sich gütlich.

Nach der Mahlzeit luden ihn zwei Diener nach der Bibliothek. Dort in einer Nebenkammer wartete seiner ein zinnerner Badezuber mit heißem, nach würzigen Essenzen duftendem Wasser, dazu Seife, Bürste und Badelaken. Liao Kung riegelte die Tür ab, stieg in den Zuber und wusch und seifte sich gründlich ab, er verweilte längere Zeit im heißen Wasser und verspürte dabei großes Wohlbehagen. Nach dem Abtrocknen bediente er sich schließlich noch der bereitstehenden Schale mit parfümiertem Tee zum Gurgeln und Mundspülen.

Als er in die Bibliothek zurückkam und sich ankleiden wollte, fand er neben seiner verstaubten und verschwitzten Kutte, den abgetragenen Sandalen und der schmutzigen Unterwäsche zwei neue prächtige seidene Gewänder, ein Unter- und ein Obergewand, dazu ein sauberes Hemd, eine seidene Hose, bequeme und weiche Stoffschuhe und ein schmuckes Barett vor. Sosehr ihn die neuen Kleidungsstücke zum Anziehen einluden, widerstand er doch der Verlockung, ließ sie unangerührt liegen und fuhr in seine alten, schmutzigen Klostersachen. Dann bestieg er die für ihn bereitgemachte Hängematte, betete, kehrte das Gesicht zur Wand und machte die Augen zu. –

Kin Ping, ›Brokatseidener Wandschirm‹, so hieß des Häuptlings Töchterlein, war mit ihren sechzehn Jahren in jenes Alter gekommen, wo eine Jungfrau ernstlich nach einem passenden Gefährten Ausschau hält. Aber Kin Ping war wählerisch, bisher hatte sich der Richtige nicht finden wollen, der ihr zugesagt hätte. Sie durfte auch wählerisch sein. Denn abgesehen von ihrer Stellung als Räuberprinzessin und Tochter eines mächtigen, reichen Bandenhäuptlings, der fast wie ein Landesfürst regierte, besaß sie alle Reize, die eines Jünglings Herz entzünden können.

Mit ihrem geschmeidigen, waffengeübten Körper – sie meisterte die Kunst des doppelten Wurfmessers mit solchem Geschick, daß sie auf hundert Schritte den Kopf jedes zum Ziel gewählten Gegners traf – glich sie einer edlen, feurigen Pantherkatze.

Als sie nun vorhin des jungen, schmucken Bonzen ansichtig wurde und ihn so unerschrocken und so voll nobler Haltung sprechen hörte, da war ihr Herz zum ersten Mal von Liebe entbrannt. Dieser und kein anderer! sagte sie sich und setzte ihre Mutter im Flüsterton von ihrem Entschluß in Kenntnis.

Worauf Birnenblüte schmunzelnd das Weitere veranlaßte und dafür sorgte, daß der Auserwählte ihres Töchterleins zunächst einmal eine neue, würdige Schale erhielt.

Darum die Mahlzeit, das Bad, die neue Ausstattung. Sie hatte gedacht, daß sich alles Weitere ganz von selbst und nach töchterlichem Wunsch ergeben würde. Daß der Erwählte sich trotz seiner Jugend bereits Buddha geweiht hatte, das konnten sich freilich weder Mutter noch Tochter träumen lassen. –

Hsi Mens Sohn fühlte sich sanft wachgerüttelt. Es war inzwischen Abend geworden. Vor seiner Hängematte standen zwei kleine grüngerockte Dienerinnen mit Stocklaternen in der Hand.

»Die Dame läßt den kleinen Meister bitten. Sie hat mit ihm zu sprechen«, zwitscherten sie.

Er stand auf und wurde in ein üppig ausgestattetes Frauengemach geführt. Purpurrote Wandbehänge, weiche Fußmatten aus zartgrünem jungem Bambusgeflecht, ein seidener Wandschirm mit eingestickten radschlagenden Pfauen, ein goldener Räucherkessel, dem würzige Rauchschwaden von schmorender Zibetkatzenpaste entquollen, dann ein breites elfenbeingeschnitztes Bett mit rotseidenem Baldachin, weiche eisvogelblaue Kissen mit eingestickten Lotosblumen und verliebten Entenpärchen – das Schlafgemach der Räuberprinzessin! Sie selber saß mit untergeschlagenen Beinen halb ausgekleidet, Goldreifen um die entblößten Arme, an jedem Finger einen funkelnden Diamantring, zwischen Kissenhügeln und lächelte dem Ankömmling unbefangen entgegen. Eine rassige Wildkatze mit goldschimmernder Pupille und weißgefleckter Stirn! Sie zeigte keinerlei Verwirrung, traf auch keine Anstalten, zu seiner Begrüßung von ihrem Polsterpfühl herabzuklettern, im Gegenteil, sie fuhr ganz gelassen fort, ihre dünnen Mittelhüllen abzustreifen, ganz als ob sie sich in seiner Gegenwart völlig entkleiden und schlafen legen wollte.

Ihr Anblick würde jeden anderen Mann wachsweich geschmolzen haben. Aber Hsi Mens Sohn blieb unerschüttert. Zwar umfächelten die den Räuchergefäßen entströmenden Duftschwaden ihn beinahe betäubend, und es gelang ihm nur schwer, seine Blicke von Kin Pings nackten Armen zu lösen, aber er gedachte seiner Gelübde, faltete die Hände über der Brust und sprach mit einem Ernst, als hätte er seinen alten Meister vor sich, zu ihr:

»Ihr habt den kleinen Mönch rufen lassen. Er harrt Eurer Weisung. Aber es ist schon späte Nacht. Ich fürchte, es wäre unziemlich, wenn ich länger in Eurer Nähe verweilen würde.«

Sie lud ihn lächelnd ein, auf dem Polsterschemel am Bettrand Platz zu nehmen. Dann begann sie ihn nach seinem Wer und Woher, nach Eltern und Heimat, nach seinem Meister, seinem Tempel und seiner Ordenszugehörigkeit zu befragen.

Ohne Zögern und Stocken, in flüssigen, wohlgesetzten, rhythmischen Sätzen kamen seine wunderlichen Antworten, die keinerlei feste weltliche Angaben und Namen enthielten, sondern sich jener höheren, unbestimmten, in Allbegriffen schwelgenden Ausdrucksweise bedienten, wie sie unter Buddhajüngern üblich ist.

Immerhin konnte sie aus seinen vagen Angaben entnehmen, daß er aus vornehmem Hause stammte, daß sein Vater verstorben war und daß er sich auf der Suche nach seiner Mutter befand. Seine sichere, würdige Haltung und seine gewählte Sprechweise übten auf sie den Reiz des Neuen und Ungewöhnlichen aus, und den gleichen günstigen Eindruck hatte auch die vor dem Fenster lauschende Häuptlingsfrau.

›Just ein geeigneter Seitenhengst, der unserem Familiengespann zur Zierde gereichen dürfte‹, dachte sie bei sich, schob den Vorhang beiseite und trat lächelnd ein. In der Hand hielt sie eine aus Seide geflochtene Peitsche.

»Hier die Peitsche, das Abzeichen Eurer künftigen Würde«, begann sie ohne Umschweife. »Es ist höhere Fügung, die Euch über tausend Meilen zu uns führte, ohne daß wir Euch gerufen hatten. Sobald mein fürstlicher Gemahl von seinem Kriegszug heimkehrt, soll die Hochzeitstafel gerichtet werden und sollt Ihr als künftiger Beherrscher dieser Bergfeste unsere Tochter freien. Aber ich bitte mir aus: kein Nein! keine Ausflüchte! Ihr würdet eine Weigerung schwer zu bereuen haben!«

Also sprach sie zu dem ein wenig verdutzten Jüngling und ließ ihn von den beiden grünberockten Dingern in die Bibliothek zurückgeleiten. Die seidene Peitsche, die er einstweilen nicht anzunehmen wagte, mußten sie für ihn mitnehmen.

Diese ganze Nacht verbrachte Liao Kung schlaflos und betend. Wie würde er diesem Teufelsnetz entrinnen, in das er da geraten war? Räuber und Beherrscher der Feste konnte er niemals werden. Er vertraute auf den Beistand Buddhas und der Gnadenmutter Kwan Yin. Von nun an saß er als Gefangener in einem goldenen Käfig. Häufig besuchte ihn Kin Ping in der Bibliothek, brachte ihm Tee und Erfrischungen und hörte ihm zu, wenn er ihr von Buddha und seiner Lehre sprach.

Mutter wie Tochter respektierten die frommen Gepflogenheiten des wunderlichen Heiligen, der täglich zwei volle Doppelstunden seinen Andachten und Sutrenstudien widmete und sich nicht von seiner schmuddeligen Mönchskutte trennen mochte. Sie wollten dem Räuberfürsten nicht vorgreifen. Der würde schon ein Machtwort sprechen.

Ob die Räuberprinzessin den geliebten Jüngling zum Mann bekommen würde? Und ob er die Mutter wiedersehen würde? Das werdet ihr aus einem späteren Kapitel erfahren.

VIERUNDVIERZIGSTES KAPITEL

Zwischen den mit Entenpärchen bestickten Vorhängen des bräutlichen Pfühls ergeht sich das Bönzlein von Hochzeiter in geistlichen Betrachtungen. Die Räuberbraut verschafft ihm eine alte Kutte und verhilft ihm zur Flucht aus der Wolfshöhle

Eines Tages, nach beendetem Feldzug im Süden, traf der Räuberfürst Li Tsüan wieder auf seiner Bergfeste ein. Er ließ sich von seiner Gattin über alles Wichtige, was sich während seiner Abwesenheit ereignet hatte, berichten und vor allem die letzte Beute- und Tributliste vorlegen. Da fand er nun unter den eingebrachten Beutestücken auch einen jungen Bonzen namens Liao Kung verzeichnet. Er lachte geradeheraus und bemerkte:

»Was soll man denn mit so einem kahlköpfigen Esel anfangen? Wir sind doch hier kein Kloster! Hier gibt es keine Tempelhöfe zu fegen, kein Räucherwerk zu brennen und keine Glocke zu läuten. Am besten, man schneidet dem unnützen Burschen den Kopf ab und wirft ihn zum Kehricht!«

Seine Gattin klärte ihn belustigt auf, daß es mit diesem Bönzlein eine besondere Bewandtnis habe, sie begann seine Vorzüge aufzuzählen und mit Ehrfurcht den mondähnlichen Glanz zu preisen, der über sein Antlitz gebreitet sei. Er sei ein wahrer Lohan und mit seinen siebzehn Jahren der gegebene und von der Vorsehung bestimmte Ehegefährte ihres Töchterleins Kin Ping.

Da war es heraus! Der Räuberfürst riß die Augen auf und befahl, daß man ihm auf der Stelle den gepriesenen Wunderjüngling vorführe. Er wollte ihn selber in Augenschein nehmen. In der schlichten teefarbenen Kutte, mit in Brusthöhe zusammengelegten Handflächen, in aufrechter, würdiger Haltung und mit dem Gruß ›Gelobt sei der ewige Buddha!‹ auf den Lippen trat Liao Kung vor ihn hin. Der Räuberfürst musterte ihn von oben bis unten und fand, daß seine Frau nicht übertrieben habe. Dieser Jüngling mit den langen, bis fast auf die Schulter fallenden Ohren, mit den bis an die Knie reichenden langen Armen, den roten Lippen, dem weißen Gebiß hatte wirklich etwas Ungewöhnliches an sich.

Er lud ihn gutgelaunt zum Platznehmen ein und fragte ihn nach den vier Doppelzeichen seines Geburtsdatums. Es stellte sich heraus, daß er am gleichen Tag, im gleichen Monat und im gleichen Jahr wie Kin Ping, seine ihm zugedachte Braut, geboren war.

Dann mußte er von seiner Herkunft und seinen Schicksalen berichten. Diesmal befleißigte er sich einer bürgerlichen Sprechweise und wartete mit bürgerlichen Namen und Daten auf. Mit Befriedigung entnahm der Räuberfürst seinen Erzählungen, daß er einer guten Familie entstamme.

»Diese Heirat ist ganz offenbar vom Himmel gewollt, sonst hätte er Euch nicht den weiten Weg zu uns finden lassen. Überdies stimmt Euer Alter trefflich zu dem meiner Tochter. Es ist eine Verbindung, bei der das Schicksal den roten Faden des Sichfindens über tausend Meilen Entfernung geknüpft hat«, so erklärte er schließlich, griff zum Kalender und wählte ohne weitere Umstände noch den gleichen Tag als geeigneten Hochzeitstag.

Es ergingen einige Befehle an die Küche und an das Lager, auf daß am gleichen Abend die Hochzeit in würdiger Weise gefeiert werde.

Hsi Mens Sohn wurde wiederum in den Badezuber und dann in eine glänzende Freiertracht gesteckt. Es blieb ihm diesmal nichts anderes übrig, als sich weltlich zu kleiden. Denn seine alten Klostersachen hatte man ihm während des Bades einfach entführt. Er bekam sie nicht wieder zu sehen.

Unter feierlicher Musik wurde er dann des Abends seiner gleichfalls frisch gebadeten Räuberbraut zugeführt und vollzog mit ihr auf gleicher Matte den vorgeschriebenen gemeinsamen Stirnaufschlag vor Himmel, Erde und Schwiegereltern. Damit war der Ehebund geschlossen. Durch ein Spalier von in Festtracht und vollem Waffenschmuck prangenden Unterhäuptlingen und Rottenführern wurde das junge Paar durch zwei Häuptlingsfrauen, die die Stelle der üblichen Heiratsmaklerinnen vertraten, unter Vorantritt einer fröhlich lärmenden Musikbande in die Brautkammer geleitet. Dort sollte der herkömmliche gemeinsame Brautpokal geleert werden. Aber der Bräutigam blieb seinem Tempelgelübde, das Wein verbietet, treu, und die Braut nippte auch nur leicht vom Rand.

Beim Schein der Hochzeitskerzen setzten sich die beiden jungen Leute ohne viel Ziererei an den gedeckten Tisch und ließen sich das Hochzeitsmahl zu zweit munden. Sie waren sich ja seit langem vertraut. Wozu hätten sie sich also zu zieren brauchen? Auch die Unterhaltung floß munter und ungezwungen dahin. Freilich war es eine andere Unterhaltung, als sie sonst in Brautkammern üblich ist.

Nachdem Liao Kung einen Scheit Sandelholz in dem goldenen Räucherkessel in Brand gesetzt hatte, rief er zunächst einmal mit lauter Stimme die Gnadenmutter Kwan Yin an, und dann begann er mit seiner Braut eine anregende Plauderei über allerlei geistliche Fragen. So wollte sie gerne wissen, ob Nonnen, wenn sie seelisch Buddhaeigenschaft erlangt haben, sich auch körperlich zu männlichen Wesen umbilden; ferner wie man der Seelenwanderung und dem öfteren Wechsel von Tod und Wiedergeburt entgehen könne und ob Sinnenleben und Sinnengenuß und eheliche Verbindung, die doch eigentlich dem Gesetz Buddhas zuwiderliefen, erlaubt oder sündhaft wären und ähnliche Fragen mehr. Auf alle Fragen erteilte er ihr erschöpfende Auskunft und sparte dabei nicht mit ausgiebigen Zitaten aus den heiligen Sutren. Unter solcherlei anmutigem und erbaulichem, aber etwas ungewöhnlichem Bettgeplauder ging die Brautnacht hin. Der Bräutigam befolgte standhaft und getreulich die Weisung, die ihm Meister Pu Tsing mit auf den Weg gegeben hatte:

Selbst auf des Brautbetts weichem Pfühle
Behalte deines Sinnes Kühle –

und die Braut wiederum war von seinen übersinnlichen Gedankengängen so gepackt und überzeugt, daß sie sich unausgeklei-

Hinter den Vorhängen des Hochzeitsgemaches plaudert Liao Kung mit seiner Braut über geistliche Fragen

det zu Bett legte und frei von irdischen Gelüsten als unberührte Jungfrau einschlief. Der Jüngling Liao Kung aber setzte noch einen neuen Scheit Sandelholz in Brand und verbrachte die Nacht getrennt von ihrem Lager auf einem einsamen Sessel in jener unbequemen aufrechten Sitzhaltung, wie sie heilige Versenkung vorschreibt. Sehr zum Verdruß der heimlich lauschenden und beobachtenden Kammerfrauen und Dienerinnen! Da spitzten sie nun die Ohren und guckten sich die Augen aus, aber statt des zärtlichen Liebesgeflüsters, das sie aufzuschnappen hofften, hörten sie nur unverständliche heilige Textstellen und geistliche Worte durch den Raum schwirren, und das erhoffte Schauspiel brünstiger Verstrickung fiel zu ihrer großen Enttäuschung auch aus.

Übernächtig und todmüde von der vergeblichen Nachtwache, mußten sie am nächsten Morgen ihrem Gebieter, dem Räuberfürsten, vermelden, daß sich die jungen Leute lediglich über geistliche Dinge unterhalten, aber keineswegs wie verliebte Eheleute vergnügt, sondern – getrennt geschlafen hätten!

Da ergrimmte der Räuberfürst, und er schrie seine Gattin an: »Das ist eine Beleidigung für uns! Dieser Schurke von Kahlkopf wagt unsere Tochter zu verschmähen! Anscheinend ist sie ihm nicht gut genug! Und dann erdreistet er sich auch noch, ihr seine verrückten Irrlehren aufzuschwatzen und sie vollends dumm zu machen! Die einzig richtige Antwort ist: Kopf ab! und auf den Kehricht mit ihm!«

Seine Gattin suchte ihn nach Kräften zu beschwichtigen. Dieser Schwiegersohn sei doch ein Mensch von höherer Art, den man nicht mit dem Alltagsmaßstab messen dürfe. Der fürstliche Gatte möge es ihr überlassen, ihn behutsam an seine ehelichen Pflichten zu erinnern.

»Nun gut. Aber eins werde ich tun. Ich will ihm einmal zeigen, wie ich mit meinen Gefangenen kurzen Prozeß mache. Da wird ihm schlotternde Angst in die Gebeine fahren. Er soll Respekt vor mir bekommen!« erklärte der erboste Schwiegervater und sandte Bewaffnete nach der Brautkammer, die den ungeratenen Schwiegersohn kurzerhand fesseln und vor seinen Häuptlingsthron schleppen mußten.

»Bringt ihn zur Richtstätte! Bindet ihn an den Marterpfahl! Schneidet ihm das Herz aus dem Leib! Es gelüstet mich nach geschmortem Buddhaherz!« brüllte der Häuptling zum Schein und beobachtete gespannt die Wirkung seines fürchterlichen Befehls. Doch der Jüngling blieb völlig gelassen und unbewegt und fuhr fort, mit halblauter Stimme Buddha anzurufen.

Inzwischen hatte sich des Häuptlings Töchterlein in aller Eile frisiert und fertiggemacht und kam, drei Schritte mit einem nehmend, in fliegender Hast angelaufen.

»Er ist mir in einer früheren Existenz als Gatte vorbestimmt! Und deshalb wird er eines Tages doch mein Mann werden! – Wenn du ihn aber tötest, will auch ich nicht länger leben!« rief sie ihrem Vater fest entschlossen zu und trennte mit einem raschen Schnitt ihres Dolches die Fesseln des Geliebten durch.

Der rauhe Räuberfürst, auf den schon die unerschrockene Haltung seines Schwiegersohns beträchtlichen Eindruck gemacht hatte, wurde vollends weich.

»Ich wollte dem verfluchten Kahlkopf nur einen Schrecken einjagen. Da du so für ihn Partei nimmst – also gut! Erledigt! Aber er soll trotzdem einmal mit ansehen, wie ich mit Gefangenen umzuspringen pflege«, raunte er verschmitzt lachend seiner Tochter zu und erließ an seine Unterführer einen strengen Tagesbefehl: nach zehn verschiedenen Richtungen sollten sie mit der Bande das Land im Umkreis der Bergfeste durchstreifen und alles gefangennehmen, was ihnen in die Hände liefe, ganz gleich, ob Bürger oder geistlicher Kuttenträger. Er wollte einmal wieder ein ordentliches Blutgericht abhalten, und der Schwiegersohn sollte Augenzeuge sein! –

Wie erwähnt, hatte sich Staubfrei, der ungetreue Gehilfe von Meister Pu Tsing, mit der gestohlenen alten Kutte und den eingenähten Perlen darin heimlich davongemacht und den Weg nach Süden eingeschlagen. Unterwegs, in der Nähe von Hsü tschou fu, hatte er sich einer Rotte von zehn Wandermönchen angeschlossen. Gar bald kam er dahinter, daß sie, ungeachtet ihrer geistlichen Aufmachung – Pilgerhüte von Kokospalmengeflecht, härene Kutten, Andachtsmatten und Bündel von heiligen Schriften über dem Buckel, Holzfisch, Almosenschale, krummer Stab, bronzener Beschwörungsspaten – auch nichts Besseres waren als er selber, nämlich verkappte Strolche und Straßenräuber. Wenn sich die Gelegenheit bot, verschmähten sie nicht, einen einsamen Ordensbruder oder eine fahrende Nonne, die sie erst hilfreich in die Mitte nahmen, unterwegs zu berauben, zu vergewaltigen, zu ermorden.

Nun, bei dem neuen Wandergefährten, der in einer so alten, abgerissenen Kutte steckte, war ihrer Meinung nach an Geld oder Wertsachen bestimmt nichts zu holen, und da sich gern gleich zu gleich findet, nahmen sie ihn in ihre Gemeinschaft auf und ließen ihn mit zwei anderen Genossen vor den Türen um Almosen betteln. Nach einigen Monaten gemeinsamer Wanderfahrt waren sie so, bald bettelnd, bald raubend und plündernd, in die Gegend von Huai an gekommen. Da sahen sie sich eines Abends, als sie durch ein einsames Gehölz kamen, plötzlich von einer hundertköpfigen Bande umringt und angefallen. Man nahm ihnen ihre Bündel und Pilgerstecken ab und schleppte sie gefesselt auf eine stark befestigte Berghöhe. Es war die Toloschan-Höhe, der Sitz des mächtigen Räuberfürsten Li Tsüan! Sie waren nicht die einzigen, die ihm am nächsten Tag in seinem Räuberzelt vorgeführt wurden. Die von ihm befohlene Razzia hatte eine Beute von mehr als hundert Gefangenen, Bürgern und Kuttenträgern, eingebracht, die nacheinander vor ihm niederknien und ihren Urteilsspruch entgegennehmen mußten. Wer von den Gefangenen über entsprechende Mittel verfügte, konnte sich loskaufen und wurde wieder freigelassen. Bei den anderen lautete das Urteil ganz einfach: köpfen!

Mit Staubfrei und seinen Kumpanen wurde kurzer Prozeß gemacht. Der Räuberfürst war Menschenkenner genug, um sie als gewöhnliche Landstreicher zu entlarven, die sich bloß als Mönche verkappt hatten. Er ließ ihnen die Kutten ausziehen, ihre Habseligkeiten abnehmen und sie sämtlich hinrichten. Und so erlitt auch der Schurke Staubfrei den verdienten Lohn, ohne etwas von dem geraubten Perlenschatz gehabt zu haben!

Hsi Mens Sohn mußte auf Geheiß seines Schwiegervaters dem harten Gericht beiwohnen.

An diesem Abend wurde die Hochzeit erst richtig mit einem großen Festschmaus, mit Musik und Waffentänzen gefeiert. Kurz vor Mitternacht schickte der Schwiegervater Tochter und Eidam in die Brautkammer. Aber wenn er glaubte, ihn eingeschüchtert und mürbe gemacht zu haben, so war er im Irrtum. Als Kin Ping in die Decken des Brautbetts schlüpfte, wollte er, genau wie in der ersten Nacht, getrennt von ihr sein einsames Andachtspolster beziehen.

Da sprach sie zu ihm:

»Ich verstehe deine Haltung und bin dir nicht böse. Ich sehe ein, daß wir von der Vorsehung nicht als weltliche Gatten, sondern als Seelenfreunde füreinander bestimmt sind. Aber ich fürchte, wenn mein Vater morgen erfährt, daß du heute nacht wiederum das Lager nicht mit mir geteilt hast, dann wird er dich diesmal sterben lassen. Und ein zweites Mal kann ich dich nicht retten. Darum rate ich dir zur Flucht. Ich will dir dabei behilflich sein. Ein Jahr lang haben wir zusammen gelebt, wenn auch nicht als Gatten, so doch als Freunde. Heute müssen wir Abschied nehmen. Wenn meine Eltern einmal tot sind, dann komme ich nach Schantung, und dann wollen wir uns in deinem Waldtempel wiedertreffen.«

Hsi Mens Sohn war tief berührt von ihrem Verzicht, diesem Beweis wahrer Seelenfreundschaft.

»Ich werde dich im Waldtempel wiedersehen«, antwortete er mit fast zärtlichem Blick. »Laß mich erst meine Mutter wiederfinden, dann . . .« Die Stimme versagte ihm; dankbar und ehrerbietig verneigte er sich tief vor ihr, und sie knieten nebeneinander nieder und gelobten sich vor dem Alten im Monde als Zeugen ewige Treue.

Dann berieten sie eifrig über den Fluchtweg und waren sich

einig, daß Hsi Mens Sohn noch bei Nacht im Schutze der Dunkelheit flüchten müsse.

»Aber wie soll ich mich in weltlichen Kleidern weiter durchschlagen? Meine Kutte, den hölzernen Fisch, die Almosenschale, den Pilgerstab hat man mir weggenommen«, gab er noch zu bedenken.

Sie wußte Rat.

»Man hat den falschen Mönchen, die heute hingerichtet wurden, ihre Kutten und Habseligkeiten abgenommen. Ich kenne die Stelle, wo die Sachen liegen. Laß mich hingehen und dir das Nötige holen.«

Sie verschwand und kehrte nach einer Weile mit einer alten, geflickten Kutte, einem Holzfisch, einer Almosenschale und einem Pilgerstecken zurück.

Er kleidete sich geschwind um und ließ sich von ihr auf einem Schleichpfad sicher an Posten und Wachttürmen vorbei aus dem Bereich der Räuberfeste führen.

Erst später sollte sich ihm der Sinn jener Stelle des Wegspruchs offenbaren, wo es heißt:

Die alte Kutte bringt dir Glück
Und schafft den Perlenschatz zurück.

Ob Kin Ping den Geliebten wirklich einmal wiedersehen sollte, das werdet ihr aus einem späteren Kapitel erfahren.

FÜNFUNDVIERZIGSTES KAPITEL

An den Eingang zur Halle der zehn Himmelsrichtungen heftet er ein Suchplakat.
In der Tempelkanzlei erhält Mondfrau Kunde vom Verbleib des Sohnes

Nach einem Monat Wanderschaft war Hsi Mens Sohn in die Gegend von Yang tschou gekommen. Er hatte sich immer an die große, nach Süden führende Landstraße gehalten und war trotz Krieg und Unruhen dank seiner ärmlichen Kutte unbehelligt geblieben. Ein armseliger, harmloser Bettelmönch war nicht danach angetan, die Aufmerksamkeit der beutelüsternen Tataren auf sich zu lenken.

Auch zu hungern brauchte er nicht. Hinter Huai an traf er immer häufiger auf reiche Tempel, wo er freies Nachtlager und Essen erhalten konnte, ohne seinen hölzernen Fisch bemühen zu müssen. Und so wanderte er von Tempel zu Tempel weiter, immer von dem Gedanken erfüllt, daß er seine Mutter wiederfinden müsse. Zehn Jahre war er nun schon von ihr getrennt! Ein volles Jahr war er auf der Räuberburg festgehalten worden.

Im Tempel der himmlischen Ruhe bei Yang tschou freundete er sich mit einem Tafel- und Pritschengefährten an, einem zwanzigjährigen Bonzen namens Ju Hui, ›Gleichbleibend freundlich‹, der gleichfalls auf der Suche nach seiner Mutter war. Er gehörte zum Seeherztempel bei Huai an und war ein Enkel des dortigen Abtes. Seine Mutter lebte in Yang tschou. Das reiche Yang tschou war von den Tataren bei ihrem letzten Einfall ausgeplündert und zerstört worden. Da hatte ihn die Sorge um die Mutter auf die Wanderschaft getrieben. Als er aber nach Yang tschou kam, erfuhr er, daß seine Mutter rechtzeitig zu Verwandten nach Tschen kiang am Südufer des Yang tse geflüchtet war.

Liao Kung war froh, in Ju Hui einen Leidens- und Altersgenossen gefunden zu haben, es tat ihm wohl, einem jungen Menschen seinesgleichen das Herz ausschütten zu können – außerdem entbehrte er das tägliche Geplauder mit Kin Ping. So war er froh, einen Kameraden gefunden zu haben, der nicht bloß zuhörte, sondern auch aufrichtige Teilnahme bekundete. Während er nun von den Erlebnissen seiner zehnjährigen Irrfahrt berichtete, hatten sich auch die anderen Wandermönche, die in der Schi fang tang, Halle der zehn Himmelsrichtungen, weilten, als aufmerksame Zuhörer um ihn geschart. Als er seinen Bericht beendet hatte, priesen sie den siebzehnjährigen Glaubensbruder einmütig als Muster eines pietätvollen, pflichttreuen Sohnes und erteilten ihm einen guten Rat. Der hiesige Tempel sei doch bevorzugter Treffpunkt vieler Wandermönche, die hier zu kurzer Rast einkehrten, um sich dann strahlenartig über die nähere und weitere Umgebung zu zerstreuen, teils um in Privathäusern Hausandachten, teils um in anderen Tempeln Gottesdienste und Gastpredigten zu halten. Er solle doch am Eingang zur Gästehalle, wo alle auswärtigen Besucher vorüberkämen, einen Anschlag anbringen, ein weithin sichtbares Suchplakat mit genauer Orts- und Namensangabe. Dann würden viele für ihn mitsuchen helfen. Also lautete der Rat der erfahrenen älteren Glaubensbrüder. Hsi Mens Sohn folgte ihnen und setzte in großen, gut leserlichen Lettern ein Plakat folgenden Wortlauts auf:

›Hsiao Ko, mit Tempelnamen Liao Kung genannt, aus Tsing ho hsiän in Schantung gebürtig und Sohn des verstorbenen ehemaligen Kreisamtmannes Hsi Men Tsing, befindet sich auf der Suche nach seiner Mutter Mondfrau aus der Sippe Wu und ihrem Diener Tai A'rl sowie ihrer Dienerin Juwelchen. Auf der Flucht vor den Tataren wurde er vor zehn Jahren von seiner Mutter getrennt. Neueren Nachrichten zufolge sollen sie sich nach Süden in die hiesige Gegend begeben haben. Als Wander- und Bettelmönch auf der Suche nach den drei Genannten hierhergelangt, bitte ich, Bruder Liao Kung, hierdurch alle guten Leute inständig, etwaige Nachricht um Buddhas willen an den Tempel zur himmlischen Ruhe gelangen zu lassen, falls sie etwas vom Verbleib der Gesuchten in Erfahrung bringen.‹

Nachdem er das Plakat am Halleneingang angeschlagen hatte, sagte sich Hsi Mens Sohn, daß es doch zwecklos sei, hier weiter müßig herumzusitzen und zu warten. Er hatte erfahren, daß ein Großteil der Bevölkerung von Yang tschou nach den nächsten Yang-tse-Häfen geflüchtet sei. Denn dort war man in Sicherheit und unter dem starken Schutz des Südmarschalls Han Schi Tschung. Dessen Truppen hielten sämtliche Yang-tse-Häfen besetzt. Vielleicht hatte sich seine Mutter dem allgemeinen Flüchtlingsstrom angeschlossen und irgendwo südlich vom Yang tse in Sicherheit gebracht?

Als daher sein Kamerad Ju Hui am nächsten Morgen Abschied nehmen wollte, um sich auf den Weg nach Tschen kiang zu machen, bat er, sich ihm anschließen zu dürfen. Der andere willigte mit Freuden ein, und so traten sie gemeinsam die Reise nach Tschen kiang an. Die Strecke vom Hafen Kwa tschou bis Tschen kiang legten sie mit einer Reisedschunke zurück. Dann trennten sie sich. Ju Hui ging zu seiner Verwandtschaft in der Stadt, Liao Kung wählte sich den Kan lu sse, Tempel des süßen Tau, vor der Stadt zum Quartier.

Inzwischen war seit dem letzten Tatareneinfall ein halbes Jahr vergangen. Es war ein neuer Friede geschlossen worden, und die Eindringlinge hatten sich wieder nach Norden verzogen. Das geprüfte Land atmete auf. Die geflüchtete Bevölkerung kehrte zur Scholle, zu Heim und Herd zurück, die Felder wurden wieder bestellt, Handel und Wandel begannen sich wieder zu regen, es gab wieder eine Welt, in der sich zu leben lohnte.

Auch in Mondfrau regte sich Hoffnung und Unternehmungslust. Als der achte Tag des vierten Monats herankam, der Tag, da allenthalben in Tempeln und Klöstern das Fest der Tempelbilderwaschung begangen wird, da entschloß sie sich zu einem Besuch im nahen Seeherztempel. Sie wollte Weihrauch brennen und einen feierlichen Bittgottesdienst abhalten lassen. Da sie Bhikschuni war, kostete sie ein solcher Gottesdienst nichts.

Durch Fasten und Reinigungsbad an Körper und Seele wohlvorbereitet, begab sie sich am achten Tag des vierten Monats in Begleitung von Mong Yüh Loh und Juwelchen zum Seeherztempel. Der Gästewart führte sie in die Abtzelle, wo sie ihr Anliegen vorbringen konnte. Der Abt genehmigte die Abhaltung der erbetenen dreitägigen Bittgottesdienste und wies sie zur Aufnahme ihrer Personalien an einen jungen Tempelschreiber. Das war kein anderer als des Abtes Enkel Ju Hui, der kürzlich von dem Besuch bei seiner Mutter in Tschen kiang zurückgekehrt war.

Als nun Ju Hui den Namen und die Herkunft der Bhikschuni Mondfrau erfuhr, da stutzte er. Und nachdem er ihr Gesuch mit genauen Personalangaben dem Abt zur Unterzeichnung, Abstempelung und Beurteilung übergeben hatte, richtete er verschiedene Fragen an Mondfrau und ließ sich von ihr nähere Einzelheiten von ihrem und ihres Sohnes Schicksal erzählen. Da ergab sich nun, daß ihre Angaben mit dem übereinstimmten, was ihm sein kürzlicher Wandergefährte, der junge siebzehnjährige Bonze Liao Kung, über sich berichtet hatte. Und er teilte Mondfrau mit, daß er kürzlich ihrem Sohn im Tempel der himmlischen Ruhe bei Yang tschou begegnet und mit ihm zusammen südwärts bis nach Tschen kiang gewandert sei. Vor genau einem Monat, am vierten Tag des dritten Monats, hätten sie sich dort getrennt.

Mondfrau vernahm es mit überströmender Freude. Rascher als gedacht, hatte ihre Wallfahrt einen Erfolg gezeitigt: eine gute Botschaft! Und voll Demut neigte sie sich vor Buddha und der Göttin Kwan Yin, deren gnädiger Beistand sich wiederum so überzeugend offenbart hatte.

In gehobener Stimmung und noch unternehmungslustiger, als sie fortgegangen war, kehrte sie in ihre Klause zurück und teilte der alten Nonne am nächsten Morgen ihren Entschluß mit: Sie wolle sich erneut auf die Wanderschaft machen und nach Tschen kiang reisen, um dort ihren Sohn wiederzufinden. Diesmal war Friede im Lande, außerdem hatte sie in ihrem braven Tai A'rl einen männlichen Schutz und Führer zur Seite. Da konnte sie unbesorgt reisen.

Die alte Nonne sprach zu ihr:

»Als ich seinerzeit ins Kloster ging, das war vor nunmehr zwanzig Jahren, da tat ich das heimliche Gelübde, einmal eine Wallfahrt zur heiligen Pu-to-Insel im Südmeer zu unternehmen. Bisher haben mich Krieg und Unruhen an der Ausführung meines Vorhabens gehindert. Jetzt aber ist wieder Friede im Land, und da Ihr auch nach Süden ziehen wollt, will ich die Gelegenheit benutzen, um endlich mein altes Gelübde zu erfüllen. Ich werde Euch begleiten. Wir wollen zusammen Euren Sohn suchen gehen, und wenn wir ihn gefunden haben, wollen wir die Wallfahrt nach der heiligen Insel zusammen unternehmen.«

Hocherfreut nahm Mondfrau ihren Vorschlag an, suchte einen glücklichen Reisetag im Kalender aus, verabschiedete sich unter Tränen von Mong Yü Loh und machte sich in Begleitung von Juwelchen, Tai A'rl und der alten Nonne auf die Wanderfahrt.

Vorher versäumte sie nicht, noch einmal im Seeherztempel vorzusprechen und sich von dem jungen Bonzen Ju Hui eine genaue Kartenskizze von der Lage des Tempels des Süßen Tau bei Tschen kiang geben zu lassen.

Glücklich langte die kleine Reisegesellschaft nach kurzer Stromfahrt bei dem Tempel an. Aber da mußte Mondfrau zu ihrer Enttäuschung hören, daß ein junger Bonze namens Liao Kung zwar kürzlich im Tempel übernachtet habe, jedoch nach zwei Tagen bereits wieder weitergezogen sei. Ein Trost aber wurde Mondfrau zuteil. Zufällig weilte im Tempel der alte Einsiedler Pu Tsing aus der Waldklause südlich von Tsing ho hsiän. Auf Kosten von Patron Wang und seiner Freunde sollte ja die halbzerstörte Klause neu und schöner wiederaufgebaut werden. Um dem profanen Lärm der Bauarbeiten zu entgehen, hatte er sie der einstweiligen Obhut eines Stellvertreters übergeben und sich auf die Wanderschaft gemacht. Er war gleichfalls auf einer Wallfahrt nach der heiligen Pu-to-Insel unterwegs und hielt hier auf Einladung des Tempelabtes zum Besten der Kriegsgefallenen einen dreißigtägigen Beschwörungsgottesdienst ab, um mit Hilfe seiner magischen Bannkräfte den Seelen gefallener Krieger zu einem neuen irdischen Dasein zu verhelfen. Er würdigte Mondfrau eines Empfangs, und nachdem er eine Weile mit geschlossenen Augen Versenkung geübt hatte, offenbarte er ihr auf ihre besorgte Frage, daß sie ihren Sohn eines baldigen Tages wiederfinden werde. Sie möge nur getrost und zuversichtlich ihren Weg nach Süden fortsetzen. –

Liao Kung hatte sich nach der Trennung von seinem Wandergefährten Ju Hui gleichfalls zu einer Wallfahrt nach der Pu-to-Insel entschlossen. Er wußte vorläufig nicht mehr, in welcher Richtung er weitersuchen sollte. Da wollte er die Göttin Kwan

Yin auf ihrer heiligen Insel im Südmeer aufsuchen und einen Fingerzeig von ihr erbitten. Von Tschen kiang am Yang tse war es ja nicht mehr weit zu ihrem Heiligtum. Und so wanderte er weiter auf der großen Landstraße, die von Tschen kiang über Tan yang und Su tschou und Hang tschou nach Ning po, der der Insel am nächsten gelegenen großen Hafenstadt, führte.

Nicht gewöhnt an das feuchte, heiße Klima des Südens, wurde er unterwegs von einem bösartigen Sumpffieber befallen und lag tagelang ohne Nahrung und Pflege am Straßenrand vor dem Eingang eines einsamen Tempels des Kriegsgottes Kwan Ti. Denn der Tempelpriester, der Ansteckung befürchtete, weigerte sich, ihn bei sich aufzunehmen. Er glaubte schon, elendiglich am Wegrand verrecken zu müssen, da erbarmte sich der Tempelschutzgott Veda seiner. Auf sein göttliches Geheiß brachte ihm der Tempelpförtner gegen Abend eine Schale reinen Quellwassers zu trinken. Das Wasser stammte aus einem nahen heilkräftigen Quell und brachte ihn im Nu zum Schwitzen und zur Genesung. Nach sieben Tagen Krankseins konnte er aufstehen und weiterwandern. Er schloß sich einer Gruppe von hundert Pilgern aus Lin tsing in Schantung an und bestieg mit ihnen in Ning po das gleiche Pilgerschiff, das sie nach der heiligen Insel im Lotosmeer bringen sollte. Aber ein widriger Sturm verschlug das Schiff bis fast an die Küste des Landes, wo die japanischen Zwerge hausen, und es wäre wohl elend an den Klippen zerschellt, wenn die Gnadenmutter Kwan Yin nicht das Flehen der Reisenden erhört, den Sturm beschwichtigt und einen günstigen Wind gesandt hätte, der das Schiff an der Festlandküste von Ting hai nach Ning po zurücktrieb.

Wann endlich es Hsi Mens Sohn beschieden sein sollte, seine Mutter wiederzusehen, werdet ihr im nächsten Kapitel erfahren.

SECHSUNDVIERZIGSTES KAPITEL

Nach langer Trennung begegnen sich Mutter und Sohn von Angesicht und – erkennen sich nicht! Nachdem die vorbestimmte Zeit vergangen ist, finden sich Herr und Diener glücklich wieder

In dreimonatiger Wander- und Flußfahrt war Mondfrau mit ihrer kleinen Reisegesellschaft glücklich nach Hang tschou, dem derzeitigen Thronsitz des ersten Kaisers der Südlichen Sung-Dynastie, gekommen. Das war im Spätherbst des einundzwanzigsten Jahres der Regierungsepoche Schao hsing, ›Fortgesetztes Gedeihen‹.

Man setzte über den Tsiän-tang-Fluß und wanderte auf der Landstraße weiter, die in südlicher Richtung über Schao hsing fu nach der Küstenstadt Ning po führt. Kurz hinter Schao hsing fu gab es einen merkwürdigen Zwischenfall.

Man war gegen Abend in einen heftigen Platzregen geraten und suchte in einer kleinen, am Wegrand gelegenen Nonnenklause Schutz gegen die Unbill des Wetters und Nachtquartier. Als man an die Pforte des dem Marsstern geweihten Tempels anklopfte, hörte man nach längerem Harren drinnen eine weibliche Stimme laut und deutlich rufen: »Liao Kung, mach auf!« Liao Kung war der Tempelname von Hsi Mens Sohn! Mondfrau spürte ihr Herz klopfen, sie glaubte schon, im nächsten Augenblick ihrem Sohn gegenüberzustehen. Aber zu ihrer Enttäuschung öffnete eine junge Nonne von etwa zwanzig Jahren und merkwürdig kräftiger Statur. Dann kam, an einem Stock humpelnd, eine anscheinend von Gicht geplagte stattliche Fünfzigerin, die Klausnerin, zum Vorschein. Sie setzte den durchnäßten Wanderern ein einfaches Abendessen vor. Tai A'rl, der sich dienstwillig wie immer zum Wasserholen erbot, brauchte sich nicht zu bemühen. Auch diese kleine Klause verfügte, wie man es häufig bei den Tempeln und Klausen des Südens trifft, über einen ›Geisterborn‹, eine hölzerne Röhrenleitung, die bis in die Küche führte und die Insassen ständig mit frischem Quellwasser versorgte.

Nach der Mahlzeit wurden die knappen Schlafplätze zugewiesen. Tai A'rl bereitete sich auf Stroh ein Nachtlager unter dem Tordach. Mondfrau und ihre alte Meisterin mußten sich die einzige Gastpritsche teilen. Juwelchen, die sich eigentlich in der gleichen Kammer zu ebener Erde betten wollte, wurde von der jungen Nonne freundlich eingeladen, deren bequemes Lager zu teilen. Die Oberin zog sich in ihre eigene Kammer zurück.

Arglos nahm Juwelchen die Einladung der jungen Nonne Liao Kung an und legte sich in ihrer Kammer neben sie auf die breite, aus Stricken geknüpfte Schlafmatte. Müde von der Wanderung, lag sie bald in festem Schlaf. Aber um Mitternacht wurde sie plötzlich munter. Ihre Lagergenossin hatte sich zärtlich an sie herangemacht, und zu ihrem Schreck gewahrte sie, daß es ein – Lagergenosse war! Das Nönnchen Liao Kung war in Wahrheit ein junger Bonze, den sich die frivole Klausnerin – sie trug die Nonnenkutte noch nicht lange und haftete noch immer am roten Staub der Welt – als Buhlknaben hielt und den sie vor den Leuten als Nonne verkleidete. Mit einem unterdrückten Schrei sprang Juwelchen auf und zog sich geschwind an, lief in die Gastkammer und weckte Mondfrau und die alte Nonne. Entrüstet kleidete man sich an, rief und pochte die Oberin aus dem Schlaf und ließ sich von ihr, unbekümmert um ihr unflätiges Toben und Schimpfen, die Pforte ihres unheiligen Tempels öffnen. Mitten in der Nacht zog man auf der Landstraße weiter. Über den täglich wechselnden Eindrücken der langen Wanderfahrt geriet der kleine Zwischenfall zunächst bald wieder in Vergessenheit. –

Hsi Mens Sohn war nach der mißglückten Überfahrt bei Ting hai wieder an Land gegangen. Er fühlte sich von der eben erst überstandenen Krankheit noch zu sehr mitgenommen, um sich gleich wieder den Unbilden einer Seefahrt auszusetzen. Ting hai war der übliche Ausgangshafen für die Pilgerschiffe, die nach der heiligen Pu-to-Insel ausliefen. Eine unbestimmte Ahnung sagte ihm, daß auch seine Mutter unter den Pilgern dieser

Jahreszeit sein müsse. Enthielt der Wegspruch seines alten Meisters nicht zwei Zeilen:

Wo Wind und Wogen sich empören,
Wirst du der Mutter Stimme hören –

die darauf hindeuteten? Aber wo sollte er sie suchen? Es gab in der bergigen Umgebung von Ting hai Hunderte von großen und kleinen Tempeln, Klöstern und Klausen. Und wie sollten sich nach zehnjähriger Trennung Mutter und Sohn noch von Angesicht kennen? Um sich für alle Fälle weithin kenntlich zu machen, hängte er sich eine Holztafel um den Hals, auf die er groß und deutlich geschrieben hatte ›Bettelmönch Liao Kung‹. So streifte er die Umgebung, Dörfer und Tempel ab und hielt unermüdlich Ausschau nach seiner Mutter.

Inzwischen war Mondfrau mit ihrer kleinen Gesellschaft in Ning po eingetroffen und von dort mit dem Schiff nach Ting hai weitergefahren. Dort wartete sie eine passende Gelegenheit für die Überfahrt ab. Denn die Dschunken, die Pu to anliefen, pflegten nur bei günstigem Wind und nur dann auszulaufen, wenn eine genügende Zahl Fahrgäste beisammen war, die die Unternehmung lohnend machte. Mondfrau hatte in einem Dorf bei Ting hai im Hause einer buddhagläubigen Witwe billige Unterkunft erhalten und nutzte die Wartezeit aus, um Tai A'rl in der Tracht eines Taoistenmönches mit dem hölzernen Fisch und dem Almosenflaschenkürbis in der Umgebung umherstreifen und unter der Hand seinerseits nach seinem jungen Herrn Nachforschungen anstellen zu lassen.

Eines Abends stand Juwelchen vor der Tür und hielt Ausschau nach Tai A'rl, der an diesem Tag wieder unterwegs war. Auf einmal sah sie von weitem langsamen Schritts einen jungen Bonzen auf ihre Hütte zugeschritten kommen. Er trug eine Holztafel mit einer Inschrift vor der Brust. Sie verstand ein wenig von der Schriftsprache, und da las sie nun zu ihrem Schreck in großen Lettern die Inschrift ›Bettelmönch Liao Kung‹. Sofort dachte sie an ihr nächtliches Erlebnis von damals in der Nonnenklause hinter Schao hsing und bildete sich ein, daß der freche Kerl, der sich ihr damals in Nonnentracht genähert hatte, sie bis hierher verfolgt habe. Geschwind holte sie Mondfrau aus dem Haus, und bevor der junge Bonze draußen den Mund zu seinem üblichen Bettelruf auftun konnte, hörte er sich von den beiden Frauen in der Tür mit einer Flut abweisender Reden überschüttet. Kopfschüttelnd wandte er sich zum Gehen und sann vergebens darüber nach, welcher unbeglichenen Rechnung dieser unfreundliche Empfang wohl gelten mochte.

Spät in der Nacht kam Tai A'rl mit einem Sack voll Reis und hundert Kupfern als Ausbeute seines Bettelganges zurück. Er brachte überdies eine gute Botschaft mit:

»Ich erfuhr unterwegs in einem Tempel, daß ein junger Bonze namens Liao Kung in den letzten Tagen in der hiesigen Gegend gesehen worden ist. Er trage seinen Namen groß und deutlich sichtbar auf einer Holztafel vor der Brust und gebe überall an, daß er auf der Suche nach seiner Mutter sei. Das kann nur unser junger Herr sein! Als ich damals noch mit ihm nach Süden wanderte, äußerte er schon immer die Absicht, der heiligen Pu-to-Insel einen Besuch abzustatten. Ich will mich gleich morgen früh auf die Suche nach ihm aufmachen.«

Verdutzt schauten sich Mondfrau und Juwelchen an. Und sie erzählten Tai A'rl betreten, wie sie am Abend einen jungen Bonzen mit einer Holztafel und der Inschrift ›Bettelmönch Liao Kung‹ auf der Brust mit Schmähworten von der Tür gejagt und ihm beinahe Steine nachgeworfen hätten. Das sei in der irrigen Meinung geschehen, es handle sich um den frechen jungen Bonzen von neulich nacht, der sie heimlich bis hierher verfolgt habe. In der Aufregung hätten sie nicht daran gedacht, ihn nach seinem Wer und Woher zu fragen. Überdies habe er auch wenig Ähnlichkeit mit Hsi Mens Sohn gehabt, wie sie ihn in Erinnerung hätten. Der sei als Kind immer vollwangig und von blühender Gesundheit gewesen, der Liao Kung von heute dagegen habe jämmerlich blaß und mager ausgesehen, soweit das im abendlichen Zwielicht zu erkennen war.

Tai A'rl meinte bedauernd, in zehn Jahren könne ein heranwachsender Mensch sein Aussehen gründlich verändern. Man müsse den Fehler durch eifriges Suchen wiedergutmachen.

Mondfrau konnte in dieser Nacht vor Gewissensbissen und Selbstvorwürfen kein Auge zutun und schickte zeitig am nächsten Morgen Tai A'rl auf neue Suche aus. –

Bei seinem Umherstreifen an der Küste geriet Hsi Mens Sohn eines Tages in eine einsame Felsschlucht, durch die ein klarer Bergbach rauschte. Da traf er nun auf eine anscheinend der ärmlichen Volksschicht angehörende Frau in weißem Linnengewand, die am Bachrand kniete und emsig alte Kleider wusch.

Er setzte sich unweit von ihr zu Füßen eines Kiefernstammes auf einem moosigen Felsblock und beobachtete sie stumm bei ihrem geschäftigen Tun. Ein seltsames Gefühl beschlich dabei sein Herz. Die Wäscherin blickte auf, sah ihn an und sprach:

»Nun, junger Meister, wie wäre es mit Eurer Kutte? Sie könnte, scheint mir, auch ein wenig Wasser und Seife gebrauchen. Wenn Ihr wollt, zieht sie aus und gebt sie her. Ich will sie Euch fein sauber waschen. Was ich hier wasche, sind Sachen meines Sohnes. Er ist auch Mönch und gehört zu einem Tempel in der Nähe. Meine Wascharbeit für ihn ist Tempeldienst auf meine Art. Alle Schmutz- und Fettflecken, die sonst nicht herauszubringen sind, verschwinden im Nu hier in diesem klaren Bachwasser. Es kommt aus dem ›Blankwaschborn der Mütter‹. Alles, was in diesem Quellwasser gewaschen wird, wird für immer blank und rein und nimmt später keinen Staub und Schmutz mehr an.«

Das hörte Liao Kung gern, und geschwind zog er seine alte, speckige, verlauste Kutte aus, die er nun schon wieder so lange am Leibe getragen hatte. Aber wie er sie genauer besah und ihre vielen Flecken und schadhaften Stellen, die offenen Nähte und klaffenden Risse bedachte, da schämte er sich wiederum, sie der gutherzigen fremden Frau zu zeigen. Auch war es in der tiefen Felsschlucht empfindlich kühl, er fürchtete sich zu erkälten, wenn er so ohne Kutte dasäße, sie brauchte ja längere Zeit zum

Trocknen. So verzichtete er auf die Wäsche und bat statt dessen die Frau um Faden und Nähnadel. Er wollte die schadhaften Stellen selber ausbessern.

Die fremde Wäscherin zog unter ihrem Rockkragen eine Nadel hervor und reichte sie ihm nebst einem Bund Garn. Die Nadel war von reinem Gold!

Hsi Mens Sohn fädelte einen Faden Garn ein und machte sich hurtig an die Arbeit. Als er nun den Saum des Brustaufschlags umklappte und die Innenseite nach schadhaften Stellen absuchte, da spürten seine Finger unter dem dicken Futter etwas Hartes, Rundes, das sich wie eine Erbse anfühlte. Erstaunt trennte er das Futter an dieser Stelle vollends auf, und siehe da! Da kam, in ein kleines Läppchen eingenäht, eine wunderschöne große, helle Perle zum Vorschein! Er breitete nun den unteren Teil der Kutte über den Waldboden am Rand des Felsblockes und machte sich über das Oberteil her. Als er den Rockaufschlag abtastete, stieß er zu seinem Erstaunen überall auf gleich harte Stellen, überall waren Perlen eingenäht, in der weitgebauschten linken Achselfalte, sogar in einen dicken Wattebausch gebettet, ein flachgedrückter ganzer Beutel aus gelber Seide, der nicht weniger als vierundfünfzig Perlen enthielt. Vierundfünfzig fand er außerdem einzeln, im ganzen also einhundertacht schimmernde Perlen. Wie mochte der Schatz in die alte Kutte geraten sein?

Er blickte auf und wollte der fremden Wäscherin von seinem glücklichen Fund berichten, aber der Platz, wo sie eben noch am Bachrand gekniet hatte, war leer. Sie war spurlos verschwunden.

Geschwind nähte er die Perlen wieder ein, und es wollte ihn dünken, als ob die goldene Nadel ganz von selber nähte und die richtigen Stiche täte, ohne daß er sie zu lenken brauchte.

Hierauf lief er zu dem nahen Quell und schöpfte seine Almosenschale dreimal voll. Das erste Mal tauchte er sie ein, um sie sauber zu spülen. Das zweite Mal schöpfte er sie voll, um sich Gesicht und Hände zu waschen. Das dritte Mal schöpfte er Wasser, um seinen Durst zu stillen. Und merkwürdig, nach dem

Trinken spürte er im Leib ein Wohlbehagen, als ob Herz und alle Eingeweide von Schmutz und Schlacke befreit und blankgespült wären.

Er zog seine Kutte wieder an und machte sich auf den Rückweg nach bewohnten Stätten.

Unterwegs, als er von einer Höhe herabstieg, sah er von weitem einen einzelnen Wanderer auf sich zukommen. Er stak in der Kutte eines Taoistenmönchs. Als er den jungen Bonzen auf der Höhe gewahrte, blieb er stehen und äugte angestrengt nach ihm hin. Und dann brach er auf einmal in lautes Gelächter aus und kam wie wild auf ihn zugestürzt. Hsi Mens Sohn glaubte, er sei verrückt oder ein verkappter Wegelagerer, und hielt schon nach einem Seitenpfad Ausschau, um dem unheimlichen Kerl aus dem Wege zu gehen. Aber da war er schon in langen Sätzen angelangt, und nun wandelte sich Liao Kungs Unbehagen in frohe Überraschung. Es war Tai A'rl!

Und wiederum gab es nach langer Trennung ein freudiges Wiedersehen zwischen Herrn und Diener. Sie setzten sich am Wegrand auf einen Stein und begannen sich zu erzählen. Liao Kung wollte es kaum glauben, daß er bereits vor drei Tagen seiner Mutter gegenübergestanden hatte, und er mußte belustigt lachen, als er den Grund erfuhr, weshalb man ihn so unfreundlich begrüßt und mit Schmähungen von der Tür gewiesen hatte.

Es gab so viel zu berichten, daß es inzwischen Abend geworden war, als man endlich mit dem Erzählen fertig war und an Aufbruch dachte. Aber zu dem Dorf, wo Mondfrau wohnte, war es doch zu weit, man konnte heute nicht mehr hinkommen. Drei Tage war Tai A'rl auf der Suche nach seinem Gebieter unterwegs gewesen, und da hatte er sich beträchtlich von seinem Ausgangspunkt entfernt. Man blieb zur Nacht in einer nahen Einsiedelei, in der Liao Kung bereits bekannt war. Am zeitigen Morgen machte man sich dann beflügelten Schrittes auf den Weg zu Mondfrau. –

SIEBENUNDVIERZIGSTES KAPITEL

Die alte Sündenschuld ist beglichen. Bei stürmischer Überfahrt finden Mutter und Sohn einander wieder

Zwei Tage lang hatte Mondfrau vor der Tür gestanden und sich vergebens die Augen nach Tai A'rl ausgeschaut, den sie in Begleitung ihres Sohnes zurückerwartete. Aber Tai A'rl ließ sich nicht blicken. Da sank wiederum ihr Mut, und sie fühlte sich gedrängt, göttlichen Beistand anzurufen. Die Plätze auf der Pilgerdschunke waren bereits belegt, und neuerdings war eine Gesellschaft eingetroffen, die mit dem gleichen Schiff übersetzen wollte. Die gewünschte Zahl der Fahrgäste war jetzt erreicht, und da auch ein günstiger Wind vom Land her wehte, hatte ihr der Kapitän sagen lassen, sie möge sich dazuhalten, morgen bei der Frühflut gedenke er in See zu stechen.

So entschloß sich Mondfrau, mit ihrer alten Meisterin an Bord zu gehen, um die Göttin Kwan Yin in ihrem Heiligtum um die Rückkehr ihres Sohnes zu bitten. Juwelchen sollte inzwischen das Haus hüten, weiter nach Tai A'rl Ausschau halten und ihre Rückkunft abwarten. Länger als einen Tag dauerte die Überfahrt nach der Pu-to-Insel nicht, in drei Tagen gedachte sie also zurück zu sein. –

Die Fahrt nach der Pu-to-Insel ist kein ungefährliches Unternehmen, denn die Insel liegt sturmumtobt und wellengepeitscht mitten im wilden Meer. Sie gilt überdies als ein Eiland, wo Geister umgehen. Ängstliche Pilger, und das ist die Mehrzahl, pflegen daher die Seefahrt überhaupt nicht zu unternehmen, sondern ihre Wallfahrt in einem der großen Kwan-Yin-Tempel zu beenden, deren es im Umkreis von dreihundert Meilen auf dem Festland sehr viele gibt.

Aufrichtige Gläubige aber nehmen die Gefahr der Seefahrt auf sich, um von der Göttin ›in Audienz empfangen‹ und ihrer Wunder ansichtig zu werden. Denn an einer bestimmten Stelle der felsigen Inselküste, am Fuße der Pu-to-Klippe, liegt im

Purpurbambushain eine Wundergrotte, genannt Tschao ying tung, Grotte der Meeresstimmen. Dort, so glaubt man, zeigt sich die Göttin auf Anruf leibhaftig. Aber nur Gläubige, die sich reinen und aufrichtigen Herzens nahen, bekommen sie und ihre Herrlichkeit, ihren schimmernden Palast, den Perlenbaum, den Thron aus Gold und Malachit, den weißen Riesenpapagei, die fünffarbige Riesenlotosblume, zu sehen. Ungläubige sehen nur ein wüstes, ödes, leeres Felseneiland. –

Es war am Abend des gleichen Tages, an dem Mondfrau auf dem Pilgerschiff ins Meer hinausgefahren war, als Juwelchen ihr langes Stehen und Warten vor der Haustür endlich belohnt sah: Tai A'rl kam zurück und nicht allein! Der junge Bonze an seiner Seite war Hsi Mens Sohn! Es gab eine freudige Begrüßung zwischen Herrn und Dienerin. Mit Rührung dachte Hsi Mens Sohn daran, wie ihn Juwelchen damals vor zehn Jahren bei der Flucht aus der Stadt fürsorglich auf ihren Schultern getragen hatte. Juwelchen berichtete ihm, daß Mondfrau an diesem Morgen mit dem Pilgerschiff zur Pu-to-Insel abgefahren sei. Sie stellte ihn der Hauseigentümerin vor, der wohltätigen Witwe Wang, und brachte den Ankömmlingen zu essen und zu trinken.

Als sie dann beim Schein der Lampe ihren jungen Gebieter genauer betrachtete, da fand sie, daß er mit seinen vollen, glatten Wangen und seinem frischen Aussehen ganz dem Bild entsprach, das in ihrer Erinnerung von seiner Kindheit her haftengeblieben war, und sie fragte sich zweifelnd, wer wohl der andere Liao Kung gewesen sein mochte, den sie neulich mit Schimpf begrüßt und fortgejagt hatten. Der hatte doch blaß und ausgemergelt ausgesehen und war kaum noch der Schatten eines Menschen gewesen. Das konnte doch unmöglich ihr junger Gebieter gewesen sein. Unwillkürlich mußte sie bei dem Gedanken an den anderen Liao Kung heimlich lachen.

»Was findest du denn so lächerlich an mir?« wollte Hsi Mens Sohn wissen.

Sie erzählte ihm von dem blassen, mageren, jungen Bonzen von neulich, der ein Holzschild mit der Aufschrift ›Bettelmönch

Liao Kung‹ vor der Brust getragen hatte und den sie mit Schimpf von der Tür gewiesen hatten. Das müsse doch zweifellos ein anderer Liao Kung gewesen sein.

»Nein, das war ich«, belehrte Hsi Mens Sohn sie lächelnd. »Bedenke die Sorge um meine Mutter, die Strapazen des weiten Fußmarsches und zuletzt das tückische Sumpffieber – das alles hat an mir gezehrt. Seitdem hat sich mein Aussehen allerdings beträchtlich verändert – durch ein Wunder. Ich traf neulich an der Küste beim Blankwaschborn eine weißgekleidete Wäscherin, die hat mich auf die Wunderkraft des Quells aufmerksam gemacht. Nachdem ich von seinem klaren Wasser getrunken und mich mit seinem Wasser gewaschen hatte, waren alle Spuren meiner kürzlichen Erkrankung mit einem Schlage verschwunden, und ich gewann wie durch Zauber mein früheres gesundes Aussehen zurück.«

Die Dame Wang, die aufmerksam zugehört hatte, schlug überrascht die Hände zusammen und murmelte andächtig: »Gelobt sei Buddha! Gepriesen die Gnadenmutter Kwan Yin!« Und dann sprach sie zu dem Jüngling:

»Wißt Ihr denn, wer die weißgekleidete Wäscherin war? Der Gnadenmutter Kwan Yin selber seid Ihr begegnet! Sie pflegt hier in unserer Gegend hin und wieder in menschlicher Gestalt zu erscheinen und sich Auserwählten zu nähern! Ihr könnt Euch glücklich preisen, daß Euch die Gnade zuteil geworden ist, ihr zu begegnen!«

Am anderen Morgen in aller Frühe sprach Hsi Mens Sohn zu Tai A'rl:

»Ich sitze nun schon einen Monat hier an der Küste und warte auf eine Gelegenheit, nach der Pu-to-Insel zu fahren. Jetzt ist meine Mutter auf der Fahrt dorthin. Ich will mit dem nächsten Schiff nachfahren. Vielleicht wird mir das doppelte Glück zuteil, sie beide gleichzeitig zu schauen, die Göttin und meine Mutter.«

Tai A'rl gab ihm recht, und so brachen sie in aller Frühe auf und hielten am Hafen Ausschau nach einem passenden Schiff. Sie machten auch wirklich ein Fahrzeug ausfindig, das nach der

Insel auslaufen wollte. Der weißhaarige alte Bootsführer war gegen Zahlung eines halben Batzens und eines halben Scheffels Reis auch bereit, noch zwei Fahrgäste mit an Bord zu nehmen. Es war eine alte, kleinere Dschunke mit flachem Achterdeck, ohne besondere Kajütenbequemlichkeit und ohne Leinensegel. Bloß eine einfache Matte aus Bambusgeflecht am einzigen kurzen Mast diente als Segel. Die Besatzung bestand aus dem siebzigjährigen Schiffer und drei jüngeren ›Wasserhänden‹. Die Taoistenkutten, die sie übergestreift hatten, verrieten, daß sie selber eine Wallfahrt zur heiligen Insel vorhatten.

Mit der Abendflut und günstigem Wind trieb man ins offene Meer hinaus. Aber auf halbem Wege verfinsterte sich der Himmel, schwarzes Gewölk zog auf, und das Meer begann zu kochen wie Wasser in einem Kochtopf. Eine Nacht des Schreckens brach herein, an Schlaf war nicht zu denken.

Es mochte um Mitternacht sein, da sah man in dem schwärzlichen Gischt vor dem Bug auf einmal ein Licht auftauchen. Erst glich es dem Licht einer gewöhnlichen Lampe, dann loderte es wie der Schein einer Fackel, wie sie Fischer bei nächtlichen Fischzügen zu benutzen pflegen, zuletzt wuchs und schwoll es zur Größe eines Wagenrades an. Dann verschwand es plötzlich wieder, und die See lag wie in dunkles Werg gehüllt da. Gleichzeitig erhob sich ein unheimliches Sausen in den Lüften. Der alte Schiffer machte ein bedenkliches Gesicht.

»Pu hao la! Es sind Perlen an Bord! Und der Drache kommt, um sie sich zu holen!« murmelte er dumpf.

»Was für ein Drache?« wollte Tai A'rl wissen.

»Perlen an Bord leuchten wie ein Regenbogen in die Meerestiefe hinunter bis zum Drachenpalast und reizen den Drachenfürsten, der die Perlen auf dem Meeresgrund bewacht, zum Aufsteigen. Dann gibt es oben unruhige See. Der Drachenfürst will seine gestohlenen Perlen wiederhaben und bringt das Schiff zum Kentern. Nur höhere Geistermacht kann uns vor dem Untergang bewahren.«

Der Schiffer hatte kaum ausgesprochen, als die See wilder

denn vorher zu kochen und zu toben anfing und die Dschunke wie ein dürres Weidenblatt herumwirbelte und auf und ab tanzen ließ. Wieder erschien der seltsame feurige Lichtschein auf den Wogen vor dem Schiffsbug, aber diesmal gleich doppelt, und die beiden wagenradgroßen Lichter rückten näher und näher. Mit schnaubendem Rachen und gesträubten Kiemen schwammen der Drachenfürst und die Drachenfürstin längsseits des Schiffes und nahmen es mehr und mehr in die Klemme.

Erschrocken sanken die Bootsleute in die Knie und begannen Buddha anzurufen. Sie rechneten schon damit, daß ihr Fahrzeug im nächsten Augenblick kentern würde. Da drang vom Bug her durch das Brüllen von Wind und Wogen eine ruhige, feste Stimme an ihr Ohr. Und sie sahen den jungen Bonzen Liao Kung vorn mit untergeschlagenen Beinen ruhig und gelassen auf seiner Andachtsmatte hocken und hörten ihn unverständliche Sprüche und Bannformeln in die Nacht hinausrufen.

Ein neuer heftiger Windstoß rüttelte am einzigen Mast und brach ihn krachend entzwei. Das Fahrzeug verlor vollends das Gleichgewicht und schlug um, und Hsi Mens Sohn und Tai A'rl spürten die Wellen über sich zusammenschlagen. Aber, o Wunder, sie fühlten sich von langen Fanghaken gepackt und von Seilschlingen gefaßt und emporgezerrt und hatten auf einmal wieder feste Schiffsplanken unter den Füßen. Und dann vernahm Hsi Mens Sohn, als er aus tiefer Ohnmacht erwachte, eine zärtliche Frauenstimme:

»Mein Sohn, habe ich dich endlich wieder!«, und es erfüllte sich jene Stelle des Wegspruchs von Meister Pu Tsing, die da lautete:

Wo Wind und Wogen sich empören,
Wirst du der Mutter Stimme hören.

Er hatte nicht umsonst von seiner Buddhakraft Gebrauch gemacht und den Sturm beschworen. Buddhas Macht erwies sich stärker als die Macht des Meeresdrachenfürsten. Es sollte ihm nicht gelingen, sich der Perlen zu bemächtigen, die Hsi Mens

Sohn in seiner Kutte barg. Ein gutes Schicksal hatte das Schiff durch Nacht und Wind just an die richtige Stelle der Inselküste geworfen, Seite an Seite der großen Pilgerdschunke, die seine Mutter trug! So war die Rettung der Schiffbrüchigen möglich gewesen. Sturm und Schiffbruch erwiesen sich als Glücksfügung. Wann und wo würde er sonst seine Mutter wiedergefunden haben? Und so erfüllten sich abermals die Worte des Wegspruchs:

In höchster Not und Gefahr
Wird Buddhas Macht dir offenbar.

Als der neue Morgen heraufkam, ging man gemeinsam an Land und besah sich die Gegend. Man befand sich vor der Grotte der Meeresstimme, konnte aber anfangs nichts weiter wahrnehmen als ein wüstes, ödes Felsgestade, in dem ein mit Bambus umstandener Schlund gähnte. Man scharte sich am Grotteneingang zusammen und ließ im Chor den Ruf erschallen: »Namah ta tze ta peh tschi ling tschi kan kwan schi yin pu sa!« »Gelobt sei die Göttin des großen Erbarmens und Mitleids, die höchst wundertätige, die die Notrufe der Welt erhört! Gelobt sei die Gnadenmutter Kwan Yin!«

Nun waren die Anwesenden samt und sonders voll ehrfürchtigen Glaubens über tausend Meilen hergepilgert, festen, reinen Herzens und zum Guten entschlossen. Ihr Glaube sollte nicht enttäuscht werden.

Kaum war der Ruf des Pilgerchors verhallt, da erhob sich in den Lüften ein Sausen und Brausen, und ein Sturmwind fegte Wolken und Nebelschwaden herbei, die Grotte, Eiland und Meer verhüllten. Und dann zerriß auf einmal der trübe Wolkenschleier, und hoch in den Lüften über dem Meer erschien ein ragender, schimmernder Palast mit tausend Pforten und Türmen und Fenstern, und tausendfältig blickte aus ihnen das Angesicht der Gnadenmutter hernieder.

Ein neuer Windstoß – und schon war der Palast verschwunden. An seiner Stelle breitete sich über dem Meer ein ungeheures Geflecht von Lotosblumen aus. Sie schimmerten in fünf Farben,

Das Wunder des goldenen Pflaumenbaumes

in Weiß, Rot, Gelb, Blau und Smaragdgrün. Aus jeder Blüte aber schaute das Antlitz der Gnadenmutter heraus.

Und wieder ein Windstoß – die Lotosblumen verschwanden, und hoch über der Öffnung des Grottenschlundes auf steiler Klippe erschien ein riesiger blühender Pflaumenbaum von wohl zwanzig Klafter Höhe. Seine Zweige hingen tief über den Klippenrand herab. Stamm und Blütenstengel schimmerten wie gelbes Gold, die Blütenblätter wie weißer Jaspis. Die Luft war rings von köstlichem Blütenduft erfüllt. Und da geschah etwas Merkwürdiges. Ein Windstoß löste die Blüten von den Stengeln und trug sie in die Lüfte, zwei Blüten aber fielen mitten unter die Pilgerschar und streiften den Rocksaum von zwei jugendlichen Pilgerinnen. Es waren zwei Nonnen von auffallender Schönheit. Mit einer Pilgergruppe aus der Provinz Ho nan waren sie hergekommen und gehörten zu dem berühmten Tempel der Großen Erweckung in Kai fong fu. Sie mochten etwa Mitte der Zwanzig sein. Die eine hieß mit Tempelnamen Lotosreine, die andere Pflaumenherz. Wie kamen die beiden dazu, von der Göttin eines so offenkundigen Zeichens von Huld gewürdigt zu werden? So wurde allgemein getuschelt und gefragt. – Der Baum wuchs und wuchs immer mehr, wohl bis zu tausend Klafter Höhe, und seine Blüten tanzten allenthalben in den Lüften. Dann – ein neuer Windstoß – und Baum und himmlischer Blütenreigen waren verschwunden, um einem neuen Wunder Platz zu machen. Aus den Wolken tauchte ein weißer Riesenvogel mit ausgebreiteten Schwingen auf. Er ähnelte einem Papagei. Mit majestätischem Flügelschlag rauschte er heran und tauchte in die Grotte ein.

Der Wolkenschleier verzog sich, die Sonne strahlte wie sonst vom Himmel. Die Wundergrotte war wieder ein gewöhnliches Felsengebilde an einem öden, unwirtlichen Inselgestade. Die Pilger aber beugten demütig die Knie und priesen aus inbrünstigem Herzen die Macht und die Herrlichkeit Buddhas und der Gnadenmutter. –

Nach der Besichtigung der Wundergrotte fuhr die Pilgergesellschaft wieder nach Ting hai zurück. Im Hause der wohltätigen Witwe Wang holte Hsi Mens Sohn die förmliche Begrüßung seiner Mutter nach, zu der er unterwegs vor den vielen Menschen keine rechte Gelegenheit gefunden hatte. Mit achtmaligem Stirnaufschlag bezeugte er seine kindliche Ergebenheit, so wollte es Brauch und Herkommen.

Man besuchte noch den großen Pu-ti-Tempel bei Ting hai, dann trat man, glücklich vereint, die Heimreise an. Diesmal wählte man die bequeme Flußfahrt. Über Hang tschou, Tschen kiang, Yang tschou ging es nach Huai an zurück. Man suchte Mong Yü Loh auf ihrem Landgut beim Seeherztempel auf. Es sollte eigentlich ein Abschiedsbesuch sein. Aber Mong Yü Loh brachte es nicht fertig, sich von der Ersten zu trennen und ein frostiges, einsames Witwendasein zu führen. Sie verkaufte kurz entschlossen ihr Gut und ihre Habe und schloß sich Mondfrau als Reisegefährtin an. Sie wollte schwesterlich bis zum Lebensende an ihrer Seite bleiben.

Nach dem heimatlichen Tsing ho hsiän in Schantung konnte man allerdings zunächst nicht gut zurückreisen. Dort war es immer noch unruhig und unsicher. Und so beschloß man, einstweilen in Kai fong fu Aufenthalt zu nehmen.

Was sich in Kai fong fu begeben sollte, werdet ihr im nächsten Kapitel erfahren.

ACHTUNDVIERZIGSTES KAPITEL

Hsi Mens Geist erscheint zu dreien Malen. Er heißt Sohn und Diener den verborgenen Goldschatz heben und im Dienst der Menschenliebe verwenden. In der alten Kutte kehrt der verlorene Perlenschatz zu seiner früheren Besitzerin zurück

Als man in Kai fong fu eintraf, war gerade ein neuer Friede zwischen dem Sung-Kaiser und den Tataren geschlossen. So blieb man unbehelligt von lästigen Grenzuntersuchungen und Paßscherereien.

Mong Yü Loh mietete für sich, Mondfrau und Juwelchen eine kleine Wohnung. Hsi Mens Sohn und Tai A'rl hatten anderweitig Quartier gefunden. Sie hatten am Flußufer westlich von dem im Verlauf des letzten politischen Umsturzes eingeäscherten Tempel der Großen Erweckung ein offenes, verwahrlostes Parkgelände entdeckt, wo verschiedene Einzelräume billig zu vermieten waren. Die Anschlagtafel, die zum Mieten einlud, besagte ausdrücklich, daß es mit dem Mietpreis nicht so genau genommen werde. Irgend etwas schien mit dem Gelände nicht in Ordnung zu sein. Es hausten nur einige arme Invaliden aus dem letzten Krieg dort. Jedenfalls schien Tai A'rl die Wohngelegenheit günstig. Er stak noch immer wie Hsi Mens Sohn in seiner Bettelmönchkutte.

Als Mönche konnten sie nicht gut mit den Damen in einer Wohnung wohnen, das wäre unschicklich gewesen. Hier konnten sie billiges Quartier haben, und es fiel nicht weiter auf, wenn sie tagsüber durch die Straßen zogen und sich ihren Unterhalt zusammenbettelten.

Und so gingen sie zu dem alten Krieger, der das Grundstück verwaltete, und fragten nach dem Mietpreis. Der Verwalter sagte ihnen, es handle sich um ein verfallenes Anwesen, das seit drei Jahren herrenlos und daher jetzt öffentliches Eigentum sei. Deshalb könnten die Räume so billig weggegeben werden. Die Miete werde zugunsten der hier wohnenden Invaliden erhoben.

»Aber«, setzte er mit gedämpfter Stimme hinzu, »da ist ein Punkt, auf den ich Euch vorher aufmerksam machen möchte. Es spukt in den alten Räumen! Poltergeister hausen darin! Wundert Euch nicht, wenn Ihr nachts verdächtige Geräusche von klappernden Fenstern und fallenden Dachziegeln oder Mauersteinen hört. Aber mit der Zeit gewöhnt man sich an solche kleinen nächtlichen Ruhestörungen.«

Nun, die beiden Kuttenträger kannten keine Furcht. Sie einigten sich ohne Feilschen auf einen monatlichen Mietpreis von dreihundert Kupferlingen und bezogen ihr neues Quartier, einen verfallenen, einstöckigen Parkpavillon, zu dessen verrostetem Torschloß sie sich erst einen Schlüssel besorgen mußten.

Bei Tage zogen sie wie gewohnt als Bettelmönche umher, Hsi Mens Sohn in der Stadt, Tai A'rl in der dörflichen Umgebung, und bettelten sich zusammen, was sie zum Lebensunterhalt brauchten. Die kleine Reisegesellschaft war auf solche Betteleinkünfte angewiesen. Mondfrau besaß kein Schmuckstück mehr zum Versetzen. Auch die Ersparnisse von Mong Yü Loh gingen langsam zur Neige. Mitunter verdingte sich Juwelchen stunden- oder halbtagsweise als Aushilfe bei fremden Leuten, um etwas zu verdienen und zum gemeinsamen Haushalt beizusteuern.

Der geschätzte Leser wird sich nun fragen, warum Hsi Mens Sohn nicht die in seiner Kutte eingenähten Perlen verkaufte, um dafür Reis und andere wichtige Lebensmittel für die Seinen zu erstehen? Ehrfurcht hielt ihn davon ab, Mondfrau und Tai A'rl gegenüber von der göttlichen Wäscherin am Blankwaschborn und der Entdeckung der Perlen zu sprechen. Über sein Erlebnis mit der Räuberprinzessin aber, der er Perlen und Kutte verdankte, schwieg er hartnäckig, ohne selbst zu wissen, was eigentlich ihm die Lippen verschloß.

Kurz nachdem sie eingezogen waren, hatte Tai A'rl ein Traumgesicht. Sein verstorbener Gebieter Hsi Men erschien ihm. Diesmal schleppte er keinen Holzkragen am Hals und keine Ketten an Händen und Füßen. Er hielt in der Hand einen vergoldeten Dachziegel und sprach zu ihm:

»Getreulich habt ihr zehn Jahre lang um meinetwillen geduldet und gelitten. Dank euch ist meine Schuld abgebüßt. Nun soll euch auch der Lohn werden. Eure Leidenszeit ist zu Ende. Ihr braucht fürder kein Bettlerdasein mehr zu führen. Hör zu: An der Ostmauer des Gebäudes, in dem ihr wohnt, befindet sich ein alter Brunnen. In seinem Schacht und vier Gruben, die mit ihm in Verbindung stehen, liegen aufgehäufte Goldbarren. Sie liegen seit vielen Jahren hier und warten darauf, daß ihr beide, du und mein Sohn Hsiao Ko, herkommt und sie findet. Ihr sollt den Goldschatz heben und an euch nehmen. Er ist für meinen Sohn und Erben bestimmt. Ihr braucht nur unter die schwarze Steinplatte über dem Brunnenmund zu schauen. Ein Lichtschein wird euch den Weg zur richtigen Stelle weisen.«

Tai A'rl erwachte. Draußen von fern her hörte er einen Wächter auf seiner Runde den Beginn der vierten Nachtwache anschlagen. Er rief Hsi Mens Sohn an, der aber auf mehrmaliges Anrufen keine Antwort gab. Endlich fuhr er in die Höhe, rieb sich die Augen und sprach zu Tai A'rl:

»Ich hatte eben einen seltsamen Traum. Denke dir, der Geist meines Vaters ist mir erschienen. Er sagte zu mir . . .«, und er erzählte, was er geträumt hatte. Das stimmte genau mit Tai A'rls Traum überein.

Tai A'rl ging zunächst allein hinaus. Da sah er am Fuß der östlichen Mauerecke tatsächlich einen Lichtschein flackern. Es war kein rötlicher Feuerschein gewöhnlicher Art, vielmehr züngelten von unten her gelblich-grünlich Flämmchen wie von Grubengas um die Mauerecke.

»Wirklich! Ein Lichtschein! Stimmt genau mit dem Traum überein!« rief Tai A'rl halblaut aus und holte Hsi Mens Sohn herbei. Gemeinsam gingen sie dem Schein nach und gelangten zu einer geborstenen schwarzen Steinplatte; sie verdeckte nur noch zur Hälfte die Öffnung eines alten Brunnens. Tai A'rl ließ seinen Beschwörungsspaten an einem Strick hinab, um die Tiefe zu loten. Schon bei acht Fuß Tiefe[1] stieß sein Lot auf festen Grund, nicht auf Wasser. Der Brunnen war im Laufe der Jahre ausgetrocknet. Mit vereinten Kräften wuchteten sie die Steinplatte aus dem grasbewachsenen Erdreich und schoben sie beiseite. Da entdeckten sie eine schmale Steintreppe, die an der Innenwand des Brunnens abwärts führte. Tai A'rl stieg hinunter. Im hellen Mondlicht konnte er das Innere des Schachtes bis auf den Boden gut und deutlich erkennen. Er war fast geblendet von dem goldenen Glanz, der ihm von unten entgegengleißte: Da lag ein ganzer Haufen Gold aufgeschichtet! Tai A'rl stieg hinunter und brachte einen Barren zur Probe herauf. Er war fünfzig

1. 2 m.

Unzen schwer, an den beiden Schmalseiten mit schwarzem Lack überzogen, und in der Lackschicht waren acht Schriftzeichen auf goldenem Grund sichtbar: ›Vermögen des Ku‹ stand auf der einen Seite, ›Des Himmels Segen für einen Gerechten‹ auf der anderen Seite zu lesen. Tai A'rl stieg abermals hinunter und stellte weiter fest, daß unten die vier Brunnenwände durchbrochen waren und durch Mondpforten mit vier Nachbarschächten von einem Klafter Tiefe in Verbindung standen, auf deren Boden gleichfalls Haufen von Goldbarren aufgeschichtet lagen.

Die Finder behielten einstweilen den einen Goldbarren, wälzten die Steinplatte wieder auf ihren alten Platz und nahmen den Fund mit in die Schlafkammer. Später wollten sie sich schlüssig werden, was mit dem riesigen Schatz am besten anzufangen sei. Den ganzen nächsten Tag grübelten und sannen sie darüber nach, kamen aber zu keinem Entschluß. Hsi Mens Sohn war dafür, den fremden Schatz unangetastet ruhen zu lassen. Den einen Barren könnten sie ja behalten, auf den würde es nicht ankommen. Wer würde nach all den Jahren groß nachzählen?

In der nächsten Nacht erschien Hsi Mens Geist seinem Diener abermals im Traum und sprach zu ihm:

»Ihr braucht keine Bedenken zu haben, das Gold an euch zu nehmen. Es ist mein Eigentum. Ich ward als Kin Ko'rl, Goldbrüderchen, als Sohn des reichen Herrn Ku Jen, wiedergeboren. Als blinder Bettelknabe war ich später verdammt, zehn Jahre lang landauf, landab herumzulaufen. Erinnerst du dich, wie ich eines Tages bettelnd vor der Torschwelle meines Anwesens in Tsing ho hsiän erschien? Meine Mutter, die ehemalige Köchin meines Vaters, begleitete mich, und ich führte eine alte bissige Hündin an der Leine. Die Hündin war die wiedergeborene alte Kupplerin Wang. Sie hat später meinen falschen Freund, den Schnorrer Ying, zu Tode gebissen. Ihm ist recht geschehen, dem Lump! Du gabst uns damals gutherzig zu essen und zu trinken. Zum Dank erschien ich dir im Traum und offenbarte dir die Stelle in meinem Anwesen, wo ich die tausend Silberbatzen vergraben hatte. Weißt du noch? Mein Vater, der reiche Ku Jen, ist später im Elend gestorben und hat nichts von seinen vergrabenen Schätzen gehabt. Ich bin sein Erbe und habe gewartet, daß ihr herkommt und den Schatz hebt. Er gehört Hsiao Ko, meinem Sohn. Verwendet ihn zu guten, gottgefälligen Zwecken, auf daß meine Seele Frieden finde! Warum solltet ihr ein Geschenk des Himmels verschmähen?«

Tai A'rl verständigte Hsi Mens Sohn und fragte ihn, ob er es in Anbetracht des neuen Erscheinens von Hsi Mens Geist nicht doch für geraten halte, den Schatz zu heben. Hsi Mens Sohn wünschte die Entscheidung seiner Mutter zu überlassen. Nunmehr hielt es Tai A'rl für seine Pflicht, Mondfrau einzuweihen. Er berichtete ihr von den beiden Traumgesichten und von dem Schatz und zeigte ihr den einen Barren. Aber Mondfrau wollte nichts von dem Gold wissen.

»Hast du schon vergessen, was vor zehn Jahren geschah, als der Fluch des Goldes Ping An und viele andere dahinraffte und uns selber beinahe das Leben kostete?« sprach sie blaß vor Erregung und tadelte ihn, daß er ungeachtet der kürzlichen Wallfahrt zur Pu-to-Insel anscheinend noch immer nicht von irdischem, unheiligem Trachten lassen könne.

Tai Ar'l steckte den Goldbarren wieder in seinen Schnappsack und zog betreten ab.

Als er auf die Straße hinaustrat, begegnete ihm ein vornehm gekleideter Reitersmann. Im Vorbeigehen fühlte er sich von dem stattlichen, grauhaarigen Sechziger auf dem Schimmel scharf gemustert, und dann hörte er sich von ihm angerufen:

»He, bist du nicht der Bursche Tai A'rl aus dem Hause Hsi Men? Wie kommst du denn hierher?«

Tai A'rl blieb stehen und sah sich den fremden Herrn im Sattel genauer an. Es war Herr Ti, der einstige Intendant im Kanzlerpalast und guter Freund von Väterchen Hsi Men! Gar manches Mal hatte er ihn in früheren Jahren von Angesicht gesehen, wenn er ihm in Hsi Mens Auftrag Botschaften und Geschenke überbringen mußte. Er fand, daß er ungeachtet der Spuren des Alters, die die Jahre in sein Gesicht gegraben hatten, immer noch recht wohlerhalten und stattlich aussehe, so recht wie ein feiner älterer Kavalier und Edelmann. Herr Ti bekleidete einen wichtigen Vertrauensposten als Geheimschreiber des tatarischen Regenten. Ohne viel Umstände nahm der freundliche Herr Ti den Burschen seines alten guten Freundes mit in sein Haus, lud ihn an seine Tafel und ließ sich von ihm erzählen. Wieso er in die Kutte eines Taoistenmönches gekommen sei und wie es seiner Herrin Mondfrau seit ihrer damaligen Abreise von Kai fong fu ergangen sei und ob sie inzwischen ihren Sohn wiedergefunden habe.

Tai A'rl erzählte. Als er geendet hatte, tat Herr Ti einen Seufzer der Bewunderung und sprach:

»Das nenne ich Treue! Siebzehn Jahre lang trotz Elend und Not bei der alten Herrschaft aushalten und ihr unverdrossen weiter dienen! Bist ein braver Kerl! Deinesgleichen wird man selten wieder finden.«

Tai A'rl räusperte sich und bemerkte: »Ich hätte noch etwas ganz im Vertrauen mit Euch zu beraten.«

Herr Ti schickte seine Leute hinaus und ließ ihn sprechen.

»Ich bin in einem Zwiespalt des Gewissens: Soll ich nun dem Geist meines verstorbenen Herrn gehorchen oder meiner Herrin Mondfrau? Wollte ich der Weisung meines alten Gebieters folgen, so wäre das Ungehorsam gegen meine Herrin. Was ratet Ihr mir? Euer Wort gilt mir soviel wie ein Befehl meines verstorbenen Gebieters.« Und nun erzählte Tai A'rl von seinem wunderbaren Schatzfund und den beiden Träumen und der Weisung seiner Herrin, den Goldschatz nicht anzurühren.

»Man muß doch auch ein wenig an die Zukunft denken. Die Mittel meiner Herrin sind schmal und gehen auf die Neige. Was soll später aus ihr und ihrem Sohn werden?« schloß er und brachte den dicken Goldbarren aus seinem Felleisen zum Vorschein.

Herr Ti beschaute sich den Barren mit der Inschrift in der Lackschicht auf den beiden Schmalseiten aufmerksam, strich nachdenklich über seinen grauen Bart und sprach:

»Das Gold stammt also aus dem Vermögen des Herrn Ku Jen. Ich kannte diesen Herrn früher genau. Er war einer der reichsten Leute der Hauptstadt, aber auch der schäbigste und gewissenloseste Wucherer und Geizhals. Daß er vor dem Umsturz sein Gold versteckte und als Versteck eine Unterwasserkammer ersann, sieht ihm ähnlich. Er hat später schwer büßen müssen. Als Bettler ist er in Frost und Kälte elend am Straßenrand verreckt. Der blinde Junge, den er als einzigen Leibeserben hinterließ, ist vor Jahren an der Pest gestorben, ebenso seine Mutter, die ehemalige Köchin, die ihn ständig auf seinen Bettelfahrten begleitete. Das Grundstück, wo ehemals sein Palast stand und wo du den Schatz entdeckt hast, ist seit Jahren herrenlos. Da ihr beiden, du und Hsi Mens Sohn, die Finder seid, gehört er nach menschlichem Recht euch. Da dein früherer Herr im Traum ausdrücklich seinen Sohn als Erben bestimmt hat, gehört der Schatz nach göttlichem Recht Hsi Mens Sohn. Die Inschrift ›Himmelsspende für den Gerechten‹ kann man überdies auch als Testament auffassen. Wenn einer als Gerechter gelten darf, dann bist du es und ist es Hsi Mens Sohn. Wenn deine Herrin sich zunächst gegen die Annahme des Schatzes sträubt, so wird sie ihn später sicher gern für irgendein Buddha gefälliges Werk gebrauchen wollen. Das entspricht auch der Weisung, die dir Hsi Men im Traum erteilt hat. Ich rate dir, hebe den Schatz und schaffe ihn, vorläufig ohne Wissen deiner Herrin, nach Tsing ho hsiän.«

»Aber wie soll ich den Schatz ohne Aufsehen heben und fortschaffen? Schon diesen einen Barren zu Geld zu machen bereitet mir Sorge. Wir könnten das Geld gut für die Reise und für den Rückkauf unseres Familienanwesens in Tsing ho hsiän gebrauchen, das inzwischen in fremde Hände geraten ist. Aber wir sind hier in den Augen der Leute arme Pilger. Arme Pilger, die einen Goldbarren anbieten, würden sich verdächtig machen und lästigen Verhören aussetzen.«

Herr Ti nickte zustimmend.

»Sehr verständig. Aber ich weiß Rat. Zunächst werde ich dir

den einen Barren abkaufen, damit ihr für die nächste Zukunft gesichert seid und nicht Not zu leiden braucht. Alsdann werde ich das ehemalige Grundstück des verstorbenen Herrn Ku erwerben. Bei meinen guten Beziehungen zu den Behörden wird das nicht schwerhalten. Ich werde die alten Krieger, die jetzt dort hausen, entschädigen und ihnen anderweitig Quartiere verschaffen. Dann werde ich den Schatz von meinen Leuten ans Tageslicht bringen und in große Kisten verstauen lassen. Wenn deine Herrin nach dem Inhalt der Kisten fragen sollte, dann gib an, es seien heilige Schriften darin. Es wird sich schon später eine Gelegenheit finden, ihr die Wahrheit zu sagen.«

Tai A'rl dankte ihm überschwenglich und bot ihm die Hälfte des Goldes an. Aber Herr Ti lehnte lächelnd ab, er hatte es nicht nötig. Bloß soviel, wie der Kaufpreis des Grundstückes ausmachen würde, wollte er sich erlauben, von dem Schatz für sich einzubehalten. Auf einer Geldwaage wog er den Barren ab. Er hatte ein Gewicht von achtundvierzig Unzen. Herr Ti zahlte Tai A'rl dafür am nächsten Tag vierhundert Silberbatzen aus. In der gleichen Zeit hatte er beim Kriegsministerium die Übereignung des Grundstücks erwirkt und die wenigen Mieter entschädigt und umquartiert. Dann ließ er einen festen Notzaun um das Grundstück aufrichten und von einigen vertrauten und verschwiegenen Leuten seiner Dienerschaft den Goldschatz ans Tageslicht fördern und in festen Kisten verstauen. Nach Abzug von einigen Barren, die zur Deckung seiner eigenen Unkosten dienten, blieb ein Schatz im Wert von mehr als einer Million Unzen Silber für Hsi Mens Sohn übrig.

Die Dame Ti ließ es sich nicht nehmen, drei Sänften zum Quartier von Mondfrau zu schicken und sie nebst Mong Yü Loh und Juwelchen drei Tage lang als Gäste in ihrem Hause zu behalten. Jeder der drei Tage war mit einem gewaltigen Festschmaus ausgefüllt. Es gab ja so viel zu erzählen.

Herr Ti aber machte sich wieder als Reisemarschall nützlich. Eine Staatsbarke, die eine Reisladung hatte, sollte dieser Tage die Fahrt nach Lin tsing in Schantung antreten. Herr Ti sicherte gute Plätze an Bord dieser Barke und empfahl die kleine Reisegesellschaft der besonderen Fürsorge des Leiters des Transportes, einem Herrn Ti nahestehenden Mitglied seiner Sippe, seinem Neffen. Sie waren an Bord die einzigen Fahrgäste und blieben so unterwegs von aller Behelligung durch Mitreisende verschont. Mondfrau wunderte sich nicht wenig über die großen schweren Kisten, die Tai A'rl in seinem Gepäck mitführte. Sie enthielten heilige Schriften, gab Tai A'rl auf Befragen an, und Hsi Mens Sohn lächelte dazu. Und die vierhundert Batzen, die Tai A'rl in seiner Reiseschatulle mitführte, gab er seiner Herrin gegenüber als Gastgeschenk des noblen Herrn Ti aus. Mondfrau sträubte sich anfänglich gegen die Annahme von so viel Geld. Aber was blieb ihr in ihrer Lage anderes übrig? Es war das erste und einzige Mal in seinem Leben, daß der treue Diener seine Herrin belog. –

Nach einem halben Monat Fahrt traf man glücklich wieder in der Heimatstadt Tsing ho hsiän ein. Dort waren inzwischen wieder friedliche und geordnete Zustände eingekehrt. Man stieg zunächst in dem Waldtempel südlich vor der Stadt ab, wo Mondfrau vor zehn Jahren ihre abenteuerliche Irrfahrt angetreten hatte. Meister Pu Tsing war inzwischen von seiner Wallfahrt nach der Pu-to-Insel zurückgekehrt und hieß die Ankömmlinge als Tempelabt willkommen. Der ehemals zerstörte Tempel war dank der Fürsorge seines Patrons, des Herrn Wang, inzwischen wiederaufgebaut und bedeutend erweitert und verschönert worden. Ein halbes Hundert Mönche versahen jetzt unter Meister Pu Tsings Leitung den Tempeldienst. Die Witwe des vor etlichen Jahren verstorbenen Patrons stellte Mondfrau und Mong Yü Loh ihr Haus für die erste Zeit, solange das Familiengrundstück in der Stadt noch nicht beziehbar war, gastfreundlich zur Verfügung.

Tai A'rl und Juwelchen arbeiteten unterdes emsig an der Wiederinstandsetzung von Hsi Mens ehemaligem Anwesen. Dreimal hatte es seit dessen Tod den Besitzer gewechselt, aber keiner der drei hatte etwas an dem verwahrlosten Zustand geändert. Gleich nach der Rückkehr erwarb es Tai A'rl für den Freundschaftspreis von dreihundert Batzen von dem derzeitigen Besitzer, dem Akademiker Liu, der sich damals so anständig gegen Mondfrau gezeigt und ihr in einer Stunde bitterster Not Brennholz ins Haus geschickt und eine alte eingefrorene Schuld von fünfzig Batzen zurückgezahlt hatte.

Tai A'rl ließ das Grundstück mit einer neuen Umfassungsmauer versehen und durch Scharen von Bauhandwerkern, Maurern und Gärtnern instand setzen und in neuem Glanz erstehen. An Geld für den Wiederaufbau gebrach es ja nicht. Abgesehen von dem Goldschatz, den er heimlich in Bücherkisten aus der Hauptstadt mitgebracht hatte, stand ihm noch der Schatz zur Verfügung, den Hsi Men unter der Eingangsschwelle der großen Gasthalle vergraben hatte. Eines Nachts förderte er ihn mit Hacke und Schaufel zutage. Juwelchen mußte ihm dabei mit der Lampe leuchten. Sie kam nicht darüber hinweg, daß Tai A'rl in seiner Pflichttreue den Schatz unangerührt gelassen hatte und sie jahrelang darben und betteln ließ, während hier Gold und Silber im Werte von tausend Batzen versteckt lag! Sie hielt auch mit ihrem Unmut nicht hinter dem Berge.

»Ich war dir wohl nicht gut genug, um an dem Segen teilzuhaben? Wolltest wohl abwarten, daß ich inzwischen sterben würde und gedachtest den Schatz dann mit meiner Nachfolgerin zu teilen? Wie?« bemerkte sie spitz. Er überhörte ihren Vorwurf.

Eines Tages waren die Wiederinstandsetzungsarbeiten beendet, und Tai A'rl konnte Mondfrau und Mong Yü Loh zur Übersiedlung in die alte Wohnstätte einladen. In zarter Rücksichtnahme auf die geistliche Einstellung seiner Herrin hatte er einen Teil des Parkgeländes zu einer geschmackvollen Einsiedlerklause umwandeln lassen, in der auch ein Tempelchen mit einem Standbild der Göttin Kwan Yin aus Sandelholz nicht fehlte.

Aber Tai A'rl ging noch weiter. In aller Stille kaufte er die Pfandleihe in der Löwenstraße und andere Geschäfte, die sein Herr früher betrieben hatte, eins nach dem anderen zurück, bestellte tüchtige Geschäftsführer und brachte die Unternehmen nach und nach wieder in Schwung. Der Strom der Einkünfte und Zinsen, der nach Hsi Mens Tode versiegt war, begann wieder zu schwellen und zu rauschen, und bald hatte es sich in der Stadt herumgesprochen, daß über dem Haus Hsi Men der Glücksstern von neuem aufgegangen sei. Von neuem stellten sich auch wieder scharenweise falsche Freunde, Lobhudeler, Spekulanten und Geschäftemacher, Schmarotzer und Tellerlecker ein, die sich an Tai A'rl heranzumachen suchten und ihn um die Wette umschwänzelten und umbuhlten. Aber Tai A'rl, durch frühere Erfahrungen gewitzigt, zeigte ihnen den weißen Augapfel und wies ihnen allen die Tür.

Eines Tages machte er sich nach Kai fong fu auf und stattete Herrn Ti einen Dankbesuch ab. Herr Ti erteilte ihm den Freundschaftsrat, sich durch Kauf eine kleine Amtswürde zu sichern. Das würde ihm vor der Welt die nötige Achtung und dem neuaufblühenden, aber herrenlosen Hause erhöhten Glanz verleihen. Er wollte ihm gern dabei behilflich sein. Tai A'rl befolgte seinen wohlgemeinten Rat und sicherte sich mit seiner Hilfe und mit einer Zahlung von einhundertzwanzig Batzen den Titularposten eines Kämmerers bei der Hofkleiderkammer mit Rang und Abzeichen. Er durfte sich fortan Yüan wai, Rat, nennen. Das hob sein Ansehen in Stadt und Kreis Tsing ho hsiän gewaltig.

Über allen sonstigen Instandsetzungsarbeiten vergaß der treue und anhängliche Tai A'rl nicht die Fürsorge für die Grabstätte seines früheren Herrn. Hsi Mens Gruft lag fünf kleine Meilen vor dem Stadtwall, auf halbem Wege zu der Waldklause von Meister Pu Tsing. Zehn Jahre lang ohne Pflege gelassen, war sie völlig verwahrlost und verwildert und die Stelle, von wucherndem Unkraut überwachsen, kaum zu finden. Tai A'rl sorgte für Beseitigung des Unkrauts und Säuberung der Grabstätte und der Zugangswege. Auf seine Anregung war auch der Entschluß zurückzuführen, daß am Fünfzehnten des dritten Monats, am ersten Tsing-ming-Fest seit der Rückkehr, das gleichzeitig als Toten- und als Frühlingsfest gefeiert wird, die Hinterbliebenen sich an Hsi Mens Grab zu einer würdigen Totenfeier zusammenfinden sollten. Wie es sich für einen pietätvollen Sohn gehört, hatte Hsi Mens Sohn vorher eine Laubhütte an der Grabstätte unter freiem Himmel aufschlagen lassen und verbrachte darin betend und fastend die Nacht zum Fünfzehnten, im Geist allein bei dem ihm unbekannten Vater weilend. Kurz vor Mitternacht übermannte ihn Müdigkeit, und er fiel in einen tiefen, schweren Schlaf. Da erschien ihm im Traum der Geist seines Vaters Hsi Men. Er sprach zu ihm:

»Hsiao Ko, mein Sohn, hab acht auf das, was dir dein Vater jetzt zu sagen hat. In den zehn Jahren Kasteiung und leidensvoller Wanderschaft hast du es brav und gut gemeint und dich deiner Mutter gegenüber als pflichttreuer Sohn bewährt. Aber über all dem hast du an eines nicht gedacht. Es ist jetzt achtzehn Jahre her, du warst gerade ein Jahr alt, da nahm dich deine Mutter am gleichen Tsing-ming-Fest mit an mein Grab. Sie bat mich um meinen väterlichen Segen, auf daß du hundert Jahre leben und mein Andenken weiter in Ehren halten möchtest, wenn sie gestorben sei. Hast du darüber nachgedacht, wer nach deinem Tod für dein Grab und für die Gräber unserer Ahnen sorgen und den schuldigen Opferdienst am Tsing-ming-Tag verrichten wird, auf daß unsere Seelen im Reich der gelben Quellen Ruhe und Frieden finden? An dir liegt es, ob mein und dein Stamm verdorrt oder weiterblüht! Mit Beten und Fasten schaffst du dir keinen Sohn und mir keinen Enkel! Werde ein Mann und heirate! Warum hat dir denn höhere Fügung Kin Ping, das gesunde, kräftige und verständige Mädchen zugeführt? Wie geschaffen ist sie zur Stammutter eines blühenden Geschlechts! Sie wird zu dir kommen, und zwar sehr bald! Wach auf! Laufe nicht länger als Träumer herum! Besinne dich auf deine Pflicht mir und unseren Ahnen gegenüber! Wozu hat dir denn die Gnadenmutter Kwan Yin mit ihrem Wunderquell die alte Frische und Gesundheit zurückgegeben? Was aber den Reichtum betrifft, den dir der Himmel geschenkt hat, so beher-

An seinem Grabe erscheint Hsi Mens Geist seinem Sohn

zige die Worte, die dir die göttliche Wäscherin am Blankwaschborn der Mütter gesagt hat! Denke über dies nach! Du hast auf deine Art den gleichen Fehler begangen, den ich begangen hatte, ich dachte nur an mich und mein Wohlergehen, du denkst nur an dich und deine seelische Vervollkommnung! Deine Frömmigkeit in Ehren, aber treibe es nicht bis zur Narretei! Werde ein Mann und erfülle deine Aufgabe!«

Ein greller Blitz und ein knatternder Donnerschlag schreckten den Träumer hoch. Er lauschte. Draußen prasselte befruchtender Regen nieder. Das erste Frühlingsgewitter. Es zog rasch wieder ab. Bei einem Blitz und einem Donnerschlag war es geblieben. Merkwürdig. Ein himmlisches Zeichen für ihn, das die väterlichen Worte bekräftigen sollte? fragte sich Hsi Mens Sohn. In Schweiß gebadet, lag er da. Ein Rüffel! Zum ersten Mal in seinem Leben hatte er Süßigkeit und Bitternis eines väterlichen Rüffels zu schmecken bekommen! Bis zum hellen Morgen lag er wach und dachte angestrengt nach. Was ihm der Geist seines Vaters befohlen hatte – und väterlichem Befehl mußte er gehorchen, daran war überhaupt kein Zweifel –, bedeutete eine völlige Umwälzung in seinem bisherigen Dasein, bedeutete den Abschied vom geistlichen Beruf und Rückkehr ins bürgerliche Leben, in Familie und Sippe. Das war klar. Was aber meinte der Vater mit den Worten, die die göttliche Wäscherin vom Blankwaschborn zu ihm gesprochen habe? Er versuchte sich das Erlebnis genau ins Gedächtnis zurückzurufen. Richtig, sie wasche Kutte und Wäsche für ihren Sohn, der auch Priester sei, hatte sie gesagt und hinzugefügt, damit verrichte sie auch einen gottgefälligen Tempeldienst. Das bedeutete doch, auch ein kleiner, praktischer, mütterlicher Liebesdienst sei ein gutes, gottgefälliges Werk, sei Frömmigkeit. Er hatte bisher gewähnt, Frommsein und Buddhadienst erschöpfe sich im Beten, Kasteien, Opfern. Dem praktischen Handeln solle er sich fortan zuwenden, darauf zielte wohl die väterliche Anspielung auf die Worte der göttlichen Wäscherin. Ein Mann solle er werden, hatte er ihn eindringlich genug geheißen. Was war er denn bisher gewesen? Ein mit unpraktischem Wissen vollgepropftes Jüngelchen! Das mußte er sich selber eingestehen. Was konnte er denn schon Nützliches leisten? Betteln! War Betteln eines erwachsenen Menschen, eines Mannes würdig? Schließlich die Andeutung von dem Reichtum, den ihm der Himmel beschert habe – damit konnte nur der Goldschatz des alten Ku Jen von Kai fong fu gemeint sein. Seine Mutter wollte nichts davon wissen. Aber Tai A'rl hatte den Schatz gegen ihren Willen und hinter ihrem Rücken tatsächlich gehoben und mit nach Tsing ho hsiän gebracht. Das wußte Hsi Mens Sohn längst, unschlüssig hatte er nur bisher dazu geschwiegen. Nun aber hatte Vater Hsi Men das Tun seines treuen Dieners ausdrücklich gebilligt, und der Sohn konnte sich dieser Billigung nur anschließen.

Eine große Erleuchtung war über Liao Kung gekommen. Jetzt würde er ein ganz neues Leben beginnen. Das würde für seine Mutter und die anderen eine gewaltige Überraschung sein, wenn er ihnen seine Wandlung kundtun würde. Aber wann und wie sollte das geschehen? Er beschloß, den geeigneten Zeitpunkt abzuwarten und einstweilen Stillschweigen zu wahren.

Am Vormittag fanden sich Mondfrau, Mong Yü Loh, Juwelchen und Tai A'rl an der Grabstätte ein. Nachdem alle fünf der Reihe nach mit einer brennenden Weihrauchkerze in der Hand vor das Grab getreten und den Toten mit Opfer, Kniefall und stummem Gebet geehrt hatten, winkte Hsi Mens Sohn Tai A'rl zu einer Aussprache unter vier Augen in seine Laubhütte. Er erzählte ihm seine denkwürdige Begegnung mit dem Geist des Vaters in der vergangenen Nacht. Tai A'rl nickte ernst mit dem Kopf.

»Ein väterlicher Befehl – werdet Ihr . . .?«

»Ich werde dem Befehl gehorchen – du wirst sehen, nachher – zuvor eine Frage: Du hast doch den bewußten Goldschatz . . .?«

»Ich habe ihn mit Herrn Tis Hilfe gehoben und mit hergebracht, in Bücherkisten – Eure Mutter, meine Herrin, weiß es noch gar nicht.«

»Es ist gut. Nachher, in der Waldklause, wenn ich dir einen Wink gebe, sage es ihr!«

Tai A'rl staunte. Energisch und zielbewußt hatte Hsi Mens Sohn eben zu ihm gesprochen, die vergangene Nacht hatte ihn gewandelt.

Gemeinsam wanderte die kleine Gesellschaft gemächlichen Schritts durch die grünende, blühende und in der Lenzsonne prangende Landschaft zur Waldklause. Meister Pu Tsing kam zum Vorschein und lud sie zu einem frugalen Tempelfrühstück unter freiem Himmel im Vorhof seiner Abtklause ein, zwischen ernsten Zypressen und unter den leise rauschenden Wipfeln hochstämmiger Kiefern. Die Dame Wang, Witwe des Patrons und Wohltäters Wang Hsing An, hatte sich gleichfalls eingefunden. Man plauderte und frischte alte Erinnerungen auf.

»Hier in der Waldklause nahm meine langjährige Irr- und Wanderfahrt ihren Ausgang«, bemerkte Mondfrau sinnend. »Damals lebte Äbtissin Pi noch – da fällt mir ein, ich überließ ihr doch damals meine schöne Perlenkette von einhundertacht großen mondhellen Perlen. Äbtissin Pi ist inzwischen umgekommen, und der Tempel ist zweimal zerstört und wieder aufgebaut worden. Was mag aus meinen Perlen geworden sein? In wessen Händen mögen sie sich jetzt befinden?«

Meister Pu Tsing lachte laut auf und ergriff das Wort:

»Jaja, die Perlen, die haben ihre eigene seltsame Geschichte. Bis vor zwei Jahren waren sie noch da, aber dann sind sie mir mitsamt einer alten Kutte abhanden gekommen. Sie sind gestohlen worden!« Und er erzählte, wie die Äbtissin Pi die Perlenkette damals in der Bauchhöhlung der früheren Buddhafigur aus Sandelholz versteckt, wie er dann nach dem zweiten Tempelbrand die halbverkohlte Figur mit der Axt zu Brennholz zertrümmert und dabei den gelbseidenen Beutel mit den Perlen drin gefunden, wie er sie alsdann in seine alte Kutte eingenäht und wie ihm ein ungetreuer Gehilfe des Nachts die Kutte entführt hatte.

Jetzt war es Hsi Mens Sohn, zu lachen und das Wort zu

ergreifen: »Die Perlen sind da! Und die Kutte auch, und zwar in nächster Nähe!« erklärte er und verschwand in seiner Zelle, um gleich darauf mit einer alten Kutte über dem Arm wiederzukommen. Er zeigte sie herum, trennte das Futter an der linken Achselhöhle und an den Brustaufschlägen auf und brachte die eingenähten Perlen zum Vorschein. Da waren sie, die einhundertacht Perlen von Mondfrau, es fehlte nicht eine einzige.

Die alte Kutte bringt dir Glück,
Und schafft den Perlenschatz zurück.

Auch die letzten Sätze des Merkspruches waren damit in Erfüllung gegangen. Und nun erzählte Hsi Mens Sohn seinen staunenden Zuhörern, auf welch wunderbare Art er damals auf der Räuberfeste in den Besitz der Kutte gelangt war und auf wie wunderbare Weise er später im Süden am Blankwaschborn hinter das Geheimnis der Kutte gekommen war. Auch die goldene Nadel, die ihm damals die geheimnisvolle weißgekleidete Wäscherin gegeben hatte, war noch da. Er zog sie unter dem Kuttenkragen hervor und reichte sie Mondfrau.

Sie schlug die Hände in Ehrfurcht zusammen.

»Wunder über Wunder! Gelobt sei Buddha und gepriesen die Gnadenmutter Kwan Yin!« rief sie aus und fuhr dann fort: »Ich möchte ein Gelübde tun. Hier, auf dem Gelände hinter dem Tempel, will ich zu Ehren der Göttin, die sich meinem Sohn gütig gezeigt und ihn so gnädig geführt hat, eine kostbare siebenstöckige Pagode errichten. Im siebenten Stock aber sollen in einem Reliquienschrein die Perlen und die goldene Nadel ihren Platz finden. Sollte ich in Anbetracht meines Alters das Werk nicht beenden können, dann soll es nach meinem Tode mein Sohn vollenden.«

Meister Pu Tsing schüttelte bedenklich den Kopf.

»Habt Ihr es auch wohl bedacht? Ein Gelübde, einmal getan, muß man auch erfüllen. Wenn Ihr es in diesem Leben nicht erfüllen könnt, dann müßt Ihr es in einem späteren Leben abwerken und abschuften. So eine Pagode kostet ein gehöriges

Stück Geld. Einige Zehntausend Batzen werdet Ihr dafür opfern müssen. Könnt Ihr denn das?«

Hsi Mens Sohn zwinkerte Tai A'rl verstohlen zu. Er verstand, trat bescheiden vor Mondfrau hin und kniete vor ihr nieder.

»Wir können es!« erklärte er und berichtete, was die angeblichen Bücherkisten in Wirklichkeit enthielten und wie er damals in Kai fong fu in den Besitz des Millionenschatzes gelangt war.

Ein neues Wunder, was da Mondfrau zu hören bekam! Sie verzieh ihrem braven Tai A'rl lächelnd die einzige Lüge seines Lebens und erteilte ihm freudig den Auftrag, mit dem Bau der Pagode ohne Säumen zu beginnen.

Hsi Mens Sohn meldete sich zu Wort.

»Liebe Mutter, für den Reliquienschrein laß es bei der goldenen Nadel bewenden. Die Perlen aber behalte lieber für dich, einmal als teures Andenken an Väterchen und sodann – für den Fall der Not. Wer weiß, vielleicht ist dir nochmals eine zehnjährige Irr- und Wanderfahrt vorherbestimmt? Dann wirst du die Perlen gebrauchen können«, belehrte er scherzend, aber auch sanft tadelnd seine allzu freigebige und allzu sorglose Mutter.

Mondfrau hatte erstaunt aufgehorcht. Was war das für eine Sprache? So hatte ihr folgsamer Sohn bisher nie zu ihr zu sprechen gewagt. Er machte ihr Vorschriften! Das klang ja so, als ob er sich als Familienoberhaupt fühle. Was war über Nacht in den Neunzehnjährigen gefahren? Aber sie mußte ihm recht geben und nickte ihm lächelnd Zustimmung.

Die kleine Gesellschaft war mitten in der angeregtesten und heitersten Unterhaltung, als ein berittener und bewaffneter Haufen vor dem Tempeltor angesprengt kam. Ein schmucker, junger Krieger von etwa neunzehn Jahren, als Anführer kenntlich durch das rote Banner vor sich und den gelben Ehrenschirm hinter sich, stieg aus dem Sattel und fragte, ob man hier richtig beim Tempel des Buddha Vairotschana sei und ob hier ein junger Bonze namens Liao Kung hause. Der Pförtner bejahte und brachte ihn zu Hsi Mens Sohn, der sich inmitten seiner Angehörigen befand.

»Mein Bruder in Buddha, wie ist es dir seither ergangen? Es war nicht schön von dir, so von mir wegzugehen und mich allein im Meer der Bitternis zu lassen!« raunte der junge Krieger lächelnd Liao Kung zu.

Die anwesenden Damen schauten sich fragend an und zogen sich vor dem weltlichen Besucher scheu zurück. Hsi Mens Sohn aber nahm den Ankömmling bei der Hand und führte ihn in seine Zelle. Es war niemand anders als Kin Ping, seine geistliche Braut.

Ihre Eltern waren gestorben, und sie war herbeigeeilt, um ihr Wort einzulösen und sich an seiner Seite dem Dienste Buddhas zu weihen. Sie brachte tausend Batzen an Gold und Silber als Mitgift mit.

In der Zelle angekommen, bat Hsi Mens Sohn Kin Ping, Platz zu nehmen, sah sie lächelnd an und sprach:

»In meinem Leben ist eine entscheidende Wendung eingetreten!«, und er erzählte ihr die drei wunderbaren Ereignisse, die die Wendung herbeigeführt hatten, die Begegnung mit der göttlichen Wäscherin am Blankwaschborn, die Begegnung mit seines Vaters Geist im Traum der gestrigen Nacht und die Geschichte von dem unverhofften Goldschatz, den ihm der Himmel zugeführt hatte.

»Meines Vaters Wort ist für mich natürlich Befehl, dem ich mich beugen muß. Ich habe mich daher entschlossen, dem geistlichen Beruf zu entsagen und in die Familie und Sippe zurückzukehren. Bist du gewillt, mir auch als richtige, als bürgerliche Frau anzugehören?«

Kin Ping hätte nicht wie die weiblichen Wesen allgemein aus dem Stoff Wasser geschaffen sein müssen, um sich nicht augenblicklich mit der Beweglichkeit einer Welle der neuen Sachlage geschmeidig anzupassen. Die bevorstehende Wandlung ihrer bisher rein geistigen Ehe zur leiblichen, zur bürgerlichen Ehe schien ihr sogar recht zuzusagen. Dafür zeugte das Leuchten ihres Auges, die feine Röte, die ihre Wangen überzog, während er ihr alles erzählte und seinen umwälzenden Entschluß kundtat.

»Ich bin gewillt, deine Frau zu sein und zu bleiben, gleich ob geistlich oder bürgerlich, ob geistig oder leiblich!« kam es fest und entschlossen von ihren Lippen. Er zog sie an sich und küßte sie zärtlich. Es war der erste Kuß seit ihrer vor drei Jahren erfolgten geistlichen Vermählung.

»Noch heute nacht werden wir Hochzeit feiern und erst richtig Mann und Frau werden. Und jetzt will ich dich meinen Angehörigen vorstellen. Komm!«

Hand in Hand mit ihr kehrte er an die Tafel im Tempelvorhof zurück und rief sie allesamt wieder herbei, seine Mutter und Mong Yü Loh und die Witwe Wang und Meister Pu Tsing und Tai A'rl und Juwelchen.

»Kin Ping, meine Frau!« stellte er vor und erzählte den gespannt lauschenden Anwesenden, auf wie seltsame Art sie seine Frau geworden und wie sie ursprünglich an eine rein geistige Verbindung gedacht hatten. Dann erzählte er, wie ihm in der vergangenen Nacht der Geist seines Vaters erschienen sei und ihm das und das kundgetan und befohlen habe. Er wandte sich an Meister Pu Tsing:

»Der Befehl meines Vaters ist mir nicht weniger heilig als ein Wort Buddhas. Ich habe mich entschlossen, in die Familie und Sippe zurückzukehren und wieder Bürger zu werden. Getreu der klaren Weisung, die mir die göttliche Wäscherin vom Blankwaschborn erteilt, und getreu dem väterlichen Befehl, will ich nach dem Vorbild des heiligen Sudatta, desjenigen unter den Jüngern Buddhas, der sich am nachdrücklichsten für praktische Menschenliebe eingesetzt hat, mein Leben künftig dem Wohle meiner Nächsten weihen. Der verstorbene Patron und Menschenfreund Wang Hsing An« – er machte eine Verbeugung nach der anwesenden Witwe Wang hin – »soll mir nächst Sudatta leuchtendes Vorbild sein. Es gibt nach all den Jahren des Krieges und der Unruhe so viel Wunden zu heilen, Elend und Leid zu lindern. Ich weiß genug gute, gemeinnützige Zwecke, für die ich das mir vom Himmel zuteil gewordene Vermögen würdig verwenden kann, wie Massenspeisung, Errichtung eines Obdachlosenasyls, Förderung bedürftiger tüchtiger Studenten und armer Gelehrter, Ausbesserung und Anlage von Straßen und Wegen, Bau von Brücken und manches andere mehr.

Und nun, verehrter Meister, bitte ich Euch, entlaßt mich und erteilt mir Euren Segen. Erlaubt mir, daß ich Euch künftig als ›trockener‹ Gehilfe verbunden bleibe.«

Mit klarer, fester Stimme, ohne Stocken und Stottern, hatte er gesprochen. Während seiner Rede hatte Hsi Mens Dritte die neben ihr sitzende Mondfrau heimlich angestoßen und ihr zugeraunt:

»Ganz sein Vater! So entschlossen und männlich!« Mondfrau nickte nur stumm und lächelte.

Meister Pu Tsing räusperte sich und sprach:

»Ich habe es erwartet. Es war dir vorbestimmt, mir zehn Jahre lang als Gehilfe und Jünger zu dienen. Du hast es brav und gewissenhaft getan. Die zehn Jahre sind um. Du bist frei. Nach dem Willen der Vorsehung kann ich dich nicht länger halten. Ich entbinde dich von deinem Tempelgelübde. Daß du dein künftiges Leben nach den ehrwürdigen Vorbildern des heiligen Sudatta und des frommen Patrons Wang gestalten willst, kann ich nur gutheißen und loben. Die göttliche Wäscherin vom Blankwaschborn, der zu begegnen du die ungewöhnliche Gnade hattest, hat dich schon recht belehrt: Nicht bloß in Beten und Fasten und Kasteien und Opfern erschöpft sich wahrer Tempeldienst, auch praktische Hilfe andern Menschen gegenüber zählt als gottgefälliges Tun! Nicht auf goldene Pagoden und Bilderdienst kommt es an, sondern darauf, daß Buddha in uns zum Leuchten komme und wie lauteres Gold gleiße! Und so erfülle denn deine neue Aufgabe! Buddha wird dich begleiten und unterstützen!«

Mit diesen Worten entließ Meister Pu Tsing seinen früheren Gehilfen und zog sich in seine Abtzelle zurück. Die Gesellschaft brach auf und wanderte fröhlich schwatzend durch die im Abendsonnenglanz liegende Landschaft in die Stadtwohnung zurück. Es war das erste Mal seit zwölf Jahren, daß Hsi Mens Sohn das väterliche Anwesen wieder betrat! Er legte seinen

Tempelnamen Liao Kung, ›Völlige Leere‹, ab und nannte sich wieder mit dem bürgerlichen Namen, den er bei der Geburt empfangen hatte: Hsiao Ko, das bedeutet ›Pietätvolles Brüderchen‹.

Noch in der gleichen Nacht führte er den väterlichen Befehl gehorsam aus und teilte mit Kin Ping, seiner Räuberbraut, in der eilends hergerichteten, kerzenstrahlenden Brautkammer das eheliche Lager.

Ein Jahr später schaukelte Mondfrau einen gesunden, kräftigen kleinen Hsi Men auf ihren großmütterlichen Knien.

Tempelknaben Hao Kang, Vollkommene Leere, ab und nannte sich wieder nur dem bürgerlichen Namen, den er bei der Geburt empfangen hatte: Hsiao Kung, das bedeutet: Pietätvolles Brüderchen.

Noch in der gleichen Nacht führte er den väterlichen Befehl gehorsam aus und teilte mit Kai Ling, seiner Kammerfrau, in der eilends hergerichteten, kerzenstrahlenden Brautkammer das eheliche Lager.

Ein Jahr später schaukelte Mondblume den gesunden, kräftigen kleinen Hai Meh auf ihren großmütterlichen Knien.

NACHWORT

Als Quellen zu unserem Roman sind nicht weniger als fünf stofflich wie zeitlich verschiedene Texte in Betracht zu ziehen:

A. Die neue Textausgabe, die ich im Laufe meiner zweijährigen Verdeutschungsarbeit zur Hand bekommen konnte, trägt den Titel ›Ko liän hua ying‹, ›Blumenschatten hinter dem Vorhang‹, ist zweibändig, umfaßt 48 Kapitel und ist im Dezember 1948 beim Tschung yang schu tiän (Verlag des mittleren China, Central-Verlag) in Schanghai erschienen. Es ist ein Exemplar dritter Auflage. Die erste Auflage ist 1929 erschienen. Als Herausgeber zeichnet Yü Schan Tschen.

Der Titel läßt eine doppelte Deutung zu: Mit dem Wort ›Blumen‹ wird auf irgendwelche Schönen gedeutet, in erster Linie auf Silbervase, die sich den Gästen des Blumenhofs der Großmeisterin Li nur aus der Entfernung des Abends bei Lampenschein, als Schatten hinter dem Vorhang ihres Kammerfensters zu zeigen pflegte. Es kann aber auch der Vorhang des Todes gemeint sein, hinter dem in ihren Wiedergeburten als Silbervase, Zinnoberzimmet und Duftjuwel die Schatten der drei Schönen – Frau Ping, Goldlotos und Lenzpflaume – auftauchen, die im Laufe der ›Kin-Ping-Meh‹-Handlung verstorben waren. Vermutlich hatte der Verfasser beide Deutungen im Sinne.

B. Meiner deutschen Fassung lag von Anfang bis Ende eine ältere Ausgabe zugrunde, gleichfalls ›Ko liän hua ying‹ betitelt und gleichfalls 48 Kapitel umfassend, in zwölf Heften großen Formats geordnet. Präzise Angaben betreffs Verlag, Jahr und Ort des Erscheinens kann ich leider nicht machen, da meinem Exemplar, das ich 1952 aus Tientsin zugeschickt erhielt, bedauerlicherweise das Titelblatt fehlt. Nach Feststellung zuverlässiger chinesischer Literaturhistoriker erschien diese Ausgabe gegen Ende der Tsing-Dynastie (1644 bis 1912), vermutlich zu Beginn der Regierungsepoche Kwang Hsü (1875–1909). Nach

Format, Papier, Druck und Zustand des in meinem Besitz befindlichen Exemplars möchte ich annehmen, daß es sich um einen Erstdruck handelt, erschienen etwa um 1880. Diese Ausgabe enthält in Faksimiledruck das handschriftliche Vorwort eines unbekannten Bewunderers des Romans. Er zeichnet mit dem Pinselnamen Sse Kiao Kü Schi, Würdenträger im Ruhestand und Einsiedler zu den vier Brücken. Sein Vorwort ist – in gewöhnlicher Druckschrift – auch in der modernen Ausgabe A enthalten.

Textlich sind beide Ausgaben identisch bis auf einen Unterschied: gewisse Stellen delikater, heikler Natur sind in Ausgabe A weggelassen. Die ältere Ausgabe ist also die vollständige. Ich habe meiner deutschen Fassung durchweg die ältere Ausgabe zugrunde gelegt und die moderne zu Vergleichszwecken herangezogen. Der Text des ›Ko liän hua ying‹ ist keineswegs als selbständiges Originalwerk aufzufassen. Vielmehr verhält es sich so, daß ›Ko liän hua ying‹ den beträchtlich gekürzten, aber im wesentlichen identischen Abklatsch eines zweihundert Jahre älteren, anders betitelten Romans darstellt. Damit kommen wir ins siebzehnte Jahrhundert und zu einer dritten Schicht literarischer Ablagerung.

C. Auf der Anzeigenseite am Schluß von Band 2 der modernen ›Ko-liän-hua-ying‹-Ausgabe mit den geschäftlichen Verlagsankündigungen steht gleich hinter dem Titel ›Ko liän hua ying‹ klipp und klar, offen und ehrlich geschrieben der Vermerk: anderer Titel: ›Hsü Kin Ping Meh‹. Diese vier Schriftzeichen bedeuten wörtlich: ›Fortsetzung Kin Ping Meh‹.

Und das Ti Yao, wichtiger Hinweis, eine kurze Vorbemerkung am Anfang von Band 1 der gleichen Ausgabe, hebt mit dem ebenso offenen und ehrlichen Geständnis an: *›Der vorliegende ›Ko-liän-hua-ying‹-Text beruht auf einem Werk, das einen gegen Ende der Ming-Dynastie (1368 bis 1644) geborenen späteren Würdenträger im Ruhestand mit Pinselnamen Tze Yang Tao Jen zum Verfasser hat!‹* Hinter dem Pinselnamen Tze Yang Tao Jen, Einsiedler (Tao jen) vom Purpurglanz (Tze yang), verbirgt der Verfasser seinen bürgerlichen Namen *Ting Yao Kang*. Über seine Person wie über sein Leben und Werk liegen einige literaturgeschichtlich exakte Angaben vor. (Vgl. Lu Hsün, ›Hsiao schuo kiu wen tschao‹, Dokumentarische Beiträge nach alten Quellen zur Geschichte der chinesischen Epik von 1926, S. 62 f., ferner ›Tschung kwo hsiao schuo schi lüe‹, Literaturgeschichte der chinesischen Epik von 1924, Band 2, S. 203 ff.) Wir erfahren: Ting Yao Kang, Beiname Yiä Hao, wilder Kranich, geboren in der Stadt Tschu tschong in Schantung, lebte von 1620–1691, wurde früh vaterlos, war ungewöhnlich begabt, galoppierte wie ein ungezügeltes Roß zu schriftstellerischer Meisterschaft, brachte es bereits mit neunzehn Jahren zum Hsiu tsai, Doktor ersten Grades, machte nach bestandener Prüfung ausgedehnte Reisen im südlichen China (Kiang nan, d. h. südlich vom Yangtse-Strom), verkehrte mit namhaften Geistesgrößen und begründete mit ihnen eine literarische Gesellschaft (Wen scho). Nach der Heimkehr leidet er an seelischen Depressionen, bringt nicht die Energie auf, sich der zweiten Staatsprüfung zu stellen, widmet sich der Schriftstellerei, schreibt ein zehnbändiges Geschichtswerk (Tiän schi) mit moralisierender Tendenz (Vergeltungsprinzip), kommt 1648 nach Peking, darf die zweite Staatsprüfung (Kü jen) überspringen und sich gleich zur dritten (Tsin schi) stellen, besteht sie und erhält ehrenvolle Berufung als Lehrmeister und Erzieher beim umränderten weißen Mandschubanner – das Heer der mandschurischen Steppenreiter, das China überrannte und 1644 die Tsing-Dynastie aufrichtete, war nach acht verschiedenfarbigen Bannern gruppiert; es galt als hohe Auszeichnung, mit der Aufgabe betraut zu werden, die mandschurischen Eroberer und ihre Söhne zu unterrichten und in die chinesische Geisteswelt einzuführen. Der Verfasser war während seiner Pekinger Zeit äußerst fruchtbar in dichterischem Schaffen und viel bewundert, kaiserliche Prinzen und höchste Würdenträger rissen sich um seine Freundschaft. Er wurde später zum Schulrat von Jung tschong ernannt, zuletzt zum Landrat von Hui an hsiän befördert, wurde nach dem sechzigsten Lebensjahr von einem Augenleiden heimgesucht und starb mit zweiundsiebzig Jahren (1691). Er hinterließ außer dem Roman ›Hsü Kin Ping Meh‹ ein zehnbändiges Geschichtswerk, ferner zehn Bände Gedichte und fünf Novellen. Um es zusammenzufassen: Ting Yao Kang war ein ungewöhnlich begabter, von seiner Mitwelt anerkannter und hochgeschätzter Dichter und Schriftsteller, der es im bürgerlichen Leben zu Amt und Würden, zuletzt zu dem ansehnlichen Posten eines Landrats, brachte und sich in der Hauptstadt der Gunst und Freundschaft der Spitzen der Gesellschaft erfreute.

Ein Wort noch zu seinem Pinselnamen Tze Yang Tao Jen. Es ist die Frage, ob zu den beiden Schriftzeichen Tze Yang, Purpurglanz, noch ein drittes Schriftzeichen, nämlich Schan, Berg, hinzuzudenken ist. Das wäre durchaus naheliegend. Es gibt in der Provinz Anhui einen Berg (oder ein Gebirge) dieses Namens. In seine Einsamkeit soll sich einst Tschu Sung (1097 bis 1143), der Vater des berühmten konfuzianischen Reformers, Staatsmannes und Gelehrten Tschu Hsi (1130–1200), nach seinem Ausscheiden aus dem Amt zurückgezogen haben, um seinen privaten wissenschaftlichen Neigungen zu leben. Eine Gelehrtenschule, die von ihm und seinem Sohn begründet wurde, verdankt diesem Berg ihren Namen Tze yang schu yüan, Gelehrtenschule vom Purpurglanzberg. Es wäre sehr wohl denkbar, daß Ting Yao Kang dem geschichtlichen Vorbild des Tschu Sung gefolgt ist und nach seinem Ausscheiden aus dem Amt wegen seines Augenleidens als Einsiedler in der Zurückgezogenheit des Tze-yang-Berges ganz seinen dichterischen und schriftstellerischen Neigungen gelebt hat.

Ein präzises Datum, wann er sein ›Hsü Kin Ping Meh‹ abgefaßt hat, ist aus den vorliegenden knappen biographischen Angaben nicht ersichtlich. Da aber die erwähnte Vorbemerkung zur modernen Ausgabe des ›Ko liän hua ying‹ von einem ›Würdenträger im Ruhestand‹ als Verfasser spricht und das Augenleiden, das ihn amtsuntauglich machte, erst nach seinem sechzigsten Lebensjahre auftrat, kann man annehmen, daß er das Werk erst im reifen Alter, etwa um 1685, vollendet hat, wofür auch der Umstand spricht, daß der Roman sehr erheblich von taoistisch-buddhistischen Weltfluchtgedanken durchtränkt ist. Ebensowenig festzustellen ist das präzise Datum des Erscheinens der ersten Druckausgabe. ›Hsü Kin Ping Meh‹ ist heute vom Markt verschwunden und nur noch ganz selten in Bibliotheken aufzutreiben. Ich konnte mir im Januar 1956 ein Exemplar beschaffen, aber leider nur den ersten Band einer vierbändigen, revidierten Neuausgabe des King yün schu kü (Edelwolken-Verlags) zu Schanghai von 1934. Diese Ausgabe zählt 60 Kapitel – der erste Band, den ich besitze, enthält die ersten 17 Kapitel –, also zählt diese Ausgabe 12 Kapitel mehr als die meiner Übertragung zugrunde liegende ›Koliän-hua-ying‹-Ausgabe.

Der Verlag hebt in einer Vorbemerkung hervor, daß die vier Jahre zwischen der Vorankündigung im Jahre 1930 und der Publikation 1934 mit äußerst langwierigen und schwierigen Revisionsarbeiten ausgefüllt gewesen seien. Die alten Texte, die der Neuausgabe zugrunde gelegt wurden, hätten eine Unmenge Druckfehler, aber auch textliche Lücken, Widersprüche und Unstimmigkeiten enthalten. Der Verlag habe auch nicht die hohen Kosten gescheut, ein altes Holzplatten-Druckexemplar aus dem Besitz des ehemals kaiserlichen Palastarchivs in Peking zu erwerben und zu Revisionszwecken mit heranzuziehen – ein Beweis beiläufig, daß ›Hsü Kin Ping Meh‹ offenbar auch beim kaiserlichen Thron Beachtung und Wertschätzung fand.

Ein Vergleich zwischen dieser 60-Kapitel-Ausgabe und der 48 Kapitel umfassenden ›Ko-liän-hua-ying‹-Ausgabe ergibt folgendes:

a) ›Hsü Kin Ping Meh‹ enthält in 12 Kapiteln zusätzlichen Stoff, und zwar teils historischen, teils geistlich-philosophischen, Betrachtungen und Erörterungen, entnommen der buddhistischen, taoistischen und konfuzianischen Gedankenwelt. Die zweihundert Jahre später publizierte, um 12 Kapitel gekürzte ›Ko-liän-hua-ying‹-Ausgabe ist offenbar aus dem Bedürfnis heraus entstanden, die ursprüngliche Fassung von einem

Allzuviel an reflektierendem, moralisierendem und belehrendem Ballast zu befreien und sie damit marktgängiger zu machen. Man versprach sich von der stofflich-textlichen Straffung und Kürzung und von der neuen Titelgebung mehr Zugkraft, kurz, ein besseres buchhändlerisches Geschäft.

b) Abgesehen vom Unterschied an stofflichem Umfang und Gehalt unterscheiden sich, wie ich bei einem aus Zeitmangel flüchtigen Vergleich feststellen konnte, ›Hsü Kin Ping Meh‹ und ›Ko liän hua ying‹ in folgender Hinsicht:

1. ›Hsü Kin Ping Meh‹ hebt im ersten Kapitel mit jener mitternächtlichen Geistervision an, die der Autor des ›Kin Ping Meh‹ in seinem Schlußkapitel (Kap. 100 des Originals, Kap. 49 meiner Insel-Fassung) Zofe Juwelchen im Yung-fu-sse-Tempel erleben läßt. ›Hsü Kin Ping Meh‹ bringt also eine Wiederholung dieser Tempelszene, läßt sie aber nicht Juwelchen, sondern Mondfrau erleben. ›Ko liän hua ying‹ enthält sich dieser Wiederholung.

2. In den Parallelsätzen der Kapitelüberschriften sind die Schriftzeichen bei ›Hsü Kin Ping Meh‹ vielfach anders gewählt oder gruppiert als bei ›Ko liän hua ying‹.

3. Während ›Hsü Kin Ping Meh‹ die Namensgebung des ›Kin Ping Meh‹ beibehält, bedient sich ›Ko liän hua ying‹ einer ganz neuen Namensgebung. Es läßt die Handlung statt in der Kreisstadt Tsing ho hsiän in der Kreisstadt Wu tschong hsiän spielen. Hsi Men Tsing (Westtor der Glückliche), Hauptperson des ›Kin Ping Meh‹, wird umbenannt in Nan Kung Tsi (Südpalast der Glückliche), Mondfrau aus der Sippe Wu in Wolkenfrau aus der Sippe Tschu, Zofe Juwelchen in Feinperle, Diener Tai A'rl in Tai Ting'rl, Goldlotos in Rotseidenpantoffel, Frau Ping, Hsi Mens Sechste, in Silberfadenknoten, Mong Yü Loh, Hsi Mens Dritte, in Schwester Schwalbe und so fort. Warum diese veränderte Namensgebung gewählt wurde, ist unerfindlich. Literarische Spielerei? Sollte die Leserschaft zu einer Art Gedankensport, ähnlich wie bei unseren Detektivgeschichten, angeregt werden, indem sie gezwungen wurde, selbständig mitzu-

denken und zu kombinieren, welche Person des ›Kin Ping Meh‹ sich unter dem jeweiligen neuen Namen tarne? – Ich habe selbstverständlich, um die Leserschaft nicht zu verwirren, die ursprüngliche Namensgebung des ›Kin Ping Meh‹ beibehalten.

c) Von den aufgezählten Unterschieden abgesehen, dürften beide Ausgaben, soweit sich das aus dem ersten Viertel der ›Hsü-Kin-Ping-Meh‹-Ausgabe beurteilen läßt, stofflich und textlich identisch sein.

Die soeben ziemlich eingehend behandelte Ausgabe C stellt noch keineswegs die früheste literarische Ablagerung und älteste Formation unseres Romanstoffes dar.

D. Bevor die 60-Kapitel-Ausgabe ›Hsü Kin Ping Meh‹ erschien, war eine ältere, eine 64-Kapitel-Ausgabe, vorhanden, die eigentliche Originalfassung des Autors Ting Yao Kang.

Wie der Vorbemerkung ›Kiao tu ti ki‹, Kritisches und Literaturgeschichtliches, zu Ausgabe C zu entnehmen, war diese 64-Kapitel-Ausgabe allzusehr mit theoretischem Ballast, mit moralphilosophischen Reflexionen und lehrhaften Auslassungen über Buddhismus, Taoismus und Konfuzianismus beschwert. Ein ganzes Kapitel sei dem taoistischen Geisterglauben gewidmet gewesen, ganze Abschnitte hätten sich förmlich wie ein Lehrbuch des Buddhismus und Konfuzianismus gelesen.

An dieser Stelle sei eine kleine Abschweifung gestattet und mit einigen kurzen Worten auf Kerngedanken und Absicht unseres Romans eingegangen. Ting Yao Kang wuchs in einer Zeit politischen Verfalls auf. Die nationale Ming-Dynastie (1368–1644) hatte abgewirtschaftet. Wie finster dräuendes Gewittergewölk schob sich am politischen Horizont immer näher die Gefahr einer Eroberung Chinas durch den mächtigen Nachbarn im Norden, das Steppenvolk der Mandschuren, heran. Nach dreihundertjähriger Herrschaft war das angestammte Herrschergeschlecht abgenutzt und dekadent geworden. Fremdherrschaft drohte. Ting Yao Kang fühlte und erkannte die Gefahr. Man muß bedenken, daß Ting Yao Kang sich in den Jahren jugendlicher Entwicklung befand, als sich das politische

Gewitter zusammenbraute und schließlich losbrach. Wie so mancher Jüngling war Ting Yao Kang Idealist. Er litt unter der politischen Not seines Landes und wollte helfen. Durch die Schule konfuzianischer Erziehung hindurchgegangen, maß er die Schuld am politischen Verfall dem moralischen Verfall zu. Nach dem Muster von Meister Kung Tses klassischem Geschichtswerk ›Tschun tsiu‹, Frühlings- und Herbstannalen – Prototyp moralisierender Geschichtsschreibung –, verfaßte er aus seelischer Depression heraus zunächst sein zehnbändiges Geschichtswerk ›Tiän schi‹, mit dem er die regierenden Kreise aufrütteln wollte. Aber das Unheil nahm seinen Lauf. Er war ein Jüngling von 24 Jahren, als das Befürchtete Tatsache geworden war: die Ming-Herrschaft gestürzt, die Fremdherrschaft der Mandschu aufgerichtet, die Tsing-Dynastie auf Chinas Thron (1644). Nach dem Fehlschlagen seines gutgemeinten Vorhabens auf politischem Gebiet ging er daran, einen zweiten Versuch der ›Weltverbesserung‹ zu unternehmen: Er wollte die Nation, die Bevölkerung zu moralischer Aufrüstung ermuntern. Er wollte seinen Landsleuten von neuem die in Vergessenheit geratenen Grundsätze des *›Tai schang kan ying piän‹* in Erinnerung rufen und einschärfen. Das ›Tai schang kan ying piän‹ war ein ungemein weit verbreitetes volkstümliches Moraltraktat, das seit der frühen Sung-Zeit (906–1126) neben den konfuzianischen Schriften vornehmlich dazu diente, die Millionenbevölkerung bei der Stange zu halten, eine Art moralisches Korsett, ähnlich dem christlichen Katechismus.

Zunächst ein Wort zum Namen. Zu den beiden ersten Schriftzeichen ist noch ein drittes, nämlich das Zeichen Kün, zu ergänzen. Diese drei Schriftzeichen Tai Schang Kün, größter, höchster (Geistes) Fürst, sind eine beliebte, landläufige Umschreibung für den Namen Lao Tse, den großen Denker und Weisen des siebten Jahrhunderts v. u. Z. Das Schriftzeichen Kan bedeutet seelische Regung, das Zeichen Ying bedeutet Antwort oder Reaktion (des Himmels), das Zeichen Piän schließlich bedeutet Traktat. Der Gesamttitel lautet in sinngemäßer Wiedergabe:

›Traktat nach Lao Tse über himmlische Reaktion auf Regungen des menschlichen Herzens‹, will besagen: auf alles menschliche Tun, auch wenn es erst im Keime vorhanden, nur geplant oder beabsichtigt ist, reagiert der Himmel, je nachdem ob es gute oder schlechte seelische Regungen sind, mit Lohn oder Strafe. Der unbekannte Verfasser hat seinem Traktat den Namen Lao Tse vorangestellt, um seinem eigenen Werk Gewicht und Autorität zu verleihen. Das entspricht einer in China üblichen Gepflogenheit. Selbstverständlich ist Lao Tse nicht als Verfasser anzusehen. Gemeint ist: ›Im Geiste Lao Tses geschrieben‹. Was den Inhalt des Traktats betrifft, so läßt sich die Quintessenz kurz am besten mit dem bekannten Wort aus dem deutschen Sprachschatz wiedergeben:

›Alle Schuld rächt sich auf Erden,
Und das Gute findet seinen Lohn.‹

Also der Gedanke der Vergeltung. Er gehört zu uraltem konfuzianischem Geistesgut.

›Ting Yao Kang sagte sich sehr richtig, daß er mit Theorie allein, mit bloßen Moralpredigten beim Publikum keine sonderliche Resonanz finden würde, und so bediente er sich des unterhaltsamen, längst berühmt gewordenen ‚Kin-Ping-Meh'-Stoffes, um an ihm als Tschu kiao, Fußnote, Kommentar, die Moral des ‚Tai schang kan ying piän' anschaulich und fesselnd zu erläutern und zu illustrieren‹, stellen übereinstimmend die literaturkritische Vorbemerkung ›Kiao tu ti ki‹ und sämtliche drei Vorworte zum ›Hsü Kin Ping Meh‹ (Ausgabe C von 1934) fest. *›Was als Gast, als Beiwerk gedacht war, wurde darüber zum Hausherrn, zur Hauptsache, es entstand eine ganz andere literarische Form, als ursprünglich gedacht‹* (statt eines lehrhaften Moralappells ein unterhaltsamer, amüsanter, sittenschildernder Roman mit ethischer Tendenz), *›Verfasser verliebte sich dermaßen in den Fluß, daß er sich darin selber ertränkte, fühlte sich dermaßen zum Feuer hingezogen, daß er sich darin selber verzehrte‹*, fährt das ›Kiao tu ti ki‹ fort. Die ethische Grundtendenz, der Vergeltungsgedanke – Schlechtigkeit macht sich auf die Dauer nicht bezahlt und rächt

sich früher oder später, Gutes findet früher oder später seinen Lohn – blieb gleichwohl erhalten und wurde an sämtlichen Hauptpersonen der Romanhandlung mit erstaunlicher Konsequenz durchgeführt und veranschaulicht. ›Ko liän hua ying‹ bzw. ›Hsü Kin Ping Meh‹ dürfte in dieser Hinsicht eine einmalige Erscheinung in der Weltliteratur darstellen.

Wie schon erwähnt, war der Vergeltungsgedanke uraltes konfuzianisches Geistesgut. *›Im ‚I king' steht geschrieben: ›Wer gute Werke anhäuft, muß Segen in Fülle ernten, wer schlechte Werke anhäuft, muß Fluch in Fülle ernten. Im ‚Schu king' steht geschrieben: Wer Gutes tut, auf den sendet der Himmel Segen hundertfältig herab, wer Böses tut, auf den sendet der Himmel Fluch hundertfältig herab‹*, mit diesen Worten hebt das Vorwort des Einsiedlers zu den vier Brücken in Textausgabe A an und fährt fort: *›Seit alters besteht das vernünftige Naturgesetz, daß dem Guten vom Himmel Glück, dem Lasterhaften Unglück zuteil wird, und der Himmel begeht darin auch nicht den kleinsten Fehler. Es mag vorkommen, daß der Gute zu Lebzeiten keinen Segen erntet, daß der Schlechte zu Lebzeiten keinen Fluch erntet. Sollen wir darum an der Vernunft des Himmels irre werden? Nein! Des Himmels Walten ist gerecht und unparteiisch. Wenn nicht zu Lebzeiten an der Person des Täters selber, dann übt er gerechte Vergeltung später an der Person von Kind oder Kindeskind. Daß guten Werken auf ewig himmlischer Lohn versagt bleiben soll, daß dem Bösen auch für kommende Geschlechter Glück und Wohlergehen beschieden sein soll, das gibt es nicht! Ob früher oder später, einmal kommt die himmlische Vergeltung!‹*

›I king‹ und ›Schu king‹, die ersten beiden der ›Wu king‹, der fünf heiligen Bücher, sind die ältesten und stärksten Grundpfeiler der konfuzianischen Lehre. Wohlverstanden: In den beiden angeführten klassischen Zitaten ist die Rede nur von Vergeltung im dritten und vierten Glied, um die Sprache der Bibel zu gebrauchen. Von Seelenwanderung und Wiedergeburt und Vollzug der Vergeltung an der gleichen Person in einer späteren Existenz, in einer Reinkarnation, ist im konfuzianischen Schrifttum nicht die Rede! Kung Tse haftete am Erdboden. Er war zu sehr nüchterner Wirklichkeitsmensch, um sich in transzendentale Höhenregionen zu wagen. Wenn unser Autor im ›Blumenschatten‹ (bzw. im ›Hsü Kin Ping Meh‹) Personen wie Hsi Men, Goldlotos, Lenzpflaume, Frau Ping, die im Laufe der ›Kin-Ping-Meh‹-Handlung gestorben waren, als Wiedergeburten, Reinkarnationen, von neuem auftreten läßt, so zeigt er sich insofern von buddhistischen und taoistischen Vorstellungen beeinflußt. Buddhismus und Taoismus – Taoismus hier zu verstehen in seiner späteren Entwicklungsform (in seiner ursprünglichen Form, vertreten und gelehrt durch Weise wie Lao Tse und Tschuang Tse, war er Naturphilosophie) – waren ausgesprochene Trostreligionen. In kritischen Zeiten, in Stunden politischer Not, wenn die konfuzianische Lehre, vertreten durch Thron, Regierung und Staatsgefüge, zu versagen und zusammenzubrechen drohte, suchte die Bevölkerung in ihrer Verzweiflung Halt und Trost im Jenseitsglauben und in dem lockenden Weltfluchtgedanken des Buddhismus und Taoismus.

Ting Yao Kang war ein Jüngling von vierundzwanzig Jahren, als die nationale Herrschaft der Ming zusammenbrach und von der Fremdherrschaft der mandschurischen Eroberer abgelöst wurde. Es ging ihm nicht anders als Tausenden seinesgleichen: Er verzweifelte an der Kraft der konfuzianischen Lehre und wandte sich, Trost und Halt suchend, der buddhistischen und taoistischen Lehre zu. Darum die vielen buddhistischen und taoistischen Ingredienzen im ›Blumenschatten‹. Darum der breite Platz, den in unserem Roman der Gedanke der Wiedergeburt und der Vergeltung an Personen in einer späteren Existenz einnimmt. Daß auch der alten taoistischen Naturphilosophie die Gedanken einer Seelenwanderung und Wiedergeburt in späterer Existenz nicht fremd waren, beweist die bekannte Legende vom Schmetterlingstraum, in der Tschuang Tse erzählt, daß er in einer früheren Urexistenz ein Riesenfalter gewesen sei. Durch diese dem Buddhismus und Taoismus entlehnten Vorstellungen gewinnt unser Roman einen mystischen Einschlag. Ting Yao Kang gibt den alten achtzigjährigen Einsiedler Pu Tsing, der schon im ›Kin Ping Meh‹ eine Rolle als geheimnisvoller Regisseur hinter den Kulissen spielt, der alles schon im voraus weiß und über höhere Zauber- und Bannkräfte verfügt, als Reinkarnation des buddhistischen Patriarchen Ksitigarbha aus, der als Fürst der Unterwelt verehrt wird, und sich selber gibt er als Wiedergeburt des langlebigen Ting Ling Weh (Meister der Schwarzen Kunst, geboren im 2. Jahrhundert) aus, von dem die Legende berichtet, daß er nach tausend Jahren Leben als Kranich in seine alte Heimat zurückgekehrt sei, und zwar die alten Stätten, aber leider nicht die lieben Menschen von einst wiedergefunden habe. Demnach kann man unseren Roman ›Blumenschatten‹ (bzw. ›Hsü Kin Ping Meh‹) näher charakterisieren als realistisch-mystischen sittenschildernden Roman mit ethischer Tendenz.

Die Handlung unseres Romans spielt etwa zwischen 1123 und 1142, also zu einer Zeit tiefsten politischen Verfalls: Sturz der Nördlichen Sung-Dynastie, Gefangennahme zweier Kaiser, Vater und Sohn, Aufspaltung Chinas in eine nördliche und eine südliche Hälfte, Besetzung der nördlichen Hälfte durch die Tataren. Da braucht es nicht wunderzunehmen, wenn im Roman von irgendwelchen Tempeln und irgendwelchen Tempelinsassen so häufig die Rede ist, daß die Leserschaft fast annehmen könnte, das damalige China habe nur aus Tempeln, Klöstern und Einsiedlerklausen und die damalige Bevölkerung vorwiegend aus geistlichen Kuttenträgern beiderlei Geschlechts bestanden. Logische Begleiterscheinung des politischen Verfalls war eben, wie so manches Mal in der mehrtausendjährigen Geschichte Chinas, eine wuchernde Blüte des Buddhismus und Taoismus und ihres Tempelkultes. Und wie so manches Mal in der Geschichte Chinas erfolgte auch im 12. Jahrhundert mit der politischen Restaurierung und Stabilisierung die unausbleibliche Gegenbewegung gegen Buddhismus und Taoismus. Wenige Jahrzehnte nach unserer Romanhandlung erlebte China unter der Führung des großen Staatsmannes Tschu Hsi parallel mit der Festigung der politischen Lage eine neue Renaissance des Konfuzianismus. Buddhismus und Taoismus, die vorher allzu üppig gediehen waren, wurden zu Irrlehren erklärt und in ihre Schranken zurückgewiesen, Tempel und Klöster weitgehend säkularisiert. Der gleiche Vorgang hat sich im Laufe von Chinas Geschichte wellenförmig mehrfach wiederholt.

Nicht unerwähnt bleiben möge der Hinweis chinesischer Literaturhistoriker, daß unser Autor in späteren Lebensjahren nicht länger dem Komplex des ›Tai schang kan ying piän‹ und seines Vergeltungsgedankens nachhing, der ihn von Jugend auf so stark beschäftigt und gequält hatte. Nachdem die neuen Herren der Mandschu- oder Tsing-Dynastie die konfuzianische Lehre selber wieder zu Ehren gebracht hatten und kein Geringerer als Kaiser Kang Hsi (1662 bis 1722) selber mit kaiserlichem Pinsel ein Vorwort zum ›Tai schang kan ying piän‹ geschrieben und seine Wiederverbreitung energisch gefördert hatte, sah Ting Yao Kang keinen Grund mehr, seinerseits Reformer zu spielen. Er schwieg sich fürderhin über den Gegenstand aus. Anscheinend hatte er sich mit dem neuen Zustand abgefunden und seine Seelenruhe wiedergewonnen. Kein Wunder, er war unter der neuen Herrschaft persönlich recht gut gefahren, hatte es zu Ruhm und Anerkennung, fürstlicher Gunst, zu Amt und Wohlstand, sogar zu einem eigenen würdigen Anwesen gebracht, nach dem er fünf seiner zehn Gedichtbände benannt hat: ›Lu fang‹, Barke auf festem Land, was offenbar besagen sollte, daß er festen Fuß gefaßt hatte und nicht mehr im schwanken Kahn auf unsicheren Gewässern unstet umherzuirren brauchte.

Kehren wir nach dieser Unterbrechung zurück zu unseren Ausführungen über Ausgabe D. Sie wäre, wie gesagt, nach Meinung chinesischer Literaturkritiker allzusehr mit lehrhaften und moralphilosophischen Reflexionen belastet gewesen. Wie auf Verabredung hätten dem Verfasser von allen Seiten wohlmeinende Literaturfreunde – er hatte ja nicht umsonst eine literarische Gesellschaft gegründet – zu beträchtlichen Abstrichen geraten, und so sei bald danach die um vier Kapitel gekürzte Zweitausgabe zustande gekommen. Die ursprüngliche 64-Kapitel-Ausgabe ist längst vom Büchermarkt verschwunden und heute nur noch gelegentlich als Rarität in Bibliotheken anzutreffen.

Schon ein Jahrhundert vor dem ›Hsü Kin Ping Meh‹ gab es einen Fortsetzungsroman zu ›Kin Ping Meh‹, betitelt ›Yü kiao li‹ – nicht zu verwechseln mit einem gleichnamigen Ming-Roman, der heute noch existiert (Abel Rémusat, ›Les deux cousines‹, Anni von Rottauscher, ›Rotjade und Blütentraum‹) – und diesen alten Fortsetzungsroman schreiben literaturkundige Zeitgenossen keinem Geringeren als dem Verfasser des ›Kin Ping Meh‹ selber zu! *›Während der Regierungsära Wan Li (1573–1620) nach dem Urteil der sachverständigen Mitwelt aus der Hand des ‚Kin-Ping-Meh'-Verfassers hervorgegangen‹,* so stellen chinesische Literaturhistoriker fest (vgl. Lu Hsün, ›Hsiao schuo kiu wen tschao‹, S. 60, und ›Tschung kwo hsiao schuo schi lüe‹, Band 2, S. 203).

Damit taucht ein Riesenschatten aus der Versenkung auf: Wang Schi Tschong (1526–1593), der Verfasser des ›Kin Ping Meh‹, *das* Genie seiner Zeit. Und damit sind wir in das – rückwärts gerechnet – fünfte Jahrhundert der Entwicklungsgeschichte unseres Romans ›Blumenschatten‹ gelangt!

›In diesem Roman treten alle Personen des ‚Kin Ping Meh' wieder auf, und jeder Person wird gerechte Vergeltung für früheres Tun, je nachdem Lohn oder Strafe, zuteil – hinsichtlich spitzer Schärfe der Pinselführung, ausschweifender Drastik und trunkener Ausgelassenheit der Darstellung übertrifft ‚Yü kiao li' womöglich noch ‚Kin Ping Meh'!‹ – so lauten Stimmen prominenter Zeitgenossen. *›Während ‚Kin Ping Meh' heute noch im Umlauf und erhältlich ist, konnte ich über ein Vorhandensein von ‚Yü kiao li' nichts in Erfahrung bringen‹,* stellt der Literaturhistoriker Lu Hsün bedauernd fest. *›Ist verlorengegangen und heute nicht mehr vorhanden‹,* bestätigt die Literaturgeschichte ›Tschung kwo hsiao schuo schi lüe‹ (Band 2, S. 203). Sollte ein Werk, nach übereinstimmender Meinung der Literaturkenner aus der Hand des berühmten ›Kin-Ping-Meh‹-Verfassers, des Genies Wang Schi Tschong, hervorgegangen, einfach verschwunden sein und keine Spur hinterlassen haben? Kaum anzunehmen.

Daß Wang Schi Tschong seinem ›Kin Ping Meh‹ einen Fortsetzungsband folgen lassen würde, war nach seinem Schlußkapitel zu erwarten. Wozu hätte er wohl in diesem Kapitel (Kap. 100 des Originals, Kap. 49 meiner deutschen Insel-Fassung) den mitternächtlichen Geisteraufmarsch im Yung-fu-sse-Tempel mit der Angabe, daß und wo jede der im Laufe der ›Kin-Ping-Meh‹-Handlung verstorbenen Personen wiedergeboren werden würde, gebracht? Das war doch schon eine Vorankündigung des Fortsetzungsbandes!

Nach Konzeption, Stil und Pinselführung weist unser ›Blumenschatten‹ überraschende Ähnlichkeiten mit ›Kin Ping Meh‹ auf. Wir treffen auf gleich ungewöhnlich kühne Bildhaftigkeit der Sprache, auf die gleich ungewöhnliche Vitalität der Darstellung und Kraft plastischer und drastischer Schilderung. Es sei erinnert an das überraschende Bild von den jäh durchschnittenen Marionettenfäden oder an die verblüffende Anschaulichkeit im Hymnus auf den aus dem Krieg heimkehrenden Feldherrn.

Die Handlung von ›Blumenschatten‹ ist mit der ›Kin-Ping-Meh‹-Handlung derart organisch verwachsen, daß ›Kin Ping Meh‹ durch ›Blumenschatten‹ erst recht verständlich wird und ›Blumenschatten‹ seinerseits Kenntnis von ›Kin Ping Meh‹ einfach voraussetzt. Wenn in ›Blumenschatten‹ auf ›Kin Pin Meh‹ Bezug genommen wird, dann ist einfach von Tsiän schu, dem früheren Buch (Band), die Rede. Der Titel ›Kin Ping Meh‹ wird gar nicht erst genannt. So sehr wird die Zusammengehörigkeit beider Werke als selbstverständlich angesehen. *›Dem gleichen Mutterschoß entsprossen wie ‚King Ping Meh!'‹*, so wird von unserem Roman rundheraus gesagt in der Vornotiz ›Ti yao‹, wichtiger Hinweis, zur Textausgabe A des ›Ko liän hua ying‹.

Die Vermutung liegt nahe, daß der Verfasser des ›Hsü Kin Ping Meh‹ ein Exemplar des verschollenen ›Yü kiao li‹ im Besitz gehabt und bei Redigierung seiner eigenen Fassung weitgehend benutzt hat. Es sei daran erinnert, daß Ting Yao Kang auf seiner Reise durch Südchina eine literarische Gesellschaft ins Leben gerufen hatte und seitdem mit vielen prominenten Literaten in engem geistigen Austausch stand. Es ist weiter in Betracht zu ziehen, daß er während seiner Pekinger Zeit als hochgeschätzter Poet mit zahlreichen Personen der ersten Gesellschaft, mit Angehörigen des Kaiserhauses und mit Spitzen der Regierung in freundschaftlichem Verkehr stand. Lu Hsün zählt eine Reihe dieser prominenten Freunde mit Namen auf, unter ihnen einen hohen Würdenträger namens Wang To, möglicherweise einen nahen Verwandten des ›King-Ping-Meh‹-Verfassers, dessen Sippenname gleichfalls Wang war. Warum soll Ting Yao Kang durch diesen Wang To oder einen anderen seiner illustren Literaturfreunde nicht in den Besitz eines ›Yü-kiao-li‹-Exemplars aus dem Nachlaß des ›Kin-Ping-Meh‹-Verfassers gelangt sein? Wenn dem so sein sollte, dann stünden wir vor der Tatsache, daß ganz in der Tiefe unseres Romans der mächtige Gedankenstrom des Genies Wang Schi Tschong rauscht.

Franz Kuhn

PERSONEN

Hsi Men, reicher Wüstling, wiedergeboren als Goldbrüderchen im Hause Ku in Kai fong fu

Mondfrau, Hsi Mens Erste, Mutter von Hsiao Ko, Hsi Mens Sohn

Li Kiao'rl, Hsi Mens Zweite, später Favoritin des Tatarenfeldherrn Walipu

Mong Yü Loh, Hsi Mens Dritte, heiratet wieder und wird zum zweiten Male Witwe

Sun Hsüe O, Hsi Mens Vierte, wiedergeboren als Tochter im Hause des Generals Sung

Goldlotos, Hsi Mens Fünfte, wiedergeboren als Zinnoberzimmet im Hause Pao

Lenzpflaume, Zofe und Vertraute von Goldlotos, wiedergeboren als Duftjuwel im Hause Piän

Frau Ping, Hsi Mens Sechste, seine Lieblingsfrau, wiedergeboren als Silbervase im Hause Fang

Tai A'rl, treuer Diener des Hauses Hsi Men

Juwelchen, Zofe Mondfraus, Gattin Tai A'rls

Pu Tsing, Einsiedler, Meister höherer Magie

Herr Ti, treuer Freund des Hauses Hsi Men, ehemals Intendant im Kanzlerpalast

Schnorrer Ying, Schmarotzer, ehemals Hsi Mens bester Freund

Ping An, Pächter des Landguts von Hsi Men

Äbtissin Pi, Oberin im Waldtempelchen

Dame Li, erste Kurtisane des Reiches, Besitzerin eines luxuriösen Blumenhofes

Zinsgroschen, Liebhaber von Silbervase

Rat Pi, wüster Emporkömmling, Gatte von Silbervase

Miao Tsing, genannt Rat Hu Hsi, Salzschmuggler und Salzgroßhändler in Yang tschou

Dame Piän, Mutter von Duftjuwel

Dame Pao, Mutter von Zinnoberzimmet

Herr Yüan, zweiter Gatte der Dame Pao

Selige Reine, Klausnerin, später Oberin des Tempels der Großen Erweckung

Blüten-Muhme, Gründerin eines zuchtlosen Tempelkultes

Der lahme Hou, Gatte von Zinnoberzimmet

Junker Zwei, Gatte der geborenen Sung und Duftjuwels

Wudschu, tatarischer Prinz, Eroberer und Beherrscher Nordchinas

Walipu, tatarischer Feldherr

Zimmetblüte, Tochter aus dem Blumenhof von Mutter Li

Doktor Bambushügel, Quacksalber

Hsiao Ko, mit Tempelnamen Liao Kung, ›Völlige Leere‹, Hsi Mens Sohn

Kin Ping, ›Brotkatseidener Wandschirm‹, Räuberprinzessin

Die Handlung spielt im China des 12. Jahrhunderts

INHALT

Romane, Erzählungen, Prosa

Apuleius. Der goldene Esel
Mit Illustrationen von Max Klinger zu »Amor und Psyche«. Aus dem Lateinischen von August Rode. Mit einem Nachwort von Wilhelm Haupt. it 146.

Honoré de Balzac. Die Frau von dreißig Jahren
Deutsch von W. Blochwitz. it 460
– Beamte, Schulden, Elegantes Leben
Eine Auswahl aus den journalistischen Arbeiten. Mit einem Nachwort herausgegeben von Wolfgang Drost und Karl Riha. Mit zeitgenössischen Karikaturen. it 346
– Das Mädchen mit den Goldaugen
Aus dem Französischen von Ernst Hardt. Vorwort Hugo von Hofmannsthal. Illustrationen Marcus Behmer. it 60

Joseph Bédier. Der Roman von Tristan und Isolde
Deutsch von Rudolf G. Binding. Mit Holzschnitten von 1484. it 387

Harriet Beecher-Stowe. Onkel Toms Hütte
In der Bearbeitung einer alten Übersetzung herausgegeben und mit einem Nachwort versehen von Wieland Herzfelde. Mit 27 Holzschnitten von George Cruikshank aus der englischen Ausgabe von 1852. it 272

Ambrose Bierce. Aus dem Wörterbuch des Teufels
Auswahl, Übersetzung und Nachwort von Dieter E. Zimmer. it 440
– Mein Lieblingsmord
Erzählungen. Aus dem Amerikanischen von G. Günther. it 39

Die Blümlein des heiligen Franziskus von Assisi
Aus dem Italienischen nach der Ausgabe der Tipografia Metastasio, Assisi 1901, von Rduolf G. Binding. Mit Initialen von Carl Weidemeyer. it 48

Giovanni di Boccaccio. Das Dekameron
Hundert Novellen. Ungekürzte Ausgabe. Aus dem Italienischen von Albert Wesselski und mit einer Einleitung versehen von André Jolles. Mit venezianischen Holzschnitten. Zwei Bände. it 7/8

Hermann Bote. Ein kurzweiliges Buch von Till Eulenspiegel aus dem Lande Braunschweig. Wie er sein Leben vollbracht hat. Sechsundneunzig seiner Geschichten.
Herausgegeben, in die Sprache unserer Zeit übertragen und mit Anmerkungen versehen von Siegfried H. Sichtermann. Mit zeitgenössischen Illustrationen. it 336

Romane, Erzählungen, Prosa

Emily Brontë. Die Sturmhöhe
Aus dem Englischen von Grete Rambach. it 141

Gottfried August Bürger. Wunderbare Reisen zu Wasser und zu Lande. Feldzüge und lustige Abenteuer des Freiherrn von Münchhausen. Mit Holzschnitten von Gustave Doré. it 207

Hans Carossa. Eine Kindheit und Verwandlungen einer Jugend
it 295/296

Lewis Carroll. Geschichten mit Knoten
Herausgegeben und übersetzt von W.E. Richartz. Mit Illustrationen von Arthur B. Frost. it 302

Miguel de Cervantes Saavedra. Der scharfsinnige Ritter Don Quixote von der Mancha
Mit einem Essay von Iwan Turgenjew und einem Nachwort von André Jolles. Mit Illustrationen von Gustave Doré. 3 Bände. it 109

Adelbert von Chamisso. Peter Schlemihls wundersame Geschichte
Nachwort von Thomas Mann. Illustriert von Emil Preetorius. it 27

James Fenimore Cooper. Die Lederstrumpferzählungen
In der Bearbeitung der Übersetzung von E. Kolb durch Rudolf Drescher. Mit Illustrationen von D.E. Darley. Vollständige Ausgabe. it 179 Der Wildtöter · it 180 Der letzte Mohikaner · it 181 Der Pfadfinder · it 182 Die Ansiedler · it 183 Die Prärie

Alphonse Daudet. Briefe aus meiner Mühle
Aus dem Französischen von Alice Seiffert. Mit Illustrationen. it 446
– Tartarin von Tarascon. Die wunderbaren Abenteuer des Tartarin von Tarascon.
Mit Zeichnungen von Emil Preetorius. it 84

Honoré Daumier. Robert-Macaire – Der unsterbliche Betrüger
Drei Physiologien. Aus dem Französischen von Mario Spiro.
Herausgegeben und mit einem Nachwort versehen von Karl Riha.
it 249

Romane, Erzählungen, Prosa

Daniel Defoe. Robinson Crusoe
Mit Illustrationen von Ludwig Richter. it 41

Charles Dickens. Lebensgeschichte und gesammelte Erfahrungen David Copperfields des Jüngeren. Zwei Bände.
Mit Illustrationen von Phiz. Nach der ersten Buchausgabe des Romans London 1850. it 468
– Oliver Twist
Aus dem Englischen von Reinhard Kilbel. Mit einem Nachwort von Rudolf Marx und 24 Illustrationen von George Cruikshank. Vollständige Ausgabe. it 242
– Weihnachtserzählungen
Mit Illustrationen. it 358

Denis Diderot. Die Nonne
Mit einem Nachwort von Robert Mauzi. Der Text dieser Ausgabe beruht auf der ersten deutschen Übersetzung von 1797. it 31

Annette von Droste-Hülshoff. Die Judenbuche. Ein Sittengemälde aus dem gebirgigen Westfalen. Mit Illustrationen von Max Unold. it 399

Alexandre Dumas. Der Graf von Monte Christo
Bearbeitung einer alten Übersetzung von Meinhard Hasenbein. Mit Illustrationen von Pavel Brom und Dagmar Bromova. Zwei Bände. it 266

Joseph Freiherr von Eichendorff. Aus dem Leben eines Taugenichts
Mit Illustrationen von Adolf Schrödter und einem Nachwort von Ansgar Hillach. it 202

Eisherz und Edeljaspis
Aus dem Chinesischen von Franz Kuhn. Mit Holzschnitten einer alten chinesischen Ausgabe. Mit einem Nachwort und Anmerkungen von Franz Kuhn. it 123

Paul Ernst. Der Mann mit dem tötenden Blick und andere frühe Erzählungen.
Herausgegeben von Wolfgang Promies. it 434

Romane, Erzählungen, Prosa

Gustave Flaubert. Bouvard und Pécuchet
Mit einem Vorwort von Victor Brombert und einem Nachwort von Uwe Japp. Mit Illustrationen von András Karakas. it 373
– Die Versuchung des heiligen Antonius
Aus dem Französischen übersetzt von Barbara und Robert Picht. Mit einem Nachwort von Michel Foucault. it 432
– Lehrjahre des Gefühls
Geschichte eines Jungen Mannes, übertragen von Paul Wiegler. Mit einem Essay »zum Verständnis des Werkes« und einer Bibliographie von Erich Köhler. it 276
– Madame Bovary
Revidierte Übersetzung aus dem Französischen von Arthur Schurig it 167
– Salammbô
Herausgegeben und mit einem Nachwort versehen von Monika Bosse und André Stoll. Mit Abbildungen. it 342
– Ein schlichtes Herz. it 110

Theodor Fontane. Effi Briest
Mit Lithographien von Max Liebermann. it 138
– Der Stechlin
Mit einem Nachwort von Walter Müller-Seidel. it 152
– Unwiederbringlich
Roman. it 286

Friedrich Gerstäcker. Die Flußpiraten des Mississippi
Roman. Mit einem Nachwort von Harald Eggebrecht. it 435

Johann Wolfgang Goethe. Wilhelm Meisters Lehrjahre
Herausgegeben von Erich Schmidt. Mit sechs Kupferstichen von F. L. Catel. Sieben Musikbeispiele und Anmerkungen. it 475
– Novellen
Herausgegeben und mit einem Nachwort versehen von Katharina Mommsen. Mit Federzeichnungen von Max Liebermann. it 425
– Reineke Fuchs
Mit Stahlstichen von Wilhelm von Kaulbach. it 125
– Die Wahlverwandtschaften
Mit einem Essay von Walter Benjamin. it 1
– Die Leiden des jungen Werther
Mit einem Essay von Georg Lukács »Die Leiden des jungen Werther«. Nachwort von Jörn Göres »Zweihundert Jahre Werther«. Mit Illustrationen von David Chodowiecki und anderen. it 25

Romane, Erzählungen, Prosa

Gogol. Der Mantel und andere Erzählungen
Aus dem Russischen übersetzt von Ruth Fritze-Hanschmann. Mit einem Nachwort von Eugen und Frank Häusler. Mit Illustrationen von András Karakas. it 241

Iwan Gontscharow. Oblomow it 472

Grimmelshausen. Trutz-Simplex oder Ausführliche und wunderseltzame Lebensbeschreibung der Erzbetrügerin und Landstörtzerin Courasche
Mit einem Nachwort von Wolfgang Koeppen. Mit Abbildungen aus dem 17. Jahrhundert. it 211

Nathaniel Hawthorne. Der scharlachrote Buchstabe
Mit Illustrationen von Renate Sendler-Peters. it 436

Johann Peter Hebel. Kalendergeschichten
Ausgewählt und mit einem Nachwort von Ernst Bloch
Mit neunzehn Holzschnitten von Ludwig Richter. it 17

Heinrich Heine. Aus den Memoiren des Herren von Schnabelewopski
Mit Illustrationen von Julius Pascin. it 189

– Shakespeares Mädchen und Frauen
Mit Illustrationen der Ausgabe von 1838. Herausgegeben von Volkmar Hansen. it 331

Hermann Hesse. Hermann Lauscher
Mit frühen, teils unveröffentlichten Zeichnungen und einem Nachwort von Gunter Böhmer. it 206
–/Walter Schmögner. Die Stadt
Ein Märchen von Hermann Hesse, ins Bild gebracht von Walter Schmögner. it 236
– Knulp
Mit dem unveröffentlichten Fragment »Knulps Ende« und Steinzeichnungen von Karl Walser. it 394

Hölderlin. Hyperion oder Der Eremit in Griechenland
Herausgegeben und mit einem Nachwort versehen von Jochen Schmidt. it 365